LISA GRAF

Lindt & Sprüngli

Zwei Familien, eine Leidenschaft

ROMAN

PENGUIN VERLAG

Dies ist ein historischer Roman. Er basiert auf der Unternehmensgeschichte von Lindt&Sprüngli. Zahlreiche tatsächliche Abläufe und handelnde Personen sind jedoch so verändert und ergänzt, dass Fakten und Fiktion eine untrennbare künstlerische Einheit bilden.

Eine Zusammenarbeit mit Lindt&Sprüngli gab es nicht, insbesondere besteht keine wie auch immer geartete Lizenzbeziehung. Die Verwendung des Firmennamens erfolgt also ausschließlich aus beschreibenden und nicht aus markenmäßig-kennzeichnenden Gründen.

MIX
Papier | Fördert gute Waldnutzung
FSC® C014496

Penguin Random House Verlagsgruppe FSC® N001967

3. Auflage

produktsicherheit@penguinrandomhouse.de
(Vorstehende Angaben sind zugleich Pflichtinformationen nach GPSR)

Dieses Werk wurde vermittelt
durch die Montasser Medienagentur, München.
Redaktion: Lisa Wolf
Umschlaggestaltung: bürosüd
Umschlagabbildungen: Arcangel: AA12568418, AA11653667,
Confiserie_Sprüngli_2010
Satz: satz-bau Leingärtner, Nabburg
Druck und Bindung: GGP Media GmbH, Pößneck
Printed in Germany
ISBN 978-3-328-60366-5
www.penguin-verlag.de

Die Zeit geht nicht

»Die Zeit geht nicht, sie stehet still,
Wir ziehen durch sie hin;
[...]
Es blitzt ein Tropfen Morgentau
Im Strahl des Sonnenlichts;
Ein Tag kann eine Perle sein
Und ein Jahrhundert nichts.«

Gottfried Keller

Prolog

Der Duft nach Schokolade, Vanille, Nuss, Zimt und Zucker begleitete Katharina auf Schritt und Tritt. Sie war umgeben von Goldhasen und Schokoladenkugeln. Die Folien, in die sie verpackt waren, schimmerten in Gold und Silber und allen Farben des Regenbogens. Schokoladentafeln standen aufgereiht im Regal. Pralinenschachteln, große, kleinere, rechteckige, quadratische, elegant in Weiß oder frech bunt, lagen daneben. Jeder darf sich noch etwas aussuchen, hatte ihre Mami versprochen. Doch Katharinas Korb war noch vollkommen leer. Sie konnte sich unmöglich entscheiden. Hier schmeckte doch einfach alles, und jedes einzelne Stück war so hübsch verpackt.

Doch wo waren denn jetzt die anderen? Katharina blieb stehen und sah sich um. Ihre Mutter wartete immer noch an diesem Stand mitten im Shop, hinter dem ein Maître Chocolatier und eine Maîtresse Chocolatière – sagte man so? – mit Zuckerguss Namen auf Schokoladetafeln spritzten, die ihnen zugerufen wurden. »Für Oma Fanny« schrieb er, »Für Tante Sybille« sie. Der Maître trug wie seine Kollegin eine hohe Haube und eine weiße Schürze, beides mit dem aufgestickten goldenen Schriftzug der Firma. Und Mami passte auf, dass Fanny mit y und Sybille vorne mit y und hinten mit i geschrieben wurde.

Und wo waren eigentlich ihre Brüder? Die zwei standen immer noch bei dem großen Brunnen herum, der sie schon zu Beginn der Führung durch das Schokoladenmuseum fasziniert hatte. Wie viele Meter war er noch mal hoch, fünf vielleicht oder sechs? Zähflüssig tropfte die helle Milchschokolade von einem riesigen Rührbesen. Bestimmt war es der größte, jedenfalls höchste Schokoladenbrunnen der Welt. Katharina hörte, wie ihre Brüder darüber rätselten, wie diese Schokolade wohl schmeckte und ob man sie überhaupt essen konnte. Ob sie nach dem Herunterlaufen wieder nach oben gepumpt wurde, wie das Wasser eines Springbrunnens. Wie viele Kilos Schokolade das waren, ob man sie erwärmen musste, damit sie flüssig blieb, und ob man den Brunnen am Ende des Tages, wenn das Museum schloss, abschaltete, und was dann mit dieser riesigen Tagesration Schokolade geschah.

Katharina wunderte sich, dass sie immer noch so verrückt nach Schokolade waren. Sie selbst hatte an den einzelnen Stationen in der Ausstellung schon viel zu viel davon probiert: die dunkle Schokolade mit dem höchsten Anteil an Kakao, die helle Schokolade mit mehr Milch und weniger Kakao und die weiße Schokolade, die ganz ohne Kakao gemacht wurde. Nur Kakaobutter und Zucker brauchte man dafür und Nüsse, Gewürze oder andere feine Sachen. Katharina winkte ihren Brüdern, dann ging sie zurück in den Shop und wartete, bis die Geschenke für Oma und Tante Sybille fertig beschriftet und verpackt waren. An einer freien Wand hingen einige gerahmte Porträts, alte Ansichten der Schokoladenfabrik und Werbeplakate für Katzenzungen und Schokoladentafeln.

»Was hast du denn hier entdeckt?«, fragte ihre Mutter, deren Einkaufskorb bereits gut gefüllt war. Auch Onkel Anton und Tante Mila würden Schokolade mit ihren Namen bekommen und wahrscheinlich auch die Kolleginnen ihrer Mami im Büro.

Katharina zeigte zu den Porträts an der Wand. Es dauerte ein wenig, bis es ihrer Mutter auffiel.

»Die heißen ja alle wie deine Brüder«, stellte sie fest. »Ach, da sind die beiden ja wieder.«

Die beiden Jungs hatten sich endlich von dem Schokoladenbrunnen losmachen können. David hing das Hemd aus der Hose, der Jüngere, Rudy, war mit dem Kopf in irgendeine Flüssigkeit geraten. Hoffentlich keine Schokolade aus dem Brunnen. Die Strähnen an der Stirn waren ganz verklebt.

»Du bist doch nicht in den Brunnen gefallen?«, fragte sie. Aber Rudy grinste nur und schüttelte den Kopf.

»Mir war nur so warm«, sagte er, »da habe ich den Kopf unter die Wasserleitung gesteckt.« Er zeigte zu den Toiletten.

»Schaut doch mal, ihr zwei.« Katharina zeigte zu den Porträts an der Wand. »Fällt euch was auf?«

»Alles alte Männer«, sagte Rudy. »Leben die noch?«

»Quatsch«, sagte David, »schau, da steht es doch. Die Bilder sind schon voll alt.«

»Und sonst?«, fragte Katharina.

»Der Erste dort oben heißt David«, sagte Rudy, »und der daneben Rudolf. Wie wir.« Er grinste seinen Bruder an.

»Ach, guck«, sagte sein Bruder, »und der daneben heißt wieder Rudolf.«

»Und die beiden darunter, die aussehen wie Zwillinge, heißen, warte mal, der eine Johann Rudolf und der andere David Robert.« Die beiden sahen sich an.

»Nur eine Katharina gibt es nicht«, stellte David fest und sah seine Schwester achselzuckend an. »Pech gehabt!«

»Da ist überhaupt keine Frau abgebildet«, sagte Katharina.

»Hat es eben in der Familie nicht gegeben«, meinte Rudy. »Nur Jungs.«

»Und wo kommen die Jungs dann her, du Schlauberger?« Katharina sah ihren Bruder an. »Wenn diese beiden da, die Zwillinge, Söhne von einem der mittleren sind, dann muss es ja wohl eine Mutter gegeben haben.«

»Und bestimmt hatten sie auch Schwestern«, meinte die Mutter.

»Und wo sind die?« Rudy sah seinen Bruder an.

»Zu Hause«, sagte David. »Sie waren eben nicht wichtig. Also, für die Schokoladenfabrik.«

»Woher willst du das wissen?«, fragte Katharina.

»Sonst hätten sie doch auch so einen Rahmen bekommen«, behauptete David.

Reni, ihr Guide, kam auf dem Weg zu einer neuen Gruppe gerade an ihnen vorbeigelaufen, und die Mutter hielt sie auf.

»Reni, bitte«, rief die Mutter. »Meine Tochter hat noch eine kurze Frage.«

»Ja, bitte? Wenn ich sie beantworten kann, gerne.«

Katharina fühlte sich überrumpelt. »Was ist denn mit den Frauen?«, fragte sie. »Hier sind nur die Männer aus der Familie zu sehen, und sie heißen alle wie meine beiden Brüder.«

»Ach, tatsächlich? Das hatten wir ja noch nie, wie lustig. Es sind tatsächlich zwei Familien. Aber der eine von den beiden Rudolfs war nie verheiratet und hatte auch keine Kinder, soweit ich weiß.«

»Und der andere Rudolf?«, fragte Katharina.

»Der war schon verheiratet, er hatte ja die beiden Söhne hier, Rudolf und David.«

»Keine Tochter?«, fragte Katharina.

»Davon ist mir nichts bekannt.«

»Und seine Frau?«, fragte Katharinas Mutter.

»Ich weiß leider nicht, wie sie hieß. Von ihr gibt es auch kein Porträt, tut mir leid.«

Katharina wollte gerade etwas sagen, da kam ihr Rudy mit seiner Sturmfrisur zuvor. »Sie hieß bestimmt Katharina«, sagte er.

»Die Frau von Rudolf eins oder die Schwester von Rudolf zwei?«, fragte Katharina.

»Alle beide«, behauptete Rudy. »Die haben sich nicht groß was ausgedacht, sondern einfach immer wieder dieselben Vornamen verwendet. Bei den Mädchen bestimmt genauso.«

»Ich werde das einmal nachlesen«, versprach Reni. »Vielleicht finde ich sogar irgendwo ein Porträt von Katharina eins oder zwei, damit ich es meinen Besuchergruppen zeigen kann. Aber jetzt muss ich los, die Nächsten warten schon auf mich. Adieu!«

»Adieu!«, rief Katharinas Mutter. »Nächstes Jahr kommen wir wieder, und Sie erzählen uns, was Sie herausgefunden haben.«

»Mindestens eine Katharina«, sagte Rudy und zog geräuschvoll die Nase hoch. »Oder zwei.«

Mit drei Goldhasen, einem Dutzend Tafeln ihrer Lieblingsschokolade und je einer Handvoll roter, blauer und grüner Schokoladenkugeln verließen Sie den Shop.

»Tschüss, Schokoladenbrunnen!« Rudy drehte sich noch einmal um, bevor er durch die Tür nach draußen trat.

Es war schon fast dunkel und ein kühler Wind blies ihnen vom See her ins Gesicht. Sie mussten laufen, um den Bus zurück nach Zürich noch zu erwischen, der gerade die Haltestelle Kilchberg anfuhr.

1826

Rudolf

Es war Anfang Mai, die frisch ausgetriebenen Lindenblätter hatten Tupfer aus hellem Grün zwischen die Häuser gemalt, als Rudolf von der Schule nach Hause lief, als sei der Teufel hinter ihm her. Er ließ sich nicht treiben, wie er es sonst immer tat. Er machte keinen Abstecher hinunter zum Sonnenquai an der Limmat, um den Schiffsleuten zuzusehen, die auf ihren langen schmalen Holzkähnen, den »Weidlingen«, wie sie in Zürich hießen, Fässer, Kisten, Stroh und Tuchballen transportierten. Normalerweise konnte er sich Stunden am Quai aufhalten, und nie wurde es ihm langweilig. Doch heute hatte er es eilig, nach Hause zu kommen. Mit den Augen folgte er dem Flug eines Entenpaares über der Mitte des Flusses. Als sie zum Landen ansetzten, war er schon in die Marktgasse abgebogen, hatte die Ladentür zur Confiserie Vogel aufgerissen, dass die Glocken sich beim Schellen überschlugen. Aber da stand nur Bertha mit ihrem runden, rosigen Gesicht und den Händen, die nicht viel größer waren als seine eigenen, dafür aber doppelt so dick. Sie war dabei, ein Blech mit Zürcher Leckerli auf einer Tortenplatte aus weißem Porzellan mit feinem Goldrand anzurichten.

»Grüezi, Ruedi, hast du heute die letzte Stunde geschwänzt?«, begrüßte ihn Bertha. »Du hast es doch sonst nicht so eilig mit dem Heimkommen.«

Rudolf ließ sich seine Enttäuschung nicht anmerken. Statt Bertha, die mit ihren Patschehänden Leckerli sortierte, hatte er gehofft, seine Mutter würde heute endlich wieder im Laden stehen. Er hatte die Klinke zur Hintertür schon in der Hand, als Bertha ihm nachrief: »Das wird schon wieder, wirst sehen. Bald kann deine Mami wieder aufstehen und ist ganz die Alte«, plapperte Bertha dahin. »Musst nur besonders lieb sein zu ihr.«

Rudolf lief über den Hinterhof und die Treppe hoch zur Wohnung. War er in letzter Zeit immer lieb gewesen zu seiner Mami? Seit sie krank war, verging kein Tag, an dem er sich das nicht mehrfach gefragt hatte. Aber er konnte nichts finden, außer vielleicht, dass er immer so lang für den Nachhauseweg von der Schule brauchte. Vielleicht hatte sie sich deshalb Sorgen um ihn gemacht und war krank geworden? Aber geschimpft hatte sie nicht mit ihm. Nur der Vater. Seine Mami nie.

In der Küche stand ein Topf mit einem Rest Suppe und zwei Scheiben Brot auf dem Tisch. Doch Rudolf hatte gar keinen Hunger. Er öffnete vorsichtig die Tür zum Schlafzimmer, die nur angelehnt war. Die Haut seiner Mami war fast so weiß wie das Kissen, auf dem sie lag, und fast so durchsichtig wie feines Papier. Er konnte ihr Blut in den Äderchen fließen sehen. Auf ihrer Stirn standen Schweißperlen, sie hatte die Augen geschlossen, doch ihre Lider flatterten, als wüssten sie, dass jemand im Zimmer war. Das Fläschchen mit der Thymian-Tinktur auf dem Nachttisch war leer. Rudolf öffnete den Schrank, wo seine Mutter ihre selbst angesetzten Kräuterauszüge aufbewahrte, aber er fand kein volles Glas mehr. Die

Schranktür knarzte, als er sie wieder zudrückte. Erschrocken wandte Rudolf den Kopf, aber seine Mami war davon nicht aufgewacht. Ein leises Rasseln war zu hören, wenn sie ausatmete. Wann würde sie denn endlich wieder gesund werden? Sie würde doch wieder gesund werden, seine Mami, und ihm das Mittagessen richten, die Suppe wärmen und hören, was Rudolf in der Schule und auf dem Nachhauseweg durch die Stadt alles erlebt hatte. Einen Silberreiher hatte er im Stadtgraben stehen sehen, der sich zwischen den Wasserpflanzen einen dicken Frosch mit seinem langen Schnabel herausgepickt hatte. Und an der Schipfe hatten die Schiffer einen Weidling so überladen, dass das Wasser auf einer Seite über den Rand schwappte. Sie warfen eine Kiste zurück an Land, doch sie zerbrach, und ein braun geflecktes Schwein mit eingerissenem Ohr lief quiekend in Richtung Werdmühle davon. Wem hätte er das alles erzählen können? Es war, als hätte er es ganz umsonst erlebt. Niemand interessierte sich heute dafür, wie auch in den vergangenen Tagen nicht, seit die Mutter krank war. Der Vater stand in der Backstube. Rudolfs Bruder David war auf der Baustelle am Sihlquai, und einer Bertha wollte er gar nichts erzählen. Eigentlich gab es nur seine Mami und sonst niemanden.

Rudolf nahm einen Löffel kalter Suppe und biss in ein Stück Brot. Dann lief er in seine Kammer und holte das seifengroße Blechkästchen unter seinem Bett hervor, blies den Staub vom Deckel und steckte es sich in die Tasche. Bevor er die Wohnung verließ, sah er noch einmal zu seiner Mami ins Zimmer. Sie schlief und machte weiter dieses Geräusch beim Atmen, das jetzt etwas leiser war, für ihn aber immer noch bedrohlich klang. Er lief die Treppe hinunter und über den Hof, betrat den Laden durch die Hintertür, grüßte die Frau Redaktor Hurther, die mit Bertha plauderte, während sie vier Stückli Buttercremetorte in Papier einschlug und der Kundin noch eine Handvoll Leckerli und frische Hüppen einpackte.

»Schon fertig mit dem Essen, Ruedi?«, rief Bertha ihm nach. »Wohin läufst du denn?«

»Muss noch etwas besorgen, für die Mami«, rief Rudolf und ließ die Tür hinter sich ins Schloss fallen.

Eigentlich hätte er nur quer über die Gasse laufen müssen, aber er wollte nicht, dass ihn jemand dabei beobachtete. Also lief er die Marktgasse hinauf zur Münstergasse und die Krebsgasse gleich wieder hinunter.

Er betrat die Elephanten-Apotheke durch den Hintereingang und hatte sofort diesen eigenartigen Geruch in der Nase nach altem Holz und getrockneten Kräutern, die in den ordentlich beschrifteten Schubfächern der umlaufenden Schrankwand und in braun glasierten Keramikbehältern mit Deckeln aufbewahrt wurden. Obwohl die Apotheke nach den Elefanten hieß, hingen über dem Verkaufstresen rechts ein großer braun getupfter Hecht und links ein ausgestopftes Krokodil, das nicht viel größer war als der Hecht, aber noch viel mehr Zähne hatte als der Raubfisch. Apotheker Flückiger stand mit einem Rezept in der Hand auf der Leiter und kramte in einer der Schubladen.

»Grüezi, Meister Flückiger«, grüßte Rudolf.

Der Apotheker schob die runde Lesebrille Richtung Nasenspitze und musterte ihn über die Gläser hinweg. »Das ist doch ein kleiner Sprüngli. Was führt dich denn her? Du wirst doch nicht krank sein?«

»Nicht ich, sondern die Mami«, sagte Rudolf. »Und sie hat keine Tinktur von Thymian mehr und braucht sie doch unbedingt für ihren Husten.« Das Krokodil baumelte leicht hin und her, als der Apotheker von der Leiter stieg. Es konnte gut schwimmen und war doch kein Fisch, hatte Meister Flückiger erklärt, als er mit der Mutter hier gewesen war. Da war er noch kleiner gewesen und hatte lange an der Limmat gesessen und darauf gewartet, ein Krokodil im Fluss aufzuspüren. Sein Bruder hatte ihn noch Wochen später damit aufgezogen. Er dachte, es wäre eine Ausrede und Rudolf hätte einfach Angst vorm Wasser.

»Husten, hat deine Mutter, sagst du? Wie lange denn schon?«, fragte der Apotheker.

»Schon zwei Wochen. Sie schläft immerzu und ist ganz weiß und sie macht so Geräusche beim Atmen.«

»Hat sie Fieber?«, fragte der Apotheker. »Ist die Stirn heiß, wenn man sie berührt?«

Das wusste Rudolf nicht. »Papi sagt, das Fieber ist zurückgegangen, aber sie ist immer noch schwach und kann nicht aufstehen.«

Der Apotheker holte eine große braune Flasche aus dem Hinterzimmer, ließ die Kräutertinktur durch ein feines Haarsieb laufen und füllte es in ein kleineres Fläschchen um.

»Schwach, sagst du, ist sie, hm? Erschöpft wahrscheinlich. Die gute Frau hat ja auch alle Hände voll zu tun mit dem Geschäft, dem Haushalt, euch Kindern, und als ob das nicht längst schon reichen würde, hilft sie auch noch den Nachbarn, wenn irgendwo Not herrscht. Ein Engel ist deine Mami und kennt sich mit den Heilkräutern fast so gut aus wie ich.« Er wischte die kleine Flasche mit einem weichen Lappen ab.

Rudolf nahm das Blechkästchen aus der Hosentasche und stellte es scheppernd auf den Tresen.

»Warte noch. Sie ist stark erschöpft, sagst du?« Der Apotheker ging zu einem Tischchen, auf dem ein großer Mörser aus Messing stand. Er winkte Rudolf zu sich.

»Schau, da bin ich gerade am Experimentieren.«

Weil Rudolf nicht in den Behälter hineinsehen konnte, stellte der Apotheker ihm eine Trittleiter an den Arbeitstisch. Er kletterte hinauf und sah ein feines braunes Pulver auf dem Grund des Mörsers. Es roch ein wenig streng, bitter.

»Welche Arznei ist das?«, fragte Rudolf.

»Kakao«, sagte Flückiger. »Er wird aus gerösteten Kakaobohnen gewonnen. Ich mache hier so meine Experimente damit. Ich reibe ihn ganz fein im Mörser, gebe Zucker dazu, reibe die Mischung wieder, und dann rühre ich sie mit heißem Wasser an. Das schmeckt gut, ein wenig eigen am Anfang, aber man gewöhnt sich daran.«

»Und das könnte meiner Mami wieder Kraft geben?«, fragte Rudolf.

Der Apotheker nickte. »Mit Wasser vermischt wird der Kakao aber sehr verdünnt. Verstehst du?«

Rudolf nickte. »Kann man das Pulver nicht auch so einnehmen, mit dem Löffel?«

Der Apotheker nickte. »Schon«, sagte er. »Aber das schmeckt nicht und man bekommt Hustenreiz davon. Da habe ich etwas versucht.«

Er gab Rudolf ein Zeichen, dass er ihm ins Hinterzimmer folgen sollte. Hier mischte der Apotheker die Arzneien, rührte seine Salben an und stellte die Kräuterauszüge her. Über einer Feuerstelle brodelte eine Flüssigkeit in einem Tiegel. Rudolf kannte den bitteren Geruch, das musste Wermut sein, den seine Mutter als Tee verabreichte, wenn jemand Magenkrämpfe oder Blähungen hatte. Der Apotheker nahm den Topf vom Feuer und stellte einen Tiegel darauf, in dem sich Butter befand, die aber gar nicht nach Butter roch. Er nahm etwas von der Kakao-Zucker-Mischung aus dem Mörser, gab einen Stich von der angeschmolzenen Buttermasse dazu und verrührte rasch alles mit einem Holzspatel. Dann drückte er die klumpende Masse in eine Holzform.

»Schau, die hier sind schon abgekühlt.« Der Apotheker klopfte die Kakaotaler aus der Form, nahm einen in die Hand, brach ihn auseinander und gab ihn Rudolf zum Kosten. Der Kakaotaler schmeckte trotz des Zuckers immer noch recht bitter. Als Rudolf ein kleines Stück abbiss, hatte er Brösel im Mund, die sich wie Sandkörner anfühlten.

»Was sagst du dazu?«, fragte der Apotheker.

Rudolf überlegte. »Für ein Gebäck schmeckt es zu wenig süß und zu sandig«, antwortete er. Schließlich war er der Sohn eines Zuckerbäckers.

»Und für eine Medizin?«, fragte der Apotheker.

»Für eine Medizin geht es. Nicht so schlimm wie Wermut, den man nur trinken mag, wenn man wirklich arge Bauchschmerzen hat.«

»Ich sehe schon, du bist bei deinem Vater wie bei deiner Mutter in die Lehre gegangen«, schmunzelte Flückiger.

»Aber wenn Ihr diese Taler macht, Meister Flückiger, dann muss es doch Medizin sein. Wogegen hilft sie?«

»Gegen Schwäche und Erschöpfung. Sie soll die Kraft und den Lebensmut zurückbringen. Und dabei noch gut schmecken.«

»Dann nehme ich gleich alle Taler mit, die Ihr habt, damit meine Mami wieder gesund und kräftig wird.«

»Hoho, du Knopf, da müsstest du aber sehr viele echte Taler in deiner Büchse haben. Kakao ist sehr teuer und meine Mixtur mit Kakaobutter nur sehr aufwendig herzustellen. Ich fürchte, das kann sich ein einzelner Mensch gar nicht leisten. Außerdem bin ich noch nicht ganz zufrieden mit dem Ergebnis. Viel zu grob und sandig.«

»Aber wenn es doch meiner Mami helfen könnte.«

Rudolf war enttäuscht. Der Apotheker konnte ihm doch nicht alles zeigen und kosten lassen und ihn dann mit leeren Händen wieder nach Hause schicken, wo die Mutter krank im Bett lag. Rudolf schluckte. Er holte sein Blechkästchen und leerte den Inhalt auf den Tresen. Der größte Schatz, der sich in dem Häuflein befand, waren zwei Zwanziger Rappen, alles andere waren noch kleinere Münzen. Er bemerkte den mitleidigen Blick des Apothekers und biss sich auf die Lippen. Flückiger seufzte.

»Bloß gut, dass meine Gertraud heute nicht im Geschäft ist. Sie würde mich bestimmt ausschimpfen.« Er nahm die beiden Zwanziger und ließ die übrigen Münzen liegen. Dann stellte er das Fläschchen mit der Thymiantinktur auf den Tresen und wickelte zwei von den Schokoladentalern in ein Stück Papier.

»Hier, nimm. Meine Gertraud kommt bestimmt gleich zurück. Und alles Gute für deine Mutter! Ich hoffe, sie ist bald wieder auf der Gasse und in der Konditorei zu sehen.«

Rudolf schniefte und packte die Schokoladentaler ein, dann die braune Flasche und schließlich seine Geldbüchse.

»Das wird schon! Komm wieder vorbei und sag mir, ob meine Taler geholfen haben«, verabschiedete ihn der Apotheker.

Rudolf nickte. Als er die Tür schon in der Hand hatte, presste er ein »Danke« hervor, und als er draußen auf der Krebsgasse stand, wischte er sich ganz schnell eine Träne aus dem Augenwinkel. So teuer waren diese Schokoladentaler, dachte er auf dem Heimweg, und so schlecht gemischt, die ganze Masse. Als hätte man Erde zwischen den Zähnen. Wenn sein Vater die nötigen Zutaten bekäme, dann würde er so lange daran arbeiten, bis die Masse geschmeidiger wäre und sich leichter formen ließe. Er würde vielleicht noch das ein oder andere Gewürz dazutun, damit es angenehmer für den Gaumen wäre. Dem Papa würde da schon etwas einfallen. Bei den alten Mexikanern war die wertvolle Schokolade ein Getränk für die Könige und Priester gewesen, hatte Meister Flückiger ihm erzählt. In Zürich gab es aber überhaupt keinen König und die Pfarrer machten keinen sehr wohlhabenden Eindruck. Aber die Zürcher Fabrikbesitzer mit ihren Spinnereien und Webereien, die hatten doch Geld wie Heu, behauptete zumindest sein Freund Heini. Das müsste doch ein Geschäft sein!

Katharina

Jetzt kam die Mutter schon zum zweiten Mal in die Stube und raunte Katharina zu, dass am Abend bestimmt noch ein Unwetter aufziehen würde. Katharina hörte es wohl, aber sie antwortete nicht. Die beiden Holzklöppel flogen über das trapezförmige Hackbrett, die quer gespannten Saiten hinauf und hinunter, als spiele sich das Stück von selbst, ganz ohne Katharinas Zutun. Eigentlich konnte sie es auswendig, nur an einer Stelle blieb sie manchmal hängen oder sie traf die Saiten nicht ganz rein. Die Leute würden es nicht merken, aber der Vater schon. Also lieber noch mehr üben, damit es wirklich sicher saß.

»Ein Gewitter? Glaubst du wirklich?«, fragte Katharina schließlich. »Es ist doch so warm und nicht das kleinste Lüftchen regt sich. Wo soll denn an diesem feinen Sommertag noch ein Gewitter herkommen?«

Ihre Mutter hörte wirklich manchmal das Gras wachsen.

Immerzu machte sie sich Sorgen, vor allem um den Papi und um sie. Ein Gewitter, jetzt? Katharina sah zum Stubenfenster hinaus. Nicht eine einzige Wolke am Himmel.

»Wirst schon sehen, da kommt noch was.«

Katharina hielt die Klöppel in der Luft. »Wie kommst du denn gerade jetzt darauf?«, fragte sie verärgert.

»Ich spür's einfach. Ich hab so eine Unruhe in mir.«

»Ach!« Katharina tat es mit einer Handbewegung ab und bearbeitete weiter die Saiten mit den beiden Klöppeln, schneller und schneller. Doch die Mutter gab einfach keine Ruhe mehr.

»Chatrina, sei so gut. Wer weiß, wie lange der Vater heute noch auf dem Turm ausharren muss, wenn das Gewitter kommt. Bring ihm doch das Essen hinauf, er hat heute kaum etwas mitgenommen.«

Daher wehte also der Wind. »Aber ich muss doch das Lied lernen bis zum Sonntag, sonst gibt es Ärger mit dem Vater, wenn ich danebenhaue.«

»Später übst du weiter, Kind. Geh rechtzeitig los, damit du wieder zu Hause bist, wenn das Gewitter losbricht. Beeil dich und nimm eine Jacke mit.«

»Eine Jacke, bei der Hitze?« Die Mutter übertrieb es manchmal wirklich mit ihren »Ahnungen«. Andererseits fiel es ihr heute besonders schwer, sich auf das Stück zu konzentrieren. Weil sie immer wieder an *ihn* denken musste. Den Studenten. Seit zwei Jahren ging sie nun täglich zur Arbeit in die Schneiderei Wyss, zuerst als Gehilfin und seit Kurzem als Lehrling. Und als sie heute am Feierabend vom Haus am Neumarkt auf die Gasse getreten war, hatte er sie angesprochen. Er trug ihr das Nadelkissen nach, das ihr vom Rockbund gerutscht war, weil sich das Samtband gelöst hatte. Er machte einen Kratzfuß, als er zu ihr aufschloss.

»Ist die Jungfer selbst auch so stachelig wie die Distel, mit der ihr Nadelkissen bestickt ist?«, fragte er mit belegter Stimme und rosa Öhrchen.

Katharina bedankte sich mit einem Knicks, nahm das Nadelkissen entgegen und knüpfte das grüne Seidenband wieder an ihren Schürzenbund. Wenn sie gewusst hätte, dass sie heute einem jungen Mann begegnen würde, dann hätte sie ihre Schürze schon in der Werkstatt abgelegt und sich jetzt nicht genieren müssen. Der dünne Kerl mit den engen gestreiften Hosen und dem taillierten Rock lüftete noch einmal seinen nicht mehr ganz neuen Zylinder. »Salomon Fehr«, stellte er sich vor, »Student der Jurisprudenz.« Seine Stimme war nicht kräftiger als seine Beine.

»Katharina Ammann«, sagte sie lächelnd. »Oder Chatrina, wie mich alle nennen.«

»Und was macht Ihr hier?« Der Student sah an der Hausfassade nach oben.

»Ich lerne hier im Haus, bei Frau Wyss, das Schneiderhandwerk.« Und dann sagte sie ihm, dass sie jetzt nach Hause müsste, weil die Mutter schon auf sie wartete. »Ade«, rief sie und lief mit dem hüpfenden Nadelkissen an ihrem Schürzenbund davon. Erst als sie am Haus zum Rech in die Spiegelgasse abbog, warf sie einen schnellen Blick zurück. Der Student war ein Stück hinter ihr und sah ihr nach. Schon wollte Katharina die Hand heben und winken, doch dann fiel ihr ein, dass sich das bestimmt nicht schickte. Normalerweise wäre sie noch an den Auslagen der Schaufenster in der Spiegelgasse stehen geblieben, doch heute pochte ihr Herz dafür zu laut. Sie lief die Gasse hinauf und war viel schneller zu Hause als sonst. Und völlig außer Atem.

Rudolf

Rudolf rannte die Krebsgasse hinauf und die Marktgasse wieder hinunter, riss die Ladentür zur Konditorei Vogel auf, dass sie wie zum Feueralarm bimmelte, und grüßte die Kundinnen, die sich hier zum Nachmittagsplausch eingefunden hatten. Auch Frau Vogel war unter ihnen. Ihr und ihrem Mann gehörte das Haus in der Marktgasse 5 und die Konditorei, in der Rudolfs Vater Geselle war.

»Wie geht es deiner Mutter, Ruedi?«, fragte ihn Frau Vogel.

»Ich habe Medizin für sie geholt.« Rudolf zog die Tinktur aus der Tasche und hielt sie den Damen hin. Von den Talern sagte er nichts. Sie blieben sein Geheimnis und das des Apothekers.

Rudolf nahm immer zwei Stufen auf einmal, die Hand fest auf das Fläschchen in seiner Tasche gepresst, damit es nicht herausfiel und am Boden zerschellte. Schon als er die Wohnungstür öffnete, wusste er, dass sich etwas verändert hatte. Da waren leise Geräusche von draußen zu vernehmen, wenn man die Ohren spitzte. Das müde Klappern von Pferdehufen in einer der Nachbargassen, ein Teppich, den eine Hausfrau oder ein Dienstmädchen in einem der Hinterhöfe ausklopfte, und etwas weiter den Hügel hinauf Richtung Neumarkt ein sich drehender Wetzstein, an dem einer von den Jenischen Messer und Scheren schliff. Er konnte das alles nur hören, weil jemand das Fenster in der Kammer seiner Mutter geöffnet hatte. Vielleicht sogar sie selbst. Als Rudolf den Kopf zur Tür hineinstreckte, lag sie wach in ihrem Bett unter dem angelehnten Fenster. Sie lächelte, als sie ihn sah.

»Mami«, sagte Rudolf, nahm das braune Fläschchen aus der Tasche und stellte es auf ihren Nachttisch. »Ich habe Medizin für dich aus der Apotheke geholt.«

»Hast du anschreiben lassen bei Meister Flückiger?« Sie streckte die Hand nach ihm aus.

»Ich hab's bezahlt«, antwortete er, »aus meiner Spardose.« Dann holte er sein kleines Paket aus der anderen Tasche, wickelte einen Taler aus dem Papier, brach ein Stück davon ab und hielt es seiner Mami an die Lippen.

»Was ist das?«, fragte sie.

»Medizin. Probier doch mal.«

Sie öffnete den Mund, und er legte ihr das Stück auf die Zunge. Vorsichtig kaute sie darauf herum.

»Das ist ja einmal eine Medizin, die schmeckt«, sagte sie, »nicht wie mein scharfer Thymianauszug. Und das soll mich gesund machen?«

»Ganz sicher«, behauptete Rudolf. »Der Apotheker hat's versprochen. Thymian hilft gegen den Husten, aber diese Taler machen, dass du wieder stark wirst und Freude am Leben hast.«

»Sagt Flückiger.«

»Glaubst du ihm etwa nicht?«, fragte Rudolf.

»Natürlich glaube ich ihm. Er ist doch ein Studierter und hat eine Prüfung an der Universität abgelegt. Wenn er es sagt, dann muss es stimmen. Und wie heißt diese Medizin?«

»Schokolade, sagte Meister Flückiger.«

»Schokolade, zum Essen«, murmelte sie. »Nicht zum Trinken. Aber für mich? Ich bin doch keine Prinzessin, Ruedi, sondern nur die Frau eines Konditorgesellen.«

»Du bist meine Mami.« Rudolf zog die Nase hoch. »Und du sollst endlich wieder gesund werden.«

Die Mutter nahm Rudolfs Hand und streichelte sie. »Dank

dir schön, Bub. Ich glaube, ich merke jetzt schon, wie die neue Medizin wirkt. Aber hoffentlich nicht gleich auf der Stelle.«

Rudolf sah sie ungläubig an. Wollte sie denn noch länger im Bett liegen bleiben?

»Damit ich vielleicht auch noch das zweite Stück bekomme«, sagte sie und kniff Rudolf in die Backe.

Sie hatte schon wieder ziemlich viel Kraft in den Fingern. Er strich sich über die schmerzende Wange und grinste.

Und dann stellte sie endlich die Frage, auf die er jetzt schon so viele Tage gewartet hatte: »Wie war's denn heute in der Schule?« Und Rudolf erzählte ihr die Geschichte von der Kiste in der Schipfe, aus der ein Schwein gesprungen und quiekend davongelaufen war.

»Jetzt schwindelst du mich aber an«, meinte seine Mami. »Das hast du dir doch gerade ausgedacht.«

»Nein, nein, ich schwöre, dass es genauso war!«

»Was du auf dem Heimweg von der Schule immer alles erlebst. Kein Wunder, dass du so lange brauchst für die kurze Strecke«, sagte sie. »Kannst du die Suppe noch einmal auf den Ofen stellen? Ich habe ein bisschen Hunger.«

»Ich auch.« Wie der Blitz sauste Rudolf in die Küche und stellte den Topf auf den Herd. Es war ein gutes Zeichen, dass sie endlich wieder Appetit bekam.

Als er mit einem Teller Suppe und einem Stück Brot zurückkam, war der erste Taler schon verputzt.

»Da kann man ja gar nicht mehr aufhören«, sagte seine Mami. »Ich kann kaum glauben, dass das wirklich Medizin ist. Aber sie macht mich richtig froh.«

Vorsichtig hielt Rudolf den Teller, damit seine Mutter daraus essen konnte.

»Diese Schokolade aus der Elephanten-Apotheke ist bestimmt sündhaft teuer, oder?«, fragte sie.

»Wenn ich ein bisschen größer bin, mache ich selbst welche«, behauptete Rudolf.

»Du willst Apotheker werden? Bisher dachte ich immer, du gehst bei deinem Vater in die Lehre und wirst Zuckerbäcker.«

Rudolf nickte. »Natürlich. Aber Schokolade ist immerhin eine Süßspeise. Und das können wir doch besser als der Apotheker Flückiger.«

»Wir?«, fragte die Mutter.

»Ich und mein Papi.«

»Weiß er denn schon von deinen Plänen?«

»Noch nicht«, gab Rudolf zu.

»Es hat ja auch noch ein paar Jahre Zeit, bis du mit der Schule fertig bist und bei ihm in die Lehre gehst. Dann hast du immerhin schon einen Plan. Aber, Ruedi, wenn der Papi da nicht mitmacht? Was machst du dann?«

Rudolf hielt den Teller schräg, damit er auch noch den letzten Rest Suppe für seine Mami herauslöffeln konnte. »Dann mache ich die Schokolade eben allein«, sagte er. »Aber ich werde sie machen, du wirst schon sehen!«

Katharina

Vierundzwanzig, fünfundzwanzig, sechsundzwanzig. Katharinas Augen gewöhnten sich schnell an das düstere Zwischenlicht des Turms. Die Luft war stickig, und die Mauern waren so feucht, als schwitzten sie. Bis zum ersten Treppenabsatz waren es siebenundzwanzig Stufen, nicht sechsundzwanzig. Sie hatte sich wieder einmal verzählt. Ihr Vater meinte, sie müsse sich einfach nur besser konzentrieren beim Zählen und nicht den Kopf voller Flausen haben. Doch jetzt war es das Essen im Topf, auf das Katharina aufpassen musste. Und so sicher war sie nicht bei den höheren Zahlen. In den vier Jahren, die sie die Schule besucht hatte, waren sie nie so weit gekommen. Und dabei war sie sogar im Sommer wie im Winter zur Schule gegangen. Nicht wie die Fabriklerkinder in der Stadt, die oft nur zur Sonntagsschule kamen, oder die Bauernkinder, die nur im Winter hingingen. Denn im Sommer mussten sie auf den Feldern und in den Ställen mithelfen. Das Rechnen hatte Katharina erst später bei ihrem Vater gelernt. Auch das Schreiben hatte sie hier oben in der Türmerstube geübt, denn in der Schule war dafür immer zu wenig Zeit gewesen. Es genügt, wenn ihr ein wenig lesen und euren Namen schreiben könnt, hatte der Lehrer gesagt. Wem würdet ihr auch Briefe schreiben? Jedes Christenkind sollte halbwegs die Bibel lesen können, andere Bücher schien der Lehrer nicht zu kennen. Doch hier oben, in der Stube ihres Vaters, gab es Bücher, fromme und weniger fromme, soweit Katharina das beim Durchblättern festgestellt hatte. Es war immer etwas Besonderes, einen der dicken Ledereinbände aufzuschlagen und raschelnd die Vorsatzblätter, wie der Vater die Seiten nannte, die noch nicht ganz beschrieben waren, zu wenden, um an den Anfang einer Geschichte zu gelangen. *Was ich von der Geschichte des armen Werther nur habe auffinden können, habe ich mit Fleiß gesammelt und lege es euch hier vor, und weiß, dass ihr mir's danken werdet. Ihr könnt seinem Geist und seinem Charakter eure Bewunderung und Liebe, seinem Schicksale eure Tränen nicht versagen.* Diese zwei langen Sätze hatte Katharina mittlerweile so oft gelesen, dass sie sie im Kopf aufsagen konnte.

Siebenundvierzig, achtundvierzig, neunundvierzig. Am nächsten Absatz waren es auf einmal zwei Stufen zu viel, und

Katharina gab das Zählen auf. Gelesen hatte sie das ganze Buch des Herrn Goethe immer noch nicht. Wenn schon die ersten Sätze so lang und schwer waren, würde es ihr vielleicht nie gelingen. Aber irgendwann hätte sie schon gern erfahren, was es denn nun mit diesem Werther auf sich hatte und warum er so arm dran war.

Ihr wurde immer heißer in der Jacke, die die Mutter ihr aufgeschwatzt hatte. Sie setzte den Topf ab, zog die Jacke aus und hängte sie sich über den Arm. Sie war jetzt im Läutboden angekommen, von dem aus die fünf Glocken der Kirche St. Peter geläutet wurden. Doch vor der Glockenstube kam auf der nächsten Etage erst noch die Uhrenstube. Herr Hüttinger, der Uhrenrichter, kam mehrmals am Tag herauf, um die Gewichte der Uhr mithilfe eines Flaschenzugs aufzuziehen. Die Uhr von St. Peter war nämlich die allerwichtigste in der Stadt. Nach der Zeit, die sie angab, mussten sich alle anderen Uhren der Stadt richten. Der Vater sagte, das Ziffernblatt des Turms von St. Peter sei das größte auf der ganzen Welt. Es maß über acht Meter in der Länge und Breite. Der Stunden- und der Minutenzeiger waren aneinandergelegt so lang wie einer der Weidlinge auf der Limmat, nämlich über zehn Meter. Als der Vater Katharina zum Schuleintritt mit einem Zollstock maß, hatte er gerufen: »Nun bist du endlich so groß wie eine der römischen Ziffern an der Uhr von St. Peter.«

Nach dem Läutboden und der Uhrenstube durchstieg Katharina die Glockenstube mit den fünf Glocken, von denen die größte die Totenglocke und die kleinste die Taufglocke war. In vierzig Metern Höhe hatte sie endlich das Wächtergeschoss erreicht. Hier endete das Mauerwerk. Der aufgesetzte Spitzturm war mit vielen Tausend Holzschindeln aus dem Engadin gedeckt. Und in der Türmerstube saß ihr Vater, der Feuerwächter von St. Peter war, seit Katharina denken konnte.

Eigentlich seit sie auf der Welt war. Hier hatte der Papi sein Bett, seinen Tisch und Stuhl stehen und das Regal mit den Büchern. Am wichtigsten aber waren das Feuerhorn, das der Wächter blasen musste, wenn er irgendwo eine Flamme lodern sah, und die rote Fahne, mit der er aus einem der vier Fenster die Richtung anzeigen musste, aus der das Feuer kam. Nachts benutzte er anstelle der Fahne eine rote Laterne und gab mit ihr Zeichen.

Ihr Vater hatte sie wie immer schon an ihren Schritten und dem keuchenden Atem erkannt. Sonst ließ sich hier auch selten einer blicken. Die Mutter, die ihn früher öfter besucht hatte, schickte inzwischen lieber Katharina zu ihm hinauf.

»Chatrina, was machst du denn hier? Ich hab doch alles dabei, was ich brauche.« Der Vater trug wie immer seine dunkle Lederhose, die bis übers Knie reichte, ein Leinenhemd, helle Strümpfe und Schuhe aus Wildleder. Erst wenn er sich an den Wochenenden ein rotes Tuch um den Hals band, wurde ein Musikant aus ihm. Hier oben versah er seinen Dienst als Feuerwächter der Stadt, und bei jedem Glockenschlag zur Viertelstunde machte er seine Runde im Turm, öffnete nacheinander jedes der vier Fenster und ließ den Blick über die Stadt und die Landschaft schweifen. Wenn ihm etwas verdächtig vorkam, nahm er das Fernrohr zur Hand. Dazwischen baute, sägte und schliff er an seinen Instrumenten.

»Mami sagt, dass heute noch ein Gewitter kommt«, keuchte Katharina.

»Heute noch, sagt sie?« Kaspar Ammann stand auf und sah zum Fenster hinaus, hinüber zu den beiden Türmen des Grossmünsters. Blauer Himmel. Er trat zum gegenüberliegenden Fenster, das zum Albis hinausging. Dort türmten sich ein paar harmlose Wolken über dem Bergzug, der im Uetliberg über der Stadt endete.

»Hört sie mal wieder die Flöhe husten, unsere Babette«, sagte der Türmer und ging zurück an seinen Arbeitstisch.

Er hatte den Korpus eines Hackbretts mit einem Stück Leinen poliert, auf das Sandkörner aufgebracht waren. Die Lappen zum Schleifen der Instrumente stellte er selbst her. Doch den Geruch des Knochenleims, den er zum Aufkleben der Sandkörner verwendete, konnte Katharina nicht ausstehen. Sie öffnete deshalb ein Fenster.

Sie betrachtete das kleine Brett, an dem der Vater gerade arbeitete, mit einem einzigen Schallloch. Als Nächstes würde er die Stege aufleimen und dann die Saiten darüber spannen, immer drei an einem Chor.

»Du kannst schon bald darauf spielen«, meinte der Vater.

Katharina war immer die Erste, die die neuen Instrumente bespielen durfte. Während sie die Klöppel über die Saiten bewegte, lauschte ihr Vater aufmerksam, ob der Klang sauber war oder einzelne Saiten schnarrten. Dabei bemerkte er auch jede kleinste Unsicherheit in ihrem Spiel, jeden nicht ganz sauber getroffenen Ton. Doch sagen musste er nichts, denn sie hörte es selbst ebenso gut.

»Was gibt es Neues aus der Schneiderstube Wyss?«, fragte ihr Vater.

»Nichts Besonderes«, antwortete Katharina.

Ihr Vater öffnete den Deckel des Suppentopfs, steckte einen Finger hinein und leckte ihn ab. »Mhm, die Bündner Gerstensuppe gelingt deiner Mutter wirklich immer.«

Katharina sah ihm zu, wie er einen Löffel aus der Schublade nahm und begann, die Suppe aus dem Topf zu löffeln. Sollte sie es ihrem Papi erzählen? Warum eigentlich nicht? Sie erzählte ihm ja sonst auch alles. Und sie war schließlich vor Kurzem vierzehn geworden. »Ich habe heute einen jungen Mann kennengelernt«, sagte Katharina. »Am Neumarkt. Einen Studenten.«

»Einen Studenten? Soso.« Er tat, als wäre es gar nichts Besonderes, und löffelte weiter, ohne sie auch nur anzusehen. »Und? Hat er dir gefallen?«

Katharina errötete und nahm einen Schluck Wasser. Sie sah den jungen Mann mit der Streifenhose und dem engen taillierten Rock vor sich, den fadenscheinigen Zylinder in den Händen drehend. »Er war sehr dünn und hatte ganz rote Ohren«, sagte sie. »Und sein Zylinder war nicht mehr ganz neu.«

»Aha. Eine Bohnenstange ist er also, eine verhungerte«, sagte er und schlürfte die Bündner Suppe. »Und noch nicht einmal einen anständigen Hut kann er sich leisten. Dann ist er nichts für dich, wenn er nicht einmal genug für sich selbst hat.«

»Vater«, regte Katharina sich auf, »er hat mir doch nur mein gesticktes Nadelkissen nachgetragen, das mir runtergefallen ist. Du tust geradeso, als hätte er mir einen Antrag gemacht.«

»Das wäre ja auch noch schöner«, meinte Kaspar Ammann. »Meine schöne Tochter mit dem dunklen Haar.«

»Wie eine Jenische, sagen manche Leute.«

»Ach, lass sie nur reden. Sie sind doch nur neidisch.«

Die Glocke unter ihnen schlug das erste Viertel nach der vollen Stunde. Der Vater ging zuerst an das Südfenster, und Katharina übernahm ganz automatisch den Kontrollblick aus dem nördlichen Turmfenster. Der Himmel war jetzt auf einmal dunkel, fast schwarz. Da braute sich wirklich etwas zusammen über der Limmat, dicke graue Wolken schoben sich übereinander. Als sie in der Mitte des Flusses angekommen waren, schoss ein Blitz daraus hervor und ging auf der Limmat-Insel nieder.

»Papi!«, schrie Katharina. Sie hatte den Fensterflügel noch in der Hand. »Auf der Papierwerd hat der Blitz eingeschlagen.«

Mit einem Satz war ihr Vater hinter ihr. Mein Gott, das

Gedeckte Brüggli, die Holzbrücke, die zur Werd hinüberführte, würde doch hoffentlich nicht in Flammen aufgehen. Offenbar hatte der Einschlag eines der Mühlengebäude getroffen. Ihr Vater blies bereits das Feuerhorn über die feierabendliche Ruhe der Stadt. Die meisten Zürcher würden gerade beim Abendbrot sitzen. Katharina schwenkte die Fahne, während der Vater die rote Laterne entzündete. Die Werdinsel war auf allen Seiten von Wasser umgeben. Es würde eine Weile dauern, bis die Flammen auf die Ufer übergreifen konnten. Wenn die Brandwachen sofort ausrückten, ließe sich vielleicht das Schlimmste verhindern.

»Hat die Mami doch recht gehabt«, rief ihr der Vater zu. »Gut, dass sie dich zu mir heraufgeschickt hat! Lauf geschwind hinunter zum Brandmeister in der Stegengasse. Du kennst doch den Weg?«

Katharina nickte und lief los. Während sie die Glockenstube durchquerte, hörte sie ihren Vater oben erneut das Feuerhorn blasen. Auf der St. Peterhofstatt, vor der Kirche, liefen die ersten Männer zusammen, und Katharina schrie so laut sie konnte: »Fürio, Fürio!«, und lief zum Haus des Brandmeisters.

Rudolf

Der See sah an diesem Morgen ganz anders aus als sonst. Die Sonne war gerade aufgegangen, und über dem östlichen Ufer stand ein schmaler Streifen Himmel, blau wie Vergissmeinnicht. Darüber zog sich ein lachsrosa Wolkenband wie ein über den Strand geworfenes Fischernetz.

Während die Gesellen und Helfer aus der Confiserie Vogel, unter ihnen Rudolfs Vater, ihre sorgfältig in Kisten verpackten Torten immer zu zweit auf hölzernen Tragen zum See trugen, blieb Rudolf erst einmal staunend stehen und betrachtete den Himmel.

»Jetzt schau doch nur, David, wie dein Bub andächtig dasteht, wie am Sonntag in der Kirche«, rief Ueli Rudolfs Vater zu. »Als würde er den See heute zum ersten Mal sehen.«

Rudolf hatte gar nicht bemerkt, dass er seine beiden Körbe abgestellt hatte. Schnell nahm er zuerst den Korb mit den Erdbeertörtli und dann den zweiten mit den Gugelhöpfli mit Zuckerguss wieder auf und lief auf das Boot zu, das von den Gesellen und den beiden Schiffsleuten bereits beladen wurde. Der flache Kahn hatte in der Mitte ein Dach aus Stroh, um Fahrgäste und Frachten vor der Sonne zu schützen. Bis nach Küsnacht mussten die Schiffer die Kisten aus der Confiserie Vogel bringen. Sie war am ganzen Zürichsee für ihre Torten und das Gebäck bekannt und wurde bei großen Hochzeitsfeiern gern für die Süßspeisen angefragt.

»Los, los jetzt!« Rudolfs Vater mahnte zur Eile, nachdem er selbst noch einmal kontrolliert hatte, ob die Fracht auch sicher verstaut war. Es konnte ihm gar nicht schnell genug gehen, die kostbaren Waren aus der Backstube heil nach Küsnacht zu bringen. Der Weg über den See war sicherer als das Geholpere im Fuhrwerk auf den Straßen.

»Ihr habt doch bestimmt alles sorgfältig verpackt, wie immer. Ihr seid doch ein Hunderprozentiger, Sprüngli, oder? Wär ja auch nicht das erste Mal, dass wir Euer Zuckerwerk heil übers Wasser bringen.«

»Verpackt sind sie jedenfalls ordentlich. Daran liegt es nicht, wenn etwas passiert«, antwortete David Sprüngli und setzte sich inmitten der Körbe und Kisten, damit er im Notfall alles mit den Händen erreichen und festhalten konnte. »Eher schon daran, wie lange ihr braucht und wann ihr endlich losfahrt. Ich wäre jedenfalls so weit.«

»Ein lustiger Mann ist dein Vater.« Einer der Ruderer zwinkerte Rudolf zu. »Und so umgänglich und gesellig.«

Für seinen Humor war sein Vater nicht gerade bekannt. Eher für seinen Fleiß und seine ständige Betriebsamkeit. Er arbeitete von früh bis spät und war immer auf den Beinen. »Was der Sprüngli schafft, mit seinen fünfzig Jahren«, hatte vor Kurzem Ratsherr und Konditor Vogel, sein Chef, gesagt, »das gelingt zwei jungen Gesellen zusammen nicht.« Nur lachen sah man den alten Sprüngli mit seiner breiten Stirn, dem immer noch dichten, dunklen Haar und dem kurzen Hals, der seiner Gestalt etwas Gedrungenes, Bulliges verlieh, selten. Für den Humor war im Hause Sprüngli eher die Mutter zuständig.

»Also los! Wir sind ja schließlich auch nicht zum Vergnügen da.« Der Schiffer sprang aufs Boot und nahm seinen Platz links im Heck ein, während vorne schon sein Kollege stand und das lange Ruder nach rechts über den Bug hinausstreckte. »Nicht wie die da drüben«, fügte er hinzu und zeigte mit dem Kopf hinüber zu einem zweiten Boot etwas weiter draußen auf dem See, das gerade von zwei ebenfalls stehenden Ruderern an ihnen vorbeigesteuert wurde.

Auch Rudolf sah wie alle anderen hinüber. Zwei Passagiere saßen in dem Weidling, ein Mann mit dem Rücken zur Fahrtrichtung und ihm gegenüber ein hübsches Mädchen, das vielleicht seine Tochter war. Er trug ein weißes Hemd unter dem dunklen Wams und um den Hals ein rotes Tuch. Neben ihm lag ein Akkordeon auf der Sitzbank. Auch das Mädchen hatte ein Instrument bei sich, das in ein Tuch geschlagen war. Der

Form nach musste es ein Hackbrett sein. Auch sie trug ein rotes Tüchlein um den Hals, über das ihre zu Korkenziehern gedrehten schwarzen Locken fielen. Ihr Strohhut war mit einer rosa Seidenschleife unter dem Kinn gebunden und ihr Gesicht hinter einem papiernen Fächer verborgen, der mit Musiknoten bemalt war. Wenn sie von einer Seite zur anderen nacheinander gesungen oder gespielt wurden, mussten sie wohl eine Melodie ergeben. Rudolf hätte sie nur zu gern gehört. Und am liebsten mit der Stimme dieses Mädchens vorgetragen, von dem er nur das Haar und ein Paar ebenso dunkler Augen sah. Rudolf spürte ein seltsames Kribbeln im Bauch, als kitzelte ihn etwas von innen. Es musste etwas mit dem Mädchen zu tun haben, das ihr Gesicht immer noch hinter dem Fächer verbarg. Sie war bestimmt so schön wie das Schneewittchen aus dem alten Märchenbuch. Oder noch schöner.

Die Schiffer hängten ihre Rudernägel in die Seite des Kahns, damit die Ruder eine Führung hatten.

»Ist das nicht der Feuerwächter zu St. Peter mit seiner Tochter?«, rief der Kollege vom Bug.

Das Mädchen bemerkte, dass die Schiffer und die Gehilfen an Land zu ihr hinübersahen, und winkte ihnen freundlich zu. Ihr Vater nahm das Akkordeon zur Hand und spielte einen fröhlichen Ländler an.

»Darf ich mit nach Küsnacht fahren, Vater?«, rief Rudolf schnell, während der Kahn schon fast ablegte.

»Wolltest du nicht mit Heini an den Platzspitz zum Fischen?«, fragte sein Vater.

»Das schöne Meitli hat ihm den Kopf verdreht«, zog der Schiffer ihn auf. »Er möchte halt auch einmal bei der Hochzeit mit ihr tanzen, gell, Ruedi?«

»Kannst du denn schon tanzen?«, fragte Ueli. »Bei deinem

Vater kannst du es jedenfalls nicht gelernt haben. Den habe ich noch nie bei einem Tanz gesehen.«

»Dann steig ein«, rief sein Vater, »aber schnell, wir müssen los.« Dass die anderen sich über ihn lustig machten, schien ihn nicht zu kümmern.

Rudolf sprang ins Boot und es kam ein wenig ins Schaukeln, aber die beiden Schiffer hatten das Gleichgewicht mit ihren langen Rudern schnell wiederhergestellt.

»Dann wollen wir mal sehen, wer zuerst in Küsnacht ankommt«, rief der Ruderer im Heck und fand schnell einen gemeinsamen Rhythmus mit seinem Kollegen vorne.

Der Himmel klarte auf und die beiden Boote lagen fast gleichauf. Rudolf betrachtete das Mädchen immer so lange, bis sie seine Blicke bemerkte und ihn angrinste. Erst dann sah er weg. Rudolf hätte sie so gern spielen gehört. Aber sie waren ja nur Lieferanten der Confiserie Vogel und keine Hochzeitsgäste. Ab dem Ausladen waren die Wirtsleute für die Torten zuständig und der Vater würde gleich wieder zurückfahren.

In Küsnacht half Rudolf beim Ausladen. Die Musikanten waren schon auf dem Weg hinauf zum Gasthof davongeeilt.

»Eine Stange Bier, Sprüngli? Ihr müsst doch durstig sein nach Eurer Fahrt über den See.« Die Wirtin schenkte dem Vater ein Glas Bier ein, und Rudolf nutzte die Gelegenheit, um sich davonzustehlen und nach dem Festsaal zu suchen. Dort fand er das Akkordeon, einen Kontrabass, der an der Wand lehnte, und an der Stirnseite des langen, festlich eingedeckten Tisches saß das Mädchen. Ihr Haar war schwarz wie Ebenholz, und sie lächelte, als sie Rudolf entdeckte und ihn wiedererkannte.

»Ah, du bist das«, sagte sie. »Der Bursche aus dem anderen Boot.«

»Ich heiße Rudolf«, sagte er. »Und du?«

»Katharina«, antwortete sie. »Aber die meisten nennen mich Chatrina. Kannst du auch ein Instrument spielen?«

Rudolf schüttelte den Kopf. »Spielst du mir etwas vor?«

Sie zögerte nur kurz. »Na gut. Ich muss sowieso das Hackbrett einspielen und nach der Seefahrt noch einmal stimmen.« Sie zog zwei dünne Stöcke aus einem Stoffbeutel und schlug damit die Saiten an, zart und zugleich fest. Rudolf spürte wieder, wie es in seinem Bauch und auf der Haut zu kribbeln begann, bis hinauf zum Kopf. Eine Gänsehaut lief ihm über den Rücken, und plötzlich erschien ihm die Weise, die sie spielte, nicht mehr nur süß, sondern zugleich traurig. So traurig, dass ihm fast zum Weinen war.

»Was hast du denn?«, fragte sie und hörte auf zu spielen. »Du machst so ein komisches Gesicht. Gefällt dir das Lied nicht?«

»Doch, doch«, beteuerte Rudolf und presste die Lippen zusammen.

Sie sah ihn misstrauisch an. »Du hast doch irgendwas. Jetzt heraus mit der Sprache.«

»Ich ... ich möchte dich heiraten«, stammelte Rudolf und wurde rot.

»Was, jetzt auf der Stelle?« Sie lachte.

»Nicht jetzt«, sagte Rudolf. »Wenn ich groß bin.«

»Wenn du groß bist, Rudolf, bin ich doch schon eine alte Jungfer.« Sie grinste. »Ich bin ja schon vierzehn. So lange kann ich nicht warten, bis du erwachsen bist.«

»Du musst aber.« Am liebsten hätte Rudolf Katharinas Hände genommen und ihr einen Kuss auf den Mund gedrückt. So ernst war ihm die Sache.

»Aber warum denn?« Sie legte die beiden feinen Klöppel zur Seite und sah ihn an.

»Weil ich nur dich will und keine andere.«

»Ja, Moment«, sagte sie. »Und ich werde gar nicht gefragt?«

»Willst du mich denn nicht?«

»Ich kenne dich doch gar nicht. Und ich bin älter als du. Das passt nicht zusammen.«

»Doch, doch, das passt, du wirst schon sehen. Wenn ich erwachsen bin, werde ich auch viel größer sein. Größer als du bestimmt. Und ich werde als Konditor und als Schokoladenmacher mein eigenes Geld verdienen. Ich werde gut verdienen. Und du wirst noch schöner sein als jetzt.«

»So?«, fragte sie grinsend. »Woher willst du das wissen, kannst du vielleicht in die Zukunft sehen?«

»Ich weiß es einfach«, behauptete Rudolf. »Nur warten musst du auf mich.«

Katharina lächelte. Sie schien ihn nicht ernst zu nehmen, doch Rudolf meinte es genau so, wie er es sagte.

Zusammen mit Katharinas Vater trat David Sprüngli in den Saal, mit diesem mürrischen Ausdruck im Gesicht, der die meisten Menschen einschüchterte, auch Rudolf. Mit gesenktem Kopf sah er von dem Mädchen zu Rudolf, dann wandte er sich zur Tür.

»Wir fahren!«, sagte er. Es war ein Befehl.

»Ade«, sagte Rudolf und folgte seinem Vater. Ein letztes Mal sah er zu Katharina, und sie schenkte ihm ein unbeschreiblich süßes Lächeln, das sich auch in ihren Augen spiegelte, die dunkel glänzten wie reife Kirschen.

»Ruedi!« Rudolf war auf dem Heimweg von der Schule, als der Apotheker ihn auf der Gasse abfing. Er wedelte mit der Zeitung und machte ihm Zeichen, dass er zu ihm kommen sollte.

»Was gibt es denn, Meister Flückiger?«, fragte Rudolf, als er die Elephanten-Apotheke betrat.

»Kennst du einen Herrn Suchard aus Neuenburg?«, fragte Flückiger. Rudolf verneinte.

»Suchard?«, fragte er. »Ist das ein Franzose?«

»Ein Schweizer«, sagte Flückiger. »Hier, pass auf.« Er zeigte mit dem Finger auf eine Textspalte. »Am besten liest du es selbst. Du kannst doch lesen, oder?«

Rudolf nickte. Dabei hatte er eigentlich noch nie Zeitung gelesen, sondern immer nur in der Schule von der Tafel. Es dauerte eine ganze Weile, bis er den Namen dieses Schweizers entziffert hatte, und dann sprach er ihn auch noch falsch aus. Er war noch beim Vornamen, als Flückiger ihm die Zeitung schon wieder entriss.

»Da musst du erst noch Französisch lernen, Ruedi. Aber wenn du ein Mann von Welt oder auch nur ein Mann mit Kultur werden willst, ist das sowieso unerlässlich.«

»Was ist denn jetzt mit diesem Herrn aus Neuenburg?«, fragte Rudolf.

»Also hör zu, was hier über diesen Mann steht: Philippe Suchard lernte bei seinem Bruder in Bern das Konditorhandwerk. Er ist also ein Kollege von deinem Vater sozusagen. Ein junger Kollege. Dann reiste er nach Amerika, um dort Schweizer Uhren und Stickereien zu verkaufen. Zurück von seiner Reise, eröffnete er letztes Jahr ein Süßwarengeschäft in Neuchâtel. Neuchâtel ist dasselbe wie Neuenburg, nur eben auf Französisch«, erklärte Flückiger. »Und jetzt pass auf, Ruedi: In diesem Jahr nun, Anno Domini 1826, gründete er in Serrières bei Neuchâtel die Schokoladenfabrik Suchard.«

Darum las der Apotheker ihm also aus der Zeitung vor. Suchard war ein Schweizer Schokoladenfabrikant!

»In der Fabrik des Herrn Suchard werden Maschinen eingesetzt, die mit Wasserkraft angetrieben werden. Erfunden hat dieser Fabrikant seine Maschinen selbst. Er ist also nicht nur Fabrikant, sondern auch Tüftler und Erfinder«, sagte Flückiger. »Und jetzt hör zu, was dieser Mann erfunden hat. Ah, wenn ich nicht schon einen Beruf hätte, könnte ich mir durchaus vorstellen, auch so herumzutüfteln und etwas zu erfinden.«

»Was hat er denn erfunden, dieser Suchard?«

»Warte, hier steht es: einen Mélangeur.«

»Und was soll das sein?«

»Ein Mélangeur ist ein Mischer. Damit vermengt er Kakao und Zucker, und zwar ein bisschen besser als ich in meinem Mörser, nehme ich an. Hier steht auch, wie dieser Mischer aussieht: Der Mélangeur ist ein flaches Granitbecken, das von unten angewärmt wird. Im Becken werden Granitwalzen hin- und herbewegt. Mit Wasserkraft, nicht mit der Hand. Na, was sagst du dazu?« Der Apotheker sah Rudolf über den Rand seiner Brille an.

»Dann wird er mit dem Mischer auch mehr Ertrag haben als Ihr mit Eurem Mörser«, antwortete Rudolf.

»Mit Sicherheit!«, sagte Flückiger.

»Und wenn er viel Schokolade macht, dann muss er sie auch nicht so teuer verkaufen wie Ihr Eure Ware.«

Der Apotheker sah ihn scharf an. »Heißt das, du findest meine Preise zu hoch?« Flückiger schnaubte. »Dabei habe ich dir einen Spezial-Ruedi-Sprüngli-Preis gemacht, als deine Mami krank war und du mit deiner Büchse mit den kleinen Münzen ankamst.«

War ihm der Apotheker jetzt böse? Rudolf kannte sich nicht mehr aus. »Ich«, er stockte. »Ich habe es doch nicht so gemeint.«

»Ist doch klar.« Flückiger klopfte ihm auf die Schulter. »Ich habe ja auch nur Spaß gemacht.«

Rudolf wollte sich die französischen Wörter alle merken, damit er zu Hause der Mutter davon erzählen konnte. Aber bis er am Mittagstisch saß, hatte er sogar den Namen des Erfinders vergessen, und den seiner Erfindung gleich dazu. Nur wie sein Mischer in etwa funktionierte, das hatte er sich sehr wohl gemerkt.

1830

Rudolf

Während der Nacht hatte Rudolf viele Male aus dem kleinen Fenster in der dunklen Kammer geschaut, ob nicht endlich ein Streifen Tageslicht zu erkennen wäre, aber es blieb schwarz, als hätte jemand ein Tintenfass über die Stadt ausgeschüttet. Vorsichtig drehte er sich wieder zur Wand. Wenn die knarrende Bettstatt seinen Bruder aufweckte, dann würden die Pantoffeln fliegen. Eigentlich konnte er sich auf die Mutter verlassen, dass sie ihn zur rechten Zeit weckte. Doch sobald der Schlaf ihm die Augen verdrehte, schreckte er wieder hoch. Gegen Morgen musste er dann doch irgendwann eingeschlafen sein, denn die Mutter rüttelte eine ganze Weile an seiner Schulter, bis er endlich die schweren Lider hob. Milchig graue Schlieren lagen jetzt auf dem Kammerfenster, und Rudolf war so müde, als sei er die ganze Nacht im Kreis gelaufen.

»Es ist so weit«, flüsterte die Mutter und schlug seine Decke zurück. Rudolf zog die Knie an, umschlang sie mit beiden Händen und machte sich rund. Dann sog er die Luft tief ein, blähte sich auf, um sich Mut zu machen, und schwang endlich die Beine aus dem Bett. Es knarrte, sein Bruder grummelte, wurde aber nicht wach. Heute war tatsächlich er, Rudolf, früher dran als David mit dem Aufstehen. Dass das für lange Zeit, womöglich für die nächsten drei Jahre so bleiben würde, bei diesem Gedanken zog Rudolf die Schultern hoch. Nur nicht daran denken.

»Du gewöhnst dich schon noch dran«, sagte die Mutter, als er durch die Küche hinaus zum Abtritt stolperte. »Der Erste in der Backstube ist sowieso immer dein Vater«, hörte er sie sagen. »Und das wird auch so bleiben.«

Nachdem er sich gewaschen hatte, stand sein Frühstück auf dem Tisch.

»Iss«, sagte die Mutter. »Du wirst es an deinem ersten Tag brauchen. Den Sohn vom Sprüngli werden die Gehilfen und die anderen Gesellen besonders genau im Auge behalten.«

»Aber ich kenne sie doch alle, den Ueli, den Simon und den Christoph. Schon ganz lange.«

»Und sie kennen dich. Aber jetzt bist du nicht mehr der kleine Ruedi. Jetzt bist du der Lehrling und sie alle stehen über dir. Wirst schon noch verstehen, was ich meine. Ab heute bist du der vierte Mann in der Backstube. Und der kleinste. Aber wenn sie es zu arg treiben, dann sagst du es dem Vater. Oder mir.« Sie strich ihm das Haar aus der Stirn.

»Und was ist das?«, fragte Rudolf. Neben ihm auf der Bank stand seine alte Tanse. Der Vater hatte ihm die Rückentrage gebaut, als er vier oder fünf Jahre alt gewesen war. Er hatte sie immer dann angelegt, wenn das Fuhrwerk Zucker und Mehl aus ganz großen Fässern für die Backstube in der Marktgasse lieferte. Woher die Kinder in der Nachbarschaft immer blitzschnell von diesen Lieferungen erfuhren, war ein Rätsel. Aus allen Gassen strömten sie herbei, während die Fässer abgeladen wurden, denn nicht alle Dauben waren zu hundert Prozent dicht und immer rieselte hier und da etwas Zucker heraus und blieb auf dem Pflaster liegen. Darauf stürzten sich die Kinder. Sie hockten sich unter das Fuhrwerk und krochen hervor, sobald die Gehilfen ihre Bütten mit Handschaufeln aus den großen Fässern gefüllt hatten und sie auf den Rücken hoben, um sie ins Haus zu tragen. Meist waren es Christoph oder Simon, die auch Rudolfs Tanse auffüllten und ihm auftrugen, ja nichts von der kostbaren Fracht zu verschütten. Aber weshalb hatte die Mutter sie heute vom Dachboden geholt?

»Schau doch mal rein«, sagte die Mutter.

Obenauf lag eine Jacke aus weißem Leinen, nicht ganz neu, aber frisch gewaschen und geplättet. Darunter eine weiße Bäckermütze und eine Schürze zum Binden.

»Wo kommt das denn alles her?«, fragte Rudolf.

»Wo wird es wohl herkommen?«, antwortete die Mutter. »Genäht habe ich es, und seit dem Frühling frage ich mich, ob du wohl noch hineinpassen wirst im September.«

Rudolf setzte zur Probe die Mütze auf. Ob es noch einen zweiten Konditorlehrling in Zürich gab, der seinen ersten Tag in der Backstube in frisch geplätteter und vollständiger Bäckerkluft antrat? Würden sie ihn nicht gleich dafür hänseln, wenn er so geschniegelt ankam?

»Na los, zieh dich um, und dann runter mit dir in die Backstube.«

Katharina

Katharina betrat vom Neumarkt aus das Haus mit dem alten Zunftzeichen über dem Eingang – eine aufgeklappte Schere –, lief die Treppe zum ersten Stock hinauf und öffnete wie jeden Tag die geschnitzte Tür zur Schneiderstube. Sie merkte gleich, dass irgendetwas anders war als sonst. Also blieb sie stehen und lauschte. Da war Frau Wyss, die im Anprobezimmer mit einer Kundin plauderte. Die beiden Näherinnen, die im Arbeitszimmer tuschelten, leise, wie immer, wenn Kundschaft im Haus war. Sonst hörte sie nichts, und das fühlte sich seltsam an. Sie musste ein bisschen überlegen, drehte sich einmal im Kreis und dann wusste sie es: Aus der Küche am Ende des Gangs kam nicht ein einziger Laut. Katharina ging der Stille nach. Auf der Anrichte stand wie immer der Vogelbauer aus geflochtenem Draht. Hänsli, der Kanarienvogel, saß auf der obersten Stange, auf der er meistens saß, lebendig und dem Anschein nach gesund, nur völlig stumm.

»Guten Morgen, Hänsli, magst du heute gar nicht singen?« Normalerweise nuschelte, trillerte, schnäbelte der Kanarienvogel von morgens bis abends ohne Unterlass. Er ahmte Amseln oder Meisen nach, und manchmal versuchte er, wie ein Rabe zu krächzen. Katharina öffnete das Fenster, damit ihn die Geräusche von der Gasse zum Singen animierten. Doch der Vogel machte keinen Mucks. Vielleicht war er doch krank.

»Was hat das Hänsli denn?«, fragte Katharina die beiden Näherinnen.

»Wieso, was meinst du?« Gritli hob den Kopf von ihrer Näharbeit. »Ist er nicht in seinem Käfig?« Sie rückte näher ans Fenster, um ihr feines Seidengarn durch das Nadelöhr zu fädeln.

»Doch«, sagte Katharina. »Aber er singt nicht.«

Mareili, die eine Ärmelnaht versäuberte, zuckte mit den Achseln.

Die beiden mussten taub sein. Da sang dieser Vogel tagein, tagaus, von morgens bis zum Feierabend, und ihre Kolleginnen bemerkten es nicht, wenn er plötzlich verstummte.

»Wer ist denn heute bei der Chefin zur Anprobe?«, fragte

Katharina, band sich ihre Schürze um und heftete sich das Oberteil mit zwei feinen Nadeln ans Kleid.

»Die Tochter von unserem Friedensrichter«, flüsterte Gritli. »Die Chefin wird sie gleich noch einmal neu vermessen. Ich glaube, die hat schon wieder zugenommen seit der letzten Anprobe.«

»Wir haben doch in allen Säumen fast ein Zoll zugegeben. Das wird schon reichen«, meinte Katharina.

»Da müssen wir das Kleid halt ein bisschen schneller fertig nähen«, sagte Gritli. »Schneller, als die Mamsell zunehmen kann.«

Mareili kicherte. »Wir machen so schnell, wie wir können. Mir tun schon die Finger weh, so oft hab ich mich gestern und heute schon gestochen.«

»Weil du auch immer deinen Fingerhut daheim vergisst«, sagte Katharina. Dann lauschte sie wieder. Aber da war nichts. Nur Stille.

Rudolf

Rudolf kannte den Weg und er kannte die vom vielen Auf- und Zumachen abgegriffene und stumpf gewordene Schwingtür zur Backstube. Doch noch nie hatte er in weißer Schürze und mit weißer Mütze auf dem Kopf davorgestanden. Wie immer schlug ihm der vertraute Geruch nach frisch aus dem Ofen genommenem Gebäck entgegen. Ueli, der Geselle, sah von seiner Arbeit am großen Tisch auf, Simon und Christoph, die beiden Alt-Gehilfen, drehten die Köpfe. Ihre Arme steckten bis zu den Ellbogen im Teigtrog.

»Guten Morgen«, wünschte Rudolf.

»Auch schon wach, der Ruedi«, antwortete Ueli, »und angezogen ist er wie ein Meister.«

In der Ecke wog Rudolfs Vater mit der Balkenwaage Mehl und Staubzucker ab. Er hob nur kurz den Kopf, nickte, legte noch eine Schaufel Mehl auf die Waagschale. Ueli wischte sich die Finger an seiner Schürze ab, zog einen Eimer unter dem Tisch hervor und reichte ihn Rudolf.

»Und was soll ich damit?«, fragte Rudolf.

»Rausgehen und Blätter sammeln«, befahl ihm der Geselle.

»Jetzt gleich?«

»Natürlich jetzt gleich. Wir brauchen die Blätter gleich nachher, also beeil dich.«

Ueli ging zurück an seine Arbeit. Die Gehilfen kneteten weiter den Teig, der Vater wog Mehl ab und schüttete es in die Rührschüssel. Also nahm Rudolf seinen Eimer und lief damit hinaus auf die Gasse. Wo sollte er jetzt einen Eimer voller Blätter auftreiben? Er nahm seine Mütze ab und steckte sie in die eine Tasche, die Schürze stopfte er in die andere. Dann lief er hinunter zur Limmat und über die Gemüsebrücke. Über die Schipfe rannte Rudolf mit seinem Eimer hinauf zum Lindenhof. Das Gezwitscher der Spatzen in den Linden über ihm klang, als machten sie sich über ihn lustig.

»Jetzt schaut euch das einmal an«, empfing Ueli ihn nach einem Blick in Rudolfs Eimer. »Der ist ja nur zur Hälfte voll.«

Simon kratzte sich am Kopf. »Was, so wenig?«, fragte er. »Dann wird es aber heute nichts werden mit dem Blätterteig.«

»Halb so schlimm«, sagte Christoph. »Ist sowieso zu warm

heute. Da schmilzt uns bloß die Butter unter den Händen weg.«

Die beiden Gehilfen grinsten bis über beide Ohren. Simon nahm Rudolf den Eimer ab und schüttete die Blätter in den Ofen, während Rudolf danebenstand und sich sehr dumm vorkam.

»Es ist genug jetzt«, sagte sein Vater. »Geht zurück an eure Arbeit. Und du, Rudolf, hilfst Simon beim Ausbuttern der Backformen.«

Katharina

Die Chefin kam aus dem Anprobezimmer mit am Morgen frisch eingedrehten Korkenzieherlocken. Sie war nicht groß, aufgrund ihrer Fülle aber doch eine imposante Erscheinung und, wie es sich für eine Schneiderin gehörte, elegant gekleidet und zurechtgemacht.

»Das Fräulein Wunderli möchte, dass du ihr beim Auskleiden hilfst, Chatrina.« Frau Wyss legte ihr eine Hand auf den Arm, als wäre es eine Ehre, dem Fräulein Friedensrichter behilflich sein zu dürfen. »Ich hole noch etwas von dem Pflümli-Likör, den das Fräulein so gerne trinkt.«

»Was ist denn mit dem Hänsli geschehen?« Katharina lief ihrer Chefin hinterher. »Warum singt er nicht mehr? Ist er krank?«

»Ach was, krank.« Frau Wyss kannte sich mit Kanarienvögeln aus. Hänsli war auch schon ihr vierter oder fünfter. »Das ist ganz normal. Unser Hänsli ist ja noch jung. Kurz vor der ersten Mauser bleiben alle Kanarienmännchen für ein, zwei

Wochen stumm. Dann lockt sie auch kein Weibchen und kein Spatz am Fensterbrett. Erst kommt die Mauser, danach geht es mit dem Singen weiter. Und jetzt husch, husch, hinein zum Fräulein mit dir. Sie wartet schon auf dich.«

Wie hält er das nur aus?, dachte Katharina. Eine oder gar zwei Wochen ganz ohne Musik, das war doch schrecklich.

Katharina klopfte an die Tür zur Anprobe. Das Erste, was sie sah, als sie die Tür öffnete, war die riesige Schute, die das Fräulein Wunderli auf dem Kopf trug. Es war ein aus Stroh geflochtenes Modell und so ausladend, dass Katharina sich wunderte, wie sie damit überhaupt durch die Tür gekommen war. Als das Fräulein, das nicht älter war als sie selbst, sich zu ihr umdrehte, knickste sie artig. Die Tochter des Friedensrichters nahm den riesigen Hut ab. Ihr flachsblondes Haar war in der Mitte gescheitelt und an den Seiten glatt anliegend. Auf Ohrhöhe war rechts und links je eine Strähne zu einer dicken Rolle gewickelt und festgesteckt. Im Nacken saß ein zum Knoten gedrehter dicker Zopf. Da hatte die Zofe am Morgen allerhand zu tun gehabt, das Fräulein ausgehfertig zu machen, dachte Katharina. Sie begann die kleinen kugelrunden, mit Stoff bezogenen Knöpfe im Rücken des Kleides aufzuknöpfen. Das Fräulein Wunderli stieg aus dem raschelnden Seidenkleid und Katharina hängte es vorsichtig über eine Kleiderstange. Ihr Unterkleid und das Korsett behielt das Fräulein zur Anprobe an. Katharina schätzte den Umfang ihrer Oberarme und dachte, dass es eine gute Idee der Chefin gewesen war, noch etwas Stoff in den Nähten zuzugeben. Wahrscheinlich gab es beim Herrn Friedensrichter jeden Tag Kuchen, und das Fräulein hatte nichts weiter zu tun, als im Haus oder im Gärtlein zu sitzen, ein Paradekissen zu besticken und dabei an einem Tässchen Schokolade zu nippen. Am Abend würde Hausmusik gemacht und Jungfer Esther klimperte ein wenig am Spinett. Unwillkürlich summte Katharina ein Volkslied vor sich hin und das Fräulein stimmte mit ihrem etwas wackligen Sopran mit ein:

Freut eu-heuch des Lebens,
Weil no-hoch das Lä-hämpchen glüht,
Pflücke-het die Rose,
Eh' sie-hie verblüht!
So mancher scha-hafft sich Sorg' und Müh,
Sucht Dornen au-hauf, und findet sie,
Und läßt das Veilchen unbemerkt,
Das ihm am We-hege blü-hüt.

Frau Wyss trat mit einem Tablett und zwei Likörgläschen ein, stellte es ab und klatschte in die Hände. Dann scheuchte sie Katharina hinaus. »Auf, auf und frisch an die Arbeit, Kind!«

Katharina knickste und zog sich zurück. An der Tür rief ihr die Chefin noch hinterher: »Und nicht vergessen: Langes Fädchen, faules Mädchen.«

Katharina hörte ihr glockenhelles Lachen zu diesem nun wirklich abgegriffenen Scherz. Haha. Sie hatte diesen Spruch noch nie lustig gefunden. Außerdem war sie nicht faul, und ihre Fadenlänge war immer genau so, wie die Naht es verlangte, weder zu kurz noch zu lang. Für Mareili hätte dieser Spruch wohl gepasst, aber nicht für sie. Grummelnd sah Katharina noch einmal bei Hänsli in der Küche vorbei. Aber er machte immer noch keinen Mucks.

Rudolf

Bis zur Vormittagspause schwitzte Rudolf, dass ihm das neue Hemd auf der Haut klebte, und die Finger taten ihm weh. Das Bestreichen der Formen mit Butter war keine schwierige Aufgabe, aber gleich hieß es: »Hopp, hopp, hopp, geht das auch schneller?« Danach musste er die Formen noch mit Mehl bestäuben. Und wenn er zu schnell machte, sagten sie: »He, Ruedi, du kannst doch da keine Löcher lassen, sonst kriegen wir das Gebäck nicht mehr aus der Form.«

Ueli kam zu ihm und tat so, als würde er ihn gleich am Ohr ziehen. Vielleicht hätte er es auch wirklich gewollt. Sogar das Auskratzen des Teigtrogs und das anschließende Ausbürsten machte Rudolf falsch. Zumindest behauptete Ueli das und schubste ihn zur Seite, um ihm zu zeigen, wie man es richtig machte.

Endlich war es dann doch Zeit für die Vormittagspause. Zum Znüni gab es Kräutertee und noch ofenwarme Weggli, und danach zeigte ihm der Geselle auch einmal etwas und fuhr ihn nicht nur an, wenn es nicht auf Anhieb klappte.

»Schau gut zu, wenn ich dir jetzt zeige, wie man Eier aufschlägt«, sagte Ueli, nahm ein Ei, klopfte es gegen den Rand einer Schüssel, bis die Schale ein Loch hatte, griff mit den Fingern hinein, bis er in jeder Hand eine Hälfte hielt, und trennte das Eigelb vom Eiweiß, so sorgfältig, dass nicht ein gelbes Fädchen das Eiklar verunreinigte, das er dann mit dem Rührbesen und einer Prise Salz zu glänzendem Eischnee schlug. Beim Mittagessen konnte Rudolf schon selbst über den Scherz mit dem Eimer voll Lindenblättern lachen, als er der Mutter davon erzählte. Von den anderen Rüpeleien erzählte er nichts. Sie würden sich noch wundern, wie schnell er lernte und alles mindestens genauso gut konnte wie sie. Drei Jahre würde er dafür bestimmt nicht brauchen.

»Wann werde ich denn lernen, wie man wirklich Blätterteig macht?«, fragte Rudolf den Vater, während ihm die Mutter noch mehr von dem Kartoffelstock auftat.

»Am Ende vom zweiten oder im dritten Lehrjahr«, antwortete der Vater kauend. »Dafür musst du schon ein paar Handgriffe beherrschen. So leicht, wie du denkst, ist das nicht.«

»Ich denke ja gar nicht, dass es leicht ist«, sagte Rudolf. »Aber auch nicht zu schwer für mich.«

»Eins nach dem anderen, Rudolf. Wir wollen ja nicht das Pferd von hinten aufzäumen.«

»Formen ausbuttern und mit Mehl bestäuben kann ich ja immerhin schon.«

»Ja, ja«, sagte der Vater, schob seinen Stuhl zurück und stand vom Tisch auf. »Die Ungeduld ist ein schnelles Pferd, aber ein schlechter Reiter.« Dann legte er sich zum Mittagsschlaf aufs Kanapee.

Katharina

Als Katharina mittags nach Hause kam, stand das Essen schon auf dem Tisch, nur der Vater war noch nicht da. Neben ihren Teller hatte die Mutter einen Brief gelegt. Katharina erkannte die Schrift sofort. Salomon Fehr, »ihr« Student, war auch der Einzige, der ihr schrieb. Er war von Zürich nach Bern gezogen und machte in der Advokatur eines Onkels den Boten. In seinen Briefen beklagte er sich bitter darüber, dass er keine wichtigeren Aufgaben zugeteilt bekam und auch seine Ausbildung zum Rechtsassessor nicht so recht vorankam.

»Willst du den Brief gar nicht aufmachen?«, fragte die Mutter.

»Ich habe Hunger, Mami«, antwortete Katharina.

»Na, dann kann es mit der Liebe ja nicht allzu weit her sein.« Sie tat Katharina von dem Gemüseeintopf auf und legte eine Scheibe gekochtes Rindfleisch auf den Teller. Katharina nahm sich ein Stück Brot aus dem Korb.

»Wenn dein Vater mir als junges Mädchen geschrieben hätte, dann wäre der Brief nicht ungelesen liegen geblieben.«

Katharina kaute und hob den Blick nicht vom Teller. Ich mache es jetzt wie das Hänsli und bleibe einfach stumm, dachte sie. Der Onkel in Bern hatte einen jungen Kerl gebraucht, den er für wenig Lohn herumschicken konnte. Da war ihm der Sali gerade recht gekommen. Die Versprechungen, mit denen er seinen Neffen nach Bern gelockt hatte, hatte er nicht gehalten. Da ging nichts vorwärts. Ein brotloser Student, wie der Vater gleich zu Beginn gesagt hatte. Und es sah so aus, als würde er damit recht behalten. Katharina legte den Brief zur Seite. Dort lag er noch, als ihr Vater nach Hause kam.

Die Mutter redete einfach weiter, als sei der Vater gar nicht da.

»Du bist jetzt achtzehn, Chatrina. In dem Alter war ich schon verheiratet.«

»Und?«, fragte Katharina.

»Willst du denn keine Familie gründen, keine Kinder?«

»Doch.«

»Aber?«

»Aber jetzt noch nicht.«

»Dann pass auf, dass keine alte Jungfer aus dir wird.«

Katharina verdrehte die Augen.

»Und mit zwanzig hast du es dann auf einmal eilig. Wer weiß, ob es dann noch so viel Auswahl gibt für dich. Jetzt ist die beste Zeit«, behauptete die Mutter.

Katharina konzentrierte sich auf ihr Essen.

»Jetzt sag du doch auch mal was, Kaspar. Soll deine Tochter sich denn allein durchs Leben bringen? Als Schneiderin?«

»Ach, es ist doch immer noch Zeit, Babette! Mal den Teufel nicht an die Wand.« Er schenkte sich ein Glas Wein ein. »Wenn sie weiter Musikantin und mit mir unterwegs ist, lernt sie noch genug Männer kennen. Sie wird gesehen, und zwar gern. Irgendwann ist der Richtige dabei. Da mach ich mir keine Sorgen.«

»Ja, du, der Herr Sorgenlos!«, sagte die Mutter.

Und du die Frau Sorgenvoll, dachte Katharina. Warum war ihre Mami nur manchmal so verzagt? Als sei das Leben eine schwierige Aufgabe oder eine Last. Katharina war jung und gesund. Und sie hatte es nicht eilig mit Mann und Kindern. Da war doch noch viel Zeit, genau wie ihr Papi gesagt hatte.

Katharina hatte jeden Tag darauf gewartet, und tatsächlich: Nach zwei Wochen sang das Hänsli endlich wieder, mit neuem Federkleid und schöner als je zuvor, und auch bei Katharina tat sich etwas. Wenn auch nicht in dem Sinn, wie es ihrer Mutter vorschwebte. Im Mai kam Besuch aus Luzern, von Katharinas Lieblingstante Regula, der jüngsten Schwester des Vaters. Sie war seit einigen Jahren verwitwet und hatte nun wieder geheiratet. Einen Mann, der um einiges älter war als sie selbst und ein Hotel in Luzern führte, eines der besten der Stadt, wie Regula ihnen stolz berichtete.

»Im Bären wird gerade renoviert und alles schön hergerichtet. Wir erwarten Gäste aus fremden Ländern: Franzosen, Engländer, Deutsche, Italiener«, schwärmte sie. »Sie lieben den Vierwaldstättersee und unsere Berge.« Sie sah Katharina an. »Und wir suchen noch Hauspersonal. Du hast doch Schneiderin gelernt, Chatrina. Wir hätten noch die Stelle einer Hausdame zu besetzen, die sich um die Wäsche der Gäste und unsere Hotelwäsche kümmert. Wäre das nichts für dich?«

»Chatrina ist achtzehn Jahre alt!«, warf die Mutter ein, noch bevor Katharina etwas sagen konnte.

»In dem Alter warst du schon verheiratet, Babette, wenn ich mich recht erinnere«, antwortete Regula, und Katharina grinste.

Da wurde ihre Mami doch gerade mit ihren eigenen Waffen geschlagen.

»Was sagst du, Chatrina?«, fragte ihre Tante. »Du hast doch nicht schon etwas anderes vor? Gibt es da etwa ein männliches Wesen, das dein Herz erobert hat?«

»Nur einen brotlosen Studenten«, antwortete Katharina.

»Aber ein so junges Mädchen wie Chatrina als Hausdame!« Die Mutter schüttelte den Kopf. »Ob das gut geht? Werden die älteren Angestellten und die Männer sie auch respektieren, als alleinstehende junge Frau?«

»Wenn sie die Nichte der Chefin ist und damit zur Familie gehört, ganz bestimmt. Außerdem war Chatrina noch nie besonders schüchtern, oder täusche ich mich?«

»Kaspar, was sagst du denn zu dem Ganzen?«, jammerte die Mutter.

Kaspar Ammann kratzte sich den Bart. »Was soll ich sagen? Regula, du willst mir doch nicht meine Chatrina, meinen Augenstern, nach Luzern entführen? Mit wem soll ich dann auf den Hochzeiten am See aufspielen?« Er sah seine Tochter an. »Du willst doch bestimmt gar nicht weg aus Zürich, weg aus der Nähstube am Neumarkt, weg von uns. Oder doch?«

»Ab wann wäre denn die Stelle frei?« Katharina sah ihre Tante an.

»Sobald wir fertig renoviert haben und die ersten Gäste anreisen.«

»Und wann wird das sein?«

»In einem Monat vielleicht. Zur Not kann ich aber auch noch ein paar Wochen länger warten, bis du kommst.«

»Ja, aber, unsere Tochter allein in einer Stadt, in der sie sich nicht auskennt?« Die Mutter war ganz verstört.

»Sie wäre doch gar nicht allein, Babette. Sie wäre bei mir und meinem Mann. Wir würden schon auf sie aufpassen. Da kannst du dich drauf verlassen. Mach dir keine Sorgen!«

»Kaspar!«, flehte die Mutter wieder.

Katharina räusperte sich. »Ich war noch nie am Vierwaldstättersee. Ich war überhaupt noch nie woanders als in Zürich. Bestimmt ist es dort sehr schön.« Und sie dachte: Etwas Neues sehen und erleben, weg aus der Nähstube. Langes Fädchen, faules Mädchen. Fort von der Mutter mit ihren ewigen Heiratsplänen. Nur von ihrem Papi wollte sie sich ungern verabschieden. Aber wie elegant die Tante war. Und dabei so ganz anders als die beflissene, den Kundinnen gegenüber fast unterwürfige Frau Wyss. Regula war nicht nur schick gekleidet, sondern sie war auch so fröhlich und zupackend, so modern. Die Arbeit würde sie schon lernen, und durchsetzen würde sie sich auch, wenn es nötig war. Und Salomon, ihr Student? Er konnte ja nicht einmal sich selbst anständig durchbringen. Einen neuen Zylinder hatte er mittlerweile erstanden, aber ein Paar Hosen und ein neuer Rock waren genauso nötig. »Hausdame«, das klang nach einer Respektsperson. Wie

Gouvernante oder Lehrerin, nur nicht ganz so streng. Und dann fiel ihr das Hänsel ein.

»Könnte ich bei euch einen Kanarienvogel halten?«, fragte sie. Dann hätte sie zumindest ein bisschen Gesang um sich.

»Ich wüsste nicht, was dagegenspricht«, antwortete die Tante.

Katharina sah von ihr zur Mutter und zuletzt zum Vater. Es war jetzt still in der Stube. Das Pendel der Standuhr schwang sanft hin und her und machte ein Geräusch, als atmete sie langsam ein und aus, ein und wieder aus.

1833

Rudolf

In seinem Kämmerchen hinter der Backstube, eigentlich einem Abstellraum, werkelte Rudolf seit dem frühen Morgen an seinem Gesellenstück. Mit dem ersten Tageslicht, das durch das schmale Fenster zum Hof drang, hatte er angefangen zu arbeiten. Die Zeichnung, die mit einem Nagel an der Holzwand befestigt war, hatte er selbst angefertigt. Sie zeigte das Grossmünster, ein Wahrzeichen der Stadt Zürich, mit den zwei markanten Türmen auf einer Anhöhe über dem Fluss. Auch ein Stück der Limmat war darauf zu erkennen und ein Teil der Münsterbrücke. Nach dieser Stadtansicht formte er aus einer Masse aus Zucker und in Wasser aufgelöstem Tragant einen Tafelaufsatz, der knappe zwei Fuß hoch werden sollte. Das Gebilde stand auf einem Fuß, der in eine Schale mündete, auf der das eigentliche Tafelbild ruhte. Tragant, eine harzartige Gummimasse, machte den Zucker ganz leicht formbar und härtete beim Trocknen aus. So konnte man das fertige Gebilde auch schleifen und im Notfall korrigieren. In jedem Fall war es eine Arbeit, die Stunden, Tage und Wochen in Anspruch nahm und die Rudolf zusätzlich zum normalen Arbeitstag in der Backstube leisten musste. Nur ab und zu, wenn es dort ruhiger zuging, hatte sein Vater ein Einsehen und ließ ihn in sein Kämmerchen verschwinden.

Rudolf arbeitete, solange noch Tageslicht durch das Fenster drang. Im Kerzenlicht tränten ihm die Augen, später fingen irgendwann seine Hände an zu zittern, und dann war es Zeit aufzuhören, damit er nicht sein eigenes Werk beschädigte. Fast konnte er sich darauf verlassen, dass um diese Zeit dann auch seine Mutter an die Tür klopfte und vor der Tür flüsterte: »Jetzt ist es aber Zeit, du verdirbst dir noch die Augen.« Betreten durfte sie den Raum nicht, und auch sonst keiner. Selbst sein Vater hatte in dem Fall nichts mitzureden, denn es war einzig und allein sein Werk, mit dem Rudolf alle überraschen und seine Gesellenreife unter Beweis stellen würde. Auf dem Stück Fluss, das er später noch blaugrün einfärben würde, sollte am Ende auch noch ein Weidling flussaufwärts fahren. Doch dieses Detail musste noch bis zum Schluss warten.

Rudolf legte sein Modelliereisen zur Seite und rieb sich den Nacken. Er öffnete das Fenster und atmete einmal tief durch. Auf dem Genfer See fuhren jetzt schon Dampfschiffe. Er hatte Zeichnungen davon in der *Neuen Zürcher Zeitung* gesehen. Die Menschen, die bei der Jungfernfahrt der »Guillaume Tell« am Ufer standen, hatten die neue Schifffahrt ohne Segel und Ruder wie ein Wunder bestaunt. Einige meinten, es müsse sich um Hexerei handeln, denn nur der Teufel könne die wunderliche Maschine antreiben. Einige Schiffer waren der »Tell« mit Rudern gefolgt, wurden aber schon nach wenigen Minuten abgehängt. Rudolf war nie am Genfer See gewesen, er hatte nie ein Dampfschiff mit eigenen Augen gesehen. Doch wenn alles nach Plan lief, würde sich das bald ändern. Er hatte noch mit niemandem darüber gesprochen.

Seine Mutter ahnte vielleicht etwas, aber gefragt hatte sie nicht. Genauso wenig wie der Vater. Manchmal ertappte er ihn dabei, wie er einen scheuen Blick auf seinen Sohn warf, der nun, siebzehnjährig, an das Ende seiner Lehrzeit gelangte. Der Vater beobachtete ihn, aber zu einer Aussprache war es noch nicht gekommen.

In der Mittagspause sah Rudolf beim Apotheker in der Marktgasse vorbei. An der Tür hing ein Zettel, der die werte Kundschaft darüber informierte, dass die Apotheke im Juli für drei Wochen schließen würde.

»Ist etwas passiert?«, fragte Rudolf den Apotheker, als der aus seinem Hinterzimmer in den Verkaufsraum trat. Im Luftzug schaukelte das Krokodil, das von der Decke hing, sanft hin und her.

»Ah, der junge Sprüngli.« Der Apotheker ließ die halbe Lesebrille den Nasenrücken herunterrutschen. »Was soll denn passiert sein?«

»Weil Ihr die Apotheke zumacht. Ihr seid doch nicht etwa krank?«

»Ein kranker Apotheker? Das fehlte noch! Ich bin höchstens ein bisschen alt, nicht krank. Aber nicht zu alt, um zu verreisen. Reisen bildet, weißt du?« Er trat hinter den Tresen und stützte die Hände auf. »Was darf's denn sein? Braucht die Mami etwas Bestimmtes?«

Rudolf zuppelte an seinen Händen, an denen noch winzige Reste der weißlichen Tragantmasse klebten. »Habt Ihr schon einmal ein Dampfschiff gesehen, Meister Flückiger?«

Der Apotheker strich sich über das Kinn. »Ich bin sogar schon einmal auf einem gefahren!«

»Auf dem Genfer See?«, fragte Rudolf.

»Das will ich meinen. Auf der Winkelried war's. Herrlich,

wie das Schiff über die Wellen gebraust ist. Am Ufer haben die Damen gekreischt, aber auf dem Schiff hat man die Geschwindigkeit kaum bemerkt. Nur, dass die Leute am Schiffsanleger so rasch ganz klein geworden sind und dass wir viel zu schnell an unserem Ziel ankamen.« Der Apotheker hing seinen Erinnerungen nach, und Rudolf fragte sich, in welcher Begleitung der alte Hagestolz wohl auf dem Schiff gewesen sein mochte. So sehr glänzten seine Augen. »Aber wieso fragst du, Ruedi?« Er schob seine Brille wieder die Nase hinauf und musterte Rudolf. »Hast du nicht in diesem Jahr noch ausgelernt?«

Rudolf nickte. »Im Sommer«, sagte er.

»Du willst weg?«, fragte Flückiger geradeheraus. »Auf Wanderschaft, hä?« Rudolf nickte wieder. »Und da willst du in den Süden, nach Genf? Nein, warte, du willst gar nicht nach Genf. Du willst eher nach Neuchâtel, nach Vevey oder Lausanne, stimmt's?« Flückiger konnte offenbar in ihm lesen wie in einem offenen Buch. »Die Schokolade ist es, die dich lockt, habe ich recht?«, fragte er.

Er hatte seinen Kindertraum also genauso wenig vergessen wie Rudolf selbst.

»Zu den Welschen willst du, weil es die Einzigen in der Schweiz sind, die wissen, wie man Schokolade macht. Das kann ich gut verstehen. Ah, welsche Luft um die Nase! Und wie sieht es aus mit deinem Französisch?« Rudolf schüttelte den Kopf. »Na, dann lernst es eben dort«, beschied der Apotheker. »Aber was sagt eigentlich dein Vater dazu mit seinem dicken Deutschschweizer Schädel, dass du zu den Franzosen hinüberwillst?« Rudolf zuckte die Achseln. »Ach so, der weiß es noch gar nicht.«

»Der Vater sagt, dass wir in Zürich einen solchen Luxus wie die Schokolade nicht brauchen.«

»Tja, und bei Ulrich Zwingli, dem großen Zürcher Reformator, steht leider auch nichts über die Schokolade geschrieben.« Der Apotheker grinste. »Dein Vater ist schon ein ganz eigener Charakter. Das ganze Leben schaffen, schaffen, ohne Rast und Ruh. Und ohne einmal zu verreisen.« Flückiger nahm kein Blatt vor den Mund. »Gott hat ihm einen dicken Schädel und eine robuste Gesundheit geschenkt, dazu einen Sohn, der irgendwann in seine Fußstapfen treten wird, und ein braves Weib. Nur dein Bruder konnte es nicht aushalten mit ihm, war ihm zu eng in der Backstube, wie?«

»David hat Maurer gelernt und jetzt will er noch studieren«, sagte Rudolf.

»So, was will er denn werden, Apotheker vielleicht?«

»Architekt«, antwortete Rudolf. »Er will nicht nur Steine aufeinanderlegen und vermörteln, er will ganze Häuser planen und bauen.«

»Ihr Sprünglis seid schon ein tüchtiges Volk. Nur Schokolade passt nicht so richtig zu euch.«

»Doch, doch, sie passt schon«, widersprach Rudolf. »Ihr werdet es sehen, Meister Flückiger. Eines Tages bringe ich Euch Sprüngli-Schokolade zum Kosten in Eure Apotheke. Und sie wird besser sein als das, was Ihr da in Eurem großen Mörser zu Pulver mahlt und dann zusammenpresst. Das verspreche ich.«

Flückiger tat beleidigt. »Ich bin ja auch kein Chocolatier. Aber du wärst gern einer, oder?«

Rudolf nickte.

»Das kann ich wohl verstehen, aber ob dich dein Vater in die französische Schweiz ziehen lässt? Schließlich sind die Leute dort auch noch katholisch.« Er strich sich noch einmal über das Kinn, von oben rieselte etwas Staub herab, der vom Krokodil kommen musste.

»Ist denn das wichtig?«, fragte Rudolf. »Ich habe jetzt drei Jahre lang alles von meinem Vater gelernt, was es zu lernen gibt. Sobald ich mein Gesellenstück abgeliefert habe, schnüre ich meinen Ranzen und mache mich auf. Ich will doch noch was sehen von der Welt. Unser Zürichsee ist ja gut und schön, aber der Genfer See soll auch sehr schön und noch viel größer sein.«

»Und dort wächst die Schokolade auf den Bäumen.« Der Apotheker zwinkerte. »Ich kann dir die Adresse von zwei, drei Kollegen mit auf den Weg geben. Mit einem schönen Gruß vom alten Flücki dürften sie dich wohl aufnehmen für eine Nacht oder zwei. Und weil Apotheker keine armen Leute sind, wirst du auch etwas zu essen bekommen bei ihnen. Komm morgen vorbei, dann schreibe ich dir für jeden einen kurzen Brief, den du für mich austrägst. Dann spare ich mir das Porto.«

»Natürlich«, stammelte Rudolf. »Und vielen Dank, Meister Flückiger.« Für alles, dachte er, als er wieder auf die Marktgasse trat.

Christoph hatte die Backstube gefegt und leerte die Kehrschaufel in den Ofen, wo die sanft vor sich hin schmurgelnde Glut kurz aufschreckte. Simon und Ueli hatten schon Feierabend, und der Vater räumte den Arbeitstisch auf.

»Jetzt hast du eine Sache ganz vergessen in den drei Jahren deiner Lehrzeit«, brummte er.

»Was denn?«, fragte Rudolf.

»Erinnerst du dich noch an deinen ersten Tag in der Backstube?« Ein Grinsen huschte über sein fast quadratisches Gesicht. »Und jetzt kannst du immer noch keinen Blätterteig machen.«

»Zeigst du es mir denn?«

»Wann wird dein Tafelaufsatz fertig?«
»Sonntag früh darfst du ihn sehen.«
»Gut, dann zeig ich es dir am Sonntagnachmittag.«

Ein Bauchwolltuch verhüllte Rudolfs Tafelaufsatz, sodass man noch nichts erkennen konnte. Die Mutter war ganz aufgeregt. Der Vater, ernst wie immer, mit diesem missmutigen Ausdruck im Gesicht, mit dem er sich vor allen Überraschungen schützte, den schlechten wie den guten. Rudolf nahm das Tuch ab, und da stand es, in voller Pracht: das Zürcher Grossmünster auf seiner Anhöhe über dem Fluss, das Stück der Münsterbrücke naturgetreu nachgebildet auf einer ausladenden Schale mit breitem Fuß. Die Mutter klatschte in die Hände.

»Schau doch, David, sogar ein Weidling ist auf dem Fluss, mit zwei Schiffern, und auf dem Platz vor dem Münster flaniert ein Pärchen. Die Dame hat einen aufgespannten Sonnenschirm in der Hand. Ist das nicht putzig?«

Der Vater nickte, besah alle Details ganz genau.

»Vorsicht!«, schrie die Mutter, als er einen der Schiffer anfasste, ob er auch stabil stand und nichts wackelte, sobald man es berührte.

»Ein Tafelaufsatz muss etwas aushalten«, sagte er, »da muss solide gebaut werden.«

»Ist er nicht wunderschön geworden?«, versuchte die Mutter ihm ein Lob zu entlocken.

Er nickte, und das musste reichen. Dann gingen sie zur Messe. Beim Hinausgehen klopfte der Vater Rudolf unbeholfen auf die Schulter.

»Brav«, sagte er, das war alles. Nicht geschimpft war schließlich genug gelobt.

Im Anschluss an die Messe wurde Rudolfs Tafelaufsatz ins Schaufenster gestellt, damit jeder sein Gesellenstück bewundern konnte.

Nach dem Mittagessen gingen Vater und Sohn zusammen in die Backstube. David Sprüngli hatte am Vorabend noch die Glocke des Butterkühlers mit Wasser benetzt, damit die Butter fest blieb. Als er das Mehl abwog und auf den Tisch schüttete, sagte er:

»Du kannst hierbleiben, jetzt, wo du ausgelernt hast. Ich habe schon mit der Chefin gesprochen.«

Er ließ eine Prise Salz in eine Schüssel mit Wasser rieseln und wies Rudolf an, sie mit einer Gabel zu verrühren, bis sie sich aufgelöst hatte. Dann nahm er ein Stück Butter aus dem Kühler, wog es ab und gab es in die Schüssel mit dem Mehl. Er begann die Masse mit einem Löffel zu verrühren.

»Der junge Vogel will nichts von der Backstube wissen, aus dem wird nichts Rechtes mehr«, fuhr er fort. »Er kränkelt und hat keine Kraft, der Bursche. Das sagt Frau Vogel selbst. Wir könnten dich hier gut brauchen. Über den Lohn lässt die Vogel mit sich reden.«

Rudolf legte die Gabel zur Seite. »Ich will aber nicht hierbleiben«, sagte er.

»Warum nicht?« Sein Vater sah nicht von der Arbeit auf. Er hatte Schweißperlen auf der Stirn.

»Ich will einfach noch mehr lernen«, sagte Rudolf.

»Wieso, was fehlt dir noch, wenn du jetzt auch noch den Blätterteig kannst?«

»Schokolade«, antwortete Rudolf.

»Wie?« David Sprüngli sah seinen Sohn an, als stünde plötzlich ein Fremder vor ihm.

»Ich möchte lernen, wie man Schokolade macht.«

»Wozu?« Er deutete auf den Becher. »Jetzt das Wasser dazu und nur großzügig einarbeiten, nicht schlagen.« Er reichte Rudolf die Teigschüssel und den Rührlöffel. »Also, wozu?«

»Ich wollte es immer schon wissen. Schon als Kind.«

Der Vater schnaubte missmutig, nahm noch ein Stück Butter aus dem Kühler und schnitt es an der langen Seite einmal mitten durch.

»Hast du nie Träume gehabt?«, fragte Rudolf. Man sah es dem Vater an, dass ihm die Frage nicht passte. Er zog die Stirn kraus, doch Rudolf ließ nicht locker. »Jeder Mensch hat doch Träume. Du nicht?«

Der Vater legte die beiden Stücke Butter nebeneinander und drückte sie in der Mitte etwas platt.

»Als junger Kerl hatte ich einen Traum«, sagte er widerwillig.

»Und wie war der?«, fragte Rudolf.

»Ganz einfach: Ich wollte einmal jemand sein.«

»Wie, jemand? Jemand Bestimmtes?«

Der Vater schüttelte den Kopf. »Nein. Ich war ein Niemand und wollte irgendwann in meinem Leben ein Jemand sein.«

»Und bist du es jetzt?«, fragte Rudolf, der nicht recht verstand, wovon sein Vater sprach.

»Doch, heute bin ich jemand. Ich habe eine Frau, zwei Söhne, ein sicheres Einkommen. Die Leute auf der Straße grüßen mich. Ich bin ausgelernter Geselle, ich beherrsche mein Handwerk.«

»Und heute?«, fragte Rudolf. »Hast du alles erreicht, oder gibt es einen Traum, der noch nicht eingelöst ist?«

Der Vater drückte den Finger in den Teig, den Rudolf immer noch mit dem Löffel bearbeitete. »Jetzt raus damit und mit den Händen weiterarbeiten.« David schlug den Teigkloß auf die bemehlte Arbeitsplatte, drückte ihn etwas platt, zog ihn an allen vier Seiten jeweils nach außen und walkte die Ecken mit dem Nudelholz, bis sie wie ein Schweizer Kreuz aussahen. Dann legte er die beiden Butterplatten in die Mitte, schlug die vier Enden des Kreuzes darüber und packte die Butter ein wie ein Paket.

»Das Bürgerrecht von Zürich hätte ich schon gern gehabt«, gestand David.

»Wieso hast du es eigentlich nicht?«, fragte Rudolf.

»Weil ich nicht aus der Stadt Zürich stamme, sondern als junger Mann zugewandert bin. Aus Andelfingen, im Kanton Zürich.«

Rudolf erinnerte sich, dass er den Ort mal als Kind mit den Eltern besucht hatte. Dort gab es ein Schloss und eine Brücke, mehr wusste er nicht mehr. An die Familie des Vaters hatte er gar keine Erinnerung. Dort gab es keine Oma, keinen Opa und auch keine Geschwister. »Und dort warst du ein Niemand?«, fragte Rudolf.

Der Vater nickte. »Oder noch weniger als ein Niemand«, sagte er und schlug mit dem Wallholz mehrfach auf das Teigpaket ein. Erst längs und dann quer. Rudolf dachte schon, er wolle es kaputt machen. »Damit die Butter schön geschmeidig wird«, erklärte der Alte. Dann rollte er den Teig wieder aus, schlug ihn von beiden Seiten bis in die Mitte ein und legte ihn wieder, nun in drei Schichten, übereinander. »Das nennt man die doppelte Tour beim Blätterteig«, erklärte er. Er wickelte das Teigpaket in ein feuchtes Tuch und legte es in der Kammer, wo die Butter gelagert wurde, auf den Steinboden. »Da soll der Teig jetzt kühl ruhen«, sagte der Vater und wischte sich die Hände an der Schürze ab.

»Was ist denn in Andelfingen passiert?«, fragte Rudolf. »Du hast es mir nie erzählt, und die Mami auch nicht.«

David Sprüngli nahm seine Schürze ab. »Gehen wir ein

paar Schritte. Hast du Zeit oder wartet deine Freundin auf dich?« Er war es nicht gewohnt, Scherze zu machen, und grinste schief.

Rudolf hängte seine Schürze an den Haken.

Es fühlte sich seltsam an, neben seinem Vater herzugehen, den Rudolf schon ein wenig überragte. Er hatte den großen Kopf seines Vaters geerbt, nicht aber sein dunkles Haar und den bulligen Nacken mit den ein wenig nach vorne gezogenen Schultern.

Dass Rudolf mit seinem Vater ohne Ziel durch die Gassen des Niederdorfs lief, war etwas sehr Besonderes. Er konnte sich gar nicht erinnern, dass es schon einmal vorgekommen war. Der Vater ging mit gesenktem Kopf neben ihm her, schaute nur ab und zu auf, zu den Geschäften, an den Häusern hinauf und in das Stück Himmel zwischen ihnen. Am Hirschenplatz bogen sie, wie einem geheimen Kommando folgend, in die Spitalgasse ein und kamen von dort hinauf zur Predigerkirche.

»Hier habe ich deine Mutter geheiratet«, sagte David Sprüngli. »Da war ich sechsunddreißig.«

»Wieso hast du so spät geheiratet?«, fragte Rudolf und setzte sich auf eine Bank neben dem Froschauerbrunnen.

Der Vater blieb unschlüssig stehen. Er zögerte, bis er sich schließlich doch an den vordersten Rand setzte, ohne sich anzulehnen. Seine Rastlosigkeit ließ es nicht zu, dass er sich einfach zurücklehnen konnte, um sich auszuruhen.

»Deine Mutter war meine zweite Frau.« Davon hatte Rudolf noch nie gehört.

»Was war mit deiner ersten Frau?«, fragte Rudolf.

»Sie konnte keine Kinder bekommen und hat selbst am meisten darunter gelitten.«

»Und dann?«

»Dann ist sie gestorben. Sie war noch sehr jung.«

»Und davor?«, fragte Rudolf. »In Andelfingen. Warum bist du da weg?«

David Sprüngli ließ den Kopf sinken und vergrub die Hände in den Jackentaschen. Dann begann er zu erzählen, von der Zeit, als er ein kleiner Junge gewesen war, draußen auf dem Land, in Andelfingen.

1784 – fünfzig Jahre früher

David

Immer wenn ihm die Augen zufielen, hatte er wieder das Bild vor Augen, wie die Mutter drüben im anderen Zimmer lag, mit den zwei dicken weißen Kerzen rechts und links neben ihrem Kopf. Dann riss er sie schnell wieder auf und starrte in die Dunkelheit der Kammer.

Als sie das Zimmer betreten hatten, in dem sie aufgebahrt war, hatte Margrith an seiner Hand gezogen, bis er sich zu ihr beugte.

»Das ist nicht unsere Mami«, flüsterte sie. »Das ist eine andere Mami, die nur so aussieht wie unsere.«

Und David hatte genickt. Auch ihm kam es einmal so vor, als sei sie es, und dann wieder, als sei sie es doch nicht. Aber er war acht, drei Jahre älter als seine Schwester, und er begriff, dass ihre Mami weggegangen war und dass das, was sie zurückgelassen hatte und dem die Nachbarinnen einen schwarzen Rosenkranz in die Finger geflochten hatten, etwas anderes war. Etwas, das ihre beiden Kinder nicht mehr necken, ihnen nicht mehr vorsingen und keine Geschichten mehr erzählen würde. Das keinen Brei mehr für sie kochen und ihnen nicht mehr die Gesichter und Hände mit kaltem Wasser waschen würde, wenn sie vom Spielen kamen. Margrith hatte in dem kalten Raum mit dieser fremden Frau nicht bleiben wollen und so waren sie gleich wieder hinausgegangen. Nach der Suppe, die eine der Nachbarinnen gebracht hatte, hatte sie den ganzen Abend mit ihrer Puppe gespielt, sie gefüttert, gewickelt, in ihr Bett in einer mit Stroh ausgelegten Holzkiste gebracht und sie mit einem Rest aus der alten Pferdedecke zugedeckt. Sie hatte nicht geweint, nur einschlafen konnte sie lange nicht. Nun lag sie neben ihm in dem schmalen Bett und presste ihre kleinen Füße in seine Seite. Es machte ihm nichts aus. David lag ganz still und wollte nicht daran denken, wie es nun weitergehen sollte mit ihm und seiner Schwester. Er wusste es nicht und irgendwann schlief er doch ein.

Am Morgen streckte eine Nachbarin den Kopf zur Tür herein. »Anziehen, um neun ist die Beerdigung«, rief sie.

Margrith zog ihr Kleid mit den rosaroten Rosen an und darüber ihre Schürze, wie jeden Tag. Doch die Nachbarin meinte, das ginge nicht, und ob sie denn kein Sonntagsgewand hätte, etwas Schwarzes oder Dunkles. Da weinte Margrith das erste Mal, weil sie ihr liebstes Kleid nicht tragen durfte.

Das Begräbnis dauerte nicht lange und alle waren froh darüber. Es nieselte ununterbrochen, und die Totengräber wetterten vor sich hin, weil die lehmige Erde durch die Nässe immer schwerer wurde. Das Leidmahl wurde eingespart, denn die Nachbarn wollten nicht das Geld der Kinder verzehren, und mehr Familie gab es nicht. Der Vater war vor Jahren schon verstorben.

Und dann waren sie allein im Haus. Margrith spielte mit ihrer Puppe, und David machte die Suppe warm und schnitt Brot, das die Nachbarin ihnen dagelassen hatte.

Am nächsten Tag kam ein hoher Herr auf den Hof gefahren. David erkannte es an der Kutsche und an dem weißen

Zopf, der dem Herrn bis auf den Rücken reichte. Die Frau vom Nachbarhof verbeugte sich tief und raunte David zu, das sei der Landvogt Lavater aus dem Andelfinger Schloss. Der Vogt erklärte David, dass er den Besitz der Eltern in Augenschein nehmen würde, bevor er ihn am nächsten Tag auf der Gant versteigern würde. Als David nachfragte, was das bedeutete, erklärte er ihm, dass jeder Nachbar von nah oder fern zur Versteigerung kommen könne und der Meistbietende den Zuschlag erhielt.

Das ganze Dorf tummelte sich am nächsten Morgen auf ihrem Hof und sogar aus den Nachbarorten reisten die Bauern im Fuhrwerk zur angesagten Stunde an. Der Landvogt legte seine schwere Hand auf Davids Schulter und erklärte ihm, dass nun die »Liegenschaften und die Fahrhabe« der Eltern zu Geld gemacht würden. David hörte diese Wörter zum allerersten Mal in seinem Leben, aber er würde sie nie, bis an sein Ende nicht, vergessen. Denn es war alles, was die Eltern je besessen hatten, und wenn es fort wäre, was blieb ihnen dann noch? Wo sollten sie hin, wenn sie kein Haus mehr hatten, um darin zu wohnen? Den erwarteten Erlös aus der Versteigerung nannte der Landvogt das »Waisenvermögen«. Und Margrith und er waren nun Waisen, weil sie keine Eltern mehr hatten.

Die Liegenschaften, das waren das Wohnhaus mit dem kleinen Stall, ein paar kleine, eher schlechte Wiesen und Äcker und der Rebgarten, der ganze Stolz seiner Mutter. Die Arbeit mit den Weinstöcken war ihr die liebste gewesen und die Nachbarn hatten ihr Geschick bewundert und sie oft um Rat gefragt. Ihr Rebgarten erzielte einen guten Preis, Äcker und Wiesen wurden aufgeteilt und ein Jungbauer aus dem Nachbardorf erwarb Haus und Stall und etwas von dem Hausrat. Der Landvogt rief zuerst das Ehebett der Eltern auf. Er nannte es ein »zweischläfiges Bett mit Anzug und Laubsack und zwei Leintüchern«. Dann das Kinderbett, in dem sie noch in der letzten Nacht und all die Jahre davor geschlafen hatten. »Einschläfig«, mit Bettzeug. Sogar die Leibwäsche der Mutter fand noch eine Käuferin. Den Kindern blieb nur das, was sie am Leib trugen, und David dachte, wie gut, dass Gritli ihr Rosenkleid angezogen hatte, denn an dem Tag hatte niemand sie daran gehindert. Sie hielt ihre Puppe fest an sich gepresst, als hätte sie Angst, dass der Landvogt auch sie noch unter seinen Hammer legte.

Zwei Dinge hatte die Mutter ihnen mit ihrem letzten Willen vermacht und der ehrwürdige Herr Lavater hatte sie für sie zurückbehalten. Margrith erbte Mutters Neues Testament, das immer bei ihr auf dem Nachtkästchen gelegen hatte. Sie hatte gern mit dem Finger über das rote Leder, die goldgeprägte Borte und die silbernen Eckbeschläge gestrichen. Dann hatte sie das Schlösschen geöffnet und mit dem Finger vorsichtig über die dünnen Seiten gestrichen. »Vielleicht werdet ihr zwei es einmal lesen können«, hatte sie einmal gesagt. Sie selbst hatte nie lesen und schreiben gelernt.

Als Zweites zog der Landvogt Lavater ein Paar fast weißer Handschuhe aus der Rocktasche und reichte sie David. »Für den Knaben«, sagte er und David nahm sie stumm entgegen. Sie waren schwerer, als sie aussahen, aus Leder und anscheinend nie getragen. Zu welcher Gelegenheit auch, dachte David, und von wem? Er kannte nur einen Mann, der weiße Handschuhe trug, und das war der Postillon, der von Winterthur nach Andelfingen kam. Ein wettergegerbter, bärtiger Mann in rotem Gilet, der hoch vom Kutschbock herab seine Rosse lenkte. Seine Uniform erschien David wie aus dem Märchen. Neben den weißen Handschuhen trug er einen schwarzen Hut mit silbernem Band und ein gestärktes Hemd mit Halsbinde. Wenn die Postkutsche in den Schlosshof einfuhr, gab der Kutscher mit seinem Posthorn Signal. David versprach, die weißen Handschuhe in Ehren zu halten, auch wenn er nicht wusste, was er mit ihnen anfangen sollte.

Der Erlös aus der Versteigerung betrug 334 Gulden, 31 Schilling und 6 Heller. Als Vormund für die beiden Kinder bestimmte der Landvogt den Säckelmeister Konrad Breiter, einen seiner Beamten. David kam in eine Pflegefamilie in Andelfingen, wo er jeden Morgen die Kühe melken und den Stall ausmisten musste. Am Nachmittag arbeitete er mit den Knechten auf dem Feld. Margrith wurde bei einer Familie im Nachbardorf untergebracht. Die Puppe banden sie ihr mit einem Strick um den Leib, damit sie nicht so allein war.

Sonntags, nach der Messe, durfte David seine Schwester besuchen. Es waren fast zwei Wegstunden, doch wenn er Glück hatte, nahm ihn ein Fuhrwerk mit. Margrith hatte oft blaue Flecken an den Armen und Schrammen an den Beinen. Sie behauptete, sie sei hingefallen, ein Kind habe sie beim Spielen geschubst oder eine Kuh habe sie getreten. Nur zu den Wunden am Jochbein und ihren dicken Backen fielen ihr keine glaubhaften Ausreden ein. David lief zum Vormund, um es ihm zu berichten. Doch wenn der mit den Pflegeeltern sprach, stritten sie alles ab. Margrith sei eben ein besonders verträumtes und ungeschicktes Kind, das viel falle. Und nichts wurde dadurch besser.

Das monatlich fällige Kostgeld für beide Kinder wurde aus ihrem Vermögen bezahlt. Als David volljährig war und zum Militär einberufen wurde, betrug das Mündelvermögen noch ganze vierundvierzig Gulden. Davon konnte er gerade noch seine Uniform und die nötige Ausrüstung als Wehrmann berappen.

1833

Rudolf

Nach dem Militärdienst bin ich dann nach Zürich gegangen und habe in meiner ersten Konditorei angefangen, gegen Kost und Logis und ein kleines Taschengeld«, erzählte David Sprüngli seinem Sohn.

»Und was ist aus Margrith geworden?«, fragte Rudolf. »Warum weiß ich nichts von ihr?«

»Sie hat in Andelfingen geheiratet, da war sie siebzehn.«

»Und dann? Warum haben wir sie dort nie besucht?«

»Sie und ihr Mann waren arm und sind später nach Amerika ausgewandert.« Sein Vater sah zum Platz vor der Predigerkirche hinüber, wo sich ein paar Kinder um einen Ball aus Lumpen balgten.

»Hast du später noch von ihr gehört?«

Der Vater nickte. »Einmal, ganz am Anfang, kam ein Brief, in dem sie von der Überfahrt erzählte, eingepfercht in den Bauch des Schiffes, wo die Schlafplätze der dritten Klasse lagen. Und dass sie in Baltimore ein Geschäft aufmachen wollten. Ihr Mann war Schmied.«

»Und dann?«, fragte Rudolf.

»Dann kamen keine Briefe mehr.«

»Du weißt also gar nicht, ob sie in Amerika geblieben oder zurückgekommen ist? Ob sie überhaupt noch lebt?«

Der Vater schüttelte den Kopf. »Wird ihr wohl nicht so gut ergangen sein. Sonst hätte sie geschrieben oder wäre eines Tages wieder hier aufgetaucht. Die, die es in Amerika zu etwas bringen, kommen alle irgendwann zurück. Schon um ihren Reichtum zu zeigen. Von den anderen, die es nicht geschafft haben, hört man nichts mehr.«

Auf dem Rückweg zur Marktgasse sprach keiner ein Wort. Sie hingen beide ihren Gedanken nach.

»Jetzt lass uns schauen, ob unser Blätterteig gut ausgekühlt ist«, sagte der Vater, als sie wieder in der Backstube waren.

»Von wem hast du den Blätterteig eigentlich gelernt?«, wollte Rudolf wissen.

»Von einem Pastetenmacher, einem Gesellen auf der Wanderschaft, der hier bei uns für ein paar Wochen eingesprungen ist.«

»Und warum machst du ihn dann nie?«, fragte Rudolf.

»Dreimal darfst du raten. Du hast ja gesehen, was für ein Aufwand das ist. Im Alltag ist dafür keine Zeit. Außerdem will ich den Pastetenmachern nicht ins Handwerk pfuschen. Nicht, dass mich noch einer von denen verklagt.«

Er bearbeitete das Teigpaket noch einmal mit dem Nudelholz, schlug es platt und faltete es wieder zusammen. Rudolf versuchte sich die einzelnen Arbeitsschritte einzuprägen, aber er wollte auch keinen Ärger mit den Pastetenbäckern.

»Wo willst du denn eigentlich hin auf deiner Wanderschaft?«, fragte ihn der Vater.

»An den Genfer See möchte ich.«

»Zu den Welschen?« Der Vater schüttelte den Kopf. »Dorthin würden mich keine zehn Pferde bringen.«

»Warum denn nicht?«, fragte Rudolf.

»Früher gab es die Regel, dass die Gesellen zumindest in Ländern mit derselben Religion bleiben sollten.«

»Mich stört es nicht, wenn andere Menschen einen anderen Glauben haben«, sagte Rudolf.

»Und eine andere Sprache sprechen sie außerdem.«

»Die kann man lernen«, antwortete Rudolf. Und als Mensch von Kultur war das sogar Pflicht, hätte der Apotheker gesagt.

Als die Mutter sie zum Abendbrot rief, protestierte Rudolf.

»Der Blätterteig ist ja immer noch nicht fertig.«

»Der steht gut über Nacht«, sagte sein Vater, legte die Schürze ab, drehte sich um und ging.

Beim Abendessen hatte David Sprüngli seine übliche missmutige Miene wieder aufgesetzt.

»Was habt ihr denn den ganzen Nachmittag gemacht?«, fragte die Mutter, und er antwortete: »Blätterteig«, und schlürfte seine Suppe.

Die Mutter klapperte leise mit dem Geschirr. Der Vater lag mit geschlossenen Augen auf dem Kanapee. Rudolf blätterte in seinem Rezeptbuch. Über die Jahre war es fast voll geworden. Den Blätterteig wollte er noch eintragen auf den letzten Seiten, auch wenn er immer noch nicht wusste, wie er gebacken wurde. Er überschlug die Seiten, sah sich die Zeichnungen an. Er erinnerte sich auch an die Fehlschläge, denn nicht alles war ihm aufs erste Mal gelungen, und an die Streiche, die ihm Ueli und die Gehilfen gespielt hatten. Zum Beispiel die Sache mit den Hüppen. Man strich den zarten Teig dünn auf ein heißes Waffeleisen, buk sie rasch und rollte sie dann mit dem Stiel des Kochlöffels oder Schwingbesens zu hohlen Röllchen. Ueli sagte ihm, er müsse den Teig aus dem Waffeleisen nehmen, abkühlen lassen und dann erst drehen. Immer, wenn Rudolf anfangen wollte sie einzudrehen, sagte Ueli: »Warte noch ein Weilchen, sie sind noch zu warm.« Und als sie dann kalt waren, war es zu spät. Die Hüppen ließen sich nicht mehr formen und zerbrachen ihm zwischen den Händen. »Dann lässt du die Kekse eben so rund, wie sie aus dem Waffeleisen kommen, und nennst sie Berner Bretzeli, die müssen nicht gerollt werden.« Also schrieb Rudolf »Berner Bretzeli« auf ein kleines Verkaufsschild, stellte es auf das Tablett mit den Keksen und trug es ins Geschäft hinüber. Dann setzte er neue Hüppenmasse an und rollte die Kekse, sobald sie, noch ganz warm, aus dem Waffeleisen kamen. So ließen sich daraus kleine Hörnchen formen. Seine ersten eigenen Zürcher Hüppen.

Das Rezeptbuch legte er zu seinen Kleidern in den Ranzen, den er für seine Wanderschaft packte. Vom Apotheker Flückiger hatte er mehrere Briefe und Adressen von Kollegen aus der Mittel- und Westschweiz eingesteckt.

Manchmal dachte Rudolf noch an das Mädchen mit dem dunklen Haar, das er unten am See getroffen hatte. Er war damals noch ein Kind gewesen, aber er erinnerte sich genau an sie. Er hatte sie noch einige Male von Weitem mit ihrem Vater gesehen, der Türmer in St. Peter war, und bemerkt, dass sie sich in ein richtiges Fräulein verwandelt hatte. Aber gesprochen hatte er nie wieder mit ihr. Womöglich war sie inzwischen längst verheiratet und fortgezogen. Denn seit Langem sah er nur noch gelegentlich den Vater, und er war immer allein. Es fehlte ihm der Mut, ihn nach Katharina zu fragen. Aber vergessen würde er sie trotzdem nie.

Katharina

Katharina trug jetzt manchmal ihre dunklen Haare in der Mitte gescheitelt und an den Ohren zu zwei Zopfnestern zusammengerollt. Wie Esther, die Tochter des Zürcher Friedensrichters, wenn sie zur Anprobe in die Schneiderei von Frau Wyss gekommen war. Drei Jahre lag das nun schon zurück. In Luzern gab sie selbst die Anweisungen und führte nicht mehr nur aus, was die Meisterin ihr zurief.

Katharina lief über die Kapellbrücke zurück zum Hotel Bären, im Korb ihre braunen Stiefel, die der Schuhmacher neu besohlt hatte. Sie war einundzwanzig Jahre alt und schon eine Respektsperson. Die Zimmermädchen, Wäscherinnen und Näherinnen, die sie zu beaufsichtigen hatte, waren in der Regel jünger als sie. Manche fingen mit vierzehn bei ihr an, da waren sie noch Kinder. Doch sobald sie die sechzehn überschritten hatten, musste man ein besonderes Auge auf sie haben. Dann drehte sich alles nur noch um die jungen Männer, und dann waren sie schneller fort als die Schwalben am Ende des Sommers.

Katharinas Schritte hallten vom hölzernen Boden der Brücke wider. Sie hatte von Plänen gehört, die Ufer der Reuss aufzuschütten, um mehr Landfläche für die Stadt zu gewinnen. Dazu sollte die Kapellbrücke verkürzt und das neu gewonnene Land bebaut werden. Es hieß, dass vor allem die englischen Vergnügungsreisenden Hotels am See, mit Blick auf die Berge, den Hotels und Herbergen in der Stadt vorzogen. Doch bis es tatsächlich so weit wäre, dass man in Luzern Hotels am See baute, vergingen bestimmt noch ein paar Jahre. Vielleicht hätten Tante Regula und ihr Mann bis dahin mit dem Hotel

Bären so viel verdient, dass sie auch an einen Neubau am See denken konnten.

Als Katharina auf den Hirschenplatz zulief, sah sie eine offene Kutsche mit zwei Rappen vor dem Hotel stehen. Der schmucke Kutscher mit halbem Zylinder und schwarzem Rock legte den schweißglänzenden Rössern eine Decke über den Rücken und sah dabei immer wieder nach oben. Katharina folgte seinem Blick. Im ersten Stock wischte ein Putzlappen wieder und wieder über die Fensterscheibe von Zimmer drei. Als gäbe Dorli dem Kutscher geheime Zeichen mit den Bewegungen ihres Lappens, die nur er und sie verstanden. Katharina ahnte schon, was da los war. Mit einem Satz war sie an der Tür, lief am Portier vorbei, der wie üblich errötete, wenn sie sich begegneten, und die Treppe hinauf. Als sie das Zimmer drei betrat, wienerte Dorli immer noch dieselbe Scheibe.

»Sollte es nicht bald sauber sein, dein Fenster?«

Das Zimmermädchen fuhr herum. »Sind Sie schon zurück, Fräulein Ammann? Ich bin ...«

»Was bist du, Dorli?«

»Fertig«, antwortete sie, stellte sich noch einmal auf die Zehenspitzen, um besser auf die Gasse zu sehen, ließ den Lappen unter ihrer Schürze verschwinden und zog mit ihrem Putzeimer ab.

»Halt!«, rief Katharina ihr nach und zeigte auf das Bett, das zwar frisch bezogen, aber nicht aufgeschüttelt und sauber zusammengelegt war.

»Ach«, machte das Zimmermädchen, »das habe ich ganz übersehen.«

»Wie kann man ein ungemachtes Bett übersehen?«, fragte Katharina.

»Ich habe es mir für den Schluss aufgehoben, und dann sind Sie gekommen und da habe ich es vergessen.«

Katharina schüttelte den Kopf. »Das ist jetzt schon das zweite Mal, dass du etwas Wichtiges vergisst. Wo hast du nur deinen Kopf?«

Dorli grinste verlegen.

»Sag bloß, du bist verliebt.«

Das stritt Dorli erst gar nicht ab, sondern grinste zu verschämt.

»Was, in deinem Alter?«

»Ich werde bald sechzehn.«

»Ja, eben. Der Kutscher?« Dorli schwieg. »Er ist ein hübscher Kerl, aber er trinkt auch gern ein Gläschen zu viel, oder täusche ich mich?«

»Ach, das müssen die Burschen, sonst verschaffen sie sich keinen Respekt bei den anderen«, behauptete Dorli.

»Na, ich weiß nicht, man muss nicht bei allem mitmachen. Pass bloß auf, dass es nicht irgendwann zu viel wird. Und halte deinen Kopf bei der Arbeit zusammen, sonst muss ich es dem Chef melden.«

»Ihrem Schwager, meinen Sie, der auch öfter mal ein Glas zu viel erwischt?«

»Sei nicht so frech. Er ist dein Chef, genau wie meiner.«

»Exgüsi.« Dorli machte einen Knicks.

»Also gut, aber pass in Zukunft ein bisschen besser auf. Du weißt, dass solche Fehler nicht unbemerkt bleiben.«

»Ich versprech's.«

Katharina konnte Dorli ja verstehen. Sie selbst spürte auch ein Grummeln im Bauch, wenn sie an ihrem Portier im Bären vorüberlief. Er war nicht so jung und so hübsch wie Dorlis Kutscher, dafür trank er nicht. Aber schüchtern war er. Sie war sich sicher, dass sie ihm gefiel, aber es konnte noch drei Jahre dauern, bis er es einmal wagte, sie anzusprechen. Also musste sie die Sache selbst in die Hand nehmen. An seinem nächsten freien Abend würde sie ihn zu einem gemeinsamen Spaziergang am See überreden. Sie würde einfach fragen, ob er sie nicht begleiten wolle. Dazu konnte er unmöglich Nein sagen. Sonst behielt ihre Mutter am Ende doch noch recht und sie würde als alte Jungfer enden.

Rudolf

Rudolf lag wach, während Amseln, Meisen, Schwalben und alles Getier, das ab dem frühen Morgen zwitscherte und sich regte, noch schlief. Nur vom Dach war ein leises Klopfen zu hören, wenn die Fledermäuse unter die Sparren einflogen, um ihre Schlafplätze aufzusuchen. Niemand hatte sie gern unter dem eigenen Dach. Die Leute waren abergläubisch und fürchteten sich vor den Tieren, die sich lautlos durchs Dunkel bewegten. Manche hielten sie gar für Blutsauger.

Rudolf hielt es nicht mehr aus in seinem Bett, lief leise hinaus zum Abtritt und wusch sich in seiner Kammer, um die Mutter nicht zu wecken oder den Vater, der sowieso bald aufstehen würde. Heute war er sogar noch früher dran als der Vater. Sein Ranzen war geschnürt, die Jacke hing am Stuhl, und die festen Schuhe standen an der Tür. Es war alles gesagt, alles gepackt, doch als er leise die Kammertür öffnete, stand die Mutter im Nachthemd vor ihm, das lange, grau gewordene Haar zu zwei dünnen Zöpfen geflochten. Wortlos drückte sie ihm ein rotes Tüchlein in die Hand, in das sie sein Frühstück geknotet hatte.

»Ein erstes Zmorge aus der Heimat für deinen langen Weg«, sagte sie leise. Dann stellte sie sich auf die Zehenspitzen, legte ihm ihre linke Hand auf den Kopf und mit der Rechten segnete sie ihn. »Der Herr segne und behüte dich«, flüsterte sie, dann verschwand sie wieder in ihre Kammer, wie ein Geist oder ein Engel.

Rudolf sagte der Marktgasse Ade, dem Fluss, der Münsterbrücke und dem See, an dessen Ufer nachts schlafende Enten trieben, die Schnäbel tief in ihr Gefieder gesteckt. Er verließ die Stadt durch den Katzenturm und über den hölzernen Steg über den Fröschengraben, einen Teil der alten Stadtbefestigung. Andere Türme und Bollwerke waren bereits abgebrochen worden. Die Stadt hatte sich über Jahrhunderte selbst eingemauert, um sich vor der Außenwelt zu schützen. Doch innerhalb der Mauern war lange schon zu wenig Platz. Die Stadt würde erst wieder ohne ihre Befestigungen wachsen können. Die Schanzen und die Gräben, die um die gesamte Stadt gezogen waren, erinnerten noch an ihre alte Befestigung und Wehrhaftigkeit. Im Januar hatte der Große Rat der Stadt nun auch deren Beseitigung beschlossen, und bereits diesen Sommer hatten sie damit begonnen, Gräben zuzuschütten oder Zugbrücken in feste Holzbrücken zu verwandeln, wo es noch Gräben gab. Die Stadt würde sich verändert haben, wenn er von seiner Wanderschaft zurückkam, und er selbst wäre womöglich auch ein anderer. Hatte der Apotheker ihm nicht prophezeit, er werde als Mann von Welt zurückkommen? Und wenn schon nicht als echter Mann von Welt, so doch zumindest als Mann.

Außerhalb der Stadt wandte Rudolf sich Richtung Südwest. Das war der Kurs, dem er von nun an folgen wollte, bis an sein Ziel. Er wollte die gesamte Strecke zu Fuß bewältigen und veranschlagte vierzehn Tage dafür. Drei Jahre lang hatte er sich dem Regiment der Backstube und des gestrengen Vaters unterworfen. Nun durfte er sie endlich hinter sich lassen.

»Fort, fort, fort«, hallte jeder Schritt in seinen Ohren wider. Ein Nachtvogel zog auf breiten Schwingen lautlos an ihm vorüber, wie im Traum, und suchte auf einem hohen Baum Zuflucht vor dem Tag.

Rudolfs erstes Ziel war der Hallwilersee. Dazu musste er zuerst über die waldigen Ausläufer des Albis hinauf und auf der anderen Seite wieder hinunter. Er würde den See vielleicht nicht am ersten Tag erreichen, aber bestimmt am zweiten, wenn er nicht vom Kurs abkam. Zur Sicherheit zog er den Kompass aus der Tasche, auch eine Leihgabe des Apothekers, und vergewisserte sich, dass er auf dem richtigen Weg war. Er ließ den Hunger kommen und wachsen, bis er das Tüchlein seiner Mami aufmachte und sich an Brot und Wurst und hart gekochtem Ei stärkte. Mittags wollte er sich unter einen Baum legen und ein wenig die Augen schließen.

»Wem gehört die Welt?«, rief er in die Baumwipfel hinauf, als er die erste Steigung nahm. »Sie gehört Gott«, antwortete er sich selbst, »aber heute gehört sie mir.«

Er wanderte von Zürich nach Aargau, von dort in den Kanton Luzern. Im Kanton Bern durchquerte er das Emmental mit seinen saftigen Wiesen, dem Braunvieh mit den weiß eingefassten Mäulern und den stattlichen Gehöften, die immer aus mehreren Gebäuden bestanden, wie kleine Dörfer. Unter dem riesigen Dach des Haupthauses fanden die Dreschtenne, die Heubühne, die Stallungen und der Wohntrakt Platz. Im Waschhaus wurde gewaschen und im Ofenhaus gebacken. Ins »Stöckli« zogen sich die Alten zurück, wenn sie den Hof den Kindern übergaben. Etwas abseits wurden in Speichern, die mit schweren Schlössern gesichert waren, Saatgut, Dörrobst, Kräuter, Mehl, wertvolles Zaumzeug und die Aussteuer aufbewahrt. So erzählte es ihm eine Bäuerin, die er nach den schweren Schlüsseln an ihrem Schurz fragte. Da er an einem

Backtag auf den Hof kam, wurde es nichts mit seinem Mittagsschlaf. Stattdessen half er den ganzen Tag beim Backen und erarbeitete sich eine warme Mahlzeit und einen Schlafplatz im Heu. Als er am nächsten Tag wieder aufbrach, packte ihm die Bäuerin noch ein Stück Käse ein. Es war der beste, den er je gegessen hatte.

Über Burgdorf mit seinem wuchtigen Schloss kam Rudolf zur Stadt Bern, die sich in die Schlaufe der Aare schmiegte wie eine Schnecke in ihr Haus. Er schaute bei den vier Bären vorbei, die als lebende Wappentiere der Stadt im Bärengraben herumkugelten und sich um die Weggli balgten, die ihnen die Berner Bürger von oben zuwarfen. Dann lief er durch die Stadt und bewunderte die Zytglogge, eine Turmuhr, nach der alle Uhren der Stadt gestellt wurden, wie in Zürich nach St. Peter. Von den Sternen und Planetenbewegungen, die sie anzeigte, verstand Rudolf nichts. Dagegen wurde er von der Auslage einer Confiserie angezogen. Und weil er auf seiner Wanderschaft etwas lernen wollte, ging er hinein und ließ sich von einem Fräulein mit hochgeschlossener Bluse und einem eng geschnürten Mieder erklären, um welches Gebäck es sich im Einzelnen handelte. Er verstand sie nur schwer, was an ihrem Dialekt und der großen Lücke zwischen ihren Schneidezähnen lag. »Bärner Haschelnuschläbkuche«, sagte sie, und auf jedem Lebkuchen war ein Bär aus Zuckerguss aufgespritzt. Was sie »Bärner Ankezüpfe« nannte, war ein geflochtener Butterzopf aus Hefeteig. Die »Nidletäfeli« waren weiche Sahnekaramellbonbons, die er von zu Hause kannte, ebenso die »Bärner Bretzeli«, die er im ersten Versuch statt seiner gerollten Hüppen hergestellt hatte.

Rudolf ließ sich von allem etwas einpacken, um das Gebäck später in sein Rezeptbuch zu übertragen. Dann suchte er die Rathaus-Apotheke und übergab einen Brief von Apotheker

Flückiger. Sein Freund Morell ließ eine Kammer herrichten für den Gast aus Zürich und lud ihn zum Nachtmahl ein. Am nächsten Tag wanderte er weiter über Freiburg und Greyerz, und am dreizehnten Tag sah er endlich den Genfer See, der bestimmt vier- oder fünfmal so groß wie der Zürichsee war. Gegen Süden ragten hohe Berge auf, über denen sich die Wolken türmten. Rudolf verbrachte die Nacht in einem Schuppen inmitten eines Weinbergs, und als er vor dem Einschlafen noch einmal hinabsah, erschien ihm der See im Licht der Himmelskörper wie ein riesiges schwarzes Loch.

Am nächsten Morgen wanderte er zeitig hinab in die aufgehende Sonne. In einem Vorort von Vevey fragte Rudolf einen Lebensmittelhändler nach dem Geschäft von Monsieur Cailler. Aber niemand in Vevey schien den Namen des berühmten Schokoladenfabrikanten zu kennen. Dabei war Vevey ein Städtchen, viel kleiner als Zürich oder Bern. In seinem Zentrum standen einige prächtige Bürgerhäuser, eine Grande Place mit einem Kornhaus und einem Casino, vor dem vornehm gekleidete Leute zusammenstanden und plauderten. Die Damen mit großen Hüten, die Herren in eleganten Röcken und Zylindern. In den engen Gassen dahinter lagen die Werkstätten der Säckler, Schindelmacher und Fassbinder. Ein Schmied lud eiserne Fassreifen von einem Handkarren ab. Als Rudolf ihn nach Monsieur Cailler fragte, sprudelte der bullige Mann in seinem kragenlosen Hemd und dem abgewetzten Lederschurz geradezu über. Rudolf verstand kein Wort, aber es klang aufgebracht. Wütend spuckte der Schmied nach seinem letzten Satz auf den Boden. Der Schindelmacher schaltete sich ein und übersetzte.

»Er sagt, dass dieser Cailler ein Lump ist. Wenn du ihn triffst, dann sollst du ihm ausrichten, dass er seine Schulden bei ihm zahlen soll.« Der Schmied wetterte weiter. »Er will wissen, ob Cailler dir auch etwas schuldet«, übersetzte der Schindelmacher.

Angesichts der aufgeheizten Stimmung entschied sich Rudolf für eine Notlüge. »Ich muss ihm einen Brief aus Zürich überbringen.«

»Voilà«, rief der Schmied, und der Kollege übersetzte wieder. »Bestimmt auch von einem, dem er noch Geld schuldet! Er hat seine Mühle oben in Corsier, an der Veveyse.«

Dann gingen beide zurück an ihre Arbeit und es kehrte wieder Ruhe ein im Quartier. Der Schmied schob seinen Handkarren durch die Gasse fort, der Hammer des Schindelmachers traf auf das Schindelmesser und spaltete das Holz, der Fassmacher schlug den ersten Fassreifen über die Dauben.

An der Veveyse lagen mehrere Mühlen, doch es war leicht, eine Getreidemühle von einer Ölmühle und die wiederum von einer Sägemühle zu unterscheiden. Denn bei allen standen die Türen offen, es war ein warmer Sommertag, sodass Rudolf den Männern bei der Arbeit zusehen konnte. Ein Stück weiter oben kam er an ein Mühlengebäude mit verschlossener Tür. Das Mühlrad klapperte, und es hörte sich so an, als würde dort auch gearbeitet. Rudolf wartete, bis einer der Arbeiter herauskam. »Bonjour«, grüßte er und fragte, ob das die Mühle von Monsieur Cailler sei.

»Wer will das wissen?«, blaffte der Mann, zog eine Dose mit Schnupftabak heraus und klopfte sich eine Prise in die Kuhle zwischen Daumen und Zeigefinger.

»Rudolf Sprüngli, Konditorgeselle auf Wanderschaft. Ich möchte zu Monsieur Cailler.«

»So? Und was wollen Sie von ihm?« In die offene Tür trat ein zweiter Mann, mindestens doppelt so alt wie Rudolf, dunkles Haar, schmales Gesicht, elegante Nase.

»Ich bin ...«, setzte Rudolf an.

»Ich habe gehört, wer Sie sind.« Der Monsieur sprach deutsch mit starkem Akzent.

»Ich möchte lernen, wie man Schokolade macht.«

»Confiseur sind Sie, sagen Sie?«

Rudolf nickte.

»Beweisen Sie es«, sagte er. »Kommen Sie heute Nachmittag in die Backstube neben der Épicerie Perret, an der Rue du Conseil. Zeigen Sie mir, was Sie können, junger Mann.«

Der Maître verschwand wieder in seiner Mühle, und die Tür fiel hinter ihm krachend ins Schloss.

Bis vierzehn Uhr hatte Rudolf sich bis in die Rue du Conseil durchgefragt. Die Backstube war verschlossen. Die Dame in der Épicerie sagte ihm, der Meister sei noch in der Fabrik und der Gehilfe beim Essen. Er müsse aber bald kommen, um das Brot für das Nachtmahl zu backen.

»Madame Perret?«, fragte Rudolf.

»Madame Cailler«, antwortete sie, »geborene Perret. Eigentümerin des Ladens wie der Fabrik.«

Daher also die Wut des Schmieds. Schulden einzutreiben bei einem, der nichts hatte, weil alles seiner Frau gehörte, war praktisch aussichtslos. Der Trick war nicht ehrenhaft, aber Cailler hatte sicher seine Gründe dafür.

Der Meister kam ohne den Gehilfen die Gasse herauf.

»Rodolphe, können Sie Brot backen?«, fragte er.

»Ich bin Confiseur, kein Boulanger«, antwortete Rudolf.

»Ich auch«, antwortete Cailler, »aber bei uns kaufen die Leute mehr Brot als Kuchen. Die feinen Confiserien unten am See schnappen uns die gute Kundschaft für das Zuckergebäck weg, deshalb gibt es jetzt bei uns auch wieder Brot. Bekommen Sie das hin, wenn ich es Ihnen zeige?«

»Ich denke schon«, sagte Rudolf.

Cailler setzte den Teig an, und es erwies sich als recht einfach, ihn zu Stangen zu formen und zu backen.

»Und die Schokolade, Maître?«, fragte Rudolf, als sie fertig waren und er noch die Backstube fegte.

»Später, mon fils«, vertröstete Cailler ihn.

Rudolf bekam die Kammer über der Backstube und lernte beim Abendessen die Kinder des Ehepaares Cailler-Perret kennen: den zehnjährigen Auguste, den etwas jüngeren François-Alexandre und die kleine Fanny-Louise. Noch konnte er sich nur mit Händen und Füßen mit ihnen verständigen und sie kicherten viel über ihn, aber er würde die Sprache schon noch lernen.

»Ihr Deutschschweizer könnt wohl zupacken«, meinte sein Chef am Ende von Rudolfs erstem Monat in der Backstube. Es hatte sich schnell herumgesprochen, dass der neue Patissier bei Madame Perret feinstes Gebäck aus Zürich zubereitete und ein umgänglicher Bursche war, der ein lustiges Kauderwelsch aus Schweizerdeutsch und Französisch sprach und seiner Chefin auch im Geschäft geschickt zur Hand ging. Seitdem kauften mehr Leute bei ihr ein, schon um den Jüngling mit den blonden Locken zu bestaunen. Madame machte mehr Umsatz. Sie bot Rudolf ein Taschengeld an, und weil er wusste, wie knapp es bei den Caillers zuging, akzeptierte er das Angebot, das immer noch weniger war als der übliche Lohn eines Gehilfen. Schließlich war er nicht zum Geldverdienen hergekommen.

Ein Monat verging, sechs Wochen, sieben, acht. Rudolf wunderte sich, warum der Meister eigentlich keine Schokolade machte. Oder tat er es heimlich? Aber wann? Die Sache fing an, ihn zu beunruhigen. Warum nahm der Meister ihn nicht mit in die Mühle? Er wich ihm aus, wenn Rudolf die Sprache darauf brachte. Es vergingen drei Monate. Dann brach eines Tages plötzlich Hektik aus. Der Meister verschwand für einen halben Tag und polterte danach in der Backstube herum. Beim Mittagessen schließlich fragte er, ob Rudolf ihn am Nachmittag zur Mühle begleiten wolle.

»Wir machen Schokolade?«, fragte Rudolf und dachte: Endlich!

Cailler nickte und löffelte finster sein Dessert. »Wir machen Schokolade für einen anderen.«

»Für wen?«, hakte Rudolf nach.

»Für den Confiseur neben dem Hôtel du Port, unten am See. Er hat bei mir bestellt.«

»Und was ist daran so schlimm?« Rudolf verstand die Tragik der Geschichte nicht.

»Dass er den Kakao kauft, den Preis kalkuliert und mich für meine Arbeit bezahlt. Als wäre ich sein Gehilfe.«

Immerhin Einnahmen, dachte Rudolf, und die konnten die Caillers dringend brauchen.

»So komme ich nicht wieder auf die Füße. Ich muss selbst den Preis für mein Produkt festlegen. Und der muss höher sein als die Kosten und meine Arbeitszeit.«

Rudolf verstand, was Cailler meinte. Der Auftrag würde nicht reichen, um Caillers Schulden zu tilgen, aber in seiner Lage musste der Meister nehmen, was er kriegen konnte.

Rudolf holte mit einem Träger die beiden Säcke mit Kakaobohnen, und zusammen schafften sie sie hinauf zur Mühle. Cailler lief im weißen Hemd mit Stehkragen voraus. Zarte Wolkenschleier zogen über den See, trotzdem war es sehr warm. Hinter dem Dorf wurde der Weg zu einem schmalen Pfad, der dem Lauf der Veveyse folgte.

»Warum verkaufen Sie Ihre Schokolade eigentlich nicht im eigenen Geschäft?«, fragte Rudolf.

»Weil ich dafür nicht das richtige Publikum habe. Bei mir kaufen die kleinen Leute aus dem Quartier, nicht die Flaneure, die im Casino herumsitzen und dort die Zeit totschlagen.«

»Warum ist es denn eigentlich so teuer, Schokolade zu machen?«, wollte Rudolf wissen.

»Weil die Rohstoffe teuer sind. Sie kommen ja auch von sehr weit her, aus Mittel- und aus Südamerika. Die Kakaobohnen wachsen in den Ländern am Äquator. Denken Sie an einen Globus, und stellen Sie sich vor, wie weit das von uns entfernt ist, Rodolphe. Ernteausfälle, Transportprobleme, unvorstellbar lange Wege, das alles schlägt sich im Preis nieder.« Der Meister zückte ein Taschentuch mit gesticktem Monogramm und wischte sich den Schweiß von der Stirn. »Und dann immer diese Unsicherheit: Bekomme ich jetzt im Herbst, noch rechtzeitig vor Weihnachten, eine Lieferung oder bekomme ich sie nicht? Werden die Bohnen in Ordnung sein oder muss ich die Hälfte wegwerfen? Schleppe ich einen Schädling ein, oder ist die Qualität so miserabel, dass sich die Arbeit erst gar nicht lohnt? Denn aus schlechten Bohnen kann kein Mensch gute Schokolade machen.«

Vor ihnen waren bereits die Mühlen zu sehen. Das Wasser aus den hölzernen Rinnen floss zurück in den Bach und plätscherte über Steine.

»Du brauchst Geld, damit du dir dieses Geschäft überhaupt leisten kannst. Immer gehst du in Vorleistung. Du kannst nicht in Ruhe warten, bis die Lieferung kommt, dir die besten Bohnen herauspicken, einen Preis vorschlagen und dann anfangen zu feilschen. Nein, so läuft dieses Geschäft nicht. Man nimmt, was man kriegen kann, und es ist niemals genug. Die Damen in den Boudoirs sind ganz wild auf ihre Schokolade.« Cailler blieb stehen und äffte die Damen nach. »Möchten Madame vielleicht noch ein Tässchen? Ach ja, eines nehme ich noch, bevor ich meine Füßchen in die Pantöffelchen stecke und meinen *cul* aus dem Bett bewege.«

Rudolf war überrascht. Dass der Meister das Wort »Hintern« in den Mund nahm, erlebte er zum ersten Mal. Cailler trat immer wie aus dem Ei gepellt auf, war elegant gekleidet und perfekt rasiert. Er wollte von den Bürgern der Stadt wahrgenommen und respektiert werden.

»Was ist eigentlich der Grund, warum Sie in wirtschaftliche Schwierigkeiten geraten sind?«, fragte Rudolf.

Der Meister warf ihm einen finsteren Blick zu. »Was weißt du davon?« In seinem Ärger duzte der Meister ihn plötzlich.

Rudolf erzählte ihm von seiner Begegnung mit dem Schmied.

»Ach, der! Er hat mir oben in der Mühle geholfen. Nur mit viel Mühe konnte ich ihn davon abhalten, seine Stangen und Bänder, mit deren Hilfe die Wasserkraft auf meine Maschinen übertragen wird, nicht gleich wieder auszubauen und mitzunehmen, als ich die Rechnung nicht bezahlen konnte. Guter Mann, nur sein Temperament ist vielleicht ein wenig zu hitzig für seine verfügbaren Körperkräfte.«

»Man möchte sich ungern mit ihm anlegen.« Rudolf grinste.

»Das ist wohl wahr. Ich stottere meine unbezahlten Rechnungen bei ihm in Naturalien ab. Seine Frau bekommt das Brot bei uns gratis. Er selbst betritt unseren Laden ja nicht mehr. Denn wenn er käme, sagte er mir, müsste er mir an die Gurgel gehen. Das sei für ihn Ehrensache. Ich konnte ihn davon überzeugen, dass das eine sehr schlechte Idee wäre. Denn wie soll ich dann meine Schulden abbezahlen, wenn ich im Gefängnis oder mit Frau und drei Kindern im Armenhaus lande?« Cailler grinste. Er hatte die Hoffnung also noch nicht aufgegeben, dass er die Sache wieder in Ordnung bringen könnte.

Sie standen jetzt bei der Ulme unterhalb der Mühle.

»Vielleicht bleibst du ja so lange, bis meine beiden Söhne so weit sind, dass sie mir die Backstube abnehmen können. Bis dahin segeln die Schiffe womöglich auch schneller über den Atlantik und es gibt mehr Kakaoproduzenten, vor allem bessere.« Cailler holte einen Trinkbecher aus der Rocktasche und hielt ihn in den Mühlbach, der hier über eine kleine Geländestufe plätscherte. Rudolf trank aus der hohlen Hand.

»Statt nach Amerika wäre mein Freund Philippe Suchard vor zehn Jahren besser an den Äquator, nach Südamerika, gereist und hätte sich dort um die Kakaoplantagen gekümmert. Dann hätten er und ich jetzt mehr und besseres Material, mit dem wir arbeiten können. Aber er musste ja unbedingt nach New York und Baltimore.«

»Sie kennen Monsieur Suchard?«

»Natürlich. Auf die eine oder andere Weise kennen wir uns alle, die Schweizer, Franzosen, Italiener, die im Schokoladengeschäft tätig sind. Philippe wohnt drüben in Neuchâtel, das ist nicht weit von hier.« Rudolf nahm noch einen Schluck Wasser. Mit einem Empfehlungsschreiben von Maître Cailler aus Vevey müsste sich doch bei Suchard jede Tür für ihn öffnen.

Cailler musterte ihn aufmerksam. »Aber du wolltest ja von *mir* lernen, wie man Schokolade macht, nicht von *ihm*. Und, im Vertrauen, ich kann es auch besser als er.«

»Was macht Sie da so sicher?«, fragte Rudolf.

»Suchard ist ein Genie, aber er interessiert sich einfach für zu vieles. Heute macht er Schokolade, morgen ist er Dampfschiff-Kapitän auf dem Neuenburgersee und übermorgen Bergwerksdirektor. Oder das Fernweh packt ihn plötzlich wieder, und er besteigt ein Schiff, das ihn irgendwohin bringt, am besten möglichst weit fort von zu Hause. Er wird noch einmal beim Kaiser von China landen.«

»Um ihm Schokolade zu verkaufen?«, fragte Rudolf.

»Oder ein Dampfschiff, das weiß man bei ihm nie.«

An der Mühle hatte der Träger die beiden Säcke mit Kakaobohnen abgestellt. Cailler bezahlte ihm den Lohn für seine Dienste und er kehrte zurück nach Vevey. Dann schloss der Maître die drei Schlösser auf, mit denen die Tür gesichert war.

»Voilà«, sagte er und stieß die Tür auf.

Katharina

Manchmal hatte Katharina regelrecht Mitleid mit dem Rezeptionisten. Dabei sprach Alois sogar etwas Französisch, und das viel besser als sie selbst. Aber jetzt kamen auch noch diese Engländer, die auf ihrer »Grand Tour« durch Europa reisten. Die Schweiz war für die meisten zunächst nur ein notwendiges Übel, wenn sie nach Italien wollten. Viele Reisende fürchteten die Schweiz mit ihren gefährlichen Alpenpässen richtiggehend. Sie misstrauten den Postkutschern, dass sie Pferde, Fracht und Passagiere tatsächlich heil über die Passstraßen bringen würden. Man erzählte sich überall von Unglücken, Unfällen oder Beinahe-Abstürzen. Aber nun tauchten die englischen Gentlemen auch hier in Luzern auf, machten eine Fahrt über den Vierwaldstättersee, eine geführte Tour auf die Rigi oder, die Alpinisten unter ihnen, sogar im Pilatus-Gebiet, dem Hausberg von Luzern. Alois tat sich schwer mit dem Englischen. Leichter wäre ihm noch Italienisch gefallen. Er wäre selbst am liebsten einmal nach Italien gereist, nach Locarno, an den Lago Maggiore. Und Katharina hätte ihn nur zu gern begleitet. Aber das war nur ein Traum, für den

Hotelrezeptionisten wie für die Hausdame Katharina. Sie kannte ja auch Luzern und die Umgebung noch nicht einmal besonders gut. Aber träumen durfte man ja wohl. Jetzt sprach Regula schon eine ganze Weile auf Alois ein, aber er schüttelte nur andauernd den Kopf. Energisch drehte ihre Tante sich um, entdeckte Katharina vor dem Wäscheschrank und nahm Kurs auf sie.

»Ich brauche dringend jemanden für die Engländer.«

Katharina zuckte die Achseln. »Wieso kommst du damit zu mir? Ich spreche kein Wort Englisch.«

»Warum eigentlich nicht?« Tante Regula dachte kurz nach. »Alois kann nicht weg von seinem Posten. Außerdem sagt er, er kann kein Englisch.«

»Genau wie ich«, sagte Katharina.

»Ach was«, antwortete Regula. »Darum geht es doch jetzt nicht. Ich brauche nur jemanden, der eine kleine Gruppe von englischen Gentlemen, es sind nur vier oder fünf, zum Löwendenkmal führt. Du weißt doch, wo das ist?«

Katharina nickte. Das Denkmal war ein Wahrzeichen von Luzern, gleich außerhalb der Stadtmauern, und natürlich war sie schon dort gewesen.

»Sehr gut. Du kennst also den Weg und führst die Herren einfach dorthin, zeigst ihnen den traurigen Löwen, lässt sie ein bisschen zeichnen …«

»Zeichnen?«

»Manche von ihnen machen das«, sagte Regula. »Zur Erinnerung. Oder sie schreiben in ihr Tagebuch. Der Ort ist ja besonders anrührend.«

Da hatte Tante Regula recht. Der sterbende Löwe rührte manche Menschen sogar zu Tränen. »Aber wie lange soll ich denn dort bleiben mit den Engländern?«

»So lange sie eben wollen oder bis sie mit ihren Skizzen und Notizen fertig sind. Das wirst du dann schon merken.«

»Aber erklären kann ich ihnen überhaupt nichts«, sagte Katharina. »Was mache ich, wenn sie mich fragen, warum dieser Löwe weint und was er darstellen soll?«

»Dann rede einfach deutsch mit ihnen. Englisch soll ja gar nicht so viel anders sein. Vielleicht versteht einer von ihnen das ein oder andere Wort und kann sich die Geschichte zusammenreimen.«

»Aber schickt sich das, ich meine, ich mit einer ganzen Gruppe von Männern?«

»Es sind Gentlemen, Chatrina. Und ich werde ihnen vorher erklären, dass du ein ehrbares Mädchen bist, nicht wie die Frauenzimmer, die manche Gastwirte und Hoteliers den allein reisenden Männern gleich zusammen mit dem Zimmer zur Verfügung stellen, als ›garniertes Bett‹.«

»Tante Regula!« Katharina errötete.

»Was? Sag bloß, du hast noch nie davon gehört?«

Katharina schüttelte den Kopf.

»Na, dann weißt du jetzt Bescheid, für den Fall, dass einer der Herren dich mit einer Garnitur verwechseln sollte.«

»Tante!«, protestierte Katharina.

»Jetzt hör auf, dich so zu empören. Die Welt ist eben so, wie sie ist«, fertigte Regula sie ab. »Schönreden hat doch keinen Sinn. Sieh lieber den Tatsachen ins Auge und sei auf alles gefasst. Und mach gleich von Anfang an klar, dass du ein anständiges Fräulein bist und außerdem meine Nichte. Aber es sind ja Gentlemen.«

Katharina nahm noch eine Garnitur Bettwäsche aus dem Schrank. Garniertes Bett, du lieber Himmel!

»Du übernimmst die Gruppe also.« Es war keine Frage. »In einer halben Stunde werden sie da sein.«

Rudolf

Im Halbdunkel der Mühle konnte Rudolf nicht viel erkennen. Seine Augen mussten sich erst an das spärliche Licht gewöhnen, das durch die Sparren drang. Dafür roch er so einiges. Das feine Aroma von Kakao lag in der Luft oder hatte sich im Holz der Wände eingenistet. Ein Fenster besaß die Mühle nicht, und der Maître war eifrig darauf bedacht, die Tür sofort nach ihrem Eintreten wieder zu schließen, als hüte er hier ein kostbares Geheimnis. In der Ecke erkannte Rudolf eine Esse mit einem Abzug, auf der eine eiserne Pfanne mit durchlöchertem Boden stand, wie man sie zum Rösten von Maronen verwendete.

»Was siehst du?«, fragte ihn der Meister.

»Eine Feuerstelle, auf der die Kakaobohnen vermutlich in dieser Pfanne geröstet werden. Ich weiß aber nicht, wie heiß und wie lange.«

»Das kommt immer darauf an, wie trocken oder feucht die Kakaobohnen sind, die du geliefert bekommst. Das muss der Chocolatier von Fall zu Fall entscheiden. Du wirst es ausprobieren. Fang nicht zu heiß an, röste lieber länger. Du wirst es schon sehen und riechen, wenn es so weit ist.«

Rudolf ließ den Blick weiter durch die Mühle schweifen. Allmählich gewöhnten seine Augen sich an das Zwielicht.

»Was noch?«, fragte der Meister.

»Einen Mörser mit Stößel zum Zerreiben des Kakaos.«

»Der ist zum Brechen der Schalen der Kakaobohnen«, berichtigte der Meister. »Nach dem Rösten sind sie ja noch an der Bohne.«

»Und dann wird geworfelt, um die Schalen vom Kakao zu

trennen?« Rudolf deutete auf die beiden Korbsiebe, die fast so groß wie Wagenräder waren.

Der Meister nickte. »Wir brauchen die Siebe auch ganz zu Beginn, um Steine, Schmutz und die schlechten Bohnen auszusortieren. Davon gibt es leider immer welche. Manchmal sind es nur wenige, meistens aber auch mehr.« Der Meister wirkte jetzt ein wenig unwirsch und fahrig, vielleicht ungeduldig. Aber er hatte Rudolf doch selbst dazu aufgefordert, sich umzusehen und ihm zu beschreiben, was er sah.

»Und das hier sieht aus wie ein Reibetisch mit einer Rolle aus Granit«, sagte Rudolf. »Damit werden wohl die Bohnen zu Pulver zerrieben.« Cailler nickte und trat von einem Bein aufs andere.

Dann waren da noch zwei dicke Holzklötze, die auf einen liegenden Mühlstein schlugen. Sie waren über Zugriemen mit den Zahnrädern verbunden, die das Mühlrad antrieb. »Und was ist das?«, fragte Rudolf.

»Ein Stampfwerk, wie es in Ölmühlen zum Pressen von Sonnenblumenkernen und anderen Saaten verwendet wird«, sagte Cailler, erklärte Rudolf aber nicht, wann und wozu er es verwendete. Stattdessen wirbelte er plötzlich mit ausgebreiteten Armen herum wie ein Tänzer auf der Bühne und rief: »Das ist alles so primitiv! So unfassbar primitiv!« Rudolf zuckte zusammen. Der Maître schien außer sich. »So haben die alten Mexikaner wahrscheinlich schon vor fünfhundert Jahren Schokolade gemacht. Und sehr viel weiter sind wir immer noch nicht.«

Cailler hieb mit der Hand auf den Reibetisch.

»Hier in der Mühle habe ich Wasserkraft zur Verfügung. Darum habe ich sie schließlich gepachtet. Ich könnte die Handarbeit des Röstens, des Reibens und des Mischens von Maschinen erledigen lassen, wenn dieser Schmied nicht so eine verdammte Krämerseele wäre.« Cailler schlug noch ein zweites Mal auf den Reibetisch. »Wenn ich Maschinen einsetzen könnte, bräuchte ich weniger Helfer, die ich ja auch bezahlen muss. Das Wasser der Veveyse bekomme ich gratis, auch wenn ich natürlich die Pacht und die Steuern auf meine Einnahmen zahle. Wenn ich billiger produzieren kann, wird meine Schokolade auch günstiger, und dann kann ich wiederum mehr davon verkaufen. Und genau da beißt sich die Schlange in den eigenen Schwanz.« Cailler stützte sich mit beiden Armen auf den Reibetisch und ließ erschöpft den Kopf hängen.

»Die Katze«, sagte Rudolf.

»Wie?« Der Meister sah ihn verwundert an.

»Bei uns ist es die Katze, die sich in den Schwanz beißt.« Cailler schien nicht zu begreifen und es interessierte ihn auch nicht.

»Sie haben aber doch dort eine Mahlvorrichtung, die mit Wasserkraft betrieben wird«, kam Rudolf zurück zum Thema.

»Ja, da wird der Kakao fein gemahlen, auch der Zucker.« Er machte eine Handbewegung, als sei das wohl das Mindeste oder eigentlich so gut wie nichts. »Aber hier, schau her!« Er zog eine Papierrolle aus der Tischschublade und zeigte Rudolf eine Konstruktionszeichnung, auf der er zwei Dinge erkennen konnte: Einmal eine geschlossene Rösttrommel, die über dem offenen Feuer zu drehen war. »Damit werden die Kakaobohnen gleichmäßig von allen Seiten geröstet, denn die Trommel dreht sich mithilfe der Wasserkraft«, erklärte der Meister. Die zweite Zeichnung war komplizierter. Es handelte sich um einen Bottich, in dem sich eine Art Rührarm bewegte, um die eingefüllte Masse umzurühren und zu vermischen.

»Mein Mélangeur.« Caillers Augen glänzten.

»Steht er hier irgendwo?« Rudolf sah sich um.

»Dahinten.« Cailler zeigte in eine Ecke, die so dunkel war, dass Rudolf kaum etwas erkennen konnte. »Ist noch nicht fertig zusammengebaut. Weil dieser Mistkerl von Schmied hier nichts mehr anrührt.«

»Und diese alte Ölpresse, die Sie mir gezeigt haben, die ist doch auch wasserbetrieben.«

»Sie gehört zur Mühle und stand schon da, als ich sie übernommen habe.«

»Und wozu wird sie benutzt?«

»Rate«, forderte der Meister Rudolf nun wieder etwas lebhafter auf. »So, wie die Presse den Ölsaaten ihr Öl entzieht, presst sie aus der Kakaobohne, wenn man das Ganze erhitzt, was?«

»Das kann nur das Fett in der Kakaobohne sein, also die Kakaobutter.«

»Richtig.«

»Wozu verwenden Sie die Kakaobutter?«

»Ich könnte sie an Apotheken verkaufen. Die Apotheker machen Salben daraus oder nutzen sie zur Herstellung edler Seifen.«

»Butter? Wird sie nicht viel zu schnell ranzig?«

Monsieur Cailler schüttelte den Kopf. »Kakaobutter verhält sich nicht wie Butter aus Kuhmilch. Sie hält sehr lange und ist angenehm und unaufdringlich im Geruch. Aber es lohnt sich für mich nicht wirklich. Kakaobutter ist zwar teuer, aber das ist Schokolade auch. Also mache ich lieber Schokolade. Und auch meiner Schokolade setze ich oft noch extra etwas Kakaobutter zu, damit sie geschmeidiger wird, weniger trocken und bröselig.«

Der Meister beruhigte sich allmählich wieder. Während er das Mühlrad in Gang setzte, besah Rudolf sich den Mélangeur und bastelte mit einer Zange und einem Stück Draht herum, bis er dachte, dass er ihn vielleicht doch zum Laufen bringen könnte. Er schürte das Feuer in der Esse, das Mühlrad klapperte in einem konstanten, fleißigen Rhythmus dahin. Maître Cailler schnitt den ersten Sack mit Kakaobohnen auf, und sie begannen endlich damit, Schokolade zu machen.

Katharina

Als sie an Alois vorbei zur Tür ging, wünschte er ihr viel Glück. Die vier Herren warteten bereits vor dem Hotel auf sie. Sie lupften den Zylinder, verbeugten sich, machten durchaus einen wohlerzogenen Eindruck und folgten ihr wie Gänseküken.

Katharina schlug den direkten Weg hinaus aus der Stadt ein. Jenseits des Stadttors führte eine Pappelallee zu einem angelegten Garten mit hohen Bäumen, Wiesen und einem Teich, der zur Hälfte von Wasserlinsen bedeckt war. Das Denkmal war in eine Felswand gehauen, die zu einem ehemaligen Sandsteinbruch gehörte, und maß etwa dreißig Fuß in der Breite und an die zwanzig Fuß in der Höhe. Es stellte einen Löwen dar, der auf einem Berg von Waffen lag. Ein Pfeil hatte seinen Leib durchbohrt und er wartete nun auf den Tod. Katharina wusste nicht, ob die englischen Gentlemen die lateinische Inschrift lesen konnten. Sie konnte es nicht. Sie zeigte auf die beiden Wappen, dem mit dem Schweizerkreuz für die Schweizergarde und dem mit der Lilie für das französische Königshaus. Ein Gentleman mit rotem Backenbart und grün-braunen Augen sagte: »Louis seize«, und: »Marie Antoinette.« Der sterbende Löwe stand für die siebenhundert Soldaten der Schweizer Garden, die beim Sturm auf die Tuilerien zu Tode gekommen waren. Sie hatten im Jahr der Revolution 1792 den Königspalast verteidigt und dabei ihr Leben verloren.

Einer der Herren zog tatsächlich einen Skizzenblock aus dem Gehrock und erfasste in raschen Strichen die Szenerie. Er betrachtete auch Katharina, maß ihre Proportionen im Vergleich zur Felswand mithilfe seines Bleistifts und übertrug sie in seine Skizze. Sie wusste nicht, ob sie sich genieren oder doch lieber geehrt fühlen sollte, und entschied sich für Letzteres.

Katharina führte die vier Gentlemen zurück zum Hotel und traf sie später im Speisesaal wieder, wo sie beim Aufdecken und Auftragen der Speisen half. Nach dem Abendessen fragte einer der Gäste, um welches Instrument es sich bei dem seltsamen Ding auf der Anrichte handle, mit seinen schrecklich vielen Saiten. Und wer das spielen könne.

Tante Regula deutete auf Katharina. »Meine Nichte«, antwortete sie.

Katharina ließ sich überreden, eine musikalische Kostprobe auf ihrem Hackbrett zu geben. Sie spielte einen Ländler, eine Polka und dann noch einen Walzer. Und da sie nicht gleichzeitig spielen und tanzen konnte, musste Tante Regula selbst einspringen und abwechselnd jeden der vier englischen Gentlemen aufs improvisierte Parkett führen. »Swiss women are the best«, behaupteten sie einstimmig, als Katharina ihr Instrument wieder einpackte und Tante Regula den musikalischen Heimatabend für beendet erklärte.

Rudolf

Von den fingerdicken Schokoladestangen, die sie an diesem Tag gemacht hatten, hätte Rudolf gern eine Kostprobe nach Zürich geschickt. Aber es war ja alles vorbestellt und musste abgeliefert werden. Er hoffte, es gäbe bald wieder eine Gelegenheit, Schokolade zu machen. Denn das war doch etwas ganz anderes als Brotbacken oder die Zuckerbäckerei. Und wenn sie erst Caillers Mélangeur zur Verfügung hätten, konnten sie die Schokolade auch weiter verfeinern.

Sie produzierten eine ganze Woche lang in jeder freien Minute und solange es das Tageslicht erlaubte. Oft stiegen sie mit einer Laterne wieder hinab nach Vevey.

Als sie nach dieser Woche ihre Ausbeute zu Stangen gepresst in einer Bütte ins Tal brachten und auf die Confiserie beim Hotel au Lac zuliefen, verschwand Cailler plötzlich hinter einem Fuhrwerk, das an der Straße stand. Was war denn nun wieder los?

»Siehst du den da drüben, den modisch gekleideten Geck mit dem taillierten Rock und den lächerlichen karierten Beinkleidern?«

»Sie meinen den vor dem Casino, mit der Dame im cremefarbenen Kleid mit dem Federhut?«

Cailler nickte.

»Kennen Sie den Herrn?«

»Das ist kein Herr.«

»Was ist er denn?«

»Ein Betrüger, Schwindler, Hochstapler und Schmarotzer ist er. Natürlich ein Engländer. Er nennt sich Mister Frye oder auch Sky.«

»Und das ist seine Frau, die Cremefarbene?«

»Da wäre ich mir nicht so sicher. Dieser Mister ist ein Hallodri, immer unterwegs. Er bereist die Schweiz und auch in Norditalien kennt man ihn.«

»Und er hinterlässt unglückliche Frauen?«, fragte Rudolf.

»Er hinterlässt auch unglückliche Männer«, sagte der Maître leise, und aus seinen Augen blitzte der Zorn.

Rudolf sah seinen Meister an. »Sie haben mit ihm Geschäfte gemacht?«, fragte Rudolf.

Cailler nickte. »Die Kanaille hat mich ruiniert. Er hat mir zwei Lieferungen mit fünf Säcken Kakaobohnen verkauft. Sie waren verdorben und ich musste sie alle wegwerfen. Und das, nachdem ich sie bezahlt hatte.«

»Konnten Sie die Bohnen nicht zurückgeben?«

Cailler schüttelte den Kopf. »An die Gendarmen konnte ich ihn auch nicht ausliefern. Er versprach mir eine *offre spéciale*. Ware, die an den Zöllnern vorbeigeschmuggelt war, unter der Hand, Spezialpreis für eine Spitzenqualität, alles ohne Papiere. Und ich Idiot habe mich darauf eingelassen.«

»Haben Sie mit irgendjemandem darüber gesprochen?«

»Nein, bist du verrückt? Ich hätte ja meinen Ruf ruiniert.«

Rudolf dachte, dass das auch so schon passiert war.

Der Engländer flanierte nun mit seiner Begleitung hinunter zum See.

»Die Kanaille hat Zugang zu den höchsten Kreisen hier«, sagte Cailler. »In Turin haben sie ihm Prügel angedroht, habe ich von einem Kollegen erfahren. Dort traut er sich nicht mehr hin. Aber bei uns in der Schweiz bewegt er sich ganz frei und ungeniert. Und wenn ihm jemand ans Leder will, wechselt er die Stadt und den Namen.«

»Und man kann nichts gegen ihn unternehmen?«

»Ich hätte es ja versucht, aber er ist geschickter als ein einfacher Kaufmann wie ich. Da lässt man sich einmal auf so ein Geschäft ein und schon geht es dahin mit dem Unglück.«

Sie lieferten ihre Ware beim Confisier am Hôtel du Port ab. Der Maître kassierte die vereinbarte Summe. Wieder draußen auf der Straße, zog der Meister einen Schein aus dem Bündel und gab ihn Rudolf, den Rest steckte er ein.

»Louise muss dringend Ware einkaufen«, sagte er. Dann zog er doch noch einen zweiten Schein heraus. »Der ist für den starrköpfigen Schmied. Geh bei ihm in der Werkstatt vorbei und lass dir den Empfang quittieren. Du weißt ja, wo er zu Hause ist.«

Rudolf nickte. »Und wann bekommen Sie die nächste Lieferung, Maître? Ich würde am liebsten gleich weitermachen.«

»Das würde ich auch gern, mein Junge. Aber du weißt ja um meine prekäre Lage. Ich hoffe, ich bekomme wenigstens bald zwei, drei Säcke über meinen Freund Suchard. Er schuldet mir noch etwas. Leider kein Geld, nur einen Gefallen. Aber Philippe ist ein Ehrenmann und wird an mich denken, sobald er die nächste Lieferung erhält.«

1836

Rudolf

Auguste, der älteste der beiden Söhne von Maître Cailler, war gerade dreizehn geworden und Rudolf noch keine drei Jahre in Vevey, als ein Brief seiner Mutter aus Zürich eintraf.

»Hoffentlich keine schlechten Nachrichten?«, fragte Madame Cailler beim Mittagessen.

»Im Gegenteil«, sagte Rudolf, nachdem er ihn rasch überflogen hatte. »Mein Vater kann die Confiserie Vogel und das Haus in der Marktgasse übernehmen, nachdem er schon seit zwanzig Jahren dort gearbeitet hat.«

»Also doch eine schlechte Nachricht.« Cailler schlürfte seine Consommé vom Löffel. »Aber kann er sich das auch leisten?«

»Ich bin mir nicht sicher. So viel Geld hat er bestimmt nicht zusammengespart in seinem Gesellenleben. Obwohl er durchaus sparsam gelebt hat.«

»Warum wird das Geschäft denn überhaupt verkauft?«

»Die Witwe Vogel hat sie ihm als ältestem Mitarbeiter zum Kauf angeboten. Ihr eigener Sohn war schwer krank und ist vor ein paar Wochen verstorben.«

»Die arme Witwe«, murmelte Madame.

»Die auch«, sagte ihr Mann. »Und was wird jetzt mit uns?« Er sah Rudolf an. »Ich nehme an, deine Eltern brauchen dich.« Rudolf nickte. »Ich habe ja gehofft, du würdest noch bis zum Sommer oder Herbst bleiben. Wann brichst du auf?«

»Bald«, antwortete Rudolf. »Eigentlich sofort. Also morgen, wenn das in Ordnung ist?«

Cailler brummte etwas, was Rudolf als vage Zustimmung wertete. »Das Schokolademachen hast du immerhin bei mir gelernt«, nuschelte er.

»Und einmal war ich sogar bei Ihrem Freund Suchard in seiner Mühle bei Neuenburg zu Gast.«

Cailler nickte. »Sein Mélangeur funktioniert fast genauso wie meiner, hast du gesagt, nur mit weniger Macken. Er mag dich offenbar, sonst hätte er dir nicht so freimütig seinen Betrieb gezeigt.« Der Maître legte sein Besteck zur Seite. »Wir müssen ihn also wohl oder übel ziehen lassen, unseren Rodolphe. Sieh zu, dass du bald mit deiner Schule fertig wirst, Auguste.« Er sah seinen Ältesten an. »Damit du Rodolphes Nachfolger werden kannst.«

»Wenn ich das gewusst hätte, dass es dein letzter Tag hier bei uns ist«, jammerte Madame Cailler, »hätte ich noch ein feineres Abendessen für dich gekocht.«

»Ihr Essen war jeden Tag hervorragend, Madame«, beruhigte Rudolf sie. »Und wenn ich nicht so viel hätte schuften müssen bei Ihrem Mann, dann hätte ich bestimmt ganz arg zugenommen.«

Rudolf packte noch am selben Abend seine Sachen. Die drei Kinder schlichen ständig um ihn herum, und Fanny-Louise gab keine Ruhe, bis er versprach, ihr noch eine Geschichte vorzulesen vor dem Einschlafen. Und dann noch eine und noch eine.

Als er am nächsten Morgen aufbrach, gab Madame ihm noch eine Wegzehrung mit und drückte ihn zum Abschied herzlich an sich. Der Maître überreichte ihm einige Stangen Schokolade.

»Mach es besser als ich«, gab er Rudolf noch als Rat mit auf den Weg. »Kauf nicht bei zwielichtigen Händlern und ohne Rechnung. Es lohnt sich nicht.«

Rudolf wählte den Rückweg über Luzern. Denn er fand, als echter Schweizer musste man wenigstens einmal im Leben den Vierwaldstättersee gesehen haben, an dem der Legende nach der Rütlischwur und die Gründung der Alten Eidgenossenschaft stattgefunden hatte.

Er verzichtete auf die Postkutsche und nahm sich die Zeit, seine Wanderschaft so zu beenden, wie er sie angetreten hatte, nämlich auf Schusters Rappen. Er brauchte drei Tage nach Luzern und doch genoss er jede einzelne Wegstunde. Dunkelgrün lag der See zwischen den Bergen, auf denen der Schnee bis auf wenige Reste zusammengeschmolzen war. Die Stadt hatte mit ihren kunstvollen gedeckten Brücken und den Hotelneubauten am See eine ganz andere Ausstrahlung als seine Heimatstadt Zürich. Zauberhaft, wie aus einem alten Märchen. Dennoch wirkte sie offen und herzlich, was vielleicht auch an den zahlreichen Fremden und Reisenden lag, auf die Rudolf hier traf. Auf dem See fuhren Dampfschiffe, nicht ganz so große wie auf dem Genfer See, aber auch sie bliesen ihre Rauchfähnchen in den blitzblauen Himmel und kündigten eine neue Zeit an.

Rudolf hatte vor, einen oder zwei Tage in der Stadt zu bleiben, schließlich war er selbst auch ein Reisender und hatte sogar etwas Geld in der Tasche. Er sah sich nach einem Bett in einer Herberge um, machte sich frisch und suchte dann nach einem Schneider, um sich ein neues Hemd zu besorgen. Seines würde auch die Mutter nicht mehr hinbekommen, so viele Flecken und Risse hatte es. Und nach Hause kommen wollte er in dem zerschlissenen Hemd schon gar nicht. In der Herberge beschrieb man ihm den Weg zu einem Schneider in der Altstadt. Das Zunftzeichen über dem Eingang zeigte ihm, dass er bei Diethelm Spoerri in der Brüggligasse richtig war. Vielleicht konnte der Meister ihm ein gebrauchtes Hemd anpassen. Für eine Maßanfertigung war ohnehin keine Zeit.

Der Schneidergeselle, der ihn bediente, nahm Maß und verschwand dann in der Werkstatt, um nach etwas Passendem zu suchen. Ein paar Stufen führten zu einem seitlich anschließenden Raum hinauf, den Rudolf für das Anprobezimmer hielt. Er hörte, wie eine Schneiderin eine Gehilfin oder das Lehrmädchen anwies, ihr mehr Nadeln, Schneiderkreide, ein Nadelkissen und ein Maßband zu holen. Ein schwerer Vorhang trennte den Raum zum Verkaufsraum ab. Rudolf konnte nichts sehen, aber dann hörte er plötzlich eine zweite Frauenstimme hinter dem Vorhang, und es fühlte sich an, als ob ein Blitz durch seinen ganzen Körper gefahren wäre, von den Haarspitzen bis in die Fußsohlen. Das war eindeutig Zürcher Dialekt und eine Stimme, die er kannte. War das möglich oder bildete er es sich nur ein? Rudolf stieg die Stufen zum nächsten Zimmer hinauf und schob den Vorhang ganz leicht zur Seite. Erschrocken wich er zurück. Sie war es tatsächlich. Seine Katharina, die Tochter des Türmers von St. Peter in Zürich. Wie schön sie aussah! Er wagte noch einen Blick. Ihr Haar erinnerte an dunkles Holz, die Wangen waren vor Aufregung erhitzt. Sie trug ein Kleid wie für eine Prinzessin gemacht. Es war aus einer ungeheuren Menge von cremefarbenem, wie Seide glänzendem Stoff genäht, mit sehr enger Taille und einem bauschenden Rock. Noch fehlten die Ärmel, sodass

Rudolf durch die Lücke im Vorhang Katharinas nackte Schultern sehen konnte. Die Röte stieg ihm ins Gesicht, und er zog sich zurück, bevor der Geselle mit einem gebrauchten Hemd auftauchte. Es war ihm etwas zu groß. Während der Schneider es mit ein paar Stichen am Rücken abnähte, setzte Rudolf sich auf einen Hocker und starrte ein Loch in die Bodendielen. In seinem Inneren tobte ein Gewittersturm. Es fiel ihm so schwer, das Unvermeidliche zu begreifen und zuzulassen: Seinen Traum, das Heiratsversprechen, das er ihr mit zehn Jahren gegeben hatte, eines Tages einzulösen, musste er nun wohl begraben. Wenn er gescheit war, blieb ihm nichts anderes übrig. Er war zwanzig und Katharina vierundzwanzig. Es hätte doch alles so gut gepasst. Auch wenn sonst keiner davon wusste, nicht seine Eltern, nicht Katharinas Eltern, vielleicht nicht einmal sie selbst, dass er sein Versprechen nie vergessen hatte. Im Herzen war er sich immer so sicher gewesen. Bis vor wenigen Augenblicken. Dennoch musste er sich geschlagen geben. Er hatte verloren. Denn das Kleid, das Katharina in der Schneiderei von Diethelm Spoerri anprobierte, war ohne jeden Zweifel ein Brautkleid.

Rudolfs Lust auf eine Fahrt mit dem Dampfschiff oder darauf, die Rütliwiese zu sehen, hatte sich in Luft aufgelöst. Von der Brüggligasse zur Reuss, wo mehrere Mühlen am Ufer standen, war es nur ein Katzensprung. In seinem neuen Hemd, das unsinnig weiß und frisch geplättet war, setzte er sich auf ein Mäuerchen unter einer Linde und sah mit einem Auge auf den Fluss hinaus, mit dem anderen bewachte er die Ladentür des Schneiders. Wer hätte gedacht, dass seine Reise, auf der er so viel Schönes erlebt und erfahren hatte, nun so trübsinnig enden würde? Über seinem Kopf, in der Linde, setzte mit einem Mal ein Gezwitscher ein, das höchste Aufregung bedeutete. Die Brut eines Amselpaares war flügge, und Rudolf wurde Zeuge, wie ein Jungvogel nach dem anderen das Nest verließ. Die Alten hörten nicht auf zu zetern, bis auch der letzte draußen war, doch der schwirrte nicht davon, sondern landete torkelnd vor Rudolfs Füßen und musste sich dort erst einmal ausruhen. Er hüpfte ein Stück weiter, und fast im selben Augenblick sprang eine getigerte Katze aus dem Gebüsch, fing die junge Amsel und sprang mit ihr im Maul über das Mäuerchen davon. Rudolf schloss müde die Augen. Der Jungvogel war zu langsam gewesen und er hatte seine Feinde unterschätzt. In der Linde herrschte Totenstille.

Rudolf wartete und fragte sich, worauf eigentlich. Vielleicht darauf, die hübsche Braut noch einmal zu sehen, sich von ihr zu verabschieden und sie dann aus seinem gebrochenen Herzen zu lassen. Doch das Einsetzen der Ärmel in das Kleid war offenbar eine aufwendige Sache. Nicht einmal bimmelte die Türglocke bei Spoerri. Stattdessen kam ein Passant vorbei, sah durchs Fenster ins Geschäft, nahm den Zylinder ab und fuhr sich vor der Fensterscheibe durchs Haar, befeuchtete den rechten Zeigefinger und glättete seine Brauen, wie vor dem Spiegel. Dann zog er eine Taschenuhr aus dem langen grünsamtenen Rock, betrachtete sie, lief ein paar Meter weiter und sah hinaus auf den Fluss. Den jungen Mann im weißen Hemd, der unter der Linde saß, beachtete er gar nicht.

Als er sich wieder zur Gasse umdrehte, stockte Rudolf der Atem. War dieser Rothaarige mit dem Backenbart nicht der Engländer, den er zusammen mit Maître Cailler vor dem Casino in Vevey gesehen hatte? Dieser mysteriöse Mister Frye, der Betrüger, Spion und sonst was? In dem Moment hörten beide, Rudolf und der Rothaarige, die Türglocke bimmeln, und heraus trat Katharina, jetzt in einem Kostüm von der Farbe dieser dunklen gurkenähnlichen Frucht, die er in Vevey auf dem Markt gesehen hatte. Wie hieß sie noch, Aubergine? Ihre schmale Jacke war mit schwarzen Samtpaspeln abgesetzt, und anstelle eines Kragens zierte eine Samtschleife den Halsausschnitt. Katharina sah hinreißend darin aus. Eine richtige Dame. Rudolf drehte sich weg, aber sie hatte ohnehin nur Augen für den älteren Galan, der auf sie gewartet hatte und ihr nun entgegenging. Er machte einen tiefen Bückling und spreizte dabei den Arm mit dem Zylinder über die ganze Breite der Gasse.

Plaudernd flanierten die beiden an Rudolf vorbei. Er meinte, Katharinas Unterröcke rascheln zu hören. Es tat weh, zu sehen, wie sie über das ganze Gesicht strahlte.

Rudolf folgte ihnen mit etwas Abstand über die überdachte Holzbrücke bis zum Schiffsanleger am See und erwarb wie sie ein Billett für eine Dampferfahrt. Einmal den Vierwaldstättersee sehen, das hatte er sich schließlich gewünscht. Wenn auch nicht so. Rudolf sehnte sich ein Gewitter herbei, Donner und Blitz, Hagelkörner groß wie Hühnereier und haushohe Wellen. Aber der Himmel war strahlend blau. Bis auf ein paar verspielte Wölkchen war alles wie gemacht für einen Ausflug von zwei Verliebten. Nicht jedoch, um Ränke zu schmieden, nicht für Rache oder Hinterlist, für Aufklärung und Überführung eines Betrügers. Wie Rudolf den Rivalen beneidete! Er hätte alles gegeben, um an seiner Stelle bei der schönen Frau dort vorne am Bug des Dampfers zu sitzen. Doch für ihn blieb nur die Rolle des Verlierers. Aber die Flinte ins Korn zu werfen, kam nicht infrage. Vielleicht war ja doch noch nicht alles verloren. Nur hätte er dazu einen Plan gebraucht. Rudolfs Hirn war jedoch so blank gefegt wie der Himmel über dem See. Er bereute es bereits, Geld für das Schiffsbillett auszugeben zu haben, genauso wie die sinnlose Ausgabe für das neue Hemd. Am besten war wohl, wenn er sein Ränzlein schnürte und nach Hause ging. Er hörte Katharina glockenhell lachen, wandte den Blick unauffällig in ihre Richtung, und es zerriss ihm das Herz. Du Idiot hättest ihr schreiben, du hättest um sie werben müssen, schimpfte er mit sich selbst. Wie konntest du annehmen, dass sie auf dich warten würde? Sie hat keinen Buckel und keine Blatternarben im Gesicht und sie lebt auch nicht in einem Kloster. Aber dieser Frye oder Sky, der falsche Hund, sollte sie auch nicht bekommen. Nicht diese Kanaille, wie Maître Cailler ihn genannt hatte. Er würde Katharina nur unglücklich machen. Außerdem war er viel zu alt für sie.

Als die beiden vor ihm das Schiff verließen, folgte er ihnen, auch wenn er immer noch keinen Plan hatte. Katharina ging am Arm ihres Galans, der dahinstolzierte wie ein Pfau. Der Ausflug fand vor dem Hotel Schwanen sein Ende, wo Katharina sich sittsam per Handschlag von ihrem Verlobten verabschiedete. Der Engländer winkte ihr vom noblen Eingang des Hauses nach, das mit seinen fünfeinhalb Stockwerken bestimmt das höchste der Stadt war. Kaum war sie in der angrenzenden Gasse verschwunden, machte der Engländer kehrt, ohne das Hotel zu betreten. Rudolf folgte ihm hinüber in die Altstadt, wo er im Hotel Adler verschwand. Einer Eingebung folgend, lief Rudolf zurück zum Hotel Schwanen und fragte an der Rezeption nach Mister Frye.

»Sie meinen Mister Dry?«, fragte der Portier. »Möchten Sie vielleicht seine offene Rechnung vom letzten Mal begleichen? Dann kann er auch gerne wieder hier logieren.«

Rudolf lief in die Brüggligasse und legte dem Schneidergesellen zwei Kreuzer auf den Tisch. Ob er ihm sagen könne, wo denn das Fräulein Ammann, das am Nachmittag zur Anprobe hier gewesen sei, in Luzern wohne. Sie sei eine entfernte Verwandte von ihm aus Zürich, und er hätte sich gern von ihr verabschiedet, bevor er morgen wieder nach Hause zurückkehrte.

Der Geselle überlegte nur kurz und steckte die Münze ein. »Soweit ich weiß, ist die Jungfer Ammann Hausdame im Bären, am Hirschenplatz.«

Auf dem Weg dorthin kehrte Rudolf in eine Schänke ein und kippte einen Kräuterschnaps, um sich Mut zu machen. Dann fragte er im Hotel Bären nach der Hausdame.

»Ich habe gehört, das Fräulein wird bald heiraten«, sagte Rudolf.

»Ja, einen Fremden!« Der Portier sah aus, als sei er mit der Wahl ebenfalls nicht einverstanden. »Einen Moment, ich hole sie. Wie war Ihr Name?«

»Rudolf Sprüngli.«

Katharina trug jetzt ein einfaches Hauskleid, blau mit weißem Kragen, ohne Spitze, und fast gefiel sie Rudolf so besser als in den feinen Kleidern aus Samt und Seide. Er strich sich die Locken aus dem Gesicht, die auf der Wanderschaft etwas länger und heller geworden waren, und kam ihr lächelnd entgegen.

»Rudolf?«, fragte sie ungläubig. »*Der* Rudolf aus Zürich? Was führt dich denn nach Luzern? Geschäfte?«

Er bemerkte die feine Lücke zwischen den Schneidezähnen, die sie immer schon gehabt hatte. Wie hatte er das nur vergessen können?

Katharina führte ihn ins Frühstückszimmer, in dem schon für den nächsten Morgen eingedeckt war.

»Bist du es wirklich?«, fragte sie und musterte ihn. »Richtig groß geworden bist du. Du siehst ja aus wie ein Mann.« Sie grinste. »Wie alt bist du jetzt?«

»Zwanzig«, sagte Rudolf mit plötzlich belegter Stimme.

»Und ich …«

»Vierundzwanzig«, kam Rudolf ihr zuvor. »Eine schöne, reife Frau.«

»Du bist gut!« Katharina lachte. »Vielleicht schon ein bisschen überreif. Aber du wolltest mich ja schon vor zehn Jahren heiraten. Weißt du das denn noch?«

»Natürlich weiß ich das«, sagte Rudolf. »Und ich will es immer noch.«

Sie lachte. »Das ist jetzt aber nicht dein Ernst, Rudolf. Wir waren Kinder.«

»Ich war ein Kind, ja. Trotzdem war es mir ernst, und ich habe es nie vergessen.«

Sie stand auf, ging ein paar Schritte fort von ihm, blieb am Fenster stehen und drehte ihm den Rücken zu. »Dann kommst du zu spät, Rudolf. Ich werde heiraten, nächste Woche schon.«

»Ich weiß«, sagte Rudolf. »Und ich würde dir von Herzen Glück wünschen, wenn ich wüsste, dass du glücklich wirst mit diesem Mann.«

Katharina fuhr herum.

Rudolf streckte den Arm nach ihr aus. »Bitte setz dich doch zu mir«, sagte er.

Sie nahm ihm gegenüber Platz, und Rudolf erzählte ihr, was er über ihren Bräutigam gehört hatte, von Cailler in Vevey und vom Portier im Hotel Schwanen.

»Du sagst, er tritt unter verschiedenen Namen auf?« Katharina saß kerzengerade auf ihrem Stuhl. Dann löste sie ihre Finger aus seinen und stand abrupt auf. »Morgen früh gehe ich zum Schwanen, und wenn es stimmt, was du sagst, gleich anschließend zu ihm. Im Adler logiert er?«

Rudolf nickte. »Wenn du willst, komme ich mit.«

»Das wird nicht nötig sein«, sagte Katharina. »Auf Wiedersehen, Rudolf. Ich danke dir.« Sie verließ das Zimmer.

»Ich muss morgen schon zurück nach Zürich«, rief Rudolf ihr hinterher. »Darf ich dir schreiben?«

Er erhielt keine Antwort mehr.

Das Erste, was Rudolf bei seiner Rückkehr ins Auge stach, war das graue Wolkenfähnchen, das wie an einer Schnur gezogen über dem Zürichsee dahinschwebte. Das erste Dampfschiff. Als Rudolf näher kam, konnte er erkennen, dass es die *Minerva*, war. Während die Passagiere aus- und einstiegen und sich über die verkürzten Fahrtzeiten freuten, sahen die Schiffer schon ihre Felle davonschwimmen. Es würde jetzt viel schwieriger werden, mit ihrer Arbeit Geld zu verdienen. Die *Minerva*, das wusste ihm jeder in der Stadt zu erzählen, war in England gebaut worden, dann über den Ärmelkanal schwimmend auf den Kontinent gekommen, hatte den Rhein aufwärts befahren und war schließlich auseinandergebaut, über Land transportiert und am Zürichsee wieder zusammengebaut worden. Die einen liebten sie, für die anderen bedeutete sie den drohenden Untergang.

Das Nächste, was Rudolf ins Auge stach, war das neue Schild über dem Geschäft in der Marktgasse. »Zuckerbäckerei David Sprüngli und Sohn« stand da und die Farbe war noch ganz frisch.

Die Türglocke klang immer noch genauso wie zu Zeiten der Witwe Vogel und auch die Einrichtung und Ausstattung waren noch dieselben. Neu war jedoch die junge Dame hinter dem Verkaufstresen, die gerade vier Stücke Nusstorte für eine Kundin aus der Nachbarschaft einpackte und dabei die Zungenspitze zwischen den rosigen Lippen in höchster Konzentration auf ihre Arbeit leicht hervorstreckte. Sie hob den

Blick, als die Glocke bimmelte. Ihre Zunge verschwand dorthin, wo sie hingehörte, und sie wischte sich mit dem Handrücken eine Haarsträhne aus dem Gesicht.

»Grüezi, der Herr«, grüßte sie ihn, »einen Augenblick noch, bitte. Gleich bin ich so weit.«

Auch das Sortiment war unverändert. An den Erdbeertörtli erkannte man, dass es Sommer war.

»Ich bin kein Herr«, antwortete Rudolf, »ich bin der Sohn. Der von dem Schild da draußen über der Tür. David Sprüngli und Sohn. Ich kaufe nichts, ich backe selber.«

»Der junge Herr Sprüngli!«, rief das Mädchen und rieb sich verlegen die Hände. Sie ließ ihre Arbeit liegen und lief Richtung Backstube davon, um die Nachricht weiterzuverbreiten. Rudolf stellte sein Bündel ab, ging hinter den Tresen und vollendete das Verpacken der Nusstorte. »Bitte sehr.« Mit einem Lächeln überreichte er der überraschten Kundin ihr Tortenpaket. Sie legte ihre abgezählten Münzen in das dafür vorgesehene Tellerchen und machte dazu diesen Knicks, eine Geste, die Rudolf schon fast vergessen hatte. In Vevey hatten die Kundinnen beim Bezahlen nie geknickst. Aber hier in Zürich war es so üblich. Mit dem Knicks bedankte die Kundin sich für die gekaufte Ware und verabschiedete sich.

»Ade.« Rudolf lächelte freundlich.

»Ade, Rudolf«, antwortete die ältere Dame, »äh, Meister Sprüngli.«

Rudolf grinste. Als Sohn des Gesellen der Witwe Vogel war er aus Zürich fortgegangen und als Junior-Chef kam er jetzt wieder. Wer hätte das gedacht? Er selbst am allerwenigsten. Jedenfalls würde nun bald die Marktgasse, ja das ganze Niederdorf, wissen, dass er von seiner Wanderschaft zurückgekehrt war. Und wenn man Glück hatte, bekam man sogar von ihm persönlich die gekauften Tortenstückli eingepackt und kassiert.

Durch die Tür zum Hinterhof kam jetzt die Mutter gelaufen und hinter ihr die blonde junge Bedienstete, die sich nach der zurückgelassenen Kundschaft umsah. »Ist die Frau Schnyder schon fort?«, fragte sie.

»Ja«, sagte Rudolf, »und ihre Tortenstücke hat sie auch bezahlt und mitgenommen.«

»Verzeihung«, sagte die junge Frau.

»Auf meiner Wanderschaft habe ich vieles gelernt«, sagte Rudolf, »sogar das Verpacken von Torten. Obwohl das gar nicht so leicht ist für so grobe Männerhände wie meine.«

Die Mutter wartete mit ausgebreiteten Armen auf ihn. Sie musste geschrumpft sein, denn sie kam ihm viel kleiner und schmäler vor, als er sie in Erinnerung hatte. Feine Knitterfältchen umspielten ihre Augen und den Mund. Sie wirkte zerbrechlich, und Rudolf nahm sie ganz vorsichtig in die Arme.

»Du bist ja noch einmal gewachsen, Rudolf«, behauptete sie. »Und kräftig bist du geworden, wie ein Bär.« Sie fuhr ihm durch die dicken Locken. »Das hat jedenfalls das Annarösli behauptet. Der junge Herr ist ja ein richtiger Bär, hat sie gesagt. Stimmt's, Annarösli?«

Verlegen sah die junge Frau zu Boden.

»Grüezi, Annarösli.« Rudolf gab ihr die Hand. Sie knickste leicht und erwiderte seinen Händedruck.

»Hast du dem Vater nicht Bescheid gegeben?«, fragte die Mutter.

»Er muss noch den Törtliteig aus dem Ofen holen, hat er gesagt, sonst verbrennt er ihm«, meinte Annarösli. »Danach kommt er.«

Rudolf gab der alten Schwingtür zur Backstube einen Schubs. Das abgegriffene Holz fühlte sich sehr vertraut an. Die Gesellen und Gehilfen hatten schon Feierabend gemacht. Nur der Vater stand ganz allein in seiner Backstube. Er war in diesem

Jahr sechzig geworden, aber man sah es ihm nicht an. Er war immer noch derselbe kantige Mann, nicht groß, nicht dick, aber gedrungen, mit kräftigen Armen, breitem Schädel und dem vollen, immer noch dunklen Haar. Wie immer ganz auf seine Arbeit konzentriert. Er musterte seinen Sohn von oben bis unten, dann erst huschte ein Lächeln über sein Gesicht. Rudolf war jetzt größer als sein Vater, aber genauso kräftig. Das Gedrungene und fast Finstere seines Vaters fehlte ihm ganz. Er hoffte es zumindest. Das etwas zu lange, von der Sonne gebleichte Haar, das er von seiner Wanderschaft mitbrachte, verlieh ihm einen Hauch von Verwegenheit. Vater und Sohn musterten sich gegenseitig.

»Gratuliere, Vater!« Rudolf reichte ihm die Hand.

»Ja, schauen wir einmal, was daraus noch wird.«

Ja, was eigentlich, fragte sich auch Rudolf. Die Marktgasse war die Marktgasse, beengt, verwinkelt, eigentlich nicht erweiterbar, aber gut eingeführt und zentral gelegen. Die Marktgasse war eine Konditorei, keine Mühle und keine Schokoladenfabrik. Und sie würde es wohl nie werden. Aber sie war ein neuer Anfang für David Sprüngli wie für seinen Sohn.

Der Vater holte seine Törtli aus dem Ofen und Rudolf folgte der Mutter hinauf in die Wohnung. Sie erzählte ihm, dass sie Ueli, den Gesellen, und die Gehilfen Simon und Christoph übernommen hatten.

»Und das Annarösli haben wir neu eingestellt. Was hältst du von ihr?«

Rudolf biss in sein Käsebrot. »Ich kenne sie ja noch nicht, was soll ich da schon sagen?«

»Aber so vom ersten Eindruck?«, insistierte die Mutter. »Sie ist doch ein blitzsauberes Meitli, hübsch, freundlich, fleißig, und aus einer braven Zürcher Handwerkerfamilie. Ihr Vater ist Gürtler, es sind auch noch jüngere Geschwister da.

Das Annarösli ist die große Schwester. Siebzehn ist sie, und wird bald achtzehn.« Die Mutter schien so stolz auf das junge Fräulein und pries es an, als wäre es ihre eigene Tochter.

»Was macht denn eigentlich mein Herr Bruder?«, fragte Rudolf. »Ist er immer noch in Basel?«

»Er ist jetzt fertig studierter Architekt und außerdem verlobt. Er wird wohl nicht nach Zürich zurückkommen. Gut, dass der Vater jetzt wenigstens auf dich zählen kann.«

»Als Architekt wird er einmal gut verdienen. Vielleicht kann er uns irgendwann ein bisschen unter die Arme greifen. Wie viel hat euch das Geschäft denn eigentlich gekostet?«

»Vierundzwanzigtausend Gulden«, antwortete die Mutter.

Das war viel Geld. »Zusammen mit dem ganzen Haus?«

Die Mutter nickte.

»Und wie habt ihr das finanzieren können?«

»Wir haben immer sehr bescheiden gelebt«, sagte die Mutter, »das weißt du ja. Dein Vater hat sein ganzes Leben gespart, sobald er etwas zum Sparen übrig hatte. Wie wenig er auch verdient hat, einen Teil seines Einkommens hat er immer zur Seite gelegt.«

»Er hat sein Erspartes zur Bank getragen?«, fragte Rudolf.

»Versteckt hat er es. Unter einem losen Dielenbrett in der Schlafkammer.«

»Er hat aber doch nie so viel Geld verdient, dass es für ein Haus im Niederdorf gereicht hätte. Wo kommt denn der Rest her, von der Bank?«, fragte Rudolf.

»Die Witwe Vogel hat uns Kredit gegeben und die nötigen Schuldscheine ausgestellt. Sie ist eine vermögende Frau, und jetzt, nachdem Mann und Sohn verstorben sind, ganz allein.«

»War da nicht noch ein Neffe in der Familie, der erbberechtigt ist?«

»Der ist Kunstmaler geworden. Er interessiert sich nicht für die Konditorei. Und er hat ein schönes Haus geerbt in der Stadt. Der hat keine Sorgen.«

»Wer hat hier Sorgen?« Der Vater trat in die Küche und ging sich die Hände waschen.

»Niemand!«, rief Rudolf ihm nach.

»Na, bist du jetzt selbst ein halber Welscher geworden, nach den drei Jahren Wanderschaft? Müssen wir jetzt *Sprüngli et fils* auf unser Ladenschild schreiben?« David setzte sich zu ihnen an den Tisch.

»Ja, das fände ich schon eleganter. Und natürlich *Confiserie* statt *Konditorei.*«

»So weit kommt's noch!«, sagte David. Er hielt es für einen Scherz und kam nicht auf die Idee, dass sein Sohn es ernst meinen könnte.

Noch vor dem Abendessen wollte Rudolf in die Marktgasse, gleich schräg gegenüber. Seine Rückkehr hatte sich möglicherweise ohnehin schon bis in die Elephanten-Apotheke herumgesprochen.

»Meister Flückiger, seid Ihr da?« Die Tür war geöffnet, vom Apotheker jedoch nichts zu sehen.

Plötzlich hörte er ein Rumpeln im Hinterzimmer, dann ein lang gezogenes »Aaaah«. Als Rudolf zu ihm gelaufen kam, lag der Apotheker am Fuß einer Leiter und klopfte sich mit der Hand aufs Gesäß. Seine verzerrten Gesichtszüge glätteten sich, als er Rudolf bemerkte. Flückiger streckte die Hand aus und ließ sich aufhelfen.

»Habt Ihr euch verletzt?«, fragte Rudolf. Der Apotheker winkte ab, als passiere ihm das ständig, und humpelte zum Tisch.

»Na, wie schmeckt die enge Luft in der Marktgasse für einen Reisenden, der die halbe Schweiz gesehen hat? Willst du nicht am liebsten gleich wieder fort?« Er stützte sich auf seinen Arbeitstisch und betrachtete Rudolf eingehend. »Schau an, was so eine Reise aus einem Lehrjungen alles machen kann. Dich erkennt man ja kaum mehr wieder, junger Mann.«

Rudolf zog zwei wie Bonbons verpackte Schokoladentaler aus der Tasche, einer war in silbernes Papier, der andere in hellblaues gewickelt, und legte sie auf den Tisch.

»Die eine ist von Cailler, die andere von Suchard. Ihr müsst entscheiden, welche Euch besser schmeckt.«

»Wegen mir hättest du dich nicht so in Unkosten stürzen müssen«, sagte der Apotheker. »Aber für Experimente und Ratespiele bin ich immer zu haben, noch dazu, wenn es um Schokolade geht.« Er richtete sich auf und streckte sich stöhnend. Dann bewegte er langsam die Hüfte hin und her. »In deinen Briefen hast du mir ja von einigen Reisestationen berichtet. Es war schön, dich auf diese Weise ein wenig begleiten zu dürfen.« Der Apotheker musterte ihn prüfend. »Sag an, was hast du noch auf dem Herzen?«

Rudolf kaute an seiner Unterlippe.

»Sag bloß, es geht um ein weibliches Geschöpf.«

»Woher wisst Ihr das?«

»Auch wenn du nichts geschrieben hast, sehe ich es dir an der Nasenspitze an, dass es da auch noch eine *histoire d'amour* gegeben haben muss auf deiner Reise. Womöglich eine unglückliche. So, wie du aussiehst, müssen dir ja die Jungfern wie kleine Hunde nachgelaufen sein.«

Rudolf winkte ab. »So schlimm war es gar nicht.«

»Ist auch egal«, sagte der Apotheker. »Schließlich geht es sowieso immer nur um die eine, nicht um die vielen anderen.«

Es war schon seltsam, wie Flückiger in ihm lesen konnte wie in einem offenen Buch. Er kannte Rudolf, seit der ein kleiner Junge gewesen war. Doch das taten seinen Eltern auch, und trotzdem hätte er mit ihnen nicht über Katharina sprechen können.

»Als Braut, äh? Das war aber wirklich knapp.« Flückiger sah Rudolf an. »Ja, und jetzt? Willst du sie denn immer noch?«

Rudolf nickte.

»Und das Problem«, fragte Flückiger, »nachdem du sie ja von diesem Hochstapler befreit hast?«

»Was soll ich denn jetzt machen?«

»Du meinst, wie du es anstellst?« Rudolf nickte. »Uh, schwierig. Aber das sind sie alle. Um meine Gertraud musste ich damals auch werben wie ein Gemüsehändler auf unserer Rathausbrücke am Markttag.«

»Und wie geht das?«, fragte Rudolf. »Ich habe auf dem letzten Stück meines Heimwegs viel darüber nachgedacht. Aber mir fällt nichts Rechtes ein. Darüber habe ich nirgendwo etwas gelernt, nicht in der Schule und nicht auf meiner Wanderschaft. Nicht mal bei den Welschen. Wie macht man so etwas? Wisst Ihr es, Flückiger?«

»Die allergrößten Erfahrungen habe ich damit auch nicht. Ich bin ja kein Casanova.« Er strich sich über das Kinn. »Mit meiner Gertraud war es einfacher, sie hat bei mir in der Nähe gewohnt. Da hab ich ihr eben kleine Geschenke vorbeigebracht.«

»Geschenke? Was denn zum Beispiel?«, fragte Rudolf.

»Was so ein Kauz von Apotheker wie ich eben schön findet: eine gepresste Feldblume, ein Stück Haifischzahn, das ich auf einer Auktion in Winterthur erworben habe. Oder auch ein Küchlein aus der Confiserie Vogel oder ein paar Handschuhe.«

»Handschuhe?«, wunderte Rudolf sich.

»Ja, ganz feine, aus weichem Leder, keine gestrickten. Was denkst du denn?«

»Ah, solche«, murmelte Rudolf. Er hatte nicht an wollene Handschuhe gedacht, eher an diese langen, die über die Ellbogen reichten und von feinen Damen auf Bällen getragen wurden.

»Schön schreiben musst du ihr halt.«

»Und wie fange ich denn das an mit dem Schönschreiben?«

»Also, poetisch, würde ich sagen.«

»Wie, poetisch?«

»Dichterisch, wie ein Gedicht. Liest du keine Gedichte?«

»Nein, Ihr etwa?«

»Als ich jung war, habe ich mal. Heute weniger. Das mit den Gedichten machen eigentlich alle Verliebten. Und dann tragen sie sich gegenseitig die Gedichte vor.«

»Und warum das?«

»Weil sie denken, dass der Dichter, oder die Dichterin, auch das gibt es, genau das beschreibt, was sie selbst fühlen. Weißt du, alle Verliebten fühlen ja irgendwie gleich. Oder zumindest ähnlich.«

»Das glaube ich nicht«, protestierte Rudolf.

»Ja, ja, das glauben sie alle nicht. Alle denken, ihre Gefühle seien einmalig, nie da gewesen, aber im Grunde sind sie sich doch sehr ähnlich, zu allen Zeiten und überall auf der Welt. Jetzt bist du enttäuscht, wie?«

»Ein bisschen schon.«

»Sieh es mal so: Eigentlich ist es praktisch.«

»Wieso?«, fragte Rudolf.

»So können wir Dichter zitieren, die Ähnliches schon vor hundert Jahren gefühlt und erlebt haben. Sonst müssten wir uns immer und immer wieder etwas Neues einfallen lassen.«

»Habt Ihr solche da?«

»Wie, solche?«

»Solche Gedichte.«

Flückiger ließ die Tischplatte los und wackelte voran in ein

Kämmerchen, das er großspurig seine Bibliothek nannte. Er suchte die Reihen an Büchern ab und zog schließlich einen Band mit Gedichten von Johann Wolfgang von Goethe heraus. Und einen von Gotthold Ephraim Lessing, auch einem Deutschen. Rudolf hatte den zweiten Namen nie gehört.

»Ein Freund unseres Zürcher Pfarrers Kaspar Lavater«, sagte der Apotheker. Der war schon verstorben, aber Rudolf hatte natürlich von ihm gehört und kannte das Haus in der St. Peterhofstatt, wo Lavater gelebt hatte.

Nach einer Woche brachte Rudolf die Bücher schon wieder zurück, denn dieses geschwollene, aufgeblasene Reden war ihm doch sehr fremd. Es klang alt und verstaubt wie die Bücher, in denen das Geschriebene stand. Das war nichts für ihn und seine Katharina. Sie waren jung, da wollte er sich nicht einer Sprache bedienen, der man ihr Alter in jedem Wort anhörte. Er musste sich etwas anderes einfallen lassen. Als er eines Abends in seinem Rezeptheft blätterte und anfing, auf den letzten beiden leeren Seiten die Mühle in Vevey und den Meister Cailler aus dem Gedächtnis mit dem Bleistift zu zeichnen, und es ihm ganz gut gelang, hatte er eine Idee. Wieso sollte er langweilige Gedichte für Katharina abschreiben? Er konnte ihr doch auch Bilder malen, die kleine Geschichten erzählten von seiner Wanderschaft oder auch aus Zürich und Luzern, soweit er es in Erinnerung hatte. Am nächsten Tag kaufte er einen Bogen Papier, schnitt ihn in Teile, etwas größer als Spielkarten, und begann mit der ersten Zeichnung. Sie zeigte ein Mädchen in einer Gasse mit Kopfsteinpflaster vor einem Geschäft, das wegen seines Zunftzeichens als Schneiderei zu erkennen war. Sie trug ein violett-braunes Kleid in der Farbe dieser gurkenartigen Früchte aus Italien und hatte schwarzes Haar. Zum Kolorieren ging er zu einem der Malschüler von Ludwig Vogel, dem

Neffen der Witwe Vogel, der Kunstmaler war, und bat ihn um ein paar Tupfer Farbe. Der angehende Künstler wohnte und malte eine Gasse weiter, am Brunnenturm, während Ludwig Vogel etwas außerhalb, auf einer Anhöhe im Bodmerhaus, hinter dem Rechberggarten residierte. Der Malergeselle, er hieß Jeremias Koch, mischte vor Rudolfs Augen aus Blau und Rot ein Violett, dem er zuerst noch etwas Rot, dann einen Tupfen Schwarz zugab, bis es ungefähr den passenden Farbton hatte. Damit kolorierte Rudolf das Kleid der jungen Frau auf seiner Zeichnung. Und noch während die Farbe trocknete, zeichnete er schon auf einem neuen Blatt einen Weidling auf dem Zürichsee, mit zwei Bootsführern und zwei winzigen Passagieren, einem Mann und einem Mädchen mit weißer Bluse und einem roten Halstuch. Und so malte er nach und nach ihre ganze gemeinsame Geschichte und ein wenig aus seinem Alltag und schickte das erste Bild mit dem Fräulein in Lila zusammen mit einem lieben Gruß an Katharina Ammann, Hausdame im Hotel Bären, nach Luzern. Er wartete drei, vier, fünf Wochen auf eine Antwort, aber es kam keine. Doch er zeichnete immer weiter, kaufte einen zweiten Bogen Papier und ging regelmäßig zur Post, um seine Briefe nach Luzern aufzugeben.

Katharina

An manchen Tagen ging Katharina sich schon selbst auf die Nerven. Und heute war so ein Tag. Sie war zu einer stolzen, gereizten, einsamen Frau geworden. Alle nahmen Rücksicht auf sie und behandelten sie wie ein rohes Ei. Wenn sie schon merkte, wie das Personal versuchte, ihr aus dem Weg zu gehen, hätte sie aus der Haut fahren können. Sie mochte sich selbst kaum mehr und konnte doch nichts an sich ändern. Sie war zu einer unberührbaren Person geworden, niemand wollte ihr mehr zu nahe kommen, jeder suchte das Weite, wenn sie in ihren Röcken heranrauschte wie eine überstrenge Gouvernante. Es kam vor, dass sie das Zimmermädchen tadelte, obwohl es gar nichts falsch gemacht und, oh Wunder, auch nichts übersehen hatte. Wegen einer winzigen Falte im Bettlaken oder einer kaum sichtbaren Stelle in der Waschschüssel, die nicht glänzte. Sie suchte geradezu nach diesen unauffälligen Makeln und bauschte sie zu einem Drama auf. Fränzi war das Zimmermädchen, das am meisten unter Katharinas ständig schlechter Laune litt. Bis sie eines Tages, bitterlich weinend wegen eines unsinnigen Tadels, ihren Mund nicht mehr halten konnte.

»Was kann ich denn dafür, dass Ihr Bräutigam, der noble englische Herr, doch nicht so nobel war!«, schrie sie. »Was kann ich dafür, dass ich mit meinem Kutscher mehr Glück habe? Er mag ja dem Wein ein bisschen zu viel zusprechen, aber ein Betrüger ist er nicht.«

Katharina stand wie versteinert. Als Fränzi heulend davonlief, stieß sie fast mit Katharinas Tante zusammen.

»Kann Fränzi vielleicht etwas für das Unglück, das dir widerfahren ist?«, fragte Regula, und Katharina wusste keine Antwort darauf. Regula bat sie, ihr ins Frühstückszimmer zu folgen, und mit klopfendem Herzen ging Katharina hinter ihr her. Dem Donnerwetter, das drohte, wollte sie stolz die Stirn bieten.

»So kann es nicht weitergehen, Chatrina«, leitete die Tante das Gespräch ein. »Mir läuft ja noch das ganze Personal davon. Alle drücken sich im Haus herum, als gäbe es da einen Drachen, den man auf keinen Fall aufwecken darf.

Der ganze Frieden im Haus ist dahin. Das muss wieder anders werden.«

Katharina sah mit einem starren Blick wie durch sie hindurch.

»Und was sind denn das für Briefe, die du seit Neuestem aus Zürich erhältst? Von deinen Eltern kommen sie nicht, wie man mir erzählt hat.«

Jetzt wachte Katharina doch auf. »Wer schnüffelt hier in meiner Post herum?«, regte sie sich auf.

»Niemand«, beschied ihre Tante. »Und jetzt hör doch endlich auf, dir selbst leidzutun. Sei froh, dass du es noch vor der Hochzeit gemerkt hast, dass er ein Gauner ist. Stell dir vor, du wärst jetzt mit ihm verheiratet!«

Katharina schluchzte auf. Wie konnte Regula so herzlos sein.

»Du musst dir doch keinen Vorwurf machen! Keinem von uns ist irgendetwas aufgefallen. Wir waren eben nicht misstrauisch und er ein stattlicher, feiner Herr. Wieso sollten wir, wieso solltest du an ihm zweifeln? Du kannst froh sein und jetzt endlich einen Schlussstrich unter diese Sache ziehen. Es ist ja noch einmal gut ausgegangen.«

»Aber die Schande!«, heulte Katharina auf.

»Was für eine Schande denn? Du musst dich doch überhaupt nicht schämen, sondern er! Was hast du denn verbrochen?«

»Ich bin auf einen Heiratsschwindler hereingefallen.« Katharina zog ein Taschentuch aus dem Ärmel und schnäuzte sich.

»Ja, und?« Die Tante stemmte die Hände in die Hüften. »Er hat es eben geschickt angestellt. Chatrina, du bist jung, du bist schön, du hast das ganze Leben noch vor dir. Du kannst meinetwegen noch zehn Kinder haben!« Sie seufzte tief, denn das war ein heikles Thema, das Regula jedes Mal einen schmachtenden Seufzer entlockte.

Katharina schniefte. »Ich bin doch sowieso auf dem besten Weg, eine alte Jungfer zu werden«, behauptete sie. »Und dann verliebe ich mich auch noch in den Falschen.«

»Und wer war der junge Mann mit den blonden Locken, der dich hier besucht hat?«, fragte ihre Tante.

»Woher weißt du von ihm?« Katharina schnäuzte sich ein zweites Mal geräuschvoll.

»Darf ich vielleicht nicht erfahren, was in meinem eigenen Hotel vor sich geht?«

»Ein Bekannter aus Zürich«, behauptete sie.

»Ein liebenswerter, kräftiger junger Mann, wie man mir erzählte. Ist er ein früherer Freund von dir?«

»Wir sind uns einmal in Zürich begegnet. Bei einer Hochzeit.«

»Aha«, machte die Tante, als handle es sich um irgendeine Art von Omen.

»Nichts aha. Er war damals zehn und ich vierzehn. Kinder waren wir!«, stellte Katharina klar. »Danach haben wir uns aus den Augen verloren. Er ist Confiseur-Geselle und kam zufällig auf seiner Wanderschaft hier vorbei. Sein Vater ist jetzt Inhaber der Confiserie Vogel in der Marktgasse, die kennst du doch auch. Deshalb musste er nach Zürich zurück und im eigenen Betrieb mithelfen.«

»Und woher kannte er diesen Engländer?«

»Er hatte ihn in Vevey einmal gesehen. Und von seinem Charakter erfahren.«

»Dann war es Zufall, dass er dich hier getroffen hat?«

Katharina nickte.

»Was es alles für Zufälle im Leben gibt, das möchte man gar nicht glauben.«

»Was willst du damit sagen, Tante?« Katharina hatte sich wieder etwas beruhigt. Sie saß nicht mehr steif auf ihrem Stuhl, sondern hatte einen Ellbogen auf dem Tisch abgestützt und fädelte eine lose Haarsträhne auf ihren Zeigefinger.

»Nichts«, sagte Regula. »Nur, dass so etwas kaum möglich ist.«

»Und was soll das nun bedeuten?«, fragte Katharina.

»Dass es ein Wink des Schicksals war. Ist dieser junge Mann auch der Absender der Briefe aus Zürich?«

Katharina verdrehte die Augen, zog ihren Finger aus der Haarsträhne und nickte.

»Und was will er von dir?«

»Ich weiß es nicht.« Langsam wurde es wieder unangenehm für Katharina.

»Erzähl mir nicht, dass du so ahnungslos bist«, fuhr die Tante sie an. »Hat er dir einen Antrag gemacht?«

»Er ist zwanzig, Tante Regula!«

»Ja und? Ein Kind ist man mit zwanzig eigentlich nicht mehr, und in der Regel weiß man auch, was man sagt und tut, wenn man zwanzig ist. Du warst achtzehn, als du nach Luzern kamst, und hast als Hausdame Verantwortung für die Sauberkeit im Hotel übernommen.«

»Er wäre und bliebe immer vier Jahre jünger als ich. Und ich vier Jahre älter«, stöhnte Katharina.

»Ach, tatsächlich? Ist nicht sonderlich schwer, sich das auszurechnen. Das kann sogar mein Wellensittich.«

Katharina zog eine Grimasse.

»Was schreibt er denn so, der junge Mann? Und wie heißt er eigentlich?«

»Rudolf heißt er. Sprüngli. Und er ist eigentlich kein großer Schreiber. Er schickt mir kleine, ganz hübsche Zeichnungen, teilweise sind sie auch koloriert. Ich meine, ein echter

Künstler ist er nicht, aber die Bildchen sind schon nett anzusehen«, gab Katharina zu. »Ich bin gespannt, wann ihm nichts mehr einfällt. Lange dauern kann's nicht mehr.«

»Und in deinen Antwortbriefen zeichnest du auch für ihn?«

Katharina schüttelte den Kopf.

»Also nicht?«, fragte Regula.

»Es gibt keine Antwortbriefe.«

»Nicht?«

»Nein.«

»Und trotzdem schickt er immer weiter Briefe mit Zeichnungen?«

Katharina zuckte die Achseln.

»Dann liebt er dich wirklich. Außer ...«

»Was?«, fragte Katharina.

»Außer er ist auch ein Betrüger.«

»Nein, das ist er sicher nicht. Man kennt die Familie Sprüngli in Zürich. Aber ein Kind ist er.«

»Da habe ich von meinen Gewährsleuten hier im Hotel aber etwas anderes gehört.« Und bevor Katharina sich wieder aufregen konnte, holte die Tante sie zurück auf den Boden der Tatsachen. »Jetzt steig mal herab von deinem hohen Ross, Chatrina. Ist doch sehr einsam da oben, oder nicht? Vergiss, was passiert ist, und hör auf, deine schlechte Laune an meinem Personal auszulassen, sonst stehe ich bald ohne da. In dem Fall dürftest du die Arbeit des Zimmermädchens gleich mit übernehmen.«

»Ach, daher weht der Wind«, sagte Katharina. »Dann war es also Fränzi, die sich beschwert hat.«

»Nicht nur sie, die anderen genauso. Sogar Alois an der Rezeption, der sich sonst alles gefallen lässt, ohne auch nur einmal aufzumucken.«

Alois war also auch gegen sie, dachte Katharina. Obwohl

sie ihn zu einem Seespaziergang überredet und ihn angehimmelt hatte. Aber dann war der Engländer gekommen und sie hatte keine Augen mehr für den Rezeptionisten gehabt.

»Mein liebe Nichte, weißt du was?« Die Tante baute sich vor ihr auf und sah von oben auf sie herunter. »Du bist eine richtig böse, hartherzige Frau geworden. Zumindest tust du so, als wärst du eine. Und das ist nur wegen deines Stolzes, den du verletzt siehst. Pfeif auf deinen Stolz, Katharina. Es reicht jetzt. Lebe stattdessen, sei lustig, werde wieder die, die du warst, bevor dieser dumme Kerl hier aufgetaucht ist. Er hat immer noch Gewalt über dich, nur weil du sie ihm gibst. Verstehst du das denn nicht?«

Katharina schluckte. Gleich würde sie wieder anfangen zu weinen. Aber die Tante ließ nicht locker.

»Du lässt jetzt den Sommer über keinen Tanzabend mehr aus, und dann wollen wir doch mal sehen, ob die Männer nicht Schlange stehen vor dem Hotel. Und du entschuldigst dich bei Fränzi und den anderen. Ja, auch bei Alois. Allen hast du in den letzten Wochen zugesetzt mit deiner üblen Laune. Ich will, dass wieder Friede und Fröhlichkeit in mein Hotel einziehen. Ist das klar?«

Katharina nickte. Sie wollte noch etwas sagen, aber die Tante fuhr ihr über den Mund.

»Und nach Neujahr, im Januar noch, fährst du nach Hause. Ich gebe dir ein paar Tage frei. Dann klärst du diese Sache mit dem blonden Sprüngli, falls du bis dahin keinen passablen Luzerner Burschen beim Tanzen kennengelernt hast. Haben wir uns verstanden?«

Katharina grummelte etwas Unverständliches vor sich hin.

»Das habe ich nicht gehört, Chatrina. Ob du verstanden hast, will ich wissen.«

Katharina schwankte. So streng, fast wütend, hatte sie

Regula noch nie erlebt. »Ja, Tante Regula, ich hab's verstanden.« Sie schniefte.

»Und wirst du dir Mühe geben, wieder lustig zu sein und nett, und nicht diese strenge, steife Person, die allen auf die Nerven geht?«

»Das werde ich, Tante«, gab Katharina klein bei. Anders wäre sie aus der Sache auch nicht rausgekommen. Nicht in der streitsüchtigen Stimmung, in der sich ihre Tante befand.

Rudolf

Als Rudolf morgens in die Backstube kam, war irgendetwas anders als sonst, er wusste nur nicht sofort, was es war. Aber dann fiel es ihm doch auf.

»Was ist denn heute mit Christoph?«, fragte er. »Er ist doch hoffentlich nicht krank?« Soweit er sich erinnern konnte, war Christoph vielleicht einmal in fünf Jahren krank gewesen.

Ueli sah kurz zu ihm hin, dann schnell wieder weg, während Jakob ganz in seine Arbeit vertieft schien und gar nicht reagierte. Rudolf warf seinem Vater einen schnellen Blick zu.

»Entlassen«, antwortete er.

»Warum, hat er etwas angestellt?«

»Nein«, sagte der Vater, »aber wir brauchen ihn nicht mehr, jetzt, wo du da bist.«

»Was?« Rudolf glaubte, er habe sich verhört.

»Wir müssen sparen, wo wir können, auch beim Personal«, sagte der Vater. »Jetzt geht es darum, dass wir möglichst schnell unsere Schulden abzahlen.«

»Dazu müssen wir mehr Umsatz machen«, sagte Rudolf scharf. »Das wird aber mit weniger Personal, sogar mit gleich viel Personal wie bisher, schwer werden. Wie soll das gehen, mit weniger Leuten mehr produzieren, das Sortiment erweitern und eine neue Kundschaft ansprechen? Da brauchen wir einen Plan, wie wir dorthin kommen, meinst du nicht, Vater? Mit einfach so weitermachen wie bisher wird es wohl nicht gehen.«

Der Geselle spitzte die Ohren. Ebenso Jakob, der Holzscheite in den Backofen legte.

»Es ist aber doch immer gegangen«, behauptete der Vater.

»Wir müssen aber besser werden«, hielt Rudolf dagegen. »Gut reicht nicht aus bei diesen Schulden.«

Dem Vater war es anscheinend auch egal, dass Ueli und Jakob ihr Gespräch mithörten. Sollten sie ruhig erfahren, wie die aktuelle Lage war. Natürlich machten sie sich Sorgen wegen Christoph. Und hatten Angst, sie könnten vielleicht die Nächsten sein, die entlassen würden, wenn der Alte sich mit seiner Strategie durchsetzte. Jeder war froh, wenn er Arbeit hatte.

»Wir werden vom Hinterhof ins Vorderhaus ziehen, das uns ja jetzt gehört«, kündigte der Vater an. »Dann zahlen wir keine Miete mehr und können das Geld für die Tilgung verwenden.«

Rudolf nickte. »Aber den Gehilfen darfst du nicht entlassen.«

»Und warum nicht?«

»Weil ich ihn brauche, wenn du ihn nicht brauchst.«

»Und wozu?«, fragte der Vater.

»Weil ich Schokolade machen will«, sagte Rudolf. Er stand immer noch unschlüssig und untätig herum, während der Vater unablässig Teig ausrollte, Gebäck formte und es auf das Backblech legte.

»Wo?«, fragte David. »Hier?« Er breitete die Arme aus. »In der Backstube ist kein Platz mehr.«

»Dann anderswo.«

»Das Haus ist nicht groß.«

»Irgendwo wird sich ein Fleckchen finden«, sagte Rudolf. »Wir müssen unser Sortiment erweitern.«

»Du hast auf deiner Reise sicher das eine oder andere neue Rezept kennengelernt.«

Jakob machte sich weiter am Backofen zu schaffen, obwohl das Nachheizen längst erledigt war. Er stocherte in der Glut herum, schob sie hin und her, tat geschäftig und folgte aufmerksam der Unterredung zwischen Vater und Sohn. So viel wurde sonst nicht in der Backstube geredet. Da gab es meist nur knappe Anweisungen, ab und zu riss jemand einen Witz, aber nie etwas Ernsthaftes wie jetzt.

»Das wird das Ruder nicht herumreißen«, behauptete Rudolf. »Ein, zwei oder auch drei neue Küchli werden unsere Schulden in absehbarer Zeit kaum tilgen können.«

Rudolf hatte es nicht laut gesagt, eher vor sich hin geraunt, und das machte es fast noch schlimmer. Ueli schien schon in Alarmbereitschaft, falls er bei diesem Streit zwischen Vater und Sohn Sprüngli eingreifen musste. Die Luft in der Backstube war zum Schneiden.

»Entweder Christoph kommt zurück, oder ich bin wieder fort!« Rudolf schrie nicht, aber er sprach etwas lauter, als es im Hause Sprüngli und in der Confiserie in der Marktgasse üblich war. Er hängte seinen Schurz an den Nagel und verließ die Backstube. Draußen lief er seiner Mutter in die Arme, die schon vor der regulären Öffnung im Laden war, um die Bestellungen vom Vortag abzuarbeiten. Rudolf sah ihr an, dass sie wegen der harschen Worte, die sie aus der Backstube gehört hatte, nervös war. Sie wollte bestimmt etwas Beruhigendes, Beschwichtigendes sagen, doch Rudolf kam ihr zuvor.

»Und du«, zischte er sie an, »meinst du, ich merke nicht, dass ihr das Annarösli hauptsächlich meinetwegen eingestellt habt?« Die Mutter wich zurück. »Ihr habt in meiner Abwesenheit eine Braut für mich ausgesucht, die euch gefällt und ins Geschäft passt. Ich habe es gleich am ersten Tag gemerkt, ihr müsst mich nicht für dumm verkaufen.«

»Aber, Ruedi, Annarösli ist doch ein nettes Meitli, brav und fleißig, und aus einer guten Familie. Und die Kundschaft liebt sie.«

»Und wie viel Mitgift bringt sie mit, hm? Habt ihr das schon gleich in die Schuldentilgung mit eingerechnet?«

»Rudolf!« Die Mutter schnappte nach Luft. »Du tust uns unrecht.« Alle Farbe war aus ihrem Gesicht gewichen, und schon bekam Rudolf Mitleid mit ihr und wollte einlenken. Aber dann sagte sie: »Wir wollen doch nur dein Bestes«, und das brachte ihn gleich wieder auf die Palme.

»Und das Beste für das Geschäft, natürlich.«

»Gefällt sie dir denn nicht?«

»Das tut doch nichts zur Sache, Mutter. Ich möchte mir meine Braut gern selbst aussuchen. Haltet euch da einfach raus.« Er wandte sich zur Ladentür, die noch zugeschlossen war. Doch der Schlüssel steckte.

»Wo gehst du denn jetzt hin?«, fragte die Mutter besorgt.

»Ich brauche frische Luft. Ich muss nachdenken.«

»Ruedi, versteh doch deinen Vater auch. So lange hat er geschuftet wie ein Ochse. Jetzt hat sich zum ersten Mal die Gelegenheit ergeben, dass er sich selbstständig machen kann. Er hat schon selbst nicht mehr daran geglaubt, dass das noch einmal passiert. Er ist mit seinen sechzig Jahren immerhin nicht mehr der Jüngste und will dir nicht einen

Buckel voll Schulden hinterlassen.« Gleich würde sie anfangen zu weinen.

»Das versteh ich ja«, lenkte Rudolf ein, »aber die Sache liegt doch jetzt ganz anders. Als Geschäftsmann, als Unternehmer braucht man Ideen. Man muss planen, Möglichkeiten durchspielen, alles im Voraus durchrechnen, einen Plan entwickeln. Nicht nur schuften, schuften und noch mehr schuften. Es geht jetzt nicht um die Arbeitsstunden, die man leistet, von frühmorgens um fünf bis abends um sieben und länger. Stunden, nach denen man als Geselle bezahlt wird. Verstehst du das nicht, Mutter?« Er wartete ihre Antwort erst gar nicht ab. »Jetzt muss größer gedacht werden. Nicht in Arbeitszeit und barer Münze. Jetzt muss etwas Neues passieren, weil die Lage eine ganz andere als in den letzten vierzig Jahren ist. Ein paar alte Zöpfe müssen abgeschnitten werden, und es braucht mehr als ein paar neue Rezepte und farbige Glasuren. Aber mir scheint, der Vater will es nicht begreifen.«

»Er scheut eben das Risiko.«

»Das ist ja genau das Problem. Ohne Risiko gibt es auch keine Chance, mit neuen Ideen mehr Geld zu verdienen als bisher. Wenn er's macht wie immer, wird auch nichts anderes herauskommen als die letzten zwanzig, dreißig, vierzig Jahre. Er schöpft nun den Gewinn aus der Confiserie ab, den vorher die Vogels abgeschöpft haben, und ansonsten zahlt er das Personal, die Waren und unsere Schulden ab.«

Die Mutter sah ihn an. »Und was ist daran so falsch?«, fragte sie.

»Nichts, aber das wird zu lange dauern. Da muss er schon sehr alt werden und immer gesund und arbeitsfähig bleiben die nächsten Jahre, dann wird es auch so funktionieren.« Die Mutter seufzte.

»Aber was mache ich dabei?« Rudolf sah die Mutter eindringlich an. »Mich genauso krumm schuften wie er und jeden Kreuzer zusammenhalten und das Ersparte unter die Bodendielen legen, bis der nächste Schuldschein damit ausgelöst werden kann?«

Er sah, dass seine Mutter gar nicht glauben konnte, was für ein Zwist sich jetzt in Windeseile entfacht hatte, wie ein Feuer im dürren Laub.

»Sag, meinst du das ernst mit dem Christoph?«

»Und wie ernst ich es meine. Wenn er entlassen wird, bin ich auch fort.«

»Aber wohin willst du denn, um Himmels willen?«

»Irgendwo anders hin, wo ich Schokolade machen kann. Ich bringe mich überall durch.«

»Du kannst den Vater doch jetzt nicht allein lassen!«, flehte die Mutter ihn an.

»Das sollte ich nicht tun. Aber wenn er nichts anderes gelten lässt als das, was er will und für richtig hält, dann kann nichts werden aus Sprüngli und Sohn, und schon gar nicht aus Sprüngli et fils.«

Die Mutter seufzte. Sie würde zwischen den beiden Streithähnen vermitteln, wie immer.

»Und was ist jetzt mit dem Annarösli?«, fragte sie besorgt.

»Soll sie heiraten, wen sie mag«, antwortete Rudolf. »Nur ich werde es bestimmt nicht sein.«

Er war schon an der Tür und drehte den Schlüssel im Schloss, als ein Schluchzen vom Hintereingang zu hören war. Annarösli stand dort, mit zuckenden Schultern. War es möglich, dass sie alles mit angehört hatte? Die Tränen liefen ihr übers Gesicht. Wie lange mochte sie schon dort stehen? Die Tränen waren zu viel für Rudolf. Er atmete einmal tief durch, riss die Tür auf und trat hinaus auf die Gasse. Das schlechte

Gewissen, das sich sofort meldete, nahm er mit. Annarösli war ein Opfer, genau wie er.

Rudolf lief die Limmat hinunter bis zu den Gräben vor den alten Festungswällen. Das brackige Wasser verströmte einen Geruch nach Fäulnis, hier und da quakte ein Frosch. War er zu schroff gewesen zu seinem Vater? War es seine Schuld, dass sie gleich zu Beginn so schlimm aneinandergeraten waren? Aber der Vater hatte einen Gehilfen entlassen, der bereits in der Backstube gewesen war, als Rudolf sie als Kind zum allerersten Mal betreten hatte. Warum besprach er das nicht mit ihm? Das war nicht normal für Kompagnons. Und das sollten sie doch sein, denn so stand es auf dem Ladenschild: »Sprüngli und Sohn«. Doch der Sohn hatte offensichtlich nichts mitzureden. Als sei er noch gar nicht nach Hause zurückgekommen, sondern immer noch weit fort, wo man ihn nur per Brief und mit viel Zeitverlust erreichen konnte. Er war doch jetzt hier, im selben Haus, und trotzdem hatte der Vater sich nicht vorher mit ihm darüber beraten. Weder über Christoph noch überhaupt darüber, wie es weitergehen sollte. Sie waren jetzt keine Gesellen mehr, sondern Inhaber des Geschäfts, und das ganze wirtschaftliche Risiko lastete auf ihren Schultern. Er musste sich gegen den Vater behaupten und konnte nicht wie ein Untergebener zu allem Ja und Amen sagen. Dass er in manchen Dingen eine andere Auffassung als sein Vater hatte, war bei einem Altersunterschied von vierzig Jahren nicht weiter verwunderlich. Als Sohn würde er, wenn der Himmel nicht andere Pläne mit ihm hatte, das Geschäft nach dem Tod des Vaters weiterführen, allein oder wiederum mit seinen Söhnen. Also musste er auch mitreden dürfen, und zwar von Anfang an. Er konnte doch nicht warten, bis er irgendwann in ferner Zukunft an der Reihe war, allein zu entscheiden. Die Weichen wurden schon jetzt gestellt.

Als die Turmuhr von St. Peter acht Uhr schlug, machte er sich auf den Rückweg in die Marktgasse. Annarösli stand hinter dem Tresen und sah durch ihn hindurch, als wäre er Luft, während sie zwei Kundinnen bediente.

Nachdem die beiden Damen das Geschäft verlassen hatten, sagte er: »Ich wollte dir nicht wehtun.«

Annarösli wischte den Verkaufstisch sauber und polierte mit einem trockenen Tuch nach.

»Was du da mit angehört hast, war nicht für deine Ohren bestimmt.«

Annarösli nickte. »Ich habe es wohl gemerkt, aber man kann die Ohren ja nicht einfach schließen, wie die Augen«, murmelte sie.

»Man kann sie sich zuhalten oder einfach wieder zur Tür hinausgehen, und zwar so leise, wie man hereingekommen ist, oder meinetwegen auch mit einem lauten Knall«, sagte Rudolf und grinste.

»Ich habe mich gar nicht durch den Hintereingang geschlichen. Ihr habt nur so laut gesprochen, dass ihr mich nicht gehört habt«, behauptete sie und rieb jetzt eine Silberplatte, bis sie glänzte wie ein Spiegel.

»Annarösli, was sagst du denn dazu, dass meine Eltern sich mit dir eine gute Partie für ihren Sohn ausgedacht haben? Das kann dir doch auch nicht recht sein, oder?«

Annarösli sah verlegen zu Boden, schaukelte mit dem Oberkörper hin und her.

»Warum antwortest du denn nicht?«

»Die Arbeitsstelle in der Konditorei war für mich schon verlockend. All die süßen Sachen, wo ich doch so ein Schleckermaul bin.« Endlich sah sie auf. »Für mich war das alles hier immer schon ein richtiges kleines Paradies.« Mit der Fingerspitze entfernte sie ein paar Brösel von einer Kuchenplatte und schob sie sich in den Mund. »Als Kind habe ich nicht mit Puppen gespielt, sondern mit meinem kleinen Kaufladen. Und bei mir gab es kein Mehl und keine Graupen, keinen Fisch und kein Salz, sondern nur Küchli, Törtli und Bonbons, Nidelzeltli mit viel Rahm, in ganz kleine Würfel geschnitten und alles fein verpackt.« Endlich bekam ihr Gesicht wieder etwas Farbe. Sie lächelte vor sich hin. »Ich bin schon stolz, dass ich hier den ganzen Tag stehen und wie in meinem Kaufladen die Kundinnen bedienen darf. Und jetzt sind auch die ganzen Törtli echt, und nicht aus bemaltem Holz. Und wie sie alle duften!«

»Ja, das ist ja auch schön, und wie es aussieht, machst du deine Arbeit mit Liebe und Sorgfalt, und alle kommen gern zu dir zum Einkaufen.« Sie grinste verlegen. »Aber das alles hat doch nichts mit mir zu tun. Du hast mich ja gar nicht gekannt, als du hier angefangen hast. Ich war ja nicht da.«

»O doch, ich habe den Ruedi schon gekannt, so wie ihn alle im Niederdorf kennen, den jungen Sprüngli halt.«

»Aber die letzten drei Jahre war ich fort, da hast du nichts von mir gesehen. Du wusstest doch gar nicht, was da für ein grober Kerl von seiner Wanderschaft zurückkommt.«

»Ja, stimmt, das war dann eine Überraschung«, gab sie zu, »dass nach drei Jahren bei den Welschen so ein, äh, ansehnlicher junger Mann aus dir geworden war.« Annarösli lief rot an. Rudolf schwieg. »Ich hab halt gedacht, dass ich Euch wenigstens ein bisschen gefallen könnte.« Sie wartete ab, bekam aber keine Antwort. »Gefalle ich Euch denn gar nicht?«

»Natürlich gefällst du mir, Annarösli. Und da draußen gibt es bestimmt ganz viele, denen es genauso geht wie mir.«

Dazu sagte sie nichts.

»Annarösli, jetzt hör mir mal zu. Deine Kaufladengeschichte ist ja nett, aber es ist eine Kinderei. Jetzt sind wir erwachsen. Und was hier bimmelt, ist nur die Tür, keine Hochzeitsglocken.« Es hatte doch keinen Sinn, um den heißen Brei herumzureden. Er wollte es klären, und zwar jetzt auf der Stelle.

Annarösli biss sich auf die Lippen. »Habt Ihr mich denn kein bisschen gern?«

»Doch, schon, natürlich. Aber nicht so.«

»Hat das vielleicht damit zu tun, dass Ihr jetzt so oft zum Maler Vogel und zum Apotheker und zur Poststelle rennt?«, fragte sie.

»Ich glaube, das geht dich nichts an.« Rudolf war zu überrascht. Beobachtete man ihn hier in der Stadt auf Schritt und Tritt?

»Aha«, sagte Annarösli und ordnete die Kuchenstücke auf der Silberplatte noch einmal neu. »Ich hab's mir schon gedacht.« Darauf antwortete Rudolf nicht. »Darf ich trotzdem hierbleiben?«, hörte er sie leise fragen.

»Von mir aus darfst du bleiben. Aber schlag es dir aus dem Kopf, dass du eine Frau Sprüngli wirst. Und, Annarösli, glaub mir, es hat nichts mit dir zu tun.«

»Sondern mit einer anderen, auch wenn Ihr darauf wieder nichts sagen werdet. Ist sie Zürcherin? Könnte ich sie kennen?«

Also hatte sich das ebenfalls bereits herumgesprochen. »Weiß meine Mutter auch schon davon?«, fragte er.

»Von mir nicht«, antwortete Annarösli. »Vielleicht sehe ich ja so aus, aber ich bin keine, die viel herumtratscht.«

»Das ist gut. Dann behalte das jetzt bitte für dich. Die anderen sollen es noch früh genug erfahren, nämlich dann, wenn wirklich etwas daraus wird.«

»Will sie nicht?«

»Wie meinst du das?«

»Ich meine, hat sie vielleicht einen anderen?«

Rudolf schüttelte den Kopf. »Das geht dich nichts an. Du arbeitest hier, Annarösli. Du gehörst zum Betrieb wie die anderen, aber du gehörst nicht zur Familie.«

»Ja, das habe ich verstanden«, antwortete sie. »Aber wir könnten doch vielleicht Freunde werden, Ruedi.«

»Rudolf wäre mir lieber.« Sie nickte. »Dann sind wir uns also einig, Annarösli?« Sie nickte wieder. »Und der Mutter müssen wir das nicht erzählen.«

»Aber was sag ich, wenn sie mich fragt, wie die Sache steht?«

»Dann sagst du, dass ich noch nicht so weit bin mit dem Heiraten. Dass ich zuerst hier wieder Fuß fassen und mich einarbeiten muss.«

»Ist gut, Rudolf. So mache ich es.«

In dem Augenblick kam die Mutter mit einem Blech Keksen aus der Backstube. Sie sah von einem zum anderen und bemerkte, dass alles ganz friedlich war.

»Habt ihr beide euch ausgesprochen?«, fragte sie vorsichtig.

»Ja, das haben wir, Mutter.«

»Und? Vertragt ihr euch wieder?«

»Ja, es ist alles gut«, behauptete Rudolf.

Annarösli bemühte sich um ein zustimmendes Lächeln.

Bevor er die Tür zur Backstube öffnete, legte er den Finger an die Lippen und sah Annarösli in die Augen. Sie nickte. Freunde, dachte Rudolf, und mehr nicht. Ob es funktionieren würde? Wenigstens hatte er ihr reinen Wein eingeschenkt.

Als er die Backstube betrat und seinen Schurz vom Haken nahm, sah er aus dem Augenwinkel, dass Christoph an der

Balkenwaage stand und mit den Gewichten hantierte. Als er sich zu ihm umdrehte, tippte der sich an die Mütze und sagte: »Guten Morgen, Ruedi, äh, Chef.« Dann sah er von Rudolf zu David, und als Rudolfs Blick den seines Vaters traf, kam es ihm so vor, als nickte er kaum merklich, wie zum Einverständnis: Lass es uns so versuchen, wie du es vorschlägst.

1837

Rudolf

Jedes Kind in Zürich kannte die Eisgasse. Rudolf war schon als Kind hier gewesen, mit dem Vater, um in den Kellern im Untergeschoss der Häuser Eis zu kaufen, wenn sie in der warmen Jahreszeit Cremetorten über Nacht lagerten oder in die großen Gaststätten am rechten Ufer des Zürichsees lieferten. Eisstecher sägten das Eis im Winter aus vereisten Seen und Weihern wie dem Katzensee bei Zürich. Wenn der Winter so mild war wie bisher, dann kam das Zürcher Eis von etwas weiter her, aus dem Klöntalersee, und wurde mit Pferdeschlitten in die Eiskeller der Stadt transportiert. Anstatt Christoph oder Jakob zu schicken, ging Rudolf heute selbst mit einer Bütte in die Eisgasse. Er wollte einmal raus aus der Backstube, die kalte Winterluft schnuppern und den Kopf durchpusten. Das Weihnachtsgeschäft war hervorragend gelaufen, noch besser als die letzten Jahre. Spätestens im Herbst wollte Rudolf weiteres Personal einstellen, auf jeden Fall einen Lehrling. Mit den guten Einnahmen, die sie machten, würde er den Vater schon überzeugen können. Er hatte auf die Liste mit den neuen Bestellungen ein paar Extras eingefügt, von denen der Vater noch nichts wusste. Erst wenn die Lieferung eintraf, würde er davon Wind bekommen. Manchmal nutzte alles Reden bei dem alten Sparfuchs nichts. Da war es einfacher, ihn vor vollendete Tatsachen zu stellen, als ewig um jede Neuerung, jede Änderung zu feilschen. Nur eines beunruhigte Rudolf wirklich: dass er immer noch keine Antwort aus Luzern bekommen hatte. Wollte Katharina wirklich nichts mit ihm zu tun haben? Oder war sie immer noch gekränkt? Hatte sie inzwischen einen anderen kennengelernt? Diese Fragen beschäftigten ihn, sobald er eine freie Minute fand, und das war meist erst kurz vor dem Einschlafen am Abend und beim Aufwachen am Morgen. Oder eben jetzt, wo er sich endlich einmal aus der Marktgasse davongeschlichen hatte, um Eis zu holen. Im Alltag blieb ihm nicht einmal mehr Zeit, seine Bilder für Katharina zu malen. Die Vorräte an Zeichnungen, die er im ersten Schwung angelegt hatte, waren aufgebraucht. Und doch wollte er den Kontakt zumindest von seiner Seite her auf keinen Fall abreißen lassen. Noch war er nicht bereit, sich mit ihrem abweisenden Schweigen, ihrer Uneinnehmbarkeit abzufinden. Doch weg und zu ihr nach Luzern konnte er auch nicht. So etwas wie freie Tage waren bei ihm nicht vorgesehen. Er hätte schon geschäftliche Gründe haben müssen, um der täglichen Arbeit in der Backstube zu entkommen. Wer nicht am frühen Morgen dort auftauchte, musste richtig krank sein. Einen anderen Grund gab es nicht, und auch das passierte ganz selten. Selbst der Vater mit seinen sechzig Jahren war mit einer robusten Gesundheit gesegnet. Als hätten ihn seine harte Jugend, das Arbeitsleben, das für ihn schon so früh begann, abgehärtet und stark gemacht. Seine Fehltage in den letzten zwanzig Jahren ließen sich an den Fingern einer Hand abzählen.

Rudolf stieg die Treppe zum Eiskeller des alten Hunkeler hinunter. Während seine Bütte aufgefüllt wurde, hielt er ein

Schwätzchen mit dem Alten, der ihm einen Gruß für den Vater auftrug. Ein Gehilfe notierte die Menge und Rudolf machte sich wieder auf den Heimweg limmataufwärts. In der Backstube wurde wie immer gearbeitet, aber die Stimmung schien seltsam aufgeladen. Vielleicht hatte es Streit zwischen dem Gesellen und den Gehilfen gegeben. Das kam immer mal wieder vor und war meist nicht weiter tragisch.

»Seit Ruedi wieder daheim ist und Christoph auch wieder arbeitet, sind wir doch jetzt eigentlich einer mehr«, sagte Ueli mit einem mürrischen Unterton.

»So ist es«, antwortete Rudolf und band sich die Schürze um.

»Dann frage ich mich bloß, warum die Arbeit nicht weniger wird«, brummte der Geselle.

»Das liegt daran, dass wir mehr Aufträge haben und, wie es aussieht, auch immer noch mehr dazubekommen werden«, sagte Rudolf und sah den Vater an. Doch der hielt sich heraus, solange es ging. Auch wenn er aufmerksam zuhörte.

»Das ist doch aber gut«, kam Christoph ihm zu Hilfe.

»Das war ja klar, dass der Christoph gern so viele Extrastunden arbeitet. Er ist jetzt sowieso der Fleißigste hier in der Backstube.« Seit seiner Entlassung und Wiedereinstellung, nachdem Christoph zum Zankapfel zwischen Rudolf und seinem Vater geworden war, galt er bei dem Gesellen als Musterschüler, den er gern wegen seines Arbeitseifers hänselte. »Weißt du, Ruedi, früher war es so, dass die Zuckerbäcker von Anfang Oktober bis Weihnachten durchgeschuftet haben wie die armen Ägypter, die in der Wüste eine Pyramide erbauen müssen.«

»Was weißt du denn von den Ägyptern?«, fragte Jakob.

»Dass sie ziemlich arm dran waren. Bei denen war es ungefähr so heiß wie bei uns in der Backstube oder sogar noch heißer.«

»Ja und? Worauf willst du hinaus?«, fragte Jakob. »Dass wir auch so arme Hunde sind?«

Ueli nickte. »Im Januar war dann nämlich immer Zeit, dass wir wenigstens einmal im Jahr durchschnaufen konnten. Bis Neujahr wird bis zum Umfallen gearbeitet, aber dann haben wir uns eine Pause verdient. Und jetzt? Ich merke nichts von einer Pause, nicht der allerkleinsten. Ihr vielleicht?«

»Ueli, Ueli, vielleicht wirst du langsam alt.« Christoph grinste. »Früher ist dir die Arbeit nicht so oft zu viel geworden.«

»Zu alt!«, schnaubte Ueli und sah hinüber zu David Sprüngli, dem Senior in der Backstube. »Ich sage euch, woran es liegt. Früher, als unser Chef noch aus der Familie Vogel kam, war einfach nicht so viel Arbeit. Wir hatten jeden Tag zu tun, aber es ging gemütlicher zu. Oder?« Er sah seine Kollegen an. »Seit wir Sprüngli sind, heißt es nun anscheinend das ganze Jahr durch: immer schuften, schuften, wie die Sklaven in der Wüste.«

Ausgerechnet in diesem Moment streckte Annarösli den Kopf zur Tür herein. »Rudolf, der Abgesandte vom Seidenfabrikanten Schwarzenbach wäre da. Wegen der Bestellung für die Feier in Thalwil. Wir suchen gerade nach einem passenden Termin, aber im Mai sind wir schon ganz schön ausgebucht. Kannst du mal kommen?«

Ueli lachte höhnisch auf. »Na, was sage ich denn? Geht's schon wieder weiter, und ins Frühjahr und in den Sommer hinein. Ohne jede Pause. Bis zum Oktober. Und dann fängt das Weihnachtsgeschäft an und es kommt noch schlimmer.«

Als Rudolf seine Schürze abnahm und an ihr vorbei durch die Tür ging, flüsterte Annarösli: »Welche Laus ist denn dem Ueli über die Leber gelaufen?«

»Er schwitzt wie ein Ägypter«, antwortete Rudolf und ging auf den Boten des Herrn Schwarzenbach zu, um ihm die Hand zu schütteln.

»Was darf's denn sein, Herr Zundel? Was können wir für die Firma Schwarzenbach tun?«

Er nahm die umfangreiche Bestellung auf und sie verständigten sich auf einen passenden Termin Ende Mai.

Als Rudolf in die Backstube zurückkam, saßen alle zur Frühstückspause um den Arbeitstisch herum. Die Mutter hatte eine Kanne Tee gebracht und eine Platte mit Brot, Butter, Wurst und Marmelade.

»Was feiert denn der Herr Seidenfabrikant?«, fragte der Vater.

»Sein zehnjähriges Firmenjubiläum«, antwortete Rudolf.

»Oho!« Christoph pfiff durch die Zähne. »Die Schwarzenbachs gehören zu den reichsten Leuten in Zürich.«

»Kommen jetzt die Fabrikanten auch noch?«, fragte Ueli missmutig. »Reicht es mit den Hochzeiten noch nicht?«

»Und was hat der Schwarzenbach bei uns bestellt?«, fragte David. Ein neuer Kunde, einer mit einem klingenden Namen. Er verstand gleich, dass sein Sohn da womöglich einen großen Fisch an Land gezogen hatte.

»Torten, Gebäck, zwei bis drei Tafelaufsätze zur Tischdekoration, unter anderem möchte er sein Fabrikgebäude in Thalwil in Tragant gearbeitet haben«, verkündete Rudolf stolz. »Außerdem ein Sortiment an Schokolade für die Damen.«

»Schokolade? Und wo soll die herkommen?«, fragte David. »Aus Südamerika vielleicht? Dort wachsen doch die Kakaobohnen, wenn ich recht informiert bin.«

Rudolf nickte. »Da bist du richtig informiert, Vater.«

»Wir werden die Schokolade doch nicht bei dem Cioccolatiere auf dem Gemüsemarkt kaufen, der immer am lautesten schreit? Cioccolato, Cioccolato italiano …« Er äffte den Tessiner Händler nach, und besonders Ueli lachte sehr laut darüber und klopfte sich auf die Schenkel.

»Nein, das brauchen wir nicht«, sagte Rudolf.

»Und wieso nicht?«

»Weil ich noch ein paar Vorräte aus Vevey, von Cailler, habe. Ich erwarte außerdem eine Lieferung von Philippe Suchard aus Neuenburg.«

»Du hast bei Suchard bestellt?« Rudolf nickte. »Und wer soll das bezahlen?«

»Na, wir beide, Sprüngli und Sohn.« Der Vater zog die Brauen zusammen. »Oder der Herr Schwarzenbach«, beeilte sich Rudolf, um ihm den Wind aus den Segeln zu nehmen, »der zwei Dutzend Portionen Chocolat en poudre für die Damen bestellt hat, für die Fabrikanten-Gattinnen.«

Der Vater trank schweigend seinen Tee. Da konnte Rudolf ihm auch gleich noch die zweite Neuigkeit verkünden. »Der Herr Fabrikant hat außerdem Gefrorenes, zwei bis drei Sorten, für die Feierlichkeit geordert.«

»Gefrorenes? Und woher nehmen wir das?«, fragte sein Vater. »Kommt das auch von Suchard oder Cailler?«

»Nein«, erwiderte Rudolf. »Aber ich habe bei Cailler gelernt, wie man es macht, und mir zum Üben eine Eisbüchse bei einem Händler bestellt.« Rudolf sah den Gesellen an, dann die beiden Gehilfen. »Möchte jemand von euch heute mit mir zusammen Vanilleeis machen?«

»Wann?«, polterte Ueli. »Außerhalb der Arbeitszeit?«

»Natürlich nicht«, sagte Rudolf.

»Du willst bei uns im Geschäft jetzt auch noch Eis verkaufen?«, fragte sein Vater.

»Erst will ich ausprobieren, ob es gelingt und auch schmeckt. Die ersten Portionen essen wir vorsichtshalber selbst. Wir müssen ja erst noch lernen, wie es geht, und ein bisschen herumprobieren bei den Sorten.«

»Also noch mehr Arbeit«, stellte Ueli fest.

»Aber keine Sklavenarbeit«, feixte Christoph, »bei der man schwitzt wie die Ägypter. Beim Eismachen wird es einem doch eher kalt. Also, ich wäre dabei.«

»Gut«, sagte Rudolf. »Ein Helfer genügt mir für den Anfang. Wenn das Gefrorene gut wird, sind vielleicht auch Jakob und Ueli irgendwann dabei.«

Spätestens, wenn die Feier in Thalwil vorbereitet werden musste, dachte Rudolf. Da würden sie wohl alle mit anpacken müssen, damit sie das überhaupt stemmen konnten. Bei einem Seidenbaron durfte man sich keine Fehler erlauben. Da musste alles hundertprozentig passen, sonst bekam einer ihrer Konkurrenten den nächsten Auftrag. Schwarzenbach war eine Chance, die sie nicht vermasseln durften.

»Was ist denn mit dir los?«, fragte die Mutter, als sie das Mittagessen auftrug. »Du siehst aus, als hättest du auf der Straße Geld gefunden.«

Rudolf strahlte über das ganze Gesicht. »Schau, Vater, es läuft wie geschmiert«, sagte er und nahm einen Löffel von der Gemüsesuppe. »Kaum fängt einer an und ist zufrieden, kommen die anderen auch gleich hinterher. Jeder will jetzt was von Sprüngli haben. Wie habe ich das eingefädelt?«

»Das weiß ich eigentlich immer noch nicht, wie du das angestellt hast«, gab der Vater zu, der wie immer vernehmbar schlürfte. »Früher hatten wir im Januar vielleicht vier, fünf Hochzeiten im Kalender eingetragen. Und wie viele haben wir jetzt schon?«

»Fünfzehn.« Rudolf platzte fast vor Stolz.

»Wie, fünfzehn? Aber doch nicht in einem oder zwei Monaten?«

»Nein, keine Angst, Vater. Wir sind jetzt mit der Terminvergabe schon im Mai angekommen. Sonst bräuchten wir ja das Doppelte an Personal und wahrscheinlich auch mehr Platz, damit wir uns nicht gegenseitig auf die Füße treten in der Backstube.« Der Vater ließ nicht erkennen, was er davon hielt. »Und es sind in der Mehrzahl Unternehmen, die bei uns anfragen. Ich hoffe, mit denen gibt es nicht so viele Scherereien wie mit den Privatleuten. Die sind immer darauf bedacht, nicht zu viel auszugeben, und neigen dazu, die Preise zu drücken. Unternehmer sind anders. Sie wollen, dass alles wie am Schnürchen klappt und sie bei den Partnern und Kunden Eindruck schinden mit ihren Feiern. Da spielt der Preis nicht die wichtigste Rolle. Sie wollen einfach vor den anderen gut dastehen und ein wenig angeben mit dem Luxus, den sie sich leisten können.«

»Wo hast du die denn alle aufgetrieben?«, fragte David. »Wir sind schließlich keine Zunft-Mitglieder. Die haben es da leichter als einfache Handwerker wie wir.«

»Aber wir werden hoffentlich bald welche sein«, sagte Rudolf.

»Was redest du da? Wir brauchen doch zuerst einmal das Bürgerrecht. Ohne Bürgerrecht werden wir auch in keine Zunft aufgenommen.«

»Das weiß ich«, sagte Rudolf.

»Wer alles auf einmal will, kann am Ende leer ausgehen«, meinte David.

Die Mutter nahm die Suppenteller fort und servierte die Blut- und Leberwürste, dazu eine Schüssel mit Sauerkraut und eine mit Kartoffeln.

»Solche Investitionen werden sich auszahlen. Wenn wir erst

Zünfter sind, werden wir auch die Süßspeisen für die Zunft-Festessen liefern.«

»Ja«, sagte David, »wahrscheinlich auf eigene Kosten. Wegen der Ehre. Und wenn nicht, dann bezahlen wir uns mit unseren Beiträgen zur Zunft praktisch selbst.«

An allem fand der Vater etwas zu meckern. Ja, ja, die Welt war schlecht und alle hatten es nur auf sein Geld abgesehen. Die Mutter seufzte, aber Rudolf wollte sich noch nicht geschlagen geben.

»Jetzt haben wir schon einen der Seidenbarone, einen von den Schwarzenbachs, auf unserer Kundenliste. Das wird noch ganz groß, Vater, du wirst sehen.« Rudolf zerdrückte seine Kartoffeln mit der Gabel. Das hatte er schon als Kind so gemacht und würde es wohl immer so machen.

»Wenn du dich da bloß nicht übernimmst, Junge«, mahnte der Vater. »Mit der normalen Arbeit müssen wir ja auch hinterherkommen. Und die ist eigentlich schon genug.«

»Natürlich, Vater, aber wir wollen uns doch trotzdem weiterentwickeln.«

»So, wohin denn entwickeln?«, fragte David und schob sich eine halbe Kartoffel in den Mund.

»Erst wird der Kundenstamm vergrößert und das Sortiment erweitert, beides Hand in Hand, das ist mein Plan.«

»Und dann?«, fragte David schmatzend. »Was kommt als Nächstes?«

»Vielleicht ein zweites oder ein größeres Geschäft?«

Die Mutter sah ihn erschrocken an. Der Vater lud sich eine riesige Portion Sauerkraut auf die Gabel.

»Haben wir nicht mit diesem schon genug zu tun?«, meinte die Mutter.

»Es muss ja auch nicht jetzt sein, sondern irgendwann später. Pläne und Ideen darf man doch auch heute schon haben.«

Rudolf fühlte sich nach dem Abschluss mit Schwarzenbach großartig. Das war doch wie ein Ritterschlag in dieser Stadt, die das bedeutendste Zentrum der Seidenfabrikation in der Schweiz und darüber hinaus war.

»Und dann natürlich die Schokolade, die ich machen will. Ihr werdet sehen, das wird wie eine Granate einschlagen. Es wird die Zukunft der Zuckerbäckerei sein und ihre Krönung.«

»So, so.« Der Vater blieb skeptisch. »Und Gefrorenes will er jetzt auch noch machen, unser Herr Sohn.«

»Damit fange ich heute an. Christoph wird mir helfen.«

Die Mutter schob ihr Essen auf dem Teller von einer Seite zur anderen. »Der Rudolf ist jung und hat noch mehr Energie als wir.«

»Ist die Sache mit dem Gefrorenen auch schon eine Erweiterung des Sortiments?«, fragte David.

»Natürlich! Man muss doch mit der Zeit gehen. Die Leute wollen das«, behauptete Rudolf.

»Ja, wenn man es anbietet, dann wollen sie es auch«, brummte David.

»Willst du es denn nicht?«

»Bevor wir es verkaufen können, müssen wir es machen.« David stützte die Ellbogen auf den Tisch und zeigte mit der aufgespießten Kartoffel auf seinen Sohn. »Und du weißt selbst, alle wissen wir es, wie viel Arbeit dieses neumodische Glace macht und wie viele Hände es bindet. Mein Gott, mir wäre es lieber, das bliebe uns erspart.«

»So darfst du das nicht sehen, Vater. Wenn du überlegst, wie lange wir an einem Tafelaufsatz aus Tragant sitzen, wie viel Arbeit dahintersteckt, oft nachts noch, und von mehreren Personen, weil es einer allein gar nicht schafft.«

»Deshalb brauche ich nicht auch noch Gefrorenes.«

»Das schmeckt aber besser, und es ist erfrischend, wenn es draußen warm ist.« Rudolf schob seinen Teller zurück. »Irgendwann haben wir vielleicht Eismaschinen, die mit Wasserkraft oder Dampf betrieben werden. Dann geht das ruckzuck.«

»Ha, alles Zukunftsmusik!«, höhnte der Vater. »Ich glaube, du träumst. Träumst du auch noch von deiner Schokoladenfabrik, in der die Maschinen dann die Schokolade machen sollen und wir uns nicht mehr plagen müssen?«

»In der Fabrik wird dann alles leichter gehen«, behauptete Rudolf.

»Soll ich dir mal was sagen? Das können wir uns gar nicht leisten.« Der Vater trommelte mit dem Gabelgriff auf den Tisch. »Hier in der Marktgasse haben wir weder Wasser noch Dampf und keine einzige Maschine. Wir haben nichts als unsere Hände und Arme. Und die werden nicht mehr.«

»Ja, noch werden es nicht mehr.«

»Und es ist ja bisher auch ganz gut gegangen. Wir dürfen es nur nicht übertreiben mit den ganzen Aufträgen, nicht, dass wir sie nicht mehr bewältigen können und mit vollen Auftragsbüchern untergehen. Auch das gibt es.«

»Ja, was denn jetzt?«, brauste Rudolf auf. »Wollen wir nun expandieren oder auf der Stelle treten? Ich meine, wir haben gar keine Wahl. Wir brauchen den Fortschritt.«

»Wir haben aber kein Geld für große Investitionen.«

»Irgendwann müssen sie kommen, Vater. Sonst geht hier nichts mehr vorwärts.«

»Du tust ja geradeso, als seien wir hier zwanzig Jahre auf der Stelle getreten oder wie die Maulesel im Kreis gelaufen«, regte David sich auf.

»Es geht aber nicht alles auf einmal«, mischte die Mutter

sich ein. »Vielleicht ist es das, was der Vater sagen will. Oder, David?«

Der brummte etwas Unverständliches, was man als Zustimmung hätte deuten können oder auch nicht. Dann legte er sich für seine üblichen zehn Minuten aufs Sofa und begann zu schnarchen, sobald er sich ausgestreckt hatte.

Annarösli

Nach der Vier-Uhr-Pause wurde es ruhiger im Geschäft. Die alte Frau Sprüngli war zu einem Besuch in der Nachbarschaft aufgebrochen. Die Witwe Fröbel hatte wieder Wasser in den Beinen und konnte nicht mehr aufstehen, wie ihre Tochter beim Einkaufen berichtet hatte. Rudolfs Mutter hatte ihre Mischung aus Weidenrinden und Birkenblättern eingepackt und würde ihr daraus einen Tee zubereiten, der hoffentlich half.

Annarösli holte das Tablett mit dem Pausengeschirr aus der Backstube und brachte es nach oben in die Wohnung. Rudolf und Christoph hatten sich zum Eismachen in die kleine Kammer zum Hinterhof zurückgezogen. Als Annarösli auf dem Rückweg bei ihnen vorbeischaute, fand sie beide über Rudolfs Rezeptbuch gebeugt am Arbeitstisch stehen. Sie hatten sie wie einen unliebsamen Eindringling angestarrt. Als wollte sie ein Geheimrezept ausspionieren und es brühwarm der Konkurrenz verraten. Dabei war sie doch nur neugierig und wollte wissen, ob sie noch etwas bräuchten oder sie ihnen behilflich sein könnte.

»Wir haben alles«, fertigte Rudolf sie ab und machte schnelle Bewegungen mit den Händen, um sie hinauszukomplimentieren. Genauso wie man eine lästige Fliege verscheuchte. Was war denn so schlimm daran, dass sie auch gern gewusst hätte, wie man Gefrorenes zubereitete? Unschlüssig blieb Annarösli in der Tür stehen. Die beiden drehten sich wieder zu Rudolfs Rezeptbuch, bildeten Rücken an Rücken eine Wand. Es blieb ihr nichts anderes übrig, als sich umzudrehen und hinauszugehen. Leise schloss sie die Tür hinter sich, und als sie durch den letzten Spalt noch einmal in die Kammer hineinsah, hatten die beiden sie schon wieder vergessen.

Annarösli ging zurück an ihren Platz hinter dem Verkaufstresen. Er war sauber abgewischt, aber sie wischte ihn noch einmal, polierte das Holz mit einem Lappen nach, wischte die Schale für das Bezahlgeld aus, sortierte die Münzen in der Schublade nach Einern, Zweiern, Fünfern und Zehnern. Ihre Auslagen waren aufgeräumt, nirgendwo Brösel oder Staub. Nach vier Uhr war die Auswahl überschaubar, die Kundschaft gezählt. Manchmal kamen noch Bestellungen herein für den nächsten Tag oder eine Familienfeier, sonst blieb es ruhig.

Annarösli blickte zum Fenster hinaus. Alles schien ihr auf einmal verlangsamt, wie eingefroren. Ein Mann schob einen Handwagen die Gasse hinauf, so langsam und mühevoll, als wäre sie plötzlich steil wie ein Berg oder als bliese ihm ein Sturmwind ins Gesicht. Ein Stück weiter stand ein Knabe mit dem Fuß auf einem Lumpenball, als hätte ihn der Blitz getroffen. Ein Schmerz durchzuckte Annarösli vollkommen unerwartet. Sie hielt sich die Brust, als hätte ein Fausthieb sie getroffen. Sie stützte sich mit einer Hand am Tresen ab. Was war denn geschehen? Rudolf hatte sie aus der Eiskammer hinausgescheucht wie ein neugieriges Waschweib.

Würde er sie so auch irgendwann aus dem Laden hinausscheuchen, wenn er sie nicht mehr brauchte? Wenn diese Frau zurückkam, der er Briefe schrieb und nach der er sich sehnte? Eines Tages wäre sie hier, und wenn nicht sie, dann eben eine andere von denen, die sich darum rissen, ins Geschäft einzuheiraten und die junge Frau Sprüngli zu werden. Rudolf war nicht nur Juniorchef und Ladenbesitzer in der Marktgasse. Er sah auch noch gut aus. Eine gute Partie war er, und Annarösli hatte bis zu seiner Rückkehr gedacht, dass sie das auch wäre. Es hätte doch so gut gepasst mit ihnen beiden. Aber Rudolf wollte nicht sie, sondern eine andere. Und wenn diese Frau hierherkäme, was würde dann aus ihr? Müsste sie dann das Geschäft verlassen, weil die junge Frau Sprüngli an ihre Stelle trat, auch im Laden? Sie war doch so gerne hier und wollte nirgendwo anders hin.

Der Schmerz in ihrer Brust ließ nicht nach. Die Gasse verschwamm ihr vor den Augen. Ein weißer Nebel verschluckte mit einem Mal alles um sie herum. Und jemand rief etwas, aber sie konnte nichts verstehen. Ihr war ganz dumpf, und plötzlich wurde es dunkel, als würde es Nacht.

Annarösli fiel auf die Knie. Über ihr tauchten plötzlich die Gesichter von Rudolf und Christoph auf. Die beiden starrten sie an, bewegten nur die Lippen, als würden sie reden, blieben dabei aber stumm. Entweder war Annarösli taub geworden, oder sie machten das extra, um sie zu ärgern. Sie spürte, dass sie in Rudolfs Armen lag. »Wasser!«, rief jemand. Da kam Rudolfs Mutter gelaufen.

»Was ist denn mit dir?«, fragte die alte Frau Sprüngli.

»Ich weiß es nicht«, sagte Annarösli mit schwerer Zunge. Ihre Brust brannte, aber der Druck hatte etwas nachgelassen.

»Bist du krank?«

»Ich weiß es doch nicht.« Ich bin einfach so traurig, dachte Annarösli, aber das sagte sie nicht. Sie hatte wirklich angenommen, es könnte einmal ihr Laden sein, als sie hier angefangen hatte. Aber das würde er nie sein, sondern immer nur der von Sprüngli und Sohn.

»Geht es?«, fragte Rudolf. Es klang besorgt, nicht ungeduldig oder wütend.

Annarösli nickte.

Rudolf und Christoph kehrten an ihre Arbeit zurück.

»Ich habe gedacht, du und Rudolf, ihr hättet euch ausgesprochen?«, fragte Rudolfs Mutter.

Annarösli nickte. »Ja, das haben wir.«

»Ist es das, was dich so durcheinanderbringt?« Sie nickte wieder. »Wenn du willst, kannst du dennoch bleiben, das verspreche ich dir. Bis zu dem Tag, an dem du dich in einen Mann verliebst, bis du heiraten und selbst der Marktgasse Adieu sagen willst.« Die Mutter Sprüngli strich ihr sanft übers Haar. »Du bist doch hier unsere wichtigste Kraft und hältst alles zusammen.«

Annarösli stand vorsichtig auf und rückte ihr Häubchen zurecht.

»Ihr könnt euch jetzt ums Abendessen kümmern, Mutter Sprüngli. Mir geht es schon wieder besser. Und ich schäme mich. Ich weiß nicht, was mich da überkommen hat.«

»Das musst du nicht«, sagte Rudolfs Mutter. »Der Mensch ist keine Maschine. Er denkt und fühlt und manchmal denkt er im Kreis herum und dann beginnt sich alles zu drehen.«

Ja, so musste es wohl gewesen sein, dachte Annarösli. Aber sie musste aufpassen, dass es nicht wieder passierte. Sie wollte doch bleiben.

Rudolf

Zuerst zerschlugen sie das Eis, das Rudolf am Vortag aus Hunkelers Keller geholt hatte, mit einem Holzbeil in feine Splitter. Dann füllte Rudolf es in einen Eimer. Er gab abwechselnd eine Schicht Eis in den Eimer, dann streute er grobes Salz darüber, dann wieder Eis und wieder Salz.

»Wofür ist das Salz gut?«, fragte Christoph.

»Es macht das Eis noch kälter«, sagte Rudolf. »Hat man mir so gesagt.«

»Kälter als Eis?« Christoph studierte die Rezepte in Rudolfs Heft. »Gefrorenes von Pomeranzen und Zitronen, von Weichseln und Meertrübeli«, las er vor. »Bei uns daheim sagen wir nicht Meertrübeli, sondern Johannisbeeren.«

»Macht ja nichts.« Rudolf grinste.

»Auch von Erdbeeren, Himbeeren und Maulbeeren, von Schokolade und Vanille kann man Gefrorenes machen. Und was hat das nun zu bedeuten: gefrorene Butter?«

»So habe ich es aus dem Französischen übersetzt, *beurre glacé*«, erklärte Rudolf. »Gemeint ist, dass man das Gefrorene aus Nidel macht – ich weiß nicht, wie ihr dazu sagt, Rahm vielleicht? – und mit einem Hauch von Zitrusgeschmack.« Er stellte den Eiseimer auf einen Stuhl, schaufelte in der Mitte ein Loch frei, setzte die Zinnbüchse hinein und hängte die Kurbel oben in den Rand des Eimers.

»Nimm eine halbe Maß Rahm, lass ihn sieden, gib vier Loth an Pomeranzen oder Zitronen, Zucker und sechs Eidotter dazu«, las Christoph stockend weiter. »Gieß die siedende Milch hinein, sprudle es beständig, dass es nicht zusammenläuft, passiere es durch ein Haarsieb …«

»Wir wollen doch heute gar kein Gefrorenes mit Früchten machen«, unterbrach ihn Rudolf, »sondern eines mit Vanille. Das Rezept ist auch viel einfacher.«

»Ah, hier ist es«, sagte Christoph. »Siede Vanille mit Rahm und lass die Masse auskühlen. Gib Zucker dazu, dass es angenehm wird. Dann schütte die Flüssigkeit in die Büchse, schließe sie mit dem Deckel, setze sie ins Eis und drehe die Kurbel.«

»Klingt doch ganz einfach«, sagte Rudolf. Sie ließen die Sahne mit der Vanille einmal aufkochen, kühlten die Masse und fügten den Zucker dazu. Dann füllten sie alles in die Blechbüchse und schlossen den Deckel, damit nichts von dem gesalzenen Eis in die süße Mischung geraten konnte. Die Büchse steckte Rudolf wieder bis knapp unter den Rand ins Eis. Dann fing er an, die Kurbel zu drehen.

»Soll ich einmal?«, fragte Christoph, und Rudolf überließ ihm die Arbeit. »Wie lange drehen?«, fragte der Gehilfe.

»Mach ungefähr zehn Minuten, dann schauen wir nach, ob es reicht.« Er legte seine Taschenuhr auf den Tisch.

»Für die ganze Masse?«, wunderte Christoph sich.

»Nein, nur für die erste Schicht, die am äußeren Rand der Büchse fest wird.«

Nach zehn Minuten wischte Rudolf den Deckel rundherum vorsichtig trocken, öffnete die Büchse, kratzte die an den Innenwänden bereits angefrorene Schicht ab und rührte die ganze Masse gut durch. Dann setzte er den Verschluss wieder sorgfältig auf.

»Und jetzt?«, fragte der Gehilfe.

»Jetzt dasselbe. Zehn Minuten kurbeln, abkratzen, vermengen und immer so weiter, bis alles durchgefroren ist.«

Christoph drehte wieder mit Schwung die Kurbel, dann löste Rudolf ihn ab. Es dauerte über eine halbe Stunde, bis die gesamte Mischung gut durchgefroren war und die richtige Konsistenz hatte.

»Dauert es immer so lang?«, fragte Christoph und streckte die schmerzenden Arme aus.

»Das kommt auf die Zutaten an. Wenn Alkohol dabei ist, ein Likör zum Beispiel, dann dauert es noch länger. Das Kurbeln geht ganz schön auf die Arme, oder?«

»Lässt sich gerade noch aushalten«, behauptete Christoph und blies sich in die klammen Hände. »Wer bekommt denn nun dieses Gefrorene?«

»Zuerst die Köche«, bestimmte Rudolf. »Wir müssen doch kosten, was wir hier hergestellt haben.« Er stach mit dem Löffel kleine Portionen von dem Vanilleglace aus, richtete sie auf einem Teller an und steckte eine Hüppe vom Vortag in die Masse. Im Stehen verkosteten sie ihr neues Produkt.

»Könnte etwas süßer sein«, sagte Christoph, »aber wie es auf der Zunge zergeht! Das ist feiner als jede Creme. Leichter und auch weniger fettig.« Als er sein Eis verspeist hatte, hob er den Teller zum Mund und leckte ihn ungeniert ab. »Wann machen wir das Gefrorene mit Pomeranzen?«

Rudolf sah seinen Gehilfen an. Pomeranzen?

»Und was sind eigentlich Pomeranzen, Chef?«, fragte der.

Nach ihnen durften auch Ueli, Jakob, der Vater, die Mutter und Annarösli von ihrem Vanilleglace kosten. Und auch denen, die nichts sagten, Ueli und der Vater natürlich, war anzusehen, dass es ihnen schmeckte. Die Mutter und Annarösli, der es wieder besser zu gehen schien, waren begeistert. Sie meinten, das würde eine Sensation in Zürich geben, wenn sie das Gefrorene im Sommer ins Angebot aufnahmen.

»Muss der Ruedi nur noch einen Eismacher anstellen«, maulte Ueli. Der Vater nickte und schwieg.

»Hat es dir denn nicht geschmeckt?«, fragte die Mutter.

»Doch«, antwortete David. »Aber ob es halt den Aufwand lohnt. Am Ende ist den Leuten ihr Geld für so eine Schleckerei doch zu schade.«

Das werden wir dann schon sehen, dachte Rudolf, wofür die Leute ihr Geld ausgeben. Und außerdem gibt es genügend, die darüber nicht einmal nachdenken müssen. Die einfach kaufen, was ihnen schmeckt. Und wenn sie es wollen, dann wollen all die anderen es auch haben. Sogar die, die etwas länger für solche Genüsse sparen oder dafür auf etwas anderes verzichten müssen. Der Seidenfabrikant Schwarzenbach gehörte sicher zu denen, die nicht überlegen und auf nichts verzichten mussten, auch die wohlhabenden Bürger nicht, die Familien der Ratsherren, der Zunftmeister und Zunftherren. Da fielen Rudolf auf Anhieb eine ganze Menge Leute ein, die sich sein Glace, ohne nachzudenken, leisten konnten. So, wie sie sich später einmal auch die Sprüngli-Schokolade würden leisten können, sobald er mit seinen Vorbereitungen so weit war und mit der Produktion loslegen konnte.

Auch während des Mittagessens hing Rudolf immer noch seinen Sprüngli-Eis- und Schokoträumen nach. Als er nach dem Essen die Treppe zum Geschäft hinunterlief, wäre er auf dem Weg zur Backstube fast ins Straucheln geraten. Eine Kundin verließ gerade den Laden, schloss die Tür hinter sich und trat die Stufen zur Gasse hinunter. Rudolf wurde erst heiß, dann kalt, denn diese Gestalt war ihm auf eine ganz besondere und einzigartige Weise vertraut. Konnte das wirklich seine Katharina gewesen sein? Er sah sie wie einen Schatten die Marktgasse hinaufgehen, dunkles Haar, dunkle Röcke.

»Wer war denn das?«, erkundigte er sich bei Annarösli.

»Wer denn?«

»Das Fräulein, das eben hinausgegangen ist.«

»Ach, die?«, fragte Annarösli. »Sie hat nur eine Kleinigkeit gekauft.«

»Ja, und?« Gab es dazu so wenig zu erzählen?

Annarösli sah ihn ein wenig seltsam an. »Und sie hat sich hier umgesehen und alles Mögliche wissen wollen.«

»So, was denn?«, fragte Rudolf, und im Augenblick hätte er nicht sagen können, ob ihm heiß oder kalt war.

»Sie hat nach dem Junior-Chef, also nach dir, gefragt. Man habe in der Stadt gehört, dass er wieder da sei. Und wie er sich denn so mache.« Annarösli sagte es ganz beiläufig, als wäre es nichts. Die Leute redeten eben. Sie konnte ja nicht ahnen, was für eine Bedeutung ihre Worte in dem Fall für ihn hatten. Vielleicht war sie es tatsächlich gewesen. Sein Herz schien sich darüber bereits ziemlich sicher zu sein, so heftig, wie es plötzlich schlug.

»Und was hast du geantwortet?«, fragte Rudolf.

»Na, was schon? Das, was ich immer sage, wenn die Leute mich nach dir fragen.« Sie sah ihn misstrauisch an. »Dass es stimmt, habe ich gesagt. Dass du wieder da bist und dich sehr gut eingelebt hast.« Rudolf war ein bisschen enttäuscht. Das klang viel zu wenig enthusiastisch. »Sie meinte, man höre, dass ein frischer Wind bei uns eingezogen sei. Und ob der junge Herr denn auch schon eine Braut hätte.«

Rudolfs Herz setzte kurz aus, um dann einen kleinen Sprung zu machen. »Und was hast du darauf gesagt?«

»Nichts natürlich, das kannst du dir doch denken. Das geht die Mamsell nun wirklich nichts an. Außerdem bin ich ja nur angestellt und gehöre nicht zur Familie.« Es klang immer noch beleidigt.

»Hat sie denn gesagt, wer sie ist?«, fragte Rudolf.

»Nein, aber das war auch nicht nötig.«

»Wieso?«

»Weil ich sie kenne. Ich weiß, wer sie ist.«

»So, wer denn?« Rudolfs Herz schlug ihm bis zum Hals.

»Ihr Vater ist Feuerwächter im Turm von St. Peter. Und früher, so erzählt man sich, hat sie mit ihm zusammen auf Hochzeiten musiziert. Sie ist nur auf Besuch zu Hause, hat sie gesagt.«

Rudolf hing an Annaröslis Lippen und bemerkte wohl, dass sie ihn immer seltsamer ansah. Aber das half nun nichts.

»Sie hat jedenfalls immer noch keinen Ring am Finger getragen, weder verlobt noch verheiratet, wenn Ihr mich fragt. Dabei ist sie doch bestimmt schon … hm, jedenfalls älter. Ich meine, ein ganzes Stück älter als ich. Tja, Musikant und Feuerwächter.« Annarösli sagte es so herablassend, als wäre ihr eigener Vater Gelehrter und nicht Handwerker und als hätte sie sich an der Universität eingeschrieben oder das Diplom bereits in der Tasche.

»Sie wollte etwas Süßes für ihren Vater kaufen, damit er nicht einschläft, wenn er heute die Nachtschicht auf dem Turm übernimmt. Stattdessen muss sie ihm das nun ans Krankenbett bringen, weil er so stark erkältet ist.«

Rudolf bemerkte, dass Annarösli ihn neugierig musterte, während er an ihren Lippen hing. Er räusperte sich.

»Wer übernimmt denn jetzt die Feuerwache, wenn der Wächter krank ist?«, fragte Rudolf.

»Das habe ich das Fräulein auch gefragt, aber sie hat mir keine Antwort gegeben, nur seltsam gelächelt. Am Ende geht diese Person noch selbst hinauf. Zuzutrauen wäre es ihr.«

Rudolf hätte Annarösli am liebsten umarmt und ihr einen Kuss auf die Wange gedrückt. Aber mit ihr musste man vorsichtig sein. Ein Lächeln konnte er sich dennoch nicht verbeißen. Auch auf die Gefahr hin, dass sie sich den halben Nachmittag fragen würde, was zum Teufel mit ihm los war. Oder mit ihm und der Tochter des Feuerwächters.

Als die anderen Feierabend machten, warf Rudolf noch einmal seine mit Muskelkraft betriebene Eismaschine an. Er machte nur noch eine oder zwei Portionen Vanillegefrorenes, wickelte die Eisbüchse in Tücher und packte sie in einen Rucksack. Als er auf die Gasse trat, knirschte das Pflaster unter seinen Schuhen. Es war noch kälter geworden. Mit seinem Rucksack lief er über die Rathausbrücke hinüber zum Weinplatz und hinauf zur St. Peterhofstatt, nahm die Stufen hinauf zur Kirche und wandte sich zum Turm. Die Tür zum Aufgang war zu, aber nicht abgeschlossen. Er zündete die Laterne an, die er mitgebracht hatte, hängte den Rucksack nach vorne, um nirgendwo anzustoßen, und begann die hölzerne Stiege hinaufzusteigen. Sie war ziemlich steil, und er musste aufpassen, im spärlichen Licht seiner Laterne nicht zu stolpern. Als er die Glockenstube erreicht hatte, war ihm fast etwas unheimlich zumute. Was, wenn doch nicht Katharina ihn dort oben erwartete, sondern ihr Vater oder ein anderer Mann? Plötzlich kam ihm sein Plan reichlich naiv vor, und gleichzeitig unverfroren, ja geradezu dreist. Eine junge Frau – falls sie überhaupt dort oben war – so zu überraschen und vielleicht auch zu erschrecken, war das wirklich eine gute Idee? Unschlüssig stand er in der Glockenstube herum, bis sich plötzlich eine der Glocken in Bewegung setzte und mit ohrenbetäubendem Lärm die Stunde schlug. Achtmal. Rudolf hielt sich die Ohren zu und lief weiter nach oben. Die Treppe wurde nun schmäler und noch steiler. Es konnte nicht mehr weit sein bis zur Turmstube. Da rief eine Stimme über ihm: »Wer da?«, und diese Stimme war jung und weiblich. Es musste Katharina sein. Rudolfs Herz schlug schnell und heftig, doch er wollte noch nicht antworten und sich verraten. Noch ein paar Schritte, und er wäre oben. Die Tür zur Stube stand offen, und kaum nahm er die letzte Stufe, sauste etwas auf seinen Kopf. Er ging in die Knie und hielt seine Laterne fest. Über ihm stand Katharina mit einem dicken Buch, das sie ihm gerade noch einmal über den Kopf ziehen wollte.

»Halt«, rief er, »ich bin es doch, Rudolf«, und hielt die Arme schützend über den Kopf.

»Du?«, fragte Katharina. »Was machst du hier?«

»Ich wollte dich besuchen«, rief er. »Ich habe dir auch was mitgebracht, aber dazu müsstest du mir erst einmal aufhelfen.«

»Und warum hast du nicht gesagt, wer du bist?«

»Ich wollte dich überraschen.« Rudolf saß immer noch auf dem Boden, die Laterne in der Hand.

»Ich habe mich so geängstigt. Ich, allein hier oben, und ein Mensch, der die Treppe heraufläuft, keucht, aber keinen Ton sagt.«

»Keucht?«, sagte Rudolf. »Ich habe doch nicht gekeucht.«

»Da hättest du dich an meiner Stelle doch auch bewaffnet.«

Rudolf nickte. »Aber ich hätte mir vermutlich etwas Besseres gesucht. Etwas, womit man wirklich jemanden vertreiben kann.« Er streckte die Hand aus, damit sie ihm aufhalf. »Was ist es denn überhaupt für ein Schinken?«

»Ach, der langweilige Vater Lavater. Der war am dicksten.« Sie legte endlich das Buch weg und half ihm auf. Er stand nun vor ihr, stellte die Laterne auf den Tisch, nahm den Rucksack ab und zog sie einfach an sich. Als er die Arme um sie legte, schrie sie auf.

»Was hast du? Sehe ich so schrecklich aus?«, fragte Rudolf.

»Nein, aber du bist kalt wie ein Fisch.«

»Ich? Wo?«

Sie zeigte auf seinen Bauch, vor dem der Rucksack gehangen hatte. »Ach so«, sagte er.

»Was ist da drin?«, fragte sie.

»Ein Geschenk für dich. Magst du Vanilleglace?« Er öffnete den Rucksack und holte die Eisbüchse hervor.

»Wo kommt das her, von Sprüngli?«

»Gerade eben noch frisch gemacht.«

Katharina nahm zwei Löffel aus einer Schublade, rückte die zwei vorhandenen Stühle zusammen, und dann löffelten sie die Eisbüchse leer.

»Hm«, schwärmte sie, »das schmeckt himmlisch, cremig, süß.«

Er beobachtete, wie sie sein Dessert löffelte, den Löffel abschleckte, sich völlig entspannt und selbstvergessen dem Genuss hingab. Mit einem Mal war sie wieder das Mädchen, in das er sich als Kind verliebt hatte. Luzern war ganz weit weg, vielleicht war das, was er dort mit ihr erlebt hatte, nie geschehen oder es war einfach ausgelöscht. Nach dem letzten Löffel stellte Rudolf die Büchse weg, nahm Katharinas Hände in seine und küsste sie. Sie sah ihn an und ihre dunklen Augen funkelten.

»Das darf man doch nicht, wenn man nicht verheiratet ist«, sagte sie mit rauer Stimme.

»Doch«, antwortete Rudolf, »darauf warte ich schließlich schon über zehn Jahre. Mehr als hundert Male habe ich es mir vorgestellt.«

»Und ist es so, wie du es dir vorgestellt hast?«

»Viel schöner!« Rudolf küsste sie noch einmal, betrachtete dann ihr Gesicht, studierte ihre Nase, ihre Ohren, den Hals, die beiden feinen Knochen ihres Schlüsselbeins, das Grübchen dazwischen und wieder ihre Hände. Während ihm die Augen reichten, nahm sie, wie eine Blinde, die Hände zu Hilfe, um sein Gesicht zu erkunden: die breite Stirn, die buschigen Augenbrauen, die kräftige, aber gerade Nase, den Bogen seiner Lippen, das kräftige Kinn. Sie strich ihm eine Locke hinter das Ohr, er fasste ihre Hand, zog sie wieder zu sich. Obwohl er es nicht wollte, musste er an den englischen Mistkerl denken und drängte ihn ganz weit fort. Er hatte hier nichts verloren, auf dem Turm, in Zürich, an diesem Abend, der nur ihnen beiden gehörte.

Rudolf erschrak, als unter ihm wieder die Glocken dröhnten, und hielt sich die Ohren zu. Er spürte, wie sein ganzer Körper von ihrem Klang vibrierte, war ganz erfüllt von diesem Ton und von der Nähe seiner Geliebten, dem Duft ihrer Haut und ihres Haars, ihrer Kleider. Und dem Hauch von Vanille, der sie umgab.

Katharina

Als der Morgen graute, waren sie einander versprochen.

»Wann kommst du zurück nach Zürich?«, fragte Rudolf und drehte sich eine Locke von Katharina um den Zeigefinger. Er saß auf dem schmalen Feldbett ihres Vaters. Katharina lag mit angezogenen Knien neben ihm und hatte den Kopf auf seinen Schoß gelegt.

»Bald«, sagte sie.

»Was heißt bald?«

»So bald es geht.« Katharina nahm Rudolfs Hand und küsste sie. »Hast du es eilig?«

»Sehr.«

»Warum?«, fragte Katharina.

»Ich will, dass wir heiraten und dass alle Welt erfährt, dass wir zusammengehören.«

Katharina lächelte. In den Romanen, die sie gelesen hatte, ging es da schon romantischer zu, aber Rudolf dachte anscheinend nicht daran, vor ihr auf die Knie zu fallen und sie um ihre

Hand zu bitten, oder gar ihren Vater. Da waren sie schon ein ganzes Stück weiter. Keiner von ihnen konnte jetzt so tun, als sei nichts Besonderes zwischen ihnen vorgefallen. Es war geschehen und sie beide hatten es so gewollt.

»Ich werde zurückkommen, wenn ich meine Sachen in Luzern geordnet habe. Tante Regula muss erst noch eine Nachfolgerin für mich im Hotel finden. Ich kann sie nicht von heute auf morgen im Stich lassen. Und für meine Aussteuer habe ich auch immer noch nicht alles beisammen.«

»Wann sagen wir es unseren Eltern?«, wollte Rudolf wissen. »Ist dein Vater immer noch so oft als Musikant unterwegs?«

»Er baut noch ab und zu ein Hackbrett, aber ohne mich tritt er kaum mehr auf. Deshalb hat er vor Kurzem auch das Amt des Totengräbers der Predigergemeinde übernommen.«

»Oh, das sollten wir meinen Eltern wohl besser verschweigen«, sagte Rudolf. »Ich glaube nicht, dass ihnen das sonderlich gefallen würde.«

»Soll ich mich wegen meiner Eltern schämen?« Katharina fuhr hoch und rückte ein Stück von Rudolf ab. »Du tust so, als wäre mein Vater Henker und nicht Totengräber. Irgendwer muss schließlich auch diese Aufgabe übernehmen. Was soll daran schlecht sein?«

»So war das nicht gemeint, Chatrina. Beruhige dich wieder. Mein Vater hätte halt am liebsten einen Handwerker in der Familie. Was anderes kennt er auch gar nicht.«

»Einen Handwerker mit einer ordentlichen Mitgift für sein Töchterlein«, sagte Katharina. »Tut mir leid, aber das können wir nicht bieten. Mein Vater ist der, der er ist. Und für eine ansehnliche Mitgift wird es hinten und vorne nicht reichen. Alles, was ich habe, habe ich mir selbst erarbeitet und zusammengespart.«

»Du bringst dich und das genügt«, sagte Rudolf. »Als Hausdame hast du gelernt, einen Betrieb zu führen, andere anzuleiten, zu schauen, dass sie ihre Arbeit gut machen.«

»Rudolf, ich führe nicht das ganze Hotel, ich bin nur für die Wäsche und die Sauberkeit zuständig.« Sie strich ihm durch sein Wuschelhaar und küsste ihn auf die Nase.

»Ich brauche eine Gefährtin an meiner Seite, auf die ich mich verlassen kann.« Er hielt ihre Arme fest. »Sollen wir es den Eltern sagen, jetzt, wo wir uns einig sind?«

»Was, so schnell schon?«, fragte Katharina. »Lass uns lieber noch ein bisschen warten.«

»Wann dann?«, drängte er. Ihre Unterarme fühlten sich an wie in einen Schraubstock eingespannt.

»Au«, sagte Katharina und zog ihre Arme aus seinem festen Griff. »Im Herbst.«

Darauf streckte Rudolf ihr seine Rechte entgegen, wie einem Geschäftspartner, mit dem er einen Handel besiegeln wollte.

Wie romantisch, dachte Katharina und schlug ein.

Rudolf

Es war noch früher Morgen, als Jost, der Müllergeselle, vom Bock seines Fuhrwerks stieg. Die magere Stute drehte den Hals zu ihm, wie um sich zu vergewissern, ob sie auch an der richtigen Stelle stehen geblieben war. Apotheker Flückiger von gegenüber war auch schon auf den Beinen und rauchte ein Pfeifchen an seiner Ladentür.

»Deine Rosinante kennt ja ihre Wege in der Stadt schon

ganz von allein, da müsstest du gar nicht mehr mitfahren, Jost«, rief Flückiger.

Der Geselle hatte seine gestreiften Hemdsärmel aufgerollt, obwohl es noch frisch war so früh am Morgen. »Nur beim Abladen hilft mir die Berta nicht. Dafür bekäme sie von mir sogar einen Sack Hafer extra«, rief er zurück. Berta spitzte die Ohren, als habe sie verstanden, dass es ums Essen ging. Die Pfeife, die Jost im Mundwinkel hing, war kalt. Die helle Arbeitshose mit den weiten Beinen, wie die Müllergesellen sie trugen, war selbst durch eifriges Waschen nicht mehr sauber zu bekommen. Man sah ihr die Arbeit in der Mühle an, das Binden und das Auf- und Abladen der Mehlsäcke. Was die Hose an Sauberkeit und Eleganz vermissen ließ, glich Jost dagegen mit einer schicken Weste über dem Streifenhemd aus, die das Überbleibsel eines dunklen Anzugs war und nicht unbedingt zur Arbeitstracht eines Müllers passte. Rudolf, der die Mehllieferung schon an der Tür stehend erwartete, vermutete, dass Jost sie nur trug, damit er seine Taschenuhr vorzeigen konnte. Sie steckte nämlich in einer der Westentaschen. Die goldene Uhrenkette war an der Knopfleiste befestigt und hing in einem elegant geschwungenen Bogen bis zur Tasche durch. Seine bestickte Kappe und sein Bart, der Oberlippe und Kinn bedeckte, während die Wangen ausrasiert waren, ließen Jost eher wie einen Maler aussehen, nur die Hose verriet sein Gewerbe. Jetzt kam Christoph aus dem Geschäft, nahm den ersten Mehlsack, den Jost ihm vom Wagen aus auf die Schultern legte, und trug ihn ins Haus.

Josts Arbeitsplatz lag am Oberen Mühlesteg auf der rechten Limmatseite. Dort standen seit jeher Mühle an Mühle aufgereiht im Fluss, der die großen Mühlräder antrieb. An die dreißig Mühlen mochte es im Zürcher Stadtgebiet geben. Die meisten auf dem Oberen und Unteren Mühlesteg in der

Limmat, ein paar weitere am Sihl-Kanal. Es waren in der Mehrzahl Getreidemühlen, aber auch eine Schleifmühle war darunter und ein paar Sägemühlen. Die Papiermühlen konzentrierten sich auf einer kleinen Flussinsel, der »Papierwerd«.

»Ihr werdet auch immer teurer«, bemerkte Rudolf, als die fünf Säcke abgeladen waren und er Jost die Lieferung quittierte.

»Dasselbe hört man auch von Euch, Meister Sprüngli.« Jost nahm seine Pfeife aus dem Mund. »Liegt es daran, dass Ihr jetzt auch schon an die Seidenbarone liefert und deren Jubiläen ausstattet?«

»Nicht wegen ihnen werden wir teurer, sondern wegen euch Müllern«, antwortete Rudolf. »Wegen der Zucker- und Gewürzlieferanten und allen anderen Händlern, von denen wir unsere Rohstoffe beziehen. Auch die Mandeln und Trockenfrüchte aus dem Tessin und aus Italien werden immer kostspieliger. Aber wir können sie ja nicht selbst anbauen, hier bei uns, nördlich der Alpen. Da müssen wir uns eben mit unseren Preisen nach der Decke strecken.«

»Den Geschäftsleuten in den Seidenhöfen wird es nicht viel ausmachen. Für diese Herren, so hat man den Eindruck, spielt das Geld, das unsereiner sich so sauer verdienen muss, keine Rolle.«

»Da kennst du diese Herren aber schlecht, Jost«, mischte sich der Apotheker ein. »Gerade die Reichen sind es, die am meisten auf den Preis schauen. Sonst wären sie ja nicht so vermögend. Ist es nicht so, Ruedi?«

»Einerseits ja, da habt Ihr schon recht. Andererseits wollen sie sich eben auch etwas Besonderes leisten. Und für etwas besonders Gutes oder Ungewöhnliches sind sie dann auch bereit, ein paar Franken mehr draufzulegen.«

»Damit sie vor ihren Kollegen und Konkurrenten gut dastehen«, sagte Flückiger.

»Und die anderen Barone wollen daraufhin dann auch mehr von dem Besseren. Gut für den Zuckerbäcker.« Jost kletterte auf seinen Kutschbock. »Da ist unser Geschäft anders. Das Mehl, das aus unseren Säcken rieselt, ist immer gleich in Qualität und Preis, ob wir es an einen Reichen oder Armen verkaufen.« Er nahm die Zügel in die Hand.

»Halt, hast du nicht was vergessen, Jost?«, rief Flückiger. »Die Bollen von deiner Rosinante kannst du schon gern wieder mitnehmen. Die haben wir nicht bestellt.«

»Die bekommt Ihr von mir gratis dazu, Herr Apotheker, ganz ohne Lieferschein«, rief Jost zu ihm herunter. Auf das Kommando »Ho, Berta« setzte sich die Stute in Bewegung und zog den Karren die Gasse hinauf.

»Was ist los, Ruedi, schreibst du eigentlich gar keine Briefe mehr?«, rief Flückiger ihm von der anderen Seite der Gasse aus zu.

Das war eine Angelegenheit, die Rudolf ungern auf offener Straße besprechen wollte. Er ging lieber hinüber zum Apotheker und zog sich mit ihm in dessen Laden zurück, nachdem Flückiger den restlichen Tabak aus seinem Pfeifchen geklopft hatte.

»Ich habe eigentlich nicht viel geschrieben in meinen Briefen«, sagte Rudolf.

»So? Warum denn nicht?«

»Weil ich nichts Gescheites von Poeten und Philosophen aus anderen Zeiten gefunden habe. Nichts, was mir wirklich gefallen hätte.«

»Aber ich habe dich doch gelegentlich mit einem Briefchen zur Post hinauf zur Münstergasse eilen sehen, oder täusche ich mich?«

Rudolf nickte. »Ihr täuscht Euch nicht. Aber ich habe nicht geschrieben, sondern gezeichnet. Denn zeichnen kann ich besser als dichten.«

»Das ist gar nicht so dumm von dir, Ruedi«, meinte Flückiger. »Den Damen gefällt es immer, wenn sie das Gefühl haben, dass man ihnen eine Extrawurst brät. Und? Wie war der Erfolg?«

»Eigentlich gut.«

»Eigentlich?«, fragte Flückiger. »Was soll das heißen? Will sie dich jetzt oder will sie dich nicht?«

Rudolf biss sich auf die Lippen, als er daran dachte, wie sie ihn gewollt hatte, oben auf dem Turm von St. Peter. »Sie will mich schon.«

»Aber?«, fragte Flückiger. »Was stehst du dann hier herum und kaust auf deiner Lippe herum?«

»Sie will mich, aber nicht so schnell, wie es mir recht wäre.«

»Wie alt bist du denn jetzt, Ruedi?«

»Einundzwanzig.«

»Da kannst du aber schon noch ein bisschen warten und Geduld haben«, meinte Flückiger. »Auch wenn Jugend und Geduld schlecht zusammenpassen.«

»Aber sie ...«

Der Apotheker fuhr mit der Pfeife in der Hand durch die Luft und schnitt Rudolf das Wort ab. »Ja, ich weiß schon, sie ist dir ein paar Jährchen voraus, aber das macht doch nichts. Hast du denn Angst, dass sie es sich wieder anders überlegen könnte?«

»Nein.« Die Turmszene stand Rudolf wieder so lebhaft vor Augen, dass er beinahe errötete.

»Denkst du, sie hat einen anderen?«

»Nein.« Rudolf schüttelte den Kopf.

»Also dann«, riet ihm der Apotheker. »Geduld, mein Junge. Gut Ding will eben Weile haben.«

»Ach, ich hätte sie halt am liebsten gleich hier bei mir in Zürich.«

»Ihr habt doch noch euer ganzes Leben vor euch.«

»Mit einer Frau an meiner Seite wäre es für mich leichter, das Geschäft zu führen.«

»Du hast doch deinen Vater.« Flückiger sah ihn an. »Wie läuft es denn so bei euch?«

»Gut. Ich will bald einen Lehrling oder Gehilfen einstellen. Ich brauche mehr Leute.«

»Sieht dein Vater das auch so?«

»Er denkt immer nur ans Sparen.«

»Hab ich mir gedacht. So kenne ich den alten Sprüngli. Und du möchtest lieber mehr wagen?«

»Ganz genau. Ich will nicht so klein bleiben und immer nur schuften und buckeln. So wird doch nichts aus uns«, behauptete Rudolf.

»Aus euch ist doch schon etwas geworden«, widersprach ihm Flückiger. »Ihr seid jetzt Inhaber eines Geschäfts. Aber das reicht dir wohl nicht?«

»Nein, das reicht mir noch nicht.«

»Schokoladenfabrik, eh?« Flückiger konnte sich endlich von seiner leeren Pfeife trennen und legte sie auf den Tresen.

»Warum nicht?«, antwortete Rudolf.

»Ja, warum nicht? Pack's an. Und wenn deine Dulcinea noch nicht bereit ist, dann machst du es eben vorerst allein. Und sei froh, dass du deinen Vater noch hast und deine Mutter und beide fleißig sind bis zum Umfallen. Und gesund! Für mich als Apotheker ist das ja nicht so gut«, meinte er grinsend, »aber für dich ganz bestimmt.«

»Ja, aber wisst Ihr, Flückiger, wenn ich zehn Stunden in der Backstube gestanden habe, dann bin ich im Kopf oft ganz leer. Da kommen keine Ideen mehr und ich bin selbst schon wie eine Maschine, die einfach durchläuft, bis die Turmuhr von St. Peter den Feierabend einläutet. Aber nur für die Gesellen und Gehilfen und das Annarösli. Der Vater und ich arbeiten dann oft noch weiter. Wir kümmern uns um die Planung, um die Bestellungen, die Bücher, die Rechnungen, die zu bezahlen sind, vergleichen die Preise von Lieferanten und so weiter. Dann essen wir noch etwas und anschließend fallen wir ins Bett wie ein morscher Baum. Aber vom Schuften allein wird man nicht reich.«

»Willst du denn reich werden, Ruedi?«

»Warum denn nicht? Dann würde ich nur noch die Planung machen, mich ums Geschäft kümmern, aber die eigentliche, grobe Arbeit würden die anderen tun.«

»Das hört sich nach einem feinem Leben an.«

Meinte Flückiger das nun ernst oder wollte er ihn auf den Arm nehmen? »Ich drücke mich nicht vor der Arbeit«, versicherte er dem Apotheker.

»Die wird auch nicht weniger, wenn du wirklich mal eine Fabrik leitest. Sie wird nur anders sein als die der Gesellen in der Backstube«, sagte er.

»So stelle ich mir das vor.«

Flückiger klopfte ihm auf die Schulter. »Spätestens, wenn deine Holde aus Luzern zurückkommt und mit anpackt, dann schaffst du das auch.«

»Meint Ihr wirklich? Traut Ihr mir das zu mit meinen einundzwanzig Jahren?«

»Aber sicher! Ums Älterwerden musst du dich nicht kümmern, Ruedi, das geht ganz von allein.«

»Wenn sie nur bald käme! Mit ihr an der Seite fiele mir alles leichter.«

»Sie wird schon bald kommen. Und bis dahin musst du dich eben mit deinem Vater zusammenraufen. Er ist alt und mauert ein bisschen, wie wir Älteren es gerne tun. Aber du wirst dich da schon durchsetzen und dem Ganzen deinen Stempel aufdrücken, das weiß ich.«

»Und woher wisst Ihr es?«, fragte Rudolf.

»Das sagen mir Augen, Ohren, Nase und Verstand. Ob auf meinen Verstand noch so viel Verlass ist, weiß ich nicht. Aber darauf« – Flückiger griff sich an die Nase – »ist bei mir absolut Verlass.« Er zwinkerte Rudolf zu, der sich verabschiedet hatte und bereit machte, die Gasse zu überqueren.

Hatte der Apotheker seine Katharina jetzt wirklich Dulcinea genannt? Rudolf wusste nicht, warum, und er kannte auch keine Dame mit einem solchen Namen.

Katharina

Immer noch wurde es früh dunkel in der Stadt. Der Winter hatte das Land fest im Griff, der Frühling war nur manchmal, ganz zart, in den Mittagsstunden zu erahnen, wenn die Sonne über die Berge gekrochen kam. Katharina hatte den Winter satt. Sie sehnte sich nach Wärme, nach leichten Schuhen und luftigen Kleidern, nach Draußensein, nach Farben und Blumen. Stattdessen hatte sie das Gefühl, als kröche die Kälte durch alle Ritzen, Türen und Fenster, als schliche sie wie unsichtbarer Nebel durchs Zimmer, als schlüpfe sie unter die Kleider, bis sich all ihre Härchen aufstellten und eine Gänsehaut über ihren Rücken strich.

Sie rückte hier und dort eine Serviette, ein Gäbelchen auf den eingedeckten Frühstückstischen zurecht, machte sich noch ein paar Notizen, was sie am nächsten Tag erledigen musste. Dann durfte sie nach diesem langen Tag endlich ins Bett gehen. Und obwohl sie unendlich müde war, hatte sie auch Angst davor. Sie ahnte, dass sie wieder lange nicht einschlafen, dafür immer und immer wieder den nächsten Schlag der nahen Turmuhr hören würde.

Das Gläschen Rotwein, das sie am Vortag als Schlafmittel getrunken hatte, war ihr schlecht bekommen. Sie war es nicht gewohnt, Wein zu trinken, und würde es freiwillig nicht wieder tun. Vor einem Glas warmer Milch graute es ihr. Dann machte sie lieber noch einen Spaziergang, hinaus ins kalte Mondlicht, das auf dem schwarzen See lag. Katharina legte sich das Wolltuch um die Schultern und ging hinaus, um ihre Lungen mit frischer Luft zu füllen und sich die Beine zu vertreten. Vielleicht würde das auch dieses seltsame Kribbeln vertreiben, das sich jetzt schon von den Füßen durch den ganzen Körper zog.

Sie lief hinunter zum Fluss, der, aus dem See kommend, die Stadt durchfloss. Mehrere Holzbrücken überquerten die Reuss, und die längsten waren mit Holzwänden und einem Dach gedeckt, sodass man trockenen Fußes den Fluss überqueren konnte. Katharina zog es zur Spreuerbrücke. Ihr Blick wanderte hinauf zu den Deckenbalken, deren dreieckige Giebel mit bemalten Holztafeln verziert waren. Auf der gesamten Spreuerbrücke waren es mehr als fünfzig Bilder, die im Schein der Laternen, die die Brücke innen beleuchteten, gespenstisch flackerten, aber noch gut zu erkennen waren. Unter ihren Schritten rauschte und gluckerte der Fluss. Ängstlich sah Katharina hinauf zur Decke. Sie kannte die Tafelbilder, hatte sie schon öfter betrachtet, wenn sie sich unbeobachtet fühlte. Sie wusste schon, was und wen sie auf den einzelnen Bildern erkennen würde. Die dreieckigen Tafeln bildeten zusammen einen seltsamen und gruseligen Totentanz. Kein Bild ohne einen Totenkopf, ohne mindestens ein klapperdürres, schlenkerndes Skelett, oft sogar mehrere, die sich bei Kaisern und Königen, beim Krämer und beim Bader, bei der jungen Mutter, die gerade entbunden hatte, wie beim reichen Probst, der seine Pfründe zählte, einfanden. In allen Szenen, egal ob in herrschaftlichen Häusern oder armen Hütten, immer saß oder stand der Tod mitten unter den Bewohnern und streckte seine knöcherne Hand nach den Lebenden aus. Die Totentafeln auf der Spreuerbrücke mussten schon sehr alt sein. Und was war ihre grausame Botschaft? Dass es keinen Ort in der Stadt, auf dem Land, auf dem Fluss oder dem Meer gab, wo nicht auch der Tod schon mit dabei war, mitten unter den Menschen, die lebten, liebten, heirateten, Kinder bekamen, Vermögen anhäuften, Häuser bauten und Geschäfte machten. »Bedenke, Mensch, dass du sterben wirst«, das war es, woran die Tafeln jeden, der unter ihnen ging, erinnern wollten. Die meisten schenkten den Tafelbildern jedoch keine Beachtung. Sie senkten die Köpfe, plauderten, sahen einfach nicht hin. Aber Katharina war jetzt gekommen, um hinzusehen. Trösten wollten die Bilder die Menschen nicht, eher schon erschrecken und aufwecken mit ihrer Botschaft. Katharina fand sie ganz entsetzlich, und doch zog es sie in letzter Zeit öfter hierher. Es war wie ein Sog, der sie packte und mitnahm.

Sie suchte nach einer ganz bestimmten Tafel und wusste auch, wo sie sie finden würde. Es waren die »zwei Liebenden«. Katharina fand und betrachtete wieder einmal dieses Bild. Ein prächtig gekleidetes Liebespaar hatte sich zum Stelldichein im Garten eines Schlosses getroffen. Musikanten spielten auf, einer schlug die Laute. Und etwas abseits von ihnen, neben der Braut, saß der Tod und blies die Schalmei. Seine bleichen Knochenfinger umfassten das fein gedrechselte

Instrument. Hieß es denn nicht, dass die Liebe über allem stand? Auf diesem Bild stand der Tod über ihr und würde das letzte Wort haben. Katharina seufzte. Sie konnte den Blick nicht von dem herrschaftlichen Paar wenden, das an die Liebe glaubte und an die Zukunft und ihn nicht sah, wie er ein wenig abseits saß und seinen lippenlosen Mund an das Mundstück der Schalmei legte.

Energische Schritte auf der Brücke, Absätze, die sich ins Holz bohrten, rissen Katharina aus ihren Gedanken. Sie sah sich um. Eine Frau mit bauschendem Rock steuerte auf sie zu. Katharina fasste nach dem Geländer der Brücke.

»Katharina!«, rief die Person, während sie näher kam. »Was machst du hier so spät auf der Brücke? Bist du ganz allein?«

»Tante«, stammelte Katharina, »du hier?«

Ihre Tante Regula war jetzt bei ihr, legte ihr die Hände auf die Schultern und sah ihr in die Augen, die Stirn kraus, nicht vor Zorn, eher vor Sorge.

»Was tust du hier?« Sie schüttelte Katharinas Schultern, als müsste sie eine Schlafende wecken.

»Nichts«, antwortete Katharina. »Ich war noch nicht müde. Der fast volle Mond wird's sein, der mich nicht schlafen lässt. Das Wasser und die frische Luft tun mir gut.«

»So?«, fragte die Tante. Immer noch ließ sie Katharinas Schultern nicht los. Sie sah nach oben, auf die Bildtafel im Giebel, unter der sie standen. Was sie wohl wahrnahm von dieser Szene? Das Liebespaar, die schönen Kleider, die Musikanten? Sah sie auch den Tod mit der Schalmei?

»Du kommst jetzt mit!«, befahl Regula und fasste Katharina am Arm.

Sie führte sie über die Brücke zurück in die Stadt zum Gasthof zur Sonne. Energisch schob sie ihre Nichte durch die Tür.

An einem Tisch etwas abseits des Lärms der Apfelweintrinker und Kartenspieler drückte sie ihre Nichte auf einen Stuhl und bestellte Kräutertee.

»Oder möchtest du etwas anderes?«

Katharina schüttelte den Kopf.

»Chatrina, was ist denn eigentlich los mit dir in letzter Zeit?«

»Nichts«, behauptete Katharina und wischte ein paar Brösel von der Tischplatte.

»Ich hab doch Augen im Kopf. Du läufst herum wie ein Gespenst. Bist du plötzlich schwermütig geworden, seit du aus Zürich zurück bist?«

Katharina schüttelte den Kopf. »Nein, nein, Tante, mach dir um mich keine Sorgen«, flüsterte sie.

»Hast du den jungen Mann getroffen, der dir fast ein Jahr lang diese Briefe geschickt hat?«

Katharina starrte weiter auf die Tischdecke.

»Chatrina, jetzt sieh mich doch an. Habt ihr euch zerstritten?«

»Nein, nein.«

Die Wirtin brachte den Tee und Katharina gab Zucker hinein und rührte um. Es klang wie ein helles Glöckchen, wenn der Löffel die Innenwand der Tasse berührte.

»Ihr habt euch in Zürich getroffen?«, fragte Regula, und Katharina nickte. »Und? Seid ihr euch einig?« Wieder nickte sie. »Willst du fort aus Luzern?«

»Nicht sofort. Wenn es nach mir ginge, würde ich noch ein Weilchen bleiben. Ich bin doch so gerne hier im Hotel und meine Arbeit macht mir Freude.«

»Und die anderen mögen dich jetzt ja auch wieder.«

»Ja.« Katharina nahm einen Schluck Tee. Sie merkte plötzlich, wie groß ihr Durst war.

»Und was ist jetzt schon wieder los?« Regula rührte ihren Tee nicht an. Ob Katharina ihren vielleicht auch noch trinken konnte? »Warum ist bei dir immer alles so kompliziert?«

»Ich weiß es doch nicht. Ich bin halt etwas Seltsames. Etwas Besonderes oder besonders Seltsames«, antwortete sie.

»Liebt er dich noch?« Katharina nickte. »Und du ihn?« Sie sah kurz auf, errötete leicht, nickte wieder. »Wo ist denn dann das Problem?«

»Wir, wir waren zusammen auf dem Turm«, sagte Katharina und nahm schnell einen Schluck aus der Tasse ihrer Tante.

»Was für ein Turm, der von St. Peter?« Katharina bestätigte es. »Und dein Vater war dabei?« Sie schüttelte den Kopf. »Ihr zwei, allein?« Katharina zögerte, nickte kaum merklich. »Katharina!« Sie wurde rot, knetete sich die Finger. »Da hätte ich dich aber mit deinen fünfundzwanzig Jahren für gescheiter gehalten.«

Katharina schlug die Hände vors Gesicht, ihre Schultern zitterten, sie schluckte.

»Und warum weinst du jetzt?«, fragte Regula und bestellte noch einmal Tee für ihre Nichte und zwei Kirsch. »Weil du dich schämst?« Katharina nickte. »Vor wem, vor mir? Vor deinen Eltern? Weil du so unbedacht warst?«

Katharina zog ein Taschentuch aus dem Ärmel und schnäuzte sich.

»Aber so ist doch das Leben, du dummes Mädchen. Man ist nicht immer nur vernünftig und folgsam, wenn man jung ist. Und schon gar nicht, wenn man verliebt ist.« Regula nahm Katharinas Hand. »Und jetzt hast du Angst vor den Folgen?«

»Ja«, jammerte Katharina.

»Und was wäre so schlimm daran?«

»Was fragst du mich?« Katharina schniefte. »Das liegt doch auf der Hand. Wir sind nicht verheiratet.«

»Na und?«, sagte Regula. »Dann heiratet ihr eben. Ihr wärt nicht die Ersten, die es damit eilig haben.«

»Aber unsere Eltern wissen nichts davon.«

»Dann erfahren sie es eben.«

Die Wirtin brachte die zwei Schnapsgläser, aber noch war der Augenblick nicht gekommen, ihn auch zu trinken.

»Ich habe Angst vor Rudolfs Vater«, gestand Katharina. »Er ist nicht wie mein Papi, sondern ein ernster, strenger Mann. Sie haben auch schon eine Frau für Rudolf ausgesucht, hat er mir erzählt. Eine blonde Handwerkstochter, hübsch, sogar mit Mitgift und außerdem jünger als er. Und viel jünger als ich.«

»Na und?«, fragt Regula trotzig. »Will er sie denn?«

»Nein.«

»Na also.« Sie griff nach dem Schnapsglas, doch Katharina legte ihr die Hand auf den Arm.

»Tante, ich bin das alles nicht«, sagte sie. »Ich bin nicht blond.«

»Das sehe ich.«

»Mein Vater ist kein Handwerker, sondern Musiker, Feuerwächter und jetzt auch noch Totengräber.«

»Das ist mir bekannt, Kind. Aber was kannst du dafür?«

»Meine Mitgift ist fast nichts. Alles, was ich habe, ist ein wenig Aussteuer, die ich mir vom eigenen Geld zusammengespart habe.«

»Wenn er dich so nimmt, musst du dir doch nichts denken. Außerdem kann ich da vielleicht noch ein bisschen drauflegen.«

»Und dann bin ich auch noch älter als er. Vier Jahre!«

»O mein Gott, wie grässlich«, rief Regula. »Mein Mann

ist zwanzig Jahre älter als ich und gute dreißig Kilo schwerer, was ich persönlich schlimmer finde als sein Alter. Jetzt lass deinen hübschen Kopf nicht hängen, Chatrina. Kommt Zeit, kommt Rat.« Sie hob ihr Glas, und Katharina griff zaghaft nach ihrem. »Auf dich und deinen Rudolf! Und alles andere wird sich finden.«

Der Schnaps nahm Katharina den Atem und brannte ihr vorübergehend das Ameisenkribbeln von der Haut.

»Und um die Spreuerbrücke machst du in Zukunft einen Bogen, hast du verstanden? Wehe, ich erwische dich noch einmal bei diesen schrecklichen Bildern. Mit diesem Zeug wollten sie den Menschen Angst machen, begreifst du das nicht?«

»Die Künstler, die das gemalt haben?«

»Die haben sich einen Spaß daraus gemacht, mit ihrem Totentanz. Nein, natürlich ihre Auftraggeber, die Pfaffen. Wer immer an den Tod denkt, kann doch nie ruhig und zufrieden sein und Freude haben am Leben. Den Leuten Angst einjagen und sich selbst den Beutel füllen und Reichtümer anhäufen! So ging das. Aber die Zeiten haben sich geändert, Chatrina. Wir sind nicht mehr dumm und ängstlich. Alles andere wird sich schon finden. Und jetzt lach mal wieder. Schau, der junge Mann dort am Kartentisch hat dich nicht aus den Augen gelassen, seit wir hier hereingekommen sind.«

Katharina wandte den Kopf. Der Bursche mit dem dunklen Haarschopf hielt seine Karten in der Hand und beobachtete das Spiel, und doch verpasste er nicht den Moment, in dem Katharina ihn entdeckte und den Blick auf ihn richtete. Er lächelte, und Katharina brachte ebenfalls ein scheues Lächeln zustande.

»Noch einen Kirsch?«, fragte Regula.

Annarösli

Endlich der erste Frühlingstag in Zürich. Annarösli hatte gleich morgens damit angefangen, die Schaufenster zu putzen. So, wie die Sonne jetzt auf die Scheiben traf, wurden alle Streifen und Schlieren des langen Winters sichtbar. Eine Schüssel mit Wasser und einem Spritzer Essig stand unter ihrem Tresen, und sobald für ein paar Minuten keine Kundschaft im Geschäft war, tauchte Annarösli den Lappen ein und fing an irgendeiner Stelle zu putzen an, von rechts nach links und von oben nach unten. Bis Mittag war sie immer noch nicht ganz durch, aber die Lust, hinaus in die Sonne zu gehen, wurde immer mächtiger. Sie packte zwei vom Morgen übrig gebliebene Mandel-Gipfeli ein und ließ das Mittagessen zu Hause ausfallen. Die Mutter kannte das schon, dass es für ihre Tochter manchmal keine Mittagspause gab, wenn im Laden zu viel zu tun war.

Annarösli lief über die Gemüsebrücke, die Schipfe entlang und hinauf zum Lindenhof. Sie wollte sich ein Plätzchen vorne auf der Mauer suchen und ihre Hörnchen mit Blick auf die Limmat und das Niederdorf verspeisen. Es kam ihr so vor, als könnte sie die frische, feine Würze der neuen Lindenblätter nicht nur riechen, sondern sogar auf der Zunge schmecken. Die Tauben gurrten, Spatzen schwirrten auf den Boden und suchten nach Bröseln. Ganz vorne an der Stützmauer stand eine ganze Traube von Kindern um irgendetwas herum, das ihre Aufmerksamkeit erregte. Neugierig trat Annarösli näher heran und linste über ihre Köpfe hinweg. In ihrer Mitte saß eine junge Dame auf einem Hocker. Blaues Kleid mit Matrosenkragen und eine Schute, die nur ein paar

Löckchen zeigte, aber ihr Gesicht seitlich ganz verdeckte. Vor sich hatte sie eine Staffelei mit einer Leinwand stehen. Das Bild, an dem sie malte, war eine Bleistiftzeichnung oder eine Skizze, aus der Entfernung war kaum etwas zu erkennen. Doch als Annarösli um den Kreis herumging und über den Rücken der Zeichnerin auf die Leinwand sah, erkannte sie in dem Gekritzel das breite Band des Flusses, mit den beiden Brücken und Stegen, das Gassengewirr des Niederdorfs und den Zürichberg darüber.

Sie war so vertieft in all die Einzelheiten, dass sie erschrak, als das Fräulein plötzlich aufsprang.

»Husch, husch, Kinder, ihr verstellt mir ja die Sicht auf die Stadt. So kann ich nicht weitermalen. Ihr müsst mir schon Platz lassen.«

»Malt doch mich«, rief ein frecher Junge mit Schiebermütze, der so aussah, als sollte er in der Schule sein, statt am Lindenhof herumzulungern. »Oder uns.« Er zeigte auf ein paar Kinder, die um ihn herumstanden. Dann grinste er und seine Freunde zeigten beim Lachen ihre Zahnlücken.

»Das ist eine gute Idee!«, sagte das Fräulein. »Morgen male ich euch, wenn ihr wiederkommt. Aber heute lasst ihr mich meine Skizze fertigstellen.«

»Bringt Ihr uns dann morgen etwas mit? Ich bin immer so hungrig«, sagte der Wortführer, »und die da genauso.«

»Gut, abgemacht«, sagte das Malerfräulein. »Ich bringe etwas mit und wir machen ein Picknick. Aber ihr müsst auch wirklich kommen. Wenn die Peterskirche zehn Uhr schlägt, bin ich da.«

Der Anführer nickte. Dann gab er den anderen ein Zeichen und sie machten sich Richtung Pfalzgasse davon. Nur Annarösli stand immer noch da und brachte ein schüchternes »Grüezi« hervor.

»Guten Tag«, antwortete das Fräulein, und Annarösli hörte, dass sie nicht aus Zürich stammte. Die Röte stieg ihr ins Gesicht.

»Bist du hier in der Stadt zu Hause?«, fragte das Fräulein ohne jede Scheu. Annarösli nickte. »Ich heiße Louise-Marie Hahn«, sagte die Fremde, »man nennt mich Louise. Und du?«

»Annarösli.« Annarösli machte einen Knicks. Das war ganz automatisch passiert, ohne dass sie es gewollt hatte. Wieder merkte sie, wie sie rot anlief. »Was machen Sie denn hier?«

»Wonach sieht es denn aus?« Die fremde junge Dame grinste. »Du kannst ruhig Louise zu mir sagen, Annarösli.«

»Sie ... das heißt, du malst?«

»Heute habe ich nur eine Skizze angefertigt. Die Farben mische ich dann zu Hause, bei meiner Tante Adele. Sie haben eine Gartenlaube, in der ich meine Sachen aufbewahre, solange wir hier in Zürich sind. Du kannst mich ja am Nachmittag besuchen kommen, wenn du magst.«

»Das geht nicht«, sagte Annarösli. »Ich muss auch gleich wieder zur Arbeit.«

»Schade!«, sagte Louise. »Wo arbeitest du denn?«

»In einer Confiserie in der Marktgasse. Sprüngli und Sohn.« Annarösli erinnerte sich an ihren Beutel mit den Hörnchen. »Hier, magst du ein Mandel-Gipfeli?«

»Von deinem Confiseur?«, fragte Louise und griff zu. »Mhm, das zergeht ja auf der Zunge.«

Schnell griff Louise noch einmal zum Stift und ließ ihn über das Papier gleiten, während sie sich mit der anderen Hand das Hörnchen in den Mund stopfte. Und schon ragten die beiden Türme des Grossmünsters aus dem Häusermeer auf ihrer Leinwand. »Die hätte ich beinahe vergessen.«

Louise gluckste. Dann aß sie ihr Hörnchen auf.

»Wir sind aus St. Gallen, meine Mutter und ich, und besuchen hier meine Tante. Die Damen trinken immerzu Tee, plaudern, dann kommt noch Vetter Sowieso dazu und Onkel Sonstwie. Es ist sterbenslangweilig. Also komme ich lieber hierherauf und zeichne.«

»Dann bist du eine richtige Malerin?«, fragte Annarösli.

»Ja, das bin ich«, seufzte Louise, »auch wenn sie mich daheim nicht ernst nehmen. Sie denken, es sei eben eine Beschäftigung für mich, so wie andere junge Frauen sticken, häkeln oder Klavier spielen.«

»Ist es denn nicht so?«, fragte Annarösli und schüttelte ein paar Brösel von ihrem grauen Wollkleid.

»Nein«, sagte Louise, »das Malen ist mein Ein und Alles. Ich weiß es, seit ich ein kleines Mädchen war. Mein Vater hat mir sogar Stunden bei einem privaten Zeichenlehrer bezahlt. Ich habe gelernt, Blumen zu zeichnen, und ein bisschen die Porträtmalerei. Was Mädchen halt so lernen. Aber jetzt meint die Familie, ich könnte so langsam wieder zur Besinnung kommen. Sie haben Angst, dass ich keinen Mann finde.«

»Du findest bestimmt einen«, meinte Annarösli. Das Fräulein war so hübsch und temperamentvoll, und sie plapperte so frei und unbeschwert dahin, wie sie selbst es nie können würde.

»Ich will aber gar keinen«, behauptete sie.

»Warum denn nicht?«

»Weil ich malen will.«

»Das kannst du doch immer noch, auch als Ehefrau.« Annarösli wunderte sich über sich selbst. Eigentlich wusste sie ja gar nichts darüber.

»Ach, glaubst du wirklich? Als Ehefrau muss ich mich um den Haushalt kümmern und nach einem Jahr kommt das erste Kind. Wann soll ich da noch malen?« Louise verwischte eine

Linie mit dem Finger und zeichnete eine andere mit festem Strich nach. »Bist du verheiratet?«, fragte sie.

»Nein, natürlich nicht. Sonst würde ich doch nicht bei Sprüngli arbeiten und mittags hier herumsitzen und Gipfeli essen.«

»Siehst du!« Louise kicherte. »Und warum heiratest du nicht?«

»Ach, es ist halt der Richtige noch nicht gekommen. Oder ...« Annarösli biss sich auf die Lippen.

»Oder was?«, hakte Louise nach.

»Oder der, auf den ich eigentlich gewartet habe, hat sich für eine andere entschieden.«

»Und warum hat er das? Ist sie schöner als du, jünger?«

»Sie ist ganz anders als ich und älter, sogar älter als er.«

»Hat sie Geld? Kommt sie aus einer wohlhabenden Familie?«

»Nein, das auch nicht. Eher im Gegenteil.«

»Dann wirst du dich wohl damit abfinden müssen, Annarösli, denn dann kann es nur Liebe sein.« Louise sah von ihrer Zeichnung auf. »Hat er es dir schon gesagt?«

»Ja, das hat er. Er hat mir reinen Wein eingeschenkt, wie man so sagt.« Annarösli seufzte.

»Dann vergiss ihn am besten ganz schnell«, sagte Louise. »Und sei froh.«

»Warum soll ich froh sein?«

»Weil du mit ihm nie glücklich geworden wärst. Stell dir vor, er denkt dauernd an eine andere, während er bei dir ist.«

Annarösli wusste selbst, dass sie sich Rudolf aus dem Kopf schlagen musste, und das versuchte sie auch die ganze Zeit. Doch mit diesem feinen Fräulein wollte sie gar nicht über Rudolf reden. Sie wollte lieber noch etwas mehr von ihr erfahren, bevor sie wieder zur Arbeit zurückmusste. Sie betrachtete Louises Gesicht, während ihre Blicke immer wieder zwischen ihrem Bild und dem Motiv, der Stadt, den Kirchtürmen, dem Hügel im Hintergrund, hin- und herwanderten. Ihre Haut war vornehm blass und die ein wenig spitze Nase zeigte keck nach oben. Ein Büschel dunkelblonder Löckchen quoll unter der blauen Schute hervor und umringelte das feine Gesicht, das die Farbe von Eierschalen hatte.

»Wie lange bleibst du noch in Zürich?«, traute Annarösli sich schließlich zu fragen. Die Zeit lief ihr davon. Gleich musste sie fort, zurück in die Marktgasse.

»Wir reisen übermorgen ab.«

»So bald schon!«, platzte Annarösli heraus.

Louise lächelte sie an. »Ich kann dir eine Nachricht schicken, wenn ich das nächste Mal hier bin. Soll ich?«

Annarösli nickte und errötete wieder. Aber dieses Mal war es ihr egal.

»Annarösli, Confiserie Sprüngli, Marktgasse. Ich werde es nicht vergessen.«

»Danke«, sagte Annarösli und wollte schon knicksen wie ein Dienstmädchen, bemerkte es aber rechtzeitig. Sie drehte sich rasch um und ging davon. Als sie noch einmal zurückblickte, winkte Louise ihr lächelnd hinterher.

Katharina

Katharina erwachte mit leichten Krämpfen, die ihr sonst furchtbar lästig waren. Jetzt aber hätte sie jauchzen mögen vor Freude. Die ganze Welt sah auf einmal wieder anders aus. Der Grauschleier, der sich über alles gelegt hatte während der letzten Wochen voller Sorge, war fort. Als Katharina zum Fenster ihrer Dachkammer hinaussah, war das prächtige Bergpanorama der Stadt noch etwas näher herangerückt als sonst und die Temperaturen auf einen angenehm milden Bereich geklettert. Ein unerwarteter Föhneinbruch ließ sie den Frühling spüren, und später, beim Kirchgang, entdeckte Katharina die ersten blassgelben Schlüsselblumen. Wenn sie noch ein paar mehr fände, würde sie ein Sträußchen pflücken und zur Kapelle auf der Spreuerbrücke bringen. Als Dank dafür, dass ihre Gebete erhört worden waren. Und sie würde nicht nach oben schauen, zu den Bildern in den Dachgiebeln, denn von Gerippen und kahlen Schädeln wollte sie jetzt nichts mehr wissen. Es würde Frühling werden und sie würde ihn feiern. Sie fühlte sich wie neugeboren.

Beim ersten Tanz unter der alten Linde oben an der Museggmauer ließ Katharina sich von den schmucken Tänzern im Kreis herumwirbeln, einmal, noch einmal und noch einmal, bis ihr ganz schwindelig war. Der Blick von hier oben auf die Stadt, den Fluss und den nach allen Seiten mit seinen blaugrünen Wasserarmen ausgreifenden See war von einer Schönheit, die ihr Herz ganz erfüllte. Der Winter hatte so lang gedauert, es war eng gewesen unten in der Stadt, der Alltag und ihre Sorgen hatten sie schon fast erdrückt. Doch jetzt war das Leben mit einem Mal wieder schön! Lachend schüttelte sie den Kopf, als ein stämmiger Bursche mit strammen Waden sie um den nächsten Tanz bat.

»Das war der Sohn des Bürgermeisters, dem du da so leichtfertig einen Korb gegeben hast«, ereiferte sich ihre Freundin Susanna, mit der sie zum Tanz heraufgekommen war.

»Dann nimm du ihn doch«, antwortete Katharina. »Dort steht er und traut sich nicht, die Nächste zu fragen, damit er nicht wieder einen Korb bekommt.«

»Ich?« Susanna schüttelte den Kopf. »Ich bin doch nur ein Hausmädchen.«

»Na und? Das sieht man dir doch nicht an der Nasenspitze an. Wenn du mit ihm tanzen willst, dann tanz doch.«

»Du bist gut. Wie denn? Soll ich ihn vielleicht auffordern?«

»Du gehst hin, stellst dich in seine Nähe, lächelst ihn an, machst ihm schöne Augen. Du bist doch sonst auch nicht dumm, Sanna.«

Statt sich in Bewegung zu setzen, begann Susanna, ihr Zeichen zu machen. Als Katharina sich umdrehte, sah sie in die dunklen Augen eines Mannes mit fast schwarzem Schopf, der direkt auf sie zukam. War das nicht der Spieler vom Kartentisch im Gasthaus zur Sonne, wo sie mit Tante Regula gesessen hatte? Ihm konnte sie keinen Korb geben, denn er fragte sie gar nicht erst um den nächsten Tanz, sondern nahm einfach ihre Hände und zog sie mit sich auf die Tanzfläche unter der Linde. Mühelos schaffte er sich Platz zwischen den anderen Paaren.

»Wie heißt du?«, fragte er und sah ihr in die Augen, dann auf den Mund.

»Katharina, und du?«

»Ich bin der Jörgi aus Kriens. Du könntest mir gefallen, Chatrina.«

Katharina lachte.

»Warum musst du da lachen?«, fragte der Tänzer.

»Das hättest du gar nicht sagen brauchen. Das merkt man auch so. Ich habe es im Gasthof schon bemerkt.« Allerdings erst, nachdem Tante Regula sie darauf aufmerksam gemacht hatte.

»Und? Wie ist es? Bist du noch zu haben? Ich sehe hier keinen Burschen an deiner Seite. Ist er endlich fort?«

»Wer?«, fragte Katharina.

»Der, dem du im Gasthof hinterhergeweint hast.«

»Ach, der«, antwortete Katharina. »Der ist schon noch da und ich habe ihm auch gar nicht hinterhergeweint.«

»Ah, dann muss ich mich verschaut haben. Hast du nicht geweint?«

»Doch, schon, aber nicht wegen ihm, oder doch wegen ihm, aber anders.« Ihr Tanzpartner musterte sie amüsiert. »Ich bin vergeben«, seufzte Katharina. Sie wollte keine Spielchen spielen, nicht mit ihm.

»Schade«, sagte er, »und falls du es dir doch noch einmal anders überlegst, dann musst du nur nach dem Jörgi aus Krien fragen.« Er blitzte sie aus seinen dunklen Augen an und zog sie zu einer schnellen Drehung noch näher an sich.

»Nein«, sagte sie laut genug, dass er es verstehen musste. »Ich habe meine Wahl getroffen und will keinen anderen.«

Er ließ sich seine Enttäuschung nicht anmerken, sondern lächelte spöttisch. »Bist du dir sicher?«

Katharina nickte. »Ich habe mir den Besten ausgesucht.«

Nach diesem Tanz sah sie Jörgi für eine Weile nicht mehr, entdeckte ihn aber später wieder mit wechselnden Mädchen auf der Tanzfläche. Er sah sie nicht einmal mehr an, zumindest nie, wenn sie zu ihm hinsah.

Rudolf

»Was haben wir hier Schönes? Suchard, Cailler, und wo ist denn die Sprüngli-Schokolade?« Der Apotheker kratzte sich am Kinn. Er hatte gesehen, dass Rudolf hinten im Laden am Stehpult über die Bücher gebeugt stand, einen Bleistift hinterm Ohr.

»Die würde ich ja am allerliebsten verkaufen«, antwortete Annarösli. »Aber wir haben noch keine eigene Schoggi.«

»Ja, warum macht denn der Junior nicht endlich welche?«

»Da fragen Sie ihn am besten selbst.« Sie sah sich nach Rudolf um.

»Flückiger, was führt Euch her?« Rudolf trat auf den Apotheker zu.

»Sprüngli-Schokolade hätte ich gern gekauft, aber das rosige Rösli sagt, es gibt keine.«

»Tja«, seufzte Rudolf. »Die fertige Schokolade von Maître Suchard und Cailler bekomme ich leichter nach Zürich geliefert als die Rohstoffe. Auch wenn ich sie so teuer einkaufen muss, dass die Schokolade immer noch der reine Luxus ist, den sich nur die wenigsten leisten können.«

»Ich zum Beispiel«, sagte der Apotheker. »Wenn auch nur selten und in Maßen. Ich mag ja Cailler lieber als Suchard. Aber noch mehr würde mir die Sprüngli schmecken.«

»Ihr seht es ja selbst, dass hier im Haus einfach kein Platz für eine eigene Produktion ist. Und mein Personal ist ausgelastet, da steht keiner herum und dreht Däumchen. Es ist zum Verrücktwerden.«

»Verstehe.« Flückiger strich sich wieder übers Kinn, nickte. »Und wie steht es mit deiner Dulcinea?«, fragte er, als Annarösli in der Tür zur Backstube verschwand. »Habe ich euch nicht vor nicht allzu langer Zeit miteinander gesehen, hier in Zürich?«

»Ja, sie ist hier. Aber sie heißt nicht Dulcinea, sondern Katharina.«

»Und wann ist es denn nun so weit, dass in der Marktgasse Hochzeit gefeiert wird?«

»Sie ist heimgekommen, weil sie sich um ihre kranke Mutter kümmern muss. Dabei wollten wir dieses Jahr heiraten.

Aber solange die Mutter so krank ist, geht das nicht. Sie muss ja jetzt beide versorgen, Mutter und Vater. Und kann unmöglich hier bei mir einziehen.«

»Hier?«, fragte Flückiger. »Dann würde es ja noch enger. Ob das so gut wäre?«

»Für den Anfang wird es schon gehen. Bei unseren Schulden für das Geschäft würde mich mein Vater für verrückt erklären, wenn ich ihm sage, ich will eine eigene Wohnung für mich und Katharina.«

»Kommt Zeit, kommt Rat«, meinte der Apotheker. »Für den Anfang wird es schon gehen. Aber ihr seid euch doch einig, ich meine, dass sie die Deine wird?«

»Ja, das sind wir. Sie wird bestimmt die Meine, aber eben noch nicht jetzt.« Rudolf biss sich auf die Lippen und zupfte an seinem Ärmel herum.

»*Quo-usque tandem abutere, Catarina, patientia nostra?*«, zitierte der Apotheker.

»Und was soll das heißen?«, fragte Rudolf. »Ich bin Zuckerbäcker, wie Ihr wisst. Und dazu brauche ich im Normalfall kein Latein.«

»Wie lange noch, Katharina, willst du unsere Geduld strapazieren?«, übersetzte Flückiger.

»Wer soll das gesagt haben?«, fragte Rudolf ungläubig.

»Cicero, ein römischer Konsul, so um sechzig vor Christus«, behauptete Flückiger. »Nur meinte er einen gewissen Catilina, der ein übler Verräter und Verschwörer war, nicht deine Katharina.« Der Apotheker klopfte Rudolf auf die Schultern. »Dann wünsche ich dir also Geduld, mein Junge. Auch wenn die Geduld ein verborgener Schatz der Seele ist. *Patientia animi occultas divitias habet.* Publilius Syrus. Tja, diese Lateiner«, murmelte er, während Rudolf ihm die Tür aufhielt, »vieles haben die alten Römer schon gewusst. Nur die

Schokolade haben sie noch nicht gekannt. Da musste erst ein anderer Italiener viele Jahre später übers Meer segeln. In die falsche Richtung, nämlich nach Westen, über das Ende der Welt hinaus.« Er schien Rudolf über all seinen Gedanken und Zitaten fast vergessen zu haben. »Ade«, rief er ihm von der anderen Seite der Gasse aus zu. »Und Geduld, mein Junge. Du hast noch dein ganzes Leben vor dir.«

Geduld, dachte Rudolf, ist genau das, was mir am allermeisten fehlt.

Roli

Allmählich war die halbe Stadt auf den Beinen. Obwohl Roli mittags Brot gegessen und sich dazu ein Stück einer köstlichen Kartoffelrösti geleistet hatte, war er schon wieder hungrig. Manchmal kam es ihm so vor, dass ihn, je mehr er aß, immer noch mehr Hunger plagte. Er hätte wahrscheinlich tagelang nichts anderes tun können. Das Paradies war für ihn ein Ort, an dem man jederzeit essen konnte, so viel man wollte. Wie im Schlaraffenland. Sein Paradies musste nicht mehr haben, keinen Garten, keinen Gesang, keine Harfen und Engelszungen, nur ausreichend zu essen.

Die Gemüsehändler kannten ihn nun schon und hatten an den Markttagen meist auch Arbeit für ihn. Roli half beim Abladen und Schleppen der Kartoffelsäcke, der Kisten mit Kohlköpfen und Äpfeln. Das Präsentieren der Waren war Sache der Bäuerinnen, aber die schweren Tätigkeiten traten sie gern an ihn ab. Sie bezahlten ihn in Naturalien, und das war ihm, weil er sowieso durchgehend hungrig war, auch recht. Die paar Münzen, die er besaß, waren immer noch im Saum seines rechten Hosenbeins eingenäht. Er hatte sie sich draußen auf dem Bauernhof bei der Hausfrau ausgeliehen, die ihn zum Kramer ins nächste Dorf geschickt hatte, um ein paar Besorgungen für sie zu machen. Roli war ins Dorf marschiert und von dort ohne Unterbrechung weitergewandert nach Zürich. Das Geld hatte er sich nur geborgt, redete er sich ein, und würde es später einmal, wenn er etwas verdiente, vielleicht auf einer Baustelle, zurückzahlen. Es war zu wenig, als dass die Frau deswegen zur Polizei oder zur Fürsorge laufen würde, aber zu viel dafür, dass sie es einfach vergessen und darüber lachen würde. Roli wusste, dass man so etwas nicht machte. Das hatte die Mutter ihm beigebracht. Aber es war seine einzige Möglichkeit gewesen zu entkommen.

Den Nachmittag hatte er draußen am Platzspitz verbracht, einer Grünfläche mit hohen Bäumen am Zusammenfluss von Sihl und Limmat. Dort im Gestrüpp hinter der Platanenallee hatte er sein Sommerlager aufgeschlagen. Am Fluss konnte er sich frisch machen und ein wenig ausruhen. Aber er wollte unbedingt dabei sein, wenn halb Zürich auf den Beinen war, um die Eröffnung der neuen Münsterbrücke mitzuerleben. Er kannte bisher nur die Baustelle, aber man hatte ihm erzählt, dass die hölzerne Brücke vor zwei Jahren abgerissen und seitdem aus Stein neu und breiter als früher wieder aufgebaut worden war.

Wie Ameisen zogen die Menschen beide Flussufer hinauf Richtung Brücke. Und wie geschniegelt sie waren! Die Herren mit dunklen Hüten oder elegantem Zylinder, die Damen herausgeputzt mit frisch gedrehten Locken, Strohhüten und bauschenden Kleidern, als seien sie unterwegs zu einem Ball. Überall Rüschen und bunte Seidenbänder, Samt und Seide. Roli wusste, dass Zürich eine reiche Stadt war, aber so viele noble Leute wie heute hatte er überhaupt noch nie auf einem Haufen gesehen. Er musste gar nicht erst sich selbst ansehen. Er wusste auch so, dass er wie ein Bettler daherkam. Das Schlimmste waren seine nackten Füße, aber die alten braunen Schuhe, die ihm viel zu klein geworden waren, hatte er als Erstes eingetauscht, um seinen Magen vollzukriegen. Das Dumme war nur, dass der Magen sich schneller leerte, als er Essen beschaffen konnte, und dass er immer noch nicht wusste, wo er im Winter neue Schuhe hernehmen sollte. Wenn der Frost einsetzte, wäre er verloren. Seine Einnahmen reichten gerade so zum Überleben, aber Schuhe? Vielleicht, wenn er die Mami nur ganz eifrig darum bat, würde sie ihm welche schicken.

Noch war es nicht so weit, aber bei Einbruch der Dunkelheit, so hatten sie ihm am Markt erzählt, würden Hunderte von Lampions entzündet werden, und später sollte es auch noch ein Feuerwerk geben. Roli hatte keine rechte Vorstellung davon, denn er hatte noch nie eines gesehen. Und die Leute, die er danach fragte, anscheinend auch nicht, denn sie konnten ihm nicht beschreiben, was das nun sein sollte. Bunte Lichter am Himmel, wie Feuer, aber in allen Farben, selbst Blau und Grün, und dann lösten sie sich einfach auf, hatte Urs, der Kartoffelbauer, gesagt. Noch war die Brücke zu beiden Seiten abgesperrt, denn zuerst würden die Ehrengäste über sie schreiten, dann erst die Zürcher Bürger und das restliche Volk, und zu allerletzt auch die ohne Schuhe, wie er selbst.

Auf der Limmat waren Weidlinge unterwegs, viel mehr als sonst. Roli fiel ein Schiffer auf, der sein Boot am Ufer entlang mit dem langen Stachel flussaufwärts bewegte. Er schwankte hin und her, der Kahn zog keine gleichmäßige Spur, sondern ruckte einmal vorwärts, stand kurz still und wurde fast abgetrieben, bevor der Stachel erneut im Uferboden Halt fand. Er hatte bestimmt vor, die neue Brücke auf dem Wasserweg zu erreichen, aber so wie es aussah, war er dafür schon zu betrunken. Das Boot schlingerte erneut und da platschte auch noch der Stachel ins Wasser. Der Mann zögerte und konnte sich offenbar nicht dazu entschließen hinterherzuspringen, um sich in Sicherheit zu bringen oder den Kahn schwimmend ans Ufer zu ziehen. Roli dagegen überlegte nicht lange. Er sprang ins seichte Wasser und watete zum Boot, griff in die Spanten, hielt den Weidling fest und zog ihn ans Ufer. Während er das Boot festmachte, sprang der Trunkenbold heraus und krabbelte auf allen vieren die Böschung hinauf.

»Hej!«, rief Roli und packte ihn am Arm. »Ist Euch Euer Boot nicht ein paar Münzen wert?«, fragte er. »Es hätte fort sein und Ihr hättet ertrinken können.«

»Ach was!« Der Mann stieß ihn fort und torkelte über den Quai davon.

Roli war tropfnass und wütend. Dann wandte er sich um und begann, das Seil loszumachen, damit das Boot davontrieb. Seinetwegen bis in die Aare oder den Rhein, in den die Limmat ja irgendwann münden musste.

»He«, rief da jemand vom Quai herunter. Meinte der etwa ihn? »Lass das Boot los, wenn es dir nicht gehört«, rief der Mann. Er war jung, gut angezogen, wenn auch ohne Hut oder Zylinder. Vielleicht gab es für seinen großen Kopf auch gar keinen. »Finger weg von dem fremden Boot!«, rief er noch einmal.

»Der Hammel«, schimpfte Roli und schüttelte eine Faust, »ich hab ihn rausgezogen, und er hat nicht einen Rappen für mich, der Geizhals.« Er schlotterte in seinen nassen Kleidern, mehr vor Wut als vor Kälte.

»Wo gehörst du denn hin?«, fragte der Mann oben am Ufer.

»Ich?« Roli band das Boot nun doch wieder fest. »Nirgendwohin«, sagte er und wischte sich das nasse Haar aus der Stirn.

»Und was heißt das?«

»Auf mich wartet keiner, wenn Ihr das meint.«

»Wo wohnst du denn?«

»Mal hier, mal da.« Roli strich sich das Wasser aus den Ärmeln. Konnte der Kerl ihn nicht in Ruhe lassen? Immerhin hatte er das Boot nun wieder festgebunden.

»Hast du denn keine Familie?«, fragte er, und Roli schüttelte den Kopf. »Keine Eltern?« Er reichte Roli die Hand und zog ihn die Uferböschung hinauf.

»Nein.«

»Und wo hast du bis jetzt gelebt?«

»Draußen auf dem Land, auf einem Bauernhof, und davor auf einem anderen Hof, und davor auch.« Dass Roli ein »Verdingkind« war, konnte der Mann sich jetzt wohl selbst zusammenreimen. Kinder aus sehr armen Familien oder Waisenkinder wurden von der Fürsorge auf einem Bauernhof einquartiert, wo sie mitarbeiten und sich gegen Kost und Logis »verdingen« mussten. Damit sie niemandem zur Last fielen.

»Und jetzt?«, fragte der andere.

»Jetzt bin ich hier in der Stadt«, sagte Roli und dachte daran, sich allmählich zu verdrücken. Die Lust am Feuerwerk war ihm sowieso vergangen.

»Hast du keine Kleider zum Wechseln?«

Roli atmete tief durch. Was wollte dieser Mensch denn noch alles von ihm wissen? War der vielleicht ein Gendarm oder von der Fürsorge? Er schüttelte den Kopf.

»Also, dann komm mit.«

»Wohin?« Misstrauisch sah er den Mann an.

»Ich bin der Zuckerbäcker Rudolf Sprüngli und wohne gleich dort drüben in der Marktgasse. Vielleicht hat meine

Mutter noch ein paar alte Kleider von mir in den Schränken, die dir passen.«

Zuckerbäcker also. Augenblicklich lief Roli das Wasser im Mund zusammen. Wenigstens kein Kriminaler oder Landjäger. Roli nickte und lief mit etwas Abstand hinter diesem Sprüngli her, bis dieser schließlich stehen blieb und eine Ladentür aufschloss. Beim Eintreten traf Roli der Duft nach Zucker, Cremetörtchen und Kakao wie ein Schlag in die Magengrube.

Die alten Herrschaften hatten sich bereits für die Brückenfeier zurechtgemacht und wollten offenbar gerade das Haus verlassen. Die Frau machte jedoch gleich kehrt und kümmerte sich um eine Garnitur passender Kleider, die vielleicht noch von ihrem Sohn übrig waren. Sein Vater, dessen Kopf ebenso groß war wie der des Sohnes, aber noch quadratischer, musterte ihn dagegen eindeutig missmutig. Er gab sich keine Mühe, sich zu verstellen.

»Wo hast du denn den aufgetrieben? So wie es aussieht, ist er ein Kind von der Straße, von dem du nichts weißt.«

Roli zog in Rudolfs Kammer seine nassen Kleider aus. Dennoch hörte er deutlich, wie der Alte sich mit gesenkter Stimme an seinen Sohn wandte.

»Was soll der hier bei uns im Haus? Am Ende stiehlt er noch wie ein Rabe.«

»Vater, hätte ich ihn nass draußen stehen lassen sollen?«, fragte der Sohn.

Die Mutter brachte ihm Hose und Hemd und richtete ihm etwas zu essen. Wahrscheinlich hatte sie Rolis Magen knurren gehört. Während er sich zu Tisch setzte und alles aufaß, was Rudolfs Mami ihm hingestellt hatte, hörte er die beiden Männer leise im Flur miteinander sprechen.

»Geht nur, damit ihr die Brückeneinweihung nicht verpasst.« Das war der Sohn.

»Und du?«, fragte die Mutter.

»Ich warte noch, bis er fertig gegessen hat, dann kommen wir nach.«

»So, wie er das Essen verschlingt, muss er tagelang gehungert haben«, sagte der Vater. Hatte der eine Ahnung, dachte Roli. »Und wie geht es jetzt weiter?«

»Wir können ihm ein Lager bei mir im Zimmer herrichten«, sagte Rudolf. »Er soll sich erst einmal ausschlafen und wieder zu Kräften kommen.«

»Und dann?«

»Und dann werden wir schon sehen.«

Man merkte, dass die Sache dem Vater gegen den Strich ging. Doch Rudolf schob die Eltern offenbar zur Tür hinaus, und als er zurück in die Küche kam, war Roli schon dabei, seinen leeren Teller mit einem Stück Brot auszuwischen.

»Komm mit, du willst doch bestimmt auch das Feuerwerk sehen. Wie heißt du eigentlich?«

»Roli.«

»Und wie noch?«

»Stutz.«

Rudolf

Rudolf steckte ein paar Münzen ein. Neben ihm lief Roli in einem seiner alten Hemden, dessen Ärmel mehrfach umgeschlagen waren, und einer Hose, die hauptsächlich von den Hosenträgern gehalten wurde. Lampions erleuchteten jetzt die steinerne Münsterbrücke mit ihren vier Hauptbögen. Auch die Häuser an den beiden Ufern waren mit Lämpchen geschmückt, und Laternen standen oben auf den beiden Türmen des Grossmünsters, auf denen später ein »indianisches Weißfeuer« entzündet werden sollte. So war es in der Zeitung angekündigt worden, ohne dass verraten wurde, was genau das sein sollte.

Roli lief brav neben ihm her. Von Zeit zu Zeit sah er ihn scheu von der Seite an. Es war für sie beide ungewohnt und neu. An einem der aufgebauten Stände spendierte er dem Jungen eine Tüte gebrannte Mandeln. Roli schnupperte daran, sog den Duft ein, steckte sich die erste Mandel in den Mund, schob sie mit der Zunge hin und her und biss schließlich darauf. Dann zerkaute er sie langsam, machte »mhm« und bemerkte dann erst, dass Rudolf ihn die ganze Zeit beobachtete. Er errötete, bot ihm schnell die Tüte an, als müsste er sie auf der Stelle zurückgeben.

»Behalte sie, ich habe sie doch für dich gekauft«, sagte Rudolf.

»Alle?«, fragte Roli.

»Wenn sie dir zu viel sind, dann heb mir welche auf«, schlug Rudolf vor. »Schau, jetzt sind auch schon die Ehrengäste eingetroffen.«

Die Honoratioren warteten in eleganten Roben, die Herren in Frack und Zylinder, zu beiden Seiten der Brücke auf die Eröffnung. Sie wurden sogar mit Schiffen unter den steinernen Bögen hindurchgefahren, damit sie die neue Brücke auch von unten begutachten konnten.

»Da vorne, siehst du?«, fragte Rudolf. »Das ist unser Stadtpräsident. Er wird dem Ingenieur Negrelli, der die Brücke gebaut hat, eine goldene Medaille für sein Werk überreichen.«

Sie sahen zu, wie die Blumengirlanden an beiden Zugängen zur Brücke entfernt wurden und die Ehrengäste unter Kanonendonner und Glockenklängen über die Brücke schritten.

»Sobald die feinen Herrschaften ihr Programm absolviert haben, sind wir dran. Komm!«

Von beiden Seiten schwappte nun eine ungeheure Menschenmenge über die Brücke, als gingen zwei Heere aufeinander los, um sich in der Mitte zum Kampf zu treffen. Doch alles blieb friedlich.

Um neun Uhr endlich kündigte Kanonendonner das Feuerwerk an, das auf den Ruinen des alten Wellenbergs mitten im Fluss abgefeuert wurde. Um sie herum riefen die Menschen »ohh« und »ahh« und »hurra«. Roli steckte sich die fast leere Tüte in die Hosentasche und Rudolf legte ihm die Hand auf die Schulter. Diese Nacht war etwas ganz Besonderes, vielleicht spürten sie das beide. Roli stand stocksteif neben ihm, doch beim nächsten Feuerwerkskörper, der in der Höhe zerplatzte und in tausend roten Sternen über den See herabregnete, klatschte er vor Freude in die Hände.

Nach dem letzten Feuerregen gingen sie langsam nach Hause. Die Mutter hatte Roli in Rudolfs Kammer ein Lager gerichtet. Als Rudolf zu Bett ging, war der Junge noch wach.

»Warum macht Ihr das?«, fragte Roli.

»Was?«, fragte Rudolf.

»Mich bei euch übernachten lassen?«

»Wo hättest du denn sonst geschlafen?«, fragte Rudolf.

»Draußen, unter einem Busch oder in einem Schuppen. Was ich eben so gefunden hätte.«

»Wie lange geht das schon so?«

»Drei Wochen.«

»Bist du von irgendwo weggelaufen?«

Roli nickte.

»Und warum?«

»Zu viel Arbeit«, sagte Roli.

»Was für Arbeit?«, fragte Rudolf.

»Frühmorgens raus, im Sommer wie im Winter, und vor der Schule erst noch das Vieh versorgen. Dann ein trockenes Stück Brot auf dem Weg zur Schule. Nach dem Heimkommen gleich den Stall ausmisten. Erst danach habe ich mein Mittagessen bekommen. Es war immer zu wenig, und ich habe es draußen, in einem Verschlag beim Schweinestall, gegessen. Dort habe ich auch geschlafen. Wie ein Tier.«

»Du hast beim Essen nicht mit den anderen am Tisch gesessen?«

»Nein, nie.«

»Und warum nicht?«

»Ich weiß es nicht. Man hat nicht mit mir geredet, mir nur zugerufen, was es als Nächstes für mich zu tun gab. Nachmittags musste ich dann auf dem Feld arbeiten, immer mit Hunger, nie hat das Essen zum Sattwerden gereicht.«

Sie schwiegen beide. Rudolf versuchte, sich den Knaben vorzustellen, wie er sich um das Vieh kümmerte und auf dem Feld schuftete.

»Ich habe jahrelang meinen Namen nicht gehört«, sagte Roli in die Stille hinein.

»Wieso? Haben sie dich nicht bei deinem Namen gerufen?«

»Nein«, antwortete Roli.

»Wie geht es jetzt weiter, was hast du vor im Leben?«, fragte Rudolf.

»Nichts«, sagte Roli leise.

»Aber wovon träumst du?«

»Dass meine Mami noch lebt und ich bei ihr sein kann.«

»Das verstehe ich, aber das ist ein Traum. Ich will wissen, womit du dich einmal durchs Leben bringen willst.«

»Mit Arbeit?«

»Und was stellst du dir da vor?«

»Egal«, sagte der Junge.

»Nein, nicht egal«, sagte Rudolf. »So ist das doch kein Leben. Irgendwas machen, immer Hunger haben und dazu diese Wut auf die anderen, die dich nicht wie einen Menschen behandeln, sondern wie einen Aussätzigen.«

»Die Leute in der Stadt mögen mich auch nicht. Sie haben Angst, dass ich stehle. Wie dein Vater.«

»Und? Stiehlst du?«

Roli starrte in die Dunkelheit. »Manchmal. Sonst wäre ich schon verhungert.«

»Du kannst also arbeiten.«

»Ja, in der Landwirtschaft. Aber das will ich nicht mehr. Schwere Arbeit, kein Lohn, schlechtes Essen.«

»Willst du bei mir in der Backstube aushelfen?«, sprach Rudolf aus, worüber er schon die ganze Zeit nachdachte. »Zunächst zur Probe, gegen Kost und Logis.«

Roli zögerte. »Aber ich weiß doch gar nicht, was ich da tun muss. Ich habe es ja nicht gelernt.«

»Willst du es denn lernen?«, fragte Rudolf. »Ich könnte auch einen Lehrling gebrauchen.«

»Ich kann aber kein Lehrgeld bezahlen.« Roli schniefte und wischte sich mit dem Handrücken über die Nase. »Mein Sparbuch haben sie mir weggenommen. Und ich habe niemanden, der für mich bezahlt. Mit meinem Vormund war ich einmal in einer Wirtschaft zum Essen. Richtig gegessen hat aber nur er, während ich bei einem Teller Kohlsuppe gesessen habe und einer Scheibe Brot.«

»Dann werde ich einmal mit deinem Vormund reden«, sagte Rudolf. »Aber zuerst musst du dich in der Backstube bewähren.«

»Was heißt das?«, fragte Roli.

»Du musst mithelfen, dich geschickt anstellen, brav sein, gehorchen, wenn der Geselle oder ich oder der Vater dir etwas auftragen. Und nicht stehlen! Wenn du etwas verschwinden lässt, ohne zu fragen, bist du gleich wieder draußen. Und dass du mir nicht wütend und ungezogen bist gegen einen der Männer oder gegen meine Mutter oder das Annarösli. Das alles geht nicht. Wir machen einen Monat auf Probe. Du überlegst, ob du bleiben möchtest, und wir überlegen uns, ob wir dich behalten wollen und brauchen können. Was sagst du?«

»Ich ... ich ...«, stotterte Roli.

»Ich gebe dir eine Chance, aber du musst sie nutzen. Fang keinen Streit an, mit niemandem. Du musst nicht kriechen und dich nicht verstecken. Du bist ein Mensch wie jeder andere. Wir können es versuchen. Willst du?«

Roli schniefte, dann nickte er.

»Darf ich bei euch am Tisch sitzen bei den Mahlzeiten?«, wollte er noch wissen.

Rudolf nickte. »Natürlich.«

»Und wie werdet ihr mich nennen?«

»Bei deinem Namen, Roli, was sonst? Wie hat man dich bei deinem letzten Bauern denn genannt?«

Er schüttelte heftig den Kopf.

»So schlimm?«, fragte Rudolf. Der Junge nickte.

»Wo werde ich schlafen?«

»Vorerst bei mir. Wenn der erste Monat rum ist und du dich bewährt hast, suchen wir nach einer eigenen Kammer für dich.«

»Hier im Haus?«

»Natürlich, wo denn sonst.«

»Dann ist es gut.«

Obwohl die Mutter sich so leise wie immer um das Frühstück kümmerte, nahm Rudolf die Geräusche im Halbschlaf doch wahr. Es war das vertraute Klappern der Teller, das leichte Aneinanderschlagen der Emailbecher, während sie sie zum Tisch trug. Die Milch, die auf dem Herd aufkochte. Während die Mutter das Frühstück mit denselben Handgriffen zubereitete, wie er es seit frühester Kindheit kannte, durfte er selbst noch ein paar Atemzüge lang im warmen Bett liegen bleiben. Die Mutter sorgte für die Familie wie jeden Tag. Rudolf stellte sich vor, wie es Kindern gehen mochte, die ohne eine sorgende und behütende Mutter aufwuchsen oder sie zu früh verloren hatten. Er sah zu seinem Schützling hinüber, der auf einer Strohmatratze schlief. Roli hatte ein Bad genommen, war zum Haareschneiden beim Bader gewesen und hatte saubere Kleider bekommen, die die Mutter mit Nadel und Faden passend gemacht hatte. Herausgekommen war ein hübscher Junge mit kastanienbraunem Haar und der seidig schimmernden Haut eines Vierzehnjährigen. Rudolf konnte sich nur schwer vorstellen, dass es Menschen gab, die so einen zarten, im Schlaf noch ganz kindlich wirkenden Knaben im Schweinestall nächtigen und Tag für Tag hungern ließen. Wie konnten Menschen Kostgeld von der Fürsorge annehmen, aber an der Ernährung des Kindes sparen? Dann dachte Rudolf, wie es wohl sein würde, wenn er selbst einmal Kinder hätte, einen Knaben wie diesen, der schon fast an der Schwelle zum Erwachsenwerden stand. Er versuchte, sich den Sohn vorzustellen, den er einmal haben würde, und sah immer nur den hübschen Knaben mit dem kastanienbraunen Haar vor sich. Das eigene Kind war noch viel zu weit weg. Erst musste er ja noch seine Katharina heiraten.

Wie einnehmend das Äußere des Knaben wirkte, wenn er wie jetzt friedlich schlief und entspannt war. Und wie der aufkommende Zorn, den Rudolf an der Limmat bei ihm beobachtet hatte, alles an ihm veränderte. Seine Unberechenbarkeit war vielleicht seine größte Schwäche, dachte Rudolf.

Er kleidete sich an und rüttelte beim Hinausgehen leicht an den Schultern des Jungen.

»Es ist Zeit aufzustehen.« Roli sah ihn an, als käme er von sehr weit her und brauche ein paar Augenblicke, um ihn zu erkennen. Dann lächelte er verlegen, strich sich das Haar aus der Stirn und setzte sich auf.

»Wo ist denn der Vater?«, fragte Rudolf, während die Mutter ihnen Kaffee und Tee einschenkte.

»Er ist wieder einmal der Erste in der Backstube«, antwortete die Mutter, »noch vor allen anderen. Du kennst ihn ja.«

Vielleicht wollte er auch wieder nur ihrem Gast aus dem Weg gehen, dachte Rudolf. Das hatte er den Tag zuvor auch schon so gemacht.

Nach dem Frühstück nahm er Roli mit hinunter und schob ihn vor sich her durch die Tür zur Backstube. Jakob schürte den Backofen, Christoph hob den gekneteten Teig aus dem Bottich und legte ihn auf den Arbeitstisch, wo Ueli ihn mit dem Wallholz ausrollen und der Vater mit den Holzmodeln feines Gebäck ausstechen würde.

»Das ist Roli Stutz«, stellte Rudolf seinen Schützling vor. »Er wird uns ab heute in der Backstube unterstützen.«

»Und als was ist er hier?«, fragte der Geselle.

»Erst einmal für alles. Roli hat einen Monat Zeit, sich bei uns einzuleben. Wenn er fleißig ist und einigermaßen geschickt, dann könnten wir ihn als Lehrling nehmen. Wir brauchen doch noch jemanden.«

»Natürlich, für die vielen neuen Aufträge für die Herren Fabrikanten vom linken Seeufer, und nicht nur die.« Wieder führte Ueli das Wort. »Aber was soll uns da ein Ungelernter groß helfen können?«

»Und wer bezahlt das Lehrgeld für ihn?«, fragte der Vater. »Hat er sich etwas zusammengespart?«

Es ärgerte Rudolf, dass er das nicht vorher mit ihm besprochen hatte, sondern hier in der Backstube, vor den Gehilfen und dem Gesellen damit anfing. Aber er hatte ja vorauslaufen und unbedingt der Erste in der Backstube sein müssen.

»Roli sagt, es müsste ein Sparbuch für ihn geben, aber das ist bei seinem Vormund. Den muss ich erst noch ausfindig machen.«

»Weiß der Vormund denn überhaupt, wo der Knabe jetzt steckt?« Der Vater ließ nicht locker.

»Das werde ich ihm bei der Gelegenheit dann schon sagen.«

»Wieso hat Roli denn einen Vormund, ist er ein Waisenkind?«, fragte Christoph.

»Frag ihn doch selbst, Christoph, er kann reden.«

»Also, wie ist das? Bist du Waise?«, wandte der Gehilfe sich an Roli.

Der schlug die Augen nieder. »Ich habe acht Jahre bei meiner Mutter gelebt«, sagte er und hielt weiter den Kopf gesenkt. »Als sie starb, habe ich einen Vormund bekommen.«

»Und wo hast du dann gewohnt?«

»Dann bin ich zu Bauern gekommen, zum Arbeiten.«

»Ein Verdingkind ist er also«, knurrte Ueli. »Über die hört man nicht viel Gutes. Einige von denen hat man schon beim Stehlen und bei Schlimmerem erwischt. Man sagt, sie klauen wie die Raben.«

»Wahrscheinlich nur, weil sie Hunger haben«, verteidigte Roli sich und seine Leidensgenossen.

»Bei den Bauern auf dem Land gibt es doch genug zu essen«, behauptete Ueli.

»Für die Bauern selbst und ihre Kinder schon, auch für die Knechte und Mägde, nur für uns nicht. Ich habe immer Hunger gehabt.«

»Und geklaut hast du auch?«, fragte der Geselle. Roli sah zu Boden und antwortete nicht. »Aha, da sagt er nichts, der Bursche«, höhnte Ueli.

»Meine Mutter hat mir beigebracht, dass man nicht lügen soll«, antwortete er schließlich.

»Stehlen soll man auch nicht«, sagte der Vater.

»Aber wenn man solchen Hunger hat, dass man an nichts anderes mehr denken kann? Wenn man ein Kotelett riecht und die Kartoffel, in die man beißt, schwarz und faulig ist?«

»Hier bekommst du ausreichend zu essen. Wenn du trotzdem stiehlst, steckt etwas anderes dahinter. Vielleicht ein schlechter Charakter«, kanzelte der Vater den Jungen ab. Bevor Rudolf einschreiten konnte, antwortete Roli selbst.

»Ich habe nur zweimal gestohlen«, gestand er. »Einmal ein Weggli beim Bäcker und einmal einen Korb mit zwölf Eiern. Die Eier habe ich mir gebraten, den Korb habe ich der Marktfrau am nächsten Tag zurückgebracht.«

»Na, die wird sich gefreut haben«, sagte Ueli.

»Roli kann morgen früh mit mir mitgehen, wenn ich das Gebäck austrage«, schlug Christoph vor. »Sobald er sich besser in der Stadt auskennt, kann er es ganz übernehmen. Und ich falle nicht so lange in der Backstube aus.«

»Willst du das versuchen?«, fragte Rudolf.

Roli nickte.

»Das ist viel Vertrauen für einen Burschen wie ihn«, warf der Vater ein. »Schließlich sind das unsere Stammkunden. Wenn er da Fehler macht, fällt es auf uns zurück.«

»Wirst du dir Mühe geben?«, fragte Rudolf.

Roli nickte.

»Enttäusch mich nicht«, raunte Rudolf ihm noch zu, als er mit Christoph die Bestellungen in den Austragkorb sammelte.

»Bestimmt nicht«, antwortete Roli.

1838

Annarösli

Annarösli hatte über ein Jahr nichts mehr gehört von der Malerin Louise. War sie nicht mehr nach Zürich zur Familie ihrer Tante gekommen in der ganzen Zeit, oder hatte sie das Fräulein einfach vergessen zu benachrichtigen, wie sie es ihr versprochen hatte? Versprochen! Was für ein Unsinn. Sie hatte doch gar nichts versprochen, sondern nur gesagt, dass sie ihr vielleicht eine Nachricht schicken würde. Louise wusste aber doch nicht mehr von ihr als den Vornamen und ihren Arbeitsplatz. Vielleicht hatte sie den verwechselt und ihre Nachricht ganz woandershin geschickt. Ach, da machte sie sich doch nur etwas vor. Vielleicht war Louise weggezogen aus St. Gallen, vielleicht hatte sie doch geheiratet. Oder sie war krank. Nein, hoffentlich nicht krank. Wenn Annarösli an das Fräulein dachte, wie sie auf dem Hocker vor ihrer Leinwand saß, unter den zartgrünen Blättern der Linden, von den Kindern umringt, dann spielte immer so ein kleines Lächeln um ihren Mund, sie konnte es gar nicht verhindern. »Was träumst du denn wieder?«, fragte ihre Mutter sie dann, und sie antwortete: »Ach, nichts Besonderes.« Auch im Geschäft dachte sie manchmal an Louise, und wenn sie in der Stadt, am Sonntag nach dem Kirchgang, eine Dame mit blauer Schute sah, zuckte sie manchmal zusammen. Sie lief dem feinen Hut hinterher, überholte, drehte sich unauffällig nach der Dame um, aber nie war sie es.

Vielleicht würden sie sich nie wiedersehen, dachte sie manches Mal. Und doch war es besser, ihr einmal begegnet zu sein, als sie niemals getroffen zu haben. »Das Malen ist mein Ein und Alles«, hatte sie gesagt. Ob es heute immer noch so war? Annarösli stützte den Kopf auf die Hände und träumte, sah sich selbst neben Louise stehen und ihr dabei zusehen, wie sie das Mandel-Gipfeli aß und dann die Türme des Grossmünsters auf die Leinwand zauberte, die sie beinahe übersehen hätte. Und selbst wenn Louise sie vergessen hätte, dachte Annarösli, sie selbst würde sich immer an die Begegnung mit der Malerin erinnern.

Die Gipfeli waren heute schon aus, aber gerade brachte Jakob ein Blech mit Birnen-Küchli, und Annarösli sortierte einen Teil in die Etagere auf ihrer Theke und die anderen auf ein Silbertablett, das sie ins Fenster stellte. Christoph und Roli kamen gerade mit dem leeren Korb zurück. Der Junge war so schüchtern, dass er Annarösli kaum in die Augen sehen konnte, wenn er durch den Laden lief. Als wäre die Tür zur Backstube seine Rettung, hielt er darauf zu, ohne sich umzusehen. Auch wenn sie ihn nicht alle gleich freundlich behandelten in der Backstube. Ueli konnte schon grob sein und der alte Sprüngli war sowieso eine Sache für sich. Von ihm bekam niemand so etwas wie Freundlichkeit, Aufmunterung, damit musste man sich abfinden. Aber sie war doch nicht sein Feind. Vor ihr musste Roli nicht davonlaufen. Kopfschüttelnd sah sie ihm hinterher.

»Ich war früher auch so schüchtern«, raunte ihr Christoph im Vorbeigehen zu.

»Früher?« Annarösli grinste. »Und was bist du heute?«

»Ein Draufgänger«, antwortete Christoph und grinste.

»Ach so, das hab ich ja noch gar nicht gemerkt«, sagte Annarösli und hielt ihm die Tür auf, während er sich mit dem großen Korb hindurchzwängte. Da bimmelte die Türglocke, und als sie sich umdrehte, stand plötzlich Louise in der Tür.

»Guten Tag«, sagte die Malerin, wie damals am Lindenhof, und Annarösli antwortete ihr wieder mit »Grüezi« und errötete.

»Seid ihr zurück in Zürich bei der Tante, du und deine Mami?«, fragte sie.

»Wir sind gestern Abend gekommen und werden eine Woche bleiben.« Louise sah sich im Geschäft um.

»Die Mandel-Gipfeli sind aus, aber die Birnen-Chüechli sind noch warm aus der Backstube. Wollt Ihr ... willst du eines probieren?«

»Wenn ich darf.«

Annarösli nahm einen Teller und eine Gabel aus dem Regal und servierte das Küchlein auf dem Tresen. Louise aß es mit der Hand. »Köstlich«, murmelte sie nach dem ersten Bissen und verputzte es dann ganz.

Dann sah sie Annarösli an. »Darf ich dich malen?«

»Was, mich?« Louise nickte. »Und wo?«

»Hier zum Beispiel.« Sie zeigte auf den Platz vor dem Schaufenster, durch das ausreichend Licht hereinfiel.

»Hier im Geschäft? Nein, das geht nicht. Das geht wirklich nicht.« Was dachte Louise sich, dass sie zum Vergnügen hier herumstand?

»Wo dann?«

»Wieder in der Mittagspause, am Lindenhof?«

»Das reicht mir nicht. Eine halbe oder ganze Stunde ist zu wenig. Ich will ja nicht einfach nur abzeichnen, was ich sehe.«

»Ach so?« Ihre Direktheit machte Annarösli wieder verlegen. »Was denn dann?«

»Wenn ich male, möchte ich zur Wahrheit durchdringen, Annarösli. Dafür muss ich dich schon etwas länger ansehen und studieren können.« Sie warf einen begehrlichen Blick auf die Birnenkuchen in der Etagere.

»Studieren, mich?«

»Ja, dich. Warum nicht dich?«

»Ich bin doch ...«, stotterte Annarösli.

»Was?«

»Nichts Besonderes«, sagte Annarösli leise. »Eigentlich niemand, nichts.« Sie packte aus lauter Verlegenheit vier Birnenküchlein für Louise ein, obwohl sie gar nicht danach gefragt hatte.

»Ha, du bist aber seltsam«, sagte Louise. »Ich kann dich sehen, dich anfassen, dich hören. Ich merke, wie du errötest, noch mehr errötest, wenn ich dir in die Augen sehe, und ich kann deine Proportionen abmessen, im Geist natürlich. Also musst du doch ein Jemand sein, sonst könnte ich das alles nicht.«

Annarösli reichte ihr das verschnürte Päckchen über die Theke.

»Also heute Mittag wieder, wie letztes Mal? Und nach der Arbeit könntest du zu uns kommen. Oder am Sonntag, da hast du doch bestimmt frei?«

»Nur nachmittags.«

»Auch gut«, sagte Louise und legte drei Zehnermünzen auf das Bezahltellerchen. »Reicht das?«

Annarösli nickte.

»Dann überrede ich meine Mutter, dass wir noch ein bisschen länger bleiben. Sie hat ohnehin so viel zu besprechen mit ihrer Schwester. Und ich halte es allein mit den beiden gar nicht aus. Wenn du abends kommst, dann bring doch noch ein paar Desserts mit, magst du?«

Annarösli nickte. »Ich muss auch noch meiner Mutter Bescheid geben, wo ich bin.« In dem Moment war sie genauso schüchtern wie Roli oder Christoph. Sie fühlte sich kein bisschen mutiger als die beiden Hasenfüße.

»Meine Tante heißt Wegmann«, sagte Louise. »Sie wohnen in der Rämistraße, gleich neben der Kantonsschule.« Dann nahm sie ihr Kuchenpaket und winkte ihr beim Hinausgehen.

Von draußen trat sie noch einmal so nahe an die Fensterscheibe, dass ihr Mund fast das Glas berührte. »Lin-den-hof.« Sie formte das Wort ganz übertrieben mit den Lippen, als spräche sie zu einer Schwerhörigen.

Annarösli lachte. Ja, sie hatte verstanden.

Rudolf

Eine anständige Straße sieht anders aus, dachte Rudolf und sprang zwischen den Pfützen hin und her, bis er endlich das Gemeindehaus von Egg im Zürcher Oberland erreichte. In der Tür zum Amtszimmer des ehrwürdigen Säckelmeisters Beat Grimm stieß Rudolf fast mit der Wirtin des Gasthofs in Egg zusammen, die dem Herrn Grimm sein Mittagessen ins Amtszimmer lieferte. Rudolf klopfte und trat ein, unangemeldet und unpassend zum frühen Mittagessen des Kämmerers. Auf seinem Teller lagen ein Paar prall gefüllte Blutwürste auf einer dicken Schicht von gestampften Kartoffeln, daneben ein Klecks von gekochtem Kohl.

»En Guete«, wünschte Rudolf. »Sprüngli, ich bin Zuckerbäcker aus Zürich.«

»Was führt Euch zu mir?« Er setzte das Messer an die Blutwurst, und aus dem Schnitt quoll eine gestöckelte, mit Kräutern gewürzte Masse heraus. »Ihr gestattet, dass ich mein Essen zu mir nehme, solange es noch warm ist.«

»Bitte sehr«, antwortete Rudolf. »Ich komme wegen des Sparbuchs eines Eurer Mündel, Roli Stutz.«

Der Säckelmeister schaufelte sich eine volle Gabel mit Kartoffeln und Wurst in den Mund. »Der Roli«, schnaubte Grimm mit vollen Backen. »Der undankbare Fratz hat sich aus seiner letzten Stellung beim Bauern Stucki in Hinteregg einfach davongemacht, ohne sich abzumelden. Durchgebrannt ist er. Davongelaufen.« Er lud sich die Gabel wieder voll und schob sie sich in den Mund.

»Roli sagt, es gibt ein Sparbuch. Das könnte er jetzt dringend gebrauchen.«

»Wozu?«, fragte Grimm mit vollem Mund. »Ist er bei Euch, in Zürich?«

»Wenn er sich eignet, kann er bei mir eine Lehre machen. Und wenn noch Geld auf dem Sparbuch wäre, könnte er davon das Lehrgeld bezahlen.«

»Und wenn nicht?« Der Beamte wischte sich mit dem Handrücken über den Mund. »Ich muss nachsehen, aber ich glaube, da ist fast nichts mehr drauf.« Missmutig schob er den Teller zur Seite, öffnete eine Schublade des wuchtigen Eichenschreibtischs und wühlte darin herum. Dann warf er ein zerfleddertes Büchlein auf den Tisch.

»Ich bin so frei«, sagte Rudolf und griff danach.

»Was ist mit dem ganzen Geld passiert?«, fragte er. Es waren regelmäßig Abhebungen gemacht worden.

»Was soll schon damit passiert sein? Ich habe die Bauern

für die Unterbringung und Verpflegung des Burschen bezahlt.«

»Alles Geld haben die Bauern bekommen? Dabei sagt der Junge, dass er den ganzen Tag, vom Morgengrauen bis zum Abend, arbeiten musste, im Schweinestall geschlafen und immer Hunger gehabt hat.«

Der Säckelmeister grinste gequält. »Die Knaben lügen leider das Blaue vom Himmel herunter.«

»Das sagt sich leicht.«

»Es ist aber so«, behauptete der Vormund. »Außerdem hat er selbst zu Weihnachten ein paar Münzen bekommen. Oder ich bin an seinem Geburtstag mit ihm essen gegangen, in die Wirtschaft. Hat er nichts davon erzählt? Daran muss er sich doch erinnern.«

Rudolf nickte. »Er hat erzählt, dass er Suppe bekommen hat, während Ihr Braten gegessen habt.«

»Diese undankbaren Kinder lügen sich die Welt zurecht und klagen andere für ihr Schicksal an, die nichts dafürkönnen.« Grimm schaufelte sich den Rest der Blutwurst auf die Gabel. »Einer muss ja der Böse sein, der daran schuld ist, dass ihre Eltern nicht für sie sorgen können und sie bei fremden Leuten aufwachsen müssen.«

»Er sagt, dass er sein Bett im Stroh gehabt hat und nie mit am Tisch der Bauern essen durfte. Warum habt Ihr nichts dagegen unternommen?«

Säckelmeister Grimm schüttelte den dicken Kopf mit den Hängebacken. »Wieso glaubt Ihr dem Jungen jedes Wort? Wir sind doch keine Unmenschen, wir nicht, und die Bauern auch nicht. Ja, wenn er etwas angestellt hätte, zur Strafe ...«

»Er sagt, dass es von Anfang an so war, ohne Ausnahme.«

Wieder Kopfschütteln. »Nun gut. Was kann ich also für Euch tun?«

»Wir würden ihm einen Lehrplatz geben, wenn er sich willig und geeignet zeigt.«

»Ja, wenn. Dann wärt Ihr sehr großzügig. Er kann ja bestimmt nicht einmal richtig lesen und schreiben.«

»Das kann man lernen, auch mit vierzehn noch«, sagte Rudolf. Darum hättet Ihr euch kümmern müssen, dachte er.

»Manche können es nicht und lernen es nie«, behauptete Grimm.

»Warum denn nicht?«

»Weil sie zu dumm sind oder zu abgestumpft.«

»Abgestumpft von der schlechten Behandlung dieser Sklavenhalter, die Verdingkinder aufnehmen und sie schlechter als ihre Tiere behandeln, oder von der Vernachlässigung durch die Fürsorgebehörden?« Rudolf konnte seinen Ärger nicht mehr länger zurückhalten. »Jeder von uns würde da abstumpfen, auch ich, sogar Ihr.«

Grimm schüttelte den Kopf. »Ich sehe schon, Ihr steht auf der Seite des Jungen. Hoffentlich enttäuscht er Euch nicht.«

»Das hoffe ich auch. Ich nehme das Sparbuch des Jungen mit und quittiere es Euch. Er braucht etwas anzuziehen, ein Paar Schuhe.«

»Hat er denn keine?«

»Nein.«

»Dann muss er sie versetzt haben. Als ich ihn zuletzt getroffen habe, hatte er welche. Sonst wäre ich nicht mit ihm in die Wirtschaft gegangen.«

»Wie lange ist das her?«, fragte Rudolf.

»Ein Jahr vielleicht? Eineinhalb?«

Wusste er nicht, dass die Füße eines Vierzehnjährigen noch wuchsen?

Grimm kratzte seinen Teller aus.

»Gebt mir das Sparbuch«, forderte Rudolf ihn auf.

»Dafür bekommt Ihr kein Paar Schuhe mehr beim Schuster. Nur alte, getragene.«

»Ich weiß. Den Rest lege ich drauf. Oder gebt Ihr etwas dazu? Der Junge hat bald Geburtstag, wie ich sehe.«

»Wenn ich das bei jedem meiner Mündel machen würde, wäre ich schon arm«, wand der Vormund sich.

»Ist das Euer letztes Wort?«

Grimm nickte und legte das Sparbuch auf den Tisch. »Mein letztes Wort, so leid es mir tut.«

»Ihr seht nicht so aus, als täte es Euch leid.« Rudolf nahm es und wandte sich zur Tür.

»Dennoch wünsche ich Euch, dass ihr Euch nicht täuscht in dem Jungen und dass er sich Eurer Zuwendung als würdig erweist.«

»Jedes arme Kind verdient ein paar Schuhe, genügend zu essen und ein Bett. Meint Ihr nicht?«

Der Vormund zog ein Tuch aus der Tasche und wischte sich damit über das Gesicht. Er gedachte nicht zu antworten.

Rudolf ging ohne Gruß. »Auch die Hartherzigkeit ist eine Sünde«, murmelte er im Hinausgehen.

Annarösli

Die Bündner Nusstorte, die ihre Mutter am Vortag gebacken hatte, sollte eigentlich eine Überraschung werden. Aber dann verließ Annarösli wieder der Mut und sie sprach sich doch mit Rudolf vorher darüber ab. Nicht dass er es dann nicht mochte, dass sie einen Kuchen ihrer Mami, die aus dem Engadin stammte, mitbrachte in die Konditorei Sprüngli. Schließlich wollte sie nicht damit anecken und Streit provozieren. Doch Rudolf fand die Idee gut und war selbst neugierig auf diese Spezialität. »Wer weiß, vielleicht backen wir sie nach und nehmen sie ins Sortiment auf. Natürlich nur, wenn deine Mami uns das Rezept dafür verrät.«

Also platzierte sie die gedeckte Walnusstorte auf einer Tortenplatte, streute noch einmal Puderzucker darüber und marschierte damit in die Backstube. An der Tür blieb sie stehen. Rudolf nickte ihr aufmunternd zu. Die Gehilfen sahen auf.

»Ist es denn schon neun Uhr?«, fragte Ueli. »Was kommt denn da heute Schönes daher? Ich habe dieses Jahr doch schon Geburtstag gehabt.«

»Die Bündner Torte ist auch nicht für dich«, sagte Annarösli und wartete, dass auch Roli einmal zu ihr hinsah. Doch er hob nur kurz den Kopf, blickte in die Runde, dann machte er mit dem Ausbuttern und Mehlen der Backformen weiter, die vor ihm standen.

»Hoi, Roli«, sprach Annarösli ihn direkt an. »Sag mal, schaust du denn gar nicht mehr her zu mir?«

»Ich?«, fragte Roli. »Warum?«

»Weil der Kuchen für dich ist!«

»Für mich?«

»Weißt du gar nicht, weshalb?«, fragte Rudolf.

Roli schüttelte den Kopf.

»Ist nicht heute dein Geburtstag?«, fragte Rudolf. »Oder steht in deinem Sparbuch ein falsches Datum?«

»Nein, ich glaube nicht.« Roli trat von einem Bein auf das andere.

Annarösli stellte den Kuchen auf den Tisch und dazu ein kleines, in Papier gewickeltes Päckchen.

»Und das da?«, fragte er. »Ist das auch für mich?«

»Von der Mutter Sprüngli!«

Roli wickelte das Paket aus und fand darin ein Paar gestrickter Socken. Auch Rudolf überreichte ihm ein etwas größeres Paket, in dem sich ein Paar braune Schnürschuhe befanden. »Die sind ja ganz neu!«, rief Roli.

»Dann schau doch einmal, ob sie auch passen.«

Er schlüpfte aus den Schlappen, die in der Backstube getragen wurden, zog die Socken an, die Schuhe und ging ein paar Schritte auf und ab.

»Jetzt schaust du aber wie ein eleganter junger Mann aus!« Annarösli zwinkerte ihm zu. »Da werden bald die Meitli hinter dir her sein.«

Roli errötete und schlüpfte schnell wieder aus den Schuhen.

»Und? Was sagst du?«, fragte Rudolf.

»Danke«, sagte er und schniefte einmal.

Annarösli schnitt den Kuchen in feine Stücke. »Wenn du willst, sind die alle für dich«, sagte sie.

»Was?«, rief Ueli. »Wir müssen doch auch mindestens einmal probieren, ob die Torte überhaupt schmeckt.«

Rudolfs Mutter brachte den Tee für die Vormittagspause und Roli ging um den Tisch herum und bot jedem ein Stück an.

»Aber es ist doch deiner«, sagte Christoph. »Man hat schließlich nur einmal im Jahr Geburtstag. Morgen ist schon wieder alles vorbei.«

»Früher hätte ich so eine Torte versteckt und ganz allein gegessen«, sagte Roli. »Aber jetzt möchte ich sie lieber teilen.«

»So?«, fragte Annarösli. »Warum denn?«

»Weil es mir dann noch besser schmeckt«, sagte Roli.

»Na gut, dann nehme ich ein ganz kleines Stück zum Probieren.«

Ueli stand sogar auf und klopfte Roli auf die Schulter.

»Dann hast du ja schon etwas aufgeschnappt hier bei uns«, meinte er.

»Der Bursche lernt eben schnell«, sagte Annarösli und sah Rudolf an. Er platzte fast vor Stolz auf seinen Schützling.

Katharina

Katharina hatte mit ihrem Vater zu Abend gegessen. Als er zur Arbeit gegangen und sie gerade mit dem Abwasch fertig war, hörte sie ein Stöhnen und leises Wimmern aus der Stube, in der sie Mutters Bett aufgestellt hatten. Das hieß, dass die Schmerzen wiederkamen. Katharina ging zu ihr, nahm ihre dünne Hand, die so leicht war, als sei sie aus Federn statt aus Knochen. Sie strich ihr eine Haarsträhne aus dem Gesicht, tupfte ihre nasse Stirn mit einem Taschentuch ab. Dabei war sie gar nicht richtig wach. Hoffentlich würde sie sich wieder beruhigen und weiterschlafen, wenn sie merkte, dass Katharina bei ihr war und sich um sie kümmerte. Wie viele Monate war die Mutter jetzt schon krank? Anfangs hieß es vage und verschämt, sie habe ein »Frauenleiden«. Im Laufe der Wochen und Monate war daraus eine Geschwulst irgendwo »im Unterleib« geworden. Rudolfs Mutter hatte ihnen eine ihrer Teemischungen vorbeigebracht, aus Frauenmantel, Schafgarbe und einigen anderen Kräutern selbst hergestellt. Sie sollte die Schmerzen lindern und Krämpfe lösen. Eine Zeit lang hatte der Tee geholfen, doch jetzt bemerkte Katharina keine Verbesserung mehr. Die Geschwulst war wohl wieder gewachsen. Katharina machte sich Sorgen, während sie die Hand ihrer Mutter streichelte. Zuallererst um die Mutter.

Ein bisschen auch um sich selbst und Rudolf. Würden sie dieses Jahr endlich heiraten können? Und dann machte sie sich insgeheim noch ganz andere Sorgen, auch wenn sie mit niemandem darüber sprach. Konnte es sein, dass diese Art von Frauenleiden von der Mutter auf die Tochter vererbt wurde? Trug sie selbst vielleicht den Keim einer solchen Krankheit auch schon in sich? Sie traute sich nicht, Rudolfs Mutter diese Frage zu stellen, auch wenn sie viel Vertrauen zu ihrer künftigen Schwiegermutter hatte und dankbar war, dass sie immer wieder vorbeikam und nach der Mutter sah. Obwohl sie in der Konditorei alle Hände voll zu tun hatte und den Tag herbeisehnte, dass eine Schwiegertochter ins Haus kam und ihr unter die Arme griff. Stattdessen saß Katharina immer noch hier, führte den Haushalt der Eltern und versorgte die kranke Mutter. Alle mussten sie jetzt Geduld haben. Sie, Rudolf, Rudolfs Eltern. Aber was konnte sie schließlich anderes tun? Später, in ihrer Kammer, würde sie den Brief ihrer Tante Regula aus Luzern noch einmal lesen, obwohl sie ihn mittlerweile fast auswendig kannte. Sie erzählte ihr vom Hotel, von den Zimmermädchen, die nacheinander heirateten und durch andere junge Frauen ersetzt wurden, vom Tag- und vom Nachtportier und wie sich die Stadt veränderte. Es wurde noch mehr gebaut als in Zürich und besonders im Sommer tummelten sich dort immer mehr ausländische Besucher. Vor allem Engländer hatten einen Narren an der Schweiz, insbesondere am Vierwaldstättersee, gefressen und nahmen beschwerliche Reisen auf sich, um von ihrer Insel bis in die Alpen zu gelangen. Der Gedanke an die Engländer gab Katharina immer noch einen Stich, weil sie dabei an »ihren« Mister Frye denken musste, dem sie beinahe auf den Leim gegangen wäre. Wenn Rudolf ihr nicht die Augen geöffnet hätte. Rudolf wurde mit der Zeit immer ungeduldiger. Sie konnte ihn verstehen, aber was sollte sie machen?

Sie flößte der Mutter noch etwas von dem lauwarmen Tee ein und gab ihr einige Tropfen einer Medizin aus der Elephanten-Apotheke, die ihre Schmerzen lindern und sie wenigstens einige Stunden durchschlafen lassen sollten.

Als die Krämpfe nachließen und die Mutter eingeschlafen war, öffnete Katharina noch einmal das Fenster, um etwas von der kühlen Abendluft hereinzulassen in die Krankenstube. Es war schon dunkel und nun doch zu spät, um noch einmal hinauszugehen und sich die Beine zu vertreten. Eigentlich war sie dazu jetzt auch schon zu müde. Der nächste Tag würde wie der heutige und eigentlich jeder Tag wieder ganz früh anfangen. Lang schlief die Mutter nie. Wenn er da war, sprang der Vater am frühen Morgen bei der Pflege ein, aber heute musste er die Nachtschicht auf dem Turm übernehmen, und von dort würde er morgen früh gleich weiter zum Friedhof gehen, wo ein neues Grab angelegt werden musste. War es seine Arbeit auf dem Friedhof, war es die Krankheit der Mutter, der Vater war jedenfalls mit den Jahren immer leiser geworden. Manchmal erschrak Katharina, wenn er plötzlich im Haus hinter ihr stand und sie nicht einmal seine Schritte gehört hatte. Er baute immer noch ab und zu ein Hackbrett, aber viel Zeit für die Musik blieb nicht mehr. »Ohne meine Chatrina freut mich die Musik nicht mehr wie früher«, hatte er gesagt, als sie nach Luzern gegangen war. Und jetzt, wo sie wieder da war, blieb für die Musik erst recht keine Zeit.

Müde hakte Katharina auch diesen Tag ab, ging in ihre Kammer und begann sich auszuziehen, als ihr Fenster ganz fein klirrte. Was war das? Hatte da jemand ein Steinchen an die Scheibe geworfen? Sie öffnete das Fenster und sah hinab auf die Gasse.

»Rudolf?«, rief sie leise.

Vreni

Endlich eine Antwort von dort oben! Vreni hatte schon gedacht, ihre Freundin treibe sich irgendwo herum oder schlafe gar nicht mehr in ihrer Kammer, sondern bei ihrer Mutter, die sehr krank war. Sie hatte sich schon durch die nächtliche Stadt irren sehen, bis sie von einem Stadtpolizisten oder Nachtwächter aufgegriffen und wegen Erregung öffentlichen Ärgernisses mitgenommen würde.

»Ich bin's«, rief sie zum Fenster hinauf.

»Und wer ist ›ich‹?«

»Vreni. Jetzt mach schon auf, Katharina, bitte!«

»Vreni, du? Warum hast du das nicht gleich gesagt? Was machst du denn mitten in der Nacht unter meinem Fenster? Ist was passiert?«

»Kann ich raufkommen?«

»Warte, ich komme runter.«

Vreni trat von einem Bein aufs andere, bis sich die Tür endlich öffnete.

»Was ist denn los?« Rasch zog Katharina die Freundin ins Haus, bevor eine der Nachbarinnen den Kopf zum Fenster herausstreckte.

»Ich hab meinen Schlüssel daheim vergessen, oder vielleicht hab ich ihn auch verloren«, flüsterte Vreni. »Und ausgerechnet heute hat meine Mami einen so tiefen Schlaf. Ich habe sie einfach nicht wach bekommen, ohne die ganze Straße munter zu machen.«

»Wo kommst du denn überhaupt her so spät? Hast du einen Schatz, von dem ich noch nichts weiß?«

»Schön wär's!« Vreni seufzte. »Aber bis jetzt hat sich noch

keiner gefunden. Schon gar nicht so ein Feiner wie dein Rudolf, der ein eigenes Geschäft hat.«

»Woher dann jetzt, mitten in der Nacht?« Sie schlichen die Stiege zur Wohnung hinauf, um Katharinas Mutter nicht zu wecken.

»Von einer Versammlung«, flüsterte Vreni, als hätte sie an einer Verschwörung teilgenommen.

»Was für einer Versammlung?«, fragte Katharina.

»Na, politisch.«

»Politisch?«, wunderte Katharina sich. »Was hast du denn mit Politik zu tun?«

»Wir Arbeiter müssen uns doch zusammentun, wenn wir etwas erreichen wollen.«

Katharina schob die Freundin in ihre Kammer und schloss die Tür.

»Mit den Arbeitern aus deiner Fabrik hast du dich getroffen, wo denn?«

»Im Bären. Ein paar Arbeiterinnen waren auch da, und auch welche aus anderen Fabriken.« Vreni zog ihre Jacke aus und nahm den Filzhut ab.

»Und weshalb trefft ihr euch?«, fragte Katharina und schenkte Vreni einen Becher Wasser ein.

»Damit unsere Arbeitsbedingungen besser werden. Wir arbeiten zehn Stunden am Tag, verdienen aber nicht genug zum Leben, und wenn wir krank werden, ist es ganz aus. Sobald es den Vater in einer Familie trifft, der das meiste Geld heimbringt, dann ist die Not groß.« Vreni stürzte den Becher Wasser in einem Zug hinunter.

»Aber so viele Arbeiter werden doch auch nicht ständig krank«, meinte Katharina.

»Jeder kann krank werden, oder vielleicht nicht? Schau, du kennst doch den Ludwig Hartmann und seine Familie. Aus der Ankengasse. Nun hat er den grauen Star bekommen und Angst, dass er erblinden wird.«

»Aber kann man das nicht operieren?«

Auch Vreni wusste, dass es einen Arzt in Zürich gab, der solche Operationen durchführte.

»Ja, aber dazu braucht man Geld«, sagte Vreni. »Und so viel können die Hartmanns einfach nicht aufbringen. Wenn Ludwig aber immer schlechter sieht, wird er bald seine Arbeitsstelle verlieren.«

Ludwig Hartmann war ein großer, kräftiger Mann, der eine vielköpfige Familie zu versorgen hatte.

»Jetzt haben die Hartmanns schon eine ihrer Töchter in der Fabrik untergebracht, dabei ist sie höchstens zwölf.«

»Geht denn das überhaupt?«, fragte Katharina und schlüpfte in Unterkleidern unter die Bettdecke.

»Doch, das geht«, behauptete Vreni und knöpfte sich die endlose Reihe kleiner runder Knöpfe an ihrem Baumwollkleid auf. »Sie sagen einfach, das Mädchen ist schon vierzehn. Aber sie verdient so und so viel zu wenig, um der Familie wirklich mit ihrem Lohn zu helfen. Ohne das Einkommen des Vaters werden die Hartmanns hungern müssen.«

Katharina gähnte. »Das ist schlimm. Aber wie wollt ihr denn etwas erreichen? Habt ihr vor, in den Ausstand zu treten wie die Glarner Stoffdrucker? Oder wollt ihr die Fabrik anzünden wie die Maschinenstürmer von Uster vor ein paar Jahren?«

»Bist du verrückt?«, ereiferte Vreni sich und warf ihr Kleid über den Stuhl. »Die sind doch allesamt eingesperrt worden. Sogar solche, die nur dabeigestanden haben, ohne irgendetwas zu tun. Und die meisten von ihnen sitzen heute noch im Gefängnis, als hätte man sie dort vergessen.«

»Und haben sie etwas erreicht?«, fragte Katharina.

»Nichts«, gab Vreni zu. »Sie haben in ihrer Wut lediglich die Baumwollspinnerei Corrodi und Pfister zerstört. Die Spinn- und Webmaschinen sind trotzdem nicht verboten worden, so wie sie es gefordert haben.«

Vreni nahm den Kerzenständer mit ans Bett und stellte ihn am Nachttisch ab.

»Mach Platz«, forderte sie Katharina auf und kroch zu ihr unter die Decke.

Es würde eng werden in dem schmalen Bett. Vreni schmiegte sich an die Freundin. Eigentlich war es ja auch ganz schön, einmal nicht allein im Bett zu liegen. Katharina gähnte, aber Vreni war noch so bewegt von den Geschichten, die auf ihrer »Versammlung« besprochen worden waren, dass sie nicht ans Einschlafen dachte. Obwohl sie morgens wieder früh rausmusste.

»Die Stoffdrucker haben sich letztes Jahr gegen die Einführung einer Fabrikglocke zur Wehr gesetzt. Sie sind nicht mehr zur Arbeit erschienen, nachdem die Fabrikherren ihnen Geld für jede fünf Minuten, die sie morgens zu spät in die Fabrik kamen, vom Lohn abgezogen haben. Manche von denen müssen morgens ein, zwei Stunden durch den Schnee von ihren Hütten hinunter ins Tal zur Fabrik laufen. Wenn ein Weg verschüttet ist, kommen sie nicht durch und müssen weite Umwege gehen. Und wenn man ihnen dann die Löhne kürzt, können sie gleich daheim bleiben und verhungern.«

»Und wie ist die Sache ausgegangen?« Katharina fielen schon die Augen zu.

»Die Fabrikherren haben sich durchgesetzt, sie sitzen ja auch am längeren Hebel. Wer als Arbeiter nicht zur Arbeit erscheint, verdient eben kein Geld, und dann muss die Familie zu Hause ins Tischtuch beißen. So ist das.«

»Ja, so ist das«, murmelte Katharina, dann war sie eingeschlafen.

Vreni fand zwei schrumpelige Äpfel auf Katharinas Nachttisch und konnte nicht widerstehen. Sie war noch so aufgewühlt von ihrer Versammlung, der ersten, an der sie je teilgenommen hatte. Und Bruno, der Vorarbeiter in der Baumwollweberei, hatte gesagt, das sei erst der Anfang. Ab jetzt würden die Arbeiter in Zürich sich organisieren und für ihre Rechte eintreten. Jemand schlug vor, eine Gewerkschaft zu gründen, wie die Bergarbeiter in England es getan hatten. Dafür sei es in der Schweiz noch zu früh, hatte Bruno gesagt, aber irgendwann werde der Tag kommen. Vreni war ganz beseelt von diesem Gedanken. Dafür lohnte es sich doch, jeden Morgen aufzustehen und in die Fabrik zu gehen, den Lärm und den Staub auszuhalten und zum Monatsende den Umschlag mit dem kargen Lohn entgegenzunehmen. Und jeden Monat war er so schnell wieder aufgezehrt, sobald man beim Kramer, beim Bäcker und beim Fleischer bezahlte, was die Mutter den halben Monat über hatte anschreiben lassen. Wenn man einen Notgroschen zurücklegte und dann feststellte, dass man sich auch diesen Monat wieder nichts leisten konnte. Kein Stück Stoff für ein neues Kleid, einen Rock, eine Bluse oder Schürze. Gott, wie sie es hasste, mit fadenscheinigen Ellbogen herumzulaufen und mit Flicken am Rocksaum. Noch schlimmer waren die zerstochenen Fingerkuppen und die von der Arbeit rauen und schrundigen Hände. Bruno war ein stattlicher Mann mit dichtem schwarzen Haar und Vollbart, schweren Arbeiterhänden, und er sah älter aus, als er in Wirklichkeit war. Wie eigentlich alle in der Fabrik. Was für ein Glück Katharina mit ihrem feschen Rudolf hatte. Ob Bruno schon eine Braut hatte? In der Fabrik wurde allerhand getratscht, genau wusste es niemand. Aber reden konnte er, das musste man ihm lassen. Er hatte eine nächste Versammlung in vierzehn Tagen angekündigt. Natürlich würde Vreni dann wieder dabei sein. Ach, wie aufregend das war! Vielleicht nicht so aufregend wie eine bevorstehende Hochzeit, aber es war schließlich nicht so, als ob sie die Wahl hätte.

Vreni kuschelte sich an die schlafende Freundin und schlief endlich ein.

Rudolf

Es musste am Föhn liegen. Schon beim Aufwachen hatte Rudolf diesen leichten Druck an den Schläfen gespürt, den er mittlerweile so gut kannte. Er fühlte sich müde, ein wenig genervt, und jetzt würde, wenn er Pech hatte, auch noch dieses Kopfweh dazukommen. Wetterfühlig. Er konnte sich nicht erinnern, dass er als Kind oder Jugendlicher jemals unter dem Föhn gelitten hätte. Aber jetzt spürte er den Wetterwechsel doch manchmal. Wie die alten Leute, dachte er. Die Mutter hatte ihm zum Frühstück schon Melissentee gekocht, vorsorglich. So fing die Woche doch gut an, dachte Rudolf und stieg aus dem Bett. Seit Roli seine eigene Kammer, ein Kämmerchen zwar, aber mit anständigem Bett, Kommode und Stuhl, bekommen hatte, hatte er sein Zimmer wieder für sich allein.

Mitten am Vormittag flog die Tür zur Backstube auf. Annarösli stolperte herein und schnappte nach Luft. Ganz außer Atem war sie.

Der Vater war dabei, einen Tortenboden mit der Schnur in mehrere Schichten zu schneiden. »Wer ist dir denn begegnet?

So schwer, wie du atmest, könnte man meinen, es war der Leibhaftige«, sagte er.

»Nein, der nicht«, japste Annarösli. »Ein Amtsdiener ist es, der im Laden steht, in vollem Ornat.«

»Ein Weibel? Will der zu mir?«, fragte Rudolf.

»Er hat nach dem Konditor David Sprüngli gefragt«, antwortete Annarösli.

»Zu mir?« Der Vater legte den Schurz ab, fuhr sich einmal durchs Haar, sah seinen Sohn an, der die Schultern hob und so tat, als wüsste er nicht, worum es ging. Dabei warteten sie jetzt schon fast zwei Wochen auf diesen Tag. Immer wieder war dem Weibel etwas dazwischengekommen. Doch heute war es wohl endlich so weit.

Annarösli ging voran, Vater und Sohn Sprüngli folgten ihr. Auch die Mutter stand bereits im Geschäft und trocknete sich die Hände an der Schürze. Der Amtsdiener trug einen schwarzen Zweispitz auf dem Kopf und hatte auch den weißen Umhang mit dem angehefteten runden Abzeichen angelegt, wie er ihn zu feierlichen Zeremonien im Rathaus der Stadt trug. In der Rechten hielt er ein zusammengerolltes Schriftstück.

»Was verschafft mir die Ehre?«, fragte Rudolfs Vater und verbeugte sich auf eine ganz altmodische Art.

»Seid Ihr David Sprüngli, Eigentümer dieses Hauses und der Konditorei?«

»Jawohl, der bin ich«, antwortete David feierlich, »zusammen mit meinem Sohn Rudolf.«

Der Weibel überreichte ihm das eingerollte Dokument. David schaute kurz zu seinem Sohn und dann zu seiner Frau. Und die beiden nickten ihm aufmunternd zu. Die Mutter hatte ganz glasige Augen und stützte sich seufzend auf die Kommode mit den Bonbongläsern.

David griff in die Hosentasche, suchte nach seiner Lesebrille, fand in der Bäckerhose aber keine. Er hielt das Blatt auf Armeslänge von sich weg und las stockend vor: »Hiermit wird heute, am 25. Juni anno 1838, David Sprüngli, Zuckerbäckergeselle, geboren in Andelfingen am 20.10.1776, wohnhaft in der Marktgasse 5 und Konditor daselbst, in das Bürgerrecht der Stadt Zürich aufgenommen.« Er wischte sich kurz über die Augen und sah gerührt von einem zum anderen.

»Und jetzt sag bloß nicht, Vater, dass du das gar nicht bestellt hast«, sagte Rudolf und schüttelte dem Vater die Hand, um ihm zu gratulieren.

»Da ich es selbst nicht war, müsst ihr es gewesen sein«, sagte er und räusperte sich.

Annarösli brachte ein Tablett mit Schnapsgläsern und schenkte ihnen von dem guten Pflaumenschnaps für besondere Gelegenheiten ein. Ueli und Jakob kamen aus der Backstube dazu, und Christoph schob Roli, den Lehrling, vor sich her. »Aufpassen, wenn du auch einen bekommst. Nur nippen, nicht runterschütten, den Pflümli«, raunte er ihm zu. »Sonst liegst du später unter dem Tisch.«

»Das macht doch nichts, wenn er unterm Tisch liegt«, rief Ueli, der Geselle. »Wir werden den Nachmittag doch bestimmt freihaben, weil der Chef jetzt das Bürgerrecht bekommt. Das muss gefeiert werden.«

»So schlecht kennst du mich nach all den gemeinsamen Jahren in der Backstube, Ueli?«, fragte David, der seine Stimme wiedergefunden hatte. »Der einzige Grund für einen freien Tag in der Woche ist der Herrgott, dessen Tag über der Arbeit steht. Und dieser Tag war, wenn ich mich recht erinnere, gestern.«

»Jetzt lasst uns doch endlich anstoßen«, sagte Rudolf. »Der

Herr Amtsdiener hat bestimmt noch anderes zu tun heute. Wie lange lebst du jetzt schon in Zürich, Vater?«

»Es werden wohl vierzig Jahre sein, einundvierzig genau. Als junger Mann, mit einundzwanzig, bin ich hergekommen. Und jetzt liegt schon fast ein ganzes Arbeitsleben hinter mir.«

»Aber es hat sich gelohnt«, sagte Rudolf. »Vor zwei Jahren das eigene Geschäft eröffnet und jetzt ins Bürgerrecht der Stadt Zürich aufgenommen. Darauf lasst uns anstoßen. Prost!«

»Zum Wohl allerseits!« Der Amtsdiener kippte sein Glas mit geschlossenen Augen.

»Viva!«, riefen Ueli und die Gehilfen.

Als der Weibel den Laden verlassen hatte und Annarösli die Schnapsgläser einsammelte, hakte der Geselle noch einmal nach. »Wie ist das jetzt mit dem freien Tag, Chef?«

David kämpfte sichtlich mit sich. »Wenn ihr alle heimgeht, bleibt die ganze Arbeit nur an mir und Rudolf hängen. Das kann doch auch nicht der Sinn der Sache sein. Schließlich bin ich heute die Hauptperson.« Ein enttäuschtes Raunen ging durch den Raum. Rudolf gab seinem Vater einen kleinen Stoß, aber der blieb wie immer unbeugsam.

»Ihr kennt ja den Vater«, versuchte Rudolf zu scherzen, »immer fleißig, immer strebsam.« Er klopfte David auf die Schulter. »Aber einen Kompromiss können wir doch sicher aushandeln, heute, an deinem Ehrentag, oder?« Er baute ihm eine Brücke. Aber der Vater, verstockt und unberührt von den Erwartungen seiner Angestellten, blieb stumm. »Auf einen um zwei Stunden vorverlegten Feierabend können wir uns bestimmt einigen, nicht wahr, Vater?«

»Na, jetzt gib dir einen Ruck, David.« Die Mutter hakte sich bei ihm unter. »Die Arbeit läuft dir schon nicht davon, nur weil ihr heute früher Schluss macht. Die wartet auch noch bis morgen«, sagte sie und flüsterte ihm ins Ohr, »und ich würde mich auch freuen, wenn du an deinem Ehrentag ein bisschen früher von der Arbeit kämst als sonst. Ich koche uns was Feines.«

»Also, dann sei es in Gottes Namen so«, gab David sich geschlagen.

»Bravo«, sagte Christoph ohne große Begeisterung.

Ueli dagegen gab sich keine Mühe, seine Enttäuschung zu verbergen. Er sah die Kollegen der Reihe nach missmutig an. Hättet ihr mich mehr unterstützt und euren Mund aufgemacht, schien sein Blick zu sagen, dann hätten wir auch mehr herausschlagen können. Schnaubend drängte er sich an seinen Kollegen vorbei und ließ ihnen die Schwingtür vor die Nasen sausen.

David

»Was hat denn der Spaß nun eigentlich gekostet?«, fragte David und setzte sich zu Tisch. »Und vor allem: Wer hat das bezahlt? Oder kommt uns die Rechnung erst noch ins Haus geflattert?«

»Die Rechnung ist im Voraus bezahlt worden«, antwortete Rudolf. »Das geht nur gegen Vorauskasse, du kennst doch unsere Behörden.«

»Also, wie viel?«, insistierte David.

»Ich habe ja gedacht, du würdest dich vielleicht etwas mehr freuen, David«, mischte seine Frau sich beim Auftragen des Essens ein. »Seit ich dich kenne, wünschst du dir, dass du dieses Bürgerrecht bekommst. Und jetzt hat Rudolf das eingefädelt, und das Einzige, was dich interessiert, ist: Was hat es gekostet, wer hat das bezahlt? Achthundertzwanzig Gulden waren es, wenn du es ganz genau wissen willst, und Rudolf ist dafür aufgekommen. So, jetzt weißt du es. Sei froh, dass er es gemacht hat.« Das war ungewöhnlich scharf für Elsbeth, aber es war doch normal, dass er wissen wollte, wo sie das Geld dafür aufgetrieben hatten.

»Woher kommt denn das Geld?« Er sah seinen Sohn an. »Hast du dich noch mehr bei unserer Bank verschuldet?«

»Nein«, seufzte Rudolf, »nicht bei der Bank. Die hätte mir wahrscheinlich auch nicht noch mehr Kredit gegeben.«

»Also woher?«

»Ein Nachbar aus der Marktgasse hat mir ausgeholfen.«

»Der Apotheker schon wieder, dein spezieller Freund?«, argwöhnte David. »Was der nur für einen Narren an dir gefressen hat. Wahrscheinlich liegt es daran, dass er und seine Gertraud keine eigenen Kinder haben.«

»Er schätzt und mag unseren Rudolf eben«, sagte Elsbeth, »das ist doch fein für ihn. Flückiger ist so ein netter, zuvorkommender Mann. Er hat Rudolf schon unterstützt, als er auf Wanderschaft ging.«

»Das Geld ist nicht von Flückiger«, sagte Rudolf, »und du musst den Apotheker nicht schlechtmachen.«

»Wer dann?«, fragte David ungerührt.

»Der Wirt vom Kirschbaum, Johannes Baur, hat mir ausgeholfen.«

»Der Österreicher, der jetzt ein Hotel am Saumarkt bauen will?«

»Genau der. Und der Platz heißt seit ein paar Jahren Neumarkt, Vater.«

»Früher hieß er bei den Zürchern Säumärt, weil man dort mit Schweinen und anderem Vieh gehandelt hat«, beharrte

David. »Hotel! Wozu braucht Zürich ein Hotel, ich bitte dich. Dafür gibt es doch Gasthäuser wie den Schwanen oder Baurs Kirschbaum, wo die Reisenden, die mit der Postkutsche kommen, ein Zimmer nehmen können. Für eine Nacht ist das völlig ausreichend und länger bleiben die Geschäftsreisenden doch nicht. Man reist, weil es sich in manchen Berufen nicht vermeiden lässt. Aber doch nicht freiwillig oder gar zum Vergnügen!«

»Vielleicht verstehst du aber auch nichts vom Reisen zum Vergnügen, Vater.«

»Jetzt streitet doch nicht, ihr zwei.« Elsbeth tat ihm noch mehr Soße auf. »Heute ist doch ein Tag zum Feiern, kein Tag zum Streiten.«

Aber David war noch nicht zufrieden mit der Auskunft seines Sohnes. »Und dieser Österreicher Baur, der seinen Prachtbau am Säumärt hinstellen lässt, irgendwo da draußen zwischen Sihl und Limmat, wo die Frösche quaken, dieser Geschäftsmann hat mir nichts, dir nichts auch noch Geld übrig, um es zu verleihen?« Er blieb dabei, wie alle alten Zürcher, die Dinge beim Namen zu nennen. Der Platz blieb der Saumarkt, und der Schanzengraben, der noch von den Befestigungsanlagen der alten Stadt übrig geblieben und bisher nicht aufgefüllt worden war, hieß nun mal Fröschengraben, warum das so war, konnte man laut und deutlich hören.

Elsbeth wechselte einen Blick mit ihrem Sohn, der heißen sollte: Bleib ruhig, er meint es nicht so. Aber David meinte es genauso. Warum sollte er die Dinge nicht beim Namen nennen? Nur weil dieser Österreicher dort sein feines Hotel hinbauen wollte?

»Sagen wir so: Bei den achthundert Gulden handelt es sich um einen Vorschuss für Leistungen, die wir als Confiserie Sprüngli zur Eröffnung seines Hotels erbringen werden, und von da an so lange, bis der Kredit abbezahlt ist«, erklärte Rudolf. »Also Geld gegen Waren und Dienstleistungen, das wäre bei keiner Bank möglich gewesen.«

David legte sein Besteck weg. »Ja, aber …«, setzte er an.

»Nichts aber, Vater. Wir werden alle Desserts und Süßigkeiten fürs große Bankett zur Eröffnung liefern. Dazu hat Johannes noch mehrere opulente Tischdekorationen bestellt. Es soll ein rauschendes Fest werden, wenn er sein Hotel eröffnet, mit Galadiner und einem großen Ball. Sogar ein kleines Feuerwerk hat er bestellt.«

David trommelte mit den Fingern auf die Tischplatte. Hatte sein Sohn den Verstand verloren?

»Für den Anfang wird Katharina als Hausdame die Angestellten anleiten, wie alles zu sein hat, damit die Gäste sich wohlfühlen, und Ordnung in die Abläufe bringen. Sie kennt sich ja aus im Hotelgeschäft.«

»Ja, aber pflegt die Jungfer Ammann zu Hause nicht ihre kranke Mutter?«, wunderte David sich. »Das ist doch schließlich der Grund, warum ihr zwei nicht heiraten könnt. Aber für diesen Baur arbeiten kann sie trotzdem?«

»Johannes wird ihr eines von seinen Hausmädchen als Unterstützung zur Seite stellen. Sie wird die Betreuung ihrer Mutter stundenweise übernehmen, damit Katharina bei ihm im Hotel einspringen kann. Sie ist auch jetzt schon bei der Planung mit dabei, wie viel Wäsche angeschafft, welche Qualität ausgewählt werden soll und so weiter. Auch zur Einrichtung der Zimmer und der Speiseräume hat er Katharina um Rat gefragt. Sie greift ihm da jetzt schon sehr unter die Arme. Und Johannes Baur ist ja kein Bettler. Es soll ein Luxushotel werden, was er da im Dezember eröffnen will«, behauptete Rudolf. Wie stolz er auf seine neue Geschäftsbeziehung mit diesem Baur offensichtlich war. Wenn er sich in dem Mann nur nicht täuschte.

»Ja, ja, er will hoch hinaus, dieser Österreicher, und was Besseres bieten als die einheimischen Gastwirte. Fragt sich nur, ob er sich da nicht verrechnet. Und was passiert dann mit dem Vorschuss, wenn sein Geschäft nicht so läuft, wie er sich das vorstellt?« Darauf wusste sein Sohn offenbar keine Antwort. Deshalb gab David sie ihm. »Dann müssen wir seinen Kredit in barer Münze abzahlen. Das Geld ist schließlich weg.«

»Es wird schon laufen«, behauptete Rudolf. David merkte wohl, dass er die Zähne zusammenbiss. Sein Sohn konnte manchmal so aufbrausend sein. Von wem er dieses Temperament wohl geerbt hatte? »Johannes ist viel zu erfahren, um sich wie ein Glücksritter in etwas zu stürzen, das er nicht abschätzen kann. Natürlich birgt es ein gewisses Risiko, weil er der Erste ist, der bei uns ein solches Hotel bauen und betreiben wird. Keine Gastwirtschaft mit ein paar billigen Zimmern. Aber so ist das immer, wenn man mit irgendwas der Erste ist, oder? Sogar du bist ein Risiko eingegangen vor zwei Jahren, als du das Geschäft übernommen hast, obwohl du das Geld dafür gar nicht hattest.«

Bei der Ehre wollte ihn sein Sohn also packen, aber auch da hatte David ein Argument dagegenzusetzen. »Da vergleichst du aber jetzt Äpfel und Birnen, Rudolf. Das Geschäft, das ich gekauft habe, ist seit Jahrzehnten eingeführt und liegt außerdem an einem ausgezeichneten Standort im Niederdorf, in fußläufiger Entfernung zum Rathaus und zur Gemüsebrücke. Das hier nennt sich Marktgasse, nicht Saumarkt. Seit zwanzig Jahren arbeite ich hier und kenne das Sortiment, ich kenne die Kundschaft und ihre Wünsche ganz genau und auch ihre Möglichkeiten, und zwar in- und auswendig. Ich weiß über die Bücher Bescheid und dass ich ausreichend mit dem Laden erwirtschaften kann, um meine

Schulden zurückzuzahlen. Vielleicht nicht mehr zu meinen Lebzeiten, obwohl ich das natürlich hoffe, doch am Ende liegt das in Gottes Hand. Aber selbst wenn du noch etwas von den Schulden abbezahlen musst, wird es immer noch ein gutes Geschäft sein. Sprüngli in der Marktgasse, das ist solide und keine Flause. Ein Nobelhotel in Zürich dagegen schon! Hoffentlich hast du dich da nicht mit diesem Baur zusammen verspekuliert. Nicht dass er schon pleite ist, bevor er überhaupt eröffnet hat.«

David wollte gerade mit einem Stück Brot den letzten Soßenrest aus seinem Teller wischen, als sein Sohn plötzlich aufsprang und dabei so ungeschickt gegen den Tisch rumpelte, dass die Soße in einem Schwall von Davids Teller spritzte. Er war wieder mal an dem Punkt, wo er sich einfach nicht mehr beherrschen konnte. Dabei hatten er und seine Mutter so viel von Ehrentag und halber Feiertag und wer weiß was noch schwadroniert.

»Vater, manchmal verstehe ich dich wirklich nicht!«, rief Rudolf so laut, dass seine Mutter vor Schreck ihre Gabel fallen ließ. »Dein ganzes Leben wurmt es dich, dass du in der Stadt, in der du seit vierzig Jahren lebst, keinerlei Bürgerrechte besitzt und in der Stadtgesellschaft immer noch ein Niemand bist. Und jetzt bekommst du sie endlich, weil du Haus- und Grundbesitz erworben hast, aber es ist dir zu teuer! Weil die Beschaffung der achthundert Gulden in deinen Augen zu viel Risiko birgt.« Musste sein Sohn eigentlich nie Luft holen? »Du bist nicht sparsam, Vater, du bist ein Geizkragen, wie er im Buche steht. Und ein Zauderer noch dazu.«

»Rudolf!«, mahnte die Mutter ihren Sohn. Doch sein Temperament war wieder einmal mit ihm durchgegangen. Dass diese jungen Leute sich einfach nicht im Griff hatten.

Sie unterhielten sich doch lediglich und waren eben in dieser Sache nicht einer Meinung. Was war denn jetzt daran so schlimm?

»Mit sicheren Geschäften macht man vielleicht sichere Gewinne«, schrie sein Sohn stehend auf ihn ein. »Aber vielleicht schuftet man sich dabei auch vorher zu Tode!«

»Das geht zu weit, Rudolf!«, mahnte die Mutter. »Nicht in diesem Ton.« Aber ihr Sohn war viel zu wütend, um darauf noch Rücksicht zu nehmen.

David atmete einmal tief durch. Das Festmahl war jedenfalls gründlich danebengegangen. Und die Stimmung sauste in den Keller. Dass sein Herr Sohn aber auch immer so empfindlich sein musste. Er glaubte doch tatsächlich, dass er mit seinen lumpigen zweiundzwanzig Jahren mehr wusste und vom Leben gesehen hatte als sein Vater, nur weil der nie bei den Welschen gewesen war und auch nicht der Busenfreund von diesem zugereisten Johannes Baur war. Auf vier Jahrzehnte Erfahrung im Beruf konnte sein Sohn fröhlich pfeifen.

»Ein Schwarzenbach und ein Johannes Baur, die tun etwas ganz anderes, als von früh bis spät zu schuften«, spielte Rudolf seinen letzten Trumpf aus. »Und wohin Schwarzenbach und seine Kollegen es gebracht haben, das bekommen wir ja jedes Mal auf seinen Familienfeiern und Firmenjubiläen mit, die wir mit ausrichten und beliefern. Und das Hotel Baur mitten in der Stadt, am imposanten Neumarkt mit der alten Linde, das wird auch bald kaum noch zu übersehen sein.« Ja, ja, die alte Linde, dachte David. Wie romantisch. Von den Fröschen sagte Rudolf natürlich nichts.

»Nur wer wagt, gewinnt, Vater. Das ist das Motto unserer Zeit und aller mutigen Männer, die jetzt die Wirtschaft und die Gesellschaft prägen werden. Du wirst es hoffentlich noch erleben, dass ich recht habe. Und wir sind auf einem guten Weg, Vater. Das Geschäft ist Baustein Nummer eins, und das Bürgerrecht Nummer zwei.«

»Ach ja. Und wie geht es bei deiner unternehmerischen Planung mit Weitblick weiter?«, fragte David und schob seinen Teller fort.

»Wir arbeiten hart, knüpfen möglichst gute Beziehungen zu anderen erfolgreichen Unternehmen, und dann werden wir Zünfter, denn das ist der nächste wichtige Schritt, wenn wir im Herzen von Zürich geschäftlichen Erfolg haben wollen.«

»Ah, sehr gut. Schritt Nummer drei also. Wie gut, dass ich das auch erfahre. Da kommen ja schon wieder neue Ausgaben auf uns zu, die ich noch gar nicht eingeplant habe. Weil ich eben immer an unsere Schulden denken muss, über die du ja anscheinend großzügig hinwegsehen kannst bei deinen hochfahrenden Plänen.«

David Sprüngli sah betrübt auf das Tischtuch. Ihm fehlte genau dieser letzte Bissen Brot mit Soße, um satt zu werden, der nicht länger auf seinem Teller, sondern auf der gestärkten Tischdecke inmitten einer braunen Lache schwamm. Unschlüssig sah er umher, nahm dann Blickkontakt mit seiner Frau auf. Irgendwer musste doch jetzt diesen Fleck wegputzen, bevor er ins Tischtuch eindrang, und ihm ein neues Stück Brot bringen. Aber Elsbeth rührte sich einfach nicht, während Rudolf mit seiner Ansprache anscheinend immer noch nicht am Ende war.

»Vom Sparen allein kann man einfach nicht reich werden, Herrgott noch mal!«, schrie er. Dann stapfte er zu seiner Kammer und warf die Tür hinter sich zu.

Wenn Elsbeth jetzt nur nicht anfing zu weinen. Bestimmt würde sie ihm allein die Schuld an diesem Streit geben und ihn einen undankbaren Patron schimpfen. Schon ein wenig schuldbewusst sah er seine Frau an.

»Vor dem Ratsdiener kuschen«, zischte sie, »aber den eigenen Sohn bis aufs Blut reizen und Widerwort um Widerwort geben, bis er davonläuft. David, du solltest dich schämen!«

Katharina

Sie hatte den ganzen Tag die Fenster und Läden geschlossen gehalten, deshalb war die Luft im Haus jetzt so abgestanden und stickig. Ein klebriger Schweißfilm hatte sich auf ihre Haut gelegt, und Katharina schwitzte unter den Achseln, obwohl sie nur in Unterkleidern herumlief. Es hatte ihr davor gegraut, das Huhn zu rupfen, das der Vater am Vortag vom Markt mitgebracht hatte. Wenigstens war es schon tot gewesen. Er schwor auf frische Hühnersuppe zur Stärkung bei Krankheiten, und so saß sie nun und rupfte Feder um Feder und spürte dabei, wie ihr der Schweiß den Rücken hinunterlief.

Sie ließ die Suppe noch etwas abkühlen, bevor sie der Mutter ein paar Löffel davon einflößte. Mit einer Zeitung saß Katharina am Bett und fächelte der Mutter Luft zu. Sie war am Vormittag kaum einmal wach geworden, aber Katharina hatte versucht, sie mit etwas Tee und ein paar Bissen eingeweichtem Brot zu füttern. Sie musste doch etwas essen und trinken. Blass und schmal lag sie in ihrem Bett, die Augen dunkel umschattet, die feine Nase trat immer stärker hervor aus diesem

Gesicht. Das Haar hatte alle Farbe verloren, und die Ohren waren das Einzige, was immerzu weiterzuwachsen schien.

Katharina hatte fein gewiegte Petersilie über die Hühnersuppe gestreut, in der Fettaugen obenauf schwammen. Ein paar Löffel davon musste sie der Mutter einflößen. Sie schaffte ganze drei, dann drehte die Kranke den Kopf zur Seite und nichts ging mehr.

Als der Vater abends von seiner Schicht nach Hause kam, war Katharina erschöpft. Die Mutter schlief. Kaspar Ammann scheuchte seine Tochter aus dem Haus. »Geh du nur hinaus in den herrlichen Sommerabend. Jetzt bin ich dran. Los, los!«

Doch sie war gar nicht in der Stimmung, noch irgendwo hinzugehen. Am liebsten hätte sie sich einfach ins Bett gelegt und bis zum nächsten Tag durchgeschlafen. Aber der Vater gab keine Ruhe.

»Schau doch bei Sprüngli vorbei, ob dein Liebster schon Feierabend hat«, schlug der Vater vor. Doch Katharina wusste, dass Rudolf irgendwo draußen am See war, bei einer Firmenfeierlichkeit, zu der er die Desserts lieferte. Sie würde ihn heute nicht mehr sehen, so spät käme er zurück. Ein freier Abend, und sie wusste nichts damit anzufangen! Bis sie plötzlich doch eine Idee hatte, was sie noch unternehmen könnte, als Frau und ganz allein.

Vreni

Es war, als liege die Stadt seit dem Morgen unter einer Käseglocke. Die Sommerhitze hatte den Fabriksaal aufgeheizt. Die langen Kleider klebten ihnen am Leib, auch die Schürzen, die Strümpfe und Schuhe. Die Weberinnen saßen barfuß an ihren Webstühlen, doch die Spinnerinnen, die immer wieder aufstehen und die Spindeln abstecken und neue aufstecken mussten, waren ständig dabei, die Schuhe aus- und wieder anzuziehen, denn es war ihnen verboten, barfuß von ihrem Platz aufzustehen. Und der Rostige Peter, wie sie ihren Aufseher wegen seiner roten Haare und des riesigen Schnurrbarts nannten, drückte für keine von ihnen ein Auge zu. Wer barfuß erwischt wurde, erhielt eine Ermahnung. Und bei der zweiten Mahnung wurde man nach Hause geschickt. Keine von ihnen konnte sich einen Lohnausfall leisten.

Vor dem Rostigen Peter musste man sich in Acht nehmen, er war ein harter Bursche, der keine Gnade kannte, für keine. Unterhalten konnte man sich nur, wenn er gerade nicht aufpasste, so wie jetzt, weil das Bethli bei ihm stand und knicksend darum bat auszutreten. Schon wieder! Was hatte sie denn heute? Das war doch jetzt schon das dritte Mal an diesem Nachmittag. Das rechnete auch Peter ihr vor. Hatte sie sich verkühlt, bei der Hitze draußen?

»Ich glaube, da ist etwas passiert«, flüsterte Anna vom Spinnstuhl links neben ihr.

»Was meinst du?«, fragte Vreni. Anna Gessner war eine ältere, erfahrene Frau, die schon sehr lange in der Spinnerei arbeitete.

»Wenn ich schwanger war, hab ich auch ständig rausmüssen. Als hätten mir meine sechs Kinder alle auf der Blase gelegen.«

»Schwanger? Das Bethli?«

»Wonach sieht es denn für dich aus?«

»Aber sie ist doch nicht verheiratet.«

»Tja, da hat eben jemand nicht aufgepasst.«

Keine Stunde, nachdem Bethli wiedergekommen war,

stand sie schon wieder beim Roten Peter. Doch dieses Mal wollte er sie nicht gehen lassen. Er bedeutete ihr, zurück an ihre Arbeit zu gehen, er hätte jetzt genug von ihrem permanenten Austreten. Bethli kniff die Beine zusammen und fasste sich an den Unterbauch. Die Tränen kullerten ihr übers Gesicht. Da schlüpfte Vreni schnell in ihre Schuhe und kam ihr zu Hilfe.

»Peter, bitte, wenn sie austreten muss, dann muss sie. Das Bethli ist doch keine, die einfach so aus Spaß eine Paus einlegt.«

»Sie kann schon raus, das habe ich ihr gerade erklärt. Aber dann muss ich ihr die Fehlzeiten vom Lohn abziehen. Wenn sie krank ist, soll sie zu Hause bleiben.«

»Ich bin nicht krank«, jammerte die junge Frau. »Das muss die Hitze sein.« Der Schweiß lief ihr übers Gesicht und Vreni hatte schreckliches Mitleid mit ihr.

»Lass sie gehen, Peter. Du siehst doch, dass es ihr schlecht geht. Willst du, dass sie hier zusammenbricht?«

»Und wer steht für den Ausfall gerade?«

Mein Gott, wie eifrig der Aufseher darauf bedacht war, auch nicht das kleinste Stück nachzugeben. Was mochten sie ihm erzählt haben? Dass hier lauter arbeitsscheue, faule Frauen saßen, die jede Gelegenheit beim Schopf packten, um sich zu drücken?

»Bist du kein Mensch, Peter?«, fuhr Vreni ihn an. »Oder sind wir etwa keine Menschen? Darf man nicht einen Nachmittag lang schwach sein? Spürst du selbst die Hitze denn nicht?«

Der Aufseher antwortete ihr nicht. Er sah sich nur in dem großen Raum um, ob die anderen Arbeiterinnen auch schon aufmerksam geworden waren. Natürlich waren sie das. Der Arbeitstag war lang, die Hitze drückend, und jede sehnte den Feierabend herbei. Da war die Aufregung um Bethli die gefundene Ablenkung.

»Dann arbeite ich Bethlis Ausfall eben morgen in der Mittagspause nach«, bot Vreni an.

Peter nahm das Angebot anscheinend an, denn mit einer Handbewegung forderte er Bethli auf hinauszugehen. »Und du, zurück an die Arbeit!«, herrschte er Vreni an.

Hoffentlich hatte Anna unrecht und Bethli nur eine schwache Blase. Andernfalls wäre sie wahrscheinlich nicht mehr lange bei ihnen im Fabriksaal.

Der Beginn des Feierabends zog und zog sich, aber irgendwann war es doch so weit, und Vreni atmete auf. In der Menge, die aus der Fabrik auf den Mühlesteg strömte, suchte sie nach Bethli, aber sie war wohl schon als eine der Ersten rausgeeilt und nicht mehr zu sehen.

»Kommst du noch mit, Vreni?«, fragte eine Kollegin.

»Wohin geht ihr denn?«

»Na, in die Frauenbadi. Woanders kann man es doch gar nicht mehr aushalten an so einem Tag.«

Vreni hatte zwar Hunger, aber sie schloss sich den Kolleginnen an. Die Frauenbadi war eine Badeanstalt in der Limmat, oben am Bauschänzli, ausschließlich für Frauen. Einmal in den Fluss eintauchen und sich abkühlen, vor fremden Blicken durch Holzwände geschützt. Eine köstliche Vorstellung.

Eigentlich hatten die Frauen sich ihre »Badi« sogar selbst erkämpft. Dass die Frauen eine eigene Badeanstalt in der Stadt bekommen hatten, ging auf ein öffentliches Ärgernis zurück. Einzelne mutige Frauen, in deren Häusern es kein fließendes Wasser gab, waren auf die Idee gekommen, abends, nach Einbruch der Dunkelheit, in die Brunnen der Stadt zu springen, um sich darin zu waschen. Was für einen Aufruhr das gegeben hatte. Sogleich wurde das Baden in den

Stadtbrunnen verboten. Doch die Frauen hielten sich nicht daran. Schließlich sei es nichts Unrechtes, sich zu waschen, noch dazu in Unterkleidern. So sah man am Ende keine andere Möglichkeit, als den Frauen eine eigene Badeanstalt zu bauen. Was für ein Segen!

Vreni drängte sich zusammen mit den schwatzenden und aufgekratzten Kolleginnen durch die Eingangspforte. Sobald sie drin war, ließ sie das Kleid fallen, doch statt zu einer der Brausen zu drängen, wie alle anderen, ging sie zu dem kleinen Becken, das von der Limmat gespeist wurde. Nur einmal kurz in das herrlich grüne Wasser eintauchen und den heißen Tag, den Rostigen Peter und das arme Bethli von sich abwaschen und dann bis morgen vergessen. Am Rand des Beckens saßen schon einige Frauen, die Zehen im Wasser. Aber eine war da, die schwamm langsam gegen die Strömung flussaufwärts. Vreni konnte nur ihre langen weißen Unterhosen, ihr Hemd und zwei schwarze Zöpfe erkennen. Pflanzen wuchsen am Grund und ihre dicht bewachsenen Stängel trieben wie langes Frauenhaar im Wasser. Am oberen Beckenrand wendete die Schwimmerin und kam nun mit der Strömung viel schneller zurück.

»Katharina«, erkannte Vreni endlich ihre Freundin. »Du kannst ja schwimmen!«

»Mein Vater hat's mir beigebracht«, rief Katharina. »Hoi, Vreni.«

»Wo hast du es gelernt, hier in der Limmat? Bei der Strömung?«, fragte Vreni.

»Nein, draußen im See.« Katharina wrang ihre Zöpfe aus und setzte sich zu Vreni auf den Holzsteg. »Nach einer Hochzeit, auf der wir musiziert haben, ist er am Abend noch in den See gesprungen, um sich abzukühlen. Da habe ich ihm so lange zugesetzt, bis er mir gezeigt hat, wie es geht.«

»Und wie ist es so?«, fragte Vreni.

»Einfach herrlich. Als hätte man Flossen oder Flügel.«

»Meinst du, ich könnte es auch lernen?«

»Natürlich. Komm rein.«

»Nächstes Mal vielleicht«, machte Vreni einen Rückzieher. »Heute bin ich so erledigt von der Hitze.« Sie stöhnte und steckte wenigstens die Füße ins Wasser. »Wie kommst du überhaupt hierher, wer kümmert sich um deine Mami?«

»Der Vater ist heute Abend dran. Er hat mir freigegeben.«

»Wie geht es ihr denn? Wird's besser?«

Katharina schüttelte den Kopf. Sie gab Vreni einen Stoß und schubste sie ins Becken. »Na, vielleicht doch eine erste Schwimmstunde heute?«

Vreni hielt sich prustend an der Holzleiter fest. »Nein, heute nicht, ich bin wirklich zu kaputt von der Arbeit. Ich spüre meine Finger und meine Arme gar nicht mehr. Es fühlt sich an, als hätte mir einer mit einem Prügel draufgeschlagen.«

»Bist du noch in der Seidenspinnerei am Unteren Mühlesteg?«

Vreni nickte. »Wir verspinnen die minderwertigen Außenfäden der Kokons, oder wenn die Kokons beschädigt sind. Du weißt schon, diese kleinen Kapseln, in die sich die Seidenraupen einspinnen, um sich zu verpuppen. Weiter innen sind die schönen langen Fäden, die zu teuren Seidenstoffen verwoben werden. Außen geht es gröber zu, die Fäden sind kürzer und nicht so rein und so schön glatt.«

»Und was wird aus diesen kürzeren Fäden gemacht?«

»Bouretteseide. Sie hat nicht den kräftigen Glanz der hochwertigeren Seide und ist weniger gleichmäßig zu weben. Dafür ist sie auch nicht so teuer. Aber wir Arbeiterinnen können sowieso nur davon träumen, in Seidenkleidern herumzuspazieren. Für uns muss es Leinen und Baumwolle tun. Aber vielleicht bekommst du ja einmal ein Hochzeitskleid aus Seide.« Vreni grinste. »Habt ihr denn jetzt schon einen Termin?«

»Immer noch nicht. Rudolf ist schon so ungeduldig, aber, na ja, er muss eben noch warten«, antwortete Katharina.

Vreni betrachtete ihre Freundin. Was für ein Glück, dass ihr Rudolf wirklich auf sie wartete. Und schwimmen konnte sie auch noch! Eine richtige Goldmarie war Katharina, auch wenn sie pechschwarze Zöpfe hatte.

»Sag mal, möchtest du vielleicht Zimmermädchen im Hotel Baur werden?«, fragte ihre Freundin plötzlich. »Die Arbeit wäre bestimmt leichter und ich würde mich für dich verbürgen bei Herrn Baur.«

»Ich, in einem Hotel? Und gerade jetzt, wo unter den Arbeitern so eine Bewegung entsteht?«

»Bewegung?« Katharina stand auf und hüpfte auf dem Steg hin und her, um nicht auszukühlen. »Wo denn?«

Vor den Brausen gab es immer noch eine Schlange von Frauen, die unablässig miteinander schnatterten und scherzten. Die, die schon fertig geduscht waren, saßen zu zweit oder in Grüppchen in Tücher gehüllt beisammen, bürsteten sich gegenseitig die Haare und flochten sich Zöpfe.

»In Genf haben sie jetzt einen Verein gegründet. Die Arbeiter organisieren sich«, behauptete Vreni.

»Davon habe ich noch nichts gehört. Wie heißt denn dieser Verein?«

»Das ist der Grütliverein. Er wäre der erste Arbeiterverein in der Schweiz.«

»Aber werden dort auch Arbeiterinnen beitreten dürfen?«

»Aber natürlich«, entrüstete sich Vreni. »Wir sind doch so viele!«

»Aber ihr bekommt viel weniger bezahlt. Und die meisten Männer finden das auch noch gut. Nur die Kinder bekommen noch weniger als ihr.«

»Wir machen ja auch nicht die ganz schweren Arbeiten«, rechtfertigte Vreni die Sache.

»Na und?«, fuhr Katharina sie an. Sie wusste selbst nicht, was in sie gefahren war. Bestimmt war ihre Erschöpfung daran schuld und die Enttäuschung, dass ihre Mutter trotz Pflege, trotz Arzt und Medikamenten immer schwächer wurde. »Was ist denn leicht an deiner Arbeit? Nach neun oder zehn Stunden in der Fabrik fällt dir doch nichts mehr leicht.«

Vreni bewegte die Zehen im Wasser hin und her. Sie überlegte. »Eigentlich hast du recht. Außerdem sind viele Arbeiterinnen in ihren Familien die Hauptverdienerinnen, weil entweder kein Mann da ist oder weil er krank ist, keine Arbeit hat, säuft oder sonst etwas. Das kommt gar nicht so selten vor. Dann ist es für die ganze Familie schlimm, wenn man die Mütter schlechter bezahlt als die Väter.« Vreni sprang auf. »Aber alles auf einmal kann man nicht erreichen. Das kann nur schiefgehen. Also lieber eins nach dem anderen. Aber du bist ja noch viel kämpferischer als wir in der Fabrik.« Sie grinste ihre Freundin an.

»In Worten, Vreni, da ist es auch viel leichter als durch Taten. Außerdem habe ich nie in einer Fabrik gearbeitet, sondern nur im Hotel und in einer Damenschneiderei.« Sie gingen hinein zu den Brausen.

»Und du hast auch schon ein bisschen was gesehen von der Welt.« Darum beneidete sie ihre Freundin auch sehr.

»Ich war doch nur ein paar Jahre in Luzern.«

»Ja eben, und ich war noch nicht mal auf der anderen Seite des Zürichsees, stell dir das vor.«

»Wenn ich Tante Regula nicht hätte, wäre ich auch nirgendwo hingekommen.«

»Aber du hast sie eben gehabt. Ich habe keine solche Tante.«

»Vielleicht könntest du in einem der Läden für Seidenstoffe als Verkäuferin arbeiten. Du bist hübsch, hast Geschmack, weißt, was den jungen Frauen gefällt.«

»Ja, auf den ersten Blick mag das besser sein, aber ob es das auch wirklich ist? Dort bist du als junge Frau doch deinem Patron noch mehr ausgeliefert. In der Fabrik gibt es immerhin noch viele Augen, die beobachten können, was dort passiert.«

»Aber alle sind doch nicht so«, protestierte Katharina und dachte dabei bestimmt an ihren Rudolf. Sie war wirklich eine Goldmarie. Hoffentlich wusste sie das auch.

Rudolf

Das Fenster zum Hinterhof war trotz der Kälte des Dezembermorgens weit geöffnet, dennoch roch es in der Backstube intensiv nach der für Weihnachten typischen Mischung aus Zimt, Gewürznelken, Koriander, Muskatnuss, Anis, Ingwer, Honig und abgeriebener Zitronenschale. Und das nun schon seit zwei Monaten, denn Startschuss für die Weihnachtsbäckerei bei Sprüngli in der Marktgasse war bereits Anfang Oktober. Manche Teigsorten konnte man lange im Voraus vorbereiten, wie die für Lebkuchen, die hier »Biber« oder »Biberli« genannt wurden. Sie lagerten in einer Kammer, die sie mithilfe von Seeeis kühl hielten. Jetzt ging es rund in der

Backstube, und jeder musste von früh bis spät anpacken, damit die Arbeit überhaupt zu schaffen war. Wehe, einer der Angestellten würde jetzt ausfallen. Das war in normalen Zeiten schon schwierig, aber im Augenblick wäre es eine Katastrophe, dachte Rudolf und musterte seine Männer. Erschöpft wirkten sie allesamt. Damit sie durchhielten, fiel die Verpflegung in der Vorweihnachtszeit üppiger aus, und es waren auch Leckerbissen dabei, die es sonst nicht gab. Nur das Süßgebäck und die vielen intensiven Düfte nach Gewürzen, warmer Butter und Zitronenglasur kamen in den Pausen nicht auf den Tisch, denn damit waren sie mehr als gesättigt. So wie im Haus des Schmieds die Löffel aus Holz waren, so fand sich auf den Gabentischen der Konditoren alles außer Süßigkeiten.

Rudolf machte das Fenster zu. Der Geselle und die Gehilfen arbeiteten alle im Unterhemd, und auch Roli hatte sich ihnen angepasst. Nur Rudolf und sein Vater behielten in der Backstube ihre weißen Konditorjacken an, öffneten allenfalls die Knöpfe und krempelten die Ärmel hoch. Sobald sie die Backstube verließen, wurden die Knöpfe geschlossen. Rudolf lieferte die fertigen Backwaren hinüber in den Laden und übernahm dabei auch die letzte Qualitätskontrolle.

Er nahm das hoffentlich vorläufig letzte Blech mit den »Grittibänzen«, dicken Teigmännern mit Rosinenaugen und Nasen aus Mandelsplittern, und öffnete die Schwingtür zum Laden mit dem verlängerten Rücken. Eine Traube von Hausfrauen in dunklen Kleidern, Jacken und Mänteln belagerte den Verkaufstresen wie ein Schwarm Krähen. Die schwitzende Annarösli hatte alle Hände voll zu tun, ihre Wünsche zu erfüllen. Die Mutter war bestimmt schon beim Kochen, sonst hätte sie im Laden ausgeholfen. Morgen war der 6. Dezember, der Tag des Samichlaus, wie der heilige

Nikolaus in der Schweiz hieß. Und alle, die selbst nicht zum Backen gekommen oder mit den Ergebnissen nicht zufrieden waren, mussten noch schnell eine der Spezialitäten bei Sprüngli holen.

»Oh, wie fein«, rief eine der Damen aus, »der Juniorchef selbst bringt uns noch Nachschub an Teigmannen. Und ich habe schon befürchtet, ich bekomme überhaupt keinen mehr.«

»Dann können wir ihn auch gleich fragen, ob er nicht auch einmal eine Teigfrau backen kann, keinen Grittibänz, sondern ein Gritli.«

Rudolf war so überrascht, dass ihm nicht gleich eine Antwort darauf einfiel.

»Wenn Ihr es nicht macht, dann vielleicht Eure liebe Braut, die Ihr einmal heiraten werdet«, plapperte die Kundin weiter. »Wann ist es denn so weit?«

»Ein bisschen wird es noch dauern, aber wir haben schon einen Termin für nächstes Jahr«, versicherte Rudolf. Zürich war ein Dorf. Es verging fast kein Tag, an dem ihn nicht irgendjemand darauf ansprach.

»Die Glückliche!«, seufzte die vorlaute Nachbarin. »Man sagt, Sprüngli wird auch zur Eröffnung des neuen Hotels drüben am Neumarkt seine Spezialitäten liefern. Stimmt das?«

»Ja, das ist richtig«, antwortete Rudolf.

»Der Wirt vom Kirschbaum, der Hotelier Baur, weiß eben auch, was gut ist«, rief eine dritte Kundin.

Rudolf stellte das Blech auf der Anrichte ab. »Meine Damen, ich mache mich dann wieder an die Arbeit. Kaufen Sie noch schön ein, es ist alles frisch und mit viel Liebe und natürlich auch Können gebacken.«

»Mit Liebe?«, rief eine, und alle fingen sie wie auf ein Kommando an zu gackern und zu kichern.

Rudolf zwinkerte Annarösli zu, dann verschwand er wieder hinter der Schwingtür.

Als hätte der Vater mitgehört, worüber draußen im Laden gesprochen worden war, regte er sich gerade wieder über eines seiner Lieblingsthemen auf.

»Warum muss dieser Baur sein Hotel eigentlich ausgerechnet an Weihnachten eröffnen? Als hätten wir nicht schon genug zu tun in der Adventszeit.«

»Dieses Jahr darf es eben noch etwas mehr Arbeit sein als die letzten Jahre. Damit uns nicht langweilig wird.« Der Geselle schimpfte gleich mit. Gut, dass die Gehilfen ruhig blieben und so fleißig mit anpackten wie immer. Aber Ueli und der Vater waren in ihrem Element.

»Kann er nicht bis Februar warten, wenn der ganze Rummel vorbei ist?« Das war wieder der Vater.

»Nein, das kann er nicht«, antwortete Rudolf. »Er wird schon die größte Aufmerksamkeit für sein Hotel erzielen und zahlungskräftige Gäste anlocken wollen. Außerdem will er in die Zeitung kommen.«

»Baur will dies und Baur will das, und wir müssen schuften und liefern.« Breitbeinig stand David am großen Arbeitstisch und drückte die Holzmodel für die Anisguetzli in den Teig. Sie wurden nach dem Ausstechen zum Trocknen auf ein Blech gelegt. Dabei ließ er sich von keinem helfen, auch von Roli nicht. Denn kein anderer in der Backstube war damit so geschickt und schnell wie er selbst. Und Zeit war jetzt wirklich Geld.

»Aber du weißt doch, worum es für uns geht«, erinnerte Rudolf seinen Vater.

»Ja, das weiß ich. Kredit gegen Naturalien. Nur wachsen die leider weder auf den Bäumen noch in der Erde wie die Erdäpfel. Und für uns Zuckerbäcker gibt es keine härtere Zeit als die vor Weihnachten. Aber davon hat dein feiner Herr Baur offenbar keine Ahnung oder es ist ihm egal. Er will ja in die Zeitung, überregional. Am Ende gar noch international.« Er spuckte die Wörter aus, als handle es sich um etwas Unanständiges. Aber vor den Angestellten wollte Rudolf sich nicht provozieren lassen.

»Zeit für die Mittagspause!«, rief er deshalb, obwohl es dafür noch zu früh war. »Jeder bringt seine Arbeit noch fertig, dann machen wir früher als sonst Mittag, weil ihr alle so fleißig und zuverlässig seid.« Dabei sah er besonders Ueli an, der schon wissen würde, warum. Fleißig war er, aber seine ständige Nörgelei zerrte an Rudolfs Nerven.

Rudolf nahm noch ein fertiges Blech mit hinüber ins Geschäft, dann ging er in die Wohnung hinauf, um sich bis zum Mittagessen ein wenig zurückzuziehen. Das Ruhigbleiben kostete ihn viel Kraft.

»Eigentlich bräuchten wir mehr Leute«, sagte Rudolf, als sie zum Mittagessen zusammen am Tisch saßen.

»Die müssen aber auch bezahlt werden«, hakte der Vater sofort ein.

»Gut, dass Roli uns so tatkräftig unterstützt. Er schafft schon fast genauso viel wie die anderen beiden Gehilfen.«

Darauf sagte der Vater nichts.

»Er kann noch nicht alles und kennt noch nicht alle Tricks, aber der Wille ist da.«

Anstelle einer Zustimmung kam nur unverständliches Gegrummel von David.

»Oder siehst du das anders, Vater?«

»Nein, das kann schon sein, aber noch ist es zu früh, darüber zu urteilen. Er ist unser Lehrling, Rudolf. Dass er bei uns im Haus eine Schlafkammer bekommen hat und hier wohnt, ändert nichts daran.«

»Was meinst du damit?«, fragte Rudolf. Schon lange nahm Roli sein Mittagessen unten bei den Gehilfen ein, das war sein eigener Wunsch gewesen.

»Dass du dich zu viel mit ihm abgibst«, sagte David. »Du gehst mit ihm am Feierabend zum Angeln oder nimmst ihn an Feiertagen mit in die Kirche, wo er bei uns in der Bank sitzt, als gehörte er zur Familie.«

»Er gehört doch auch dazu«, entrüstete sich Rudolf. Was konnte denn der Vater dagegen haben? Roli nahm ihm doch nichts weg.

»Nein, er ist nicht mit uns verwandt«, beharrte David. »Roli ist dein Lehrling, aber nicht dein Sohn.«

»Müsst ihr zwei schon wieder streiten?« Die Mutter seufzte.

»Er hat aber doch keine eigene Familie mehr. Wieso sollten wir ihm da nicht die Hand reichen?«

Der Vater löffelte stur seine Suppe und sah nicht auf. Rudolf spürte, wie die Wut in ihm hochkroch.

»Manchmal verstehe ich deine Härte nicht Vater. Du müsstest doch am besten wissen, wie man sich fühlt, wenn man als Kind ganz allein auf der Welt ist.«

»Das hat nichts mit Härte zu tun«, behauptete David.

Die Mutter seufzte noch einmal tief. Dann stand sie auf und nahm die Suppentassen mit.

»Doch!«, sagte Rudolf. »Manchmal hast du ein Herz wie ein Felsbrocken.«

»Es geht aber nicht um mich, sondern um dich«, widersprach ihm David. »Was ist, wenn du einmal eigene Kinder, hoffentlich eigene Söhne, hast? Was bleibt dann für Roli?«

»Bis dahin ist er ein Mann«, antwortete Rudolf. »Wer weiß, ob er dann überhaupt noch bei uns sein wird. Vielleicht geht er auf Wanderschaft, wenn er ausgelernt hat.«

»Und wenn er bleibt? Meinst du nicht, dass er sich dann

wie dein Sohn fühlt, wie dein Ältester, und eifersüchtig auf deine leiblichen Kinder ist?«

»Ach, Vater«, jetzt seufzte auch Rudolf. Er war plötzlich nur noch müde. »Noch bin ich nicht einmal verheiratet.«

»Wie lange wollt ihr denn eigentlich noch warten?«

»Ihr wisst ja, dass Katharinas Mutter Ende August gestorben ist. Das Trauerjahr möchte sie noch abwarten.«

»Dann wird es wohl September nächstes Jahr werden für die Hochzeit«, meinte die Mutter.

»Den 6. September hätten wir uns jetzt ausgesucht.«

Damit war jetzt auch der Vater beruhigt, und das Thema Roli schien für den Augenblick vergessen. Was der Vater sich nur immer für Sorgen machte. Sogar über Dinge, die so weit in der Zukunft lagen, dass man darüber nur spekulieren konnte.

Katharina

Das Kleid kam eine Woche vor Weihnachten mit der Postkutsche aus Luzern. Es war aus rosa Seide, richtiger Seide, keine Bouretteseide oder zweite Wahl, und Tante Regula überließ es ihr, weil sie selbst schon seit langer Zeit nicht mehr hineinpasste. Katharina dagegen war es sogar etwas zu weit. Aber wer würde ihr jetzt helfen, es abzustecken? Die Mutter war nicht mehr da. Katharina presste die Lippen aufeinander. Nein, ihre Mutter war nicht mehr da. Also wer? Vreni musste kommen und ihr beim Abstecken helfen. Vielleicht konnte sie auch eine Nähseide in der passenden Farbe dazu besorgen. Enger nähen würde sie das Kleid dann schon selbst.

Kurz vor sechs, und es war schon dunkel. Der Fluss am Unteren Mühlesteg war fast schwarz. Katharina hatte sich beeilt, rechtzeitig zum Feierabendbeginn hier zu sein und auf ihre Freundin zu warten. Gut, dass auch auf dem Steg ein paar der inzwischen fast hundert Öllaternen der Stadt hingen. Katharina konnte sich nur schwer vorstellen, wie es früher, vor ihrer Zeit, gewesen war. Als ihr Vater noch Kind war, hatte es ganze zwei Laternen in Zürich gegeben. Eine auf der Gemüsebrücke, damit die Wachen das Rathaus besser schützen konnten, und eine zweite in der belebten Marktgasse. Die restliche Stadt war nachts einfach dunkel. Hatte man als Bürger nach Einbruch der Dunkelheit noch etwas zu besorgen, so erzählte es der Vater, musste man eine eigene Laterne mit sich führen. Wer keine Laterne dabeihatte, musste eine Buße zahlen. Man hätte ja etwas im Schilde führen können.

Die Turmuhr von St. Peter schlug sechsmal und die Türen der Mühlen, der Webereien und Spinnereien am Steg öffneten sich. Männer, Frauen und halbe Kinder strebten dem Steg zu und liefen entweder in die »große Stadt« rechts der Limmat hinüber oder in die »kleine Stadt« am anderen Ufer. Vreni musste unter ihnen sein, und Katharina stellte sich auf die Zehenspitzen, um sie nicht zu verpassen. Plötzlich tippte ihr jemand von hinten auf die Schulter.

»Chatrina, was machst du denn hier? Sag bloß, du hast auf mich gewartet?« Das war Vreni. »Ist etwas passiert?«, fragte sie besorgt.

»Nein, aber hast du kurz Zeit für mich? Es dauert auch nicht lange.«

»Worum geht's denn?« Vreni winkte ihren Kolleginnen zum Abschied.

»Um ein Seidenkleid«, antwortete Katharina und hakte sich bei ihrer Freundin unter.

»Ist es kaputt?«

»Nein, nur ein bisschen zu weit. Du musst mir helfen.«

»Bekomme ich bei dir was zu essen? Sonst sterbe ich nämlich und kann dir dann leider auch nicht mehr helfen.«

Katharina versicherte ihr, dass noch Eintopf vom Mittagessen übrig gewesen war, als sie das Haus verlassen hatte.

»Und wofür brauchst du jetzt ein Seidenkleid? Ihr wolltet doch noch warten mit dem Heiraten, Rudolf und du.«

»Es ist auch nicht für die Hochzeit, sondern für die Eröffnung des Hotels Baur am Vierundzwanzigsten. Eine Woche noch, und das Kleid sitzt einfach nicht, wie es soll. Aber ich kann es ja nicht gleichzeitig anprobieren und selbst abstecken.«

»O mein Gott, was für eine Katastrophe!« Vreni verdrehte theatralisch die Augen. »Da helfe ich natürlich gerne. Ich dachte, du arbeitest nur für Baur. Ich wusste nicht, dass du auch bei der Eröffnungsgala, von der die ganze Stadt spricht, dabei sein wirst. Sag bloß, es ist ein Ballkleid.«

»Es ist ein festliches Kleid, hellrosa …«

»Weit ausgeschnitten? Ärmel?«

»Etwas ausgeschnitten und ohne Ärmel, aber mit einer Tüllborte rundherum verziert und einem angesteckten Rosensträußchen. Das Oberteil ist mit Fischgrät versteift, und der Reifrock hat sehr viel Stoff und schimmert seidig, rosig wie ein frisch geborenes Ferkel.«

»Was? Mit Ferkeln kenne ich mich nicht aus, aber ich denke, das bekommen wir hin, nachdem du mir den Eintopf warm gemacht hast. Und wehe, dein Vater hat ihn aufgegessen. Dann musst du dir was einfallen lassen.«

Katharina lächelte. Wie konnte man nur so ausgehungert sein. »Wie lange arbeitest du denn jetzt schon für diesen Baur?«

»Seit Sommer.« Katharina hatte mit Johannes Baur und seiner Frau zusammen nicht nur die Hotelwäsche und Ausstattung ausgesucht und das Personal ausgewählt und es auf seine Aufgaben vorbereitet. Sie trainierten schon zwei Wochen lang für den großen Tag. Dass auch wirklich alles wie am Schnürchen lief, wenn erst die Gäste eintrafen, ihre Zimmer bezogen, das Galadiner einnahmen und schließlich zur Musik einer Kapelle tanzten.

»Und wie ist er so, dieser Baur? Zahlt er gut?«, fragte Vreni.

Katharina nickte. »Das fließt alles in meine Aussteuer, ich bin sowieso sehr spät dran damit«, sagte sie. »Ich brauche auch noch Geld für den Stoff für mein Hochzeitskleid und die Brautschuhe.«

»Wenn dieses rosa Kleid dir gut passt, kannst du es doch noch ein bisschen umarbeiten, mit Spitzen, Schleier und solchen Sachen«, meinte Vreni pragmatisch. »Und schon hast du ein Hochzeitskleid.«

»Das könnte ich wohl, wenn Rudolf nicht auch beim Galadiner mit dabei wäre und mich dort sehen würde. Aber er wird sich mehr um die Desserts, die Kuchen und Torten und die Tafelaufsätze kümmern. Aber falls er mich sieht, dann muss ich mir für mein Hochzeitskleid etwas anderes überlegen. Damit will ich ihn doch überraschen. Außerdem möchte ich es wirklich lieber selbst nähen und dann für meine Töchter aufheben. Es soll mein Kleid sein, nicht das von Tante Regula.«

»Aha, die Dame stellt ganz schön hohe Ansprüche. Du bist halt doch eine Goldmarie und aus ganz anderem Holz geschnitzt als so eine einfache Fabrikarbeiterin wie ich.«

Sie waren jetzt schon im Niederdorf, liefen über den Zähringerplatz und an der Predigerkirche vorbei. »Du kannst ja auch gut lesen, im Gegensatz zu mir. Hat dir das eigentlich auch dein Papi beigebracht, wie das Schwimmen?«

»Natürlich«, antwortete Katharina, »wer sonst? In der Volksschule wäre ich nie so weit gekommen, ganze Bücher lesen zu können. Nicht nur die Bibel. Jetzt habe ich endlich *Die Leiden des jungen Werther* von diesem Herrn Goethe gelesen. Einen Roman.«

»Und worum geht es da?«

»Um eine unglückliche Liebe«, sagte Katharina. »Aber die Geschichte ist trotzdem so schön, so ergreifend, weißt du?«

»Du musst mir unbedingt daraus vorlesen«, bat Vreni.

Da greinte plötzlich etwas wie ein Baby oder eine Katze und Katharina drehte sich erschrocken um.

»Ach, das war nur mein Bauch«, erklärte Vreni, »ich habe dir doch gesagt, dass ich hungrig bin wie ein Wolf.«

»Aber sag mal, das klingt ja furchtbar. Hast du denn mittags nichts gegessen?«

»Nicht genug jedenfalls. Weißt du ...« Vreni hielt sich an Katharinas Unterarm fest und atmete tief durch, als wäre ihr schwindelig. »Da war eines unserer Fädlerkinder, so ein Junge, der höchstens zehn Jahre alt ist. Er wäre vor Schwäche fast umgefallen.«

»Ein Fädlerkind?«, fragte Katharina.

»Das in der Spinnerei die Fäden einfädelt. Das machen die Kleinsten mit ihren feinen Fingern und weil sie die besten Augen haben. Sie tun den ganzen Nachmittag nichts anderes als fädeln.«

»Müssen die nicht zur Schule?«

»Doch, zur Schule gehen die meisten schon oder zumindest einige von ihnen. Wenn sie von der Schule kommen, arbeiten sie entweder zu Hause in der Heimarbeit mit, oder sie gehen wie ihre Eltern in die Fabrik.«

»Und was war dann mit dem, der fast umgefallen wäre?«, fragte Katharina.

»Er heißt Walti und ist ein ganz Lieber und Fleißiger, nur ein bisschen stumpf von der vielen Arbeit, die er leisten muss. Und heute hatte er nichts zu essen dabei, weil sie ihm sein Brot in der Schule gestohlen haben. Deshalb ging es ihm so schlecht.«

»Und dann?«

»Und dann habe ich ihm meins gegeben. Ich dachte ja, er lässt mir etwas davon übrig. Ich war nur kurz weg, aber als ich wieder an meinen Platz kam, hatte er alles aufgegessen.«

»Sehr schlau von dir«, sagte Katharina. »Erst gibst du ihm dein Essen und dann musst du dich an mir festhalten, weil du kaum mehr stehen kannst. Aber sag mal, wie viele Kinder habt ihr denn da eigentlich in der Spinnerei?«

»Hast du nicht gesehen, wie viele da am Mühlesteg abends aus den Fabriken rauskommen?«

»Doch, das habe ich und ich habe mich wirklich gewundert. Wie viele werden das sein?«

»Ich würde sagen, dass vielleicht ein Drittel der Arbeiter Frauen und fast ein weiteres Drittel Kinder sind.«

»So viele?« Katharina konnte es gar nicht glauben. Aber es mochte stimmen, sehr viele Kinder waren da herausgekommen, und sie waren nicht lustig schwatzend nach Hause gerannt, sondern ruhig, fast bedrückt dahingeschlichen.

»Von den studierten Ökonomen heißt es, dass die Schweizer Spinnereien sich wegen der starken Konkurrenz aus dem Ausland eben mit Kinderarbeit behelfen müssen. Wie wir Frauen arbeiten sie auch zu viel niedrigeren Löhnen als die Männer. Das ist so, wir wissen das. Aber so kann es nicht bleiben. Sie können uns doch nicht versklaven, wie die Afrikaner in den Vereinigten Staaten von Amerika! Wir sind schließlich auch Menschen, müssen von etwas leben, unsere Kinder sollen in die Schule gehen, nicht in die Fabrik. Und sie sollen auch mal spielen, statt immerzu zu arbeiten. Findest du nicht auch, Chatrina?«

»Doch, natürlich finde ich das. Und jetzt komm, sonst isst mein Vater doch noch den Eintopf auf, und ich muss schauen, wo ich ein Essen für dich herbekomme.«

Vreni sah sie beinahe verzweifelt an.

»Keine Angst, zur Not gehen wir in den Kirschbaum in der Marktgasse. Bei Frau Baur gibt es immer etwas. Und die Nachspeise holen wir uns dann ganz fein beim Sprüngli.«

»So gut wie du möchte ich es auch mal haben«, seufzte Vreni. »Du kennst sie ja alle. Bei dem einen arbeitest du, den anderen wirst du heiraten.«

»Ich weiß ja, dass ich ein Glückskind bin«, sagte Katharina und drückte die Hand ihrer Freundin. »Und das ist wirklich lieb, dass du mir hilfst, Vreni. Ich finde schon etwas zu essen für dich. Nur in die Speisekammer kann ich dich nicht lassen. Vor dir und deinem leeren Magen ist ja nichts sicher.«

Rudolf

So sehr unterschied sich dieser 24. Dezember gar nicht von den früheren Weihnachtstagen. Am Vierundzwanzigsten war immer gearbeitet worden, nur dass Rudolf heute nicht in der Marktgasse war, sondern in der Küche des feinen Hotel Baur. Roli unterstützte ihn seit den frühen Morgenstunden und war gerade unterwegs, die nächste Fuhre der vorbereiteten Patisseriewaren aus dem Geschäft zu holen. Rudolf hatte eine ganz kleine Pause eingelegt. Einmal kurz der Hektik in der

Hotelküche entkommen und hinaus in die kalte Winterluft und durchschnaufen.

Der Vater hatte es kategorisch abgelehnt, an der Vorbereitung zur Eröffnungsfeier im Hotel Baur teilzunehmen. »In der Christnacht wird nicht getanzt und gefeiert«, lautete seine Begründung.

»Ich gehe ja auch nicht zum Tanzen und Feiern hin«, hatte Rudolf geantwortet, »sondern zum Arbeiten und Geldverdienen.«

Doch eigentlich war es ihm ganz recht gewesen, dass er mit Roli allein hier war. Dann gab es wenigstens nicht dauernd dieses Genörgel, dass sie womöglich abends auch noch die Christnachtfeier im Grossmünster verpassen würden. Denn das wäre ungeheuerlich und nahezu undenkbar, zumindest für den Vater.

Eine zehn Zentimeter dicke Schneeschicht bedeckte den Platz, die von Wagenspuren schon kreuz und quer zerfahren war. Seit Jahren hieß der Platz »Neumarkt« und nichts erinnerte mehr an den alten Schweinemarkt. Es waren andere Zeiten angebrochen, und jeder konnte es sehen, außer David Sprüngli, dessen Kosmos allein die Marktgasse und sein altes Quartier drüben auf der rechten Limmatseite umfasste.

Von der Fraumünsterkirche kam jetzt eine Gestalt mit einem Handwagen durch die Poststraße auf ihn zu. Mit der einen Hand schob Roli den Karren vor sich her, mit der anderen winkte er ihm fröhlich.

»Hast du alles dabei?«, fragte Rudolf, und Roli zeigte auf die verschiedenen Blechdosen und Schachteln und zählte das Weihnachtsgebäck auf, das sie enthielten.

»Da drin sind die Hotel-Baur-Lebkuchen, hier die Mailänderli, dort die Zürcher Marzipan-Leckerli. Und in der großen Kiste die Tirggel.«

Also alle Sorten des Zürcher Weihnachtsgebäcks, genau wie Johannes Baur sich das gewünscht hatte. Der Hotelier hatte sogar eigene Holzmodel in Auftrag gegeben, auf denen sein Hotel abgebildet war.

»Du hast die Chräbeli hoffentlich nicht vergessen?«, fragte Rudolf.

Roli zog eine Grimasse. »Nein, die Stinker sind auch dabei, ganz unten.«

Am Anisgebäck, das in seiner Form an einen gebogenen Hahnenkamm erinnerte, schieden sich die Geister. Entweder man mochte den Anisgeschmack, oder man hasste ihn. Und Roli hasste ihn, immer schon. Backen musste er die Chräbeli trotzdem, auch wenn er am Backtag mit einer Klammer auf der Nase herumlief.

Bevor sie ihre Schätze, mit und ohne Anisgeschmack, in die Hotelküche brachten, sah Rudolf sich noch einmal auf dem Platz um. Der neue Posthof gleich gegenüber dem Hotel bot Platz für eine riesige Postkutschen-Flotte und dazu die Stallungen für die vielen Kutschpferde. Das war nicht nur ein Segen für das Hotel Baur und seine Gäste. Der neue Posthof würde langfristig die alte Poststation drüben in der Marktgasse entlasten, wo die Passanten zur Seite springen mussten, wenn eine der Kutschen die Gasse heruntergeratert kam.

Johannes Baur hatte alles richtig gemacht, fand Rudolf. Er besaß die Art von Weitblick, die seinem Vater fehlte. David Sprüngli kam aus einer anderen Zeit. Doch Rudolf wollte irgendwann auch etwas Neues schaffen, an einem neuen Ort. Die Marktgasse schlug ihm jetzt schon aufs Gemüt mit ihrer Enge und der langen Tradition. Ein Platz wie der Neumarkt hingegen bot Luft zum Atmen und Raum für neue Unternehmungen.

Während Rudolf von der Zukunft träumte, trat Roli von einem Bein aufs andere und schlug die Arme um den Oberkörper. Er fror offensichtlich erbärmlich in seiner dünnen Wolljacke.

»Wir gehen gleich rein«, sagte Rudolf, »ich will dir vorher nur noch kurz etwas zeigen. Schau, dort steht das Haus des Seidenfabrikanten Bürkli, das er vor zwei, drei Jahren neu gebaut hat. Das ältere Gebäude, das davor hier gestanden hat, ließ er abreißen.«

»Und der Garten mit dem großen Baum da, gehört der auch dem Bürkli?«, fragte Roli.

Rudolf nickte. »Der Garten selbst mit dem Springbrunnen ist neu. Aber die Tiefenhoflinde steht schon an die dreihundert Jahre hier. Sie sollte gefällt werden, um neues Bauland zu gewinnen. Aber das haben die Bürger nicht zugelassen und so lange dagegen protestiert, bis die Pläne geändert wurden. Dann wurde die Linde dem Garten von Bürkli zugeschlagen.«

Roli rieb sich die kalten Ohren. Sie waren krebsrot.

»Dann also wieder rein in diesen Hexenkessel, bevor du mir hier draußen noch erfrierst.«

Roli packte seinen Handkarren und Rudolf lief ihm voran zum Hintereingang des Hotels.

Wenn er doch nur expandieren oder ganz woanders neu anfangen könnte, mit mehr Platz für die Patisserie und für seinen größten Wunsch nach einer eigenen Schokoladefabrik. Ein neues Gebäude, in dem er alles selbst planen und einrichten konnte, wie der Hotelier Baur oder der Fabrikant Bürkli. So, wie er es für seine Zwecke brauchte, und mit der Möglichkeit, jederzeit expandieren zu können. Dabei dachte Rudolf nicht nur an die Zuckerbäckerei und die Schokolade, sondern auch an die Familie, die er bald gründen würde. Was konnte er seiner Frau in dem kleinen Haus an der Marktgasse schon bieten? Sie würden nur noch enger zusammenrücken müssen. Wie würde das werden, wenn sie erst Kinder hätten?

Als sie zurück in die Hotelküche kamen, waren die Vorbereitungen für das Galadiner bereits in vollem Gang. Kartoffeln wurden geschält, Gemüse gehackt, Fleisch geklopft, die Köche bellten ihre Anweisungen durch den Raum, die Mägde tuschelten beim Gemüseputzen und lachten über den Küchenjungen, der hinter einem entwischten Krebs her war.

Rudolf fand ein Plätzchen für ihre eisgefüllten Kisten mit den Glace-Büchsen und sie machten sich an die Vorbereitung der Desserts. Von draußen hörte man Kutsche um Kutsche herantraben. Es waren eine Menge Gäste, die dem Hotel Baur heute zur Eröffnung die Ehre gaben, fremde wie einheimische.

Einer der Köche riskierte einen Blick von der angelehnten Tür in den Speisesaal und sofort bildete sich eine Schlange von Neugierigen hinter ihm. Auch Rudolf stellte sich in die Reihe und reckte den Hals. Die langen Tische waren weiß eingedeckt, er sah feinstes Silber und Porzellan mit Goldrand, kleine Sträußchen von weißen und lila Trockenblumen und in der Tischmitte die Tafelaufsätze aus Tragant aus der Confiserie Sprüngli, an denen sie wochenlang gearbeitet hatten. Auch Roli hatte sich jetzt ganz dicht an ihn gedrängt, um ebenfalls einen Blick auf all diese Herrlichkeiten zu werfen. Der Mund blieb dem Jungen offen stehen. Dann plötzlich zupfte er Rudolf am Ärmel und zeigte in Richtung des großen Fensters. Dort stand seine Katharina und inspizierte penibel die Kleidung der Kellner, schlug hier einen Hemdkragen um, zupfte Fussel von einer Jacke. Dann ließ sie die Diener ihre Hände ausstrecken und kontrollierte, ob ihre Nägel sauber waren. Rudolf hätte wetten können, dass seine Katharina auch für die geschmackvolle Tischdekoration zuständig gewesen war. Streng sah sie aus wie eine Gouvernante, aber das war sicher nur, weil sie so konzentriert und vielleicht auch ein bisschen angespannt war. Als Johannes Baur mit hochrotem Gesicht den Speisesaal betrat und sich abwechselnd mit einem großen Taschentuch die Stirn abtupfte und einen Finger in den Kragen steckte, der ihm den Hals zuschnürte, zogen sich die Türgucker zurück in die Küche, damit sie nicht entdeckt wurden.

Roli drehte die Kurbel an der Eisbüchse mit dem weihnachtlichen Zimteis weiter, eine Kreation, die er selbst erfunden und dann zusammen mit Rudolf weiterentwickelt hatte. Als Dessert würden sie Meringen mit eingemachten Beeren, geschlagener Sahne und einer kleinen Kugel Zimteis anbieten. In einem kühlen Vorraum standen die Buttercreme-, die Nuss- und Kirschtorten bereit. Und unter dem reich geschmückten Weihnachtsbaum sollte es einen Extratisch mit Zürcher Weihnachtsguetzli geben. Rudolf hatte sich die Erlaubnis eingeholt, ein Schild »Confiserie David Sprüngli et fils« dazuzustellen. Noch war alles mit einer bestickten Leinendecke verhüllt. Erst zum Kaffee sollte auch dieses Buffet eröffnet werden.

Johannes Baur hatte Rudolf und seinen Lehrling eingeladen, abends bei der Eröffnung dabei zu sein. Für den Zweck hatten sie sich eine saubere und gestärkte Garnitur ihrer Konditorkleidung mitgebracht. Sie selbst sollten den Herrschaften das gewünschte Gebäck servieren und ihnen auf Nachfrage zu jeder Sorte erklären, wie sie hieß und wie man sie machte. Während sie noch die letzten Gäste bedienten, wanderten andere schon hinüber in den Ballsaal, wo die Musikkapelle den ersten Walzer anstimmte. Rudolf ließ Roli für einen Moment allein, um einen Blick in den geschmückten Tanzsaal zu werfen. Da kam eine Schönheit auf ihn zu, schwarzes, kunstvoll aufgestecktes Haar, das feine Gesicht mit der hellen Haut und den roten Lippen nun schon viel entspannter: seine Katharina in einem rosaroten Traum aus feinster Seide. Rudolf war für einen Moment wie geblendet. Dann griff er doch noch schnell nach ihrer Hand.

»Hast du denn heute schon dein Hochzeitskleid angezogen?«, flüsterte er und konnte sich nicht sattsehen an seiner Braut.

»Abwarten«, flüsterte sie. Sie lächelte ihm zu, drehte sich rasch um und rauschte wieder davon.

Am frühen Morgen, als auch die letzten Gäste in ihre Betten gefunden hatten und Roli noch dabei war, die Eisbüchsen zu säubern und alles wieder einzupacken, stahl Rudolf sich ein zweites Mal davon und fand Katharina bei der Bezahlung und Verabschiedung der Musiker. Ihre Frisur saß nicht mehr ganz so perfekt, und sie sah ein bisschen müde aus, aber auch sehr glücklich. Der Abend war ein großer Erfolg gewesen und die Gäste hatten mit Komplimenten nicht gespart. Sie war so tüchtig, seine Katharina, aber er hätte sie bestimmt genauso sehr geliebt, wenn sie nicht ganz so unermüdlich und zupackend gewesen wäre. Ihm musste sie längst nichts mehr beweisen.

Rudolf wartete, bis auch die Musiker zusammengepackt hatten und sich verabschiedeten. Dann verbeugte er sich vor seiner Liebsten, sie reichte ihm die Hand und sie tanzten wie verzaubert durch den leeren Ballsaal. Hinter den langen, bauschigen Vorhängen dämmerte schon der Morgen. Die Stadt schlief, nur sie beide waren noch wach. Und für kurze Zeit gehörte ihnen der Ballsaal ganz allein. Weil die Musiker schon fort waren, summte Katharina einen Ländler im Dreivierteltakt und Rudolf wiegte und drehte sie dazu im Walzerschritt. Es war auch der einzige, den er konnte.

»Chatrina, du bist so schön«, flüsterte er ihr ins Ohr. »Willst du mich einfachen Konditor denn überhaupt noch haben?«

Sie strahlte ihn an und nickte. Und dann summte sie weiter, drückte ihren Oberkörper gegen seinen Arm und legte den Kopf in den Nacken. Rudolf küsste die zarte Haut an ihrem Hals. Er konnte es kaum mehr erwarten, endlich mit ihr zusammen zu sein, jeden Tag und jede Nacht und ein ganzes Leben lang.

Ein paar Tage später bedankte Johannes Baur sich bei Rudolf und Katharina. Die Eröffnung war ein Riesenerfolg gewesen, größer, als er es sich selbst erhofft hatte. Selbst im Ausland hatte die Eröffnung seines Zürcher Hotels Aufsehen erregt. So hatte etwa die *Augsburger Allgemeine Zeitung* über Baurs neuen »Riesengasthof« berichtet, der über eine »mustergültige Einrichtung« verfügte, wie »einen Speisesaal, zwei Salons für Dinner, Déjeuner und Manger à la Carte, zehn weitere Salons, einhundertvierzig Betten, Stallungen für vierzig Pferde und eine an der Sihlbrücke gelegene Dépendance mit Stallungen für weitere fünfzig Pferde«. Als Sensation des Hauses erwähnte die *Augsburger Allgemeine* den bis zum Dach hinaufführenden Speiseaufzug.

»Was mache ich bloß, wenn du mir Katharina im September entführst, Rudolf?«, jammerte der Hotelier. »Eine wie sie finde ich doch nie mehr.«

»Ja, so ist das im Leben, Johannes. Des einen Freud, des anderen Leid.« Rudolf legte den Arm um Katharina. »Außerdem sind es noch viele lange Monate, die sie dir bleibt. Am Ende will sie dann gar nicht mehr fort, weil es ihr hier so gut gefällt, wer weiß, vielleicht sogar besser als in der Marktgasse. Was ja auch nicht so furchtbar schwer ist.«

»Bis September habe ich also noch Zeit, mich zu entscheiden. Aber weißt du, Rudolf«, Katharina drückte seine Hand, »Johannes hat ja schon eine Frau, seine Anna. Es wird das Gescheiteste sein, wenn ich doch lieber dich nehme.«

1839

Rudolf

Was ist mit dir, Vater, gehst du nicht mit zum Umzug?«

Rudolf hatte sich schon umgezogen, er dachte, die Backstube sei abgeschlossen. Die Angestellten waren alle ausgeflogen, nur David werkelte immer noch herum.

»Geht ihr nur«, brummte er, »ich will hier erst noch fertig werden.« Er war gerade dabei, mit einem Besen den Backofen sauber zu machen.

»Aber dieses Jahr gehen zum ersten Mal alle Zünfte gemeinsam auf den Zug. Das hat es noch nie gegeben.« Hatte der Vater davon gar nichts mitbekommen? In der Backstube redeten sie doch schon seit Tagen über nichts anderes mehr.

»Fasnacht hatten wir dieses Jahr schon«, murrte der Vater, »was brauchen wir denn noch einen Tag, an dem sich die Leute verkleiden und danach mit Tschingderassabum durch die Stadt ziehen?«

Verkleiden nannte er das? Dabei waren die Zürcher Zünfte doch keine Narren mit Schellenkappen und Schnabelschuhen. Die Zürcher Zünfte gab es seit fünfhundert Jahren. Sie hatten damals erkämpft, dass nicht nur Adelige und Patrizier im Rat der Stadt saßen, sondern auch Handwerker, Leute wie sein

Vater zum Beispiel. Bei ihrem Umzug im Frühling trug jede Zunft ihre eigene Tracht. Das war aber doch alles andere als eine Fasnachtsverkleidung.

»Geht nur und vergnügt euch. Ich mache hier noch sauber.«

»Ach, Vater, einmal im Jahr dürfen die Leute doch auch ihren Spaß haben, das ist nichts Schlimmes. Und unter den Zünftern sind alle wichtigen Männer der Stadt. Es ist sicher nicht schlecht, wenn wir uns als Geschäftsleute dort sehen lassen. Zumindest im Publikum, wenn wir schon nicht selbst bei den Zünftern sind.«

»Da willst du doch auch noch mitmachen.« Missmutig sah der Vater ihn an.

»Es wäre bestimmt nicht zu unserem Schaden.«

»Selbstverständlich wäre das zu unserem Schaden.«

»Wie meinst du das?«, fragte Rudolf. Es war doch eine Ehre, in eine Zunft aufgenommen zu werden.

»Weißt du, was so eine Kostümierung kostet? Einstandsgeschenke werden von neuen Mitgliedern auch erwartet, hat man mir erzählt, und das nicht zu knapp. Da können wir unser Geld auch gleich zum Fenster hinauswerfen.«

»Gut, dass sie sowieso nicht jeden nehmen.« Was war sein Vater nur für ein Sturkopf. »Es gibt viele, die sich darum reißen würden, dass man sie aufnimmt. Und du lehnst ab, bevor du überhaupt gefragt wurdest.«

Rudolf ließ seinen Vater mit dem Besen am Ofenloch stehen und verließ die Backstube. Sollte er doch hier versauern, wenn er sich schon selbst ausschloss aus diesem gesellschaftlichen Ereignis in einer Stadt, in der es davon auch nicht rasend viele gab. Während Rudolfs Lehrjahren in der welschen Schweiz hatte er viele katholische Feiertage, Umzüge und Prozessionen miterlebt, die meistens in Tanzfesten oder einem gemeinsamen Ess- und Trinkgelage endeten. Der katholische

Festkalender bot so viele Gelegenheiten, sich auf den Straßen zu treffen, miteinander zu plaudern, zu diskutieren, zusammen anzustoßen. Dagegen war das reformierte Zürich arm an geselligen Ereignissen und Anlässen. Und selbst die wenigen, die es gab, waren einem Mann wie seinem Vater noch zu viel. Sollte er doch auch diesen Tag mit Arbeit verbringen, wie jeden anderen bis auf einen im Jahr, an dem er sich tatsächlich ganz freinahm. Das war der Buß- und Bettag im September. An dem einen Tag wurde nicht gearbeitet bei Sprüngli, nur gebetet und gebüßt.

Katharina hatte schon auf Rudolf gewartet. Sie trug ein hübsches blau-braun kariertes Kleid und einen passend bezogenen Hut mit einer keck gebogenen Feder. Vermutlich hatte sie das Kleid selbst genäht oder ein bereits vorhandenes Kleid umgenäht. Sie war eine geschickte Näherin und hatte einen guten Geschmack. Katharina wusste genau, was ihr stand und ihre Vorzüge zur Geltung brachte, vor allem die schmale Taille, die auch ohne enge Schnürung schlank und anziehend war.

Rudolf zog sie an sich und küsste sie. »Du wirst jeden Tag schöner. Wie machst du das bloß?«

Sie zuckte die Achseln und grinste ihn an.

»Kommt dein Vater nicht mit?«, fragte er.

»Er ist schon dort, mit den Musikern.«

Und dann dauerte es doch noch ein Weilchen mit Küssen hin und her, bis sie endlich so weit waren und auf die Gasse traten. Am Ende musste Katharina ihre Frisur noch einmal richten und den Hut neu binden.

Am Ende der Marktgasse überholten sie den Apotheker, der eine königsblaue Joppe mit Goldknöpfen trug und weiße Strümpfe, die ihm bis über die Knie reichten und mit einer roten Kordel befestigt waren, an der er herumnestelte.

»Meister Flückiger«, grüßte Rudolf ihn, »Ihr seid aber spät dran. Eure Kollegen müssten doch bald im Zug losmarschieren. Sie werden Euch schon vermissen.« Flückiger war seit jeher Mitglied der Zunft zur Schiffleuten und das war seine übliche historische Tracht.

»Ah, der junge Sprüngli, und seine adrett karierte Dulcinea ist auch dabei«, antwortete der Apotheker. »Meine Verehrung, Mademoiselle.« Er machte einen Bückling, dann versuchte er wieder, den Knoten in der Kordel an seinem Knie zu lösen. »Meine Gertraud hat die eine Seite zu fest gebunden. Wenn ich so im Umzug mitgehe, wird mir mein Bein absterben und ich komme als Invalide nach Hause.«

»Moment, das haben wir gleich.« Katharina war schon vor ihm in die Knie gegangen und löste die Schleife, lockerte die Kordel und band sie neu. »Ist es so besser?«

Flückiger nickte erleichtert. »Vielen Dank, gutes Kind. Sie haben mir vermutlich das Bein gerettet.«

Sie liefen zusammen zum Münsterhof, wo der Zug starten sollte.

»Wo ist denn dein Vater, Rudolf? Alle wichtigen Leute der Stadt sind auf den Beinen, da wäre es doch gut, er würde sich ein wenig unter sie mischen. Jetzt, da er das Bürgerrecht bekommen hat, kann er doch auch noch Zünfter werden.« Gut, dass Flückiger nicht wusste, wie sein Vater darüber dachte. »Ich könnte euer ›Götti‹ sein und ihn für die Zunft zur Schiffleuten vorschlagen. Und dich gleich dazu.«

»Das würdet Ihr tun?« Rudolf wusste, dass man ohne einen Paten als Fürsprecher keiner Zunft beitreten konnte. Aber daraus würde sowieso nichts werden. »Mein Vater ist wie immer zu sparsam für solche Dinge. All die Ausgaben, die da auf ihn zukommen, schrecken ihn ab.«

Der Apotheker blieb stehen, schüttelte den Kopf. »Dein

Vater wäre dumm, wenn er die Gelegenheit nicht beim Schopf packen würde. Nach dem Kauf des Geschäfts und dem Erwerb des Bürgerrechts müsste das sein nächstes Ziel sein. Ich würde ihm seine Eintrittskarte beschaffen, und er sagt Nein, das ist mir ein bisschen zu teuer?« Flückiger konnte es kaum glauben. »Der alte Sprüngli kann einfach nicht über seinen Schatten springen oder über seine Geldbörse hinaussehen.«

»Ja, er ist wirklich sehr sparsam«, bestätigte Rudolf. »Um nicht zu sagen geizig. Mit den ganzen Schulden für das Geschäft fehlt ihm einfach der Mut.«

»Hoffentlich hast *du* ihn«, meinte der Apotheker. »Du wärst doch gern Zünfter, nicht?«

»Warum wäre das wichtig?«, fragte Katharina. Ihr eigner Vater war auch kein Zünfter. Als Musiker und Feuerwächter und mit seinen anderen Berufen, die auch nicht besonders angesehen waren, war er noch nie angesprochen worden. »Wegen der Umzüge, der Feste und der Abendgesellschaften im Zunfthaus?«

»Ach wo!«, sagte Flückiger. »Darum geht es doch gar nicht. Das ist doch nur nettes Beiwerk. Entscheidend sind die Freundschaften, die hinter verschlossenen Türen zwischen den wirklich wichtigen Männern der Stadt geschlossen werden. Denen, die das Sagen haben, die die Politik bestimmen und die großen Bauvorhaben.« Der Apotheker war gestikulierend stehen geblieben, um seiner Unterweisung in die Eigenheiten der Zünfte noch mehr Nachdruck zu verleihen. »Alles andere ist nur Tand. Man kann es genießen oder einfach nur mitmachen, beobachten, die eigene Menschenkenntnis schulen, über die Marotten der anderen lächeln. Man kann sich sogar mit einem Gläschen zu viel in der Krone danebenbenehmen. Das macht gar nichts. Denn in den Zunfthäusern und bei den

Treffen herrscht Narrenfreiheit. Das heißt, von dem, was dort gesagt oder getan wird, dringt nichts nach außen. Man ist dort ganz zwanglos unter sich.«

Von der Münsterbrücke, die bereits schwarz war von Schaulustigen, konnte man schon das Pferdegetrappel der berittenen Zünfter hören. Eine Musikkapelle sammelte sich, und irgendwo schlugen Becken aufeinander. Bald setzte der Trommelwirbel ein, der das Zeichen zum Abmarsch des Zuges geben würde.

»Aber stimmt es, dass teure Einstandsgeschenke von den neuen Mitgliedern verlangt werden?«, wollte Rudolf noch wissen.

»Bei den Schiffleuten ist das nicht so«, antwortete Flückiger. »Wenn dein Vater kein Geld ausgeben will, kann er zum Einstand bei einem unserer monatlichen Treffen das Nachspeisen-Bankett mit den Spezialitäten aus eurer Confiserie ausrichten. Zum Beispiel.«

Rudolf sah seinen Vater förmlich vor sich, wie er in die Luft ging: Was ist das für ein Verein, der einen nicht bezahlt für die Leistungen, die man erbringt? Wir müssen doch auch leben! So in etwa würde er das ausdrücken.

»Mein Vater denkt da wieder zu kurz«, erklärte Rudolf den beiden. »Langfristig wollen wir ja nicht möglichst viel für möglichst jeden backen und verkaufen.«

»Sondern?«, fragte Katharina.

»Sondern lieber Exklusiveres an Kunden liefern, bei denen es nicht so sehr auf den Preis ankommt, also auch ein bisschen teurer sein darf.«

»Ach so, an die besseren Leute willst du verkaufen? Ist das dein Plan?«, fragte Flückiger. »Nicht schlecht, aber was sagt dein Vater dazu?«

»Ich weiß es nicht. Er kommt vor lauter Arbeit ja noch

nicht einmal dazu, Pläne zu machen. Aber wir haben zu wenig Platz und Personal für den Umsatz, den wir machen wollen, also können wir nicht nur auf Masse und preiswert setzen. Und ich will ja auch nicht zwanzig Jahre Kredite abbezahlen und mir jeden Groschen vom Mund absparen, so wie mein Vater. Für ihn ist es nichts Neues, das macht er schon sein ganzes Leben so. Aber für mich ist das nichts. Ich will endlich Schokolade machen.«

»Ja, nur wo?«, fragte Katharina.

»Eben.« Rudolf seufzte. »Und mit wem, wenn wir in der Marktgasse schon zu wenig Leute haben. Deshalb denke ich, dass wir möglichst schnell expandieren sollten. Die reichen Leute wollen immer das Feinste und Teuerste, solange es etwas Besonderes ist. Und das will ich ihnen bieten, und zwar zu einem guten Preis, einem, der auch gut für uns ist, meine ich.«

Flückiger sah ihn an und nickte. »Und genau diese Leute, von denen du jetzt sprichst, sind Zünfter. Nicht alle bei den Schiffleuten, aber egal. Dein Vater sollte zugreifen, wenn er beitreten kann, nicht den Schwanz einziehen und sich in seiner Backstube verkriechen. Ihr seid jetzt wer, dein Vater und du. Ihr müsst euch nur noch ein bisschen teurer verkaufen, damit mehr bei euch hängen bleibt. Mit eurer Sprüngli-Qualität habt ihr euch schon einen guten Ruf in der Stadt erarbeitet.«

»Schaut doch mal!« Katharina sah nicht zum Münsterhof, wo immer wieder eine Trompete einen Ton anstieß oder ein Pferd nervös wiehernd aus der Menschenmenge aufstieg, sondern in die entgegengesetzte Richtung. Von dort schlurfte David Sprüngli mit hängenden Schultern heran.

Hatte er es doch nicht mehr ausgehalten, allein zu Hause in der Backstube, dachte Rudolf.

Katharina winkte ihrem zukünftigen Schwiegervater, da konnte er nicht mehr unerkannt in der Menge untertauchen, sondern musste sich zu ihnen stellen.

Flückiger klopfte seinem Nachbarn kräftig auf die Schulter. »Sprüngli, Ihr seid zwar Zuckerbäcker und kein Schiffer, aber die altehrwürdige Zunft zur Schiffleuten lässt trotzdem anfragen, ob Ihr nicht beitreten wollt. Ihr müsst dafür weder ein Schiff steuern noch einen kapitalen Hecht fangen. Nur einige Kostproben Eurer Süßwaren für ein gemeinsames Mahl bereitstellen. Na, was sagt Ihr dazu?« Wieder klopfte er ihm auf die Schulter und zwinkerte ihm zu. Rudolf hielt den Atem an. Würde der Vater ihm in bekannter Manier einen Korb geben?

»Flückiger, was habe ich getan, dass mir diese Ehre zuteilwird?«, fragte sein Vater vorsichtig.

»Ihr seid ein braver, fleißiger Mann, Sprüngli, der sich nie etwas zuschulden hat kommen lassen. Euer Start vor vielen Jahren war schwer genug, aber Ihr habt Euch durchgekämpft und seid heute ein angesehener Zürcher Bürger und Geschäftsmann. Und mit Eurem tüchtigen Sohn und der bezaubernden zukünftigen Schwiegertochter werdet Ihr Euer Lebenswerk einmal in gute Hände geben. Also Ehre, wem Ehre gebührt.« Flückiger verneigte sich leicht.

Rudolf bewunderte, wie der schlaue Apotheker den Vater so umgarnte, dass er aus dem ausgeworfenen Netz eigentlich nicht mehr entkommen konnte.

»Jetzt besprecht Eure Idee doch erst einmal mit Euren Kollegen, Flückiger. Und wenn die mich wirklich haben wollen, dann werde ich wohl schwerlich Nein sagen können.« David grinste schief.

Katharina lächelte über Flückigers ersten Teilsieg und hakte sich bei Rudolf unter. Jetzt setzte der Trommelwirbel ein, und Rudolf spürte, wie ihm eine Gänsehaut über die Arme kroch.

»Es geht los!«, rief seine Braut ganz aufgeregt und zeigte auf die erste Gruppe von Zünftern in königsblauen und scharlachroten Joppen mit blinkenden Goldknöpfen, die unter Pauken und Trompeten losliefen und den Zug anführten.

»Das sind ja meine!«, rief Flückiger und hastete mit wehenden Rockschößen davon.

Vreni

Als Kaspar Ammann ihr die Tür öffnete, hörte Vreni schon das Schluchzen aus der Küche.

»Nanu, was hat sie denn?«, fragte Vreni.

Katharina hatte sie gebeten, noch einmal zur letzten Anprobe zu kommen. Mit der vielen Arbeit und Aufregung im Hotel Baur in letzter Zeit hatte sie schon wieder zwei, drei Pfund abgenommen, weshalb das Kleid ein weiteres Mal geändert werden musste.

»Das soll sie dir selbst sagen.« Katharinas Vater zuckte die Achseln.

»Was sitzt du denn hier und weinst?«

Katharina wurde so heftig von einem neuen Anfall geschüttelt, dass sie nicht sprechen konnte.

»Solltest du nicht glücklich sein, hm?« Vreni umarmte ihre Freundin und strich ihr beruhigend über den Rücken. »Jetzt erzähl mal. Hast du dein Kleid ruiniert, ein Loch hineingeschnitten, eine Naht aufgerissen?« Kopfschütteln.

»Warum hast du es denn gar nicht angezogen? Wir wollten doch schauen, ob es sitzt. Hast du noch mehr abgenommen?«

Katharina schluchzte auf und schüttelte noch einmal den Kopf.

»Zugenommen?«, fragte Vreni.

»Ach wo!«, jammerte ihre Freundin. »Abgesagt!«

»Wie abgesagt?«

»Die Hochzeitsfeier.«

»Von wem? Rudolf?« Vreni konnte es gar nicht glauben.

»Hast du es denn nicht mitbekommen in deiner Fabrik?«

»Nein, ich bin ganz schnell fort, um zu dir zu kommen. Was ist denn los?«

»Man sagt, draußen auf dem Land, in Pfäffikon, rottet sich eine Horde von Männern zusammen, um gegen die Stadt Zürich zu ziehen. Und dass sie bewaffnet sind. Der Große Rat der Stadt sitzt schon zusammen und berät, was zu tun ist.«

»Die Bürgerwehr macht sich bereit«, sagte Katharinas Vater. »Es könnte einen Angriff auf die Stadt geben.«

»Von den Gästen, die wir zur Hochzeit morgen eingeladen haben, wollen die meisten wieder weg aus der Stadt, die anderen werden sich zu Hause in ihren Stuben verbarrikadieren. Jedenfalls will keiner zu meiner Hochzeit kommen, wenn vielleicht geschossen wird.« Katharina schnäuzte sich und heulte weiter.

»Aber wer sollte denn schießen? Wir Arbeiter treffen uns einmal im Monat zu unserer Versammlung, aber von uns schießt doch keiner.« Vreni konnte sich die Sache nicht erklären.

»Es sind auch nicht die Fabrikarbeiter, die draußen vor der Stadt liegen und sich bewaffnet haben, sondern der Landsturm«, erklärte Kaspar Ammann.

»Die Leute vom Land?«, fragte Vreni und verstand erst recht nichts. »Was wollen die denn? Warum tun sie das?«

»Die Regierung in der Stadt Zürich ist ihnen zu liberal oder ›radikal‹, wie sie sagen. Und sie meinen, dass sie immer noch viel zu wenig zu bestimmen haben, wenn es um die Belange des ganzen Kantons geht. Immer hätten nur die Stadtzürcher das Sagen, und das, was die Landschaft möchte, rutscht bei allen Entscheidungen einfach untendurch. Der Rat der Stadt kümmert sich nicht um ihre Forderungen.«

»Und da wissen sie sich nicht anders zu helfen, als zu den Waffen zu greifen? Woher haben sie die denn überhaupt?«, fragte Vreni.

»Es heißt, sie sind mit Sensen und Dreschflegeln angerückt«, sagte Kaspar. »Und ein paar Jäger haben ihre Schrotflinten dabei.«

»Ja, und jetzt?«, fragte Vreni.

»Jetzt müssen wir abwarten, ob sie freiwillig wieder abziehen oder ob die Bürgerwehr einschreiten muss, um sie zu vertreiben.«

»So oder so«, sagte Katharina todtraurig, »kann ich meine Hochzeit vergessen.«

»Ihr habt doch gesagt, diese Leute sind immer noch draußen. Vielleicht bleiben sie ja dort.« Vreni wollte Zuversicht verbreiten.

»Tja, wenn jetzt die Befestigungsanlagen noch stehen würden, dann kämen sie erst gar nicht herein zu uns. Aber die sind ja jetzt weg«, sagte Kaspar. »Und so kann jeder hereinspazieren, egal was er im Schilde führt. Die Sommerfrischler des Hotels Baur genauso wie dieser Landsturm. Das haben wir nun davon.« Er verließ die Küche und Katharina fing wieder an zu weinen.

Rudolf

Es kam nicht aus heiterem Himmel, und es war auch nicht so, dass man nie geahnt hätte, dass das Landvolk von Zürich unzufrieden war. Sie hatten es oft genug zum Ausdruck gebracht. Und trotzdem tat der Großrat der Stadt jetzt völlig überrascht und zog sich hektisch zu Beratungen zurück, wie dem Problem nun beizukommen war. Der Konflikt schwelte schon länger. Doch dass dieses Fass ausgerechnet am Tag seiner seit fast einem Jahr geplanten Hochzeit überlaufen würde, das war doch nicht zu fassen. Wie war das nur möglich und was hatte es zu bedeuten? Stand seine Verbindung mit Katharina unter keinem guten Stern?

Einen Tag vor der Hochzeit, am 5. September, hatte sich das Gerücht, der Landsturm marschiere auf Zürich zu, wie ein Lauffeuer verbreitet. Und mit jedem Kunden und jeder Kundin, die ins Geschäft kam und etwas mehr als sonst einkaufte, vermehrten und verbreiteten sich die Gerüchte weiter. Auch in der Backstube wurde hitzig darüber debattiert. Ueli hatte erfahren, dass an die zweitausend Bewaffnete auf dem Weg nach Zürich waren.

»Zweitausend?«, fragte Simon. »Das ist ja eine richtige Armee. Unmöglich können das so viele sein.«

»Dann glaub es eben nicht«, antwortete Ueli. »Du wirst es dann schon sehen. Und hören vermutlich auch.«

»Ist das einfach so ein Haufen Bauern, oder haben die auch einen Anführer?«, fragte Christoph.

»Ich habe gehört, dass sie von einem Pfarrer aus Pfäffikon angeführt werden.«

Noch am Nachmittag machte Rudolf sich auf, um Näheres über die politische Lage in Erfahrung zu bringen. Er schaute beim Apotheker vorbei und bei seinem Freund Johannes Baur. Alle waren alarmiert, aber etwas Genaueres wusste keiner von ihnen. Es blieb abzuwarten, wie dieser Landsturm sich verhalten würde. Ob der Rat der Stadt mit ihnen verhandeln wollte und was dabei herauskäme. Die Bürgerwehr war jedenfalls in Alarmbereitschaft versetzt worden. Der Pfarrer der Predigerkirche, der sie am nächsten Tag trauen sollte, versicherte Rudolf, dass er genau das tun würde, solange nicht irgendwelche Bewaffneten ihn daran hinderten.

»Aber wer in Gottes Namen sollte etwas gegen deine Eheschließung haben, Rudolf?«, fragte er. »Ich erwarte euch um Punkt neun Uhr in meiner Kirche.«

Später schaute Rudolf auf einen Sprung bei Katharina vorbei und fand sie blass und verstört. Vreni drohte, ihr die Suppe mit dem Löffel einzuflößen, wenn sie nicht endlich selbst zu essen anfing. Die Botschaft, die Rudolf vom Pfarrer überbrachte, schien ihr ein wenig Mut zu machen. Ob es die geplante Feier im Storchen geben würde, stand noch in den Sternen, aber das Wichtigste war doch, dass er bereit war, sie endlich zu vermählen.

»Wenn nicht noch Bewaffnete vor seiner Kirche auftauchen«, sagte Katharina.

»Dann werde ich persönlich dafür sorgen, dass sie draußen bleiben, bis der Pfarrer euch endlich seinen Segen gibt«, versprach ihr Vater. »Und wenn ich meinen Stutzen vom Dachboden holen muss. Nicht dass ich dich loswerden will, Chatrina, aber ihr zwei gehört zusammen. Und nach drei Jahren wird es allmählich auch Zeit, dass ihr mit dem Segen der Kirche zusammenkommt.«

Drei Jahre, dachte Rudolf, und wenn er die ersten zehn Jahre gleich noch mit dazurechnete, waren es dreizehn. So lange wartete er schon.

Außer Atem kam Roli am Morgen der Hochzeit von seiner Kundschafterrunde zurück.

»Wie ist es draußen in der Stadt?«, fragte Rudolf.

»So weit alles ruhig«, keuchte Roli. »Es heißt, dass die Regierung schon seit vier Uhr früh tagt und dass sie zwei Vertreter nach Oberstrass geschickt haben, wo die Aufständischen lagern.« Rudolf schenkte ihm Tee ein und Roli trank die Tasse in einem Zug leer.

»Und wie soll das jetzt weitergehen?«

»Sie wollen das Landvolk dazu bewegen abzuziehen.«

Rudolf nickte. »Hoffentlich gelingt es ihnen. Niemand will sie hier in der Stadt haben. Aber was, wenn sie sich nicht besänftigen lassen?«

»Es heißt, die Bürgerwehr sei in höchster Alarmbereitschaft. Im Notfall verteidigen sie die Stadt gegen die Landleute.«

»Gott bewahre, dass es so weit kommt. Nicht dass noch geschossen wird. Das wäre ja ein Bürgerkrieg. Und was sagt der Pfarrer? Bleibt es dabei, dass er uns traut, auch wenn die Stadt belagert wird?«

»Der Herr Pfarrer Freuler hat mir versichert, dass die Trauung wie vereinbart um neun stattfindet.«

»Bravo.« Erleichtert klopfte Rudolf dem Lehrling auf die Schulter. »Jetzt muss es nur Katharina noch erfahren. Sie wird schon in den Vorbereitungen sein, die Arme, und Angst haben, dass sie in ihrem Brautkleid zu Hause sitzen muss, bis dieser Spuk ein Ende hat.«

»Sie weiß es schon. Ich bin auf dem Rückweg gleich bei den Ammanns vorbeigelaufen und habe ihr die Nachricht überbracht. Also, nicht ihr, sondern ihrer Freundin.«

»Vreni?«, fragte Rudolf.

»Eure Braut hatte ihr Kleid schon angezogen, und Vreni wollte mich gar nicht erst hereinlassen. Wahrscheinlich bringt es Unglück, wenn ein fremder Mann die Braut in ihrem Kleid sieht.«

»Fremder Mann?«, fragte Rudolf. »Damit meinst du doch nicht dich?«

Roli errötete.

Pünktlich um neun Uhr versammelten sich die Brautleute, Rudolfs Eltern und Katharinas Vater vor der Predigerkirche. Vreni war als Brautjungfer mit dabei und Roli als Rudolfs Schützling, beide im Sonntagsstaat. Annarösli hielt tapfer die Stellung im Geschäft. Sie wäre trotz aller Umstände sehr gern dabei gewesen.

Katharina wirkte wunderbar zart in ihrem schlichten Kleid aus elfenbeinfarbenem Seidensatin, wie ein Wesen aus einer anderen Welt. Das Auffälligste war ein besonders kunstvoll genähtes Jäckchen, das sie darüber trug. Die langen, nach vorne hin weiter werdenden Trompetenärmel hatten ein zweites Paar halblanger Über-Ärmel, die mit Seidenbändchen über den Ellbogen geschlossen waren. Das sah raffiniert aus und mehr nach Pariser Chic als nach Zürcher Bescheidenheit. Rudolf, im schwarzen Anzug mit weißem Hemd, bekam ganz weiche Knie, als sie ihm so entgegenkam.

Der Diakon empfing sie persönlich an der Tür. Rudolfs Mutter weinte und auch Vreni zerdrückte ein Tränchen. Roli reichte ihr, ganz Kavalier, sein Taschentuch. Während der Zeremonie vergaßen sie, was immer draußen in der Stadt los sein mochte. Im Inneren der Predigerkirche mit ihren soliden weißen Säulengängen und Rundbögen fühlten sie sich sicher.

Noch vor dem Ende der Zeremonie lief Roli voraus zum Storchen, um die Lage zu erkunden. Er berichtete, dass sich im Storchen die sogenannten »Radikalen« versammelt und die ganze Nacht über Mut angetrunken hatten. Der Wirt konnte es nicht verantworten, an diesem Tag eine wenn auch noch so kleine Hochzeitsgesellschaft zu bewirten. Nicht auszudenken, wenn sein Haus von den Horden aus der Landschaft überfallen würde. Dann würde er für nichts garantieren können.

Katharina schluckte und klammerte sich an Rudolfs Arm. Keine Hochzeitsfeier! Sie presste die Lippen aufeinander und hielt nur mühsam die Tränen zurück. Die kleine Gesellschaft auf dem Zähringerplatz war kurz davor, sich aufzulösen.

»So wartet doch!«, rief Katharinas Vater. »Wenn wir in der Stadt nicht feiern können, dann feiern wir eben draußen. Nicht in Oberstrass, wo das Landvolk mit seinen Prügeln und Mistgabeln lagert, sondern in der anderen Richtung. Ein Stück weiter am rechten Seeufer, in einem der Gasthäuser, wo wir früher immer bei den Hochzeitsfeiern musiziert haben. Weißt du es noch, Chatrina? Du mit deinem Hackbrett, ich mit dem Akkordeon. In Küsnacht, Meilen oder Männedorf. Fahren wir doch dorthin!«

David Sprüngli war am schwersten zu bewegen, zum See hinunterzugehen und das Dampfschiff oder einen der Weidlinge zu besteigen. Offenbar hatte er sich innerlich schon darauf eingestellt, nach der Trauung nach Hause zu gehen, und war nun schwer wieder davon abzubringen. Vielleicht hatte er sogar vorgehabt, gleich noch in die Backstube zu gehen oder das Geschäft zu bewachen, falls es den Horden vom Land einfiele, plündernd durch die Stadt zu ziehen.

»Gib dir einen Ruck, David.« Kaspar Ammann hatte sein Zögern richtig gedeutet. »Dein Sohn heiratet schließlich nur einmal im Leben, das wünsche ich den beiden Glückskindern jedenfalls, die sich schon vor Jahren gefunden haben und immer treu aufeinander gewartet haben. Das muss doch gefeiert werden.«

Man konnte sehen, wie David Sprüngli mit sich kämpfte. Schließlich sagte er: »In Gottes Namen«, und das ließ sich als Zustimmung werten.

Als sie zum See kamen, lag dort die *Minerva* bereit zur fahrplanmäßigen Abfahrt.

»Wohin fahrt ihr?«, erkundigte sich der Brautvater beim Kapitän.

»Nach Küsnacht«, erhielt er zur Antwort.

»Also los, steigt ein, wir fahren mit!«

»Aber Vater, was machen wir, wenn wir dort keine Gastwirtschaft finden, die geöffnet hat?« Katharina wollte sich das gar nicht ausmalen, an ihrem Hochzeitstag vor verschlossenen Türen zu stehen.

»Ach, die Sonne in Küsnacht hat bestimmt auf. Wirst schon sehen, Kind.«

»Und wenn nicht?«, fragte Katharina, schon etwas bang.

»Dann sehen wir weiter, wenn es so weit ist. Jetzt steigt schon ein, los, los, sonst kann der Kapitän seinen Fahrplan nicht einhalten. Und wir sind schuld.«

»Steig ein, Chatrina«, schloss auch Rudolf sich an. »Wir sind noch nie zusammen auf einem Schiff gefahren, obwohl wir uns auf dem See kennengelernt haben.«

Der See lag ganz ruhig. Die hochsommerliche Hitze schien erst einmal vorbei und die Temperaturen waren angenehm. Vielleicht konnte man den heranziehenden Herbst schon erahnen, aber das alles war Rudolf vollkommen egal. Wegen ihm hätte es schneien oder hageln können Anfang September. Hauptsache, Katharina war nun an seiner Seite. Er hielt ihre kleine, kühle Hand. Sie würden sie schon aufpäppeln in der Marktgasse, mit der schmackhaften Hausmannskost seiner Mutter und den Naschereien aus der Backstube. Nicht dass sie ihm so nicht gefiel, seine Braut, aber sie war doch sehr schmal geworden in den letzten Monaten und blass, trotz des Sommers. Aber jetzt würde alles gut werden, weil sie nun endlich zusammen waren.

Vom Schiffsanleger in Küsnacht schlug sein Schwiegervater direkt den Weg zum Gasthof zur Sonne ein. Ein feines Restaurant, keine Dorfwirtschaft. Kaspar Ammann lief voran, die kleine Gesellschaft hinterher. Ein junger Wirt kam ihnen am Eingang entgegen, und wie es aussah, wollte er sie gleich abwimmeln.

»Eine Hochzeitsgesellschaft, unangemeldet?«, hörte Rudolf ihn sagen. »Nein, das geht nun wirklich nicht. So etwas braucht Vorbereitung.« Zudem hatten sie oben im Saal eine Feier für den Abend vorzubereiten. Der breitschultrige Mann schüttelte bedauernd den Kopf und ließ sie erst gar nicht ins Haus. Katharina war die Enttäuschung ins Gesicht geschrieben. Sie war kurz davor, in Tränen auszubrechen. Rudolf drückte ihre Hand. Da kam eine Frau um die fünfzig aus der Küche, sie hätte die Mutter des Wirts sein können.

»Nun sag einmal, ist das nicht der Kaspar? Kaspar Ammann?«, rief sie schon von Weitem. »Ja, hoi, was machst du denn hier?«, wandte sie sich an Katharinas Vater. Und ihrem Sohn erklärte sie: »Er hat früher oft hier in der Sonne gespielt, mit dem Örgely, seinem Akkordeon. Zusammen mit seiner kleinen Tochter. Was führt dich her, Kaspar?«

»Meine kleine Tochter. Sie hat heute geheiratet. Hoi, Anneli.« Die beiden schüttelten sich die Hände.

»Und was macht ihr hier bei uns?«

»Im Storchen in Zürich wollten wir feiern, aber in der Stadt sind Aufständische, habt ihr es schon gehört?«

»Dann ist also etwas dran an den Gerüchten? So erzähl doch!« Kaspar berichtete kurz, was sie bisher wussten.

»Ja, wie viele seid ihr denn?«, fragte die Seniorwirtin am Ende.

»Ein versprengter Rest von sieben Personen, die anderen Gäste sind aus Angst erst gar nicht gekommen. Und wir nehmen, was du gerade dahast, Anneli.« Kaspar zwinkerte ihnen zu, vor allem Katharina, die schon schniefte vor Enttäuschung.

»Jetzt warte mal, was könnte ich euch denn anbieten? Also, wir hätten Hirschbraten, frisch vom Jäger. Dazu könnte ich euch Spätzli und Rotkraut machen, wäre das recht?«

»Ja, unbedingt«, antwortete Kaspar Ammann.

»Aber wo willst du sie unterbringen, Mutter?«, mischte der Sohn sich ein. »Den Saal müssen wir erst noch herrichten. Und dafür sind sie sowieso zu wenige. Also wo?«

»In der kleinen Fischerstube, wenn das recht wäre?«

»Natürlich! Überall, wo du willst, Anneli, wenn du uns nur nicht verdursten und verhungern lässt.«

Sie sah die Braut mitleidig an. »Eine Hochzeitstorte kann ich jetzt aber nicht herzaubern«, sagte sie.

»Keine Sorge, sie heiratet einen Zuckerbäcker, da bekommt sie Torten genug.«

»Da hat es deine Tochter aber gut getroffen, Kaspar. Ach, irgendwas wird mir schon einfallen. Zwetschken gäbe es im Garten. Soll ich euch eine Zwetschkenwähe machen als Dessert, wäre das recht?«

»Freilich, Anneli.«

»Eine kräftige Bouillon gibt es in meiner Küche sowieso

immer, da bekommen wir auch noch eine Suppe zusammen. Was sagst du, Kaspar?«

»Wunderbar, Anneli, und bring uns doch auch gleich Wein, damit wir für später in Stimmung kommen. Wir wollen doch auch noch tanzen auf der Hochzeit meiner Tochter.«

»Tanzen? In der Fischerstube?« Die Wirtin schien besorgt.

»Nein, das war nur ein Scherz, Frau Wirtin. Ich habe doch mein Instrument heute gar nicht mitgebracht.«

»Dann lass mich mal schauen, ob ich dir damit auch noch aushelfen kann. Für den Anfang bringe ich euch vom guten Winterthurer Stadtberg und vom Wangensbacher Eigengewächs. Die müsst ihr probieren und mir sagen, welcher von beiden euch besser schmeckt. Oder mögt ihr zum Anstoßen lieber ein Gläschen Schaumwein? Ich hätte guten französischen da.«

»Vater, kannst du dir das auch leisten?«, fragte Katharina leise.

»Sei unbesorgt, für mein Kind ist mir nichts zu teuer«, behauptete ihr Vater. »Außerdem gibt mir Anneli bestimmt Kredit, für den Fall, dass mein Geld nicht reicht. Hab ich recht?« Er blinzelte der Wirtin zu und die spielte mit und nickte.

Nach dem feinen Festmahl brachte Anneli tatsächlich von irgendwoher ein Akkordeon, das halbwegs gestimmt war. Rudolf und Roli räumten die Tische und Stühle zur Seite, und Kaspar stimmte einen Ländler an.

Elsbeth Sprüngli stieß ihren Mann in die Seite. »Du musst deine Schwiegertochter um den ersten Tanz bitten. Kaspar kann es ja nicht, während er spielt.«

»Was, ich?« David verschränkte die Arme.

»Ja, du, jetzt gib dir einen Ruck.«

»Weißt du, wie lange ich nicht mehr getanzt habe? Wahrscheinlich zuletzt auf unserer eigenen Hochzeit. Und das ist schon ein ganzes Weilchen her«, murrte er.

»Dann wird es aber Zeit!«, rief der Brautvater.

Erst als alle ihn erwartungsvoll anstarrten, erhob David sich schwerfällig, knöpfte sein Sakko zu und machte einen Diener vor Katharina. »Darf ich bitten?«

Sie strahlte ihn an und betrat an seiner Hand die kleine Tanzfläche. Kaspar setzt mit dem nächsten Ländler im Dreivierteltakt ein und Rudolf traute seinen Augen kaum. Zum ersten Mal sah er seinen Vater tanzen, der sich dabei gar nicht mal so ungeschickt anstellte. Seine Schritte folgten dem Takt, er beherrschte Drehungen links- und sogar rechtsherum und wirbelte mit seiner Schwiegertochter durch die Fischerstube. Danach übergab er die Braut seinem Sohn, tanzte noch eine Runde mit seiner Frau und überließ das Parkett endgültig den jungen Leuten.

Als sie abends satt und zufrieden, höchstens mit etwas zu viel von dem guten Wein aus der Sonne in Küsnacht im Kopf mit dem Dampfschiff nach Zürich zurückkehrten, erfuhren sie vom Kapitän persönlich, was sich an diesem Tag in der Stadt ereignet hatte.

Die Aufständischen seien nach Zürich eingezogen, um der Regierung eine Petition mit ihren Forderungen zu übergeben, und sie hätten verlangt, von den Zürchern verköstigt zu werden. Der Rat der Stadt habe sich den ganzen Tag im Posthof beim Neumarkt verschanzt und die Bürgerwehr habe die Umgebung abgeriegelt. Als der Haufen schließlich am Münsterplatz eingetroffen sei, sei es zum Zusammenstoß mit den Truppen der Regierung gekommen. Schüsse seien auf beiden Seiten gefallen, bis die Dragoner schließlich den Platz räumten. Man zählte vierzehn tote Aufständische und einen schwer verletzten Abgesandten des Rats der Stadt, der ein Friedensangebot überbringen wollte. Die Lage war wieder unter Kontrolle, als Rudolf seine Frau über die Schwelle des Hauses in der Marktgasse trug.

1840

Roli

Der Blick hinunter vom Lindenhof auf den Fluss und die Stadt gefiel ihm nach drei Jahren immer noch. Er allein wäre es schon wert gewesen, so früh aufzustehen, den großen runden Korb aus der Kammer zu holen, ihn in der Backstube mit den Bestellungen für die Stammkunden zu befüllen, ihn sich auf den Kopf zu setzen, sich bei Annarösli zu bedanken, die schon den zweiten Türflügel für ihn aufhielt, und hinaus in die Marktgasse zu laufen. So sah Rolis täglicher Start in den Arbeitstag seit den dreimal dreihundertfünfundsechzig Tagen aus, die seine Lehre nun schon dauerte. Und seit etwa achthundertfünfzig davon hatte er sich schon beim Aufstehen darauf gefreut. Davor, während des ersten Vierteljahres, hatte er noch zu viel Angst gehabt, er könnte einen Fehler machen, die Adressen der Kunden verwechseln, den Korb ausschütten, über eine Bordsteinkante stolpern oder sonst etwas anstellen, das seine Unfähigkeit beweisen und ihn bei Rudolf so in Verruf bringen würde, dass er die verantwortungsvolle Aufgabe, die er ihm übertragen hatte, wieder zurück in die Hände von Simon oder Christoph legen würde, während er, das Verdingkind, sich doch nicht als vertrauenswürdig erwiesen hätte. Ueli, dem Gesellen, wäre das gerade recht gekommen, und auch der alte Sprüngli wäre nicht überrascht gewesen. »Habe ich es dir nicht gleich gesagt? Was bringst du auch so einen Nichtsnutz ins Haus«, hätte er zu seinem Sohn gesagt. Aber zum Glück war an jedem dieser vielen Tage alles gut gegangen. Und nach dem ersten unfallfreien Vierteljahr hatte Roli sich allmählich beruhigt und sich selbst wie auch die anderen davon überzeugt, dass er der Aufgabe gewachsen war.

Halb acht vorbei, heute war er sogar noch schneller als sonst gewesen. Die aufziehende Wärme des Frühsommertags war schon zu spüren. Ein Schwarm Mauersegler senkte sich vom Turm von St. Peter herab und flog im Wind über den Fluss dahin Richtung See. Ganz ohne Mühe bewegten sie sich vorwärts und viel schneller als jedes Boot, selbst die mit Dampf betriebenen. Einen Monat hatte Rudolf ihm gegeben, um sich zu bewähren, und dann ein halbes Jahr. Ihm, dem davongelaufenen Waisenknaben, gegen den der Alte und der Geselle so voller Misstrauen gewesen waren. Von »so einem« erwartete man nichts anderes, als dass er sich vor der Arbeit drückte und am Ende auch noch etwas mitgehen ließ, was ihm nicht gehörte. Aber Roli hatte sich bewährt. Rudolf hatte ihn eine Lehre zum Zuckerbäcker machen lassen, und nun stand er kurz davor, sie auch zu Ende zu bringen. Was weiter geschehen würde, wusste Roli noch nicht, nur, dass nächste Woche ein neuer Lehrling käme, der Sohn eines Kollegen aus der Zunft, der die Sprünglis, Vater und Sohn, angehörten. Der Neue, der sich schon in der Backstube hatte sehen lassen, sollte dann von Roli die Aufgabe des morgendlichen Austragens der Bestellungen übernehmen. Roli würde die erste Woche noch mitgehen und Jürgi die besten Wege und die sinnvollste Route zeigen, auch wo bei den Kunden die Teller und

Körbe standen, in die er das Gebäck hineinlegen sollte, und all das. Danach wäre dieses Kapitel für ihn erledigt. Doch dieses Mal würde er es richtig zu Ende bringen, nicht wie damals am Greifensee, als Kinderknecht bei dem Bauern, als er keinen anderen Ausweg mehr gesehen hatte, als fortzulaufen.

Ein Schwarm Tauben kam von der Flussseite auf den Lindenhof geflattert und landete auf der Mauerbrüstung, nur ein kleines Stück entfernt von Rolis Korb. Die Vögel taten ganz unbeteiligt, als seien sie nur zufällig genau jetzt hier gelandet. Doch sobald er ihnen ein Zeichen gäbe, wären sie ganz schnell bei ihm. Roli leerte den Korb und schüttelte die Brösel heraus. Mit wackelndem Kopf kam die fast Weiße mit den grau gebänderten Flügeln näher. Sie war immer die Erste. Roli nannte sie Adele, wie seine Mutter, deren Lieblingskleid eine ähnliche Farbe gehabt hatte wie ihr Gefieder. Seine Mami hatte nicht sterben, sie hatte ihn nicht allein lassen wollen. Jeden Herbst kränkelte sie und bekam es dann auf der Lunge, bis eine Grippewelle kam. Wie ein schwaches Bäumchen unter dem Schnee war sie vergangen.

Die vorletzte Station für heute waren die Schwestern Keller in der Fortunagasse, die schon auf ihre Gipfeli warteten. Und zuletzt würde er noch bei der Witwe Hürlimann in der Schipfe vorbeilaufen. Vielleicht war auch ihre Tochter Mina da, die meistens am Fenster über einer Stickarbeit saß, wenn er kam, auf Geheiß ihrer Mutter aber aufsprang und in die Küche lief, um einen Becher Milchkaffee für Roli zu holen. Er stand aus irgendeinem Grund immer schon bereit, weder zu heiß noch zu kalt, und die Milch hatte nie eine Haut.

Auch heute nicht. Mina, die ihr rehbraunes Haar zu einem Kranz geflochten hatte, sah nur ganz kurz zu ihm auf, als er den Becher aus ihren Händen entgegennahm. Flüchtig berührten sich ihre Finger, doch Roli kam es vor, als durchzucke ihn ein

Blitz. Die Witwe Hürlimann half ihm aus seiner Verlegenheit, indem sie ihn dies und das über die Sprünglis fragte, über die Hochzeit und wann es denn nun endlich Nachwuchs gäbe. Das Töchterchen zog sich in ihrem karierten Leinenkleid an ihren Platz am Fenster und zu ihrem Stickrahmen zurück. Roli trank seinen Becher aus, bedankte sich und hätte beinahe das Gugelhöpfli vergessen, das die Witwe zum Nachmittagskaffee bestellt hatte, denn heute würden die Damen Besuch von Verwandten auf dem Land bekommen. Ein Paar scheu aufblickende rehbraune Augen waren das Letzte, was er im Hinausgehen aus den Augenwinkeln sah. Und Roli fragte sich, ob Jürgi wohl auch einen Becher Milchkaffee bekäme von der Witwe, serviert von ihrem Töchterchen mit dem braunen Haar und den zarten Händen, die dennoch Blitze aussenden konnten.

Am Weg hinunter zur Limmat, kurz vor dem Laubengang unter dem Bürklischen Haus, stand eine Bauersfrau mit einer Korbschütte vor dem Körper, die sie mit einem Stoffgurt hinten am Nacken eingehängt hatte. Die Schütte war gefüllt mit dunkelroten, verführerisch reifen Kirschen. Die rothaarige Bäuerin zwinkerte Roli zu.

»Magst du keine Kirschen kaufen? Schau, wie schön sie sind. Und zuckersüß. Kannst du daran vorbeigehen, ohne sie zu kosten?«

Roli zögerte einen Augenblick, eine Hand am Korb, den er immer noch auf dem Kopf trug. Selbst wenn er etwas Geld dabeihätte, so einen Luxus konnte er sich nicht leisten.

»Wo arbeitest du denn? Beim Bäcker?«, fragte die Landfrau.

»Bei Sprüngli in der Marktgasse«, antwortete Roli und ließ die Kirschen dabei nicht aus den Augen.

»Beim Zuckerbäcker?« Die Rothaarige nahm eine Handvoll Kirschen aus der Schütte. »Na, nimm schon, zum Probieren, auch wenn du keine kaufst«, sagte sie. »Bringst mir halt beim nächsten Mal ein Gipfeli mit oder ein Rahmtäfeli. Die mag ich besonders gern.«

Roli bedankte sich und wollte schon weiter.

»Warte, Bürschlein.« Sie suchte mit dem Finger in den Kirschen nach einem Pärchen und reichte es ihm über ihren Bauchladen hinweg. »Hast du schon eine Freundin?«, fragte sie.

Ein Bild, wie gemalt oder gestickt, kam ihm da in den Sinn: Mina Hürlimann in ihrem karierten Leinenkleid, über ihre Handarbeit gebückt, mit dem Morgenlicht sanft auf einem Kranz von geflochtenem braunen Haar. »Nein«, antwortete er wahrheitsgemäß.

»Aber du kennst eine, habe ich recht? Dieses Paar musst du jedenfalls einem hübschen Meitli schenken, das dir gefällt«, trug sie ihm auf.

Roli versprach es und lief davon. Wenn die Kirschen jetzt reif waren, würde der Patron bald seinen versunkenen Kirschkuchen backen, den besten in ganz Zürich. Der alte Sprüngli war immer noch jeden Morgen der Erste in der Backstube und arbeitete für zwei. Und obwohl man keinen der Jüngeren als langsam bezeichnen konnte, war der Alte immer noch derjenige, der am meisten wegarbeitete. Da konnten sich die anderen anstrengen, wie sie wollten.

»Was ist dir denn heute passiert?«, fragte Annarösli, als Roli die Tür zum Geschäft so schwungvoll öffnete, dass die Türglocke sich fast überschlug. »Du blutest ja am Kinn.«

Roli wischte sich mit dem Handrücken einen Spritzer Kirschsaft ab. Annaröslis Augen waren himmelblau und ihr Dutt hatte die Farbe von Narzissen.

»Für dich«, sagte Roli und reichte ihr das Kirschenpärchen über den Tresen.

Sie grinste übers ganze Gesicht, griff rasch in die Schublade und gab ihm dafür ein Stück Gerstenzucker, das er schnell in der Hosentasche verschwinden ließ.

»Freust du dich schon, wenn du deinen Korb an den neuen Lehrling weitergeben kannst und nicht mehr am Morgen durch die halbe Stadt laufen musst?«, fragte sie, während sie ein Silbertablett mit frisch gebackenen Waffelröllchen in die Auslage stellte.

»Nein, ich hab das immer gern gemacht«, antwortete er und fragte sich, ob er die Jungfer Mina noch einmal wiedersehen würde, wenn er sein Amt abgegeben hätte, und ob sie den Jürgi auch so verträumt ansehen würde.

»Dann hast du jetzt mehr Zeit zum Backen«, sagte Annarösli. »Sagst du Bescheid, dass wir noch mehr Apfel- und Rhabarberchüechli brauchen? Und die Himbeertörtli sind auch bald aus.«

»Ist gut, ich geb's weiter«, sagte er und rollte den Korb durch die offene Tür in die Backstube.

Mittags fragte Rudolf ihn, was er denn vorhabe, jetzt, wo er bald ausgelernt habe. »Willst du fort, Roli, auf Wanderschaft?«

Roli musste nicht lange überlegen, denn schon manches Mal hatte er sich vor dem Einschlafen dieselbe Frage gestellt. »Ich war schon als kleiner Kerl bei so vielen verschiedenen Leuten untergebracht«, antwortete Roli, »und jetzt möchte ich am liebsten hierbleiben, wenn ich darf.« Und dabei dachte er nicht nur an Mina und Annarösli und an die gute Frau Sprüngli, die ihn wie eine zweite Mutter aufgenommen und umsorgt hatte, auch nicht an die junge Frau Sprüngli, die nie ein böses Wort ihm gegenüber geäußert hatte. Er dachte an sie alle zusammen und dass er jetzt, in seinem achtzehnten Jahr, hier in der Marktgasse endlich eine Heimat gefunden hatte.

Rudolf

Rudolf freute sich über Rolis Eifer, seinem Nachfolger als Lehrling alles beizubringen, was künftig nicht mehr er, sondern der Neue jeden Morgen machen würde. Er machte auch die üblichen Streiche mit, nahm Jürgi allerdings auch in Schutz, wenn die anderen Gesellen mit ihren Späßen zu weit gingen. Erstaunt hatte Rudolf dagegen bemerkt, mit welchem Misstrauen sein Vater und auch Ueli dem Neuen begegneten. Dabei war Jürgi doch kein Verdingkind, kein Waisenknabe, der von seiner letzten Stelle fortgelaufen war, sondern der Sohn eines angesehenen Bürgers und Kaufmanns, der brav das Lehrgeld für seinen Schützling bezahlte. Welchen Grund gab es da, misstrauisch zu sein? Gar keinen, musste Rudolf sich eingestehen. Die beiden »Alten« waren anscheinend immer und grundsätzlich misstrauisch. Ein Neuer musste sich das Vertrauen bei ihnen erst einmal erkämpfen. Einen Vorschuss gab es da für niemanden. Dann hatte Rudolf das vielleicht zu persönlich genommen damals, als er Roli aufgenommen und ihm die Lehrstelle angeboten hatte. Roli war der erste Lehrling, den er selbst eingestellt hatte. Beim nächsten würde er sich die schiefen Blicke seines Vaters nicht mehr so zu Herzen nehmen, das schwor er sich.

Wo denn nur Katharina mit dem Znüni, der Vormittagsvesper, blieb? Schon bevor die Mutter mit der Postkutsche zu ihrer kranken Cousine nach Dübendorf abgereist war, hatte Katharina diese Aufgabe von ihr übernommen. Sie kümmerte sich zwar auch noch um ihren Vater, brachte ihm das Essen vorbei, kochte für ihn oder lud ihn in die Marktgasse zum Essen ein. Aber das Znüni für die Backstube ging immer vor.

Die Sprünglis hatten diese Sitte von der Witwe Vogel übernommen und genau so weitergeführt. Und mit dem Znüni ließen sie sich nicht lumpen. Als es neun Uhr schlug und Katharina immer noch nicht mit ihrem Tablett heruntergekommen war, ging Rudolf selbst nachsehen. Annarösli zuckte nur die Achseln. Sie wusste auch nicht, was heute mit Katharina los war. Das Verhältnis zwischen ihm und Annarösli war seit Katharinas Einzug etwas abgekühlt. Sie mussten sich eben alle erst daran gewöhnen. Katharina selbst ja auch. Und Annarösli hatte womöglich Angst, man würde sie im Geschäft nicht mehr brauchen, wenn die Schwiegertochter einzog und selbst im Geschäft mithelfen würde. So hatte sich David Sprüngli das vorgestellt. Er schielte ja immer nach Möglichkeiten, Personal und Geld einzusparen. Aber Rudolf hatte darauf bestanden, Annarösli vorläufig zu behalten. Die Mutter war nicht mehr die Jüngste, und wenn Katharina Nachwuchs erwartete, wäre sie womöglich auch nicht voll einsatzfähig. Lieber sah er seine Frau als stille Reserve, die für alle möglichen Tätigkeiten eingesetzt werden konnte. Im Laden kannte sich niemand so gut aus wie Annarösli. Sie verstand sich blendend mit den Kundinnen, und wenn sie gerade dazu aufgelegt war, konnte sie sie ganz schön um den Finger wickeln. Rudolf wollte noch nicht auf sie verzichten und der Vater hatte zähneknirschend eingewilligt.

Rudolf fand Katharina weder in der Küche noch in ihrer Kammer. Für die Vesper war noch gar nichts vorbereitet. Als er schließlich die Tür zum Abtritt an der Rückseite des Hauses öffnete, sah er sie dort am Boden in ihrem Erbrochenen liegen. Rudolf kniete sich rasch neben sie, tätschelte ihre Wangen, rief ihren Namen. Da kam sie endlich wieder zu sich.

»Mir ist so schlecht«, stöhnte sie. »Hat es schon neun geschlagen?«

Rudolf nickte.

»Sag Annarösli Bescheid, sie soll das Znüni richten. Ich muss mich noch ein bisschen hinlegen.«

»Was ist denn mit dir?«, fragte Rudolf.

»Na, was wird schon sein?« Er half ihr beim Aufstehen und stützte sie. »Gott hat es gefallen, einen kleinen Sprüngli auf den Weg zu schicken. Aber wir müssen uns erst noch aneinander gewöhnen.«

Rudolf trug seine Frau in die Kammer, legte sie aufs Bett und schenkte ihr ein Glas Wasser ein. »Oder sie«, sagte er und gab ihr einen Kuss.

»Jetzt geh und hol Annarösli, dass sie das Znüni für die Backstube herrichtet, sonst setzt mich dein Vater, so wie ich bin, vor die Tür.«

Annarösli war allein im Geschäft und wischte mit einem Handbesen Krümel von der Ladentheke.

»Hast du gerade nichts zu tun?«, herrschte Rudolf sie an. Sie merkte wohl den Ton und sah ihn erschrocken an.

»Um diese Zeit machen sich die Kunden rar, dafür stehen sie mittags Schlange, wenn ich eigentlich schließen will.«

»Wenn du nichts zu tun hast, warum schaust du dann nicht einmal nach meiner Frau?«

»Ich?« Annarösli errötete.

»Warum nicht du? Ist sonst noch jemand hier? Wir haben in der Backstube alle Hände voll zu tun und warten auf unser Znüni, aber da kommt nichts.«

»Aber dafür bin ich doch noch nie zuständig gewesen. Das hat immer deine Mutter gemacht und jetzt ... Ich kann doch hier nicht weg.«

»Ich habe Katharina auf dem Abtritt gefunden, es geht ihr sehr schlecht. Sie hätte von allein gar nicht mehr aufstehen können.«

»Irgendwann hätten wir sie schon gefunden«, stotterte Annarösli unglücklich.

»Ja, irgendwann.« Rudolf war wütend. »Was ist eigentlich los mit dir, Annarösli? Du hast dich sehr verändert. Früher warst du hilfsbereiter, wenn ich mich recht erinnere.«

Annarösli brach in Tränen aus. »Ich habe doch nicht gewusst, dass Chatrina krank ist«, schluchzte sie.

»Sie ist auch nicht krank«, antwortete Rudolf, »nur unpässlich. Ich möchte, dass du ihr in den nächsten Tagen bei der Vesper hilfst, bis die Mutter wiederkommt.«

»Ja, aber wer ist denn dann im Geschäft?«, fragte Annarösli.

»Ich schicke dir den Roli heraus, der kann auch gut mit den Kunden.«

Annarösli nickte. »Er soll sich aber eine saubere Jacke anziehen und die Haar kämmen, sonst gibt es noch Beschwerden.«

Rudolf nickte.

»Dann gehe ich jetzt hinauf«, sagte sie und putzte sich die Nase.

Rudolf nickte. Für ein »Danke« war er noch zu aufgewühlt.

Roli ließ alles stehen und liegen und wollte gleich Annaröslis Platz im Laden einnehmen.

»Du sollst dich anständig anziehen und kämmen, hat Annarösli gesagt.«

»Was denkt sie denn?«, entrüstete sich Roli. »Dass ich mich im Hemd ins Geschäft stelle? Sie ist schon ein bisschen komisch in letzter Zeit. Wahrscheinlich ist sie immer noch beleidigt.«

»Beleidigt? Warum denn?«

»Ach!«, druckste Roli herum, als täte es ihm schon leid, dass er es überhaupt erwähnt hatte. »Wegen der Hochzeit.«

»Wegen meiner Hochzeit? Was war denn da außer Landsturm und Schießerei noch?«

»Annarösli war nicht eingeladen«, sagte Roli. »Dabei hat sie wochenlang an ihrem Geschenk gestrickt und es schon bei allen herumgezeigt. Und dann war sie gar nicht dabei. Danach hatte sie Angst, dass sie im Geschäft nicht mehr gebraucht wird.«

»Gut, dass ich das auch einmal erfahre«, sagte Rudolf. Dann würde er Annarösli einmal erzählen, wie es gewesen war, an dem unglückseligen Tag Hochzeit zu feiern. Da hatte er wirklich andere Sorgen gehabt, als sich um die Gästeliste zu kümmern.

Mit fast zwanzig Minuten Verspätung hievte Annarösli schließlich den Znüni-Korb durch die Tür zur Backstube.

»Und ich habe schon gedacht, heute ist Fasttag bei Sprüngli und Rudolf will testen, ob wir bis Mittag noch stehen können oder doch schon umgefallen sind«, knurrte Ueli.

»Musst du dich jetzt um die Vesper kümmern?«, fragte David Sprüngli. »Was ist denn mit Chatrina?«

»Äh, sie ist unpässlich«, antwortete Annarösli und grinste verlegen.

Rudolf bemerkte aus dem Augenwinkel, dass David sich rasch zu ihm umdrehte, konzentrierte sich dann aber darauf, Christoph weiter beim Eindrehen der Hüppen zu helfen, und tat so, als habe er nichts gehört.

Auch zu Mittag stand nicht Katharina in der Küche, sondern Annaröslis Mutter und briet Speckrösti, die sie mit Spiegelei servierte.

»Ist deine Frau krank?«, fragte David.

Rudolf stand auf, um nach Katharina zu sehen. Er fand sie

unterm Fenster in einem Sessel sitzend, bei einer Tasse Tee und einem Stück trocken Brot.

»Wenn ich den Speck nur rieche, muss ich mich schon übergeben«, sagte sie. »Es tut mir leid, dass ich euch so im Stich lasse. Aber ich kann doch nichts dafür, dass es mich so schlimm erwischt hat.«

»Natürlich nicht«, sagte Rudolf und nahm sie in den Arm.

»Drück mich nicht so.«

»Darf ich dich jetzt nicht mehr anfassen?«

»Doch schon, aber ganz vorsichtig, damit es nicht gleich wieder von vorne losgeht. Du, und«, flüsterte sie ihm ins Ohr, »sag Annarösli ein herzliches Dankeschön von mir, dass sie gleich ihre Mami geschickt hat. Sie kann ohnehin viel besser kochen als ich. Und deinem Vater sag, dass es bestimmt bald vorbeigehen wird. So empfindlich ist man nur am Anfang, das geht irgendwann vorbei. Annaröslis Mami sagt, wenn es so schlimm ist mit der Übelkeit, dann wird es bestimmt ein Junge.«

Rudolf war sich nicht sicher, ob all diese Erklärungen oder auch nur eine davon seinen Vater besänftigen würde. Nicht zu funktionieren und seine Arbeit nicht zu tun, das war in seinen Augen ein Makel. Katharina litt unter Übelkeit? Dann musste sie sich eben zusammennehmen. Rudolf wusste genau, was seinem Vater zum Thema »Unpässlichkeit« alles einfallen würde, wenn er ihn darauf ansprach. Doch das würde er gar nicht erst tun. Denn jetzt ging es um Katharina und, dass ihr erstes gemeinsames Kind gesund zur Welt kam. Er würde es Rudolf nennen. Außer natürlich, Annaröslis Mami irrte sich und es wäre doch ein Mädchen. Dann sollte es so heißen, wie Katharina es sich wünschte.

Annarösli

Sie hatte ihre Freundin Louise schon so lange nicht gesehen. Ein paar längere Briefe waren von St. Gallen nach Zürich geschickt worden und ein paar kurze zurück. Annarösli war keine große Briefeschreiberin. Sie konnte nicht so gut mit Worten ausdrücken, was sie beschäftigte, worüber sie nachdachte, oder gar, was sie empfand. Also fasste sie sich meist so kurz, dass sie Louise damit enttäuschte. Louise behauptete, es gelänge Annarösli, hinter ihren Floskeln und den artig aufgezählten Konventionen fast ganz zu verschwinden und nichts von sich preiszugeben. »Ich bin nicht so gebildet wie du, Louise«, versuchte Annarösli ihrer Freundin zu erklären. »Ich habe es nicht gelernt, meine Gefühle zu benennen. Immer, wenn ich es versuche, verwirren sich meine Gedanken und ich finde nicht die passenden Wörter dafür.« Louises Briefe waren viel lebendiger als ihre. Sie konnte sogar mit Worten Bilder malen. Annarösli erlebte beim Lesen alles so, als sei sie mit dabei gewesen, an der Seite von Louise, an denselben Orten und mit denselben Menschen, so lebhaft konnte sie die erlebten Szenen schildern. Ihr selbst gelang das einfach nicht. Und wenn sie es noch so sehr versuchte.

Allein das Schreiben mit der Feder fiel ihr schon schwer, und zu wissen, dass sie Louise wieder nur enttäuschen würde, machte es noch schlimmer. Annaröslis Freude war unbeschreiblich, als die Malerin eines Tages wieder bei ihr im Laden stand. Es nieselte und auf Louises dunkelblauem Hut standen feine Wassertröpfchen wie durchsichtige Perlen. Sie warteten, bis die anderen Kundinnen gegangen waren.

»Wieso schreibst du denn nicht vorher?« Annarösli nestelte an ihrer Schürze und strich sich eine Haarsträhne hinters Ohr. »Sonst bin ich womöglich nicht da, wenn du kommst?«

»Wo solltest du schon sein als in deiner Konditorei, zwischen deinen Küchlein und Meringen, deinen Gipfeli und Gugelhöpfli? Du bist doch immer hier.«

»Du machst dich über mich lustig.« Annarösli errötete. Dann kam sie hinter dem Tresen hervor. Sie gab Louise die Hand und nahm sich fest vor, ja keinen Knicks zu machen. Louise war zwar ein vornehmes Fräulein, aber sie selbst war kein Dienstmädchen. Das Fräulein war ihre Freundin.

Dann musterte sie Louise genauer. »Sag bloß, du bekommst bereits deine ersten grauen Haare. Oder hast du heute schon mit Pinsel und Farben hantiert?«

»Ach, das.« Louise fuhr sich mit den Fingern durch die Locken, die wenig kunstvoll geschnitten und weder aufgesteckt noch geflochten war. Denn für Frisuren hatte die Malerin keine Geduld. »Das ist nicht von heute. Das sind Ölfarben, und die gehen so schnell nicht raus.«

»Besuchst du deine Tante?«

»Meine Mutter weilt in Baden zur Kur.« Louise drückte Annaröslis Hände. »Ich bin für ein paar Tage nach Zürich gefahren, denn Baden ist ja so langweilig. Offiziell, um meine Tante zu besuchen. Aber lieber sehe ich dich als meine Tante und meinen Onkel und diese ganzen bräsigen Zürcher Bürger, die bei ihnen ein und aus gehen. Soll ich dich abholen, wenn du fertig bist? Oder musst du vorher noch nach Hause?«

»Wo wollen wir denn hin?«

»Ich dachte, wir könnten im Schwanen etwas essen.«

»Im Schwanen? Nur wir beide?« Annarösli war sich nicht

sicher, ob sich das schickte, zwei junge Frauen allein, ohne Begleitung. Ob man ihnen überhaupt einen Tisch geben würde?

»Ach, ich hab schon eine Idee, wie wir das machen.«

Louise verlangte im Schwanen einen Tisch für drei Personen, da ihr Onkel, der Privatdozent Brändli an der Universität Zürich, später auch noch dazustoßen würde. Der Tisch wurde ihnen nicht verwehrt. So einfach war das, dachte Annarösli und wusste doch, dass sie selbst sich das niemals getraut hätte. Denn natürlich würde Louises Onkel nicht auftauchen. Er wusste ja nicht einmal davon.

»Wie geht es mit deiner Malerei?«, fragte Annarösli, als die Suppe kam und sie sich allmählich ein wenig entspannte.

»Nichts geht vorwärts mit meiner Malerei. Ich male, aber niemand interessiert sich dafür. Man nimmt mich einfach nicht ernst. Oder man nimmt mich gar nicht erst wahr. Man hält uns Frauen für Dilettantinnen und traut uns nichts zu.« Louise löffelte die Pastinakensuppe eher wie ein Bierkutscher, nicht wie ein feines Fräulein. »Ich habe Aufträge für Porzellanmalereien bekommen.«

»Aber das ist doch wunderbar!« Auch das konnte ihre Freundin doch bestimmt.

»Das kann ich schon machen.« Louise schien kein bisschen begeistert. »Es ist aber nicht mein innerster Drang, Teller und Tassen zu bemalen. Lustige Jagdszenen, Hasen mit aufgestellten Ohren, die in den Lauf einer Büchse sehen. Haha.«

»Aber du könntest es«, beharrte Annarösli. »Und du würdest damit Geld verdienen.«

»Ja, ja, ich könnte es.« Louise machte sich jetzt an ihr Geschnetzeltes. »Und ich kann Porträts malen«, sagte sie mit vollem Mund. »Darin bin ich sogar ziemlich gut.«

»Dann frag doch deine Tante oder deinen Onkel, ob jemand ein Bild bei dir bestellen möchte. Das ist doch genau die richtige Gesellschaft. So ein schönes Porträt wie das, das du von mir gemalt hast, möchte doch bestimmt jeder haben.«

»Es ist aber nicht jeder so schön wie du, Annarösli.« Louise grinste sie an.

»Aber an meinem Porträt verdienst du nichts. Deine Tante dagegen kennt die Leute, die sich das leisten können.«

»Wenn ich dein Porträt mit Louis Hahn signieren würde, dann würde sich vielleicht jemand dafür interessieren. Es würde vielleicht ausgestellt bei einem Kunstverein, in einer Jahresausstellung. Aber nicht als Louise.«

»Du kannst dich doch nicht verkleiden, hör auf mit dem Unsinn. Deine Tante und dein Onkel sollen dir helfen. Und mit den Zürcher Porträts kannst du in St. Gallen dann auch für dich werben. Vielleicht bekommst du sogar ein Empfehlungsschreiben.«

»Möchtest du mitkommen und meine Bilder verkaufen, Annarösli? Statt Kuchen und Gebäck?«

Annarösli legte ihre Gabel zur Seite. Was verstand sie schon von der Kunst? Nichts. Doch Louise nahm ihre Hand und drückte sie.

»Ich meine das nicht böse, Annarösli. Wahrscheinlich könntest du das wirklich viel besser als ich. Ich will ja nur malen.«

Doch Annarösli hatte schon verstanden, dass das nicht stimmte. Louise Hahn wollte nicht nur malen. Sie wollte auch, dass ihre Bilder ausgestellt und gesehen wurden und dass man sie als Malerin bemerkte. Sie wollte nicht weniger, als dass die Welt endlich auf sie aufmerksam wurde.

1844

Rudolf

Der Koloss hatte Platz genommen und saß nun da, Raum einnehmend wie eine Dame mit Dutzenden von Reifröcken. Zwischen Talstraße und dem alten Schanzengraben war ein Gebäudekomplex emporgewachsen wie ein Palast. Wobei der Graben ohne die Schanzen, Tore und Zugbrücken zu einem Kanal, einem harmlosen Wasserlauf zwischen See und Sihl geschrumpft war. Außerhalb der Stadt, jenseits des alten und wenig eleganten, eher schon abgewohnten Kratzquartiers, allein für sich stehend, mit einem lang gestreckten parkähnlichen Garten zwischen sich und dem Seeufer. Das war das neue Hotel von Johannes Baur, das er zur Unterscheidung seines Hotels am Neumarkt vorhatte Baur au Lac zu nennen.

»Als ob er mit uns und der Stadt Zürich gar nichts mehr zu tun haben wollte«, hatte der Vater die Lage des neuen Hotels und seine Ausrichtung kommentiert. Es wurde zum Stadtgespräch, dass Johannes Baur der Stadt zwar nicht den Rücken, aber doch nur die Längsseite seines neuen Hotels zuwandte. Die prächtige Hauptfassade jedoch präsentierte sich an der Seeseite. Das war etwas unerhört Neues, das vor ihm noch keiner gewagt hatte. »Ein Fehler, den der Österreicher schon noch merken und bitter bereuen wird«, war der Vater sich sicher, »spätestens, wenn die noblen Gäste fernbleiben, für die er diesen Kobel dort hingebaut hat. Diese Herrschaften wollen gesehen werden, und zwar nicht von ein paar Schiffleuten auf dem See.« Allein, dass Johannes Baur nach wenigen Jahren bereits ein zweites Hotel in der Stadt errichtete, fand David Sprüngli übertrieben protzig. Als sei das ein Ausbund von Hochmut, und der kam ja bekanntlich kurz vor dem Fall.

Wie konnte man da so sicher sein wie sein Vater, dachte Rudolf und blieb staunend vor der riesigen Baustelle stehen. Was für ein stolzer Prachtbau. Für ihn gab es nur einen einzigen Grund dafür, dass Johannes jetzt schon sein zweites Bauprojekt anpackte, und der lag ganz einfach in dem enormen Erfolg, den ihm sein Hotel am Neumarkt innerhalb von nur wenigen Jahren beschert hatte. Und das Baur au Lac sollte, wenn alles nach Plan lief, sogar noch in diesem Jahr eröffnet werden.

Als Rudolf von der Straße aus zwischen den beiden Säulen mit den aufgesetzten Laternen hindurch in den Hof trat und an der Fassade emporblickte, sah er, dass auch die schmiedeeisernen Balkone des ersten und zweiten Stockwerks nach Süden, zum See hin, ausgerichtet waren. Durch das Säulenportal in der Mitte des Gebäudes betrat Rudolf durch die bereits eingebauten Glastüren die Halle, in der die Stuckateure, auf einem Gerüst arbeitend, die Deckenverzierungen anbrachten. Die Wände waren lediglich verputzt, aber noch ganz nackt und ungestaltet. Da kam ihm auch schon der Hausherr Johannes Baur selbst entgegen, der mit den Jahren um die Körpermitte herum immer fülliger geworden war. Die Stirn wurde höher, je mehr das glatte braune Haar den Rückzug antrat, die Wangen fülliger und das Kinn runder. Er trug einen bequemen, bunt gemusterten Rock aus einem leicht glänzenden feinen Wollstoff.

»Da ist er ja, der Herr Zuckerbäcker!«, kam Johannes ihm lächelnd entgegen. »Was sagst du zu meinem neuen Projekt? Gefällt es dir?«

»Großartig, Johannes! Ich glaube, du machst alles richtig, und ich bewundere dich aufrichtig.« Rudolf ergriff Baurs Hand, doch der zog ihn gleich an seine breite Brust und klopfte ihm enthusiastisch auf die Schulter.

»Du bist doch wieder mit dabei, wenn wir die große Eröffnung mit den Ehrengästen, den Honoratioren und Hotelgästen feiern? Ich zähle auf dich und deine Kunst.«

»Natürlich sind wir dabei, sehr gern sogar. Du sagst mir noch Bescheid, ob das Galadiner unter einem bestimmten Motto stehen soll, damit ich mir entsprechend Gedanken machen kann.« Rudolf hatte es ohne Plan, eher einer spontanen Idee folgend, so dahingesagt, doch hinter Johannes Baurs breiter Stirn begann es gleich zu arbeiten.

»Ich wusste doch, dass in dir viel mehr steckt als eine gewöhnliche Zuckerbäckerseele. Rudolf, Rudolf, da bringst du mich wirklich auf eine Idee. Wie wäre es denn, wenn das Motto irgendetwas mit dem See zu tun hätte? Ich habe ihm ja die Rolle der Primadonna in diesem Projekt zugedacht, und das nicht nur im Namen. Die besten Zimmer sind die mit Seeblick, und die Luxussuiten haben einen eigenen Balkon mit Blick auf den See. Wofür mich halb Zürich für einen törichten Laffen hält, der nicht weiß, wo die Musik spielt. Er tut so, als gäbe es die Stadt nicht oder als bräuchte er sie gar nicht, sagen die Leute. Wie kann ein gestandener Mann so dumm sein. Und sie sagen es nicht nur hinter vorgehaltener Hand. Zum Glück habe ich ein dickes Fell.« Baur klopfte sich auf seinen abstehenden Bauch. »Aber weißt du was, Rudolf? Wer zuletzt lacht, lacht am besten, sagt man nicht so? Und das werde ich sein, das verspreche ich dir. Ich bin ja kein Träumer. Komm mit!«

Er führte Rudolf zu einer breiten Marmortreppe, die von der Halle hinauf in den ersten Stock führte. In einem der Luxuszimmer mit Balkon hatte Baur sich einen Schreibtisch aufstellen lassen, zwei Stühle, ein Büroschränkchen, aus dem er nun zwei Gläser und eine Flasche Cognac nahm und ihnen einschenkte. Sie nahmen ihre Cognacschwenker mit auf den Balkon und Rudolf stockte der Atem. Unter ihnen lag der Garten, in dem ein Trupp Gärtner Bäume, im Frühjahr frisch gepflanzte Sträucher und die Buchsbaumhecken um die jetzt leeren Blumenrabatten schnitt. Hinter der letzten Hecke glitzerte der See im kühlen Morgenlicht, als wäre er aus Silber. Dahinter ragte die vertraute, doch immer wieder beeindruckende Kette an Berggipfeln auf, die mit ihren weißen Spitzen und Kuppen den herbstlich grauen Himmel kitzelten. Auf diesem Balkon mit seiner üppig gearbeiteten Brüstung aus Gusseisen konnte Rudolf verstehen, warum Johannes sich von der Stadt ab- und dem See zugewandt hatte.

»Der große See, hat er nicht etwas Majestätisches, genau wie die Schneeberge mit ihren Gletschern?«, fragte Johannes. »Das ist es, was die Reisenden erleben wollen, das Erhabene unserer Natur.«

»Und dazu allen erdenklichen Komfort«, ergänzte Rudolf.

»Natürlich, das kann man sich leisten, und man will es sich auch leisten. Und noch etwas anderes bietet dieser Ort wie kein anderer.« Johannes hob sein Glas, sie stießen an, genossen das buttrig-pilzige Aroma des edlen Rémy Martin. »Du glaubst nicht, wie viele Gäste es bevorzugen, inkognito zu reisen, also unerkannt, ohne große gesellschaftliche Aufmärsche, Empfänge und Ehrenbürgerwürden. Sie wollen einfach für einige Tage im Jahr ihre Ruhe haben und genau das werde ich ihnen hier bieten. Dafür soll das Baur au Lac stehen. Diskretion, Intimität. Und wenn man möchte, kann man trotzdem ins Aktientheater zur Birch-Pfeiffer gehen, auch so gut wie inkognito.«

Das war also die Trumpfkarte, auf die Johannes setzte. Rudolf zweifelte keinen Augenblick daran, dass er den richtigen Riecher gehabt hatte und dass es sich für ihn auszahlen würde.

»Also Schiffer, Boote, Netze, Seefische – kannst du dir konditorisch etwas dazu einfallen lassen zur Eröffnung?«

»Ganz bestimmt«, antwortete Rudolf und sah schon die Tafelaufsätze und das Gebäck in großen und kleinen bis winzigen Fischformen vor sich. Und die Hauptfigur wäre eine Nixe aus dem Zürichsee mit cremigem, blau eingefärbtem Fischschwanz, der noch aufgeschnitten auf den Tellern die Fantasie anregte und auf der Zunge zerging.

»Wie geht's deiner Frau, Rudolf? Wie viele Kinderchen habt ihr jetzt schon?«

»Bald kommt das dritte.«

»Dann schauen wir mal, wer schneller ist: Katharina mit dem dritten Kind oder ich mit meinem zweiten Hotel. Ob es dieses Mal ein Junge wird?«

»Könnte sein, denn bei dieser Schwangerschaft geht es ihr besser als bei den beiden davor. Und diejenigen, die behauptet haben, wenn ihr schlecht ist, dann wird es ein Junge, sind jetzt felsenfest davon überzeugt, dass es einer wird, wenn ihr nicht übel ist.«

»Egal wie, ich drücke euch jedenfalls die Daumen. Dein Herr Vater wartet bestimmt schon ungeduldig auf einen Nachfolger für das Geschäft.«

Das stimmte, aber Rudolf selbst wünschte es sich auch, und Katharina ebenso. Ein Mädchen in der Backstube war ja ganz undenkbar. Und zwei hatten sie ja schon.

»Wird es euch da nicht bald einmal zu eng in der Marktgasse?«, fragte Johannes Baur und schenkte ihnen noch einmal nach. Schon die Farbe des Cognacs in den Lichtbrechungen des Kristallglases zu betrachten und sein Aroma aufzusaugen, war Luxus. »Wie sieht es denn jetzt mit euren Schulden aus?«, fragte Johannes. »Wie ich mitbekommen habe, beliefert ihr jetzt auch die verschiedensten Zünfter bei ihren Festivitäten. Und sogar im Storchen werden eure Torten serviert.«

»Wir haben unsere Schulden auf die Hälfte reduzieren können.« Darauf war Rudolf enorm stolz, aber er wusste auch, wie schwer das gewesen war und dass es in vielerlei Hinsicht Verzicht bedeutet hatte.

»In wie vielen Jahren?«, fragte Johannes.

»In sieben Jahren haben wir zwölftausend Gulden getilgt.«

»Gratuliere!« Johannes Baur nickte anerkennend. »Dein alter Herr ist ein echter Sparfuchs und ein Könner in der Backstube. Und du? Wann fängst du endlich ernsthaft damit an, Schokolade zu machen?«

Rudolf nahm noch einen Schluck Cognac, sah zur Balkontür hinaus.

»Warum zögerst du denn immer noch? Weißt du nicht, wie's geht? Oder hast du Angst, sie nicht verkaufen zu können, weil sie zu teuer ist?«, insistierte Johannes.

»Natürlich weiß ich, wie es geht. Das habe ich bei Cailler gelernt. Wir machen ja auch immer wieder welche in der Backstube, wenn ich irgendwoher die Kakaobohnen bekomme. Aber ich habe selbst keine Handelsbeziehungen zu den Häfen, in denen ich direkt einkaufen könnte, und bin deshalb immer auf das Wohlwollen meiner Kollegen angewiesen. Wenn, dann bekomme ich meine Bohnen über Cailler oder Philippe Suchard.«

»Suchard? Der macht doch im Moment wieder etwas ganz anderes, dieser verrückte Tausendsassa. Hast du davon gehört?«

Rudolf verneinte.

»Der Mann ist jetzt Direktor in einer Mine am Neuenburgersee. Warte mal, was ist es noch mal? Ah, eine Asphaltmine, habe ich irgendwo gelesen. Stell dir das mal vor. Was dieser Suchard alles kann. Für mich ist der Mann ein Genie. Nicht wie Mozart oder Schiller, aber als Unternehmer.«

Philippe Suchard war bestimmt nicht mit so vielen Schulden in sein Geschäft eingestiegen wie er selbst, dachte Rudolf. Obwohl sich ein so vielseitiger und unruhiger Geist wie er von Schulden wahrscheinlich auch nicht zurückhalten ließ, doch wieder etwas Neues anzufangen.

»Wenn ich wüsste, wo der Rohstoff an Land geht, den ich brauche, dann würde ich versuchen, dorthin zu gelangen oder jemanden hinzuschicken, der mein Vertrauen hat, um mir das Zeug zu besorgen.« Noch bevor Rudolf Gründe anbringen konnte, die dagegensprachen, fuhr Johannes fort. »Und wenn es um die Vorkasse geht, die dafür nötig wäre, dann kann ich dir was leihen. Davon muss der alte Sprüngli ja nichts erfahren. Kauf du nur ein und versorge meine beiden Hotels mit Schokolade, die aus Zürich kommt. Wir brauchen endlich einen eigenen Chocolatier in der Stadt. Und kauf nicht zu wenig«, bat er ihn. »In der Saison geht bei mir mehr weg, als du dir vorstellen kannst. Lass deinen Vater die Torten machen, und du, mach etwas Neues. Das wolltest du doch immer, oder nicht?«

Ganz benebelt stieg Rudolf die Marmortreppe hinab. Ein Teil war dem Rémy Martin geschuldet, ein anderer dem angebotenen Kredit und ein dritter schließlich der Schokolade oder den Kakaobohnen, die plötzlich ein ganzes Stück näher an Zürich herangerückt waren. In Gedanken fuhr Rudolf von den Seehäfen im Norden den Rhein hinauf bis Basel, dann auf der Aare und zuletzt auf der Limmat bis zu ihm in die Marktgasse. Schnell würde es nicht gehen, aber jetzt hatte er immerhin einen Weg im Kopf.

Zuerst konnte er ihr Gesicht nicht sehen und wunderte sich, wer um Himmels willen im Schaufenster der Konditorei Sprüngli herumstieg. »Das geht doch zu weit«, murmelte er. Aber als er das Geschäft betrat, musste er erkennen, dass es sich um seine hochschwangere Frau handelte.

»Was macht sie denn da?«, fragte er Annarösli.

»Sie richtet das Schaufenster her«, antwortete Annarösli, wie immer adrett in weißer Spitzenschürze mit Häubchen.

»Muss das sein?«, fragte Rudolf und ließ seine Frau nicht aus den Augen. »Was hat sie denn vor?«

»Sie baut eine Winterlandschaft aus Zuckerzeug.« Annarösli grinste.

»Dafür hat sie also die ganzen Meringen gebraucht, die sie seit Tagen bestellt.« Jetzt wurde Rudolf einiges klar. Immer wieder war Katharina in der Backstube aufgekreuzt und hatte Roli dazu angestiftet, noch und noch ein Blech mit der Eiweiß-Zucker-Masse zu belegen, sobald Platz im Backofen war und die Temperatur passte.

»Die Meringen sind Bergspitzen, weiße Tannen und Blumen, weiße Christrosen. Sie hat sogar ein Paar Kufen zum Eislaufen dazugestellt und Papierblumen in Weiß.« Annarösli sah Rudolf an. »Gefällt es dir nicht?«

»Doch, doch«, sagte Rudolf. Es war tatsächlich einmal etwas anderes, als nur Torten, Gebäckstücke und Zältli ins Fenster zu stellen. Er hatte so etwas noch nie gesehen. »Warum nicht, wenn es den Leuten gefällt.«

»Sie denkt, dass die Leute stehenbleiben und sich das ansehen werden. Und wenn sie es auch so herzig finden wie wir, dann kommen sie herein und kaufen etwas. Womöglich sogar mehr als sonst.«

»Aha«, sagte Rudolf, »das werden wir dann ja sehen. Was sagt denn der Vater dazu?«

Annarösli schüttelte den Kopf und lachte. »Der wird Augen machen!«

»Fertig!«, rief Katharina aus dem Schaufenster und wischte sich eine Haarsträhne aus dem Gesicht. »Hilfst du mir wieder raus?«

Im Nu war Rudolf bei ihr. »Muss das sein, Chatrina?«

Statt einer Antwort gab sie ihm schnell einen Kuss, während Annarösli sich diskret am Verkaufstresen zu schaffen machte und sie nur aus den Augenwinkeln beobachtete.

»Die Mädchen sind oben bei der Mutter?«, fragte Rudolf. Seine Frau nickte.

»Wie war es bei Johannes? Erzähl doch!«

»Er hat mir einen Kredit angeboten und gesagt, ich solle endlich im großen Stil Schokolade machen«, flüsterte Rudolf.

»Das ist doch wunderbar«, flüsterte sie zurück. Sie sah sehr schön aus mit den geröteten Wangen und dem halb aufgelösten Dutt. Seine zupackende, eigenwillige Frau. »Hast du endlich mit Roli gesprochen?«

»Noch nicht«, gab Rudolf zu.

»Dann rede ich mit ihm.«

»Nein, überlass das mir, ich mach das schon«, hielt Rudolf sie zurück.

»Wann?«, fragte Katharina.

»Heute Abend noch«, versprach Rudolf, und das schien seine Frau zu besänftigen.

Manchmal war es geradezu unheimlich, welche Energie sie entwickelte trotz ihres Zustandes. Solange sie nicht unter dieser zermürbenden Übelkeit litt. Schon packte sie ihn bei der Hand und zog ihn zur Tür, um ihr Werk von draußen zu begutachten.

»Du wirst dich erkälten ohne Mantel.« Sie passte zu wenig auf sich auf, selbst jetzt.

»Gefällt es dir nicht?«

»Doch, doch«, gab Rudolf zu. Es sah wirklich sehr hübsch aus. »Du bist eben eine Künstlerin, Schatz.«

»Erzähl das mal deinem Vater. Er wird mich für verrückt erklären. Wenn er es nicht schon längst getan hat.«

Roli

Ein paar Gedanken machte Roli sich schon. Sein Chef war in seinem bisherigen Leben genau zweimal mit ihm auf einen Schoppen Wein ins Wirtshaus gegangen. Das erste Mal, als Roli seine Lehre beendet hatte, und das zweite Mal, als er volljährig geworden war. Noch nie waren sie zusammen im Storchen, wo sich die Stube der Zunft zur Schiffleuten befand, der Rudolf und sein Vater nun seit ein paar Jahren angehörten. Er hätte hineingehen können, denn drinnen war es sicher wärmer als hier im Freien. Bestimmt waren die Kachelöfen schon angeschürt. Doch Roli wartete lieber draußen auf Rudolf, schaute auf den dunklen Fluss hinunter, ohne viel zu sehen, eigentlich nur den schwachen Widerschein einer der Lampen auf dem Weinplatz. Als Roli sich von der Limmat abwandte, sah er Rudolf auf der anderen Flussseite auf die Rathausbrücke einbiegen. Er hätte ihn, selbst bei dem schlechten Licht, unter ganz vielen sofort erkannt. Woran eigentlich? An Rudolfs kräftiger, gedrungener Statur, den weit ausschreitenden Schritten, besonders jedoch an seinem ungewöhnlich großen Kopf und dem kräftigen Haarwuchs. Obwohl Rudolf kein Riese war, wirkte er doch wie ein großer, stattlicher

Mann. Alles an ihm strahlte Kraft und Unerschrockenheit aus, wie eine dieser muskulösen Steinfiguren, die mit Dreizack und wild gelocktem Haupthaar in den Brunnen standen, den Unterleib vom Wasser umspielt. Was würde sein Chef jetzt wohl dazu sagen, wenn er von diesem Vergleich wüsste?

»Was gibt's zu lachen, Roli? Hast du schon den ersten Schoppen Wein drinnen im Storchen getrunken?« Rudolf klopfte ihm zur Begrüßung auf die Schulter.

»Nein, gar nichts«, antwortete Roli, »ich bin ganz nüchtern.«

Der Wirt im Storchen begrüßte Rudolf wie einen alten Bekannten. Sie setzten sich, bestellten, tranken einen ersten Schluck von ihrem Räuschling aus Herrliberg am rechten Zürichseeufer.

»Was gibt's?«, fragte Roli, der seine Neugierde nicht mehr bezwingen konnte.

»Ich will endlich mit dem Schokolademachen anfangen, also, ernsthaft«, antwortete Rudolf, und Roli entfuhr ein kleiner Seufzer.

Was hatte er denn eigentlich befürchtet, dass Rudolf ihn entlassen würde? Dass man ihm vorwarf, irgendetwas angestellt zu haben? Dass Ueli sich wieder einmal über ihn beklagt hatte?

»Schokolade?«, wiederholte Roli. »Da bin ich sofort dabei. Ich frage mich schon die ganze Zeit, wann es endlich wieder losgeht. Gibt es von irgendwoher eine Lieferung Kakaobohnen?«

»Mal sehen. Ich will es jetzt jedenfalls angehen und mich darum kümmern, dass wir hier, weit weg von den Seehäfen, trotzdem anständig beliefert werden. Aber zuerst gibt es noch ein anderes Problem.«

»Welches?«, fragte Roli und nahm noch einen Schluck von seinem Wein, der ihm etwas zu sauer war. Er mochte die süßeren Sorten lieber.

»Wir haben keinen Platz in der Marktgasse. Ich träume ja schon lange von einer eigenen Fabrik, aber das geht finanziell einfach noch nicht. Irgendwo außerhalb, an einem Bach wie bei Cailler in Vevey, oder auch nur in einem anderen Gebäude hier in der Stadt. Es gibt nichts, was ich mir guten Gewissens leisten könnte.« Rudolf sah ihm direkt in die Augen, wie es seine Art war.

Tja, immer das verdammte Geld, dachte Roli. Dabei schufteten sie ja schon den ganzen Tag, das ganze Jahr und verkauften auch gut.

»Und im Haus gibt es eigentlich nur eine Kammer, die man noch für die Schokoladenfabrikation umbauen könnte«, hörte er Rudolf sagen. »Deine.«

Aha, daher wehte der Wind. Das war also der Grund für das Treffen im Storchen.

»Roli, wir haben dich gern bei uns in der Marktgasse. Das weißt du doch, oder?«

Roli nickte. Alle, bis auf den alten Sprüngli, dachte er. Dem war er immer schon zu nahe dran an der Familie, obwohl er doch streng genommen nicht dazugehörte.

»Könntest du dir vorstellen«, jetzt legte Rudolf seine Pranke auf Rolis Hand, als wollte er ihn am Weglaufen hindern, »dass du dir irgendwo ein Zimmer suchst?«

Roli merkte, wie schwer es Rudolf fiel, diese Frage vorzubringen. Vielleicht schob er es schon einige Zeit vor sich her. »Ja«, sagte er nach einer Weile, während er der Berührung durch diese kräftige Männerhand mit den behaarten Fingern nachspürte, »das kann ich mir vorstellen.«

»Du hast dir schon etwas überlegt?« Rudolfs Miene hellte sich auf.

»Ja«, gab Roli zu.

»Und wo?«

»Vielleicht in der Schipfe, bei der Witwe Hürlimann.«

»Bei der Hürlimann? Das ist doch Kundschaft von uns.«

Roli nickte. Und gleich flogen seine Gedanken hinüber in das Stübchen, in dem dieses Mädchen mit den rehbraunen Augen am Fenster über ihrer Handarbeit saß.

»Hat sie dir das von sich aus angeboten?«, fragte Rudolf.

»Angeboten nicht direkt, aber angedeutet hat sie, dass sie bald einen Zimmerherrn nehmen wird, weil die Wohnung eigentlich für zwei zu groß ist. Sie und ihre Tochter können das Geld brauchen.«

»Die pummelige kleine Hürlimann hat eine Tochter?«

»Ja, sie heißt Mina. Und sie ist gar nicht pummelig, oder vielleicht nur ein bisschen.«

Rudolf grinste. »Und mit der bist du bekannt?«

»Vom Bestellungen-Ausliefern«, sagte Roli.

»Aber das macht doch schon seit einiger Zeit der Jürgi«, wunderte Rudolf sich.

»Ja«, gab Roli zu. »Ich meine, damals habe ich sie kennengelernt.«

»Verstehe!«, sagte Rudolf und hob sein Glas. »Ist sie denn hübsch, diese Mina?«

Roli spürte, wie ihm die Hitze ins Gesicht stieg. »Ja, schon«, gab er zu.

»Mina, woher kommt das?«

»Von Wilhelmina.«

»Auf deine Mina«, sagte Rudolf und hob sein Glas.

»Sie ist nicht meine Mina.«

»Aber sie könnte es werden?«

Roli zuckte die Achseln. »Vielleicht würde es helfen, wenn sich jemand für mich verbürgt. Ich habe ja keine Eltern und keinen Vormund mehr. Wobei es um den nicht schade ist.«

»Natürlich verbürgen wir uns für dich, Roli. Für Katharina und für mich bist du doch schon so etwas wie ein großer Sohn.« Das tat gut, es so ausgesprochen zu hören. Gleich schmeckte Roli der Wein etwas besser.

»Roli Stutz und Mina Hürlimann, also meinen Segen habt ihr!«

Rudolf

War das nicht der Apotheker Flückiger, der zusammen mit einem jungen Mann, den Rudolf nicht kannte, vor dem Eingang zu seiner Apotheke stand? Beide sahen sie hinauf zum Ladenschild, auf dem ein Elefant zu sehen war, der beim Laufen mit aufgerichtetem Rüssel trompetete. Der Elefant war golden und in einem schwarzen Ring aus Eisen aufgehängt. Rudolf kannte ihn, wie er die Marktgasse kannte, den Gasthof Kirschbaum und jedes andere Geschäft vom Rathaus bis hinauf zum Zunfthaus zur Schmieden, wo die Marktgasse in die Stüssihofstatt mündete. Aber den goldenen Elefanten hatte er immer am meisten geliebt. Er beobachtete, wie Flückiger den jungen Mann mit Händedruck verabschiedete und ihm nachsah, wie er hinauf ins Niederdorf ging. Dann überquerte er die Gasse.

»Ein Besucher oder ein Kunde, den Ihr da gerade verabschiedet habt, Meister Flückiger?«, fragte Rudolf.

»Grüezi, Ruedi. Ein Kaufinteressent für meine Apotheke.«

»Ihr wollt verkaufen?« Rudolf war bestürzt.

»Ja, aber mit dem Herrn da wird das nichts«, antwortete Flückiger. »Er will die Apotheke umtaufen, stell dir das mal vor.

Aber das geht doch nicht. Seit fast dreihundert Jahren ist das nun die Elephanten-Apotheke, die erste Apotheke in Zürich, hast du das gewusst?«

Nein, das hatte Rudolf nicht gewusst. »Dann ist sie ja älter als die Konditorei Vogel.«

»Wahrscheinlich«, sagte Flückiger, »aber du und ich, wir waren ja nicht dabei damals.« Er grinste. »Aus meiner Apotheke kann man jedenfalls nicht so mir nichts, dir nichts eine Nashorn-Apotheke oder Schlimmeres machen. Na, es wird sich ein anderer Käufer finden und solange mache ich eben weiter. Eilig habe ich es ja nicht.«

»Aber wenn der Richtige kommt, dem Ihr Euer Geschäft übergebt, was macht Ihr dann, Flückiger?« Er konnte sich die Apotheke ohne ihn überhaupt nicht vorstellen.

»Ja, was soll ich dann schon machen, Ruedi? Eine Familie gründen wie du, das werde ich nicht mehr schaffen. Ich werde halt mein Gnadenbrot fristen, wie es einem alten Esel zusteht. Wir sind ja hier Gott sei Dank nicht in Bremen.«

»Ach was«, widersprach Rudolf, »Ihr und aufs Altenteil gehen und müßig sein, das passt doch nicht zusammen. Ihr seid doch noch rüstig und kein alter Mann.«

»Meinst du?« Flückiger strich sich übers schlecht rasierte Kinn. »Ja, wenn es so wäre, dass ich mich gesund genug fühle, dann werde ich mich vielleicht doch noch einmal auf die Reise machen. Ich habe ja keine Kinder, und seit meine Gertraud verstorben ist, überhaupt keinen Anhang mehr. Niemanden, der mit dem Essen auf mich wartet oder mir die Hemden plättet.« Er zeigte mit dem Finger auf seinen zerknitterten Hemdsärmel. »Schau mich an, ist das nicht eine Schande?«

»Da wüsste ich aber durchaus Abhilfe. Ihr könntet Eure Hemden doch zu uns bringen. Die Mutter oder Katharina werden sich schon darum kümmern. Bei uns fällt so viel Wäsche an im Geschäft und in der Backstube, da kommt es auf ein Hemd mehr oder weniger nicht an.«

»Du bist gut, Ruedi. Hat deine Frau mit den zwei Kinderlein und bald dem dritten nicht genug zu tun? Und hat deine Frau Mutter vielleicht ein Kraut gefunden, wie man auch im Alter noch genauso fleißig und kräftig arbeiten kann wie als junge Frau? Dann hätte ich dieses Kraut sehr gern und dann plätte ich meine Hemden auch freiwillig und mit Freude selbst. Das kannst du mir glauben.«

»Wohin ginge denn Eure Reise, von der Ihr gesprochen habt? Zu den Kollegen in Bern oder in der französischen Schweiz, die mich auf meiner Wanderschaft so gut aufgenommen und bewirtet haben?«

»Ach wo, diese alten Zausel habe ich, soweit sie noch leben, inzwischen schon einmal, manche sogar mehr als einmal besucht. So schön und klug sind die auch nicht, dass ich sie andauernd wiedersehen müsste.«

Flückiger konnte ein richtiges Schandmaul sein, dachte Rudolf.

»Wohin dann?«, insistierte er.

»Ach.« Flückiger winkte ab. »Du wirst mich für verrückt erklären, wenn ich dir sage, wohin es mich auf meine alten Tage noch ziehen könnte. Aber was sage ich. Du hast bestimmt Besseres zu tun, als hier mit mir in der Gasse herumzutratschen wie die Waschweiber.«

»Ein paar Minuten werden sie schon ohne mich auskommen. Dann gehen wir eben hinein, damit sie mich nicht gleich finden, und Ihr erzählt mir von Euren Plänen.« Bevor der Apotheker protestieren konnte, schob Rudolf ihn vor sich durch die Tür. Das Glöckchen bimmelte, und das Krokodil, das wie eh und je von der Decke hing und Staub ansetzte, geriet durch die Zugluft in eine langsame, quietschende Bewegung.

»Alte Guetzli, noch von meiner Gertraud, die brauche ich einem Konditor nicht anzubieten«, sagte Flückiger. Auf seinem Arbeitstisch stand ein trauriger Teller mit steinhart gewordenen Chräbeli, deren Anisduft sich seit dem Ableben von Flückigers Gattin langsam, aber sicher verflüchtigt hatte. »Ich zertrümmere sie im Mörser und lutsche dann die einzelnen Splitter. Ich möchte meine Zähne schließlich noch länger haben.« Flückiger zwinkerte ihm zu.

»Jetzt erzählt doch.« Rudolf setzte sich an den Arbeitstisch, dem Apotheker gegenüber.

»Du musst mir aber versprechen, dass du nicht laut lachen wirst, nur leise, hinter meinem Rücken.«

Rudolf versprach es.

»Also gut.« Flückiger griff in den Mörser und schob sich einen Splitter von einem Anisplätzchen in den Mund. »Damals, als ich jung war, ich will jetzt gar nicht nachrechnen, wie lang das her ist, denn es macht mich immer ganz wirr im Kopf. Also, damals, bevor ich nach Zürich gekommen bin und die Elephanten-Apotheke übernommen habe, war ich bei einem Apotheker in St. Gallen angestellt. Fast alles, was ich heute weiß, habe ich von ihm gelernt. Ein hervorragender Apotheker. Er führte dort die Stern-Apotheke.«

»Diesen Apotheker dürfte es heute nicht mehr geben.« Dazu musste man nicht einmal genau nachrechnen.

»Nein, natürlich nicht. Aber der alte Daniel Meyer, so hieß der Apotheker aus der Spisergasse, Gott hab ihn selig, hatte ein Töchterchen. Ich war damals achtundzwanzig, sie fünfzehn, fast noch ein Kind. Wir haben uns sehr gern gemocht, die Carolina Meyer und ich, trotz des Altersunterschieds. Unsere Wege sollten sich dann aber doch trennen. Ich ging nach Zürich und heiratete meine Gertraud und sie ihren Marten. Das war ein Holländer, den es, ich weiß nicht mehr warum, in die Schweiz verschlagen hatte. Übrigens der Einzige aus diesem Land, das genauso groß oder klein ist wie die Schweiz, der mir je begegnet ist. Später ist er in seine Heimat zurückgekehrt, und er hat Carolina mitgenommen. Was ich ihm nicht verdenken kann. Vor Kurzem ist ihr Marten gestorben, und das hat Carolina, sie heißt jetzt de Vries, mir in einer kurzen Nachricht angezeigt. Und nachdem ich ihr mitgeteilt habe, dass ich ebenfalls Witwer bin, hat sie mich eingeladen, sie in Holland zu besuchen, wenn ich nichts Besseres zu tun hätte. Ihr Sohn, Marten junior, führt jetzt die Apotheke, und sie trägt sich mit dem Gedanken, in die Schweiz zurückzukehren, kann sich aber noch nicht trennen vom Norden und von der See, den großen Schiffen, den Windmühlen und all dem Zeug da oben.« Er griff wieder nach einem Splitter Aniskeks.

»Was für eine schöne Geschichte, Flückiger.« Rudolf hatte ganz verzaubert zugehört. »Hätte ich Euch gar nicht zugetraut, so eine romantische Geschichte, die sich über so viele Jahrzehnte spannt.«

»Ich geb dir gleich Romantik mit meinen gichtigen Gelenken und den Runzeln, die mich auch nicht schöner machen.« Flückiger strich sich das Haar zurück, das immer noch voll und mehr grau als weiß war. Rudolf versuchte, ihn sich als jungen Mann vorzustellen, aber Flückiger war immer schon alt gewesen, seit er ihn kannte. Schon vor zwanzig Jahren. Zumindest aus seiner Sicht.

»Wo wohnt sie denn, Eure Carolina de Vries?«

»In Rotterdam«, antwortete Flückiger. »Und stell dir vor, da gibt es jetzt seit Kurzem eine Eisenbahnlinie von Rotterdam bis nach Haarlem, das liegt bei Amsterdam. Während wir in der Schweiz wieder einmal hinterherhinken. Bis jetzt reden sie immer nur über die Eisenbahn. Gesehen habe ich noch keine, auch keinen Meter an Gleisen. Schuld daran sind wahrscheinlich unsere vielen Berge, die hier in der Landschaft herumstehen und um die herum man die Gleise legen müsste oder untendurch. Was beides bestimmt sehr teuer kommt.«

Doch Rudolf interessierte sich gerade überhaupt nicht für die Schweiz und die Berge oder sonstige Eigenheiten seiner Heimat. Auch nicht unbedingt für Carolina de Vries, die, auch wenn sie etwas jünger war als Flückiger, jetzt doch ein altes Mütterchen sein musste. Er dachte immer nur: Rotterdam! Haarlem! Amsterdam! Vor seinem geistigen Auge ragten Masten und Kräne aus einer riesigen Hafenanlage, Nebelhörner tuteten, Jutesäcke schwebten, prall gefüllt mit Kakaobohnen, am Arm eines Holzkrans von einem riesigen Ozeandampfer hinüber auf eine Pier, auf der schon eine Tabak kauende und ausspuckende Kolonne von Arbeitern stand, um Sack für Sack auf den Rücken zu nehmen und sie zur Eisenbahnstation, zu einem Flusshafen, einem Fuhrwerk oder einer Barkasse zu schleppen, um sie auf den Weg zu all den Kaufleuten in den meerfernen Ländern und Städten Europas zu bringen, die schon sehnsüchtig darauf warteten.

»Träumst du jetzt auch schon von meiner Carolina?«, fragte Flückiger und grinste. »Du hast ganz leuchtende Augen, Ruedi.«

»Wann reist Ihr ab?«, fragte Rudolf.

»Hoho, immer langsam mit den jungen Pferden. Ich muss doch vorher noch einen Nachfolger für meine Apotheke finden. So eine Eile habe ich ja auch wieder nicht.«

»Entschuldigt, Flückiger. Aber ich meine, wie lange wird es dauern, bis Ihr Eure Apotheke verkauft habt?«

»Weiß man's? Es muss eben der Richtige kommen, wir müssen uns über den Preis einig werden ...«

»... und er muss den Namen so behalten, wie er ist.«

»Ganz genau. Aber warum fragst du? Und so eindringlich?

Willst du mich loswerden? Oder hast du einen Kaufinteressenten an der Hand?«

»Nein, das nicht, aber jetzt, wo ich es weiß, werde ich mich einmal umhören.«

»Und weiter?« Flückiger war ein Fuchs. Er hatte den Braten sowieso schon gerochen und würde keine Ruhe mehr geben, bis er die Wahrheit erfuhr. Also konnte Rudolf auch gleich damit herausrücken.

»Ich brauche eine Handelsbeziehung in einen der großen Seehäfen: Rotterdam, Amsterdam, Hamburg oder Bremen.«

»Wozu?«, fragte Flückiger. »Ah, lass mich raten. Hat es vielleicht mit Kakaobohnen zu tun?«

Rudolf nickte. »Ich will jetzt bestellen, im größeren Umfang.«

»Wie viel?«

»Fünf Zentner.«

»Für Zürich?«

»Natürlich.«

»Wo bringst du die unter, Ruedi, in deiner Puppenstube in der Marktgasse? Oder im Hinterhof, der zum Ehgraben hinaus liegt?«

»So viel sind fünf Zentner nun auch wieder nicht. Vielleicht überschätzt Ihr das. Die Menge bringe ich unter und wenn ich im Hinterhof ein überdachtes Lager bauen muss.«

»Und die Geruchsabschirmung gegen die Kloaken der Stadt nicht zu vergessen. Am besten, du mietest dir einen Keller bei den Eismännern. Da ist ab und zu etwas frei.«

»Darum mache ich mir erst Gedanken, wenn ich von Euch eine Nachricht aus Holland erhalte, dass Ihr die Bestellung aufgegeben habt.«

»Willst du denn nicht lieber selbst reisen, Ruedi? Die Wanderschaft damals hat dir doch gut gefallen. So ein bisschen frischer Seewind um die Nase würde dir nicht schaden.«

»Ich kann doch hier nicht so lange weg, Flückiger, das seht Ihr doch. Ich kann Katharina nicht allein lassen, den Vater, die Backstube, unsere Verpflichtungen überall.«

Der Apotheker winkte ab. »Ich sehe schon. Es läuft also darauf hinaus, dass ich fahren muss. Bring mir doch bei Gelegenheit einen Interessenten für meine Apotheke vorbei, dann packe ich meine Koffer und schicke eine Warnung an Carolina, dass ein alter Mann aus mir geworden ist und ich nicht weiß, ob ich für die Rückreise auch noch die nötige Kraft aufbringen kann. Wenn nicht, muss sie für mich sorgen und meine Hemden plätten. Aber vorher gehe ich noch Kakaobohnen einkaufen. Vielleicht kann Carolinas Sprössling die nötigen Verbindungen zu einem der Seehäfen herstellen. Als Holländer sollte ihm das doch nicht schwerfallen. Immerhin verstehen ihn die Leute, was man von mir Schweizer im Ausland bestimmt nicht behaupten kann, außer natürlich Kollegen aus der Apothekerzunft, Pfaffen und Doctores, aber auch nur, wenn ich mich bemühe, lateinisch zu sprechen.« Flückiger machte eine Pause, um Luft zu holen. Er sah in seinen Mörser, in dem sich noch genügend Anissplitter befanden, entschied sich aber dann dagegen, um seine Zähne zu schonen. »Aber eines sage ich dir, Ruedi«, und jetzt flog sein Zeigefinger in die Luft.

»Ja?«, fragte Rudolf.

»Nach Bremen fahre ich nicht. Du weißt ja, was man dort mit den alten Eseln macht.«

1845

Flückiger

Der erste Zentner Kakaobohnen, den Flückiger auf die Reise rheinaufwärts geschickt hatte, war gut angekommen, verarbeitet und zum großen Teil schon in Schokoladenform verkauft, als endlich ein Brief von ihm in der Marktgasse eintraf.

Ihr lieben erfolgreichen Zuckerbäcker und Schokoladenfabrikanten von Flückigers Gnaden, liebe Katharina, lieber Rudolf, mit wer weiß wie vielen Kinderlein mittlerweile. Es könnte ja sein, dass Katharina ein Zwillingspärchen entbunden hat.

Wie ihr seht, bin ich noch immer nicht nach Zürich, nicht einmal in die Schweiz zurückgekehrt. Und das liegt vielleicht an mehreren Faktoren. Der wichtigste hat allerdings einen gar süßen Namen, der mit einem lateinischen C anfängt und einem ganz gewöhnlichen A aufhört: Carolina. Und wenn ihr euch jetzt ein verhutzeltes graues Mütterchen mit Schlafhaube auf dem Kopf vorstellt, dann liegt ihr so falsch, wie ihr nur könnt. Obwohl nur lächerliche zwölf Jahre jünger als ich, ist die Zeit praktisch, ohne Schaden zu hinterlassen, an ihr vorbeigezogen. Carolina ist immer noch die hübscheste Frau zwischen den Alpen und der See, die sie schon als junges Mädchen war. Der Rhein hat auf seinem gesamten Lauf von der Quelle bis zur Mündung keine schönere, liebere, sanftere und zugleich energischere Witwe gesehen als sie. Obwohl der Zahn der Zeit an mir schon ein wenig mehr genagt hat als an ihr, hat sie mich doch noch wiedererkannt. Und, was soll ich sagen, im Nu waren wir wieder so vertraut miteinander, ja, warum es nicht beim Namen nennen, so verliebt ineinander wie damals in der Stern-Apotheke in St. Gallen, die Carolinas Vater gehörte. Was für ein Glück man im Leben haben kann! Man gewinnt etwas in der leichtsinnigen Jugend, verliert es im reifen Mannesalter, um es im überreifen Zustand, kurz vor der Fäulnis, entschuldigt, ich bin Apotheker, wiederzufinden. Womit habe ich mir dieses Glück verdient, Rudolf? Irgendwas muss ich getan haben, für das mich Gott, das Universum, das Schicksal oder wer auch immer so reichlich beschenkt.

Aber jetzt aufgemerkt, Flückiger ist noch nicht im Himmel, sondern in Holland. Rotterdam, ihr könnt es euch nicht vorstellen, aber versucht es einmal. Denkt an ein Gassengewirr zwischen unüberschaubar vielen Wasserläufen, Kais, Lagerhäusern, Werkstätten, und der Rest ist Hafen, Hafen, Hafen. Wobei jeder Abschnitt wieder eine Welt für sich ist, für deren Durchdringung meine Lebenszeit wohl nicht mehr ausreichen wird. Rotterdam ist vermutlich der größte Hafen Europas oder, wer weiß, der ganzen Welt. Unfassbar riesig, nirgendwo beginnend und nirgendwo endend. Was für ein Glück, dass Carolina nicht nur den einen Sohn hat, der die Apotheke seit dem Tod ihres Mannes führt, sondern noch einen zweiten. Der heißt Bram und handelt mit Kaffeebohnen. Was liegt da näher, als ihn auch auf die Kakaobohnen anzusetzen, von denen jemand in Zürich schon träumte, als er noch ein Junge von zehn Jahren war und in der Elephanten-Apotheke seine erste Schokolade für seine kranke Mami erstanden hat. Diese Apotheker sind schon ein seltsames Volk. Man kann sie für alles Mögliche und Unmögliche gebrauchen.

Bram ist ein guter Mann und exzellenter Feilscher. Er hat mir den einen Zentner organisieren können, der mittlerweile bei euch in Zürich angekommen sein müsste. Beste Qualität, sagt Bram, und ich kann nichts anderes tun, als ihm zu glauben. Einen zweiten Zentner müsste er bald für mich, nein, für dich, Ruedi, irgendwo abzweigen können. Ich hoffe, du bist noch interessiert an weiteren Lieferungen, und ich bräuchte dann auch monetären Nachschub, wenn ich höflichst darum bitten dürfte. Nicht nur der Kakao ist teuer, das Leben insgesamt ist es, zumal es für mich keinen Sinn mehr hat, mein Geld zusammenzuhalten und es zu sparen für Erben, die ich nicht habe, oder einen fernen Lebensabend, an dem es mich womöglich gar nicht mehr gibt. Jetzt spielt das Leben, und das Motto kann nur heißen: carpe diem, pflücke den Tag und mach jeden zu einem Fest, solange du kannst.

Gebt einmal Nachricht, ob die Bohnen gut angekommen und von ausreichender Qualität sind. Den guten Preis habe ich nur auf Vermittlung des Holländers erzielen können. Und dann möchte ich natürlich auch wissen, was die Zürcher zu deiner Schokolade sagen, Ruedi. Schmeckt sie ihnen? Wenn nicht, dann musst du etwas falsch machen und noch einmal zu Cailler oder Suchard in die Lehre gehen. Der alte Flückiger dagegen macht jetzt nur noch alles richtig, das ist so abgemacht.

In diesem Sinne, bleibt gesund – hoffentlich hat mein Nachfolger ein Händchen für die Kundschaft und stets die richtige Medizin parat. Vergesst mich nicht und denkt immer nur im Guten an mich. Ich werde es spüren.

Euer alter Flücki in seinem zweiten Frühling in der Hafenstadt Rotterdam bei den Käse-Essern, was sie mit uns Schweizern ja durchaus gemein haben.

Katharina

Eben hatte Katharina noch im kuscheligen Bett gelegen. Eigentlich war doch alles gut und trotzdem erwachte sie schweißgebadet. Sie hatte die Bilder aus ihrem Traum noch genau vor Augen. Riesige Mäuse, fast so groß wie Ratten, waren in Rudolfs Schokoladenfabrik eingedrungen. Mit ihren scharfen Krallen und spitzen Zähnen hatten sie sich über die Schokoladentäfelchen, die Taler und Stäbchen hergemacht, die sie und Annarösli gestern stundenlang einzeln in buntes Seidenpapier eingewickelt hatten. In ihrem Traum war die ganze edle Schokolade angenagt oder gleich aufgefressen worden, überall lag das Seidenpapier über den Boden verstreut, zwischen den Kötteln der Ratten. Jetzt war sie die Erste, die, noch im Nachthemd, mit der Kerze in der Hand ins Geschäft tapste und eine Lampe anzündete. Es hatte gerade erst begonnen zu dämmern. Mit klopfendem Herzen stand Katharina vor der Tür zur Schokoladenkammer, fasste sich ein Herz, öffnete sie und leuchtete mit der Kerze hinein. Alles war genauso, wie sie es am Abend hinterlassen hatten. Die bunt verpackte Schokolade lag immer noch da und war unversehrt. Katharina stieß einen erleichterten Seufzer aus und nutzte die Gelegenheit, sich in Rudolfs »Schokoladenfabrik« einmal in Ruhe umzusehen. Sobald Roli ausgezogen war, hatte Rudolf eine Rösttrommel und eine Reibe- und Mischvorrichtung angeschafft, die er wie ihr Erfinder Philippe Suchard Mélangeur nannte. Zwei Granitwalzen bewegten sich darin auf einer beheizbaren Granitplatte. Die gerösteten und geschälten Kakaobohnen kamen in diese Maschine und wurden darin fein gemahlen und mit Zucker vermengt. Wie die Zinnbüchsen für das Speiseeis hatten auch die Rösttrommel und der Mélangeur Kurbeln zum Drehen und wurden mit Muskelkraft angetrieben, nicht mit Wasserkraft. Sie waren ja mitten in der Stadt, weder am Fluss noch an einem Mühlbach gelegen, das wäre auch zu schön gewesen. Und die Chance, im Zürcher Stadtgebiet eine Mühle erwerben zu können, war gleich null. Da würde Rudolf schon hinaus in die Landschaft gehen und nach einer Öl- oder Getreidemühle suchen müssen, die zum Verkauf stand, so wie Flückigers Apotheke.

Katharina lief zurück in die Wohnung, im Schlafzimmer zog sie sich leise das vorbereitete Kleid aus hellem Leinen an. Noch wollte sie Rudolf nicht wecken. Rasch flocht sie ihr Haar zu einem Zopf, der ihr fast bis zur Taille reichte. Jetzt noch das rote Seidenband um den Kopf gebunden und die drei Federn eingesteckt, die sie mit den Mädchen am See gesammelt hatte. Keine schillernden, von Paradiesvögeln, sondern grau und braun gebänderte, wie die jungen Möwen sie zur Mauser abwarfen.

»Ist denn schon wieder Fasnacht?«, fragte David Sprüngli beim Frühstück und starrte Katharina missmutig an.

»Vielleicht weißt du es ja nicht, Vater«, antwortete Katharina. »Aber die Schokolade, also die Kakaobohnen, stammen aus Mittelamerika, von den Azteken.«

»Und diese Azteken sind so herumgelaufen wie du jetzt?«, fragte ihr Schwiegervater. »Bist du sicher?«

Mit David über Schokolade zu reden, war sinnlos. Er mochte sie noch nicht einmal. Und zwar aus Prinzip. Wozu brauchte man dieses neumodische Zeug? War es nicht genug mit den Torten, den Hüppen, den Guetzli und den Leckerli, die er schon sein ganzes Erwachsenenleben über zu Dutzenden von der Backstube hinaus ins Geschäft trug? Mehr brauchte er nicht. Dass es anderen nicht so ging wie ihm, wollte ihm nicht einleuchten. Johannes Baur, der Rudolf den Kredit gegeben hatte, war für ihn ein Ausländer, ein Österreicher eben. Und den Apotheker Flückiger, dem es tatsächlich gelungen war, den ersten Zentner Kakaobohnen für ihn auf den Weg zu bringen, hielt David für einen Hallodri. Keine eigenen Kinder, keinen Nachfolger, dafür der Verkauf seiner Apotheke, die doch sein Lebenswerk gewesen war, an einen wildfremden Menschen. Und dann war der Witwer auch noch einfach auf und davon, seiner Jugendliebe hinterher, bis hinauf an die See. Unerhört. Dinge geschahen nun in seiner Marktgasse, die nicht mehr in Davids Weltbild passten. So etwas machte man doch einfach nicht als alter Mann, genauso wie man kein Hotel baute und es nicht »Stadt Zürich« nannte, sondern »Au Lac«. Oder wie man sich keine Federn ins Haar steckte, wenn Fasnacht vorüber war.

Annarösli dagegen machte sogar einen Knicks, als Katharina nun zum zweiten Mal an diesem Morgen ins Geschäft kam.

»Eure Hoheit.« Sie grinste.

»Wo ist denn Rudolf?«, fragte Katharina.

»Er ist vor einer Weile fortgegangen. Ach schau, da kommt er ja wieder.« An der Tür stand Rudolf und wedelte mit der Zeitung.

»Hier ist sie!«, sagte er, als Katharina ihm aufschloss. Er blätterte zur Seite mit den Anzeigen.

»Lies vor«, bat Katharina.

»Hiermit dürfen wir den geschätzten Lesern dieser Zeitung zur Kenntnis bringen, dass die Unterzeichneten seit einiger Zeit mit ihrem Geschäft auch eine Chocolat-Fabrik in Verbindung gesetzt haben. David Sprüngli und Sohn, Marktgasse 5 in Zürich.«

Rudolf strahlte über das ganze Gesicht.

»Du hast es geschafft!« Katharina fiel ihm stürmisch um den Hals. »Diesen 10. März 1845 müssen wir uns merken, denn ab heute wird hier offiziell Schokolade hergestellt. Und zwar Sprüngli-Schokolade.«

»In der Chocolat-Fabrik. Hoffentlich wollen die Leute die nicht persönlich in Augenschein nehmen«, sagte Annarösli.

»Du meinst Rolis alte Schlafkammer?« Katharina lachte.

»Caillers Schokoladenfabrik in Vevey war auch nicht mehr als eine alte Ölmühle«, wehrte sich Rudolf. »In einer Fabrik wird etwas fabriziert. Das ist alles, was zählt. Und das tun wir hier auch.«

An der Hand ihrer Großmutter kamen die Mädchen ins Geschäft. Gut, dass David sie so nicht sah, dachte Katharina. Elsbeth hatte ihnen Umhänge aus hellem Leinen genäht, und auch sie trugen Zöpfe und je eine Bussardfeder im Haar. Hedi, die Ältere, war fast fünf und hatte das helle Haar ihres Vaters geerbt. Ida, die Mittlere, war drei. Ihre Zöpfchen waren fast schon so dunkel wie die ihrer Mutter. Sie sah wirklich wie eine Aztekin aus oder so, wie sie sich eine Aztekin vorstellten.

»Und was ist mit Elsi?«, fragte Katharina.

»Sie schläft noch«, antwortete die Mutter. »Ich sehe gleich noch nach ihr.«

Elsi fing mit ihren neun Monaten schon an zu laufen. Dafür schlief sie noch etwas länger als ihre Schwestern.

»Hedi und Ida, kommt her, ihr zwei Prinzessinnen.« Katharina hängte beiden ein Körbchen mit winzigen, in Seidenpapier gewickelten Schokoladenstückchen um.

»Aber für jeden Mann, jede Frau und jedes Kind immer nur eines, gell?«

»Nur eines«, versprach Ida und nickte ernst. »Aber verschenken.«

»Dann wollen wir doch mal sehen, ob unser Federschmuck bei den Leuten ankommt oder ob sie wie euer Großvater meinen, bei Sprüngli habe man sich in der Jahreszeit geirrt.«

»Und unsere Schokolade«, sagte Annarösli.

»Aber jetzt husch, husch«, verscheuchte Katharina Rudolf in die Backstube. »Die ersten Kundinnen stehen vor der Tür.«

»Lauft noch ein bisschen auf und ab, du und die Mädchen, damit sie noch neugieriger werden«, sagte Rudolf, bevor er mit Roli hinter der Schwingtür zur Backstube verschwand.

Ida weinte bittere Tränen, weil ihr Körbchen als erstes leer war. Annaröslis Kasse klingelte den ganzen Vormittag und bis Mittag war das Schokoladensortiment ausverkauft.

»Mittagspause gestrichen«, seufzte Katharina. »Stattdessen wickeln wir wieder Schokoladentaler ein.«

»Dann ist der erste Zentner von Flückiger bald weg.« Rudolf wusste nicht, ob er sich nun freuen oder sorgen sollte. »Ich brauche noch eine ganze Menge Schokolade für das Baur au Lac und für die Hochzeit am nächsten Wochenende muss auch noch etwas übrig bleiben.«

Der Umsatz, überschlug Katharina, war fantastisch, trotz der gesalzenen Preise, die weit über denen der üblichen Süßigkeiten lag. Dreimal rechnete sie nach und wurde blass, als sie sicher war, dass sie sich nicht verzählt hatte. Sogar jemand von der Zeitung war da gewesen, ein Herr Redaktor selbst oder einer seiner Informanten. Denn zwei Tage darauf war in der *Neuen Zürcher Zeitung* zu lesen, dass die neu eingeführte Sprüngli-Schokolade reißenden Absatz gefunden hatte und dass Vater und Sohn Sprüngli nun die vierten Chocolatiers in der Schweiz waren, nach François-Louis Cailler in Vevey, Philippe Suchard in Neuenburg und Charles Amédée Kohler in Lausanne. Im deutschsprachigen Teil sogar die ersten.

»Dann bist du also mit deinem Metier doch ein Pionier«, sagte Katharina. Sie löste den Zopf und nahm die Bänder ab. Die drei Möwenfedern legte sie neben die Waschschüssel. Ihr Tag als Aztekin, die heiße Schokolade ausschenkte und Schokoladentaler verkaufte, war vorüber. Die beiden Prinzessinnen schliefen längst.

»Du meinst, weil ich deutsch spreche?«, fragte Rudolf. »Ach was. Chocolatiers sind doch ein ganz eigenes Volk. Wir verstehen uns in allen Sprachen.« Er stand vom Bett auf und umfasste Katharina. »Aber den Erfolg habe ich wohl zum großen Teil deinem Talent zu verdanken. Du bist ein Verkaufsgenie, Katharina. Wer hätte das gedacht.«

»Deine Schokolade schmeckt den Leuten eben. Es war, als hätten sie alle nur darauf gewartet, dass sie ihr Geld heute zu uns tragen dürfen.« Katharina legte die Bürste weg. »Was hat denn dein Vater zu unserem Erfolg gesagt? Hat er dir eigentlich gratuliert?«

»Nein, das nicht. Hätte mich auch gewundert. Weißt du, was er gesagt hat?«

Katharina drehte sich zu ihm um. »Was?«

»Eine Schwalbe macht noch keinen Sommer.«

Sie sah Rudolf an, der still in sich hineinlachte. Dann fing sie selbst an zu lachen und hörte nicht auf, bis ihr die Tränen über das Gesicht liefen.

Rudolf

Roli wollte doch nur Zucker aus der Backstube holen. Wo blieb er denn jetzt so lange? Der Kakao war frisch geröstet und geschält und sollte nun mit dem Rohrzucker vermischt in den Mélangeur eingefüllt werden. Rudolf hasste es, seine Arbeit zu unterbrechen, und Roli wusste das ganz genau. Was war denn da los?

In der Backstube sah es aus wie bei einem Ringkampf. Auf der einen Seite Christoph, den Rudolf bisher als besonnen eingeschätzt hatte. Auf der anderen Seite Ueli, der schon eher Tendenzen zum Raufbold hatte. Wer auf wen losgegangen war, konnte man nicht erkennen, nur, dass Roli dazwischengegangen war und entweder Christoph zurückhielt oder ihn vor Ueli in Schutz nahm. Der Vater stand in seiner Ecke und rollte Hüppen über einen Holzstab.

»Was ist denn hier los?«, fragte Rudolf.

»Der Dummkopf kämpft jetzt auf der Seite der Fabrikarbeiter, obwohl er gar keiner ist!«, schrie Ueli. »Wir sind doch Handwerker und keine Fabrikler.« Er machte einen Schritt auf Christoph zu, aber Roli, der bei der Witwe Hürlimann gut genährt wurde und durch die Arbeit kräftige Armen bekommen hatte, stellte sich vor ihn und schirmte ihn ab. »Unsere Schokoladenfabrik gibt es doch überhaupt nicht, die nennt sich nur so.«

»Richtig«, kam der Vater dem Gesellen zu Hilfe. »Wir sind und bleiben ein Handwerksbetrieb hier in der Marktgasse.«

Rudolf verstand die Aufregung nicht. Dass sie hier ihre Schokolade zu zweit im Handbetrieb herstellten, war doch jedem klar. Natürlich war das nicht mit einer Seidenweberei mit Dutzenden Maschinen und Hunderten von Arbeitern zu vergleichen. Als Rudolf nicht reagierte und auch Christoph sich zurückhielt und lieber abwartete, legte Ueli noch einen drauf.

»Das hat ihm dieses Weibsstück eingeblasen, die selbst eine Fabriklerin ist. Dabei hat man ihr auch schon andere Arbeiten angetragen, wegen ihrem hübschen Gesicht. Aber mit dem frechen Maul will sie keiner mehr.«

Von wem redete Ueli denn überhaupt?

»Lass Vreni aus dem Spiel!«, knurrte Christoph.

»Als hätte sie nicht schon genug Schwierigkeiten«, brüllte Ueli, »rennt sie jetzt auch noch zu den Versammlungen von diesem Kommunisten, der den Reichen an den Kragen will.«

Ah, um den Lehrer Treichler ging es also. Von ihm konnte man jetzt fast jeden Tag in den Zeitungen lesen, die ihn offenbar allesamt hassten.

»Einen Verein hat er gegründet, der Wichtigtuer. Faselt was von den Proletariern in Zürich. Wo sind die, frage ich dich, Christoph. Du Dummkopf, lässt dir von dem Weib den Kopf verdrehen und läufst ihr jetzt auch noch zu den Arbeiterversammlungen hinterher.«

»Am Ende will er diese Ideen hier bei uns auch noch verbreiten«, rief der Vater aus seiner Ecke. »Aber in unserer Backstube wird nicht politisiert! Der Treichler und seine Leute wollen die Arbeiter doch nur aufwiegeln. Dabei sollen sie froh sein, dass sie Arbeit und Brot haben. Was wollen sie denn noch?«

Es war selten, dass David Sprüngli so viele Sätze auf einmal sagte. Das war ja die reinste Ansprache.

»Vielleicht keine vierzehn Stunden in den Fabriken arbeiten?«, antwortete Christoph. »Das ist doch kein Leben!«

Der Vater schnaubte. »Kein Leben! Dann hab ich die letzten fünfzig Jahre also nicht gelebt? Vierzehn Stunden! Bei mir waren es auch schon mal mehr.«

»Und wenn die Fabrikarbeiter nicht mehr können, müssen die Kinder sie durchfüttern, weil sie nichts sparen können fürs Alter oder bei Krankheiten«, behauptete Christoph. »Das sind doch keine Arbeiter, sondern Sklaven, und das nicht in irgendwelchen englischen Bergwerken oder auf amerikanischen Baumwollfeldern, sondern mitten im reichen Zürich!«

»Sklaven, ich glaube, du träumst!«, schrie Ueli. »Zeig mir auch nur einen Arbeiter, der von seinem Zürcher Patron geschlagen oder ausgepeitscht wird, wenn er einen Fehler macht oder zu spät zur Arbeit kommt. Das passiert nämlich mit Sklaven, du Tschumpel.«

»Von Schlagen hab ich nichts gesagt«, geriet Christoph in die Defensive. »Aber wer zu spät kommt, weil das Kind zu Hause krank ist, der bekommt die Stunde vom Lohn abgezogen, und aus. Und wer einen Fehler macht, der muss womöglich selbst am meisten dafür bezahlen. Dann nämlich, wenn ihm nach der Arbeit an der Maschine ein Finger fehlt oder ein ganzer Arm.«

»Aber warum machst du dich so für die Arbeitsbedingungen der Fabrikarbeiter stark«, fragte jetzt Rudolf. Er verstand genau, was Christoph sagen wollte, und die anderen mussten es doch auch verstehen. »Du bist schließlich kein Arbeiter, du schuftest keine vierzehn Stunden, wenn nicht gerade Vorweihnachtszeit ist. Und wenn du am Backofen nicht aufpasst, kannst du dir höchstens die Fingerspitzen verbrennen, nicht aber den Arm ausreißen.«

»Ich rede ja auch nicht von mir«, sagte Christoph. »Aber es gibt so viel Elend bei den Arbeitern. Habt ihr schon einmal das Arbeiterquartier draußen in Aussersihl gesehen? Wart ihr da schon einmal? Wisst ihr, wie diese Menschen leben?« Keiner antwortete ihm. »Wie die Tiere hausen sie. Acht-, neun-, zehnköpfige Familien, alle zusammen auf ein, zwei Zimmern, und manche müssen zusätzlich noch ihr Bett an Schlafgänger vermieten. Morgens, mittags und abends gibt es Kartoffeln, die die Kinder von den Feldern klauben, wenn die guten, großen Früchte abgeerntet sind.«

»Auch das betrifft dich nicht, Christoph. Als Zuckerbäcker bist du Besseres gewohnt«, sagte Rudolf.

»Ja, ich vielleicht. Aber es geht doch auch nicht um mich oder um dich, Ueli.« Christoph war nun ruhiger geworden, die Spannung im Raum nahm ab. »Außerdem kann ich auch nicht vom Zuckerwerk leben, niemand kann das. Wir brauchen Kartoffeln, Fleisch, Gemüse. Und jetzt ist alles so teuer geworden. Die Leute sind arm und werden immer ärmer. Und wir müssen zusammenhalten.«

Rudolf dachte schon, nun habe die Lage sich endgültig beruhigt, aber er täuschte sich.

»Zusammenhalten!«, schnaubte Ueli. »Da steckt mit Sicherheit dieser Aufwiegler Treichler dahinter, das ist genau die Art, wie er redet. Er will einen Krieg anzetteln zwischen den Arbeitern und Patrons.«

»Ist das so, Christoph?«, fragte Rudolf.

»Davon verstehe ich nicht genug«, gab er zu.

»Aber deine Freundin!«, hetzte Ueli.

»Ich weiß nur, dass die Leute sich seit der letzten Teuerung im Oktober gar nichts mehr leisten können. Sie verhungern nicht, aber sie haben auch nicht genug zum Sattwerden.«

»Und was ist das für ein Verein, den der Wirrkopf da gegründet hat?«, schaltete sich der Vater wieder ein.

»Er nennt ihn den gegenseitigen Hilfs- und Bildungsverein«, sagte Ueli.

»Einen Hilfsverein kann man ja noch gut finden«, kommentierte David Sprüngli. »Dagegen gibt es nichts zu sagen. Aber was will er mit Bildung? Sollen die Arbeiter jetzt Latein lernen?«

Ueli war der Einzige, der darüber lachen konnte.

»Richtig lesen und schreiben können hat noch keinem geschadet«, behauptete Christoph.

»Und dabei bringt Treichler dann seine sozialistischen Ideen unter die Leute. In der Zeitung war zu lesen, dass zu seinen Vereinsversammlungen in der Blume in Aussersihl fast zweihundert Männer kommen.«

»Die Polizeispitzel, die dabei waren, haben jeden Einzelnen von ihnen gezählt«, höhnte Christoph. »Manche vielleicht sogar doppelt. Nur die Frauen haben sie wohl übersehen, wenn sie nur von Männern berichten.«

»Du warst doch hoffentlich nicht auch dort, Christoph?«, fragte Rudolf.

»Und wenn doch?«, gab er trotzig zurück.

Jetzt zog David Sprüngli eine Zeitung aus der Schublade und schlug sie auf. Er las immer noch ohne Augengläser. »Hier schreiben sie, dass man dem sozialistischen Übel rechtzeitig und entschieden entgegentreten muss, bevor es Wurzeln gefasst hat. Hört zu: Eine nicht unwesentliche Beihilfe können die Inhaber von Fabriken, Werkstätten und überhaupt von größeren Geschäften leisten, wenn sie ihren Angestellten die Entlassung aus dem Dienst androhen für den Fall, dass sie sich mit Kommunisten einlassen.«

»Ist das jetzt eine Drohung?«, fragte Christoph.

»Nimm es, wie du willst«, antwortete David.

Ueli feixte, während Rudolf nur den Kopf schüttelte. Aber er würde dem Vater vor versammelter Belegschaft nicht in den Rücken fallen.

»Jetzt geht zurück an eure Arbeit«, ermahnte sie Rudolf. »Und vertragt euch gefälligst wieder.«

»Ich mich mit dem Aufwiegler vertragen?« Ueli verschränkte die Arme.

»Christoph ist seit vielen Jahren Gehilfe hier in der Backstube. Er macht seine Arbeit, genau wie du. Und er ist ein ruhiger, feiner Kerl.«

»Ha!«, schrie Ueli, »du wirst schon noch sehen, wen du hier in deiner Backstube sitzen hast, Ruedi. Er ist doch selbst schon fast ein Radikaler.«

»Er ist mein Gehilfe und jetzt ist es gut. An eure Arbeit, und Schluss mit dem Gerede.«

Als sie wieder in der Schokoladenfabrik waren, stellte Rudolf fest, dass Roli den Zucker ganz vergessen hatte.

Nach dem Nachtessen sagte Rudolf den Kindern noch Gute Nacht. Hedi bettelte, dass er ihnen eine Geschichte erzählen sollte, nur eine ganz kurze. Ida schaute ihn aus ihren dunklen Augen mit den langen, dichten Wimpern treuherzig an und unterstützte ihre große Schwester. »Bitte, bitte, Papi«, bettelte sie.

»Ich bin heute so müde, mir fällt gar nichts ein«, sagte Rudolf. »Das letzte Mal habe ich euch doch schon vom Ende meiner Wanderschaft erzählt, und wie ich zurück nach Zürich kam und das erste Dampfschiff auf dem See gesehen habe. Das wisst ihr doch noch, oder?«

»Jaaa!«, riefen die Kinder.

»Scht, ihr weckt ja die Kleine auf. Schaut, sie ist schon ganz brav eingeschlafen. Und ihr schlaft jetzt auch.«

»Nein«, trotzte Ida. »Noch eine Geschichte.«

»Meine Geschichte ist aus, mehr weiß ich nicht.«

»Dann fängst du einfach noch einmal von vorne an«,

schlug Hedi vor. »Wie du aus der Stadt gezogen bist mit deinem Felleisen, über den Albis.«

»Alles noch einmal? Aber das kennt ihr doch schon.«

»Das macht nichts«, sagte Hedi.

»Das macht nichts«, plapperte Ida der großen Schwester nach.

»Also gut«, gab Rudolf sich geschlagen. »Aber nur kurz und ganz leise, damit wir die kleine Elsi nicht aufwecken.«

Als er die Tür zur Kammer der Mädchen schloss und endlich hundemüde ins Bett fiel, saß Katharina im Nachthemd auf der Bettkante und zog die Haarnadeln aus ihrem Dutt.

»Haben sie dich wieder rumgekriegt, unsere drei Grazien?«

»Sonst würde ich jetzt schon schlafen«, antwortete Rudolf. »Ich bin völlig erledigt.«

»Ich habe gehört, dass es heute Streit gegeben hat in der Backstube?«

Rudolf nickte. »Stimmt es, dass Vreni sich jetzt diesem Treichler, den mein Vater einen Aufwiegler nennt, angeschlossen hat?«

»Sie sagt, dass der Mann schlichtweg recht hat. Und dass irgendwer einmal die Wahrheit aussprechen und sich für die Arbeiter einsetzen muss.«

Rudolf seufzte. Katharina und ihre Freundin Vreni, da passte kein Blatt dazwischen.

»Alle schlagen sie auf den Lehrer Treichler ein. Aber er ist ja nicht allein. Hunderte kommen zu seinen Reden und Versammlungen, und der Hilfsverein, den er gegründet hat, ist doch ein wahrer Segen.« Rudolf seufzte noch einmal. Dann war seine Frau also auch auf der Seite dieses Aufwieglervereins?

»Die Reichen können nicht einfach immer reicher werden, ohne sich um die Armen zu kümmern. Schließlich sind es die

Arbeiter, die mit ihren Händen diesen Reichtum erst schaffen. Er liegt ja nicht auf der Straße herum und muss nur aufgelesen werden. Stimmt's?«

Dem konnte jeder vernünftige Mensch nur zustimmen. Rudolf nickte. Über das unternehmerische Risiko und die Verantwortung eines Patrons, Aufträge heranzuschaffen, damit alle diese Arbeitsplätze auch erhalten blieben und die Löhne am Ende des Monats ausgezahlt werden konnten, sagte er nichts. Damit würde er sich im Moment bei Katharina ziemlich unbeliebt machen.

Katharina sah ihn prüfend an. »Die Arbeiterinnen und Arbeiter sind weder Sklaven noch Tiere, es sind Menschen genau wie wir Bürgerlichen und auch die Vermögenden. Und wie in der Familie, wo der, der hat, dem anderen, der nichts hat, etwas abgeben muss, so ist es auch in der Fabrik. Die Reichen sollten sich nicht nur immer prächtigere Villen und Parks bauen, ihre Kinder an die guten Schulen und an die Universität schicken und sich nicht darum kümmern, wenn ein Vorarbeiter eine kranke Frau zu Hause hat oder eine, die im Wochenbett liegt und sich die Hebamme nicht leisten kann.«

Kurz fragte Rudolf sich, ob es sein konnte, dass seine Frau auch an diesen Versammlungen im Quartier Aussersihl teilnahm. Nein, so weit würde sie sicher nicht gehen.

»Christlich ist es jedenfalls nicht«, sagte sie jetzt, »so steht es nicht in der Bibel. Im Gegenteil. Dort heißt es ja, dass eher ein Kamel durchs Nadelöhr als ein Reicher in den Himmel kommt. Und gemeint sind eben die Reichen, die nichts abgeben von ihrem Reichtum.«

»Amen«, sagte Rudolf und bemühte sich um einen lockeren Tonfall. »Das war ja eine richtige Predigt, Chatrina. Aber sag mal, Vreni und unser Christoph, die beiden sind zusammen?«

»Ich glaube schon. Christoph ist doch ein netter Bursche. Oder nicht?«

»Doch, aber in der Backstube sagen sie, dass deine Freundin Vreni ihm den Kopf verdreht hat.«

»Tja, so etwas passiert eben. Aber wundert es dich wirklich, dass Ueli und dein Vater jetzt auf Christoph losgehen?« Rudolf wusste nicht, worauf Katharina hinauswollte. »Mich nicht. Dieser Riss ist doch immer schon, von Anfang an, durch die Backstube gegangen. Die Alten, das sind die, die immer alles so machen, wie sie es schon immer gemacht haben. Es ist, als hätten sie Scheuklappen wie die Kutschpferde. Sie sind automatisch gegen das Neue und denken, sie wüssten alles besser als wir Jüngeren.«

Energisch nahm sie die Bürste zur Hand und bearbeitete ihr langes Haar, bis es glänzte. Rudolf schlüpfte unter die Decke, müde, aber noch wach genug, um sie dabei mit einem Auge zu beobachten.

»Roli haben sie ja damals auch nicht gemocht. Sie haben gefragt, wen bringt uns Rudolf denn da an? Als hättest du ihnen die Krätze eingeschleppt.«

»So schlimm war es auch wieder nicht.« Manchmal neigte seine Frau zu Übertreibungen.

»Doch, so schlimm war es wohl«, beharrte sie. »Es hat sich nur mittlerweile beruhigt, weil sie über die Jahre gesehen haben, dass er ein braver, zuverlässiger Junge ist. Roli ist also durch. Jetzt geht es gegen Christoph, auch ein Braver und Zuverlässiger. Ein ganz besonders Lieber sogar.«

»Wenn er nicht der Bräutigam deiner Freundin Vreni wäre, könnte man denken, er könnte dir gefallen.«

»Unsinn. Aber wenn er der Bräutigam von Vreni ist, kann er ja nur ein Lieber sein, so herum wird ein Schuh draus. Roli steht doch auch auf Christophs Seite und Simon auch.«

»Simon hält sich raus und schlägt sich auf keine Seite.«

»Und Roli ist mit anderen Dingen beschäftigt«, raunte Katharina.

Rudolf sah sie erstaunt an. »Wieso, was ist denn mit Roli, was ich nicht weiß, obwohl ich den ganzen Tag mit ihm zusammenarbeite? Du sprichst schon wie ein Orakel.«

Katharina lächelte. »Ach, Rudolf, das sind private Dinge, Frauengeschichten. Du bist der Patron und kümmerst dich um deine Schokolade, die Bücher und die Zahlen, um Strategien und dass das laufende Geschäft genug Ertrag abwirft. Und ich bin die Frau des Patrons. Ich habe neben den Kindern und der Familie auch das Personal im Kopf. Man kümmert sich darum, ob alles in Ordnung ist mit den Leuten, die für uns arbeiten, fragt sie nach dem kranken Vater, der Schwester, die frisch verheiratet und aufs Land gezogen ist, und so weiter. Und da erfährt man halt auch so einiges. Private Dinge.« Sie war jetzt fertig mit dem Bürsten und ihr Haar hing endlich wie ein schimmernder Seidenvorhang bis auf die Mitte ihres Rückens.

»Und was gibt es da jetzt gerade bei Roli, magst du es mir nicht sagen?«, hakte Rudolf nach.

»Ein andermal, Rudolf, bitte. Es hat auch nichts mit dem Geschäft zu tun. Ich bin schon so müde heute. Sei froh, wenn du noch mal Frieden hast herstellen können in deiner Backstube. Ich glaube, diese Kommunisten, wie die Zeitung sie schimpft, sind vielleicht gar keine solchen Teufel. Arbeiter sind doch auch Menschen. Wir können sie nicht erst ausbeuten und dann liegen lassen wie einen alten Hund, der nicht mehr beißen kann.«

»Ausbeuten? Sag mal, wie redest du denn? Jetzt fehlt nur noch, dass du mich als Ausbeuter beschimpfst. Das bin ich nämlich nicht.«

»Nein, das bist du nicht. Aber von den Industriellen und

Seidenbaronen gibt es einige, die es wirklich übertreiben. Wenn man sie so bezeichnen würde, wäre das keine Lüge.«

Was war denn in seine Frau gefahren? War das alles der Einfluss ihrer Freundin?

»Da muss etwas passieren, denn freiwillig werden die Patrons nichts abgeben.«

»Chatrina, ich erkenne dich nicht wieder«, seufzte Rudolf.

»Was meinst du? Dass eine Mutter von drei Kindern und Gattin eines Unternehmers und Zünfters nicht so denken kann?«

»Denken schon, aber vielleicht sollte sie es nicht unbedingt aussprechen, meine Liebe. So wie die Arbeiter wissen, wo sie stehen, sollten wir das auch. Alles andere ist doch nur Augenwischerei.«

»Da hast du recht, Liebster. Wie klug du bist!«

»Machst du dich über mich lustig, du Mutter von drei Töchtern?«

»Nein, das tue ich nicht. Es ist schon richtig, was du sagst. So wie auch das richtig ist, was ich zuvor gesagt habe.«

»Eines noch, Katharina.« Rudolf rutschte etwas näher auf ihre Seite. »Wann machen wir jetzt eigentlich unser viertes Kind?«

»Du meinst, unseren ersten Sohn?«, fragte Katharina, und Rudolf nickte. »Schickt dein Vater dich, um mich das zu fragen?«

»Katharina!«

»Jetzt reg dich nicht auf. Aber darüber reden die Leute doch schon in allen Gassen: Wollen wir doch sehen, wann der junge Sprüngli endlich einen Sohn zusammenbringt. Genauso reden sie doch.«

»Das ist mir egal. Dir nicht?«

»Doch, aber ein Sohn wäre dir schon lieber als eine vierte Tochter, stimmt's?«

»Dir nicht?«, fragte Rudolf.

»Ich nehme es, wie es kommt. Wenn Gott uns vier Töchter schenken will, dann …«

»Dann machen wir eben einen fünften Versuch. Ist ja nichts Schlimmes«, sagte Rudolf und hielt Katharina die Decke auf.

Als sie neben ihm lag, streichelte er sanft über die Innenseite ihrer Arme, da, wo sie besonders empfindlich war.

»Aber vielleicht wird es mir irgendwann zu viel?«

»Das Streicheln?«

»Nein, das Kinderkriegen.«

»Einen Sohn brauchen wir aber mindestens. Wobei …«

»Was?«, fragte Katharina.

»Zwei wären noch besser.«

»Wieso? Hast du bestimmte Pläne, oder geht es nur um die Sicherheit?«

»Ach, ich wünsche mir einfach zwei Söhne, so, jetzt ist es heraus. Und anscheinend bist du heute entweder sehr müde oder entspannt genug. Sonst wärst du jetzt schon auf mich losgegangen wegen der Ungerechtigkeit meinen Töchtern gegenüber. Aber ich kann doch einer von ihnen schlecht die Firma vererben, oder?«

»Warum eigentlich nicht?«, murmelte Katharina, im Bett neben ihm eingerollt wie eine Katze.

»Weil ich damit der erste und einzige Geschäftsmann in ganz Zürich wäre.«

»Na und?«, wisperte Katharina und schlug die Augen auf. Eigentlich war es eher ein Flüstern, ein Säuseln oder ein Gurren. Auf jeden Fall eine Sprache, die Rudolf sofort verstand.

Roli

Er wusste schon länger, dass seine rehäugige Mina irgendein Geheimnis hütete. Anfangs war es nur eine Ahnung gewesen, ein vages Gefühl, dass sie ihm etwas verheimlichte. Aber was konnte das sein? Hatte sie ihn doch nicht so gern, wie er hoffte und sie ihn glauben machte? War da vielleicht doch ein anderer, ein Konkurrent, an dem ihr Herz hing? Etwas aus ihrer Vergangenheit, als er sie noch nicht gekannt hatte? Sie war kein Mädchen, das viel redete. Sie sah ihn an, schweigend, und er glaubte in ihren Augen, in denen bernsteinfarbene Splitter aufblitzten wie kleine Fische, eine Art Melancholie zu erkennen. Ihre Hände waren klein und die Haut weich bis auf die Fingerkuppe des Zeigefingers der rechten Hand, die von der Nähnadel schon so oft durchstochen war, dass sich eine kleine Hornhaut gebildet hatte. Aber auch sie gehörte zu Mina und er mochte sie ebenso wie alles andere an ihr. Es tat ihm weh, wenn er spürte, dass sie ihm etwas verheimlichte. So oft, wenn sie allein waren, weil die Witwe Hürlimann das Haus zu Einkäufen oder kleinen Besuchen verließ, sandte er Zeichen an sie aus, sie solle doch mit ihm reden, ihm erzählen, was sie vor ihm verbarg. Dieses Schweigen war etwas, das zwischen ihnen lag wie ein Stein, über den man immer wieder stolperte. Man wusste, dass er da war, trotzdem stieß man daran.

Roli hatte Mina so viel von früher erzählt. Alle Stationen seiner traurigen Kindheit kannte sie, und er sah die Tränen, die in ihren Augen standen, wenn er darüber redete. Und dann erzählte sie ihm von sich, von der behüteten Tochter, die sie gewesen war, als ihr Vater noch lebte und mit Mina an der

Hand über den Sonnenquai an der Limmat spazierte. Da gab es kein Geheimnis, nichts Böses war zu der Zeit passiert. Das, worum es ging, musste später geschehen sein, nach dem Tod des Vaters, als aus dem Kind die Jungfer Mina geworden war. Darüber sprach sie nie. Ihre Erinnerungen, die sie mit ihm teilte, endeten mit dem Tag, als ihr Vater zu Grabe getragen worden war. Als sei danach nichts Wesentliches mehr geschehen, bis zu dem Tag, als er, Roli, mit seinem runden Korb auf dem Kopf vor ihrer Tür gestanden hatte, um zwei Gipfeli auszuliefern. Es war eigentlich eine schöne Geschichte, das Problem war nur, dass Roli nicht daran glaubte. Er hätte nicht sagen können, warum, aber genau in den Jahren dazwischen vermutete er Minas Geheimnis.

Gab es einen anderen in ihrem Leben? Wo war er, warum war er nicht da, an ihrer Seite? Oder war es etwas ganz anderes, was sie heimlich quälte und ihn mit? Es galt als ausgemacht, dass Roli und Mina heiraten würden. Noch war kein konkreter Termin ins Auge gefasst, und Roli lag nichts daran, die Sache zu beschleunigen. Mina vielleicht auch nicht. Ihre Mutter hatte einmal, in einem besonderen Moment, gesagt, sie müsse irgendwann, noch vor der Hochzeit, mit Roli reden. Aber jedes Mal, wenn er sie darauf ansprach, verschob sie es auf einen anderen Tag. Nie passte es genau dann, wenn er sie daran erinnerte. Er mochte sie schon gar nicht mehr darauf ansprechen, wartete aber darauf, dass sie von sich aus auf ihn zukam. Womöglich war es ja auch gar nicht so wichtig. Vielleicht hatte er das völlig falsch verstanden und sie wollte nur mit ihm über Geld oder Papiere, Mitgift, Erbe oder so etwas reden. Etwas, das mit Minas Geheimnis nicht das Geringste zu tun hatte.

Fast hätte er es schon vergessen oder sich eingeredet, dass da gar nichts war und diese melancholische Seite seiner Braut eben eine besondere, aber harmlose Eigenart von ihr war. Doch dann hatte er sie an einem Arbeitstag, als er eigentlich in der Marktgasse hätte sein sollen und kurz noch einmal nach Hause gekommen war, dabei überrascht, wie sie an ihrem Arbeitstisch, die Handarbeit war zur Seite geschoben, einen Brief geschrieben hatte.

»Wem schreibst du?«, hatte er gefragt.

»Ach, niemandem«, hatte sie geantwortet. »Nur für mich.«

Und Roli hatte gewusst, dass sie log. Es war ein Brief gewesen, das hatte er genau gesehen, und sie wollte ihm nicht sagen, an wen. Seitdem ließ ihm die Sache keine Ruhe mehr.

Am Sonntagmorgen, vor dem üblichen Kirchgang, gab er vor, er fühle sich nicht wohl und müsse einmal ausschlafen, weil er zuletzt zu viel Arbeit in der Backstube und mit der Schokolade gehabt hatte. Was ja auch stimmte. Nur fühlte er sich deshalb nicht krank. Doch er musste sich Gewissheit verschaffen.

Kaum waren Mina und ihre Mutter aus dem Haus, machte er sich über diesen Tisch her, an dem Mina die meiste Zeit des Tages an ihren Handarbeiten saß. Und an dem sie Briefe schrieb oder Tagebuch, oder was auch immer es war. Er öffnete die Schublade und war enttäuscht. Nadeln, Garne, Scheren, Stoffe, all das, was man in der Schublade eines Nähtischs erwarten würde. Er griff ganz vorsichtig über alle Handarbeitssachen hinweg und fingerte in den hinteren Teil der Schublade, die sich wegen irgendeiner Sperre nicht ganz öffnen ließ. Hätte er jetzt die feinen, dünnen Finger seiner Mina, dann ginge das viel leichter. So klemmte er sich fast die Hand ein und versuchte, mit den Fingern nach etwas zu grapschen, was sich dort hinten befinden mochte. Rascheln. Da war Papier. Er konnte zwei Blätter greifen und zog sie vorsichtig heraus.

Katharina

In der Marktgasse war Katharinas Freundin Vreni kein gern gesehener Gast mehr. Ihr Schwiegervater hatte ihr zwar kein ausdrückliches Hausverbot erteilt, aber sein stechender Blick und die hängenden Mundwinkel verrieten nur allzu deutlich, was er von der Person hielt, die doch Katharinas beste Freundin seit Schulzeiten war. Wenn sich die beiden trafen, dann im Haus von Katharinas Vater, wo sie abends für ein Stündchen oder zwei zusammen Tee oder manchmal auch ein Schlückchen Likör tranken. Katharina war begierig auf alles, was Vreni von der Arbeit in der Fabrik erzählte, und auf die neuen Ideen, mit denen sie in Berührung kam. Sie hatte das Gefühl, dass es in diesen Gesprächen mit Vreni um etwas Wichtiges ging, um das Leben und die Zukunft von ganz vielen. Zu Tisch im Hause Sprüngli wurde dagegen lediglich besprochen, ob man nun noch einen zweiten Lehrling ein- oder einen faulen Gehilfen ausstellen sollte. Ob man investieren und expandieren sollte, oder lieber weiter sparen, wie David es verlangte. Wenn irgendwo neue Entwicklungen und Veränderungen entstehen konnten, dann dort, wo Vreni war. Sie war inmitten einer neuen Bewegung und kannte die Personen, die diese neuen Gedanken in die Welt brachten. Und obwohl Katharina jetzt einer anderen Schicht angehörte, ihr Mann Grund und Boden in Zürich besaß und deshalb auch das Bürgerrecht erhalten hatte, so vergaß sie doch nie, wo sie herkam. Genauso wenig wie Rudolf. Nur David, der doch die längste Zeit seines Lebens recht- und besitzloser Gehilfe und später Geselle gewesen war, schien sich nun unbedingt abgrenzen zu müssen von den Arbeitern, den »Radikalen« oder gar

»Sozialisten«, von denen, die etwas forderten, statt einfach nur ihre vierzehn Stunden am Tag zu arbeiten und den Mund zu halten. Katharina musste sich nicht von ihnen abgrenzen. Sie war keine Arbeiterin, sondern führte das arbeitsame Leben einer Konditorgattin mit eigenem Geschäft. Sie hatte drei Kinder zur Welt gebracht, und wenn es nach ihrem Mann ging, und nach ihr auch, dann würden noch weitere folgen. Sie war jetzt dreiunddreißig Jahre alt. Nicht mehr jung, aber jung genug, um sich für neue Ideen zu interessieren und vielleicht sogar zu begeistern. Schließlich brauchte auch der Kopf etwas zu tun, nicht nur die Hände.

Ein schöner Herbstsonntag lag vor ihnen, den Vreni nicht mit ihrem Christoph verbringen konnte, weil der Rudolf und Roli in der Schokoladenfabrik half. Unter der Woche war einfach zu wenig Zeit, um die neue Lieferung von Kakaobohnen aus Rotterdam zu verarbeiten. Rudolf hatte so viele Bestellungen, dass er mit der Produktion gar nicht mehr hinterherkam. Er fluchte täglich, leise und so, dass nur seine Frau es hören konnte, denn Fluchen war im Hause Sprüngli verpönt. Die Backstube fraß ihn auf, und er würde sich wahrscheinlich erst, wenn er so alt war wie sein Vater, richtig auf die Schokoladenproduktion konzentrieren können. Dann erinnerte Katharina ihn zwar daran, was er alles schon erreicht hatte, doch ihm ging immer alles zu langsam. Er war ein Macher. Und obwohl er so viel wegarbeitete, hatte er gleichzeitig schon wieder neue Ideen und Pläne im Kopf. Was sich so herausschälte und Form annahm, das wollte er dann auch umsetzen. Und zwar möglichst gleich.

Katharina packte die Gelegenheit eines freien Sonntags beim Schopf, um nach der Messe, für die sie ihre drei Mädchen hübsch herausgeputzt und ihnen kunstvolle Zöpfe geflochten hatte, zu ihrem Vater zu gehen und mit allen zusammen Mittag zu essen. Während er den Kindern etwas auf dem Handörgeli vorspielte, kümmerte sie sich ein wenig um seine Wäsche. Hedi, ihre Älteste, konnte auch schon ein wenig Akkordeon spielen, der Vater hatte es ihr beigebracht. Hedi war von den drei Mädchen die, die Rudolf am ähnlichsten sah: rundes Gesicht, gelocktes dunkelblondes Haar und eine Augenfarbe, die je nach Lichteinfall zwischen Blau, Grün und einem hellen Braun wechselte, als könnten sie sich nicht für eine einzige Farbe entscheiden.

Am Nachmittag, und wie üblich viel später als ausgemacht, kam Vreni. Obwohl sie die Messe sowieso geschwänzt hatte. Katharina war nicht die Einzige, die es bemerkt hatte.

»Hast du Geld?«, fragte Vreni, nachdem sie die Kinder geherzt und den Vater begrüßt hatte.

»Wofür?«, fragte Katharina. Wollte die Freundin sich von ihr Geld leihen oder sie in Sachen hineinziehen, die ihr am Ende nur eine Menge Ärger einbringen würden? Ihr Geld war schließlich auch Rudolfs Geld.

»Ich würde so gern einmal aus der Stadt hinausfahren und eine andere, bessere Luft atmen«, seufzte Vreni. »Manchmal denke ich, dass ich hier in Zürich noch einmal ersticke. Entweder in der Fabrik, in der es im Winter kalt und im Sommer unerträglich heiß ist. Oder in einer der Versammlungen, in denen die Männer Pfeife rauchen, Bier und Branntwein trinken, sodass man sich am Ende berauscht fühlt, auch wenn man selbst keinen Tropfen angerührt hat. Luft, Himmel, See, unter einem schattigen Baum in einer Gartenwirtschaft sitzen und eine kühle Limonade die Kehle herunterlaufen lassen, das wäre für mich das reinste Paradies.«

»Limonade!«, schrien die beiden Mädchen gleichzeitig. Elsi, die Kleinste, saß auf Opas Schoß und winkte mit den Ärmchen, als sie die allgemeine Aufregung spürte.

Nachdem Vreni gegessen und die Mädchen vom Opa ein paar Rappen für die Limonade erbettelt hatten, nahmen sie eine Kutsche hinaus aus der Stadt und das rechte Seeufer entlang, vorbei am Hornegg, wo die Steinhauerbetriebe bis ans Ufer und seeaufwärts bis nach Tiefenbrunnen reichten, um dort von den Schiffswerften abgelöst zu werden. Während Hedi ruhig zuhörte, was Katharina oder Vreni ihnen über die Arbeit der Steinhauer erzählten, war Ida einfach nicht zufriedenzustellen. Warum wurden die großen Steine mit dem Schiff zu den Betrieben am See gebracht? Warum hatten die Hämmer der Steinhauer so lange Stiele? Wozu schlugen sie Keile in die größten Steine? Wofür brauchte man die? Und warum wurden sie überhaupt zerschlagen? Wieso wurde der Schotter auf den Straßen verteilt? Sie konnten ihnen so viel erzählen, wie sie wollten, irgendwann war der Punkt erreicht, wo sie selbst nicht mehr weiterwussten. Als Ida bei den Schiffswerften ihr Verhör erneut begann, erbarmte der Kutscher sich und beantwortete ihre Fragen, so gut er konnte, und dann erzählte er Ida eine Gruselgeschichte von einem Geisterschiff, das auf dem Zürichsee mit Mann und Maus untergegangen war, das man aber manchmal, wenn Nebel über dem See lag, wieder auftauchen sah. Ob sie es denn wirklich noch nie, kein einziges Mal gesehen hätte? Dann müsste sie aber einmal ganz genau hinsehen. Da blieb Ida stumm und suchte den See ab, ob sie nicht irgendwo eine Nebelbank und darin ganz verschwommen ein Geisterschiff entdeckte. Und sie vergaß ganz zu fragen, warum es denn untergegangen war und von Zeit zu Zeit wieder auftauchte.

Am Fuß der Weinberge von Zollikon kehrten sie in einer Gartenschenke ein und Katharina bezahlte den Kutscher. Sie tranken Limonade und später einen Schoppen Wein. Die

Mädchen bauten in den Wurzeln einer Esche Häuschen aus kleinen Stöcken und Moos, und Elsi schlief im Schatten der Kastanie, unter der sie an ihrem Tisch saßen.

»Was gibt es Neues in deinem Arbeiterhilfsverein?«, fragte Katharina.

»Ach«, sagte Vreni, »dies und das.«

»Jetzt erzähl schon, lass dich doch nicht so betteln.«

»Und wer sagt mir, dass du kein Spitzel bist?« Vreni grinste.

»Ein Spitzel für wen?« Katharina war empört.

»Für deinen Rudolf vielleicht?«

»Rudolf ist gar nicht gegen euch.«

»Dann für deinen griesgrämigen Schwiegervater, dem es am liebsten wäre, wenn man mich teeren und federn würde wie eine Hexe.«

»Er meint es nicht so«, verteidigte Katharina ihn gegen besseres Wissen. »Er kann halt nicht aus seiner Haut heraus. Für ihn gibt es nichts im Leben als seine Arbeit. Außerdem ist er der Meinung, dass Bildung für Arbeiter keinen Nutzen hat.«

»Tja, von dieser Sorte gibt es viele. Aber weißt du was? Wir werden vielleicht lange kämpfen müssen. Wir werden womöglich etwas erreichen und es dann wieder verlieren und neu darum kämpfen. Aber eines ist sicher: Wir sind nicht mehr aufzuhalten.«

»Du redest schon wie einer von euren Anführern«, sagte Katharina. »Haben denn die Frauen bei eurem Verein auch etwas zu sagen, oder laufen sie nur mit?«

»Wir müssen alle erst noch lernen, Frauen wie Männer. Treichler ist Lehrer, er ist uns in der Bildung weit voraus. Und jetzt will er irgendwann auch noch die Jurisprudenz studieren und Rechtsanwalt werden. Natürlich für die Sache der Arbeiter.«

Jurisprudenz! Katharina staunte.

»Außerdem ist nun auch der Bürkli auf unserer Seite.«

»Welcher von den Bürklis?«, fragte Katharina. »Der Seidenfabrikant etwa?«

»Doch nicht der!« Vreni war entrüstet. »Sein Sohn Karl.«

»Der, der sein Erbe ausgeschlagen und stattdessen eine Lehre als Gerber gemacht hat?« Ihn kannte jeder in Zürich und die meisten hielten ihn für einen Spinner. »Ich denke, er ist außer Landes?«

»In Paris ist er, aber er und Treichler stehen in Verbindung«, flüsterte Vreni, als säßen die Spione direkt hinter dem Stamm der Kastanie, vor dem Elsi schlief wie ein Engel. »Und sie haben sich etwas ganz Neues ausgedacht.«

»Jetzt sag schon, was sie ausgeheckt haben. Sonst bestelle ich uns keinen Käse und kein Brot zum Wein.« Da Vreni eigentlich immer Hunger hatte, war das die schlimmste Drohung, die Katharina einfiel.

»Na gut«, gab Vreni nach. »Aber erzähl es nicht weiter! Nicht einmal deinem Mann, denn das könnte ihm jetzt doch nicht gefallen.« Sie trank ihren Wein aus, schob das leere Glas zur Seite und beugte sich über den Tisch. »Wir werden einen Konsumverein gründen.«

»Einen was?«

»Einen Konsumverein. Wir sind doch ein Verein für gegenseitige Hilfe. Verstehst du?« Katharina schüttelte den Kopf. »Pass auf, es könnte so gehen: Wir gründen eine Genossenschaft, jeder zahlt etwas ein, auch ein kleiner Betrag genügt. Dann kaufen wir davon Brot, Mehl, Gerste, Erbsen, Kaffee, Seife, Kerzen, Öl, vielleicht auch einmal Zigarren für die Raucher oder einen Stapel Hemdtuch. Wenn wir große Mengen einkaufen, bekommen wir viel bessere Preise von den Herstellern als ein Einzelner.«

Die Wirtin stellte einen neuen Krug Wein auf den Tisch.

Er wurde genauso begeistert entgegengenommen wie das folgende Käsebrett und ein Korb Brot.

»Ja, und dann?«, fragte Katharina. »Wie geht es weiter?«

»Dann verkaufen wir die Waren an die Mitglieder der Genossenschaft. Ohne Gewinn. Wir verlangen nur so viel, dass unsere Unkosten gedeckt sind. Die Pacht für das Lager und etwas für die Arbeitskraft, die wir beim Ein- und Verkauf aufwenden. Kein Gewinn, so wie ihn Sprüngli in der Marktgasse macht und unter die Matratze steckt.«

»Sprüngli muss Gewinn machen, um seine Schulden für das Haus abzuzahlen«, verteidigte Katharina ihren Mann. »Deshalb stecken wir es nicht unter die Matratze, sondern tragen es zur Bank, die uns den Kredit gegeben hat.«

»Aber irgendwann werdet ihr eure Schulden abbezahlt haben, und dann bleibt alles Geld, das ihr einnehmt, bei euch in der Schublade liegen oder auf dem Konto«, prophezeite Vreni. »Und du kannst dir die feinsten Kleider leisten und deine Töchter vielleicht noch auf eine höhere Mädchenschule schicken.«

»Es wird schon noch eine Weile dauern, Vreni, bis wir so weit sind. Wahrscheinlich noch mal acht Jahre. Und ich habe genug Kleider. Eher würde ich gern einmal mit Rudolf verreisen. Nach Luzern zu meiner Tante Regula zum Beispiel oder zu Cailler in die französische Schweiz, damit ich das auch einmal kennenlerne.«

»Na gut, du wirst also verreisen, und ich werde im Zürcher Konsumverein arbeiten«, sagte Vreni und nahm das letzte Stück Käse vom Teller. »Die Grundidee ist ganz einfach«, fasste Vreni, nun einigermaßen zufrieden, zusammen. »Wir beschaffen gute Lebensmittel und geben sie so billig wie möglich ab. Na, wie klingt das?«

»Im Prinzip gut«, meinte Katharina. »Ihr müsst es nur tun.

Die Einzelhändler und kleinen Geschäfte, so wie unseres, werden natürlich nicht begeistert sein. Wir wollen schließlich auch leben.«

»Genau wie die Arbeiter. Wir wollen uns doch auch etwas leisten können. Keinen Luxus, aber zumindest ausreichend Essen und Kleidung, weiter gehen unsere Wünsche ja noch gar nicht. Satt werden, ohne anschreiben zu lassen, verstehst du, dass das schon ein Traum sein kann? Und später einmal, wer weiß, gibt es zu Weihnachten vielleicht etwas von der guten Sprüngli-Schokolade, die dein Mann macht. Denn wenn wir im Konsumverein größere Mengen zum guten Preis davon einkaufen, dann wird die Schokolade vielleicht auch irgendwann für Arbeiter erschwinglich werden. Zumindest in ganz kleinen Mengen.«

Katharina nickte. Natürlich verstand sie. Bei ihren Eltern zu Hause war früher auch Schmalhans Küchenmeister gewesen. Aber ob Vreni jemals dauerhaft satt zu bekommen war, das war die größere Frage. Katharina konnte es sich noch nicht so richtig vorstellen. »Und wie geht es mit dir und Christoph?«, fragte sie, denn Elsi war gerade am Aufwachen und würde sich gleich zu Wort melden.

»Gut geht es.« Vreni verdrehte die Augen. Romantik passte offenbar nicht so richtig in ihr Leben.

»Und, ich meine, werdet ihr heiraten?«

Sie hob die Schultern. »Wo sollten wir dann hin, kannst du mir das verraten? In ein feuchtes Zimmer in den Außenbezirken? Da geht es uns daheim besser, mir bei meinen Leuten, ihm bei seinen. Seine Mutter kocht fast so gut wie meine, aber halt zu viele Kartoffeln und zu wenig Fleisch. Wie bei mir zu Hause.«

»Ja, aber man möchte doch als Paar auch einmal für sich sein«, sagte Katharina.

»Ach, da gibt es schon Möglichkeiten.« Vreni lächelte in sich hinein. »Das müsstest du doch selbst am besten wissen, Katharina. Oder vergisst man das, sobald man verheiratet ist?«

Roli

Woche um Woche schob er es vor sich her, Mina auf die Briefe anzusprechen, die er in ihrer Schublade gefunden hatte. Es waren mehrere gewesen und er hatte sie alle gelesen. Roli beobachtete Mina unentwegt, wie eine Katze schlich er um sie herum. Mina sah von ihrer Arbeit auf, wenn sie seine Blicke bemerkte. Sie sah ihn an, lächelte, aber er brachte kein Wort heraus. Er überlegte und überlegte und fand einfach keinen Weg. Bis er sich eines Abends, als er nicht einschlafen konnte, in ihre Kammer schlich und an ihrem Arm rüttelte, bis sie wach war. Falls sie überhaupt geschlafen hatte. Der fast volle Mond stand kalt und bleich vor ihrem Fenster. Sie schreckte hoch und starrte ihn an, als säße ein Geist oder ein Nachtmahr an ihrem Bett.

Und da drängte plötzlich und ohne großes Überlegen die eine Frage aus seiner Brust heraus, die er so lange zurückgehalten hatte. »Wer ist Coni?«, fragte er sie.

»Was?« Mina verschränkte die Arme vor der Brust, als fühlte sie sich nackt und müsste sich schützen. Dabei trug sie ein hoch geschlossenes Leinenhemdchen mit einem Rand aus zarter Kräuselspitze.

»Coni«, wiederholte Roli. »Ich will wissen, wer er ist.«

»Ach, der Coni?« Sie grinste schief. »Das ist der Sohn meiner Cousine Adele. Warum fragst du?« Jetzt war ihr Lächeln fast kokett, doch in dem Augenblick stieß es ihn ab. Wie konnte sie so falsch sein?

»Du hast ihm ein weißes Hemd, eine lange Hose und neue Schuhe geschickt. Ist das nicht ein bisschen viel für den Sohn deiner Cousine?« Roli krallte seine Finger in Minas Decke. Wie konnte sie so lügen?

»Ach, ich bin doch die Gotte von dem kleinen Conrad. Als Patin ist das schon in Ordnung so, dass er auch einmal ein bisschen mehr bekommt. Meine Cousine hat es eben nicht so üppig, die könnte sich nicht schon wieder ein Paar neue Schuhe leisten. Deshalb springe ich ein.« Sie hielt weiterhin ihre Arme überkreuzt, und mit der einen Hand strich sie sich über den Hals, als sei da irgendetwas, was sie wegwischen oder wegkratzen müsste.

»Es ist schön, dass du so großzügig bist, Mina.« Er schlug die Decke zurück und legte sich neben sie.

»Aber ...«, sagte sie. Mehr nicht.

»Es ist nicht die Wahrheit, Mina.«

»Nicht?«, hauchte sie.

»Nein«, flüsterte Roli und löste ihre Hände, die sie immer noch fest verschränkt hielt, und zog sie an sich. Er küsste die weiche Innenseite ihrer Hände und die Hornhaut an den Fingerspitzen. »Erzähl mir einfach die Wahrheit.«

Sie fing an zu schluchzen, schwieg aber weiterhin.

In den Briefen, die Roli gelesen hatte, bedankte sich Adele bei Mina für die Geschenke und berichtete ihr, wie es dem Jungen, der Coni hieß, ging. Dass er die Windpocken gehabt hatte, aber wieder gesund war. Nur so empfindlich sei er nun geworden und beklagte sich andauernd, dass das grobe Leinenhemd ihn kratze. Dicke Wolle mochte er gar keine mehr auf die bloße Haut anziehen. Und gewachsen sei er in letzter Zeit, sodass ihm alle Hosen zu kurz geworden waren und die

Schuhe zu klein. »Coni geht es gut, er freut sich schon darauf, wenn du uns wieder einmal besuchen kommst«, hatte Adele geschrieben. Und Coni hatte seinen Namen in ungelenken Großbuchstaben daruntergemalt. Fast hätte Roli die ganze Geschichte geglaubt. Adele, die Cousine mit ihrem Kind, Mina die Patin in Zürich, die Geschenke schickt und die Wohltäterin spielt. Hätte er nicht ganz zuunterst noch dieses eine Blatt gefunden, die Rötelzeichnung eines Kindes auf grobem Papier, auf der eine Frau mit einem Kind an der Hand zu sehen war, die zusammen durch einen Weinberg spazierten. Das Kind hatte offenbar Talent. Alles war hübsch gezeichnet, mit vielen Details, und alles war eindeutig zu erkennen: die Reihen an Weinreben, die an Stöcke gebunden waren, ein Kirchturm im Hintergrund, ein ausladender Strohhut auf dem Kopf der Frau und ihre breiten Röcke. Das Auffälligste an dem Jungen waren die zu groß gezeichneten Schuhe, die er an den Füßen trug. Ganz oben auf dem Blatt stand: FÜR MAMI, und signiert war es rechts unten mit CONI. Und Roli wusste, dass diese Mami nicht Adele hieß, sonst wäre die Zeichnung wohl kaum an Mina geschickt worden.

Mina saß immer noch stocksteif im Bett, und Roli musste ihren Oberkörper zurück in die Matratze drücken, um ihre Starre zu lösen.

»Mina, jetzt sag schon, wer ist dieser Coni?«

»Habe ich doch schon, er ist Adeles Sohn.«

Roli war jetzt ganz ruhig. Und ebenso ruhig und ganz klar sagte er: »Ich glaube, dass Coni dein Sohn ist.«

Er merkte, wie Mina erbebte, wie sie nach Luft rang.

»Bist du Conis Mutter?«, insistierte Roli leise, aber bestimmt. Er war überhaupt nicht mehr wütend.

»Jetzt sag schon: Bist du's?«

Da gestand sie es endlich, nach einem tiefen Seufzer. »Ja,

Coni ist meiner, mein Bub«, und die Tränen liefen ihr übers Gesicht.

»Und wer ist der Vater?«, fragte Roli.

»Wir waren verlobt, er hat mir die Ehe versprochen, der Schuft. Ein Kaufmannssohn aus St. Gallen, der hier in die Lehre zu seinem Onkel ging.«

Was zwischen ihnen passiert war, konnte Roli sich nun leicht zusammenreimen. Nach kurzem Zögern erzählte Mina weiter. Die gute Partie, deren Namen sie nicht einmal erwähnte, hatte sie sitzen lassen, als sie schwanger war. Ihr erzählte er, sein Vater, der Kaufmann, hätte ihn zwingen wollen, Mina zu heiraten. Aber ihr Verhältnis war zerstört und sie konnte seine Gegenwart nicht mehr ertragen. Er war so grob zu ihr gewesen, dass sie ihn nicht mehr wollte. Der Großvater bezahlte jeden Monat für Conis Unterhalt, aber wie es seinem Enkelkind ging, das interessierte ihn ganz offensichtlich nicht, denn von ihm oder seinem Sohn kamen kein Brief und keine Fragen, nur der Unterhalt, ganz ohne Kommentar. Minas Mutter hielt zu ihr, und wenn Mina die Trennung von ihrem Sohn auch schwerfiel, stimmte sie doch zu, dass der Knabe von Anfang an bei ihrer verheirateten Cousine Adele lebte und für alle als deren vermeintlicher Sohn draußen auf dem Land aufwuchs. Sieben Jahre war er jetzt alt, und bei jedem Abschied von ihm hatte sie Tränen in den Augen, obwohl sie wusste, dass es ihm gut ging, vielleicht sogar besser, als es ihm bei ihr, seiner ledigen Mutter, in der Stadt ergangen wäre.

»Warum hast du ihn nicht zu dir genommen? Warum lebt er nicht hier bei dir und deiner Mutter in der Stadt?«, fragte Roli.

»Wegen der Schande«, sagte Mina und schnäuzte sich. »So hätte ich doch nie wieder einen Mann gefunden, und was noch schlimmer gewesen wäre, alle hätten sie auf Coni heruntergeschaut. Ein Kind ohne Vater hat es bei uns ja wirklich nicht leicht. Das muss ich dir nicht erklären.« Sie schnäuzte sich noch einmal und wischte mit dem Ärmel die Tränen von den Augen. »Läufst du jetzt auch weg, weil ich dich angelogen habe?« Das Mondlicht machte ihr Gesicht noch blasser, ihre braunen Augen, die sonst so viel Wärme ausstrahlten.

Vor dieser Frage hatte Roli sich schon gefürchtet. Er hatte lange Zeit keine Antwort darauf gewusst. Doch jetzt, so nahe an ihrem verweinten Gesicht, die Hornhaut an ihren Fingerspitzen streichelnd, kannte er sie plötzlich.

»Nein, ich werde nicht weglaufen. Ich möchte bei dir bleiben. Aber heiraten werde ich dich nur, wenn das Kind wieder zu uns kommt. Zu seiner Mutter.« Sein Herz klopfte, als er es ausgesprochen hatte. Aber es fühlte sich richtig an.

»Aber es geht ihm gut draußen auf dem Land«, beteuerte Mina.

Roli schüttelte den Kopf. »Ein Kind gehört zu seiner Mutter«, sagte er.

»Und würdest du der Papi sein wollen von dem kleinen Coni?«, fragte Mina.

»Nein«, antwortete Roli, »nicht sein Papi. Er hat doch schon einen. Vielleicht reut es ihn ja eines Tages und er kommt und möchte seinen Sohn sehen. Was willst du ihm dann sagen? Willst du wieder anfangen zu lügen?«

»Ja, aber was heißt denn das jetzt?«

»Ich bin Roli, auch für Coni. Aber ich werde ihn behandeln wie das Kind meiner Frau und mich um ihn kümmern. Und soweit es in meiner Macht steht, soll es ihm an nichts fehlen.«

Mina betrachtete sein Gesicht, als hätte sie es vor langer Zeit zum letzten Mal gesehen und suchte nun, was sich in der Zwischenzeit darin verändert hatte. Dabei hatten sie doch gerade noch am Abendbrottisch zusammengesessen. Aber nun war alles anders. Er erwartete, dass sie ihn küssen würde, aber sie sah ihn nur noch eine Weile staunend an, dann drückte sie seine Hände, bis er spürte, wie sich ihre Nägel in seine Finger bohrten. Sie schmiegte sich an ihn und schlang die Arme um seinen Hals. Irgendwann war sie eingeschlafen, und Roli zog seinen Arm, der schon ganz taub war, unter ihrem warmen Körper heraus. Dann strich er ihr das Haar aus dem Gesicht, drückte ihr einen Kuss auf die Stirn und verließ ihr Zimmer, um selbst auch noch eine Mütze Schlaf zu nehmen, bevor er zur Arbeit musste. Er würde am nächsten Tag wieder Stunde um Stunde am Mélangeur stehen und die Kurbel drehen. Sofort hatte er den Geruch der mit Zucker vermengten Kakaomasse in der Nase. Eigentlich war er schon ein halber Chocolatier. Das konnte Mina ihrem Coni im nächsten Brief erzählen. Vielleicht würde er dann ja noch lieber zu ihnen in die Stadt ziehen, wenn es dort dann und wann Schokolade gab.

1846

Rudolf

Als Flückigers Brief ankam, ging es der Mutter schon so schlecht, dass er ungeöffnet bis zum nächsten Tag liegen blieb. Dann erst kam Rudolf am Abend dazu, den Umschlag mit den vielen verschiedenen Stempeln zu öffnen, auf denen man seinen Weg nachverfolgen konnte, wann er an welcher Station angekommen und weiterexpediert worden war, bis Köbi, ihr Postbote, ihn am Morgen mit gewichtiger Miene in der Marktgasse abgeliefert hatte.

Dorli war seit einiger Zeit tagsüber bei ihnen im Haus, um Katharina zu unterstützen. Die Fünfzehnjährige kümmerte sich um die Mädchen und um das Essen, solange Katharina mit der Pflege der Mutter beschäftigt war. Die Stunden fürs Geschäft musste sie sich davon auch noch abknapsen. Abends half Rudolf in der Krankenpflege, so gut er konnte. Flückiger, dachte Rudolf, jetzt bräuchten wir dich hier bei uns in der Elephanten-Apotheke. Wie früher. Vielleicht würde ja dir noch ein Medikament, irgendein ausgefallenes Mittel einfallen, das meiner Mutter helfen könnte. Der neue Apotheker war genau wie der Hausarzt der Familie allmählich ratlos. Und die Mutter selbst hatte fast schon aufgegeben. Sie versuchte, sich ruhig in ihr Schicksal zu ergeben, aber sie sahen es wohl, dass sie Schmerzen litt. »Jetzt verliere ich nach meiner eigenen auch noch meine zweite Mami«, hatte seine tapfere Katharina vor ein paar Tagen gesagt. Vielleicht hätte Flückiger wirklich helfen können, aber er war zu weit weg, und die Briefe waren zu lange unterwegs, um ihn jetzt noch um Rat zu fragen.

Rudolf strich sich das Haar aus der Stirn und zündete eine zweite Kerze an, denn Flückiger hatte eine dermaßen krakelige Schrift, dass man mehr erahnen als entziffern konnte, was da wirklich stand. Das hatte weniger mit seinem Alter als mit seinem Beruf zu tun. Rudolf hatte in seinem Leben weder einen Doktor noch einen Apotheker getroffen, der eine einigermaßen leserliche Schrift gehabt hätte. Vielleicht brachte man ihnen das Krakeln ja schon an den Universitäten bei.

Flückiger schrieb, dass er den Handel mit Kakaobohnen nun in die Hände des Sohnes seiner Carolina gegeben hatte und nicht mehr selbst mit ihm als Dolmetscher über die Docks im Rotterdamer Hafen stiefelte. »Ich verstehe ja doch nichts vom Geschäft«, schrieb er, »dagegen dieser Bram, ein holländischer Goliath mit blonden Schnittlauchlocken und blitzblauen Augen, umso mehr. Du würdest dich wundern, wie er mit den Händlern im Hafen wie in den mit Zigarettenrauch vernebelten Börsen auf Teufel komm raus feilscht, bis ihnen entweder die Tränen kommen oder sie ihm eine Tracht Prügel androhen. Er kann das so viel besser als ich Schweizer Löli, also überlasse ich ihm das Geschäft in Zukunft ganz. Und ich nehme an, es ist ganz in deinem Sinne, dass einer das übernimmt, der auch etwas von der Sache versteht. Selbst wenn er eine moderate Provision für seine Dienste abzieht, kannst du immer noch hochzufrieden sein mit den Preisen, die er aushandelt.«

Flückiger schwärmte ihm auch wieder vom Norden vor, obwohl er mit dem Niederländischen immer noch über Kreuz lag. »Ich verstehe kaum einmal etwas, obwohl ich mich sehr darum bemühe«, schrieb er. »Eigentlich halte ich die Sprache der Holländer für einen Dialekt wie unser Schweizerdeutsch. Wenn diese blonden Hünen sich nur bemühen würden, Schriftdeutsch zu sprechen! Aber sie beharren im Gegensatz zu den Schweizern darauf, ihren Dialekt auch noch zu schreiben und zu drucken, sodass ich nicht einmal die Zeitung lesen kann. Meine Carolina übersetzt mir nicht mehr als das Nötigste. Sie sagt, ich müsse eben die Sprache lernen, wenn ich hier noch länger leben wollte. Ihr sei es schließlich auch gelungen. Holländisch, ich bitte dich, und das auf meine alten Tage! Da spreche ich lieber französisch mit den sprachlich gebildeten Käseessern, die es einigermaßen beherrschen.«

Und dann hatte der alte Flückiger noch eine richtige Überraschung parat. »Außerdem darf ich dir mitteilen, dass Carolina und meine Wenigkeit sich im Frühling vermählt haben. Wann auch sonst? Es ist ja schon mindestens unser zweiter. Wir sind Witwe und Witwer und nicht mehr die Jüngsten. Eine große Feier zu veranstalten, schien uns nicht passend. Im Alter trumpft man nicht mehr so auf, sondern hält sich schön still, zumindest nach außen hin. Dennoch würden wir dich, Ruedi, und deine tüchtige Frau sehr gern zu uns nach Holland einladen. Nicht wegen uns zwei alten Zauseln, die sich gefunden haben wie der Topf seinen Deckel. Sondern wegen Rotterdam, der alten Handelsstadt, dem riesigen Hafen, den Rohstoffen aus aller Welt, die hier gelöscht werden. Kaffee, Kakao, Tee, Früchte, alles, was das Herz begehrt, kannst du hier riechen, sehen, schmecken und natürlich kaufen und trinken oder verspeisen. Das wäre doch interessant für einen Vollblut-Geschäftsmann, wie du einer bist.«

Rudolf rieb sich die Augen. Natürlich würde er gern in den Norden reisen, um das ganze Geschäft des Rohstoffhandels mit eigenen Augen zu sehen. Das Geschrei an den Börsen, das erbitterte Feilschen um den besten Preis. Allein die Gerüche, wenn der Bauch eines so riesigen Schiffes sich öffnete wie ein Füllhorn und seine Schätze preisgab. Aber wann sollte das schon möglich sein und was würde der Vater dazu sagen? Würde Katharina ihn begleiten? Wer kümmerte sich dann um die Kinder, wenn die Mutter es nicht mehr konnte. Er hätte den Arm auf die Tischplatte legen und den Kopf darauf betten mögen. Und dann hätte er am liebsten seinen Tränen, die ihm schon in den Augen standen, freien Lauf gelassen. Ihm war selten alles zu viel. Aber nun stand er tatsächlich kurz davor zu verzagen. Die Mutter leiden zu sehen, ohne ihr wirklich helfen zu können, das war das Quäntchen zu viel, das sogar ihn knickte wie der Sturm einen jungen Baum.

Wenn überhaupt, dann würde er sich wohl allein auf die Reise machen müssen. Der Vater würde ihn sowieso für verrückt erklären. Reisen! Geld ausgeben! Die Schokoladenproduktion konnte er in Rolis Hände legen, das war nicht das Problem. Der Bursche war schon so gut wie sein Stellvertreter oder Nachfolger, falls er doch keine eigenen Söhne haben sollte.

Katharina kam aus der Schlafkammer der Mutter und schloss leise die Tür hinter sich. »Endlich ist sie eingeschlafen«, sagte sie müde. Sie hatte dunkle Ringe unter den Augen.

»Setz dich her, Chatrina, ich mache dir das Essen warm.«

»Hast du den Brief von Flückiger endlich aufgemacht? Was schreibt er denn?«, fragte sie.

»Dass er geheiratet hat. Er lädt uns beide nach Rotterdam ein.« Rudolf kümmerte sich um den Eintopf. Er stellte Brot auf den Tisch und eine Flasche Wein mit zwei Gläsern.

»Oh, wie schön das wäre«, seufzte Katharina. »Du und ich in Holland, an der See.« Für einen kurzen Moment strahlte sie. »Wenn wir noch einmal jung wären und keine drei Töchter hätten, keine Konditorei und keine Chocolat-Fabrik. Und wenn deine Mutter nicht so krank wäre. Wie viele Sachen waren das nun, die gegen so eine Reise sprechen?«

»Ich habe vier gezählt, denn jung sind wir doch immer noch.«

»Vielleicht kannst du allein fahren«, schlug Katharina vor.

Rudolf brachte ihr einen Teller mit Eintopf und schenkte ihnen Wein ein. Er setzte sich zu ihr und streichelte ihren Arm.

»Ich weiß nicht, was ich ohne dich täte, Chatrina. Aber ganz sicher nicht nach Holland reisen und dich mit alldem hier im Stich lassen.«

»Du hast doch nur Angst, ich könnte mit deinem Vater so aneinandergeraten, wenn du nicht da bist, dass er mich hochkant hinauswirft.« Sie grinste.

»Nein, die Angst hätte ich nicht einmal. Eher schon, dass du den alten Griesgram hinauswirfst. Prost, Chatrina. Kommt Zeit, kommt Rat. Und wenn nicht, ist es auch gut. Hauptsache, du bist bei mir.«

Nur drei Wochen später – Flückigers Brief lag immer noch auf Rudolfs Nachttisch, denn er brachte es einfach nicht fertig, ihn wegzuräumen – war es Herbst geworden in Zürich. Die Blätter fielen rot, gelb und braun von den Bäumen, die Sonne strahlte nicht mehr wie im Sommer und es wehte öfter ein kühler Wind. Die Tage begannen jetzt manchmal mit einem feinen Nieselregen und der Himmel wollte auch nachmittags nicht aufklaren. Die Nächte wurden empfindlich kalt. An dem Tag, als sie die Mutter zu Grabe tragen mussten, kamen sie mit durchweichten Schuhen nach Hause. Auf dem Heimweg hatte Katharina sich bei ihm eingehängt.

»Das Schlimmste ist«, sagte sie, »dass sie nicht mehr erfahren hat, dass ich unser viertes Kind unter dem Herzen trage.«

»Sie hätte sich bestimmt auf einen Enkel gefreut.« Rudolf strahlte.

»Sie hätte gesagt, Hauptsache, das Kind ist gesund«, antwortete Katharina, und damit hatte sie sicher recht. Rudolf drückte die Hand seiner Frau, bis sie »Au, du tust mir weh« rief.

An die Planung einer großen Reise war nach dem Verlust, den die Familie erlitten hatte, nicht zu denken. Die Trauer hing wie ein Nebelschleier über dem Haus. Alles erinnerte an die Mutter, die immer da gewesen war und für alle gesorgt hatte. Hedi, seine Älteste, wurde immer stiller und in sich gekehrter. Dafür fing Elsi jetzt richtig an zu plappern. Sie war die Einzige, die noch nicht verstand, was sie verloren hatten. Die Gründe, warum er die Reise nach Holland höchstens im Kopf, aber nicht mit den Füßen antreten würde, kamen immer mindestens im Doppelpack. Einer war der Trauerfall im Haus, der andere Katharinas erneute Schwangerschaft. Das Kind würde im Frühling zur Welt kommen, also war der Winter als Reisezeit gestrichen und der Frühling gleich mit dazu. Nur nicht darüber nachdenken, nicht klagen, redete Rudolf sich selbst gut zu. Es ist doch alles in Ordnung. Der Rest der Familie ist gesund, die Geschäfte laufen gut. Erst letzte Woche war eine Lieferung Kakaobohnen und Rohrzucker von Bram de Vries angekommen, der Preis war in Ordnung. Kein Grund, sich zu beklagen.

Rudolf musste seine Lethargie überwinden, um überhaupt zur monatlichen Versammlung seiner Zunft im Storchen zu erscheinen. Er wartete ab, wie der Vater entscheiden würde:

hingehen oder zu Hause bleiben. Doch für David war das gar keine Frage. Wenn man Zünfter war, ging man zu den monatlichen Treffen, außer man war sterbenskrank. Er ließ nicht einmal erkennen, ob es ihn Überwindung kostete. Seine Trauer machte er mit sich selbst aus, nichts davon drang nach außen. Er musste einen Panzer tragen, wo andere Menschen nur ihre Haut hatten. Kein Schwanken, kein Zaudern, immer weiter und fleißig sein, wie alle Tage, sonntags zur Messe und einmal im Monat in den Storchen. Ihm wurde alles zur Pflicht und an ihr orientierte er sich. Das war sein Leben: eine Serie von Aufgaben, die er sich vornahm zu erfüllen, Stück für Stück, Tag um Tag. Rudolf fand es bewundernswert und gleichzeitig war es ihm auch ein wenig unheimlich. Wie hatte es die Mutter nur so lange an der Seite dieses Mannes ausgehalten, der steif wie ein Stock war und kalt wie ein Fisch? Oder verwandelte er sich in einen anderen, wenn er vom Abendbrot aufstand und in seiner Schlafkammer verschwand? Legte er wenigstens dort seinen Panzer ab? Rudolf würde es nie erfahren. Diese Seite seines Vaters, die seine Mutter vielleicht gekannt hatte, würde er wahrscheinlich nie kennenlernen.

Mit zwei Schritten Abstand begleitete er seinen Vater hinüber zum Storchen, blieb einmal kurz auf der Brücke stehen, um Richtung See zu blicken, ob die Berge schon weiß waren, doch der Vater schritt voran, ohne anzuhalten, und man sah nichts als eine graue Wand, wo Berggipfel hätten sein sollen. David kam vor ihm am Zunftlokal an und hielt ihm die Tür auf. Nur ein kurzer kritischer Blick, kein Wort, keine Frage.

Zunftmeister Stucki war von einer Gruppe von Männern umringt. Als er Rudolf eintreten sah, gab er ihm ein Zeichen und zeigte zur Tür des Nebenraums. Meinte er tatsächlich ihn? Rudolf sah sich nach dem Vater um, der gerade noch neben ihm gestanden hatte, jetzt aber auf seinen üblichen Platz am großen Zunfttisch zusteuerte. Er bestellte sich einen Schoppen Weißen und ging damit in den Nebenraum. Zunftmeister Stucki ließ nicht lange auf sich warten.

»Ruedi, mein herzliches Beileid.« Der kräftige Mann mit dem getrimmten Backenbart schüttelte ihm die Hand, bis es wehtat. Sein Metier war der Holzhandel, und er spekulierte auf die Zeit, wenn es auch in der Schweiz mit dem Bau von Eisenbahnen endlich richtig losging. Für die geplante erste Eisenbahnstrecke zwischen Zürich und Baden, deren Eröffnung für das kommende Jahr geplant war, lieferte Stucki bereits das Holz für die Schwellen. Kam die Eisenbahn und erhielt er den Zuschlag für das Holz, dann wäre er ein gemachter Mann. Und daran arbeitete er unermüdlich, auch in seinem Amt als Zunftmeister. So wie alle Zünfter die wirtschaftliche Entwicklung der Stadt, und vor allem die ihrer eigenen Betriebe, im Auge hatten. Hier im Zunfthaus erfuhr man die neuesten und wichtigsten Wirtschaftsnachrichten, nicht aus der Zeitung. Und man versuchte nach Möglichkeit, sich gegenseitig zu unterstützen und sich lukrative Aufträge zuzuschanzen.

»Danke, Bernhard, auch für den Kranz, den die Zunft gestellt hat«, antwortete Rudolf.

»Das ist doch selbstverständlich, Ruedi. Jetzt aber was ganz anderes.«

Sie setzten sich, Stucki bestellte ebenfalls Wein.

»Mir ist da etwas zu Ohren gekommen, wovon ich dachte, es könnte dich interessieren.« Er hob sein Glas und sie prosteten sich zu. »Draußen in Horgen verkauft einer seinen Anteil an einer Mühle. Er betreibt dort eine Hammerschmiede. Eschmann heißt er.«

»Eine Schmiede, die mit Wasserkraft arbeitet?« Rudolf war

sofort hellwach. Horgen. Im Kopf überschlug er, wie weit es wohl bis dorthin, ans linke Seeufer, war und was das Objekt wohl kosten mochte. »Warum will er denn verkaufen?«

»Soweit ich weiß, will er auswandern. Jedenfalls sucht er einen Käufer für seinen Teil.«

»Eine Mühle, sagst du?«

»Da fließt der Dorfbach einen steilen Hang vom Albis herunter. Schleifetobel heißt die Gegend, ein Stück oberhalb des Sees. Man sieht hinunter auf die Sust und das Dorf.«

Rudolf hatte sofort eine Vorstellung davon. Er wusste, dass das Sustgebäude über Jahrhunderte der Stadt Zürich gehört hatte und erst vor Kurzem an die Gemeinde Horgen verkauft worden war. Der Hafen von Horgen, die sogenannte Sust, war seit langer Zeit neben Zürich der zweitgrößte Warenumschlagplatz am Zürichsee. Er war außerdem in den internationalen Handel mit Schiffern und Säumern eingebunden, die hier die Waren auf Tragtiere umpackten, um sie auf dem Landweg weiterzutransportieren. Von daher war Horgen kein schlechter Platz. Nur etwas weit weg.

»Und dem Eschmann gehört nur ein Teil, nicht die ganze Mühle?«, fragte Rudolf.

»Die andere Hälfte gehört einem Messerschleifer. Der will wohl vorerst weitermachen. Er schleift nicht nur Messer und Scheren, sondern auch Pflugscharen und andere Geräte.« Stucki, der seine mächtigen Arme auf die Tischplatte gestützt hatte, sah ihn forschend an. »Ich weiß doch, dass du für deine Schokoladenfabrikation schon lange etwas Größeres suchst als die schmale Kammer in der Marktgasse.« Stucki wusste außerdem, dass ihr Haus noch belastet war und Rudolf keine riesigen Investitionen tätigen konnte. Ein Objekt innerhalb der Stadtgrenzen war für ihn unerschwinglich.

»Ein Mühlrad und eine Wasserzuleitung ist vorhanden?«, vergewisserte sich Rudolf.

Stucki nickte. »Soweit ich weiß, läuft das alles.«

»Horgen, wie weit ist das weg?«

»Zwei, höchstens drei Wegstunden würde ich schätzen.«

»Also an die drei Stunden Fußmarsch. Einfach.«

»Du kannst ja das Dampfschiff nehmen oder eine Kutsche. Aber müsstest du überhaupt jeden Tag hin?«

»Anfangs schon, bis Personal eingestellt ist und alles läuft. Langfristig werde ich hier in der Backstube auch noch gebraucht.«

»Denkt dein Vater daran, allmählich aufs Altenteil zu gehen? Jetzt, nach diesem Schicksalsschlag?« Stucki hatte sein Glas schon ausgetrunken, während Rudolf an seinem nur genippt hatte.

»Mein Vater? Schau ihn dir doch an. Er ist jetzt siebzig und seine Kraft lässt immer noch nicht nach.«

»Aber will er es auch? Kann er sich nicht vorstellen, langsam etwas kürzerzutreten?«

»David Sprüngli und kürzertreten? Das frag ihn mal, da werden dir aber die Ohren klingeln. Ich weiß genau, was er dir antworten wird. Wenn ich nicht mehr arbeiten kann, weil ich krank oder alt und schwach bin, wird er dir sagen, dann ist es Gottes Wille, dass ich aufhöre. Wenn ich aber gesund bin, dann ist es sein Wille, dass ich weitermache. Fürs Herumsitzen schenkt der Herrgott mir sicher keine Gesundheit.«

Stucki hievte sich lachend aus seinem Stuhl. »Ja, ja, du kennst deinen Vater besser als jeder andere. Und, Ruedi, überleg dir das mit der Mühle. Noch weiß sonst keiner davon. Aber es gibt einige, die sicher Interesse an dem Objekt hätten. Es ist eine gute Gelegenheit, glaub mir.«

»Und der Preis, Bernhard?«

»Viertausend Gulden«, sagte er, schon halb an der Tür. »Aber sofort und in bar zu zahlen wären nur siebenhundertfünfundzwanzig.«

Rudolf nickte. Viertausend! Das erschien ihm nicht zu viel für eine halbe Mühle mit Wasserrecht, aber sehr viel für einen Sprüngli, der noch ein Haus abzuzahlen und einen Pfennigfuchser zum Vater hatte.

»Ich gebe dir bis Ende der Woche Bescheid«, versprach Rudolf. »Und vielleicht kannst du es bis dahin noch für dich behalten.«

Stucki nickte. »Unter Zünftern sollte das selbstverständlich sein«, sagte er und ging zurück zur Tafel.

Gleich am nächsten Tag nahm Rudolf eine Kutsche und ließ sich nach Horgen fahren. An der Sust stieg er aus. Zu Fuß machte er sich auf den steilen Weg den Hang hinauf, immer am tosenden Dorfbach entlang, bis er oben im Schleifetobel ankam und vor dem Mühlengebäude stand. Es war nicht groß, aber immerhin aus Stein gebaut, nicht wie Caillers Mühle, die ganz aus Holz gewesen war. Eine Wohnung gehörte anscheinend auch dazu, ausreichend für einen Verwalter und seine Frau, die sich um das Essen für die Arbeiter kümmern konnte. Der Bach führte genügend Wasser für die Jahreszeit und das Gefälle schien Rudolf ausreichend. Das Wasserrad schien intakt und eine Welle zur Kraftübertragung und zum Antrieb der Maschinen war auch vorhanden. Aufräumen müsste man, alles sauber machen, hier und da vielleicht noch ein Fenster einbauen, damit es heller und freundlicher aussähe. War das eine Fabrik?, fragte er sich. Ja, doch, es könnte eine werden. Er sah sie schon vor sich, seine Schokoladenfabrik. Mit ein paar zusätzlichen Angestellten und einem Vorarbeiter, der sich in seiner Abwesenheit um alles kümmerte und die Verantwortung für den Betrieb übernahm. Rudolf zwang sich, seine davongaloppierenden Gedanken anzuhalten, und klopfte an die Tür des Wohnhauses.

»Was willst du haben für deinen Anteil an der Mühle mit der Wohnung?«, fragte er den Schmied.

Eschmann nannte ihm den Preis, den Rudolf schon kannte. »Viertausend. Einen Teil davon in bar.«

Rudolf nickte. »Du willst fort?«

»Ja, aber ich habe es nicht so furchtbar eilig. Auf den Preis hat das keinen Einfluss. Ich bekomme die Mühle ganz sicher los.«

»Wo willst du denn hin?«

»Zuerst nach Paris, dort lebt ein Vetter von mir. Dann hinauf nach Le Havre und von dort nach Amerika«, sagte Eschmann. »Was möchtest du denn hier machen? Du bist doch kein Schmied, oder?«

»Ich bin Konditor und würde eine Schokoladenfabrik einrichten.«

»Schokolade!« Der Schmied grinste. »Davon kann man leben?«

»Wenn man es richtig macht, schon.«

»Willst du hier auch wohnen?«

»Nein, nein, dafür würde ich einen Verwalter anstellen.«

»Hast du schon einen?«

Rudolf schüttelte den Kopf. Er hatte ja noch nicht einmal die Mühle.

»Dann wüsste ich da einen, den besten, den du finden kannst. Den Heini, ist ein alter Schulfreund von mir. Heinrich Schilling heißt er, arbeitet unten in der Sust als Lageraufseher, aber der könnte noch viel mehr.«

»Ist er verheiratet?«

»Ja, mit Susanna. Nur Kinder haben die beiden bisher noch keine.«

»Würde er denn hier heraufziehen wollen?«

»Warum nicht? Ist schön hier oben, über allen Dächern, mit dem freien Blick über den See.«

»Warum willst du dann fort?«, fragte Rudolf.

»Weil ich schon viel zu lange hier herumsitze und in der Schmiede schwitze. Die Mühle ist abbezahlt, jetzt ist es Zeit für mich zu gehen.«

»Hast du keine Frau?«, fragte Rudolf.

»Vielleicht wartet in Amerika eine auf mich.«

Als Rudolf den Hang wieder hinabstieg, fragte er sich, ob das ein guter Ort wäre, so weit weg von der Stadt? Aber deswegen war ja auch der Preis nicht so hoch. Woher sollte er überhaupt das Geld nehmen? Wer könnte ihm Kredit geben? Bei den Schulden, die noch auf dem Haus in der Marktgasse lagen, würde eine Hypothek nicht reichen. Also eine zweite auf die Mühle abschließen? Würde der Vater das mittragen? Was, wenn es schiefging? Wenn die Schneeschmelze im Frühling oder ein starker Regen im Herbst den Bach anschwellen ließ und der Aufseher das Mühlrad nicht rechtzeitig stoppte oder den Zulauf sperrte? Das Mühlengebäude hatte einen soliden Eindruck gemacht. Aber war es das auch?

Mit schwerem Kopf kam Rudolf unten in der Sust an. Eine Gruppe Pilger kreuzte seinen Weg und stimmte ein frommes Lied an. Sie waren mit dem Boot über den See gekommen und machten sich auf den Fußmarsch nach Maria Einsiedeln. Rudolf nahm seine Kappe ab. Er war kein Katholik, aber er respektierte die Menschen, die der anderen Religion angehörten. In der welschen Schweiz waren sie auch alle katholisch. Dass es immer wieder Spannungen gab zwischen den überwiegend katholischen und den reformierten Kantonen, kam Rudolf altmodisch und wie aus der Zeit gefallen vor. Schließlich waren sie alle Schweizer. Nichts sollte jetzt die Einheit der Kantone in einem gemeinsamen Bundesstaat mehr gefährden. Schon gar kein Bruderzwist. Die Wirtschaft brauchte Frieden. Denn der Krieg war immer ein großer Verschlinger: von Geld, von Menschenleben, von Sicherheiten. In Kriegszeiten kam die Wirtschaft fast zum Erliegen, mit Ausnahme der Betriebe, die Waffen produzierten. Deshalb zog Rudolf seine Kappe vor den Pilgern. Es war ein Zeichen des Respekts und der Versöhnung. Und zwei, drei aus der Gruppe nickten und grüßten ihn zurück, als hätten sie ihn verstanden.

Das Boot hatte schon wieder abgelegt, die Postkutsche war bereits abgefahren. Rudolf musste zu Fuß zurück nach Zürich laufen. Doch beim Gehen merkte er, wie gut ihm der Marsch tat. Vor lauter Arbeit, Familie, Kindern hatte er ganz vergessen, wie schön es draußen in der Landschaft war: das Licht über dem Wasser, die bewaldeten Hänge auf der einen und auf der anderen Seeseite die Weinberge. Die Türme des Grossmünsters, die sich als Erste aus der Silhouette der Stadt herausschälten. Rudolf war jetzt dreißig, Vater von drei Töchtern und bald eines vierten Kindes. Nur eine fehlte: seine Mutter, und sie war von niemandem zu ersetzen. Auch seinen Freund Flückiger vermisste er. Drüben in der Elephanten-Apotheke saß nun ein anderer, jüngerer Apotheker, der ihn nicht schon als Kind gekannt hatte. Flückiger war immer schon von einem ganz anderen Schlag gewesen als sein Vater. Studiert, belesen, viel gereist, das hatte seinen Geist freier werden lassen, als es der seines Vaters je gewesen war. David schlug außer der Bibel kein Buch auf und er war auch nur von Andelfingen im Kanton Zürich nach Zürich Stadt gekommen und sonst nirgendwohin.

Als Rudolf über die Gemüsebrücke ins Niederdorf lief, stand sein Entschluss fest. Manchmal musste man etwas wagen, dessen Ausgang ungewiss war. Johannes Baur hatte es mit seinen Hotels getan und die Eisenbahngesellschaft tat es ja auch. Wer wusste schon, wie viele Leute je die Bahn benutzen würden und ob es sich tatsächlich lohnte. So wie etwas gelingen konnte, konnte es auch schiefgehen, nur wusste man es eben vorher nicht. Er würde den Schritt wagen. Nur den Vater musste er noch auf seine Seite ziehen.

Sobald Rudolf für sich die Entscheidung getroffen hatte, war es gar nicht mehr so schwer, wie er befürchtet hatte. Es war, als ob alle Kräfte um ihn herum wie auf ein geheimes Zeichen an einem Strang zogen. Bei den Schiffleuten fand Rudolf seine wichtigsten Unterstützer. Zunftmeister Stucki, der durch seinen Hinweis den Stein ja überhaupt ins Rollen gebracht hatte, suchte den alten Sprüngli mehr als einmal auf, um ihn davon zu überzeugen, dass sein Sohn der geborene Unternehmer war, seine Schokoladenfabrik doch jetzt schon so gut lief und noch besser laufen würde, wenn er tatsächlich so etwas wie eine Fabrik zur Verfügung hätte, ausgestattet mit Personal und Maschinen, die von der Kraft des Wassers angetrieben wurden.

»Schau, David«, erklärte er ihm bei einem dieser Gespräche im Storchen, bei dem auch Rudolf mit am Tisch saß und die Ohren spitzte. »Wenn Ruedi oder auch sein Geselle Roli nicht stundenlang selbst die Kurbeln ihrer Geräte bedienen und wertvolle Arbeitskraft und Zeit damit vergeuden müssen, dann kann es ja doch nur besser werden. Mehr Ware, mehr Verkäufe, das muss ich dir altem Fuchs doch nicht vorrechnen.«

Und als David immer noch skeptisch dreinsah und an seinem

sauren Wein nuckelte, packte Stucki gleich noch einen Trumpf aus.

»Die Mühle, jetzt seien wir einmal ehrlich, ist ein echtes Schnäppchen. Der Schmied will so bald wie möglich nach Amerika, auch wenn ich nicht verstehe, warum es jetzt auf einmal alle dorthin zieht. Jedenfalls braucht er das Geld jetzt und hat keine Zeit, auf den Meistbietenden zu warten. Und nun überleg doch mal, David. Selbst wenn, wider Erwarten, der Absatz von Sprüngli-Schokolade nicht der Renner in Zürich und Umgebung werden sollte. Ich sage, wenn, aber ich glaube nicht, dass es so kommen wird. Aber nur mal angenommen, es läuft nicht so gut, dann könnt ihr die Mühle doch sofort wieder veräußern. Tausend Arbeiter sind derzeit in Horgen allein in der Seidenindustrie beschäftigt. Es findet sich doch immer ein Handwerker, der sie gern übernehmen und in das Haus einziehen würde. Und glaub mir, dabei würdet ihr keinen Verlust machen. Ein paar Schönheitsreparaturen hier und da, und schon macht ihr einen guten Schnitt. Ich selbst kann dir allein drei Zünfter von den Unseren nennen, die auch Interesse an der Mühle in Horgen hätten. Und das nötige Kleingeld«, schloss Stucki.

»Warum hast du den Tipp dann nicht einem von denen gegeben, sondern meinem Rudolf?«, fragte David wie aus der Pistole geschossen.

»Weil ich ein Herz für unsere Jungzünfter habe. Sie sind doch unsere Zukunft. Und sie haben Ideen. Man muss ihnen nur eine Chance geben.« Er klopfte David auf die Schultern, als wären sie schon handelseinig.

Rudolf bewunderte Stuckis Geduld.

Am Ende gab David sich schon fast geschlagen. Doch aller Wind war ihm noch nicht aus den Segeln genommen. Denn da war immer noch das Problem mit der Bank, die die Hälfte des benötigten Betrages als Eigenkapital forderte. Was sie selbst aufbringen konnten, waren aber höchstens tausend Gulden, keine zweitausend.

»Was spielt die Bank sich denn so auf?«, fragte Stucki. »Schließlich habt ihr dann zwei Liegenschaften, die ihr verpfänden könnt.«

»Aber auf dem Haus in der Marktgasse liegen noch elftausend Gulden Schulden«, sagte David.

»Und wie viel habt ihr schon getilgt?«

»Dreizehntausend.«

»In wie vielen Jahren?«

»Zehn«, sagte Rudolf.

»Und ihr habt eure Raten immer pünktlich bezahlt?«

»Jeden Monat«, sagte David, »ohne Ausnahme.«

Worauf Stücki noch einmal seines Amtes waltete und alle seine Zünfter, von denen er wusste, dass sie Geld auf der hohen Kante hatten und gegebenenfalls auch bereit waren, etwas davon gegen Zins und Zinseszins zu verleihen, einzeln bearbeitete. Er berief sogar eine außerplanmäßige Sitzung mit den entsprechenden Männern ein, die er im Auge hatte. Auch Rudolf war mit dabei.

»Unser Ruedi«, begann er seine Predigt, »ist Stand heute der einzige Chocolatier nicht nur in Zürich, sondern in der gesamten Deutschschweiz. Der einzige! Und er ist Zünfter, wie ihr wisst. Jung und als Unternehmer vielversprechend ist er außerdem. Das reicht doch eigentlich schon aus, dass alte Hasen, wie ich einer bin und wie ihr welche seid, sich für ihn einsetzen, oder etwa nicht? Und wenn einer von euch so flüssig ist, dass er dreitausend Gulden herumliegen hat, die er in eine gute, erfolgversprechende Sache zu einer guten Rendite investieren kann, dann her damit. Fasst euch ein Herz, Männer.«

»Wir wissen doch alle, dass du ein Süßer bist, Bernhard«, meldete sich der Drucker Franz Hirt zu Wort. »Wahrscheinlich bekommst du von Ruedi ein monatliches Schokoladenpaket nach Hause geschickt, wenn du ihm zu seinem Kredit verhilfst«, spottete er.

Doch einer biss tatsächlich über Umwege an. Es war der Seidenhändler Bodmer, der in den Zürcher Seidenhöfen residierte. Rudolf hatte ihn schon zu verschiedenen Festlichkeiten in der Familie wie im Betrieb mit Patisseriewaren beliefert. Dieser wohlhabende Mann, der mit seiner Familie in einem mit feinsten Stuck- und Schnitzarbeiten üppig ausgestatteten Haus residierte, erklärte sich schließlich bereit, Rudolf ein Schuldbriefdarlehen über dreitausend Gulden zu gewähren. Abgesichert werden sollte es durch eine Teilhypothek auf das Haus in der Marktgasse sowie einer auf den zu erwerbenden Teil der Horgener Mühle.

David zog eine Grimasse, als suchten ihn plötzlich schlimmste Zahnschmerzen heim. Was hatte er denn erwartet? Dass ein Reicher ihnen sein Geld über den Tisch schob und das Geschäft per Handschlag und ohne Sicherheiten besiegelte? Es musste doch alles ordentlich verbrieft werden, und je reicher einer war, desto mehr Sicherheiten verlangte er.

Am Mittag des 20. November, als Rudolf vom Notar in der Löwenstraße wieder nach Hause kam, stand Katharina ausgehfertig in Mantel, Hut und Stiefeln im Geschäft, als hätte sie nur noch auf ihn gewartet.

»Nanu, wo willst du denn hin?«, fragte Rudolf. Er betrachtete seine Frau, die immer noch sehr schlank war. Man sah ihr die erneute Schwangerschaft kaum an und hätte denken können, sie habe eben ein kleines Bäuchlein angesetzt. Kein Wunder in einer Confiserie.

»Hinüber in den Storchen«, antwortete Katharina, »und zwar mit dir.«

»Aha, und was tun wir dort?«

»Wir feiern deine und Davids Unterschrift unter den Kaufvertrag, Herr Schokoladenfabrikant. Oder habt ihr es euch in letzter Minute doch noch anders überlegt?«

»Nein, aber der Vater hat erst noch einen Besuch zu machen.«

»Umso besser. Dann sind wir unter uns und es wird ein fröhliches Festessen werden.« Katharina nahm ihr Schultertuch vom Tresen und winkte Dorli verschwörerisch zu. Sie war also schon im Bilde und würde sich in Katharinas Abwesenheit um alles kümmern.

Kaum hatten sie an ihrem Tisch mit Blick auf die Limmat Platz genommen, wurde Katharina schon ungeduldig. »Jetzt zeig schon her, das Dokument. Oder besser, lies vor. Ich bin so gespannt.«

Rudolf nahm den Kaufvertrag aus dem Umschlag. Der Kellner brachte ihnen den bestellten Schaumwein.

»Also.« Rudolf räusperte sich umständlich. »Hier steht: Die Societät David Sprüngli et fils unterzeichnet hiermit den Kaufvertrag über ein Gewerbehaus in Horgen, Ortsteil Schleifetobel, mit Wasserkraft aus dem Dorfbach, einer Hammerschmiede mit Wohnung, Wasserrecht und Wasserwerk mit dem unteren Wehr sowie der unteren Hälfte des Kohlenbehälters für …« Rudolf wollte nach seinem Glas greifen, aber das ließ Katharina nicht zu.

»Erst fertig lesen«, befahl sie, »dann stoßen wir an.«

»… für viertausend Gulden, davon siebenhundertfünfundzwanzig in bar und auf der Stelle.«

Katharina strahlte ihn an und erhob ihr Glas. »Dann hast

du also jetzt deine Fabrik, von der du schon träumst, seit du Caillers Mühle betreten hast. Ich freue mich so für dich, auch wenn ich dich in Zukunft wahrscheinlich noch weniger sehen werde als jetzt schon. Aber solltest du so alt werden wie dein Vater, und ich auch, haben wir ja später noch ein bisschen Zeit für uns.«

»Wirst du den Schaumwein auch gut vertragen, in deinem Zustand?« Rudolf erinnerte sich noch gut an Katharinas Übelkeiten bei den ersten Schwangerschaften.

»Ach, ein Schlückchen schadet schon nicht«, meinte Katharina. »Und mehr ist in diesem exquisiten Glas sowieso nicht drin.«

»Dir scheint es dieses Mal ja richtig gut zu gehen«, sagte Rudolf, nachdem sie angestoßen hatten.

»Kann sein, ja.« Katharina schmunzelte. Sie wusste anscheinend genau, woran er dachte, und dachte womöglich sogar dasselbe. »Aber lass uns zu Hause nicht mehr darüber reden, ob unsere Töchter nun ein Brüderchen oder ein Schwesterchen bekommen. Hedi macht sich schon genug Sorgen.«

»Hedi? Was für Sorgen denn?« Ihre Älteste war noch keine sieben Jahre alt und ging das erste Jahr zur Schule.

»Ich glaube, sie denkt, dass sie dir nicht mehr wichtig ist, wenn du erst einen Sohn hast.«

»Das denkt sie?« Rudolf schüttelte den Kopf. »Sie ist doch meine Hedi, meine Älteste, und das wird sie immer bleiben.«

»Und sie ist dir so ähnlich. Bitte sei lieb zu ihr und vergiss sie nicht, genauso wenig wie Ida und Elsi, wenn es doch ein kleiner Kaspar wird.«

»Kaspar?« Rudolf verschluckte sich fast an seiner Suppe.

»Nach meinem Vater«, sagte Katharina ungerührt. »Du willst deinen ersten Sohn, wenn es denn einer wird, doch nicht nach deinem Vater nennen. Noch einen David Sprüngli im Haus halte ich nicht aus.« Sie rollte übertrieben mit den Augen.

»Er wird natürlich Rudolf heißen, das ist doch klar«, sagte Rudolf, und weil in dem Moment das Essen serviert wurde und Katharina sich daraufstürzte, behielt er in dieser Angelegenheit vorläufig das letzte Wort.

1847

Katharina

Katharina, jetzt musst du dich aber beeilen«, hörte sie Rudolf in die Pause nach der ersten wirklich heftigen Wehe hinein sagen.

»Wieso beeilen?«, stöhnte sie.

»Sonst wird unser viertes Kind noch ein Aprilscherz!«

Katharina sah ihn an. Wovon redete er?

»Es ist jetzt zehn Uhr abends. Wenn das Baby nicht in den nächsten zwei Stunden kommt, dann wird es am 1. April geboren.«

»Ich weiß wirklich nicht, ob ich darauf jetzt Rücksicht nehmen kann. Von mir aus kann es ruhig schnell gehen. Aber ob ich das entscheide oder doch das Kindlein? Hol jetzt lieber die Hebamme, aber beeil dich! Und nach der Hebamme gehst du zu Vreni. Sie sitzt zu Hause auf Kohlen und bringt mich um, wenn wir ihr nicht Bescheid geben.«

»Dann fehlt nur noch Annarösli«, murmelte Rudolf. Aber Katharina war schon mit der nächsten Wehe beschäftigt.

Wenn Rudolfs Mutter jetzt noch leben würde, dachte sie wehmütig. Sie hatte die Ruhe und Erfahrung, die ihr fehlten. Dorli war zwar da, um auf die Kinder aufzupassen, aber zu jung und ein schlechter Ersatz für eine Mutter. Und ihr Schwiegervater schlief den Schlaf der Gerechten, was ihr nur recht war. Von den Angelegenheiten der Frauen hielt er sich grundsätzlich fern.

»Entweder deine vierte Tochter hat einen Wasserkopf oder es ist doch ein Junge«, sagte die Hebamme nach der ersten Untersuchung. Der Muttermund war bereits weit geöffnet. »Aber was es auch ist, es wird nicht mehr lange auf sich warten lassen.«

Das Kindchen hatte jedenfalls kräftige Lungen, die es für den ersten durchdringenden Schrei auch so anstrengte, wie es sein sollte. Rudolf beugte sich neugierig über das schrumpelige Bündel, das die Hebamme da zwischen den Händen hielt, und dann grinste er über das ganze Gesicht.

»Ein Junge«, sagte die Hebamme, »ich gratuliere«, und zertrennte die Nabelschnur.

»Unser kleiner Rudolf«, sagte Rudolf, und Katharina war alles egal. Hauptsache, das Kind war da und gesund und die Geburt hatte endlich ein Ende. Es war ein Uhr dreißig, am 1. April 1847.

Als die Mädchen ihr Brüderchen am nächsten Morgen begrüßten, blieb Hedi etwas abseits stehen.

»Was hast du denn, Hedi, magst du dir dein Brüderchen gar nicht richtig ansehen?«, fragte Rudolf. »Magst du ihn denn nicht streicheln?«

Sie schüttelte den Kopf.

Rudolf ging in die Knie und fragte sie leiser: »Hast du Angst, dass der Papi dich jetzt nicht mehr so lieb hat, weil der kleine Rudolf da ist?«

Sie nickte. »Weil ich ja nur ein Mädchen bin«, flüsterte sie.

»Nur?«, fragte Rudolf. »Was soll denn das heißen? Du bist doch meine Große und das wirst du immer bleiben.« Er nahm sie auf den Arm und wollte ihr einen Kuss auf die Wange drücken, aber sie wehrte ihn ab.

»Ich bin doch deine Große, Papa«, sagte sie. »Und jetzt lass mich runter.«

Seit Wochen hatte Katharina auf den Tag hingefiebert, an dem die Rösttrommel und der Mélangeur von der Marktgasse nach Horgen transportiert und Rolis ehemalige Kammer wieder frei würde. Sie hatte sich recht schnell von der Geburt erholt, und der kleine Rudolf hatte nicht nur einen großen Kopf, sondern auch gleich recht kräftige Ärmchen und Beinchen dazu, mit denen er den ganzen Tag herumstrampelte, als könne er es gar nicht abwarten, endlich loszulaufen und mit seinen Schwestern mitzuhalten. Sein Vater verbrachte viel Zeit in Horgen. Er fuhr entweder mit der Kutsche hin und lief zurück oder machte manchmal sogar beide Wege zu Fuß, wenn er schon früh draußen sein wollte, noch vor Ankunft der Postkutsche. Es war jetzt Frühling geworden in der Stadt und die Linden auf dem Lindenhof hatten alle schon frisch ausgetrieben. Zeit, ihren Plan in die Tat umzusetzen und Rudolf damit zu überraschen.

Er staunte nicht schlecht, als er abends nach seinem dreistündigen Fußmarsch von Horgen zurück nach Zürich in die Marktgasse kam. Katharina und Annarösli warteten bereits im Geschäft auf ihn. Als Rudolf durch die Tür trat, bemerkte er die Veränderung sofort. Hier war umgeräumt worden. Im Eingangsbereich standen jetzt rechts und links ein rundes Marmortischchen mit verziertem Eisenfuß und je zwei Stühlchen dazu. Katharina trat im blassgrünen Empirekleid mit hoher Taille und breiten Keulenärmeln aus dem Hintergrund und nahm an einem der Tische Platz. Annarösli brachte auf einem Silbertablett zwei Tassen, ein Kännchen Schokolade und zwei zarte Gläser mit Dessertwein.

»Bitte, der Herr, nehmen Sie doch Platz und leisten Sie mir ein wenig Gesellschaft«, forderte Katharina ihren Rudolf auf. »Darf's auch ein Tässchen Schokolade zur Stärkung sein und etwas Wein?«

»Was habt ihr denn wieder ausgeheckt?« Rudolf nahm einen Schluck Wein und nippte an der heißen Schokolade.

»Den ersten Erfrischungsraum bei Sprüngli in der Marktgasse«, klärte Katharina ihn auf. »Nach Paris und London findet man so etwas Schickes jetzt auch in Zürich.«

»Wie habt ihr es denn geschafft, den Platz dafür freizuschaufeln? Und wo kommen überhaupt die Möbel her?«

»Die Möbel stammen von der Witwe Hürlimann, und der Platz kommt von der Kammer, in der Roli früher gehaust hat. Wir haben einiges aus dem Laden dorthin ausgelagert, um Platz für die Tische zu schaffen. Das wird sicher ein Erfolg.«

»Bist du sicher?«, fragte Rudolf. »Die Zürcher sind ja nicht unbedingt bekannt für Müßiggang und lustiges Beisammensitzen.«

»Die Zürcherinnen aber«, behauptete Katharina. »Du wirst schon sehen. Hier können die Damen sich treffen und genießen, ohne dass es unschicklich wäre. Wir können ja nicht wie ihr Männer allein in ein Wirtshaus gehen und uns einen Schoppen Wein bestellen. Ohne einen Mann, meine ich. Hier bei Sprüngli bekommen die Damen zumindest Schokolade und ein Gläschen Süßwein aus Männedorf oder Stäfa, ohne dass jemand sie schief anschaut. Sie warten doch nur auf so ein modernes Etablissement wie unseren Erfrischungsraum. Du wirst schon sehen.«

»Nur eines möchte ich noch wissen«, sagte Rudolf, der nach dem langen Fußmarsch und der vielen frischen Luft dauernd gähnte. »Wie habt ihr es geschafft, dass mein Vater damit einverstanden war? Habt ihr ihn vorher zu Boden geschlagen oder in der Backstube eingeschlossen? Er wäre doch mit Sicherheit eingeschritten, wenn er euch dabei beobachtet hätte, wie ihr hier der Faulheit Tür und Tor öffnet und wertvolle Ladenfläche für ein paar Damen frei haltet, die sich an einem Tässchen Kakao laben.«

»Da täuschst du dich.« Katharina grinste ihn an. »Dein alter Vater ist schon seit Tagen oder Wochen wie ausgewechselt. Also, auf jeden Fall mir gegenüber, weil ich ja jetzt in seinen Augen endlich etwas geleistet und für den ersehnten Stammhalter gesorgt habe. Ich genieße also gerade jede Freiheit. Wer weiß, wie lange das anhält. Und wenn du ihn suchen solltest, kann ich dir einen Tipp geben, wo du ihn finden wirst. Wahrscheinlich an der Wiege des kleinen Johann Rudolf. Er hat einen Narren gefressen an dem Kleinen. Die beiden verstehen sich ganz wunderbar.«

»Und du sprichst tatsächlich von meinem Vater?«, fragte Rudolf.

»Vielleicht will er für seinen Enkel jetzt Großmutter und Großvater zugleich sein.«

»Darf es vielleicht noch etwas sein für die Herrschaften?«, fragte Annarösli beflissen.

»Nein, vielen Dank«, sagte Katharina, und Annarösli knickste. »Möchtest du dich an unserer Wette beteiligen, wer sich wohl als erste Kundin an unsere Tische setzen wird?«, fragte Katharina ihren Mann. »Ich meine, die rundliche Frau Wyss mit ihren Korkenzieherlocken, meine alte Schneidermeisterin, aber Annarösli hat sich auf Greth Ambühl aus der Ankengasse festgelegt. Wir haben um ein Täfelchen Schokolade gewettet.«

»Dann sage ich einfach, keine von diesen beiden, sondern eine ganz andere. Und wenn ich gewinne, dann stifte ich euch beiden je ein Täfelchen.«

Rudolf

Rudolf liebte das Gehen. Seit er zweimal die Woche nach Horgen marschierte, hatte er an Gewicht verloren. Sein Bauch war kleiner geworden, die Beine fast wieder so kräftig wie damals, als er auf Wanderschaft gewesen war. Kaum war er losgelaufen, wurde sein Kopf allmählich frei, und die Ideen, wie er die Abläufe in der Fabrik noch verbessern könnte, kamen wie von selbst.

Er hatte Schilling als seinen Verwalter und Stellvertreter eingestellt. Heinrich war mit seiner Frau in die Mühle eingezogen, und während er sich um die Fabrik kümmerte, sorgte Susanna dafür, dass das ganze Anwesen einen jedes Mal hübscheren, gepflegteren und wohnlicheren Eindruck machte. Sie hatte Blumentöpfe auf die Eingangsstufen gestellt und Vorhänge für die Fenster genäht. Sie fegte und rechte den Hof und versorgte die beiden Arbeiter mit, die Heini aus der Sust mitgebracht hatte. Einer von ihnen, Diethelm, war jetzt als Monteur in der Fabrik angestellt und kümmerte sich um den neuen Feinzerreiber, der aus Frankreich geliefert wurde und vor Ort erst noch zusammengebaut werden musste. Über ein System aus übereinanderliegenden Walzen sollte die Mischung aus Kakao und Zucker darin so fein zerrieben werden, wie es sein für die Marktgasse selbst gebauter Mélangeur nie geschafft hatte. Noch arbeitete die Maschine nicht. Die Kraftübertragung vom Mühlrad war noch nicht installiert, aber Rudolf machte sich große Hoffnungen. Jede Investition musste er sich gut überlegen und immer noch mit dem Vater abstimmen, das war klar. Sie hatten es einfach nicht so üppig, wie Rudolf sich das gewünscht hätte. Aber David war immer noch wie verzaubert von seinem Enkelsohn. Er hatte sich noch nicht einmal darüber beschwert, dass der Junge nicht nach ihm benannt worden war, sondern lediglich gesagt: »Dann eben beim nächsten« und es dabei bewenden lassen. Der neu entstandene Friede in der Marktgasse war wie ein Segen, der über das Sprünglihaus ausgeschüttet worden war. Und er sorgte zusammen mit den Fußmärschen dafür, dass Rudolf seine Energie bündeln konnte, statt sie in Zerstreuung und Kleinkriegen verpuffen zu sehen. Seine eigene Fabrik zu haben, die diesen Namen auch verdiente, fühlte sich gut an.

Der dritte Mann, den Rudolf eingestellt hatte, hieß Johann, wurde aber von allen nur Kleinhans genannt. Er war ein bisschen langsam, aber sehr zuverlässig und beklagte sich nie, über keine noch so schwere Arbeit wie das Ausräumen und Säubern des Wasserzulaufs oder das Verlegen von neuen Leitungen. Rudolf war skeptisch, als Heini ihm den Kollegen brachte. Er wollte ihn nur so lange beschäftigen, bis er einen besseren Mann gefunden hätte. Aber der Bursche ging unermüdlich und brav seiner Arbeit nach und bedankte sich bei Susanna mit selbst gepflückten Blumen und kleinen Schnitzarbeiten für ihre Bewirtung und Fürsorge. Auch Rudolf betrat Susannas Heim gern, wenn er mit Heini den Fortgang der Fabrik durchsprach und die Mengen und Preise für die neuen Bestellungen an Rohstoffen oder Gewürzen verglich. Mit dem neuen Zerreiber würde ihre Schokolade noch feiner werden. Auf dieses Ziel arbeitete Rudolf schon lange hin. Vielleicht konnten sie es mit dem Walzenapparat aus Frankreich lösen. Dann würden sie mit der Produktion von festen Tafeln anfangen. Rudolf hatte sich schon Gedanken über die Gestaltung der Verpackung gemacht. Er wollte das Papier bedrucken lassen und hatte schon mehrere Entwürfe gezeichnet. Bei der nächsten Zünfterversammlung würde er sich mit dem Drucker Hirt zusammensetzen und ein Angebot einholen.

Als er am Wochenbeginn morgens um fünf Uhr von zu Hause aufbrechen wollte, stand plötzlich Hedi, seine Älteste, angezogen in der Tür und wollte ihn begleiten.

»Aber du musst doch in die Schule, Hedi«, sagte Rudolf. »Was hast du denn vor?«

»Ich will mitgehen, Papi«, antwortete sie und gähnte. »Ich bin auch gar nicht mehr müde.«

»Ein andermal vielleicht, Hedi, wenn du Ferien hast. Dann nehmen wir die Kutsche.«

»Ich will aber mit«, quengelte sie. »Wenigstens ein Stück. Danach gehe ich in die Schule.«

Er wusste wirklich nicht, ob das eine gute Idee war. Aber jetzt war sie schon einmal wach und angezogen.

»Nur bis zum See oder bis zur Stadtgrenze«, sagte sie. »Oder bis dorthin, wo es zum Bethaus von Enge hinaufgeht. Dann kehre ich wieder um.«

»Heute nicht, Hedi.« Sie schniefte. »Wenn du Ferien hast, darfst du zum See oder vielleicht auch bis nach Enge mitgehen.«

»Versprichst du es mir?«, fragte sie.

Er versprach es.

Abends, auf dem Heimweg, stand Hedi in Enge, auf Höhe des Bethauses, und flog in seine Arme, als sie ihn entdeckte.

»Hedi, Kind, wie lange wartest du denn jetzt schon hier auf mich?«

»Das weiß ich nicht mehr, Papi, aber es macht mir nichts aus. Ich bin gern am See und beobachte die Schwäne und die vielen kleinen Fische.«

»Woher hast du denn gewusst, wann ich zurückkommen werde?«, fragte Rudolf.

»Du kommst immer, bevor es dunkel wird. Gerade recht zum Abendbrot.« Da hatte sie wohl recht. »Darf ich gleich am ersten Ferientag mitgehen nach Horgen?«

»Was willst du denn da?«, fragte Rudolf.

»Ich möchte deine Fabrik sehen.«

»Aber die habe ich euch doch schon gezeigt. Gleich nachdem ich sie gekauft hatte, sind wir alle mit der Kutsche nach Horgen gefahren, du, deine Mami und deine Schwestern. Erinnerst du dich?«

»Aber ich möchte so gern einmal mit dir zu Fuß gehen, den ganzen weiten Weg.« Hedi sah ihn mit großen Augen an.

»Schaffst du das denn?«

»Ich kann das schon. Bitte, Papi, nur einmal. Ich will doch die Fabrik einmal sehen, wenn ihr dort arbeitet.«

»Aber das ist doch nichts für ein Mädchen. In der Fabrik arbeiten auch nur Männer.«

»Und warum keine Frauen?«, fragte Hedi.

»Warum? Weil bei uns eben nur die Männer außer Haus arbeiten. Die Frauen arbeiten im Haus und im eigenen Geschäft, genau wie bei uns in der Marktgasse.«

»Aber die Mami hat doch früher auch im Hotel gearbeitet, das war doch auch außer Haus. Und Vreni arbeitet in einer Fabrik.« Rudolf nickte.

»Also darf ich mit?«

Rudolf lachte. Ganz schön schlau hatte sie das eingefädelt. »Na gut, ich überlege es mir«, gab er schließlich nach.

Das schien Hedi für den Moment zu genügen. Sie nahm seine

Hand, und so gingen sie zusammen den See entlang bis nach Zürich hinein, an Johannes Baurs herrlichem Hotelpark vorbei, in dem man die Gäste durch die getrimmten Büsche und Bäume hindurch beim Flanieren beobachten konnte, und hinüber in ihr Quartier, wo Katharina schon mit dem Abendbrot auf sie wartete. Sie hatte von Hedis Ausflug gar nichts gewusst und Rudolf beließ es dabei.

Annarösli

Annarösli beobachtete, wie die kleine Hedi auf die Gasse hinaustrat, um mit den anderen Kindern zur Schule zu laufen. Die Sonne schien, alles war gut, und doch hätte sie auf der Stelle losheulen mögen. Nicht wegen Hedi oder den Kindern. Jeden Tag wartete sie auf einen Brief aus St. Gallen, von ihrer Freundin Louise, aber er kam nicht. Sie machte sich solche Sorgen. Dabei hatte anfangs alles so gut ausgesehen. Wie hatte sie sich mit Louise über ihre erste Ausstellung im Kunstverein von St. Gallen gefreut. Zwei Bilder von Louise Hahn waren öffentlich zu sehen gewesen. Ein Porträt, das Louise von ihrem Vater gemalt hatte, und ein Stillleben mit Blumen und Früchten. Die Entscheidung für Louise war knapp ausgefallen. Vier Mitglieder hatten gegen sie gestimmt, aber fünf dafür. Natürlich alles Männer. Der Kunstverein nahm keine Damen auf, und außer Louise war auch noch keine auf die Idee gekommen, sich dort zu bewerben. Nur als Gast durfte in dem Jahr eine Malerin ausstellen, und das sollte nicht zur Gewohnheit werden, das wurde ihr auch gleich so mitgeteilt.

Trotzdem war es ein Erfolg für Louise gewesen, auf jeden Fall ein Anfang. So hatten sie beide gedacht. Und was war dann passiert? Eigentlich nichts. Die Bilder wurden nach einiger Zeit wieder abgehängt, das Stillleben war sogar verkauft worden. Man empfahl Louise, Blumen zu malen, Vasen mit edlen Rosen oder Dahlien, die gerade modern waren. Louise hatte einige gemalt und auch verkauft, aber sie wollte keine Blumenmalerin sein.

Dann schrieb Louise ihr, dass sie nach Paris gehen würde. Sie setzte alles daran, in die Metropole der Malerei und Kunst zu reisen und sich dort niederzulassen. Die Frage war nur, ob die Eltern es auch erlauben würden. Wenn nicht, war sie entschlossen, trotzdem zu gehen. Ihre Freundin hatte etwas gespart, aber es würde nicht allzu lange reichen. »Dann muss ich eben Bilder verkaufen oder etwas anderes arbeiten«, schrieb sie ihr. »Das Atelier von Künstlern, die schon bekannt sind, sauber halten, ihnen die Farben anrühren und mischen, egal was. Teller bemalen, Bücher illustrieren.« Annarösli las die Briefe ihrer Freundin so oft. Sie spürte den Eifer, die Hoffnung und später auch die Verzweiflung von Louise.

Energisch wischte sie die erste Auslage aus, räumte halb volle Kuchenplatten und Kekstabletts um und polierte die leer gewordenen, bis sie blitzten.

Paris aber ging schief. Das Geld ging Louise schneller aus, als sie es sich hatte träumen lassen. Es gab schon so viele, die sich als Farbmischer oder Atelierhelferinnen anboten. Davon gab es noch viel mehr als Künstler, die mit ihrer Arbeit Geld verdienten. Louise blieb ihre Miete schuldig und ließ anschreiben, und als auch das vorbei war, hungerte sie. Annarösli schickte nicht nur Kuchen, sondern auch Brot und Wurst, nur Geld für die Miete konnte sie ihr nicht schicken. Schließlich verlangte die Familie, dass Louise heimreiste. So kam sie als Gescheiterte nach Hause. Sie lebte wieder in St. Gallen, das ihr winzig vorkam im Vergleich zu Paris, und war todunglücklich dabei. Annarösli gab sich die größte Mühe, Briefe zu schreiben, die mehr als eine halbe Seite lang waren. Es war jetzt schon der vierte gewesen, den sie abschickte. Auf die drei davor hatte sie nie eine Antwort bekommen.

Rudolf

Die Druckerei Hirt lag in einer der Gassen rund um die Predigerkirche. In dem kleinen Empfangsraum für die Kundschaft befanden sich auf jeder Ablage, auf jedem Tischchen, Regal oder Stuhl Stapel von bedrucktem und unbedruckten Papier, aber keine Menschenseele, schon gar keine Empfangsdame. Rudolf ging deshalb gleich durch zur Werkstatt, die sich über die gesamte Länge des Hauses zog. Er schnupperte, denn hier roch es doch ganz eigenartig, und Rudolf hätte nicht zu sagen gewusst, wonach.

»Grüezi, Herr Zuckerbäcker«, rief Meister Hirt vom anderen Ende des Raumes, wo er über seiner Druckerpresse stand, einen Bogen Papier herauszog, ihn kritisch begutachtete und dann gegen das Licht hielt, um zu prüfen, ob der Druck gelungen war. »Was führt dich zu mir?«

Rudolf schnupperte noch einmal.

»Na, was riechst du denn hier außer dem Schweiß der Arbeiter?«

»Ich würde sagen, Ruß und …«

»Und?«

»Und irgendein stark riechendes Öl.«

Meister Hirt nickte. »Schau an, der Chocolatier hat eine feine Nase. Was du riechst, Ruedi, sind die Bestandteile der Druckerschwärze: Ruß und ein sehr konzentriertes Leinöl. Wir nennen es Firnis.«

»Und den Ruß gewinnt Ihr aus einem Holzfeuer?«

»Nicht mehr. Heute gewinnt man ihn aus dem Feuer von Öllampen, der ist reiner und daher besser geeignet. Aber wir stellen unsere Druckerfarbe nicht mehr selbst her, sondern kaufen sie ein. Das spart eine Menge Arbeit und Ärger.«

Der Raum war mit Schubladenschränken und offenen Kästen vollgestellt, in denen die Bleilettern aufbewahrt wurden. An einem Tisch setzte ein Geselle die Lettern zu Wörtern und Sätzen zusammen und füllte den Rahmen, der eine spätere Druckseite ergab. In jeder Hand einen Holzgriff mit einem Textilballen.

»Das ist Walti, unser Ballenmeister«, stellte Hirt ihn vor.

Mit den beiden Ballen nahm der Geselle in kreisenden Bewegungen die schwarze Farbe vom Farbtisch auf und rieb sie in einer fließenden Drehbewegung beider Ballen gegeneinander auf die gesetzten Lettern.

»So wird die Farbe gleichmäßig verteilt«, erklärte Hirt. »Sie soll auch nur an der Oberfläche bleiben und nicht verschmieren.«

»Und woraus sind die gemacht?«

»Unser Ballholz wird aus Linde geschnitten, mit Rosshaar gefüllt und dann mit Leder überzogen. Walti schwört auf Hundeleder. Aber sag's nicht weiter, nicht dass sich da eine Schoßhundbesitzerin noch bei uns beschwert.«

Rudolf warf einen Blick auf ein frisch bedrucktes Blatt Papier neben der Presse. Es war eine Flugschrift, und als Autor firmierte der Lehrer Treichler, der Arbeiteraufwiegler, wie er in Zürich gern genannt wurde. Die Überschrift lautete: »Gibt es in der Schweiz ein Proletariat?«

Rudolf pfiff durch die Zähne. »Seid Ihr denn auf seiner Seite?«, fragte er und zeigte auf die Schrift.

»Ich bin Drucker, Ruedi, Geschäftsmann. Muss ich auf der Seite jedes meiner Kunden sein oder der Erzeugnisse, die meine Druckerei verlassen?«

»Nein, natürlich nicht. Mich würde aber trotzdem interessieren: Seid Ihr auf Treichlers Seite?«

»Wenn du mich so fragst, Ruedi: Ich bin auf der Seite der Menschlichkeit. Es wird keinen Bestand haben, also auf Dauer, dass man hier bei uns die Arbeiter ungeschützt und rechtlos schuften lässt, bis sie nicht mehr können. Wir haben sehr früh schon den Adel entmachtet, die reichen Klöster geschlossen und zum Wohl der Allgemeinheit umgewidmet, aber wir haben immer noch eine strenge Teilung zwischen den Besitzenden und den Besitzlosen, denn nichts anderes sind die Arbeiter. Dabei müssten sie es nicht sein.«

Sieh an, Meister Hirt, Zünfter und angesehener Bürger, dachte Rudolf.

»Und seien wir ehrlich, Ruedi. Keiner gibt freiwillig seine Rechte und Privilegien ab. Da unterscheiden sich die wohlhabenden Bürger auch nicht von den früheren Adeligen, den auf ihre Pfründe bedachten Pfaffen und den Patriziern. Wer nichts hat, wird von den anderen aus freien Stücken heraus nichts bekommen. Außer er schließt sich mit Gleichgesinnten zusammen und erkämpft sich sein Recht.« Im Hintergrund war das rhythmische und beruhigende Wischen und Drücken der Ballen auf den Satz zu hören.

»Aber wohin wird das führen, frage ich mich?«

»Hoffentlich dahin, dass alle wie Menschen und in Sicherheit leben können.«

»Was meint Ihr damit genau?«

»Ich meine zuallererst eine Absicherung gegen Krankheit

und Alter, das halte ich für ein Recht, das allen Menschen gewährt werden sollte, sobald eine Gesellschaft wohlhabend genug ist, um es sich leisten zu können. Und wir in Zürich können uns das allemal leisten, meine ich.«

»Seid Ihr Menschenfreund, Christ oder Sozialist, Hirt?«, fragte ihn Rudolf.

»Wahrscheinlich alles zusammen. Nur den Träumer hast du noch vergessen in deiner Aufzählung. Aber Leute, die viel lesen – und als Drucker muss ich das natürlich – träumen gern und stellen sich alles Mögliche vor. Sogar so etwas wie eine echte Demokratie und ein allgemeines Wahlrecht für jedermann.«

»Jetzt sagt nur noch, dass Ihr nicht nur für jedermann, sondern auch für jede Frau ein Wahlrecht erträumt.«

Hirt lachte. »Nein, das kann ich mir heute noch nicht vorstellen. Aber da müssen sich die Frauen selbst darum kümmern, denn wir Männer werden es ihnen sicher nicht von uns aus geben. Wird ja nur komplizierter, wenn die Frauen auch noch mitreden dürfen.«

Er hängte den Bogen mit der frisch gedruckten Flugschrift zum Trocknen über einen Holzbügel.

»Du kommst wegen deiner Verpackungen. Was hast du dir denn da vorgestellt?«, kam Hirt zum Geschäftlichen. »Möchtest du Schwarz-Weiß oder Grau-Weiß oder eine andere Farbe? Mit einer hübschen geschwungenen Schrift sieht es bestimmt edel und elegant aus.«

Rudolf nahm seine Entwürfe aus der Jackentasche.

»Ah, sehr schön, dein Markenzeichen werden wir als Spezialanfertigung herstellen, in einer eigenen Schrift.«

»Könnt Ihr die Vorlage für den Schriftzug dann für mich aufbewahren? Er soll ja immer gleich bleiben, auch wenn wir irgendwann mehrere Sorten Schokolade haben.«

»Also der Schriftzug ›Chocolat Sprüngli‹ und die Verzierungen sollen bleiben?«

»Genau. Und dann ergänzen wir »Nummer eins, zwei und so weiter«. Und dazu dann noch eine Sortenbezeichnung oder ein Geschmack wie »Zimt« oder »Vanille« oder …«

»Hoffentlich nicht Kümmel oder roter Pfeffer«, scherzte Hirt.

»Kümmel kann ich mir weniger vorstellen, aber Pfeffer? Warum eigentlich nicht? Eventuell eine Spur, in Verbindung mit Zimt. Eigentlich gar keine so schlechte Idee.«

Hirt zog eine Grimasse. »Na, ich wäre da skeptisch. Süß muss die Schokolade sein, doch nicht scharf. Aber bitte, du bist der Konditor, und an dir liegt es, die Leute auch einmal zu überraschen.«

»Wie willst du denn deine Verpackung eigentlich schließen, hast du dir das schon überlegt? Soll das gefaltet und dann zugeklebt werden?«

»Geklebt? Mit Leim?«

»Ja, warum nicht? Das hält wenigstens.«

»Ist das nicht zu ordinär für so ein Spitzenprodukt? Eine Schokoladentafel soll doch nicht aussehen wie ein Umschlag oder eine Papiertüte, die zum Einfüllen von Mehl oder Reis geklebt wird.«

»Ja, und wie willst du sie dann zumachen? Du willst sie doch nicht offen lassen?«

»Natürlich nicht. Ich denke, ich werde sie versiegeln. Das sieht doch gleich viel gediegener und hochwertiger aus. So wie man wichtige Dokumente oder Briefe mit einem eigenen Siegel versieht.«

»Das ist aber dann mehr Arbeit.«

»So viel Luxus muss sein, Meister Hirt. Es handelt sich ja nicht um eine Flugschrift, die gratis verteilt wird. Meine Schokolade gibt es nicht für kleines Geld. Da können wir uns bei der Verpackung auch Mühe geben. Der Gesamteindruck muss stimmen.«

»Und wird das dann auch draußen in deiner Fabrik gemacht?«

»Ja, das werden wir in Horgen machen.«

»Ich dachte, dort hast du nur Männer angestellt. Können die das überhaupt mit ihren groben Händen?«

Darüber hatte Rudolf sich noch keine Gedanken gemacht. Aber Susanna Schilling konnte an ihrem großen Esstisch bestimmt auch Schokoladentafeln einwickeln und mit Wachs versiegeln.

»Es gibt auch ein Paar zarte Frauenhände da draußen in meiner Mühle«, sagte Rudolf. »Die können das bestimmt.«

1851

Katharina

Es war einer der letzten milden Herbsttage. Ein plötzlich aufkommender Wind trieb einen Wirbel bunter Blätter vor sich her, als spielte er mit ihnen Fangen. Am 23. Oktober hatte Katharina einen zweiten Sohn geboren, und nun gab es keine Ausrede mehr, ihn nicht nach seinem Großvater Sprüngli zu nennen. Heute würde er in der Predigerkirche auf den Namen David Robert getauft werden. Der Herbstwind trieb auch die kleine Taufgesellschaft in ihrem Sonntagsstaat vom Hirschenplatz durch die Spitalgasse vor sich her, um sich erst auf dem Zähringerplatz wieder davonzumachen und andere Gespielen zu suchen. Sie standen vor der Predigerkirche.

Der Name von Katharinas Vater würde in der künftigen Generation wohl nicht mehr weitergegeben werden. Katharina war jetzt neununddreißig und hatte Rudolf deutlich zu verstehen gegeben, dass es mit fünf Kindern nun genug für sie war. Sollte er noch weitere haben wollen, dann mit irgendwem, nicht mit ihr, hatte sie ihm gesagt. Zum Trost wurde Kaspar Ammann das Amt des Götti angetragen und Katharina legte ihm den jüngsten Spross der Sprüngli-Dynastie am Eingang zur Kirche in seinem Taufkleid in die Arme. Der Säugling, der bis dahin friedlich geschlummert hatte, fing augenblicklich an zu schreien. Und wie sehr Kaspar auch versuchte, ihn zu beruhigen, in seinen Armen zu wiegen, ihm über den Kopf zu streichen oder ihm die Wangen zu tätscheln, er schrie nur immer lauter. Sein Gesicht lief rot an, Tränen sammelten sich in seinen blauen Kulleraugen. Kaspar sah sich hilflos nach seiner Tochter um, doch da sprang ihm schon der namensgebende Großpapa bei. David nahm dem erleichterten Kaspar den Säugling ab, kitzelte ihn an der Backe und sprach beruhigend auf ihn ein. Der Täufling schien ihn aufmerksam zu mustern, schluchzte noch zwei-, dreimal, machte dann aber die Äuglein zu und schlief ein. So trug David ihn zum Taufstein und hielt ihn zusammen mit Kaspar, während der Pfarrer ihn in die Gemeinschaft der Gläubigen aufnahm.

Katharina beobachtete, wie Annarösli während der Zeremonie ein Tränchen verdrückte. Sie hatte eine komplette Ausgehgarnitur für den jüngsten Sprüngli genäht, ein Matrosenanzüglein, mit dem er im kommenden Sommer ganz allerliebst angezogen auf dem Dampfschiff über den See schippern oder am Ufer die Enten füttern könnte.

Auch Roli und Mina waren zur Kirche gekommen und hatten Coni mitgebracht. Seit drei Jahren schon waren sie nun verheiratet und seitdem lebte auch Minas Sohn bei ihnen und der Oma Hürlimann in Zürich. David Sprüngli ließ sich jedoch kein X für ein U vormachen.

»Schau an, wie so ein junger Mann wie du zu einem so großen weißblonden Bübli kommt«, sagte er nach der Feier, und betrachtete erst Rolis dunklen Schopf, dann das braune Haar seiner Frau.

»Tja, manchmal muss man selbst gar nicht so viel dazu tun«, parierte Roli. »Der Storch bringt einem unverhofft so ein hübsches Knäblein vorbei, und man weiß gar nicht, womit man es eigentlich verdient hat. Es geht einfach nicht gerecht zu auf dieser Welt.«

Katharina sah ihm an, wie stolz er auf den Knaben war. Schau an, was aus dem ehemaligen Verdingkind geworden ist, dachte sie und beobachtete dann verwundert, wie ihre Hedi, die nur zwei Jahre jünger war als Coni, sogleich auf den hübschen Burschen aufmerksam wurde und ihn während der gesamten Feier nicht mehr aus den Augen ließ.

Am Nachmittag fuhr die ganze Gesellschaft mit Kutschen zum Bahnhof, um einen Ausflug mit der Eisenbahn nach Baden zu machen, den sie schon seit vier Jahren, seit die Bahnlinie eröffnet worden war, unternehmen wollten. Es war die allererste Bahnstrecke der Schweiz und die Fahrt für die etwas mehr als zwanzig Kilometer lange Strecke sollte nicht mehr als fünfundvierzig Minuten dauern. Als sie ankamen, stand die Lokomotive schon dampfend auf ihrem Gleis und stieß ab und zu einen lauten Pfiff aus, bei dem der kleine Rudolf, der bei Großpapa David an der Hand ging, erschrocken zusammenzuckte. Rudolf zählte gerade alle Gäste, Groß und Klein, durch, um am Schalter die Billetts für die ganze Gesellschaft zu kaufen. Die einfache Fahrt in der dritten Klasse kostete achtzig Rappen. Da verkündete David Sprüngli plötzlich, für ihn müsse er keine Fahrkarte kaufen.

»Wieso denn nicht?«, fragte Rudolf.

»Weil ich lieber hierbleibe«, antwortete David.

»Geht es dir nicht gut?«, fragte Katharina. David war dieses Jahr immerhin fünfundsiebzig geworden, dafür aber immer noch bei bester Gesundheit.

»Doch, doch, aber ich weiß nicht. Dieses Dampfross muss

ja wie der Teufel durch die Landschaft jagen. Die Postkutsche braucht fünfmal so lange bis Baden.«

»Ach, Vater, in vier Jahren ist noch kein einziger Unfall passiert. Es ist kein großes Wagnis, mit der Bahn zu fahren«, beschwichtigte ihn Rudolf. Aber sein Vater blieb stur.

»Ich mag auch nicht mitfahren«, meldete sich nun auch der kleine Rudolf zu Wort, der immer noch die Hand des Großvaters umklammerte.

»Natürlich fährst du mit!«, bestimmte sein Vater. »Du wirst doch keine Angst vor so einer lustigen Lokomotive haben. Schau, deine Schwestern sind doch auch mit dabei. Die passen schon auf dich auf.«

Hedi wollte ihren kleinen Bruder an die Hand nehmen, aber er klammerte sich nur noch heftiger an seinen Opa.

Katharina sah Rudolf an, dass er hin- und hergerissen war. Dass sein Sohn ein kleiner Hasenfuß war, der sich weigerte, die Eisenbahn zu besteigen, kratzte offenbar an seiner Ehre.

»Wer mitfährt, bekommt in Baden eine Limonade und ein Spanisch Brötli«, versuchte Rudolf seinen Sohn zu locken. Aber nur die Mädchen schrien Hurra. Der kleine Ruedi ließ Davids Hand nicht mehr los und versuchte, ihn aus dem Bahnhof, weg von dem rauchenden Ungeheuer zu ziehen.

»Und wer nicht mitfährt, dem bringen wir eben ein Spanisch Brötli mit«, versprach Katharina. Keiner sollte gezwungen werden, in ein Fahrzeug zu steigen, das ihm nicht geheuer war. »Beeil dich, Rudolf, sonst fährt der Zug noch ohne uns nach Baden. Los, los, Mädchen, sonst sind alle Fensterplätze belegt.« Sie winkte Klein-Rudolf und ihrem Schwiegervater beim Einsteigen zu, und vom Eisenbahnwagen herunter kam ihr David Sprüngli mit seinen hängenden Schultern, die den runden Nacken stark betonten, und dem Haar, das nicht mehr nur grau war, sondern langsam weiß wurde, zum ersten Mal wie ein alter Mann vor. Und es gab also tatsächlich etwas, vor dem der alte Mann Angst hatte. Wie zum Beweis ertönte ein schauriges Pfeifen wie ein Klagelaut von der Lokomotive und die Mädchen schrien erschrocken auf und hielten sich die Ohren zu.

1855

Katharina

Das Erste, was Katharina auffiel, als sie den kleinen Weg jenseits der Münstergasse betrat, waren die Fliegen. Sie schienen überall zu sein, flogen durch die Gasse, sammelten sich zu einem Schwarm und landeten auf irgendeinem Unrat, der auf dem Pflaster lag. Ein summendes Knäuel von metallisch grünen Körpern und durchsichtigen Flügeln, das sich über etwas hermachte. Katharina machte einen großen Bogen um dieses Knäuel, um nur die Schmeißfliegen nicht aufzuscheuchen. Es hätte ihr noch gefehlt, dass sie aufflogen und auch nur eine von ihnen auf ihren Händen oder im Gesicht landete. Es ekelte sie vor dem Schmutz, der an ihren haarfeinen Beinen klebte und den sie dorthin mitnahmen, wo sie sich als Nächstes niederließen. Katharina zog sich das Tuch, das sie umgebunden hatte, noch enger um das Gesicht und steckte die Hände in die Taschen. Außer den Fliegen war nicht viel los auf der Gasse. Sie wirkte wie ausgestorben. Wer nicht unbedingt hinausmusste, blieb daheim. Die Hitze staute sich zwischen den Häusern. Wie unter einer riesigen Käseglocke heizte sich die Luft auf. Die Menschen sehnten sich nach einem kräftigen Wind oder einem Gewitter, das die Luft reinigen würde.

Katharina war nur vor die Tür gegangen, um nach ihrem Vater zu sehen. Rudolf hatte sie gebeten, möglichst zu Hause zu bleiben, bevor er zu seiner Fabrik nach Horgen aufgebrochen war. Doch sie sorgte sich um ihren Vater. Es war Tage her, dass sie ihn zuletzt gesehen hatte. Sie musste wissen, ob es ihm gut ging. Nicht dass er auch krank geworden war. Den Gedanken daran verbot sie sich.

Das war nun schon das zweite Haus, an dem dieses Schild hing. Katharina sah schnell weg. Aber die Schrift drängte sich auf, wollte gesehen und gelesen werden. Da konnte ihr Kopf noch so dagegen sein. Es war Hochsommer, und doch trug sie ihr Baumwolltuch, das eher ihren Mund und das halbe Gesicht als den Hals bedeckte. Man konnte es sich nicht länger schönreden. Man konnte nicht so tun, als wäre nichts. Denn da war etwas, das niemand leugnen konnte.

Das Allerschlimmste war jedoch dieser Geruch. Es müffelte, moderte, miefte, es roch so übel, dass Katharina sich ihr Tuch auf den Mund presste. Ein Fäulnisgeruch lag in der Luft, wie nach abgestandenem, brackigem Wasser. Es stank wie die Pest, und die Luft war wie erstarrt und trug den Geruch nicht mit fort, sondern konservierte ihn in den engen Gassen. Es stank von den Wänden der Häuser und am schlimmsten aus den handtuchbreiten Abwassergräben, die sich an den Rückseiten der Häuser entlangzogen. In Zürich nannte man sie Ehgräben und in diesem Hochsommermonat August dünsteten sie einen Pesthauch aus. Sie schwängerten die Luft mit einem unerträglichen Gemisch aus Küchenabfällen, faulem Obst, gärenden Trauben, menschlichen Exkrementen, schwärenden Wunden, Blut, Schweiß und allen Arten von Ausscheidungen. Eigentlich sollten die Ehgräben ihre nach Verwesung und Schimmel stinkende Fracht zur Limmat hin entleeren. Wenn sie nicht abfließen konnten, weil die Abflüsse verstopft waren, mussten sie entleert und durchgespült werden. So wie jetzt. Aber niemand schien sich in diesen Tagen darum zu kümmern und da waren sie und stanken vor sich hin. Eine Ratte huschte um eine Häuserecke und Katharina sprang erschrocken zur Seite. Sie war schon fast beim Haus ihres Vaters angekommen, da fiel ihr Blick auf eines der Nachbarhäuser, an dem wieder eine dieser Tafeln hing. Und dieses Mal konnte sie die Augen nicht abwenden. »Hier herrscht die Cholera!« stand da an der Tür, schwarz auf weiß, und Katharina spürte einen Stich in der Brust.

»Papi?« Katharina streckte ihren Kopf in den geöffneten Türspalt. Stille. »Papi? Bist du da?«

Das Herz klopfte ihr bis zum Hals. Der Flur war leer, die Küche sauber aufgeräumt. Kein Laut im ganzen Haus. Katharina ging von Zimmer zu Zimmer, zögerte, bevor sie den Türgriff zur Schlafkammer drückte, klopfte. Keine Antwort. Sie öffnete die Tür und fand das gemachte Bett ihres Vaters. Katharina musste sich setzen. War er zur Verwandtschaft außerhalb der Stadt umgezogen? Ohne ihr Bescheid zu geben? Es war doch hoffentlich nichts passiert. Sie stand nach einer Weile wieder auf, ging die Treppe hinunter, da wurde ein Schlüssel von außen in die Tür gesteckt und umgedreht.

»Aufmachen!«, rief Katharina.

Der Schlüssel wurde noch einmal umgedreht, die Tür ging auf und der Vater streckte den Kopf herein.

»Chatrina! Was machst du denn hier?«, fragte Kaspar Ammann.

»Ich wollte nach dir sehen.«

Er stellte seinen Rucksack ab.

»Willst du fort?«, fragte Katharina. »Wohin denn?«

»Wo werde ich wohl hingehen?«

»Aufs Land?«, fragte sie.

»Ich gehe zum besten Platz, den es in dieser Stadt jetzt geben kann. Abfall, Gestank und Krankheiten, das lasse ich alles unter mir. Dort, wo ich hingehe, ist die Luft frischer und reiner und der Blick weit.«

Katharina begleitete ihren Vater zu seinem Turm. In der Türmerstube sechzig Meter über den Dünsten der Stadt war er hoffentlich sicher.

»Bleib oben, bis alles vorüber ist.« Katharina umarmte ihren Vater. »Wenn es länger dauert, bringe ich dir Essen und frisches Wasser.«

»Und du pass gut auf deine Kinder auf.« Kaspar Ammann umarmte seine Tochter. »Schick Hedi zu mir rauf, wenn die Luft wieder rein ist.« Dann verschwand er im Aufgang zu seinem Turm.

Wie um Himmels willen konnte sie bloß ihre Familie und die Gesellen und Gehilfen in der Backstube schützen?

Rudolf

Der Weg nach Horgen hatte ihn heute fast etwas bedrückt. Das Wetter war herrlich gewesen und morgens auch noch frisch, die Fernsicht ins Gebirge phantastisch. Aber während der ganzen Strecke begegnete er kaum einmal einem lebenden Wesen auf zwei Beinen. Es schien, als hätten sich alle in ihre Häuser oder Gärten zurückgezogen. Aus Angst vor zufälligen Begegnungen auf der Straße oder vor Besuchern, die in ihre

Häuser kamen, um sie mit der schrecklichen Krankheit anzustecken, die in der Stadt wütete. In Zürich rätselte man, woher sie gekommen war und wie viele Menschen ihr wohl noch zum Opfer fallen würden. Gerade die Ärmsten der Armen in ihren engen, feuchten Mietwohnungen traf es besonders schwer.

Sein Vater hatte natürlich längst einen Schuldigen ausgemacht, wie er ihnen beim Abendessen mitteilte. Er behauptete, an der Cholera seien Leute wie Rudolfs Freund Johannes Baur schuld. Die Hotelgäste kämen von sonst woher aus dem Ausland und hätten die Krankheit von dort nach Zürich eingeschleppt. In der Stadt werde gemunkelt, ein Amerikaner, der im Baur au Lac abgestiegen war, sei infiziert gewesen und mittlerweile auch an der Cholera verstorben.

»Und vorher hat er noch fünfzig andere angesteckt«, behauptete David Sprüngli.

Dabei wusste man nicht einmal, wie die Leute sich ansteckten. Die Krankheit wütete ausschließlich in der Stadt. Einige umliegende Gemeinden debattierten schon darüber, ob sie gegen Zürcher Bürger nicht einen Bann verhängen sollten.

»Sollen die Leute eben zu Hause bleiben und nicht so viel herumreisen.« Für den Vater war die Sache ganz einfach.

»Gut, dann gehe ich auch nicht mehr in die Fabrik nach Horgen.« Rudolf sah seinen Vater an. »Nicht dass ich da noch etwas einschleppe.«

»Ich meine doch nicht dich«, entrüstete sich sein Vater. »Du bist nicht krank. Und wir sind ja auch anständige, reinliche Leute, die ihr Haus in Ordnung halten.«

»Wenn du weißt, wo die Cholera herkommt, dann bist du schlauer als die Doctores an der Universität.« Rudolf trommelte vor Ungeduld mit den Fingern auf dem Tisch. »Ich glaube, es ist höchste Zeit, dass endlich eine Kanalisation gebaut wird. Das Problem sind die Ehgräben, in die aller

Unrat geworfen wird. Dort schwimmt er so lange herum, bis dem Zuständigen beim Rat der Stadt einfällt, dass er ein paar Arbeiter oder Häftlinge aus dem Gefängnis schicken könnte, um sie zu entleeren, weil es in letzter Zeit einfach zu grässlich stinkt.« Katharina nickte zustimmend. »Soweit ich weiß, gibt es schon seit längerer Zeit Pläne für eine Kanalisation. Sie wurden nur noch nicht beschlossen und ausgeführt.« Vielleicht würde die Seuche das nun endlich beschleunigen. Es wurde allmählich höchste Zeit.

»Kanalisation«, hakte David Sprüngli ein. »Hast du eine Ahnung, was uns das kosten wird? Uns alle, die wir in dieser Stadt Steuern zahlen? Eigentlich müssten die dafür verantwortlich gemacht werden, die ihre Gräben füllen, bis sie verstopfen, und sich nicht weiter darum kümmern.« Das hörte sich ja geradeso an, als seien die Leute selbst schuld und auch selbst zuständig.

»Willst du lieber sparen und die Leute sterben lassen?« Wenn sein Vater nur einen vermeintlich Schuldigen fand, war das Problem schon halb gelöst. »Man sagt, besonders die kleinen Kinder und die Alten sind gefährdet. Also pass auf und treib dich nicht in den Gassen im Niederdorf herum, wo die Seuche besonders heftig wütet.«

»Da gehe ich sowieso nicht hin«, grummelte David. »Früher hatten wir auch nichts anderes als die Ehgräben, aber keine Cholera. Und warum? Weil sie regelmäßig sauber gemacht wurden. Kanalisation!«

»Und wir müssen dann zusehen, wie sie den Schlamm aus den Gräben auf die Felder ausbringen«, schnaubte Rudolf. »Wenn da was drin ist, was krank macht, bekommen wir es später mit den Feldfrüchten wieder zurück.«

»Pfui, jetzt hört aber auf, ihr zwei. Und das beim Essen«, beendete Katharina das Thema.

David stand vom Tisch auf und ging in seine Kammer. Die Kinder sollten sich zum Zubettgehen fertig machen, und dann würde Vreni am Abend noch vorbeikommen, um nach Katharina und den Kindern zu sehen. Sie war die Einzige, die an der Seuche sogar noch etwas Gutes fand.

»Endlich gehen den Bürgern und dem Rat der Stadt die Augen auf«, behauptete sie. »Dabei könnten sie es schon lange wissen.«

»Was?«, fragte Katharina. »Was könnten sie wissen?«

»Dass es ungesund ist, wenn acht bis zehn Personen in zwei Zimmern wohnen. Wovon im schlimmsten Fall das Schlafzimmer zusammen mit dem Abort auch noch nach hinten rausgeht, genau über dem Ehgraben. Du machst das Fenster auf, und es stinkt. Ich war in Wohnungen, die noch nie einen Sonnenstrahl gesehen haben.«

»Übertreibst du jetzt nicht, Vreni?«, fragte Katharina.

»Nein, ich schwöre es dir. Ich habe es mit eigenen Augen gesehen, wie die Kinder beider Häuserreihen entlang des Grabens apathisch und abgestumpft stundenlang den Ratten zugesehen haben, die in den Gräben herumsprangen.«

»Mir ist heute auch eine begegnet«, sagte Katharina, »sie ist vor mir über die Gasse gelaufen.«

Rudolf sah seine Frau an. Hatte er sie nicht gebeten, zu Hause zu bleiben?

»Eine Arbeiterin in der Fabrik, die in einem dieser Häuser aufgewachsen ist, hat mir erzählt, dass ihre Mutter jeden Morgen mit einer Schaufel voll glühender Kohlen und einigen Wacholderbeeren durch die Wohnräume gegangen ist, um die schlechte Luft zu vertreiben. In den Mietshäusern«, sagte Vreni, »sind die Mauern feucht. Dort hausen Schaben, Wanzen und Mäuse. Sie gedeihen in all dem Unrat und Gestank, in dem die Menschen leben müssen.«

Katharina stellte Vreni noch Käse und Brot und einen Teller Suppe auf den Tisch, dann brachte sie die Kinder zu Bett.

Vreni legte sich dick Käse aufs Brot und löffelte gierig die Suppe. »Die meisten Arbeiter haben nie mehr als Milch, Brot und Kartoffeln zu essen«, sagte Vreni. »Wenn sie einmal Fett in der Pfanne haben, dann machen sie eine Rösti. Wenn sie keines haben, gießen die Mütter Milch zu den Kartoffeln, damit sie ein bisschen weicher werden.«

»Mir wurde erzählt, dass die Arbeiterinnen in der Fabrik jetzt sogar eine halbe Stunde Mittagszeit zusätzlich bekommen, damit sie zu Hause das Essen für die Familie kochen können«, sagte Rudolf.

»Ja, aber das reicht nicht, um Gemüse zu putzen und eine Suppe aufzusetzen«, antwortete Vreni. »Noch dazu, wenn sie nicht neben der Fabrik, sondern weiter weg wohnen. Die Männer nehmen die Kartoffeln sowieso lieber gleich flüssig zu sich. Der Kartoffelschnaps wärmt ja auch.«

Als Katharina von den Kindern zurückkam, erzählte Vreni gerade von den Henkelkörben, die die Arbeiterinnen, die außerhalb der Stadt wohnten, mit in die Fabrik brachten.

»Was glaubt ihr, was da drin ist?«, fragte Vreni und antwortete gleich selbst. »Keine Suppe, kein warmes Essen, sondern oft nur ein Stück trockenes Brot für die Mittagspause. Dafür Wolle, mit der sie in der Pause Socken stopfen, Hosen flicken oder Handschuhe stricken.«

»Was hat das mit der Cholera zu tun?«

»Das kann ich nicht wissen, ich bin ja nicht schlauer als unsere Gelehrten. Aber dass es eine Schande ist, dass die Arbeiterfamilien hungern und in verseuchten Wohnungen leben müssen, das weiß ich. Und dass es endlich anders, und zwar besser werden muss.«

Katharina

»In der Schule erzählen die Kinder von einer Hexe«, berichtete Hedi beim Mittagessen.

»Was denn für eine Hexe?«, fragte Katharina.

»Sie sagen, dass sich eine Hexe in der Stadt herumtreibt. Sie heiß Frau Cholera und erwürgt jeden, der ihr in die Klauen gerät.«

»Was sind denn das für Schauermärchen?«, fragte Katharina.

»Nur wenn man ein Amulett zum Schutz trägt, verschont sie einen. Darf ich auch so ein Amulett haben, Mami?«

»Wir auch!«, riefen Ida, Elsi und der kleine Rudolf. Und Klein David fing an zu weinen, weil alle so durcheinanderschrien. Katharina hatte diesen billigen Tand aus Blech mit einem aus Papier aufgeklebten Auge schon in der Stadt gesehen. Sie erklärte ihrer Ältesten, was Aberglaube bedeutete und dass sie in ihrer Familie mit so etwas nichts anfangen konnten und sie deshalb keine billigen Amulette kaufen würde.

»Aber wir müssen doch etwas tun, damit wir nicht krank werden.« Hedi war ganz aufgelöst.

»Ihr müsst euch von jedem Dreck und Unrat fernhalten und dürft ja kein schmutziges Wasser trinken. Nicht hier bei uns auf der Gasse spielen noch sonst irgendwo im Niederdorf. Bleibt zu Hause oder geht hinunter an den See, da ist die Luft etwas besser.«

»Ist Papi in Horgen sicher oder ist die Hexe dort auch schon?« Hedi, das Papakind, war zutiefst besorgt.

»Nein, in Horgen gibt es keine Cholera. Dein Opa Kaspar sitzt auf seinem Turm, der ist auch sicher. Ihr könnt ihn besuchen, wenn ihr wollt.«

Hedi schien noch zu überlegen, wo sie gerade am liebsten wäre, in Horgen oder bei ihrem Opa auf dem Turm. Doch dann fiel ihr ein noch besserer Ort ein. »Darf ich auch zu Coni gehen?«, fragte sie. Coni und Hedi waren dicke Freunde geworden seit Davids Taufe.

Katharina erlaubte es. »Aber geh gleich über die Gemüsebrücke, halte dich nirgendwo auf und geh in keines der Häuser hinein. Und nimm deine Schwestern mit.«

»Nein, Mami, bitte nicht. Coni bringt mir gerade das Schachspielen bei. Er hat es von Roli gelernt. Für Ida und Elsi ist das nichts, die sind noch zu klein.«

»Könnt ihr nicht etwas anderes spielen?«

»Nein, können wir nicht. Und Elsi wirft dann immer alle Figuren um. Darf ich allein gehen, Mami? Bitte.«

Katharina gab sich geschlagen. »Dann sag Mina schöne Grüße und sei brav.«

Rudolf

Nach dem Ende der Cholera-Epidemie, der an die einhundertfünfzig Menschen zum Opfer gefallen waren, klang Stuckis flapsiger Spruch auf dem Monatstreffen der Zünfter im September fast makaber. Als der Zunftmeister Rudolf entdeckte, kam er gleich auf ihn zugelaufen. »Na, Ruedi, wie fühlt sich das an? An den alten Sprüchen ist eben doch immer etwas Wahres dran.« Er klopfte ihm auf die Schultern.

»Wieso, welchen Spruch meinst du?«, fragte Rudolf.

»Eine alte Weisheit, die unsere Väter schon wussten: Der Teufel scheißt immer auf den größten Haufen.« Stucki klopfte ihm gleich noch einmal auf die Schulter und lachte, dass sich alle Köpfe zu ihnen drehten. »Ja, meine Freunde«, wandte Stucki sich an seine Zünfter, »unser Sprüngli junior, Schokoladenfabrikant zu Horgen, hat sich schon wieder vergrößert. Es geht Schlag auf Schlag bei ihm und wir gratulieren ihm recht herzlich zur Erweiterung seiner Fabrik!«

»Hört, hört!«, tönte es von der großen Tafel, an der die meisten Zünfter schon Platz genommen hatten. »Da ist aber eine Runde Träsch fällig, oder?«

»Das muss der Ruedi sich schon leisten können«, sagte ein anderer. »Oder hast du deinen letzten Rappen ausgeben müssen für die Erweiterung?«

Rudolf ließ eine Runde Schnaps servieren und nahm das Hoch auf den edlen Spender gern entgegen. Was ihn wunderte, war, wie schnell die Neuigkeit die Runde gemacht hatte.

Gottfried Wunderli, der in seinem Teil der Mühle in Horgen Messer und Scheren, Pflugscharen und Industriewaren schliff, war selbst auf ihn zugekommen. Er wollte sich allmählich zur Ruhe setzen und hatte keinen Nachfolger, nur zwei Töchter, deren Aussteuer er berappen musste. Zur Liegenschaft Wunderli gehörten noch zwei Wohnungen, die Rudolf gut für seine Arbeiter gebrauchen konnte, ein Schleifgebäude, ein paar kleine Schuppen und Nebengebäude sowie das Wasserrecht. Beim Preis ließ Wunderli noch mit sich handeln und schlug schließlich bei 16 000 Franken ein. Die Bank machte Rudolf dieses Mal keine Schwierigkeiten, weil er durch die steigenden Umsätze seiner Fabrik über ausreichend Eigenkapital verfügte und in den acht Jahren, die er nun schon in Horgen fabrizierte, seinem Schuldendienst zuverlässig nachgekommen war. Das Vertrauen, das er sich dadurch bei seiner Bank erworben hatte, brachte ihm gute Konditionen für die neue Hypothek. Die 3760 Franken in bar konnte er selbst aufbringen und darauf war er mächtig stolz. Der Vater stimmte der neuen Investition zu. Die Hoffnung, dass er seinem Sohn einmal zu seinen Erfolgen gratulieren würde, hatte Rudolf aufgegeben. Er war jetzt neununddreißig, der Vater würde nächstes Jahr seinen Achtzigsten feiern. Nun ja, feiern. Sie würden zusammen anstoßen, weil Katharina und Annarösli sich darum kümmern würden, danach würde David abwiegeln und alle zurück an ihren Arbeitsplatz scheuchen. Wie seit ewigen Zeiten stand er immer noch jeden Tag an seinem Platz in der Backstube. Ohne ihn wäre es wahrscheinlich ein wenig gemütlicher und gemächlicher gegangen bei der Arbeit. Dabei war er kein ständig mahnender Sklaventreiber. Es war eher sein Vorbild an Fleiß und unermüdlichem Schaffen, das jeden in seiner Umgebung antrieb. In letzter Zeit hörte David nicht mehr so gut. Aber das schien ihn bei der Arbeit nicht wirklich zu beeinträchtigen. Eher im Gegenteil. Er werkelte den ganzen Tag vor sich hin, und dass es jetzt leiser geworden war um ihn herum, schien er fast ein wenig zu genießen. Natürlich versuchten sie in der Backstube, ihn nicht mehr die ganz schweren Arbeiten machen zu lassen. Aber selbst wenn er beim Teigtrog mit anfasste, ließ er sich nicht die kleinste Schwäche anmerken. Der Mann ist ein Wunder, sagte der Pfarrer. Rudolf hielt seinen Vater eher für ein Uhrwerk, das lief wie aufgezogen. Unermüdlich, klaglos und präzise. Ob er selbst auch einmal so sein würde? Als Vierzigjähriger fühlte er sich stark. Seine Fußmärsche nach Horgen hielten ihn fit. Er durfte in der frischen Luft marschieren, dachte er manchmal, während Katharina einen Haushalt mit mittlerweile acht Personen betreute, oder neun, wenn man Dorli dazuzählte, die sie im Haus unterstützte. Vormittags und immer, wenn Not am Mann war, stand Katharina mit Annarösli im Geschäft.

Die beiden waren fast zu so etwas wie Freundinnen geworden. Aber selbst Katharina wusste nicht, warum es keinen Mann in Annaröslis Leben gab. Sie hatte seiner Frau einmal von einer befreundeten Malerin erzählt, aus St. Gallen. Da niemand aus der Familie sie bisher gesehen hatte, dachten sie, dass sie womöglich Annaröslis Erfindung war, um in den Augen der anderen nicht ganz allein dazustehen.

Vor ein paar Tagen war ein Brief von Eschmann, dem früheren Eigentümer der Horgener Mühle, aus Amerika gekommen. Er schrieb, dass er gut angekommen war und auch Arbeit gefunden hatte, aber immer noch keine Frau. Die meisten gefielen ihm nicht. Und die, die ihm gefielen, wollten keinen Schweizer Schmied zum Mann, den sie nicht verstanden. Wahrscheinlich sollte er besser Englisch lernen, vermutete der Schmied selbst, aber es war schon verdammt schwer.

Hufgeklapper kündigte ein Fuhrwerk an. Es war das der Druckerei Hirt, das auf den Hof der Mühle einfuhr.

»Meister Hirt, Ihr kommt selbst zu uns herausgefahren, um uns die Verpackungen und Etiketten für unsere Schokolade zu bringen?«, wunderte sich Rudolf.

»Ich wollte doch einmal einen Ausflug nach Horgen unternehmen und mir deine Fabrik ansehen, Rudolf. Oder hast du gar keine Zeit für eine kleine Führung?«

»Die Zeit nehme ich mir, wenn Ihr schon höchstpersönlich zu mir herauskommt.«

»Man fährt in diesen Zeiten gern einmal aus der Stadt hinaus. Schon wegen der guten Luft«, sagte der Drucker. »Gott sei Dank haben wir die Seuche überstanden und die Kanalisation soll endlich gebaut werden. Hoffentlich geht es auch wirklich bald los. Noch so einen Sommer möchte ich nicht erleben. Wir müssen uns endlich auf den Weg machen, Ruedi.«

»Auf den Weg?«, fragte Rudolf. »Wohin?«

»In die Zukunft für unsere Stadt, Ruedi, oder etwa nicht?«

»Doch, doch«, stimmte Rudolf ihm zu. »Da bin ich auf jeden Fall bei Euch.«

Heini Schilling, der Vorarbeiter, kam aus der Mühle und hinter ihm Kleinhans, um beim Abladen zu helfen. Rudolf stellte sie dem Druckermeister Hirt vor.

»Na, wie arbeitet es sich denn hier draußen in der Mühle? Es sieht ja recht idyllisch aus.« Darauf wussten weder Heini noch sein Helfer eine passende Antwort.

»Wie viele seid ihr denn hier in der Schokoladenfabrik?«, versuchte Hirt es noch einmal anders.

»Im Moment sind wir sieben Arbeiter. Dazu noch ein Mechaniker, ein Heizer und ein Magazinier.«

»Du hast Susanna ganz vergessen«, hakte Kleinhans ein.

»Eine Frau in der Fabrik?«, fragte der Drucker.

»Nein, sie arbeitet drüben im Haus«, sagte Kleinhans und zeigte auf das Wohngebäude mit den grünen Fensterläden und den karierten Vorhängen.

»Dorthin darfst du die Kisten von Meister Hirt auch gleich hinübertragen, Kleinhans. In unsere Wickelabteilung. Bei Susanna wird verpackt und versiegelt.«

Kleinhans packte die erste Kiste und ging erstaunt in die Knie.

»Tja, Papier ist schwerer, als man denkt«, sagte der Drucker. »Habt ihr hier denn auch schon einen Arbeiter-Hilfsverein«, wandte er sich an Heinrich Schilling, »wie er jetzt bei uns in Zürich gegründet wurde?«

»Wozu?«, fragte der zurück.

»Für den Fall, dass einer von euch krank wird oder ein Unfall passiert.«

»Bei uns gibt es keine Unfälle, da passe ich schon auf. Und

die Maschinen, mit denen wir arbeiten, sind alle beherrschbar. Das Gefährlichste ist immer noch unser Wasserrad, wenn im Frühjahr mit der Schneeschmelze der Bach fast überläuft. Aber sonst leben wir hier wie im Paradies.«

Rudolf öffnete die zweite Kiste auf Hirts Wagen und sah hinein. Es waren die neuen Etiketten für die Schokolade N° 8, indigoblaue Schrift, »Die Cremige«, weil ihr etwas Kakaobutter extra zugegeben wurde.

Hirt war einer der Ersten, der sie in der Fabrik zu kosten bekam. Und sie schmeckte ihm.

»Wie alt sind denn jetzt deine Söhne? Können sie schon bald hier mitarbeiten?«, fragte der Drucker.

»Acht und vier. Aber ich hoffe, dass sie einmal beide bei mir in die Lehre gehen werden.«

»Noch einmal zwei Konditoren Sprüngli?«

»Ein Rudolf und ein David.«

»Ihr habt Humor«, meinte Hirt. »Und wenn der alte Spruch *nomen est omen* stimmt, dann müsste der Ältere dein Nachfolger in der Fabrik und der Jüngere, David, Zuckerbäcker in der Marktgasse werden, oder?«

»Das kann man nicht wissen«, meinte Rudolf, »und bis dahin sind es ja auch noch ein paar Jahre. Dafür liegt mir Hedi, meine älteste Tochter, dauernd in den Ohren. Sie würde gern alles machen, zuallererst eine Lehre in der Fabrik. In der Backstube würde sie mit meinem Vater keine Freude haben, das weiß sie. Aber zum Glück ist sie eine gute Schülerin. Jetzt geht sie auf eine höhere Mädchenschule, ins Internat nach Neuenburg. Da ist sie die nächsten Jahre erst einmal beschäftigt.«

»Wer weiß, was die Frauen noch einmal alles erreichen werden. Vielleicht ist ein Platz in der Backstube für sie auch irgendwann einmal möglich. Und warum auch nicht?«

»In Amerika vielleicht«, meinte Rudolf. »Hier bei uns wird es wohl noch länger dauern, bis die Frauen wie Männer arbeiten. Auf jeden Fall erst in ferner Zukunft, nach uns.«

»Wer weiß«, meinte Hirt, tippte sich an die Mütze und lenkte sein Fuhrwerk aus dem Hof hinaus.

1858

Rudolf

Eigentlich hatte sein Freund Johannes Baur schon vor ein paar Jahren abgedankt. Die beiden gut gehenden Hotels hatte er seinem Sohn Theodor überschrieben und ihm auch die ganze Verantwortung dafür übertragen. Dennoch konnte er es nicht lassen, in regelmäßigen Abständen am Neumarkt oder in der Talstraße nach dem Rechten zu sehen. Er sah nach, ob Stammgäste angereist waren, die er persönlich begrüßen und mit denen er ein Gläschen Tee oder Wein, je nach Tageszeit, trinken konnte. Im Übrigen pflegte er mit Unterstützung eines Gärtners einen ansehnlichen Gemüsegarten draußen bei den Tiefenhöfen, mit dessen Erträgen er die Hotels seines Sohnes belieferte. Dort traf Rudolf ihn, als er von einer Besprechung mit Theodor Baur kam, der für sein Sommerfest eine umfangreiche Schokoladen- und Glacebestellung bei Rudolf aufgegeben hatte.

»Johannes, bist du das?«, rief Rudolf. Johannes Baur winkte hinter den Bohnenranken hervor. »Komm doch herein und trink ein Gläschen Limonade mit mir!«

»Eigentlich werde ich in der Marktgasse erwartet.« Rudolf zögerte.

»Ja, das ist mir klar. Eigentlich willst du immer irgendwo mit anpacken. Aber ich habe interessante Neuigkeiten für dich, Rudolf. Also tu mir den Gefallen und komm kurz rein.«

»Na gut, aber nur auf ein Gläschen.«

Rudolf setzte sich an ein Rokokotischchen im Schatten eines Apfelbaums. »Jedes Kloster wäre neidisch um deinen famosen Garten«, sagte er.

»Aber vor zwei Jahren haben hier noch alle gezetert und geweint.« Rudolf war sich nicht sicher, was Johannes meinte. »Krokodilstränen haben sie um die alte Tiefenhoflinde geweint, weißt du's nicht mehr?«

Doch, natürlich. Die alte Linde!

Johannes schüttelte den Kopf. »Bäume sterben wie Menschen, neue werden gepflanzt oder säen sich selbst aus. Ich frage dich, wo hier das Problem liegt. Die Leute sind so sentimental, hängen sich an einen Baum und zetern über die, die Bauland daraus machen. Soll die Stadt vielleicht nicht wachsen? Soll sie nicht schöner und bequemer werden, den Bedürfnissen der Bewohner entgegenkommen und ihnen das Leben erleichtern?« Johannes schenkte ihm Zitronenlimonade ein, die ein Bediensteter in die Laube gebracht hatte.

»Ein großer Baum spendet Schatten, das ist schon etwas wert«, sagte Rudolf.

»Dann sollen die Leute doch ein paar Meter weiter gehen, hinaus aufs Land, dort sind viele Bäume, alte Bäume, hohe Bäume. Aber vor der Haustür brauchen sie den Baum, und dann steht er da, aber sie merken es erst, wenn er gefällt wird.«

Rudolf wunderte sich ein wenig, dass Johannes sich in der Sache so ereifern konnte. Schließlich war die Linde schon seit zwei Jahren verschwunden.

»Ja, sie fiel, die Königin unter den Bäumen«, zitierte Johannes Baur aus dem Gedächtnis. »Nicht ein Sturm hat sie geknickt, wohl aber musste sie der materiellen, nur auf Geld und wieder Geld bedachten Richtung der Zeit zum Opfer fallen. So stand es in der Zeitung zu lesen. Sind die Leute nicht verrückt?«

»Ich weiß nicht, Johannes. Aber das sind doch nicht deine Neuigkeiten, mit denen du mich in deinen Garten gelockt hast, oder?« Rudolf zog seine Weste aus.

»Nein, die Linde ist Schnee von gestern.« Baur schenkte ihm noch einmal ein. »Du weißt ja, dass unser hochverehrter Nationalrat Alfred Escher, der oberste Chef unserer Eisenbahngesellschaft, vor ein paar Jahren die Schweizerische Kreditanstalt gegründet und hier um die Ecke angesiedelt hat. Er hat damit Zürich zu einem nennenswerten Bankenstandort und Wirtschaftszentrum gemacht. Ich habe zwar nicht verstanden, warum er nicht gleich am Neumarkt, neben meinem Hotel gebaut, sondern sich mit den Tiefenhöfen begnügt hat. Aber ich weiß ...« Er nahm noch einen Schluck und wischte sich den Schweiß der Gartenarbeit von der Stirn.

»Ja?«, fragte Rudolf.

»Der große Escher wird bald umziehen auf den Platz, der immer noch Neumarkt heißt, aber auch nicht mehr ewig. Der Name passt eigentlich gar nicht mehr, finde ich. Außerdem hat Zürich schon einen Neumarkt auf der rechten Limmatseite.«

»Hm«, machte Rudolf. Das waren keine großen Neuigkeiten, fand er, nur Gerüchte. Escher baut neu, der Neumarkt wird einen anderen Namen erhalten. Ja und, was sollte ihn das interessieren? Er wusste selbst, dass der große Alfred Escher seine Schweizerische Kreditanstalt in erster Linie deshalb gegründet hatte, um die Finanzierung seiner Nordostbahn zu sichern. Und Rudolf hatte auch mitbekommen, dass die Kreditanstalt jetzt immer öfter andere private und staatliche Unternehmungen finanzierte. Damit entwickelte sie sich langsam zu einem wichtigen Geldgeber nicht nur der Zürcher, sondern der gesamten Schweizer Wirtschaft. »Und sonst?« Er sah seinen Freund erwartungsvoll an. Er hatte doch bestimmt noch mehr in der Hinterhand.

»Hier, an unserem Neumarkt«, rückte Baur endlich mit seiner Neuigkeit heraus, »soll ein wichtiges Gebäude errichtet werden. Wenn nicht das wichtigste der Stadt.«

»Tatsächlich?«, fragte Rudolf. Aber was konnte das sein? Das Rathaus befand sich drüben, auf der anderen Limmatseite, und dort würde es auch bleiben. »Und was für ein wichtiges Gebäude?«

»Na, der Bahnhof natürlich. Wenn das erst richtig losgeht mit der Eisenbahn, dann gibt es bald keine Pferde und keine Postkutschen mehr. Und das Zentrum einer Stadt wird da sein, wo der Bahnhof steht und man in den Zug einsteigen oder aus ihm aussteigen kann.«

»Aber wir haben doch jetzt schon einen Bahnhof«, wandte Rudolf ein.

»Der ist aber zu weit draußen, im Norden. Wenn ein neuerer, größerer Bahnhof gebaut wird, dann soll er näher an die Stadt heranreichen. Und der Neumarkt bietet sich dafür doch an. Wirst sehen, irgendwann wird das passieren. Und es wird nicht mehr so lange dauern.«

»Meinst du?«, fragte Rudolf. »Das wäre natürlich gut für ein Hotel wie deines.«.

»Gut auch für einen Geschäftsmann, zum Beispiel einen Confiseur, der hier die noble und auch weniger noble Laufkundschaft am neuen Bahnhof erreichen könnte.« Johannes Baur grinste ihn an. »Hast du wirklich noch nie an eine Erweiterung, eine Dépendance zum Geschäft in der engen Marktgasse gedacht?«

»Gedacht schon«, gab Rudolf zu, »aber ich heiße weder Escher noch Baur, bin weder Nationalrat noch Hotelier.«

»Du bist immerhin Confiseur und Chocolatier. Hast eine Konditorei und eine Schokoladenfabrik draußen in Horgen.«

»Mein Vater ist immer noch der Chef in der Marktgasse, ich draußen in meiner Mühle.«

»Umso besser wäre es doch, wenn du auch noch der Chef in deiner eigenen Confiserie werden könntest. Die Marktgasse, gib es zu, ist dir doch selbst schon viel zu eng geworden. Dein Vater hat anscheinend das ewige Leben. Den haut nichts um, er ist nicht wie die Tiefenhoflinde. David Sprüngli wird noch bis zum Jüngsten Tag Zürcher Leckerli in der Marktgasse backen.« Baur hob sein Limonadenglas. »Prost, Rudolf, auf dich und deinen Vater!«

»Prost, Johannes!« In Rudolf begann es bereits zu arbeiten, er konnte es gar nicht aufhalten. Eine eigene Confiserie Sprüngli! Nicht David Sprüngli et fils, einfach nur Sprüngli.

»Da füllst du mich mit Zitronenlimonade ab und schickst mich danach mit hängenden Ohren, wie einen Esel, nach Hause. Was habe ich nun von dem Besuch in deinem Garten, außer diesem quälenden Floh in meinem Ohr?«

»Ich bin kein Fantast, Rudolf, das müsstest du doch nach all den Jahren, die wir uns kennen, wissen. Ich habe nämlich gleich eine Lösung für deinen Floh oder für meine gute Idee parat.«

»So? Du meinst, Escher würde mir einen Kredit geben, falls ich eine geeignete Lokalität für ein zweites Geschäft fände?«

»Ich habe so eine Lokalität für dich«, sagte Baur und grinste nicht mehr.

»Und wo?«, fragte Rudolf.

»Na, hier!« Er breitete die Arme aus. »Wo einst die Linde stand. In den Tiefenhöfen, wo Escher mit ein paar Angestellten seine Kreditanstalt betreibt, bis das Etablissement ihm zu klein und zu wenig repräsentativ wird. Dann habe ich auch schon einen Bauplatz für ihn neben meinem Hotel. Genau dort nebenan, wo einmal der zentrale Zürcher Bahnhof hinkommen wird.«

Mit der Idee des Bahnhofs am Neumarkt konnte ihn Johannes Baur nicht begeistern. Soweit Rudolf gehört hatte, war das keineswegs beschlossen. Es sprach sogar einiges dagegen, nach dem Nordbahnhof hier oder anderswo in der Stadt noch einen Zentralbahnhof zu errichten. Dann wäre die halbe Stadt voller Bahngleise, sagten die Kritiker, und das waren nicht wenige. Aber darum ging es für Rudolf nicht. »Ich kann nirgendwo bauen, Johannes. Weder hier noch sonst wo. Dafür fehlen mir die Mittel.«

»Ich weiß, dass sie dir jetzt noch fehlen. Deshalb schlage ich dir auch keinen Neubau vor, wie dem Escher.«

»Sondern?«

»Das Erdgeschoss im Eckgebäude am Tiefenhof, und wenn du willst, dann kannst du auch noch den ersten Stock dazuhaben. Du musst das Haus nicht kaufen, nicht jetzt. Du kannst die eine oder zwei Etagen vorerst auch nur mieten. Wenn du dort einziehst mit deiner Confiserie und deiner Konkurrenzbackstube zu deinem Vater, dann bist du schräg gegenüber von meinem Hotel. Du kannst zu mir, zum Fraumünster und zur Münsterbrücke herüberschauen. Und zu Escher. Du wärst also in allerbester Gesellschaft. Lauter feine Gäste und Besucher, die du gleich zu dir locken könntest mit deinem edlen Backwerk und deiner Schokolade.«

»Du bist ein Fuchs, Johannes. Ein richtiger Verführer. Du weckst Begehrlichkeiten in den Menschen, die sie sich bis dahin nicht einmal in der Fantasie ausgemalt haben.«

»Das heißt, dass du es dir zumindest überlegst?«, fragte der alte Fuchs aus Vorarlberg, von der anderen Seite der Landesgrenze.

Rudolf nickte. »Du hast mich so weit. Ich werde darüber nachdenken und es zuerst mit Katharina bereden, falls ich mich nicht von vornherein dagegen entscheide. Und erst dann mit meinem Vater.«

Baur nickte, während Rudolf sein Glas leerte und aufstand. »Überleg es dir aber nicht zu lange«, rief er Rudolf nach, als der schon auf dem Weg zur Gartenpforte war. »Der Platz ist begehrt. Alle Welt will expandieren. Aber ich will nicht alle Welt in meiner Nachbarschaft haben, sondern ausschließlich noble Geschäfte und treue Freunde.«

Rudolf winkte noch einmal, bevor er die Pforte schloss. Er schlug nicht den direkten Weg zur Münsterbrücke ein, sondern machte einen kleinen Schlenker hinüber zu den Tiefenhöfen, wo in dem einen Gebäude die Kreditanstalt residierte und das Eckgebäude gerade fertig aus- oder umgebaut wurde. Er legte die Hände an die Augenbrauen und sah durch die hohen Fenster ins Innere. Das Erdgeschoss wirkte luftig und geräumig. Die Ladenfenster gingen über Eck und zogen sich über beide Seiten des Hauses. Sie wirkten herrschaftlich breit und auch hoch. Die Fenster des ersten Stockwerks erschienen dagegen etwas niedriger und darüber lief ein Balkon mit schmiedeeisernem Geländer. Ein stattliches Gebäude und eine gute Adresse. Noch mehr, wenn Johannes den richtigen Riecher hatte und die Pläne, den zukünftigen Zürcher Bahnhof hierherzuverlegen, tatsächlich realisiert würden. Was würde Katharina dazu sagen, wenn er ihr davon erzählte? Die Kinder waren jetzt aus dem Gröbsten heraus, auch David, der Jüngste, ging nun zur Schule. Hedi würde dieses Jahr achtzehn werden und half schon fest in der Marktgasse mit. Sie würde sich mit Feuereifer in ein neues Geschäft einarbeiten, wenn sie die Chance witterte, einen Verkaufsraum mitzugestalten und neues Personal einzustellen und anzuleiten. Rudolf sah seine Älteste schon das Regiment führen in diesem schönen Haus mit den großen Fenstern. Dass sie ihm nicht ewig bleiben würde, so wie die gute Annarösli, war ihm schon klar. Aber zumindest am Anfang könnte sie im neuen Geschäft mit dabei sein, während Katharina auch wieder mehr Zeit für sich, für die Musik, die sie so lange vernachlässigen musste, und zum Nähen hätte. Rudolf musste dagegen ankämpfen, sich nicht noch mehr Details auszumalen. Es ging ganz schnell und mühelos, er sah alles schon genau vor sich. Dabei hatte er Johannes nicht einmal gefragt, wie hoch die Miete sein würde. Himmel, so etwas musste man doch als Allererstes wissen, bevor man entscheiden konnte, ob man sich so eine Dépendance überhaupt antun wollte oder nicht. Er war zweiundvierzig, Katharina sechsundvierzig. Der Vater zweiundachtzig. Es war zwar möglich, dass er das ewige Leben hatte, aber nicht ganz wahrscheinlich. Und solange er lebte, würden sie auf jeden Fall die Marktgasse behalten.

Am Abend erzählte Rudolf Katharina von seinem Besuch bei Johannes Baur. Bedenken äußerte sie spontan keine, wie er es befürchtet hatte. Sie schien sich schnell für die neue Idee zu begeistern und schlug gleich vor, dass sie an so einem Ort, an dem es Platz gab, unbedingt einen richtigen, separaten Erfrischungsraum einrichten müssten.

»Einen eleganten Salon, wie in Paris, in Rom oder London. Ich habe es erst vor Kurzem in einem Zeitungsbericht über die europäischen Metropolen gelesen. Ein eigener Raum, weißt du, nicht diese zwei lausigen Katzentischchen, wie wir sie in der Marktgasse stehen haben. Zwei, drei Damen mit ihren

Röcken, den Taschen und Schirmchen, und die Plätze sind belegt. Nein, ich stelle mir so einen exquisiten Salon für Tee und heiße Schokolade vor. Man bestellt ein warmes Getränk und dazu etwas Süßes. Man sitzt bequem und plaudert, genießt den Müßiggang und das feine Leben.«

Katharina seufzte. Dann schlief sie ein und träumte vielleicht von einem eleganten Salon mit hohen Fenstern, während Rudolf schon eine geschwungene Treppe baute vom Erdgeschoss hinauf in den ersten Stock. Im Erdgeschoss wäre der Verkaufsraum der Confiserie, im ersten Stock der Salon de Thé et Chocolat. Raschelnde Kleider, die sich über die Treppe hinaufbewegten, leises Klirren von Löffeln in feinen Porzellantassen, Schokoladenduft in der Luft, so schlief Rudolf an diesem Abend ein.

Annarösli

Das kleine Mädchen mit der karierten Schürze über dem Kleid stand schon eine ganze Weile in der Schlange und wartete, bis es an der Reihe war. Ab und zu zog es die Nase hoch, und einmal, als Annarösli zu ihr hinsah, wischte es ganz unfein mit dem Ärmel an der Nase entlang, nahm ihn aber gleich fort, als sie Annaröslis Blick bemerkte.

»Na, was möchtest du denn?«, fragte Annarösli, als das Kind endlich an der Reihe war. Es nahm einen gefalteten Zettel aus der Schürzentasche und reichte ihn über den Verkaufstresen. »Für mich?«, fragte Annarösli. Das Mädchen nickte. »Woher hast du das Briefchen denn?«, fragte sie, während sie den Zettel auseinanderfaltete.

Das Kind zog die Schultern hoch. »Von einem Fräulein«, sagte es.

Doch da rauschte Annarösli das Blut schon in den Ohren und sie hörte und sah nichts anderes mehr als die wenigen Zeilen ihrer Freundin. Louise war wieder da, im Haus der Tante. »Wenn du mich noch nicht vergessen hast und mich noch sehen willst, dann komm mich besuchen«, schrieb sie.

Die Ladenglocke bimmelte, und als Annarösli aufsah, war das Mädchen gerade dabei, das Geschäft zu verlassen.

»Warte!«, rief Annarösli ihr nach. »Komm her und such dir was aus. Möchtest du vielleicht von den Himbeer-Zältli?«

Das Mädchen zog wieder die Schultern hoch, aber dann schüttelte es den Kopf.

»Was möchtest du dann?«

»Kann ich auch eine Schoggistange haben?«, fragte es leise.

»Natürlich, hier, nimm«, sagte Annarösli und legte ihr zwei davon in die ausgestreckte Hand. »Und wenn du das Fräulein noch einmal siehst, dann sag ihr, dass ich kommen werde.« Natürlich würde sie kommen.

Wie sollte sie bloß bis zum Feierabend durchhalten? Als am frühen Nachmittag nicht mehr viel los war, fragte sie Katharina, ob sie wohl für eine Stunde wegkönnte, sie hätte einen dringenden Besuch zu machen.

»Kannst du vielleicht den kleinen David mitnehmen?«, fragte Katharina. »Er war heute Morgen nicht ganz gesund. Es ist besser, wenn er heute nicht mit den anderen herumtobt. Natürlich nur, wenn es keine Umstände macht.«

Annarösli zögerte nur kurz. Vielleicht war es gar nicht verkehrt, nicht allein in die Rämistraße zu gehen. Sie wusste nicht, warum und wie der kleine David ihr dabei helfen sollte, aber allein das Gefühl, seine kleine Hand in der ihren zu spüren, würde ihr vielleicht ein wenig mehr Sicherheit geben. Sie hatten sich so lange nicht gesehen. Wer weiß, was in der Zwischenzeit alles passiert und was aus Louise geworden war.

Das Dienstmädchen der Tante schickte die beiden gleich von der Tür des Wohnhauses hinüber in den Garten. »Das Fräulein ist in ihrem Atelier«, sagte sie.

Wenn sie malt, dann ist wohl alles in Ordnung, dachte Annarösli.

Die Tür zum Atelier stand offen, und dort saß Louise, ihre Louise, vor der Staffelei, doch ohne ihre Schürze mit den vielen Farbflecken und ohne Palette. Es roch auch nicht wie sonst nach frischer Ölfarbe. Es roch nach gar nichts, höchstens ganz fein nach den Blüten der Hortensien im Garten.

»Louise«, rief Annarösli, »ich bin hier, und ich bringe jemanden mit.«

Louise hob den Blick, sah sie an und wie durch sie hindurch. Den kleinen David schien sie gar nicht zu bemerken. Annarösli erschrak, so sehr hatte ihre Freundin sich verändert. Sie war nicht nur gealtert und dünner, ja geradezu mager geworden. Sie wirkte völlig in sich gekehrt, versunken, aber nicht in ihre Arbeit. Denn die Leinwand, vor der sie saß, war vollkommen weiß.

»Was ist mit dir, Louise?« Annarösli ließ das Kind los, kniete vor ihrer Freundin nieder und nahm Louises Hände. »Warum sitzt du hier und starrst Löcher in die Luft? Wo hast du denn deine Farben?«

»Fort«, sagte Louise, »ich brauche sie doch nicht mehr.«

»Bist du krank?«, fragte Annarösli.

»Mein Kopf ist krank«, sagte die Freundin, »er kann nicht mehr malen.«

»Aber vielleicht können deine Hände es noch«, sagte Annarösli und drückte die eiskalten Finger ihrer Freundin. »Ich habe dir ein feines Modell mitgebracht für ein Porträt. Schau, das ist der kleine David. Weißt du noch, als du die Kinder gemalt hast, damals, auf dem Lindenhof? Wie fröhlich du damals warst.« Und wie selbstsicher sie gewesen war und überzeugt, dass sie einmal als Malerin berühmt werden würde.

»Damals«, sagte Louise wie ein Echo, »damals war ich eine andere. Ich war jung und dachte, die Welt stünde mir offen.«

»Du bist immer noch nicht alt«, sagte Annarösli. »Wir sind beide noch nicht alt.«

»Du hast geheiratet?«, fragte Louise. »Gehört das Kind zu dir?«

Annarösli schüttelte den Kopf. »Nein, nein, das ist der kleine David Sprüngli. Und du?«, fragte sie.

»Ich bin auch allein geblieben.«

Die beiden Freundinnen sahen sich an, und ein leichtes Lächeln huschte über Louises Gesicht, das alles veränderte. Sie stand auf, gab David die Hand und suchte in den Gläsern im Regal nach einem passenden Bleistift.

Auch wenn ihr Kopf es vielleicht noch nicht wieder zuließ, die Finger erinnerten sich offenbar daran, wie man einen Bleistift hielt und so über das Papier führte, dass ein Gesicht, ein Mensch aus schwarzen und grauen Linien, Licht- und Schattenpunkten erstand, gesehen durch das Auge einer Künstlerin, die viel mehr darin entdeckte als andere und genau das zu Papier brachte, was diesen Menschen ausmachte. Als könne sie durch ihn hindurch bis in sein Innerstes blicken.

Sie konnte es noch, und auch Louise selbst konnte sehen, dass sie doch immer noch Malerin war.

Louise blieb bis zum Ende des Sommers. Sie malte auch Davids Bruder Rudolf, der fast wie sein Zwilling aussah, auch wenn er vier Jahre älter und ein Stück größer war. Und sie malte Porträts von Hedi, Ida und Elsi. Und eines von Annarösli.

Als es Herbst wurde, fuhr Louise Hahn zurück nach St. Gallen, um ihre Dinge zu regeln. Die Mutter war verstorben, der Vater nahm sich eine Aufwärterin, die für ihn kochte. Im nächsten Jahr, mit den ersten hellgrünen Lindenblättern kam sie zurück, wie die Schwalben. Und sie kam, um zu bleiben und weiter zu malen.

Rudolf

Wie zu erwarten, war sein Vater wieder einmal ganz anderer Meinung. Als Rudolf das Thema Tiefenhöfe nach Rücksprache mit Johannes Baur und reiflicher Überlegung zu Hause ansprach, sah David ihn zunächst prüfend an, als müsste er erst herausfinden, ob Rudolf ihn nicht auf den Arm nahm. Als er sich darüber sicher sein konnte, dass sein Sohn es tatsächlich ernst meinte, platzte ihm auf der Stelle der Kragen.

»Die Leute werden sich ausschütten vor Lachen über uns dumme Bäcker, denen der Zucker und deine Schokolade das Hirn verstopft haben. Wir verschlechtern uns, wenn wir dort rausgehen. Neumarkt, dass ich nicht lache! Was sollen wir denn dort, außerhalb der Stadtmauern, jenseits des Fröschengrabens?«

Rudolf wollte einhaken und richtigstellen, dass es die Stadtmauern längst nicht mehr gab, dafür die neue Münsterbrücke, die den Neumarkt ideal erschloss. Aber das wusste der Vater ja genauso gut wie er und jeder andere.

»Wir sind doch hier in der Marktgasse so zentral, wie man nur sein kann. Ein Sprung zum Rathaus und zur Gemüsebrücke, zwei Sprünge zum Grossmünster und drei zum See.

Zur Limmat müssen wir gar nicht laufen oder springen, da können wir von unserer Ladentür aus hinüberspucken!« Sein Gesicht rötete sich und er fuhr sich mit dem Handrücken über die Stirn. Katharina blieb erstaunlich ruhig und schenkte ihrem Schwiegervater noch ein Glas Wein ein.

»Johannes Baur sagt, das Haus im Tiefenhof wird eine Goldgrube«, sagte Rudolf betont ruhig, doch sein Vater lachte nur höhnisch auf. »Der Neumarkt wird zu einem Verkehrsknotenpunkt zwischen dem Bahnhof der Nordbahn und der Seeschifffahrt werden, da ist er sich sicher.«

»Ha, Johannes Baur sagt dies, Johannes Baur sagt jenes. Und ich sage dir: Alles läuft prima, die Marktgasse und deine Horgener Fabrik, und du musst schon wieder etwas Neues anfangen. Wieso kannst du nicht zufrieden sein mit dem, was wir erreicht haben? Woher kommt deine Rastlosigkeit? Willst du es so unbedingt besser machen als ich und viel schneller erreichen, wofür ich ein ganzes Leben gebraucht habe? Wofür ich so viele Jahre geschuftet habe, das machst du in nur zwanzig Jahren?«

Darauf sagte Rudolf lieber nichts. Aber zwanzig Jahre erschienen ihm schon sehr lang, und wie lang »ein ganzes Leben« war, das konnte er sich schon gar nicht vorstellen. Aber dass die Zeit jetzt schneller lief als damals, als sein Vater in Zürich ankam und von null anfangen musste, davon war er überzeugt. Und wenn er die robuste Gesundheit seines Vaters geerbt hatte, dann würde er noch viel Zeit haben, Neues zu schaffen, größer, wohlhabender und bekannter zu werden in Zürich und womöglich auch darüber hinaus.

Wenn der Fröschengraben erst einmal ganz zugeschüttet sein würde, könnte darauf eine neue Straße entstehen, viel breiter als die Gassen im Niederdorf. Eisenbahn und Schiff wären dann verbunden durch eine Verkehrsachse. Und sie würde über den Neumarkt führen, oder wie immer der Platz in Zukunft heißen würde. Es wäre noch nicht dieses oder nächstes Jahr der Fall, das war Rudolf klar. Er würde vielleicht einen langen Atem haben müssen. Aber der richtige Riecher war wichtig. Und dass Johannes Baur ihn hatte, das hatte er schon zweimal bewiesen, dabei war er jedes Mal zuerst verlacht und dann bewundert worden. Man munkelte, dass ihm und seinem Sohn Theodor bald die Ehrenbürgerwürde der Stadt Zürich verliehen würde. Es hieß auch, dass man ihm eine wichtige Funktion im städtischen Bauamt antragen wolle. Und das machte man nicht mit einem Träumer, sondern mit einem Visionär, der seine Visionen auch umsetzen konnte, sodass jeder in der Stadt sehen konnte: Dieser Mann hat es geschafft. Rudolf wollte, dass man auch über ihn einmal sagen würde: Der junge Sprüngli, der hat es geschafft. Die Leute haben ihn ausgelacht mit seinem Umzug hinaus aus den alten Stadtmauern und an einen noch recht leeren Platz mit einem Hotel, einem Posthof und einer Kreditanstalt nebenan. So wie ihn einige immer noch auslachten wegen seiner Fußmärsche nach Horgen. Am Ende würden sie nicht mehr lachen, sondern den Hut vor ihm ziehen.

1859

Hedi

Hedi gähnte. Sie fröstelte, während sie die Zeitung hereinholte. Die Gasse glänzte im bleichen Licht der Gaslaterne. Ringsherum war noch schwarze Nacht, aber man hörte die Rösser der Lieferanten vor dem Hotel Baur en Ville schräg gegenüber schnauben und mit den Hufen scharren, das Rollen der Fuhrwerke und das Peitschenknallen der Kutscher, die ihre Rösser in den Posthof lenkten.

Hedi schloss die Tür hinter sich ab und schlurfte zurück zum Verkaufstresen.

»Hoi, Hedi!«, tönte es von der Tür zur Backstube.

»Hast du mich erschreckt.« Wieder riss Hedi den Mund zum Gähnen auf, hielt sich aber dieses Mal den Handrücken davor.

Coni blinzelte ihr zu. »Du schläfst zu lang, du Murmeltier«, sagte er. »Wenn du jeden Tag so früh aufstehen würdest wie ich und meine Kollegen, dann wärst du um diese Uhrzeit schon putzmunter.« Er leerte sein Backblech mit Mandel- und Nussgipfeli in die Vitrine auf der Theke.

»Lass es so stehen«, sagte Hedi, »ich mache es dann schon schön. Mit deinen klobigen Fingern wird das sowieso nichts mit dem ordentlichen Einsortieren in die Auslage.«

»Na warte, ich geb dir gleich ›klobige Finger‹«, drohte Coni. »Aber wenn du das für mich machst, bringe ich dir gleich noch ein Blech mit frischen Gaufrettes. Die sind auch gleich so weit.«

Er verschwand mit seinem leeren Blech in der Backstube und Hedi sah ihm hinterher. Coni hatte natürlich keine dicken, sondern schöne, schlanke Finger. Aber eine Kraft hatte der Bursche in diesen Fingern! Er hätte damit das Matterhorn am Seil erklimmen können. Coni hatte seine Konditorlehre in der Marktgasse, bei Hedis Großvater und bei seinem Ziehvater Roli gemacht. Nachdem er ausgelernt hatte, wollte er eigentlich auf Wanderschaft gehen. Er war auch losgegangen, über die Grenze, nach Deutschland. Bis nach Dresden war Coni gekommen, wo er gelernt hatte, wie man Christstollen backte. Aber wegen der Neueröffnung der Confiserie Sprüngli am Neumarkt hatte er seine Wanderschaft nach nur einem Jahr abgebrochen. Wegen der Neueröffnung und vielleicht auch ein wenig wegen ihr, hoffte Hedi. Sie hatte ihren besten Freund seit Kindertagen so vermisst in diesem Jahr, und der Gedanke, dass er volle drei Jahre fort sein würde, war fast unerträglich. Doch dann kam die schicke Confiserie am Neumarkt, die Rudolf und Katharina gegen den Willen des Großvaters gekauft und ausgebaut hatten. Sie änderte für Hedi alles. Coni kam zurück und der Vater hatte ihr mit ihren gerade einmal neunzehn Jahren die Leitung des neuen Geschäfts anvertraut.

Was hatten sie sich abgerackert die letzten Wochen und Monate. Katharina, ihre Mami, war manchmal zu einer echten Furie geworden, als es um die Ausstattung des Verkaufs- und vor allem des Erfrischungsraums gegangen war, der schließlich ihre Idee gewesen war und auch ihre Handschrift tragen sollte. Nur das Feinste und Beste war in ihren Augen gut genug. Der Vater musterte kritisch die Auswahl der Möbel, die Holzverkleidungen an den Wänden, die Marmortische und gediegenen Stühle aus dunklem Holz, die Stuckdecken, prunkvollen Lüster und Spiegel, die den Raum noch größer erscheinen ließen. Mehr als einmal wagte er zu fragen, ob dieser Prunk auch wirklich nötig sei. Aber Katharina ließ sich dadurch nicht beirren. Sie hatte genaue Vorstellungen. »Das hier soll nicht ein beliebiges Café oder Lokal werden. Es wird die elegante Confiserie Sprüngli. Wer es lieber gemütlich und niedlich hat, geht in die Marktgasse. Die ist so, wie sie immer war, ein bisschen schöner ist sie natürlich geworden, aber immer noch im alten Stil. Am Neumarkt zeigen wir eine neue Seite, und wer etwas auf sich hält, wird es sich ansehen. Und dann werden sie immer wieder kommen und sich hier wohlfühlen, das verspreche ich euch.« Und wie es aussah, würde sie recht behalten. Gäbe es nur dieses grässliche frühe Aufstehen nicht, wäre Hedi den ganzen Tag wie ein Pfau mit aufgestellten Federn durchs Geschäft marschiert, so stolz war sie auf ihre Confiserie und die Verantwortung, die der Vater ihr übertragen hatte. Um alles in der Welt wollte sie sich dieses Vertrauens würdig erweisen. Wenn es nach dem Großvater gegangen wäre, so hätte Annarösli mit ihrer langjährigen Erfahrung Hedis Posten bekommen und nicht seine Enkelin, die in seinen Augen noch ein Küken war, das frisch von der höheren Schule kam und nicht wusste, wie es in der Arbeitswelt zuging. Dabei hatte sie schon im Geschäft in der Marktgasse mitgeholfen, wenn auch immer unter der Fuchtel von Annarösli und ihrer Mutter. Doch sie würde es dem Großvater schon zeigen, dass Rudolf die richtige Entscheidung getroffen hatte. Wenn sie morgens nur nicht immer so schrecklich müde wäre.

Als Coni mit den Gaufrettes ankam, lehnte Hedi über der aufgeschlagenen Zeitung und knabberte an einem Gipfeli.

»Hier, hör mal, was für illustre Gäste gestern im Hotel Baur abgestiegen sind: Graf Alajos Károlyi von Nagykároly, Kämmerer und bevollmächtigter Minister ...«

»Und wer soll das sein?«, fragte Coni, während er die Waffelröllchen vorsichtig in die nächste Vitrine legte. Sie waren so zart und knusprig und sie konnten ganz leicht zerbrechen.

»Einer der Diplomaten des österreichischen Kaisers Franz Joseph. Außerdem, hör zu, Otto Freiherr von Meysenbug, Ritter des kaiserlich-königlichen Leopoldsordens, Kommandeur des kaiserlichen Ordens der Ehrenlegion, bevollmächtigter Minister und Hofrat.«

Coni schüttelte den Kopf. »Ich bin einfach Conrad Hürlimann, Konditor«, sagte er, »weder Graf noch Freiherr noch Bevollmächtigter oder Kommandeur.« Er grinste Hedi an, sie grinste zurück. »Gibt es bei Baur noch mehr von denen?«

Hedi nickte. »Natürlich, da sind auch noch die Bevollmächtigten seiner Majestät des Kaisers der Franzosen. Herr Franz Adolph von Bourqueney, Senator des Kaiserreiches, Großkreuz des kaiserlichen Ordens der Ehrenlegion und Herr Gaston Robert Marin, Marquis von Banneville, Officier des kaiserlichen Ordens der Ehrenlegion, welche zur Konferenz in Zürich zusammengetreten sind.«

»Und worum geht es bei dieser Konferenz?« Coni las nie die Zeitung. Er ließ sich nur von Hedi ab und zu daraus vorlesen.

»Um die Lombardei, einen Landstrich in Italien, der von den Österreichern beherrscht wurde und den Kaiser Franz Joseph jetzt an Napoleon III. abtreten muss. Weil er die Schlacht von Solferino verloren hat.«

»Und wo soll jetzt dieses Solferino sein?«, fragte Coni.

»Am südlichen Ende des Gardasees, bei Mantua«, erklärte

Hedi mit rollenden Augen. Geographie war auch keine Stärke von Coni.

»Und was macht der Franzosenkaiser jetzt mit dieser Lombardei?«

»Er schenkt sie den Italienern, sagt er, damit die endlich einen eigenen, vereinigten Staat gründen können. Bisher sind sie in viele einzelne Reiche zersplittert. Ein bisschen so wie die Schweiz, die ja auch erst seit elf Jahren ein Bundesstaat ist.«

»Was du alles weißt«, sagte Coni, und man hörte, dass ihm das imponierte. »Aber warum ist diese Konferenz jetzt für uns wichtig?«

»Ja, sag mal, du bist doch normalerweise ganz gut im Rechnen. Jetzt rechne doch mal: Wenn diese vier hohen Diplomaten aus zwei Kaiserreichen hier in Zürich im Hotel Baur logieren, dann brauchen sie doch einen ganzen Tross an Hilfsdiplomaten, Kammerzofen, Dienern, Dolmetschern, Stallburschen, was weiß ich noch alles. Die sind doch sicherlich nicht allein hier, sondern führen ihren halben Hofstaat mit. Genauso wie ihre Frauen. Und die wollen sich zerstreuen, diese ganzen langen Vormittage und Nachmittage, während ihre Männer diskutieren und verhandeln. Verstehst du?«

Coni hörte ihr zwar zu, schien aber immer noch nicht zu begreifen, worauf sie hinauswollte.

»Was tun diese Damen die ganze Zeit über? Im Hotel herumsitzen? Für eine lustige Schiffspartie auf dem See ist es schon ein wenig zu kühl. Durch die Gassen wandeln können sie nicht allzu lang, weil sie sich dabei nur die schönen Kleider ruinieren würden. Also?« Klingelte bei Coni tatsächlich immer noch nichts? »Also kommen die Damen natürlich zu uns. Sie haben es ja auch nicht weit, der Platz zwischen dem Hotel und der Confiserie Sprüngli ist immer ordentlich gefegt und unser Diethelm macht den ganzen Tag nichts anderes, als

Pferdeäpfel aufzusammeln. Der Neumarkt ist der vielleicht sauberste Platz in Zürich. Da gelangt man auch in feinen Schuhen ohne Malheur in unseren Erfrischungsraum, wo die Damen unter sich sein, plaudern, Schokolade trinken, Gaufrettes naschen und ihre Patiencen legen können. Capito?«

Coni lächelte sie so an, als wollte er sie gleich umarmen und ihr einen Kuss auf den Mund drücken. Aber so weit waren sie trotz ihrer zehnjährigen innigen Freundschaft noch nicht.

»Ja, husch, husch, ab in die Backstube, Herr Konditorgeselle. Gleich werde ich aufschließen und die Vitrinen sind noch nicht einmal alle gefüllt. Wie sieht das denn aus? So ein Schlendrian wird hier nicht einreißen, dafür sorge ich.« Hedi machte ein ganz strenges Gesicht.

Coni tippte sich an die Stirn. »Jawoll, Chefin!«, sagte er und lehnte sich mit dem Rücken gegen die Schwingtür. »Solferino«, murmelte er, »Kaiser Napoleon der Dritte« und »Friede von Zürich«, als müsste er sich diese Stichpunkte für die nächste Prüfung merken. Hedi hätte ihm nachlaufen und ihm von hinten ihre Arme um den Hals schlingen mögen, wie sie es früher gern gemacht hatte. Dann hatte sie die Beine angezogen und sich an seinen Rücken gehängt wie ein Rucksack. Manchmal hatte er es geschafft, stehen zu bleiben, manchmal war er dabei nach vorne gekippt und sie auf ihn drauf. Und die Momente, wenn sie ihm im Spiel so nahe sein konnte, waren Hedis allerschönste Erinnerungen an ihre Kindheit.

1861

Flückiger

Mein lieber Rudolf,

ein paar meiner in Zürich verbliebenen Freunde und Bekannten versorgen mich gelegentlich mit Neuigkeiten aus meiner Heimatstadt, die ich zwar nicht arg vermisse – ich würde lügen, wenn ich das behauptete –, deren Klatsch und Tratsch mich aber dennoch immer noch gelegentlich erheitert und manchmal auch berührt oder erstaunt. Und von diesen Informanten bekam ich unlängst einen Zeitungsausschnitt zugesandt, der mich heute zur Feder greifen lässt, um dir ganz herzlich zu gratulieren, Rudolf. Du Pfundskerl hast nach deiner Schokoladenfabrik nun auch noch eine zweite Confiserie eröffnet, Donnerwetter! Ich stelle mir deinen Vater vor, wie er sich seine wohl inzwischen auch grau gewordenen Haare rauft. Schon wieder etwas Neues? Genügt dir die Marktgasse denn nicht mehr, wird er dich fragen. Na, offenbar genügt es dir nicht, nur in die Fußstapfen deines alten Herrn zu treten und keine eigenen Spuren zu hinterlassen in unserer gemeinsamen Heimatstadt. Wie zu lesen war, hast du schon nach nur zwei Jahren das ganze Gebäude, das du davor nur zur Miete bezogen hattest, von den Bauherren Stadler in Riesbach und

Koch in Enge gekauft. Es war von einer stolzen Summe von zweihundertsechzigtausend Franken die Rede, von der ich natürlich nicht mit Bestimmtheit weiß, ob sie auch stimmt. Es scheint mir aber ein hübsches Sümmchen zu sein, nicht zu wenig und nicht zu viel für zwei Stockwerke in einem Eckhaus, das nach zwei Seiten seine Schaufenster hat. Dass du diese Summe aufbringen konntest, heißt wohl, dass deine Geschäfte zufriedenstellend, gut oder sehr gut laufen und du anscheinend Erfolg auf Erfolg häufst. Mit einem Zuckerbäcker-Etablissement trittst du also in Konkurrenz zum eigenen Vater, der mit Sicherheit dort bleiben wird, wo er schon die letzten vierzig Jahre gelebt und gearbeitet hat. Er wird sich von dort nicht mehr an einen anderen Ort, gar auf die andere Seite der Limmat, weg aus dem Niederdorf, in dem er verwurzelt ist, umpflanzen lassen.

Ich habe gerätselt, warum du dir ausgerechnet den Neumarkt ausgesucht hast, den ich, genau wie dein Vater, noch als den alten Viehmarkt in Erinnerung habe, außerhalb der Stadtmauern und des Grabens gelegen, in dem Tag und Nacht ohne Unterlass die Frösche quaken. Zum Glück geben sie wenigstens im Winter Ruhe. Zu Zeiten, in denen die Tiefenhoflinde noch diesen Ort beherrschte, war es ein altväterlicher Platz mit Hufgeklapper und Kutschenlärm und mit Frauen, die Betten in die Sonne legten und ihre Teppiche ungeniert im Freien ausklopften. Dort also wird jetzt um- und ausgebaut, seit der Graben zugeschüttet und so bedeckt ist, dass Kutschen ihn befahren können, seit die Mauern geschleift, die Frösche ausgewandert sind und die ehrwürdig alte Linde sich in ordinäres Brennholz verwandelt hat. Ich habe mich gefragt, warum siedelt Rudolf sein Etablissement, das ich mir mehr als doppelt so groß vorstelle wie »Sprüngli und Sohn«, ausgerechnet dort an? Was hat dieser Ort, der ja nicht im

Zentrum, sondern eher an der Peripherie des guten alten römischen Turicum liegt, so Besonderes an sich? Oder besser gefragt: Wer ist sonst schon dort? Der Österreicher Baur ist dort mit einem seiner Hotels, der liberale Patriziersspross Alfred Escher ist dort mit seiner Kreditanstalt und nun ist auch Rudolf Sprüngli dort. Das muss ja eigentlich schon genügen, um einen Platz aufzuwerten und bedeutsam zu machen. Aber irgendetwas führen sie doch im Schilde, denke ich mir, diese Baurs, Eschers und Sprünglis. Irgendwas wissen sie, was sonst noch keiner weiß. Oder sie vermuten es zumindest und spekulieren auf Größeres. Es sind moderne Unternehmer, nach vorne schauend, in die Zukunft natürlich, wohin sonst. Escher steckt sein Geld – nicht alles, aber viel – in den Bau der Eisenbahn, die schon fröhlich durch Europa saust und Dampf ausspuckt, der zu nichts zu gebrauchen ist. Nur um die Schweiz herum macht der »trein«, wie die Holländer sagen, bisher noch einen Bogen. Das darf natürlich nicht sein, dass man unser Land, nachdem es nun endlich vereint und ein stolzer Bundesstaat ist, von einer technischen Entwicklung ausschließt, nur weil wir zu viele Berge haben. Bei uns sind die Herausforderungen vielleicht größer als hier in Holland, wo der Blick immer ins Unendliche gleitet, weil keine Erhebung, und sei sie auch noch so klein, ihn aufhält. In der Schweiz hat es da schon mehr Hindernisse, aber die halten doch einen Escher nicht auf. Ich tippe also auf den Verkehr der Zukunft, der für deine Entscheidung vielleicht eine Rolle gespielt hat. Wahrscheinlich plant das Triumvirat Escher-Baur-Sprüngli Eisenbahnschienen durch die ganze linksseitige Stadt bis hinunter zum See und einmal um den ganzen See herum. Und wo stehen keine Häuser, die man für die Eisenbahnschwellen niederreißen müsste, und keine zweihundertfünfzig Jahre alten Bäume mehr? Auf dem Fröschengraben, wenn er denn dereinst auf ganzer Länge zugeschüttet wird. Das ist eine Bahn, mein Lieber, wie mit der Schnur gezogen, so, wie es sich für einen alten Befestigungsgraben auch gehört. Da kannst du nicht nur einen, sondern gleich zwei Schienenstränge verlegen, sie tun sich nicht einmal weh. Vom Bahnhof der Nordbahn in einem Rutsch durch bis zum Schiffsanleger. Eine richtige »Bahnhofstraße«, wie es sie hier in Holland nun in jeder größeren Stadt gibt. Weil es ja auch in jeder größeren und auch schon kleineren Stadt jetzt einen Bahnhof gibt. Und an die zu erwartende Masse an Reisenden, hin und her, hin und zurück, will Sprüngli sich halten und ihnen noch ein Schokoladenpaket mitgeben oder einen Sack Hüppen, ein Bhalti, das die Gotte oder der Götti ihren Patenkindern offerieren, oder ein Täfelchen von Sprünglis N° 8, »der Cremigen«, für die ich mich übrigens bestens bedanke. Sehr gut ist sie geworden, deine Schokolade, Rudolf. Sie kann sich mit allem messen, was hier zu bekommen ist. Und, das darfst du mir glauben, hier ist viel zu bekommen. Die Holländer sind geborene Händler. Sie handeln mit allem, was von draußen hereinkommt, sei es aus den Marschlanden hinter dem Deich oder aus Übersee. Hier gibt es wirklich alles, als säße man warenwirtschaftlich im Nabel der Welt. Wenn sie nur anständig sprechen würden.

Sag mal, Rudolf, wenn du jetzt auf Du und Du mit den Eschers und Baurs bist, redest du dann überhaupt noch mit einem wie mir?

Die Hoffnung, dich noch einmal zu Lebzeiten wiederzusehen, habe ich fast begraben. Als Unternehmer und Familienvater bleibt dir wahrscheinlich keine Zeit zum Reisen. Ich weiß wohl, dass du jetzt nicht fortkannst. Weshalb ich dich auch nicht länger besabbere wie ein lästiger Großonkel, der immerzu jammert und flennt, dass man sich nur an Weihnachten daran erinnert, dass er auch noch da ist. Apropos Weihnachten, wie wäre denn das? Sind eure Kinder nicht jetzt aus dem Gröbsten heraus? Wollte deine Katharina nicht immer schon einmal Holland und seine Windmühlen und die große See im Norden mit den vielen Schiffen und Eisenbahnen sehen? Bestimmt wollte sie das!

Eheu fugaces labuntur anni, wie der Lateiner, ich glaube, es war der alte Horaz, sagt. Ach, wie im Fluge vergehen die Jahre! So ist es tatsächlich.

Ade und auf ein Wiedersehen,
euer Großonkel Flückiger

1862

David

Er tat so, als habe er immer noch nicht bemerkt, dass sie ihn schon lange nicht mehr den schweren Teig aus dem Trog holen ließen. Dabei wusste er es längst. Nichts blieb ihm verborgen, was in seiner Backstube geschah, nicht die kleinste Veränderung. Wie sollte er also übersehen, dass sie – wie lange schon? – Rücksicht auf ihn, den Alten, nahmen. Und nichts würde er ihnen von den Schmerzen in seinen Händen erzählen, in den dicken Knollen, die sich um seine Fingergelenke gelegt hatten wie Pilze um einen alten Baumstamm. Er tat so, als spüre er es nicht, das Alter, dabei zerrte und zog es an ihm, schränkte ihn hier und dort ein, nahm ihm seine Kraft, machte ihn steifer und unbeweglicher Tag für Tag, Woche für Woche, Jahr für Jahr. Und noch nie war etwas wieder besser geworden, es wurde immer nur ein bisschen schlechter. Doch daran hatte er sich schon gewöhnt. Es überraschte ihn nicht mehr, er war ja kein Narr. Man mochte ihm vielleicht die fünfundachtzig Jahre nicht ansehen, die sein guter Körper, seine starken Arme und Schultern, seine stämmigen Beine ihn nun schon durchs Leben trugen und das viele Arbeiten erst möglich machten. Aber spüren konnte er diese unfassbare

Zahl an Jahren wohl, in jedem einzelnen Gelenk, in jedem Muskel und jeder Faser, die ihn noch zusammenhielt. Einmal würde es vorbei sein, dachte er, doch bis dahin steche ich noch den Teig für die Törtli aus und drücke sie in die Form. Die Hüppen waren zu rollen, und wie immer brachten sie das noch heiße Blech zu ihm, an seinen Platz am Arbeitstisch, denn sie wussten, dass er es auch heute noch besser konnte als sie alle zusammen. Auch wenn er den Löffelstiel kaum mehr richtig festhalten konnte, aber das ahnten sie nicht, weil er es vor ihnen verbarg. Er hatte nie über seine Wehwehchen gesprochen, er würde auch jetzt nicht mehr damit anfangen.

David wollte die nächste Lage Törtli aus dem Backofen holen, doch Roli kam ihm zuvor. Der Geselle schien immer ein Auge auf ihn zu haben, David bemerkte es wohl. Womöglich wartete der Bursche immer noch darauf, dass David eingestand, dass er sich in ihm getäuscht hatte, damals. Als Rudolf ihn hier anschleppte, diesen Niemand, das Verdingkind, ohne mit ihm darüber gesprochen zu haben. Über seinen Kopf hinweg. Ja, er war wohl ungerecht gegen den Jungen gewesen. Es war ein hervorragender Konditor aus diesem Roli geworden. Es fiel David nicht einmal schwer, das zuzugeben, es erfüllte ihn sogar mit Stolz. Schließlich hatte er ihm das meiste von dem, was er heute konnte, beigebracht. Dass Roli immer noch um seine Anerkennung buhlte, das war ihm nicht verborgen geblieben. Ein Blick, ein noch längerer Blick, erst dann ging Roli wieder an seinen Platz zurück. David sah kaum auf, aber er wusste es auch so.

Mit dem Schieber hob er die Törtli einzeln vom Blech auf den Arbeitstisch, damit der Boden nicht zu stark bräunte. Dort drüben stand die Schüssel mit den eingemachten Kirschen und daneben der Guss, der aufgerührt und über die

Früchte verteilt werden musste. David stützte sich auf dem Arbeitstisch ab. Alle Kraft sauste ihm durch die Beine hindurch in den Boden. Ein kleiner Schwindel erfasste ihn. Schon stand Roli wieder neben ihm. Hatte er den sechsten Sinn? David band sich die Schürze auf, wollte sie drüben an den Haken hängen, aber Roli hatte sie ihm schon aus der Hand genommen. David sah den Burschen an, klopfte ihm auf die Schulter. Es sollte ein wortloses Dankeschön sein. Seine Entschuldigung für alles, was er ihm angetan hatte. Sein Lob, dass aus ihm ein guter Zuckerbäcker geworden war. Seine Bestätigung, dass Rudolf sich nicht in ihm getäuscht hatte. Das alles war in dieser Geste enthalten. David hoffte, dass Roli, der feinfühlige Waisenjunge mit einem Sohn, der gar nicht sein eigener war, es auch verstand.

Dann fuhr er sich über den Kopf, griff sich in das weiße Greisenhaar und ging langsam, ein kleiner Trippelschritt nach dem anderen, hinauf in die Wohnung. Nie zuvor war die Treppe so lang und so steil gewesen, die Stufen so unerreichbar hoch. Er legte sich aufs Kanapee und schlief auf der Stelle ein.

Rudolf

Katharina hatte Roli zum Neumarkt geschickt, um Rudolf zu holen. Der Vater liege mitten am Tag auf der Couch und mache seltsame Geräusche beim Atmen. Sie mache sich Sorgen. Rudolf lief hinüber in die Marktgasse. Er beugte sich über den schlafenden Vater, rüttelte an seiner Schulter, um ihn aufzuwecken.

Da öffnete David die Augen, sah erst Katharina, dann seinen Sohn an. »Jetzt, meine ich, ist es vorbei mit dem Schaffen«, flüsterte er. Dann schloss er die Augen, machte zwei tiefe, seufzende Atemzüge und dann nichts mehr.

Es war ein kalter Tag Mitte Februar. Auf dem Friedhof lag Schnee, stehen gebliebene Pfützen waren vereist. Alle froren so, wie man nur auf Friedhöfen fror, mit einer Kälte, die einem durch die Hosenbeine kroch. Doch im Frühling zu sterben, musste wohl noch schlimmer sein, dachte Rudolf. Wie die Orgelpfeifen standen seine Kinder am Grab: Hedi, die schon eine Frau war, die zwei großen Mädchen, dann die zwei Buben, Rudolf und der Jüngste, David, der nach dem Großvater benannt war. Der alte Pfarrer der Predigerkirche war vor ein paar Monaten verstorben. Der neue kannte seinen Vater nur als verkniffenen alten Mann. Er kam zu ihnen ins Haus, um sich bei ihm und Katharina zu erkundigen, was für ein Mensch dieser David Sprüngli aus seiner Kirchengemeinde eigentlich gewesen war. Seine Frau, Rudolfs Mutter, war schon lange nicht mehr bei ihnen, von seiner Schwester hatte David nie mehr gehört, nachdem sie nach Amerika ausgewandert war. In Andelfingen, von wo der Vater stammte, gab es niemanden mehr, der sich an ihn erinnerte. In seiner Backstube war er stets geachtet, oft gefürchtet worden. David war streng gewesen, dabei noch nicht einmal immer gerecht. Aber er hatte für die Seinen gesorgt und sich so lange krummgelegt, bis der Weg für sie bereitet war. Vor allem für ihn, den Sohn, der ihm beruflich nachgefolgt war. Das alles erzählte der Pfarrer jetzt an Davids Grab. Was würde der Verstorbene wohl selbst dazu sagen, wenn er es hören könnte? Er würde wohl zumindest keinen Einwand erheben, dachte Rudolf. Am Schluss seiner Rede sagte der Pfarrer doch noch etwas, das sie ihm nicht vorgegeben hatten.

»Behaltet den Verstorbenen in guter Erinnerung«, sagte er und rieb sich die rot gefrorenen Hände. »Und wer weiß, vielleicht wird er in eurem Gedächtnis irgendwann sogar besser, als er zu Lebzeiten tatsächlich gewesen ist.«

Katharina lächelte. Sogar Vreni schmunzelte und ebenso seine Mädchen, Hedi, Ida und Elsi, denen der Großvater oft das Gefühl gegeben hatte, nicht genauso viel Bedeutung für ihn zu haben wie die beiden Enkelsöhne.

Die weißen Handschuhe, die er als einziges Erbe seiner Eltern beim Tod der Mutter erhalten hatte, waren nicht mehr aufzufinden. David hatte sie vermutlich selbst längst weggeworfen. Sie hatten ihm offensichtlich nichts bedeutet, ihn nur an seine Armut und die Schande erinnert, als Mittelloser und ganz allein auf der Welt zu sein.

Die Zunft zur Schiffleuten spendete einen prächtigen Kranz und der Zunftmeister schickte seinen Stellvertreter zum Leichenschmaus. Ein angesehener Zürcher Bürger wurde zu Grabe getragen, würde am nächsten Morgen in der Zeitung stehen.

Rudolf trauerte um seinen Vater, wie es sich gehörte. Nicht weniger, aber auch nicht mehr. David Sprüngli war David Sprüngli, fünfundachtzig Jahre lang. Er hätte nie ein anderer sein können. Die einzige Altersmilde, die ihn je erreichte, hatte ihn bei der Geburt seiner beiden Enkelsöhne gestreift. Der Ältere, Rudolf, hätte bald bei ihm als Lehrling in der Backstube angefangen. Dann hätte sich der Kreis geschlossen. Der eine Sprüngli, der immer da gewesen war, an seinem Platz, über sieben Jahrzehnte, machte der übernächsten Generation von Sprünglis Platz. Der Staffelstab würde weitergegeben, nach dieser endlos langen Zeit, die sein Vater unermüdlich geschuftet hatte.

David, ihr Jüngster, war der Letzte, der immer noch am Grab verharrte, auf dem nun mit dem Namen des Großvaters auch sein Name stand. Und er war einer der wenigen, die eine Träne verdrückten. Sein Opa, sein Namensgeber, war nun nicht mehr da. Lange hatte er gelebt und viel erreicht. Verändert hatte er sich dadurch eigentlich nie.

Katharina hakte sich bei Rudolf unter. Vreni stand bei den Mädchen, Roli bei den Jungen.

»Gehen wir?«, fragte ihn Katharina. Rudolf seufzte einmal tief. Dann nickte er.

1863

Katharina

Ach, wenn der Schwiegervater das noch erlebt hätte, dachte Katharina. Doch dann fiel ihr ein, dass er an diesem Namen bestimmt auch etwas auszusetzen gehabt hätte.

Ein Jahr nach David Sprünglis Tod wurde der Neumarkt doch noch umbenannt. Er hieß nun Paradeplatz, ein würdiger, wenn auch ein wenig hochtrabender Name. Denn Paraden militärischer Art wurden hier keine abgehalten. Nervös ließ Katharina ihre Finger der Reihe nach knacken. Dann kontrollierte sie vor einem der Spiegel noch einmal die Frisur, um die sich ihre Töchter am Morgen gekümmert hatten: ein schlichter Mittelscheitel mit einem lockeren Knoten am Hinterkopf. Sie hatten ihr mit der Schere ein paar graue Haare abgeschnitten, die am Scheitel besonders auffällig zu sehen waren. Katharinas bordeauxfarbenes Kleid war schlicht, aber mit seinem besonders feinen Kragen aus St. Galler Spitze doch etwas Besonderes. Es brachte ihr dunkles Haar und den hellen Teint zum Strahlen. Die lavendelfarbene Seide hatte sie für Hedi zu einem sehr schönen, wenn auch nicht übertrieben prächtigen Tageskleid schneidern lassen, dessen Oberteil eine silberne Knopfreihe hatte. Die passende Haube aus lila

Seidenbändern, die zu Schleifen gebunden und mit cremefarbener Spitze verziert waren, wollte Hedi zu dem Anlass nicht tragen. Dafür hatten Ida und Elsi ihr zwei Seidenbänder in die Zöpfe geflochten und sie ihr im Nacken zu zwei Nestern gerollt. Es war ganz einfach, sah aber raffiniert aus. Wo war Hedi denn überhaupt? Wahrscheinlich steckte sie wieder mit Coni zusammen, in irgendeinem Winkel zwischen Backstube und Verkaufsraum, wo sie wieder miteinander flüsterten. Rudolf und sie warteten eigentlich täglich darauf, dass Coni bei ihnen an der Wohnungstür klingelte. Es war nur mehr eine Frage der Zeit, wann er um Hedis Hand anhalten würde. Und allmählich wartete Katharina schon ungeduldiger auf diesen Moment als ihre Tochter.

Sie ließ den Blick noch einmal über die Vitrinen, die Gebäckteller, Bonbongläser und Etageren wandern. Alles war gut gefüllt und so angerichtet, dass den Gästen, die bald ankommen würden, das Wasser im Mund zusammenlief, sobald sie sich mit all den Leckereien in einem Raum befänden. Zum Glück war das Konfekt hinter den Glasscheiben der Vitrine sicher.

Der große Tag der Neueröffnung des Erfrischungsraumes der Confiserie Sprüngli war endlich gekommen! Er nahm nun das gesamte erste Stockwerk des Hauses am Paradeplatz ein und musste sich den Raum nicht länger mit den Verkaufstresen und dem Verkaufspersonal teilen, die im Erdgeschoss verblieben. Über die breite geschwungene Treppe gelangte man hinauf und konnte, wenn man Glück hatte, einen Tisch an den großen Fenstern, die auf zwei Seiten hinunter auf den Platz gingen, ergattern. Um zehn Uhr sollte es losgehen, und wie Katharina ihre Zürcher Stammgäste kannte, würden die ersten sich schon mindestens eine Viertelstunde vorher an der Eingangstür einfinden, um sich die besten Plätze und die feinsten Torten zu sichern.

Katharina atmete noch einmal tief durch. Hätte ihr Vater doch nur nicht die Idee gehabt, dass sie zur Eröffnung doch ein wenig Musik machen könnten!

»Das ist eine wunderbare Idee«, hatte Katharina spontan geantwortet. »Dann begleitest du mit dem Akkordeon Hedi am Hackbrett. Ihr beide spielt doch so gut zusammen.«

»Und was ist mit dir?«, hatte Kaspar Ammann gefragt. »Wird es nicht langsam Zeit, dass du dich wieder an die Musik erinnerst? Es ist eine Schande, dass du sie so lange vernachlässigt hast. Dein halbes Leben schon!«

Kaspar ließ ihr keine Ruhe mehr, bis Katharina schließlich einwilligte, zumindest ein Stück, eine einfache Mazurka, mitzuspielen. Seit Wochen hatte sie nun diesen Tanz im Dreivierteltakt, eigentlich ein Tänzchen, geübt und war selbst erstaunt, dass sie die Klöppel überhaupt noch halten und die Saiten ihres Instruments damit noch richtig anschlagen konnte.

»Ich habe dir doch gesagt, das verlernt man nicht«, hatte der Vater ihr von Anfang an prophezeit und recht behalten. Wenn Katharina nur nicht so schrecklich nervös gewesen wäre. Am Ende vergaß sie noch die Noten oder verpasste ihren Einsatz. Sie knackte noch einmal alle Finger der Reihe nach durch. Wie ein Backfisch benahm sie sich! Dabei war sie doch früher nie so aufgeregt gewesen. Aber da war sie eben auch noch in Übung.

Alle Stammgäste aus dem alten Erfrischungsraum hatten Einladungen bekommen und die allermeisten hatten auch spontan zugesagt. Halb Zürich hatte darüber hinaus wegen eines Tisches zur Eröffnung angefragt, aber die Plätze waren seit Langem vergeben. Bald würden die ersten Damen in ihren besten Ausgehkleidern eintreffen. Nicht in den Ballkleidern, denn es war eine Tagesveranstaltung, aber doch die feine Garderobe. Die Damen würden mit Sicherheit die Mehrheit der

Gäste stellen, wie schon im alten Erfrischungsraum. Denn zu Sprüngli kamen die Damen auch gern ohne Herrenbegleitung, um Tee oder Schokolade zu trinken. Ein Gläschen Dessertwein war das Maximum an Alkohol, was im Café ausgeschenkt wurde. Und das Rauchen wurde nach wie vor nicht gestattet. In der Confiserie Sprüngli saß man nicht in Rauchschwaden beim Wein und redete sich die Köpfe über Politik heiß. Bei Sprüngli ging es immer schon etwas feiner zu. Die Gäste kamen, um zu genießen, zu plaudern, Patiencen zu legen, zu sehen und gesehen zu werden. Aber alles diskret und vornehm.

Katharinas ganze Familie war heute am Paradeplatz im Einsatz. In der Backstube im Erdgeschoss herrschte schon seit dem frühen Morgen Hochbetrieb. Und Rudolf, Katharinas Ältester, war als Konditorlehrling im zweiten Lehrjahr schon mit dabei. David, ihrem Jüngsten, hatte sie für heute eine besondere Rolle zugeteilt. Nur Rudolf, ihr Mann, hatte unbedingt heute früh nach Horgen aufbrechen müssen. Er hatte am Abend davor eine Nachricht erhalten, dass eine Maschine ausgefallen war und der Maschinist das Problem nicht hatte lösen können.

»Und da musst du als Obermaschinist drei Stunden dorthin laufen?«, hatte sie Rudolf gefragt. »Du verpasst unsere Eröffnung wegen eines Maschinenschadens?«

»Dass ich es verpasse, wenn du dich nach so vielen Jahren wieder ans Hackbrett setzt, das schmerzt mich am allermeisten«, hatte Rudolf geantwortet. »Aber so ist es leider. Wir haben einen Produktionsausfall wegen des Maschinenschadens. Da muss ich mich selbst drum kümmern.«

Über den Platz lief jetzt ein blutjunger Page aus dem Hotel Baur en Ville. In der etwas zu großen weinroten Uniformjacke mit den großen Goldknöpfen steckte David Robert, ihr

Jüngster. Das Haar, das unter der mit Tressen besetzten roten Kappe hervorlugte, glänzte von Pomade. Es war Katharinas Idee gewesen, ihn an den Eingang zu stellen, damit er ihre Gäste mit einem Diener begrüßen und ihnen galant die Tür aufhalten sollte. Wie im Grandhotel. Ganz freiwillig hatte er seinen Dienst nicht angetreten. Es war eher eine Strafmaßnahme für einen Streich, bei dem er kürzlich ertappt worden war. Zusammen mit einem Schulkameraden hatte er ein paar Handvoll kleiner Steine aus einem Fenster im ersten Stock auf die Passanten herabregnen lassen. Natürlich waren die beiden Übeltäter schnell aufgeflogen. Und so würde David also heute den livrierten Türsteher geben, von der Ankunft der Gäste bis zu ihrer Verabschiedung.

»Mami, die ersten Gäste kommen schon. Soll ich sie hereinlassen?«, rief David und nestelte an seiner Kappe und der roten Jacke, die ihm nicht gehörten und auch nicht perfekt passten.

»Wir öffnen um Punkt zehn Uhr, keine Minute früher. Sollen sie ruhig ein wenig warten, dann steigt die Aufregung und mit ihr die Vorfreude.« Wenn es nur bei ihr auch so gewesen wäre. Aber bei ihr stieg nur die Nervosität.

Wie abgesprochen trat jetzt das Personal an, die Verkäuferinnen und Bedienerinnen, alle in Schwarz mit adretten weißen Schürzen und Häubchen, und ihre drei Töchter standen wie die Orgelpfeifen am Treppenaufgang, aufgeregt tuschelnd und kichernd. Elsi in einem grünen, Ida in einem blauen und Hedi in ihrem herrlichen lavendelfarbenen Kleid.

Die ersten Gäste, denen David beim Schlag der Turmuhr des nahen Fraumünsters die Tür aufhielt, waren die Witwe des Friedensrichters Wunderli mit ihrer Tochter Esther und zwei fast erwachsenen Enkelinnen, die wie Zwillinge aussahen und auch so gekleidet waren. Danach kamen die

Frau des jetzigen Besitzers der Elephanten-Apotheke in der Marktgasse und die Schwiegertochter der Schneiderin Wyss, bei der Katharina gelernt hatte. Katharina versuchte, alle Gäste persönlich zu begrüßen und zu ihren Tischen zu begleiten. Auch Johannes Baur und seine Anna ließen es sich nicht nehmen, ihnen an diesem Tag die Ehre zu erweisen und dabei zu sein.

»Ihr seid das Grandhotel unter den Zürcher Confiserien«, raunte ihr Johannes zu, während sie zu ihrem Fensterplatz gingen. »Ich habe auch nichts anderes erwartet.«

Als alle Gäste Platz genommen hatten und mit Getränken und Kuchen versorgt waren, setzte Kaspar Ammann sich an den Tisch für die Musikanten und Hedi nahm ihren Platz hinter ihrem Hackbrett ein. Alle streckten die Hälse nach dem dritten Musikanten und Katharina hätte liebend gern die Flucht ergriffen. Sie fing schon wieder an, ihre Finger zu kneten. Dann holte sie tief Luft und trat hinter ihr Instrument. Bevor sie den ersten Ton anschlug, schaute Katharina noch einmal ins Publikum und sah ihren Mann die Treppe heraufkommen. Er zwinkerte ihr zu, und sie setzte ein wenig zu früh ein und spielte die Mazurka auch ein wenig zu schnell, fand aber doch in den Takt, sobald sie sich beruhigt hatte. Es ging alles einigermaßen gut. Es machte ihr sogar Freude, trotz der Aufregung. Sie bedankte sich für den Applaus, verließ mit schweißnassen Händen ihren Platz und ging auf ihren Mann zu.

»Wieso bist du schon wieder da?«, flüsterte sie Rudolf ins Ohr.

»Heini und der Maschinist haben die Reparatur doch hinbekommen. Ich war ganz überflüssig draußen in Horgen und habe gleich die Kutsche zurück genommen, um dich noch zu hören. Wie wunderbar ihr alles hergerichtet habt, Katharina, und du kannst es noch!« Er drückte ihre Hände. Dann zog er einen Umschlag aus dem Sakko und überreichte ihn seiner Frau.

»Was ist das?«, fragte sie leise.

»Schau doch rein.«

Katharina zog ein Blatt Papier, dicker als das übliche Schreibpapier, hervor und drehte es um. Es war eine Zeichnung, auf der sie sich sofort selbst erkannte, wie sie in weißer Bluse mit rotem Halstuch auf einem Weidling saß, als junges Mädchen. Um die vierzehn Jahre alt musste sie damals gewesen sein.

»Das bin ja ich«, flüsterte Katharina. »Wo kommt das her?«

»Das ist die erste von den vielen Zeichnungen, die ich für dich gemacht habe, damals, als ich von meiner Wanderschaft zurückkam und dich in Luzern wiedergetroffen hatte. Ich habe dir die Bilder anstelle von Liebesbriefen geschickt, weil ich dafür einfach zu ungeschickt war.«

»Aber dieses hier habe ich nie bekommen«, sagte Katharina. »Wo hast du das jetzt her, nach so vielen Jahren? Einem halben Leben!«

»Der Apotheker hat sie mir vor ein paar Tagen gebracht. Er hat sie beim Renovieren der Elephanten-Apotheke unter einem der alten Schränke gefunden. Ich muss sie wohl dort vergessen haben, damals, bei Flückiger, vor dreißig Jahren.«

»Aber woher wusste er, dass die Zeichnung von dir stammt?«

»Na, warum wohl? Weil ich sie in meiner jugendlichen Eitelkeit, oder um dir zu gefallen, signiert habe. Schau.«

Richtig, da stand sein Name. Katharina standen die Tränen in den Augen, weshalb Rudolf sie kurz an sich zog, bis sie sich wieder im Griff hatte.

»Ist was passiert?« Plötzlich stand David neben ihnen und sah seine Mutter besorgt an. Dann kratzte er sich unter der Kappe, die ihm bis über die Ohren rutschte.

»Nichts ist passiert, alles ist so wunderbar, wie es nur sein kann«, sagte Katharina und zog ihren Jüngsten zwischen sich und Rudolf, und zusammen hörten sie die Töne des letzten Stücks verklingen und klatschten mit allen anderen zusammen Beifall.

»Bravo!«, rief Johannes Baur, hob sein Kristallglas mit Dessertwein und prostete ihnen zu.

ANHANG

Liste der Personen

David Sprüngli (1776–1862), als junger Mann nach Zürich eingewandert, Konditorlehre, vierzig Jahre Arbeit als Konditorgeselle, kauft 1836 die Konditorei Vogel in der Marktgasse 15 und begründet die erste Konditorei Sprüngli in Zürich.

Elsbeth Sprüngli, seine Frau.

Rudolf Sprüngli (geb. 1816), genannt »Ruedi«, Sohn von David und Elsbeth Sprüngli. Konditorlehre in der Marktgasse, Wanderjahre als Geselle in der französischen Schweiz, mit zwanzig Jahren Miteigentümer der »Konditorei Sprüngli und Sohn« in der Marktgasse.

Katharina Ammann (geb. 1812), genannt »Chatrina«, gelernte Schneiderin, später Hausdame im Hotel Hirschen in Luzern. Heiratet 1839 Rudolf Sprüngli.

Kaspar Ammann, Katharinas Vater, Feuerwächter auf dem St.-Peters-Turm in Zürich, Instrumentenbauer und Musiker.

Babette Ammann, Katharinas Mutter.

Annarösli Burger, Angestellte in der Konditorei Sprüngli, ledig. Eine lebenslange tiefe Freundschaft verbindet sie mit der St. Galler Malerin *Louise Hahn*.

Meister Flückiger, Besitzer der Elephanten-Apotheke in der Marktgasse, Mentor und väterlicher Freund von Rudolf Sprüngli.

Roli Stutz, wird als »Verdingkind« zum Arbeiten aufs Land geschickt, reißt aus und kommt nach Zürich. Rudolf gibt ihm eine Chance und nimmt ihn als Lehrling an.

Vreni Keerer, Katharinas beste Freundin, Fabrikarbeiterin in einer der Seidenspinnereien am Mühlesteg in Zürich.

Hedi (geb. 1840), *Ida* (geb. 1842) und *Elsie Sprüngli* (geb. 1844), die Töchter von Rudolf und Katharina.

Johann Rudolf (geb. 1847) und *David Robert Sprüngli* (geb. 1851), die zwei Söhne von Rudolf und Katharina. Johann Rudolf wird später Schokoladenfabrikant, David Robert Konditor in der zweiten Confiserie Sprüngli am Neumarkt, später »Paradeplatz«.

Ueli, Geselle, *Christoph* und *Simon*, Gehilfen in der Backstube der Konditorei Sprüngli in der Marktgasse.

Glossar

Mit Rücksicht auf die Leserinnen und Leser, die kein Schweizerdeutsch verstehen, wurde im Wesentlichen darauf verzichtet, es im Buch zu verwenden. Zumal die Autorin keine Schweizerin ist. Hier einige wenige Hinweise, wenn in der wörtlichen Rede doch gelegentlich ein Schweizer Ausdruck oder die lokale Kurzform eines Namens vorkommt.

Bhalti – Geschenk des Paten (»Götti«) oder der Patin (»Gotte«) an das Patenkind (»zum Behalten«)

Billett – Fahrschein, Ticket

Chatrina – Kurzform für Katharina; das »ch« wird kratzend, wie in »ach« gesprochen

En Guete! – Guten Appetit! (Gesprochen En' gu_ete)

Exgüsi – Entschuldigung (vom französ. »Excusez«), gesprochen ex'güsi

Felleisen – Rucksack, Tornister

Frauenbadi – Badeanstalt für Frauen mitten in Zürich, am Stadthausquai, Flussbad in der Limmat

Gipfeli – Croissant

Grüezi – Guten Tag, gesprochen Grü_ezi (nicht Grüzi)

Guetzli – Kekse, Weihnachtsplätzchen, gesprochen Gu_etzli

Hackbrett – alpenländisches Saiteninstrument, bei dem die Saiten im Gegensatz zur Zither nicht mit der Hand, sondern mit zwei Klöppeln angeschlagen werden

Hoi – Hallo

Hüppen – Waffelröllchen, heißen auch »Gaufrettes«

Jenische – Bevölkerungsgruppe, Minderheit mit nomadischer Lebensweise, »fahrendes Volk«

Meitli – Mädchen

Neumarkt – Als Rudolf Sprüngli 1859 die elegante Confiserie Sprüngli gegenüber dem Hotel Baur en Ville eröffnete, hieß der Platz noch »Neumarkt«. Er wurde später in »Paradeplatz« umbenannt. Dort befindet sich die Confiserie Sprüngli auch heute noch.

Ruedi – Kurzform für Rudolf, gesprochen Ru_edi (nicht Rüdi)

Spanisch Brötli – eine Gebäckspezialität aus Baden. Die erste Schweizer Eisenbahn zwischen Zürich und Baden hatte den Spottnamen »Spanisch-Brötli-Bahn«.

Ueli – Kurzform für Ulrich, gesprochen U_eli (nicht Üli)

Wähe – flacher Blechkuchen, belegt mit Obst oder Gemüse und Käse; Quiche

Weggli – rundes, mit Milch zubereitetes Brötchen, mit einer Furche in der Mitte

Welsche, Welschschweiz – der französischsprachige (West-) Teil der Schweiz, auch »Romandie« oder »Suisse romande«

Zältli – Bonbon

Zmorge – Frühstück

Znüni – Vormittagspause, zweites Frühstück, neun Uhr (*nüni*, neun)

Zvieri – Nachmittagspause, Imbiss, sechzehn Uhr (*vieri*, vier)

Literaturverzeichnis

Alex Capus, *Patriarchen. Über Bally, Lindt, Nestlé und andere Pioniere,* München 2017

Chocoladefabriken Lindt & Sprüngli (Schweiz) AG, 150 Jahre Freude bereiten. Chocoladefabriken Lindt & Sprüngli AG 1848 bis 1995, Kilchberg 1995

Verena Conzett, *Erstrebtes und Erlebtes. Ein Stück Zeitgeschichte,* Zürich 2013 (Original 1929), Conzett Verlag

René Frei, *Über die Schokolade im Allgemeinen und die Entwicklung der bernischen Schokoladeindustrie,* Dissertation, Bern 1951, Univ. Diss.

Christoph Hämmig, *Confiserie Sprüngli. Tradition mit Zukunft. Betrachtungen zur Firmengeschichte,* Zürich 2004

Dieter Nievergelt, *Das Sprüngli-Haus im Wandel der Zeit.* Zürich 1977, Verlag Waser

Roman Rossfeld, *Schweizer Schokolade. Industrielle Produktion und kulturelle Konstruktion eines nationalen Symbols 1860–1920,* Baden 2007, Verlag Hier und Jetzt

Martin Salzmann, *Die Wirtschaftskrise im Kanton Zürich 1845 bis 1848*, Bern 1978, Verlag Peter Lang

Hans Rudolf Schmid, *Lindt & Sprüngli 1845–1970. 125 Jahre Freude schenken*, Hg. Lindt & Sprüngli AG Kilchberg 1970

Hans Rudolf Schmid, *Schweizer Pioniere der Wirtschaft und Technik. Die Pioniere Sprüngli und Lindt*, Verein für wirtschaftshistorische Studien, Band 22, Zürich 1970

Hermann und Gertrud Sprüngli-Blumer (Hg.), *Sprüngli am Paradeplatz 1836–1936*, Zürich 1936

Hans Peter Treichler, *Die Arbeiterin in Zürich um 1900*, Zürich 2011, Conzett Verlag

Hans Peter Treichler, *Zürich – ein historisches Porträt*, Zürich 2021, Verlag Hier und Jetzt

Emil Zopfi, *Schrot und Eis. Als Zürichs Landvolk gegen die Regierung putschte*, Zürich 2005, Limmat Verlag

Zur Erinnerung an David Rudolf Sprüngli-Baud, 1851 bis 1944, Gedenkschrift, Zürich 1944

C. J. Cherryh

Chanurs Legat

Erster Roman des
SPÄTEN CHANUR-ZYKLUS

Aus dem Amerikanischen übersetzt
von
ROSEMARIE HUNDERTMARCK

Deutsche Erstausgabe

WILHELM HEYNE VERLAG
MÜNCHEN

HEYNE SCIENCE FICTION & FANTASY
Band 0605126

Titel der amerikanischen Originalausgabe
CHANUR'S LEGACY
Deutsche Übersetzung von Rosemarie Hundertmarck
Das Umschlagbild malte Michael Whelan
Die Karte auf Seite 5 zeichnete Christine Göbel

Redaktion: Wolfgang Jeschke

Erstausgabe (Hardcover) by DAW Books, Inc., New York

Printed in Germany 1994
Umschlaggestaltung: Atelier Ingrid Schütz, München
Technische Betreuung: Manfred Spinola
Satz: Schaber Satz- und Datentechnik, Wels
Druck und Bindung: Elsnerdruck, Berlin

ISBN 3-453-07743-1

RAUMGEBIET DES PAKTES

Raumtiefe = +/−40 Lichtjahre

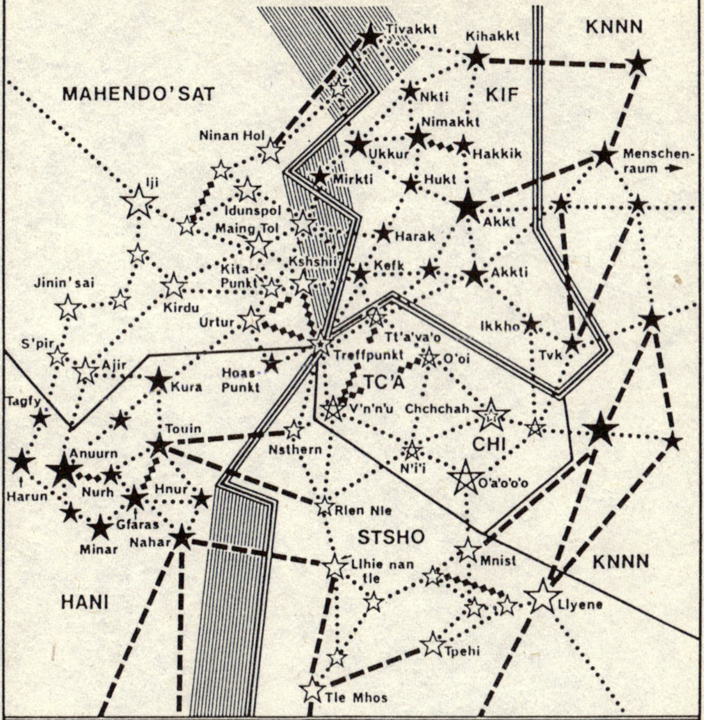

SYMBOLE	GRENZEN
= Heimatsystem	= freundschaftlich
= ein kontrolliertes System und/oder Orbitalstation	= verboten
= ein Sprungpunkt und/oder kleine Handelsstation	= umstritten

ROUTEN

- – – – = Routen, die nur von Knnn-Schiffen beflogen werden können
- ◆◆◆◆◆◆ = Routen, die nur von Schiffen ohne Fracht beflogen werden können
- ······ = Routen, die auch von Schiffen mit Fracht beflogen werden können

Bitte beachten Sie: Oft stehen Sterne scheinbar dicht nebeneinander, während sie durch die Tiefe des Raums weit voneinander getrennt sind. Ebenso steigen die Routen zwischen den Systemen auf und ab, entsprechen also nicht den dargestellten Entfernungen je nach Vektor zum Betrachter.

1. Kapitel

Der Treffpunkt war in einem Sinn der Mittelpunkt des Raumgebiets, in dem der Pakt galt, und in einem anderen Sinn war dieser Ort, wo sich alles traf, was zum Pakt gehörte, um Handel zu treiben, der hinterste Winkel der Territorien jeder einzelnen Spezies. Er hatte kosmopolitischen Charakter, und trotzdem verließ einen auf den Docks dort das unsichere Gefühl nicht, man könne von hinten angegriffen werden. Das war auch heute noch so, obwohl Waffengebrauch mißbilligt wurde und zwischen den Spezies Frieden herrschte. Die Sauerstoff-Docks des Treffpunkts waren kalt, sie rochen nach Öl und Chemikalien, Läden und Bars, in denen Hochbetrieb herrschte; sie boten eine breite Auswahl von Lastern an. Für die Methan-Seite waren die Methan-Atmer mit den Gedanken ihrer Vielfach-Gehirne und ihren noch seltsameren Liedern zuständig, aber auf der Sauerstoff-Seite handelten die Stsho, die Eigentümer des Treffpunktes, mit allem, was ihnen beliebte. Unter diesen überschlanken, weißhäutigen Kaufleuten konnte man Hani, Mahendo'sat, Kif und (wenigstens dann, wenn ein bestimmtes Schiff im Dock lag) einen einzelnen Menschen von einer Welt finden, die einfallslos Erde genannt wurde.

Dieses bestimmte Schiff war da gewesen. Dieses bestimmte Schiff hatte vor etwa zwanzig Tagen wieder abgelegt, um seinen Geschäften nachzugehen, ein Umstand, der Hilfy Chanur nur recht war. Hilfy Chanur, Kapitänin der *Chanurs Legat*, war gerade erst im Dock eingetroffen und wurde von der liegengebliebenen Post ihrer Tante belagert, dazu von massenhaft Schma-

rotzern, Möchtegern-Politikern und solchen, die es beinahe zum Politiker geschafft hätten, Erfindern und Akademikern, die alles an Gefälligkeiten, Beziehungen, verrückten Ideen und Beschwerden mitbrachten, die im Umkreis von vierzig Lichtjahren zu finden gewesen waren.

Wenn man die Nichte der Präsidentin des Paktgebietes, der gewählten Präsidentin der raumfahrenden Amphiktiomie von Anuurn, der *mekthakkikt* aller Kif, der Persönlichkeit der Persönlichkeiten der Mahendo'sat (die Götter allein wußten über die Methan-Atmer Bescheid) war – das brachte, kurz gesagt, etliche Verpflichtungen mit sich.

Die *Chanurs Legat* hatte die ersten Formalitäten hinter sich gebracht, aber es blieb noch abzuwarten, ob Tante Pyanfars jüngste Geschäfte mit dem Direktor des Treffpunktes zu einer weiteren dieser Verpflichtungen führen würden. Doch das würde bald geklärt sein, denn ganz oben auf dem Stapel mit Botschaften, die in den Dateien der *Legat* gelandet waren, lag die Bitte von *Gtst* Exzellenz No'shto-shti-stlen, die »erhabene Nichte der hochberühmten (unübersetzbar) Pyanfar Chanur möge die äußerst gastlichen (?) inneren Verwaltungsbüros mit ihrer Gegenwart beehren« und so weiter und so fort, »ohne von Zollformalitäten aufgehalten zu werden, die diese Dienststelle mit großer Freude für Sie erledigen wird« und so weiter in diesem Stil.

Hilfy dachte nicht daran, sich darauf zu verlassen, daß diese Formalitäten ignoriert werden würden, bei den Göttern, das tat sie nicht. Sie beauftragte ihre Stellvertreterin, sich darum zu kümmern, nur für den Fall, daß der ehrenwerte oder ausgezeichnete No'Shtoshti-stlen *gtst* Meinung änderte und ihr Schiff des Schmuggelns bezichtigte.

Deshalb zog Hilfy ihre beste Verwaltungsbürohose aus schwarzem Satin an. Sich ihrer Jugend peinlich bewußt, kämmte sie ihre Mähne, daß sie vor Statik kni-

sterte (und voller wirkte) und ihren Schnurrbart, bis die jugendliche Dürftigkeit einigermaßen kaschiert war. Wenigstens mangelte es Hilfy Chanurs Ohren nicht an Ringen, den Abzeichen ihrer Reisen. Ihr rotgoldenes Fell glänzte. Ihre Stimmung war richtig fröhlich. Sie nahm den Lift von ganz oben bis zu dem Hauptkorridor des unteren Decks und steckte den Kopf in den dortigen Ops-Raum.

»Ich gehe, Cousine. Du hast den Befehl. Wie läuft es?«

»Bisher glatt. Möchtest du wirklich nicht, daß eine von uns mitkommt?«

Tiar machte sich Sorgen – sie waren eine kleine Crew in einem fremden Hafen und hatten mit Beamten zu tun, die sie nicht persönlich kannten. Die Mitglieder der Crew wollten gern an Land gehen, was sie nicht konnten, bevor die Formulare ausgefüllt und die Fracht ausgeliefert war.

»Ich kenne mich hier aus. Ich weiß genau, wohin ich gehe.«

»Du hast doch den Taschenkom dabei?«

Hilfy klopfte sich auf die Hosentasche. »Kein Problem. Das ist nur ein Spaziergang das Dock hinunter zum Aufzug. Du läßt diese Formulare ausfüllen, du vergewisserst dich, daß alle Zollangelegenheiten erledigt sind – du läßt die Formulare auf jeden Fall unterschreiben. Beziehe dich auf das Büro des Direktors. Ich gehe kein Risiko ein.«

»Aye, Käpt'n«, sagte Tiar, und Hilfy betrat die Schleuse, ließ die beißende Luft des Treffpunktes einströmen und ging durch die mit Rauhreif bedeckte gelbe Röhre der Rampe zu den weit offenen Docks hinunter.

Es war eine Welt aus grauen, stählernen Portalkränen, die in eine blendende Helligkeit hinaufragten. Die Decke war so hoch, daß sie ihr eigenes Wetter machte, gelegentlich die Lichter vernebelte und Kondensations-

regen fallen ließ, der dann Pfützen auf den zweckmäßigen Bodenplatten bildete. Neonlicht gleißte von Schaufensterfronten und Bars, sauerstoffatmende Spezies drängten sich, alle Unterschiede ignorierend, denn heute durfte man sich darauf verlassen, daß niemand Waffen trug.

Wenigstens durfte man zuversichtlich hoffen, daß niemand Waffen trug. Hilfy trug keine. Seit dem Friedensvertrag war nur der Polizei erlaubt, auf den Docks Schußwaffen zu tragen; alle Spezies waren jetzt zivilisiert. Das Gesetz regelte Streitigkeiten, die Schiffe enthielten sich der Piraterie – einer historischen Quelle der Provokation – und des Frachtdiebstahls, der eine klare Verletzung des Paktes gewesen wäre. Heute respektierten alle bekannten Spezies den Pakt – bis auf eine.

Deshalb beeilte Hilfy Chanur sich unterwegs nicht – und sie sorgte sich auch nicht wegen der Aufmerksamkeit, die sie auf sich zog. Sie machte eine gute Figur mit ihrem rotgoldenen Fell und der schwarzseidenen Kniebundhose in einer Welt trüber Grautöne und grellen Neonlichts. Hani waren in dieser Ecke des Raums ziemlich selten, aber vor allem wäre der Chanur-Name auf der *Legat* nicht unbemerkt geblieben. Hilfy konnte sich das Geflüster vorstellen: Die Verwandte der Persönlichkeit, die Nichte der *mekt-hakkikt,* was hat sie vor? – was gerechtfertigt war, denn bei den Chanur war es Sache der Gewohnheit, daß sie etwas vorhatten.

Aber dank der neuen Verfügungen des Treffpunktes wurde sie auf ihrem Weg über die Docks kein einziges Mal angehalten. Da war nur der normale Verkehr. Die Aufzug-Koordinaten, die sie mit der Nummer von *Gtst* Exzellenz Einladung eintippte, sorgten dafür, daß sie vorrangig abgefertigt wurde. Sie brauchte nicht auf eine Kabine zu warten, sie brauchte die Kabine nicht einmal mit anderen zu teilen. Eine Expreßfahrt mit wechselnden Ges durch den großen Körper der Treffpunkt-Station brachte sie in den Abschnitt, den die

Stsho-Eigentümer sich selbst vorbehielten, in weiße Flure mit Wandbehängen in Perlmutt- und Pastelltönen, geschmückt mit den sich windenden Alabaster-Formen, die die Stsho Kunst nannten.

Hilfy dachte nicht mehr an Vorsicht, machte sich keine Sorgen mehr wegen überraschender Begegnungen. Dies war ein sicherer Ort, ruhig und friedlich, so harmonisch, daß sie mit nichts als einem bestürzten Blinzeln reagierte, als ihr Kif-Wachen in schwarzen Kutten in den Weg traten.

Also waren die Stsho zu dieser törichten Praxis zurückgekehrt. Da sie selbst, so zerbrechlich, daß ein einziger Schlag sie zerschmettert hätte, nicht kämpften, heuerten sie Vertreter einer anderen Spezies an, die sie verteidigen sollten, falls irgendwelche Individuen gewalttätig wurden. Unglücklicherweise war die am meisten zu Gewalttätigkeit neigende Spezies gerade diejenige, die sie angeheuert hatten. Ihnen war eine äußerst kostspielige Lektion über die Kif erteilt worden, und man hätte denken sollen, daß sie sie beherzigt hätten. Aber die Stsho trafen die Entscheidungen, die die Stsho nun einmal trafen. Offenbar hatten die Experimente mit mahen und hani Wachen sie nicht zufriedengestellt, obwohl Hilfy nichts darüber gehört hatte. Die Tatsache, daß sich einer Hani-Kapitänin beim bloßen Anblick dieser großen, schwarzgewandeten Gestalten die Haare im Nacken aufstellten und ihr Gesichtsfeld am Rand zulief, die Tatsache, daß eine Hani, die in friedlicher Absicht gekommen war, bei einer solchen Begegnung augenblicklich an Gewalt dachte, war für die Stsho ohne Bedeutung. Es ging so höflich zu, so zivilisiert. Die Kif verbeugten sich, die Hani verbeugte sich. Sie sagten: Folgen Sie uns, und sie folgte diesen dünnen, langschnäuzigen Schatten, diesen Kreaturen, die immer, ganz gleich, wie die Umstände beschaffen waren, nach Ammoniak rochen, und wenn es nur in Hilfys Erinnerung war.

»Chanur-Kapitänin«, nannten sie sie mit ihrem eigentümlich klickenden Akzent. Die tödlichen Doppelkiefer erzeugten Konsonanten, die keine Hani genau nachahmen konnte. Sie sprachen ehrerbietig mit ihr, ihrer Tante wegen und der Stsho wegen. Sie benahmen sich ganz so, als fürchteten sie, Hilfy zu mißfallen – was stimmen mochte, da die Kif Grund zu der Annahme hatten, Hilfy verfüge über Macht und Einfluß bei ihren Arbeitgebern. Deshalb stellten sie keine Gefahr dar. Sie besaßen keinen hohen kifischen Rang, denn andernfalls würden sie nicht hier arbeiten, abhängig von Fremden. Bekamen sie einen Tritt, würden sie den, der sie trat, dafür nur umso höher einschätzen.

Trotzdem war Hilfy außerordentlich erleichtert, am Ende des Korridors hinter den wehenden Spinnwebvorhängen einen Stsho anzutreffen und ihre Wachen zurücklassen zu können. Der dünne, zerbrechliche Stsho, der, wie *gtst* ihr mitteilte, der persönliche Adjutant *Gtst* Exzellenz, des Gouverneurs No'shto-shtistlen, war, flatterte in Draperien in Beinahe-Rosa und Beinahe-Gold aufgeregt einen Korridor aus wallenden Vorhängen von Beinahe-Weiß entlang. Doch eine Hani mit goldenem Fell und roter Mähne, die ein unpassendes Element in diesem Reich feinster Farbabstufungen darstellte, ließ sich nicht hetzen. Der Gouverneur hatte sich nicht herabgelassen, persönlich zu kommen. Bei diesem diplomatischen Spiel mußte Zug um Zug erfolgen. Deshalb betrat Hilfy Chanur in dem gemessenen Tempo, das ihr beliebte, den großen Audienzsaal des Gouverneurs mit seinen Spinnweb-Vorhängen und seinen zahlreichen Schüsselsesseln, Absenkungen des Fußbodens, die mit pastellfarbenen Kissen ausgelegt waren. Der Raum zeugte von dem Sinn des Stsho für Eleganz und Dekor und indirekt von seinem sozialen Status.

In einem dieser Schüsselsessel wartete Direktor No'shto-shti-stlen. Er zupfte blaßgrüne Blätter von so

etwas wie einer Frucht und aß sie eins nach dem anderen.

Aber der Direktor legte seinen Imbiß hin, als der Adjutant und Hilfy sich näherten. Die Manieren besserten sich. Der Adjutant verbeugte sich und verkündete die Anwesenheit ›der großen Hani-Kapitänin, der Blutsverwandten der hochgeschätzten *mekt-hakkikt*‹ und so weiter, würdig *gtst* Aufmerksamkeit und so weiter.

»Setzen Sie sich«, lispelte das Wesen in der Handelssprache mit einem Winken der langen weißen Finger. *Gtst* Exzellenz wirkte halb transparent. Kaum ein Hauch von Farbe war in der Körperbemalung, die für Hani-Augen Weiß auf Weiß war. *Gtst* – nicht genau er oder sie, da die Stsho drei Geschlechter und dazu, wenn sie in Angst gerieten, zwei unbestimmte Zustände besaßen – rief in *gtst* murmelnder planetaren Sprache nach etwas. Der Adjutant beeilte sich zu gehorchen. Im Hintergrund spielte leise Stsho-Musik, bei der von Zeit zu Zeit eine einzige und immer die gleiche Note angeschlagen wurde.

Hilfy faltete sich in der Schüssel gegenüber *Gtst* Exzellenz zusammen. Sie wußte zu gut Bescheid, als daß sie etwas übereilt hätte, ebenso wie sie sich unterwegs nicht hatte hetzen lassen. Doch sehr schnell erschien ein Diener mit einem Tablett, auf dem Kristallgläser und eine farblose, exquisit duftende Flüssigkeit in einem Kristallkrug standen.

Danach wurden fünf winzige Gläser schweigend genossen. Hilfy kannte das Protokoll – und das Schwindelgefühl, das eine Hani überfallen konnte, die zu eifrig von Stsho-Gastfreundlichkeit Gebrauch machte. Mit aufgestellten Ohren und dem in Hani-Liebenswürdigkeit geschürzten Mund zeigte sie das rechte Maß an kultiviertem Vergnügen an jeder Portion. Das beinahe unmerkliche Flattern von federigen Wimpern und Brauen, die winzigen Veränderungen des Ausdrucks verrieten ihr, daß No'shto-shti-stlen *gtst* seinen Gast

gründlich abschätzte und versuchte (das war bei den Stsho zur zweiten Natur geworden), ihren augenblicklichen Rang, ihre Stimmung und ihre Erwartungen nach der Auswahl, die sie unter ihrem Schmuck getroffen hatte, und ihrem Gleichmut zu bestimmen.

»Schmeckt es Ihnen?«

»Delikat«, antwortete Hilfy in der Handelssprache der Stsho, und die federigen Augenbrauen hoben sich. »Sehr delikat. Sehr angenehm.«

»Wir sind erstaunt über Ihre lobenswerte Beherrschung der Sprache.«

»Euer Exzellenz schmeicheln mir. Und dies *ist* sehr gut.«

»Bitte, nehmen Sie eine Kiste als Ausdruck meiner Wertschätzung an.«

Ihr Götter. Wertschätzung. Was schätzte er, fragte sie sich. Es war keine geringe Gabe. Sie gab die obligatorische Antwort mit genau dem richtigen Grad von Dankbarkeit: »Euer Exzellenz sind äußerst freundlich. Bitte zeigen Sie Verständnis, wenn ein Geschenk von meinem Schiff eintrifft. Nachdem ich gesehen habe, mit welcher Anmut, mit welch sicherem Geschmack Ihre Räume eingerichtet sind, kann ich nur hoffen, daß mein persönliches Zeichen der Bewunderung Gnade findet.«

»Ich kann es unmöglich annehmen.«

»Ehren Sie es, indem Sie es zu Ihrem Eigentum machen. Ihr Urteilsvermögen ist weit und breit berühmt.«

Es folgten noch zwei oder drei Runden, in denen Komplimente ausgesprochen und bescheiden abgewehrt wurden.

Diese Kiste Tee war auf dem Markt ungefähr 3000 wert. Eine gute Kauffrau hatte die Zahlen im Kopf. Der Stsho hatte sie bestimmt im Kopf.

»Es gibt jedoch«, sagte No'shto-shti-stlen (es kam immer ein Jedoch) »einen Weg, auf dem sich uns Gelegenheit böte, unsere Freundschaft zu vertiefen. Noch etwas Tee?«

Götter, diese Umstandskrämerei! Man hätte glauben können, der Stsho versuche, einen Emporkömmling von einem Ausländer dahin zu bringen, daß er sich im verbalen Unterholz verfitzte. Aber man lehnte das Angebot weiterer Verhandlungen nicht ab, wenn man auf gutem Fuß miteinander bleiben wollte. Man hoffte nur, das man den Verstand behielt und daß die Zunge nicht stolperte.

»Natürlich.«

Du liebe Zeit! Noch eine Runde von Plattheiten, noch eine Frist stillen Abschätzens, in der Hilfy reichlich Zeit hatte, darüber nachzudenken, wieviel *Shis*-Tee sie vertragen und wie weit die Toleranz eines Stsho gehen mochte. No'shto-shti-stlen war ein Stsho, den Tante Pyanfar einigermaßen stabil nannte.

Das bedeutete, bei Handelsgeschäften zuverlässig – und gefährlich infolge *gtst* langfristiger privater Interessen.

»Ich möchte doch wissen …« – Hilfy stellte das dritte geleerte Glas der zweiten Runde *shis-thi-nli* ab – »warum meine erlauchte und hochgeschätzte Tante nicht die erste war, einer so verdienten Person zu helfen. Würden Eure Exzellenz mich erleuchten? Sie können ja nicht größeres Vertrauen zu mir, die ich noch so jung bin, haben als zu ihrer erhabenen Person.«

»Ich hoffe, meine Bitte schafft Ihnen nicht irgendeine …« – ein Flattern der Hände, die den Mund hinter einer Serviette versteckten – »Verlegenheit.«

Kftli. »Verlegenheit.« Sinnverwandt mit Fremdheit. Vielleicht scherzte *Gtst* Exzellenz. Vielleicht hatte *Gtst* Exzellenz die Entwicklung der Handelssprachen nicht studiert.

»Die erhabene Präsidentin ist hier abgereist und hat sich, wie Sie vielleicht wissen, tief in ein Gebiet von … ähem … äußerster Geheimhaltungspflicht begeben. Ja, sie würde uns den Gefallen erweisen, denn zahllos sind die guten Werke, die sie an Personen in Not tut.

Trotzdem sind wir mehr als glücklich über Ihre Ankunft. Wir haben das Archiv durchforscht, um einen Kapitän von ... hmm ... hinreichend hohem Ansehen und entsprechender Respektabilität zu finden. Ihre Ankunft im System ist eine köstliche Überraschung.«

Hilfy wollte *keine* weitere Runde Tee. Und sie bereute jetzt die jugendliche Begeisterung, mit der sie sich darauf eingelassen hatte, in der Sprache des Stsho zu verhandeln. An diesem Punkt eine Bitte abzuschlagen, war eine Kunst, die nur ein Stsho beherrschte – und bei einem solchen Rangunterschied war es sowieso ein Ding der Unmöglichkeit. Wollte sie etwa nicht, daß ihr Schiff pünktlich ablegen konnte, daß ihre Waren nicht gestohlen wurden und, vor allem, daß ihr Ladungsverzeichnis keine Fehler aufwies, die zu berichtigen sie vier oder fünf Sonnensysteme weiter weg Bestechungsgelder und einen Zeitverlust von Tagen kosten würde?

Die Götter sollten den Schurken verderben! Hilfy wünschte, No'shto-shti-stlen wäre mit seiner Bitte bei Tante Py gelandet. Oder vielleicht hatte er bei ihr landen wollen, und Tante Py hatte sich plötzlich zu einem viele Lichtjahre von hier entfernten Kurs entschlossen.

»Und wie können wir uns Ihre gute Meinung verdienen?«

»Ich habe ein Frachtstück«, sagte No'shto-shti-stlen, »genauer gesagt, einen Gegenstand, der nach Urtur gebracht werden muß, wobei die Zeit wesentlich ist.«

»Ist es ein kostbarer Gegenstand?«

»Ein außerordentlich kostbarer.«

»Ihr Vertrauen überwältigt mich. Aber darf ich nach der Natur dieses Gegenstandes fragen?«

Hände flatterten. Brauen bebten. »Es ist ein Kunstwerk.«

»Nicht lebend. Nicht animiert.«

»O nein, nein, nein, nichts dergleichen. Aber ...«

Jetzt kam der Haken. Hilfy war sich durchaus nicht sicher, ob sie den Auftrag haben wollte.

»... die Auslieferung ist, Sie verstehen schon, *liiyei.*«

Hilfy riet nach den Wurzeln der Handelssprache: »Eine *Zeremonie?*«

»Genau. Genau. Aber es muß sofort nach Urtur gebracht werden.«

»Sofort.«

»Sofort. Was werden Sie berechnen? Seien Sie auf keinen Fall bescheiden.«

»Die Masse?«

»Oh, es ist sehr klein. Ich könnte es heben. Seine Maße sind ...« Lange weiße Finger zeichneten ein Objekt von ungefähr Kopfgröße in die Luft.

»Zerbrechlich?«

»Nicht mehr und nicht weniger als das Glas, das Sie eben noch in der Hand gehalten haben. Sie sind so bescheiden. Und vielleicht haben Sie andere Fracht. Lassen Sie mich eine Zahl nennen. Eine Million im voraus.«

Hilfys Kehle funktionierte nicht mehr. Sie fuhr eine Kralle aus und stieß gegen das Glas. Der Adjutant beeilte sich, ihr Glas und das von No'shto-shti-stlen neu zu füllen.

»Gibt es irgendwelche Schwierigkeiten?« fragte No'shto-shti-stlen.

»Durchaus nicht. Wenn ... Ich zögere, die bereits beträchtliche Großzügigkeit Eurer Exzellenz noch weiter in Anspruch zu nehmen, aber ich muß hier Waren laden, die für den Hoas-Hafen bestimmt sind. – Vielleicht könnte ich es arrangieren, daß jemand anders sie übernimmt – es bestehen keine vertraglichen Probleme ...«

»Keine Schwierigkeit. Gar keine. Ich nehme an, es waren Verträge des offenen Marktes.«

»Jawohl. Es ist nichts Illegales an einem Zwischenhändler, aber Euer Exzellenz müssen verstehen, ich bin Verpflichtungen eingegangen, diese Waren zu transportieren ...«

»Eine Kleinigkeit, eine Kleinigkeit. Ich garantiere persönlich dafür. Ich selbst werde zu Ihrem vollständigen und lückenlosen Schutz einen Zollverschluß an dem Zwischenhändler-Schiff anbringen.«

Das war zu schön, um wahr zu sein. »Mein Schiff hat die Maschinen, um den Sprung bei geringer Masse zu machen. Aber eine Million ist zwar ein höchst großzügiges Angebot – Verwehrt der Vertrag es uns, außerdem andere Fracht zu befördern?«

»In gar keiner Beziehung. Sie dürfen alles befördern, was Sie gefahrlos befördern können. Und ganz bestimmt ... ganz bestimmt können wir Ihnen dabei unter die Arme greifen. Sogar ... hm ... mit Informationen über Stsho-Waren von geringer Masse. Ich habe bereits einen Vertrag entworfen.« No'shto-shti-stlen nahm aus einem Alabaster-Kasten, der neben dem Schüsselsessel stand, ein Klötzchen Dunkelheit, einen Datenwürfel. »Hierin ist sowohl der Vertrag für den Transport als auch die Inkasso-Vollmacht enthalten.«

»Bezahlung beim Ablegen.«

»So ist es. Die ganze Summe ist bei Unterschrift des Vertrags an die Bank zu zahlen. Rücktrittsklauseln gibt es keine mehr, sobald das *oji* an Bord ist.« Ein Schwenken langer Finger. Und ein idiotensicherer Satz von Bedingungen. »Natürlich würden wir bei einer so ehrenhaften Person wie Ihnen keinen Vertrag brauchen. Doch er dient unserem beiderseitigen Schutz.«

»Natürlich.«

»Bitte, nehmen Sie *drei* Kisten von diesem Tee zur Entschädigung dafür an, daß Ihr Schiff einen anderen Kurs einschlagen muß.«

»Ich kann nicht garantieren, daß der Vertrag unterschrieben wird. Bitte, machen Sie das Geschenk davon abhängig, daß wir uns einigen.«

»Ihre Ehre ist in meinen Augen untadelig. Keine solche Klausel. Bitte. Nehmen Sie die Kisten für Ihre Hilfe bei einer zusätzlichen Schwierigkeit.«

Ein Schluck Tee. So etwas mußte ja kommen. Zwei Schlucke. »Eine zusätzliche Schwierigkeit?«

»Eine Sache, in der Euer Gnaden die Lösung darstellen könnte, wenn Sie wollen.«

»Auf welche Weise könnte ich die Lösung eines so schwierigen Problems sein?«

»Es erfordert Feingefühl. Ein Mitglied Ihrer Spezies ist hier im Treffpunkt gestrandet – offenbar ein Versehen seitens des betreffenden Schiffes. Es liegt uns sehr viel daran, die Sache zu bereinigen.«

»Man hat sie zurückgelassen.«

No'shto-shti-stlen nahm einen Schluck Tee und ließ die Wimpern flattern. »Ihn, wenn ich so dreist sein darf.«

Ihn. Ihr Götter! Hilfy mußte sich in aller Eile umorientieren. Sie hatte ein entschieden mulmiges Gefühl. »Ein Hani-Schiff hat einen Mann seiner Besatzung zurückgelassen?«

»Es lag – Euer Gnaden möge bitte verstehen – ein leichter Rausch vor, ein Bruch unbedeutender Vorschriften von außerordentlich schlechtem Geschmack – und vor allem – eine heftige Auseinandersetzung mit einem Fremden von... ähem... höherem Status – die, das versichere ich Euer Gnaden, ein gutes Ende gefunden hatte.«

»Welche Nationalität hatte die geschädigte Partei, Exzellenz?«

»Kif.«

Götter!

»Ein einfaches Mißverständnis, ein paar Stunden Haft und ein paar auszufüllende Formulare... aber durch irgendeine Unachtsamkeit machte sein Schiff – einfach eine Frachtpriorität geltend und legte ab, ohne daß unser Büro... ähem... etwas von dem Versehen merkte. Es war uns furchtbar peinlich. Wir vermuten, auf dem Schiff glaubte man, er sei schon wieder zurück an Bord, eine Voraussetzung, von der auch ein...

ähem … Individuum der Verkehrskontrolle ausging, das das Ablegen überwachte.«

»Ist das Schiff nicht benachrichtigt worden?«

»Doch, aber man zeigte keine Beunruhigung. Es kam die Nachricht zurück, das sei zwar ein Unglück, aber sie seien vertraglich gebunden und wir sollten ihn dem ersten Hani-Schiff mitgeben, das einverstanden sei. Ihre hochgeschätzte Tante war natürlich schon fort. Auf der *Handurs Regenbogen*, die danach eintraf und inzwischen abgelegt hat – war keine Koje frei.«

Eine *vertragliche* Bindung?

Das hieß, die *Regenbogen* hatte sich die Last nicht aufbürden wollen. Verdammt sei ihre Hochnäsigkeit.

Aber – Götter! – er hatte einen Kif von Rang geschlagen? Wer wollte denn schon einen Hani mit einem Groll dieser Art an Bord haben?

»Dürfen wir Ihre außerordentliche Großzügigkeit in Anspruch nehmen? Seine Anwesenheit hier ist eine Peinlichkeit. Wie versorgen wir ihn? Wie bringen wir ihn unter?«

»Ich verstehe vollkommen.« Denke schnell, Hilfy Chanur. »Welchen Kurs hatte sein Schiff?« Es stand fünfzig zu fünfzig, daß es …

»Zufällig wollte es nach Hoas. Aber alles geht durch Urtur.«

»Wie dem auch sei …« Götter, wie bin ich in diese Sache hineingeraten? Aber, verdammt zu einer mahen Hölle … ich werde nicht einmal nach seinem Clan fragen. Er ist Hani. Er ist in Not. Man hat ihn hier *sitzengelassen*, die Götter sollen diese Leute verderben – wenn die Kif seine Auslieferung verlangen, können die Stsho dem Druck nicht widerstehen. Kein Wunder, daß sie ihn hier weg haben wollen, bevor es ein Unglück gibt.

»Wir können seine Passage *bezahlen*«, sagte No'shtoshti-stlen.

»Nein. Nein. Verzeihen Sie meine unschickliche Be-

stürzung. Eine Bezahlung kann ich unmöglich annehmen. Dies ist eine Frage der…« – die Stsho-Sprache hatte keinen Ausdruck für Spezies-Ehre – »der Eleganz.«

»Noch eine Kiste Tee.«

»Ich bitte Sie!« Andererseits: Bei dreitausend die Kiste… »Andererseits…«

Ein verzweifeltes Flattern. No'shto-shti-stlen wollte diesen Jungen unbedingt vom Hals haben. *Unbedingt.* Und er fürchtete, er werde schwer dafür bezahlen müssen.

Was er vielleicht nicht anders verdiente… nur daß Hilfy Chanur nicht mit Hani-Fellen handelte, unter gar keinen Umständen.

»Ihr hochgeschätzter und weiser Einfluß könnte eventuelle juristischen Hindernisse, eventuelle Mängel in seinen Dokumenten beseitigen, so in dieser Art. Das würde die Sache beschleunigen.«

»Es ist uns eine Freude, zu helfen. Es wird *keine* Hindernisse geben.«

»Keine Verwicklungen. Keine schwebenden Verfahren.«

»Sie haben mein Wort. Ich habe dieses Zusammensein so genossen. Bitte, übermitteln Sie Ihrer hochgeschätzten Verwandten meine Grüße. Sagen Sie ihr, daß No'shto-shti-stlen sie außerordentlich bewundert.«

»Das werde ich ausrichten.« Es gab eine zivilisierte und eine barbarische Methode, sich aus einem Schüsselsessel zu erheben. Hilfy stellte zivilisiert den linken Fuß auf die ungepolsterte Linie, den rechten auf den Rand, es war kein Trick dabei. Den Datenwürfel in der Hand, machte sie eine kleine Verbeugung, und No'shto-shti-stlen nickte mit einem anmutigen Schwanken von *gtst* weißem Federbüschel und *gtst* federigen, kosmetisch verstärkten Augenbrauen.

»Es war höchst, höchst angenehm«, beteuerte No'shto-shti-stlen.

»Eine denkwürdige Stunde, höchst denkwürdig.«

Unterschätze niemals einen Stsho.

Dann hatte sie also einen Passagier – aber er war belanglos. Die andere Frage, was in dem Vertrag stand, rutschte vorerst an zweite Stelle hinter dem schwindelerregenden Gedanken an eine Million Credit für den Transport eines Schmuckgegenstandes, den sie mit einer Hand tragen konnte. Dazu war die Ladebucht, sobald sie sie geleert hatten, frei für alles, was sie am Treffpunkt einkaufen und in einem Hafen weiterverkaufen konnten, über dessen dringlichsten Bedarf die *Legat* Listen gespeichert hatte.

Es war zu schön, um wahr zu sein, jawohl. Hilfy hatte sich einwickeln lassen. Ihre Behauptung, sie werde vielleicht nicht unterschreiben, hatte sie nicht früh genug und nicht überzeugend genug ausgesprochen, und auf dem Weg hinaus waren keine kifischen Wachen notwendig, um ihren Magen in Aufruhr zu versetzen.

»Alles gut abgelaufen?« hatte ein Kif die Frechheit, sie zu fragen.

»Fragen Sie den, der Sie füttert«, erwiderte sie, und der vermessene Kif zog sich zischend zurück.

Von Sympathie konnte keine Rede sein. Die Kif wußten, daß sie eine unversöhnliche Feindin war, aber sie mußten sie zu den Dockanlagen zurückkehren lassen.

Und wie konnte man jetzt noch einem Direktor, der am Knotenpunkt praktisch des gesamten Transsektor-Handels saß, eine Bitte abschlagen – auch wenn man eine Tante hatte, die die *mekt-hakkikt* des bekannten Universums war?

Sollte sie sich auf Pyanfars Einfluß berufen?

Bei den Göttern, nein. Nicht Hilfy Chanur. Nicht, wenn sie sich weiterhin im Spiegel ansehen wollte. Nicht, wenn sie nicht wollte, daß sich die Geschichte auf jedes Schiff weiterverbreitete, das mit No'shto-shtistlen zu tun hatte.

Und der Stsho würde sie verbreiten. Nicht etwa im Zorn zuschlagen, o nein, das taten die Stsho nicht. Ihre Dolche waren alle symbolisch und theoretisch. Oder sie wurden von kifischen Söldnern geschwungen.

Aber, liebe, federlose Götter, wenn es sich um eine reelle Sache handelte …

Die *Legat* spie Container aus – hatte schon mindestens einen Lastwagen voll mit denen, deren leuchtend rote Etiketten sie als warm zu lagernde Waren kennzeichneten. Eine Reihe von Lastwagen wartete darauf, sie an ihre verschiedenen Bestimmungsorte zu bringen. Einige waren für die Station, einige für den Weitertransport nach Kshshti, einige für Häfen, die kein hani oder mahen Schiff erreichen konnte, und einige gingen sogar auf die Methan-Seite – weitere fünfzig kalt zu lagernde Container: Hani-Waren, für die T'ca bestimmt. Neue Märkte. Neuer Reichtum – für Schiffe, die bereit waren, das Risiko einzugehen und in weite und fremde Fernen aufzubrechen.

Auf Wettbewerb eingestellte Schiffe. Schiffe, die Clan-Wohlstand und Clan-Geschäfte dahin brachten, wo Hani-Clans keine planetengebundene Vertretung hatten. Schiffe, die mit neuen Ideen nach Anuurn zurückkehrten. Mit Ideen wie dem Pakt selbst. Mit Ideen, die die alten Frauen auf Anuurn nach oben statt nach innen blicken ließen und erfahrene Kapitäninnen, die in ihren Ansichten festgefahren waren, zu dem Eingeständnis zwangen, Chanur sei *nicht* im Exil, Chanur, der Clan, der in jedem göttergefiederten Hafen des Paktes respektiert wurde. Die Neinsager mußten einsehen, daß Chanur in ihr, Hilfy Chanur, mehr als ein stellvertretendes Clan-Oberhaupt besaßen, und daß dem Clan-Oberhaupt das Recht zustand, die *Stolz* zu ersetzen und Pyanfar Chanur zu ersetzen *und* durch ehrlichen Handel zu überleben.

Diese Fahrt konnte den Beweis liefern, indem er sie

über die Rentabilitätsgrenze brachte. Mit diesem Vertrag konnten sie zum erstenmal in der Existenz der *Legat* Gewinn machen. Der Bau der *Legat* war vollständig bezahlt, und sie würden überhaupt keine Schulden mehr haben, wenn es ihnen gelang, diese Chance zu nutzen – eine Million für einen lächerlich leichten Gegenstand und 500 000 hier für die Ware, die sie mitgebracht hatten. Dagegen standen 14 000 000 an noch vorhandenen Schulden plus anderthalb Tausend an Einkäufen von Luxusgütern mit geringer Masse und Palladium, die man auf Urtur mit 500 % Gewinn weiterverkaufen konnte, dazu die Artikel, die ihr No'shto-shtistlen höchstpersönlich versprochen hatte – ganz zu schweigen von den Pauschaltransporten, die sie abschließen konnten. Hilfy rechnete bereits aus, was sie bei diesem schwierigen Langstreckensprung mitnehmen *konnten*, einschließlich der Eilpost. Immer wieder und wieder ermahnte sie sich zur Vorsicht. Schließlich ging sie zu Cousine Tiar und faßte sie ruhig beim Ellenbogen.

»Wir haben einen Auftrag. Er verlangt einen Umweg über Urtur. Ich bin drinnen und lese den Vertrag. Wenn irgendwelche Stationswachen mit einem Passagier kommen, laß ihn herein.«

»Passagier?« fragte Tiar. Chihin hörte mit der Arbeit auf, spitzte die Ohren. Sie waren Veteraninnen der Raumfahrt, Tiar Chanur, Chihin Anify, beide aus Rheans Crew gekommen, als Rhean sich zurückzog. Und ›Stationswachen‹ und ›ihn‹ ließ Falas Ohren hochschnellen.

»Ihn?« Tiar wischte sich die Hände ab. Auf zwei weiteren Gesichtern erschien ein verwirrtes Stirnrunzeln.

»Warum wir?« fragte Tiar. »Nichts für ungut, Käpt'n.«

Was bedeutete: Wenn ›er‹ ein Mahe war, gab es mahe Schiffe, die ihn aufnehmen konnten, und wenn ›er‹ ein Kif war, gab es genügend kifische Schiffe, ganz zu schweigen von denen der Stsho.

»Weil«, antwortete Hilfy ruhig, »er ein Hani ist.«

»Götter ...« Chihins Ohren legten sich flach.

»Ich will ihn hier herausholen. Ich will der Kapitänin, die ihn im Stich gelassen hat, das Fell abziehen. Vor allem will ich ihn von den Kif wegbringen. Wenn er aufkreuzt – sollte er tatsächlich aufkreuzen –, überprüfe seine Papiere. Vergewissere dich, auch wenn du ihn deswegen warten lassen mußt. Frage beim Stationscomputer nach, ob er irgendeinen Schmutzfleck in seiner Akte hat, du verstehst. Laß ihn vorher auf keinen Fall an Bord gehen. Der Direktor will ihn loswerden, und sobald er an Bord ist, haben wir kein Druckmittel mehr – das hat dann die *Einwanderung,* du verstehst?«

»Keine Frage«, sagte Tiar.

»Sein Schiff hat ihn *zurückgelassen?*« Falas junges Gesicht war ganz ernst.

»Es ist eine lange Geschichte. Wir bringen ihn hier weg, das ist alles, was wir versprechen können. Holen sein Schiff ein, wenn das möglich ist. Wir sind nur nett. Weiter nichts.«

Sie schlug Tiar auf die Schulter, dann Chihin, und überhörte absichtlich, daß Chihin sagte: »Das kommt davon, wenn man Männer in den Raum läßt ...« Chihin war ebenso wie Tiar konservativ und würde sich nicht über Nacht ändern.

Aber die Dinge hatten sich verändert. Sie hatten sich so sehr verändert, daß ein Hani-Schiff einen Hani-Jungen mitnehmen und ihn vierzig Lichtjahre von zu Hause entfernt auf einer Station sitzenlassen konnte, wo Kif die Wachen und Stsho die einzige Gerechtigkeit waren.

Hilfy stieg die Rampe hoch, durchquerte die kalte, gelb gerippte Zugangsröhre bis zur Schleuse und schaltete den Mechanismus ein. In der Ops-Station des unteren Decks fand sie Tarras vor der Schalttafel, wie sie das Entladen steuerte, und hängte ihr die Computer-Arbeit auf.

Man steckt keinen fremden Würfel in den Hauptcomputer des Schiffes oder in ein Terminal, das in Verbindung mit ihm steht. Nicht etwa, daß sie *Gtst* Exzellenz nicht traute. Natürlich traute sie ihm.

Aber es war immer besser, das Hilfsgerät vom unteren Deck zu benutzen, das auf Befehl Selbstmord beging und wiederauferstand.

»Ich will einen Ausdruck«, sagte Hilfy zu Tarras. »Einen im Original, einen durch den Translator, klassisches Stsho. Aber zuerst diagnostiziere die Quelle. Ich möchte nicht, daß das Ding unsere Navigation verändert oder löscht. *Ma'sho?*«

»Sho'shi«, sagte Tarras, die Ohren gespitzt, voller Begeisterung.

»Schnell. Innerhalb einer Stunde.«

Tarras' Ohren sanken auf Halbmast. »Käpt'n ...«

»Du schaffst es.«

Tarras murmelte ein weiteres Wort in der mahen Handelssprache, schüttelte sich und nahm den Würfel, sah ihn sich von der einen Seite an und von der anderen. Doch offensichtliche Dinge waren nicht hineingebaut.

»Dafür brauche ich einen Laser.«

»Nach exotischeren Viren kannst du suchen, nachdem wir den Ausdruck haben. Ich brauche den Ausdruck, Tarras. Wir alle brauchen diesen Ausdruck.«

»Was ist denn los?«

»Wir brauchen Geld, das ist los. Wir können einen größeren Vertrag bekommen, von dem ich nicht weiß, ob ich ihn haben will, und von dem ich nicht weiß, wie ich ihn ablehnen soll, und an dem das Wohlwollen des Direktors uns gegenüber hängt.«

»Ich fange sofort an«, sagte Tarras und machte sich an die Arbeit.

Die Geräusche und Gerüche der Zellen waren grauenhaft. Hallan schlief, wenn er konnte, und schreckte

immer wieder von dem Zuknallen ferner Türen und dem Kommen und Gehen der Wärter auf. Es ging ständig so weiter, doch man konnte überhaupt nichts sehen, nur eine leere Tür und leere graue Wände, und die Geräusche sagten ihm, daß er nicht allein war. Hallan wußte längst nicht mehr, wieviel Zeit vergangen war. Er amüsierte sich mit dem Addieren von Zahlenketten. Bei der Festnahme hatte man ihm gesagt, seine Kapitänin werde ihn herausholen müssen. Und dann, es war Tage und Tage her, hatten die kifischen Wachen, die ihm das Frühstück brachten, gesagt, sein Schiff habe ohne ihn abgelegt.

Das war der absolute Tiefpunkt der Verzweiflung gewesen. Er hatte den Wachposten gefragt, was man mit ihm anfangen werde, und der Wachposten hatte geantwortet, oh, wahrscheinlich werde man ihn für den Rest seines Lebens hier behalten.

Der Kif hatte gesagt: Wenn wir jemanden loswerden wollen, töten wir ihn. Deine Leute haben sich weggeschlichen und dich zurückgelassen. Du bist um die Hälfte größer als eure Frauen. Es heißt, du seist ein Kämpfer. Warum hast du sie nicht getötet und dir deinen Platz gesichert?

Das hatte ihn entsetzt. Aber für einen Kif war das ein gesprächiger Kif, und er war freundlicher, als Hallan es bei einem von dieser gefährlichen Sorte erwartet hatte. Anfangs hatte Hallan Schwierigkeiten, den Kif zu verstehen. Er unterbrach jedes Wort mit Klicklauten. Er roch nach Ammoniak. Er beschwerte sich, Hallan stinke. Er hatte eine nackte schwarze Haut, grau da, wo das Licht darauffiel, und samtig weich und runzlig, obwohl das bei einem Kif anscheinend kein Zeichen von Alter war. Er hatte lange Kiefer und einen kleinen Mund, und nach dem, was er erzählt hatte, mußte er lebende Nahrung zu sich nehmen, die er mit einem zweiten Satz Kiefer, weiter hinten im Schlund, zu einer feinen Paste zermalmte – wonach er Knochen und Fell ausspuckte.

Wenn er einen biß, konnten diese Zähne eine entsetzliche Wunde schlagen. Er aß seine eigene Art, und er empfand deswegen keine Gewissensbisse. Das durfte man ihm nicht verübeln, seine psychische Struktur war eben anders, vollkommen auf das Eigeninteresse ausgerichtet, und man tat besser daran, das zu glauben und ihn nicht nach Hani-Begriffen zu beurteilen. Das hatte Hallan in seinen Büchern über Kif gelernt.

Dieser Kif war jedoch der einzige, der mit ihm redete, das einzige lebende Wesen, das er außer dem mahen Arzt zu sehen bekommen hatte, und der Arzt hatte ihm nicht viel zu sagen gehabt, außer dem, was er bereits wußte, nämlich daß er sich in Schwierigkeiten befand. Allmählich freute er sich darauf, daß der Kif am Morgen kam, weil er blieb und sich unterhielt, und er glaubte jetzt nicht mehr, der Kif werde ohne Grund ein Stück von ihm abbeißen.

Aber diesen Morgen war der Kif nicht gekommen, und den Morgen davor auch nicht. Und als sich die Tür öffnete, dachte Hallan, das sei das Mittagessen, an dem er nicht interessiert war, weil sein Magen nur das Frühstück vertrug, und niemanden kümmerte das, und niemand änderte den Speiseplan.

Deshalb meinte er, auf der Pritsche liegenbleiben und den Wachposten ignorieren zu können, und dann werde der wieder weggehen.

Doch das tat er nicht. Wer das auch sein mochte, er erzeugte nicht die üblichen Geräusche, mit denen ein Tablett abgesetzt wurde. Wer das auch sein mochte, er stand einfach da.

Hallan drehte sich auf die Seite und sah hin, und er sah einen Kif wie jeden anderen Kif, nur daß sein schwarzes Gewand glitzerte und der Saum seiner Kapuze mit einer silbernen Schnur verziert war. Das Gesicht konnte Hallan nicht ganz sehen, nur die Schnauze. Trotzdem hatte er den Eindruck, fixiert zu werden. Er setzte sich auf.

»Sir?« Er hatte keine Ahnung, was hier als schicklich galt, ob er sich verbeugen oder stehenbleiben sollte, aber er entschied sich für das Verbeugen. Vielleicht war das ein Funktionär der Station. Es war sogar möglich, daß es der Kif war, den er geschlagen hatte, wodurch er an diesem Ort gelandet war. Hallan hoffte, der Kif wollte keinen Kampf. Er war beträchtlich im Nachteil, und außerdem war er durch so etwas in Schwierigkeiten geraten.

»Man sagt mir, du verweigerst die Nahrung.«

Es war tatsächlich irgendein Funktionär. »Sie bekommt mir nicht, Sir. Ich bitte um Verzeihung.«

»Ein sehr respektvoller Hani. Männer deiner Art haben den Ruf, gewalttätig zu sein. Bei ihrer Kraft ist das zu erwarten. Aber man sagt, du seist ein so stiller, kooperativer Gefangener.«

»Ich hatte nicht die Absicht, irgend jemanden zu schlagen. Falls Sie es waren, bitte ich um Verzeihung.«

»Nein, nein, ich war es nicht. Das versichere ich dir. Tatsächlich habe ich mir erlaubt, mich in deinem Fall mit dem Direktor in Verbindung zu setzen. Ein Hani-Schiff ist im Hafen. Ich dachte, es sei vielleicht bereit, dir zu helfen, daß du wieder nach Hause kommst.«

Sein Puls begann zu rasen. Immer hieß es, vertraue niemals einem solchen Wesen, und bestimmt wollte der Kif etwas – Kif taten einem keinen Gefallen. Das sagten alle. Die Sache mußte einen Haken haben.

»Wer sind sie, Sir?«

»Verwandte der *Mekt-hakkikt.* Chanur-Clan. Und sie *haben* sich bereiterklärt, dich in Gewahrsam zu nehmen. Ich hoffe, es ist dir angenehm.«

Angenehm. Hallan kreuzte die Arme vor der Brust, um nicht zu zittern. »Ja, Sir. Durchaus.« Chanur. Götter, o Götter, konnte es denn wahr sein …?

»Du fragst dich, warum es jemanden meines Ranges interessiert?«

»Ja, Sir.«

»Mein Name ist Vikktakkht. Kannst du das aussprechen?«

»Vikktakkht.«

»Kannst du es dir merken?«

»Ja, Sir.«

»Du weißt, was Dankbarkeit ist.«

»Ja, Sir.«

»Dann tu mir einen Gefallen. Wenn du daran denkst – wiederhole meinen Namen da, wo es dir richtig vorkommt.«

»Verzeihung …?«

Der Kif trat nahe an ihn heran und legte ihm eine schwarzklauige Hand auf den Arm. Er war ebenso groß wie Hallan, und so kam Hallan zu einem höchst unbehaglichen Blick in die Kapuze hinein, in schmale, rotgeränderte Augen, die sich tief und neugierig in seine bohrten.

»Geh mit den Wachen. Mach keinen Ärger. Merke dir meinen Namen. Vergiß ihn niemals. Irgendwann wirst du den Wunsch haben, mir eine Frage zu stellen.«

Bogen fielen in den Ausdruckkorb. Einer … zwei … drei …

… zehn … elf. Das Ding war ein Monster.

… neunundvierzig … fünfzig …

Götter, lief der Drucker mit einer Programmschleife?

… einhundert … einhunderteins …

Papier alle. Tarras lud den Behälter nach, und Hilfy setzte sich und betrachtete den Stapel mit düsteren Blicken. Sie *weigerte* sich, mit dem Lesen anzufangen, bevor der Ausdruck fertig war.

… zweihundertsechsundzwanzig … zweihundertsiebenundzwanzig.

Das ›Ready‹-Licht ging aus. Der Hefter schwirrte. Hilfy zog einen Vertrag aus dem Korb, der beinahe so schwer war wie die Fracht, die er repräsentierte, und blätterte den kleingedruckten Text durch.

Der Computer fing mit dem Übersetzungsprogramm an und warf das Ergebnis auf den Schirm. Hilfy betrachtete die Stsho-Schrift, Seite nach eng beschriebener Seite.

Der Interkom plärrte: *»Sicherheit ist hier, Käpt'n.«*

»Geh nach draußen«, sagte Hilfy zu Tarras. »Überprüfe diese Papiere. Tiar weiß, was ich meine.«

»Sicherheit?« fragte Tarras, die Ohren von neuem aufgestellt.

»Unterbrich das Entladen für eine Stunde. Du wirst bei der Station rückfragen.«

»Was hat die Sicherheit damit zu tun?«

Hilfy versuchte, die Stsho-Schrift zu lesen. Auf diesem Schirm war es eine Zumutung für das Sehvermögen. »Ich habe einen Akt der Barmherzigkeit begangen. Die Strafe der Götter für Dummköpfe.« Der Translator verlangte bereits Konfliktlösungen. Das konnte niemand anders erledigen als sie. Tiars Stsho-Kenntnisse reichten für die Zollbehörden aus. Klassisches Stsho verstand sie nicht. Und das hier war klassisches Stsho.

Und wenn man einen Vertrag hatte, dann, bei den Göttern, las man ihn. Eine Hani-Fassung verlangen? Besser war es, den Vertragsgeber in seiner eigenen Sprache festzunageln, sonst behauptete er nachher noch, man habe ihn täuschen wollen. Besser war es, man konnte sagen, *er* habe einen täuschen wollen. Dafür vergaben die Gerichte Punkte.

Gab es eine Nichterfüllungsklausel? Und welche Seite hatte eine Konventionalstrafe zu zahlen?

Gab es eine Klausel über Bruchschaden? Über Krieg und solare Ereignisse und Piraterie?

Deckte der Vertrag Persönlichkeitsveränderungen ab? Und das Wechseln des Geschlechts? Bei den Stsho kam das vor, unter Stress und bei Verletzungen.

Erwähnte er den Fall, daß der genannte Empfänger starb oder die Persönlichkeit änderte, bevor er das Objekt erhalten hatte?

War darin eine genaue Identifikation des Objektes enthalten?

Der Translator unterbrach sich dauernd, bat um Entscheidungen. Hilfy sah eine schlaflose Wache voraus. Gereizt teilte sie den Schirm in die Stsho- und die Hani-Version.

Man übersetzte einen formellen Stsho-Vertrag nicht in die Handelssprache; das führte nur zu Doppeldeutigkeiten. Man befahl dem Translator nicht, seine Konflikte selbst zu lösen. Die erste falsche logische Abzweigung konnte ihn in den tobenden Wahnsinn schicken.

»Käpt'n. Tut mir leid, wenn ich störe. Bei der Station sagen sie, ohne Genehmigung von der Verwaltung hätten wir keinen Zugriff auf den juristischen Speicher ...«

»Besorge sie dir. Rufe den Adjutanten des Direktors an. Erkläre ihm das Problem. Sag ihm, ich hätte eben erst mit *Gtst* Exzellenz gesprochen, und mir sei versichert worden, so etwas werde nicht geschehen.«

»Aye«, sagte Tiar fröhlich, und der Kom ging aus.

Setzte der Vertrag einen Ablieferungstermin fest?

Sprach er von Schäden und Schiedsgerichtsverfahren?

»Käpt'n.«

Götter. »Tiar?«

»Das Stationsbüro will den Anruf ohne Genehmigung von dir nicht durchstellen.«

Ein Zusatz zum Vertrag. Zugriff. Für jedes einzelne Mitglied der Crew.

»Ich werde den Kif erschießen. Sag ihnen das. Sag ihnen ...« Nein, sie würde nicht auf Tante Pys Namen oder ihre Privilegien oder ihren Ruf pochen. »Sag ihnen, daß ich selbst anrufen werde. Ich persönlich.«

»Aye, Käpt'n.«

Sie tat es. Sehr geduldig. Sie löste einen Konflikt für das Übersetzungsprogramm, dann schaltete sie den Stationskom ein und tönte: »Hier ist Kapitänin Hilfy

Chanur, *Chanurs Legat.* Ich möchte No'shto-shti-stlen sprechen, Direktor des Treffpunktes und so weiter – ergänzen Sie die Titel. Exzellenz: Ein Individuum der unteren Dienstgrade mißachtet Ihre Befehle. – Geben Sie das weiter! Sofort!«

»Chanur-Kapitänin.«

»Ja?«

»Chanur-Kapitänin, wir wollen doch nicht übereilt handeln. Kann diese Person Ihnen helfen?«

»Möglicherweise.« Hilfy wechselte zu einem sehr viel liebenswürdigeren Ton über. »Wenn Sie eine Kopie des gesamten Dossiers beschaffen können, das meine Crewfrau soeben verlangt hat, *und* uns eine offizielle Erklärung geben, daß die in Rede stehende Angelegenheit mit dem heutigen Datum erledigt ist... nur für den Fall, daß etwas in die Dateien irgendeiner anderen Station hineingerät. Sollen wir Unannehmlichkeiten bekommen, weil wir dem Direktor einen Gefallen tun? Der Meinung bin ich nicht.«

»Verehrte Kapitänin. – Eine Sache von Augenblicken. Nichts als eine Formalität. Jedes Papier, das Sie wünschen.«

»In der Zwischenzeit – halten Sie diese Botschaft zum Absenden bereit. Eine Viertelstunde, um diese Papiere aufs Dock an unseren Liegeplatz zu bringen. Das hätte längst geschehen sein sollen, verstehen Sie das? No'shto-shti-stlen hat es selbst befohlen!«

»Hochgeschätzte Kapitänin, eine Viertelstunde. Weniger als das!«

»Die Viertelstunde läuft, Stationskom. Ich wünsche Ihnen viel Glück.«

Da war die Klausel wegen der Bezahlung. 1 000 000 für Transport und Auslieferung. Und da war die Klausel, daß die Fracht einem Stsho im Büro der Stsho-Vertretung auf der Urtur-Station übergeben werden müsse.

So weit, so gut. Hilfy las die folgenden Paragraphen durch.

»Käpt'n, wir haben die Papiere.«

»Gut. Dem Stationskom sei Dank.«

»Käpt'n. Sein Clan ist Meras. Aber er kommt von einem Sahern-Schiff.«

Hilfy hob ruckartig den Kopf. Der Translator steckte schon wieder fest. Sie ignorierte ihn. Sie hatte die Situation mit dem Jungen ignoriert – sie hatte nicht aus dieser Schleuse hinausspazieren und mit einer Partei verhandeln wollen, die aus einem Kif und einer Geisel bestand. Das erforderte eine kühlere Haltung, als sie im Augenblick aufbringen konnte.

Aber *Sahern?*

Keine Freundinnen. Ein Clan, mit dem sie eine jahrhundertealte, offiziell eingetragene Fehde führten.

Ich danke euch, Götter. Das ist in der Tat eine Strafe für einen Akt der Barmherzigkeit.

»Ich will ihn sehen.«

Hilfy löste das Problem des Translators, ließ ihn laufen und lesen, bis sie die Schleuse gehen hörte. Dann beugte sie sich vor, löschte den Schirm, drehte sich mit ihrem Sessel der Tür zu.

Junge, hatte sie gesagt. Es waren so viele Jungen in den Raum gegangen. Aber er war älter als ein Junge. Er war voll ausgewachsen – zumindest in der Länge, mußte den Kopf einziehen, um durch die Tür zu kommen. Seine Schultern waren breit genug, um die Konsolen in Gefahr zu bringen. Ein *hübscher* Bursche – das hätte sogar eine Statue bemerkt, und eine Crew von Raumfahrerinnen, die monatelang unterwegs war, würde es bestimmt merken. Schüchtern, verängstigt, wie es ein junger Mann gar nicht anders sein konnte, der in einen fremden Clan hineingeschleudert wurde und dabei noch etwas ausgefressen hatte – er brauchte einen Augenblick, bevor er sich sagte, daß er sie ansehen mußte.

»*Na* Meras. Willkommen an Bord.«

»Ich danke Ihnen, *Ker* Chanur. Ich bin sehr dankbar, daß ich hier sein darf.«

»Daran zweifele ich nicht. Ich zögere zu fragen, warum Ihr Schiff es für notwendig hielt, abzureisen.«

»Das weiß ich nicht, *Ker* Chanur.«

»Käpt'n genügt. Sie wissen es also nicht?«

Die Ohren sanken herab. Der Junge fand eine interessante Stelle auf dem Deck. »Ich erinnere mich nicht, was ich getan habe. Man sagt, ich hätte Geschirr zertrümmert. Und einen kifischen Gentleman geschlagen.«

»Einen kifischen Gentleman.« Der Junge war fein erzogen.

»An diesen Teil erinnere ich mich nicht«, sagte er. Ergänze: *Unerfahren, was Getränke und Bars angeht.*

»Sie hatten keine Kommunikation mit Ihrem Schiff.«

»Nein, Käpt'n.«

»Die ganze Zeit nicht?«

»Nein, Käpt'n.«

»Und Sie haben auch keine Ahnung, warum Ihre Kapitänin einen Anfall von Gedächtnisschwund erlitten hat.«

»Nein, Käpt'n.«

»*Na* Meras, diese Antwort könnte im Laufe der nächsten paar Monate recht ermüdend werden. Vielleicht schon bis morgen.«

»Ich bitte um Verzeihung, Käpt'n.«

»Wie ist Ihr Name, *Na* Meras?«

Er blickte hoch, die Ohren halb aufgerichtet. »Hallan, Käpt'n. Von Syrsyn. – Ich … ich habe einmal Ihre Tante gesehen, auf dem Anuurn-Dock. Und *Ker* Haral …«

Hilfys Ohren sanken herab. Auch sie erinnerte sich an ein Dock auf Anuurn, an eine Trennung von der Crew. Eine Handvoll bitterer Worte.

Das Gesicht des Jungen zeigte absolute Anbetung – die, davon war sie überzeugt, auf keinem Sahern-Schiff kultiviert wurde. Und genug Verstand, daß er merkte, er hatte soeben gefährlichen Boden betreten. Bestürzung … Verwirrung. Er war so gescheit, den Mund zu halten, das mußte man ihm lassen.

»Haben Sie in den Sahern-Clan eingeheiratet, eine Seitenlinie ... wie sind Sie verwandt?« Ein Maß für die Häufigkeit und die Dauer ihrer Besuche auf dem Heimatplaneten war, daß sie die Beziehungen der Familien untereinander nicht mehr verfolgte. Soviel sie wußte, konnte er mit der Heiligen Persönlichkeit von Me'gohtias verwandt sein.

»Es besteht keine Verwandtschaft.« Es gelang ihm, diesen Fleck auf dem Boden wiederzufinden.

Der gute Geschmack hätte erfordert, daß sie mit dem Fragen aufhörte. Sieh sich einer den Jungen an. Wahrscheinlich hatte er eine Heuer gewollt. Und Sahern hatte ihm eine gegeben.

Hilfy schoß einen Blick zu Tiar hinüber. »Ich denke, wir bringen den Jungen in einer Passagierkabine unter.«

»Ich kann Wartungsarbeiten tun. Ich habe meine Lizenz.«

»Das wird sich zeigen. In der Zwischenzeit ...« Ihre Gedanken richteten sich auf die praktischen Dinge. »Ich nehme nicht an, daß Sie mit Gepäck gekommen sind.«

»Alles ...« Der Junge machte eine verzweifelte Geste. »Alles ist an Bord der *Sonne.*«

»Der *Aufgehenden Sonne? – Tellun* Sahern?«

»Ja, Käpt'n.«

Weitere schlechte Nachrichten. »Wir werden Sie auf Ihr Schiff zurückbringen oder Sie da absetzen, wo Sie eine Verbindung herstellen können ...«

»Ich möchte hierbleiben.«

»Auf dem Treffpunkt?«

»Nein, Käpt'n. Auf diesem Schiff. Ich möchte bei *Ihnen* bleiben.«

»Die *Legat* hat eine vollständige Besatzung. Es ist keine Heuer frei.« Sie sah, daß die Ohren sich flachlegten, sah das Stirnrunzeln, das nicht ganz Resignation war, und merkte sich vor, den Jungen im Auge zu be-

halten. Irgendwie spürte sie Widerstand. Gegen was? Sie war sich nicht sicher. »Wollen Sie meinen langfristigen Rat hören? Fahren Sie nach Hause. Kehren Sie zurück, arbeiten Sie im interplanetaren Frachtverkehr, wenn Sie so wild auf die Raumfahrt sind.«

»*Nein*, Käpt'n.«

Ein kurzes Aufflackern von Temperament. Ein Zusammenpressen des Mundes. Götterverdammter dummer Junge, dachte sie, und ihr Gesicht verfinsterte sich. Womit habe ich das verdient?

2. Kapitel

Der Stapel, den der Translator ausgespieen hatte, war 532 Seiten dick – wenn man die alternativen Übersetzungen, die eine nach der anderen geliefert worden waren, mitzählte. Das war der erste Versuch des Computers. Das juristische Beratungsprogramm gab bekannt, seine Analyse der Übersetzung werde 20 588 Seiten lang werden. Es fragte, ob der Operator eine einfache Zusammenfassung wünsche.

»Offenbar ist das Ding eine Vase«, sagte Hilfy. Vier Hani-Gesichter, vier besorgte Hani-Gesichter starrten zurück und blinzelten beinahe synchron.

»Eine zeremonielle Vase«, sagte Tiar. »Ist jemandes Großmutter darin begraben?«

»Soviel ich weiß, nicht. Ich habe den Ausdruck *oji* durch alle verwandten Wörter und alle Ableitungen verfolgt, die ich finden konnte. Es bedeutet ›zeremonielles Objekt mit akkumuliertem Wert‹ und ist verwandt mit dem Wort für ›Antiquität‹ und ›Reliquie‹. Im übertragenen Sinne hat es mit ›zeremoniellem Gegenstand mit sozialer Bedeutung‹ und mit ›gemeinschaftlich eingenommenem Tee‹ zu tun …«

»Du machst Witze.«

»… und mit ›Erbe‹.«

»No'shto-shti-stlen wird sterben?« fragte Fala.

»Wer weiß?« Ein Achselzucken war nicht diplomatisch, aber sie waren hier unter sich. »Vielleicht bestimmt *gtst* einen Nachfolger. Vielleicht kehrt der alte Knabe tatsächlich nach Hause, um zu sterben.«

»Das tun die Stsho«, bemerkte Chihin. »Sie sterben

nicht vor den Augen von Fremden. Das gilt als geschmacklos.«

»Die Bezahlung ist im voraus erfolgt. *Gtst* kann *gtst* Meinung nicht mehr ändern.«

»Soviel steht fest.«

Hilfy betrachtete den Stapel. »Bezahlung im voraus. Götter, es lohnt sich. Man fragt sich nur immerzu, warum.«

»Was kann denn schiefgehen?« fragte Fala. Ein Kreis von Gesichtern mit flachgelegten Ohren und ein Augenblick des Schweigens antworteten ihr.

Hilfy sagte: »Es gibt einen enzyklopädischen Eintrag unter *oijgi,* einem verwandten Substantiv, in dem Sinne, daß ein Gegenstand dieser Art nicht bezahlt werden kann, daß er nur übereignet wird und daß Geld ihn nicht direkt berühren darf. Ihn auf keinen Fall direkt berühren darf. Das hängt irgendwie mit dem Status zusammen. Es muß der Grund für diese Extravaganz sein.«

»Wir könnten jemanden geradeheraus fragen«, schlug Tarras vor.

»Nein. Nicht, solange wir nicht wissen, womit wir es zu tun haben – oder wie explosiv die Sache ist. No'shto-shti-stlen hat Ohren in jeder Wand dieser Station.«

»Elektronisch gesprochen«, sagte Tiar.

»Ich würde den Vertrag nicht dagegen wetten.«

»Du bist also geneigt, ihn zu unterschreiben?«

»Einmal pro Viertelstunde, und in der übrigen Zeit möchte ich unsere Fracht nach Hoas bringen und vergessen, daß ich jemals von dem Ding gehört habe. Warum in einer mahen Hölle muß es als Eilgut nach Urtur geschafft werden? Warum nicht langsam via Hoas? Muß der Direktor so schwierig sein? Explodiert der Gegenstand bei der Auslieferung?«

»Willst du meine Meinung hören?«

»Sag schon.«

»Ich sage, *wenn* wir den Auftrag annehmen, sollten wir alle übrige Fracht vorher einkaufen. Und das Unterschreiben bis zum allerletzten Moment hinausschieben. In dem Augenblick, wo dieser Scheck bei der Bank eingeht, wird es Gerüchte geben. Und dann schraubt man uns die Preise hoch.«

»Laß dem alten Knaben keine Zeit«, fiel Tarras ein, »uns irgend etwas anzuhängen. Denn du kannst die Einnahmen der nächsten Fahrt darauf wetten, daß dieser Bastard No'shto-shti-stlen darüber nachdenkt, wie er sich das Geld zurückholen kann, bevor es in unsere Taschen gerät. Auf *gtst* Totenbett würde *gtst* dafür noch Vorsorge treffen. *Gtst* ist nicht ohne Grund auf dieser Seite des Raums die reichste Person.«

»Das Problem ist«, meinte Chihin, »wir müssen Waren für Urtur mitnehmen, wenn das unser Ziel ist. Und falls der alte No'shto-shti-stlen nicht ungewöhnlich diskret war, gibt es auf dieser Station Stsho, die über diesen Handel Bescheid wissen, und wenn sie es wissen, ist die Sicherheit bereits durchlöchert. Wenn wir es tun wollen, tun wir es besser schnell, denn ich habe so eine Ahnung, wenn dieses Ding den Stsho dermaßen wichtig ist, könnte es auch No'shto-shti-stlens Feinden wichtig sein. Deshalb werden Spione melden, was wir kaufen und um was wir verhandeln und welche Verträge wir abschließen. Wir brauchen nur zu niesen, und es wird in jemandes Datenspeicher eingehen und als erstes an No'shto-shti-stlens Ohren gelangen.«

»Und gleichzeitig an andere Ohren«, nickte Hilfy. Tante Py hatte mit den Stsho Handel getrieben. Und trieb immer noch mit ihnen Handel. Wie lautete Tante Pys Ausdruck? Verlasse dich nie darauf, die Stsho seien Hani! Sie waren es nicht. Sie würden es nie sein. Ebensowenig wie Hani nach Stsho-Regeln oder mahen Regeln spielten, und die Stsho waren solche Kosmopoliten, daß sie diese einfache Tatsache gekannt hatten, bevor der *Han* oder der Mahendo'sat darauf gekom-

men war. Man füge hinzu, daß eine Hani, die zufällig perfekt in der Handelssprache und der Geschichte der Stsho war, sich in speziellen, persönlichen blinden Flecken an der Schnittstelle zwischen Sprachen und Weltanschauungen täuschen mochte.

»Ich möchte ...« – Hilfy zählte die Punkte ab, indem sie eine Klaue nach der anderen ausstreckte – »eine vorläufige Liste von Dingen, die ich unter ›Urtur‹ gespeichert habe. Ich setze auf Waren, die von jenseits des Treffpunktes stammen und die niemand aus der anderen Richtung bringen wird. Waren, von denen wir wissen, daß sie auf Urtur knapp sind. Und ich möchte eine Untersuchung über die Ladungsverzeichnisse der Schiffe, die hier ablegen wollen. Wir können nicht feststellen, was von Kshshti hereinkommen mag – deshalb wollen wir uns auf Stsho- und T'ca-Waren konzentrieren.«

»Götter, nicht schon wieder eine Methan-Ladung!«

»Es zahlt sich aus. Es zahlt sich aus, und sie haben ihre eigenen Stauer.«

»Mir macht nur Sorgen, wer sich sonst noch dafür interessieren könnte«, sagte Tiar.

»Es ist ein gerader Sprung nach Urtur. Wenn wir hier eine schnelle Überholung durchführen lassen und aus dem Hafen verschwinden ...«

Tiar schüttelte sich demonstrativ und winkte zum Zeichen der Kapitulation mit der Hand. »Es zahlt sich aus.«

»Wir sind uns also einig?«

Gemurmelte Zustimmungen. Hilfy beobachtete den Ausdruck der Gesichter, fragte sich, ob sie wohl wider besseres Wissen zustimmten, der Verwandtschaft wegen, der Loyalität wegen.

»Ich will *Meinungen* hören!« fauchte sie. »Falls jemand nicht einverstanden ist, soll sie es sagen!«

Niemand rührte sich. Sie wartete. Und immer noch sagte niemand ein Wort.

»Keine gegenteilige Meinung.«

»Nein, Käpt'n.« Tiar sah sie fest an. Und setzte hinzu: »Ich werde die Abfahrten der Methan-Schiffe überprüfen. Feststellen, welche Geschäfte sie getätigt haben. Wenn es aussieht, als sei da eine Nische für uns, aye, dann nehmen wir die Chance wahr. Mit dieser Fahrt können wir das Schiff abbezahlen. Das ist ein Risiko wert.«

»Tu es morgen«, sagte Hilfy, und die Bürden des Tages lasteten auf ihren Schultern. »Ich möchte die Waren, die wir ursprünglich nach Hoas bringen wollten, an jemanden weitergeben, dessen Ziel Hoas ist. Auch das muß in aller Stille abgewickelt werden.«

»Das übernehme ich«, erbot sich Chihin. »Wir werden von der Station nur eine einzige große allgemeine Datenmasse beziehen. Das wird teuer, aber neugierige Nachbarn können daraus nichts entnehmen.«

»Tu das«, nickte Hilfy. Gezielte Untersuchungen der Aufzeichnungen würden den Neugierigen trotzdem Hinweise geben. 15 000 Credits mindestens für diese Datenmasse. Aber sie konnten sie auf Urtur weiterverkaufen und fünf-, sechstausend für eine einigermaßen umfassende Information zurückbekommen. Vielleicht 10 000. Mit sich festigender Überzeugung dachte Hilfy: *Auf Urtur.* Nicht auf Hoas, ihrem ursprünglichen Ziel. Auf Urtur. Sie hatten den Vorteil, daß sie eben erst dort gewesen waren, sie waren in der ungewöhnlichen Situation, daß sie die Mittel besaßen, ihre eigene Fracht zu kaufen. Das bedeutete, der Gewinn fiel *ihnen* zu, nicht irgendeiner Reederei.

Und Hallan Meras hatte immer noch eine Chance, sein Schiff einzuholen. Götter. Ein Problem mehr, als sie brauchten.

»Du bleibst nicht auf Wache«, sagte Tiar.

»Nein.«

»Dann bleibe ich besser.«

»Schlafe etwas, habe ich gesagt. Ich will morgen eine Crew, die ihren Verstand beisammen hat. Gute Nacht.«

»Nacht, Käpt'n.« Von Tiar. An der Tür, ganz hinten. Der Blick zurück verriet immer noch einen Einwand. Aber Tiar ging.

Tiar hatte recht. Das Gegebene wäre es, daß von nun an bis zu dem Augenblick, da sie den Treffpunkt verließen, ständig eine von ihnen Wache hielt. Wenn sie Feinde hatten, würden sich die Dinge während ihrer Freiwache in den Dateien entwickeln und anwachsen, solange sie schliefen. Jeder, der Aussichten hatte, besaß hier Handelsrivalen, und sie mochten viele haben, falls allgemein bekannt war, um was es sich bei No'shto-shti-stlens Fracht handelte ... Doch natürlich konnten sie keine Fragen stellen, um das herauszufinden.

Bisher war nichts weiter in ihre Dateien eingegangen als Post, sogar von Schiffen, die den Hafen längst verlassen hatten, und der Stapel war ebenso dick wie die Übersetzung. Und da der Computer darauf eingestellt war, sie bei Feuer, Kollision und interstellarem Krieg zu wecken, war Hilfy der Meinung, sie wüßten genug. Sie fügte ein weiteres Alarm-Wort von ihrer Konsole hinzu: *Vertrag,* und ergänzte es, einem plötzlichen Einfall folgend, mit *No'shto-shti-stlen.*

Und machte sich zu ihrem eigenen Quartier und in ihr Bett auf. Götter, war sie müde.

Bis ihr Rücken die Matratze und ihr Kopf die Kissen fühlte. Dann bestand jede Einzelheit des Tages darauf, zurückzukehren und sich hinter ihren Augenlidern abzuspielen.

Kifische Wachen. Das riß ihr die Augen auf. Sie versuchte, an etwas anderes zu denken, irgend etwas anderes, an schöne Dinge voller Farbe wie den Clan-Besitz auf Anuurn mit den goldenen Feldern und grünen Wäldern und sanften Hügeln.

Es nutzte nichts. Das Ende war, daß sie über Familienpolitik nachdachte, sich an ihren Vater erinnerte, sich *wünschte,* die Zeitdehnung, die ihre sternenspringende Jugend erhielt, hätte irgendwie den Planeten er-

reicht und Kohan Chanurs Leben verlängert. Aber die Jahre hatten ihn eingeholt – nicht etwa ein Kampf mit irgendeinem Emporkömmling, den Göttern sei Dank. Seine Tochter und seine Schwestern und seine Nichten hatten die jungen Möchtegerne von ihm ferngehalten, hatten ihm ein friedliches Alter ermöglicht. Niemand als die Zeit hatte ihn besiegt. Eines Morgens war er einfach nicht mehr aufgewacht.

Inzwischen glaubte ihr eigener Ehemann *Na* Korin nef Sfaura, er werde Chanur übernehmen. Nimm dir einen Mann mit Verstand *und* mit Muskeln, und du bekommst die Hormone, die dazugehören, du bekommst einen Mann mit eigenen Ideen. Hilfy Chanur hatte schlaflose Nächte damit verbracht, sich vorzuhalten, es gebe gute Gründe, die alten Sitten zu ehren, Korin Sfaura zu erschießen mochte auf den Docks von Kshshti eine Lösung darstellen, nicht aber an Chanurs Grenzen, hinter denen ein benachbarter Clan wohnte.

Es sei denn, man wollte die Amphiktionie auseinanderreißen und auf Anuurn einen Krieg entfesseln.

Als was für ein götterverdammter Bastard hatte er sich erwiesen! Aber die nach Territorium strebenden Männer mit ihrem Männerkampf hatten immer noch einiges von den Kshshti-Docks zu lernen. Korin war aus dem Chanur-Gebiet hinausgehinkt, halb verheiratet, Rache schwörend, und als er einen neuen Versuch machte, war Vetter Harun Lord Chanur geworden – ein großer Mann, Harun. Rhean war in die Wildnis gezogen, um ihn aus seinem Exil zu holen und nach Hause zu bringen. Der beste Kämpfer, der sich finden ließ, der beste Lord eines Haushalts für einen Clan, der eine Menge Herausforderungen erhielt. Von allen Jungen, die auf Kohans Einladung hin heimgekommen waren, und einige von ihnen ließen sich sogar innerhalb der Chanur-Mauern nieder, war Harun keiner von den liberalen, unkomplizierten Typen. Man brauchte nur einen von den Männern zu fragen, die er wegge-

schickt hatte, einschließlich derjenigen, die in den Chanur-Clan hineingeboren waren. Ein Hani der alten Schule – reizbar – dickköpfig …

Aber es war ein Mann wie er nötig gewesen, um den Clan ein für allemal von dem zu befreien, was *sie* nach Hause gebracht hatte. Auch wenn sie *Na* Harun Chanur so verachtete und verabscheute, wie sie es tat, und auch wenn sie wußte, wie sie es tat, daß Rhean ihn einzig aus dem Grund nach Hause geholt hatte, um Tante Pys Einfluß entgegenzuwirken … sie mußte einräumen, daß er für die jetzigen Zeiten der richtige Hani sein mochte, weil sich bestimmt auf einer Vielzahl konservativer Rücken die Haare zu Berge gestellt hatten, weil Pyanfar sich herumtrieb und weil Pyanfar *sie* zum Clan-Oberhaupt ernannt hatte. Es kommt zu einer Veränderung, und man meint, sie sei für immer, und sofort schließen sich alle Feinde dieser Veränderung zusammen und machen gemeinsame Sache.

Und da waren all die Opfer dieser Veränderung – tot wie der arme gelehrte Dahan Chanur, der für nichts weiter hatte sterben müssen, als daß er seine Notizen hatte holen wollen. Der götterverdammte dickschädelige Harun hatte ihm befohlen hinauszugehen, Dahan hatte etwas über seine Notizen gesagt und wollte in sein Zimmer zurückkehren, und Harun hatte ihn gegen die Wand geschleudert.

Das war jetzt der Lord von Chanur. Und sie hatte Rheans Tochter von der *Legat* entfernt, und manche verziehen es ihr nicht, daß sie auf ihren Rang gepocht hatte und in Abwesenheit zum Clan-Oberhaupt aufgestiegen war.

Um die Wahrheit zu sagen, sie war all dessen schuldig, was zu Hause von ihr behauptet wurde. Tante Rhean fühlte sich von ihr angewidert. Alles hatte sie versaut, die Auswahl des Ehemannes und die Führung des Hauses … und sie hatte sich an diesem Tag auf den Anuurn-Docks von Tante Py getrennt. Und Tante Py …

Das *ehemalige* Clan-Oberhaupt Pyanfar Chanur, in letzter Zeit an allen zivilisierten Orten hoch gepriesen, das Anuurns Staub für immer von den Füßen geschüttelt hatte …

Verantwortung, Hilfy, hatte Tante Py gesagt und sie, um ihre Aufmerksamkeit zu erregen, mit einer Klaue gepiekt. *Ich kann nicht wieder auf den Planeten hinuntergehen. Das würde Krieg bedeuten. Und jeder Feind, den ich habe – hör mir zu!*

Sie piekte sie noch einmal und packte sie, weil Hilfy versucht hatte, Pyanfar stehenzulassen, und damit kam niemand durch.

Jeder Feind, den ich auf Anuurn habe, wird versuchen, den Clan zu vernichten. Das ist die einzige Rache, die sie an mir nehmen können. Ich möchte, daß du hinuntergehst, daß du die Verantwortung übernimmst, die ich von den Göttern Verdammte getragen habe, daß du heiratest – Kohan wird die Stellung nicht für immer halten – und daß du jemanden an seine Stelle setzt, der fähig ist, zu erhalten, was er aufzubauen geholfen hat. Hörst du mich, Hilfy Chanur?

Götterverdammt richtig hatte sie sie gehört. Pyanfar hatte über Kohan geredet, als sei er bereits tot, als könne er einfach abgeschrieben werden. Pyanfar befahl ihr, nach unten zu gehen und ein Baby oder zwei zu produzieren, während Pys eigener Nachwuchs in Mahn von Geburt an ein Problem dargestellt hatte – befahl *ihr,* welche Verantwortung *sie* dem Clan gegenüber zu tragen habe, während Pyanfar mit ihrem Schiff und ihrer Crew und damit alles im Universum, was eine Bedeutung für sie gehabt hatte, verschwand.

Py wollte sie aus ihrem Schiff und von Tully entfernen, das war die nackte Wahrheit. Geh und verliebe dich in deine eigene Spezies, Mädchen. Tully ist in Ordnung für Chur und Geran und Haral und Tirun und jede andere, die sich im Bett wälzen will, aber die Erbin von Chanur darfst du dir nicht einmal in Gedanken in diesem Bild vorstellen.

Geh und mach Babies auf dem Planeten. Geh und such dir den muskelbepackten, ehrgeizigen Sohn eines Clans, dem du vertrautest, so daß du einen anderen muskelbepackten, dämlichen Cousin brauchst, um ihn loszuwerden. Das ist Tradition.

Es ist eine göttergewollte Tradition, solche wie Dahan zu töten und solche wie Harun zu behalten.

Und all die verlorenen jungen Burschen, die daran glaubten, Chanur werde Männer auf Schiffe nehmen, all die Hunderte von jungen Burschen, die sich ihren Weg in den Raum mit Sternen in den Augen erbettelt und durch Bestechungen erkauft hatten, in den Raum, wo sie frei von der Tradition sein würden… Was war ihnen widerfahren, und wo waren sie, und was war aus ihnen auf den Schiffen, die sie betreten hatten, geworden?

Hilfy warf sich auf den Bauch und mißhandelte das Kissen. Sie dachte an ein menschliches Gesicht und an einen Ort, an den sie nicht denken wollte, an Ammoniakgestank, den sie in ihren Träumen immer noch roch. Natriumlichter und kifisches Gelächter. Und Tully war es am schlimmsten ergangen, weil Tully eine Neuheit war. Tully war ihnen einmal entkommen, und sie mußten etwas beweisen…

Sie hatten es durchgestanden, und sie hatten Krieg und Feuer durchgestanden, und Pyanfar hatte gesagt…

Du wirst ihm nur schaden.

Woher wollte Pyanfar das wissen, verdammt noch mal? Interessierte es Pyanfar vielleicht, was zwischen ihnen vor sich gegangen war? Pyanfar wollte nichts weiter, als daß sie die Bürde des Clans auf sich nahm, und Chanurs Politik auf dem Planeten sagte, es habe genug Skandal gegeben – Chanurs Erbin mußte etwas darstellen, das die alten Frauen auf dem Planeten akzeptieren und in ihre Politik einbauen konnten.

Hilfy konnte das nicht. Sie wollte es nicht. Die Heu-

chelei erstickte sie. Und die Heuchelei des *Wir müssen unsere Lebensweise ändern* und *Männer sind nicht dazu erzogen, Entscheidungen zu treffen* und *Diese Generation muß noch warten …*

Nun war Dahan tot, und Harun war Lord Chanur, und ein Hani-Schiff nahm einen naiven Jungen an Bord und ließ ihn an dem weitesten von der Heimat entfernten Punkt, wohin Hani-Händlerinnen kamen, im Stich, weil er nicht dazu *erzogen* war zu denken, und weil er nicht dazu *erzogen* war, mit Fremden umzugehen, und weil jede Spezies des Paktes glaubte, Hani-Männer seien hilflose, instinktive Killer.

Die Götter sollten die Wege verdammen, auf denen das funktionierte! Die Götter sollten die alten Frauen verdammen, die die Gesetze machten, und die Kapitänin, die mit ihrem Schiff abreiste und einfach einen Mann ihrer Crew in kifischen Händen zurückließ! Die Götter sollten Pyanfar Chanur verdammen, deren Macht sich bis an jedes götterverlassene Ende des Paktes und darüber hinaus erstreckte … und die in ihrem eigenen Clan nicht für Gerechtigkeit sorgen konnte!

Hilfy schlug das Kissen formlos, sie dachte an den Jungen, den sie aus den Händen der kifischen Wachen entgegengenommen hatte, sie dachte an einen großen, gutaussehenden Burschen, der wahrscheinlich das Offensichtliche für seine Passage bezahlt hatte, und sie dachte bittere Gedanken an das, was wahrscheinlich den Frauen ihrer Crew durch den Kopf ging … Monate vom Heimathafen und dem Anblick eines Mannes und dem Klang einer männlichen Stimme entfernt.

Sie haßte es, daraus eine Sache des Prinzips zu machen. Wahrscheinlich wäre es am besten, sie würde schlicht befehlen, die Finger von ihm zu lassen: Verängstigt den Jungen nicht. Bedrängt ihn nicht. Da, wo er gewesen ist …

Sie sprang aus dem Bett, durchquerte den Raum im Dunkeln und fand blind die Badezimmertür. Wusch

sich das Gesicht im Dunkeln, wusch die Mähne und den Hals und die Hände und stand da mit flach angelegten Ohren und geschlossenen Nüstern und sagte sich, es sei ihre Kabine, es sei ihr eigenes Schiff, und sie *brauchte* heute nacht nicht an diesen Ort zu denken oder sich an den Gestank und den Ausdruck auf Tullys menschlichem Gesicht zu erinnern.

Sie hatte das Licht nicht nötig. Sie tastete sich zur Dusche und schloß die Zellentür hinter sich, drehte das Wasser an und ließ die Strahlen auf ihr Gesicht und ihre Schultern prasseln, drückte den Seifenknopf und schrubbte und schrubbte sich, bis sie nichts mehr roch als die Seife und ihr eigenes nasses Fell, bis sie durch und durch warm war und sich eine Weile an die Wand der Duschzelle lehnen konnte, während die erhitzte, trocknende Luft sie umspielte.

Dann konnte sie sie vergessen. Sie konnte jenen Ort vergessen und sich sagen, daß die Lichter, wenn sie angingen, das Spektrum von Anuurns gelber Sonne zeigen würden, und die Stimmen, wenn sie Leute anrief, würden den Frauen von der *Legat* gehören, Cousinen und Verwandten, auf die sie sich verlassen konnte, Verwandten von Chanur selbst und Chihin und die junge Fala Anify, Gerans und Churs Cousinen vom Bergstamm.

Keine unvernünftigen Frauen. Keine Dummköpfe, in ihrem Denken nicht auf die Politik, nicht auf den Planeten beschränkt, auf nichts von den Dingen, die sie unten angetroffen hatte. Sie glaubten an Pyanfars Ideen ... Götter, konnte sie ihnen jemals entkommen? Aber vertraute sie ihrer Crew? Ja, mit ihrem Leben, mit ihrer geistigen Gesundheit. Stützte sie sich auf ihren Rat? Oft.

Sollte sie das Leben ihrer Crew auf diese wilde Hoffnung setzen, daß es ihr gelang, Rhean und den Übrigen ihr Unrecht nachzuweisen, die Kosten der *Legat* abzubezahlen und den Clan auf eine solche finanzielle Basis

zu stellen, daß er Pyanfur Chanur keine götterverdammte Kleinigkeit mehr schuldig war? Wenn sie diesen Stsho-Vertrag unterschrieb, hatte sie eine Chance, solvent und frei von Schulden nach Anuurn zurückzukehren.

Andererseits mochte sie sich so kompromittieren, daß Chanur ihr nicht mehr helfen konnte, nicht finanziell und nicht, was ihren Ruf betraf.

Hilfy Chanur hatte nicht die Absicht, nach Hause zu kommen und um Hilfe zu flehen. Hilfy Chanur hatte nicht die Absicht, ihren Weg durch den Einfluß ihrer Tante, den Ruf ihrer Tante oder die Entscheidungen ihrer Tante zu machen. Das war der Schluß, zu dem sie kam.

Sie würde den Vertrag unterschreiben. Die Chance wahrnehmen. Was würde Tante Pyanfar tun?

Sie würde weit törichtere Dinge tun. Sie würde verrücktere Chancen eingehen. Tante Pyanfar hatte Chanur und alles, was sie besaßen, für ein Prinzip aufs Spiel gesetzt.

War das nicht wahnsinnig – wenn es niemanden sonst von ihren Bekannten einen Dreck interessierte – und Hani handelten, wie Hani immer gehandelt hatten?

Er hatte seit sehr langer Zeit nicht mehr geschlafen, richtig geschlafen. Jetzt, wo er ein bequemes Bett hatte und nichts zu hören war als das Wispern der Luft in den Leitungen, brauchte er eigentlich nichts anderes mehr zu tun, als sich hinzulegen und die Augen zu schließen.

Er versuchte, an Dinge zu denken, aber sie entschlüpften ihm. Er versuchte, sich Sorgen darüber zu machen, wo er war und wohin er ging, aber er verlor einfach das Bewußtsein.

Danach wachte er in der Desorientierung eines unvertrauten Geräuschs und einer unvertrauten Kabine auf –

er stellte fest, daß er das Licht angelassen hatte und wollte etwas dagegen tun. Aber die Augen fielen ihm wieder zu, und er begrub sich unter der Decke und vergaß es sofort wieder. Das nächste Mal, als er erwachte, lag er da und dachte darüber nach und merkte, daß seine Augen müde von dem Licht waren, und er sagte sich, daß er aufstehen und etwas tun müsse. Aber er zog sich die Decke wieder über den Kopf und war weg.

Beim dritten Mal merkte er, daß sich jemand in der Kabine befand, und er bekam Angst und hob den Kopf.

»Verzeihung«, sagte die Crewfrau – eine von den beiden älteren, sein durcheinandergeratener Verstand erinnerte sich an sie nur als an eine vom Chanur-Clan. Seine Angst verging nicht. Sie machte einen ganz freundlichen Eindruck, aber er befand sich auf fremdem Territorium und bei Fremden, mit denen er auskommen mußte.

»Schlaf weiter, wenn du möchtest.« Sie öffnete den Schrank, nahm seine Kniebundhose vom Haken und führte schnell ein paar Messungen durch, während er dumm blinzelnd dem peinlichen Vorgang zusah und zu dem Schluß kam, es habe etwas mit der Kleidung zu tun, die er nicht besaß.

»Dafür wird ein Spezialauftrag notwendig sein«, sagte sie – Tiar war ihr Name, jetzt erinnerte er sich. Tiar. Chihin. Hilfy Chanur. Noch eine, deren Name ihm nicht einfiel, die Kleine, die Junge … »Ich besorge dir kifische Sachen, Stsho, alles, was du möchtest, kein Problem. Sogar Mahen-Zeug. Keine Hani-Kleidung. Ich kann nicht einmal versprechen, daß wir Blau finden werden. Ich werde mein Bestes tun.«

»Danke«, sagte er unsicher. Irgend etwas mußte er ja wohl sagen, so peinlich die Umstände auch waren. Und er erzielte ein Schürzen des Mundes, ein Zwinkern in den Augen der Raumfahrerin.

»He! Du bist hier sicher. Entspann' dich.«

Das hätte er gern geglaubt. Er dachte an Pyanfar Chanur. Er erinnerte sich, daß sie jedesmal, wenn etwas wirklich schlimm geworden war, sich die Zeit genommen hatte, mit ihm zu reden, und *sie* hatte ihm Mut zugesprochen.

Es war ein Chanur-Schiff. Mit dieser Erkenntnis war er eingeschlafen, und dies war die Realität, in der er erwachte. Es hatte alle Eigenschaften eines Traums, es war unwahrscheinlich, es tauchte aus dem Nichts auf, und es versprach ihm alles, was er unmöglich bekommen und was er sich unmöglich erhoffen konnte.

Er wünschte sich ehrlich, Tiar Chanur zu gefallen – vor allem sollte sie in ihm einen Raumfahrer sehen. Er sah die Tür zufallen und dachte, er sollte hier nicht liegen wie ein Klumpen, er sollte aufstehen und sein Bett bauen und sich bereithalten, irgend etwas im Schiff zu tun. Er wollte auf Hilfy Chanur den bestmöglichen Eindruck machen. Deshalb stand er auf, hoffte, daß niemand ohne Ankündigung die Tür öffnete, duschte und zog die einzige Hose an, die er hatte, weil alles andere auf der *Sonne* war. Er machte sorgfältig sein Bett.

Aber als er die Kabine verlassen wollte, war die Tür verschlossen.

Er versuchte es ein zweites Mal, um sich zu vergewissern. Ihm sank der Mut, und er debattierte mit sich selbst darüber, ob er den Interkom benutzen und darum bitten sollte, hinausgelassen zu werden. Aber sie wußten, daß er hier war, und sie wußten bestimmt, warum sie die Tür abgeschlossen hatten.

Da er nichts zu tun hatte, setzte er sich auf das ordentlich gemachte Bett und starrte die Möbel an, lauschte auf die Geräusche, die es in einem Schiff auch dann gibt, wenn es im Dock liegt, das Rauschen der Luft in den Leitungen, das Klopfen und gelegentliche Arbeiten der Hydrauliken. Er hatte kein Frühstück bekommen. Möglicherweise brachten sie ihm keins, weil sie dachten, er schlafe noch. Aber er hatte sich sehr auf

vertrautes Essen gefreut. Er hatte fast alles, was man ihm im Gefängnis gegeben hatte, wieder erbrechen müssen, und hier stand ihm nichts zur Verfügung als Wasser – das wenigstens nicht nach Ammoniak schmeckte, darüber konnte er schon einmal froh sein.

Klappernd bewegten sich Container aus der Ladebucht. Er hörte die Schleuse ein weiteres Mal gehen. Schließlich legte er sich hin, starrte an die Decke und versuchte, nicht zu verzweifeln. Er wollte nicht über seine Situation nachdenken. Es war wie im Gefängnis. Auch dort war es besser gewesen, nicht nachzudenken oder sich wegen irgend etwas Fragen zu stellen.

Wegen seines Schiffes brauchte er sich keine Fragen zu stellen. Er hatte vollkommene Gewißheit, wo es war, im Hyperraum, unterwegs nach Hoas. Er hatte vollkommene Gewißheit, warum es ihn zurückgelassen hatte, und er sagte sich jetzt, das hätte ihn nicht wundern dürfen. Wenn er daheim auf Anuurn wäre, würde er das Haus verlassen müssen, denn wenn die Jungen groß wurden, mußten sie gehen. Sie mußten in die Wildnis ziehen, mußten lernen zu jagen und gegeneinander zu kämpfen, und wenn Jungen lange genug am Leben blieben, konnten sie zurückkehren und versuchen, irgendeinen älteren Mann in die Wildnis zum Sterben hinauszutreiben. Falls die Ehefrauen und Schwestern des Mannes ihn nicht totschlugen, bevor er eine Chance bekam, eine Herausforderung einen gegen einen anzunehmen.

Das war der ihm vorgezeichnete Weg gewesen. Das war die für immer gültige Ordnung der Dinge gewesen. Es gab immer zu viele Jungen, und die meisten von ihnen starben. Aber daß Pyanfar Chanur ihren Ehemann Khym Mahn in den Raum mitgenommen, daß sie einen moralischen Sieg über den *Han* und seine Politik errungen und sich Gesetz und Brauch offen widersetzt hatte – das hatte ihm eine Chance gegeben, die Sterne zu gewinnen, die – Freiheit.

Nun, es war freier als im Regen zu bibbern und töten zu müssen, um essen und leben zu können. Freier als geschlagen und davongejagt zu werden und erzählt zu bekommen, er sei verrückt, weil er männlich sei.

Er hielt sich nicht für verrückt. Er fand, er habe gute Arbeit geleistet, als er sein Temperament im Zaum hielt. Er hatte nicht die Absicht gehabt, den Kif zu schlagen. Er hatte nur weg gewollt.

Doch wahrscheinlich hatte die Kapitänin die Geschichte von der Polizei und den Stationsbehörden gehört, und deshalb war die Tür verschlossen worden. Das Problem war zu lösen. Er brauchte nur still und geduldig zu sein und keinen Ärger zu machen und der Kapitänin zu beweisen, daß er in seiner Lehrlingszeit an Bord der *Sonne* etwas gelernt hatte.

Hilfy Chanur war Pyanfars Nichte. Sie war eine aus der Crew, die auf Anuurn gekämpft hatte. Sie war eine von denen, die die Welt verändert hatten. Sie würde nichts tun, was nicht gerecht war. Sie würde ihn nicht verurteilen, ohne ihm eine Chance zu geben. Sie würde ihn nicht einfach irgendwo absetzen oder nach Hause schicken.

Er wollte lieber sterben als nach Hause zurückkehren. Nicht nach… nach allem, was er gelernt, für was er gearbeitet und was er gerade eben außerhalb seiner Reichweite gesehen hatte.

Zugegeben, er hatte nicht hineingepaßt. Die Frauen der *Sonne* hatten ihn akzeptiert, langsam – nun ja, sie waren auf dem Weg gewesen, ihn zu akzeptieren. Er hatte versucht, ihre Vorurteile zu widerlegen, und sie hatten beinahe schon angefangen, ihn als selbstverständlich anzusehen, nachdem sie sich einmal an die Idee gewöhnt hatten, einen Mann an Bord zu haben. Er hatte sie dazu gebracht, ihm Dinge zu zeigen, er hatte sein Bestes getan, er hatte alles studiert, was er in die Hände bekommen konnte, und er war besser geworden, ungeachtet des Wachstumsschubs, den er erlitten hatte.

Er hatte die Beherrschung nicht verloren. Sie hatten ihm Streiche gespielt, aber sie hatten nur sehen wollen, wie er reagierte, es war nur deshalb gewesen, weil er da war und anders war, und er hatte bewiesen, daß er so etwas wegstecken konnte. Er war nur das eine einzige Mal ausgerutscht...

Auf den Docks. Was schlimm war. Das war wirklich schlimm, und die Kapitänin war mit Recht böse geworden. Aber er hatte die Selbstkontrolle sofort zurückgewonnen. Er hatte keinen anderen mehr geschlagen, nicht einmal, als man ihn festnahm.

Die Wahrheit war, er war verängstigt gewesen, nicht wütend. Er hatte sich entsetzlich gefürchtet. Und jetzt war das Gefühl wieder da, als habe es ihn nie verlassen.

Der Translator hatte das vierte Mal von vorn angefangen. Das juristische Programm zum zweiten Mal. Wenn das so weiterging, dachte Hilfy, würden sie einen weiteren Karton Papier bestellen müssen. Sie *haßte* die Handtafel. Man machte Notizen darauf, und sie wurde immer schmutziger und verteilte die Information, mit der man arbeitete, immer weiter und weiter. Und man konnte keine Markierungen hineindrücken oder Ecken umbiegen oder etwas auf die Rückseite schreiben.

Papier, gab sie in die Liste der zu erledigenden Dinge ein. Die dicke Qualität. Sie ergab mehr Masse, aber sie faltete sich nicht, während man las oder sich Notizen machte. Und sie hatte an diesem Vormittag eine Menge gelesen, während der Verlader unter Falas und Chihins Aufsicht klirrte und klapperte. In der Zwischenzeit war Tarras begraben unter den Datenmassen aus den Stationsdateien und suchte nach Information – wer die umzuladenden Container übernehmen könnte, wer was zum Verkauf anzubieten hatte und wie die zukünftigen Möglichkeiten und die Routen des Methan-Volkes aussehen mochten.

Die den Vertrag anbietende Partei verlangt von der den Vertrag akzeptierenden Partei, daß im Falle der Aktivierung von Unterklausel 14 Abschnitt 2 die den Vertrag akzeptierende Partei entsprechend den Bestimmungen von Unterklausel 14 Abschnitt 2 handeln soll, was auf keinen Fall eine Negation der Bedingungen von Abschnitt 8, Absätze 3-15, bedeutet, vorausgesetzt, daß die die Ware empfangende Partei die Person ist, die in Unterabschnitt 3 Abschnitt 1 genannt und kein Subsequent besagter Person ist. Wenn jedoch die zum Empfang der Ware qualifizierte Partei Subsequent besagter Person oder Konsequent des in Unterabschnitt 3 Abschnitt 1 genannten Subsequenten ist, können die in Abschnitt 45 aufgeführten Bedingungen angewendet werden.

Hilfy hatte Kopfschmerzen und trang Gfi und steckte einen purpurnen Clip an das Blatt für *Ausführung* und einen blauen für *Identität,* nahm noch einen Schluck und zuckte zusammen, als etwas knirschend im Verladesystem der *Legat* steckenblieb. Ein neues Schiff hatte Mängel mit einem alten Schiff gemeinsam, Systeme mit Macken.

Eine der Macken war in der nach draußen führenden Spur, dem einfachen, kettengetriebenen System, das jeweils einen der riesigen Container sauber von dem hydraulischen Lift zu den hydraulischen Laderarmen befördern sollte. Sie hatten Laser benutzt, um den Fehler zu finden, sie hatten mit Kohlepapier Eindrücke der Zähne abgenommen, sie hatten die Stellen an der Kette markiert, die blockierten, und die Stellen auf dem Rad, das blockierte, aber ohne Ergebnis. Hilfy hatte sich für das System entschieden, weil es das war, was die *Stolz* benutzte, es war alt, es war erprobt, es war rundherum mechanisch, und es war billig zu reparieren. Aber diese götterverdammte Kette würde eines Tages reißen und jemanden töten. Jedesmal, wenn sie hakte, zuckte Hilfy zusammen.

Ein kleines Problem, schworen die Ausstatter. Leicht

in Ordnung zu bringen. Sagen Sie uns nur genau, wo das Problem steckt, und wir beseitigen es.

Der Lader lief wieder an. Also war niemand getötet worden. Hoffentlich wurde nicht gerade das mahen Porzellan transportiert. Aber die Kette war intakt. Hilfy hörte sie arbeiten.

Wenn die die Waren empfangende Partei nicht die in Unterabschnitt 3 Abschnitt 1 genannte Person ist und einen gültigen Anspruch wie in Unterabschnitt 36 des Abschnitts 25 geltend macht, dann ist die den Vertrag akzeptierende Partei verpflichtet, sich zu vergewissern, ob die in Unterabschnitt 3 Abschnitt 1 genannte Person als Subsequent oder als Konsequent oder als Postkonsequent existiert. Diese Klausel setzt jedoch nicht den Anspruch der Person außer Kraft, die in Unterabschnitt 3 Abschnitt 1 oder 2 oder in anderen dort aufgeführten Klauseln genannt ist, es sei denn, die den Vertrag akzeptierende Partei vergewissert sich, daß es sich um eine Person oder einen Subsequenten oder Konsequenten handelt, der durch die Bedingungen von Abschnitt 5 identifiziert und beschrieben wird.

Die Bedingungen von Abschnitt 5 können jedoch von der den Vertrag anbietenden Partei gemäß den Forderungen von Unterabschnitt 12 des Abschnitts 5 im Hinblick auf das Verhalten der Person, die den Vertrag akzeptiert, delegiert werden, wobei die Forderungen, die an das Verhalten der den Vertrag akzeptierenden Person gestellt werden, nicht außer acht gelassen werden dürfen ...

Ein weiterer Schluck Gfi. Eine Jagd durch den Papierstapel nach Unterabschnitt 12 von Abschnitt 5. Sie hätte die Stelle vom Computer suchen lassen können, doch dafür hätte sie den ausgedruckten Stapel, die Nachschlag-Tastaturen und den Mikrokubus-Behälter, der vor dem Schirm saß, beiseiteräumen müssen.

Irgendwo in der Bibliothek gab es ein Nachschlagewerk über Subsequenten, das sich zumindest insoweit mit dem Thema beschäftigte, wie Mahendo'sat die Persönlichkeitsveränderungen von Stsho verstanden.

Hilfy wollte den Computer nachsehen lassen. Wenn sie den Monitorschirm fand.

Sie nahm noch einen Schluck Gfi.

Die Stände waren der offene Markt auf dem Treffpunkt. Alles, was man wollte, konnte man auf den Tischen von hundert und mehr nebenberuflichen Händlern, Stsho und Mahendo'sat, finden. Stsho- und mahen Krämer machten einen auf Waren aufmerksam und priesen die wundersame Durchschlagskraft von nicht amtlich zugelassenen Vitaminen und die merkwürdigen Wirkungen von legalen und eigentümlichen Mischungen an. Sie führten Secondhand-Kleider und Kinkerlitzchen, Schnitzereien, von Raumfahrern aus Langeweile hergestellt, und erotische Artikel, die den Mahendo'sat eigentümlich und für alle anderen Kuriositäten waren.

Aber für eine Hani in Eile, die Kleider nach bestimmten Maßen brauchte und bereits einem mahen Schneider in einem richtigen Geschäft einen Auftrag erteilt hatte, einem Geschäft mit einer Drucktür und mit allen Zeichen von Dauerhaftigkeit und Respektabilität, waren das Glitzern und die grellen Farben und das Gewühl des Marktes ein Hindernis – Tiar versuchte, es so schnell wie möglich zu überwinden.

Obwohl eine ehrliche Hani, die auf ihre Taille achtete, hier tatsächlich abgelenkt werden konnte, weil durch das Funkeln der billigen Schmucksachen und des echten Goldes, die widerhallenden Stimmen und das Quietschen der zum Tode verurteilten kifischen Delikatessen der Duft nach Backwaren und Gewürzen drang, nach mahen Kuchen. Viele planetenbewohnende Hani mochten die Nase über Süßigkeiten rümpfen, aber sie war kosmopolitisch von Geschmack: Um die Wahrheit zu sagen, sie mochte mahen Süßigkeiten sehr gern.

Und vielleicht mochte der Junge sie auch gern. Und Tarras hatte auf jeden Fall eine Vorliebe dafür.

Nun, vielleicht ein Dutzend. Die Kapitänin liebte bestimmte Süßigkeiten. Fala vielleicht auch. Chihin war mehr für gesalzene Leckereien. Sie konnte es sich leisten.

Und wenn sie in entsetzlicher Eile waren und bei diesem seltenen Halt auf dem Treffpunkt nicht auf den Markt zurückkamen (sie hatte den Schneider gebeten, zum frühestmöglichen Termin zu liefern)... dann konnte sie einen kleinen Umweg machen.

Sie kaufte zwei Dutzend der Süßigkeiten. Und sagte sich, nun, da gab es die in Salzkristallen eingelegten Fische, eine Kiste davon, sofort zu liefern. Und die geräucherten. Praktisch und eine willkommene Abwechslung des Speisezettels an Bord. Der Stsho-Händler gab ihr eine Kostprobe, ja, einen Kasten davon. Und gleich daneben war die Kräuter- und Gewürzabteilung, wo eine Hani sich entlanginhalieren und eine Flasche oder zwei mitnehmen konnte – sie leistete eine ganze Menge der Arbeit des Kochens, und hier fühlte sie sich inspiriert.

Dann dachte sie, die Arme mit Paketen beladen, der arme Junge sei doch mit gar nichts an Bord gekommen. Er konnte ein paar Toilettenartikel gebrauchen – solche Sachen, die einem jungen Mann gefielen. Bürsten, ja. Zwei Kämme. Ein mildes Duftwasser, ein sauberer, angenehmer Geruch.

Eine Schere. Eine Feile – es war die absolute Hölle, keine zu haben und sich eine Klaue einzureißen. Zahnbürste. Natürlich. Crème für Hände und Füße – die Treffpunkt-Luft war nach Hani-Begriffen trocken, und er hatte Tage darin verbracht. Einen guten Konditioner für überall, wenn sie schon einmal dabei war, nicht würzig, eher etwas wie Süßgras. Das würde jedem jungen Mann zusagen.

Ein Kasten, um alles darin unterzubringen. Secondhand, mit echten silbernen Ornamenten. Was machte es, daß etwas in maher Schrift darauf stand und das wahrscheinlich irgend jemandes Liebesgefühle waren?

Es war ein hübsches Stück, und wenn niemand als Mahendo'sat es lesen konnten, wen kümmerte es?

»Hani-Offizierin. Ein Wort?«

Sie sah sich um, sah einen braunen mahen Bauch und ein ganzes Stück weiter oben ein ernstes mahes Gesicht.

»Legat?« fragte der Mahe und legte die Hand auf die Brust. »Ich Freund von Chanur, lange Zeit, ich folgen der Persönlichkeit.«

Götter, noch einer.

»Paß auf…« Tiar verlagerte die Pakete in ihren Armen und merkte plötzlich, daß sie ein weites Stück an den Ständen entlanggegangen war. Sie hatte hier mehr Zeit verbracht, als sie für den Einkauf von ein paar Kleinigkeiten hatte aufwenden wollen, und wenn sie jetzt auf einen Mahe mit religiöser Erleuchtung oder irgendwelchen irren Ideen stieß, brachte sie das nicht schneller nach Hause.

»Ich wissen, ich wissen, zu viele kommen euer Schiff reden Unsinn. Nicht ich.« Eine Hand, größer als ihr Kopf, legte sich auf die ungefähre Gegend eines mahen Herzens. »*Guter* Freund, Name Tahaisimandi Ana-Kehnandian, Schiff Name *Ha'domaren,* Dock gleich da unten…«

»Ich bin spät dran. Die Kapitänin wird mir sowieso schon das Fell abziehen. Schicke eine Botschaft.«

»Nein, nein.« Die mahe Hand landete auf ihrem Arm, und sie mußte entweder die Pakete fallenlassen oder zuhören. Als eine dritte Möglichkeit legte sie die Ohren zurück und starrte zu dem Eigentümer besagter Hand hoch, der protestierte: »Wichtig du zuhören.«

»Wichtig ich gehen zurück, Mahe.«

»Du mich nennen Haisi.«

»Haisi. Nimm die Hand weg, oder ich überreiche sie dir auf einem Teller.«

»Sehr ernst! Du zuhören. Wie dein Name?«

»Auf meinen Namen kommt es nicht an! Wenn du eine Botschaft für die Persönlichkeit hast, hebe sie für sie auf! Meine Kapitänin hat eigene Sorgen!«

»Ihr nehmen Stsho-Auftrag?«

Sie hätte nicht reagieren sollen. Aber es passierte, und sie stand da und starrte den Mahe an.

»Wo hast du das gehört?«

»Haben Ohren.«

»Du hast Ohren. Großartig. Willst du ein Wort mit der Kapitänin sprechen? Ich verschaffe dir die Gelegenheit, geh einfach hinunter zu Liegeplatz 23 und benutze den Kom wie jedes zivilisierte Individuum.«

»Wie dein Name?«

»Tiar Chanur.«

»Ah! *Chanur*-Offizierin!«

»Chanur-Offizierin, das ist götterverdammt richtig, Chanur-Offizierin! Wenn du ein Freund der Persönlichkeit *bleiben* willst, dann gehst du zu 23 hinunter und sagst, was du zu sagen hast.«

»Ich tragen Pakete für dich.«

»Das kann ich allein! Geh weg! Geh nicht mit mir! Es wird schon genug geklatscht!«

»Du viele Sorgen, Chanur-Offizierin. Alles fein. Name Haisi. *Ehrenwert,* lange Zeit kommen und gehen diese Station.«

»Geh!« Sie zielte einen Fußtritt. Haisi entkam ihm. Aber Haisi ging.

* * *

»Und wo hast du von diesem Auftrag gehört?« fragte Hilfy. Der Mahe hatte es sich in ihrem Büro an Bord bequem gemacht, er hatte die Füße hochgelegt und trank teuren Tee. »*Wann* hast du es gehört?«

»Welchen Auftrag du wollen wissen?« Eine große mahe Hand balancierte eine winzige Tasse, und der Mahe richtete den Blick unverwandt auf sie. »Hüb-

sches Porzellan. Aus Tiyleyn, ah? Du haben guten Geschmack.«

»Was willst du?«

»Du so abrupt. So ab-rupt. Wie du machen Geschäft mit Stsho?«

»Ich glaube, du weißt überhaupt nichts. Ich schwöre dir, wenn du dich in mein Schiff hineingeschwindelt hast, um irgendein götterverdammtes Verkaufsgespräch loszulassen, kannst du dich gleich wieder hinausbemühen.«

Hand an der Kehle. »Du beleidigen mich?«

»Ich habe zuviel zu tun, um dich zu beleidigen! Ich muß ein Schiff überholen lassen, ich habe Fracht überall auf dem Dock herumstehen, weil ich nicht genug götterverdammte Lastwagen bekommen kann! Wenn du etwas weißt, spuck es aus!«

Der Mahe sprang auf die Füße. »Ich gehen! Ich nicht sitzen und mich lassen beleidigen!«

Vielleicht meinte er es ernst. Hilfy bedauerte es gerade lange genug, daß er die Tür erreichen und zurückblicken konnte.

»Du dumme Hani lassen mich hinausgehen.«

»Ich dumme Hani lasse es zu, daß du mir irgendeinen verdammten Deal unterjubelst! Na gut, na gut, setz dich, trink noch eine Tasse Tee.«

»Du sagen nett.«

Er rieb Salz in die Wunde. Hilfy schürzte liebenswürdig den Mund, stellte die Ohren auf und wies mit anmutiger Geste auf den leeren Sessel. »Setz dich doch bitte, Ana-kehnandian.«

»Nett.« Der Mahe, mochten die Götter ihm das Fell verfaulen lassen, schlenderte zu dem Sessel hinüber, setzte sich wieder, lehnte sich weit zurück und legte einen Fuß übers Knie. »Dein Schiff sein hübsch, Hani-Kapitänin.«

»Was ist der Deal?«

»Du sein so plötzlich. Ich möchten mehr Tee.«

»Entschuldigung. Mein ganzer Dienstbotenstab hat das Schiff auf Hoas verlassen. Die Kanne steht direkt neben dir.«

Ein mahes Grinsen. Nur Menschen und Mahendo'sat taten das. Auf einem Hani-Schiff war es lebensbedrohend. Und Tahaisimandi Ana-kehnandian nahm sich Zeit.

»Also«, sagte Ana-kehnandian mit einem Schluck und einem Seufzer, »du wollen wissen, was ich wissen?«

»Ich will wissen, *was* du weißt.«

»Du machen fettes Geschäft, Stsho mit Stsho. No'shto-shti-stlen haben Kif für sich arbeiten. Ebenso Urtur-Stsho. Viele große Dinge mit Kif. Du berichten Persönlichkeit, sie müssen schnell nachsehen.«

»Leicht vorzuschlagen. Nicht so leicht zu tun. Warum sollte es die Persönlichkeit interessieren?«

»Wie sein Wort für *hotai?*«

»Bombe. Explosion.«

»Explos'. Verdammt richtig. Explos' wie Hölle. Ich dir sagen, machen gutes Geschäft mit dir, du uns lassen ansehen diese Fracht.«

Hilfys Puls hatte in dem Augenblick ausgesetzt, als das Wort *Kif* ins Gespräch eingeflossen war. Und dieser Mahe suchte nach Informationen, spielte ein bißchen an Information aus, als stecke er bis zu den Ohren drinnen. Er wollte die Fracht ansehen – sonst nichts?!

»Wo hast du davon erfahren, Ana-kehnandian?«

»Mich nennen Haisi. Wir Freunde.«

»Haisi. Wo hast du davon erfahren?«

»Haben Cousin auf Urtur.«

»Es ist also eigentlich nicht unerwartet.«

»Nein. Lange Zeit erwarten.«

»Erzähle es mir.«

»Du mich lassen sehen Fracht.«

Kein Raumfahrer. Kein Handelsschiff-Kapitän, falls er Kapitän war, was sie vermutete: Die *Ha'domaren,*

hatte Tiar gesagt. Und das paßte: Ein hochmodernes Schiff, Feuerkraft hinter Paneelen verborgen, fähig, die Fracht abzustoßen und sich schnell zu bewegen, mit der ganzen Maschinenkapazität eines Frachtschleppers. Sie hatte mahe Agenten in Funktion gesehen, als sie auf der *Stolz* gewesen war, und sie faltete die Hände jetzt gemütlich über ihrer Mitte und demonstrierte eine entspannte Haltung.

»Für welche Persönlichkeit arbeitest du? Nicht für meine Tante. Sie wäre deswegen nicht so zurückhaltend gewesen. Und wenn du nicht für meine Tante arbeitest, warum sollte ich dich dann irgend etwas ansehen lassen?«

»Du setzen vieles voraus.«

Hilfy schürzte den Mund zu einem Lächeln. »Götterverdammt richtig, daß ich das tue. Für wen arbeitest du, und ist das jemand, dem ich vertrauen sollte?«

»Absolut.« Das mußte man ihm lassen, in die Ecke getrieben, wechselte er die Richtung. Was bedeutete, er hatte von irgendwem Vollmacht.

»Name?«

»Paehisna-ma-to.«

Das sagte ihr gar nichts. Und wenn der Mahe gute Forschungsarbeit über Tante Pys Clan geleistet hatte, konnte er durchaus wissen, daß sie einen wunden Punkt besaß, was die Kif im allgemeinen betraf. Vielleicht hatte er deshalb gesagt, die Kif seien interessiert.

Aber wenn die Mahendo'sat interessiert waren und die Kif Wind davon bekamen, würden sie herumschnüffeln. Das war ihre Natur. Wie das Atmen.

»Und wer ist Paehisna-ma-to?«

»Weise Frau.«

»Das freut mich. Sag ihr, Hilfy Chanur erfüllt ihre Verträge. Sag ihr, wenn an diesem Vertrag irgend etwas nicht stimmt, soll ihr Vertreter es mir sagen, bevor ich ihn unterschreibe.«

»Du noch nicht haben unterschrieben?«

»Vielleicht habe ich, vielleicht habe ich nicht.«

»Du es nicht tun!«

»Vielleicht werde ich es tun, vielleicht werde ich es nicht tun. Im Augenblick bin ich beschäftigt. Keine Zeit mehr. Es sei denn, da ist noch etwas, das ich hören sollte.«

»Mein Schiff *Ha'domaren.* Du wollen reden, du schikken Botin. Nicht anrufen über Stationskom.«

»Soviel habe ich verstanden.« Hilfy stand auf. Sie begleitete den Mahe zur Tür und den Korridor hinunter zur Schleuse. Ihre Crew war anderweitig beschäftigt – sie hörte zu und war bewaffnet, denn es war ein Fremder an Bord, aber sie war beschäftigt. »Bestelle deiner weisen Frau Grüße von mir.«

»Ich werden.« Der Mahe verbeugte sich und schlenderte in die Schleuse.

Hilfy blieb stehen, bis sie die Schleuse arbeiten hörte.

»Ist er weg?« fragte sie die leere Luft.

»Die Rampe hinunter«, erklang Tiars Stimme via Kom von der Brücke her. *»Ich behalte ihn die ganze Zeit im Auge. Tut mir leid, Käpt'n. Ich dachte, du solltest besser von Angesicht zu Angesicht mit ihm sprechen.«*

»Zweifellos.« Hilfys Blick richtete sich auf nichts Besonderes, und sie dachte, daß die meisten geheimen Pläne nicht geheim blieben, sobald irgendwer zu irgend jemandem darüber sprach. Mißtraue jedem. Dem Adjutanten, den kifischen Wachen, vor allem denen. Stsho weigerten sich seit dem Krieg, ihre Schiffe aus dem Stsho-Raum zu bringen oder irgendwo mit den jüngeren Spezies Handel zu treiben, ausgenommen auf dem Treffpunkt. Aber es gab eine Stsho-Botschaft auf Urtur. Heutzutage gab es sogar auf Mkks eine. Es gäbe sogar eine auf Anuurn, wenn der *Han* es erlauben würde, aber der *Han* ließ niemanden herein, denn er hatte in jüngster Zeit Grund bekommen, die Heimatwelt beschützend in Geheimnisse zu hüllen.

Was auch immer zwischen No'shto-shti-stlen und

dem Stsho, der dieses Ding auf Urtur in Empfang nehmen sollte, vor sich ging, es hatte jemandes Aufmerksamkeit erregt oder das Geheimnis war am einen oder anderen Ende durchgesickert.

Von Bedeutung war: Haisi war hier. Er war irgendwann von anderswo hergekommen – und Urtur war eine ebenso gute Vermutung wie sonst ein Ort. Während der Zufall und ein lokales Gerücht, das er zu deuten gewußt hatte, ihn zu ihrem Schiff geführt haben mochte, war es gerade eben möglich, daß er teilweise die Wahrheit sprach – und er hatte es gewußt und war mit diesem Wissen hergekommen.

Was bedeutete, andere konnten es auch wissen.

Sie luden die Container so schnell ab, die die *Legat* sie hinausbefördern konnte, und morgen mußten sie andere Container an Bord nehmen. Bis zum nächsten Morgen mußten sie wissen, ob sie die Hoas-Container einem anderen Schiff übergeben konnten. Und dafür war eine Entscheidung zu treffen… Unterschreiben oder nicht unterschreiben.

Das bedeutete, nach dieser Fahrt zahlungsfähig zu sein… oder *immer noch* in die Sache verwickelt zu sein, selbst wenn sie den Auftrag ablehnten, verdammt noch mal, denn da sie Pyanfars Nichte war, bedeutete es eines, wenn sie das Stsho-Objekt an Bord nahm, und wenn sie sich weigerte und es war irgendein verrücktes religiöses Stsho-Ding, das einen ihnen freundlich gesonnenen Direktor auf dem Treffpunkt zu Fall brachte – dann war es eine Katastrophe.

Dieses eine Mal wünschte Hilfy sich, Pyanfar fragen zu können.

Aber wenn das Geheimnis durchgesickert war, würde sich die Kunde weiterverbreiten. Wenn der Mahe-Agent es wußte, wußte auch seine Crew etwas. Wenn seine Crew etwas wußte, würde es auf die Docks gelangen. Wenn die kifischen Wachen es wußten, erfuhren es die Kif, mit denen sie im Einverständnis

waren. Und wenn über den Stationskom etwas weitererzählt worden war, wußten es vielleicht auch die Kom-Operatoren der Stationskontrolle und ebenso ihre Freunde …

In welchem Fall es, wenn sie den Vertrag nicht unterschrieb und den Auftrag nicht annahm und von hier nach Hoas reiste, Dickschädel geben würde, die nicht glauben wollten, daß sie den Gegenstand nicht an Bord hatten und daß es sich nicht nur um eine List handelte. Deshalb klebten sie in der Minute, als ein gewisser Haisi Ana-Undsoweiter irgend etwas davon erfuhr, an dem Stsho-Auftrag und dem Stsho-Gegenstand fest, ob sie ihn tatsächlich in Besitz hatten oder nicht.

Wenigstens würden sie, wenn sie den Auftrag annahmen und den Gegenstand transportierten, bezahlt werden.

In ihr Büro zurückgekehrt, fragte Hilfy über Kom: »Wer kann uns das Hoas-Zeug abnehmen?«

»Übernehmen wir den Auftrag, Käpt'n?« wollte Chihin wissen.

»Sieht so aus. Wen haben wir?«

»Einen mahen Händler. Die *Notaiji.* Gerade eingetroffen, Schiff von gutem Ruf. Regelmäßige Fahrten nach Hoas. Reichlich Zeit, um den Plan aufzustellen und sich nach einer Fracht umzusehen. Die Leute haben nicht die Gewohnheit zu bieten, sie nehmen einfach, was da ist, und reisen ab, wenn sie voll sind – aber mit unseren Containern wären sie bis obenhin voll. Gutes Geschäft für sie.«

Hilfy dachte ein paar unglückliche Augenblicke lang darüber nach. Natürlich gab es nichts anderes als ein mahes Schiff. Wo war ein zweites Hani-Schiff, wenn ein bißchen Verwirrung ihnen von Nutzen gewesen wäre?

»Auch ein Kif-Schiff will abreisen. Und vielleicht ein T'ca. Aber die habe ich nicht als Möglichkeiten betrachtet.«

»Nein«, sagte Hilfy. Fast hätte sie den T'ca lieber ge-

habt. Aber über die Adresse und die Weitergabe von Fracht mit einem Matrix-Gehirn zu verhandeln, war eine Übung in Frustration.

Und die Container konnten dadurch nach O'o'o'ai gelangen, soviel sie wußten. Einem T'ca-Schiffer machte das keine Mühe, soweit es sich aus ihrer Ökonomie ableiten ließ. Aber es ruinierte einem den Ruf unter den Sauerstoff-Atmern.

3. Kapitel

Der Junge hatte *kein* Frühstück gehabt. Er fiel über das Fleisch und die Eier wie ein Verhungernder her, und dazwischen freute er sich über die Toilettenartikel.

»Dachte, du könntest sie gebrauchen«, sagte Tiar. Sie stand an der Tür, und sie hätte ihren Pflichten nachgehen sollen. Aber Hallan Meras schob abwechselnd Essen in den Mund und öffnete Päckchen. Sie hatte keine Schmuggelware mitgebracht, soweit sie wußte, nichts, mit dem man ihn nicht loslassen durfte. Die Kapitänin hatte nichts von irgendwelchen Beschränkungen gesagt oder den Eindruck erweckt, sie fürchte, der Junge könne an Bord Sabotage verüben. Die Kapitänin hatte offenbar überhaupt nicht sehr viel über den Jungen nachgedacht, niemanden beauftragt, ihm Frühstück zu bringen, auch wenn sie sich an die zerrissene Hose erinnert und sie auf den Markt geschickt hatte, etwas für seine Garderobe zu tun. Kein Wunder, aber trotzdem … wo der Junge saß, war es kein guter Morgen gewesen.

»Alle dachten, du schliefest noch«, sagte Tiar als Entschuldigung.

»Ich bin aufgestanden, um zu arbeiten.« Er schluckte hastig einen Mundvoll hinunter und betrachtete den Kasten mit den silbernen Ornamenten. »Er ist wunderschön. Was ist das für eine Schrift?«

»Mahend. Die Hochsprache. Der Kasten wurde wahrscheinlich bei einem Würfelspiel verloren. Vielleicht in einer mahen Bar. Ist dann an die Stände gelangt. Irgend jemand brauchte Bargeld. Alles, was du

willst, kannst du auf diesem Markt finden, das behauptet man hier wenigstens. Alles, was du jemals verlierst – landet letzten Endes dort.«

»Den Markt muß ich sehen«, meinte der Junge.

»Du mußt, wie?«

Hallans Ohren sanken halb herab. »Dort bin ich in Schwierigkeiten geraten.«

»Wie ich gehört habe, hast du jemanden geschlagen.«

»Nicht mit Absicht!«

»Ja-a. Das hört die Polizei hier herum wahrscheinlich oft.«

»Wirklich nicht! *Ker* Tiar ... ich war nicht betrunken. Man sagt, ich sei betrunken gewesen, aber das war ich nicht. Irgend jemand fing eine Schlägerei an, ich weiß nicht einmal, wer.«

Tiar war geneigt, dem Jungen zu glauben – zumindest zu glauben, daß er glaubte, was er sagte. Viele Hani-Neulinge konnten sich später nicht mehr genau erinnern. Ihr war es auch einmal so ergangen. Oder zweimal.

»Ich möchte arbeiten«, sagte der Junge. »Ich habe meine Lizenz. Ich habe die Farm-Ausrüstung in Ordnung gehalten ...«

»Das ist eigentlich keine Qualifikation.«

»... bevor ich auf der *Sonne* anheuerte. Ich meine, ich habe Mechaniker gelernt. Ich kann den Verlader bedienen, ich kann alles mit der Fracht tun ...«

»Nicht etwa, daß wir dabei Hilfe brauchen, aber Teil des Abkommens mit dem Stsho war, dich hier wegzubringen. Die Kapitänin will bestimmt nicht, daß du auf den Docks Aufmerksamkeit erregst.«

Das Gesicht des Jungen verdüsterte sich, seine Schultern sanken herab. Das war mehr als Enttäuschung. Er brauchte etwas ganz dringend, es war keine Zeit, und Tiar schalt sich eine Närrin, daß sie fragte.

»Ich habe dich aufgeregt. Wollte ich nicht. Wieso?«

Der Junge schüttelte den Kopf. Das Interesse an

dem Frühstück und den Päckchen war verflogen. Im Augenblick schien er nicht fähig zu sein, sich auszudrücken. Statt ihn also in Verlegenheit zu setzen, beantwortete Tiar ihre Frage mit einer weiteren Frage.

»Du willst aus irgendeinem Grund *nach draußen?* Sicher, es ist romantisch, aber es ist kaum wert, daß du den Hals dafür riskierst. Du wirst andere Orte kennenlernen.«

Er sah sie verletzt an. Sie war dem wunden Punkt also nahegekommen, hatte ihn aber noch nicht berührt.

»Willst du da draußen jemanden treffen?«

Kopfschütteln. Nein.

»Etwas finden?«

Erneutes Kopfschütteln. Immer weiter vom Ziel entfernt.

»Willst du mit mir reden, Junge?«

Ein drittes Kopfschütteln. Er starrte an die Wand.

Tiar hatte es noch nie fertiggebracht, ein Problem ungelöst zu lassen. Sie stand da, stemmte die Hände in die Hüften, betrachtete ihn lange, lange Zeit und wartete darauf, daß er sich zusammennahm.

»Ich möchte arbeiten«, erklärte er schließlich, ohne sie anzusehen. »Ich werde alles tun.«

»Ich fange ungern davon an.« Tiar hatte das Gefühl, immer noch nicht gehört zu haben, was sie wissen wollte, und vielleicht würde sie es jetzt nie mehr erfahren. Sie hatten sich irgendwie von dem eigentlichen Thema entfernt. »Aber du weißt, daß wir sozusagen Feinde von unseren Ahnen her sind.«

»Es gab keine Feindschaft mit Meras!«

»Aber mit Sahern.«

»Ich weiß«, sagte der Junge schwach.

»He, es ist ja keine aktive Fehde. Seitdem sind zweihundert Jahre vergangen. Gegenwärtig hegen wir keinen Groll gegeneinander. Wir werden dich zu deinem Schiff zurückbringen. Wir werden zu den Frauen der *Sonne* richtig höflich sein, dich von Bord lassen und

ihnen alles Gute wünschen. Wenn uns das nicht gelingt, werden wir dich auf einer Station absetzen, wo sie anlegen müssen.«

»Wovon sollte ich da leben? Und ich *will* nicht zu ihnen zurück!«

Es war ein Problem, wie sie einen männlichen Hani auf irgend jemandes friedlicher Raumstation unterbringen sollten. Dabei spielte es keine Rolle, daß er ein stiller, manierlicher Junge war. Hani-Männer hatten nun einmal den Ruf, gewalttätig zu sein, und die Furcht war vorhanden. Und wenn irgend etwas passierte …

»Nun, wir werden uns etwas einfallen lassen. Mach dir keine Sorgen.«

Er machte sich Sorgen. Er sah sie an, als stehe er einem Exekutionskommando gegenüber. Dann senkte er den Blick und schob sein Frühstück auf dem Teller herum.

Sie hatten die Tür seiner Kabine abgeschlossen. Sie waren sich nicht sicher gewesen, ob er bereit war, sich still zu verhalten oder Befehle entgegenzunehmen. Sie waren sich nicht sicher gewesen, ob er den Aufenthalt im Stationsknast nicht verdient hatte, und das wußten sie immer noch nicht.

Tiar konnte die Situation jedoch einigermaßen beurteilen. Und die Kapitänin zog ihr vielleicht das Fell ab, aber …

»Was hast du gelernt, Sohn? Auf deiner Lizenz steht Techniker. Kannst du sonst noch etwas?«

»Fracht. Wartung. Kombüse. – Ich möchte bei Chanur bleiben.«

Bei Chanur bleiben. Ein nicht mit Chanur verwandter Mann. Niemandes Ehemann. – Die gleiche scheußliche Situation, in der er auf dem Sahern-Schiff gesteckt hatte, um die peinliche Wahrheit zu sagen, und sie würde nicht fragen. Ein Junge wie er, zu ängstlich und zu naiv, wer konnte wissen, was zu seinen Pflichten gehört haben mochte?

»Ich kann *beweisen*, daß ich weiß, was ich tue«, sagte er.

»Ich habe nicht gesagt, daß du nicht weißt, was du tust. Davon bin ich überzeugt.«

»Dann laßt mich arbeiten!«

Es war ganz klar, er hoffte, sie zu beeindrucken, sich mit irgendeiner verblüffenden Zurschaustellung zu beweisen, so daß die ganze Crew ihn bitten würde zu bleiben. Und wer würde nicht lieber auf einem Chanur-Schiff als auf einem Sahern-Schiff sein? Eine sehr vernünftige Entscheidung. Ein sehr einnehmender Junge. Tiar hatte zwei Söhne gehabt – sie hatte ihr Unglück übrigens verflucht. Wahrscheinlich waren sie tot. Sie war nicht lange genug auf dem Planeten geblieben, um es noch schlimmer zu machen, als es war. Sie hatte sie geboren, erst den einen, dann den anderen, aber die Enttäuschung war von dem Augenblick an da gewesen, als die Tests gezeigt hatten, daß sie männlich waren. Viele Frauen hätten sie gar nicht erst ausgetragen. Sie wußte nicht, warum sie es getan hatte, um die Wahrheit zu sagen, aber sie war altmodisch, und sie hatte Probleme *damit.* Hatte es jahrelang bereut. Und da kam dieser Junge, ungefähr so alt wie ihr jüngerer Sohn, in den Raum, versuchte zu überwinden, was Pyanfar Chanur und eine Reihe von Frauen ihrer eigenen Generation ein dummes Vorurteil nannten und was eine ganze Reihe anderer Generationen seit undeutlichen Zeiten ›Natur‹ nannten.

Sie war sich nicht sicher, wo sie selbst stand. Wenn Pyanfar recht hatte, waren ihre Söhne für nichts in die Wildnis gezogen und gestorben.

Wenn Pyanfar recht hatte – hörten die Probleme immer noch nicht auf. Weil der Junge nicht in festen Händen war, weil er ein Gesicht hatte, das man nicht vergessen konnte, besonders wenn er einen so ansah und Gefühle aufrührte, die überhaupt nicht mütterlich waren. Tiar versuchte, an ihre eigenen Söhne zu den-

ken, sie hielt sich vor, das sei Pyanfars neues Zeitalter, und sie habe kein Recht auf solche Gedanken über verlorene, verängstigte Jungen, die irgendein Clan aus einem behüteten Leben hatte entweichen lassen, woraufhin sie unter Leute gerieten, die sich lange, lange Zeit keinen moralischen Zwang mehr hatten antun müssen.

»Ich will dir was sagen.« Sie schämte sich tatsächlich. »Es gibt allerhand zu putzen, und wenn das deinen Vorstellungen von Arbeit entspricht...«

»Alles, was notwendig ist.«

»Frühstücke erst fertig. Die Tür ist unverschlossen. Ich bin gleich unten am Gang, im Operationszentrum. Wir berechnen die Trimmlage, und wir werden Treibstoff bunkern. Klingt das bekannt?«

»Ich kann lernen.« Die Lebhaftigkeit, die aus seinem Gesicht gewichen war, kehrte zurück, seine Augen glänzten, sein ganzer Körper war voll von gespannter Energie. Er wirkte aufgedreht, wahrscheinlich hatte er solche Angst, daß er nicht mehr essen konnte, er fürchtete sich vor dem Wort nein.

»Iß dein Frühstück. Geh erst nach rechts und nach links, wenn du den Raum verläßt. Du wirst die Ops-Zentrale erkennen, wenn du sie siehst.«

»Wieder da«, bemerkten die kifischen Wachen.

Hilfy hatte für sie keinen anderen Kommentar als: »Ich bin hier, um *Gtst* Exzellenz zu sprechen.«

»Natürlich, natürlich, feine Hani-Kapitänin. Hier entlang, Hani-Kapitänin. Wir würden doch niemals etwas tun, woran die große...«

»Haltet den Mund«, sagte sie. Und bereute, die Beherrschung verloren zu haben. Aber auf dem ganzen Weg zum Audienzsaal hatte sie ein ungutes Gefühl.

»Tlsti nai«, sagte der Sekretär und hob die mit Federn betonten Augenbrauen. Es brauchte nicht derselbe Sekretär zu sein. Die pastellfarbene Körperbemalung

wirkte ein bißchen anders. Doch das war schwer zu sagen. *Gtst* nahm den Vertrag und das selbstverständliche Geschenk in *gtst* lange Finger und vollführte drei Verbeugungen, jede tiefer als die vorhergehende.

»*Tlistai na.*« Hilfy verbeugte sich nur einmal. »Ich übergebe es Ihren zweifellos fähigen Händen. Es ist nicht notwendig, *Gtst* Exzellenz zu stören.«

»Zu liebenswürdig. Warten Sie einen kleinen Augenblick, höchst Ehrenwerte.«

Sie wartete. Ihr Magen verkrampfte sich. Sie spürte den verrückten und durch gar nichts gerechtfertigten Drang, dem Sekretär nachzurennen und ihm den Vertrag wegzureißen, bevor *gtst* die Vorhänge passierte.

Aber die Tat war getan. Sie dachte einen Augenblick später, sie könne erfolgreich zum Schiff zurückfliehen, aber da tauchte der Sekretär wieder unter den Vorhängen auf und winkte ihr, näherzutreten. No'shto-shtistlen wollte sie sehen, vielleicht, um den Gegenstand auf der Stelle in ihre Obhut zu übergeben, und sie brannte gar nicht darauf, beim Überqueren der Docks die Verantwortung für das Ding zu tragen. Andererseits, ein Befehl, der die Bank in Aktion setzte …

Sie wollte die Million auf ihrem Konto haben, denn es gab Frachtcontainer, die unwiderruflich für die leere Ladebucht der *Legat* bestimmt waren, während die Hoas-Container, die bereits auf ihren Lastwagen standen, in die *Notaiji* befördert wurden, eine sehr glückliche, sehr dankbare *Notaiji,* deren Besatzung noch gar nicht an das große Glück glauben konnte, das ihnen von ›der guten, der großen Hani-Kapitänin‹ in den Schoß geworfen worden war.

Also hatten sie die Schwelle überschritten. Sinnbildlich gesprochen. Und sie überschritt die Schwelle des Audienzsaales.

»Wir sind außerordentlich erfreut«, sagte No'shtoshti-stlen, als sie sich setzte.

»Wir sind zur Zusammenarbeit mit Eurer Exzellenz

bereit. Wir nehmen den Auftrag mit Begeisterung an und freuen uns auf eine Fortsetzung der Verbindung mit Eurem erhabenen Selbst.«

»Ihre Antwort ist angenehm. Die Eleganz Ihrer Äußerungen und Ihr umsichtiges Verhalten machen Ihrer Spezies Ehre.«

Hilfy schoß es durch den Kopf: Warum benutzt du dann wieder kifische Wachen? Aber den Stsho war Eleganz bedeutungsvoller als Wahrheit.

»Ihr Vertrauen ehrt mich«, murmelte sie statt dessen und verbeugte sich. No'shto-shti-stlen verbeugte sich, alle verbeugten sie sich noch einmal, und No'shto-shti-stlen erkundigte sich, ob sie Zeit habe, einen Tee zu trinken.

Zwei Tees war ein monumentales Zeichen der Huld.

»Natürlich«, sagte sie, obwohl Fracht rings um die Ladebucht der *Legat* aufgestapelt war und ein Mahe, der ein Schurke und wahrscheinlich der Agent irgendeiner Macht war, ihr geschworen hatte, der Auftrag sei ein sehr, sehr schlechtes Geschäft, und ihr natürlich seine Dienste angeboten hatte.

Ein Tee mit allen Zeremonien, im Audienzsaal, in den Schüsselsesseln, diesmal mit Stsho-Dienern und einem No'shto-shti-stlen, der Poesie rezitierte:

Weiß auf Weiß,
Die Unterscheidungen dessen sind unendlich.
Auf weißem Schnee träumen die Augen in Rosa und
Gold und
Blau.
Nichts ist.
Alles könnte sein.

Oder etwas in der Art – in der klassischen Sprache. Hilfy trank Tee und hielt die Ohren gespitzt und legte sie ehrerbietig an, als er fertig war.

»Der außerordentliche Ausdruck einer delikaten

Wahrnehmung«, sagte sie. »Wie außerordentlich, einer solchen Ehre gewürdigt zu werden. Sind Sie der Poet, Exzellenz?«

No'shto-shti-stlen glühte buchstäblich – für einen Stsho. Bemalte Lider flatterten über Mondstein-Augen und lange Finger zeichneten Wellenmuster. »Ich habe diese kleine Begabung.«

»Ich bin bis ins innerste Herz gerührt von einer solchen Ehre. Wäre es unzart, Euer Exzellenz um eine Kopie zu bitten?«

»Nicht im geringsten!« Finger schnippten nach dem Adjutanten, der in einer Wolke von Spinnweb-Draperien und nickenden Federn davonflatterte. »Sie inspirieren mich zum Denken. Und …« No'shto-shti-stlen fischte die Geschenkschachtel aus *gtst* Spinnweb-Gewändern, hob behutsam den Deckel und enthüllte den kleinen Gegenstand, den Hilfy von Anuurn mitgebracht hatte – von Haorai, einen gemeißelten Alabaster-Kasten und darin eine einzige gemeißelte *Ua*-Steinkugel. Und in dieser – eine weitere Kugel und noch eine und noch eine.

No'shto-shti-stlen öffnete sie, und *gtst* Federbusch senkte und hob sich.

»Auch eine Art *oji*. Die Kugel und der Kasten sind seit hundertdreiundsechzig Jahren von Hand zu Hand weitergegeben worden, seit sie den Künstler verließen, von Tausa, in Haor, in Sfauras östlichem Stamm, auf Anuurn. Es liegt ein Kärtchen dabei, auf dem die Herkunft verzeichnet ist, falls Euer Exzellenz sich dafür interessieren.«

»Außergewöhnlich!«

»Jeder Stein ist ein Unikat. Man verschenkt ihn bei zeremoniellen Gelegenheiten. Dieser kam in die Hände von Chanur und so in die meinen als Clan-Oberhaupt – ein Sfaura-Clan-Gegenstand, wie das Muster zeigt. Luran Sfaura ließ ihn zur Feier ihres fünfzehnten Geburtstages anfertigen, und bei ihrem Hinscheiden ging

er an ihre Tochter über und so weiter bis zum Ende dieser Linie in Haor, dann an den westlichen Stamm Sfauras als Teil der ungesicherten Geschenke – die Erklärung steht auf der Karte -, die zwischen Sfaura und seinen Unterabteilungen bei Hochzeiten hin- und hergegangen sind, oh, hundert Jahre, bevor er zu mir kam, als Geburtstagsgeschenk von meinem zukünftigen Gatten.« Der Stein war weiß, und er hatte eine Geschichte, die sie in blumigen und dramatischen Einzelheiten aufgeschrieben hatte. Er hatte zuletzt ihrem verstorbenen Mann gehört, und solche historischen Gegenstände beeindruckten die Stsho.

No'shto-shti-stlen war offensichtlich erfreut. *Gtst* verbeugte sich viele Male da, wo *gtst* saß. Hilfy fühlte sich verpflichtet, sich ebenfalls zu verbeugen.

Notwendigerweise kam es zu einer weiteren Runde Tee, wonach sie sich zum zweitenmal verabschiedete und mit den kifischen Wachen ins Foyer hinausging und den Aufzug zu den Docks hinunter nahm.

Sie war recht zufrieden mit sich selbst, um die Wahrheit zu sagen. Mit diesem Geschenk hatte sie Punkte gesammelt. Sie kannte die Stsho auf eine Weise, die den meisten Hani fremd war. Der Direktor hatte ihr mit den Teekisten etwas gegeben, das sowohl Geldwert als auch zeremoniellen Wert hatte. Sie jedoch hatte *gtst* etwas gegeben, das zeremoniellen und persönlichen und *historischen* Wert besaß – na also, dachte sie und trat auf die Docks hinaus. Na also. Vergiß mich nicht, Stsho, vergiß mich und meine Crew nicht.

Sie war in so guter Stimmung, daß sie sich entschloß, kein öffentliches Verkehrsmittel zu benutzen. Sehr weit war es nicht bis zum Liegeplatz der *Legat.* Sie war immer noch in guter Stimmung, als sie sich ihren Weg durch das Durcheinander von Verladern und Lastwagen zum Personeneingang der *Legat* bahnte. Sie stieg die Rampe in die gelbe, unsichere Röhre mit ihrem Rauhreif-Überzug hinauf, und sie betrat die un-

teren Decks und den Operationsabschnitt der *Legat* nach dem, was sie hatte tun müssen, in überaus glücklicher Stimmung. Wenigstens war sie jetzt sicher, daß es funktionieren würde.

Dann steckte sie den Kopf in den Ops-Raum und sah Hallan Meras.

»Hölle, was macht der denn hier?«

»Käpt'n«, sagte Meras und stand sofort auf.

»Er macht es tatsächlich nicht schlecht«, erklärte Tiar, und Chihin, die an der Nummer-zwei-Konsole saß, sagte: »Die Erlaubnis der Kapitänin vorausgesetzt.«

»Bring ihn in sein Quartier zurück!«

»Aye«, antwortete Tiar. »Aber er ist lizensierter Raumfahrer. Und wir sind knapp an Personal.«

Hilfy war Vernunft jetzt nicht zugänglich. Es waren immer noch Katastrophen möglich. »Er ist doch nicht etwa draußen auf den Docks gewesen?«

»Nein, Käpt'n«, versicherte Hallan sehr respektvoll.

Was sie zu dem Bösewicht des Falles machte.

»Götterverdammt, er gehört nicht zur Crew! Er kehrt in seine Kabine zurück!«

»Aye«, sagte Tiar. »Aber er ist uns eine Hilfe, Käpt'n.«

»Nicht im Augenblick!« Götter, vermutlich würden gleich Boten von draußen hereinkommen. Hallan Meras brauchte ihnen nicht vor die Füße zu laufen. Auch nicht mit diesem seelenvollen Blick in den Augen.

»Käpt'n«, sagte er.

»Tituliere mich nicht mit ›Käpt'n‹! Du bist auf diesem Schiff Passagier. Chihin, bring ihn dahin, wo er hingehört.«

»Ich ...«, wandte er trotzdem ein.

»Der Junge hat seine Sache gut gemacht«, murmelte Tiar, während Chihin ihn beim Arm faßte und aus der Tür zog. »Es war kein guter Tag für ihn, Käpt'n, sei friedlich.«

»Es war kein guter Tag für ihn? Wir reisen mit der ersten Ladung ab, die sich uns bietet. Alle anderen Möglichkeiten können wir vergessen. Die Liegeplätze sind voll von Kif. Schnüffelnde Polizei. Ich will, daß das götterverdammte Dock da draußen leergeräumt wird, ich will, daß der Treibstoff gebunkert wird – wir bekommen heute abend noch drei Ladungen herein, und wir werden die ganze Wache durcharbeiten müssen!« Hilfy ging zur Tür, die Nerven zum Zerreißen gespannt. »Die Nav-Kalkulation werde ich übernehmen, ich will sie doppelt und dreifach nachgeprüft haben – wir sind in Eile, falls ihr das noch nicht bemerkt habt. Wir haben keine Zeit für Einkaufsbummel und Mahendo'sat mit Angeboten und hereingeschneiten Jungen, die, ehe wir wissen, was geschieht, Sahern unsere Schiffskapazität melden. Haltet ihn, zur Hölle, von den Stationen fern!«

»Er will nicht zu Sahern zurückkehren.«

Hilfy drehte sich um, die Hand auf dem Türrahmen, fand sich inmitten von jemandes ihr vollständig fremden Geschäften wieder, die möglicherweise ihren eigenen entgegengesetzt waren. »Sagt er. Triff mit ihm keine Vereinbarungen, Cousine! Du weißt nicht, was er angestellt hat, du weißt nicht einmal, ob es nicht ein Fehler war, ihn mitzunehmen. ›Nehmen Sie diesen armen verlorenen Jungen mit‹, das hat der Stsho in dem gleichen götterverdammten Gespräch gesagt, als er mit mir über seinen Auftrag sprach – und ich weiß *nicht,* ob es zwischen den beiden Angelegenheiten einen Zusammenhang gibt und wenn ja, welchen, ich weiß nicht, warum der Stsho diesen Auftrag nicht Sahern erteilt hat, es sei denn, der Junge war dabei, den Stationsmarkt zusammenzuschlagen. Ich weiß nicht, welche Verbindung das mit irgend etwas hat, und vielleicht hat es gar keine, aber die Götter sollen es verdammen! Wir wollen die Sache nicht komplizieren. Wir fahren nach Urtur, er verläßt das Schiff, er wartet, ganz

wie es ihm beliebt, auf sein Schiff, auf ein anderes Schiff, einen vorbeikommenden Knnn-Händler, mir soll es gleich sein, aber es ist nicht notwendig, daß wir die Fehde mit Sahern aktivieren, und das *werden* wir tun, wenn wir ihn behalten …«

»Wovon soll er leben?«

Soweit hatte sie nicht gedacht.

Tiar fragte: »Was soll er machen? Urtur wird keinen männlichen Hani an Bord lassen. Übergeben wir ihn der Polizei, damit die ihn festhält, bis sein Schiff dort ankommt? Dann ist er nicht besser dran als vorher.«

Auch *das* hatte sie in ihrer Konzentration auf den Vertrag nicht überlegt. »Ohne Anschuldigung kann ihn die Polizei nicht festhalten.«

»Sie wird eine finden.«

»Hölle. – Es wird ein Hani-Schiff dort sein. Es ist immer eins dort … Macht ihm keine Versprechungen, laßt ihn nicht in die Nähe unserer Schalttafeln, kompliziert unser Leben nicht, hört ihr? Er wird dieses Schiff verlassen!«

»Aye«, sagte Tiar, was weiter nichts bedeutete, als daß Tiar sie gehört hatte.

»Ich muß die Tür abschließen.« Tarras sah ihn um Entschuldigung bittend an, und das war schon einmal besser als das Verfahren am Morgen. So hielt es Hallan sich vor, und er hielt sich außerdem vor, daß Höflichkeit ein Muß war.

Auch wenn er vor Wut zitterte. Er hielt die Ohren aufgerichtet und murmelte ein »Danke«.

»Wir haben viel zu tun«, sagte Tarras. Sie war eine ziemlich kleine Hani, deren wellige Mähne östliches Blut verriet, wenn man selbst von westlich der Aon-Berge stammte. Tarras hatte ein eingekerbtes Ohr und eine Menge Ringe, die eine Menge große Reisen bedeuteten. Man bekam sie nur, wenn man bei einer Fahrt den Hals riskiert hatte. Das hieß, ungeachtet ihrer ge-

ringen Körpergröße war Tarras eine Person, die man respektieren mußte. »Käpt'n explodiert im Augenblick leicht. Wir werden es später mit ihr in Ordnung bringen.«

»Dafür bin ich dankbar.« Er versuchte, sein Zittern zu beherrschen und vor allem, Tarras nicht merken zu lassen, daß er zitterte. Frauen durften gereizt sein. Wenn er es war, war er unzuverlässig und stellte für jede Person seiner Umgebung eine Gefahr dar. »Ich bin nicht Sahern. Ich bin nicht mit Sahern verwandt. Nicht einmal durch Heirat.«

»Darauf kommt es nicht an. Die Kapitänin hat dich an Bord genommen. Das hätte sie auch getan, wenn du das Oberhaupt des Sahern-Clan wärest. Versuch nicht, gegen Sahern zu sprechen. Du wirst uns damit nicht beeindrucken.«

»Das habe ich nicht getan!« Götter, alles wurde verdreht. »Ich habe kein Wort gegen Sahern gesagt.«

Tarras sah ihn nur kurz an. Er hätte gern gewußt, ob sie ihm glaubte.

»Wie bist du festgenommen worden?« wollte Tarras wissen. »Die ungeschminkte Geschichte.«

Was mochte in dem Bericht stehen, den sie von den Kif bekommen hatten? »Ich hatte eine Schlägerei.«

»Das ist nichts Neues. Deswegen wird man nicht immer festgenommen. Um was ging es dabei?«

»Um mich. Daß ich dort war. In dieser Bar.«

Das hätte ihr genügen müssen. Vielleicht genügte es ihr auch. Er wollte keine weiteren Einzelheiten berichten und hoffte, sie werde nicht danach fragen. Er wollte sich nicht daran erinnern.

»Die Kapitänin hätte dich nie in einem ausländischen Gefängnis sitzengelassen«, sagte Tarras. »Sie ist manchmal ziemlich brüsk. Aber dich an Bord zu holen, war ihre Idee. Niemanden würde sie da sitzenlassen, wo du gewesen bist. Begreifst du das?«

Er hatte es schon begriffen. Er war nicht bereit,

schlecht von Hilfy Chanur zu denken. Da sie Chanur war, gestand sie ihm das Recht zu, hier zu sein. Chanur war der Clan, der sich für sein Recht, hier zu sein, einsetzte. Nur waren selbst unter den Chanur die Meinungen nicht alle gleich, die Veränderung hatte nicht jedes Gehirn verändert, und daran war er gewöhnt. Er hatte sich daran gewöhnen müssen. Wie die Dinge nun einmal lagen, hatte er keine bessere Wahl und keine Stelle, bei der er Berufung einlegen konnte.

Er sagte, solange Tarras noch da war, um zuzuhören: »Ich würde nie etwas gegen Chanur unternehmen. Niemals. Sag das der Kapitänin.«

Tarras sagte gar nichts, sie machte nur die Tür zu. Und verschloß sie.

Die Pumpen stampften und leiteten Wasser und andere Flüssigkeiten in die Speicher der *Legat.* Der Treibstoff wurde gebunkert. Tiar schob einen Becher unter Hilfys unbeweglich in der Luft schwebende Hand. Und erreichte die Finger, als es schon aussah, als habe sie eine Bewegung zuviel gemacht. Hilfy streckte eine Klaue aus, faßte den Henkel und zog den Becher in ihre müde Hand.

»Wir haben es geschafft.« Tarras ließ sich in einen Sessel fallen, einen Becher Gfi in der Hand. »Jedes göttergesegnete einzelne Baby.«

»Kurs ist berechnet«, ergänzte Tiar.

»Es muß der Kurs sein, mit dem wir es schaffen. Das Schiff abbezahlen und in die Gewinnspalte kommen.«

»Hat jemand dem Jungen diesmal etwas zu essen gegeben?«

»Fala kümmert sich darum.«

»Haben wir schon einen Starttermin, Käpt'n?«

»Erste Wache nach oben. Wir machen durch und schlafen auf Urtur.«

»Götter, das ist brutal.«

»Mahendo'sat schnüffeln herum, dieser Härtefall

taucht auf, und No'shto-shti-stlen möchte, daß er hier weggeschafft wird. Mir gefällt das nicht. Mir gefällt das überhaupt nicht, und ich wünschte, ich hätte mich nicht bereiterklärt, den Jungen an Bord zu nehmen.«

Tiar legte die Ohren an. »Glaubst du, daß er Bestandteil irgendeines Geschäfts von N'shto-shti-stlen ist?«

»Ich glaube, der alte Knabe weiß mehr darüber, warum er hier ist, als *gtst* sagt. Ich zweifele nicht daran, daß *gtst* ihn von seiner Station weg haben will: Die Stsho wollen keinen Ärger, und er bedeutet Ärger. Ich weiß nur nicht, für wen, das ist das Problem. Ich weiß nicht, was dahintersteckt.«

»Es ist ein zufälliges Zusammentreffen, Käpt'n.«

»Es ist weniger zufällig, wenn die Mahendo'sat auftauchen und Angebote machen. *Das* gefällt mir nicht. ›Sehen wir uns die Sache einmal an!‹ Dieser Bastard steht auf jemandes Lohnliste.«

»Nicht auf *Ker* Pyanfars Lohnliste.«

Ihr war der Gedanke tatsächlich schon gekommen. »Wenn er von ihr kommt, warum hat er es nicht gesagt?«

»Eine gute Frage«, meinte Tiar. »Ich glaube aber nicht, daß der Junge hineinverwickelt ist. Es ist nur zu verständlich.«

»Was? Ihn im Gefängnis zu lassen?«

»Es ist nur zu verständlich, daß er den Sahern-Clan nicht mag.«

»Das *sagt* er. Die Sahern sind *nicht* unsere Freundinnen. Andere Interessen sind nicht unsere Freunde, meiner Tante wegen, aus Gründen, die mit Entscheidungen zu tun haben, die sie getroffen hat, um Dinge zu bewirken, von denen wir keine Ahnung haben. Wir wissen nicht, wer sie hätte engagieren können, wir wissen nicht, wer ihn hätte engagieren können, wir wissen nicht, auf welcher Seite dieser Haisi steht, wir wissen nicht einmal, ob wir uns auf No'shto-shti-stlen verlas-

sen dürfen und was *gtst* vorhat. Die Neuigkeit gelangte nach Urtur, und dieser Haisi hatte eine Chance, herzukommen und uns eine Bestechung dafür anzubieten, daß er einen Blick auf den Gegenstand werfen dürfe. Warum hatte die Neuigkeit denn nicht die Zeit, zum Sahern-Clan zu gelangen? Hätte Sahern nicht etwas einfädeln können, das uns in Verlegenheit bringen wird? Ha?«

»Warum hat No'shto'shti-stlen dir den Jungen übergeben?«

»Weil Hani hier nicht mehr so häufig herkommen wie früher. Weil, sollte es sich um eine politische Sache handeln, No'shto-shti-stlen den Jungen auf eine Weise loswerden möchte, die ihn garantiert von jeder Verantwortung befreit. *Gtst* hätte ihn Tante Py aufhalsen können, *gtst* hätte ihn Sahern zurückgeben können, und da treffen wir ein, Pyanfars nächste Verwandte, und wir sind so geeignet, ihm den Jungen abzunehmen… Ich weiß nicht, ob das so ist, aber das Nachdenken darüber wird mich auf dieser Fahrt Schlaf kosten, es wird mir Unbehagen schaffen, bis er von unserem Deck und aus unserem Leben verschwunden ist, und ich *will nicht,* daß er losgelassen wird, um an unseren Schalttafeln Daten zu sammeln. Habt ihr verstanden?«

»Wenn ich dich richtig verstehe, glaubst du, Sahern habe ihn uns *untergeschoben?*«

»Ich halte das für eine Möglichkeit. Vielleicht, um eine unangenehme Situation zu schaffen, vielleicht steckt etwas anderes dahinter. Ich halte es für eine Möglichkeit, daß mehr hinter ihm steckt, als er uns zeigt…«

»Käpt'n, er ist noch ein Junge!«

»Ich finde es schrecklich, jemanden in ein Kif-Gefängnis zu sperren, das würde ich schrecklich finden, ganz gleich, um wen es sich handelt, und ich finde es schrecklich, daß die Sahern ihn bis zu diesem Abgrund auf der Rückseite des Universums geschleppt haben,

um ihn im Stich zu lassen, wo sie ihn doch, wenn sie ihn loswerden wollten, wenigstens auf Urtur hätten absetzen können. Für mich riecht das nach einer Kapitänin mit einem Götterkomplex, aber ich will nicht schwören, daß es so ist. Da sind all die anderen Möglichkeiten, von denen einige nicht erfreulich sind und nicht dazu angetan, einen ruhig schlafen zu lassen, aber auf diese Weise sehe ich es, auf diese Weise nenne ich es, und das ist die einzige Weise, die ich kenne, um dieses Schiff aus Schwierigkeiten herauszuhalten. Wir haben so schon genug Probleme, da wollen wir doch kein zusätzliches Risiko eingehen, oder?«

»Schwierigkeiten?« fragte Fala vom Eingang zu der kleinen Kombüse her.

»Keine Schwierigkeiten. Du hast doch diese Tür abgeschlossen?«

»Das habe ich. Ich sehe nur nicht ein, entschuldige, Käpt'n, warum er ...«

Hilfy stützte die Stirn auf die Hand.

»Das erzählen wir dir später«, sagte Tarras.

»Wir sind beim Countdown.« Hilfy hob den Kopf wieder und richtete den Blick auf die Uhr. »Die Ladearbeiten müssen um 2300 beendet sein. Götter, ich will weg aus diesem Hafen.«

»Haben wir ein Problem?« fragte Fala.

Es war, als seien Würfel gefallen. »Ich möchte einen Instrumenten-Scan.«

»Was?« fragte Tiar.

»Ich möchte eine komplette Datenausgabe, einen Kamera-Scan der Hülle, ich will wissen, ob sich uns während unseres Aufenthalts hier irgendwelche Boote genähert haben.«

Feierliches Starren von mehreren Augenpaaren.

»Geht irgend etwas vor?« fragte Fala.

Das Ergebnis des Kamera-Scans war negativ. Nichts hatte sich ihrer Hülle genähert. Stationsboote kamen

und gingen immer; sie führten externe Inspektionen durch, fingen Gegenstände ein, die gelegentlich den Wartungssystemen eines Schiffes entkamen und von denen niemand wollte, daß sie in die eigene Hülle knallten oder mit dem Schiff auf eine tödliche Geschwindigkeit beschleunigt wurden. Das Problem war, solche Boote waren berechtigt, sich hinten bei den Ventilatoren und Maschinen und oben bei den Schleusen aufzuhalten, und wenn ein Schiff einen triftigen Grund hatte, sich Sorgen zu machen, aber keine Kameras, die beweisen konnten, wo diese kleinen Schlepper Zugang hatten, bekam das Schiff einen noch viel triftigeren Grund, sich Sorgen zu machen.

Aber Hilfy war schon längst auf den Gedanken gekommen, daß es eine gute Idee war, wenn sie, die Nichte der Persönlichkeit, die *Legat* mit Kamera-Gehäusen ausstattete, und daß Bewegungssensoren und Berührungsalarme unerläßlich waren. *Darüber* brauchten sie sich also keine Sorgen zu machen – jedenfalls solange nicht, wie sie die Geräte klugerweise auch benutzten.

Natürlich war es nicht möglich, alles zu überwachen. Doch sie waren sicher, daß es Wasser war, was in ihre Wasserleitungen floß, und daß dieses Wasser auf dem Treffpunkt aus Eis geschmolzen worden war. Die Sensoren oberhalb des Ventils bewiesen es, denn anderenfalls hätte das Ventil sich geschlossen. Als Pyanfars Nichte und Crew-Mitglied der *Stolz* war Hilfy in Häfen gewesen, wo man guten Grund hatte, sich über die Leitungen Gedanken zu machen. Absolute Sicherheit war die Kosten wert.

Aber wenn man alle High-Tech-Mittel zur Verhütung von Sabotage erschöpft hatte, mußte man sich unglücklicherweise immer noch Sorgen wegen der Low-Tech-Mittel machen, die einem Feind zur Verfügung standen. Gewisse Probleme ließen sich lösen, indem man alle Vorräte an Bord trug und in bestimmten Häfen

weder Treibstoff noch Wasser aufnahm. Nur verursachte das Mitführen von zusätzlicher Masse Kosten, und bei der herrschenden scharfen Konkurrenz mußten die Kosten niedrig gehalten werden.

Und selbst wenn man all das tat und wenn man die Kosten trug, um so unabhängig wie möglich zu sein, war man immer noch verwundbar durch die eigene Fracht und den legalen Anspruch des eigenen Schiffes, einen Hafen zu benutzen, und das Recht der Station, einem den Aufenthalt dort zu berechnen, und wenn das geregelt war, die Verpflichtung der Bank, den Anspruch anderer Banken an die Mittel zu genügen, die man auf diesem überaus wichtigen Konto hatte, zu dem angeblich die Bank allein Zugriff hatte.

Aber auch bei Banken waren die Zugriffe nicht sicher geschützt, wo Stsho im Spiel waren, weil die Stsho im ganzen Raum des Paktes das Bankensystem aufgebaut hatten: Stsho-Technologie, Stsho-Verfahren, Stsho-Regeln für die Buchhaltung und die Überweisungen und Lastschriften.

Hilfy Chanur zog eine alte Hani-Tradition vor: Bargeld... und Fracht, und von ersterem so wenig wie möglich, weil es in dem Monat, den man im Transit war, keine Zinsen trug, aber die Waren nahmen während dieses Transits an Wert zu, einfach indem sie sich dem Ziel näherten, auf dem sie am knappsten waren.

Was einen verwundbar durch Piraterie ließ, doch das war man immer, und wenigstens hielt man die Antwort darauf in den eigenen Händen, und sie hing von der Güte der Waffen ab, die man besaß, und von dem Geschick, mit dem man sie benutzte.

Die Schlauchverbindung löste sich klirrend, und nun hatte Hilfy über ein Problem weniger nachzudenken. Die *Legat* funktionierte mit eigener Energie, die Fracht war in der Ladebucht, und das Geld von der Stationsbank war unterwegs... durch Boten, hatte die Bank

versichert, denn auch die Bank traute keinem Außenseiter und verlangte eine Unterschrift *an* der Schleuse der *Legat durch* die Kapitänin der *Legat* als Bestätigung, daß das Geld übergeben worden war, alle ausstehenden Schulden bezahlt waren und die Bank die juristische Absolution hatte, was Ansprüche gegen den Chanur-Clan betraf.

Und gleichzeitig beförderten sie die Fracht, das *oji*, No'shto-shti-stlens kostbares Objekt zusammen mit den Mitteln. Logisch.

Deshalb war es jetzt an der Zeit, sich zur Schleuse hinunterzubegeben und präsentabel auszusehen.

Hilfy staubte ihre Kniebundhose ab, fuhr sich mit den Klauen durch die Mähne, damit kein Haar in die Höhe stand, und wischte sich mit angefeuchteten Fingern über den Schnurrbart und den (verfluchterweise) jugendlichen Bart. Der Eindruck zählte, vor allem bei einer Bank, die man eines dunklen Tages brauchen mochte. Die Knie waren sauber, der Gürtel saß gerade. Hilfy nahm Tarras und Tiar als Begleitung mit und zupfte in der Schleuse immer noch an ihrem Bart herum. Ein Schwall kühler Luft von dem Temperaturgefälle rauschte die Rampe hoch und blies in ihren Pelz und ließ den Stoff ihrer Seidenhose flattern.

Gerade wollte ein kifischer Wachposten den Rufknopf draußen drücken, innerhalb der Röhre, einen Schritt vom Deck der *Legat* entfernt. Hilfy fauchte nicht, reagierte nicht auf die Anwesenheit des Kif. Sie nahm nur vage zur Kenntnis, daß er sich bei ihrem Erscheinen respektvoll verbeugte. Doch sie konzentrierte sich auf den Stsho, der sich in der rauhreifbedeckten Röhre näherte, und ignorierte die Wachen in ihren dunklen Gewändern... Schick waren sie, die Stsho, die Gruppe von der Bank, mit der Tafel, deren Natur sie auf den ersten Blick erkannte, und die Gruppe mit den Schachteln und Kästen. Vielleicht –

nein, ganz bestimmt – war in einem der Behälter das kostbare Objekt. Es ließ sich kaum ein Umriß erkennen, so extrem waren die Kleidungsstücke dieser Leute, ein Strömen von perlenfarbenen Spinnweben, von weißen Wedeln und Federn. Hilfy verbeugte sich, sie verbeugten sich, ihre Crewfrauen verbeugten sich, alle verbeugten sich noch einmal, sogar die Kif. Es war im höchsten Maße lächerlich.

»Natürlich würde das Wort der geschätzten Kapitänin genügen«, war der Banker gezwungen zu sagen – auf Pidgin.

»Wir können nur bedauern, daß Euer Gnaden nicht genügend Zeit hatte, um den Tee zu nehmen«, antwortete Hilfy, *nicht* auf Pidgin. Betonte Augenbrauen schossen in die Höhe, und der wortführende Stsho drückte die unterzeichnete Tafel an *gtst* Herz oder die ungefähre Stelle innerhalb *gtst* Roben.

»Euer höchstgeschätzte Gnaden wird wegen des Zeitdruckes, der unglücklicherweise durch unsere Eile hervorgerufen wird, unzureichend entschädigt. Bei einer anderen Gelegenheit wäre es uns eine Ehre, das Angebot von Euer Gnaden anzunehmen.«

»Euer Gnaden hat uns mit überragender Höflichkeit beeindruckt.«

»Erlauben Sie uns jedoch, Ihnen den ehrenwerten Tlisi-Tlas-Tin, den hochgeschätzten Mitarbeiter *Gtst* Exzellenz No'shto-shti-stlens vorzustellen. Die Exzellenz hat uns eine außerordentliche Ehre mit dem Auftrag erwiesen, *gtst* Mitarbeiter und die Kostbarkeit, die diesem Schiff anvertraut werden soll, hierher zu geleiten und Ihren höchst fähigen Händen zu übergeben. Wir sind über die Maßen befriedigt von Euer Gnaden ausgezeichnetem Charakter und bemerkenswerter Eleganz.«

Der Anführer der zweiten Stsho-Gruppe flatterte über die Schwelle in die Schleuse, einen geschnitzten Kasten an *gtst* Herz gedrückt. Wie *gtst* den kleinen

Mund zusammenpreßte und sich dreimal immer erregter verbeugte, verriet, daß *gtst* Angst hatte.

»Wir sind so unaussprechlich erleichtert, höchstgeehrte Kapitänin, daß Sie die zivilisierte Sprache beherrschen. Wir sind jetzt weit weniger besorgt, Ihrem Schiff uns selbst und diese Kostbarkeit anzuvertrauen.«

»Was heißt ›uns selbst‹?« Für einen Augenblick verlor Hilfy alle Kenntnisse der stshoshi Sprache. Tiar und Tarras hatten bis jetzt noch kein Wort verstanden. Nur das. Sie fragte auf stsho: »Würde Euer Gnaden mir näher erklären, was es mit der Anwesenheit Ihrer erhabenen Person auf meinem Schiff für eine Bewandtnis hat?«

Eine weitere Verbeugung. »Ich komme natürlich als *Gtst* Exzellenz höchst geehrter Vertreter, als Wächter der Kostbarkeit, die fremde Hände nicht berühren dürfen.« Ein sehnsüchtiger Knicks. »Ich hoffe doch, die Exzellenz hat die zweifellos bedeutungslose Angelegenheit dieser absoluten Notwendigkeit nicht zu erwähnen vergessen und es sind Vorkehrungen für meine Unterbringung und meine Mahlzeiten getroffen worden, bei denen Geschmack und Würde berücksichtigt wurden, damit ich in meinem Status als Botschafter der Exzellenz nicht beleidigt werde.«

Möglich, daß sie sich ihre Überraschung anmerken ließ. Ganz bestimmt erfuhr ihr Sehvermögen diese tunnelartige Verengung, die ihre Vorfahrinnen bei der Jagd benutzt hatten, und im gleichen Augenblick zogen sich die Stsho-Beamten und die Eskorte eine genau gleiche Zahl von Schritten zurück – während im grauen Rand ihres Blickfeldes die Kif nach den Waffen faßten. Als Folge davon faßten auch Tiar und Tarras nach den Waffen.

Aber sie lächelte, indem sie auf Hani-Art den Mund schürzte, um die Zähne nicht zu zeigen. Sie legte die Ohren nicht an, und sie fuhr die Klauen nicht aus. Glücklicherweise eröffneten weder ihre Begleiterinnen

noch die Kif das Feuer. Sie sagte liebenswürdig, weil sie den Vertrag hatte und ihre Ladebucht voll war mit Waren, die sie von dem daran verdienten Geld gekauft hatten: »Ein wie außerordentliches Vertrauen die Exzellenz in unsere Fähigkeit setzt, uns an ungewöhnliche Situationen anzupassen. Wieviel Gepäck haben Sie?«

4. Kapitel

Vor vielleicht einer Stunde hatte Tiar über den Kom heruntergerufen, sie würden bald abkoppeln, und seitdem gab es nebenan ein erstaunliches Kommen und Gehen. Hallan legte das Ohr an die Wand und wich zurück, als jemand zu hämmern und zu klopfen begann. Es klang, als reiße man die Wandbekleidung ab und nehme vielleicht die ganze Kabine auseinander.

Das war eine merkwürdige Arbeit auf einem Schiff, bei dem der Countdown für das Ablegen schon lief. Langsam fragte Hallan sich, ob irgendeine Fehlfunktion vorliege. Vielleicht befand sich der Zugang zu den Leitungen oder etwas Kritischerem dort.

Aber es war gewiß ein seltsamer Ort, um dort einen Zugang anzulegen.

Sollte eine Leitung lecken? Ein Rohr nachgegeben haben?

Der Lärm dauerte sehr lange an. Er hörte, daß Ausrüstung hineingetragen wurde, hörte Klopfen und Poltern und Hämmern und Zischen. Er lauschte von neuem, dachte, vielleicht sei das ganze Abteil geflutet worden. Vielleicht …

Seine Tür öffnete sich. Tiar Chanur, sehr staubig, in einem Schutzanzug gegen Verseuchung, steckte den Kopf um die Ecke und schlug die Kapuze zurück. »Junge?« Der Rest von Tiar kam herein und verstreute weißen Staub auf dem Fußboden. Hallan hatte das Ohr an der Wand und fand keine glaubwürdige Entschuldigung dafür, daß er in der Ecke stand.

»Die Kapitänin läßt grüßen, und wir hätten einen

sehr wichtigen Passagier nebenan. Ich soll dir einschärfen, vorsichtig zu sein.«

Hallan steckte die Hände in die Taschen. »Ich verstehe.« Er war daran gewöhnt, daß Fremde sich vor ihm fürchteten. Jeder Fremde, dem er begegnet war, hatte sich vor ihm gefürchtet.

»Wir sind ein bißchen knapp mit dem Platz«, sagte Tiar. »Deshalb würden wir dich gern verlegen. Nur ist es da nicht ganz so bequem. Aber es hat Installation.«

»Geht in Ordnung.« Hallan wollte gefällig sein. Im Grunde kam es auch gar nicht darauf an. Es würde schön sein, einmal andere vier Wände anstarren zu können.

»Die Kabine ist – sehr klein«, warnte ihn Tiar.

»Schon gut. – Es gibt hier nichts zu tun. Es gibt nichts zum Ansehen. Ich hätte wirklich gern ein paar Bücher oder so etwas.«

»Wir können dir Bücher besorgen«, versprach Tiar. »Ich – nehme nicht an, daß du packen mußt.«

»Genau. Bis auf den Kasten.«

»Die Kleider sind da. Wir haben sie. Wir haben nur noch keine Zeit gehabt ...«

»Das geht in Ordnung.« Alles ging in Ordnung, wenn es sie glücklich machte. Und wenn es der Kapitänin bewies, daß er sich fügte und wußte, wie man Befehle entgegennimmt.

»Möchtest du mit mir kommen? Der erste Anstrich muß trocknen. Ich habe Zeit, dich hinzubringen.«

»Danke«, sagte er und ging und holte den Kasten, den sie ihm geschenkt hatte. Als er im Korridor ankam, hatte Tiar den Schutzanzug abgelegt. Immer noch wurde hinter der geschlossenen Tür der Kabine nebenan mächtig geklopft und geklappert.

»Ein Stsho-Passagier«, teilte Tiar ihm mit. »Wichtiges Geschäft. Wir müssen die Farbe ändern, eine andere Schlafgelegenheit einbauen ...«

Das mußte unbedingt ein wichtiger Passagier sein.

Hallan folgte Tiar an diesem Abschnitt vorbei, in den unteren Hauptkorridor und zu einer Tür dort, die Tiar öffnete.

Er hatte ehrlich mehr von einer Kabine erwartet. Zumindest eine Koje. Aber mehr zu sehen gab es tatsächlich. Und eine Luftmatratze, die man von der hinteren Wand herabklappen konnte. Ansonsten war es eine Art von – Waschraum, vermutete er. Oder Bad. Installation gab es. Das war so ungefähr alles. Nackte Leitungen. Wasserrohre. Was auch immer.

»Götter«, sagte Tiar und zog seine Schultern nach unten. »Paß auf deinen Kopf auf.«

»Das geht in Ordnung.« Er war es gewöhnt, auf Schiffen, die für Frauen gebaut waren, groß zu sein.

»Es sind Decken da.« Tiar öffnete den Wandschrank, und ob da welche waren! Es mußte der gesamte Vorrat des Schiffes sein. »Ich bringe dir ein Lesegerät und ein paar Bänder. Götter, was tut mir das alles leid.«

»Das geht in Ordnung«, sagte er. »Wirklich.«

Tiar stand da und sah ihn an, und schließlich schüttelte sie den Kopf. »Die Kapitänin hat eine Menge Probleme zu lösen. Das verstehst du nicht.«

»Ker Tiar, das verstehe ich sehr wohl.«

»Dann verstehe *ich* es nicht«, fauchte Tiar. Und ging und schloß ihn ein.

Die Luftmatratze war eins von diesen Dingern, die Luft abließen und die Winkel veränderten, je nachdem, entlang welcher Achse das Schiff sich bewegte, eine Vorsichtsmaßnahme für Notsituationen, die für alle Fälle in jedem Korridor angebracht sein mußte. Hallan zog sie parallel zum Deck, holte sich zwei Kissen als Rückenstütze und eine zum Zudecken, weil der Thermostat gerade eben erst wieder angestellt sein konnte und sein Atem gefror. Ungemütlich hatte er es eigentlich nicht, nachdem er sich die Decke über den Körper gezogen hatte. Hier gab es mehr zum Ansehen, all die Schränke und Rohre und so. Er konnte seine Gedanken

beschäftigt halten, indem er sich überlegte, wozu sie dienten. Vielleicht könnte er die Kabine schneller erwärmen, wenn er duschte, aber soviel würde es auch wieder nicht ausmachen, und er war sich nicht sicher, ob die Crewfrauen fertig damit waren, hier durchzulaufen. Also saß er da und versuchte, die Schrank-Etiketten von seinem Platz aus zu lesen. Das Klopfen hielt immer noch an, was bedeutete, daß sie einen Raum für den Stsho umbauten.

Ein Stsho würde nicht den geringsten Wert darauf legen, ihm zu begegnen. Niemand legte Wert darauf, wohin er auch kam. Der größte Schock war es für ihn nach dem Verlassen von Anuurns Atmosphäre gewesen, daß es DA DRAUSSEN genauso war wie zu Hause, daß, ganz gleich, was Pyanfar Chanur sagte, und ganz gleich, wie er sich tatsächlich verhielt, die Leute sich nicht die Zeit nahmen, herauszufinden, ob er ihrem Vorurteil tatsächlich entsprach, sie hatten einfach Angst. Nicht einmal Hilfy Chanur wußte, was sie mit ihm anfangen sollte. Er war nur froh, daß, wie Ker Tiar gesagt hatte, allerhand vor sich ging, was der Kapitänin gar keine Zeit ließ, über seinen Fall nachzudenken. Das war nur logisch. Das konnte er verstehen. Wirklich. Es war bloß so wichtig für ihn, und er redete sich gut zu, Hilfy Chanur werde ihn letzten Endes nicht beiseitefegen, ohne ihn anzuhören. Er mußte einfach geduldig und still sein und damit beweisen, daß er im Recht war. Wenn er geduldig und still war, würden sie es bemerken. Wenn er kooperierte, würden sie es zu schätzen wissen. Ker Tiar hatte es bemerkt.

Aber er wartete und wartete, und das Klopfen ging weiter, und immerzu wurden Gegenstände den Korridor hinuntergetragen, und Tiar brachte die Bücher nicht. Sie brachte ihm nicht einmal Mittagessen. An diesem Punkt wäre es leicht gewesen, sich selbst leid zu tun, doch auch damit konnte er keine Punkte sammeln.

Sei einfach geduldig, wenn du möchtest, daß Leute dich bemerken. Das hatte seine Mutter ihm ständig gepredigt.

(Aber seine Schwestern, die nicht geduldig waren, bemerkte sie immer. Sie gab seinen Schwestern immer, was sie wollten. Was nur natürlich war, nahm er an. Töchter bleiben bei dem Clan, und Söhne gehen fort und kommen nicht zurück, es sei denn, sie wollen den Lord des Clans angreifen oder etwas stehlen. Deshalb war das ›Sei geduldig‹ ein guter Rat, denn er hatte seinen Vater nicht angegriffen, und er war nicht zurückgekommen, um Vieh zu stehlen. Seine Schwestern hatten soviel von ihm gehalten, daß sie ihn überredet hatten, den Planeten mit einem Shuttle zu verlassen, und das war der Anfang zu allem Hoffnungsvollen in seinem Leben gewesen. Er wünschte sich nur, mit Geduld in dem Universum draußen bessere Ergebnisse zu erzielen. Weil ihn niemand eine andere Lebensweise gelehrt hatte. Nur, wie man verrückt vor Wut war. Oder geduldig.)

Der Stsho-Adjutant setzte einen satinbeschuhten Fuß in den frisch getäfelten Raum und wischte mit langen Fingern über den Türrahmen. Es ging. *Gtst* wagte sich auf dem neu gelegten weißen Fußboden weiter vor, bis zu dem weißen Schüsselsessel, und versank darin.

Gtst Federbusch hob und senkte sich mehrere Male ängstlich und verharrte auf halber Höhe. *Gtst* blickte ringsum, beschrieb einen vollen Kreis und machte kleine flatternde Bewegungen mit *gtst* Händen.

»Angemessen«, stellte *gtst* in der Handelssprache fest. »Ich werde den Ehrenwerten informieren.«

Woraufhin *gtst* sich aus dem Raum zurückzog und mit *gtst* eigenem Stsho-Diener den Korridor hinaufschritt.

Die Crewfrauen sagten kein Wort. Die Ohren lagen flach. Aber sie hatten auch kein Wort über den Vertrag gesagt.

Hilfy Chanur ebenfalls nicht. Sie geleitete den Stsho hinaus und zu dem oberen Aufenthaltsraum, wo der ehrenwerte Tlisi-Tlas-tin saß, eine Tasse Tee nach der anderen trank und Fala, deren Ohren tapfer aufrecht standen, Befehle erteilte.

Die Stsho konferierten miteinander, informierten *Gtst* Gnaden, die Unterkunft sei angemessen, sie wagten es jetzt, den Ehrenwerten allein in Hani-Obhut zu lassen, und könnten *Gtst* Exzellenz No'shto-shti-stlen versichern, die Chanur ließen ihrem Pflegebefohlenen zumindest ein asketisches Maß an Fürsorge zuteil werden.

Woraufhin der ehrenwerte Tlisi-tlas-tin sich müde von einem Sessel, der für *gtst* dürre Beine schlecht paßte, erhob und mit wallenden Spinnweb-Gewändern verkündete, er sei bereit, sich mit der Kostbarkeit nach unten zu begeben.

Die Kostbarkeit reiste offensichtlich in diesem Kasten, der vorschriftsmäßige Zollsiegel trug und einfach als *oji* bezeichnet war. Es gab keinen Hinweis auf seine Form oder Art.

»Euer Gnaden«, sagte Hilfy mit einem Ausdruck, von dem sie hoffte, er sei so diplomatisch wie der Fala Anifys, »darf ich Euer Gnaden bitten, dieser Person, der *Gtst* Exzellenz Ihre Person anvertraut hat, einen Blick auf diesen so ungeheuer wertvollen Gegenstand…«

»Nein!« unterbrach Tlisi-tlas-tin sie. Was der unverblümteste Satz sein mochte, den Hilfy jemals von einem Stsho gehört hatte. *Gtst* ergriff den kleinen Kasten und wickelte ihn in die Spinnwebbahnen von *gtst* Roben. *Gtst* verpaßte ihnen allen gemeinsam einen brennenden Blick aus *gtst* Mondstein-Augen. »Die Kostbarkeit wird nicht zur Schau gestellt.«

Eine praktische *und* eine akademische Ausbildung in Diplomatie ermutigte Hilfy nicht, *gtst* bei *gtst* dürrer weißer Kehle zu packen. Die Tatsache, daß sie Pyanfars

Nichte war, hatte zwar die gegenteilige Wirkung, doch Hilfy tauchte aus dem Nebel der Wut wieder auf, und ihre Ohren standen immer noch aufrecht, und ihr Mund lächelte immer noch. »Bitte, verfügen Sie sich selbst und die Kostbarkeit in Ihre Kabine, bevor Ihnen irgendein Unfall zustößt. Meine Adjutantin wird Euer Gnaden in Ihr Quartier geleiten und Ihre Kollegen zur Luftschleuse bringen.«

Und danach die götterverdammte Tür von *gtst* Kabine verschließen, dachte sie. Die Crew war erschöpft. Sie hatten keine Mahendo'sat-Arbeiter anheuern wollen, die in das Schiff eindrangen, sich das Innere ansahen, sich Notizen über ihre Systeme machten. Und ganz bestimmt hatten sie keine Kif haben wollen. Und Stsho der Arbeiterklasse gab es außerhalb des Stsho-Raums nicht. Also blieb die Arbeit ihnen selbst überlassen – und sie hatten Blasen an den Händen und Staub von den Wandverkleidungen in den Nüstern, sie hatten abgebrochene Klauen und Löcher im Fell, ganz zu schweigen davon, daß der Kapitänin ein großes Brett auf den Knöchel gefallen war und das Fell mitgenommen hatte.

Die Kapitänin war deshalb nicht in guter Stimmung. Die Kapitänin war verschwitzt, und von Kopf bis Fuß tat ihr alles weh. Es war zwei Stunden später als der Zeitpunkt, zu dem sie hatten ablegen wollen, und sie gewahrten gegenüber den Treffpunkt-Docks ein geheimnisvolles Schweigen. Die Luken waren nach der Ankunft der Vorräte versiegelt worden, die Schläuche waren abgekoppelt, der Kom schwieg vollständig, ihr eigenes Kraftwerk versorgte sie, während sie ›technische Justierungen‹ vornahmen.

Tarras kam von unten herauf, sagte etwas darüber, die Dusche unten sei besetzt und sie müsse die oben benutzen, der arme benachteiligte liebe Junge. Hilfy sah sie finster an und dachte bei sich, es könne das Ende einer Familienfreundschaft sein, wenn Tarras in

diesem Augenblick den Mund über Unterklauseln aufreiße.

»Tu das«, sagte Hilfy liebenswürdig, und das war alles an Selbstherrschung, was sie noch übrig hatte. »Ich muß mich um einiges kümmern. Wir müssen unsere Hinfracht neu berechnen.«

Tarras verstand den Wink. »Brauchst du Hilfe?«

Hilfy ließ ihren Gedankengang ein zweites Mal durchlaufen. Dachte an Partikel, die durch die Filtersysteme schwebten. »Geh zuerst duschen. Das werden wir *alle* tun. Wir werden der Station in letzter Minute eine Nachricht zukommen lassen, daß wir ablegen.« Ein zufriedenstellender Gedanke. »Soll die Station doch das Zerhacken vornehmen. Das *oji* hat Vorrang. Oder vielleicht nicht?«

Das Klopfen und Hämmern hatte aufgehört. Die Schleuse hatte gearbeitet. Lange Zeit herrschte Ruhe. Hallan sagte sich, das Schiff werde sich zum Ablegen bereitmachen, aber die Leute neigten dazu, ihn zu vergessen. Deshalb entschied er, es sei eine gute Idee, für alle Fälle die Luftmatratze in Ordnung zu bringen und zwei Decken aus dem Vorratsschrank zu nehmen, weil es in seiner Kabine immer noch nicht richtig warm geworden war und auch, weil er etwas brauchen mochte, um es in die unerwarteten Stellen zu stopfen, wenn sie vielleicht sehr stark oder sehr lange beschleunigten. Matratzen wurden auch nicht für seine Größe hergestellt. Auch keine Sessel. Oder sonst irgend etwas auf einem Schiff.

Aber das Schiff startete noch lange nicht. Er kuschelte sich in seine Decken und versuchte zu berechnen, was er über den Treffpunkt wußte und auf welche Geschwindigkeit sie beschleunigen mußten, wenn sie mit voller Ladung starteten, nach Urtur, wie die Kapitänin gesagt hatte – ein Ziel, das die meisten Schiffe, soviel er wußte, nicht erreichen konnten, ohne zuerst Hoas an-

zusteuern, es sei denn, sie warfen ihre gesamte Fracht ab. Und sie hatten Fracht geladen, er hatte die Ladegeräte gehört, und er war sich verhältnismäßig sicher, daß sie Behälter ins Innere befördert hatten. Also mußte die *Legat* den Antrieb dafür besitzen, oder sie sahen sich einer Menge von Gefahren gegenüber – wieder, für immer im Hyperraum verlorenzugehen. Um die Wahrheit zu sagen, er hatte Angst, und ein bißchen hatte er den Verdacht, daß sich sogar Tiar auf seine Kosten lustig gemacht hatte.

Wenn es wirklich Urtur war, würden sie sich dem Stern weder schnell nähern noch ihm sehr nahekommen. Das lag an dem Staub. Urtur war ein furchtbar schmutziges System, der meiste Dreck kreiste in der Ekliptik, aber längst nicht aller …

Und es war zu schade, daß sie ihre eigene fluoreszierende Spur nicht sehen konnten. Sie ritten auf Licht. Sie badeten darin. Zu Hause hatte er ein Bild an der Wand gehabt, ein Foto von einem mahen Schiff, das sich Hoas näherte. Und er liebte es, sich das vorzustellen, jedesmal, wenn sein Schiff in ein System einflog. Aber man konnte es nicht selbst sehen. Er hatte sich danach erkundigt, und die Crewfrauen der *Sonne* hatten gemeint, das sei eine dumme Frage. Alle hatten zu tun, wenn man hereinkam, und sollte man überhaupt einmal etwas in der Art sehen, bedeutete das, daß man zu nahe dran war, und dann hatte man auf der Stelle erst recht zu tun.

Er selbst hatte viele Male einen Sprung mitgemacht, während der letzten zwei Jahre im Ops-Zentrum der *Aufgehenden Sonne.* Im Geist ging er alle Schritte durch, die Dru machen würde, wenn er im Ops-Zentrum wäre und Dru neben ihm säße. Dru hatte gesagt, sie wisse, was sie tue. Dru war diejenige, die ihm eine Lizenz besorgt hatte, damit sie auch einmal Pause machen und ihn an den Schalttafeln allein lassen könne, hatte sie gesagt – was zweifellos die Wahrheit war, aber sie hatte

auch gesagt, er verdiene eine Lizenz, und zu diesem Zugeständnis hatte er den Rest der Crew niemals bewegen können. Immerhin.

»Hallan?«

Das war Tiar, dachte er, am Interkom.

»Ja?«

»Ich checke nur. Geht es dir gut da unten?«

»Ja. Ausgezeichnet.«

»Götter in rosa Federn! Die Bücher!«

»Das ist schon in Ordnung.«

»Nein, ist es nicht. Paß auf. Wir werden gleich in die Sequenz gehen. Und dir geht es gut?«

»Bestimmt, Ker Tiar.«

Auf der *Sonne* wurden keine Wörter benutzt, wie Tiar sie ihm gegenüber benutzte. Er hatte nie gehört, daß jemand Wörter auf diese Weise zusammenfügte – und das von einem sehr alten, sehr auf Schicklichkeit bedachten Clan wie Chanur. Er verstand nicht, warum Tiar sich aufregte.

Aber Tiar schickte Fala vom Ops-Raum im Laufschritt den Korridor hinunter, damit sie ihm die Nährstoffe brachte, die er für den Sprung verzweifelt nötig brauchte, und dazu ein Buch, ein richtiges, lädiertes, eselsohriges Buch – mit den Handelsvereinbarungen des Paktes.

Er war richtig gerührt.

Die *Legat* gewann ihre Geschwindigkeit mit mäßiger Beschleunigung. Auf lange Sicht kostete das nicht mehr Energie als ein heftiger Schub – Geschwindigkeit war Geschwindigkeit, und man bezahlte dafür, bis man die Kapazität überschritt. Aber die *Legat* hatte einen Stsho an Bord, ein Wesen, das nicht mehr als 1,5 Ge aushielt, ohne sich seine zumeist hohlen Knochen zu brechen.

Was eine Versuchung sein mochte, aber sie hatten Tlisi-tlas-tin zusammen mit der ›Kostbarkeit‹, was das

auch sein mochte, in ihrer Obhut, und der Grund, warum No'shto-shti-stlen die Kostbarkeit nicht einem kifischen Schiff mitgegeben hatte, war zweifellos die wohlbekannte Gewohnheit der Kif, die Loyalität zu wechseln, wenn sie nicht bedroht und nicht beobachtet wurden und einen Vorteil darin sahen.

Das gleiche galt für die Mahendo'sat – wenn die Kostbarkeit in irgendeinem Sinne religiöser Natur war, mußte sie von mahen Händen ferngehalten werden: Die Mahendo'sat kannten dieses Spiel zu gut – und einige von ihnen waren verrückter als andere.

Das Methan-Volk? Wer konnte das wissen? Die Stsho wußten es vielleicht, denn sie hatten mit den Methan-Atmern mehr zu tun gehabt als alle anderen. Und wenn der ehrenwerte Tlisi-tlas-tin die Kostbarkeit begleiten und wenn er Sauerstoff atmen mußte, beantwortete das die Frage vielleicht auf sehr praktische Weise.

Damit blieben nur noch die Hani übrig – denn Stsho-Händler weigerten sich, mit ihren eigenen Schiffen weiter als bis Hoas zu reisen. Die dummen Hani. Die gutgläubigen Hani. Die Hani, die erst dann in den Raum gelangt waren, als die Mahendo'sat (ohne irgend jemandes Erlaubnis) auf Anuurn gelandet waren und ihre Entwicklung von hölzernen Erkundungsschiffen zu Sternenreisen vorangetrieben hatten.

Aus mahen Gründen natürlich, von denen einige vernünftig waren, andere aber nicht.

Hilfy kippte Schalter und überprüfte die in Betrieb befindlichen Stationen, hörte in ihrem rechten Ohr die dünne Stimme des Treffpunktes. Endlich war sie imstande zu erklären: »Wir bereiten den Sprung vor.« Dann öffnete sie Kanal 2 und sagte in der stshoshi Handelssprache: »Euer Gnaden, nehmen Sie bitte die Position für den Sprung ein. Sie haben doch sicher eine medizinische Ausrüstung dabei?«

Schweigen.

»Euer Gnaden, bitte teilen Sie uns mit, ob Sie getan haben, was wir verlangen müssen, um Sie selbst und die Kostbarkeit zu schützen.«

Zur Hölle mit dem Trottel!

»Ehrenwerte Kapitänin?«

»Sind Sie soweit, Ehrenwerter?«

»Wir sind bereit.«

»Vorsichtig, Käpt'n.« Das kam von Tiar, rechts neben ihr. »Mord steht nicht im Vertrag.«

»Sprich das Wort nicht aus.«

»He, dann wären wir beide los. Schieben wir doch die Kostbarkeit und *Gtst* Gnaden aus dem Schacht, und zur Hölle mit ihnen.«

»Nicht erlaubt. Unterklausel 3.«

»Hat man uns über diesen Tlisi-tlas-tin informiert, Käpt'n?«

»Nein.«

»Das habe ich mir gedacht.«

Tarras fragte: »Soll ich *gtst* nun aus der Schleuse werfen?«

»Negativ. Negativ. Unterklausel drei Punkt zwei. Kein Hinauswerfen der Kostbarkeit.«

»Was ist das Ding? Hast du eine Ahnung?«

»Nicht die geringste. Vielleicht ist es religiöser Natur oder so etwas. Wer weiß?«

»Da ist ein Blip«, meldete Tarras, die am Scanner saß. »Irgendwer hat von der Station abgelegt.«

»Die *Ha'domaren.*«

»Woher weißt du das?« fragte Tarras.

»Das ist doch leicht zu erraten. Ich möchte Angaben über jedes Schiff, das den Treffpunkt verlassen hat, seit wir dort gewesen sind.«

»Kein Problem. Habe sie schon. Willst du sie jetzt oder nach dem Sprung?«

»Sind kifische Schiffe dabei?«

»Zwei Kif, ein T'ca. Alle mit Ziel Hoas, in den letzten paar Tagen.«

»Das da wird Tempo vorlegen, darauf wette ich.«

»Wird es uns verfolgen?«

»Ich setze jeden Betrag, den ihr wollt, daß es ein maher Agent ist, der für eine götterverdammte Persönlichkeit arbeitet, die wir nicht kennen, und daß er eine leere Ladebucht hat. Bestimmt geht es um Politik. Bestimmt ist es einer von Pyanfars Rivalen …«

»Möglich«, räumte Tiar ein.

»Es wird so kommen«, sagte Hilfy. »Sie werden es versuchen. Es hat nie einen Mangel an Persönlichkeiten gegeben …«

»Wir nähern uns der Sprungmarke«, meldete Tiar.

»Gib unseren Passagieren Bescheid.«

»Verstanden«, sagte Fala vom unteren Deck.

Die Zahlen tickten herunter, alles war automatisiert, sie waren stärker automatisiert als die *Stolz*. Das war der Fortschritt. Und es hieß, daß deshalb mehr Dinge als früher schiefgehen konnten. Hilfy beobachtete immer noch die Linien und verglich die Zahlenangaben, die furchterregend großen Zahlen. Das hatte sie auf der *Stolz* gemacht, und die Hand ihrer Tante oder Haral Arauns hatte auf den Kontrollen gelegen. Heute war es Tiars Hand. Sie selbst war keine Pilotin und würde nie eine werden. Sie konnte es nur durchstehen.

»Es geht los. Ob unsere Massenberechnung richtig ist?«

Das Schiff fiel. Alles verschwamm.

… Man konnte im Sprung träumen.

… Manchmal wußte man sogar, daß man träumte, wenn es ein alter, ein oft geträumter Traum war.

Ein Traum von goldenem Haar und einem menschlichen Gesicht.

Es wartete dort. Er war immer da. Selbst wenn er sich auf einem Schiff fünfzig Lichtjahre entfernt befand. Hallo, sagte er meistens, auch wenn er immer weit weg war. Das war er, seit sie sich auf Anuurn getrennt hat-

ten. Offenbar hatte Pyanfar ein Wort mit ihm gesprochen. Hatte ihm die Folgen auseinandergesetzt. Ihre Bedingungen gestellt.

Hallo, Mädchen.

Aber sie war kein Mädchen mehr. Die Dinge hatten sich verändert. Sie war verheiratet gewesen. Und jetzt war sie verwitwet. Den Göttern sei Dank, daß es keine Nachkommen gab, die eine dauerhafte Verbindung zu Sfaura bedeutet hätten.

Gib No'shto-shti-stlen das götterverdammte Puzzle-Ei. Es soll *gtst* viel Glück bringen.

Inzwischen war ihr ein menschliches Gesicht, eine menschliche Präsenz, fern und schattenhaft, ein Trost bei ihren Reisen geworden.

Du mußt aufpassen, sagte Tully zu ihr. Er hatte, soviel sie wußte, die Hani-Sprache niemals so gut gelernt. Aber das war Jahre her.

Ich passe immer auf, sagte sie.

Du vertraust darauf, daß es mit diesem Geschäft seine Richtigkeit hat.

Reden wir nicht über Geschäfte. Sie wußte, was sie tun wollte. Genau das, worüber ihre Tante die Stirn gerunzelt hatte. Aber Tully entzog sich ihr. Er ging weg von ihr, hatte ihr den Rücken zugekehrt.

Und die Lichter trübten sich, und da draußen war ein Gitter – Ammoniakgestank und Natriumlicht.

Sie geriet in Panik. »Tully?« sagte sie, und er sah sie an, so verängstigt, wie sie war. Sie wollte nicht wieder hier sein. Diesen Teil mochte sie nicht.

Er kam und nahm sie in die Arme. Das hatte er damals getan. Er hielt sie fest, bis die Kif kamen, und dann ging er mit ihnen, weil sie sie bedrohten. Das alles geschah in einer Art Nebel, so wie die Stunden in diesem kifischen Käfig vergangen waren. Es gab Geräusche zu hören. Sie wehrte sich dagegen, sie zu hören. Jetzt konnte sie den Traum kontrollieren – das hatte sie gelernt, und sie sagte immer wieder und wie-

der: Tully, komm zurück. Tully, hör mir zu. Ich will mich daran nicht erinnern. Warum gehst du dahin? Ich will das nicht wiedersehen …

Komm zurück und sprich mit mir.

»Tully.«

Dann kam er zurück, nur ein Schatten. Und wollte nicht mit ihr sprechen.

»Er weiß es besser«, sagte Pyanfar aus dem Nichts und unaufgefordert. »Er konnte wählen, ob er gehen oder bleiben sollte. Er verstand. Du wolltest nicht verstehen. Du willst immer noch nicht verstehen.«

Doch, sie verstand. Das war das Problem. Sie liebte ihn genug, um sie beide unglücklich zu machen. Geh und bekomme Kinder, hatte Py gesagt. Den Göttern sei Dank, daß das nicht geklappt hatte. Und vielleicht hatte Korin nie eine Chance gehabt, vielleicht hatte er es auf seine männliche, verdrossene, streitsüchtige Art gespürt und sich unklugerweise darauf versteift, die häuslichen Angelegenheiten zu leiten. Vielleicht hatte das von dem Tag an, als er einzog, die Situation geschaffen. Vielleicht …

Vielleicht hatte das auf indirekte Weise alles andere ausgelöst, weil *sie* mit Gewalttätigkeit, mit Zorn, mit der Gewohnheit des Krieges und der unauslöschlichen Erinnerung an einen kifischen Käfig nach Hause gekommen war. Korin hätte sich diesen Ort nicht einmal vorstellen können. Er hatte Vermutungen geäußert, er hatte Behauptungen aufgestellt, er hatte zugeschlagen, damit sie ihm zuhörte …

Und es hätte sie nicht weniger interessieren können – was er dachte, was er wollte, wer er war. Das einzige, was sie wollte …

… waren Kif im Visier. Und ein toter Korin. Und Tully, zu ihren Bedingungen.

»Er ist nicht deine Antwort«, sagte Tante Pyanfar auf diese brutale, unumwundene Art, die sie an sich hatte, wenn sie im Recht war. »Sieh über deine götterver-

fluchten selbstsüchtigen Ideen hinaus, Nichte, und frage *ihn*, was du mit Recht von ihm verlangen kannst, und erzähl mir bloß nicht, das helfe dir, über ihn hinauszuwachsen.«

An jenem Tag hatte sie nach Py geschlagen. Das hatten nicht viele Leute getan und waren ungezeichnet davongekommen. Aber Py hatte sich nur geduckt und sie angesehen, so, wie sie es jetzt tat, die Hand gegen die Hauptschalttafel der *Stolz* gelegt.

»In der Zwischenzeit«, sagte Tante Py. »In der Zwischenzeit. Du hast den Befehl über ein Schiff.«

Das war es nicht, was Py gesagt hatte. Vielleicht organisierte ihr eigener Verstand die Dinge. Das Gehirn vollbrachte Seltsames im Sprung. Es träumte. Es arbeitete an Problemen. Zuweilen stritt es mit sich selbst oder mit Ideen, zu denen es sich hellwach nicht bekennen konnte.

Die meisten Leute vergaßen, was sie träumten. Es war ihr Fluch, daß sie sich erinnerte. Vor allem, dachte sie, erinnerte sie sich, weil sie sich wünschte, dort zu sein. Sie wünschte sich, wieder auf der *Stolz* zu sein, vor der Gefangenschaft bei den Kif, bevor irgend etwas passiert war.

»Es ist Zeit, zurückzukommen«, sagte Pyanfar.

* * *

– Der Alarm heulte. Wach, wach, wach!

Sie waren im Urtur-Raum, und der Alarm beschwerte sich, und das gelbe Warnlicht flackerte. Die Computer sahen Staub voraus.

»Schiff da draußen«, meldete Tarras, die am Scanner saß.

»Die *Ha'domaren?*«

»Der Größe und dem Vektor nach ist sie es.«

Hilfy langte nach dem Nährmittel-Päckchen, biß ein Loch hinein und trank das fürchterliche Zeug hin-

unter. Sie waren, so wie ihre Körper die Zeit zählten, Tage vom Treffpunkt entfernt. Auf den Treffpunkt-Docks, auf der Urtur-Station war es mehr als ein Monat. So, wie das Licht reiste, waren es Jahre. Und der Körper beschwerte sich über solchen Mißbrauch. Haare gingen einem aus, man verlor Kalzium, man dehydrierte, der Mund schmeckte nach Kupfer, und man wollte sich übergeben, vor allem, wenn die Nährflüssigkeit im Magen ankam, und etwa eine Viertelstunde später, wenn das Eisen in den Blutkreislauf eintrat. Aber man gewöhnte sich daran, und man lernte, das Zeug unten zu behalten, oder man gewöhnte sich nicht daran, und man blieb nicht lange Raumfahrerin.

»Bist du in Ordnung?« hörte sie unten Falas Stimme Meras fragen und seine muntere Antwort: *»Mir geht es gut.«*

Wie in der Hölle, dachte sie. Es wäre nicht fair, wenn es ihm gut ginge. Der Stsho würde langsam aus seiner Bewußtlosigkeit erwachen… Stsho und Menschen mußten vor einem Sprung Sedative nehmen, was diese vollkommen unterschiedlichen Gehirne auch gemeinsam haben mochten – obwohl Tully ohne Medikamente überleben konnte. Er hatte es beweisen müssen – einmal zumindest, und er war bei Verstand geblieben…

Müßiges Träumen, hatte Pyanfar das genannt und die Gewohnheit scharf verurteilt. Hilfy hatte die Hände nicht auf den Kontrollen. Sie war die Komtechnikerin und die Protokoll-Offizierin des Schiffes gewesen, und das hatte überhaupt nichts mit dem Befehl über das Schiff zu tun. Aber sie folgte den einzelnen Schritten, sie erkannte gefühlsmäßig, wann es soweit war, daß Tiar auf die dritte Beschleunigungsstufe übergehen mußte. Sie sprach den Befehl mit stummen Lippenbewegungen mit, spannte die Muskeln an, wenn Tiar ihn gab, und war es dann zufrieden.

Sie *konnte* es selbst tun. Dessen war sie sich einiger-

maßen sicher. Aber sie riskierte das Schiff nicht, und ganz bestimmt nicht bei diesem Sprung.

»Gute Arbeit«, sagte sie zu Tiar.

»Wir sind ein bißchen näher herangekommen, als ich es wollte.«

»Trotzdem«, sagte sie. Erstklassige Ausrüstung, erstklassige Navigatorin mit Chihin und erstklassige Pilotin mit Tiar. Die wenigsten Schiffe hätten die Strecke in einem einzigen Sprung zurückgelegt, wie sie es getan hatten. Die älteren Pilotinnen, die Navigatorinnen in Chihins Alter – sie hatten das in den Kriegsjahren gemacht, sie besaßen die Reflexe und die Systembewußtheit, die sie erkennen ließ, wo sie waren, wenn sie aus einem Sprung kamen.

Der gleichen Eigenschaften konnte sich offensichtlich die Crew der *Ha'domaren* rühmen. Das verriet einem einiges. Es verriet einem zumindest die Qualität dieser Crew und ihrer Ausrüstung, daß das Schiff keine Fracht beförderte und daß derjenige, der am Steuer saß, so etwas früher schon gemacht hatte.

Daß sie übersprungen worden waren, daß jemand sie tatsächlich im Hyperraum überholt und an ihnen vorbeigekommen war, das verriet, es gab einen Bastard, dem die Navigationsregeln gleichgültig waren und den das Staubrisiko im Urtur-System nicht kümmerte.

5. Kapitel

Urtur war ein kleinerer Hafen als der Treffpunkt, und er diente der Schwerindustrie. Sein Stern verschleierte sich in Dunkelheit und Staub, ein Stern mit einem Ring, mit Gasriesenplaneten, die den Schleier in Streifen aus Trauerflor und Gas und Eis zerteilten, mit bemannten und unbemannten Minenfahrzeugen, die die schmutzigen Wege in der Ekliptik befuhren, mit Raffinerien und Hüttenwerken und Werften an den Sammelpunkten.

Und die Hauptstation, unter Leitung der Mahendo'sat, widmete sich der Herstellung, dem Transport und der Unterhaltung der Minen – und Fabrikarbeiter. Du wolltest Kultur? Geh nach Idunspol. Du wolltest Religion? Suche das verbotene, gottverrückte Iji auf. Du wolltest Eisen und Schwermetalle, du wolltest Folien und Bleche und Wasserstoff, du wolltest einen tollen Abend und Kopfweh am Morgen? Urtur war der richtige Ort dafür.

Du sagtest, Chanur hier, und bei bestimmten Behörden spitzten sich Ohren und zuckten – es war Ironie des Schicksals, daß es hier noch gültige Haftbefehle nach mahem Recht gab, die noch nicht ganz vergessen sein konnten: Jede Situation unterliegt Veränderungen, und jeder Verwaltung konnte eine neue Macht folgen, die der ersten diametral entgegengewetzt war. Deshalb blieben die Anklagen in den Büchern, Sachen wie rücksichtslose Gefährdung, überhöhte Geschwindigkeit, nicht genehmigtes Abladen und Beschädigung öffentlichen Eigentums. Die *Stolz der Chanur* hatte ihre weniger populären Augenblicke gehabt.

Und angenommen, in den Anklagen kam auch der Name Hilfy Chanur, Crewfrau, vor. Aber sie schenkte dem nicht mehr Aufmerksamkeit als Tante Py, die heutzutage in der Haltung königlicher Vollmacht kam und ging, wie es ihr gefiel.

Hilfy befahl deshalb, die Systeme der *Legat* abzuschalten und Urtur die Schleuse zu öffnen. Sie vervollständigte die Formalitäten mit der Stationskontrolle, unterschrieb dies und unterschrieb das – informierte die Stationskontrolle von dem Vorhandensein ihres vollen Datenspeichers und daß sie ihn vom Treffpunkt mitgebracht hatte. Man machte ihr ein Angebot von 3000, und höher würde es nicht mehr werden, wenn man in Erwägung zog, daß dieser lumpenohrige Sohn eines mahen Verbrechers sie um acht Stunden geschlagen hatte.

Aber mit ihrem zerbrechlichen Passagier und *gtst* zerbrechlichem Objekt hätten sie diese Geschwindigkeit auf gar keinen Fall erreichen können.

»Damit kostet uns dieser Hurensohn Haisi fünftausend«, murmelte sie. »Vielleicht acht.«

»Schneller konnten wir es nicht schaffen«, meinte Tiar. »Besser, du nimmst an.«

»Ich schneide es mir aus seinem Fell heraus.« Sie signalisierte die Annahme und schaltete auf den Kanal um, der sie mit *Gtst* Gnaden Tlisi-tlas-tin verband. »Ehrenwerter, wir sind bereit, Kontakt mit Ihrem Adressaten auf Urtur aufzunehmen. Wir sind angekommen und stehen in Verbindung mit der Station. Es wird uns eine Ehre sein, die Exzellenz sofort von Ihrer Anwesenheit und Mission zu benachrichtigen.«

»Wir bestätigen. Wir sind in Vorbereitung. Wir hätten unsere Mahlzeit gern jetzt, wenn Euer Gnaden ihre Hilfskräfte instruieren möchte.«

»Das soll geschehen, Ehrenwerter. Halten Sie sich bereit.« Seufzend unterbrach sie die Verbindung.

»*Gtst* könnte seine Mahlzeit zu sich nehmen, wenn wir sie fertig haben«, murrte Tarras.

»*Gtst* Mission ist eine Strafe«, sagte Hilfy. »Sieh auch bei dem anderen Passager nach, wenn du schon einmal dabei bist. Vergewissere dich, daß er sich den Kopf nicht eingeschlagen hat.«

Sie waren seit Stunden auf den Beinen. Sie hatten ihr Mittagessen gehabt, aber der Stsho war zu erschöpft und zu krank gewesen, um, wie er selbst es ausdrückte, »den Magen mit ungewissen und fremdartigen Zubereitungen zu belasten«.

Hölle!

In der Zwischenzeit hatte Hilfy eine Botschaft aufgesetzt, in der sie bat, *Gtst* Exzellenz Atli-lyen-tlas möge sich mit ihr wegen einer dringenden Angelegenheit in Verbindung setzen.

An den höchst ausgezeichneten Atli-lyen-tlas, Botschafter Gtst *Exzellenz No'shto-shti-stlen. Die ehrenwerte Hilfy Chanur, Kapitänin des Hani-Schiffes* Chanurs Legat, *Oberhaupt des altehrwürdigen Chanur-Clans, schickt ihre respektvollen Grüße und gibt sich die Ehre, Euer Exzellenz zu benachrichtigen, daß sie eine Botschaft von außerordentlicher Wichtigkeit für Euer Exzellenz persönlich hat, die nur guten Einfluß auf das zukünftige Wirken und die Eleganz Eurer Exzellenz haben kann.*

Auf einen Knopfdruck hin ging die Nachricht hinaus. Die Antwort würde wahrscheinlich auf sich warten lassen. Der Computer war darauf eingestellt, eine Botschaft von *Gtst* Exzellenz in Empfang zu nehmen.

Inzwischen strömten die Botschaften herein. Vom Zoll. Darauf mußte sie antworten. Vom Transport. Darauf mußte sie antworten. Vom Stationsmeister. Darauf mußte sie antworten. Von Schiffen und Einzelpersonen, deren Namen ihr überhaupt nichts sagten. Alles, was den Namen Pyanfar Chanur erhielt, wurde automatisch einem zweiten Stapel zugewiesen. Andernfalls hätten ihre Operationen in der Sintflut ertrinken

können, und wichtige Maßnahmen wären aufgehalten worden.

Der Pyanfar-Stapel war auf 105 Botschaften angewachsen, und es kamen vier weitere dazu, während Hilfy ihn nach Bomben und bekannten Namen durchsah.

Irgendwer mußte diese Botschaften lesen. Nach denen vom Zoll. Nach denen vom Stationsmeister. Nach den Verhandlungen mit dem Frachtbüro und nach der Bekanntgabe der Warenliste. Der Markt für Termingeschäfte hatte bereits auf die Ankunft eines Schiffes vom Treffpunkt reagiert, auf die Ankunft – das hatten sich die schärferen Händler bestimmt schon zusammengereimt – eines Schiffes, das kurz vorher noch in Urtur gewesen war, und die gutunterrichteten Typen basierten ihre Angebote auf dem, was die Hani-Kapitänin wissen mochte, auf dem, was sie vielleicht mitbrachte, und auf Vermutungen, ob die *Legat* nach der Art, wie sie in das System eingetreten war, Masse beförderte. Und sie, Hilfy Chanur, besaß die Antworten, die sie nach den mahen Vorschriften geben durfte, *bevor* sie die Zollformalitäten erledigt hatte. Denn die Mahendo'sat gingen davon aus, wenn einem Kapitän die Forderungen der Zollbehörde nicht paßten, sei es doch nur eine Sache hinlänglich hoher Geldbußen oder Bestechungen oder einer Gerichtsverhandlung, und das alles war Futter für die Spekulanten auf dem Markt. Alte Mahendo'sat saßen in ihren Stationswohnungen und wetteten ihre Pensionsschecks auf das System. Gauner wetteten darauf in Bars. Geschäftsleute beteten dafür und verbrannten Weihrauch im Namen der jeweiligen Mode-Religion, von der sie glaubten, daß sie ihr Glück garantiere.

Und da sie, Hilfy Chanur, die Antwort besaß, gab sie sie durch und beobachtete auf getrennten Schirmen, wie die Terminmärkte reagierten, als Angebote einliefen, als der Zoll sie benachrichtigte, Untersuchungs-

beamte seien unterwegs, um ihre Fracht schleunigst abzufertigen, was offensichtlich eine Maßnahme war, um zerrüttende Spekulationen zu ersticken, die auf Grund der Tatsache angestellt wurden, daß ein Hani-Schiff geradenwegs vom Treffpunkt gekommen war.

Tiars Aufgabe war es, die Beamten zu empfangen und mit ihnen die Formulare durchzugehen. Inzwischen sahen die Angebote gut aus. Man mußte aufpassen, daß der Puls sich nicht beschleunigte und die Temperatur nicht stieg. Aber die Hani-Kapitänin, die es sich einfallen ließ, selbst auf dem Markt zu spekulieren – das war gerade eben noch legal und ganz und gar töricht. Hilfy betrachtete die Schirme. Sie hatte dem Computer befohlen, den Trend zu analysieren – und sie konnte jeden Augenblick unterbrechen, indem sie das Angebot einer bestimmten Firma annahm, unter Zollverschluß vor Erledigung der Formalitäten, danach ohne Einschränkungen.

Sie zog Abschlüsse nach Erledigung der Formalitäten vor. Die gutunterrichteten Kreise würden das ebenfalls wissen und ihre ernsthaften Angebote entsprechend placieren.

»Meine Glückwünsche«, kam eine Botschaft von dem Stationsmeister über die privatere Verbindung, die jetzt möglich war, weil sie eine Stationsleitung an ihr Interface angeschlossen hatten. *»Du kommen viel früher zurück als erwartet,* Legat. *Du haben Schwierigkeiten?«*

»Keine Schwierigkeiten. Meine eigene Entscheidung. Auch ich gratuliere Ihnen, Stationsmeister. Grüße von Chanur.«

»Du warten auf Zoll bevor Schiff verlassen.«

»Wie ich hörte, sind die Beamten unterwegs.«

»Du haben großen Notfall?«

»Keine Probleme, danke. Alles bestens. Wir haben einen Eiltransport.«

»Eiltransport. Für wen?«

»No'shto-shti-stlen.« Soviel hatten sie von der *Ha'do-*

maren inzwischen doch längst erfahren. »*Gtst* Exzellenz wollte eine Botschaft übermittelt haben, diplomatisches Privileg.« Frei übersetzt: Sie haben nicht das Recht zu schnüffeln, Stationsmeister.

»*Teuer?*«

»Ja.«

»*Ich gratulieren zur sicheren Ankunft, Chanur-Schiff. Ich gratulieren deiner Pilotin.*«

»Danke, Sir. Ich habe ihr bereits gratuliert.«

Das stellte den Stationsmeister zufrieden. Inzwischen kam ein Piepton vom Computer, der ein Auslöserwort in einer ankommenden Live-Kommunikation gefunden hatte.

Hilfy schaltete sich ein.

»*Hallo, du,* Legat! *Was haben dich aufgehalten?*«

Grinsender Bastard. Es war keine Antwort wert. Jedenfalls keine, die sie über den Stationskom geben wollte.

»*Ich müssen mit dir reden,* Legat.«

Sie dachte nicht daran.

»*Du klären Papiere mit diesem Transport,* Legat? *Ich hören Gerücht, Zoll haben Frage, hinten auf Treffpunkt.*«

Auf dem *Treffpunkt*. In einer mahen Hölle gab es da eine Frage! »Das ist die älteste Masche der Welt, *Ha'domaren!* Wenn du versuchst, mich mit einer götterverdammten Lüge reinzulegen, werde ich dir die Ohren abreißen! Du weißt götterverdammt gut, daß wir für alles an Bord einwandfreie Papiere haben!«

»*Für das, was Zoll gesehen haben. Ich hören Gerücht, Zoll haben nicht alles gesehen. Für Stsho-Artefakt du haben keine Papiere.*«

»Diplomatengepäck! Dafür brauche ich auch keine, du …« Es war weder politisch geschickt noch produktiv. Sie brach ab. Auf der Stelle. »Guter Witz. Guter Witz, Haisi. Läuft die Anklage gegen dich auf Mkks noch, oder wie ist es?«

»*Sehr komisch, Chanur-Kapitänin. Du wollen jetzt, wir*

uns treffen für reden von Geschäft? Du wollen sprechen mit Atli-lyen-tlas, he? Ich haben schlechte Nachrichten. Richtig schlechte Nachrichten.«

Der Stationsmeister hatte diesen Namen nicht genannt. Sie hatte diesen Namen auf dem Treffpunkt nicht genannt, auch auf Urtur nicht bis vor ein paar Augenblicken, als sie diesem Individuum eine Botschaft geschickt hatte. Der Name war auf diesem Abschnitt der Reise auch ihr gegenüber niemals ausgesprochen worden – aber sie wußte, daß *gtst* der in gutem Ruf stehende Stsho-Botschafter auf Urtur war, der Adressat des Vertrages, der vorgesehene Empfänger der Kostbarkeit.

»Du wollen, wir uns treffen für Drink?« fragte der Mahe. *»Du werden einen brauchen.«*

* * *

»Atli-lyen-tlas sein fort.« Haisi zog an einem dieser verfluchten mahen Rauchstäbchen. Und exhalierte den Rauch, was noch schlimmer war. »Fort, weg …« Eine Bewegung von Haisis großer, nacktflächiger Hand, ein Blick aus dunklen mahen Augen rund um den großen Warteraum – es war übrigens der Warteraum, der neben dem Handelsbüro lag. Hilfy hatte nicht die Absicht, auf die *Ha'domaren* zu gehen, Haisi Ana-kehnandians Gastfreundschaft anzunehmen und sich irgendwelchen geheimen Wahrheitsfindern auszusetzen, die Haisi installiert haben mochte. Haisis Augen schweiften durch die Unendlichkeit und kehrten in die Realität und zu ihr zurück – die poetische Hand legte sich auf Haisis Herz, und Haisi lächelte.

»So sehr, sehr schwierig, ein Alien-Verstand.«

»Und wohin ist *gtst* gegangen?« Hilfys Ohren lagen flach an. Sie täuschte keine Liebenswürdigkeit vor.

»Du mir tun kleinen Gefallen.«

»Was für einen?«

»Ich dir sagen«, erklärte Haisi. »Ich arbeiten in Dateien, alle Stunden, die ich warten, bis können mit dir sprechen. Wofür du wurden hier festgenommen? Ich neugierig.«

»Ich bin hier nie festgenommen worden.«

»Trotzdem Polizei haben Akte von dir. Hilfy Chanur. Das du? Klingen wie dein Name.«

»Dann läßt du die Akte besser liegen, wo sie ist. Wenn du in diesem Schmutz herumwühlst, wirst du ein Bad brauchen, weil es nichts ist, was die Urtur-Station zu finden wünscht. Und wieviel Geduld bringt deine Persönlichkeit für Fehler auf?«

Vielleicht hatte sie damit einen Punkt gemacht. Haisi zog noch einmal an seinem Stäbchen und blies Rauch aus den Nasenlöchern wie ein metallenes Götzenbild.

»Ich könnte deine Persönlichkeit anrufen«, fuhr Hilfy fort, »und ihr sagen – es ist eine *Sie*, nicht wahr?: Wir haben hier einen Mahe, der einen verdammten Narren aus sich macht. Rufen Sie ihn heim, bevor er Sie in Verlegenheit setzt.«

»Persönlichkeit dann vielleicht antworten: Wen du nennen Narr, Hilfy Chanur? Du haben Ding an Bord, von dem du nicht wissen, was es sein, du nicht wissen, was du tun, Stsho brauchen dich für Politik, benutzen deinen Namen, benutzen dein Schiff … Große Närrin.«

»Was willst du? Geradeheraus, Mahe, was willst du?«

»Du bringen mich an Bord von dein Schiff. Du lassen mich reden mit Stsho.«

»Wenn du ihm eine Botschaft schicken willst, werde ich sie ihm vielleicht ausrichten. Frage den Stsho, ob *gtst* mit dir reden will. Wenn ja, werde ich dich an Bord bringen.«

»Ich sagen dir, kein Sinn, daß du herkommen. Stsho du suchen – fort.«

»Fort seit wann? Seit du die Sache mit dem Transport

herausgefunden hast? Seit du das letzte Mal hier warst und davon erfuhrst?«

»Du nicht schlecht raten.«

»Welches Interesse hast du an der Sache? Wieso kümmert es dich, was ein Stsho mit einem anderen Stsho tut?«

»Du müssen fragen, warum es Stsho interessieren, was ich tun.«

»Also, warum interessiert es sie?«

»Vielleicht Aufstieg und Fall von Persönlichkeiten.«

»Welcher Persönlichkeiten? Stsho? Mahendo'sat?«

»Vielleicht.«

»Die Götter verdammen dich, gib mir eine richtige Antwort!«

»Du mir auch nicht geben richtige Antwort, Chanur-Kapitänin. Auf welcher Seite stehen du?«

»Ich stehe auf der Seite, daß ich mir den Lebensunterhalt verdienen will, daß ich ein ehrliches Handels- und Transportunternehmen betreiben will! Wenn jemand Fracht zu befördern hat und es nichts Lebendiges und nichts Illegales ist, befördere ich sie, das ist alles! Ich bin keine Persönlichkeit, ich bin keine Närrin, ich bin eine Schiffskapitänin.«

»Das glauben du. Du sein Nummer eins Närrin, Chanur-Kapitänin. Wohin du gehen, Politik. Die ganze Zeit Politik. Du wollen Kopf unter den Arm stecken und nicht sehen, was ist. Aber vielleicht Urtur trotzdem finden alten Haftbefehl. Vielleicht durchsuchen Schiff ...«

»Wenn du einen Zwischenfall mit den Stsho willst, geh nur hin und tu das. Wenn du einen Zwischenfall mit Chanur willst, wenn du einen Zwischenfall mit dem *Han* willst, wenn du willst, daß ich dich bis zurück zu deinen Ahnen verklage, du ohrenloser Bastard ...«

Das Heben einer leeren mahen Hand. »Wollen keinen Zwischenfall. Wollen wissen, was für ein Ding No'shto-shti-stlen schicken Atli-lyen-tlas.«

»Was in euren neunundneunzig Höllen macht es für einen Unterschied, was *gtst* schickt?«

»Das du nicht wissen?«

»Es interessiert mich nicht!«

»Dann warum du fragen?«

Hilfy hatte Gedanken an Mord. Höchst lebhafte Gedanken.

»Weil mir ein großer haariger Dummkopf einen ununterbrochenen Schmerz im ...«

»Du *wissen,* was No'shto-shti-stlen schicken? Oder du nehmen *gtst* Wort dafür, was du befördern? Nachlässiger Umgang mit den Zollbestimmungen.«

»Bis der Gegenstand mein Schiff verläßt, kann der Zoll sich den Kopf zerbrechen.«

»Falls es nicht sein Schmuggel. Wie Handel mit Waffen. Wie Handel mit ...«

»Mir wird es langweilig. Ich gehe.«

»Du nicht wissen.«

»Auf Wiedersehen.«

»Du wollen wissen, wohin Atli-lyen-tlas gehen?«

»Wohin?«

»Was du mir geben?«

»Ich werde es in den Aufzeichnungen der Station nachschlagen.«

»Nach Kita. Gehen Kita-Punkt. Leichter Sprung. Du wollen Daten über Kita-Markt. Ich haben. Ganz billig. Großes Geschäft. Ich dir geben Chance. Gebe dir Termingeschäft-Daten vielleicht zwei Monate zurück.«

Termingeschäfte in einem tieferen mahen Markt, wo die Mahendo'sat am besten wußten, was sie hatten und nicht hatten. Wer dort spekulierte, forderte Schwierigkeiten heraus, das Transportgeschäft war das einzig Sichere, und Informationen am engen unteren Ende der mahen Handelsrouten würden einem nicht verraten, welche Waren vielleicht von Punkten weiter stromaufwärts bereits eingetroffen waren.

Und mit Kita gab es ein schlimmeres Problem.

»Du wollen Geschäft?« fragte der Mahe.

»Ich werde darüber nachdenken.« Sie stand auf und ging zur Tür.

»Nicht viel Zeit zum Nachdenken«, warnte Haisi. »Du haben Vertrag mit Stsho, nicht gut, wenn du dein Wort brechen. Du verlieren Gegenstand, du müssen fernbleiben Treffpunkt ... Persönlichkeit nicht sein sehr erfreut über dich, Chanur-Kapitänin. Große Schweinerei. Du nur weitermachen. Nur los. Du machen. Wenn du mit mir sprechen später, ich sehen, ob dich retten der Mühe wert.«

»Bist du Kapitän?«

»Ich? Nein.«

»Ist die *Ha'domaren* dein Schiff?«

»Nein. Gehören Cousin.«

»Du hast überall Cousins, was?«

»Große Familie.«

»Darauf will ich wetten.« Jetzt ging sie wirklich. Sie steckte die Hände in die Taschen und dachte, daß diese Sache immer mehr nach Ärger roch. Sie war so in Gedanken, daß sie Urturs grelle Lichter gar nicht wahrnahm, sie sah, was früher gewesen war, und vermißte das Gewicht der Pistole, die sie in jenen Tagen vor dem Abrüstungsabkommen, vor dem Frieden getragen hatte.

Sie hatte nicht das Gefühl von Frieden. Ganz und gar nicht.

»Wir es müssen überprüfen«, sagte der mahe Zollbeamte. Tiar stach mit einer Klaue auf die in Rede stehende Tafel und antwortete höflich: »Es befindet sich auf unserem Schiff. Solange es unser Schiff nicht verläßt, geht es Sie nichts an. Das steht in Ihren Vorschriften. Solange es nicht zum Verkauf angeboten wird, ist es keine Ware. Es ist ein Gegenstand im Besitz von *Gtst* Gnaden unter *diplomatischem* Vorrecht, und es bleibt auf diesem Schiff, bis wir den Adressaten finden. In

welchem Fall Sie die Probleme mit der Stsho-Delegation lösen können. Unser Problem ist es nicht!«

»Ich müssen Rücksprache mit Stationsmeister nehmen.« Der Beamte klappte seine Tafel zusammen und ging. Tiar sah ihm nach, dann drehte sie sich um. Sie stieg in den Zugangstunnel und die Rampe hinauf zur Luftschleuse. Dann betrat sie den unteren Hauptkorridor.

»Ärger?« erkundigte sich Fala.

»Bei den Göttern, und ob wir Ärger haben! Die Angebote vermehren sich wie verrückt, und wir können den götterverdammten Zoll nicht dazu kriegen, daß er die götterverdammten Formulare ausfüllt und die Waren, bei den gefiederten Göttern, freigibt…«

Es war sehr lange Zeit still gewesen. Und *Handel mit landwirtschaftlichen Erzeugnissen* mochte informativ sein, und Hallan war bereit, alles zu lernen, was ihm Kenntnisse im allem vermittelte, was mit Raum und Handel zu tun hatte, aber das Buch war lahm und voller Wiederholungen.

Trotzdem las er weiter, nachdem er geduscht und sein Mittagessen verzehrt hatte. Er hörte Crew-Mitglieder im Korridor draußen hin- und herlaufen, er lauschte angestrengt und hoffte, etwas Wichtiges zu hören, aber er hörte vor allem eine Stimme, die er für die Tiars hielt, etwas über Mahendo'sat und Zoll und Erpressung herumbrüllen.

Deshalb dachte er, es müsse sich etwas Unangenehmes ereignet haben.

Dann hörte er die Stimme der Kapitänin, dessen war er sich ziemlich sicher, etwas über Mahendo'sat und Erpressung brüllen. Deshalb konnte er sich nicht vorstellen, daß alles gut lief.

Wahrscheinlich war es kein geeigneter Zeitpunkt, darum zu bitten, daß man ihn aus dem Waschraum freiließ. Er sollte besser *Handel mit landwirtschaftlichen*

Erzeugnissen ganz langsam und gründlich lesen, damit es eine Weile vorhielt, denn vielleicht bekam er lange nichts anderes zur Unterhaltung.

Wieder zu Hause angelangt, las sie von neuem den götterverfluchten Vertrag. Konsultiere das juristische Programm. Die Übersetzung. Die Umsetzung des Originals in prosaische Typen und in phonetische Umschrift.

7098 Seiten. Von denen der Computer 20 Klauseln als solche zum Zwecke besonderer Anwendung bezüglich des *unbewiesenen Subsequenten* identifizierte.

Und die Definition des einschlägigen Wörterbuchs und des juristischen Wörterbuchs: *Subsequent: Eine Person, die im wesentlichen, ob im Ganzen oder zum Teil, im Besitz der gleichen Rechte sein mag wie ein namentlich genanntes Individuum. Siehe: Subsequent in der Identität; Konsequent.*

Subsequent in der Identität: Ein Subsequent, der dieselbe physische Identität hat wie ein namentlich genanntes Individuum.

Konsequent: Ein Individuum, das im wesentlichen, ob im Ganzen oder zum Teil, als direktes Ergebnis des Kontaktes mit einem Individuum oder der Handlungen eines Individuums oder gtst *Subsequent im Besitz von Rechten ist.*

... Wenn die die Waren erhaltende Partei nicht die in Unterabschnitt 3 Abschnitt 1 genannte Person ist und einen gültigen Anspruch wie in Unterabschnitt 36 von Abschnitt 25 dargelegt besitzt, dann ist die den Vertrag akzeptierende Partei verpflichtet, sich zu vergewissern, ob die in Unterabschnitt 3 Abschnitt 1 genannte Person als Subsequent oder als Konsequent oder als Postkonsequent existiert. Jedoch setzt diese Klausel auf keinen Fall den Anspruch der Person außer Kraft, die in Unterabschnitt 3, Abschnitt 1 oder 2 oder in anderen darunter angefügten Klauseln genannt wird, ausgenommen, wenn die den Vertrag akzeptierende Partei sich entschließt, sich an eine Person oder einen Subsequenten oder

Konsequenten zu wenden, der durch die Bestimmungen von Abschnitt 5 identifiziert und beschrieben wird...

Die Bestimmungen von Abschnitt 5 können jedoch von der den Vertrag ausstellenden Partei gemäß den Bedingungen von Unterabschnitt 12 des Abschnitts 5 in bezug auf das Verhalten der den Vertrag akzeptierenden Person delegiert werden, falls diese den Erfordernissen nicht entspricht, die an das Verhalten der den Vertrag akzeptierenden Person gestellt werden ...

»Wir haben ein Problem«, sagte Hilfy über einem Becher Gfi in der Kombüse der *Legat*. Ihrer eigenen Meinung nach bewahrte sie eine außerordentliche Selbstbeherrschung. Ernste Gesichter sahen sie an, die ganze Crew, da nicht ausgeladen wurde. Inzwischen ließ *Gtst* Gnaden die Kom-Schalttafel mit seinen Forderungen, er wolle in die Station hinausgehen, in hellem Licht erstrahlen, und ob Haisi ihnen nun bei den Stationsbeamten in die Suppe gespuckt oder ob Haisi sie nur freundlicherweise davor gewarnt hatte, was ihnen bevorstand – der Zoll gab ihre Waren nicht frei.

»Hast du es *Gtst* Gnaden mitgeteilt?« erkundigte sich Tiar, die Hilfy gegenübersaß, die Ellbogen auf den Tisch gestützt.

»Noch nicht. Haisi *könnte* ja lügen wie gedruckt.«

»Und wenn er nicht lügt? Was ist mit diesem Vertrag? Was sieht er für den Fall vor, daß wir den Bastard, dem wir das Ding geben sollen, nicht finden können?«

Hilfy widerstrebte es, das zu sagen. Und wie es ihr widerstrebte! Sie stützte die eigenen Arme auf die kalte Oberfläche und betrachtete eine Tischrunde von erfahreneren Händlerinnen – plus oder minus Fala. »Er enthält eine Klausel über Subsequenten und Konsequenten. Danach sind wir immer noch verpflichtet, das Ding an die richtige Partei auszuliefern.«

»Du meinst, dieser Bastard von einem Stsho hat sich umgemodelt? Die Person gewechselt? *Gtst* Psyche desintegriert?«

»Das wissen wir nicht genau.«

»Wir wissen es nicht, deshalb sind wir auch nicht verantwortlich, wenn *gtst* verrückt geworden und von hier abgereist ist.«

»Wir sind nicht dafür verantwortlich, was *gtst* tut. Aber diese Klausel verpflichtet uns, herauszufinden, ob es einen Subsequenten gibt.«

»O Götter!« Tiar legte die Hand über die Augen.

»Im Vertrag heißt es Urtur«, protestierte Fala Anify.

»Es heißt auch: Findet heraus, ob es einen Subsequenten gibt. Und wir – *ich* – ich wälze die Verantwortung nicht ab. Ich hätte die Möglichkeit bedenken müssen, daß *gtst* nicht auf Urtur bleibt.«

»Welche Möglichkeit?« fragte Chihin und klopfte auf die Tischplatte. »Stsho reisen kaum einmal in …«

»In einem Lebensalter«, ergänzte Hilfy. »Was nur so lange gilt, bis einer durchdreht und sich in eine neue Person verwandelt.«

»Und warum sollte der Botschafter durchgedreht sein? Wir sind schon hier gewesen, wir haben mit *Gtst* Exzellenz zumindest indirekt zu tun gehabt, um die Zollabfertigung für den Treffpunkt zu bekommen, wir haben nichts bemerkt, was nicht stimmte, oder?«

»Ich habe nichts bemerkt«, sagte Hilfy. »Aber ich bin bereit, darauf zu wetten, daß Haisi irgendwie damit zu tun hat. Er war auf dem Treffpunkt, als wir dort eintrafen, er hatte die Möglichkeit, in Erfahrung zu bringen, was No'shto-shti-stlen wußte …« Ihr kam ein Gedanke, eine Zusammenfassung, ein Zeitplan, und eine fürchterliche Wut stieg in ihr auf. »Dieser Sohn einer ohrenlosen Mutter!«

»Haisi?«

»Nein! No'shto-shti-stlen!«

»Du meinst, *gtst* wußte, wir würden den Empfänger hier nicht finden?«

»Wenn *gtst* es nicht wußte, hatte *gtst* doch eine götterverdammt genaue Vorstellung davon, daß es hier

Ärger geben würde! *Und* er hat diese Klausel in den Vertrag hineingesetzt, die uns verpflichtet, auf die Subsequenten-Jagd zu gehen! Die Götter verdammen diesen dürren, angemalten, hinterlistigen... er will, daß wir um das ganze bekannte Universum herumsausen und nach dieser Person suchen!«

»Wohin könnte *gtst* gehen? Wo könnte *gtst* sein?«

»*Wer* könnte *gtst* sein? Das ist die Frage! Haisi sagt Kita. Aber das wäre nicht *gtst* Endziel – es gibt dort keine Bequemlichkeit für Stsho. Und die Mahendo'sat sind entweder alle außer Rand und Band geraten, oder Haisis Persönlichkeit hat hier eine Menge Beziehungen, eine *Menge* Beziehungen.«

»Du glaubst doch nicht, daß Pyanfar hinter seiner Persönlichkeit steckt?«

»Ich weiß es nicht! Ich weiß es nicht! Das ist das Problem, wenn man in die Politik hineingezogen wird, niemand trägt ein Namensabzeichen!«

»Was sollen wir denn jetzt tun, Käpt'n?«

Hinterherlaufen? Die Fracht nach Kita bringen, ohne Garantie, daß dort Gewinn zu machen war?

Hoffen, der mahe Stationsmeister habe sich im hiesigen Terminmarkt schwer engagiert und falle auf die Nase, wenn sie ihre Waren nicht auf den Markt brachten und sofort wieder abreisten? Ein paar Vorschriften übertreten und das Vergehen der überhöhten Geschwindigkeit dagegen wie eine mahe Empfehlung aussehen lassen?

So oder so war es eine gute Methode, sich beständige Feinde zu schaffen.

Aber ein *Geschäft* mit Haisi machen? Er mochte Pyanfars Busenfreund sein. Er mochte daran arbeiten, sie zu stürzen, und mit einem mahen Sinn für Humor ihre Hilfe dabei benutzen.

Die Wahrheit aus Tlisi-tlas-tin herausholen? Der Erfolg war *höchst* unwahrscheinlich. Und es gab keine Möglichkeit, sich mit No'shto-shti-stlen zu beraten.

Am Tisch herrschte Schweigen. Es war die moralische Zuflucht der Crew und ihr moralisches Dilemma: Die Kapitänin dachte nach. Die Kapitänin würde sie aus den Schwierigkeiten herausholen, in die die Kapitänin, die jung genug war, um Tiars Tochter zu sein, sie alle miteinander hineingebracht hatte.

»Wir können abreisen. Wir können bleiben. Außer uns liegen noch zwei andere Hani im Hafen. Das sind die *Padurs Sieg* und ein Narn-Schlepper, beide auf dem Weg nach Hoas. Aber es sind kleine Schiffe, sie sind dem nicht gewachsen. Wenn wir sie hineinverwickeln, könnten sie große Schwierigkeiten bekommen, also ist das keine Hilfe.«

»Sie sind nicht bedroht worden.«

»Bisher nicht. Wir könnten den Jungen an Bord bringen …«

»Der Junge ist in potentiellen Schwierigkeiten.«

»Das Schiff des Jungen ist auf Hoas.«

»Das Schiff des Jungen ist wahrscheinlich nach hier unterwegs. Wenn wir ihn auf eins der beiden kleinen Schiffe bringen, wird er sein Schiff verpassen.«

Das stimmte. Und jenseits von Hoas mochte das eine wie das andere Schiff zum Treffpunkt weiterfahren, wo er nicht willkommen war – und das Schiff, auf dem er sich befand, infolgedessen auch nicht.

»Ich will dir was sagen«, ergriff Tiar das Wort. »Käpt'n. Dieser Junge ist nun einmal auf diesem Schiff gewesen.«

Hilfy verstand, worauf Tiar hinauswollte. Ihr lag nicht besonders viel daran, es sich anzuhören.

»Wenn du ihn auf die Docks hinaussetzt«, fuhr Tiar fort, »werden die Mahendo'sat ihn sich greifen. Das ist gar keine Frage. Sie werden annehmen, daß er weiß, was sie wissen wollen.«

»Er ist kein Chanur, er hat nichts mit uns zu tun, er gehört zu der Sahern-Crew, das Sahern-Schiff kommt her, und wenn wir ihn zurückhalten …«

»Er will nicht zu Sahern zurück. Er will bei Chanur bleiben.«

»Er ist in meine götterverlassene Tante verliebt! Er ist ein dummer Junge, wegen einer fixen Idee Lichtjahre von zu Hause entfernt …«

»Er ist eine tickende Bombe«, stellte Chihin fest. »Wir haben einen Stsho an Bord dieses Schiffes, einen Stsho, den aufzuregen wir nicht wagen. Wir haben einen Jungen mit gesunden Hormonen gleich um die Ecke von *Gtst* Gnaden und von der Kostbarkeit, die wir jetzt nach Kita schaffen sollen – und danach haben wir nur noch eine ganz geringe Auswahl an Zielen, Käpt'n.«

»Wenn sie Pyanfars Leute sind, wird Pyanfar eingreifen. Wenn sie es nicht sind und wir ihnen helfen, werden sie uns den Hals abschneiden.«

»Was passiert, wenn *unser* Stsho in Stücke geht und zu dem Schluß kommt, *gtst* sei die Königin der Götter?«

»Wir haben ein Problem«, sagte Tarras, was sie zu Punkt eins zurückbrachte.

»Ehrenwerter«, sagte Hilfy nicht gerade fröhlich, »ich habe Neuigkeiten.«

Ein mattes Winken. *Gtst* erneuerte *gtst* Körperbemalung und pinselte sorgfältig ein Muster auf seinen weißen Unterarm. *Gtst* vollendete es mit Schwung.

Mit striktester Höflichkeit lud Hilfy sich selbst ein, in dem Schüsselsessel Platz zu nehmen.

»Es hat eine Komplikation gegeben«, begann sie.

»Dann kann Euer Gnaden sie bestimmt beseitigen. Sind Sie denn nicht engagiert, das zu tun?«

»Hätte Euer Gnaden gern Tee?« Sie machte eine kleine Handbewegung zur Tür und zu Fala hin, die ein Tablett in den Händen hielt.

»Wenn Euer Gnaden es für schicklich hält.« *Gtst* blickte ängstlich drein, schwenkte den frischbemalten Arm, arrangierte *gtst* Draperien.

Mit einer Spezies, die dazu neigte, sich bei einer größeren Aufregung psychisch aufzulösen, mochten fünf Runden beruhigender Tee ein guter Gedanke sein. Vor allem, weil es ihr Stsho und ihr Vertrag war und die Kostbarkeit in einem Kasten über ihren Köpfen thronte.

Fünf Runden, in denen Fala es fertigbrachte, keinen Tee auf die weißen Kissen zu verschütten, in denen sich die Jüngste an Bord mit lobenswerter Selbstbeherrschung ihrer Aufgabe entledigte.

»Wir hoffen, Euer Gnaden hat es so bequem, wie unsere Gastfreundschaft es ermöglichen konnte.«

»Wir haben überlebt. Wir sind gelassen. Die in unserem Besitz befindliche Kostbarkeit ist unbelästigt. Wir könnten von Ihren dürftigen Möglichkeiten nicht mehr verlangen.«

Alter Snob.

»Vielleicht«, fragte *gtst,* »ist Euer Gnaden bereit, uns über die Angelegenheit zu informieren, die Ihren Frieden stört?«

»Sie betrifft den prospektiven Empfänger des *oji.*«

»Der Kostbarkeit.«

»Der Kostbarkeit. Würde es Euer Gnaden im geringsten überraschen, zu erfahren, daß der prospektive Empfänger ... hm ... *gtst* Posten verlassen hat?«

Entsetzte blasse Augen hoben sich und richteten sich auf ihr Gesicht. »Unmöglich.«

Gtst hatte es also nicht im voraus gewußt. Vielleicht war ihr Verdacht falsch und ungerecht gewesen.

»*Gtst* hat *gtst* Posten verlassen, soweit die Mahendo'sat bereit waren, mich zu informieren. Könnten sie Grund haben zu lügen? Einer von ihnen wurde ziemlich unverschämt und wollte, daß ich ihm den Zutritt hier gestatte.«

»Nein! Ein tausendfältiges Nein! Das ist unerträglich. Das ist *unvorstellbar!*« *Gtst* stieß gegen die Flasche, Farbe lief aus. »Oh, wo sind meine Diener? Die Farbe,

die kostbaren Pigmente – oh, meine Vorfahren, oh, meine Ehre, oh, mein Ruf, oh, ich bin verwundet! Ich vergehe, wai! Ich vergehe!«

Gtst tupfte sich wie wild ab – es war unmöglich zu sagen, ob der Schock durch das Verschwinden Atli-lyen-tlas' hervorgerufen worden war oder die Farbe oder die Erwähnung der Mahenso'sat. Jedenfalls war *gtst* äußerst erregt und atmete stoßweise. Fala kam gelaufen, die Tassen klirrten auf dem Tablett, und die ganze Zeit rang der Ehrenwerte nach Atem, und die Möglichkeit, daß *gtst* sich vor ihren Augen auflöste, zeichnete sich überdeutlich ab.

»Beruhigen Sie sich!« Hilfy war sich nicht sicher, ob sie Hand an das Wesen legen sollte oder nicht. »Beruhigen Sie sich! Ihre Ehre ist nicht in Frage gestellt, höchst Ehrenwerter, höchst Ausgezeichneter! Beruhigen Sie sich, atmen Sie tief durch.«

Der Stsho hörte auf sie. Mondstein-Augen sahen sie entsetzt an, eine mit Farbe bekleckerte Hand drückte ein mit Farbe bekleckertes Stück Stoff von *gtst* Robe an *gtst* Brust. *Gtst* zitterte und bebte und hob und senkte *gtst* mit Federn verstärktes Kopfbüschel in großer Erregung.

»Wir haben die Vollmacht, weitere Nachforschungen anzustellen!« Hilfy suchte nach Vokabeln. Wie lautete der zeremonielle deferative Singular von ›Persönlichkeitsauflösung‹, und war es schicklich, ihn zu benutzen? »Sie sind in keiner Weise dafür verantwortlich, Ehrenwerter! Höchstwahrscheinlich hat *Gtst* Exzellenz ein solches Ereignis vorausgesehen – es findet sich im Vertrag!«

»In dem Vertrag.«

»In dem Vertrag, Ehrenwerter.«

»Aber *Gtst* Exzellenz hätte Vertrauen zu mir haben sollen, *Gtst* Exzellenz hat mich entehrt.«

»*Gtst* Exzellenz hat Ihnen die Kostbarkeit anvertraut. Oder hat *gtst* das nicht getan? Oder sollten wir die

Frage nicht so stellen? Sollten wir fragen, was sich in dem Kasten befindet?«

Mondstein-Augen weiteten sich entgeistert. Und *gtst* sah nach oben und zur Seite, dahin, wo der Transportkasten mit Klammern festgemacht war.

»Müssen wir uns denn nicht überzeugen?« fragte Hilfy. »Würden Sie die Kostbarkeit *erkennen*, wenn Sie sie sähen?«

»Natürlich! Natürlich! Oh, welche Schurkerei haben Sie im Sinn!« Tlisi-tlas-tin krabbelte unwürdig aus dem Sessel und schleppte dabei von Farbe durchweichte Roben über die weißen Kissen und die Fußbodenfliesen. *Gtst* lange Finger tasteten nach den Halteklammern und lösten sie, winkten empört ab, als Fala helfen wollte. *Gtst* nahm die Klammern selbst ab. Hilfy hielt den Atem an, konnte dem Drang kaum widerstehen, die Hände für den Fall, daß die Kostbarkeit fallen würde, vorsorglich auszustrecken.

In der weichen weißen Polsterung steckte eine weiße, geschnitzte – Vase, sollte man annehmen. Das ist es? fragte Hilfy sich. Fala wirkte verwirrt, aber Tlisi-tlas-tin sank mit einem Seufzer zusammen, ließ *gtst* Finger flattern, legte die Hand auf die Brust und murmelte:

»Ich bin rehabilitiert. Ich bin rehabilitiert, *Gtst* Exzellenz hat mich nicht belogen.«

»Wir hatten keinen Zweifel an Ihrer Ehre«, wagte Hilfy zu erklären und stand hilfsbereit daneben, als Tlisi-tlas-tin sich in seinem ruinierten Staat von dem pastellbeschmierten Fußboden hochrappelte. *Gtst* nahm eine so kriegerische und stolze Haltung an, wie ein Wesen, das man mit einem Atemzug umblasen kann, es fertigbringt.

»Das ist ja ein Pferch für *Tiere!* Diese Umstände ertrage ich nicht! Sehen Sie mich an! Die Kostbarkeit kann nicht in diesen Trümmern verweilen! Meine Ehre! Mein Ruf!«

Hilfy dachte an ein anderes Wort, aber sie verbeugte sich mit großer Höflichkeit und lächelte. »Es bekümmert uns natürlich. Wir werden sofort Maßnahmen ergreifen, um diese unglücklichen Umstände zu beseitigen.«

»Auf der Stelle! Ich halte das nicht aus! Oh, die Ungerechtigkeit, oh, die Grausamkeit, oh, die Heimtücke!«

»*Was für eine* Heimtücke, Ehrenwerter?«

»Ich *verlange,* die höchste Stsho-Autorität hier zu sprechen, ich *verlange,* Zutritt zu diesem Individuum zu erhalten!«

»Ehrenwerter ...«

»Mir ist Unrecht geschehen, oh, ihr Vorfahren und Vorläufer, mir ist ein schreckliches Unrecht angetan worden!«

Fala blickte zur Decke hinauf. Aber im Raum gibt es keine Richtung für den Himmel.

Und die Götter hatten wahrscheinlich alle Hände voll mit Tante Pyanfar zu tun.

6. Kapitel

Überall lauerten potentielle Spione, Haisi wollte sie erpressen, daß sie ihm Zutritt zu dem Stsho gewährten, den zu schützen sie vertraglich verpflichtet waren, und der in Rede stehende Stsho jammerte und stöhnte und beklagte sich über Verrat seitens des Stsho-Botschafters auf Urtur *und* des Stabes dieses Botschafters, der auf Anrufe nicht reagierte.

Und *außerdem* war das Quartier des ehrenwerten Tlisi-tlas-tin verwüstet, *gtst* Person war verwüstet, *gtst* Angelegenheiten waren verwüstet, und das bei einer Spezies, die unter Stress in die Phase eintrat, in eine neue und unvorhersehbare psychische Konfiguration.

Die Kostbarkeit mochte in die Hände eines ganz anderen Individuums geraten ... Hilfy zögerte, das juristische Programm auf eine weitere Suche nach der Verantwortung durch den Vertrag und das Handbuch des Paktrechtes zu schicken. *Gtst* Gnaden schwankte am Rand der Auflösung, und *gtst* verlangte, daß der Schaden in *gtst* Unterkunft repariert werde, *gtst* wollte, daß die Farben geändert würden, *gtst* brauchte neue Kleidung und eine bessere Diät und Unterhaltung und Bequemlichkeit.

Was bedeutete, sie mußten den Markt nach Stsho-Waren absuchen, überprüfen, was sie selbst in den Frachtbehältern hatten, und ein weiteres Mal mit dem Zoll verhandeln.

»Du haben Problem?« fragte eine mahen Stimme. Hilfy drehte sich um und fand den Schuft auf ihren Fersen – er *folgte* ihr, mochten die Götter ihn verderben. Vielleicht hatte er die Observierung nicht einmal per-

sönlich durchgeführt – das mochte ein Untergebener getan haben, der ihn gerufen hatte, damit er sie abfangen konnte.

»Was willst du?«

»Wollen Handel abschließen. Hören, du suchen nach Stsho-Zeug. Hören, du wollen kaufen Sachen wie Bodenfliesen, wie *'Vuli*-Stoff, wie …«

»Wie *schön*, daß du mir all diese Dinge verkaufen kannst! Zu einem günstigen Preis, ja?«

»Du komisch. Du amüsieren Stsho?«

Hilfy wandte sich zum Gehen. Er vertrat ihr den Weg.

»Hören, du versuchen reden mit Stsho-Botschaft. Nicht möglich. Geschlossen. Manche Stsho gehen Treffpunkt. Manche Kita.«

»Welche Katastrophe hast du denn hier angerichtet? Hast du versucht, den Handel mit den Stsho zu unterbinden? Hast du versucht, die politischen Ziele meiner Tante zu torpedieren?«

»Ich sein *Freund* von Pyanfar.« Die Hand auf der Brust. »Meine Persönlichkeit sein Freund von Pyanfar, versuchen Nummer eins, für dich Gutes tun.« Haisi Ana-kehnandian sah in alle Richtungen nach dem vorbeikommenden Verkehr und faßte zu Hilfys Ärger ihren Ellbogen. »Du wollen Stsho-Zeug, ich dir besorgen. Mit Leichtigkeit. Zeug in der ganzen Botschaft. Schöne Sachen, Nummer eins Stsho-Möbel.«

»Mit einem Einbruch? Geraubte Waren?«

»Still, still, nicht so laut sprechen, daß jedermann hören. Du kommen. Ich organisieren, du erhalten Waren.«

»Du hast die ganze götterverlassene Stsho-Botschaft von Urtur vertrieben, und du willst mir helfen? Nein, danke! Geh und rede mit den Kif, sie schätzen Piraten!«

»Du nicht sein dumm. Du wollen Freigabe von Zoll? Du wollen Waren *auf* dein Schiff, und dafür du erst brauchen Stempel von Zoll. Zoll dich nicht lassen han-

deln vorher, Hani, du müssen sehen, wie Dinge liegen.«

Sie sah recht gut, wie die Dinge lagen. Sie sah recht gut, daß jemand mit den Beamten einer bestimmten Ebene auf einem Stuhl saß.

»Du wollen einstellen ganzen Handel für neu dekorieren Stsho-Kabine?« fragte Haisi. »Das komisch.«

»Wer sagt das?«

»Komisch, daß du haben ganz weiße Einkaufsliste. Stsho-Bote nicht zufrieden mit Dekor? Vielleicht diese Person stehen unter viel Stress?«

»Geh zur Hölle«, sagte Hilfy.

Und ging davon und fuhr mit einem Aufzug und einem Transport-Bus zum Zoll-Büro auf den Docks.

Und erhielt das offizielle Nein. Sie durften keine Ware an Bord nehmen, solange die Waren, die sie mitgebracht hatten, nicht vom Zoll freigegeben waren.

»Und was ist, wenn ein Schiff hier anlegt und gar nicht an euch verkaufen will? Werdet ihr es nicht einkaufen lassen?« Ihre Faust landete auf dem Schalter. »Das glaube ich nicht!«

»Nicht das Gleiche. Nicht das Gleiche. Eure Fracht werden zurückgehalten. Nicht gleiche juristische Situation. Du wollen handeln, du lassen Zoll-Inspektor sehen Schmuggelware.«

»Es ist keine Schmuggelware! Es ist Diplomaten-Eigentum der Stsho!«

»Du dich wenden an Stsho-Mission.«

»Es *gibt* keine Stsho-Mission auf Urtur! Ihr habt sie vertrieben!«

»Nicht wir. Vielleicht dieser Gegenstand, den du haben, den Stsho machen Angst.«

»Ausgeschlossen! Die Nachricht über diesen Gegenstand ist erst mit *meinem Schiff* hier eingetroffen! Die Stsho konnten nicht davon wissen. Erkundige dich bei Haisi Ana-kehnandian, was sie vertrieben hat, erkundige dich bei ihm, was, bei eurer siebten verwerflichen

Hölle, er über unsere Fracht weiß und in wessen Taschen er Zugriff hat. Ich will mit dem Stationsmeister sprechen, ich will mit der Persönlichkeit dieser Station sprechen, ich will eine juristische Begründung für jedes Dokument, das du gegen uns geltend gemacht hast, und ich will, daß die Waren auf meinem Schiff freigegeben werden!«

»Du nicht brüllen in diesem Büro!«

»Bei den Göttern, ich brülle in diesem Büro, ich brülle, bis sich jemand mit der Persönlichkeit von Urtur in Verbindung setzt und *mir einen Zollfreigabeschein besorgt,* und ich will nichts mehr hören davon, daß die Privatsphäre eines Stsho-Boten verletzt und sein Gepäck durchsucht werden soll!«

An der Tür hinter ihr entstand Unruhe. Eine mahe Stimme protestierte in irgendeiner mahen Sprache, eine zweite stimmte ein, bevor Hilfy sich auch nur umsehen konnte. Dann sah sie sich um, und da standen eine Handvoll von mahen Raumfahrern *und* Haisi Ana-kehnandian und ließen niemanden mehr herein.

Haisi schloß die Tür und blieb dort mit einer Mauer von großen Mahenso'sat stehen.

Hilfy bereute es, keine Waffe eingesteckt zu haben. Götter, wie sie es bereute! Ihre Klauen fuhren heraus. Haisi zuckte zusammen. Hilfy sprang über den Schalter, Zollbeamte flohen nach links und rechts, Stühle kippten um, das Personal drängte sich an einer Innentür zusammen und kreischte in Panik.

»Hani!« rief Haisi. »Du aufhören, sofort! Du hören!«

Niemand hatte eine Waffe. Aber die Mahendo'sat blockierten die Tür. Zollbeamte saßen unter Schreibtischen. Die Gruppe hinter ihr quetschte sich in den Raum und schloß diese Tür.

»Wo hast du deine Vollmacht? Wo ist irgendein Beweis, daß du kein Pirat bist, Haisi Ana-kehnandian? Gib diese Tür frei!«

»Schon gut, schon gut.« Haisi machte beschwichti-

gende Gesten. »Du nicht zerbrechen Möbel, Chanur-Kapitänin. Du haben wichtige Verwandte, kein Grund, Büro zu verwüsten. Du nicht sein verdammte Närrin!«

»Ich habe eine wichtige Verwandte, und gleichzeitig hege ich Mißtrauen gegen Leute, die zudringlich werden, Mahe. Soll ich dich wegen Piraterie anzeigen? Soll ich aussagen, daß du einen verdammt hinterhältigen Trick mit dem Zoll versucht hast? Ich will mit dem Stationsmeister sprechen, ich will sofort mit ihm sprechen, und jetzt keine Tricks mehr!«

»Stationsmeister ist nicht zu sprechen.«

»Ebenso wie der Stsho-Botschafter? Ist er nicht zu sprechen, weil er nach Iji davongelaufen ist?«

»Du reden Unsinn, Hani. Nein. Er ist nicht zu sprechen, weil er keine Zeit auf jeden verdammten Dummkopf verschwenden will, der ein Problem hat.«

Verdammter Dummkopf traf die Sache ziemlich genau. Irgend etwas stimmte auf Urtur ganz und gar nicht, und je stärker bei den Mahendo'sat der Verdacht wurde, sie wisse es, desto unwahrscheinlicher wurde es, daß sie aus diesem Raum oder gar aus dem Hafen hinauskam. Es wäre weitaus besser gewesen, wenn sie die entrüstete Händlerin gespielt hätte.

»Ich will die Zollfreigabe! Ich will meine Waren verkaufen, wann und wo und zu welchem Preis es mir paßt, und diese Einmischungen in meine Geschäfte sollen aufhören.«

»Du wollen sagen, welche Art Gegenstand du befördern?«

»Nein, das will ich nicht. Das geht euch, götterverdammt noch mal, nichts an! Geht von dieser Tür weg, bleibt mir aus dem Weg! Dies ist ein öffentliches Büro. Solange ich weder ein Abzeichen noch eine Vollmacht oder eine Persönlichkeit sehe, werde ich euch überhaupt nichts geben. Und wenn ihr versucht, mich festzuhalten, wird mein Schiff – ein *Chanur*-Schiff – eine Beschwerde beim Pakt einreichen.«

»Du friedlich sein, Hani. Das nehmen sehr dumme Wendung. Du mir zuhören. Du laufen herum auf Station, du reden über gefährliches Geschäft, du nennen gefährliches Zeug, du kommen in dieses Büro stellen Forderungen vor Zeuge, den du nicht kennen. Du wollen haben Hals abgeschnitten?«

»Gib diese Tür frei!«

»Schon gut, schon gut. – Rahe'ish taij meh, jai.«

Seine Mahendo'sat bewegten sich von der Tür fort.

»An die Wand!« befahl Hilfy.

»Du haben verdammt falsche Vorstellung, wer geben Befehle in diesem Raum, Hani!«

»Ich habe eine verdammt richtige Vorstellung davon, daß du keine Vollmacht hast, Befehle zu geben. Oder daß *du* mir den Freigabeschein besorgen kannst. Wenn du einen großen Krach willst, mach nur so weiter.«

»Freigabeschein. Ich besorge Freigabeschein. In Ordnung!« Haisi spie einen Strom von mahendi Instruktionen aus, von denen Hilfy nur die Hälfte verstand. Sie bewirkten jedoch, daß die Beamten vorsichtig unter den Schreibtischen hervorgekrochen kamen und ihr Chef aus dem rückwärtigen Büro zurückkehrte.

Die Tür öffnete sich von der anderen Seite, und da stand Stationspolizei, bewaffnet mit Pistolen und bereit zum Eingreifen. Irgendwer hatte sie gerufen. Wahrscheinlich von dem rückwärtigen Büro aus.

Fein, dachte Hilfy. Großartig.

»Kleines Mißverständnis.« Haisi schwenkte die Hand. Und sagte etwas zu den Polizisten, leise und schnell. Hilfy fing die Wörter Stationsmeister, Stsho und Botschafter auf. Und Schwierigkeiten. Aber daß es die gab, hätte sie auch so gewußt.

Die Persönlichkeit von Urtur war verärgert. Sehr verärgert. Die Persönlichkeit von Urtur fand die Angelegenheit zu quälend und übergab sie ihrer Stimme, einem hochaufragenden Mahe mit wütendem Blick.

»Du zertrümmern ganzes Büro, du verängstigen Beamte wie ein Haufen Piraten, aus welchem Grund du handeln so verdammt dumm?«

»Frag den da! Er hat die Tür blockiert, wollte anständige Bürger nicht ein- oder auslassen!« Man schrie die Persönlichkeit von Urtur nicht an. Die Persönlichkeit von Urtur diskutierte nicht über solche Dinge. Die Stimme schon. Und Hilfy merkte, wie ihre Ohren sich immer flacher anlegten. Sie gab sich Mühe, einen liebenswürdigen Ausdruck auf ihrem Gesicht festzuhalten und logisch zu argumentieren, während die Stimme versuchte, Reaktionen aus dem Bauch zu provozieren. Hilfy hätte gern Hackfleisch aus Haisi Ana-kehnandian gemacht, der mit gerunzelter Stirn dasaß und rauchte wie ein Fabrikschornstein.

Schließlich fragte die Stimme Ana-kehnandian. Die beiden redeten in einer von Ijirs zahlreichen Sprachen hin und her. Die Stimme wurde dabei immer ruhiger und zuletzt sogar gutgelaunt – was verriet, erstens, daß die Hani-Ausländerin sie nicht verstehen sollte, zweitens, daß sie aus der gleichen Gegend von Ijir stammten und Hasi Ana-kehnandian *deshalb* ein guter, aufrichtiger Mitbürger sein mußte.

Das ging immer so weiter, und währenddessen begutachtete die Persönlichkeit die Topfpflanze auf ihrem Schreibtisch und legte die Stirn in tiefe Falten.

»Du fangen Streit an in Zollbüro«, erklärte die Stimme dann auf pidgin. »Persönlichkeit nicht erfreut. Du fangen Streit an in öffentlichem Gebäude, du verängstigen Leute.«

»Ich nehme an, die Persönlichkeit versteht die Handelssprache. Frage die Persönlichkeit, ob sie diese Person da bevollmächtigt hat, meine Crew zu verfolgen, mich zu bedrohen, einen Aufstand im Zollbüro anzuzetteln, meine Fracht festzuhalten, um mich zu erpressen, und mir persönliche Fragen über einen Stsho-Passagier zu stellen, der niemals weder den Fuß auf diese

Station gesetzt noch beim hiesigen Zoll eine Freigabe beantragt hat. Ich fürchtete, es seien Feuerwaffen im Raum. Ich bin über diesen Schreibtisch gesprungen, um mein Leben zu schützen! Das riet unschuldigen Personen, in Deckung zu gehen, ihrer eigenen Sicherheit wegen! Dieser Dummkopf machte sich der Aggression schuldig, indem er mit der deutlich erkennbaren Absicht, gewalttätig zu werden, den Ausgang auf aggressive Weise blockierte!«

Das war Anlaß zu einer weiteren Konferenz, einer ziemlich langen. Und zu weiterem Stirnrunzeln von Haisi.

Die Persönlichkeit machte sich daran, Blätter von der Pflanze auf ihrem Schreibtisch abzuknipsen, ohne den anderen die geringste Aufmerksamkeit zu schenken.

»Persönlichkeit nicht mögen sprechen Pidgin. Entschuldigen sich für Unannehmlichkeiten, die du haben gehabt. Sagen, Zoll haben Waren freigegeben. Alles bestens.«

Hilfy mußte das im Geist noch einmal abspielen, bevor sie glaubte, daß sie es gehört hatte. Aber Haisi sah alles andere als glücklich mit der Situation aus.

»Dann danke der Persönlichkeit im Namen meines Schiffes und meines Passagiers.«

»Sie verstehen gut. Sie sagen, du sollen sein vorsichtig mit Stsho. Viel Glück für deine Geschäfte auf der Station. Du brauchen alles Glück, das du können bekommen.«

»Frage sie, warum.«

»Nicht nötig fragen. Fragen dich: Warum sein Dummkopf? Warum machen verdammten Lärm, erregen Aufmerksamkeit? Fragen dich: Was bringen dir dieses Stsho-Ding ein?«

»Geld. *Geld,* indem ich auf dieser Reise Gewinn mache, indem ich wie jeder Kapitän eines Handelsschiffes Aufträge bekomme ...«

»Du keine Händlerin. Du *Chanur.*«

»Und ob ich, götterverdammt noch mal, Händlerin bin! Denkst du, ich sei reich? Denkst du, es sei mein Hobby, von Station zu Station zu reisen?«

»Du haben Tante.«

»Das götterverdammte *Universum* hat Pyanfar Chanur, ich habe sie nicht! Sie kann nicht länger Oberhaupt der Chanur sein, sie kann nicht länger im *Han* sitzen, sie kann nicht länger Eigentum haben, und sie kann auf Anuurn nicht länger abstimmen! Eure Informanten müssen geschlafen haben, wenn ihr meint, ich stünde auf ihrer Gehaltsliste! Mein Schiff befördert Fracht, damit ich die Steuern unseres Clans und meine Rechnungen bezahlen kann. Das ist alles, keine Politik, keine Geheimnisse und kein *Interesse* an Geheimnissen. Ich werde bezahlt, um dieses Ding zu transportieren, und ich werde es transportieren, bis ich es dem legitimen Eigentümer übergeben kann. Erwartet bloß nicht, daß meine Tante das weiß. Wir reden nicht miteinander!«

Offenbar war das nicht die Antwort, die die Stimme oder die Persönlichkeit erwartet hatte. Zwischen ihnen gab es einen scharfen Meinungsaustausch.

Es ging um etwas – Hilfy verstand zwei der mahen Sprachen -, das mit Verwandten und Vermutungen und einer anderen Persönlichkeit weiblichen Geschlechts zu tun hatte.

Haisi war gar nicht erfreut. »Alle deine Papiere sein abgestempelt«, sagte Haisi. »Du gehen. Du bringen Waren auf Markt, wann du wollen. Der Stsho, den du wollen sprechen, ist nach Kita. Ich dir wünschen Glück, daß du ihn finden. Ich vorschlagen, du machen hübsches Dankeschön für vielbeschäftigte Persönlichkeit.«

»Ich danke dir.« Hilfy verbeugte sich zweimal, zuerst vor Haisi, dann vor der Persönlichkeit, die ihr kein einziges Mal in die Augen gesehen hatte. Vor dem Miniatur-Baum lag ein Häufchen Blätter. Die Persönlichkeit harkte sie mit einem Nagel zusammen und schien sich völlig auf diese Tätigkeit zu konzentrieren. Die Stimme

existierte nicht, wenn die Persönlichkeit selbst sprach. Und die Stimme stand jetzt an der Seitenwand, die Hände hinter dem Rücken verschränkt, und hatte Hilfy nichts mehr zu sagen.

Also ging Hilfy. Und hoffte, die Persönlichkeit von Urtur finde weitere deutliche Worte für Haisi Anakehnandian, sobald sich die Tür geschlossen hatte.

Wieder war all dies Klopfen und Sägen zu hören. Und die Verladegeräte beförderten endlich Dinge aus dem Schiff hinaus. Ersteres verwunderte Hallan, letzteres fand er beruhigend normal. Er genehmigte sich einen weiteren kleinen Imbiß, während er den Schluß von *Liebe in der Wildnis* las.

Sie hatten ihm einen kleinen Kühlschrank voller Lebensmittel und Snacks und Getränken in die Kabine gestellt, eine Mikrowelle, ein Lesegerät, einen Band-Player und einen Stapel von jemandes Bändern und Büchern – von denen einige richtig anstößig waren. Aber interessant. Er hoffte inständig, die Frauen hatten nicht gewußt, daß sie in dem Stapel gewesen waren. Tiar hatte es sehr eilig gehabt, als sie ihm die Sachen brachte. Sie hatte etwas davon gesagt, es habe Ärger mit dem Zoll gegeben, aber jetzt sei alles in Ordnung, und es tue ihr leid, und sie wünschte, sie dürfe ihn hinauslassen, aber sie hätten einen sehr aufgeregten Stsho in ihrer Obhut, und wenn der Stsho ihm zufällig begegnete, würde *gtst* auf der Stelle in die Phase eintreten. Also möge er ihnen bitte verzeihen.

Damit war Tiar wieder hinausgeschlüpft. Und das Klopfen und Sägen ging weiter, und der Verlader rumpelte.

Klirr-klirr. Klirr. Peng und Bumm.

Es wäre sehr ermüdend gewesen, doch er hoffte, das Ende des Buches zu erreichen, bevor jemand nach ihm sehen kam, und er hoffte außerdem, daß man ihn nicht beim Lesen des Buches erwischte.

Auf der *Sonne* hätte es eine bestimmte Bedeutung gehabt, wenn das Buch in dem Stapel gewesen wäre.

Hier... hier kamen ihm Gedanken, die er in dieser Form noch nie zuvor gehabt hatte – oder keine Gedanken, sondern vielmehr Gefühle. Sie drehten sich eigentlich nicht um Tiar. Nur darum, irgendwo hinzugehören. Gefährliche Gedanken – wie in ein althergebrachtes Muster zu passen, das er nicht wollte, das er seiner Träume vom Reisen und vom Freisein wegen zurückgewiesen hatte, und hier las er dieses dumme Buch und geriet in immer stärkere Verwirrung darüber, was mit seinen Hormonen und seinen Denkprozessen passierte. Er mußte versuchen, unabhängig zu sein und jede Unhöflichkeit der Crewfrauen wegzustecken und ihnen manchmal in dem, was sie wollten, entgegenzukommen – was er tun konnte, ohne sich ihnen richtig auszuliefern. Aber da las er nun voller Schuldbewußtsein dieses Buch, von dem er sehr hoffte, sie hatten es nicht absichtlich in den Stapel getan, und hatte Gedanken, die vielleicht bewiesen, daß Mara Sahern recht hatte und die Instinkte zu stark waren und er sich auf sein Gehirn nicht immer verlassen konnte – daß er letzten Endes, wenn er seine volle Größe und der Hormonausstoß sein richtiges Maß erreicht hatte, zu nichts weiter mehr nutze sein würde als zu einem, bis er so alt war wie Khym Mahn und die Hormone aufhörten, ihn verrückt zu machen.

Dieser Ruf, gewalttätig zu sein, war der Grund, weshalb die Stsho sich vor ihm fürchteten. Dieser Ruf war der Grund, weshalb auf dem Treffpunkt alle in Panik geraten waren, als er in Panik geraten war und den Kif geschlagen hatte. Und dieser Ruf machte ihm Angst, weil er es nicht nur mit den Kif zu tun hatte. Da war *der* Chanur, Lord Harun Chanur, der ihm den Hals brechen würde, wenn er ihn auf Chanur-Territorium entdeckte, ebenso wie Lord Sahern gegen seine Anwesenheit auf der *Sonne* Einspruch erhoben hatte. Es war

schön und gut, in den Raum zu gehen, bevor er alt genug war, um seine volle Größe erreicht zu haben, aber nach drei Jahren war er beinahe dort angelangt, er stieß sich den Kopf unter Türen an, die für weibliche Crews gedacht waren, und er entdeckte Instinkte, von denen er geglaubt hatte, er sei immun dagegen. Am schlimmsten von allem war der Gedanke, daß er im Lauf der nächsten paar Jahre nach und nach seine Selbstbeherrschung und seine Vernunft verlieren mochte. Das war einfach nicht wahr. Es würde ihm nicht passieren, es brauchte nicht zu passieren, es war – was hatte Pyanfar Chanur gesagt, das den *Han* so in Wut versetzt hatte? – ein unwissenschaftliches Glaubenssystem, und sich zu ihm zu bekennen, war ein Brauch, keine Notwendigkeit.

Aber hier saß er auf einem Chanur-Schiff und hatte Gedanken, die er gar nicht wollte, und wollte das verfluchte Buch zu Ende lesen und wollte es nicht lesen, weil es ihn gleichzeitig ängstigte und anzog.

War es so, wenn man verrückt war? Geschah so etwas und hatte so etwas angefangen, als er an Bord der *Legat* kam, unter Frauen, zu denen er gehören wollte?

Er las weiter. Er kam ans Ende, und er saß da und starrte an die Wand und wünschte, er wisse, was vor ihm lag und ob er ein Dummkopf war oder nicht, weil er hier draußen an einem fremden Ort mit Frauen zusammen war, zu denen er …

… gehören wollte, wirklich und wahrhaftig, auf die absolute und traditionelle und tief in seinem Innern verankerte Weise, von der dieses Buch handelte.

Was ihn mit Leichtigkeit umbringen konnte. Was dumm war, intellektuell gesprochen. Aber nicht dumm, wenn … wenn die Gefühle ins Spiel kamen.

Die eingehenden Botschaften waren aufgestapelt worden.

Von Haisi, vermutete Hilfy, da sie den Briefkopf der

Ha'domaren hatten: *Du besser darüber nachdenken, wer Du sein. Gefährlich, wenn Du nicht wissen.*

Vom Zoll: *Zollformalitäten erledigt.* Zum dritten Mal. Sie überkompensierten.

Von der *Padurs Sieg* und der *Narns Lichtbringerin* ein gemeinsames Kommuniqué: *Wir haben Ihre beunruhigende Nachricht über Ihre Schwierigkeiten mit dem Zoll und den Stationsbehörden erhalten. Wir bitten um eine Zusammenkunft zum frühestmöglichen Termin.*

Das mußte beantwortet werden, sofort und auf höflichste Weise, weil schon eine Padur- und eine Narn-Kapitänin im unteren Korridor warteten, einfache Handelskapitäninnen in werktagsblauen Hosen, die mitten aus der Arbeit weggelaufen waren. Und es war das Mindestmaß an Anstandspflicht für die in Rede stehende völlig erschöpfte Hani-Kapitänin, daß sie sie persönlich an der Schleuse in Empfang nahm und in ihr unteres Büro einlud und sich mit ihnen zusammensetzte und ihnen die Situation erklärte, ungeachtet der Tatsache, daß sie und ihre schlaflose Crew an Schlaf immer noch nicht denken konnten und sich zwischendurch hastige Bissen in den Mund stopften. Tarras war da unten allein, niemand war auf der Brücke, und das Ausladen mußte fortgesetzt werden, bis die Ladebuchten der *Legat* leer waren.

Das bedeutete 12 weitere Stunden.

»Wir müssen ein Schiff unter Beobachtung halten«, sagte Hilfy. »Die *Ha'domaren.* Wenn Sie meine Meinung hören wollen, was da vor sich geht, ich glaube, an Bord dieses Schiffes ist eine Persönlichkeit mit einem Agenten, der ziemlich hoch oben in der Hierarchie steht. Diese Persönlichkeit *vermutete,* ich hätte eine direkte Leitung zu meiner Tante – was ich nicht habe –, und irgendwer auf dieser Station versuchte, mein Schiff auf die Schwarze Liste zu bringen, indem er alte Akten über die *Stolz* ausgrub. Ich hatte kein Interesse an einem geheimen Spiel, ich habe Krach geschlagen, die-

ser Agent scheute die Publizität, und als die Polizei hinzugerufen wurde, schob er den Fall an jemanden weiter, zu dem ich keinen anderen schicken konnte – an die Persönlichkeit von Urtur. Vor ihr erklärte ich entschieden, ich hätte keinerlei Kontakte mit meiner Tante und alles, was ich wollte, sei, Handel zu treiben. Danach erhielt ich die Freigabe vom Zoll, und die Persönlichkeit von Urtur bedachte den Agenten mit einem ganz gemeinen Blick. Das ist das Wesentliche.«

»Wir hörten«, sagte Tauhen Padur mit einem diskreten Hüsteln, »es gebe da eine politisch heiße Stsho-Fracht.«

»Wo haben Sie das gehört?«

Ein Achselzucken, das Senken eines Ohrs. »Von meiner Crew – indirekt vom Markt. Wo genau ... Ich denke, meine Crewfrauen hätten es mir gesagt, wenn die Quelle ungewöhnlich gewesen wäre. Wahrscheinlich waren es einfach die Krämer.«

»Bei mir war es ebenso«, sagte Kaury Narn. Sie war eine alte Raumfahrerin mit vielen Ringen, hellen Rändern an der Mähne und auf der rechten Seite einen in Silber gefaßten Zahn. Wo und bei welchem Kif-Piraten mochte sie sich den Zahn abgebrochen haben? Die Narn-Kapitänin stammte aus einer weitaus wilderen Zeit. »Was auch daran sein mag, das Gerücht geht auf dem ganzen Markt um.«

»Wir haben mit niemandem auf dem Markt gesprochen. Es gibt nur eine Möglichkeit, wie diese Information vor uns hier hereingeflogen sein kann.«

»Die *Ha'domaren*.«

»Und ein gewisser Tahaisimandi Ana-kehnandian, Spitzname Haisi, der von diesem Schiff aus operiert.«

»Östliche Hemisphäre von Ijir. Zumindest der Abstammung nach.« Das kam von Kaury.

»Sie kennen ihn?«

»Nein«, sagte Kaury Narn. »Aber der Name ist östlich. Ich werde ihn mir merken.«

»Haisi«, überlegte Tauhen. »Welche Persönlichkeit?«

»Nicht die Persönlichkeit von Urtur. Jemand namens Paehisna-ma-to.«

»Mir nicht bekannt.«

»Mir auch nicht.«

»Gibt es eine Möglichkeit«, erkundigte die Narn sich, »daß Sie sich mit Ihrer Tante in Verbindung setzen?«

»Nein. Das ist die Wahrheit.« Unter anderen Umständen wäre das eine heikle Frage gewesen, aber hier wurde sie mit gutem Grund gestellt. »Soviel ich gehört habe, ist sie irgendwo ...« – Hilfy zensierte das – »an einem ungünstig gelegenen Ort, und ich weiß nicht einmal, an welchem. Möglicherweise schüttelt Anakehnandians Persönlichkeit sozusagen den Baum, um zu sehen, was herunterfällt. Ganz bestimmt wollte mich jemand benutzen, um zu ihr vorzudringen, und da könnte ich nicht helfen, selbst wenn ich wollte. Sollten sich also Ihre Wege mit dem meiner Tante kreuzen, lassen Sie es sie wissen. Aber in der Zwischenzeit *hoffe* ich, daß ich diesen Mahe losgeworden bin. Was ich wissen möchte, ist: Verstecken sich tatsächlich irgendwelche Stsho auf dieser Station?«

»Sie waren schon fort, als wir hier ankamen«, antwortete Padur. »Und Padur war vor Narn hier. Es geht das Gerücht, sie seien an Bord des erstbesten Schiffes gegangen und abgereist. Meiner Erfahrung nach würden sie in die Phase gehen, wenn sie sich verstecken müßten: Also verstecken sie sich nicht.«

»Welches Schiff hat sie mitgenommen? Wohin?«

»Der Stab reist mit der *Pakkitak* via Hoas zum Treffpunkt. Es geht das Gerücht, einige reisten auf der *Ko'juit* nach Kita.«

Ein kifisches Schiff. Ein mahes Schiff nach Kita. Es war schon vorgekommen, daß Stsho die Schiffe der einen oder der anderen Spezies benutzten. Aber Padur hatte gesagt, daß es nur ein Gerücht sei. Alles, was sie wußten, war ein Bericht, den sie von den Mahendo'sat

bekommen hatten, nämlich von der Persönlichkeit und von Ana-kehnandian.

»Wir müssen Atli-lyen-tlas finden. Wir befördern ein Paket mit dieser Adresse. Haben Sie etwas über ihn gehört?«

»Über den Botschafter?« sagte Kaury Narn. »Daß *Gtst* Exzellenz und eins der Stabsmitglieder mit dem mahen Schiff abgereist seien.«

»Wie zuverlässig sind Ihre Quellen?«

»Das ist Marktklatsch, nicht mehr und nicht weniger.« Kaury zuckte mit ihren ringschweren Ohren und lehnte sich mit gekreuzten Armen zurück. »Was gar nichts bedeutet. Und wenn ich sonst noch etwas in diesem Zusammenhang wüßte, würde ich es Ihnen sofort erzählen. Ich weiß aber nichts.«

Eine Information tauchte ohne Quelle auf, in einer Brutstätte des Klatsches, die Wahres wie Falsches enthielt, auf einem Markt, der von Gerüchten und Anschuldigungen und öffentlichen Wahrnehmungen brodelte. Wunderbar.

»Wir wollen morgen ablegen«, sagte Padur. »Treibstoff bunkern wir während der nächsten Wache. Sie reisen dann nach Kita weiter?«

»Nur, wenn ich muß. Das ist kein Ort, den ich gern aufsuche. Falls Sie meiner Tante über den Weg laufen…«

»Ich werde ihr ausrichten, was geschehen ist, wohin Sie gegangen sind.« Kleine Bewegungen, ein Zucken der Ohren, ein Herumrücken in den Sesseln verriet, daß zwei vielbeschäftigte Kapitäninnen an ihre Arbeit zurückkehren wollten. Sicher, sie waren gespannt auf die Neuigkeiten gewesen, aber diese waren magerer ausgefallen, als sie gehofft hatten, und sie bedrohten ihre Clan-Interessen nicht.

Diese Kapitänin war ebenfalls vielbeschäftigt und wollte sich wieder mit ihren Marktberichten beschäftigen, um *ihre* Clan-Interessen zu sichern. Ihr kurzes Er-

scheinen und Wiederverschwinden auf dem Urtur-Markt und der (inzwischen) berühmte Auftritt im Zollbüro hatten die Preise der Waren in ihren Ladebuchten steigen und sinken, steigen und sinken lassen, und sie hatte (an diesem Spiel konnten sich mehr als nur einer beteiligen) Chihin und Tiar auf dem Markt aktuelle Unterhaltungsartikel, gemischte Waren erster Qualität, Korn und eine Handvoll von mahen Luxusgütern einkaufen lassen. Wenn man sie fragte, sollten sie sagen, die *Legat* werde vielleicht nach Kita weiterreisen und ihre Fracht dort verkaufen. Was durchaus möglich war – wenn sie ein faires Angebot und eine faire Kaufoption erhielt.

Nicht etwa, daß sie die Hani-Kapitäninnen getäuscht hätte: Die beiden hatten ihre Geschäfte bereits getätigt, bevor die Fracht der *Legat* ins Angebot kam. Außerdem waren sie aus der anderen Richtung mit anderen Waren gekommen, und die eine war beim Beladen, und die andere hatte den Countdown für das Abkoppeln bereits begonnen.

Einen schmutzigen Trick spielte sie den mahen Händlern und der Handvoll Kif im Hafen, aber Händler, die sich allein auf Gerüchte verließen, forderten Überraschungen heraus, wohingegen diejenigen, die erforschten, was die Angehörigen einer bestimmten Spezies im Sinn hatten und wie sie kauften und verkauften, viel mehr erfuhren. Nach diesen Regeln lief das Spiel, das war alles, und es war von Anfang bis Ende ein Stsho-Spiel.

Außer daß sie ein direktes Angebot auf ein Tauschgeschäft mit den Methan-Waren hatten, was ein gottverdammtes Glück gewesen war. Das war das Problem, wenn man mit den Methan-Docks handelte, sie wollten zu oft tauschen, man konnte nicht immer brauchen, was sie geben wollten, und einem Matrix-Gehirn konnte man nicht erklären, warum die eigenen Möglichkeiten beschränkt waren.

Hani waren sehr viel weniger kompliziert, den Göttern sei Dank.

»Wie ist die Situation auf dem Treffpunkt?« fragte Padur auf dem Weg zur Luftschleuse.

»Unsicher. Wollen Sie meine Meinung hören? Würde ich nicht transportieren, was ich transportiere, und das zu einem Preis, den ich Ihnen nicht verraten kann, würde ich in Hoas kehrtmachen und nach hier zurückkehren. Bei den Stsho geht irgend etwas vor sich, das haben Sie schon ebenso erraten wie ich. Zwar habe ich nicht die leiseste Ahnung, was es ist, aber ich würde dem Treffpunkt deswegen fernbleiben, solange ich nicht wirklich gut bezahlt würde. *Möglicherweise* befindet sich die dortige Administration in einer Art Krise. Möglicherweise ist die Krise hier. Möglicherweise ...« In diesem Augenblick kam ihr eine Idee, und sie hätte sie noch für sich behalten können, doch die beiden Frauen waren verbündete Kapitäninnen von offiziell befreundeten Clans. »Möglicherweise könnte sich die Krise viel tiefer im Stsho-Territorium abspielen. Und jemand, der klüger ist als ich, sollte diese Möglichkeit bedenken. Mir steht kein anderer Weg offen, eine Botschaft irgendwohin zu senden, als durch Sie.«

Kaury Narn sah sie scharf an. Und nickte und ging. Padur begleitete sie die gelbe gerippte Röhre hinunter, und dann verschwanden sie um die Kurve. Sie unterhielten sich, und zweifellos fühlten sie sich, die sie jahrzehntelang befreundet waren, miteinander wohler als in der Gesellschaft einer jungen Emporkömmlingin von einer Chanur.

Die Überlegenheit des höheren Alters hatten sie verloren, nachdem Pyanfar die Szene verlassen hatte und sich Rhean noch dazu zurückgezogen hatte, um zu Hause für Ordnung zu sorgen. Von überlegen und wichtig war Chanur hinabgesunken zu »Wer sind denn Sie?« Die Frage stellten Kapitäninnen, die Hilfy Chanur tatsächlich erst sehen mußten, bevor sie entschieden,

ob sie sich auf ihr Wort oder ihr Urteil verlassen konnten. Oh, sie *kannten* sie: Sie erinnerten sich an sie als eine, die früher einmal zur Crew der *Stolz* gehört hatte, aber nicht wenige der Kapitäninnen und, was schlimmer war, der Crewfrauen, maßen sie mit diesem zweiten Blick, der ihre Jugend registrierte, und dann fragten sie sich, wie sie es wohl fertiggebracht habe, in diesem Alter von ihrem Clan einen Posten zu bekommen, für den sie ein Leben lang gearbeitet hatten.

Sie hatte *für* ihre Tante gearbeitet, dachten gewisse Mahendo'sat offenbar – sie hatte die Aufträge der *mekthakkikt* ausgeführt und als Köder gedient.

Sie hätten fixe Ideen, pflegten die alten Frauen im *Han* von ihr und Pyanfar zu sagen. Wahnvorstellungen von Göttlichkeit. Geringschätzung für Anuurn. In ihren Gehirnen verwischte sich, was hani war und was nicht. Ja, sie selbst verwischte diese Linien trotzig – aber Pyanfar tat so etwas entschieden nicht: Das war das erste und schwierigste Problem in ihrer Beziehung.

Der Verlader knirschte. Hilfy hielt den Atem an, blieb in der Tür ihres Büros stehen, fragte sich, ob er stehenbleiben werde. Tiar ging an ihr vorbei. Sie war mit Farbe bespritzt und zog einen langen Karren voller in Plastikfolie eingewickelter Kissen – alle weiß – hinter sich her.

»Um der Götter willen, paß auf das – was auch immer – auf. Bekleckere es nicht.«

»Bestimmt nicht, Käpt'n«, keuchte Tiar. Chihin und Fala kamen hinterher. Sie trugen eine Lampe mit nachschleifenden Verbindungskabeln, die wie ein rauh seinem Element entrissenes Meereswesen aussah. Weißer Staub schwebte durch den Korridor der *Legat*, während *Gtst* Gnaden in Laken gewickelt großspurig im Aufenthaltsraum saß, persönliche Einkäufe auf dem Stationsmarkt tätigte und verlangte, so bald wie möglich wieder in *gtst* Quartier gebracht zu werden.

Der Verlader hing schon wieder fest, kl-irr. Hilfy

richtete den Blick auf das Deck, als könne sie hindurchsehen, und flehte die gleichgültigen Götter des Handels an. Und die Maschine hinkte weiter. Beim Beladen funktionierte sie besser – der Grund war nur jenen Göttern bekannt. Im Augenblick hatten sie das verfluchte Ding auf Automatik gestellt und verließen sich darauf, daß vorübergehende Mahendo'sat und Dockarbeiter sich nicht, solange Tarras drinnen arbeitete, grundlos in das Getriebe werfen und sie dann verklagen würden.

Unmöglich. Es war unmöglich, in einiger Eile von hier wegzukommen. Und eine übermüdete Crew forderte Unfälle heraus.

Aber hatten sie nicht eine Quelle hirnloser Muskelkraft an Bord? Der Stsho würde den Jungen nicht zu sehen bekommen, der Stsho war oben, und es war wenig wahrscheinlich, daß er sich von der Stelle rührte.

Hilfy ging zu dem Waschraum, klopfte einmal gegen die Tür und öffnete sie.

Hallan Meras stopfte hastig etwas weg, die Ohren lagen flach an, das Gesicht zeigte Verlegenheit. Sie betrachtete den Waschraum, der jetzt Stücke aus dem Aufenthaltsraum der Crew, der Kombüse und jemandes Privatbibliothek enthielt.

»Käpt'n.« Hallan stellte sich auf die Füße. Er war tatsächlich respektvoll, auf lobenswerte Weise.

»Ich hörte von meinen Crewfrauen, daß du gesagt hast, du könntest mit Fracht umgehen.«

»Aye, Käpt'n.«

Er sprach vernünftig. Er sprach wie jemand, der fähig ist, einfache Befehle entgegenzunehmen.

»Wir haben ein Problem«, sagte sie. »Wir sind knapp an Personal, Tarras arbeitet allein am Verlader, drinnen, wir haben niemanden, der aufpaßt, daß die hiesigen Jugendlichen die Finger nicht in das Getriebe stecken – du hast wohl keinen Mantel mitgebracht?«

»Nein, Käpt'n.« Die Ohren sanken hernieder. »Aber ich könnte mir doch eine Decke umwickeln…«

»Geht nicht. Nicht ohne Stiefel, Mantel, Kälteschutzanzug. Kannst du dich auf den Docks *benehmen?* Wir haben Verspätung. Wir sind beinahe 12 Stunden hinter unserem Zeitplan zurück, wir laden ab, und wir laden ein, so schnell wie ich den Einkauf tätigen und die Container auf unser Dock befördern kann. Niemand wird irgendwelchen Schlaf bekommen.«

»Ich würde es so *gern* tun, Käpt'n. Wirklich!«

Hilfy traute Begeisterung bei einem Jungen nicht, der den Treffpunkt-Markt zusammengeschlagen hatte. Sie behielt ihr strenges Gesicht bei, musterte ihn scharf mit angelegten Ohren und gekrauster Nase. »Hallan Meras, hast du gelogen? *Kannst* du mit Fracht umgehen? *Weißt* du, was du dabei zu tun hast?«

»Ich schwöre es, Käpt'n.«

»Wenn du die Sache verpatzt, wenn du irgendwelche Siegel zerbrichst, wenn du *irgend jemandem* auf dieser Station Angst machst, dann, Hallan Meras, werde ich dich an die Kif verkaufen.«

»Aye, Käpt'n.«

Sie haßte es, wenn Leute, die sie bedrohte, sich übereifrig zeigten.

»Mit zehn Prozent Rabatt«, sagte sie. Aber es gelang ihr nicht, seine Begeisterung zu dämpfen. Und das erinnerte sie daran, was er *wirklich* wollte und was sie ihm nicht geben konnte, nicht geben würde, die Götter sollten ihn verderben. Sie hatte eine reibungslos funktionierende Crew, sie verstanden sich, sie waren miteinander verwandt, sie hatten alles, was sie brauchten.

Er war außerdem zu götterverdammt hübsch und zu hilflos und zu *männlich,* zur Hölle mit ihm, was der Hauptgrund dafür war, ihn von Bord zu schaffen, bevor mehr als die Einrichtung des Aufenthaltsraums und der Kombüse den Weg nach hier unten fanden.

»Geh schon!« Sie drückte ihm einen Taschenkom in

die Hand, und er ging den Hauptkorridor hinunter zur Schleuse, beinahe im Laufschritt.

Dafür konnte sie ihn nicht tadeln. Sie betrat den Waschraum, hielt nach Anzeichen von mutwilliger Zerstörung oder Missetaten Ausschau, fand nichts in Unordnung als eine nicht zusammengefaltete Decke, das Lesegerät, das *Handbuch des Handels*, das aus einem nur den Göttern bekannten Grund hier war, und ...

Sie bückte sich und zog unter der Luftmatratze das gedruckte Buch hervor, das Hallan Meras versteckt hatte.

Wer hat ihm denn *das* gegeben? fragte sie sich.

7. Kapitel

Man rannte nicht auf dem Verbindungsstück einer Rampe, man respektierte dieses gefahrvolle Glied, diese eisigkalte Passage, die einem unter Druck stehenden Schiff Zugang zur Station gab.

Aber Hallan durchschritt es sehr schnell, und über den Taschenkom meldete er sich bei Tarras zum Dienst. Vermutlich, dachte er, war dies der erste Test, ob er das Gerät zu benutzen verstand und ob er wußte, was er als erstes zu tun hatte.

»Was machst du da draußen?« fuhr Tarras ihn an. Wahrscheinlich fror sie, und ganz bestimmt war sie überrascht.

»Die Kapitänin hat es mir befohlen. Sie meinte, Sie könnten Hilfe gebrauchen.«

»Das ist götterverdammt richtig, aber jage den Dockarbeitern keine Angst ein! Sprichst du über einen Taschenkom?«

»Aye.«

»Du bleibst in der Nähe der Zugangsrampe. Und du gehst nicht spazieren, um dir die Station anzusehen!«

»Ich bin jetzt unten angelangt. Haben Sie eine Nockenverbindung?« Das, sagte er sich, würde Tarras beweisen, daß er eine Vorstellung von seiner Aufgabe hatte. »Wir haben noch Platz für einen weiteren Container auf dem Lastwagen, gerade kommt ein 14-Container-Fahrzeug. Haben wir eine Liste der Bestimmungsorte?«

»Sieh auf dem Schirm deines Taschenkoms selbst nach, Code 2. Der Chef der Dockarbeiter ist ein Bursche mit lockigem Fell, bleib da stehen, ich werde ihn anrufen und ihm sagen, wer du bist. Um der Götter willen, verbeuge dich, sei

höflich, du wirst ihm soviel Angst einjagen, daß er einen Herzanfall bekommt.«

»Aye, ich habe verstanden. Sagen Sie mir, wenn ich weitergehen kann.« Er benutzte die Zeit, um seine Umgebung zu betrachten und die Kälte in der Nähe des Eingangs zu *fühlen*. Gern wäre er ein Stück zur Seite getreten, um aus dem Zug zu kommen. Der Taschenkom hatte einen Schirm. Nach Aufruf zeigte er die abgeladene Fracht, 142 der großen Container, die an die verschiedenen Käufer gegangen waren, der Verlader hatte noch 10 weitere in seinem Griff, die hinausgeschafft werden mußten, und der Lastwagen stand da mit 15, was bedeutete, daß diese Ladebucht beinahe leer war und Tarras mit der Ladebucht Nummer zwei beginnen mußte, die ...

»Du kannst weitergehen«, sagte Tarras. *»Sein Name ist Pokajinai, Nandijigan Pokajinai, er beherrscht die Handelssprache. Achte auf deine Manieren.«*

»Verstanden.« Er entdeckte den mahen Dockarbeiter-Chef, schaltete den Kom auf Warten und ging zu ihm hinüber. Er sah auch den ängstlichen Gesichtsausdruck und bedachte ihn mit seiner höflichsten Verbeugung. »Sir.« Für den Fall, daß er dachte, männliche Hani hätten gegen Wesen des gleichen Geschlechts nichts als Mord im Sinn. »Ich bin Hallan Meras. *Na* Pokajinai?«

Ein nervöses Lachen von den übrigen Dockarbeitern.

»Name Nandijigan, du mich nennen Nandi. Du Meras.«

»Meras geht in Ordnung.« Sein Vater würde ihm die Ohren abreißen. »Ker Tarras arbeitet drinnen. Ich bin hier draußen ihre Augen.«

»Nicht hören, Chanur-Schiff männlich geworden«, murmelte jemand. Hallan war unschlüssig, ob er es gehört haben sollte oder nicht. Er entschied sich, es nicht gehört zu haben. Er schaltete einfach den Kom wieder ein und teilte Tarras mit, er habe einen friedlichen Kontakt hergestellt.

Es war wunderbar. Es war das Schönste im ganzen Universum, Vertrauen zu genießen, hier draußen zu sein, mit all den Gerüchen und sogar der Kälte und dem Klang fremder Stimmen – dem Klirren und Klappern von Maschinen und der Romantik der Etiketten, auf die der Dockarbeiter-Chef mahe Zollstempel drücken und die er beschriften und für die er unterschreiben mußte.

Es war sehr viel weniger wahrscheinlich, daß bei der Zählung der Container ein Fehler unterlief, wenn jemand von der Crew der *Legat* hier draußen war. Die Kapitänin hatte ihm einen richtigen Vertrauensposten gegeben – sie hatte tatsächlich auf das gehört, was die anderen Frauen zu seinem Fall zu sagen hatten. Deshalb konnte er immer noch hoffen, ihr zu gefallen und unersetzlich und auf Dauer übernommen zu werden.

»*Wie läuft es?*« fragte Tarras atemlos. Er konnte ihre Zähne über den Kom klappern hören.

»Gut«, antwortete er. »Ker Tarras, sind Sie in Ordnung?«

»*Ich friere. Weiter nichts.*«

Lastwagen kamen an, eine *Menge* Lastwagen, und in diesem Abschnitt der Docks war sonst niemand beim Entladen. Das 16-Container-Fahrzeug fuhr mit aufheulendem Motor davon, und das 14-Container-Fahrzeug rückte vor. Ein weiterer Sechzehner reihte sich in die Warteschlange ein, und die automatischen Greifer setzten einen Behälter nach dem anderen hinaus. Die Oberflächen überzogen sich sofort mit Rauhreif. Das Innere war beheizt, aber die Isolierung war so gut, daß sie in einer kalten Ladebucht stehen und die vorgeschriebenen Bedingungen innerhalb bestimmter Parameter halten konnten. Tarras war in dem Gitterwerk der Gehwege in der Ladebucht herumgeklettert und hatte die Verbindungen und die Schläuche von den temperaturkontrollierten Containern losgehakt. Allein, hatte die Kapitänin gesagt. Kein Wunder, daß sie außer Atem war.

Wohin waren alle anderen gegangen? Hallan hatte keine Ahnung, wie spät es war. Er hielt es nicht für eine gute Idee, Fragen zu stellen, vor allem nicht über Kom, draußen – besser, er tat einfach seine Arbeit.

Vielleicht war es für Tarras da drinnen eine Erleichterung.

Inzwischen beriet er sich mit dem Mahe und gab Tarras' Empfehlungen über die Aufeinanderfolge der auszuladenden Behälter an ihn weiter, mit denen das Umladen von Verlader-Arm zu Verlader-Arm auf ein Minimum beschränkt werden sollte. Er fror auch. Er mochte gar nicht daran denken, wie es für Tarras war.

Kl-irr. Kr-r-r-r-r

Tarras sagte ein Wort über Kom, das man normalerweise nicht über Kom sagte.

Die Verladerkette war knirschend stehengeblieben. Der Verlader-Arm war halb ausgestreckt.

»Können Sie ihn zurückziehen?« erkundigte sich Hallen bei Tarras. »Wenn Sie irgendwie daran wackeln könnten …«

»Das weiß ich!«

»Es sind diese 14-Container-Fahrzeuge.«

»*Was?*« schrie Tarras.

»Die 14-Container …«

»Was haben die mit der götterverlassenen Kette zu tun?«

»Der Verlader-Arm. Wenn er sich voll ausstreckt.«

»Was hat das mit irgend etwas zu tun?«

»Es muß damit zu tun haben. Die 14-Container-Fahrzeuge, die alten, sind ein bißchen niedrig. Der Verlader-Arm muß sich ganz ausstrecken, das engt die Führungen ein, und dann – bleibt er einfach stehen. Ziehen Sie den Verlader-Arm zurück.«

»Meinst du das im Ernst?«

»Bei dem Verlader der *Sonne* funktioniert das, Ker Tarras. Der Verlader-Arm sagt dem Mitnehmer, die Kette blockiere. Aber das stimmt nicht. Der Verlader denkt nur, sie blockiere. Ziehen Sie den Arm zurück

und lassen Sie ihn um eine Handbreit weniger wieder hinunter. – Warten Sie eine Minute. Sie müssen…«

Peng.

In das Fahrerhaus des Lastwagens.

»Nicht so weit«, sagte Hallan.

»Der Wagen ist zu nahe herangefahren!«

Der mahe Fahrer stieg aus, brüllte etwas in seiner eigenen Sprache, und wenn Leute das taten, bekam Hallan es mit der Angst zu tun, wie damals auf dem Treffpunkt, als es zu der Schlägerei gekommen war, und er wollte sich doch mit niemandem schlagen. Er ging schnell auf den Chef der Dockarbeiter zu, aber alle Mahendo'sat schrien, und der Chef kreischte: »Du verdammten Wagen wegfahren! Warum da parken?«

Hallan glaubte, der Chef meine ihn. Er stand neben einem Ein-Container-Wagen, es war nicht mehr als eine Aufzugkabine, die sie benutzten, um die an Bord zu bringenden Behälter hochzuhieven, aber im Augenblick brauchten sie sie nicht. Hallan trat hinein und fuhr den kleinen Wagen zurück, dem Lastwagen aus dem Weg, damit der sich in die richtige Position für den Verlader-Arm manövrieren konnte.

»Du bringen das verdammte Ding weg!« schrie der Fahrer des Lastwagens ihn an. »Verdammt dumm, da parken!«

Er wußte nicht, wer das getan hatte. Er wollte nicht, daß man seinem Schiff einen Vorwurf machen konnte. Deshalb zog er das Fahrzeug scharf herum, und *Peng!*…

Ein Fahrzeug füllte sein Gesichtsfeld, das eben noch gar nicht dagewesen war, ein Fahrzeug mit flackernden gelben Lichtern und heulender Sirene, mit einer sich windenden Gestalt innerhalb der purpurn beleuchteten Glaswände.

Ein Fahrzeug der *Methan-Atmer*… Explosiv wie die Hölle.

Hallan versuchte, vorwärtszufahren. Die Stoßstangen hatten sich verhakt.

Er stellte den Motor ab. Soviel Geistesgegenwart hatte er noch. Überall flackerten Lichter. Sirenen heulten. Die zehn Stockwerke hohen Abschnittstüren schlossen sich, riegelten das ganze Gebiet der Docks ab, auf dem Hallan sich befand.

»Ker Tarras?« sagte er in den Kom. »Hilfe.«

* * *

»*Käpt'n?*« kam es über die allgemeine Lautsprecheranlage des Schiffes.

»Unterer Hauptkorridor«, sagte Hilfy, erhielt die Nachricht, und etwa drei Sekunden später war sie auf der Rampe.

Überall blinkten farbige Lichter, Sirenen heulten, ein T'ca-Fahrzeug und ein Frachtaufzug befanden sich in tödlicher Umarmung, es wimmelte von Rettungstechnikern, und eine Gruppe Polizisten der Urtur-Station drängte sich um Hallan Meras, der neben seinem Fahrzeug stand und Fragen mit Eingeständnissen beantwortete, von denen nur die Götter wußten, welche juristischen Komplikationen sie zur Folge haben würden.

Sie holte tief Atem und schritt hinein in das Chaos, beantwortete die unvermeidliche Frage: »Du sein Kapitänin dieses Schiff?« mit der bedauerlichen Wahrheit und fixierte Hallan mit einem flachohrigen Blick. Seine Ohren zuckten nach unten, er wand sich, aber er schlug die Augen nicht nieder.

»Hat das Methan-Fahrzeug ein Leck?« fragte Hilfy. Wenn aus der Atmosphäre des Tc'a-Fahrzeugs etwas in brennbaren Sauerstoff gelangte, war dies ein sehr ungünstiger Aufenthaltsort. Der normale Vorgang war, daß man den Passagier in eine Rettungskapsel evakuierte, die Methan-Atmosphäre in einen heilen Container pumpte und das Opfer zur ärztlichen Behandlung auf die Methan-Seite schaffte, statt den Trümmerhaufen auseinanderzunehmen. Aber das hatte nie-

mand dem Dockarbeiter gesagt, der auf der Stoßstange des Sauerstoff-Wagens herumsprang, um sie freizubekommen. »Aufhören!« rief Hilfy. »Trottel!«

Die Polizisten und die Rettungstechniker fingen an zu schreien, und vielleicht geriet auch der T'ca im Passagierabteil in Panik. Er begann sich zu winden, sein Schlangenkörper traf die Fenster des Wagens mit kraftvollen Schlägen, und er jammerte – er jammerte mit der vielteiligen Stimme eines T'ca seine Verzweiflung hinaus. Das ihn begleitende Chi raste herum – ein Wunder, daß die Zuckungen das stabähnliche Wesen nicht zu Brei schlugen. Das ganze Fahrzeug schaukelte, die Rettungstechniker riefen zu dem Abschleppwagen etwas hinüber wie komm schon, beeil dich.

Dann hörte das Umherschlagen auf. Die Rettungstechniker kletterten auf das Passagierabteil und spähten hinein, und Hilfy hielt den Atem an. Es gab eine Menge mundartliches Geschnatter, eine Menge Gemurmel, und einer der Techniker kletterte wieder nach unten und winkte den Abschleppwagen ein.

Die Polizisten schrien die Rettungstechniker an, die Rettungstechniker schrien die Polizisten an, und Hallan sagte: »Es tut mir leid, Käpt'n.«

»Was«, fragte sie mit leiser Stimme, »ist passiert?«

»Der Verlader blockierte. Ich setzte den kleinen Wagen zurück. Das Methan-Fahrzeug – erschien auf einmal hinter mir.«

Tc'a fuhren keine geraden Linien. Das lag an ihrem Nervensystem. »Hast du einen Führerschein für die Docks?«

»Nein, Käpt'n.«

»Kannst du dir denken, daß es einen Grund dafür gibt, warum du keinen Führerschein für die Docks bekommen hast?«

»Ja, Käpt'n.«

Die Polizisten kamen zurück. Sie hatten das T'ca-Fahrzeug an den Abschleppwagen gehängt. »Halt bloß

den Mund«, warnte Hilfy. »Laß *mich* reden.« Aus dem Augenwinkel sah sie Tiar und Tarras auf der Rampe erscheinen, und Fala kam hinter ihnen.

Und die Polizisten waren zu ihr und Hallan unterwegs, mit ihren Tafeln und ihren Recordern. Als nächstes würden die Rechtsanwälte kommen – wenn es einer von der Sauerstoffseite wäre, in den Meras hineingefahren war. Man konnte nur wünschen, daß es die Rechtsanwälte waren.

»Das Wesen sich reproduzieren«, sagte der Chef mit einer ausholenden Geste, die seine Tafel einschloß. »Du sein verantwortlich. Urtur-Station nicht.«

Hilfy sog langsam und vorsichtig die Luft ein. »Du schreibst deinen Bericht. Ich schreibe meinen.«

»Wir müssen ihn mitnehmen.«

Ein verlockender Gedanke. »Nein.«

»Er nicht gehören zu deiner Crew.«

»Er ist ausgeliehen. Er ist lizensierter Raumfahrer. Ich habe ihn auf die Docks geschickt. Ich übernehme die Verantwortung für Unfälle.«

»Käpt'n«, sagte Hallan, bis zum Rand voll von edlen und törichten Einwänden – Hilfys Klauen fuhren heraus, und ihr Gesichtsfeld umschattete sich an den Rändern.

»Halt den Mund, Meras!« fauchte sie. »Ich brauche eine Kopie deines Berichts«, wandte sie sich an den Polizisten, »und ich werde die Gebühren für den Alarm bezahlen.«

Frage nicht einmal, ob jemand verletzt worden ist, wenn sich die Abschnittstüren schließen. Unterbrechung der Geschäftstätigkeit, Störung des Verkehrs, Zeit und Dienstleistungen der Rettungstechniker und Polizisten …

Sagen wir rund 200 000 Sachschaden …

Hilfy unterschrieb den Bericht, behielt sich jedoch das Recht einer Ergänzung oder Korrektur vor, weil sie wegen der Sprachbarriere und mangels juristischer

Beratung und so weiter und so fort. Sie dankte den Polizisten, dankte den Rettungstechnikern, gab ihrer Crew, die oben im Rampenzugang wartete, mit einem Blick ein Zeichen und lächelte Meras zuckersüß an.

»Er versuchen, den Verlader reparieren«, sagte der Chef der Dockarbeiter.

Man mußte es ihm lassen, er dachte gerecht und neigte dazu, frei heraus zu sprechen. Hilfy nahm sich die Zeit, zu dem Mahe hochzublicken, den Kopf zu neigen und sich seinen Namen – Nandi – für den nicht unwahrscheinlichen Fall zu merken, daß sie einen Zeugen brauchten. »Er dankt dir für deine Unterstützung«, antwortete sie in ihrem besten Mahendi und verbeugte sich ein zweites Mal, bevor sie Meras beim Arm nahm und ihn die Rampe hinaufführte.

»Ich habe das schreckliche Gefühl, das Wesen war schwanger«, sagte er auf dem Weg nach oben, und Hilfy warf ihm einen ungläubigen Blick zu.

»Sie *reproduzieren* sich unter Stress«, erklärte sie. »Du bist *Vater* von einem T'ca geworden, die Götter mögen dich verderben! Was wird Lord Meras wohl *dazu* sagen?«

Er blickte entsetzt drein. Dazu hatte er auch Grund. Jetzt kamen sie bei Tiar und Fala und Chihin an.

»Das Wesen hat gelaicht«, erklärte Hilfy knapp. »Das Chi wahrscheinlich auch. – Tiar, geh zur Brücke hoch. Sieh nach *Gtst* Gnaden!«

»Aye, Käpt'n.«

Tiar entfernte sich mit Höchstgeschwindigkeit. Damit blieben noch zwei. »Fala, übernimm da unten für Meras. – Chihin, du bist, was das Gästequartier angeht, auf dich selbst gestellt. Los!«

Der Kom versuchte, mit periodischen Wenn-du-Zeit-hast-Pieptönen ihre Aufmerksamkeit zu erregen. Sie wartete, bis sie Meras in der Schleuse hatte, und schaltete sich in das Bordsystem des Schiffes ein. »Taras, geht es dir gut?«

»Aye, Käpt'n.« Klappern von Zähnen. *»Käpt'n, der Junge hat den Verlader für mich in Ordnung gebracht.«*

»Den Verlader in Ordnung gebracht?« Zwei und zwei ergaben keine vier. »Befördere du diese götterverdammte Fracht nach draußen. Ich werde es mir später anhören.« Sie packte Meras beim Ellbogen und steuerte ihn durch die Schleuse und den Korridor hinüber auf ihr Büro zu.

»Käpt'n, es tut mir echt leid. Ehrlich, es tut mir echt leid, daß Sie die Verantwortung übernehmen mußten...«

»Wir sitzen in einer götterverdammten *Scheiße*, verstehst du das? Verstehst du mich?«

»Käpt'n.« Tarras meldete sich von neuem über Kom. *»Ich muß unbedingt gleich mit dir über das reden, was passiert ist ...«*

»Später!«

Sie waren an ihrem Büro angelangt, und Meras folgte ihr hinein. Sie setzte sich, er setzte sich, untröstlich, sein großer Körper quoll ein bißchen über den Sessel hinaus, der so gebaut war, daß sogar Mahendo'sat es darin bequem hatten. Sie sah ihn fest an, er richtete den Blick auf die Vorderkante ihres Schreibtischs oder deren Nachbarschaft. Der Verlader hatte von neuem zu arbeiten begonnen. Vermutlich hatten sie von der Hafenbehörde die Erlaubnis zum Weitermachen bekommen. Klirr-klirr. Klirr-wumm.

»Meras.«

»Ja, Käpt'n.«

»Weißt du, was du uns an Geldstrafen *gekostet* hast?«

»Wenn es einen Weg gäbe, daß ich die Verantwortung übernehmen ...«

»Würde es Meras gefallen, eine Rechnung über 200 000 Credit zu bekommen?«

»Ich glaube nicht.«

»Ich dachte, man müsse deiner Kapitänin die Schuld daran geben, daß du auf dem Treffpunkt zurückgelas-

sen wurdest. Jetzt beginne ich, eine gewisse Sympathie für sie zu entwickeln, weißt du das?«

»Ja, Käpt'n.«

»Ich habe keinen Führerschein für einen solchen Wagen. Tiar ist seit vierzig Jahren hier draußen, und auch sie hat keinen Führerschein, der es ihr erlaubt hätte, den Wagen zurückzusetzen. Verstehst du mich?«

»Ja, Käpt'n.«

»Ich will, daß dir etwas ganz klar wird. Wir haben einen Stsho-Passagier, der bereits von zarter Gesundheit ist. Stsho sind keine robuste Spezies. Dieser Stsho bewohnt die Kabine um die Ecke von hier. Wenn *gtst* dich sähe, könnte das den endgültigen Zusammenbruch auslösen. Begreifst du das?«

»Ja, Käpt'n.« Er wand sich sichtlich. »Käpt'n ...«

»*Ja*, Meras?«

»Ich habe ... ich habe wirklich die Absicht, es richtig zu machen. Ich *kann* gute Arbeit leisten ...«

»Im Wert von zweihunderttausend. Das ist ein götterverdammt hoher Stundenlohn!«

»Ich hatte keine Ahnung von dem Führerschein! Der Verlader blockierte, und der Lastwagen konnte nicht weggefahren werden, bevor jemand den kleinen Wagen zurückgesetzt hatte ...«

»Bevor ein Fahrer mit einem Führerschein den Wagen zurückgesetzt hatte!«

»Das wußte ich doch nicht!«

»Nun, es gibt eine ganze Menge, was du in deiner Lehrzeit nicht gelernt hast, Hallan Meras, und du wirst es nicht auf unsere Kosten lernen. Wir müssen von hier nach Kita weiterreisen, von Kita aus dahin, wohin der götterverlassene Adressat gegangen ist, aber *gtst* befindet sich auf einem mahen Schiff, und von Kita aus sind unsere Möglichkeiten NICHT GUT. Kannst du meiner Logik folgen? Dies ist keine Reise und kein Ort für irgendeinen götterverdammten Lehrling!«

»Ich bin kein Lehrling – ich habe meine Lizenz.«

»Du hast deine Lizenz – ich möchte nur wissen, wie, in einer mahen Hölle, du diese Lizenz bekommen hast, ich möchte nur wissen, was du getan hast, um diese Lizenz zu bekommen, denn so sicher wie die Steuern war es keine Arbeit an einer Ops-Schalttafel auf den Docks, und es steht götterverdammt fest, daß diese Lizenz dich nicht berechtigte, einen Wagen von der Länge dieses Büros zurückzusetzen! Du bist Papa, Hallan Meras, du bist der Papa einer methanatmenden, fünfgehirnigen Kolonie-Wesenheit und wahrscheinlich eines weiteren Chi, das noch verrückter ist – und Mama oder wie man eine Kreatur nennt, die sich auf einen Schreck hin reproduziert, ist durchaus fähig, sein oder ihr Matrixgehirn zu fragen, auf welchem *Schiff* der Papa seines oder ihres Sprößlings arbeitet! Methan-Atmer haben die Gewohnheit, in tiefer leerer Dunkelheit aufzutauchen und Hallo zu sagen, wenn man sie gar nicht sehen will. Methan-Atmer haben die Gewohnheit, bei ihrer Navigation die Schiffahrtsstraßen im Raum ebensowenig zu beachten, wie sie Linien auf einem Dock beachten! Ich habe schon erlebt, daß sie meinem Schiff in gefährliche Nähe gekommen sind, wenn sie keine besondere Absicht damit verbanden, besten Dank, Hallan Meras, und ich möchte nicht mit ihnen zu tun bekommen, wenn sie sich mit Absicht an mich heranmachen! Bei den Göttern, dieser Mama oder ihrem Sprößling möchte ich nicht im tiefen Raum begegnen! Verstehst du so ganz von fern, warum ich mich aufrege?«

»Ich könnte … ich könnte die Station bitten, ihnen eine Botschaft zu schicken. Die Station kann mit ihnen reden …«

»Das ist ein Märchen. Nichts weiter als ein Märchen. Die Station kann Annäherungen an Ausdrücke finden wie ›Öffne die Schleuse‹ und ›Das ist ein Brandrisiko!‹ Sie ist gar nicht gut in Dingen wie: ›Hallo, ich bin Hallan Meras, ich bin verantwortlich für Ihren Sprößling.‹

Die Methan-Atmer waren schon sehr lange Zeit im Raum, bevor wir kamen, und wir wissen *immer noch nicht,* wie wir zu ihnen sagen sollen: ›Sie sind auf meinem Weg‹ und: ›Mein Schiff kann dieses Manöver nicht ausführen.‹ Willst du einmal eine Kommunikation mit einem Matrixgehirn sehen? Ich kann dir eine zeigen …« Sie drückte zwei Tasten des Computers und gab den gesprochenen Befehl: »Matrix-Kom!«

Auf dem Schirm zeigte sich das typische Gitter. Fünf Reihen waagrecht, Output von jeder der fünf Stimmen seines multiplen Gehirns. Hilfy stellte den Ton an, und eine Knnn-Stimme winselte über den Lautsprecher wie eine Windorgel, wie Pfeifen und tiefe, tiefe Baß-Vibrationen.

Hallans Ohren zuckten unter dem Angriff, die Nasenlöcher bebten. Er erschauerte sichtlich. *Dann* fiel ihr ein, daß sie es mit den Hormonen eines männlichen Heranwachsenden zu tun hatte, was eine vernünftige Frau hätte innehalten lassen. Aber die Götter sollten es verderben, er bestand darauf, eins von den Mädels zu sein, einen kühlen Kopf zu haben, er wollte nach ihren Bedingungen spielen, und sie schlug mit der Hand auf den Schreibtisch: *Wumm!*

»Computer aus!«

Das Geräusch verstummte. Und Meras zuckte immer noch, aber er hatte seinen Sessel nicht verlassen. Seine Pupillen waren erweitert, aber die Ohren versuchten, sich aufzurichten – er hörte zu, er war ganz Aufmerksamkeit, er war nicht verrückt.

»Käpt'n.« Tiar – auf der Brücke. Ausgezeichnetes Timing.

»Ich bin in meinem Büro, Tiar. Was ist los?«

»Wir haben eben einen Blip über die Stationsleitung bekommen. Die Aufgehende Sonne *ist soeben in das System eingetreten.«*

Das mochte die Antwort auf ihre Gebete sein.

Hallan blickte entgeistert drein. Schüttelte den Kopf

und formte ein Nein mit seinem Mund. Sagte etwas anderes.

»Danke, Cousine. Freut mich, das zu hören.«

»Ich will nicht gehen, Käpt'n. Ich will nicht zu ihnen.«

»Du hast bei ihnen angeheuert. Du hast an ihrem Tisch gesessen, du hast in ihrer Unterkunft geschlafen, sie haben dir deine Lizenz besorgt. Ich weiß nicht, was sie veranlaßt hat, dich auf dem Treffpunkt zurückzulassen, aber nach dem, was ich gesehen habe, sind sie vielleicht um ihr Leben gerannt.«

Das machte ihn wütend. Gut.

»Wenn du in den Waschraum zurückkehren möchtest, bleibst du dort. Wenn du Chihin in der Passagierkabine beim Anstreichen und Renovieren helfen möchtest, steht dir das frei. Ich übergebe dich nicht der Stationspolizei, und da ich eine Vollidiotin bin, werde ich den T'ca nicht sagen, um welches Schiff es sich bei der *Aufgehenden Sonne* handelt. Wir werden mit der Sache irgendwie fertigwerden. Aber ich habe alles getan, wozu ich gegenüber jemandem verpflichtet war, den ich aus einem Gefängnis geholt habe, in das er durch eigene Schuld hineingeraten war. In den Schiffsdateien liegen 41 Botschaften, die für meine Tante auf dieser Station eingegangen sind. Ich selbst habe 156 bekommen, die meisten von Leuten, die durch mich an meine Tante herankommen wollen, damit sie ihnen diesen oder jenen Gefallen tut. Und hier kommt einer der ergebenen Bewunderer meiner Tante, der sich sehnlichst wünscht, Mitglied meiner Crew zu werden, allein aus dem Grund, daß es sein Herzenswunsch ist. – Diesen Wunsch hat das halbe Universum, Meras. Und ich schlage vor, du gibst auf und gehst nach Hause, wenn ein Zusammentreffen mit meiner Tante das ist, was du willst. Oder wenn du unbedingt Raumfahrer sein willst, nimm dich zusammen und benutze deinen Kopf, bevor du jemanden umbringst. Ich schlage vor, du legst das *Handbuch des Handels* weg und fängst an,

das Handbuch über Lizenzen und Operationen zu lesen. Vielleicht bewahrt dich das vor der nächsten Klemme, in die du geraten könntest. – Und richte Tellun Sahern meine Grüße aus. In der Minute, in der dein Schiff anlegt, gehst du hinüber.«

Die Ohren lagen flach an. Er war im Ernst wütend. Umso besser. Vielleicht würde er dann auf dem Sahern-Schiff, im tiefen Raum überleben.

»Geh«, befahl sie. Und er stand auf, verbeugte sich und ging.

Was sie nicht glücklich machte. Wie konnte eine Kapitänin glücklich sein, wenn ihr Schiff mit einer Strafe von 200 000 Credit belegt werden würde, ihre Fracht erst zur Hälfte ausgeladen war, sie einen erregten Stsho-Würdenträger im Aufenthaltsraum der Crew sitzen hatte und ihr eine Kursänderung nach Kita-Punkt bevorstand, einem götterverlassenen Stäubchen in der großen Leere, hinter dem, wie sie zu Meras gesagt hatte, die Möglichkeiten begrenzt waren.

»Ker Chihin ...« Hallan blieb zögernd in der offenen Tür stehen. »Die Kapitänin meinte, ich könne Ihnen helfen.«

»Hier ist nichts, das ich mit irgend etwas zusammenstoßen lassen möchte«, entgegnete Chihin kurz, und Hallan wand sich. Der Raum war ganz weiß. Alle Möbel waren entfernt worden. Man stieg Stufen zum Fußboden hinauf, und da war eine Vertiefung voll von weißen Kissen.

Daneben stand ein Postament mit offenen Halteklammern, aber nichts darauf.

»Du kannst staubsaugen«, brummte Chihin. »Boden, Wände, alles. Mit dem Dampfapparat. Aller Staub muß weg. Deine Größe könnte von Vorteil sein. Sind deine Füße sauber?«

Er sah hin. Genau genommen waren sie es nicht. »Ich gehe sie waschen«, sagte er unterwürfig.

»Ein Paket mit feuchten Handtüchern liegt gleich da an den Stufen.« Er setzte sich auf die Stufen und faßte danach, und Chihin betrachtete ihn stirnrunzelnd. Er versuchte, nicht in ihr Gesicht zu sehen. Ihm war übel, ihm war schon seit dem Augenblick übel, als er den T'ca angefahren hatte, aber er brachte es nicht über sich, in diesen abgeschlossenen Raum zurückzukehren, er hielt das nicht aus. Also rieb er sich die Füße ab, damit sich niemand über einen Fleck auf dem Fußboden beschweren konnte, und sah sich nach einem Ort um, wo er das Handtuch lassen konnte.

»Da drüben.« Chihin zeigte auf einen Plastikeimer. Er ging hin und warf das Handtuch hinein. »Kannst du mit einem Dampfstaubsauger umgehen?«

»Ja, Madam.« Er war nur zu gut mit dem Gerät vertraut. Das war alles, was Sahern ihn in den ersten Wochen an Bord der *Sonne* hatte tun lassen. Er ging und überprüfte den Motor, überprüfte das Wasser und zog den Filter heraus. Besser war es, er säuberte ihn, ehe jemand fand, er habe einen Fehler gemacht. »Ist hier ein Spülbecken, Madam, oder soll ich …«

»Da drüben ist das Bad. Das Spülbecken funktioniert ganz wie unsere – es ist die Installation auf der linken Seite.«

Er ging und wusch den Filter. Die Installation war *doch* anders. Normalerweise hätte es ihn interessiert, aber der Klumpen in seiner Kehle wollte nicht weichen, und er versuchte nur, einen Augenblick nach dem anderen durchzustehen und nicht an das zu denken, was die Kapitänin gesagt hatte, so oder so. Die Kapitänin hatte das Recht, böse zu sein, Götter, er konnte den Schaden, den er verursacht hatte, niemals zurückzahlen – wahrscheinlich hatte in der ganzen Geschichte des Meras-Clans noch nie jemand so ungeheuerlich, so auf der ganzen Linie versagt.

Aber der Chef der Dockarbeiter hatte *gesagt*, er solle den Wagen wegfahren.

Er setzte den Staubsauber wieder zusammen. Er trug ihn in eine Ecke und begann dort. Der Lärm machte jedes Gespräch unmöglich. Aber er war sich bewußt, daß Chihin ihn von Zeit zu Zeit musterte. Vielleicht erwartete sie, das Gerät werde explodieren oder so etwas oder er werde etwas tun, das sie rügen konnte. Von allen Crewfrauen war nur Chihin in gar keiner Weise freundlich, und er vermutete, inzwischen waren die übrigen bereit, ihn umzubringen. Außer vielleicht … Tarras hatte wenigstens versucht, ein gutes Wort für ihn einzulegen. Fala und Tiar hatten empört dreingeblickt, wozu sie ja auch Grund hatten, aber sie hatten ihn nicht gehaßt. Chihin – wollte ihn hier nicht haben. Was wohl der Grund war, warum die Kapitänin ihn geschickt hatte, ihr zu helfen. Doch das war immer noch besser, als allein in dem Waschraum zu sitzen und immerzu daran zu denken, wie er in diesen Tankwagen hineingefahren war, und an dieses *Ding*, das sich vor Schmerzen geschlängelt und gegen die Fenster gepeitscht und Haut und Flüssigkeit auf dem Glas zurückgelassen hatte …

Wenigstens war der Methantank nicht explodiert. Niemand war getötet worden. Ganz im Gegenteil. Jemand war geschaffen worden. Er hätte gern gewußt, wie es dem Tc'a ging.

»Der Junge hat versucht, den Verlader wieder in Ordnung zu bringen«, sagte Tarras. Es hing immer noch Eis in ihrem Bart, das in der Hitze des unteren Büros schmolz und glitzerte. Hilfy hatte sie heraufgerufen, damit sie den Platz mit Fala tausche, und der Weg zum Dock führte über den unteren Hauptkorridor an ihrem Büro vorbei. Jetzt hatte sie also beide da, Tarras *und* Fala, und beide erhoben Einspruch, während der Verlader vorübergehend abgeschaltet war und keine Fracht entladen wurde. Hilfy sagte sich, am besten höre sie sich an, was sie zu sagen hatten, damit sie die Sache hinter sich brachten.

»Na gut«, sagte sie. »Wer stimmt *für* Meras ... wenn wir schon einmal dabei sind.« Sie drückte den Rufknopf. »Cousine. Hör zu!«

»*Aye*«, antwortete Tiar von der Brücke. »*Was ist los?*«

»Der Verlader blockierte«, berichtete Tarras und setzte sich. Fala schob sich von der Tür her einen halben Schritt weiter ins Büro hinein. »Der Junge kannte sich mit der Maschine aus – die *Aufgehende Sonne* muß das gleiche Modell benutzen. Jedenfalls machte der Verlader seine üblichen Zicken, und der Junge meinte, das komme davon, daß der Arm sich nach dem 14-Container-Lastwagen ausrichte. Das gebe ein falsches Signal, und das habe nichts mit der Kette zu tun, nur der Arm strecke sich zu weit aus. Dieses Lastwagen-Modell hat eine etwas niedrigere Ladefläche. Der Arm streckt sich nach unten, um es zu erreichen, der Arm blockiert, die Kette blockiert. Wenn man den Arm zurückzieht, behebt sich die Störung von selbst. Wenn man also den Lastwagen ein bißchen weiter ...«

»Der Chef der Dockarbeiter sagte, er habe das auch schon gehört«, fiel Fala ein. »Seine Leute reden darüber, aber die Firmen wollen dafür nichts investieren. Es geschieht erst dann, wenn die Ausrüstung ein bißchen abgenützt ist, und dann muß das Spiel, das in das Gelenk kommt, weit genug nach rechts wirken, wo das Sensorenbündel durchläuft, und zu dieser Schräglage kommt es nur, wenn man viele fünfzehn Jahre alte Daisaiji-Vierzehner in einer Reihe hintereinander hat. Was auf Urtur das Übliche ist, weil es hier mehr davon gibt als anderswo, denn hier wurden sie hergestellt. Aber es passiert nur, wenn ein Fahrer zu nahe heranfährt. Deshalb tritt die Störung manchmal auf und manchmal nicht.«

Gegen ihren Willen interessierte die vorgeschlagene Lösung für die Fehlfunktion des Verladers sie, falls das die Antwort war. Für ihren Geschmack waren zu viele Wenn und Aber darin enthalten, und vor allem wollte

sie nicht hören, daß *Meras* dieses Wissen gehabt hatte. Sie hatte sich in einen eindrucksvollen, gerechtfertigten Wutanfall hineingearbeitet, von dem Meras etwas lernen konnte, das ihn *vielleicht* am Leben erhielt, und jetzt wollte sie ihn nicht nachträglich verwässern.

»Das Ding blieb also stehen«, berichtete Tarras weiter, »und die Dockarbeiter wollten den Lastwagen wegfahren, und irgendwer hatte ihnen einen Container-Lift in den Weg gestellt ...«

»Wahrscheinlich war der Lastwagen deshalb zu nahe herangefahren«, meinte Fala.

»Und der Junge sagte, es liege an dem Lastwagen, und der Chef schrie, sie sollten den Lastwagen wegfahren«, fuhr Tarras fort. »Er wurde ziemlich heftig, und deshalb stieg der Junge ein und bewegte das Hebegerät ein paar ...«

»Ich habe noch nie ein Fahrzeug auf den Docks bewegt. Ich will nicht, daß meine Crew es tut. Laßt die Dockarbeiter ihre Arbeit machen, rührt ihre Ausrüstung mit keinem Finger an, wir haben ein spezielles Handicap, um der Götter willen, Chanur hat zu viele Feinde, die uns gern das Fell abprozessieren würden, versteht ihr?«

»Verstanden«, antwortete Tarras mißmutig.

»Aber«, protestierte Fala, »es war nur kosmisches Pech, daß der Tc'a dahinter war ...«

»Pech! Methan-Fahrzeuge kommen auf Urtur immerzu auf die Sauerstoff-Seite herüber, und Tc'a wikkeln immerzu Geschäfte auf der Sauerstoff-Seite ab, und dieser Tc'a hatte ein Geschäft abzuwickeln, das jetzt durch einen Sprößling kompliziert wird! Wir können nur hoffen, daß wir bei unserer nächsten Fahrt hinaus keine *Gesellschaft* bekommen! Redet mir nicht von Pech!«

»Aye, Käpt'n.«

»*Käpt'n*«, sagte Tiar, »*ich bitte um Entschuldigung, aber er ist noch jung. Haben wir nie einen Fehler gemacht?*«

»Er kann seine Fehler von mir aus gern auf dem Sahern-Deck machen. Begeisterung ist schön und gut, aber wir können uns seine Begeisterung nicht leisten. Außerdem ist sein Schiff hier.«

»Die Sahern-Frauen haben ihm keinen Gefallen getan, Käpt'n. Ist das ihre Ausbildungsmethode? Sie nehmen einen Jungen als Lehrling an, und er bekommt hier ein bißchen und da ein bißchen gezeigt. Ich habe ihm Fragen über Ops gestellt. Er kennt diese Schalttafel sehr gut, aber er weiß nicht, wie sie mit der Hauptschalttafel verbunden ist. Sie haben zu ihm gesagt: ›Setz dich da hin und sieh dir die farbigen Lichter an, Junge.‹ So haben sie ihn unterrichtet.«

»Das ist nicht unser Problem! Er hat nicht bei uns angeheuert, sondern bei ihnen.«

Schweigen von Tarras und Fala. Düstere Blicke.

»Aye«, stimmte Tiar von der Brücke zu. Es klang nicht glücklich.

Niemand war glücklich. Hilfy nicht. Meras nicht. Aber, davon konnte man ausgehen, der Tc'a war es auch nicht.

Inzwischen kam die *Aufgehende Sonne* näher und stand bereits in Kontakt mit der Urtur-Kontrolle. »An die Arbeit«, sagte Hilfy. Als sie endlich Ruhe und Frieden hatte, setzte sie eine höfliche Botschaft an die Handelskapitänin Tellun Sahern auf und speicherte sie vorerst ab.

Von Chanurs Legat *an* Saherns Aufgehende Sonne.
Hilfy Chanur gibt Tellun Sahern bekannt:

Wir freuen uns, Ihnen mitteilen zu können, daß ...

Nein, das löschte sie lieber wieder. Sahern würde einen Weg finden, es mißzuverstehen.

Die Behörden des Treffpunktes baten uns, nachdem sie alle Anklagen gegen Hallan Meras fallengelassen hatten, ihn nach Urtur mitzunehmen, wo er sein Schiff wiederfinden werde. Wir werden ihn gern, sobald es Ihnen paßt, an Ihren

Liegeplatz begleiten oder ihn hier einer von Ihnen gestellten Eskorte übergeben, wenn das Ihr Wunsch ist.

Von Saherns Aufgehender Sonne *an* Chanurs Legat. *Tellun Sahern gibt Hilfy Chanur bekannt:*

Wir treiben Handel, um uns damit unseren Lebensunterhalt zu verdienen. Wir nehmen kein geheimes Geld und wir fahren nicht ohne Fracht.

Es liegt auf der Hand, daß Sie ihn nicht von den Stsho freigekauft haben, ohne einen Beweggrund zu haben. Wie Sie inzwischen bestimmt festgestellt haben, besitzt er keine Daten über unser Schiff, die er Ihnen geben könnte. Ich vermute, daß er nicht einmal fähig wäre, glaubwürdige Zahlen zu fälschen. Chanur hat seinen Handel gemacht. Wir werden Sie nicht vor den Folgen Ihrer Dummheit retten.

Die Botschaft rutschte als Ausdruck in den Korb. Sie brannte auf dem Schirm. Hilfy drückte den Knopf, der sie ins Log eingab, nahm den Ausdruck und legte ihn in die Papier-Ablage.

Die Botschaft, die sie gern hinübergeschickt hätte, lautete: *Ohrenloser Bastard, ich hatte geglaubt, Ihr Ruf hätte den Tiefstpunkt schon erreicht gehabt.*

Die Botschaft, die sie tatsächlich sandte, lautete:

Von Chanurs Legat_*an*_Saherns Aufgehende Sonne. *Hilfy Chanur gibt Tellun Sahern bekannt:*

Wir verlangen eine Entlassung aus dem von Ihnen unterschriebenen Lehrvertrag unter Sahern-Siegel, und wir werden für ihn anderswo einen Platz als Passagier oder Crewmitglied suchen.

Von Saherns Aufgehender Sonne *an* Chanurs Legat. *Tellurn Sahern gibt Hilfy Chanur bekannt:*

Zu spät, Chanur. Wir haben die Nachrichten verfolgt, seit wir in das System eingetreten sind. Wir akzeptieren keine juristische Verantwortung für die Handlungen eines Dummkopfes, den wir im Gewahrsam der Stsho zurück-

ließen und den Sie hergebracht und auf den Urtur-Docks losgelassen haben. Sie haben ihn gekauft. Er gehört Ihnen.

Ich hatte allerdings angenommen, Ihre persönlichen Vorlieben lägen außerhalb Ihrer Spezies.

Von Chanurs Legat *an* Saherns Aufgehende Sonne.

Hilfy Chanur gibt Tellun Sahern bekannt:

Tochter eines namenlosen Vaters, wenn dieser junge Mann wünscht, Sie wegen Zurücklassens in einem ausländischen Hafen zu verklagen, werde ich die Einzelheiten beschwören.

Was meinen persönlichen Geschmack betrifft, habe ich wenigstens Vorlieben.

Möglicherweise hatte sie einen Fehler gemacht. Sie hatte sich hinreißen lassen. Sie hätte nicht erklären dürfen, daß sie den Jungen bei einem Prozeß unterstützen würde. Nun saß sie da, betrachtete den Schirm und hatte schwarze und schwärzere und schwärzeste Gedanken.

»Käpt'n?« fragte Tiar von der Brücke. *»Wir haben das alles ins Log aufgenommen.«*

»Gut.«

»Der Junge hat nie eine Chance gehabt, Käpt'n.«

»Das Universum garantiert keine Chancen, und ich will unter *gar keinen* Umständen einen Lehrling an Bord haben! Etwas ist bei dieser ganzen Sache schiefgegangen, wir haben einen nervösen Stsho in unserer Obhut, und Kita ist kein Ort, an dem man einen Neuling lassen könnte. Bitte, nimm Verbindung mit Narn und Padur auf – nein, laß nur. *Ich* werde es tun.«

»Käpt'n. Darf ich etwas sagen?«

»Ich weiß, was du sagen willst, und ich werde nicht zuhören.«

»Käpt'n, im Auftrag der Crew …«

»Wir nehmen keinen Lehrling! Seine Papiere sind auf einem Sahern-Schiff, das sie Chanur nicht übergeben

wird. Die Sahern-Frauen sind darauf aus, uns an Ärger zu machen, wo sie nur können, die ganze radikale Rechte sucht nach einer Anschuldigung gegen Chanur, und es war dumm von mir, daß ich jemals zugestimmt habe, ihn an Bord zu nehmen – ich dachte, Sahern werde vernünftig sein, aber das ist sie offensichtlich nicht.«

Hilfy unterbrach die Verbindung und entwarf eine weitere Botschaft – dachte daran, sie mit einer Botin zu schicken, um öffentlichen Aufruhr und öffentlichen Druck zu vermeiden, und dachte daran, wie gefährlich es wäre, eine Frau von der *Legat* allein in die Reichweite der Stationspolizei und ärgerlicher Kaufleute – und Ana-kehnandians zu schicken.

Nein. Das Risiko ging sie nicht ein.

Von Chanurs Legat *an* Padurs Sieg. *Hilfy Chanur gibt Tauhen Padur bekannt:*

Wir haben die Sahern über die Anwesenheit ihres Lehrlings Hallan Meras auf unserem Schiff unterrichtet. Sie haben sich geweigert, die Verantwortung für diesen jungen Mann zu übernehmen, gegen den alle Anklagen der Stsho-Behörden, die ihn festgenommen hatten, fallengelassen worden sind. Weiter haben sie sich in harten Worten geweigert, ihm Zutritt zu ihrem Schiff zu gewähren, und statt dessen eine alte Fehde mit Chanur wiederaufleben lassen, an der dieser junge Mann aus dem Meras-Clan, ein lizensierter Raumfahrer, der unter unserem Schutz gereist ist, keine Schuld trägt.

Natürlich sind die Padur dazu in keiner Weise verpflichtet, aber Chanur würde es sehr begrüßen, wenn die Padur diesen jungen Mann unter ihren Schutz nehmen und möglicherweise eine Heuer für ihn finden könnten.

Von Padurs Sieg *an* Chanurs Legat. *Tauhen Padur gibt Hilfy Chanur bekannt:*

Padur ist Chanur selbstverständlich freundlich gesonnen

und legt großen Wert darauf, sich Chanurs Wohlwollen zu erhalten. Doch in Anbetracht des kürzlich stattgefundenen Unfalls am Chanur-Liegeplatz muß sie zu ihrem Bedauern einen Schritt ablehnen, der sie nach mahem Recht juristisch verantwortlich machen könnte.

Von Chanurs Legat *an* Narns Lichtbringerin. *Hilfy Chanur gibt Kaury Narn bekannt:*

Wir haben die Sahern über die Anwesenheit ihres Lehrlings Hallan Meras auf unserem Schiff unterrichtet. Sie haben sich geweigert, die Verantwortung für diesen jungen Mann zu übernehmen, gegen den alle Anklagen der Stsho-Behörden, die ihn festgenommen hatten, fallengelassen worden sind. Weiter haben sie sich in harten Worten geweigert, ihm Zutritt zu ihrem Schiff zu gewähren, und statt dessen eine alte Fehde mit Chanur wiederaufleben lassen, an der dieser junge Mann aus dem Meras-Clan, ein lizensierter Raumfahrer, der unter unserem Schutz gereist ist, keine Schuld trägt.

Während Padur unsere Bitte abgelehnt hat, hoffen wir, und Chanur wäre sehr dankbar, wenn Narn diesen jungen Mann, einen lizensierten Raumfahrer, in welchem Sinn auch immer unter ihren Schutz nehmen könnte.

Von Narns Lichtbringerin *an* Chanurs Erbe. *Kaury Narn gibt Hilfy Chanur bekannt:*

Ich habe die junge Tochter meiner Schwester an Bord. Mit gutem Gewissen könnte ich weder sie noch den Meras-Clan den Folgen aussetzen, die sich möglicherweise aus der Aufnahme dieses jungen Mannes ergäben. Außerdem sind wir nicht in der Lage, einen Passagier unterzubringen. Wenn angemessene Vorsichtsmaßnahmen getroffen werden und wenn Chanur die volle Verantwortung gegenüber Meras trägt, ist Narn jedoch bereit, den jungen Herrn unter strenger Beaufsichtigung bis Hoas mitzunehmen, wo er auf ein Schiff warten mag, das Verbindungen zu seiner Familie hat.

* * *

Das hieß: Sie wollten ihn im Waschraum einsperren und auf Hoas den Behörden übergeben. An Bord hätte er es dann wenigstens nicht schlechter als jetzt, und Hoas war eine Station, wo er (Die Götter mochten es geben!) keine juristischen Probleme hatte. Aber eine Fahrt nach Hoas brachte ihn in Richtung Treffpunkt *zurück,* und er würde ein zweitesmal über Urtur reisen müssen.

Wo die juristischen Probleme schon auf dieses Schiff warten würden, es sei denn, es wurde von jeder Verantwortung freigesprochen, und wie sie die mahe Politik kannte, war damit nicht zu rechnen.

Hilfy saß meditierend vor dem Schirm. Dann sandte sie zurück:

Von Chanurs Legat *an* Narns Lichtbringerin. *Hilfy Chanur gibt Kaury Narn bekannt:*

Ich danke Ihnen für Ihr Angebot. Wir verstehen vollkommen. Wir werden Ihren Vorschlag in Reserve halten, während wir nach einer anderen sicheren Möglichkeit für ...

... ihn.

Das Pronomen an sich war hier draußen ungewohnt. Bei den Göttern, vor zehn, fünfzehn Jahren *benutzte* man das männliche Pronomen in Botschaften zwischen den Clans nicht einmal. Hilfy hatte dabei immer noch das Gefühl, es sei zweifelhaft und unanständig. Es war unanständig, daß die eigene Tante, die um Jahrzehnte älter war als sie selbst, ihr beim Einreißen konventioneller Schranken weit voraus war. Hilfy fragte sich, wann sie zur Verteidigerin von Hani-Schicklichkeit geworden sei.

... den Gentleman Ausschau halten, schloß sie. *Falls wir nicht noch einmal Kontakt mit Ihnen aufnehmen, wünschen wir Ihnen eine gute Reise.*

Und an Padur:

Von Chanurs Legat *an* Padurs Sieg. *Hilfy Chanur gibt Tauhen Padur bekannt:*

Wir suchen eine andere Lösung. Bitte bezeugen Sie uns,

daß wir versucht haben, unseren Verpflichtungen gegenüber Sahern und Meras auf ehrenhafte Weise nachzukommen. Gute Reise.

Dann saß sie da. Und saß.

Wie wünschte sie jetzt, sich nicht über Kom an Sahern gewandt zu haben! Tante Py benutzte den Kom für Angelegenheiten von Clan zu Clan nicht, wenn es sich irgend vermeiden ließ. Gut war andererseits, daß die Sache mit Sahern in einer amtlichen Datei gespeichert und von zwei weiteren Clans mitgehört worden war. Das bedauerte sie *nicht*. Aber ... Mahenso'sat, die nicht hani sprachen, besaßen bestimmt Translatoren. Die Kif auch, und von denen hielten sich fünfzehn im System auf.

Sie spürte ein Prickeln den Rücken hinunter, das gleiche Prickeln, das die ganze Atmosphäre von Urtur ihr vermittelte – seit dem Krach im Zollbüro und der allzu oberflächlichen Art, mit der die Persönlichkeit Ana-kehnandian abgewiesen hatte, und jeder einzelne Stsho auf der Station an einen anderen Ort geflüchtet war, während *sie* doch nichts weiter wollte, als die Kostbarkeit irgend jemandem auszuliefern.

Es war ein Gefühl, als befänden sich irgendwo Mächte im Krieg. Und Mächte im Krieg suchten immer nach den Schwachstellen, den unsicheren Bündnissen, den Bestechungen, den Nötigungen – den Kooperationen.

Den Fehden.

8. Kapitel

Ker Chihin fuhr mit den Fingerkuppen über das Paneel, bückte sich und unterzog den Fußboden der gleichen Inspektion. Offensichtlich fand sie keine Mängel an seiner Arbeit. Hallan stellte den Staubsauger weg, und Ker Chihin kontrollierte auch das. Dann befahl sie ihm, das Gerät in den Waschraum zu bringen und in dem Schrank Nummer 3 zu verstauen.

»Gute Arbeit, Junge«, lobte Chihin.

Er sah von der Tür zurück und verbeugte sich. Er glaubte nicht, daß sie von ihm erwartete, etwas darauf zu antworten, nur, daß er sich ruhig verhielt und tat, was man ihn hieß. Also ging er und verstaute den Staubsauger.

Aber Ker Chihin hatte nichts davon gesagt, ob er wiederkommen solle oder nicht. Er meinte, ja, und kam ruhig zurück und blieb im Eingang stehen, weil Chihin gerade einen Kasten auf einem Postament mit Halteklammern befestigte, und der Gegenstand mochte zerbrechlich sein.

Er wartete, bis sie die Bolzen angezogen und den Deckel des Kastens abgenommen hatte. Darin war eine einfache Vase zu sehen. Erst jetzt räusperte Hallan sich.

»Die Götter sollen dich verderben!« rief Chihin erschrocken und stolperte rückwärts in einen Eimer mit Bauschutt und Resten der Wandverkleidung.

»Ich bitte um Verzeihung, Ker Chihin.«

»Du hast das Ding nicht gesehen.«

»Nein, Ker Chihin.« Er wünschte ehrlich, er hätte es nicht gesehen. Ob sie von ihm erwartete, daß er sich sofort entfernte? Aber Chihin fing an, die verstreuten

Abfälle aufzusammeln. Er wagte es, ihr zu Hilfe zu kommen, und hob lose Reste so schnell auf, wie er sie finden konnte, bis er eine doppelte Handvoll hatte.

»Paß auf, daß du kein Stückchen übersiehst. Wenn eins davon unter Beschleunigung hier herumsaust, möchte ich nicht wissen, was es dem Kopf des Bewohners antun könnte.«

»Ich weiß, Ker Chihin. Es tut mir leid.«

»Es war mein Fuß«, murmelte Chihin, womit sie sich ihm gegenüber gerechter zeigte als die meisten anderen. Er suchte in allen Ecken der Kabine nach den Abfällen und rings um die Kissen und unter den Kissen, ganz gleich, wie gering die Chance war, etwas zu finden.

Es waren keine mehr da. Er kam zurück und warf in den Eimer, was er hatte.

»Junge – was war in dich gefahren, daß du unbedingt hier herauskommen wolltest?«

»Die Kapitänin sagte, ich könne helfen ...«

»Ich meine, *hier.* Ich meine den Raum.«

Diese Frage. Sie wurde ihm immer wieder gestellt. »Ich *wollte* es.«

»Das weiß ich. Aber warum will ein netter Junge Raumfahrer werden und mit Tc'a zusammenstoßen und dafür festgenommen werden?«

Ker Chihin fand, er gehöre nicht hierher. Daran war er gewöhnt. Und man konnte sich dagegen nicht wehren. Er verstummte und hielt den Kopf gesenkt, wußte er doch bereits, daß die Kapitänin ihn vom Schiff werfen würde. Also hatte es keinen Sinn, Einspruch zu erheben.

»Junge?«

»Ich wollte in den Raum, das ist alles.«

»Meinst du nicht, du hättest für dich einen Platz auf Anuurn finden können? Wäre es nicht möglich gewesen, daß du dir eine Nische schafftest? Du siehst gut aus. Du hättest jemandes Aufmerksamkeit erregt.«

»Kann sein. Vielleicht. Ich weiß es nicht.« Er hatte das in der einen oder anderen Form schon zu oft durchgemacht, bei jedem Schiff, auf dem er sich beworben hatte, bei dem Schiff, das ihn genommen hatte, bei jedem einzelnen Crew-Mitglied der *Sonne*. Manchmal hatte er Antworten gegeben, die die Fragenden zufriedenstellten. Er hatte sich beim Lügen ertappt und sich geschworen, das nicht wieder zu tun. Aber mit Chihin streiten wollte er auch nicht. An diesem Tag war bereits zu vieles schiefgelaufen.

»Nun, was meinst du?« fragte Chihin. »Ist der Raum das, was du erwartet hast?«

»Ich weiß es nicht.« Eine dumme Antwort. Er fand ein Stück Abfall und warf es in den Eimer, und er sprach aus, was er dachte, denn er stand mit dem Rücken zur Wand, und er konnte nicht mehr verlieren, als er schon verloren hatte. »Aber ich gehe nicht zurück. Und ich werde besser.«

»In was? Im Parken?« Chihin traf genau die wunde Stelle. Hallan hielt den Kopf gesenkt und griff nach dem Eimer. »Weißt du, wo du ihn hinbringen mußt?«

»Zum Recycling. Ich vermute, das ist draußen bei den Aufzügen.«

»Du vermutest richtig.« Damit war er entlassen, er ging also den Korridor hinunter und sortierte den Abfall in die richtigen Schächte, Plastik- und Metallteile getrennt. Dann wischte er den Eimer aus und brachte ihn dahin zurück, wo er gestanden hatte, denn einen anderen Ort wußte er nicht.

»Der kommt in den Wartungsschrank«, informierte Chihin ihn. »Das ist ...«

»Unterer Hauptkorridor 2. Neben dem Aufzug. Ich habe ihn gesehen.«

Chihin sah ihn stirnrunzelnd an und legte die Ohren flach. Hallan wußte nicht, ob Chihin ärgerlich auf ihn war oder nicht. »Wir haben aber scharfe Augen.«

»Soll ich den Eimer wegbringen, Ker Chihin?«

»Mach schon«, sagte sie. Er suchte von neuem das Gebiet auf, in dem er gerade erst gewesen war. Der Aufzug war in Betrieb. Eine von der Crew kam herunter, dachte er. Er öffnete den Schrank, stellte den Eimer hinein und schloß gerade die Tür, als die Kabine sich öffnete. Hallan blickte hoch, um Hallo zu der Crewfrau zu sagen, welche von ihnen es auch sein mochte.

Es war keine Crewfrau.

Er sah den Stsho in dem gleichen Augenblick, in dem der Stsho ihn sah. Der Stsho starrte ihn entsetzt an, stieß einen trillernden Schrei aus und wich in den Aufzug zurück.

Hallan lief den Korridor entlang. Schnell. Und um die Ecke, wo die Kabine des Stsho war.

»Chihin!« stammelte er. Chihin drehte sich nach ihm um. »Ich glaube, er hat mich gesehen. Der Stsho. Er war im Aufzug.«

Chihin gab ein paar saftige Blasphemien von sich und riet ihm, sein Quartier aufzusuchen. Also ging er dorthin und schloß die Tür und setzte sich auf die Luftmatratze.

Er hätte nicht gedacht, daß seine Situation noch schlimmer werden könnte, und er war nicht imstande gewesen, sich auszumalen, daß er einen weiteren Weg finden würde, um etwas anzustellen.

O Götter! Das war ihm nicht in den Sinn gekommen.

»Vollkommen harmlos«, sagte Hilfy in ihrer besten stshoshi Handelssprache. »Ich versichere Euer Gnaden, dies ist eine Person, die mit Empfehlungen von *Gtst* Exzellenz persönlich an Bord kam …«

»Gtst *Exzellenz hat gelogen!*« kam Tlisi-tlas-tins Stimme aus dem Lautsprecher.

Hilfy lehnte sich an die Schalttafel, hielt ihre Stimme ruhig. »Euer Gnaden, die Benutzung des Aufzugs widerspricht allen Sicherheitsvorschriften, die für Ihre Bequemlichkeit und Ihr Wohlergehen aufgestellt wur-

den…« Sie war so fertig, daß sie schon die Anfangslektionen in der Handelssprache zitierte. »Bitte, bringen Sie die Aufzugkabine wieder auf das untere Deck und öffnen Sie die Tür.«

Die Götter sollten die Kreatur dafür verderben, daß sie auf eigene Faust im Schiff umhergewandert war.

»Euer Gnaden, hören Sie mich? Dies ist eine zivilisierte junge Person mit guten Manieren, die einem Mitglied der Crew bei Instandsetzungsarbeiten geholfen hat.«

»Eine unreife männliche Person? Auf diesem Schiff läßt man unreife männliche Personen lebenswichtige Instandsetzungsarbeiten durchführen? Auf diesem Schiff hat man Personen, die für ihr irrationales Verhalten und ihre abscheuliche Neigung zur Gewalttätigkeit gegen jedermann bekannt sind, Funktionen von entscheidender Bedeutung übertragen?«

»Diese junge männliche Person hat Abfall weggebracht. *Bitte,* bringen Sie die Aufzugkabine auf dieses Deck zurück.«

»Wir sind von allen beteiligten Parteien betrogen worden. Woher sollen wir wissen, ob irgend jemand über irgend etwas die Wahrheit sagt? Wie hätten wir diesen Verrat vorhersehen können? Wie sollen wir diese Verwüstung überleben? Wir sind das Opfer von Fremden und von Personen ohne Urteilsvermögen!«

»Euer Gnaden, als Kapitänin dieses Schiffes ersuche ich Sie Ihrer eigenen Sicherheit wegen, auf das untere Deck zurückzukehren. Sollte es einen Notfall geben, ist eine Aufzugkabine kein sicherer Ort.«

Es kam keine Antwort. Aber Stsho waren keine tapfere Spezies, wenn es zu körperlichen Verletzungen kam.

»Gebrochene Knochen sind möglich«, erklärte Hilfy, »wenn es auf dieser Station zu einem Notfall kommen sollte.«

Die Aufzugkabine setzte sich mit einem Bums und einem Schwirren in Bewegung.

»Ich glaube, wir haben ihn«, sagte Chihin.

»Verschrei es nicht«, warnte Hilfy.

Der Lift kam unten an. Die Tür öffnete sich. Hilfy drückte den ›Halt‹-Knopf und verbeugte sich vor der blassen, zitternden Kreatur an der Rückwand.

Gtst verbeugte sich. Sie verbeugte sich.

Gtst schob sich heraus. Und lugte vorsichtig an ihr vorbei.

»Wollen Euer Gnaden das Quartier besichtigen? Euer Gnaden werden doch bestimmt nicht wollen, daß das *oji* ohne Aufsicht bleibt.«

Ein in einem Slipper steckender Zeh wagte sich über die Linie und in den Korridor. Hilfy trat zur Seite. *Gtst* Gnaden musterte den Korridor.

Und zog sich zurück.

»Euer Gnaden...«

Und näherte sich wieder. *Gtst* lange Finger flatterten in der Gegend von *gtst* Herzen. Mondstein-Augen richteten sich unter federigen Brauen auf den Korridor, und *Gtst* Gnaden tat einen Schritt vorwärts.

»Wir sind nicht sicher, wir sind weit davon entfernt, sicher zu sein, daß wir diese Belastung ertragen können. Wir sind beleidigt worden, wir sind von geschmackvollen und vertrauten Orten weit weg transportiert worden, wir wurden von fremden Personen männlichen und gewalttätigen Geschlechts angegriffen...«

»Wenn es Euer Gnaden gefällig ist – Sie werden von der geschmackvollen Einrichtung Ihres Quartiers sehr positiv beeindruckt sein. Und der Kostbarkeit ist absolut nichts geschehen. Haben wir das nicht versprochen?«

Schritt auf Schritt. Chihin trat zur Seite. Hilfy winkte dem Stsho, weiter und weiter und um die Ecke in den richtigen Korridor zu gehen, den zu betreten *gtst* erst bereit war, nachdem *gtst* ihn sich vorher angesehen hatte.

Wenigstens rückte *gtst* bis an die Tür vor. *Gtst* verrenkte sich den langen Hals, sah nach links und nach rechts um den Türrahmen und tat einen Schritt hinein.

Und noch einen.

»Sparsam«, erklärte *gtst.* Und tat noch einen Schritt in eine weiße, weiße, weiße Kabine mit baumähnlichen weißen Gebilden und der in ihrem Kasten auf dem Postament thronenden Kostbarkeit.

»Elegant.« *Gtst* seufzte und wanderte von Gegenstand zu Gegenstand, flatterte mit den Händen und seufzte und seufzte wiederum.

»Ein Erfolg«, flüsterte Chihin an Hilfys Schulter.

»Ein Triumph«, hauchte *gtst.* »Wie kann eine farbige Spezies ihn errungen haben?«

Man wußte kaum, ob das ein Kompliment war oder nicht.

»Dann fühlen sich Euer Gnaden hier wohl?« erkundigte sich Hilfy.

Gtst drehte sich einmal im Kreis, betrachtete die Einrichtung, die zu einem nicht geringen Teil bei der Versteigerung der Dinge aus der verlassenen Stsho-Botschaft und verlassenen Stsho-Wohnungen erworben worden war. Die weiße Wandverkleidung bestand aus zwei gemischten Warenpartien; es war die einzige weiße Wandverkleidung, die sie hatten finden können.

»Bewohnt diese ... männliche Person ein Quartier in der Nähe?«

»Durchaus nicht«, versicherte Hilfy.

»Einigermaßen akzeptabel«, räumte *gtst* ein. »Eine Erleichterung für unsere Empfindsamkeit.«

Die Tür schloß sich.

»Steck ihn in den Aufenthaltsraum«, befahl Hilfy.

»Käpt'n?« fragte Chihin.

»Ich sagte, steck Meras in den Aufenthaltsraum der Crew! Die Crew kann in der Kombüse zusammensit-

zen! Wir können uns einen weiteren Vorfall dieser Art nicht leisten!«

»Aye«, sagte Chihin ruhig. Und ging.

»Es gibt keine andere Möglichkeit mehr«, murmelte Hilfy vor einem Becher Gfi beim Abendessen. »Hoas. Die Narn sind nicht erfreut darüber, daß sie ihn mitnehmen müssen, aber sie werden es tun. Ihn hier zurückzulassen, ist keine gute Idee. Nach einigem Nachdenken wird irgend jemand ein Prozeß einfallen, den er ihm anhängen kann.«

Die Gesichter waren nicht glücklich. »Ich bin dagegen«, erklärte Tiar allen anderen voran. »Wir haben eine Verantwortung, Käpt'n, wir haben uns nicht darum bemüht, aber wir reden hier nicht von einem erfahrenen Raumfahrer ...«

»Wir sind *alle* dagegen«, erwiderte Hilfy. »Uns allen wäre es lieber, ihn in besseren Umständen zurückzulassen. Wir alle wären froh, wenn die Sahern sich wie ein zivilisierter Clan benehmen und ihren Verpflichtungen nachkommen würden, aber das werden sie nicht tun. Die einzige Frage ist, ob wir ihn von unserem Schiff werfen oder ihn nach Hoas schicken, wo Narn ihn von ihrem Schiff werfen wird. Vielleicht kann ich von dem Stationsbüro eine juristische Unbedenklichkeitsbescheinigung kriegen, die es weniger gefährlich für ihn machen wird, wenn er wieder hier durchkommt – in der Zeit, die uns noch bleibt, solange wir beim Entladen sind, werde ich es versuchen ...«

»Riskant«, gab Chihin zu bedenken. »Rüttele an der Tür eines Rechtsanwalts, und du wirst mehr Rechtsanwälte bekommen, das ist meine Meinung.«

»Das weiß ich. Aber wir können wenigstens einigen Einfluß geltend machen, wenigstens habe ich bei der Persönlichkeit dieses Systems einen Fuß in der Tür – ganz zu schweigen von Tante Py –, und die Fragen, die wir regeln können, sind Fragen, auf die jedes andere

Schiff, das ihn von Hoas aus wieder nach hier bringt, Antworten finden muß. Und eine andere Wahl als Hoas gibt es nicht. Wir können die Entfernungen nicht ändern. Er hat keine andere Möglichkeit, von Hoas zurückzukehren, als über Urtur.«

»Bei uns wäre er immer noch sicherer.« Falas junges Gesicht war ganz ernst.

»Wir nehmen ihn *nicht* mit.«

»Ich habe auch schon hin und wieder einen Wagen zurückgesetzt«, gestand Tarras. »Der Chef der Dockarbeiter brüllte, der Wagen müsse weggefahren werden – der Junge fuhr ihn weg. Unter uns gibt es niemanden...«

»Na und? Wir haben uns also alle gelegentlich strafbar gemacht. Wir übergeben den Jungen Narn!«

»Und wenn Ana-kehnandian glaubt, er wisse etwas?« fragte Tiar.

Und Chihin: »Es gibt... äh... eine Komplikation.«

»Was für eine?«

»Der Junge hat die Vase gesehen.«

»Was meinst du damit, ›er hat die Vase gesehen‹? War sie denn nicht weggeräumt? Hatte ich nicht befohlen, sie herunterzunehmen, bis wir vollständig fertig damit wären, in der Kabine herumzuwursteln?«

»Wir waren fertig. Ich dachte, er sei in sein Quartier gegangen. Ich hatte ihn hingeschickt. Ich dachte, er würde drinbleiben. Was er nicht tat.«

»Chihin!«

»Es tut mir leid, Käpt'n.«

»Er hat einem Befehl nicht gehorcht?«

»Ich hatte ihm nicht direkt befohlen, dortzubleiben. Ich schickte ihn hin. Er kam zurück.«

»Götter. Was sonst noch? In was kann er möglicherweise sonst noch hineingeraten?«

»Ich weiß es nicht«, sagte Chihin. »Aber – um gerecht zu sein, muß ich sagen, daß er nicht absichtlich irgend etwas falsch gemacht hat.«

»Er macht nie absichtlich irgend etwas falsch! Ich habe noch nie jemanden gesehen, der so götterverdammt unschuldig ist. Gefiederte Götter, *warum* ist Meras immer da, wo man ihn nicht haben will?«

»Es ist eine kleine Welt da unten.«

»Kleine Welt. Es ist ein kleiner götterverdammter Korridor, aus dem die Nase herauszuhalten ihm befohlen worden war!«

»Der Stsho ist auch auf eigene Faust umhergewandert.«

»Der Stsho ist ein zahlender Passagier. Der Stsho ist nicht aus einem Stationsgefängnis herausgeholt worden! Der Stsho hat keinen internationalen Zwischenfall auf den Docks verursacht und war nicht Anlaß, daß die Abschnittüren geschlossen wurden!«

»Ich verstehe einfach nicht«, gestand Tiar, »warum dieser Haisi Ana-kehnandian wissen will, was der Gegenstand ist. Welchen Unterschied könnte das denn möglicherweise ausmachen?«

»Für irgendwen offenbar einen großen.« Hilfy rührte das Stew auf ihrem Teller um, betrachtete schwimmende Stücke, als hätten sie kosmische Bedeutung, und dachte an längstvergangene Zeiten in diesem Hafen, als man noch bewaffnet auf den Docks umherlief. Als Unfälle, die passierten, keine Unfälle waren und man sich niemals auf den äußeren Anschein verließ. Ihr war zumute, als seien diese Tage zurückgekehrt, und sie fühlte sich wie in einer Falle.

Dummkopf, sagte sie zu sich selbst. Dummkopf, Dummkopf, Dummkopf. Man gewöhnte sich an die hohe Politik, man gewöhnte sich daran, die Atmosphäre auf den Gipfeln bürokratischer Berge zu atmen, und die Nerven stumpften gegen Signale von höchstem Interesse und gefährlichen Verbindungen ab.

Bei den Göttern, man hielt es nicht für ungewöhnlich... während normalerweise jede Frachtschlepper-Kapitänin gesagt hätte: Halt, langsam, warum ich?

»Wenn wir ihn verlassen«, gab Tarras zu bedenken, »wird ihn sich irgend jemand schnappen, um ihn zu befragen. Oder es versuchen.«

Natürlich würde das geschehen. Man gebe den hiesigen Behörden einen ausreichenden Grund zur Neugierde, und sie könnten mit einer Anklage auftrumpfen, um den Jungen von jedem beliebigen Schiff herunterzuholen: Auch das war zu bedenken. Hilfy würde es vorziehen, daß dieses Schiff nicht die *Legat* wäre. Aber ehrlich gesagt, sie konnte auch nicht wünschen, daß es das Narn-Schiff wäre.

Und die Leute vom *Zoll* waren gekommen und hatten nach der Fracht gefragt. Vielleicht hatten Ana-kehnandias Fragen sie darauf gebracht, und vielleicht war die Persönlichkeit von Urtur so unschuldig wie Frühlingsregen. Doch vielleicht war sie es auch nicht. Vielleicht hatte sie sich nur deswegen ärgerlich auf Ana-kehnandian gezeigt, weil Ana-kehnandian keine Ergebnisse erzielt hatte. Weil es Lärm gegeben hatte und die Sache ins Licht der Öffentlichkeit geraten war und Ana-kehnandian gezwungen worden war, Farbe zu bekennen, was der Persönlichkeit von Urtur nicht paßte.

Hilfy ertappte sich dabei, daß sie immer noch wie eine Idiotin in ihrem Stew herumrührte. Und sich fragte, ob Meras denn überhaupt etwas sagen konnte, das Schaden anrichten würde. »Ist es eine weiße Vase?« Ein dummes Stück Information. Und was bedeutete es? Was in einem vernünftigen und gelegentlich logischen Universum wußte Ana-kehnandian oder wußte er nicht über den Stsho, das für seine Persönlichkeit von Wert oder lebensbedrohend oder politisch wichtig war? Was in einer mahen Hölle ging unter den Stsho vor? Meras könnte etwas Nützliches wissen, oder er hatte keine Einzelheit gesehen, die für die Mahendo'sat entfernt nützlich gewesen wäre. Vielleicht ging es gar nicht darum, daß der Gegenstand eine *Vase* war. Es

mochte die Verzierung auf der Vase sein. Soviel sie wußten, mochte es entscheidend sein, daß es sich nicht um einen Türstopper, einen Beutel Trockenfisch oder eine antike Teekanne handelte.

Hilfy sah zu vier ernsten Gesichtern, vier ernsten Augenpaaren hoch. Falas Ohren sanken herab, dann die von Tarras. Tiars Ohren senkten sich eins nach dem anderen. Chihin war die einzige Ausnahme, Auge in Auge mit ihr.

»Es war meine Schuld«, sagte Chihin. »Ich dachte, er würde in seiner Kabine bleiben. Ich hatte nicht damit gerechnet, daß der Stsho mit dem Aufzug herunterkommen würde. – Wenn wir ihn heimlich auf das Narn-Schiff bringen könnten ...«

»Und wenn jemand dahinterkommt, schnappen sie sich ihn trotzdem, und sie hätten Hilfe. Sie könnten nur noch einen Schritt davon entfernt sein, mit der Information etwas anzufangen. Aber der Botschafter ist nach Kita gereist, deshalb müssen wir auch nach Kita reisen. Das ist mehr als nur einen Sprung vom Treffpunkt entfernt. Ich möchte wissen, warum es eine Rolle spielt, daß der Gegenstand eine Vase ist.«

Chihin zuckte perplex die Achseln.

Hilfy nahm einen Löffel Stew. Sie fragte sich, ob die Geschichte einen gewissen Hallan Meras vergessen würde, wenn sie ihn auf einen Spaziergang in den Raum schickte, vielleicht kurz vor dem Sprung.

»Ich werde mit ihm reden.« Sie aß noch einen Löffelvoll. »Wenn wir ein bißchen Glück haben – und das müßte uns nach diesen letzten fünf Jahren zustehen –, wird ein Hani-Schiff auf seinem Weg von Hoas zu irgendeinem nützlichen Ort hier durchkommen. Ich habe hundert Posten Container, einen Haufen Post, zwanzig Container mit medizinischem Versorgungsmaterial, die Luxusartikel, die Kopierrechte auf die Unterhaltungsbänder – und das ist so ungefähr das Beste, was wir kurzfristig beschaffen können. Heutzu-

tage haben viele Angst, hochwertige Fracht zu befördern. Kann man es ihnen verdenken? Wir haben Glück, daß wir für diese Fahrt etwas Besseres als Roheisen bekommen. Gewerbliche Erzeugnisse und eine Ladung Lebensmittel und ein Zehn-Container-Posten von Ersatzteilen für irgendeine Baufirma auf Kita. Zum größten Teil Sachen, die kalt gelagert werden können. Ich weiß, ihr habt eine Schicht nach der anderen gearbeitet, und wir könnten mehr befördern. Aber wir müssen weg von hier. Ich will, daß wir diesen Hafen verlassen haben, bevor jemand Anklage gegen uns erhebt.«

»Ganz meiner Meinung«, stimmte Chihin zu. »Je eher wir ablegen, desto besser.«

»Ich gehe hinunter auf das Dock«, erbot sich Tiar. »Ich habe in der letzten Wache die leichteste Aufgabe gehabt.«

»Wir werden arbeiten, bis wir alles geladen haben«, sagte Hilfy. »Schlaft, wann es geht, tut alles, damit wir so bald wie möglich wenden können. Ich übernehme die Ladebucht. Meras kann im Aufenthaltsraum bleiben, *im* Aufenthaltsraum, es ist mir gleichgültig, ob dort ein Feuer ausbricht, er darf ihn nicht verlassen, außer wenn ich selbst den Befehl dazu gebe. Sind wir uns darin einig?«

Nicken. »Aye, Käpt'n«, von Tiar.

Hilfy schob ihren Teller zurück und stand auf. »Ich werde mit ihm reden. Und es interessiert mich nicht, wie überzeugend er ist, es interessiert mich nicht, wie schön seine Augen sind, es interessiert mich nicht, wie höflich er ist, ich will nicht, daß er den Aufenthaltsraum verläßt, solange wir nicht versiegelt und sicher sind, daß unser zahlender Passagier in seiner Kabine gut aufgehoben ist! Höre ich ein: ›Jawohl, Käpt'n‹?«

»Jawohl, Käpt'n«, kam die Antwort zurück.

Hilfy verließ die Kombüse und machte sich auf den Weg zum Aufenthaltsraum.

Die Kapitänin kam mit angelegten Ohren und finsterem Gesicht durch die Tür. Was bedeuten mochte, daß noch etwas passiert war, woran er die Schuld trug, obwohl, bei den Göttern, Hallan keine Ahnung hatte, wie oder was. Er stand in schicklicher Ehrerbietung auf und zog den Kopf ein.

»*Falls* die Götter uns gnädig sind, wird hier im letzten Augenblick ein Hani-Schiff durchkommen, das auf geradem Weg in den Hani-Raum ist und dich uns abnehmen kann. Falls die Götter uns weniger geneigt sind, reist du mit uns nach Kita. Und falls ...« – die Kapitänin streckte die erste Klaue aus –, »falls du noch irgend etwas anstellst, falls du diesen Aufenthaltsraum ohne ausdrückliche Erlaubnis verläßt, falls du noch einmal unseren Passagier erschreckst, falls du *meinst*, es bestehe eine götterverdammte Notwendigkeit, daß du dich an einen anderen Ort begibst, falls du einer meiner Crewfrauen Augen machst oder in jemandes Kabine landest, wirst du dich für die Dauer dieser Reise im Aufenthaltsraum *angekettet* wiederfinden, und die Reise kann ein ganzes Jahr dauern! Ist dieser Befehl zu dir durchgekommen?«

»Ja, Käpt'n.«

»Glaubst du, daß ich Witze mache?«

Er sah der Kapitänin ins Gesicht. Es war ein sehr hübsches Gesicht, und es war ein sehr ernstes und gefährliches Gesicht.

»Nein, Käpt'n.«

»*Möchtest* du ein Jahr in Ketten verbringen?«

»Nein, Käpt'n. Aber wenn ich in irgendeiner Weise helfen könnte ...«

»Du wirst nicht helfen!« Sie stach mit dem Zeigefinger in seine Richtung, und er wich zurück. »Du wirst mir deine Hilfe nicht anbieten, du wirst meiner Crew deine Hilfe nicht anbieten, du wirst unserem Passagier deine Hilfe nicht anbieten. Du hast nie etwas gesehen, du kannst dich nicht erinnern, daß du etwas in der

Kabine des Stsho gesehen hast, und wenn du dich doch erinnerst, daß du etwas gesehen hast, wirst du es auf der Stelle wieder vergessen. Kannst du dem folgen?«

»Ja, Käpt'n.«

»Wenn wir Glück haben, kommt doch noch jemand hier durch, und ich kann dich nach Hause schicken.«

Er hoffte, es kam niemand durch. Er hoffte es aus ganzem Herzen. Er wußte, daß die Kapitänin wütend war und daß sie dazu sehr triftige Gründe hatte.

»Mehr als alles andere«, sagte er, »wünschte ich mir zu helfen. Ich möchte nicht nach Anuurn zurück. Ich möchte niemals mehr nach Anuurn zurück.«

»Ohne deine Hilfe«, erwiderte die Kapitänin, »kommen wir besser zurecht. *Hör auf damit, uns deine Hilfe anzubieten,* hörst du?«

»Ja, Käpt'n.«

Damit ging sie hinaus. Und schloß die Tür. Hallan setzte sich wieder. Es war kein ungemütlicher Ort. Aber er war schon recht verzweifelt. Sie hatte gesagt, vielleicht werde ein anderes Schiff kommen. Er hoffte sehr, daß keins kam. Er hoffte, eine neue Chance zu erhalten.

Er grübelte und grübelte, wie er sich bei dem Unfall anders hätte verhalten können und bei der Begegnung mit dem Stsho und wie er immer noch etwas wiedergutmachen könne, wenn man ihm nur Gelegenheit dazu gäbe, wie er der Kapitänin beweisen könne, daß er qualifiziert war – wenn sie ihn doch nur mit der Fracht arbeiten ließen! Ganz bestimmt würde er nie mehr einen Tankwagen anfahren. Aber das glaubten sie ihm nicht. Er würde nie mehr in Korridoren umherlaufen, in denen er nichts zu suchen hatte. Aber Chihin hatte ihm befohlen, den Eimer wegzubringen. Deshalb hatte er gedacht, es sei nichts dabei …

Vielleicht hatte Chihin ihn hereingelegt. Aber das wollte er nicht denken. Sie hatte sich fair gezeigt, als er sie erschreckt hatte. Sie hatte bissige Bemerkungen ge-

macht, aber das taten alle. Er wollte nicht denken, Chihin habe ihn mit Absicht in diese Situation gebracht. Und für den Tankwagen war sie ganz gewiß nicht verantwortlich gewesen. Daran war er ganz allein schuld.

Bald darauf brachte Tiar ihm das Abendessen, ein Stew. Tiar fragte ihn, ob die Kapitänin ihm die Situation erklärt habe, und er antwortete, ja, das habe sie.

Tiar sagte, nimm die Kapitänin nicht zu ernst, und die Kapitänin brülle immer herum, wenn sie aufgeregt sei, aber sie handele gerecht, sobald sie sich wieder beruhigt habe.

»Es tut mir leid, daß ich dem Stsho Angst eingejagt habe«, sagte er, und Tiar meinte, es sei nicht schwer, einem Stsho Angst einzujagen, das größere Problem sei, ihn zufriedenzustellen, und das müßten sie. Tiar sagte auch noch, er habe sich gut gehalten, er dürfe nur niemals ein Risiko eingehen, auch wenn er den Eindruck habe, Leute schrieen ihn an – er solle sich nicht dazu provozieren lassen, erst zu handeln und dann zu denken.

Mit anderen Worten, dachte er, er sollte sich beruhigen. Das sagten Frauen immer zu Jungen, die sich schlecht benahmen, zu dummen Jungen, die mit ungefähr dreizehn anfingen, Anfälle von Jähzorn zu bekommen. Dann sagten ihre Schwestern: »Ist ja gut, beruhige dich, Hallan«, und Papa reagierte gereizt und wollte ihn nicht mehr um sich haben, und die jüngste Schwester sagte: »Versuch doch nachzudenken, Hal, benutze deinen Kopf, tu es uns zuliebe.«

(Dann sagte seine älteste Schwester, als er sechzehn geworden war: »Er denkt *zuviel.* Er wird da draußen nicht überleben.« Zu Hause auch nicht: Papa befahl ihm, hinauszugehen, das Mädchen, mit dem seine Schwestern ihn hatten verkuppeln wollen, behauptete, er halte keinen Vergleich mit ihren Brüdern aus, und seine Schwestern hatten alle ihre Ersparnisse zusammengelegt, um ihm eine Fahrkarte zu einer Raum-

station zu kaufen, zu einem Ort, den sie nie gesehen hatten, und den einmal zu besuchen sie gar kein Interesse hatten. Aber es war alles, was er sich wünschte, und sie gaben ihm diese sehr teure Chance – wofür er sie anbetete. Er konnte nicht zurückkehren und sich bedeckt mit einer Schande, die sich vor ihnen nicht geheimhalten ließ, ins Exil schicken lassen, wo er sterben würde, weil er sich selbst darauf trainiert hatte, *hier* zu sein, das war alles, und er wollte lieber hier sterben als dort.)

Er hatte nicht viel Appetit auf das Stew, das Tiar ihm daließ. Aber er sagte sich, auch das sei männliches Naturell, daß er seinen Magen nervös mache. Er befahl sich, damit aufzuhören und statt dessen darüber nachzudenken, wie er sich in einer oder zwei Stunden fühlen werde, und wenn sie dann schon den Sprung machten, *mußte* er jetzt soviel von dem Essen hinunterwürgen, wie sein Magen behalten konnte.

Deshalb aß er alles auf und stellte das Geschirr an die Tür.

Es gab hier Video-Bänder zum Ansehen. Es gab Bücher zum Lesen. Er wünschte, man würde ihm erlauben, seine Sachen von unten heraufzuholen.

Aber er fragte nicht. Er benutzte den Kom nicht. Er machte aus sich kein Problem für die Crew. In einem Schrank fand er eine Decke und bereitete sich ein Lager und sah schlechte Filme an, während der Verlader arbeitete. Klirr. Klirr-klirr.

Er blieb nicht hängen. Also hatten sie doch auf ihn gehört. Und zumindest Tarras wußte, daß Ber recht gehabt hatte.

9. Kapitel

Die *Legat* schob sich aus dem Dock und driftete davon weg – drehte ihren Bug in der staubigen Umgebung des Urtur-Systems dem solaren Nadir zu und startete ihres Stsho-Passagiers wegen gemächlich mit der geringen Beschleunigung von knapp einen Ge. Die Ladebucht der *Legat* war nicht voll geworden, die Fracht war von geringer Masse, die Crew auf Wache war minimal, was die Erfordernisse der Sicherheit anging, und sobald sie die ihnen zugewiesene Schiffahrtsstraße für die Fahrt nach draußen erreicht hatten, lagen alle Crewfrauen behaglich im Bett und schliefen fest, ausgenommen die Kapitänin, die allein Dienst tat, die Augen mit Mühe offenhielt und Geister in den Schatten der Brücke sah.

Noch nie hatte sie ein solches Wendemanöver durchgeführt, seit sie auf die *Legat* gekommen war, und sie hoffte, es nie wieder tun zu müssen. Und als sie das Schlimmste an Staub und die Felsen, die sich in der Nachbarschaft der Planeten herumtrieben, hinter sich hatten, schaltete die Kapitänin auf Autopilot, kippte die Luftmatratze relativ zur Beschleunigungsebene flach und wickelte sich in eine Decke.

Sie dachte über Tc'a und erregte Stsho nach, sie wanderte durch eine mentale Wildnis aus Weiß auf Weiß …

Sie dachte an die *Stolz* und den Menschen, den sie an Bord gehabt hatte, dachte an ein freundliches Gesicht und Augen von Nicht-Hani-Farbe. Tully wäre niemals aggressiv gegen sie geworden, Tully hätte den armen Cousin Dahan nicht angegriffen und ihm den Kopf eingeschlagen. Sie haßte ihren verstorbenen Mann, und

sie *haßte* Cousin Harun. Wenn es nach ihr ginge, würde Harun Chanur seinen übergroßen Körper nicht im Sessel ihres Vaters lümmeln, am Feuer ihres Vaters sitzen und die jüngeren Cousins mit Ohrfeigen traktieren. Rhean wäre an Bord der *Glück* wieder im Raum, wo sie sich wünschte zu sein, und sie wäre auf der *Stolz*, zusammen mit Tully, frei von allen Problemen. Doch die Götter allein wußten, wer dann die Angelegenheiten des Clans leiten würde. Was zeigte, wie unrealistisch das alles war.

Sie wollte nicht an den Meras-Jungen denken und daran, daß sein Gesichtsausdruck sie gar zu sehr an den Dahans erinnert hatte, freundlich und verwirrt und aufgeregt und verletzt, als sie ihn beschimpft hatte. Sie hätte nie gedacht, daß sie einmal im Prinzip mit Chihin übereinstimmen würde, sie vertrat eher Pyanfars Meinung bei der Frage ›Kultur gegen Instinkte‹. Aber jetzt fand sie sich mit Chihin einig: Meras gehörte nicht in den Raum. Meras dachte nicht, zumindest dachte er nicht, bevor er handelte. Zum Beispiel fuhr er einen Tankwagen an, nur weil irgendein maher Vorarbeiter gebrüllt hatte, das Hebegerät müsse aus dem Weg geschafft werden. Der Vorarbeiter hatte ihn gar nicht gemeint, aber das hatte kein Neuron in seinem Gehirn zum Feuern angeregt.

Man stelle sich Cousin Harun in einer verantwortlichen Position vor. Man stelle sich vor, Harun habe seinen Kopf anstelle seiner Fäuste zu benutzen.

Männer, die tatsächlich dachten, waren seit Tausenden von Jahren umgebracht worden. Auf diese Weise hatte die Biologie die Hani-Spezies konstruiert. Andere Spezies waren vielleicht glücklicher, und andere Spezies mochten geschickter darin sein, den Umgang zwischen den Geschlechtern zu regeln. Aber die Hani waren noch nicht lange genug zivilisiert, um die Paarung auf eine andere Weise zu organisieren. Als sie heranwuchs, hatte ihr niemand erzählt, daß jede Einstel-

lung, jede Meinung, die sie gelernt hatte, veraltet sein würde, wenn sie fünfundzwanzig war. Niemand hatte ihr erzählt, daß die ganze Welt durcheinandergebracht werden und die Art, wie Hani Geschäfte mit Außenseitern tätigten, sich ändern würde. Offenbar hatte auch dem Rest des Planeten niemand etwas erzählt, denn dort tat man immer noch alles nach der alten Weise. Das gleiche war es mit dem Jungen im Aufenthaltsraum – niemand hatte ihm erzählt, die Dinge würden sich ändern, bis Tante Pyanfar ihn mit dem Versprechen eines wundersamen Wandels im Universum weggelockt hatte.

(Falsch, Junge. So funktioniert das nicht. Narn will dich nicht haben, Padur will dich nicht haben, wir wollen die Komplikationen nicht, die du heraufbeschwörst, und die Crew, die dich damals als Lehrling annahm, hat sich deinen Lebenslauf nicht angesehen, oder? Hani sind Hani. Leute mit Macht denken nicht daran, sie aufzugeben. Gerecht ist nicht gerecht, nicht unter den Hani, und anderswo auch nicht. Und keine Schwester hat dich jemals gelehrt, nachzudenken, bevor du springst.)

Ein hübscher Junge. Das war alles, was die Frauen gedacht hatten. Das war alles, was sie je denken würden. Sie selbst hatte keine Illusionen, daß sie die Art, wie Hani waren oder handelten oder dachten, ändern könne: Das war Tante Pyanfars Lieblingsprojekt, nicht ihres, sie hatte sich nie darum beworben, ein Banner für die Reform von irgend etwas oder irgend jemandem zu tragen, sah man einmal davon ab, daß sie wünschte, die Hani seien nicht so götterverdammt fremdenfeindlich und so eingeschworen auf ihre eigenen Bräuche.

Man sollte bloß nicht behaupten, Pyanfar Chanur gelange über die Grenzen der Biologie hinaus, wenn sie eine persönliche Entscheidung treffen mußte. Pyanfar hatte ihr den Chanur-Clan aufgeladen und war mit Na

Khym davongelaufen, um zu tun, was ihr beliebte, frei zu sein, wie es ihr beliebte. Jetzt bist du an der Reihe, Nichte. Verhalte dich verantwortungsbewußt.

Nichts, was sie in ihrem Leben geplant hatte, hatte jemals funktioniert, und keine Person, der sie vertraut hatte oder gern vertraut hätte, hatte jemals ihre Partei ergriffen. Erzählt das den eifersüchtigen Rivalen, die glaubten, Hilfy Chanur bekomme alles, was sie sich wünsche, ohne dafür bezahlen und ohne sich dafür anstrengen zu müssen.

Sie gab sich einem Strom des Selbstmitleids hin. Das erkannte sie, als sie immer wieder bei diesem Kehrreim anlangte. Sie versuchte, ihre Gedanken aus dieser Bahn zu reißen, und starrte die Lichter an, die sich in der Decke spiegelten, lauschte auf die kleinen, ständigen Geräusche eines Schiffes in Fahrt und dachte, daß sie, solange sie außerhalb von Häfen waren und solange sie die Legat hatte, sicher war – daß sie nicht mehr nach Anuurn zurückzukehren brauchte, wenn sie nicht wollte, daß der Raum alles war, was sie sich wünschte, alles, was sie sich je gewünscht hatte, und in eine mahe Hölle mit den Planeten und den Einstellungen, die sich auf ihnen entwickelten.

Gelegentlich begegnete sie anderen Hani-Schiffen und der planetengebundenen Haltung, die zum Beispiel Narn zeigte. Auch Narn sollte es besser wissen, auch sie sollte frei genug sein, um auf den *Han* und die alten Frauen zu Hause zu spucken – aber sie tat es nicht und würde es nie tun. Man konnte es von den meisten Clans nicht erwarten, und es hatte nicht den Anschein, als machten solche Gedanken bei den Raumfahrerinnen schnelle Fortschritte. Ganz im Gegenteil, es hatte einen konservativen Rückschlag gegeben. Das war die Enttäuschung.

Was ihr verriet, wie sehr sie persönlich sich danach sehnte, Köpfe einzuschlagen und Mut in Narn und Padur hineinzuschütteln und wie sehr sie sich wünsch-

te, das Universum sei anders, und es werde darin nach zivilisierten Regeln gespielt, und es kümmere bei den Göttern *niemanden,* ob ein junger Narr gegen die Biologie ankämpfen und in den Raum gehen wollte. Aber so lief es nun einmal nicht.

Meras war nicht selbst schuld daran, was passiert war. Weder seine Erziehung noch seine Lehrzeit hatten ihm beigebracht, was er wissen mußte, und vielleicht war auch sie ungerecht gegen ihn gewesen. Sie hatte ihm keine Parameter genannt, sondern ihm nur die allgemeine Anweisung gegeben, nach draußen zu gehen und das zu tun, wovon er behauptete, er könne es tun, als ob seine Papiere tatsächlich mehr zu bedeuten hätten als die Erlaubnis, dazusitzen und die Schalttafeln zu beobachten, solange eine lizenzierte Raumfahrerin Pause machte.

Es gab Schiffe, die Lehrlinge so behandelten. Es gab Schiffe, die weibliche Lehrlinge so behandelten – viele davon, was die Schande nur noch größer machte. Als sie von der *Stolz* weggegangen war, hatte sie ihr Fach beherrscht, und die meisten Schiffe kamen nie in Situationen, die für die *Stolz* alltäglich gewesen waren. Es gab nicht vieles, was sie in den Jahren, als sie bei Pyanfar Chanurs faszinierenden Unternehmungen die Kommunikationsoffizierin gewesen war, nicht gesehen oder getan oder erlebt hatte.

Der Junge hatte nie eine solche Chance bekommen. Der Junge saß im Aufenthaltsraum und sah sich Filme an, und als einziger an Bord war er nicht vor Müdigkeit umgefallen. Sie würden ihn noch eine Weile auf dem Hals haben, und je mehr sie darüber nachdachte, desto stärker wurde ihr Unbehagen, daß sie das Familientemperament nicht beherrscht und extravagante Erwartungen in einen Lehrling gesetzt hatte. Sie selbst hatte ihn aufs Dock hinausgeschickt, und der Grund war, daß er keinen Mantel besaß, sonst hätte sie ihn in der Ladebucht arbeiten lassen, wo er einen Arm oder

den Hals in der Maschinerie hätte verlieren können. Aber der Krach mit den Urtur-Behörden war nicht allein Schuld des Jungen gewesen… Er hatte seine Grenzen nicht gekannt, er hatte wahrscheinlich eine schlechte Gewohnheit imitiert, die er bei jemand anders gesehen hatte – darin hatte Tarras recht.

Und er würde die *Legat* um nichts klüger und besser als zuvor verlassen, wenn ihm niemand das notwendige Wissen in den Schädel hämmerte. Die *Sonne* hatte die Verantwortung für ihn gehabt, jetzt hatten sie sie, und, bei den Göttern, Hilfy war von einer gewissen Eitelkeit erfüllt, wenn es darum ging, was die *Legat* tat und wie sie es tat.

Ihr Papa war nicht dumm gewesen. Onkel Khym war nicht dumm. *Junge* Männer waren dumm, weil ihre Hormone tobten und ihre Körper einen höllischen Wachstumsspurt durchmachten, wodurch sie gegen Türen stolperten und Porzellan zerschlugen. In diesem Stadium verließen die jungen Männer ihre Heimat und zogen in die Wildnis und kämpften gegeneinander und erwarben sich die Narben und die Erfahrung, die sie brauchten, um furchterregend zurückzukommen und sich einen Platz zu erobern. Etwa sieben Jahre, und ein schlaksiger Junge, der nur aus Ellbogen bestand, kam mit breiten Schultern und mit Muskeln zurück.

Aber Hallan Meras schien davon nicht soviel zu haben wie zum Beispiel Harun Chanur. Meras hatte nur eine leichte Dosis abbekommen. Hatte die Illusion, ein Mädchen zu sein. Versuchte, sich wie ein Mädchen zu benehmen und seinen Kopf zu benutzen, und das in seinem Alter.

Hilfy kippte die Liege hoch, glättete ihre Mähne und schnellte die Ohrringe mit einem Ruck der Ohren in die richtige Ordnung. Sie drückte den Kom des Aufenthaltsraums und rief Meras zu sich. Also kam er, schüchtern, nicht weiter als bis in die Mitte der Brücke. Er schielte zu den unbemannten Stationen hin.

»Du bist an die Umgebung gewöhnt, nicht wahr?«

»Ich habe – die Brücke gesehen, ja, Käpt'n.«

»Die Brücke gesehen. Du bist lizensierter Raumfahrer, und du hast die Brücke gesehen? Das ist bemerkenswert.«

»Ich meine, ich habe die Brücke auf der *Sonne* gesehen.«

»Nicht dort gearbeitet?«

»Ich habe meine Papiere für die Frachtaufsicht bekommen, unten in ...«

»Dann bist du ein Spezialist. Ein echter Spezialist. – Was ist das für eine Station?«

»Ein Scanner, Käpt'n.«

»Ich gratuliere. Hast du schon einmal den Schirm abgelesen?«

»Nicht richtig.«

Das ließ sich denken. »Wer in einer mahen Hölle hat dir deine Papiere gegeben?«

Die Ohren sanken herab. »Die Behörden auf Touin.«

»Beherrschten die Beamten die Handelssprache? Hast du eine Prüfung abgelegt? Hat man dir Fragen gestellt?«

»Ich glaube, Ker Druans Wort hat ihnen genügt.«

»Du meinst Druan Sahern?«

»Eigentlich Hanurn. Ker Druan Hanurn nef Sahern. Sie hat mir geholfen. Sie hat mir gezeigt, wie es geht.«

Tante Pyanfar hatte keine Geduld gehabt. Unter ihr als Kapitänin tat ein Lehrling an jeder Schalttafel der Brücke Dienst, bevor Tante Py den Antrag auf eine Lizenz unterschrieb. Notfälle warten nicht auf die Expertinnen, pflegte Tante Pyanfar zu sagen. Bei den Göttern, du lerntest jede Schalttafel, jeden Knopf und jede Anzeige kennen. Vielleicht warst du die einzige, die die Station erreichen konnte. Das ganze Schiff mochte von dir und deiner Arbeit auf einer Station abhängen, die du nicht richtig beherrschtest.

»Ich habe meine Meinung nicht geändert. Ich werde

dich immer noch bei der ersten Gelegenheit, die ich finde, von diesem Schiff werfen. Aber ich glaube nicht, daß es uns gelingen wird, auf Kita etwas Passendes zu finden. Kita ist kein Ort, an dem ich irgendwen zurücklassen würde, und, bei den Göttern, niemand soll mein Schiff verlassen und der nächsten Crew erzählen können, wir hätten ihm überhaupt nichts beigebracht. Du verstehst mich?«

Die Ohren richteten sich auf, die Augen leuchteten. »Danke, Käpt'n.«

»Zur Hölle, danke mir nicht. Halte mich wach. Wir haben noch sechs Stunden bis zum Sprung, meine Augen schielen, mir tun die Arme bis hinunter in die Fingerspitzen weh, ich habe jede Geduld mit Dummköpfen verloren, und ich möchte, daß du dich da drüben an den Scanner setzt und mir vorliest, was du auf dieser Schalttafel und auf diesem Schirm siehst.«

»*Jawohl*, Käpt'n!«

Er ließ sich in den Sitz fallen und fing an, es herunterzurasseln, die Zahlen und die Namen und die Bezeichnungen der Schiffahrtsstraßen.

Bei den Göttern, er machte es gar nicht schlecht. Sorgfältig prüfend zuerst und genau entlang ihrem festgelegten Kurs – der für jemanden, der die Symbole lesen konnte, auf dem Schirm dargestellt war.

»Wer hat dich den Code gelehrt?«

»Ich hatte dieses Buch.«

»Du hattest dieses Buch. Was für ein Buch?«

»Das allgemeine Handbuch für die Lizenz. Ker Dru hat es mich lesen lassen.«

»Sie hat es dich lesen lassen. Nett von ihr. Du hast also noch andere Dinge gelesen als nur darüber, wie man mit Fracht umgeht.«

»Alles. Ich habe alles gelesen.«

»Erinnerst du dich an alles, was du gelesen hast?«

»Ich habe eine Menge gelesen.«

Hilfys Puls beschleunigte sich. Es klang vertraut, bei

den Göttern, es klang vertraut. Auf die gleiche Weise hatte sie das Handbuch unten auf dem Planeten gelesen, Tante Py hatte ihr ein Exemplar zugesteckt, und sie hatte studiert und studiert und es vor ihrem Vater verborgen, denn *er* wurde böse, wenn sie studierte. *Er* hatte gewollt, daß sie auf dem Planeten blieb und Papas Lieblingstochter war. Aber *sie* hatte jedes Stückchen auswendig gelernt, jede Karte – sich Schalttafeln eingeprägt, die sie nie gesehen, und Operationen, die sie nie beobachtet hatte.

Weil sie so stark nach dem Raum verlangte, daß es körperlich war. Und irgendein götterverdammter, hormonvernebelter Junge dachte, er könne etwas ebenso stark begehren?

»Was ist in Quadrant 3?«

»Das ist eine Boje.«

»Was für eine Boje?«

»Das ist der interplanetarische Code.«

»Quadrant 4?«

»Das ist ein Erzfrachter.«

»Woher weißt du das?«

»Die Kennzeichnung beginnt mit dem Code für eine Minengesellschaft. Es sind eine Menge Buchstaben.«

Brillant. Eine Menge Buchstaben. Aber im wesentlichen hatte der Junge recht. Auf diese Weise ordnete das periphere Sehen Eindrücke ein. Zu diesem Zweck war das System von Identifikationen entwickelt worden.

»Käpt'n, etwas hat sich gerade von der Station gelöst. Ich glaube, es ist ein mahes Schiff.«

Ihre Gedanken lösten sich von jungen Dummköpfen und wandten sich sofort dunkleren Bahnen zu.

»Darf ich den Computer fragen?« fragte Hallan. »Ist dies der Schalter?«

»Unter dem Schirm links. Drücke ihn.«

»Die *Ha'domaren*.«

»Natürlich. Auf unserer Spur?«

»Ich denke, ja, Käpt'n. Sieht ganz danach aus.«

»Also will sie nach Kita.«

»Ja. Ich bin mir ziemlich sicher.«

Da saßen sie nun zu zweit und beobachteten einen Mahe, der bestimmt nichts Gutes im Sinn hatte. Allein, auf einer größtenteils im Dunkeln liegenden Brücke. Wurden Zeugen von geheimen Absprachen, Intrigen, Dingen, die nach Persönlichkeiten rochen, die im Krieg miteinander lagen.

Aber davon hatte Hallan keine Ahnung. Hallan Meras sandte ihr einen verwirrten Blick zu. Er fragte nicht geradeheraus, was los sei, aber ihr Ausdruck mußte ihm etwas verraten haben. Sein Gesicht wurde besorgt.

»Dies ist kein Mahe, dem ich vertraue«, sagte Hilfy. »Dies ist einer, der uns seit dem Treffpunkt auf den Fersen bleibt.«

»Warum?« fragte Hallan schwach. »Wissen Sie es?«

»Meras, weißt du, was wir an Bord haben?«

»Nein, Käpt'n. Eine Stsho-Person.«

Hilfy mußte lächeln. Sie, mochten die Götter ihr helfen, mußte lächeln. Und so wenige Zeitgenossen konnten sie zum Lachen bringen. Sie betrachtete sein ernstes, törichtes Gesicht und dachte: Wie im süßen Namen der Götter konnte er hoffen, es hier draußen zu schaffen? Konnte ein naiver Junge aus einem Buch lernen, wie man mit den Schalttafeln umging, und nicht lernen, wo die Macht lag, die den Pakt regierte, und was Verrat war?

Aber er wußte bereits, was Verrat war. Verrat war es, wenn ein Schiff ihn in einem ausländischen Gefängnis zurückließ. Verrat war es, wenn ein Schiff ihn als Lehrling annahm, ohne dabei an seine Interessen zu denken, und ihn die Dreckarbeit tun ließ. Und seine Lizenz hatte er bekommen, indem jemand über diese Arbeit falsche Angaben machte.

Ganz bestimmt hatte er die Kapitänin nicht glücklich gemacht. Die Kapitänin mußte die Entscheidung gefällt

haben, die ihn auf dem Treffpunkt hatte stranden lassen.

»Du darfst nicht von den Schalttafeln wegblicken, wenn du im Dienst bist«, sagte sie. »Auf diesem Schiff tust du das nicht.«

»Ja, Käpt'n. Verzeihung.« Er drehte sich sofort wieder um und sah das an, was anzusehen sie ihm befohlen hatte.

Und sie sah ihn an und dachte – sie war sich nicht einmal sicher, was. Sie dachte nicht über ihn nach. Sie dachte über einen gewissen Ana-kehnandian nach und was er möglicherweise zu gewinnen hatte. Und über den Stsho unten, der etwas von Verrat gefaselt hatte.

Eine weiße Vase. Eine Vase, in deren ganze Oberfläche ein abstraktes Basrelief eingemeißelt war, das für einen Stsho Sinn hatte, das stand fest. Vielleicht war es sogar eine antike Schrift. Es gab eine Menge, was die Stsho geheimhielten. Und Hilfy war überzeugt, daß sie aus Tlisi-tlas-tin nichts herausbekommen würde.

* * *

Für die nächste Stunde etwa blieb Meras am Scanner – und er machte seine Sache im großen und ganzen so gut, daß Hilfy allmählich zu der Überzeugung gelangte, daß er, sollte irgend etwas passieren, fähig sei, den Alarm einzuschalten und dies mit zumindest einem gewissen Verständnis dafür zu tun, daß bestimmte Schiffe einem Grund zur Sorge gaben, auch wenn sie sich nicht auf Kollisionskurs befanden. Sie ließ es zu, daß ihre Augen sich schlossen, eine gefährliche Sache, die allen Vorschriften widersprach, und sie rief sich ins Gedächtnis zurück, was sie über Hallan Meras und seine Lizenz wußte. Aber sie waren auf Automatik. Und dann schlief sie ein – versank in tiefen Schlaf und Vergessenheit, so daß es Tiars Schatten war, der sie weckte, als Tiar zwischen ihr und dem Licht hindurchging.

»Geht es dir gut?« fragte Tiar.

»Ausgezeichnet.« Sie blinzelte zu den fünf Schirmen ihrer Station hin, die von dem automatischen Ops-Zentrum beliefert wurden.

»Ist er in Ordnung?« fragte Tiar.

»Das Schiff ist nicht explodiert.« Der Rest der Crew traf auf der Brücke ein, um die letzten Arbeiten vor dem Sprung zu erledigen. Hallan Meras trat seinen Platz an Chihin ab, und zwar mit Entschuldigungen, die ganz überflüssig waren. Hilfy drückte Tasten, um die aktiven Schalttafeln an Tiar zu übergeben. Sie überlegte, ob sie Hallan Meras in den Aufenthaltsraum zurückschicken solle, und entschied sich dagegen. »Meras kann sich auf den Platz des Beobachters setzen«, sagte sie, bevor ihr ganz klar geworden war, daß dieser Platzwechsel ihn neben Chihin am Scanner brachte.

Jetzt saß er also neben Chihin. Nicht die beste Paarung, aber auch keine, bei der Na Hallan seine schönen Augen schimmern lassen und durch seine Naivität überwältigen konnte.

»Meras, du bleibst Chihin aus dem Weg.«

»Aye«, sagte er. »Danke, Käpt'n.«

Chihin schoß ihr einen vorwurfsvollen Blick herüber; wahrscheinlich faßte sie es als Rache für den Vorfall mit dem Stsho auf. Na Hallan setzte sich, und Chihin setzte sich an die Navigations- und Scanner-Station. Tarras war auf seiner anderen Seite an der Station Allgemeine Ops und Fracht, dazu Waffen, sollte die *Legat* sie jemals brauchen. Fala Anify glitt auf den Platz der Kommunikationsoffizierin, und die Kapitänin – die Kapitänin war Reserve für verschiedene Posten, eine Auswahl von Inputs auf ihren Schirmen.

»Wir haben Gesellschaft bekommen«, meldete Chihin. »Dieser Bastard verfolgt uns noch immer.«

»Habe ich auch schon bemerkt«, erwiderte Hilfy. »Ich traue ihm nicht zu, daß er uns Gutes wünscht.«

»Er nicht und die Person nicht, die ihn geschickt hat«, meinte Chihin.

Schalter wurden auf ›Ein‹ gedrückt, Lichter und immer mehr Schirme wurden hell und wechselten das Display nach Tarras' Eingaben. Der Computer fixierte den Orientierungspunkt. Fala riet ihrem Stsho-Passagier, die entsprechenden Vorsichtsmaßnahmen zu treffen, und bekam eine Bestätigung. Hilfy, die augenblicklich außerhalb der kritischen Programmschleifen war, nahm sich die Zeit, Karten von Kita sowie die letzten Handelsdaten abzurufen. Wenn die Götter ihnen wohlgesonnen waren, könnten sie einen Sprung nach Kurdu in den mahen Raum machen, sobald sie das *oji* abgeliefert hatten. Die notwendigen Zollfreigaben hatten sie. Da gab es gar keine Frage. Und Kirdu war da draußen kein schlechtes Ziel. Die meisten Schiffe fuhren in die andere Richtung, und man konnte einen großen Packen Post mitnehmen, Banküberweisungen und gelegentlich einen gut zahlenden Passagier, ganz zu schweigen von den Artikeln aus dem Stsho-Raum, die im Kirdu-Hafen recht selten waren.

Dazu mußte sich nur die schwache Hoffnung bewahrheiten, daß ihr Adressat sich auf Kita und nicht inzwischen an einem anderen Ort befand – oder dabei war, sich an einen anderen Ort zu begeben. Atli-lyentlas hatte einen guten Vorsprung gewonnen.

»Bereit zum Sprung«, meldete Tiar. »Junge, bist du in Ordnung da drüben?«

»Mit geht es gut«, lautete die Antwort, aber er tat etwas, das nicht den Vorschriften entsprach, Chihin konnte es aus dem Augenwinkel sehen, während die Zahlen sich schnell dem vorherbestimmten Wert der Geschwindigkeit und der Entfernung von einer Masse annäherten.

»Junge«, warnte Chihin ihn.

»Ich versuche, ein Echo von den Ops zu bekommen«, sagte er. »Ich möchte sehen …«

»Genieße du einfach den Flug«, sagte Chihin.

»Wir wollen uns auf das konzentrieren, was wir tun«, befahl Hilfy. Es war nicht der richtige Zeitpunkt für Nebensächlichkeiten. »Tiar.«

»Ich habe es, ich habe es. – Junge, schalte deinen 3 ein. Laß die Schalttafel in Ruhe, sie ist in Betrieb!«

»Da ist es!«

»Götterverdammte Ablenkung«, murmelte Chihin. »Diese Station ist in Betrieb. Der Junge muß sich merken, daß er keine Knöpfe drücken darf.«

»Entschuldigung, Ker Chihin.«

»Merke es dir!«

»Ja, Ker Chihin.«

»Du wärst am besten zu Hause aufgehoben, da gehörst du hin.«

»Friedlich«, murmelte Tarras.

»Ich will wissen, ob er die Sache mit der Schalttafel verstanden hat!«

»Ich drücke keine Knöpfe, Ker Chihin. Bestimmt nicht. Ich schwöre es.«

»Bei den Göttern, tu es lieber nicht. Diese Schalttafel hat eine Verbindung zur Feuerleitung. Warum schießen wir nicht zu unserem Amüsement auf die Station?«

»Sei doch ruhig, Chihin«, sagte Tiar. »Um der Götter willen, er hat sich entschuldigt.«

»Seid alle ruhig!« befahl Hilfy. »Wir sind beinahe am Ziel, eigentlich hätte ich dienstfrei. Könnte die Crew sich bitte für ein Weilchen konzentrieren?«

»Verzeihung, Käpt'n.«

»Es tut mir leid«, sagte Meras, und Chihin:

»Ein Raumschiff ist nicht der richtige Ort für einen…«

»*Halt den Mund,* Chihin!«

(»So ist sie immer«, flüsterte Fala.)

»Ein götterverdammter Zoo.« Hilfy ließ den Blick über die Zahlen wandern, sah, wie die Linien sich einander annäherten. »Damals hatten wir zwei Männern

an Bord und einen Kif, der weniger Unruhe machte.« Jahrelang war sie nicht fähig gewesen, daran zu denken, und erst recht nicht, einen Witz darüber zu reißen. Es war etwas seltsam Tröstliches an dem Jungen, wie er dasaß und sich über die Kontrollen beugte. Man mußte zugeben, daß er mit mehr Wissen an Bord gekommen war als damals Na Khym. Bestimmt mit mehr als Tully.

Die Zahlen erreichten +14 und +14. Die Linien trafen sich bei 0 und 0.

Genau auf dem Punkt…

– Nicht schlecht, sagte Tully zu ihr. Nicht schlecht. Du hättest es schlechter machen können als dieser junge Bursche.

Dann ging Tully weg, es mochten Docks sein, die er entlangwanderte. Sie hielt es dafür.

Warte, sagte sie. Tully, komm zurück. Du kannst nicht einfach so gehen…

– Halte dich an deine eigene Art, schalt Tante Pyanfar. Und sie:

Das mußt ausgerechnet du sagen. Du arbeitest mit den Kif zusammen. Du machst Geschäfte mit ihnen. In was? In kleinen eßbaren Tieren?

– Sie waren daheim. Kohan saß im Sonnenschein auf der Veranda, wo er gern saß. Seine Mähne war golden, seine Augen waren golden. Sein Fell glänzte wie Kupfer. Die Schlingpflanzen an der Mauer blühten. Es war der vollkommenste Tag des vollkommensten Jahres ihres Lebens. Papa sprach davon, auf die Jagd zu gehen…

Aber da saß ein schüchternes, stilles Kind auf den Stufen und schnitzte etwas. Dahan pflegte sich in Kohans Anwesenheit zu setzen, und Kohan nahm nie Anstoß daran, Kohan war nicht von der Sorte, die einen Jungen wegjagt. Kohan saß gern faul in der Sonne und sprach mit Dahan über die Jagd, über Jungen-Interessen. Manchmal erzählte Dahan von seinen

Büchern und seinen Notizen und den Geschichten, die er gehört hatte, und Kohan erzählte von Wissenschaft und welche Theorien er hatte und von seinen Herden und seinen Zuchtergebnissen. Das war eine liebe Gewohnheit bei Kohan, daß er mit ihm so ernsthaft über Hausangelegenheiten redete, als sei Dahan eine seiner Töchter und nicht ein zukünftiger Rivale. Dahan wiederum studierte Genetik, nicht, weil er selbst sich dafür interessierte, sondern weil Kohan es tat. Dahan war ein Junge, dem Tante Pys Politik hätte zugutekommen sollen … Pyanfar hätte ihn zur Station mitnehmen, ihn an Bord der *Stolz* nehmen sollen, und wenn es nur für eine oder zwei Fahrten gewesen wäre …

– Aber Dahan war tot. Sie hatte mitangesehen, wie sein Schädel zerbrach. Sie hatte das Blut auf der Wand gesehen.

Die Dinge wurden dunkler. Dieser Traum gefiel ihr nicht. Sie kannte ihn zu gut. Er neigte dazu, sich zu wiederholen. Aber schon war sie wieder auf der Veranda und im Sonnenschein. »Was sollen wir tun?« fragte Hilfy. Und ihr Vater sagte: »Er ist kein Kämpfer, die Götter blicken auf ihn, er ist kein Kämpfer, er wird nie einer werden, es macht mir nichts aus, ihn um mich zu haben. Aber das nächste Mal, wenn Pyanfar hier ist, muß ich mit ihr reden.«

Bis es dazu kam, war Kohan jedoch tot gewesen, und Pyanfars götterverfluchter Sohn war eingezogen. Ihr Mahn-Halbbruder, *Churrau hanim* nannten die alten Frauen es. *Verbesserung der Rasse.* Und sie hatte Cousin Kara nicht in den Rücken geschossen. Sie hatte nach den alten Spielregeln mitgemacht. Sie hatte einen Herausforderer geheiratet, und als er sich als Katastrophe erwies, hatte Rhean einen anderen gefunden. Auf einer zivilisierten Welt erschossen die Frauen schwachsinnige Männer nicht, nein, sie ließen es zu, daß ein Harun einen Jungen wie Dahan gegen eine Wand schleuderte und ein Gehirn verspritzte, das dem seinen

um das Zehnfache überlegen gewesen war. Die Frauen machten den Mangel wett. Die Frauen besaßen die Gene, auf die es ankam, sie vererbten die Intelligenz und den schnellen Verstand weiter, die Klugheit, die sie über Generationen erhalten hatten. Wenn ein Mädchen die Reiselust packte, wenn sie ihren Bruder rief und sich zu einem Ort aufmachte, von dem sie glaubte, er gefalle ihr, dann schlugen ihr Bruder oder ihr Ehemann Köpfe ein, um ihn ihr zu beschaffen. Und das sollte Intelligenz sein? Auf diese Weise sollte die Zivilisation funktionieren?

Hilfy wies diese Bilder zurück. Tully, sagte sie, Tully, komm zurück.

Sie konnte die Träume kontrollieren. Sie konnte ihn sehen, wie er von ihr wegging, so, wie er es getan hatte, hinein in diese graue Ferne der Portalkräne und Leitungen, die ganz so aussah wie die Treffpunkt-Docks, wo sie ihn gefunden hatten …

Das ängstigte sie. »Tully«, rief sie ihm nach, und zu ihrer Erleichterung hörte er sie und drehte sich um und wartete auf sie, um mit ihr zu reden. Dieses eine Mal waren sie allein.

»Was tust du?« fragte er.

»Ich folge dir«, antwortete sie.

»Das darfst du nicht«, sagte Tully. »Das darfst du wirklich nicht.«

Das machte sie böse. Und die Wahrheit war es sowieso nicht. Tully hatte die Handelssprache niemals so gut gesprochen. Sein Mund war nicht fähig, die Laute zu bilden. Hilfy sagte: »Du hast doch nichts gegen Chur einzuwenden. Oder gegen Geran oder …«

»Es ist anders. Mit ihnen ist es einfach anders.«

»Es ist nicht anders! Hör nicht auf meine Tante! Sie versucht, mir mein Leben vorzuschreiben. Sie weiß nicht, was gut für mich ist …«

»Hast du gefragt, was gut für mich ist?« Damit drehte er sich um und ging weg, ließ sie mit einer von

Tante Pyanfars Lieblingsperlen der Weisheit zurück. Von ihm glaubte sie das keinen Augenblick lang, und sie würde es einfach nicht *zulassen,* daß der Traum diese Richtung nahm. Sie ging weiter die Docks entlang, durch diesen Dschungel des Damals und Jetzt und durch Orte, die real waren und es nicht waren …

Der Junge war da, natürlich war der Meras-Junge da, wenn ihr Verstand sie mit Bildern angriff, machte er nichts halb. Tully benahm sich wie ein Dummkopf und pflichtete Tante Py bei, und natürlich war hier der Junge.

Es *konnte nicht sein,* es war unmöglich, daß Tante Py das eingefädelt hatte. Nein. Py wußte nicht einmal, daß sie auf ihrer Spur war. Und der Junge stand da und starrte sie auf seine bestürzte Weise an und blinzelte und sagte …

– Aber sie konnte nicht hören, was er sagte. Der Alarm ging los. Die Illusionen spazierten Arm in Arm davon. Cousine Chur war fähig, im Sprung die Realität zu sehen. Oder etwas, das jenseits davon lag. Hilfy hatte es versucht. Ihr Geist ging einfach davon in den Hyperraum und lebte in der Vergangenheit und stritt mit sich selbst und mit Tante Py und mit den DINGEN WIE SIE WAREN. Und das nützte niemandem etwas …

– »Willkommen auf dem Kita-Punkt, der Achselhöhle dieses Raumzipfels. Kifisches Kulturzentrum. Mahe religiöse Gegenstände, drei für den Credit … Stsho-Botschafter, Sonderpreise …«

– Chihins Sinn für Humor. Die Götter mochten sie bewahren.

Hilfy griff nach dem Päckchen mit den Nährlösungen. Es war weggerutscht, sie streckte den Arm danach aus, und ihre Muskeln protestierten. Sie konnte nicht in diesem Tempo weitermachen. Das Gehirn spielte ihr Streiche. Der Körper protestierte. Sie ließ ein Büschel Fell auf der Armlehne zurück.

Und der Magen wollte sich entschieden umdrehen, als die Suppe ihn plötzlich traf.

»Lebt *Gtst* Gnaden noch?« erkundigte sich Tarras.

»Ich glaube schon«, sagte Fala. »Ich höre ein Stöhnen.«

»Den Stsho gefällt es nicht, wenn man einen Sprung nach dem anderen macht.«

»Hoffentlich gefällt so etwas auch dem Botschafter nicht. Wenn *gtst* sich die Eingeweide aus dem Leib gekotzt hätte, wäre *gtst* vielleicht gar nicht erst nach hier abgereist.«

»Was wettet ihr?« fragte Chihin. »Die Kostbarkeit für unsere Chancen.«

»Götter!« warnte Fala. »Der Kom könnte eingeschaltet worden sein!«

»War er nicht.«

»Hört auf, hört auf!« rief Tiar. »Das hier ist ein kleiner Massenpunkt, wir sind bereit für einen Doppelsprung, überprüft eure Zahlen. Die Annäherung hat ihre Tücken.«

Bei den Göttern, das ist die reine Wahrheit, dachte Hilfy. Sie haßte dieses ...

– Der Boden fiel aus dem Universum und kam zurück.

»Götter.« Eine männliche Stimme. Was hatte *er* hier zu suchen?

Dann erinnerte sie sich.

»Los geht's«, sagte Tiar, und die *Legat* durchbrach die Blase ein drittes Mal. Energie floß in das Interface ab. Hilfy blickte auf verschwommene Instrumente, die sie informierten, daß ihr Schiff auf dem richtigen Kurs war und sich mit mäßiger, leicht zu handhabender Geschwindigkeit der braunen Masse des Kita-Punktes näherte.

Kita machte nicht viel her. Der braune Zwerg gab genug Energie für die Kollektoren ab, die sich wie riesige Schwingen ausbreiteten – eine phantastische Anlage. Aber sie funktionierte. Die Station war während der Jahre ihrer Existenz im Raum von nichts wei-

ter als einem Reparatur- und Notdienst-Depot zu einem zweckmäßigen, schwer zu klassifizierenden Versorgungs- und Produktionszentrum geworden.

Es blippte sie an, und die *Legat* gab automatisch ihre Identität bekannt. »*Das* ist es?« hörte die Kapitänin Hallan Meras murmeln. Zweifellos verwirrte es ihn, wie klein alles war. »Das ist Kita?«

»Unter Garantie«, antwortete Fala. »Oder Chihin hat uns nach Kefk geschossen.«

»Ich irre mich niemals«, protestierte Chihin. »Wann hätte ich mich je geirrt? Sag mir, wann ich mich einmal geirrt habe.«

»Zweimal letztes Jahr«, brummte Hilfy und schaltete den Bordkom ein. »Euer Gnaden, wie geht es Ihnen da unten? Sind Sie in Ordnung?«

Ein Stsho-Gebrabbel kam zu ihr zurück. *»Oh, die Unbeholfenheit, oh, die Schwere …«* oder so etwas. Es war irgendeine planetare Sprache.

»Euer Gnaden? Wir haben Kita erreicht. Wie sieht es bei Ihnen aus?«

»Bei mir? Bei uns? Bei welcher Kreatur? Oh, das Elend. Oh, die Unbequemlichkeit und die Unordnung. Wir können uns nicht sehen lassen.«

Gtst hörte sich ganz normal an. Für einen Stsho. *Gtst* war am Leben. Die Kostbarkeit thronte auf ihrem Postament und war nicht zerbrochen. Und Hilfy hoffte bei allen respektablen und anderen Göttern, daß *Gtst* Exzellenz Atli-lyen-tlas von Urtur hier war.

Die *Ha'domaren* war hier und bereits im Dock. Das zeigte das Stationsschema, das die Boje ihnen bei ihrer Ankunft überspielt hatte. Wieder war die *Ha'domaren* eine ganze Zeit später als sie gestartet – die Götter sollten sie verderben! – und war zuerst angekommen. Ana-kehnandian konnte keine materiellen Probleme wie Fracht oder ähnliche Unbequemlichkeiten haben.

Als die *Ha'domaren* sie vor Urtur das erstemal übersprungen hatte, hätte man sie noch für ein Handels-

schiff mit Maschinen von gewaltiger Leistungskraft halten können.

Es hätte ein Kurier sein können, der sie auf dem Weg nach Urtur geschlagen hatte.

Doch wenn das Schiff es zweimal schaffte, war es kein einfacher Kurier.

»Der Teufel«, sagte Hilfy. »Liegeplatz 10. Habt ihr es gesehen?«

10. Kapitel

Es gab Kommunikationen, die konnte man unterwegs durchführen, und Geschäfte, die konnte man unterwegs abwickeln, auch wenn einem vor Müdigkeit die Augen zufielen und man zwischen den Anrufen, ganz gleich, wie viele Becher Gfi man trank, um für die Routine-Angelegenheiten wach genug zu bleiben, mit dem Gesicht auf den Kombüsentisch landete.

Chanurs Legat, *in Annäherung an die Kita-Punkt-Station, an die Zollbehörde des Kita-Punktes… Wir haben Waren, die auf Urtur unter Zollverschluß gelegt worden sind und deshalb nur innerhalb des mahen Raums angeboten werden dürfen. Wir überqueren keine internationalen Grenzen und hoffen deshalb auf zügige Abfertigung. Unsere Handelslizenz ist in Ordnung, und wir sind bereit, unsere Papiere vorzulegen. Bitte, merken Sie sich vor, daß diese Crew wegen notwendiger Reparaturarbeiten auf Urtur nicht zum Schlafen gekommen ist und deshalb nach dem Andocken eine Ruheperiode braucht.*

Chanurs Legat, *in Annäherung an die Kita-Station. Kapitänin Hilfy Chanur gibt der* Ko'juit *auf Liegeplatz 14 bekannt: Wir haben eine dringende persönliche Botschaft für einen gewissen Atli-lyen-tlas, der nach den Aufzeichnungen der Urtur-Station Passagier auf Ihrem Schiff ist. Bitte, stellen Sie eine Sprechverbindung zwischen ihm und uns her. Einen Translator haben wir an Bord.*

Chanurs Legat, *in Annäherung an Kita. Kapitänin Hilfy Chanur gibt Ana-kehnandian, Oberschurke, an Bord der* Ha'domaren *bekannt: Wir nehmen es nicht gut auf, wenn uns jemand im Sprung überholt. Wir haben Ihre Position vor und nach dem Sprung aufgezeichnet. Seien Sie gewarnt!*

»Käpt'n! Käpt'n?«

Mit dem Gesicht auf dem Kombüsentisch, den Henkel des Bechers in den Fingern und keine Erinnerung daran, eingeschlafen zu sein.

»Tut mir leid, wenn ich dich geweckt habe«, sagte Tarras. »Aber wir sind gleich da.«

Hilfy grunzte, löste ihre Finger von dem Becherhenkel und fuhr sich, die Augen geschlossen, mit den Klauen durch die Mähne.

»Ein paar bedeutungsvolle Botschaften sind eingegangen«, berichtete Tarras. »Nichts Erfreuliches. Der Stsho, den wir suchen – ist verschwunden.«

»Was heißt das, ›verschwunden‹?«

Tarras legte ein Papier auf den Tisch. Hilfy stellte ihre Augen blinzelnd darauf ein.

Die Ko'juit, *im Dock der Kita-Station. Kapitän Me-sheirtajkun an Kapitänin Hilfy Chanur,* Chanurs Legat, *in der Annäherung. Müssen dich zu meinem Bedauern informieren daß nicht kennen Aufenthaltsort Passagier.*

Die Ha'domaren, *im Dock der Kita-Station, von Tahaisimandi Ana-kehnandian an Kapitänin Hilfy Chanur. Warum du sein so langsam? Du wollen erfahren Aufenthaltsort Atli-lyen-tlas? Wir ihn finden, du keine Sorge.*

»Ich bringe ihn um.«

»Noch niemand hat es unserem Passagier erzählt«, sagte Tarras. »Wir dachten uns, das würdest du tun wollen. Es ist aber nicht offiziell. Wir können bei den Stationsbehörden fragen, uns erkundigen, ob überhaupt Stsho auf der Station sind.«

»Tu das«, murmelte Hilfy. Sie widerstand dem Drang, sich flach auf die Nase fallen zu lassen, stand auf und wanderte in ihr Quartier zurück.

Sie hätte die Freiwache in ihrem Bett verbringen sollen. Meras schlief und konnte nichts anstellen. Kita würde sich als Katastrophe erweisen. Sie waren so weit gefahren, wie sie es ohne Schlaf tun konnten. Die Crew hatte vor dem Sprung eine halbe Wache Schlaf bekom-

men, aber im Augenblick war ihr der Bund ihrer Hose zu weit, sie hatte während des Sprungs Gewicht verloren, als sie sich mit der Hand über die Brust fuhr, war sie voller ausgefallener Haare, und wenn sie geistig gesund oder ganz bei Bewußtsein wäre, würde sie ein Bad nehmen, bevor sie an der Matratze horchte.

Sie hatte eigentlich nicht die Gewohnheit, im Dock zu schlafen. Aber in ihrem jetzigen Zustand war sie für nichts zu gebrauchen. Sie fiel ins Bett, zog das Sicherheitsnetz über sich und befestigte es, und dann war sie für die nächste Zeit bewußtlos.

* * *

Kita-Punkt-Zollbehörde an Kapitänin Hilfy Chanur, im Dock auf Kita-Punkt. Wir anerkennen den Urtur-Zollverschluß, sein guter Handel im mahen Raum. Wir Euch ausklarieren, müssen nur Ladungsverzeichnis stempeln, bitte vorlegen im Dock. Dieses Büro sein sehr dankbar für Eure Kooperation.

Die Ha'domaren, *im Dock auf der Kita-Station, Tahaisimandi Ana-kehnandian an Kapitänin Hilfy Chanur von der* Chanurs Legat: *Du wollen sprechen? Ich haben Information Du wollen. Machen Dir gutes Angebot.*

Der Schlaf, eine Dusche und saubere Kleider machten die Botschaft nicht erfreulicher. »Ich werde gehen und mit dem Mahe reden«, sagte Hilfy vor der versammelten Crew, Meras ausgenommen. »Ich werde herausfinden, was er weiß. Ich werde ihn nicht erschießen, ganz gleich, wie sehr er mich provoziert. Wir können entladen, sobald wir den Stempel vom Zoll haben. Tiar, du sorgst dafür.«

»Der Stsho ruft oben auf der Brücke an«, sagte Fala. »Wir erzählen *gtst* immerzu, daß du schläfst und niemand sonst Entscheidungen fällen kann. Und Ker Pyanfars Post – stapelt sich schon wieder. Möchtest du sie sehen?«

»Ich stehe nicht zur Verfügung. Sag *Gtst* Gnaden, wir wüßten über *gtst* Wunsch Bescheid und gäben uns Mühe, ihn zu erfüllen. Es sei unsere vorrangige Aufgabe. Laß *gtst* bloß nicht aus *gtst* Quartier heraus. Verklebe das Schloß, wenn es sein muß. Ertränke *gtst* in Tee. Tarras, Chihin, ich will die Fracht entladen haben. Ich will das Ladungsverzeichnis gestempelt haben. Ich will eine Liste der Waren, die zu irgendwelchen Häfen, ganz gleich, welchen, weiterbefördert werden können. Schließt kein Geschäft ab, wir wissen noch nicht, wohin wir reisen ...«

Beunruhigte Gesichter sahen sie an. Nicht eine der Frauen sagte zu ihr: Dieser Vertrag ist eine Katastrophe. Nicht eine sagte zu ihr: Deswegen enden wir vielleicht in Schulden. Nicht eine sagte: Du bist ein verdammter Dummkopf, Käpt'n.

»Erledigt das.« Sie war schon auf dem Weg hinaus.

»Was ist mit dem Jungen?« fragte Chihin.

Das war Nebensache. Es war kein Thema, über das sie nachdenken wollte. Ihr Blick schweifte über die vertraute Umgebung, und sie sah vertraute Aufgaben und die tausend Dinge, die regelmäßig getan werden mußten. Und sie dachte an einen jungen Mann, der während der Vorbereitung zum Sprung gearbeitet hatte, der während des Sprungs auf seinem Posten geblieben war und jetzt, wo er sich ausruhen konnte, wieder allein im Aufenthaltsraum eingeschlossen war. Er war keine Dose mit Suppe, die man auf ein Regal stellen und vergessen konnte. Er war ein ernsthafter dummer Junge, der sich zuviel Mühe gab – das hatte sie in der Zeit, die sie zusammen gewesen waren, erkannt, und diese Begeisterung stellte die größte Gefahr dar. »Er kann die Kombüse übernehmen, er kann auf diesem Niveau alles tun, was er sich selbst zutraut, aber kontrolliert es hinterher und laßt nicht zu, daß er irgend etwas Dummes anstellt. Er verläßt diese Ebene nicht, er geht nicht in die Nähe des Aufzugs, nur für

den Fall, daß der Stsho loskommt … Beleidigt niemanden, aber haltet Meras in Deckung, und wenn ihr ihn in einem Schrank verstecken müßt. Ist das klar?«

»Kein Problem«, sagte Tiar.

»Götterverdammter Mist«, schimpfte Chihin. »Es müßte doch ein Hani-Schiff da sein, das nach Kirdu oder sonstwohin will.«

»Unwahrscheinlich. Und ich weiß nicht, ob er auf Kirdu sicher wäre.« Das war ein Urteil aus dem Bauch. Es kam von dem Wissen, daß die *Ha'domaren* da draußen war und eine Konferenz wollte.

Es kam von Dingen, die, bei den Göttern, nicht richtig waren. Hilfy konnte nicht glauben, daß sie diese Position einnahm. Aber ganz sachlich betrachtet, sagte sie auf dem Weg zum Aufzug zu sich selbst, weder Narn noch Padur hätte der Persönlichkeit von Urtur sagen können, sie dächten nicht daran, einen Mann ihrer Crew auszuliefern. Die *wenigsten* Hani-Schiffe hatten die Persönlichkeit der Persönlichkeiten zur Verwandten …

Die Götter mochten verhüten, daß sie einen Hani-Jungen einer mahen Behörde übergeben mußten – einem Hani-Jungen wurde in seiner Kindheit kein Verständnis für das Rechtssystem der Mahenso'sat beigebracht. Er machte Fehler? Er war von seinen Schwestern verwöhnt worden. Er zog voreilige Schlüsse und fragte nicht? Er war nicht dazu erzogen worden, Verantwortung zu tragen. Er dachte nicht nach? Man hatte ihn nicht ermutigt zu denken. *Denken* war das, was seine Schwestern taten. *Folgen* waren das, was seine Schwestern auf sich nahmen.

Der Sprungraum stellte etwas mit dem Verstand an. Und diese Sache, daß Tully von ihr wegwanderte, das war ein Alptraum, der sie nie ganz verließ. Man konnte abergläubisch werden, man konnte auf die Idee kommen, es sei etwas außerhalb von einem selbst oder daß man mit jemandem über stellare Entfernungen hinweg

kommuniziere, während ein gebildetes Wesen doch wußte, so etwas gab es nicht, es waren nur das eigene Unterbewußtsein und die eigenen geheimen Gedanken.

Was also hatte es mit dem Jungen auf sich, daß sie auf der anderen Seite des Sprungraums mit der tiefinnerlichen Überzeugung herauskam, sie könne ihn nicht im Stich lassen?

Sie drückte den Rufknopf. Die Aufzugtür öffnete sich. Sie stieg ein und hatte vor sich den Korridor, der um die Kombüse herumlief und zur Brücke führte. Dann schloß die Tür sich, und die Kabine fuhr abwärts.

Sie konnten ihn nicht im Stich lassen, weil sie keine solchen Schurkinnen waren wie die Crew der *Aufgehenden Sonne,* sie hätten den Jungen nicht ausgenutzt, sie hätten ihn nicht wie Müll zurückgelassen, und sie selbst hatte es nicht über sich gebracht, ihn in einem nackten Raum eingeschlossen zu halten…

Die Aufzugtür öffnete sich. Hilfy holte Atem und ging den unteren Hauptkorridor zur Luftschleuse hinunter.

Wieder ein götterverdammter kleiner Raum. Sie mochte es nicht, daß er sich um sie schloß, wenn sie in einer solchen Stimmung war. Sie stellte die Schleuse an und sah zu, wie die Lichter eins nach dem anderen angingen, nahm die anders riechende Luft aus einem anderen Teil des Hafens wahr und stieg die gerippte, beleuchtete Röhre zur Rampe und zu den Docks hinunter.

Wo die Zollbeamten schon warteten… »Willkommen auf Kita-Punkt, Hani-Kapitänin! Unterschreiben Sie die Formulare…«

Und hinter diesem Hindernis, gleich jenseits des Zugangs zur Rampe, neben der Kontrollkonsole für die Portalkräne und die Leitungen, die die Speicher der *Legat* mit Wasser füllten und ihren Abfall absaugten…

»H'lo, hübsche Hani.« Haisi winkte ihr wie ein alter Freund zu, als sie sich ihm näherte. »Wie es dir gehen?«

»Hallo, du lumpenohriger Schuft. Was weißt du, woher weißt du es, und warum soll ich dich nicht wegen Gefährdung meines Schiffes anzeigen?«

Der Junge wünschte sich so sehr, die normalen Wartungsarbeiten zu übernehmen, und wenn eine Frau einer solchen Selbstaufopferung begegnete, dachte sie an all die Dinge, die niemand tun wollte – zum Beispiel das Auswechseln der verfluchten Filter, das zwar noch nicht fällig war, aber beinahe. Wenn sie nun jemanden hatte, der gern auf dem Rücken lag und halbwegs in das Ventilationssystem hineinkroch, war das doch fein – warum ließen sie ihn nicht?

Inzwischen waren da die Zollbeamten. Tiar hatte das Kommando, der Stsho rief andauernd von unten an, und die Zollpapiere sahen nach einer bloßen Formalität aus. Da konnte eine vernünftige Person, die dringend Schlaf brauchte, doch aufatmen. Was Tiar tat. Und dann ging sie, ihrer Kapitänin folgend, nach unten, um mit den Zollbeamten zu sprechen.

»Alles in Ordnung«, sagte der Zollchef. »Alles klar mit Urtur, alles klar hier. Deine Kapitänin unterschreiben, alles fein.« Es hatte Vorteile, mit den kleinen, den neuerbauten Stationen zu verhandeln. Luxusgüter waren rar. Artikel des lebensnotwendigen Bedarfs waren knapp. Wenn man nicht bewaffnet und gefährlich war, konnte man mit so gut wie allem durch den Zoll gelangen, und man erwartete keinen Disput.

Aber man mußte den erwähnten Zollbericht in Empfang nehmen und höchstpersönlich zum Stationsbüro wandern, um die verschiedenen Dienstleistungen zu beantragen und einen Plan für das Entladen vorzulegen.

Im Falle des Kita-Punktes und ihres Liegeplatzes lag das Stationsbüro ziemlich weit entfernt, zu weit ent-

fernt für eine Station, die so klein und so primitiv war, daß sie sich einen Fährenbetrieb rund um die Uhr nicht leisten konnte.

Also ging Tiar zu Fuß. Und stellte sich vor dem Büro an. Der Kita-Punkt hatte keine separaten Schalter für Leute, die Ladedokumente vorlegen wollten, und Raumfahrer, die eine Genehmigung für den Transport eines lebenden Schoßtieres brauchten, was eine sehr merkwürdig zusammengesetzte und aufsässige Warteschlange ergab, in der man sich nicht wohl fühlte. In zwei Fällen kam es zu Fauchen und Schnappen und in einem anderen zu einem Ausbruch wilder Panik.

»Das Hani-Handelsschiff *Chanurs Legat*«, gelang es ihr endlich zu sagen, einen Schwall des Geruchs kifischer Gegenwart in ihren Nüstern – zwei von ihnen standen in der Schlange hinter ihr, aber der Mahe mit dem Schoßtier war schon abgefertigt. Tiar schob die Papiere über die Theke, ließ den mahen Agenten die erforderlichen Stempel in Frieden betrachten und füllte den Antrag auf eine Frachtquittung aus.

»Für den Gebrauch der Station«, erklärte sie, das erhielt üblicherweise Priorität. Sie stand da und wartete.

Und fühlte etwas hinten im Bund ihrer Hose.

Tiar faßte hin, vermutete ein Tier oder einen Taschendieb, der sein Ziel verfehlt hatte.

Und fand ein Stück Papier.

Sie sah sich um, entdeckte nichts als ein ausdrucksloses Gesicht und ein Achselzucken von dem Mahe direkt hinter ihr in der Reihe und sah eine weiße Gestalt in einem grauen Mantel um die Ecke huschen.

Ein Stsho. Aber auf gar keinen Fall würde sie ihren Platz in der Schlange aufgeben, um ihn zu verfolgen.

»Unterschreiben«, sagte der Beamte, und sie nahm den Stift und die Tafel und unterschrieb an verschiedenen gekennzeichneten Stellen.

»Du wann wollen entladen?«

»Wir sind bereit dazu. So bald wie möglich.« Sie ver-

suchte, einen heimlichen Blick auf das Papier zu werfen, aber der Beamte sagte:

»Du haben flüchtige Stoffe? Dann du müssen unterschreiben Formular.«

»Natürlich. Kein Problem.« Tiar erhaschte einen Blick. In wackeligen Blockbuchstaben stand da: *HILFE. 2980-89.*

Eine Telefonnummer? Eine Adresse?

»Du unterschreiben hier«, sagte der Beamte.

Geistesabwesend richtete sie den Blick auf das Formular. Sie las die eingesetzten Begriffe, steckte ihre Kopie ein und nahm das Stück Papier mit der Botschaft mit zu einem öffentlichen Telefon.

Die Kapitänin zog sie besser *nicht* mit in die Sache hinein.

Haisi Ana-kehnandian zog an dem abscheulichen Rauchstäbchen, blies die vergiftete Luft in die neonbeleuchtete Umgebung und lächelte träge. »Ich dir sagen, hübsche Hani, du haben eine verdammte Menge Pech. Erst Atli-lyen-tlas kommen hierher, wie wir wissen. Dann ... keine guten Nachrichten. Atli-lyen-tlas gehen auf Kif-Schiff.«

»Kif?«

»Und vier Stsho tot wie tagelang tote Fische. Verdammt große Schweinerei.«

Sie wollte Haisi nichts schuldig sein. Es verdroß sie, ihn fragen zu müssen. Aber der Mahe saß selbstgefällig lächelnd da und wußte, daß ihr keine Wahl blieb.

»Und warum?«

»Kif sein schwer in Verdacht. Oder vielleicht Stsho sich fürchten zu Tode.«

»Wohnten sie hier, oder sind sie mit dem Botschafter gekommen? Mach es nicht so spannend, heraus damit.«

»Du sein so ungeduldig. Du haben schöne Augen.«

»Wer waren die Stsho?«

»Drei hier haben wohnen. Einer Sekretär von Atlilyen-tlas.« Eine weitere Rauchwolke wurde in die verseuchte Zone entlassen. »Ich haben Fotos; du wollen sehen?«

Er faßte in seinen Beutel und zog sie heraus. Hilfy beugte sich vorsichtig vor und nahm die Gabe, ordnete sie in ihren Fingern zum Fächer. Kein schöner Anblick, nein, vor allem die Nahaufnahmen nicht. »An was sind sie gestorben?«

»Vielleicht an Gift. Vielleicht sich haben fürchten zu Tode. Stsho sein emp-findlich.«

»Woher hast du diese Bilder?«

»Ich haben Cousin in Stationsbüro.«

»Du hast überall Cousins.«

»Große ...«

»Große Familie. Du erwähntest es bereits.«

»Ebenso wie Chanur. Große Familie. Einflußreiche Familie.«

»Ich bin Kapitänin eines Handelsschiffes und versuche, mir meinen Lebensunterhalt zu verdienen! Ich habe keinen Einfluß auf meine Tante, ich kenne ihre Angelegenheiten nicht, sie kennt meine nicht, wir sprechen nicht miteinander!«

»Das ich haben hören. Traurig, Familienstreit.«

»Es geht dich nichts an.«

Der Kellner setzte die Getränke auf den Tisch. Geeisten Fruchtsaft für Ana-kehnandian und geeisten Tee für Hilfy. Berauschenden Tee. Sie nippte vorsichtig daran.

»Was ist die Wahrheit?« fragte sie. »Mit wem ist deine Persönlichkeit verbündet? Mit wem macht sie Geschäfte? In welcher Verbindung steht sie zu meiner Tante? Gibt es so eine Verbindung überhaupt?«

»Ah – du wollen, ich dir sagen Angelegenheiten meiner Persönlichkeit.«

»Es könnte mein Vertrauen in dich stärken.«

Wieder ein Zug an dem Rauchstäbchen. »Du sein ge-

wesen lange Zeit auf der *Stolz*. Jetzt ihr nicht sprechen? Welche Geschichte?«

»Auch das geht dich nichts an.«

»Du sein Clan-Oberhaupt.«

»Das bin ich. Dem Namen nach. Ker Pyanfar hat mich dazu ernannt.«

»Das du ihr nicht verzeihen, ah?«

»Mag sein. Was hat das mit allem zu tun?«

»Nur das: Viele Leute dich kennen sehr gut.«

»Schön für sie. Das freut mich.«

Ein Auflachen und eine Rauchwolke. Eine große Rauchwolke. Hilfy krauste die Nase.

»Du sein der Persönlichkeit sehr ähnlich. Du sein ebenso Bastard wie sie.«

»Familienähnlichkeit. Familientemperament. Wünschst du eine Demonstration?«

Ein neues Grinsen. Mahenso'sat und Menschen grinsten. Schlechte Gewohnheit. Auf Anuurn konnte man deswegen getötet werden.

»Du nett. Nicht unbeherrscht. Einfach Hani.«

»Du hast Vorurteile, weißt du das? Willst du ein Geschäft mit mir machen? Sag mir, welchen Unterschied das, was wir transportieren, bedeutet. Sag mir, welchen Unterschied es für die Stsho bedeutet und was auf dem Spiel steht.«

»Du nicht wissen.«

»Wir transportieren Fracht. Wir werden dafür bezahlt. Die Stsho haben keine Mahendo'sat beauftragt, sondern uns. Meinst du nicht, wenn sie euch voll vertrauen würden, hätte die *Ha'domaren* den Gegenstand bekommen?«

»Vielleicht sie suchen nach Dummkopf.«

Ein Punkt für ihn. »Wenn du soviel weißt, dann sag doch: Was ist das Ding? Welche Bedeutung hat es? Überzeuge mich, daß du unser Freund bist.«

»Eine Menge Status. Eine Menge Status bei den Stsho.« Paff und Paff. Ein Schluck Fruchtgetränk.

»No'shto-shti-stlen sein Bastard Nummer eins, wollen sein Chef von ganzem Pakt. Er Stsho sehr beunruhigen mit Geben dieses Ding.«

»Wieso kommt es dann darauf an, was es ist?«

»Es machen Unterschied, welche Art von *oji*. Manche haben starke Präsenz. Manche bedeuten Geschichtlichkeit. Manche sein Kunstwerk. Manche veranlassen Selbstmord.«

»Selbstmord?«

»Du erhalten *oji*, du müssen reagieren, oder du verlieren alles. Nummer-eins-schmutziger Trick.«

»Du meinst, der Empfänger muß dem Gegenstand entsprechen.«

»Oder verlieren seinen Status.«

»Und Atli-lyen-tlas will ihn nicht in Empfang nehmen?«

»Vielleicht.« Noch ein Schluck. »Was für eine Art *oji*?«

»Bedaure. Nicht genug Informationen. Warum sollte ich deiner Persönlichkeit helfen? Vielleicht ist sie nicht meine Freundin.«

»Wir sein *gute* Freunde! Wir sein Nummer-eins-gute Freunde! Wie du kommen auf diese Idee? Mahendo'sat schon lange Zeit Freunde von Hani. Wer euch hat bringen in Raum? Wer bringen Schiffe auf eure Welt? Wer euch geben Hilfe Nummer eins für machen Schiffe und Handel? Ihr verdammten Hani vor zweihundert Jahren noch kämpfen gegeneinander mit angespitzten Stöcken. Und jetzt sein so klug, daß sagen zu Mahendo'sat: Lebt wohl, wir brauchen keine Hilfe.«

»Nun, das ist eine Frage, die du der Kapitänin eines Handelsschiffes nicht stellen darfst. Geh und sag meiner Tante, was sie euch schuldet. Sag meiner Tante, sie soll mir sagen, daß ich dir sagen soll, was ich weiß – kein Problem.«

»Du sagen, ihr nicht sprechen miteinander.«

»Wir hatten keinen Grund dazu. Wenn wir einen Grund hätten, würden wir miteinander sprechen.«

»Wieviel ich sollen erzählen?«

»Du kannst mich nicht kaufen.«

»Du wollen wissen, wohin Atli-lyen-tlas gehen?«

Hilfy geriet stark in Versuchung. Sie konnte diesem Haisi nicht vertrauen. Aber sie konnte ihm mehr vertrauen als den Stsho. Im Laufe der Geschichte waren die Mahenso'sat öfter mit den Hani verbündet gewesen als nicht. Nur standen nicht *alle* Mahendo'sat auf der gleichen Seite. »Hier draußen gibt es keine große Wahl. Wenn *gtst* nach Urtur gegangen ist, reiße ich dir die Ohren ab. Nimm einmal an, ich hätte gesagt, es sei ein Kunstgegenstand.«

»Ich müssen mehr wissen als das, Hani.«

Hilfy nahm einen Schluck Tee. Den letzten. Und stand auf. »Ich gebe dir etwas, du gibst mir etwas. Das war das falsche Spiel, Mahe. Ich mache nicht länger mit.«

»Kshshti.«

»Mit den Kif.«

»Sie die Kif *anheuern*. Du dich setzen. Setzen, reden.»

Hilfy sank auf ihren Stuhl zurück, stützte die Ellbogen auf die zernarbte Tischfläche und sah dem Mahe in die Augen. Grünes Neonlicht verbesserte seinen Teint nicht. Grün spiegelte sich auf seinem dunklen Fell, auf seinem nichts verratenden, flachnasigen Gesicht – auf dem Rauch, den er aus den Nasenlöchern blies.

»Dann rede. Welches Kif-Schiff?«

»Vielleicht ... die *Nogkokktik*.«

»Warum?«

»No'shto-shti-stlen haben viele Feinde. Viele alt, viele schlau. Feinde wollen, daß *gtst* heimgehen, aufgeben Direktor-Posten. Das genug?«

»No'shto-shti-stlen ist ein alter Freund meiner Tante. Warum sollte ich *gtst* Interessen verraten?«

»No'shto-shti-stlen sein niemandes Freund. Du wissen, wie lange leben Stsho?«

Es war keine bekannte Tatsache. In den Büchern, die Hilfy gelesen hatte, wurden Vermutungen angestellt.

»Wie lange?«

»Vielleicht zweihundert Jahre. Genaue Zahl schwierig. Stsho wechseln Geschlecht, wechseln Person, wechseln alles, nicht erinnern. Woher einer wissen, wann geboren, wenn verändern? Niemand sicher. Aber was das interessieren Stsho? Man gehen in Phase, man sein ebenso wie tot. Man behalten keine Erinnerung, wer du früher sein. Ebenso wie tot.«

»Wer weiß, ob sie sich nicht doch erinnern, wer sie waren!« »Sie sagen, nicht erinnern. Du nicht glauben Stsho?«

»Ich glaube, daß ich bezahlt worden bin. Und ich werde richtig nervös, wenn Leute anfangen, mir nach meinen Geschäften oder nach Passagieren auf meinem Schiff Fragen zu stellen.«

Eine neue Rauchwolke, grün im Neonlicht. »Du wollen machen Kontakt mit hiesigem Stsho?«

»Vielleicht. Vielleicht werde ich den Stationskom benutzen wie jedes andere zivilisierte Individuum auch.«

Haisi grinste. »Vielleicht du nicht werden bekommen Antwort. Verdammt ängstlich, dieser Stsho.«

»Wer ist dieser Stsho?«

»Name unwichtig. Sein gewesen Adjutant von Atliyen-tlas, bekommen große Angst, nicht gehen mit Kif. Ich haben Kontakt. Du haben *oji.* Und Boten von No'shto-shti-stlen.«

»Und?«

»Deshalb dein Stsho machen diesen Stsho reden verdammt schnell.«

Ein verlockender Gedanke. »Ich stehe unter Vertrag. Ich kann nicht sagen, inwieweit ich zustimmen darf. Interessante Idee. Bestimmt. Aber ich muß zurück aufs Schiff und mir das Dokument ansehen, das ich unterschrieben habe.«

»Kein sicherer Ort, Kita. Mahendo'sat aufgeregt,

Stsho aufgeregt – Kif aufgeregt. Du wollen sprechen neuen Direktor auf Treffpunkt, viele Veränderungen. Veränderungen machen Geld, nehmen Geld. Für viele Leute großer Stress. Schlecht für Gesundheit.«

Es erfüllte einen nicht gerade mit Zuversicht, in einer mahen Bar mit einem Mahe zu sitzen, von dem man nicht wußte, welche Mächte sein Schiff finanzierten, und durch ihn Geschäfte mit unbekannten Parteien, die unbekannte Absichten hegten, abzuschließen.

»Ich setze mich wieder mit dir in Verbindung.« Hilfy stand auf und überließ es ihm, die Rechnung zu bezahlen.

Bei 2980-89 handelte es sich tatsächlich um eine Telefonnummer. Und um eine Adresse, da dies das System auf der Kita-Punkt-Station war. Deshalb konnte man, statt anzurufen, beinahe ebenso leicht einen Spaziergang zum Aufzug unternehmen und in die Wohnebenen hochfahren, Deck 2, Abschnitt 80.

Keine schlechte Nachbarschaft, sagte Tiar zu sich selbst angesichts der makellosen Wandverkleidungen, der sauberen Plastik-Wegweiser und des Plastik-Schildes, auf dem im universellen Alphabet stand: *Silimaji nan nil Jaß hai-wa.*

Was einem mahen Wartungsarbeiter, der vielleicht kein Pidgin sprach, mitteilte: *Durchgang verboten.*

Keine Unordnung, kein Dreck, keine Graffiti, die man sonst auf den Docks überall fand. Teuer.

Tiar läutete bei Nr. 89 und wartete. Zweifellos benachrichtigten inzwischen Optiken in der Wand die Bewohner, daß eine Hani in Raumfahrer-Blau in dem fleckenlosen Korridor stand.

»Wer ist da? Identifizieren Sie sich!«

»Ker Tiar Chanur von dem Handelsschiff *Chanurs Legat.* Ich bekam eine Nachricht, daß ich Sie aufsuchen solle.«

Elektronische und manuelle Schlösser klickten. Die

Tür ging weit auf. Ein Stsho stand dort, größer als die meisten anderen, um *gtst* federiges Kopfbüschel und die Mondstein-Augen mit Schnörkeln im blassesten Limonengrün und Mauve bemalt. »Chanur, ehrenwerte Chanur. Schützen Sie uns! Sie müssen uns schützen!«

Es war kaum ein Gespräch für einen Hausflur. Andererseits wollte sich Tiar nicht von einer sich schließenden Tür in der Wohnung eines Fremden einsperren lassen. »Auf welche Weise? Vor was?«

Hände wedelten, versuchten, sie ins Innere zu winken. »Herein, herein, die Gefahr, die Gefahr, ehrenwerte Hani.«

»*Welche* Gefahr?« Tiar tat einen Schritt zurück, wich den weißen, beschwörenden Fingern aus. »Ich kenne Sie nicht. Wenn Sie Hilfe wünschen – kommen Sie zum Schiff.«

»Höchst ausgezeichnete Hani! Ich habe wenig Gepäck, ganz wenig, bitte, bitte, Sie werden mich sicher an Bord Ihres Schiffes bringen ...«

»Das habe ich nicht gesagt! Dazu müßte erst die Kapitänin ihre Erlaubnis geben.«

»Aber wenn die ausgezeichnete Kapitänin diese ehrliche Person einläßt, wo wird dann mein Gepäck sein? Wie soll ich leben? Was soll ich tun? Ich muß gewisse Dinge haben, die für meine Existenz notwendig sind! Alles steht bereit, alles ist gepackt, ich brauche es nur noch zu ergreifen, o bitte, *bitte,* geschätzte Hani, höchst ehrenwerte ...«

»Dann holen Sie das götterverdammte Gepäck! Beeilen Sie sich, wenn Gefahr besteht!«

Gtst jammerte, *gtst* lief so schnell nach hinten, wie ein Stsho sich bewegen konnte, und tatsächlich, *gtst* zerrte in fieberhafter Eile Beutel und Bündel aus Schränken, aus Truhen, aus verschiedenen Winkeln des pastellfarbenen Raums, bis ein ansehnlicher Haufen entstanden war.

»Das können Sie nicht alles tragen.«

»Diese ehrliche Person hatte gehofft, war überzeugt gewesen, daß eine starke, eine höchst ausgezeichnete und vertrauenswürdige Hani so freundlich sein würde...«

»Götterverdammt.« Tiar betrat den Raum – nicht ohne sich erst wachsam umzusehen –, packte die schwersten Bündel bei ihren Riemen und Griffen und überließ es dem Stsho, mit dem Rest fertigzuwerden. Sie ging zur Tür, während *gtst* immer noch *gtst* Arme füllte.

»Ich trage das hier«, erklärte sie über die Schulter zurück, »Sie tragen den Rest, und geben Sie sich nicht den Anschein, als gehörten wir zusammen, wenn Sie keine Publicity wünschen. Und wenn der Kapitänin Ihr Aussehen nicht gefällt, stehen Sie mit diesem ganzen Kram wieder draußen auf dem Dock, verstanden?«

»Oh, höchst kluge, höchst weise Hani, höchst ausgezeichnete...«

»Hören Sie auf damit! Schließen Sie die götterverdammte Tür!« Das Wesen kannte das Konzept der Intrige nicht. *Gtst* schob eine Nachricht in den Hosenbund eines Aliens und kam gar nicht auf den Gedanken, daß eine offene Tür Fragen wecken mußte.

Fragen wecken mochte auch eine Aufzugkabine voller Gepäck, eine Hani und ein verängstigter, vor sich hinbrabbelnder Stsho. Eine Mahe mit einem Kind im Schlepptau stieg auf Deck eins zu und fuhr mit ihnen hinunter. Das Kind sprang an den Wänden herum, grinste über seine eigene Klugheit und brachte es fertig, sie beide in der kurzen Zeit, bevor die Türen sich auf das kalte Grau der Docks öffneten, anzurempeln. Vielleicht hatte die Mahe vor, ihren Sprößling in den Raum auszustoßen. Vielleicht hoffte sie, jemand anders werde es tun. Tiar raffte die Bündel zusammen und zerrte sie an den Türen vorbei, hielt sie für den Stsho mit seinen schwachen Gliedern fest und fauchte: »Weg da, Kind!« in einem solchen Ton, daß die Mahe ihnen das Balg aus dem Weg zog.

Der Stsho war offensichtlich beeindruckt. *Gtst* blasse Augen waren weit aufgerissen. *Gtst* murmelte: »Bitte, halten Sie den Sprößling zurück, er ist sehr lästig«, und folgte Tiar nach draußen.

Für einen Stsho gegenüber einer Fremden war das erstaunlich. Tiar war ihrerseits beeindruckt. *Gtst* besaß mehr Kraft, als es auf den ersten Blick den Anschein hatte. »Liegeplatz 10«, sagte sie und schritt in gemäßigtem Tempo aus, ein sich bewegendes Hindernis auf den Docks, in dem dichten Fußgängerverkehr.

Sie blickte zurück, nur um sich zu vergewissern, daß der Stsho ihr immer noch folgte. Und *gtst* tat es, schleppte sich mit *gtst* baumelndem, schwingendem Gepäck aus kleinen Bündeln ab. *Gtst* hinkte auf einem limonenfarben beschuhten Fuß.

»Weiter, weiter«, keuchte *gtst* und schüttelte sich das Kopfbüschel aus den Augen. »Wir sind in großer Gefahr. Ich werde so tun, als ob ich Sie nicht kenne. Das ist eine List. Bitte, gehen Sie weiter!«

Tiar ging weiter. Es waren Kif unterwegs. Es waren Mahendo'sat unterwegs. Keine andere Hani, kein anderer Stsho. Plötzlich kam es ihr außerordentlich naiv und gefährlich vor, daß sie getrennt gingen.

»Kommen Sie«, sagte sie. »Beeilen Sie sich! Mir gefällt das nicht.«

Wie froh war sie, als sie die Nummer der *Legat* auf der Anzeigetafel sah! Die ersten Lastwagen waren bereits eingetroffen. Die Ladebucht stand offen, das Rampentor zeigte Grün für entriegelt.

»Wir schaffen es«, pustete sie und hoffte, Tarras oder Chihin zu entdecken. Der Stsho strampelte sich tapfer (für einen Stsho) ab, ihr auf den Fersen zu bleiben.

Drei Kif hielten sich in der Nähe auf. Sie standen einfach da und beobachteten sie.

Noch nie war es Tiar eine solche Erleichterung gewesen, daß sich das Tor, als sie die Rampe hochgestiegen war, auf ihren Befehl öffnete. Der Stsho ächzte

unten an der Schräge, versuchte, *gtst* Gepäck aufzunehmen, dessen Riemen sich mit *gtst* Roben verwickelt hatten. Einer der Kif kam auf sie zu. Seine Bewegungen verrieten Entschlossenheit.

»Kommen Sie hier herauf!« rief Tiar. Sie bedauerte die Vorschrift, der zufolge die nächste Pistole, die sie besaßen, im Schrank in der Luftschleuse lag. »Sofort!«

Gtst stolperte und hinkte die Rampe hoch. Der Kif blieb stehen. Eine Sekunde lang sah er Tiar direkt ins Gesicht, und es war ein Blick, der ihr die Haare im Nacken zu Berge stehen ließ. Sie bugsierte den mit dem Gepäck kämpfenden Stsho in die eisige Luft der Rampe.

»Oh, die Kälte!« hauchte *gtst*.

»Kif!« warnte Tiar. »Vorwärts!« Sie ließ das Gepäck hinter der Tür auf der Seite der *Legat* fallen und rannte auf die Luftschleuse und den Waffenschrank zu. Der Stsho protestierte schrill dagegen, zurückgelassen zu werden. Sie hörte, daß er jammernd und keuchend zu rennen versuchte.

Tiar drückte die Kontrollen der Luftschleuse, wartete, bis der Arbeitsgang beendet war, und fuhr drinnen mit den ersten und dritten Klauen in die Steckhülsen, die den Schrank öffneten. Sie nahm die Pistole heraus, schob den Sicherungsflügel zurück und jagte dem Stsho, der durch die Schleuse gepustet kam, einen solchen Schrecken ein, daß es *gtst* bestimmt zehn Jahre Leben kostete.

»Ich hole das Gepäck«, erklärte sie. »*Sie* bleiben in der Luftschleuse.«

Gtst jammerte, *gtst* keuchte, *gtst* schluchzte. »Lassen Sie uns durchgehen! Lassen Sie uns durchgehen! Oh, Mord, oh, schändlicher Mord an uns ...«

Tiar kehrte um, und *gtst* wimmerte weiter. Die zerbrechliche Röhre war nicht der geeignete Ort, um eine Schießerei anzufangen, aber sie hatte den Blick auf die Tore da unten gerichtet, die jeder, der einen Schlüssel

besaß, öffnen konnte. Und wenn ein Kif das tun sollte, würde er in ernste Schwierigkeiten geraten, bei den Göttern.

... Die Schiffskapitänin ist verpflichtet, den Gegenstand zu sichern und für seine ständige Sicherheit zu sorgen und ihn vor allen nicht bevollmächtigen Personen abzuschirmen ...

... Der Vertreter der Person, die den Vertrag ausstellt, hat den endgültigen Schiedsspruch zu fällen, wie über den Gegenstand verfügt werden soll, es sei denn, die Person, die der Vertreter der Person, die den Vertrag ausgestellt hat, gewesen ist, ist weder in der Substanz noch faktisch länger als dasselbe Individuum anzusehen, das durch den Vertrag als das Individuum bezeichnet wird, das die den Vertrag ausstellende Person vertritt.

Götter.

Hilfy fuhr sich mit der Hand durch die Mähne, starrte auf den Schirm ... *hat den endgültigen Schiedsspruch zu fällen, wie über den Gegenstand verfügt werden soll. Der Vertreter der Person, die den Vertrag ausgestellt hat.*

Das bedeutete, Tlisi-tlas-tin vertrat No'shto-shtistlen. Das bedeutete, sie mußte Tlisi-tlas-tin auffordern, den endgültigen Schiedsspruch zu fällen.

Hilfy schaltete aus, erhob sich von dem Schreibtisch in der Ops-Zentrale auf dem unteren Deck und ging, den Vertreter von *Gtst* Exzellenz zu besuchen – der, so war zu hoffen, fähig war, die Verantwortung zu übernehmen oder zumindest über die Sache auf vernünftige Weise zu diskutieren.

Sie sollte *gtst* von Ana-kehnandian erzählen. Sie hatte nie daran gedacht, auf enge Weise mit einem Stsho zusammenzuarbeiten. *Niemand* dachte daran, auf enge Weise mit einem Stsho zusammenzuarbeiten. Was ihre Vernunft anging, waren sie allein den Methan-Atmern vorzuziehen.

Aber wenn sie jetzt einen Verbündeten hatte, der ihr etwas erklären konnte, dann war es Tlisi-tlas-tin.

Sie ging an die Tür und gab ihre Anwesenheit bekannt. »Euer Gnaden? Ker Hilfy Chanur. Auf ein Wort.«

Ein Stsho brauchte immer ein Weilchen, bevor *gtst* antwortete – und noch ein Weilchen, um sich zu erheben und in Ordnung zu bringen und an die Tür zu gehen. In ungewöhnlich kurzer Zeit glitt die Tür zurück, und *Gtst* Gnaden Tlisi-tlas-tin bezeugte seinen Respekt mit einem matten Flattern der Finger.

»Höchst ehrenwerte Kapitänin.«

Hilfy bekam die Zeit nicht mehr, *gtst* die Neuigkeiten mitzuteilen. Die Schleuse lief, und ein schrilles Trillern erklang im Hauptkorridor. *Gtst* Gnaden riß die Augen auf und zog sich unter den Türrahmen zurück.

»Wer ist das?« rief *gtst*. »Oh, Mord, oh, Unheil! Welche Katastrophe ist das?«

Hilfy hatte nichts in den Händen. Es klang wie Mord, und etwas war im Schiff, das nicht hineingehörte.

Das Etwas entpuppte sich als ein weiterer Stsho, ein aufgelöster und jammervoll verängstigter Stsho, eine seltsamerweise mit Paketen und Riemen und ineinander verwickelten pastellfarbenen Kleidungsstücken behangene Gestalt.

Und hinter dieser Erscheinung tauchte Cousine Tiar auf, eine Pistole in der Hand.

»Asyl!« rief der Stsho. Tlisi-tlas-tins Tür schloß sich schnell. Tiar drängte sich vor. Sie winkte dem in Panik geratenen Stsho, sich still zu verhalten, und warf einen hastigen, besorgten Blick in Hilfys Richtung.

»Was hat das zu bedeuten?« wandte die Kapitänin sich an Tiar. Schußwaffen, um der Götter willen, und ein Fremder an Bord!

»Kif«, schnaufte Tiar. »Käpt'n, es tut mir leid. Ich war draußen auf den Docks – diese … Person … bat um Hilfe …«

Hilfys Herz schlug doppelt so schnell wie normal.

Aber der *Anblick* eines Stsho bewies endlich, daß es sie hier gab, anscheinend waren immer Stsho die Leidtragenden, wenn es im mahen Raum Ärger gab, und der hier stellte keine Bedrohung dar – verängstigt oder vielmehr verzweifelt, erschöpft, sichtlich an der Grenze von *gtst* Kräften angelangt.

»Hilfe weswegen?« *Kif* hallte es immer noch in Hilfys Ohren wider, aber wenn die Innenschleuse sich geöffnet hatte, war die Außenschleuse zu, und es konnte kein Kif herein.

»Oh, große Hani, *freundliche* Hani-Person ... ich bitte um Asyl, ich bin ein Flüchtling von diesem schrecklichen Ort, bitte, Gewalt, schreckliche Gewalt ...«

Vier Stsho seien tot, hatte Haisi gesagt.

Und neben ihr öffnete sich die Tür, und Tlisi-tlas-tin steckte den Kopf heraus. »Oh, Leid! Oh, Verzweiflung! Ist dies die Person? Ist dies diejenige, welche?«

»Käpt'n«, versuchte Tiar zu sagen, aber da war zuviel Stsho-Gejammer von beiden Seiten, und Tiar gestikulierte hilflos mit der Pistole. »Kif beobachten das Schiff!«

Und Tarras und Chihin waren dabei, die Ladebucht für die Dockarbeiter zu öffnen.

»Hat die Station uns Sicherheitsleute für die Frachtschleuse geschickt?«

»Nur die Dockarbeiter ...«

Der Eindringling hatte sich zaghaft näher an Tlisi-tlas-tin herangeschoben, plappernd und sich verbeugend – war schon beinahe an der Tür angelangt, und das löste alte, im Krieg geschärfte Instinkte aus. Hilfy hob warnend die Hand und legte die Ohren zurück. Sie hatte durchaus nicht die Absicht, *gtst* in die Nähe des *oji* zu lassen.

Aber der fremde Stsho verbeugte sich und nickte und plapperte in höchster Aufregung, *gtst* Mondstein-Augen waren groß und leuchtend, Farbe streifte *gtst* Gesicht und Arme und pastellfarbene Gewänder – mit

gtst um die Glieder baumelnden Gepäckstücken erreichte *gtst* Tlisi-tlas-tin, doch der hatte sich schon in seine Kabine zurückgezogen. Der Eindringling schien besiegt zu sein und blieb jammernd auf der Schwelle stehen.

Tlisi-tlas-tin zischte und glättete seine Robe, eine Hand auf dem Postament des *oji*. »Das ist *nicht* Atlilyen-tlas!« erklärte *gtst*. »Das ist ein Jugendlicher! Durch welche Unschicklichkeit ist ein ungeformtes Individuum ohne das Gesicht wahrende Eskorte losgelassen worden?« ... oder etwas in diesem Sinne. Es war ein Sperrfeuer von Hoch-Stshoshi, empört und entrüstet, und der Eindringling bedeckte das Gesicht und duckte sich.

»Ich war Adjutant von *Gtst* Exzellenz!« protestierte *gtst*. »Ich bin kein Jugendlicher! Ich bin eine ehrenwerte Person, erwerbstätig und kompetent!«

»Wie«, fragte Tlisi-tlas-tin, »wie lautet Ihr elender und unberühmter Name?«

Die Bösartigkeit von Tlisi-tlas-tins Angriff verblüffte Hilfy. Was hatte der Fremde getan? fragte sie sich. Stsho waren nicht gewalttätig. Stsho vermieden Konflikte und Unerfreulichkeiten, und da attackierte *gtst* einen Stsho, nannte *gtst* einen Jugendlichen ... Der Fremde murmelte von der Türschwelle aus:

»Oh, die Schönheit, oh, die Eleganz, oh, oh!«

Tlisi-tlas-tins Kopfbüschel senkte und hob sich. *Gtst* blinzelte schnell, und der junge Stsho verbeugte sich mehrmals und drehte sich um und klopfte Hilfys Arm.

»Sagen Sie *Gtst* Exzellenz, sagen Sie *Gtst* Exzellenz, daß ich überwältigt bin, ich kann mich des unwürdigen Namens angesichts dieser Herrlichkeit nicht erinnern, ich bewundere *Gtst* Exzellenz, bitte, sagen Sie *gtst* das!«

»*Gtst* sagt ...«

»*Gtstisi*, oh, *gtstisi!*«

Gtstisi. Die unbestimmte Form. Das Übergangsstadium.

Sie hatten einen Stsho in ihrer Obhut, der in die götterverdammte Phase eingetreten war, eine überwältigte und sich auflösende Person.

»*Gtstisi* sagt ... *gtstisi* sei überwältigt.« Das war alles, was Hilfy wiedergeben konnte. Es war alles, was Sinn machte.

Tlisi-tlas-tin wandte ihnen den Rücken und ging ein paar Schritte, bevor *gtst* sich zu einer Antwort herabließ.

Und *gtstisi* kauerte im Eingang auf dem Fußboden.

»Euer Gnaden ...« Hilfy versuchte, *gtst* Aufmerksamkeit zu gewinnen. »Ist dies ...« Bei einem sich auflösenden Stsho durfte man sich nicht auf die frühere Identität beziehen, das war ein abscheulich schlechtes Benehmen. »Ist dies jemand, mit dem Euer Gnaden zu tun haben könnte?«

Gtst war offensichtlich erregt, lief hin und her und rang die langen weißen Finger. »Euer Gnaden«, hatte *gtst* die Geistesgegenwart zu erklären, wobei er eine Winzigkeit näherkam, man konnte meinen, des Besuchers wegen. »Ich bemerke diesen geschmacklosen Vorfall nicht. Wenn *gtstisi* bleibt, dann bleibt *gtsisi*. Wo ist Atli-lyen-tlas, was soll ich denken?«

»Exzellenz, mir wurde berichtet, *gtst* sei weitergezogen, wahrscheinlich nach Kshshti. Dies kann unmöglich ... *unmöglich* ... die identische Person sein, bitte, verzeihen Sie meine Kühnheit.«

»Ein Dienstbote«, sagte *gtst*, woraufhin der Eindringling wimmerte und *gtstisi* Kopf mit den verschränkten Armen bedeckte. »Entfernen Sie diesen Jugendlichen aus meinen Augen. Er ist wahnsinnig.«

Hilfy zögerte, irgendeine Entscheidung über das klägliche Wesen zu fällen. Sie zögerte, Hand an es zu legen: Stsho waren zart, es könnten Knochen brechen. Aber sie faßte es bei einem Stück Stoff und zog. Was sollte sie mit ihm anfangen? Sie überlegte, ob sie eine Unterkunft aus der noch freien Passagierkabine

nebenan improvisieren könnten, und erinnerte sich, daß diese Kabine ein dunkles Grau und ein kräftiges Blau zeigte.

Das mochte dem Wesen den Rest geben oder es völlig von der Realität losreißen. Mit einem endgültigen Schiedsspruch, hieß es in dem Vertrag, solle über die Kostbarkeit verfügt werden. Und was sie da hörte, war das Verladegerät, das sich klirrend in Betrieb setzte, diese Hydrauliken waren die Frachtluke, die die *Legat* den Docks öffneten – und den Dockarbeitern und, laut Tiars Bericht, kifischen Banditen.

»Weiße Farbe«, sagte sie und überlegte verzweifelt, wo sie noch Reserven an Personal und Energie habe. »Weiße Farbe. Wandverkleidung. Es müssen noch ein paar Stücke in Vorrat sein.«

»Ja, ich glaube«, sagte Tiar.

»Häng dich an den Kom. Informiere Tarras und Chihin, daß da draußen Kif sind.« Sie mußte sich um den Stsho, um Meras oben, um *Gtst* Gnaden in der Passagier-Unterkunft kümmern – und *gtstisi* welkte in ihrem Griff, wischte wahllos an *gtstisi* Körperbemalung und Kopfbüschel herum. »Verloren, verloren«, jammerte *gtstisi.* »Ich war jemand, und ich habe es vergessen, ich habe es vergessen, oh, das Elend, das ich mitgemacht habe, und ich habe es vergessen!«

»Mach dich an die Arbeit«, sagte Hilfy zu Tiar und zog den Stsho, der das Bewußtsein zu verlieren drohte, in die benachbarte Kabine. »Dies ist vorläufig«, erklärte sie. »Es hat keinen Geschmack, keine Distinktion. Das werden wir ändern.«

»Oh, die Verzweiflung!« schrie *gtstisi* und plumpste ins Innere. »Ich sterbe, ich vergehe, oh, Leid und Vergessenheit... Wo ist mein zukünftiger Name? Zu was soll ich werden?«

»Zu einem ehrlichen Stsho!« sagte Hilfy gereizt. Sie machte die Tür zu und verschloß sie.

Draußen lehnte sie sich an die Wand und betrachtete

über ihre linke Schulter eine unregelmäßige Spur von kleinen, liegengelassenen Paketen. Tiar war nicht in Sicht. Wahrscheinlich wäre Tiar im Augenblick gern mehrere Lichtjahre weit entfernt, und die Ladebucht war nicht weit genug.

Aber sie konnte Tiar nicht die ganze Schuld geben. Ebensowenig, wie sie Hallan Meras dafür verantwortlich machen konnte. Diese Katastrophe war eingetreten, weil sie hier auf dem Kita-Punkt waren, weil die Kif sie belauerten, weil sie es mit einem Halunken von einem Mahe zu tun hatten, der ihr nicht sagen wollte, was sie wissen mußte.

Sie hatte das deprimierende Gefühl, daß *dies* der Stsho war, von dem Haisi behauptet hatte, er sei immer noch da und gutunterrichtet, *dies* war die Quelle des Wissens, die ihnen noch zur Verfügung stand, und soeben hatte *gtst* den Kontakt mit *gtst* eigenem Verstand verloren. Es war praktisch dasselbe, als sterbe der Stsho, der *gtst* gewesen war, und es entstehe eine andere Wesenheit, falls *gtst* fähig war, die Scherben zu einer Person zusammenzufügen.

Aber möglicherweise erinnerte *gtst* sich nicht mehr, sobald *gtst* die Transition hinter sich hatte. *Gtst – gtstisi.* Unbestimmt, mit dem verzweifelten Versuch beschäftigt, sich in der Realität zurechtzufinden, und in dieser Kabine in einer Umgebung eingeschlossen, die ihm keine Hinweise gab.

Hilfy stieß sich von der Wand ab. Sie öffnete Tlisitlas-tins Tür ohne *gtst* Erlaubnis und begegnete schockierten, beleidigten Augen. »Ein Mahe namens Tahaisimandi Ana-kehnandian folgt uns seit dem Treffpunkt. Er sagte, einer von Atli-lyen-tlas' Stab sei noch hier …«

Gtst Gnaden – *Gtst* Exzellenz, wie *gtst* sich in letzter Zeit selbst nannte – zuckte zusammen. »Dies ist von außerordentlich schlechtem Geschmack.«

»Weil diese ungeformte Person Atli-lyen-tlas ist?«

»Nein! Tausendmal nein. Dies ist eine Person, die unserer geschmackvollen Aufmerksamkeit nicht wert ist. Wir würden einem solchen Individuum keine Botschaft überbringen. Belästigen Sie uns nicht weiter. Dies ist ein Jugendlicher. Atli-lyen-tlas hat *gtst* Posten im Stich gelassen und ist vor unserem Angesicht geflohen. Der Verrat, der abgrundtiefe Verrat! Mir diesen formlosen Diener zu schenken, ist eine Beleidigung! Dieses Individuum wird mich nicht von meiner Aufgabe abbringen!«

»Sie meinen, *gtstisi* …«

»Ist bestimmt ein ehemaliger Sklave von *Gtst* Exzellenz. Können Sie die Pracht meiner Umgebung betrachten und mich mit dieser derangierten und unordentlichen Person beleidigen? Ich erlaube *gtstisi,* mich hier zu bedienen. Der Mangel an Dienstboten verletzt meine Würde, was Euer Gnaden bestimmt weiß. Ich will dieses Individuum als Mitbewohner meines Quartiers akzeptieren, aber *gtstisi* muß sauber und respektvoll sein!«

»Ich werde *gtstisi* von dem … äh … Angebot unterrichten.«

»Von meinem Befehl!«

»Genau.« Hilfy behielt ihren liebenswürdigen Gesichtsausdruck bei und die Ohren aufgerichtet, sie verbeugte sich höflich, und dann suchte sie die Nachbarkabine auf, um die Botschaft der neuen Exzellenz auszurichten. »*Gtst* Exzellenz wünscht Sie zu sehen«, sagte sie zu der zusammengesunkenen Gestalt. »Ich schlage jedoch vor, daß Sie sich präsentabel machen. Es gibt einen ganz und gar geschmacklosen Ort, wo Sie Wasser finden und Ihr Gepäck aufräumen können. Folgen Sie mir.«

»Oh, oh«, war alles, was *gtstisi* hervorbrachte. »Verzweiflung und Unglück.«

Gtstisi folgte ihr jedoch durch das herumliegende Gepäck, während Rumpeln und Knallen und das Klirren des Laders ankündigten, daß Fracht aus der Lade-

bucht transportiert wurde, nicht aber, wie zu hoffen stand, daß kifische Piraten von den ungesicherten Docks aus eindrangen.

Hilfy zeigte dem namenlosen Stsho den Waschraum, ließ *gtstisi* die Gepäckstücke einsammeln, die von Tlisitlas-tins Tür bis zur Luftschleuse verstreut waren, und rief inzwischen von dem Kom an der Kreuzung der Korridore die Frachtschleuse an.

»Tiar? Lebst du da draußen noch?«

»Hier ist alles ruhig«, antwortete Tiar. *»Sie sind weg.«*

»Bist du bewaffnet?«

»Die Pistole ist gleich hier in der Schleuse. Wir halten uns an die Gesetze.«

Den Göttern sei Dank für Gunstbeweise. Hilfy rief die Brücke an:

»Fala – wo ist Meras?«

»Er reinigt die Filter.«

»Erinnere ihn daran, daß er sich von den unteren Decks fernhalten soll. Wir haben ein Problem.«

»Was für eins, Käpt'n?«

»*Zwei* Stsho. Einer ist in die Phase eingetreten. Unserer, den Göttern sei Dank, ist noch bei Verstand. Auf den Docks treiben sich Kif herum, Tiar arbeitet draußen, sie wissen, daß sie den Stsho hergebracht hat... wo ist Tarras?«

»Hier, Käpt'n. Brauchst du da unten Hilfe?«

»Sei du meine Augen und Ohren auf den Docks. Und sieh dich nach Fracht für Kshshti um. Schließe aber noch kein Geschäft ab.«

»Kshshti!«

»Ich weiß, ich weiß, etwas Besseres ist nicht drin. Ich bin am Kom. Ich muß einen Schurken anrufen.«

»Aye, Käpt'n.«

»Du kannst also immer noch liefern, wovon du gesprochen hast?« erkundigte sich Hilfy, und der in Rede stehende Schurke antwortete über den Stationskom:

»Du sein Nummer-eins-Bastard-Diebin! Wie du haben gefunden?«

Es war der einzige erfreuliche Augenblick eines widerwärtigen Tages.

»Ich habe geraten.«

»Was du vorschlagen jetzt, Hani-Bastard?«

»Manieren, Manieren, Haisi. Wir alle verlieren ein paar.«

»Ich wiederholen: Was du vorschlagen?«

»Wir könnten etwas zu bereden haben. Doch nun besitzen wir die Information, und du kaufst.«

Eine Weile herrschte Schweigen. Hilfy stützte die Arme auf den Tisch der Ops-Station und bewegte die Ohren, um die Ringe klingeln zu hören.

»Was du anbieten?«

»Das weiß ich nicht. Laß mich darüber nachdenken.«

»Du herausfordern Ärger. Ich guter Freund Nummer eins. Wem sonst du vertrauen?«

»Lieber Freund. Guter Freund. Du willst mich doch nicht zu übereilten Entscheidungen zwingen, oder? Du willst mir Zeit lassen. Wir müssen gute Beziehungen aufrechterhalten.«

Hin und wieder verstand sie ein paar mahe Wörter nicht. Es folgten einige. Dann: *»Natürlich. Nummer eins fein. Sprechen später mit dir, hübsche Kapitänin.«*

Tarras sah sich nach Fracht für Kshshti um. Und wenn sie nicht verklagt werden wollten, die Kostbarkeit entführt zu haben, wenn sie keine Million Credit zurückzahlen wollten ... Es sah ganz so aus, als sei Kshshti ihr nächstes Ziel.

Und nach Kshshti ...

Nach Kshshti vielleicht Maing Tol oder zurück nach Kita ... oder Schlimmeres. Kshshti lag im umstrittenen Gebiet. Es war immer noch eine mahe Station.

Aber es war zu nahe an den Kif – viel zu nahe, um sich keine Sorgen zu machen.

Und *Gtst* Exzellenz hatte ein kifisches Schiff zum Kita-Punkt genommen?

Oder die Kif hatten *Gtst* Exzellenz genommen. Bestimmt hätte der junge Stsho, den Tiar auf der Station gefunden hatte, ihnen mitteilen können, was passiert war, wenn der junge Stsho nicht den Verstand verloren hätte, entweder durch den qualvollen Lauf zum Schiff oder durch *gtst* Erlebnisse auf der Station oder durch den Anblick Tlisi-tlas-tins. Tatsache war, sie wußten nicht und würden vielleicht nie erfahren, ob es ein auslösendes Ereignis gegeben hatte oder ob die Dinge, die bereits geschehen waren, die Schuld trugen.

Sie mußten also weiterreisen. Aber Hilfy wäre sehr viel besser zumute gewesen, wenn sie gewußt hätte, wie weit und wohin sie auf der Jagd nach diesem Atlilyen-tlas noch würden reisen müssen.

Hallan wollte wirklich und wahrhaftig keinen weiteren Fehler machen. Er wußte, wie man Filter reinigte und die Ausrüstung wartete, aber er hatte das Handbuch und die Anweisungen trotzdem gelesen, um absolut und über jeden Zweifel hinaus sicher zu sein, was er tat. Er glaubte nicht, daß man ihn für Geschwindigkeit loben würde, denn er war überzeugt, man hatte ihm die Arbeit übertragen, damit er der Crew aus dem Weg war – und auch, weil es der Crew tatsächlich ein bißchen Zeit sparte. Er wünschte, irgendeinen schweren Schaden zu finden, den er reparieren konnte, um die Kapitänin zu beeindrucken und wiedergutzumachen, was er auf Urtur angerichtet hatte.

Er hatte Alpträume davon. In diesen Alpträumen erschien der Tc'a und verlangte von ihm, auf die Methan-Seite zu kommen und sich als Vater seines Sprößlings zu bekennen. Und in der Atmosphäre zu ersticken. Doch wahrscheinlich gab es Gesetze, die ihn davor schützten.

Es gab keine, die das Schiff vor der Strafgebühr

schützten, mit der es seinetwegen belegt worden war. Schließlich hatte man die Abschnittüren schließen müssen, und alle diese Leute waren in Angst geraten …

Er glaubte nicht, daß er je darüber hinwegkommen werde. Manchmal dachte er, es wäre besser für ihn, wenn er nach Hause zurückkehrte und in der Wildnis lebte und alles so machte, wie es immer gemacht worden war, und für niemanden mehr ein Problem darstellte. Er war eigentlich kein Kämpfer, er war nie einer gewesen, er war unbeholfen, was er täglich bewies, und seine Ellbogen fanden ständig etwas, das sie zerschmettern konnten, sein Kopf stieß überall an, aber es hatte eben keinen Sinn, wenn jemand von seiner Größe an Bord eines Schiffes war.

Er hörte eine Frau näherkommen und arbeitete so genau und tüchtig, wie er konnte. Wer es auch sein mochte, sie blieb stehen und beobachtete ihn. Und er beendete die Arbeit, bevor er aufblickte.

»Ker Fala?«

»Ich habe nur zugesehen.«

Das machte ihn nervös. Er legte die Werkzeuge weg und stand auf; er wollte sie in den Lagerraum bringen. Dann würde er wieder in den Aufenthaltsraum gehen müssen, denn andere Anweisungen hatte er nicht bekommen.

Er ging, und sie sah ihm nach. Das war ihm – äußerst unangenehm.

Die Crewfrauen an Bord der *Sonne* hatten sich auch so benommen. Aber er empfand anders als damals bei dem Sahern-Clan, er fühlte sich verwirrt, und es war eine Verwirrung, über die er nicht nachdenken wollte. Sie machte ihm Angst. Er fürchtete, Fala werde im Aufenthaltsraum schon auf ihn warten, wenn er dort eintraf, aber das tat sie nicht, sie war in der Kombüse und machte das Mittagessen. Und vielleicht sollte er hingehen und ihr helfen und nicht im Aufenthaltsraum herumsitzen, als gebe es auf diesem Schiff nichts zu tun,

was seine Intelligenz nicht entdecken könne. Aber er wollte nicht mit ihr allein sein, deshalb ging er an der Kombüse vorbei nach achtern.

Fala fragte seinen Rücken: »Willst du mir helfen?«

Eine Ausrede hatte er nicht. »Gern«, sagte er, nicht fröhlich, und kehrte in die sehr kleine Kombüse zurück.

»Ich glaube, die Kapitänin wird milder gestimmt.« Fala blinzelte ihm zu. »Es war schon ein Zugeständnis, daß sie dich auf der Brücke hat sitzen lassen. Willst du bitte den *cghos* aus dem Kühlschrank nehmen?«

Er sah nach. Er fand ihn und legte ihn auf die Arbeitsfläche, und Fala sagte: »Du kannst den Dampfkochtopf anstellen, es ist der rote Knopf.« Sie war geschäftig, und sie war in Eile, schnitt mit einem Messer Fleisch in Streifen und häufte sie mit dem Käse auf einen Teller. »Du kannst die Streifen rollen, wenn du möchtest, es gibt nur Sandwiches. Ich nehme an, alle werden sie mit einer Hand essen und mit der anderen arbeiten.«

»Haben wir den Stsho gefunden, nach dem wir gesucht haben?« erkundigte Hallan sich, und Fala streifte ihn mit einem Seitenblick.

»Es gibt also tatsächlich jemanden, der noch weniger mitbekommen hat als ich«, erklärte sie, bewegte die Ohren und runzelte die Stirn. »Nein. *Gtst* ist verschwunden, bevor wir eintrafen. Wir wissen nicht, warum.«

Er fragte sich, ob sie erwartete, daß er es wußte. Im Augenblick sprach sie freundlich und bedrohte ihn nicht. Er erlebte einen Augenblick der Panik, als er sich vorhielt, er dürfe sich nicht in diese Gedankenbahnen verirren und er dürfe nicht hier sein.

»Wahrscheinlich ist er nach Kshshti gereist«, berichtete sie. »So habe ich es jedenfalls gehört.«

Kshshti war ein Grenzhafen. Ein gefährlicher Ort.

»Fahren wir dorthin?«

Ein Nicken. Sie schnippte mit den Ohren und brachte ihre beiden Erfahrungsringe in Ordnung, die bezeugten, daß sie eine *richtige* Raumfahrerin war. »Ich glaube schon«, antwortete sie ernst. »Bist du schon einmal dort gewesen?«

»Nein. Nein, ich war noch nie auf den fernen Stationen. Ausgenommen den Treffpunkt. Und Maing Tol.«

»Ich bin dort gewesen«, erzählte sie. »Da kommt man sich richtig fremd vor.«

Er war in ein persönliches Gespräch hineingerutscht. Das vermied er sonst bei Raumfahrerinnen. Er versuchte, sachlich zu bleiben, senkte die Ohren, wandte den Blick ab und fand eine Beschäftigung, indem er Sandwiches zusammenrollte und mit Spießen befestigte.

»Stört dich etwas?« fragte Fala Anify. »Machst du dir über etwas *Sorgen?*«

»Nein«, behauptete er.

»Hast du Angst vor Kshshti?« fragte sie.

Das war beinahe eine Beleidigung. Er hatte keine Angst vor Kshshti, er war nicht dazu erzogen worden, in Panik wegzulaufen. Aber vermutlich machte er diesen Eindruck auf sie, und er war nicht bereit, ihr Erklärungen abzugeben, er wollte ihr einfach nicht ins Gesicht sehen und mit ihr reden, weil sie ihn in eine abscheuliche Situation bringen konnte. Er hatte sich gefragt, ob es eine Möglichkeit gebe, daß er in diesem Hafen etwas anstellte, und er hatte eine gefunden, soviel stand fest. Denn er glaubte nicht, Hilfy Chanur werde es dulden, daß er sich mit einer Crewfrau einließ, vor allem nicht mit der jüngsten. Chihin war ungefährlicher. Wenigstens war sie weniger kompliziert.

»Wir kommen schon zurecht«, sagte Fala, als sei Kshshti der Mittelpunkt seiner Probleme. »Die Kapitänin weiß, was sie tut. Auf der *Stolz* ist sie immerzu in alle möglichen Situationen geraten. Und die *Legat* ist

bewaffnet; wenn wir jemals Waffen brauchen sollten, haben wir sie. Die Kapitänin wußte von Anfang an, daß eine Menge Leute sich einbilden würden, sie könnten durch uns an Ker Pyanfar herankommen – deshalb sind wir für so gut wie alles ausgerüstet. Wir sind kein Schiff, mit dem sich jemand leichtfertig anlegen sollte.«

»Das ist gut zu wissen«, antwortete Hallan und zuckte zusammen, als Tarras den Kopf hereinsteckte und fragte:

»Was haben wir denn da, eine Romanze oder ein Mittagessen?«

Er hätte auf der Stelle sterben können.

Falas Ohren legten sich vor Verlegenheit flach an den Kopf.

11. Kapitel

Es gab Tee, während der Lader vor sich hinklirrte. Die Zweitkombüse, die irgendwie in dem Waschraum des unteren Decks entstanden war, hatte eine neue Verwendung gefunden, seit *Gtst* Exzellenz Tlisitlas-tin sich einen – Stab – zugelegt hatte, der sich für *gtst* Stellung im Leben eignete.

Das hieß, der namenlose Diener hatte einen vorläufigen Namen bekommen: *Gtstisi* war *Dlima,* was so etwas wie ›kaum ausreichend‹ bedeutete. Hilfy hielt das für eine wenig schmeichelhafte Bezeichnung, aber im gegenwärtigen Zustand hätte man Dlima jede Unwürdigkeit zumuten können, und *gtstisi* wäre weder imstande gewesen zu protestieren noch (nach allem, was sie über das Thema gelesen hatte – natürlich war es von Mahenso'sat geschrieben worden) es in eine sinnvolle Realität zu integrieren. In *gtstisi* Zustand erfolgten Erfahrungen zufällig und ungeordnet. *Gtstisi* gehorchte Befehlen, sicher – mahe Wissenschaftler vermuteten (und Stsho schwiegen geschmackvollerweise darüber), daß *gtstisi* tatsächlich Befehle brauchte, wenn *gtstisi* hoffen wollte, eine Struktur in den Ereignissen zu entdecken, die in scheinbarem Chaos über *gtstisi* hereinbrachen.

Deshalb wurde Außenseitern, so bedrückend es für sie sein mochte, geraten, ihre eigenen Skrupel zu ignorieren und sich so launenhaft, so barsch und so anspruchsvoll zu zeigen wie ein Stsho von Rang, weil der in Rede stehende Stsho im Gegensatz zu mahen Erwartungen – und übrigens auch zu Hani-Anschauungen – ihnen deswegen nicht grollen, ja, sich kaum daran erin-

nern und wahrscheinlich von der Erfahrung profitieren würde.

So hieß es.

Folglich machte Hilfy es sich in den Kissen bequem und nahm den zeremoniell servierten Tee entgegen. Sie saßen am Fuß des Postaments, auf dem die Kostbarkeit ruhte. Währenddessen liefen die Lader, und die Fracht verließ das Schiff.

Zweifellos löcherte Haisi die Station im Augenblick nach Antworten, von denen er argwöhnte, daß sie sie besaß. Tlisi-tlas-tin verbreitete sich dagegen über die unzureichenden, doch essentiell notwendigen Dienste, die *gtst* jetzt ›durch die Güte der geschätzten Hani-Kapitänin‹ geleistet wurden.

»Hat dieses Individuum ... ähem ... auch nur die kleinste Einzelheit aus *gtstisi* früherem Leben erwähnt?«

Ein verzweifeltes Schwenken der Finger. »Ich würde die geschätzte Hani-Kapitänin niemals beschuldigen, einen Lapsus in Fragen des Geschmacks zu begehen, aber ich kann wirklich nicht über diese peinlichen Angelegenheiten diskutieren. Offenbar enthielt dieses Leben Dinge, die *gtstisi* nicht auf geschmackvolle oder nützliche Weise organisieren konnte. Es geht hier um ... iiii ... *biologische* Angelegenheiten. Reicht das für Ihr Verständnis?«

Hilfy dachte nach und dachte nach und dachte nach und zog dabei immer größere Kreise. Ihr Studium fremder Sprachen und Sitten, vor allem der Stsho, dem sie einen Großteil ihres Lebens gewidmet hatte, erzeugte eine gewisse Verwirrung. Wenn alles andere versagte, lautete das Prinzip, frage das Alien, wie du die Frage stellen sollst.

»Wie«, begann sie vorsichtig und hielt inne, solange Dlima Tee eingoß, und wartete noch länger, bis Dlima auch Tlisi-tlas-tin bedient hatte. »Wie soll ich also fragen, welche Informationen Sie unter Umständen in diesem Hafen gewonnen haben?«

»Nichts ist einfacher.«

»Wie soll ich fragen? Ich würde gern von Ihrem unzweifelhaft guten Geschmack und Ihrer eleganten Anmut profitieren. Sie haben höchst außergewöhnliche Tugenden gezeigt...« – benutze *niemals* exakte Wörter wie ›Offenheit‹ gegenüber einer Spezies, die darin unter Umständen nichts Positives sieht –, »indem Sie die Anstrengungen dieser Reise bewältigten. Und das weckt in mir die Frage, ob Sie mit Ihrem Geschick und Ihrer Intelligenz vielleicht Informationen gewonnen haben, die Ihre Person viel sicherer machten, wenn die Kapitänin dieses Schiffes sie erfahren würde.«

Mondstein-Augen blinzelten mehrmals, und das Mündchen nippte an der zarten Tasse. »Sie haben eine Anmut entwickelt, die bei Ihrer Spezies ungewöhnlich ist.«

Und andere Spezies konnten, nach den Begriffen anderer Spezies, furchtbare Rüpel sein. Aber Hilfy lächelte und behielt die Hani-Meinungen hinter den Zähnen zurück, denn wenn sie sich auch auf ihrem Schiff befanden, bei diesem Treffen hatten sie keine Gültigkeit. »Ich danke Euer Gnaden.«

»Was die Antwort auf Ihre Frage betrifft, so halte ich es für offensichtlich, daß die namenlose Person ohne Distinktion irgendwann in enger Verbindung mit einer Person war, die sich geschmacklos benommen hat. Ob dieses böswillige Verlassen mit Absicht geschehen ist oder nicht, es ist ebenso offensichtlich, daß der Schritt kein Zufall war. Der designierte Empfänger der Kostbarkeit ist nach Kshshti gereist.«

»Könnte Euer Exzellenz mich vielleicht auch noch darüber aufklären, welche zweifellos untadelige Logik Euer Exzellenz zu diesem Schluß geführt hat?«

»Die Kif haben damit zu tun. Sie würden diese Person ungern näher an die mahen Machtzentren heranbringen. Lieber suchen sie Gebiete auf, wo die Umstände ihnen günstiger sind.«

Das hieß, die Grenze, die umstrittenen Gebiete, die immer noch – trotz Tante Pyanfars Bemühungen – ein Streitpunkt zwischen Kif und Mahendo'sat waren. Hilfy hatte diese Schlüsse selbst schon gezogen und war froh, sie bestätigt zu bekommen.

»Aber, erleuchten Sie mich weiter, Exzellenz: Woher wußte dieses Individuum, daß wir kamen? Wie ist es *gtst* gelungen, uns nicht nur einmal, sondern fortlaufend zu entkommen? Oder war es *gtst* Werk?«

Tlisi-tlas-tin setzte sorgfältig mit jener Drehung des Handgelenks, das ein Ende des Teetrinkens signalisierte, *gtst* Tasse ab und nahm einen strengen Gesichtsausdruck an.

»Das kann ich nicht sagen.«

»Ich bin zu weit gegangen. Aber darf ich fragen: Raten Sie uns, weiterzumachen wie bisher und dieses Individuum nach Kshshti zu verfolgen? Und besteht eine halbwegs akzeptable Wahrscheinlichkeit, daß wir uns dort unserer Verantwortung entledigen und unser Ansehen mehren können?«

»Wir müssen weitermachen. Wir müssen nach Kshshti reisen. Das ist gar keine Frage.«

»Ich danke Euer Exzellenz für dieses außerordentliche Entgegenkommen. Ihre Ausführungen bringen mir stets Erleuchtung und Anregung. Wie Euer Exzellenz wissen, bedrängt uns ein Mahe. Er hat schon mit dem Angebot von Bestechungen und mit Drohungen versucht, mich zu bewegen, daß ich ihm einen Blick auf die Kostbarkeit gestatte ...«

»Unvorstellbar!«

»Ich gehe davon aus, daß ich klug gehandelt habe, als ich dieses Individuum zurückwies.«

»Schurkerei, schlimmste Schurkerei. Meiden Sie diese Person!«

»Er glaubte, er könne den Diener Eurer Exzellenz in seine Gewalt bekommen und ihm Informationen abpressen. Das beherzte Eingreifen einer meiner Crew-

frauen hinderte ihn daran. Ich vermute, daß die Direktoren dieser Station nicht voll hinter ihm stehen, denn sonst hätte er *gtstisi* entführt. Ich vermute, er wußte, daß *gtstisi* hier lebte, aber nicht genau, wo, auch gelang es ihm nicht, *gtstisi* vor uns zu entdecken. Wir kamen ganz unerwartet und durch die Verwegenheit dieser jugendlichen Person in Kontakt, und wenn der fragliche Mahe es hätte verhindern können, so hätte er es getan.«

»Höchst eindrucksvoll.« Tlisi-tlas-tin warf einen kurzen Seitenblick auf den Diener. »Höchst verzweifelt.«

»Ich hörte von diesem Mahe, kürzlich seien Stsho hier ermordet worden. Er ließ durchblicken, dies stehe mit dem Verschwinden von Atli-lyen-tlas in Zusammenhang.«

»Deprimierend. Äußerst deprimierend. Gibt es weitere Informationen, nach denen man fragen kann, ohne den guten Geschmack zu verletzen?«

»Er deutete an, wenn er die Kostbarkeit betrachten oder auch nur einen Hinweis auf ihre Natur bekommen könne, würde ihn das befähigen, ein kritisches Urteil über ihre Bedeutung abzugeben.«

Gtst Kopfbüschel flatterte, hob und senkte sich. »Ungemilderte und ungerechtfertigte Arroganz!«

»Euer Exzellenz lehnt also ab.«

»Schande über diesen würdelosen Vorschlag!«

»Ist es möglich, daß er lügt?«

»Auf höchst schamlose Weise! Dieser Verhandlungsstil ist unter den Mahendo'sat wohlbekannt. Damit erlangen sie Stück für Stück, was sie wollen.«

»Ein Mahe wäre unmöglich in der Lage, zu verstehen, welche Bedeutung die Übersendung der Kostbarkeit hat?« vergewisserte Hilfy sich.

»Sie besitzen einen viel besseren Geschmack als er, und Sie verstehen es nicht.«

»Ganz und gar nicht, Exzellenz.«

Weiße Finger griffen von neuem nach der Tasse und drehten sie um. Das Gespräch war beendet. »Eine Sym-

metrie der Informationen ist erreicht worden«, erklärte *gtst*. »Stimmen Sie mir zu?«

Es gab noch einige Fragen, auf die sie jedoch keine Antwort erhalten hätte, zum Beispiel: Welche Rolle spielen die Kif dabei? Arbeiten sie für jemand anders als für sich selbst?

Vielleicht glaubte der Stsho es. Das war das Problem. Es gab überhaupt keine Tatsachen, nur die Vermutungen der Stsho … und die Stsho hatten sich früher schon die Finger verbrannt. Vielleicht waren die Stsho die letzten, die erfuhren, was vor sich ging. Vielleicht waren die Stsho die letzten, die erfuhren, daß die mahen Wissenschaftler mit den Abhandlungen über ihre Psyche richtig lagen.

Gtst Exzellenz behauptete, kein Mahe könne die Natur der Kostbarkeit verstehen – und doch jagte Haisi sie von Stern zu Stern, um zu erfahren, was das Ding war?

Man *könnte* daraus schließen, daß eine mahe Persönlichkeit sich nicht als einziger an diesem Spiel beteiligte … daß die Information, nach der Haisi suchte, an jemanden weitergegeben werden sollte, der tatsächlich imstande war, sie zu interpretieren.

»Mir kommt da ein Gedanke, Exzellenz.«

Man zerstörte die Symmetrie eines Gesprächs nicht. Tlisi-tlas-tin zog die Brauen zusammen, und *gtst* Mund wurde schmal vor Mißvergnügen.

»Würde ein Stsho einen Mahe *beauftragen*, uns über die Kostbarkeit auszufragen?«

Das Stirnrunzeln vertiefte sich, die Brauen wanderten in die Höhe.

»Oder zu diesem Zweck mit irgendeinem Mahe eine geheime Absprache treffen?«

Eine zweite Falte entstand auf Tlisi-tlas-tins Stirn.

»Das sind beunruhigende Fragen«, sagte *gtst*.

»Sind es kluge Fragen, Exzellenz?«

Hilfy erhielt nicht sofort Antwort.

Sie räusperte sich. »So würdelos es sein mag, ich könnte ihm falsche Informationen geben, und zum Schutz Eurer Exzellenz würde ich es tun, falls ich Sie damit nicht beleidigte. Aber ich weiß nicht, welche falschen Informationen derjenige, der ihn engagiert hat, glauben würde.«

Tlisi-tlas-tins Atmung beschleunigte sich merklich. »Das sind höchst beunruhigende Ideen. Ich muß darüber nachdenken.«

Daß die Stsho andere täuschten, war alter Brauch. Aber ›Lügen‹ war ein Wort, das man nicht achtlos herumwarf, wenn man es mit einer anderen Spezies zu tun hatte. Manche Spezies logen. Manche nicht. Manche logen individuell. Manche kollektiv. Und was manche Lügen nannten, galt bei anderen als Antwort auf unanständige Neugier. Das Herumpfuschen an der Realität *oder* ihrer Wahrnehmung hatte man, zumindest unter den Sauerstoff-Atmern, bis dahin studiert, was interkulturelle Wissenschaftler einen potentiellen Flammpunkt nannten – eine tickende Bombe beim Umgang mit einer anderen Spezies, und je fremder sie war, desto furchtbarer konnte die Wirkung sein.

»Ich verabschiede mich von Eurer Exzellenz und überlasse die Angelegenheit Ihrer Weisheit und Diskretion. Sollte es mir an Eleganz gemangelt haben, vertraue ich darauf, daß Ihre Gnade und Ihr höchst ausgezeichneter Verstand mir einen schicklicheren Kurs empfehlen werden.«

»Äußerst anmutig.«

»Äußerst exzellent und erleuchtend.«

Hilfy *haßte* es, sich zu verbeugen und rückwärts hinauszugehen. Das war nicht Hani-Art. Und sie tat es auch nicht auf dem ganzen Weg, jedenfalls nicht ganz bis zur Tür. Schließlich war sie eine Hani.

Es war also keine Frage, wohin sie weiterreisten – und da sie diesen Tropf Atli-lyen-tlas wegen *gtst* verdam-

menswürdiger Hast, dahin zu enteilen, wohin er nun einmal enteilte (jetzt lag der Verdacht nahe, weg von ihnen) schon zweimal verpaßt hatten, mochte Eile von entscheidender Bedeutung sein. Was bedeutete, keine Verzögerung durch Einladen von Fracht, keine große Masse bei dem, was sie mitnahmen, und keine Zeit für Skrupel wegen der Art der Waren, die sie mitnahmen.

»Es gibt ein paar Möglichkeiten, Käpt'n«, berichtete Tarras, »weil es ungewöhnlich ist, Kshshti von hier aus anzulaufen.« Das hieß, auch aus diesem Grund durften sie nicht allzu heikel sein.

Hilfy las die Liste. Es galt abzuschätzen, was sie schnell laden konnten, und am besten war etwas Leichtes und Wertvolles und auf Kshshti leicht Absetzbares. Kshshti lag an der Grenze zum Kif-Raum (Hilfy schüttelte sich bei dem Gedanken; sie würde es ablehnen, kleine lebende, eßbare Tiere zu transportieren) und ebenso am Ende zweier Schiffahrtsstraßen, die aus dem mahen Gebiet herauskamen, und es war einen Hafen entfernt vom Stsho-Raum und den Tc'a.

Methan-Waren vielleicht, die sie beinahe ebenso haßte wie die kleinen lebenden, eßbaren Tiere.

Oder Pharmazeutika. Hilfy las die letzten Marktberichte von einem Schiff, das sich von Kshshti her näherte, und gab sie in das Computer-Programm ein, das fähig war, schlechte Geschäfte im Vergleich zu Märkten an anderen Orten zu entdecken, aufgeschlüsselt nach Ursprungsorten der in Rede stehenden Artikel, plus einer Gruppe von Schlüsselworten wie Knappheit und verschiedene Krankheiten und Steigen und Fallen der Preise in den Handelsnachrichten. Das Programm gab einem wenigstens einen Rat, es las Nachrichten schneller, als ein sterbliches Auge sie erfassen konnte, und es sympathisierte mit der pharmazeutischen Möglichkeit, den radioaktiven Stoffen (eine weitere Ware, die Hilfy nicht mochte, weil man

dann den Verpackungspraktiken des Absenders ausgeliefert war, eine Inspektion sich nicht leicht durchführen ließ und manche Leute eine entsetzlich naive Vorstellung davon hatten, was ein Verladegerät einem Container antat.) Aber Kita importierte solche Stoffe, während Kefk, einen Schritt weiter als Kshshti, bescheidene Mengen besagter Stoffe exportierte und anzunehmen war, daß es sie nach Kshshti lieferte... Die Möglichkeiten des Handels abzuwägen, schuf einem an einer Grenze Kopfschmerzen, weil es unmöglich war, sich über diese Grenze hinweg ganz akkurate Informationen zu besorgen. Händler logen, Regierungen logen, und der Schwarze Markt blühte, aber ein wohlbekanntes Schiff war schlecht beraten, wenn es bei diesem Spiel mitmachte.

Gab es etwas, über das sie Bescheid wußte, der Rest des Universums aber nicht? Das einzige war die Natur der Kostbarkeit und die Tatsache (zumindest, was den durchschnittlichen Händler anging), daß sie so etwas wie ein... psychologisches Ereignis der Stsho an Bord hatten.

Hilfy gab mit plötzlich erwachter Energie Daten ein und schlüsselte sie auf nach *politischer Unsicherheit* und *Instabilität: Stsho*... und im Gedanken an Tahaisimandi Ana-kehnandian und seine sich einmischende Persönlichkeit sogar: ...*Instabilität: Mahendo'sat.*

Der Computer arbeitete stumm vor sich hin und präsentierte dann einen ganzen neuen Satz von Projektionen. Unter diesen Bedingungen war es günstig, lebenswichtige Güter zu lagern, und eine Regierung oder eine Station verlangten Informationen und kriegswichtige Güter in größeren Mengen als gewöhnlich. Der Computer projizierte auch Preisanstiege und Knappheiten in verschiedenen Mustern.

Die einzige Schwierigkeit dabei, die einzige offen zutage liegende Schwierigkeit war, daß eine Insider-Information einem kein bißchen nützte, wenn die potentiel-

len Käufer sie *ebenfalls* hatten. Das half einem bei Spekulationen in Terminwaren. Aber sehr klug placierte Investitionen konnten zum Verlust führen, wenn das Geheimnis ein Geheimnis blieb. Was es laut Vertrag ja auch bleiben sollte.

Kriegswichtige Metalle, kriegswichtige Stoffe von einem Ort wie Kita, einer Station, deren Quasi-Stern einer so neuen Generation angehörte, daß er keine schweren Elemente besaß, einer Station, die gar nicht existieren würde, wenn sie nicht Dienstleistungen und Reparaturen anzubieten hätte… Für diese Dienstleistungen und Reparaturen waren Leute angestellt worden, die erst Essen und dann Luxusgüter wollten, um ihr ödes Leben zu verbessern, und dann waren Leute gekommen, die die Luxusgüter lieferten, und dann hatte man Lebensmittel importiert, um die Lieferanten des Unnötigen zu verköstigen, und ein Ökosystem von eleganter Einfachheit entwickelte sich mit den Übersteigerungen, die mit der Zivilisation Hand in Hand gehen.

Das alles sagte einem, wie jeder Händler wußte, daß Kita soviel für seinen eigenen Gebrauch importierte, wie es sich leisten konnte. Es exportierte dagegen überschüssige Luxusgüter und, weniger gern, überschüssige lebensnotwendige Waren, dazu überschüssige Leute, die den Kita-Punkt verlassen wollten, und schließlich diente Kita, was die letzte Schicht der sich entwickelnden Ökonomie einer neuen Station darstellte, als billiges Lagerhaus für Spekulatoren, die hier unterbrachten, was von den Nachbarn importiert werden konnte, und es zu einem günstigeren Zeitpunkt wieder abholten und zu einem höheren Preis verkauften. Das Irrsinnigste war, daß auf Kita aus den Stücken, Teilen und Materialien, die die Spekulatoren lagerten, Dinge *hergestellt* wurden, wozu Arbeiter notwendig waren, die wiederum allmählich Luxusartikel verlangten, und so weiter und so weiter…

Durch und durch verrückt, eine sich entwickelnde Ökonomie. Aber Kita produzierte einige der verdammtesten Dinge, Kinkerlitzchen, unglaublich geschmackloses Zeug, die Erzeugnisse müßiger Gehirne und fruchtbarer Phantasien, und gelegentlich, ganz gelegentlich einen Artikel, der in irgendeinem anderen Hafen unerwartete Beliebtheit gewann.

Hilfy durchsuchte die Listen nach Dingen für Termingeschäfte, nach Dingen, die bei allen Spezies in schwierigen Zeiten gehortet wurden, und schließlich nach Kuriositäten, die irgendeinen lokalen Kaufmann inspirieren mochten... Auf diese war am wenigsten Verlaß. Eine durchreisende Händlerin sollte *niemals* große Summen auf Modetorheiten setzen.

Aber man wußte nie, was dort lauerte, und zusammen mit den lebensnotwendigen und den angenehmen Dingen – eine Kuriosität von der Methan-Seite, ein Kompressionsjuwel, das, wenn man es Sauerstoff und Wasser aussetzte, auf unvorhersehbare Weise aufblühte und abschmolz.

Vielleicht hatte sie zu lange mit Stsho Geschäfte gemacht. Vielleicht hatte sie zu lange Stshoshi *gesprochen*.

Es gab ein Wort dafür: *niylji,* Kunst-durch-nicht-reproduzierbaren-Zufall.

Die Erscheinungsform des explodierten Objektes war – weiß mit blassen mineralischen Flecken.

Und die Legende berichtete, man wisse nicht, was man bekomme, bis man es entfalte. Oder detonieren ließ, besser gesagt. Ein elektronischer Zünder. Man ziehe an der Strippe, um Sauerstoff einzulassen, und renne um sein Leben.

Kunst durch Explosion.

Wie groß waren die Dinger überhaupt? Vom Umfang einer Handfläche. Was zum Schluß dabei herauskam, ließ sich nicht abschätzen. Einige zerfielen in Bruchstücke. Einige blähten sich nur bis auf Kopfgröße auf.

Setzte man sie auf der Methan-Seite unter Druck ste-

hendem Sauerstoff aus, erodierten sie meistens zu einem faustgroßen Klumpen Dreck. Auf der Sauerstoff-Seite – erblühten sie. Irgendwer auf Kita mußte es auf die harte Weise herausgefunden haben, denn es war das absolut erste Mal, das Hilfy die Dinger im Angebot fand. Bild und Erklärung des exotischen Gegenstandes fesselten sie, obwohl sie sich sagte, der Unternehmer, der die Kugeln auf der Methan-Seite hatte anfertigen lassen, habe bestimmt das größte Exemplar der Partie ausgewählt.

Einen Versuch war es bestimmt wert – wenn sie das Alleinverkaufsrecht bekamen. Es war eine mahe Firma, die versuchte, die Kugeln als geologische Kuriosität auf den Markt zu bringen, und außerdem waren sie unter Sammler-Markt aufgeführt. Sie war bereit, ein Partnerschaftsabkommen mit einem Käufer zu schließen, der eine Partie Container abnehmen konnte … Götter, das war kein kleiner Posten.

Dem Unternehmer fehlte es an Erfahrung. Er hatte *keinen* Käufer gefunden. Geschäfte mit Industriefirmen machten auf Kita meistens Kif, Tc'a und Mahendo'sat.

Am besten rief sie den Kerl einmal an. Vielleicht ließ sich ein Handel mit ihm abschließen.

Das Handelsschiff Chanurs Legat, *Kapitänin Hilfy Chanur, an Ehoshenai Karpygijenon. Für das Alleinverkaufsrecht an Ihrer gesetzlich geschützten Kreation zahlen wir den von Ihnen geforderten Preis und sind bereit, mit Ihnen auf der Basis der Verkäufe und Retouren einen Vertrag über weitere Lieferungen abzuschließen. Der Patentinhaber muß die juristische Haftung dafür übernehmen, daß die Herstellung in Übereinstimmung mit den Sicherheitsvorschriften des Paktes erfolgt. Wir liegen noch für die nächsten 12 Stunden im Dock.*

Damit setzte sie einen knappen Termin. Aber entweder hatte der Verkäufer die Ware, oder er hatte sie nicht. Entweder hatte der Verkäufer lange genug gewartet, während seine Mittel eingefroren waren –

oder nicht. Wenn die Kugeln unfachmännisch verpackt waren, mußten sie mit einem sehr niedrigen Ge-Wert fliegen.

Das Handelsschiff Chanurs Erbe, *Kapitänin Hilfy Chanur, an Tabi Transport. Kaufauftrag: Artikel # 2090-986, 4 Container. Artikel # 98879-856, 10 Container. Bitte bestätigen Sie, daß die Artikel lieferbar sind. Der Auftrag gilt für eine Lieferung innerhalb von 12 Stunden, ansonsten annullieren Sie.*

Das würde ihnen Beine machen. Aber es war ein ziemlich großer Auftrag.

Das Handelsschiff Chanurs Legat, *Kapitänin Hilfy Chanur, an Aisihgoshim Transport. Kaufauftrag …*

Und so weiter an drei weitere Firmen.

Erst dann rief sie Haisi an.

»Haisi?«

»Ich hören, hübsche Hani.« Es war kein fröhlicher Mahe. *»Was für ein falsches Spiel du treiben?«*

»Soweit ich es beurteilen kann«, sagte sie, »hast du recht.«

»Was du meinen mit ›recht‹? Was meinen ›recht‹?«

Er war ganz aufgeregt. »Du weißt es, und ich weiß, daß du es weißt. Also wollen wir keine Spielchen treiben, Haisi. Wir legen bald ab, und ich habe eine Liste mit Terminwaren, die ich dir empfehlen werde, wenn du Lust hast zu spekulieren.«

»Ich wollen reden.«

»Darauf wette ich. Gute Reise, Haisi. Bis später.«

Das würde ihn in den Wahnsinn treiben. Hilfy hatte nicht die leiseste Ahnung, *was* Haisi wußte. Aber Tante Pyanfar sagte immer: Wenn du einen schlauen Gegner hast, sorge dafür, daß er sich zu Tode *denkt* …

Der Kom erwachte zum Leben, und es meldete sich ein von überfließender Dankbarkeit erfüllter Ehoshenai Karpygijenon, der die Handelssprache nur wenig beherrschte und sie mit einem obskuren mahen Dialekt durchsetzte.

»Haben finden Waren einmal als gehen Peng ich entladen Steine. Ich sagen, warum nicht verkaufen, viele Leute lieben Sammeln, lieben machen Peng, sehr viele ...«

Und mehr in dieser Art. Der Unternehmer war ein Dockarbeiter, der seine ganzen Ersparnisse dafür ausgegeben hatte, diesen Container mit Steinen von einem T'ca-Händler zu kaufen und sie von Tc'a zu handlichen Hochdruck-Methan-Stickstoff-Kugeln pressen zu lassen. Die Zündkapseln hatte er extra kaufen müssen. Hatte sie mit zweiseitigem Klebeband befestigt. Das war angenehm zu hören. Der Mahe war kein Vollidiot.

Und, ja, o ja, der Mahe war so aufgeregt, daß sich eine Verwandte der großen, der hochgeschätzten Pyanfar Chanur im Hafen befand und ihr Interesse ausgedrückt hatte, und *natürlich* war der Mahe entzückt, Chanurs gut beleumundeter Handelsgesellschaft das Alleinverkaufsrecht zu übertragen ...

Gut beleumundet zumindest da, wo Hani-Banken sich die Höhe der Schulden, die auf Chanur lagen, nicht genau ansahen.

Aber hier war ein Dockarbeiter, dem eine geologische Granate ins Gesicht hinein explodiert war und der die Ersparnisse seines Lebens aufs Spiel gesetzt hatte. Nach Monaten, in denen er ruinöse Preise für seine Anzeige in der Angebotsliste hatte zahlen müssen, interessierte sich plötzlich ein Chanur-Schiff für ihn. Götter, der Mann bot ihr alles an bis auf ein Heiratsversprechen und beschwor mahe Götter, Chanur mit großem Reichtum zu segnen und Verwirrung unter Chanurs Feinden zu stiften, und das für tausendmal tausend Generationen ...

Eine Generation würde genügen, dachte Hilfy. Aber das Angebot des Alleinverkaufsrechts paßte dem Mahe ausgezeichnet, er war ganz hingerissen, er war überzeugt, der Name ›Chanur‹ werde seinem Unternehmen Respektabilität verleihen ... Hilfy hätte das Heiratsversprechen haben können, wenn sie es mit in ihren Ver-

trag geschrieben hätte. Ihr Vorschlag, ihm nach dem Verkauf einen Prozentsatz zu zahlen, gestand er, war so voller echter geschäftlicher Ausdrücke, daß er wußte, er befinde sich in ehrlichen Händen …

Mögen die Götter den Mann schützen, dachte Hilfy. Echte geschäftliche Ausdrücke, in der Tat.

Bei dem Rest war sie überzeugt, daß Haisi jedem Geschäft, das sie gerade abgeschlossen hatte, nachforschte und aus dem, was sie kaufte, Schlüsse auf den Grad ihres Verständnisses zog.

Was hieß, Haisis Persönlichkeit würde in Kürze erfahren, die Pläne müßten danach ausgerichtet werden, was, so gut er es erraten könne, eine gewisse Hani-Kapitänin von dem Stsho erfahren hatte.

Tante Py pflegte damals in ihr jugendliches und unwilliges Ohr zu lärmen: Beim Handel geht es nicht um Waren. Beim Handel geht es um Informationen. Die Waren liegen im Lagerhaus, bis die Informationen sie herausholen.

Götter, so lebendig hatte sie sich nicht mehr gefühlt, seit sie ein Teenager gewesen war. Sie steckte bis zu ihren ringgeschmückten Ohren in der Sache, und, bei den Göttern, sie fühlte …

Sie fühlte etwas, das sie seit Jahren nicht mehr gefühlt hatte. Es war – als habe sie plötzlich verstanden, was ihre Tante ihr hatte beibringen wollen, als sie von der Verantwortung gegenüber dem Schiff und von der Verantwortung gegenüber dem Geschäft und von Dingen sprach, die zum einen Ohr hinein und durch ein mit Hormonen überflutetes junges Gehirn zum anderen Ohr wieder hinausgegangen waren … Sie *teilte* etwas mit Pyanfar Chanur, über die Jahre, in denen sie sich nicht gesehen hatten, und über die Lichtjahre des Raums, die sie trennten, hinweg.

Auf dieses Gefühl hatte Tante Pyanfar verzichtet, um …

Um sich einer Sache zu widmen, die sie, wie sie ge-

schworen hatte, verabscheute: der Politik. Diese götterverdammte Politik, pflegte Pyanfar zu sagen, und die Politiker hatte sie verflucht.

Und dann ging sie hin und schloß sich ihnen an.

Führte sie an – das war die Wahrheit. Und warum?

Langsam erkannte Hilfy darin eine gewisse Tragik. Das *Mitgefühl* mit Tante Py und der Gedanke, daß sie vielleicht Na Khym bei sich hatte, war ihr ein Trost.

Und warum wanderte sie diese Pfade entlang? Was in den neun (oder so ungefähr) mahen Höllen war in sie gefahren? Und *warum* hatte sie Haisi angerufen, um ihn nervös zu machen und ihn zur Verzweiflung zu treiben, wenn das, was sie sich am meisten wünschte, doch war, daß Haisi wegging?

Pyanfar-Nerven, das war es, was über sie gekommen war. Sie hatte von einer ehemaligen Meisterin der Rechtsverdrehung gelernt, und wenn sie nicht überzeugt davon gewesen wäre, daß sie halb verrückt war, dann würde sie sagen, sie sei aufgewacht, sie sei jetzt erst richtig lebendig geworden – und sie habe Haisi Ana-kehnandian herausgefordert, weil sie Pyanfars Nichte war, nicht Kohans wohlerzogene Tochter.

Götter, sie hatte soeben einen Vertrag für einen Container explodierender Steine abgeschlossen. Und das Alleinverkaufsrecht dafür erworben.

Sie hatte soeben einen sehr gefährlichen mahen Agenten veranlaßt, Aufzeichnungen des Stationscomputers durchzusehen und sich zu fragen, *warum* sie gekauft hatte, was sie gekauft hatte, und warum Chemikalien für das Lebenserhaltungssystem einer Station, warum Grundnahrungsmittel und warum explodierende Steine, die niemand im Raum des Paktes hatte kaufen wollen…? Alles interessierte sie im Licht dessen, was sie von einem Stsho erfahren hatte, der, was Haisi nicht wußte, in die Phase eingetreten war und *gtst* frühere Identität und *gtst* geistige Gesundheit verloren hatte.

Gab es so etwas bei den Hani auch?

Hilfy dachte nach. Sie dachte über die Mahendo'sat nach.

Und horchte auf die Geräusche, mit denen die *Legat* Fracht auslud, um Platz für die Waren zu schaffen, die sie soeben eingekauft hatte.

»Es war mir entsetzlich peinlich«, sagte Fala. »Es tut mir sehr leid.« Und Hallan, der im Aufenthaltsraum in der Falle saß und keinen Vorwand hatte, ihn zu verlassen, murmelte etwas, das, wie er hoffte, als höfliche Zustimmung aufgefaßt wurde. Er bemühte sich, den Blick auf etwas anderes zu richten als Fala Anifys Gesicht, und er suchte verzweifelt nach irgend etwas, das wie eine ihm zugeteilte Arbeit aussehen mochte.

»Tarras macht nur Witze«, sagte Fala.

»Ich weiß«, antwortete er.

»Du bist schrecklich nett«, sagte Fala.

Er versuchte verzweifelt, eine Beschäftigung darin zu finden, daß er die Bänder im Regal sortierte.

»Tarras und Chihin machen beide oft Witze. Es ist einfach ihre Art, freundlich zu sein. Sie mögen dich.«

Das half nicht gerade.

»Wo liegt Meras genau?«

»In Ruun. In der Nähe der Berge. Es ist ein ganz kleiner Clan.«

»Das hätte ich wissen müssen. Aber in Geographie war ich nie gut. Ich verstehe etwas von Astrogation. Das macht mir Spaß. Aber wenn es um Planeten geht, interessiert es mich nicht. Meine Tanten fuhren auf der *Stolz*. Sie schickten mir immer Geschenke, wenn sie im Hafen waren.« Sie kam und setzte sich ans Ende der Couch, was es noch schwerer machte, sie nicht anzusehen. Er mußte die Bänder schon mehr als zweimal sortiert haben. Ihm war klar, das machte einen dummen Eindruck, und seine Ohren zuckten wie die eines

Trottels, wenn er versuchte, sie aufrechtzuhalten. Deshalb mußte es aussehen, als schmolle er, und das verärgerte sie vielleicht.

In sein Schweigen hinein fragte sie: »Meras ist kein raumfahrender Clan, oder?«

»Nein. Nein, das ist er nicht.«

»Wie kommt es dann ...?«

»Ich wollte einfach in den Raum.« Götter, nun waren sie wieder da angelangt.

»Anify liegt oben in den Bergen. Mein Onkel ist ein Klotz, und meine Tanten verließen ihn, und ich glaube, sie sind irgendwie in Ker Pyanfars Geschäft hineingetrieben. Jedenfalls bekam ich Geschenke aus dem Weltraum, und Anuurn war mir nicht mehr wichtig. Ich wünschte mir so sehr, in den Raum zu gehen, meine Mutter ohrfeigte mich, wenn ich nicht lernte, und schließlich sagte sie mir, Raumfahrerinnen müßten dies wissen, und Raumfahrerinnen müßten das wissen, und wenn ich meine Divisionen und meine Tabellen und meine Geometrie und meine Biologie und meine Pakt-Geschichte nicht studierte, werde mich kein Schiff jemals haben wollen. Aber was Agronomie und Geographie und klassische Poesie anging, konnte sie mir das nicht einreden.«

Hallan liebte klassische Poesie. Aber er verstand, was Fala meinte.

»Ich habe meine Schwestern beschwatzt, mir zu helfen«, gestand er. »Sie kauften mir eine Fahrkarte zur Raumstation. Sie sagten, ich würde nicht einmal den ersten Winter im Wald überstehen. Und sie hatten recht. Ich war eine halbe Portion von einem Jungen. Und ich hatte gar kein Geschick für die Politik oder die Landwirtschaft. Wenn mir also jemand einen Platz in den Clans geboten hätte, ich hätte ihn nicht einmal ausfüllen können.«

»Ich glaube, du brächtest alles fertig, wenn du es nur wolltest.«

»Und du könntest Geographie lernen. Wenn du es nur richtig wolltest.«

Er hatte das für eine besonders kluge Bemerkung gehalten. Doch sie brach in Lachen aus, bis der Bordlautsprecher plärrte:

»Fala? Wo bleibt dieser System-Check? Wir sind im Countdown, götterverdammt noch mal!«

»Ich muß gehen.« Sie wandte sich zur Tür. Doch dort hielt sie an und blickte zurück. »Kann ich dir irgend etwas bringen? Gfi? Ein Sandwich?«

»Nein. Nein, ich habe alles.«

»Fala!«

Sie rannte los – und sie benutzte *nicht* das Komgerät an der Tür des Aufenthaltsraums. Die Tür schloß sich. Hallan stieß den angehaltenen Atem aus. Ihm war, als müsse er die Kabinentemperatur regulieren.

Sie waren also im Countdown, diesen Hafen zu verlassen. Das war schnell gegangen. Sehr schnell. Und er sehnte sich danach, hinaus in den Raum zu kommen, wo die Kapitänin ihm vielleicht erlauben würde, etwas zu tun, so daß er dann einen Vorwand hatte zu gehen, wenn ihn jemand in die Enge treiben wollte.

Der Countdown lief, und das Klirren und Klappern, mit dem die Fracht ausgeladen wurde, ging weiter. Auch das erlebte er zum erstenmal.

Für gewöhnlich wollte eine Crew ein paar Tage der Ruhe und der Freiheit auf den Docks haben. Aber die *Legat* hatte dringende Geschäfte, sehr dringende, mit jetzt *zwei* Stsho an Bord, von denen der eine verrückt war und der andere es leicht werden konnte, wenn er, Hallan, *gtst* noch einmal über den Weg lief.

Hallan war absolut, fest und positiv entschlossen, auf dieser Reise keinen einzigen Fehler mehr zu machen. Er würde nichts tun, was die Kapitänin mißbilligen würde …

Was bedeutete, er durfte sich nicht mit Fala Anify im Aufenthaltsraum erwischen lassen. Die Tür öffnete

sich, Fala steckte den Kopf herein. »Du hast die *hübschesten* Augen«, sagte sie. Und verschwand wieder.

Hallan schlug die Hände vors Gesicht. Seine Karriere als Raumfahrer hing an einem Faden, er hatte nichts, worüber er nachdenken konnte, als blöde Filme und die Tastaturen der Hilfsschalttafeln, die er *versuchte,* auf seine Reflexe abzustimmen, damit er sich die nächste Chance, die die Kapitänin ihm gab, nicht verdarb, und die jüngste Crewfrau, eine Chanur-Verwandte, bemühte sich, seine Aufmerksamkeit zu erringen.

Götter, *bitte,* sorgt dafür, daß die Kapitänin sie beschäftigt hält.

12. Kapitel

Sieh an, da ist die *Ha'domaren.*«

Das kam von Chihin am Scanner. Sie hatten vor vier Stunden vom Kita-Punkt abgelegt und näherten sich dem Sprung.

»Das überrascht mich gar nicht.« Hilfy schürzte den Mund. »Wissen möchte ich nur, was Haisi sich aus den Steinen zusammenreimt.«

»Einen richtig glücklichen Mahe gibt es«, bemerkte Tarras. »Karpygijenon meine ich, nicht unseren Freund Haisi.«

Gelächter auf der Brücke. Es hörte sich gut an. Außer daß es ein etwas schlüpfriger Witz war, der Haisis Moral in Zweifel zog, und Na Hallan sich wahrscheinlich darüber ärgerte.

Sollte er sich ärgern. Er konnte sich anpassen. Er würde sich anpassen müssen.

»Wißt ihr«, sagte Tiar, »wer auch immer hinter ihm steht, müßte sich eigentlich wünschen, er würde Fracht befördern.«

»Ich möchte nicht darauf wetten, *wo* seine Masse ist. Er verkürzt seine Sprünge. Wahrscheinlich könnte er direkt von Urtur nach Kshshti springen.«

»Es sei denn, er hat ein gewaltiges Waffen-Arsenal dabei«, gab Tarras zu bedenken. Sie war die Geschützoffizierin der *Legat* für den Fall, daß sie das, was sie mit sich führten, jemals benutzen mußten – die Götter mochten es verhüten.

Antriebszeug, hatte Tarras gemeint. Und das weckte einen sehr unangenehmen Gedanken. »Das schwere Zeug untersteht alles der Regierung.«

»Dann hat die *Ha'domaren* eine Genehmigung?« fragte Fala.

»Ja, wenn sie eine schwere Ladung Raketen an Bord hat.«

»Ich wünschte«, sagte Hilfy, »wir hätten eine Quelle, von der wir Auskünfte über diese Paehisna-ma-to bekommen könnten, für die Haisi zu arbeiten behauptet. Ich wüßte gern, ob sie in der Regierung sitzt.«

»Wenn ja«, sagte Chihin, »sind das wieder ganz andere schlechte Nachrichten.«

»Vielleicht verkürzt er die Sprünge nur«, überlegte Hilfy, »weil er bei den hiesigen Behörden nicht auffallen will.«

»Fragen werden sie ihn trotzdem«, gab Tiar zu bedenken, »warum sein Schiff weder ent- noch belädt.«

»Götter, nein, sie werden nicht fragen«, behauptete Chihin. »Dieser Bastard stinkt nach Einfluß. Dieses Schiff ist wahrscheinlich hier und da sehr gut bekannt.«

»Angenommen, Ker Pyanfar kennt ihn?« fragte Fala.

»Ich wollte, Ker Pyanfar würde ihn holen kommen«, brummte Tarras.

»Mir gefällt der Gedanke gar nicht, daß er Beziehungen zur Regierung hat«, sagte Chihin. »Wenn der Mahendo'sat instabil wird – und die Stsho es bereits sind –, das ist nicht gut.«

»Wir sind auf und davon«, beruhigte Hilfy sie, »und ich will dir sagen, wie ich wette. Wir haben Massenware und kriegswichtige Güter eingekauft, und ich möchte sie lieber auf Kshshti einlagern und erst verkaufen, wenn die Stsho tatsächlich durchdrehen – *oder* einen Wiederverkäufer finden, den ich dazu überreden kann, den ganzen Posten abzunehmen, sofern der Profit hoch genug ist.«

»Mitsamt den Steinen?«

»Ist das mit den Steinen ernst gemeint?« Falas Stimme klang traurig. Fala wurde ständig aufgezogen;

man erzählte ihr mit ernster Miene verwickelte Geschichten. Und Fala wollte nicht schon wieder auf so etwas hereinfallen.

»Es sind Tc'a-Eier«, behauptete Chihin. »Das sind sie in Wirklichkeit.«

Ein bösartiger Seitenhieb auf Na Hallan, das war es. Hilfy sah sein Spiegelbild in einem dunklen Schirm: Hallan Meras versuchte, so dreinzublicken, als konzentriere er sich völlig auf die Schalttafeln.

»Keine Tc'a-Witze!« verlangte Fala.

»War das ein Tc'a-Witz?« fragte Chihin.

»Ker Chihin!« sagte Fala streng.

Jetzt wurde es ernst. Und Fala stand im Rang zu niedrig. »Chihin«, mahnte Hilfy.

»Aye, Käpt'n. Keine Tc'a-Witze.«

»Na Hallan?«

»Aye, Käpt'n?«

Er hatte die Beherrschung bewahrt, tatsächlich. Sein Spiegelbild sah sie an, die Ohren hingen auf Halbmast und richteten sich dann respektvoll auf, als sie die Antwort verzögerte.

»Sie werden von Zeit zu Zeit etwas über die Tc'a zu hören bekommen. Verstehen Sie Spaß, Na Hallan?«

»Ja, Käpt'n.«

»Können Sie Witze erzählen?«

»Ich ... mir fällt so schnell keiner ein, Käpt'n. Entschuldigung.«

»Tc'a«, stichelte Chihin.

»Chihin!« sagte Fala.

»Ich habe nur eine Anregung gegeben.«

»Chihin«, sagte Hilfy. Chihin senkte die Ohren und hob sie wieder. Es gab keine götterverdammte Möglichkeit, sie aufzuhalten, als eine panzerbrechende Granate aus Kernschußweite. Oder daß sie, die Kapitänin, aufbrauste, was bei Chihin Anify ebensowenig funktionierte wie früher bei ihren Cousinen.

»Tc'a«, sagte Hallan feierlich. Tarras nieste oder

lachte. Chihin machte ein finsteres Gesicht, und Fala grinste an ihren Schalttafeln.

»Ich denke, das war ein Witz«, sagte Tiar.

»Du mußt ihn mir erzählen«, bat Chihin.

»Das war ein Witz«, stellte Tarras trocken fest.

Chihins Ohren zuckten. Chihins Mund schürzte sich zu etwas, das ein Lächeln hätte sein können. Man hätte sie umbringen mögen. Aber Chihin war ebenso hart im Nehmen wie im Austeilen. Wohlgemerkt, von fremden Männern ließ sie sich nichts gefallen, im allgemeinen auch nicht von Männern, die sie kannte. Die meisten würden es gar nicht erst versuchen. Chihin gehörte entschieden der alten Schule an und strahlte ihre Bereitschaft aus, Ohren zu kerben. Ganz wie ihre Cousinen.

Tatsache war, dachte Hilfy plötzlich und aus keinem anderen Grund als vielen Bissen und Knüffen, Chihin attackierte auf eine sehr merkwürdige Art – für Chihin. Götter, sie war geduldig!

Und sie hatte die Blicke bemerkt, die die junge Fala in Hallans Richtung warf.

Der Versuch, Na Hallans sehr attraktive Person aus dem Schiff zu entfernen, konnte zu einer heiklen Situation führen. Aber, bei den Göttern, Hilfy war jetzt doppelt so fest entschlossen, dafür zu sorgen. Sie hatten eine reibungslos funktionierende Crew. Sie kamen miteinander aus. Das Schiff brauchte den Skandal nicht, Chanur brauchte den Klatsch nicht, Meras ebensowenig, und wäre Ker Heilige Rechtschaffenheit Sahern in diesem Augenblick in ihrer Gewalt gewesen, sie hätte ihr ein dauerhaftes Andenken an Hilfy Chanur verpaßt.

Die Crewfrauen meckerten sich wieder gegenseitig an. Sie bekrittelten den Sprung, was in Ordnung war – Genauigkeit sparte Treibstoff und sparte Geld.

Aber sie waren dicht vor dem Ziel.

»Hört auf. Der Countdown läuft. Ist für unsere Passagiere gesorgt, Fala?«

»*Gtst* Exzellenz sagt, ja.«

»Was macht unser Schatten?«

»Immer noch auf unserer Spur. Wenn dieser Bastard uns nur mehr Platz ließe! Es fehlte nur noch, daß wir beim Hinauskommen gegen ihn anrennen.«

»Dieser Bastard oder sein Pilot ist wahrscheinlich zu götterverdammt gut. Er könnte mit diesem Schiff auf einen Eßteller springen, wollt ihr wetten? Man gibt nicht einfach irgendeinem Kapitän ein Jagdschiff. Und bei den Göttern, es ist ein Jagdschiff.«

»Ich würde darauf wetten, daß unser Stsho-Passagier mehr über diesen Bastard weiß, als *gtst* zugibt.«

»Ich würde darauf wetten, daß unser anderer Stsho-Passagier mehr über ihn gewußt hat, als *gtst* uns bei seinem zerrütteten Verstand jetzt noch mitteilen kann. Aber wir haben keine Garantie, daß *gtstisi* am Ende zu etwas Ähnlichem werden wird wie der Stsho, der *gtstisi* einmal war.«

»Unheimlich«, meinte Tarras. »Ein unheimlicher Haufen. Ich möchte während des Sprungs nicht mit einer verrückten Person zusammen sein.«

»Ich möchte während des Sprungs keine verrückte Person sein«, sagte Tiar. »Kannst du dir das vorstellen?«

»Ich stelle es mir lieber nicht vor«, wehrte Hilfy ab. »Wollen wir bitte aufpassen, wohin wir fliegen? Wir sind gleich da …«

Die Koordinaten blinkten.

Hilfy drückte den Knopf. Die *Legat* …

… fiel aus dem Raum des Kita-Punktes …

… »Nun, nun«, sagte Pyanfar.

»Geh weg!« verlangte Hilfy. Sie wollte ihre Tante nicht. Es ängstigte sie, daß es ihre Tante war, die sie ständig in ihren Träumen heimsuchte – und es handelte sich zweifellos um einen Traum, es war dieser Ausweg, den der Verstand einschlug, wenn er sich nicht mit

einem Raum befassen wollte, der kein Raum war. Das wäre gut gewesen, wenn ihre götterverdammte Tante sich in letzter Zeit nicht dauernd eingedrängt hätte. Vielleicht lag es an dem politischen Gestank, den die *Legat* auf dieser Reise ausströmte. Vielleicht wollte ihr Unterbewußtsein ihr mitteilen, sie habe einen Fehler gemacht. Hilfy war nicht abergläubisch, was die Traumbilder anging.

Jedenfalls nicht sehr.

»Du solltest dich zusammennehmen.« Pyanfar setzte sich auf irgend etwas – Möbel und Felsbrocken materialisierten, wenn man sich hinsetzen wollte. Und Pyanfar setzte sich für gewöhnlich, wenn sie die Absicht hatte, sich einzumischen, parkte, als werde sie von Schwerkraft hinabgezogen, und bestand darauf, die Dinge rings um sie zu beeinflussen. »Das Träumen ist eine schlechte Gewohnheit, es verlangsamt die Reflexe, vernebelt das Denken ...«

Hilfy versuchte, Pyanfar in den alleseinhüllenden grauen Nebel hineinzudenken.

Pyanfar blieb hartnäckig anwesend. »Du *lebst* im Sprung, nicht wahr? Das ist dein privates Plätzchen, wo du mit Tully zusammenkommst, und niemand kann Einspruch erheben. Nicht einmal Tully.«

Ihr Unterbewußtsein wurde bösartig.

»Versuche, im Realraum zu leben«, mahnte Pyanfar. »Versuche, da zu leben, wo du bist, Hilfy-Mädchen. Versuche es für den Anfang einmal mit deiner eigenen Spezies.«

»Die Götter sollen deine Einmischungen verdammen!« Hilfy war so wütend, wie sie es seit Jahren nicht mehr gewesen war. »Wenn du dich aus meinen Angelegenheiten herausgehalten hättest, hätte ich diesen götterverdammten Idioten nicht geheiratet!«

»Du hörst mir nicht zu. Dies ist kein Leben, Nichte. Das Leben ist nicht so. Deine Cousine Chur tritt nicht geistig weg. Sie *sieht* die Sterne auf eine bestimmte

Weise, und ich schaffe das beinahe auch. Du aber verbringst deine Zeit damit, daß du dir wünschst, was nie gewesen ist. *Nie gewesen ist,* Nichte, und niemals sein wird und in tausend Jahren niemals sein kann, und wenn du willst, daß ich noch mehr dazu sage, werde ich es tun.«

Hilfy wollte das nicht. Das brachte Pyanfar Chanur selten zum Schweigen. Aber ihre Tante hob das Kinn, wie sie es immer tat, wenn sie einen Punkt gewonnen hatte, und wechselte das Thema.

»Das ist ein Jagdschiff da draußen. Und es will das haben, was du hast. Es könnte den Kif die Schuld in die Schuhe schieben. Es könnte dich loswerden, deine Passagiere und das *oji* nehmen, behaupten, Kif-Piraten hätten euch überfallen, und sich *trotzdem* duftend wie ein Frühlingsmorgen in jedem zivilisierten Hafen zeigen. Denke einmal darüber nach. Die Mahe von diesem Schiff könnten sich still verhalten, wenn du nach Kshshti kommst. Sie könnten eine Turbine beschädigen, und dann säßest du auf Kshshti fest. Das wäre das Mindeste, was sie tun könnten. Kshshti würde den Fall nicht untersuchen. Du *weißt,* was Kshshti ist.«

Sie war auf den Kshshti-Docks – rote Lichter flackerten, schwarzgewandete Schatten kreisten sie in dem schmutzigen Frachteingang irgendeiner Handelsgesellschaft ein. Sie kämpften um ihr Leben, und Tully ging zu Boden …

Hilfy wollte den Rest dieser Erinnerung nicht. Sie versuchte, sich davon loszureißen. Sie war nicht davor zurückgescheut, nach Kshshti zu gehen, als sie erkannt hatte, daß sie es tun mußte, sie hatte sich von der Vergangenheit nicht beeinflussen lassen. Sie war kein Feigling, sie war keiner gewesen, und sie würde nicht verängstigt davonlaufen. Sie würde nach Kshshti reisen, sie hatte sich keine Zeit zum Überlegen zugestanden und keine, um sich an den Sprung weg von dort zu er-

innern, an die absolute schwarze Verzweiflung einer kifischen Ladebucht…

Kshshti war der Ort, wo es angefangen hatte. Dort hatte sie den schwersten Fehler ihres Lebens begangen, als die Kif auf nichts so sehr gewartet hatten als eine Chance, eine von ihnen gefangenzunehmen.

Und sie hatten sie erwischt.

Sie war damals jünger gewesen. Die Hormone auf dem Höchststand der Flut. Ein Dummkopf.

Ein Kif kam dicht an den Käfig heran und redete mit ihr, und seine Sprache war voll von Klicklauten, die die inneren und äußeren Zahnreihen erzeugten.

Ein Kif faßte in einen Käfig und fraß kleine lebende Wesen, die mitleiderregend quietschten und zappelten. Kif waren heikle Esser. Bei etwas anderem als lebender Nahrung verging ihnen der Appetit. Und ihre Kehle ging nichts hinunter als Flüssigkeiten – in verschiedenem Grad der Zähflüssigkeit.

Hilfy wollte hinaus aus diesem Traum.

…Aber es dauerte eine Ewigkeit, bis sie den Alarm hörte, der ihr sagte, daß sie den Sprung machten…

…hier und jetzt.

»Das war der erste Sprung«, sagte sie. Und dann fiel ihr das Jagdschiff ein. »Wo ist die *Ha'domaren*? Mach schon! Kannst du sie entdecken?«

»Ich habe die Boje«, murmelte Fala.

Und von Chihin und fast gleichzeitig von einer tieferen Stimme kam ein Satz Koordinaten. Tiar schaltete die System-Darstellung der Boje auf Hilfys Schirm Nummer eins.

Hilfy war erleichtert, daß sie jetzt wußte, wo der Bastard war.

Währenddessen sprach Fala mit dem Stsho, und *Gtst* Exzellenz war anscheinend am Leben. Tiar sandte eine Botschaft an die Station.

»Die Steine sind nicht explodiert«, stellte Tarras fest.

»Wie schön. Informiere *Gtst* Exzellenz, daß wir wieder hinuntergehen.«

Sie zogen die Sprünge dicht zusammen. Aber sie waren sehr nahe am Ziel herausgekommen. Prachtvolle Präzision. Hilfy zog ein Päckchen mit Nährflüssigkeit aus der Klammer und vertilgte es mit drei Schlucken.

»Kshshti-Station.« Tiar sprach zu einer Zentrale, die sie noch eine Stunde lang nicht hören würde. »Dies ist die *Chanurs Legat* in der Annäherung.«

Es war nicht die *Stolz*. Jetzt war nicht damals. Vielleicht rannte auf den Kshshti-Docks ein Stsho in Deckung. Vielleicht würden sie Atli-lyen-tlas diesmal fangen, vielleicht hatte *gtst* keine Zeit mehr gehabt, den Hafen zu verlassen. Ein Stsho hielt es bei seiner Konstitution nicht aus, einen Raumflug nach dem anderen zu unternehmen. *Gtst* mußte inzwischen unter der Anstrengung der Jagd leiden. *Gtst* mußte sich sagen, daß das Weglaufen vielleicht nicht der Mühe wert sei.

Bei den Göttern, eins stand fest: Kein kifischer Kapitän hätte *gtst* mit dem Komfort umgeben, den Tlisitlas-tin auf der *Stolz* genossen hatte. In einem kifischen Schiff herrschte das Dunkel, das kifische Augen bevorzugten, dort gab es nur trübes Natriumlicht und den unaufhörlichen Ammoniakgestank.

Er stieg jedem in die Nase, der mit ihnen zu tun hatte.

Ein Stsho hielt es im Dunkeln nicht aus. *Gtst* geistige Gesundheit würde zerbrechen.

Andererseits – wenn man an Kita-Punkt dachte –, vielleicht war das längst passiert. Vielleicht gab es mittlerweile gar keinen Atli-lyen-tlas mehr, nur noch einen Körper, der kifischen Befehlen gehorchte und nicht wußte, wer *gtst* einmal gewesen war.

Ein beunruhigender Gedanke.

Ein Gedanke, mit dem zu befassen Hilfy sich weigerte. Erst mußten sie ihren Empfänger gefunden haben.

Als gute, friedliche Bürger des Paktes reisten sie jetzt mit interplanetarer Geschwindigkeit. Sie hatten den Output des Bojen-Computers bekommen. Dieser, von den realen Ereignissen, die sich in seiner Nachbarschaft abspielten, und den Ereignissen, die ihm die Kshshti-Station sandte, ständig auf dem laufenden gehalten, besaß eine zeitverzerrte eigene Realität, die zwischen der echten, zeitgleichen Realität beziehungsweise der seit höchstens Minuten vergangenen und der seit vielen Minuten vergangenen der Kshshti-Station pendelte.

Das Stationsschema war zu der Zeit, als sie es empfingen, mehr als 52 Minuten alt. Das war eine Segnung des Friedens: Stationen waren nicht länger so paranoid, daß sie meinten, zwei Feinde könnten im Sichtbereich einer Station aufeinander losgehen – oder ein Schiff könnte ein zweites angreifen, das mit der verletzlichen Haut der Station verbunden war. Die Kshshti-Station zeigte, daß die *Ha'domaren* vor ihnen war – wo auch sonst? Und ein Schiff namens *Nogkokktik* unter einem gewissen Takekkt als Kapitän lag seit gestern im Dock.

Bei den federlosen Göttern, das schloß die Lücke.

Hani-Händlerinnen legten auf Kshshti nicht einmal an. Aber es waren siebenundsechzig Botschaften für Tante Pyanfar da, ein unerledigtes juristisches Dokument, das Information verlangte, und ein Päckchen (von einer religiösen mahen Stiftung?), für das Strafporto bezahlt werden mußte.

Das kifische Schiff *Nogkokktik* lag nach wie vor im Dock – sprach mit niemandem außer mit der Station und behauptete – durch die Stationskommunikationen – nichts von irgendeinem Stsho-Passagier zu wissen.

Die *Ha'domaren* dagegen empfing die Grüße der *Legat,* hieß sie auf Kshshti willkommen und gab bekannt, nein, Ana-kehnandian sei nicht zu sprechen. Ana-kehnandian befinde sich in seinem Schlafzyklus

und dürfe nicht gestört werden. Zu verwundern war, wieviel schlechter der Offizier vom Dienst plötzlich das Pidgin beherrschte, sobald er das gesagt hatte.

Und gab es einen Stsho-Botschafter oder etwas in dieser Art auf Kshshti?

Nein. Der Botschafter war krank geworden und letzten Monat gestorben.

»Götter*verdammt!*« rief Hilfy.

»Da geht etwas vor sich«, sagte Tarras.

Eine bemerkenswerte Untertreibung. Hilfy antwortete darauf mit dem starren Blick, den diese Äußerung verdiente.

»Ich meine«, verbesserte Tarras sich, »etwas Wichtiges.«

Ein tiefes Einatmen, ein langsames Ausatmen. Eine unwillkommene Erinnerung an ein Schiff, das ein Schiff belauerte, an den Kälteschauer, mit dem man hinter sich das Umlegen eines Sicherungsflügels hörte. Der Anblick eines Schiffes, das in einem lautlosen Feuerball starb, und die Stimmen, die über den Kom kamen…

Hilfy wollte nicht, daß diese Tage zurückkehrten. Sie wollte nicht in diesem Hafen sein und mit einem Kif Fangen spielen.

Aber, bei den Göttern, es war nicht ihre Gewohnheit, nachzugeben. Nicht einmal bei ihrer Tante. Und niemals in einer mahen Hölle bei Außenseitern, vor allem nicht bei den Kif.

Hilfy saß da, das Kinn auf die Hand gestützt, und dachte ihre Möglichkeiten durch. Niemand sprach. Die Kshshti-Behörden waren keine zuverlässige Quelle – es sei denn, jemand war hergekommen und hatte jeden Beamten, der jemals eine Bestechung angenommen hatte, hinausgeworfen, und sie hatte nichts davon gehört, daß so etwas geschehen sei.

Mittel, die ihnen zur Verfügung standen, waren…

»Verhandele mit dem Zoll«, befahl sie. »Biete die

Container zum Verkauf an – nur die Steine nicht. Die Steine behalten wir.«

»Die Steine behalten wir«, wiederholte Tarras. »Richtig.«

»Wenn wir ein anständiges Angebot bekommen, laß es mich wissen. Wenn wir kein anständiges Angebot bekommen, such uns ein gutes Lagerhaus.«

»Auf *Kshshti?*«

»Das Beste, was wir tun können. Ich möchte, daß jeder auf Kshshti erfährt, welche Waren wir transportieren und daß wir bereit sind, sie einzulagern, wenn wir kein uns zusagendes Angebot erhalten.«

Tarras warf ihr einen neugierigen, nachdenklichen Blick zu.

»Warum sollte ein Chanur-Schiff mit kriegswichtigem Material und Massenartikeln herkommen und darauf bestehen, alles einzulagern, falls es keine Höchstpreise erzielt?«

Zwischen Tarras' Brauen erschien eine Falte. »Du wirst den Markt in Panik versetzen«, protestierte Tarras. »Käpt'n ... bitte, entschuldige ...«

»Man weiß hier, daß man es mit Chanur zu tun hat. Die Barmixer auf den Docks wissen wahrscheinlich schon, daß wir ein wichtiges Stsho-Objekt an Bord haben. Wir tun dies, um uns unseren Lebensunterhalt zu verdienen, Cousine. Sie auch.«

»Du wirst den Markt in Kriegsangst versetzen. Sie wird um sich greifen, Leute können zu Schaden kommen.«

»Sie werden nichts kaufen, was sie nicht brauchen. Und das ist der Markt, oder nicht, Cousine?«

»Aber man setzt doch keine götterverdammten Gerüchte in die Welt!« rief Tarras und senkte sofort die Stimme. »Käpt'n, das ist nicht recht.«

Hilfys finsterer Blick machte deutlich, daß sie Tarras Treulosigkeit sowie Kritik an ihren Methoden, ihrem Charakter und ihrer Moral zum Vorwurf machte. Auch

unter Tante Pys Befehl hatten sie ihre Zweifel gehabt, es hatte angsterfüllte, schwüle Augenblicke gegeben, viele davon hier auf Kshshti, aber, bei den Göttern, die ganze Crew hatte hinter ihr gestanden.

Py hatte ein paar graue Haare mehr, Py und die vier ältesten Crewfrauen waren schon öfters in mulmigen Situationen gewesen, bevor sie in die Katastrophe auf Kshshti gerieten, und sie hatten sich darauf verlassen, daß Pyanfar klug genug war, um sich einen Ausweg einfallen zu lassen.

Aber das wußte Tarras nicht von ihr. Tarras wußte nur, sie war Kapitänin geworden, weil sie Pyanfars Nichte war, das war alles, was Tarras von ihr wußte, und alles, was Chanurs Rivalen von ihr wußten.

»Wenn wir das bekanntwerden lassen...«, begann Tarras.

»Es ist bereits bekannt, Cousine, es ist bereits Teil des Berichts, was wir auf Kita eingekauft haben, was wir tun, wen wir als Passagier an Bord haben, wohin wir gehen... Die Leute *beobachten* uns, die Leute hecheln alles durch, was wir tun... dieser Haufen von Botschaften ist in unseren Dateien, weil jede götterverdammte Station *annimmt,* wir hätten intime Kenntnisse von dem, was Pyanfar vorhat. Warum rufen wir dann nicht einfach die Stationszentrale an und teilen ihr mit, wen wir an Bord haben, was wir befördern, was unserer Meinung nach Haisi im Schilde führt? Warum gehen wir nicht einfach hinaus und warten ab, was passiert, Cousine? Nein, wir lügen, wir geben ein paar Stückchen Information preis und lassen die draußen sich die Köpfe zerbrechen, ob sie ein richtiges Bild gewonnen haben. Wenn wir ihnen die götterverdammte Wahrheit sagten, würden sie wahnsinnig werden bei dem Versuch, herauszufinden, welcher Teil davon eine Lüge sei.«

»Ich bin nicht dafür, Kriegsangst zu wecken! Ich bin nicht dafür, den ganzen Warenmarkt auf den Kopf zu stellen, weil wir ein Problem haben!«

»Und wenn es einen Krieg gibt? Und wenn zumindest die Mahendo'sat und die Stsho sich in Position manövrieren und irgendwer Tante Py betrügen will und das ganze Glashaus zusammenstürzt? Wie viele Leute werden dann zu Schaden kommen? Wie lange wird es dauern, bis irgendein kifischer *hakkikt* sich selbst damit beauftragt, die Macht zu ergreifen? Der Markt ist ein kleiner Verlust, Cousine. Wenn der Kornpreis um einen oder zwei Punkte fällt, werden die geschickten Händler damit fertig und die Amateure werden in der Klemme sitzen, aber dafür bin ich nicht verantwortlich. Ich kann gar nichts tun, wenn kleine Investoren Fehler machen, ich versuche, Chanur über Wasser zu halten, ich versuche, zu verhindern, daß diese Sache Tante Py ins Gesicht hinein explodiert – was gut möglich wäre. Chanurs Probleme mit dem *Han* sollen ihre Bemühungen, den Frieden zu erhalten, nicht zunichte machen. Auf diesen Bahnen laufen meine Gedanken, denn solltest du recht haben, Tarras Chanur, werden sehr viel mehr Leute umkommen, wenn der Frieden zerbricht, als wenn der Markt schwankt.«

»Wir wissen nicht, auf welcher Seite die Stsho stehen!« protestierte Tarras. »Soviel wir wissen, könnten wir eher Schaden stiften als helfen!«

»Leute, die etwas tun, können immer einen Fehler machen. Ebenso Leute, die nichts tun.«

»Das ist alles schön und gut. Wissen wir, was wir tun?«

»Wir rütteln an ein paar Türen und sehen, was den Kopf herausstreckt, Cousine. Und wenn du tust, um was ich dich gebeten habe, und die Anzeigen für uns aufgibst, werde ich an eine Tür in unserem eigenen Keller rütteln.«

»Bei den Stsho?«

»Sie müssen erfahren, daß ihr Botschafter hier tot ist. Und daß der andere vermißt wird. Es sind bereits

Leute umgebracht worden, wenn du die Moral der Geschichte hören willst. Sie waren alle Stsho – aber sie zählen trotzdem. Sie sind trotzdem tot. Jemand war bereit, sie zu töten. Und wir haben ein Stück des Puzzles an Bord.«

»*Aye*, Käpt'n.«

Vielleicht war es Tarras jetzt leichter ums Herz. Hilfy nicht. Sie verließ die Brücke und ging vorbei an Na Hallan, der die Kombüsenschränke ausscheuerte und Inventur machte, vorbei an Fala, die das Lebenserhaltungssystem überprüfte, und bemerkte die verstohlenen Blicke von zwei Lauschern, die eigentlich in der kalten Ladebucht hätten sein sollen.

Erstaunlich, welche Betriebsamkeit losbrach. Hilfy drückte den Aufzugknopf und fuhr zum unteren Deck hinunter, hörte das Klappern, das bedeutete, Tiar und Chihin waren in der Ops-Zentrale fleißig... Vorrang hatte für sie, daß sie auftankten und jederzeit ablegen konnten; das war wichtiger als die Fracht, der Zoll und alles andere.

Götter, sie haßte die Politik, sie konnte nicht glauben, daß sie gesagt hatte, was sie da oben gesagt hatte – kein Wunder, daß Tarras verwirrt war.

Hilfy ging zum Passagier-Korridor und gab ihre Absicht bekannt, die Tür zu öffnen. Doch während sie auf eine Antwort horchte, ging die Tür schon auf, und Dlima, sehr hübsch bemalt, sehr anmutig in einem Spinnweb-Gewand, verbeugte sich und ließ sie ein.

»Euer Exzellenz«, begann Hilfy, »wie ist es Ihnen ergangen?«

Tlisi-tlas-tin ruhte in dem Schüsselsessel, eine Tasse in der Hand. *Gtst* winkte sie näher, offensichtlich völlig entspannt, völlig zufrieden mit sich selbst und dem Leben im allgemeinen. »Möchten Sie einen Tee, Kapitänin?«

»Es ist mir eine Ehre.« Das war die einzige schickli-

che Antwort. Hilfy trat ein und machte es sich bequem. Dlima brachte ihr eine Tasse und füllte sie mit anmutiger Aufmerksamkeit. »Höchst elegant.«

Dlima flatterte, sank, den Tee in der Hand, zu Tlisi-tlas-tin in den Schüsselsessel und kuschelte sich an *Gtst* Exzellenz. Von der verwirrten Person, die auf dem Kita-Punkt im Stich gelassen worden war, fand sich keine Spur mehr.

So, so, so, dachte Hilfy. *Gtst* Exzellenz litt nicht. Was Dlimas Verstand anging, konnte man sich nicht so sicher sein.

»Erzähle es der Kapitänin«, sagte Tlisi-tlas-tin mit einem sanften Stoß seines Ellbogens. »Oder soll ich es tun?«

Federige weiße Wimpern verschleierten Mondstein-Augen, und *gtstisi* drückte sich tiefer in den Winkel gegen *Gtst* Exzellenz. »Ich habe das seltene Vergnügen, die Bekanntschaft von Euer Gnaden zu machen.«

»Dies ist Dlimas-lyi«, stellte Tlisi-tlas-tin vor, den Arm um *gtsto* gelegt und einen Ausdruck törichter Zufriedenheit auf dem Gesicht.

Gute, lebende Götter, dachte Hilfy verzweifelt.

»*Gtsto* ist eine Person von so unschätzbarer Qualität, so wundervoller Vornehmheit – mehr als ein Trost. Ich bin überglücklich.«

Also war Dlima so etwas Ähnliches wie männlich – wie Tlisi-tlas-tin selbst etwas war, das es bei keiner anderen intelligenten Spezies gab.

»Ich bin unsäglich geehrt durch das Ereignis.« In einem höflichen Gespräch spielte man nicht auf das Geschlecht an. Was Hilfy sah, war eine Intimität am Rande des Unanständigen, wie aus jedem Buch, das sie über Stsho-Etikette gelesen hatte, hervorging. Wie ging man mit Stsho in diesem Zustand um?

Sprechen Sie nicht unverblümt von dem Zusammenschluß, empfahlen die Bücher.

Benutzen Sie das *Gtsto*-Pronomen nicht ohne ausdrückliche Erlaubnis. Benutzen Sie das allgemeine *gtst*.

Sprechen Sie nicht von Paarung.

Zeigen Sie sich nicht verlegen.

»Daß *Gtst* Exzellenz als mein Gast solches Glück entdeckt hat«, setzte Hilfy verzweifelt hinzu, »ist mir eine Freude und eine ganz unerwartete Ehre für unsere Gastfreundschaft.«

Götterverdammt. Sie hatte etwas Wichtiges zu besprechen. Eine sehr dringende Angelegenheit.

Aber *gtst* war erfreut. *Gtst* trank Tee, und *gtsto* beeilte sich, die Porzellantassen nachzufüllen.

»Solche ausgezeichnete Freundlichkeit«, sagte Hilfy, und *gtsto* flatterte vor Vergnügen. Eine spinnenartige Hand streckte sich aus und streichelte ihre wahrscheinlich zerzauste Mähne, und sie versagte es sich tapfer, zusammenzuzucken.

»Welch eine merkwürdige und unerwartete Textur.«

Sollte *gtsto* einen flotten Dreier vorschlagen, würde sie davonlaufen.

»Dlimas-lyi«, bat Tlisi-tlas-tin freundlich, »würdest du dich entfernen? Wir haben eine so lästige Sache zu erledigen.«

Dlimas-lyi verbeugte sich und verbeugte sich beim Rückzug von dem Schüsselsessel immer wieder. Tlisi-tlas-tin trank *gtst* Tee, und Hilfy trank ihren.

Den Göttern sei Dank... das dritte Geschlecht war dasjenige, das sich mit Außenseitern, Geschäften und Stress befaßte.

Aber Außenseiter kamen nicht mit den beiden anderen Geschlechtern zusammen – oder doch nur ganz selten.

»Ich bin sehr bewegt von dem Vertrauen, das *Gtst* Exzellenz mir erwiesen hat.«

»Ihr guter Geschmack erfüllt meine extravagantesten Erwartungen bei einer Ausländerin. Wäre ich nicht auf diese Reise gegangen, hätte ich Dlimas-lyi

niemals kennengelernt. Als eine Folge Ihrer Gastfreundschaft habe ich – iiii – doch, ich werde so dreist sein – Wirkung auf eine Person von so exquisitem Wert erzielt, wie ich es mir nie hätte träumen lassen. *Gtstisi* war der Sprößling von Atli-lyen-tlas, wurde grausam im Stich gelassen, versteckte sich mit großer Tapferkeit vor *gtstisi* Feinden, bis die Chanur in den Hafen einliefen. Dann, als *gtstisi* meine Herrlichkeit erblickte, wurde *gtstisi,* sicher auch, um mir Trost zu spenden, *gtsto* …«

Also hatte sich Atli-lyen-tlas' Tochter vor den Mördern versteckt und war, da sie sich von Tlisi-tlas-tin angezogen fühlte, etwas geworden, das man männlich nennen mochte. In diesem hormonalen Zustand war es nicht möglich, Nachkommen zu zeugen. Wenn sie das, was *gtst* ihr gestanden hatte, den Universitäten auf Anuurn oder Maing Tol vorlegte, rechtfertigte das ein zweites Diplom in Ausländerkunde. Gelehrte würden töten, um zu hören, was *gtst* ihr anvertraut hatte. Aber kein Gelehrter würde es hören. Das war noch etwas, das man in der Ausländerkunde lernte: Seine Quellen nicht zu verraten.

Und in Protokollkunde: Seine Quelle niemals erfahren zu lassen, daß man sie verraten hatte.

»Ich bin überwältigt«, erklärte Hilfy ehrlich. »Sie sind ein Gast von höchster Anmut. Die Bewunderung Ihrer Tugenden hat mich mit dem Ziel, unser Versprechen zu halten, zu persönlichen Anstrengungen gezwungen. Und ich muß Ihnen mitteilen – wieder sind unsere Bemühungen, Atli-lyen-tlas zu erreichen, fehlgeschlagen. Das Kif-Schiff ist hier. Es will uns keine Informationen über Passagiere geben. Aber wir werden uns weiter anstrengen.«

»Es sind unangenehme Individuen.«

»Dem stimme ich zu. Außerdem ist Ana-kehnandian, der Mahe, von dem ich sprach, der mit der *Ha'domaren* reist, auf dieser Station anwesend und läßt deut-

lich erkennen, daß er sich in die Angelegenheiten Eurer Exzellenz einzumischen beabsichtigt.«

»Haben Euer Gnaden einen Vorschlag, was wegen dieser anstößigen Person zu unternehmen ist?«

»Dies ist Kshshti. Wir vertrauen nicht darauf, daß die Behörden etwas tun werden. Deshalb müssen wir uns etwas einfallen lassen. Haben Euer Exzellenz einen Rat für uns? Wir würden ihm alle Aufmerksamkeit widmen. Oder möchten Euer Exzellenz lieber auf weitere Informationen warten?« Drängen Sie *niemals* einen Stsho, eine Entscheidung zu fällen. »Dann werden wir uns bemühen, sie zu erlangen.«

»Ziehen Sie als eine Hani ... iiii ... Gewalt in irgendeiner Form in Erwägung?«

»Auf gar keinen Fall! Aber wir haben es mit Kif zu tun. Deshalb ist es eine Möglichkeit, wenn sie damit anfangen.«

»Die Kostbarkeit muß sicher sein!«

»Um jeden Preis.«

»Dann bin ich bereit, auf Ihre Weisheit zu warten.«

Mochten die Götter den Bastard verderben.

»Ich habe noch eine ... ähem ... betrübliche Information. Ihr hiesiger Botschafter ist tot.«

»Wai! Das kann unmöglich ein zufälliges Zusammentreffen sein!«

»Hätten Euer Exzellenz möglicherweise in dieser Sache einen Rat?«

»Ich werde darüber nachdenken.«

»Vielleicht ... könnten Euer Exzellenz diesen kürzlich verwaisten Posten übernehmen und den Stationsbehörden von diesem Posten aus mitteilen, daß Sie das Schweigen des kifischen Fahrzeugs mißbilligen?«

»Ein ehrgeiziger Plan.«

»Aber durchaus innerhalb der Möglichkeiten Eurer Exzellenz.«

Gtst mondhelle Augen blinzelten, sie blinzelten ein

zweites Mal, und *gtst* Ausdruck änderte sich dabei überhaupt nicht.

Bis *gtst* tief Atem holte. »Was würden Euer Gnaden tun?«

»Ich bewundere die außerordentliche Anmut Eurer Exzellenz, eine Ausländerin zu konsultieren, und fasse das so auf, daß Euer Exzellenz lediglich neugierig sind. Ich würde der Station mein äußerstes Mißvergnügen ausdrücken, das Amt des verstorbenen Botschafters übernehmen, ohne dieses Schiff zu verlassen, und verlangen, daß ich sofort über den Verbleib von Atli-lyentlas unterrichtet werde.«

»Das wäre ein sehr plötzlicher Schritt.«

»Er würde die Beamten erschrecken. Aber eine geschmackvollere Annäherung würde von den Behörden Kshshtis nicht beachtet werden.«

»Ein kühnes Wagnis.«

»Sie haben sich schon früher bei der Verteidigung von Eigentum als kühn erwiesen.«

Tlisi-tlas-tin riß die Augen auf. *Gtst* Nasenlöcher weiteten sich in schneller Atmung. »Sie erwecken in mir eine höchst merkwürdige Erregung, ausgezeichnete Kapitänin.«

Emotionale Unausgeglichenheit, riet das Buch, ist um jeden Preis zu vermeiden.

»Ich habe noch nie zuvor«, erklärte Tlisi-tlas-tin, »Eleganz in einem Austausch von Feindseligkeit wahrgenommen. Es liegt Poesie darin. Darf ich es wagen, diesen Rat anzunehmen?«

»Der natürlich durch die eigene Weisheit Eurer Exzellenz modifiziert werden muß.«

»Nein, nein, das sind Ausländer! Und ich setze Vertrauen in die Eleganz Eurer Gnaden. Übermitteln Sie eine solche Botschaft. Ich bin äußerst unzufrieden mit einem derartigen Benehmen. Ich werde die Antwort an die Behörden auf Llyene weitergeben!«

»Euer Exzellenz haben unbedingt die richtigen

Worte gefunden. Soll ich für Euer Exzellenz eine Kommunikationsverbindung zur Stationszentrale herstellen lassen?«

»Unbedingt! Ich werde die Nachkommen und die Taten dieser Leute verwünschen!«

Für einen Stsho legte sich Tlisi-tlas-tin richtige Hani-Gefühle zu.

Hilfy legte sich – für eine Hani – ein sehr merkwürdiges Einfühlungsvermögen für einen flachzähnigen, gruppenfolgenden Stsho zu.

Gtst Exzellenz rüttelte tatsächlich an den entsprechenden Türen.

»Ich bin außer mir über die Nachricht vom Hinscheiden *Gtst* Exzellenz und *gtst* Stab! Das ist Schurkerei! Ich verlange Wiedergutmachung! Ich verlange die sofortige Kooperation der Stationsbehörden! Ich verlange eine gründliche Untersuchung der Entführung von *Gtst* Exzellenz aus Urtur! Ich verlange, daß tatkräftig etwas gegen die Verfolgung unternommen wird, der wir durch das mahe Schiff *Ha'domaren* ausgesetzt sind! Wenn meine Wünsche nicht auf der Stelle erfüllt werden, stellt das den Handel mit allen Stsho in Frage!«

Seltsam, aber die Stimme der Persönlichkeit von Kshshti übergab das Mikrophon sofort der Persönlichkeit selbst.

Und seltsam, die Stimme meldete sich danach schnell über den Kom, um selbst die Zollformalitäten für die *Legat* zu beschleunigen und zu erklären, Beamte seien schon dabei, den von *Gtst* Exzellenz erhobenen Anklagen nachzugehen.

»*Äußerst* wirkungsvoll!« sagte Hilfy und verkniff es sich, Tlisi-tlas-tin auf den Rücken zu schlagen. *Gtst* war so zufrieden mit sich selbst – *gtst* strahlte richtig, als *gtst* sich von der Kom-Konsole im Ops-Raum wegdrehte.

»Sollen sie einmal über die Folgen nachdenken, die ich genannt habe! Nichts ist eine leere Drohung!«

Der Terminmarkt zeigte auf dem Schirm Nummer zwei einen sofortigen Anstieg um fünf Punkte bei kriegswichtigen Gütern und Massenartikeln. Es ließ sich vorhersagen, daß auf die Fracht der *Legat* kräftig geboten werden würde.

Außerdem ließ sich eine Botschaft von der *Ha'domaren* vorhersagen …

»Du verdammt ignorante Hani! Du nicht zuhören, das hier sein *kein* Ort, sich zu benehmen wie Dummkopf! Ich wollen reden! Jetzt!«

»Das kann ich mir denken.« Hilfy strich sich die Mähne zurecht.

Alte Alpträume, alte Geräusche, erinnerte Gerüche – hin und wieder wechselten sie in schneller Folge die Plätze. Die Kshshti-Docks hatten sich nicht sehr verändert. Die Station war immer noch ein ordinärer, primitiver Ort aus nacktem Metall, billigem Plastik, leckenden Rohren und einer Kondensation, die in der Kälte unter der hohen Decke Regen erzeugte. Die Lampen mit Wasserstoff- und Natriumspektrum gaben allem vielfache Schatten in galligen Farben. Es hätte ein Tag vor vielen Jahren sein können. Es hätte die *Stolz* anstelle der *Legat* sein können, die hinter ihr im Dock lag, und es hätten jene dunklen und gefährlichen Zeiten sein können.

Aber es war nicht Tully, der neben ihr ging, es war Tiar. Sie hatte kein Wort über alte Geschichten oder etwas von der Art gesagt, sie hatte nur den Kopf in die Schleuse gesteckt und erklärt: »Du gehst nicht allein da hinaus, Käpt'n. Und du triffst dich mit diesem Bastard nicht ohne Begleitung.«

Sie war sie nicht losgeworden. Was sollten Befehle, Tiar würde ihr folgen. Wenn zwei von ihnen da draußen, jede für sich solo, herumliefen, forderten sie Ärger heraus. Haisi hatte schließlich dem Dock-Büro zugestimmt, das in Sichtlinie lag. Er weigerte sich, an

Bord der *Legat* zu kommen, Hilfy wollte die *Ha'domaren* nicht betreten, ja, nicht einmal in ihre Nähe gehen. Der Kompromiß, auf den sie sich einigten, war das Registrierbüro, das eine von ihnen sowieso aufsuchen mußte, um einen Zeitplan für die Entladearbeiten aufzustellen. Sehr viel hatte sie Haisi auch nicht zu sagen.

Nur zwei Sätze: »Hör auf, mich zu verfolgen« und »Sag mir, für wen du arbeitest, oder unser Gespräch ist schon beendet.«

»Mehr Bars als Restaurants«, murmelte Tiar.

»Nach dem neuesten Stand.« Hilfy wollte um keinen Preis die Nerven verlieren. Diese Docks waren ihr persönlicher Alptraum: Kif, die im Hinterhalt lauerten, eine Sicherheit versprechende Gasse, die sich in eine Falle verwandelte ...

Sie hatten gekämpft, sie und Tully. Aber es waren zu viele Kif gewesen. Und sie waren auf einem kifischen Schiff gelandet, eine Beute, die Tante Py für einen hohen Preis hatte zurückkaufen müssen ...

... zu einem Preis, der vielleicht den Pakt für immer veränderte oder vielleicht gar keinen Einfluß auf das Ergebnis hatte: Hilfy war nie dahintergekommen. Ihre Gedanken verteilten sich auf zu viele Pfade, wenn sie auch nur versuchte, es sich vorzustellen. Es ging nicht nur um eine Zusammenkunft mit einem mahen Agenten, wenn sie die *Legat* verließ und auf die Docks hinausging: Sie mußte es tun. Sie mußte hier draußen umhergehen und den Ort wiedersehen, und jetzt, da sie hier war, konnte sie sich selbst versichern, daß sich dieser Ort nicht von anderen Orten unterschied und daß sie in diesem Fall hier Landurlaub nehmen, ihrer Spezies in mehreren der Bars Schande machen und Kshshti verlassen würden, wie sie jeden Hafen im Pakt verließen, vielleicht besser, vielleicht schlechter.

Zumindest war nichts Mystisches an diesem Ort. Und nichts irgendwie Bemerkenswertes an dem gro-

ßen Mahe, der mit übereinandergeschlagenen Armen vor dem Stationsbüro stand.

»Geh weiter«, sagte Hilfy zu Tiar, »erledige die geschäftlichen Angelegenheiten. Ich werde mit diesem Bastard reden.«

»Schlechte Sprache«, sagte Haisi. »Du dich schämen. Du dich schämen, weil lügen.«

»Du bist angezeigt worden, wie?«

»Nein, Behörde nur machen verdammte Schwierigkeiten.«

»Hör zu, Mahe-Bastard! Wenn du mir noch einmal bei einem Sprung an den Fersen klebst, reiße ich dir die Ohren ab! Es interessiert mich nicht, für wie gut dein Pilot sich hält ...«

Eine Hand landete mit gespreizten Fingern auf Haisis dunkler Brust. »Ich. Ich sein Pilot.«

»Fein! Ich weiß doch gern, wen ich beleidige! Du bist ein verdammter Dummkopf, ich habe schon Bessere gesehen. Du läßt es darauf ankommen, daß du uns rammst, und, bei den Göttern, das nehme ich dir übel! Mir ist es gleichgültig, wer deine Persönlichkeit ist, du hast kein Recht, mein Schiff in Gefahr zu bringen!«

»Keine Gefahr. Ich sein verdammt gut.«

Hilfy stach mit einer Klaue nach der besagten Brust. »Das ist mein Ernst! Ich werde dich wegen Gefährdung verklagen. Mein Passagier wird dich verklagen!«

»Wo sein Schaden?«

»An meinen Nerven, Mahe-Bastard! Ich befördere einen Stsho, das weißt du ganz genau! Du tust das nicht noch einmal!«

»Vielleicht du benutzen Verstand, nicht machen Ärger mit Stsho. Vielleicht jetzt du machen Geschäft, was sein *oji*.«

»Kein Geschäft!«

»Oh, jetzt wir sein groß zuversichtlich! Jetzt wir machen Ärger für ehrliche Mahe-Station ...«

»*Gtst* ist es ernst, Mahe! Willst du, daß der Handel

gesperrt wird? Wenn du willst, daß das auf der Türschwelle deiner Persönlichkeit passiert, brauchst du mich nur unter Druck zu setzen.«

»Du sein verdammter Dummkopf! Du mir zuhören! Du wollen machen Freundschaft mit Kif? Ich denken, du haben echte Feindschaft mit Kif!«

»Die Kif machen mir im Augenblick keine Schwierigkeiten. Aber du!«

»Kif dir haben machen schon viele Schwierigkeiten. Wer haben Atli-lyen-tlas?«

»Du, soviel ich weiß.«

»Nicht sein wahr. Kif haben.«

Eine stumpfe mahe Klaue stach sie in die Brust, und sie schlug nach der sie beleidigenden Hand. »Du hören zu«, verlangte Haisi. »Sein es wahr, daß No'shto-shti-stlen schicken Tlisi-tlas-tin auf dein Schiff?«

»Na und?«

»Sein es wahr, du haben besuchen No'shto-shti-stlen?«

»Na und?«

»Sein es wahr, No'shto-shti-stlen haben Kif-Wache?«

»Auf was willst du hinaus, Mahe? Mach voran!«

»Du *mögen* Kif-Wache?«

»Ich sagte, mach voran!«

»No'sho-shti-stlen haben eine Menge Kif. Kif haben No'shto-shti-stlen. Liegen im selben Bett wie alte Freunde. No'shto-shti-stlen wollen sein Stsho Nummer eins, und da kommen dumme Hani …« Ein Winken der dunklen, stumpfklauigen Hand. »Glauben alles, was *Gtst* Exzellenz ihr sagen. Übernehmen *Auftrag*. Du halten verdammte *Granate* in Händen, Chanur! Ding werden gehen Peng in dein Gesicht.«

»Das ist das gleiche, als wenn ich Freundschaft mit einem verdammten Mahe schlösse, der keine Achtung vor dem Leben hat!«

»Das sein kluge Mahe-Art. Die Chanur-*Protokoll*-Offizierin sein verdammt unhöflich.«

»So bin ich immer, wenn Leute fremde Schiffe gefährden. Ich habe eine Allergie gegen Idioten!«

»Du dich beruhigen. Du zuhören. Du wollen gehen in Bett mit Kif, du mögen No'shto-shti-stlen gern. Du zuhören! Deine Tante sein verdammter Dummkopf, ganze Zeit sich verbünden mit Kif-Räuber. Oh, richtig höflich, richtig nett. Aber Kif nennen deine Tante *mekthakkikt,* große Führerin, mögen sie gern... Trotzdem sind Kif Piraten. Trotzdem Kif stehlen, töten, lügen, ich nicht brauchen Hilfy Chanur erzählen von Kif...«

»Du kannst in deiner eigenen Hölle sitzen, Mahe, du hast meine Geduld längst erschöpft. Was ich bin und was ich weiß, was ich getan habe und was ich tun werde – das geht dich nichts an, es ist dich nie etwas angegangen, verdammt noch mal, und ich verbitte es mir energisch, daß du versuchst, mich zu manipulieren! Damit hast du kein Glück, Mahe, und das kannst du der Persönlichkeit erzählen, die dich ausgeschickt hat, Chanur gegen sich selbst zu manövrieren.«

»Ich versuchen helfen, Hani-Dummkopf!«

»Bleib weg von mir!«

»Du zuhören...«

»Nein!«

»Du *zuhören,* Hani! Du wollen, daß Kif sein Macht Nummer eins im Pakt, du machen weiter mit dem, was du tun!«

»Na fein. Welche andere Wahl habe ich? Einen Klugscheißer von Mahe?«

»Du nicht sein Dummkopf!«

»Ich bin nicht als Dummkopf geboren worden, und man wird mich nicht zu einem machen. Guten Tag, Ana-kehnandian. Und grüße deine Persönlichkeit. Vielleicht wird sie das nächste Mal, wenn sie Gefälligkeiten von einer Hani wünscht, jemanden schicken, der höflich ist!«

»Dummkopf!«

»Doppelter Dummkopf!« Die lauten Stimmen zogen Zuhörer an – Mahendo'sat, eine Mauer aus Braun und Schwarz, keine Spur von den Stsho, die man hier erwartet hätte. »Das ist nicht der richtige Ort für eine Diskussion«, sagte Hilfy.

»Gut, wir gehen mein Schiff.«

»Ich gehe nicht einmal in die Nähe von deinem Schiff. Und es hat keinen Sinn, daß du auf mein Schiff kommst, weil du nicht kriegen wirst, was du willst. Wir rufen einen Auflauf hervor. Vergiß es!«

»Hani ...«

»Vergiß es, habe ich gesagt!« Hilfy ging, stieß auf dem Weg zur Tür des Registrierbüros zwei Mahendo'sat mit der Schulter zur Seite und trat in einen Raum mit hellerer Beleuchtung. Haisis Unbehagen darüber, was kein Kapitän eines Jagdschiffes sich jemals wünschte, nämlich ins Licht der Öffentlichkeit zu geraten, verschaffte ihr eine gewisse Befriedigung.

Er folgte ihr nicht ins Innere. Ringsumher wurden sie angestarrt, hauptsächlich von Mahendo'sat und von der (auf Kshshti) unvermeidlichen Gruppe Kif in ihren schwarzen Gewändern und Kapuzen, die mit Klick- und Zischlauten miteinander flüsterten.

Hani, war ein Wort, das Hilfys Ohren auffingen. Chanur ein anderes.

Tiar stand am Schalter. Hilfy ging bis zu ihr hin und wartete, während der mahe Beamte ihre Angaben bearbeitete.

»Kein sehr glücklicher Mahe«, murmelte sie in Tiars ihr zugeneigtes Ohr. »Er behauptet, Pilot des Schiffes zu sein. Dieser Angeber, er sagt, er wird uns nicht rammen, wir brauchten uns wegen einer Kollision keine Sorgen zu machen.«

»Was wollte er?«

»Oh, das Übliche, uns vor einer Verschwörung, das Universum zu übernehmen, warnen. Gibt es sonst etwas Neues?«

Tiars Ohr zuckte. »Käpt'n, irgendwer könnte hani sprechen.«

Liebe, immer nüchtern denkende Tiar. Zum erstenmal in einem Jahrzehnt fühlte sie sich lebendig, fühlte sie sich ...

... bei den Göttern, den Ereignissen voraus, statt ihnen hinterherzujagen.

Sie wußte noch nicht genau, was sie tun würde, aber sie wußte, was sie im Augenblick tat – und wer auch immer gegen sie war, wußte es nicht: Das war der Name des Spiels. In aller Seelenruhe drehte sie dem Schalter den Rücken, stützte hinter sich die Ellenbogen auf und erwiderte (liebenswürdig lächelnd natürlich) die Blicke der Mahendo'sat und Kif, die sie anstarrten.

So verrückt wie der Rest der Familie, dachte sie. Wahrscheinlich verstärkte es sich mit zunehmendem Alter. Tante Py war relativ stabil gewesen, bis sie Kapitänin der *Stolz* wurde.

Der Beamte am Schalter war fertig, und Tiar beantragte, daß Dockarbeiter an ihren Liegeplatz geschickt würden. Nein, sie hatten die Fracht noch nicht *verkauft,* aber sie würde den Bestimmungsort einsetzen, wenn sie eine Absprache mit den Dockarbeitern getroffen habe. Einiges mußte rings um den Rand von Kshshti geschickt werden, und nein, sie brauchten keine Agenten, die gegen Provision für sie arbeiteten. Alles war in bester Ordnung.

Hilfy betrachtete inzwischen den Raum, ob jemand mit einer Waffe auftauchte, was unwahrscheinlich, aber nicht unmöglich war, oder ob sonst irgendein Ärger zur Tür hereinkam.

Jemand wie Haisi. Jemand wie ein paar von seiner Crew. Wahrscheinlich dachte Haisi angestrengt nach, was er mit der widerspenstigen Hani anfangen solle. Und wenn er in Verbindung mit jemandem stand, der verantwortlich war – die Götter mochten ihn verderben –, hätte er Empfehlungsschreiben von Leuten, die

sie kannte, vorlegen können. Sie selbst brauchte keine, um ihm zu beweisen, wer *sie* war.

»Ich denke, wir sind fertig«, sagte Tiar.

»Kehren wir zum Schiff zurück«, antwortete Hilfy. »Aber paß auf.«

Die Menge an der Tür bewegte sich und ließ sie auf die schmutzigen Docks mit ihren Vielfachschatten hinaus. »Haisi ist gegangen«, sagte Hilfy halblaut.

»Er war nicht sehr hilfreich?«

»Das kann man wohl sagen.« Wieder ließen die Gerüche und der Anblick und die Geräusche der Docks ihre Gedanken in der Zeit zurückwandern. Ein Bus fuhr auf einem magnetischen Leitstreifen vorbei und ließ die Bodenplatten an einem Wartungszugang klappern. Und keine einzige Hani in Sicht – das hier war ein Ort, den Hani in letzter Zeit nicht mehr besucht hatten. Der Frieden mochte Wohlstand gebracht haben, aber Handelsschiffe neigten dazu, ruhige, regelmäßige Routen zu befahren. Dort gab es keine Unterbrechungen, keine unvorhergesehenen Ereignisse, keine Gerüchte, die die Ängstlichen in die Flucht jagten und die Tollkühnen mit dem Geruch des Profits berauschten. Und abgesehen von diesen Gründen neigte ein Handelsschiff dazu, sich eine Route durch den Raum zu pflügen und bei dieser Route zu bleiben, damit niemand eindringen und ihm Konkurrenz machen konnte. Aus kooperativen, mit Daten handelnden freien Kaufleuten waren sie zu Geizhälsen geworden, die Informationen für sich behielten, eifersüchtig ihre Routen schützten und es übelnahmen, wenn jemand sie befuhr oder ihre Preise unterbot – es war ein merkantiles Zeitalter, ein habgieriges, knickeriges Zeitalter, jawohl.

Und was sagten die Frauen eines Hani-Schiffes, wenn sie sich heutzutage tatsächlich abseits ihrer normalen Route befanden, und was hatte ein mahes Jagdschiff herumzuschnüffeln? Sie unterschieden sich eben

von allen anderen? Da sie Chanur seien, hätten sie etwas anderes im Sinn als den Handel?

Die ermordeten Stsho hätten irgendeine Bedeutung?

Man konnte sich darauf verlassen, daß Gerüchte auf Kshshti schnell die Runde machten. Die kurze Unterredung mit Haisi wurde bereits über ein Sendernetz verbreitet, das leistungsfähiger als die Stationsnachrichten war.

»Bist du schon einmal auf Kshshti gewesen?«

»Nein«, antwortete Tiar kurz. Tiar wirkte nervös, geistesabwesend. Und Hilfy *wußte,* daß Tiar noch nicht hier gewesen war: Tante Rhean hatte diesen Raumabschnitt gemieden. Tante Pyanfar war diejenige gewesen, die mit Vorliebe in den Winkeln herumstöberte und ihre Erfahrung mit Ausländern dazu benutzte, daß die *Stolz* Gewinn machte.

Aber Tante Pyanfar hatte die Sprachen nicht besonders gut beherrscht. Hilfy sprach sie fließend. Sie hatte sie studiert, um Pluspunkte dafür zu sammeln, daß sie in die Crew aufgenommen wurde, sie hatte eine Begabung für Wörter, einen Verstand, der fremdartige Gedankengänge schnell erfaßte, und eine Zunge, die über Stshoshi nicht stolperte... Das war die beste Bestechung, die sie Tante Py anbieten konnte, denn Tante Py konnte Llyene nicht aussprechen, ohne ein wesentliches ›L‹ auszulassen.

Und wohin hat es mich gebracht? fragte Hilfy sich.

Ein Wagen wich ihnen mit knapper Not aus. »Götterverdammter Trottel!« rief Tiar.

»Na Hallan würde sich hier richtig zu Hause fühlen«, bemerkte Hilfy. Es war ein gehässiger Witz, aber Na Hallan war nicht da und hörte ihn nicht, und sie war in der Stimmung, Witze zu machen, so verrückt das war. Vielleicht weil sie entdeckte, daß Kshshti ein realer Ort war und sie es nun aus dem Mythos des Alptraums entließ... Sie war nicht davor zurückgeschreckt, nach Kshshti zu reisen, sie hatte es sich nicht gestattet, aber, bei

den Göttern, vielleicht hätte sie schon vor Jahren herkommen, auf den Docks umherlaufen, sich die Station ansehen und sich sagen sollen…

»Kif«, sagte Tiar plötzlich, und Hilfys Augen entdeckten sie gleichzeitig. Eine Gruppe von ihnen stand in den Schatten am Liegeplatz der *Legat* herum.

Hilfys Herz schlug schneller. Sie ermahnte sich, es gebe keinen Grund zur Panik, die Station sei heutzutage so zivilisiert, daß eine ehrliche Händlerin ohne Pistole vom Dockbüro zu ihrer Schiffsrampe gehen konnte, und wenn sie jetzt den Taschenkom benutze, sei das eine Überreaktion.

Einer der Kif kam auf sie zu, angestrahlt von den Vielfach-Schatten der Lampen und dem Scheinwerfer eines vorbeifahrenden Lieferwagens einer Reparaturwerkstatt. Das matte Schwarz seiner Kapuzenrobe hob sich nur wenig von der Haut der langen Schnauze ab, die alles von ihm war, was sich dem Licht aussetzte. Seine Hände konnte Hilfy nicht sehen, und was früher einmal Waffengürtel gewesen waren, galt heute als Schmuck – Messer waren nicht verboten.

»Käpt'n…«, sagte Tiar.

»Wenn etwas passiert, läufst du in Deckung hinter der Konsole Nummer zwei und rufst die Station über Kom. Ich nehme die Konsole Nummer eins und rufe das Schiff…« Sie sagte es halblaut und ohne Betonung, ihr Verstand reagierte automatisch, ihre Augen waren auf den Kif gerichtet – auf alle Kif. Sie waren hochentwickelte Raubtiere und über kurze Strecken *schnell.* Und kein Waffenverbot erstreckte sich auf Zähne.

»Guten Tag, Kapitänin. Was für ein seltener Anblick – es kommen wieder Hani nach Kshshti. Wie schön. Kapitänin Hilfy Chanur, nicht wahr?«

»Wir sind uns vielleicht schon einmal begegnet«, erwiderte sie mit ausdrucksloser Stimme, die Ohren zurückgelegt und ohne Freundlichkeit vorzutäuschen. »Stimmt das?«

»Dieser unglückliche Vorfall! Ich versichere Ihnen, ich war Lichtjahre entfernt und hatte nichts damit zu tun. Erlauben Sie, daß ich mich vorstelle. Mein Name ist Vikktakkht, *Botschafter* Vikktakkht an Nikkatu, Passagier auf der *Tiraskhti*. Die *mekt-hakkikt* mag mich einmal erwähnt haben.«

»Das bezweifele ich. Wenn ja, nicht mir gegenüber. Wir haben seit Jahren nicht mehr im gleichen Hafen gelegen.«

»Ah. Und Ihre Begleiterin, Ihre Erste Offizierin vielleicht?«

»Tiar Chanur.«

»Noch ein Name, den es sich zu merken gilt. Wie geht es Ihnen, Kapitänin? Und ich werde Ihnen keine so sinnlose Frage stellen wie die, aus welchem Grund Sie hier sind. Ich weiß, warum Sie hier sind. Ich weiß, wohin Sie weiterreisen werden.«

Das Haar in ihrem Nacken prickelte. Das Letzte, was sie gesehen hatte, waren nur die Mahendo'sat vor dem Büro gewesen, aber drinnen hatten auch welche gestanden. Und sie hatte keine Lust, sich hier von kifischen Höflichkeiten aufhalten zu lassen. »Ich habe mich gefreut, Sie kennenzulernen. Grüßen Sie die *mekt-hakkikt* von mir, und entschuldigen Sie, wenn wir nicht länger bleiben. Wir haben einen sehr knappen Zeitplan.« Sie nahm Tiars Arm und wollte das Hindernis umgehen, aber dahinter standen weitere Kif, zwischen ihnen und den Konsolen und der Rampe.

»Kapitänin«, rief der Kif ihr nach. »Sagen Sie Hallan Meras, ich würde ihn gern sprechen.«

Es war gefährlich, einem Kif den Rücken zu kehren. Ihre Crew war nicht die Crew der *Stolz*. »Paß auf sie auf«, zischte sie Tiar ins Ohr und wandte sich Vikktakkht zu, um zu sehen, was er vorhatte.

»Richten Sie es ihm einfach aus.« Er hob leere, friedliche Hände. »Wir sind alte Bekannte.«

Selbstgefällig. Oh, so selbstgefällig.

»Dann guten Tag, Vikktakkht an Nikkatu.«

»Sie haben einen sehr guten Akzent.«

»Übung«, gab Hilfy knapp zurück, holte Tiar ein und strebte mit ihr dem Rampeneingang zu, vorbei an den Kif, die Vikktakkht begleiteten.

Der Bastard glaubte, sie werde in Panik geraten. Der Bastard glaubte, sie werde immer noch zusammenzucken, wenn man alte Wunden berührte. Irrtum, Kif.

Ein gefährlicher Irrtum.

»Was will er nur von Na Hallan?« fragte Tiar und sah über die Schulter zurück. »Wovon redet er? Kennst du ihn?«

»Noch nicht.«

»Was kann der Junge denn mit ihm zu tun haben?«

»Das möchte ich Na Hallan fragen.«

Verschiedene Gewürze waren knapp geworden, Handtücher hatten sie kaum noch welche, und der Schellfisch war ihnen ganz ausgegangen. Aber Massenartikel hatten sie auf jeden Fall genug von hier bis Anuurn.

»Ker Chihin«, sagte Hallan. »Ker Chihin, ich bin fertig mit der …«

In diesem Augenblick trat die Kapitänin ein.

»… Bestandsliste«, beendete er den Satz. Aber das Stirnrunzeln der Kapitänin, ihre angelegten Ohren und ihr finsterer Blick sowie das Auftauchen von Tarras und Tiar Chanur hinter ihr, die ebenfalls die Ohren angelegt und die Stirn gerunzelt hatten, erweckten in ihm den Verdacht, daß niemand die Bestandsliste sehen wollte. Er *glaubte,* daß nichts, was er in der Kombüse getan hatte, anderswo Verwicklungen zur Folge gehabt haben könnte, es sei denn, er hatte irgendwie den Computer durcheinandergebracht.

Vielleicht die Navigationsaufzeichnungen gelöscht … irgend etwas so Schlimmes …

»Vikktakkht«, sagte die Kapitänin, und sein Herz setzte für einen Schlag aus. Er dachte an das Gefängnis.

Er dachte an den Kif, mit dem er jeden Tag gesprochen hatte. Er dachte an den reich gekleideten Kif, der gesagt hatte …

… »Merke dir meinen Namen!«

»Treffpunkt«, brachte Hallan mühsam hervor.

»Wo auf dem Treffpunkt? War das der, den du geschlagen hast?«

»Ich … ich weiß es nicht.«

»Aber du weißt seinen Namen.«

»Er sagte: ›Irgendwann wirst du den Wunsch haben, mir eine Frage zu stellen.‹«

»Was für eine Frage?«

»Das weiß ich nicht.« Vollkommen verwirrt schüttelte er den Kopf. »Mehr hat er nicht gesagt. Ich war im Gefängnis. Und das hat er gesagt.«

»Du hast ihn dort kennengelernt.«

»An dem Tag, als … als man mich auf dieses Schiff brachte.« Hallan wußte nicht, ob das, was er geantwortet hatte, genug war. Er dachte heftig nach, ob es sonst noch etwas gab, irgendein Detail, das er seinem Gedächtnis entwinden konnte. Aber nichts stieg klar aus seiner Erinnerung auf, nichts hatte damals Sinn gemacht, und nichts machte jetzt Sinn.

»Das ist alles, was er sagte, Käpt'n. Ich konnte mir nicht denken, was es zu bedeuten hatte. Ich kann es immer noch nicht. Ich weiß nicht, von welcher Frage er gesprochen hat. Ich weiß nicht, was er will.«

»Was *würdest* du ihn denn fragen?«

»Was er meint. Was er will. Ich weiß es nicht!«

Er hatte Angst, richtige Angst. Er hatte nicht mehr an das Gefängnis gedacht. Diesen Ort hatte er hinter sich gelassen. Er hatte den Chanur vertraut, daß sie ihn auf keinen Fall an jenen Ort zurückkehren lassen würden. Anscheinend hatte er nun doch eine Möglichkeit gefunden, sich alles zu verderben. Die Kapitänin stand nur da und sah ihn an, und schließlich fragte sie: »Bist du bereit, nach draußen auf die Docks zu gehen, Meras?«

»Ja, Käpt'n«, antwortete er. Aber bei dieser Aussicht schüttelte ihn die Furcht, er werde sonst noch etwas finden, das er falsch machen könne. »Alles, was Sie wünschen.«

»Sorge macht mir, was *er* wünscht. Geh wieder an die Arbeit. Ich muß ein paar Anrufe erledigen. Ich werde dir Bescheid geben.«

Er war fertig mit dem, was man ihm aufgetragen hatte, aber es schien nicht der richtige Zeitpunkt zu sein, von einer solchen Kleinigkeit zu reden. »Aye, Käpt'n«, sagte er ruhig. Dann trug er seine Liste und seinen Taschencomputer wieder in die Kombüse, um sich irgendeine Arbeit auszudenken.

13. Kapitel

»Käpt'n?« Fala schob einen Becher Gfi unter Hilfys Hand, und Hilfy murmelte ein Danke, ohne hinzusehen. Ihre Augen waren auf den Schirm gerichtet. Das Suchprogramm spürte die jüngsten Briefe an Pyanfar auf, diejenigen, die sie auf dem Treffpunkt knapp verpaßt hatten, diejenigen, die auf Hoas und Urtur und Kura und Touin gespeichert worden waren. Eine Menge kam von mahen religiösen Irren, die der *mekt-hakkikt* von Prophezeiungen berichteten (es war nicht zu begreifen, warum das niemals gute Nachrichten waren), einige wollten, daß sie sich für eine Erfindung einsetze, von der sie überzeugt waren, die große Persönlichkeit der Persönlichkeiten werde sie nützlich finden (dieser Sünde machten sich nicht wenige Hani schuldig). Ein paar bösartige Kommunikationen kamen von Leuten, die offenbar aus dem seelischen Gleichgewicht geraten waren. Der Knüller unter dem ganzen Haufen war von einem Mahe, der ›schon viermal in dieser Woche geschrieben‹ hatte. »Du immer noch nicht haben beantworten Brief. Ich Dir haben sagen, wie lösen Grenzstreitigkeiten durch freundliche Strahlen von Sternen, die machen leuchten unseren Frieden. Du gewinnen Macht von Farbe Regenbogengrün und machen Grün so – wenn Iji sich ausrichten in Harmonie mit Regenbogenfarbe Rot mit Orange. Du bitte sofort handeln.« (Mit Illustrationen und Unterstreichungen der wichtigen Wörter.)

Bisher gab nichts in diesem Stapel den kleinsten Hinweis auf Tante Pyanfars Unternehmungen.

Eine Frage, die Hallan Meras an Vikktakkht würde richten wollen.

Es gab keine Frage, von der sie wußte – ausgenommen die nach dem Aufenthaltsort von Atli-lyen-tlas.

Und hatte der Kif es gewußt, damals auf dem Treffpunkt, bevor ein kifischer Wachposten Hallan Meras der *Legat* übergab, daß diese Frage sich erheben würde?

Oder war es etwas anderes, etwas, an das Meras sich nicht erinnerte oder das zu berichten er sich fürchtete? Pyanfar war vor nicht sehr langer Zeit auf dem Treffpunkt gewesen; das hatte No'shto-shti-stlen gesagt, und der große Berg von Botschaften ließ darauf schließen, daß sie zu diesem Hafen zurückkehren werde.

Hilfy saß da und saß und trank Gfi und sah auf die blinkenden Lichter, die ankommende Botschaften bedeuteten. Der Computer war auf die Schlüsselworte Atli-lyen-tlas, Stsho, Botschafter, Ana-kehnandian, *Ha'domaren,* Pyanfar, Hani und Vikktakkht eingestellt. Das dürfte alles abdecken, sagte sich Hilfy.

Aber ein schnelles Überfliegen dessen, was auf dem Prioritätsstapel landete, zeigte, daß es hauptsächlich Anfragen von verschiedenen mahen Firmen waren, die sich nach den Bedingungen auf Kita erkundigten. Kein Wort von den Kif. Da draußen mochten Kif miteinander sprechen, doch sie sprachen nicht mit ihr. Möglicherweise waren sie mit lokalen Nachforschungen beschäftigt. Möglicherweise schickten sie sich ihre Botschaften rings um den Rand und benutzten den Kom gar nicht.

»*Fertig mit dem Auftanken*«, meldete Tarras von der Ops-Zentrale unten. »*Ich habe ein gutes Angebot auf die Waren. Der Markt könnte noch einen Punkt steigen, könnte ein bißchen sinken. Mein Instinkt sagt, greifen wir zu.*«

»Tu es. Sehr gut. – Tarras, wenn die Dockarbeiter eintreffen, geh du voran und öffne die Ladebucht, aber setze jemanden vor den Kamera-Monitor. Wer auch

immer nach draußen geht, trägt einen Mantel und steckt eine Pistole in die Tasche, und zum Teufel mit den Vorschriften.«

Die Drohung jagte ihr immer noch keine Angst ein. Immer wieder fragte sie sich, ob sie wirklich so ruhig sei oder ob sie sich in einer Art Betäubung befinde. Kshshti war der Schauplatz ihrer Alpträume, und es lief alles schief. Trotzdem handelte sie ganz kalt, ganz logisch. Fast wünschte sie, Tante Py sei hier, fast wünschte sie, ihre Crew hätte mehr Erfahrung im Kampf als das Jahre zurückliegende Scharmützel auf Anuurn. Da draußen auf den Docks – sie war nur für einen Sekundenbruchteil in Panik geraten, und das war, als ihr klar wurde, daß sie Tiar sagen mußte, wohin sie zu blicken hatte. Die Frauen der *Stolz* hatten instinktiv gewußt, auf welche Seite wer gehen mußte, wer was zu tun hatte, wem sich die beste Gelegenheit bot, wem Deckung zu geben. Das hatten sie alles schon durchexerziert. Sie hatten die falschen Schritte hinterher analysiert, manchmal auch dafür bezahlt.

Aber Tante Py war nicht hier. Selbst mit Hilfe des Computers konnte es Wochen dauern, die Post nach einem Hinweis auf das, was vor sich ging, durchzusehen. Wahrscheinlich würden Leute, die echte Informationen besaßen, ihre wichtigen Botschaften sowieso nicht mit den irren Kommunikationen zusammenwerfen, die die Stationen in der allgemeinen Post sammelten, es sei denn, ein Code machte die Computer der *Stolz* auf sie aufmerksam. Hilfy wußte jedoch nicht, welche Schlüsselwörter sie eingeben sollte. Inzwischen war es ihr Schiff, ihre Crew. Es war ihre Verantwortung, sie lebend durchzubekommen, und dazu gehörte auch, daß sie ihnen sagte, wann sie das Gesetz brechen, wann sie den Frieden, die Waffenstillstandsverträge und die Regeln zivilisierten Verhaltens vergewaltigen mußten.

An ihr war es, zu entscheiden, welchen Kurs sie bei

einem Kif einschlagen sollten, der es gelungen war, seine Klauen in eine Person auf ihrem Schiff zu schlagen – noch bevor sie den Vertrag unterschrieben hatte. Angenommen, der Stsho-Vertrag war für den Kif von Interesse, und wenn ja, weiter angenommen, er hatte von diesem Vertrag gewußt, er hatte erwartet, daß die *Legat* ihn bekam, und er steckte bis zu seinen dünnen Ellbogen in dem Verschwinden Atli-lyen-tlas'.

Sie hatten genug Pistolen an Bord – das war nur vernünftig, und es kam nicht darauf an, wo und wie sie sie gekauft hatten. Jedenfalls hatte ein maher Händler damit zu tun gehabt. Waffen waren eine zivilisatorische Notwendigkeit unter den Kif, ein so wesentlicher Bestandteil der lebenserhaltenden Selbstachtung, daß der Friedensvertrag des Paktes Messer und Degen von dem Waffenverbot hatte ausnehmen müssen. Man hatte sich gesagt, kifische Zähne seien nicht weniger gefährlich und es sei weitaus besser, wenn die Kif dem Pakt beitraten, als wenn sie draußen blieben …

Natürlich hatte es beträchtlicher Mühen in Übersetzungen und vergleichenden Zivilisationsanalysen bedurft, um all den verschiedenen Spezies das Wort *Frieden* zu erklären. *Krieg* ließ sich auch nicht mit völliger Genauigkeit übersetzen, und die Kif hatten weder das eine noch das andere Konzept verstanden. Kif waren nicht dazu verdrahtet, Krieg zu verstehen, da sie ständig miteinander im Streit lagen, da zusammenarbeiteten, wo Hani es auf keinen Fall getan hätten, da betrogen, wo Hani sich unbedingt loyal verhalten hätten, und von Geburt an aggressiv und einer gegen den anderen waren. Einige Gelehrten nahmen an, daß sie ihrem Nest entfliehen mußten, bevor sie gefressen wurden.

Was das Letzte anging … das war Spekulation. Allerdings verstand Hilfy die kifische Psyche besser als die meisten Hani. Das soll nicht heißen, daß sie ihnen verzieh. Die Kif verziehen auch niemals. Entweder verän-

derten sich die Umstände, oder sie veränderten sich nicht. Soviel hatten sie gemein.

Hilfy stand von der Konsole auf, ging in die Kombüse, wo Na Hallan herumhantierte, und fragte mit einem unangenehmen Gefühl im Magen:

»Na Hallan – wie stehen Sie zu der Unterredung mit dem Kif?«

»Ich tue es, wenn Sie es wünschen«, antwortete er.

»Sie werden Befehlen gehorchen?«

»Aye, Käpt'n.« Zweifelnd.

»Wenn Sie diese Sache versauen, Meras, werde ich Sie eigenhändig erschießen. Leben stehen auf dem Spiel, Ihres, meins, mehr als das, verstehen Sie? Sie gehen auf die Docks hinaus. Und ich sage Ihnen eine Frage, die Sie diesem Vikktakkht stellen werden – das heißt, falls Sie sich nicht selbst eine einfallen lassen. Sind Sie immer noch nicht dahintergekomen, was er gemeint haben könnte?«

»Ich habe mir den Kopf zerbrochen, Käpt'n, aber mir fällt nichts ein. Ich kann mir nicht denken, wovon er redet. Es ergibt keinen Sinn. Es hat damals schon keinen Sinn ergeben.«

»Was wäre eine wichtige Frage, die Sie ihm stellen könnten?«

»Das weiß ich nicht…«

»Wie in den Märchen, Meras. Man hat einen Wunsch frei. Was würde uns helfen?«

Seine Ohren sanken herab und hoben sich zögernd wieder. »Zu wissen, wo der Stsho ist. Ihn zu erreichen…«

»*Gtst.* Nicht ihn. In diesem Punkt sind die Stsho sehr empfindlich. – Ja, das ist die Frage – falls dir keine bessere einfällt.«

»Ich würde ganz bestimmt nie…«

»Du würdest mir es ganz bestimmt sagen, wenn dir eine einfiele. Ich werde mit diesem Vikktakkht ein Treffen vereinbaren. Und wenn wir mit ihm zusammen-

kommen, wenn Messer oder Pistolen gezogen werden, gehorchst du meinen Befehlen und spielst nicht den Narren. Hast du gehört? Hast du das vollständig verstanden, so daß keine Frage mehr übrigbleibt?«

»Aye, Käpt'n«, antwortete er schwach. Hilfy hatte das unbehagliche Gefühl, wenn sie gesagt hätte, der hiesige Stern sei grün, hätte Na Hallan ihr auch zugestimmt.

Sicher, er würde versucht haben, den Stern als grün zu sehen. Aber es machte ›Ja‹ nicht zu der besten Antwort. Und man konnte daraus nicht schließen, was er tun würde, wenn die Schüsse losgingen.

Sie fixierte ihn lange, damit er ins Nachdenken geriet. »Ich werde sehen, ob dieser Vikktakkht zufällig in Kontakt mit diesem Schiff ist.«

»Du«, sagte Hilfy im Hauptkorridor des unteren Decks zu Fala, »übernimmst die Ladebucht. Kannst du das?«

»Kein Problem«, behauptete Fala. »Aber ...«

»Kein ›Aber‹. Du mußt die Verladegeräte bedienen.«

Falas Ohren sanken herab. »Weil ich die Jüngste ...?«

»Weil ich über Wichtiges nachzudenken habe, Fala! Götter!« Hilfy lief den Korridor hinunter zur Luftschleuse, wo ihr Expeditionstrupp sich versammelte, vorausgesetzt, daß Chihin und Tiar den Jungen nach unten gebracht hatten.

Die Dockarbeiter hatten keine Zeit verloren: Die Frachtschleuse der *Legat* stand offen, und Tarras, bekleidet mit dem notwendigen Mantel, war draußen und ging die letzten Zollformulare durch.

Es war einer Hani nicht möglich, auf den Docks mit Anstand einen Mantel zu tragen, der für die kalte Ladebucht gedacht war. Tarras rechtfertigte ihn, indem sie immer wieder einmal nach drinnen ging und in der Zwischenzeit schwitzte. Zu dem Treffen mit dem Kif konnten sie keine Mäntel anziehen. Das bedeutete die leichtesten Waffen, lausig, was die Treffsicherheit be-

traf, sie machten im Gürtel einer Ausgeh-Hose jedoch nur eine ganz kleine Beule... und da es sich um ein offizielles Treffen handelte, trugen sie alle Ausgeh-Kleidung.

Ausgenommen Na Hallan, der in gewöhnlichem Raumfahrer-Blau ging. Aber als sie die Rampe zum Dock hinunterstiegen, war es gar keine Frage, wem die Blicke galten – der Hani-Person, die einen Kopf größer als jede andere war, die mit den Schultern und der dazu passenden Mähne.

Die Leute hörten auf zu arbeiten. Ein Lastwagen fuhr mit beträchtlichem Ruck gegen den vor ihm auf. Hallan betrachtete auf dem Weg nach unten seine Füße. Hilfy musterte die Umgebung und sagte halblaut: »Ich rechne nicht damit, aber seht nach links und nach rechts und sagt es, wenn ihr etwas Ungewöhnliches entdeckt. Na Hallan, sollte es Ärger geben, wissen Sie ja, daß ihre Rückseite nicht unbedingt Deckung hat, wenn sie mit dem Kopf nach unten tauchen. Es ist eine Menge von Ihnen vorhanden. Wohin wir auch gehen, Sie müssen ständig eine Stelle anpeilen, die eine solide Barriere darstellen würde und hinter der Sie sich ducken könnten, sollten Sie hinter uns zurückbleiben. Dieses ganze Dock soll sich in Ihrem Kopf wie eine solche Karte abbilden. Können Sie mir folgen?«

»Ja, Käpt'n. Ich danke Ihnen.«

Möglich, daß er es konnte. Jungen lernen mit bloßen Händen zu jagen, Jungen lernen das Fährtensuchen und das Verstecken und diese Tricks, die ihnen helfen, ihr Leben zu verteidigen. Sorgen machte es Hilfy, daß er auf die Idee kommen könnte, den Helden zu spielen. Jungen lernen, anzugeben und zu bluffen und sich darauf zu verlassen, daß sich die andere Seite öfter als sie an die Regeln hält. Na Kohan hatte einmal nachdenklich gemeint, Männer lernten in der Wildnis zu betrügen, denn weil einige es auf jeden Fall täten, dürfe man nichts mehr als sicher voraussetzen.

So war es auch mit Chihin und Tiar. Die Ringe in ihren Ohren bedeuteten eine Menge Häfen und jeder einzelne dieser Ringe eine gefährliche Situation, im Raum oder auf den Docks. Aber sie waren nicht die Crew der *Stolz*, und sie hatten dies nicht gemeinsam eingeübt. Hilfy hoffte nur, daß sie heute richtig schalteten.

Sie bahnten sich ihren Weg durch die fahrenden Lastwagen und an der hohen Kranbrücke vorbei, über die die Stromkabel führten, behielten diesen Kurs für die nächsten drei Liegeplätze bei und schlugen dann einen Bogen um die entladene Fracht eines anderen Schiffes, eines mahen Schiffes, wie es der Zufall wollte. Sie zogen Blicke auf sich. Hallan sah ängstlich zurück und stolperte über ein Stromkabel.

»Paß auf deine Füße auf«, mahnte Chihin.

»Entschuldigung«, sagte er.

Da war das kifische Handelsbüro auf Nummer 15, gegenüber Liegeplatz 28, wie angezeigt – ein anspruchsloser und funktional wirkender Ort, in die Augen fallend durch das orangefarbene Licht hinter den Druckfenstern. Jenseits der Abschnittüren lag ein Distrikt, in dem diese Beleuchtung die Norm war, mit kifischen Bars, Restaurants und Unterkünften mit Spielsalons, wo Kif sich an Spielen beteiligten, bei denen kein Außenseiter Lust zu einer Wette gehabt hätte, und wo es nicht ungewöhnlich war, daß als Ergebnis Blut floß. Jedenfalls war es so gewesen. Vielleicht hatte man damit aufgeräumt. Hilfy rief sich ins Gedächtnis zurück, daß sie jetzt in zivilisierten Zeiten lebten.

Andererseits konnte ein solches Denken fatale Folgen haben.

»Dies ist der Ort. Für den Fall, daß es Ärger gibt, sucht euch eure Plätze gleich aus und kümmert euch um niemanden als um euch selbst – wenigstens wißt ihr, was ihr denkt und wohin ihr geht.«

»Es ist zu götterverdammt nahe am Kif-Abschnitt«, bemerkte Chihin.

»Wir haben es ja auch mit Kif zu tun«, erwiderte Tiar.

Jetzt war Hilfy nervös. Jetzt mußten die Haare an ihrer Wirbelsäule zu Berge stehen, und die Klauen zuckten immerzu in ihren Scheiden.

Man sah es ihr jedoch nicht an. Es war wie Schlafwandeln. Sie sagte zu sich selbst: So etwas habe ich schon gemacht, dies ist das Leben, das ich mir ausgesucht habe, so ist der Pakt nun einmal, denn er besteht nicht ...

... nicht aus den sicheren, von Gesetzen eingezäunten Halbwahrheiten des Friedensvertrages. Sicher nur, solange man innerhalb von zwanzig Lichtjahren rings um Anuurn ist, zivilisiert nur, solange man es nur mit Hani zu tun hat, altruistisch nur, solange man nicht mit einer Spezies verhandelt, der man dieses Wort erst erklären muß.

Ein Methan-Atmer kurvte in seinem versiegelten Fahrzeug vorbei, ein Bus folgte auf seinem Magnetstreifen. Die T'ca waren einfach nicht zu überzeugen, daß sie sich auf die Magnetstreifen verlassen durften. Das hatte etwas mit ihrer Sensitivität zu tun. Man konnte ihnen das Wort auch nicht in der Übersetzung verdeutlichen.

So sah die Wahrheit hier draußen aus. Nicht die Gesetze brachten einen weiter, sondern die guten Manieren. In einer Sache, die für die einen nicht lebenswichtig war, für die anderen dagegen lebenswichtig sein mochte, gab man nach.

Vor der Tür standen Kif – was nicht unnatürlich war. Merkwürdig war nur, daß diese Kif bei ihrem Anblick weniger Überraschung zeigten als vorhin die Mahendo'sat. Diese Kif gaben nur leise klickende Laute von sich, die Aufmerksamkeit signalisierten, und traten zur Seite, damit sie an die Tür gelangen konnten. Es hatte eine Zeit gegeben, als Kif Infor-

mationen nicht teilten. Wenn ein Kif eine Tatsache kannte, war das keine Garantie dafür, daß andere Kif sie kannten.

War das eine Veränderung, die Pynfar, die *mekt-hakkikt*, herbeigeführt hatte? Hatte die Führerin der Führer, die Macht über den Mächten die Kif zum erstenmal in ihrer Existenz vereinigt?

Vielleicht waren sie alle Vikktakkhts Leute. Es hieß, aufzupassen, wenn Kif in großen Gruppen unter einem starken Führer auftraten.

Die Tür öffnete sich. Sie traten in trübes Natriumlicht, in Ammoniakgestank, der in der Nase brannte, und Hallan nieste tatsächlich, daß es in der Stille laut widerhallte. So etwas wie ein mahes Büro durfte man von den Kif in ihren schwarzen Gewändern nicht erwarten. Es hätte eine Bar oder ein Restaurant sein können. Ringsumher standen Tische, und hinten im Raum winkte ihnen ein Kif in einer silbern eingefaßten Robe, näherzutreten.

Sie gingen bis zu ihm hin. »Guten Tag«, sagte der Kif-Fürst. »Es freut mich sehr, daß Sie kommen konnten.«

»Sie sprechen mit bewundernswerter Flüssigkeit hani.«

»Nur ein bißchen. Nicht viel. Immerhin genug, um Differenzen beizulegen.«

Es war störend, die eigene Muttersprache mit kifischen Klick- und Zischlauten verwischt zu hören. Und wenn ein Kif die Hani-Sprache lernte, mochte er dazu keine friedlichen Gründe gehabt haben.

»Dies ist …« – stellte Hilfy vor – »Chihin Anify. Und Hallan Meras, den Sie schon kennen.«

»Hocherfreut. Kkkkt. Na Hallan.«

»Sir.«

»Sie haben meine Erwartungen erfüllt – haben mir als Einführung gedient. Als mein Charakterzeuge, wie Ihr Ausdruck, glaube ich, lautet. Ich habe mich gut

gegen Sie benommen, nicht wahr? Sie haben keinen Grund, sich über mich zu beklagen?«

»Über keinen Kif, Sir.«

»Über keinen Kif.« Ein leises Schnüffeln, bei dem sich Hilfys Nackenhaare aufstellten. Kifisches Gelächter. Kifischer Spott. Die Kif kannten keinen anderen Humor, soviel hatte sie herausgefunden. »Sie sind ein so freundlicher Hani. Und doch besteht man darauf, Sie seien sehr aggressiv.«

»Nein, Sir, nicht aus eigener Wahl.«

»Quälen Sie ihn nicht«, sagte Hilfy scharf. »So gut verstehen Sie uns auch wieder nicht. Bei einer anderen Spezies kann man von ganz falschen Voraussetzungen ausgehen. Was wollen Sie?«

Rings um sie war ein leises Klicken, ein Rascheln von Kleidung zu hören. Das orangefarbene Licht glänzte feucht auf einem kifischen Auge, schwarz wie der Weltraum und ebenso voller tiefer Geheimnisse.

»Ich sagte, Sie würden mir eine Frage stellen wollen«, erklärte Vikktakkht ruhig. »Kkkt. Haben Sie eine, Na Hallan?«

»Ja, Sir«, antwortete Hallan. »Was haben die Kif im Sinn, daß sie den Stsho-Botschafter befördern?«

Hallans Frage. Hilfys Formulierung. Stelle dem Bastard keine Frage, die er mit Ja oder Nein beantworten kann. Und Vikktakkht gab ein leises Zischen von sich. Falten erschienen auf der lederigen Schnauze.

»Wir erfüllen *gtst* Bitte«, behauptete der Kif. »Ich bin jedoch zu weiteren Informationen bereit und werde eine zweite Frage beantworten – von Na Hallan.«

Die Götter mochten die Kreatur verderben! Es war sein Territorium, es waren seine Bedingungen. Und da er Hani sprach, wußte er wahrscheinlich, was er tat: Er beleidigte Meras, beleidigte Chanur.

Hallan blieb zwei, vielleicht drei Atemzüge lang stumm. Hilfy öffnete schon den Mund, um zu sagen, sie wollten gehen, da fragte Hallan:

»Was gewinnen Sie dadurch, daß Sie das tun?«

Götter, eine gute Frage, Meras.

»Das Wohlwollen des Stsho-Botschafters. Nächste Frage?«

Wieder gab es bei Hallan eine kleine Pause. Vielleicht hatte er die Abwandlungen der Frage, die sie ihm vorgeschrieben hatte, erschöpft. Hilfy war richtig neugierig, wie er es formulieren würde.

»Ist das – alles, was Sie wollen?«

»Kkkt. Es wäre sehr wertvoll für uns.«

»Aber«, wiederholte Hallan ruhig, respektvoll, »ist das *alles*, was Sie wollen?«

»Nein«, antwortete der Kif. Was hätte ein Kif sonst sagen sollen?

Doch dann setzte Vikktakkht hinzu: »Der Botschafter ist auf Kefk. Nächste Frage.«

Es war mehr als bizarr. Die Ehre hätte es erfordert, daß sie Einspruch erhob und Na Hallan aus diesem Spiel nahm. Hallan machte jedoch nicht den Eindruck, als müsse er gerettet werden.

»Sind Sie ein Freund der *mekt-hakkikt?*«

Götter, das war ein Fehler. Kif hatten kein Wort für Freund.

»Sie meinen, wie ich mich ausrichte? Nach der *mekt-hakkikt*. Nächste Frage.«

»Was werden Sie von meiner Kapitänin verlangen?«

»Nach Kefk zu reisen, wo ich Verbündete habe. Dort werde ich den Botschafter in meinen Schutz nehmen. Dort können Sie mir eine weitere Frage stellen.«

Hallan kippte ein Ohr in Hilfys Richtung. Es war nicht der richtige Zeitpunkt zu einer Diskussion. Rings um sie herrschte Schweigen. Das ist ein gefährlicher Kif, dachte Hilfy.

»Ja, Sir«, sagte Hallan.

»Chanur.«

»Hakkikt?« Hilfy war sich sicher, daß sie ihm den richtigen Titel gab.

»Sie schmeicheln mir.«

»Das bezweifele ich.«

»Kkkt. Es steht Ihnen frei, zu gehen. Nach Kefk, Chanur.«

Mit Mahendo'sat konnte man streiten. Mit dem Kif hier nicht. Eine *sfik* genannte Eigenschaft war Leben und Tod. Und in diesem Fall bedeutete *sfik,* als Gleichrangige abzuziehen.

»Nach Kefk«, bestätigte sie, da dies die einzige Wahl war. Sie machte abrupt kehrt und ging hinaus, und dabei betete sie zu den Göttern, ihre Crew tue das gleiche und Na Hallan, gutherzig, wie er war, bleibe nicht zurück, um noch einmal nachzuhaken.

Auf der ganzen Strecke bis zur Tür schätzten die Kif sie ab, testeten sie mit leisen Klicklauten, bedrohten sie mit ihrer Gegenwart und gaben ihnen den Weg immer erst im letzten Moment frei. An der Tür lebten sie noch, und draußen lebten sie immer noch, und niemand hatte ein Wort gesprochen, und niemand hatte eine Waffe gezogen. Sie durchquerten den Verkehr auf den Docks jetzt schnell, strebten der Deckung der Portalkräne und den Schatten unter den Hafenanlagen zu.

»War es richtig?« fragte Hallan. Jetzt hörte Hilfy die Nervosität in seiner Stimme.

»Gute Arbeit«, lobte sie. »Gute Arbeit, Meras.« Denn das war es gewesen. War es immer noch. Sie waren hinausgelangt.

Aber in den Schatten, an den Orten, wo die Träger und die Doppellichter oben das Auge täuschten, war es zu leicht, sich schwarze Gestalten in Kapuzengewändern vorzustellen.

»Kefk«, stöhnte Tiar verzweifelt.

Kefk lag jenseits der Grenze, auf kifischem Territorium. Wenn sie hier Angst haben mußten, dann mußten sie dort doppelte Angst haben. Hani stand es theoretisch frei, diesen Hafen zu benutzen, sie waren theo-

retisch dort sicher, ebenso wie die Kif theoretisch auf Anuurn sicher waren, aber weder die Hani noch die Kif hatten den Friedensvertrag mit regulärem Handel auf die Probe gestellt.

Er behauptete also, ein Verbündeter Pyanfars zu sein? Kif konnten lügen. Kif waren darin recht gut.

»Ich will dir was sagen«, meldete sich Chihin. »Wir verkaufen unseren Stsho an die Kif.«

»Ich könnte in Versuchung geraten«, murmelte Hilfy. Chihin sagte nicht, der Vertrag sei das dümmste Geschäft, in das sie sich je hatten verwickeln lassen. Chihin wollte höflich sein.

Aber es war die Wahrheit. Und es gab an diesem Punkt keine Möglichkeit, sich hinauszuwinden. Einfach davonlaufen war ein Ding der Unmöglichkeit, wenn ihnen nichts daran lag, ihren Ruf zu ruinieren, wenn sie hofften, ihre Handelslizenz zu behalten, wenn sie wollten, daß der ganze götterverdammte Pakt gesichert blieb. Fäden faserten sich auf. Zwei, nun drei mahe Stationen hatten ihre gesamte Stsho-Population durch Gewalteinwirkung verloren.

Und sie saßen drin bis zum …

Etwas platzte mit dem scheußlichen Geräusch von explodierendem Gewebe. Chihin stolperte gegen sie, und sie brüllte »Deckung!«, versuchte, Chihin festzuhalten und aus dem Feuer zu ziehen, wenn sie nur hätte ausmachen können, woher es gekommen war. Sie sah den roten Punkt auf einem Träger, erkannte, daß man von der anderen Seite her geschossen hatte, und warf sich hinter ein Pumpengehäuse. Chihin gab sich Mühe, ihre Beine in den Schatten zu ziehen und sich auf einem Ellbogen hochzustützen.

»Wie schlimm ist es?« keuchte Hilfy.

»Weiß nicht«, antwortete Chihin. »Arm. Fühlt sich an wie durchbohrt, aber er funktioniert. In etwa.« Der Schock setzte ein. Der Arm, auf den Chihin sich stützte, begann zu zittern, ihre Atemzüge wurden kürzer. Hilfy

hatte ihren Taschenkom schon in der Hand, rief atemlos die *Legat:*

»Tarras! Beschuß von Heckenschützen! Wir haben Deckung genommen.«

Auch Hilfy wurde jetzt von leichtem Zittern befallen, und das war nicht günstig. Sie legte eine Hand auf Chihin und wagte es, zu der Stelle hinauszublicken, wo sie gewesen waren. Von ihrer Gruppe war niemand mehr dort, und das war gut. Alle hatten sie irgendwo Deckung gesucht.

»Tarras!«

»Aye! Ich höre«, erwiderte die willkommene Stimme. *»Ich rufe die Polizei!«*

Die Polizei, um der Götter willen! »Tiar, Tiar, hörst du mich?«

»Ich bin hier«, japste eine Stimme, dünn und von Interferenzen verzerrt.

»Keine Position nennen!« befahl Hilfy und holte selbst erst einmal Luft. »Wie geht es dir?« erkundigte sie sich bei Chihin.

»Gut«, behauptete Chihin schwach. »Laß mir eine Minute Zeit. Dann können wir losrennen.«

»Das war ein Scharfschütze mit einem gezielten Laserschuß. Eine leichte Waffe, aber er kann uns damit in Scheiben schneiden. – Tarras, ich glaube, das Feuer kommt aus der Ladenstraße. Bleib dran …«

Hilfy beugte sich zur Seite, damit sie ihre Pistole aus dem Gürtel ziehen konnte. Es war eine einfache Projektilwaffe mit einem Display, und sie schickte eine Kugel in die verdächtige Gasse … bekam keine Bildauflösung. Sie durfte nicht blindlings da hinunterfeuern, vielleicht traf sie irgendeinen armen mahen Ladenbesitzer. Aber sie visierte die Stützpfeiler an, wo sich der Laserfleck gezeigt hatte, und berechnete den Schußwinkel quer über das Dock. Das Feuer mußte aus dieser Gasse kommen, aus dem engen Winkel zwischen zwei Speditionsfirmen.

»Können wir einen Krankenwagen herkriegen? Chihin ist getroffen worden – ich weiß nicht, wie schwer…«

Laufschritte näherten sich aus den Schatten. Hilfy rollte sich auf die Hüfte und sah rotbraunes Fell, keine schwarze Robe – einen verängstigten, für jede Deckung beinahe zu großen Hallan Meras.

»Was tun wir, Käpt'n?«

»Wir halten die Köpfe unten.«

Er tat sein Bestes, sich zu einem kleinen Ziel zu machen, die Arme um die Beine geschlungen.

»Ker Tiar ist da drüben.« Hallan wies mit dem Kopf auf die andere Konsole.

»Gut.« Eine Bewegung und ein Krachen von der *Legat* her. Ein Lastwagen war angefahren und hatte einen Container gerammt. Er fuhr weiter. »Tarras! Bist du das in dem Lastwagen?«

Ein Schuß traf das Fahrzeug, der Lack bildete Blasen. Der Heckenschütze nahm nicht an, der Lastwagen sei auf seiner Seite. Hilfy sandte ein paar Kugeln in neutrales Gebiet, um den Schützen festzunageln. Ein Neonzeichen. Das explodierte mit einem zufriedenstellenden Feuerwerk.

»Siehst du den Bastard?« fragte Chihin und wand sich, um über den Rand lugen zu können.

»Nein. Bleib unten!«

Der Lastwagen stieß gegen die Konsole und beulte den Träger ein, Krach-Bumm! Er setzte zurück und blieb mit einer Stoßstange hängen.

»Götter«, ächzte Hilfy. Der Wagen saß fest. Und das war nicht Tarras am Steuer, es war Fala Anify. Das Fahrzeug wurde mit Schüssen eingedeckt. Es fuhr vorwärts und riß die Stoßstange halb ab, dann traf es die Konsole, hinter der Tiar steckte.

»Tiar!« brüllte Hilfy in den Kom. »*Du* fährst!«

Durch das elektrische Winseln des wieder zurücksetzenden Lastwagens waren in der Ferne Sirenen zu hören. Hilfy schickte ein paar weitere Kugeln in die

flackernde Neon-Anzeige und sagte sich, nur Idioten hätten inzwischen noch keine Deckung gefunden.

Und der Rauch verriet die Quelle der feindlichen Schüsse, als sie die Wolke durchdrangen. Chihin zog ihre Pistole und feuerte in das Gebiet. Der Lastwagen fuhr ein Stückchen zurück.

Rumms!

Er hatte einen zweiten Lastwagen gerammt.

»Gefiederte Götter!« stöhnte Chihin. »Was machen die da?«

»Sie sitzen fest«, bemerkte Hallan.

»Das ist doch die götterverdammteste Scheiße, in der ich je ...«, begann Hilfy, und ein Laserschuß löste Farbe von dem Träger gleich hinter ihr. Sie stützte sich auf einen Ellbogen und schickte ihrer vorletzten Kugel die letzte nach, dann fischte sie in ihrem Gürtel nach dem Ersatz-Ladestreifen. Der Lastwagen manövrierte immer noch. Zu ihrer Verzweiflung sah Hilfy, daß er eine Kontrollkonsole umfuhr. Dann war er frei. Die Stoßstange fiel klirrend auf die Bodenplatten.

Hilfy gab den Verkehrswegen mit ihren Schüssen Deckung und sah einen an den Seiten offenen Bus ahnungslos näherkommen. »Götter!« keuchte sie, und in den Kom: »Nicht schießen, nicht schießen, da draußen sind Unbeteiligte!«

Der Bus war nicht das einzige Fahrzeug. Er rollte vorbei. Ebenso zwei Lastwagen, die, den Göttern sei Dank, keine flüchtigen Stoffe beförderten, und ein Taxi. Dann setzte das Feuer wieder ein. Von der anderen Seite der Konsole, die ihnen Deckung gab, wehte der Geruch von verbrannter Farbe herüber.

»Sie haben es geschafft«, flüsterte Chihin. Hilfy sah hin und schlug eine Hand vors Gesicht.

Peng.

In einen Lader-Arm.

»Fünfzigtausend«, murmelte Chihin halblaut.

»Wo bleibt die götterverdammte Polizei?«

Eine weitere Salve traf die Konsole.

Wagen fuhren vorbei, Räder polterten auf den Bodenplatten, der Verkehr ließ sich von dem unsichtbaren Laser-Sperrfeuer und dem Knallen der Kleinkaliber-Waffen nicht aufhalten.

Unter Schmerzen stützte Hilfy sich auf den Ellbogen und führte einen neuen Ladestreifen ein. Sie hatte nicht den Wunsch, einen Passanten zu treffen.

Und sah einen Bus aus der anderen Richtung kommen.

Sie zeigte in die Dunkelheit. »Hallan! *Trage* Chihin! Renne in den Schatten da!«

»Er braucht mich nicht ...«, begann Chihin und schrie auf, als Hallan dem Befehl gehorchte, sie packte und losraste, der wackere Junge. Hilfy lief hinter ihnen her, warf einen Blick zurück. Der Bus gab das Schußfeld wieder frei, und neue Schüsse verfolgten sie.

Den Göttern sei Dank für den Rauch. Hilfy sandte vier Kugeln zurück und tauchte in die Deckung eines Trägers.

»Lauft weiter!« keuchte sie. »In den Schatten der Rampe!«

»Gefiederte Götter!« stöhnte Chihin, aber Hallans Schulter schnitt ihr die Luft ab.

Hilfy schoß noch einmal, wich in der einen Richtung aus der Deckung zurück und rannte in der anderen los, Na Hallan hinterher.

Ein Schuß verbrannte ihren Arm. Sie rutschte über die Bodenplatten in den Schatten eines Lastwagens. Das war knapp gewesen.

Dem Reifen auf der anderen Seite entwich zischend die Luft. Die mahen Dockarbeiter starrten sie aus dem Schatten an, und die Bestürzung stand ihnen deutlich ins Gesicht geschrieben.

Endlich tauchte die Polizei auf, mit gelb flackernden Einsatzwagen, Ambulanzen, zivilen Fahrzeugen ... Reparaturwagen. Hilfy steckte die Pistole so weg, daß sie

nicht mehr zu sehen war, und sah zu Chihin hinüber, die ein Knie auf die Bodenplatten bekommen hatte. Na Hallan hielt sie immer noch mit beiden Armen fest. Auch Chihin verbarg ihre Waffe, soviel Geistesgegenwart hatte sie. Die Polizisten schwärmten um die Fahrzeuge aus. Hilfy rappelte sich hoch und begann aus der sicheren Deckung des etwas schief stehenden Lastwagens heraus zu verhandeln.

Ein Schatten tauchte neben ihr auf, er war um das Heck des Lastwagens gekommen: Haisi faßte nach ihrem Arm, um ihr hochzuhelfen. Hilfy stieß seinen Arm zurück und stand mit finsterem Gesicht allein auf.

»Ich haben versuchen, dich warnen«, sagte Haisi. »Ich haben sagen, du sichern deinen Rücken, ich haben sagen, du nicht verhandeln mit Kif. Du müssen haben verdammt große Eile ...«

»Du bist eine verdammt große *Hilfe,* Mahe!«

»Du wollen Hilfe? Leicht zu bekommen. Ich helfen tragen ...«

»Nein!« Sie vertrat ihm den Weg zu Chihin, die Hallan vollblutete. »Wir haben genug Hilfe.«

»Du sein Nummer-eins-sture Hani.«

»Geh weg von meinem Schiff!«

»Und verrückte Hani.«

»Du sollst weggehen, habe ich gesagt! Dies ist *unsere* Angelegenheit!«

»Vielleicht besser, du fragen Stsho. Ihn fragen: Du wollen sterben, du wollen reisen mit Kif? Vielleicht du hören auf jemanden, der wissen, wer sein Freund und wer sein nicht Freund.«

»Da kommt die Polizei!«

Haisi warf einen Blick über die Schulter. Die Polizisten rückten tatsächlich näher.

»Du müssen beantworten ihre Fragen. Du haben Antworten, Hilfy Chanur? Ich haben.«

»Zum Beispiel, du hättest mir eine aufrichtig gemeinte Warnung gegeben! – Polizist, dieser Mahe ist

eine götterverdammte Belästigung! Ich will ihn von meinem Liegeplatz weg haben! Sofort!«

Haisi sagte etwas im Dialekt, der Polizeibeamte antwortete etwas darauf, legte ihm eine Hand auf die Schulter, und so hielten die beiden für einen Augenblick dicht bei dicht eine Konferenz ab.

Zum Wahnsinnigwerden. Aber so ergeht es einem eben im Hafen einer anderen Spezies. Die Sanitäter blickten verwirrt drein. Hilfy winkte ihnen, zu Chihin zu gehen. »Mein Schiff hat einen Operationssaal. Sie kommt *dahin!* Fala, Hallan, bleibt bei ihr.«

»Wir haben Vor-schriften.«

»Ich habe einen Operationssaal. Schafft sie hin! Keine Widerrede!«

»Käpt'n?« Der Kom hatte sie schon ein paar Sekunden lang angequasselt. *»Käpt'n? Seid ihr in Ordnung?«*

»Jawohl«, antwortete sie und warf düstere Blicke auf die Sanitäter, die sich mit der Polizei und mit Haisi Ana-kehnandian berieten. »Wir kommen jetzt hinein. Bleib du am Monitor.«

Die Persönlichkeit von Kshshti an das Hani-Schiff Chanurs Legat, *zu Händen von Kapitänin Hilfy Chanur.*

Wir nicht sein verantwortlich für diesen dummen Vorfall. Untersuchung desselben für uns haben absoluten Vorrang. Wir hoffen, Du nicht uns verdächtigen. Wir wünschen Deinem Crewmitglied gute Besserung. Wir nichts berechnen für medizinische Dienste.

Rechnung für Lastwagen und Lader-Arm anbei. Ebenso für Ladenschild und Wandplatten. Du verklagen verantwortliche Partei auf Schadensersatz.

Das Hani-Schiff Chanurs Legat, *Kapitänin Hilfy Chanur, an Seine Gnaden, die Persönlichkeit von Kshshti.*

Wir danken der Polizei und dem Rettungsdienst für ihren Einsatz. Wir versichern der Persönlichkeit, daß wir alle Vorsichtsmaßnahmen ergriffen haben, um Unschuldige nicht zu

gefährden, und bestehen darauf, daß die verantwortliche Partei, sobald sie entdeckt wird, mit allem Nachdruck gerichtlich verfolgt wird.

Die Rechnung für die entstandenen Schäden werden wir begleichen, und wir bitten darum, daß, sobald festgestellt ist, wer die Verantwortung trägt, von Ihrem Büro stellvertretend für uns Klage geführt und das Geld uns überwiesen wird.

Ebenso wie Euer Gnaden sind wir sehr froh, daß keine Unschuldigen verletzt wurden, und wir bitten Euer Gnaden, sich in unserem Namen bei den in Mitleidenschaft gezogenen Anwohnern zu entschuldigen. Wir haben diesen Angriff weder gesucht noch provoziert.

Der hakkikt *Vikktakkht an Nikkatu an Hilfy Chanur, Kapitänin des Hani-Handelsschiffes* Chanurs Legat, *im Dock: Wir gratulieren Ihnen zu dem Schaden, den Sie Ihren Feinden zugefügt haben. Mögen Sie ihre Herzen essen.*

Tahaisimandi Ana-kehnandian, an Bord des mahen Schiffes Ha'domaren, *im Dock, an Hilfy Chanur, Kapitänin des Hani-Schiffes* Chanurs Legat.

Du sein eine verdammt sture Hani. Du sehen, was Kif tun, wenn Du Dich nicht setzen in Respekt. Sie versuchen, Dir machen Angst. Ich wollen einmal raten. Sie Dir sagen, Du sollen gehen nach Kefk, ja? Verdammt dumm. Du gehen Treffpunkt. Du können erreichen Treffpunkt, wenn Du nicht befördern Fracht. Ich Dich eskortieren zum Treffpunkt.

Ich Dein Freund, ich versuchen, Dich zu schützen, aber Du trotzdem haben arroganten Mund.

Wenn Du verhandeln mit Kif, Du bekommen Kif-Problem. Du sein jetzt zufrieden?

Ich wiederholen mein Angebot. Du wollen Verbündeten, Du fragen. Nummer eins guter Freund. Du mich anrufen, sagen Hilfe, ich Dir geben.

Chihin nannte es schlampige Arbeit. Der mahen Chirurg, der in der kleinen Krankenstation der *Legat*

operierte, nannte es ›um Haaresbreite davongekommen‹ und wünschte, Chihin würde in ein Krankenhaus gehen.

Hilfy nannte es ein Glück, daß der Schuß den Arm getroffen hatte und nichts Unersetzliches. Und sie war heilfroh, als sie die Dockarbeiter für die nächste Wache beurlaubt hatte, das medizinische Team der Station von Bord gegangen war, die Luftschleusen sich schlossen und sie sich sagen konnte, die Situation sei wieder unter Kontrolle.

Den Göttern sei Dank, daß die Station wegen der Verletzung des Waffenverbots ein Auge zugedrückt hatte.

Den Göttern sei Dank, daß noch kein scharfer Stationsrechtsanwalt vorgebracht hatte, sie hätten gewußt, daß Gefahr bestand – denn sonst wären sie ja nicht bewaffnet auf das Dock hinausgegangen.

Es sprach zu ihren Gunsten, daß sie die Station wenigstens informiert hatten, sie seien belästigt worden. Es sprach zu ihren Gunsten, daß sie Pyanfar Chanurs Verwandte waren und einen speziellen und sehr triftigen Grund hatten, sich Sorgen zu machen. Was die Persönlichkeit von Kshshti unbesehen glauben würde, *falls* die Persönlichkeit kein Freund von Ana-kehnandians Persönlichkeit war, was allerdings noch nicht feststand. Ana-kehnandians freundschaftlicher Umgang mit der Polizei hatte Hilfy gar nicht gefallen.

Und das Gefühl in ihrem Magen gefiel ihr auch nicht.

Solange sie sich auf der Brücke aufhielt, war es gut. Es gab zuviel zu tun, als daß die Gedanken in die alten Bahnen hineinrutschen konnten. Da gab es nur die antrainierten Reflexe und einen Eimer voll Wasser auf jedes Feuer, das ausbrach … Dankenswerterweise loderten nur wenige Feuer auf, aber eine ehemalige Crewfrau der *Stolz* überlegte sofort, wo die übrigen heimlich glosen mochten.

Aber wenn sie ihre Kabine aufsuchte, um das Blut und den Schweiß und den Ammoniak-Gestank aus ihrer Erinnerung fortzuwaschen, wenn der Dampf der Dusche sie umwallte und kein anderes Geräusch zu hören war als das Zischen, mit dem das Wasser aus den Düsen drang, dann kamen die Gedanken zurück, dann wanderte ihr Geist durch die Zeit und konnte das Damals nicht mehr vom Jetzt unterscheiden – nur daß die Dusche moderner war und daß sie die Verantwortung trug. Sie allein.

Dazu hatte sie eine Crew, die zugegebenermaßen nur einen einzigen Fehler weniger als der Heckenschütze gemacht hatte, als er eine lautlose und unsichtbare Waffe für ein sich bewegendes Ziel wählte. Er konnte weder besonders gut unterrichtet sein noch genau geplant haben.

Und das machte ihr Sorgen, das nagte an ihr, weil man daraus keinen anderen Schluß auf den Schützen ziehen konnte als den, er müsse ein zufällig des Weges gekommener Irrer sein.

Was die Kif beinahe ausschloß. Die Kif schliefen mit ihren Waffen. Unter sich lebten und starben die Kif mit ihren Waffen. Und ein Fehler wie dieser war nicht der Stil eines Vikktakkht an Nikkatu, falls er nicht befohlen hatte danebenzuschießen.

Es war aber auch nicht der Stil eines mahen Jagdschiff-Kapitäns in einem mahen Hafen mit allen möglichen Hilfsquellen.

Ganz bestimmt waren es nicht die Stsho gewesen, es sei denn, ein Stsho hatte eine andere Spezies für die Tat angeheuert. Die Stsho waren keine feinen Kenner der Gewalt. Sie waren nicht imstande, die Kompetenz oder die Ehrlichkeit der Wachen, die sie besoldeten, zu beurteilen. Sie bezahlten sie einfach so gut, daß die meisten ihren Job nicht aufs Spiel setzen würden.

Ebenso verhalten hatte sich eine dumme Hani, die eine Fracht voller Stsho-Probleme übernommen hatte,

weil die Bezahlung zu gut gewesen war, um den Auftrag abzulehnen.

Jetzt gab es für sie kein Zurück mehr. Das war eine Tatsache. Und als auf den Docks da draußen die Schüsse fielen, hatten sie Fehler gemacht, die sie heute nacht nicht schlafen lassen würden, die sich hinter ihren Augenlidern abzuspielen drohten, die nur auf einen müßigen Augenblick lauerten, auf die Dunkelheit, die Stille. Sie und ihre Crew hätten es verdient gehabt, da draußen das Leben zu verlieren. Jedesmal, wenn sie das Geschehen im Geist abrollen ließ, fand sie einen neuen Fehler – Fehler der anderen, eigene Fehler, Schicht auf Schicht von falschen Entscheidungen, angefangen von Kleinigkeiten bis dazu, daß sie zu Fuß gegangen waren, statt ein Taxi zu nehmen.

Hilfy ließ das Trocknen aus, ging feucht hinaus und setzte sich auf die Bettkante. Sie starrte den Schrank an, in dem ein Kasten stand, und in dem Kasten lag ein zerfledderter Ausdruck, von dem niemand wußte, daß sie ihn hatte. Als Pyanfar ihr befahl, auf den Planeten zurückzukehren, war sie wahrscheinlich gar nicht auf die Idee gekommen, sie könne die Ops-Datei in ihrem Besitz haben. Zumindest hatte die Bitterkeit zwischen ihnen noch nicht ein solches Ausmaß erreicht, daß Pyanfar auch nur gefragt hatte, ob sie außer dem offiziell zurückgegebenen Ausdruck noch einen habe.

Sie hatte ihn mitgenommen, um daraus zu lernen, um ihn zu verstehen, und vielleicht hatte sie zu jener Zeit darin auch ein Stück von Pyanfar gesehen, das sie analysieren und über das sie nachdenken konnte. Denn kein anderer Hinweis hatte sie weitergebracht. Sie nahm immer noch hin und wieder Zuflucht zu diesem Ausdruck, wenn Kapitänin Hilfy Chanur sich fragte: Was hatte Pyanfar an irgendeinem Punkt getan und nach welchen Regeln hatte sie sich gerichtet, welche Politik hatte sie in gewissen Häfen und bei obskuren Angelegenheiten verfolgt? Es war ein Kompendium

der Erfahrungen, die Pyanfar über viele Jahre hinweg gesammelt hatte – manches hatte sie niedergeschrieben, nachdem sie um Haaresbreite davongekommen war. Manches bestand nur aus Vorschriften, die der universellen Vernunft entsprachen. Einige harmlose Passagen hatte Hilfy sich ausgeborgt, um die Lücken in den freieren, lockereren Regeln der *Legat* zu schließen, in denen nicht viel von Feuerwaffen oder Beschuß durch Heckenschützen die Rede war. Große Teile dieses Handbuchs widersprachen ihren eigenen Vorgehensweisen, weil sie Pyanfars nach Perfektion strebenden Überzeugungen entstammten, und andere Teile ließen sich in dem Frieden, den Pyanfar geschaffen hatte, einfach nicht anwenden.

Aus dem einen oder anderen wichtigen Grund erwähnten die geschriebenen Regeln der *Legat* jedoch vieles nicht, oder sie erfaßten die Situation nicht richtig. Denn irgendwo am Grunde ihres Grolls war Hilfy trotz allem das Oberhaupt des Chanur-Clans, und die Operationen der *Stolz,* so geheim sie waren und so potentiell gefährlich sie waren, erfolgten immer noch nach diesem Handbuch. Dinge, die sie über die Dauerbefehle der *Stolz* wußte, die Politik und die Absichten und die Vorurteile und die wahrscheinlichen Entscheidungen in einem Notfall – das alles stand in diesem Buch, und dazu gehörte auch das Verbot, über die Existenz des Buches zu sprechen. Man nahm keinen Ausdruck von der *Stolz* mit, und man diskutierte an keinem anderen Ort als an Bord der *Stolz* über diese Richtlinien, denn es gab Gruppen und Individuen, die morden würden, um zu erfahren, was darin stand.

Aber Hilfy hatte nicht die Zeit, alles neu zu erfinden. Sie hatte nicht die Zeit, ein System, das nicht funktionierte, abzuwandeln. Es hätte sie da draußen beinahe Leben gekostet, daß sie die Sicherheitsvorschriften der *Stolz* eingehalten und den anderen nichts von dem Buch erzählt hatte. Sie waren Händlerinnen der Frie-

denszeit. Die Crew war nicht mit dieser verschwiegenen Wachsamkeit angetreten, die die Crew der *Stolz* auszeichnete. Tiar war keine Haral Araun, sie war eine gutmütige Raumfahrerin mit den scharfen Instinkten einer Pilotin, wenn es ums Überleben ging, und einem praktischen Sinn, was den Informationsfluß betraf. Tarras war eine schlaue Händlerin, und bei den Simulationen mit den Waffensystemen erzielte sie die höchsten Punktzahlen – Tarras hatte Stunden mit den Simulatoren verbracht, aber das hieß nicht, daß die *Legat* jemals eine ihrer Raketen gestartet oder eine Waffe abgefeuert oder mehr als eine Übung abgehalten hätte. Die Kapitänin hatte es getan. Das war die götterverdammte Wahrheit. Und Rheans Crew war mit Seitenwaffen umgegangen und hatte Übungen durchgeführt und sich in der Schlacht vor dem Frieden ausgezeichnet. Deshalb war es nicht etwa so, daß Tarras noch nie in ihrem Leben eine Rakete abgeschossen hätte, und es war nicht etwa so, daß Tiar und Chihin noch nie Koordinationen hätten durchlaufen lassen oder noch nie unter schwerem Beschuß Reserve-Pilotinnen gewesen wären... Aber zu viele Schiffe waren wegen Fehlern, die die *Stolz* nicht gemacht hatte, bei Anuurn und Gaohn gestorben.

Wegen DER REGELN. Bei den Göttern, wegen der Art, wie Pyanfar Chanur an die Dinge heranging, was *nicht* der Art entsprach, wie jedes andere Hani-Schiff seine Geschäfte führte. Hilfy wagte es nicht, DIE REGELN an ihre Friedenszeit-Crew weiterzugeben. Es durfte nicht geschehen, daß die Frauen darüber redeten, wenn sie zu Hause waren, oder sich darüber in einer Stationsbar beschwerten.

Und vielleicht wollte sie in einem entlegenen Teil ihres Gehirns auch nicht länger in diesen Begriffen denken. Der Pakt hatte sich verändert, der Frieden war ausgebrochen – die Hani wollten sich wieder ihren eigenen Angelegenheiten widmen und ihre Ter-

mine selbst bestimmen und sich keine Sorgen über Kriege machen und sich nicht mehr beeilen, als es notwendig war. Die Crew war in Ordnung, sie kamen miteinander aus, sie paßten sich nach ein paar gemeinsamen Jahren immer noch zwecks einer guten Zusammenarbeit an. Manchmal ging etwas schief, und sie stritten sich, aber es gab keine ernsthaften Pannen, keine feindseligen Handlungen. Es war ein anderes Zeitalter, die Instinkte stumpften ab, und Dummköpfe konnten ein Schiff steuern oder einer planetaren Regierung vorstehen: Auf Präzision kam es nicht mehr an.

Mittelmäßigkeit war gerade richtig.

Bis man eingerostet war oder ein Amateur-Attentäter einen aus einem Grund umbrachte, den man nie mehr herausfinden würde.

Hilfy war wütend. Dieser Bastard hatte auf sie geschossen und Chihin getroffen.

Das war ein voreiliger Schluß, würde Tante Py sagen.

Wenn Tante Py hier wäre, um ihr eine Predigt zu halten – oder eine junge Kapitänin aus der Klemme zu befreien, in die sie sich selbst und ihre Crew durch den Abschluß eines Vertrags gebracht hatte.

Nicht *erfahren* genug für den Posten einer Kapitänin, hieß es im *Han* und hinter ihrem Rücken.

Bei den Göttern, sie war erfahrener als manche anderen – vor allem im *Han*. Und sie hatte eine Crew, die im Laufe der Zeit immer reibungsloser funktionierte.

Aber Hilfy Chanur blieb keine Zeit, darüber nachzudenken, welchen Weg sie wählen sollte. Ihr ganzes Leben lang war Hilfy Chanur dafür keine Zeit geblieben.

Sie stand auf, nahm den Ausdruck aus dem Schrank, trug ihn in ihr Büro und ließ ihn einlesen.

Sie strich alle Hinweise auf die *Stolz*. Sie suchte die Namen der Crewmitglieder und ersetzte sie durch die ihrer eigenen.

Und sie wußte absolut nicht mehr weiter, als sie zu Hallan Meras auf dem Posten der Hilfskraft kam.

Sollte sie ihn wieder im Waschraum einschließen?

Sollte sie der Crew verbieten, über Ops-Angelegenheiten mit ihm zu sprechen?

Warum hatte Vikktakkht ihn sehen wollen? Warum hatte Vikktakkht darauf bestanden, mit ihm zu sprechen? Sie konnte sich keinen Grund denken, falls er nicht eine Antwort von jemandem hatte haben wollen, der weniger wachsam war, und weil Vikktakkht gut genug hani verstand, um zu erkennen, daß sie den Jungen schützen würden. Meras bedeutete eine verwundbare Stelle, die ihre eigene Neuiger dem Kif zugänglich gemacht hatte, das konnte sie nicht leugnen. Sie besaß eine gewisse Rücksichtslosigkeit, eine gewisse Unbarmherzigkeit, eine gewisse Bereitschaft, das Leben anderer Leute aufs Spiel zu setzen... Das hatte sie in sich selbst entdeckt. Oder vielleicht war es nur so, daß unten auf dem Planeten niemand verstand, was sie gesehen und erlebt hatte – was niemand, der nur eine raumfahrende Händlerin gewesen war, jemals verstehen konnte – und sie wurde wütend, sie verlor die Geduld mit Leuten, die naiv waren, und Leuten, die ungefährdet und beschützt und unschuldig waren.

Aber sie hatte Meras mitgenommen...

Dafür hatte es einen guten Grund gegeben. Ein Kif hatte ihnen Informationen angeboten, die sie haben mußten. Ein Kif, der ebensogut mit dem, was er wußte, hätte davongehen und sich weigern können, es ihnen zu erzählen... (In einer mahen Hölle: Vikktakkht hatte *gewollt,* daß sie es erfuhren...) Aber zu der Zeit hatte sie nicht gewußt, welche Verbindung Meras möglicherweise zu Vikktakkht hatte, ahnungslos hatte sie einen jungen Mann an jenen Ort gebracht – sie, die besser als alle anderen wußte, was ihm hätte passieren können. Und ihr Magen verkrampfte sich nicht wegen all der guten Gründe, aus denen sie es getan hatte, sondern

wegen des *schlechten* Grundes. Weil er nicht Tully war. Daß er ein Hani war und männlich und so blindlings naiv, wie jeder draufgängerische Sohn einer Mutter erzogen wurde. Und schlimmer, er war ebenso hilflos unschuldig, wie Dahan es gewesen war, und die Welt war nicht freundlich zu solchen Jungen. Die alten Sitten, zu denen Tante Pyanfar sie zurückgeschickt hatten, funktionierten nicht, verdammt noch mal, und es interessierte sie nicht, wozu ihre Biologie sie aufstacheln wollte. Das funktionierte nämlich auch nicht.

Und sie haßte ...

... haßte einen großäugigen, gutartigen, hübschen Jungen, der sie anbetend ansah und sie daran erinnerte, was sie verloren hatte, an die Kompromisse, die sie geschlossen hatte, und daß sie es zugelassen hatte ...

... von Tante Pyanfar auf den Planeten hinuntergeschickt zu werden, um ihren Befehlen zu gehorchen.

Bei den Göttern, sie war wütend. Sie war – immer noch – wütend.

Es tat immer noch weh. Sie sah Hallan Meras an und sah ihr übereifriges jüngeres Ich und konnte dann ganz Verzeihen und Verständnis sein. Aber wenn sie ihn ansah und etwas *fühlte* ...

Dann wurde sie wütend, und sie wußte nicht, weswegen.

Das war ein Problem, nicht wahr?

Py hatte sie von Tully abgeschnitten, hatte sie von ihren liebsten Freundinnen im ganzen Universum abgeschnitten und sie nach Hause geschickt – wohin Py nicht gehen konnte. Niemals mehr.

Das also – war ein Problem, nicht wahr? Es war Chanurs Problem. Tante Py hatte sie ausgeschickt, es zu lösen, und hatte selbst alles abgeschüttelt, was mit Chanur und Chanurs Politik und mit dem Clan zu tun hatte – für immer.

Ein furchtbar trauriger Gedanke – für Tante Py.

Py war böse geworden, als sie nein gesagt hatte. Py

hatte Dinge ausgesprochen – vielleicht weil Pyanfar Chanur Schmerz empfand, wer weiß? Pyanfar würde es nie zugeben.

Deshalb war es zu der Katastrophe auf Kshshti gekommen, deshalb hatte sie ein paar schwere Jahre gehabt, und sie haßte ihren unbetrauerten Gatten leidenschaftlich.

Aber *warum* kochte sie vor Wut? *Warum* saß sie hier an ihrem einigermaßen ordentlichen Schreibtisch und regte sich auf und wollte einem jungen Mann, der keine andere Verbindung mit Py als ein jahrelang zurückliegendes Gespräch auf einem Dock hatte, Böses antun? Hilfy hatte die Gewohnheit, sich selbst zu analysieren. Sie hatte wunde Punkte, und sie wußte, wo sie lagen: Sie mochte Alpträume haben, nach denen sie sich übergeben mußte, aber sie erlaubte ihnen nicht, ihre wachen Stunden zu beherrschen, und sie ließ sich von ihnen nicht daran hindern, wie eine vernünftige Geschäftsfrau zu handeln ... Jawohl, bei den Göttern, sie verhandelte mit einem Kif, wenn er ihr etwas anbot, das sie brauchte. Sie geriet nicht in Panik bei dem Gedanken, nach Kshshti zu reisen. Sie war imstande, daran zu denken, daß sie nach Kefk gehen würde, über die Grenze ins kifische Territorium, und so, wie es jetzt aussah, *würden* sie nach Kefk gehen.

Deshalb hatte sie gar kein Problem, abgesehen von den gelegentlichen Gedanken an die Vergangenheit. Sie war frei, sie ging, wohin sie wollte, sie hatte keine Probleme, die ein finanzieller Glücksfall und Frieden in der Familie nicht lösen konnten.

Aus welchem Grund hatte sie dann solche unguten Gefühle wegen Hallan Meras?

Instinkt? Etwas, das Mißtrauen verdiente? Etwas, das sie bedrohte? Den Eindruck hatte sie bei dem Gespräch zwischen ihm und dem Kif nicht gehabt. Und im allgemeinen verstand sie ihr eigenes Verhalten besser.

Anziehung? Sie hatte bemerkt, daß er männlich war. Na und? Sie war zu erschöpft, zu abgelenkt und zu gereizt durch anspruchsvolle Stsho, aufdringliche Mahendo'sat und ein Schiff mit potentiellen juristischen Problemen, um über irgendwelche Nebensachen nachzudenken.

Sie begriff es einfach nicht – in dem einen Augenblick war sie vollständig gelassen, wenn sie dem Jungen von Angesicht zu Angesicht gegenüberstand, und dann, bei abstrakten Überlegungen, wobei er nicht einmal anwesend war …

Das reichte, daß man über sich selbst den Kopf schüttelte. Aber es ging nicht einmal um Hallan Meras persönlich. Nein. Er war nur ein Problem …

Ein Sicherheitsproblem, was das Handbuch betraf. Wenn sie Na Hallan sagte, er solle eine bestimmte Information auf ewig für sich behalten, vertraute sie fest darauf, daß er es versuchen würde. Aber hier handelte es sich um den Jungen, der einen Tc'a gezeugt hatte, indem er ein Hebegerät zurücksetzte.

Und, nein, sie war nicht bereit, ihn in die Crew aufzunehmen. Vielleicht war das der Grund für ihren Zorn, daß sie zwar nicht die *Stolz* waren, aber daß sie, wenn ihnen die Zeit dazu gelassen worden wäre, auf ihre eigene Weise, auf Hilfy Chanurs Weise, ebenfalls ein einzigartiges Gebilde hätten werden können. Es hätte nichts gegeben, was ihr Leben komplizierte, kein Familienzwist, keine Fehden, keine Günstlingswirtschaft. Keine Partnerprobleme. Keine Eifersucht.

Und jetzt hatten sie dazu keine Chance mehr. Jetzt mußte sie etwas ganz anderes tun, sie mußte sich Tante Pys Ideen, Tante Pys persönliche Überzeugung zu eigen machen.

Vielleicht war das der Grund, warum die Hallan-Sache sie so aufbrachte. Vielleicht lag es daran, daß sie sah, wie alles in Stücke fiel, und wußte, Hallans Fehler waren nicht harmlos. Denn weil die ganze Crew ver-

suchte, ihn davor zu bewahren, daß ihm das Fell abgezogen wurde, und deshalb ein Vorhaben unterbrach, bei dem es auf Leben und Tod ging, war er zuerst eine verwundbare Stelle geworden, und jetzt hinderte er sie daran, ihre Crew so zu formen, wie sie es wünschte.

Das mochte es sein. Deshalb hatte sie das Verlangen, ihn umzubringen, weil ein Teil von ihr längst vorausgesehen hatte, daß er eine Gefahr dieser Art darstellte.

Im Schiff war es vollkommen still. Die Verladegeräte arbeiteten nicht, und nur die Luft wisperte aus den Leitungen in der Krankenstation … Hilfy rief sie alle bis auf Hallan Meras zusammen.

»Komm herein«, sagte sie zu Tarras, die an der Tür stehenblieb. »Setz dich. – Chihin, du setzt dich *nicht* auf. Übertreib es nicht.«

Chihin brummte und stopfte sich mit einer Hand ein Kissen unter den Kopf. »Es hat nicht geheißen, ich dürfe mich nicht aufsetzen.«

»Befehle«, sagte Hilfy. »Meine. Es wäre schön, wenn irgendwer ihnen folgen würde. Das ist natürlich nur Wunschdenken.«

Allgemeines Schweigen trat ein. Es war ein respektvoller Augenblick allgemeinen Schweigens. Aber Hilfy wollte nicht mit einem Tadel anfangen. »Erstens«, sagte sie, »der Attentäter hat weitere Fehler gemacht. Niemand von uns ist tot. Der Lastwagen …«

»Es tut mir leid«, sagte Fala schwach.

»Nun, es hat funktioniert. Die Idee war gar nicht dumm. Nichts von dem, was wir getan haben, war dumm. Die traurige Tatsache ist jedoch, daß wir nicht gesiegt haben, weil wir gut waren. Der Attentäter hat verloren, weil er schlecht war – *falls* er verloren hat. Wir wissen nicht, ob er nicht erreicht hat, was er wollte. Ganz gewiß hat er eine Menge Lärm gemacht. Und er zwingt uns, von nun an davon auszugehen, daß uns irgend jemand als Feind betrachtet.« Sie hatte

das dünne Päckchen der Handbuch-Ausdrucke bei sich und verteilte sie. »Von nun an richten wir uns nach diesen Regeln. Eßt und trinkt und schlaft damit, aber sprecht nicht darüber, macht keine Witze darüber. Na Hallan bekommt kein Exemplar. Er darf nichts davon wissen. Keine Kopie irgendeiner Art verläßt das Schiff.«

Fala runzelte die Stirn. Chihin legte sich den Ausdruck auf die Knie und versuchte, ihn mit einer Hand durchzublättern. Tiar und Tarras betrachteten ihre Hefte mit zweifelnden Blicken.

»Eine allgemeine Veränderung?«

Hilfy hatte nicht die Absicht, es ihnen zu erzählen, sie hatte nicht die Absicht gehabt, es zuzugeben. Andererseits wollte sie das Handbuch nicht als ihr Baby ausgeben, und man riß nicht einfach alles weg, was eine erfahrene Crew kannte, und befahl ihr, es anders zu machen, ohne ihr zu sagen, warum. »Es ist das Ops-Handbuch der *Stolz*. Ich dürfte es eigentlich gar nicht haben. Ihr dürftet eigentlich gar nicht wissen, daß es existiert. Lest es. Befolgt die Vorschriften. Wir können darüber reden. Und vielleicht fallen uns bessere Methoden ein. Nur müssen wir dazu lange genug am Leben bleiben. Dieses Buch teilt die Verantwortungen zu, es setzt die Dezimalstellen in den Berichten fest, es schreibt vor, wann gewisse Wartungsarbeiten zu erledigen sind, es enthält einige technische Details, die allein Pys Ideen sind, aber wir wollen uns damit vorerst nicht aufhalten. Sie ist in manchen Kleinigkeiten, die ihr dumm nennen werdet, eine götterverdammte Pedantin, und ihr werdet darin einige Prozeduren beschrieben finden, die schon vor dem Frieden illegal waren. Aber ich sage euch, lernt es auswendig, versteht es, erwähnt es niemals vor Außenseitern, zu denen ich auch Na Hallan rechne: Er wird nicht auf diesem Schiff bleiben, und er darf nichts darüber an eine andere Crew weitergeben. Fragen?«

»Reisen wir wirklich nach Kefk?« wollte Tarras wissen.

»Das ist durchaus möglich«, antwortete Hilfy. »Ich sehe keinen anderen Weg.«

Weitere Fragen gab es nicht. Vielleicht hatten sie einfach zuviel zu lesen.

»Die Dockarbeiter machen eine bezahlte Pause bis 06:00. Ich schlage vor, daß ihr solange schlaft.«

»Ich werde morgen wieder fit sein«, behauptete Chihin.

»Du wirst Schmerzen haben und den Arm nicht bewegen können«, gab Hilfy zurück. »Du kannst am Vormittag Wache sitzen. Am Kom.«

»Der Junge, weißt du ...« – Chihin sah sie nicht direkt an –, »hat sich da draußen gar nicht schlecht gehalten.«

»Das habe ich bemerkt.« Hilfy dämmerte es, daß von den Crewfrauen Chihin auf die gleiche Art wütend war wie sie, nur noch mehr. Aber Chihin, die in Na Hallans Schuld stand, war fair. Chihin legte großen Wert darauf, fair zu sein, auch wenn sich ihr der Magen dabei umdrehte. Aus genau denselben Gründen, die sie störten, konnte sie Mutmaßungen anstellen und nicht weit vom Ziel treffen.

»Es gibt keinen Grund, warum er nicht Dienst tun sollte«, sagte Hilfy. »Es gibt keinen Grund, warum ich ihm nicht trauen sollte. Er braucht nur nicht alles zu wissen. Das ist alles.« Und Chihin blickte irgendwie erleichtert drein.

Sie reisten also nach Kefk. Und die Kapitänin ordnete eine sechsstündige Ruhepause an, ganz gleich, ob ein Gerichtsprozeß oder ein bewaffneter Angriff kommen würde. Das machte das Schiff nach dem Lärm und dem Klappern des Laders und dem unregelmäßigen Arbeiten der Schleuse unheimlich ruhig.

Im Aufenthaltsraum markierten Leitstreifen die

Wände und das Schott. Hallan betrachtete die von ihnen schwach beleuchtete Decke und lauschte auf die Stille.

Fala hatte gesagt: »Es war sehr tapfer, was du getan hast.«

Chihin hatte gesagt: »Du fährst noch schlechter als Na Hallan.« Aber er fühlte sich dadurch nicht beleidigt, weil Chihin, diejenige, die ihn nicht mochte, außerdem gesagt hatte, und zwar zu ihm: »Danke, Junge.«

Sie war ehrlich, und sie meinte es ernst, auch wenn sie fast daran erstickte, und er *mochte* Chihin – er mochte sie auf eine besondere, schwierige Weise, weil Chihin eine von der alten Garde war, die bereit war, ihre Anschauungen zu revidieren. Man konnte Leute zu beiden Seiten von Meinungen sitzen sehen, die sich nur dort befanden, weil die Dinge an dieser Stelle hingefallen waren und sie das akzeptiert hatten. Aber Chihin akzeptierte nicht einfach, Chihin stocherte an einer Situation oder einer Person herum, bis sie klar sah, vorher hörte sie nicht auf. Und sie machte Witze, um einen wissen zu lassen, was in ihr vorging. Und sie machte sie, wenn man sie verdiente.

Fala – sie war jünger als er an Erfahrung. Sie hatte getan, was keiner der älteren Crewfrauen möglich gewesen war. Und rückwärts über die Docks ging es schneller, und es setzte keine andere Oberfläche dem Feuer aus, was gar nicht dumm gewesen war – auch wenn sie es nicht geschafft hatte, auf einer geraden Linie zu fahren.

Sie hatte zu ihm gesagt: »O Götter, bin ich froh, daß du heil und ganz bist…«, und das auf eine Weise, daß ihm heiß und kalt und wieder heiß wurde, vom Kopf bis hinunter zu den Füßen. Er hatte wie ein Trottel dagestanden, und ihm war nichts anderes zu sagen eingefallen als: »Du auch.«

Denn ein Gefühl wie das bekam man in Familien,

und ein Junge mußte es immer aufgeben und konnte nicht darauf rechnen, daß er es irgendwo wiederfinden werde: Nicht im Exil, in das er verbannt wurde, und nicht in dem Clan, in dem er sich vielleicht einen Platz erkämpfte. Wenn einer dumm war und sich von seinem Gefühl für ein Mädchen dazu verleiten ließ, einen Clan-Lord herauszufordern, den er nicht besiegen konnte, geriet er meistens in Schwierigkeiten.

Das war falsch an seinem Leben als Raumfahrer, daß Na Chanur nicht hier war, Na Chanur, der zudem Overlord von Anify war, hatte nicht die leiseste Ahnung von seiner Existenz. Es war wie in den alten Balladen, wie in diesem Buch, die jungen Toren trafen sich im Wald, und die Situation geriet außer Kontrolle, und der Clan-Lord wußte nichts davon. Nur würde Na Chanur, wenn er es herausfand, ihn töten wollen, und Na Chanur und ganz besonders Na Anify würden sich über Fala aufregen, und deshalb würden ihre Schwestern und ihre Mutter böse mit ihr sein, was Unfrieden in der Familie zur Folge hätte. Na Chanur würde Na Meras zur Rede stellen, der sehr unzufrieden mit ihm, Hallan, und seinen Schwestern sein würde, weil sie ihm geholfen hatten, in den Raum zu gelangen, und einen Zwist mit Chanur geschaffen hatten, zu dessen Beseitigung *er* möglicherweise würde kämpfen müssen. Ganz zu schweigen von Na Sahern, dem das Bekanntwerden eines wahrlich berüchtigten Vorfalls nicht passen würde.

Die Liebe war schön und gut in Balladen. Es war ein hübscher Gedanke, daß sie möglich war, und vielleicht ereignete sie sich in legitimen Beziehungen wie bei Pyanfar Chanur und Na Khym, die sich lieben mußten, abgesehen davon, daß sie verheiratet waren. Aber im wirklichen Leben wurde man deswegen getötet und brachte Unfrieden über Familien, und er und Fala hatten beide weiche Knie gehabt, nachdem sie Chihin gerettet hatten, und er war weit offen gewesen. Die sich

überschlagenden Ereignisse und so. Ein Augenblick, ein Vorfall, der morgen nicht mehr der gleiche sein würde, wenn er nur vernünftig blieb…

Aber heute abend wollte das Gefühl einfach nicht schwinden. Er hatte echt den Wunsch, sich mit Fala irgendwohin zu verdrücken, und wenn er das tat, und die Kapitänin mußte Rücksicht auf Na Chanur nehmen, würde es sein Anliegen nicht fördern. Wenn er das tat, war es ganz sicher, daß Hilfy Chanur ihn nur noch loswerden wollte, und das…

…das erzeugte ein emotionales Umfeld, das es vorher nicht gegeben hatte, denn er konnte sich dem Gedanken nicht stellen, nicht auf diesem Schiff zu sein. Er konnte das nicht verlieren. Er konnte nicht riskieren, dieses Schiff und diese Leute zu verlieren, und er wußte nicht, wann er angefangen hatte, so zu empfinden.

O Götter, er hatte eine Menge Probleme.

Ich sage, verschwinde hier, verschwinde, ich will nicht mit einem götterverdammten Dummkopf leben!

Aber es war nicht Korin Sfaura, den sie ermordete, es war, wie Hilfy feststellte, ein Kissen. Sie rollte sich in all ihrem verhedderten Bettzeug auf den Rücken. Es tat ihr leid, daß sie ihn nicht selbst getötet – und aus ihrem Repertoire von bösen Träumen und dummen Fehlern gestrichen hatte.

Sie hatte ihn in blindem Zorn angegriffen, obwohl sie bei weitem im Nachteil gewesen war, das war alles – aber eine Gehirnerschütterung hatte sie nicht gehabt, wie Rhean behauptet hatte, wie Rhean sich verdammt beeilt hatte zu behaupten, und dann hatte Rhean Cousin Harun angeschleppt, damit er das tat, was auf eine Machtergreifung und die Übernahme von Chanurs planetaren Angelegenheiten hinauslief.

Die Rhean sehr gut besorgte. Und sie, Hilfy, war Korin los, ohne Sfaura beleidigt zu haben, und wenn

ihr gelungen wäre, was sie hatte tun wollen, hätte sie Sfaura beleidigt gehabt. Politik. Korin Sfaura war tot. Und diese Sache blieb für immer unbeendet, und sie schleppte ihren Zorn weiter mit sich herum. Sie war sich jedoch nicht sicher, ob der Zorn ganz und gar Korin galt, der ein gutaussehender, eitler, brutal egoistischer Dummkopf gewesen war. Und sie war sich nicht sicher, warum sie von einem Mann geträumt hatte, an den sie in wachem Zustand keine Sekunde des Nachdenkens verschwenden würde.

Tatsache war, daß sie ihn sich ausgesucht hatte. So schlecht war ihr Urteilsvermögen gewesen. In schlaflosen Nächten versuchte sie immer noch, zu ergründen, warum es so katastrophal schlecht gewesen war oder welche Schwäche in ihr selbst lag. Und ›gutaussehend‹ war so ungefähr alles, was sich Positives über ihn sagen ließ. Vielleicht gehörte ›dumm‹ auch noch in diese Kategorie – denn tief in ihrem Innern hatte sie ein Möbelstück gewollt, etwas Dekoratives, etwas, dem man nichts erläutern, vor dem man nichts rechtfertigen mußte. Als ihr Vater gestorben war, hatte sie niemand anders an seinem Platz sehen wollen, keinen *richtigen* Lord in Chanur, nur etwas, das Erben zeugen konnte und sich in die politischen Geschehnisse zwischen ihr und ihren Tanten nicht einmischen würde.

Doch Rhean war auch noch da. Rhean war wütend auf Tante Py gewesen, die den Clan im Stich gelassen hatte, und Rhean hatte ihre eigenen Vorstellungen davon, wie Chanur dem neuen Zeitalter gegenübertreten sollte und was wichtig war, und vielleicht – nein, wahrscheinlich – hatte Rhen recht gehabt: Rhean lag der Clan am Herzen, und Rhean hatte auf ihr Kommando verzichtet und war nach Hause gekommen und hatte getan, was getan werden mußte. Sicher, dabei hatte sie ihre Nichte Hilfy niedergewalzt. Hilfy war deswegen fuchsteufelswild gewesen und wegen Na Harun und verletzt durch Rheans Reaktion auf sie.

Aber um die Wahrheit zu sagen, es hatte auch Rhean nicht glücklich gemacht, daß sie auf den Planeten hinuntergegangen war. Ebensowenig wie Hilfy selbst.

Die Macht ... Rhean liebte sie. Das war eine wärmere Decke als der Ehemann, den Rhean nicht nach Chanur heimbringen konnte und den sie wahrscheinlich auch nicht so oft in die Hände bekam. Einen Kontinent entfernt war eine gute politische Allianz, und für Rhean, die aus dem Raum kam, war ein Kontinent nichts als ein halber Orbit. Aber jetzt war es anders.

Vieles war anders.

Und Hilfy selbst kam nicht mehr oft nach Hause. Sie hätte wieder heiraten können, nur fehlte es ihr an Begeisterung für die Institution der Ehe.

Da war Meras, der auf einer Ebene mit Korin stand: Ein hübsches Gesicht, kein Urteilsvermögen. Erstaunlich, welche Anziehungskraft das immer noch für sie hatte. Nur war es ungerecht gegen einen Jungen mit Verstand, und bei den Kif hatte er bewiesen, daß er fähig war, ihn zu benutzen. Für einen jungen Mann hatte er sehr gut gedacht, und es war offenkundig, daß Fala in ihn verliebt war. Tarras und Tiar waren ...

Aber, aber und nochmals aber. Es war in der Mitte von ihrem Schlafzyklus, solche Gedanken belasteten sie nur, und götterverdammt, sie wollte die Ehemann-Sache nicht von neuem durchgehen. Er war intelligent, er würde auf Ideen kommen, und die politischen Zustände zu Hause waren so schon kompliziert genug.

Außerdem war er die Ursache, daß es zu unwiderruflichen Veränderungen bei den Operationen der *Legat* gekommen war, er stellte eine Verpflichtung dar, die der Kif benutzt hatte, um sie zu einem Treffen von Angesicht zu Angesicht zu zwingen, und die Folgen waren noch gar nicht abzusehen. Noch vor ein paar Stunden war sie so wütend gewesen, daß sie ihn hätte umbringen können, und Chihin war es ebenso gegangen.

Hilfy packte ihr Kissen und vergrub den Kopf darunter. Sie suchte nach einem Ort, der leer an Bildern war.

Chihin verstand, was sich abspielte, Chihin hatte es schon vor ihr kommen sehen. Tiar und Tarras waren zu gutherzig, um ihn in den Raum auszustoßen, und Fala litt unter einer verspäteten Pubertät. Hilfy wußte nicht, was sie mit dem Jungen anfangen sollte, sie wußte nicht, wo sie ihn absetzen sollte – vielleicht auf Kefk. Vielleicht trieb er dort die Kif in den Konkurs.

Bei diesem Gedanken sah sie den Raum, roch die Luft, fühlte die atmosphärische Spannung, die Kif untereinander erzeugten, und erinnerte sich daran, daß es Wesen im Universum gab, denen es als die höchste Tugend galt, den schnellsten Streich zu führen, und die keine Sekunde Schlaf darüber einbüßten, daß sie eine Schiffsladung lebender Wesen in radioaktiven Staub verwandelt hatten. Das Böse gab es nicht. Sie hatte fremde Zivilisationen zu gründlich studiert und zu viele Sprachen gelernt, um an das Böse zu glauben. Aber sie hatte versucht, ihr Leben so zu ordnen, daß sie überhaupt nicht mit den Kif umzugehen brauchte – und jetzt war sie wieder bei dem kifischen Angebot angelangt. Verhandle mit uns, lerne, schneller und zuerst zuzuschlagen, lerne, auf unsere Weise zu denken, weil wir nicht dazu verdrahtet sind, auf eure Weise zu denken, wir können Hani-Gedanken nicht verstehen …

Man hoffte immer, sie könnten sie verstehen. Man war immer versucht, zu glauben, sie würden diesen unüberbrückbaren Abgrund überbrücken und ihre eigene Verdrahtung leugnen, die Auslöser abschalten, die vom Impuls zur Tat führten, so wie eine Hani fähig war, sie anzustellen. Eine Hani konnte die vorhandenen Instinkte benutzen, wenn es eine Kruste aufzureißen galt, die die Zivilisation über sie gelegt hatte. Aber Kif blieben Kif. Man konnte in ihr Spiel hineingeraten, wenn man mit den Kif verhandelte – in

das urtümlichste aller Spiele, das mit der Zivilisation konkurrierte und bei dem es um urtümliche Preise ging.

Hilfy Chanur war ein bißchen zu tief in die kifische Denkweise hinabgetaucht. Hilfy Chanur war eine Expertin in der Sprache geworden, weil sie verstehen wollte, was sie nicht verstanden hatte, als sie und Tully allein im Käfig saß und die Kif vor dem Gitter redeten. Sie hatte Wörter gelernt, die sie nicht aussprechen konnten, weil ihr die Doppelreihe rasiermesserscharfer Zähne fehlte, und Wörter, die sie nicht übersetzen konnte, ohne zu Ausdrücken Zuflucht zu nehmen, die in jeder anderen Sprache, die ihr bekannt war, eine psychotische Nebenbedeutung hatten.

Aber man sagte nicht verrückt, man sagte nicht böse. So etwas gab es nicht. Ebensowenig zeigten Außenseiter das, was die Kif *naikktak* nennen würden, ein verantwortungsloses Benehmen, ein Benehmen ohne Gedanken an das Überleben.

Was etwas darüber aussagte, wie die Kif von den Hani dachten – und über den Gemütszustand, in dem Vikktakkht den jungen Meras aufgefordert hatte, ihm Fragen zu stellen.

Er hatte einen männlichen Hani aufgefordert, der berüchtigt für sein unvorhersehbares und aggressives Verhalten war.

Respekt für die Aggressivität? Möglich.

Neugier? Möglich. Kif besaßen eine sehr aktive Neugier. Kif konnten künstlerisch, phantasievoll und neugierig sein. Alle diese Dimensionen. Sie schätzten diese Eigenschaften.

Doch Hallan Meras …

Logisch wäre es gewesen, wenn sie ihn als Köder benutzt hätten, um an sie, Hilfy, heranzukommen. Das hätte den Kif ähnlich gesehen.

Aber daß sie sich geweigert hatten, mit ihr zu reden, daß sie darauf bestanden hatten, Na Hallan müsse die

Verhandlungen führen, deretwegen sie doch offensichtlich gekommen waren…

Plötzlich ergab sich ein Bild. Sportlicher Ehrgeiz. Auf sie gezielte Provokation.

Warum?

Sie war Pyanfars Verwandte. Im allgemeinen erfaßten Kif die tiefere Bedeutung von Verwandtschaft nicht, waren nicht dafür verdrahtet, verstanden sie als potentielle Rivalität. Doch die Kif, die Kontakt mit Außenseitern hatten, waren zu gebildet, um diesen Fehler zu machen. Vikktakkht machte ihn bestimmt nicht. Die ganze Sache kam ihr so götterverdammt *persönlich* vor.

Hilfy rollte sich auf den Rücken, knautschte ihr Kissen zusammen, stopfte es sich unter den Kopf und starrte in die Dunkelheit, ohne daß es ihr einen Nutzen brachte. Das tat sie nun, statt zu schlafen, zu viele Stunden verschwendete sie auf freie Assoziationen. Warum brachte der Verstand es nicht fertig, auf geradem Weg zu Schlüssen zu kommen? Warum mußte sie über Hallan Meras nachdenken, über ihre unverantwortlichen Launen, über die Kif, und das alles zusammen mit Vikktakkhts seltsamen, götterverdammten Motiven zu einem Paket verschnürt? Ihr Verstand versuchte, etwas aus Ersatzteilen zusammenzubauen. Und die Teile wollten nicht zueinander passen.

Bei den Göttern, hinter was war der Kif her?

Jagd. Beute. Wer weglief oder kämpfte, gewann ihre Aufmerksamkeit. Wer stillstand, wurde gefressen.

Sie war den Kif entkommen. Diese Geschichte hatte unter den Kif wahrscheinlich Berühmtheit erlangt. Aber dieser Kif hatte sich zur genau richtigen Zeit auf dem Treffpunkt eingefunden, als sich ein Gefangener dort befand, der unter Garantie die Aufmerksamkeit einer Hani gewinnen würde…

Im Gefängnis, weil er einen Kif geschlagen hatte. Man fragte sich, ob er hereingelegt worden war.

Jedes Hani-Schiff wäre recht gewesen. Pyanfar, die am Treffpunkt durchgekommen war, hatte er knapp verpaßt. Pyanfar war fort, es wurde für No'shto-shti-stlen plötzlich zu einer dringenden Angelegenheit, daß jemand die Kostbarkeit zu Atli-lyen-tlas schaffte, und Atli-lyen-tlas rannte mit den Kif davon, während die Mahenso'sat verzweifelt herauszufinden suchten, was No'shto-shti-stlen geschickt hatte.

No'shto-shti-stlen verwendete Kif als Wachposten. Also hatte Vikktakkht entweder Zugriff auf die Information oder war ausdrücklich von dieser Information ausgeschlossen worden.

Atli-lyen-tlas war entweder zu den Kif gelaufen, damit sie ihn mitnahmen, oder er war ihnen als Gefangener in die Hände gefallen. Und wer wußte auch nur, *welche* Kif es gewesen waren? Verbündete von Vikktakkht? Verbündete von Pyanfar Chanur?

No'shto-shti-stlen hatte darauf gedrängt, daß sie Hallan Meras übernahm. Der Grund mochte gewesen sein, daß es die Stsho mit Besorgnis erfüllte, einen männlichen Hani in ihrer Obhut zu haben – Stsho verstanden die Empfindlichkeit der Hani wegen ihrer Männer nicht (Stsho begriffen ihrer Anlage nach ebensowenig, was ›männlich‹ bedeutete, wie Hani die Sache mit dem dritten Geschlecht der Stsho begriffen). Aber ein alter Diplomat wie No'shto-shti-stlen war sich bestimmt darüber klar, *daß* sie empfindlich waren und daß es um ein Thema ging, das eines Tages von neuem auftauchen und Ärger von unvorhergesehenen Dimensionen hervorrufen mochte.

Vikktakkt hatte also Meras dieses seltsame Versprechen auf No'shto-shti-stlens Drängen hin gegeben – oder hatte der Kif den Stsho so ausmanövriert, daß er Gelegenheit erhielt, ins Gefängnis zu gehen und für Hilfy Chanur eine Falle aufzubauen?

Hatte er sie für das erste Hani-Schiff aufgebaut, dessen er habhaft werden konnte? Hatte der Zufall, daß

ein zweites Chanur-Schiff angelegt hatte, Vikktakkht entweder auf den Gedanken gebracht, es bestehe ein Zusammenhang zwischen Ereignissen, die nicht zusammenhingen, oder ihm eine zweite Chance geboten, Chanur in dieses Durcheinander mit hineinzuziehen?

Vikktakkht hatte bestimmt gewußt, wer sie war. Er hatte bestimmt gewußt, daß sie ihre Erfahrungen mit Kif gemacht hatte. Daß sie überlebt hatte und mit einem Schiff auf den Treffpunkt zurückkehrte, bedeutete in kifischen Augen, daß sie im Rang auf-, nicht etwa abgestiegen war. In kifischen Augen hatte Tante Py sie nicht hinausgeworfen. Sie hatte sie vielmehr befördert, oder sie war nicht fähig gewesen, ihren Aufstieg zu verhindern. Hilfy war das Oberhaupt des Chanur-Clans, und man konnte darauf wetten, daß der Durchschnittskif wußte, was sie war.

Deshalb hatte Viktakkht sie bei diesem Gespräch ignoriert und hatte sich nur von Na Hallan Fragen stellen lassen. Wenn sie ein Kif wäre, hätte sie Na Hallan vielleicht ganz lässig erschossen und darauf bestanden, daß der *hakkikt* mit ihr spreche. Damit hätte sie sich Respekt verschafft. Aber Vikktakkht war ein zu weltkluger Kif, als daß er von einer Hani so etwas erwartete oder unter rein kifischen Gesichtspunkten darüber urteilte, daß sie es nicht tat. Er war – ebenso wie der Treffpunkt-Stsho – weltklug genug, um zu wissen, daß Hani Beleidigungen ihrer Männer nicht duldeten, und wahrscheinlich wußte er auch, daß es sich für Hani-Männer nicht schickte, mit Außenseitern zu verhandeln, außer wenn es unmittelbar um Fragen des Geschlechts ging.

War es dann irgendein bizarrer kifischer Witz? Oder wurde hier das Verlangen einer Chanur nach einer spezifischen Information raffiniert gegen ihr Wissen ausgespielt, daß sie, wenn sie das Spiel unterbrach oder seine Regeln nicht anerkannte, vielleicht nicht alles be-

kommen würde, was er ihr zu geben bereit war, wenn sie mitspielte?

Interessante Frage.

Hilfy schlug mit der Faust auf ihr Kissen ein und suchte nach einer bequemen Stelle in dem verhedderten Bettzeug, während sie auf einer mentalen Jagd durch verhedderte Informationen war. Zuviel Unkraut und zu wenig Substanz. Der bloße Schatten von dem, was sie suchte. Klar war nur, der Kif wollte, daß sie die kifische Grenze überschritt.

Das Kissen, das sich weigerte, eine ihr zusagende Form anzunehmen, bekam noch einen Prankenhieb ab. Sie wollte schlafen, bitte, ihr Götter, sie wollte das Thema fallenlassen und nicht länger über Fragen grübeln, auf die es keine Antworten gab.

Aber was in einer mahen Hölle machte aus all diesen verschiedenen Stücken ein Ganzes?

14. Kapitel

Es war möglich, einen Ausdruck zu lesen und dabei Fracht zu entladen. Die Fausthandschuhe des Kälteanzugs trugen auf dem Daumen neben dem Zeigefinger einen Dorn, mit dem man Seiten umblättern konnte, und Tiar las weiter, während der Lader über ihr klirrte und klapperte und die riesigen Container, die auf dem Dock abgesetzt werden sollten, von ihrem Weg aus der kalten Ladebucht in die luftgefüllte sogenannte beheizte Ladebucht dampften.

Chihin hatte den Posten draußen. Sie trug den Arm in einer Schlinge und einen Zündknopf auf ihrem Temperament. (»Diese götterverdammte Korinthenkackerei macht doch bei der Hälfte von diesem Zeug keinen götterverdammten *Unterschied!* Sie sagt, sie wird es durchsetzen? Ist das ihr Ernst?«)

Das war in etwa auch Tiars erster Gedanke, aber: »Was auch immer wir tun, das tun wir am besten alle«, war ihr zweiter. Und Chihin, die den ganzen Ausdruck gelesen hatte, murmelte eine verdrießliche, von Schmerzen infizierte Obszönität und erklärte, die Crew der *Stolz* müsse offensichtlich deshalb alles doppelt und dreifach überprüfen, weil die Kapitänin der *Stolz* verrückt sei.

Aber das war das Ops-Kapitel des Handbuchs, und jede Raumfahrerin des Clans wußte, daß Pyanfar Chanur pedantisch war, was Akkuratesse, doppelte und dreifache Checks und das Verzeichnen jedes Niesens im Log anging. Der Teil über die Waffenwartung, die Vorschriften, wer bewaffnet umherlaufen mußte und wo und wann und wann nicht geschossen werden

solle, wer in einer Gruppe was zu beobachten und wer laufen und Hilfe zu holen hatte, für was das Schiff einstand und was die Kapitänin nicht dulden würde – all das war nach Tiars Einschätzung nur vernünftig. Die Instruktionen mochten fünf verschiedene Pakt-Gesetze und zwei Bestimmungen des Handelsabkommens verletzen, die Tiar auf der Stelle einfielen, aber es war ein tröstlicher Gedanke, daß es einen Dauerbefehl für eine Rettung gab, daß die Stationspolizei mit ganz gleich was für einem Haftbefehl kein Crewmitglied aus welchem Grund auch immer von Bord holen durfte und daß das Schiff sofort alle Luken schließen und das Dock verlassen würde, um seine Crew zu schützen, ohne dabei Rücksicht auf die Fracht und die Zentralkontrolle der Station zu nehmen. Das war gegen das Gesetz. Das würde zu ihrem Ausschluß vom Handel führen, falls sie vor Gericht nicht eine sehr gute Geschichte vorzubringen hatten.

Doch Hilfy Chanur hatte gesagt, die neuen Regeln seien DIE REGELN und sie werde sich nach ihnen richten. Es gab bestimmt gewaltigen Ärger, wenn sie jemals tun mußten, was in dem Handbuch niedergelegt war: Man würde Prozesse gegen sie führen, sie auf Schwarze Listen setzen, ihnen verschiedene Strafgebühren aufbrummen, ihnen die Lizenz wegnehmen. Aber offenbar spielte nichts, womit das Recht des Paktes sie bedrohte, eine Rolle, wenn es noch einmal zu einem Vorfall wie dem tags zuvor kam – weil Ker Hilfy sagte, so werde es gemacht, und wie Tiar mit ihrer Erfahrung es beurteilte, war das ihr Ernst, und sollten sämtliche neun mahen Höllen losbrechen. Ker Chanur hatte nicht wenige Fehler, wenn sie jedoch etwas so Drastisches ankündigte, würde sie keinen Rückzieher machen, sobald der Fall eintrat.

Kein Wunder, daß keine Kopie das Schiff verlassen durfte. Diese Regeln waren keine Vorschriften für ein Handelsschiff. Sie waren ein Handbuch für …

Ein Handbuch, so wurde sich Tiar Chanur schlüssig, als sie darüber nachgedacht hatte, für ein *Jagd*schiff, einen Freibeuter – was Cousine Pyanfar zumindest in den Überlegungen einiger Angehöriger des Chanur-Clans schon jahrelang gewesen war, als es offiziell wurde und der Krieg ausbrach und der *Han* versuchte, sie unter Kontrolle zu bekommen.

Wenn wir jemals etwas davon tun, dachte Tiar, werden wir den gleichen Weg nehmen wie sie. Von dem Punkt an werden wir kein Handelsschiff mehr sein, und die Häfen werden uns nicht mehr wie ein solches behandeln. Man wird uns vielleicht in einen Hafen hineinlassen – aber wir werden nicht wissen, wer mit uns Geschäfte machen wird.

Und wenn die *Legat* diese Grenzlinie überschreitet, wenn Chanur zwei Schiffe hat, die auf diese Weise operieren – wie können wir dann behaupten, wir seien immer noch nichts anderes als ein Clan unter vielen? Der *Han* würde nicht mitziehen.

Tiar war sich nicht sicher, wie sie dazu stand. Die Kapitänin war aus dem Gleichgewicht, soviel hatte sie deutlich mitbekommen. Chihin war es auch, Chihin litt Schmerzen und hatte ein Recht darauf, aber sie kannte Chihin und sah, daß es um mehr ging als den Schmerz in dem verwundeten Arm. Chihin war ganz durcheinander, sie konnte sich in dieser Sache nicht entscheiden, und sie war so wütend, wie Tiar es seit Jahren nicht mehr erlebt hatte.

Weil Hallan ihr das Leben gerettet hatte? Vielleicht. Chihin war ehrlich der Meinung, er habe an Bord nichts zu suchen und auf dieser Reise schon gar nichts – auch wenn Chihin ihn widerwillig einen netten, hilfsbereiten Jungen genannt hatte – (»Zu götterverdammt nett«, hatte Chihin sich ausgedrückt. »Zu Hause wäre er in seinem Alter innerhalb eines Monats Hackfleisch.«)

Deshalb lag es wahrscheinlich nicht an dem Jungen, wahrscheinlich nicht einmal an dem Stsho. Chihin lief

heute morgen herum, als stehe sie unter Überdruck, und der verbissene Ausdruck verriet, daß der Schmerz nur als Verstärkung hinzukam. Sie beherrschte sich mit knapper Not, und wer klug war, würde ihr nicht widersprechen.

Die Fracht wurde ausgeladen. Hallan Meras arbeitete wieder auf dem Dock, wo er, wie Hilfy geschworen hatte, nicht noch einmal stehen würde. Aber Chihin war auch draußen, sie war ebenso wenig aufzuhalten wie ein Stern auf seiner Bahn. Fala arbeitete bereits an den Startvorbereitungen. Tarras versuchte, über Kom Fracht einzukaufen, machte Eingaben in den Computer und blätterte hin und wieder stirnrunzelnd eine Seite des BUCHS um.

Das war alles in Ordnung, dachte Hilfy. Sie rechnete nicht mit Freudenrufen, wenn die Crew herausfand, daß auf sie weniger Schlaf und mehr Arbeit warteten. Und daß die Dauerbefehle letzten Endes von ihnen verlangten, die Gesetze zu brechen. Hilfy kehrte in ihr Büro zurück, um Formulare für die juristische Abteilung der Station auszufüllen, nicht gerade ihre Lieblingsbeschäftigung, aber wenn sie hoffen wollten, sich finanziell von dem, was sie eben hatten zahlen müssen, wieder zu erholen, mußte sie diese Formulare einreichen, bevor sie ablegten.

Was früher oder später geschehen würde.

Und da war noch der Vertrag, dessen Ausdruck jetzt drei dieser Aktenschränke füllen könnte. Hilfy hatte es aufgegeben, sich Ausdrucke machen zu lassen. Sie befahl dem Computer, *Grenzen/international* und *Flucht/Unwilligkeit/Weigerung* zu suchen.

Suche Grenzen/international negativ, antwortete der Computer mit Idiotenfröhlichkeit.

Und meldete: *Im Falle einer Weigerung seitens der den Vertrag akzeptierenden Partei, die Fracht an den bezeichneten Empfänger auszuliefern …*

Den Teil kannte sie. Doppelte Entschädigungssumme.

Der Computer lieferte noch drei ähnliche Formulierungen und ein paar andere Belanglosigkeiten. Dann: *Ende der Suche.*

Tarras steckte den Kopf herein, und ihr Gesicht zeigte den gleichen besorgten Ausdruck. »Käpt'n. Ich habe eine Frage.«

Die Crew war empfindlich, die Crew war nervös, die Crew hatte ein Recht, das zu sein. Es kam zu einem ungünstigen Zeitpunkt; Hilfy versuchte, sich einen logischen Weg durch Unterklauseln und Verpflichtungen und Vikktakkht an Nikkatus Benehmen zu bahnen, aber die Crew hatte Priorität vor allen anderen Prioritäten. Das mußte sein.

»Worüber?« fragte sie, und Tarras schob sich ganz herein. Das BUCH hielt sie in der Hand, zerlesene, zusammengerollte Seiten.

»Erstens habe ich gestern die Polizei angerufen. Ich habe versucht, sie an den Schauplatz zu bringen, darum habe ich mich nicht sofort gemeldet.«

»Das Buch soll keine Fehler zuweisen. Du hast keinen Fehler gemacht. Die Polizei ist gekommen. Das ist nicht der Sinn dieser Ausarbeitung. Ganz und gar nicht. Wenn du meinst, ich sollte lieber ein Wort darüber ...«

»Ich habe dadurch begriffen, was ich hätte tun sollen. Aber wenn ich das getan hätte, wenn ich die Station bedroht hätte ...«

»Du bist *autorisiert,* die Station zu bedrohen. So steht es da drin. Das heißt nicht, daß du mit diesem Zug eröffnen sollst, Cousine. Du benutzt deinen wohlbekannten Verstand. Ich mache dir keinen Vorwurf, daß du mit der Polizei gesprochen hast. Ich hoffte, du sprächest mit der Polizei. Mir war es nur recht, daß du das erledigt hast, denn zu der Zeit war ich götterverdammt beschäftigt.«

»Wenn wir die Station bedroht hätten, wären wir jetzt geächtet. Wir würden damit das Gesetz brechen,

Käpt'n. Wir kämen in jedem Hafen auf die Schwarze Liste ...«

»Wir wären am Leben.«

Im Büro herrschte Schweigen. Ein Schatten im Korridor. Also war Tarras nicht ganz allein gekommen. Fala hörte auch zu. Sie war die Jüngste, und sie war im Gegensatz zu Tarras nicht geneigt, gefährliche Fragen zu stellen.

Tarras dachte über die letzte nach, und vielleicht kam sie zu dem Schluß, am Leben und geächtet sei nicht die Karriere, die sie für sich geplant hatte.

»Ich bin nicht qualifiziert«, erklärte Tarras, »eine solche Entscheidung zu fällen. Ich bin keine Rechtsanwältin, ich bin die Frachtaufseherin.«

»Du bist auch die Waffenmeisterin. Erzähl den Leuten von der Station nicht, du seist Rechtsanwältin. Erzähl ihnen, daß du die Geschützoffizierin bist und daß du den Befehl führst, und wenn jemand etwas tut, das du nicht willst ... wenn ich Stationsmeister wäre, würde ich zuhören.«

Wieder herrschte Schweigen. »Du meinst, ich solle die Waffen feuerbereit machen.«

»Wenn es sein muß, ja. Und kein Stationsmeister wird einen Haftbefehl gegen dich ausstellen lassen. So ein Ding akzeptieren wir nicht.«

»Es gibt im Pakt Gesetze! Da ist der Friedensvertrag, zu dessen Abschluß Chanur beigetragen hat, Chanur kann ihn nicht verletzen.«

»Du hast recht«, sagte Hilfy, »du bist *keine* Rechtsanwältin. Du respektierst einen Friedensvertrag. Die anderen tun es nicht.«

»Für so etwas habe ich nicht angeheuert!« erklärte Tarras, und Hilfy vermutete, es sollte heißen, daß Tarras kündigte. Sie würde es außerordentlich bedauern, aber Kshshti war der falsche Ort dafür. Dann sagte Tarras mit leiser Stimme: »Stehst du unter Pyanfars Befehl? Führen wir ihre Befehle aus?«

Das war weitab vom Ziel. Tarras war jedoch keine oberflächliche Denkerin. Und man konnte sie nicht von der Spur ablenken.

»Ehrlich, nein. Ich will nicht sagen, Pyanfar habe mit dieser Angelegenheit nichts zu tun, aber Befehle gibt es nicht, ich weiß nicht einmal, wo sie steckt – No'shtoshti-stlen, möge er verfaulen, sagte, sie sei im tiefen dunklen Nirgendwo und ob wir so freundlich wären, diesen Jungen zu übernehmen, und ob wir so freundlich wären, diesen wundervollen Auftrag für ihn auszuführen. Ich war dafür, den Vertrag zu unterschreiben. Zu der Zeit kam er mir vernünftig vor. Das ist er aber nicht. Nur steht in diesem götterverdammten Ding eine Klausel über eine doppelte Entschädigungssumme, für den Wert und für die Transportgebühr. Wir können nicht mehr zurücktreten, Tarras, es ist meine Schuld, ich habe eine falsche Entscheidung getroffen, als ich ein Geschäft mit diesem Bastard abschloß. Und dabei wußte ich, daß er ein listiger alter Stsho ist und ein Politiker, und nun haben wir es. Wenn wir aus der Sache lebendig und nicht geächtet herauskommen, übernehme ich keine anderen Aufträge mehr als solche für Stahlplatten und Tiefkühlkost. Ich habe die Nase voll von Exotika, und diesen Fehlgriff kannst du der jugendlichen Torheit der Kapitänin zuschreiben. Ich will dich nicht verlieren. Und auf keinen Fall will ich, daß du das Schiff *hier* verläßt: Das ist ein götterverdammt unsicherer Ort.«

Tarras stand da und blickte beunruhigt drein, und ihre Ohren legten sich schräg nach hinten. »Ich verlasse das Schiff nicht«, sagte sie, als habe Hilfy sie die ganze Zeit mißverstanden. »Ich beklage mich nicht über den Auftrag. Ich wollte nur wissen, ob es etwas gibt, das wir nicht wissen.«

»Ich bin nicht von Pyanfar beauftragt. Das bin ich nie gewesen. Glaubt die Crew das?«

»Ich habe die Frage gestellt. Ich sage nicht, du hättest

uns belogen. Ja, es hat einige Zweifel gegeben. In gewissen Kreisen.«

»Wie ich zu dem Kommando gekommen bin, meinst du.«

»Das habe ich nicht gesagt.«

»Pys Schuldbewußtsein.«

»Wie bitte?«

»Wie ich dieses Schiff bekommen habe.« Es wurde ihr klar, absolut klar, noch während sie sprach. »Sie hat mich ausgebildet. Sie wußte, wie ich reagieren würde. Sie wollte mich als Clan-Oberhaupt, als Gegengewicht zu Rhean, die da, wo sie ist, am richtigen Platz ist.« Sie war sich voll bewußt, daß sie zu einer aus Rheans früherer Crew sprach. Und eine Frau verleumdete, die mit Tarras näher verwandt war als sie oder Pyanfar. »Ich bin eine radikale Verrückte. Rhean ist eine solide Konservative. Sie haßt den *Han,* aber sie würde für ihn gegen das ganze Universum kämpfen. Und ich habe einen eigentümlichen Geschmack für das Ausländische, Anuurn weiß das. Solange ich Clan-Oberhaupt bin, weiß der *Han,* daß Chanur von einer verderbten jungen Radikalen geführt wird. Die Frauen des *Han* kooperieren mit Rhean. Sie tun alles, solange Hilfy Chanur nicht nach Hause kommt.« Sie zuckte die Achseln. »Rhean und ich kommen tatsächlich recht gut miteinander aus. Wir sind einer Meinung, was die Finanzen betrifft. Wir sind einer Meinung darüber, daß es richtig ist, wenn ich im Raum bleibe. Das ist eine ganze Menge.«

Tarras hätte daran Anstoß nehmen können. Doch sie verzog nur ironisch die Lippen und akzeptierte damit eine Situation, die keine von beiden ändern konnte: So legte Hilfy es aus, und im allgemeinen wußte sie Tarras' Reaktionen zu deuten.

»Aye, Käpt'n«, sagte Tarras. »Das geht in Ordnung.«

»Ich will dich behalten.« Hilfy wollte auch den letzten Zweifel ausräumen. »Ich *brauche* dich, Tarras. Aber ich respektiere deine anderen Verpflichtungen.«

»Ich bin beruhigt«, sagte Tarras. »Die anderen auch. Es ist nur so – wir mußten wissen, daß wir es wissen.«

Hallan sah, daß Ker Chihin Schmerzen hatte. Trotzdem wollte sie mit der Arbeit draußen auf den Docks nicht aufhören. Immerzu ging sie hin und zurück, überwachte alles, sprach mit den Mahenso'sat auf Pidgin, das Hallan bis auf ein paar Wörter nicht beherrschte.

Er versuchte vorauszuahnen, was sie anordnen würde und was richtig und was falsch war. Er sorgte persönlich mit Gesten und seinen lückenhaften Kenntnissen der Handelssprache dafür, daß die Lastwagen genau auf dem richtigen Punkt parkten, und der Lader arbeitete, ohne ein einziges Mal zu blockieren. So konnte er, wie er dachte, Ker Chihin am besten helfen, und Ker Chihin mißbilligte sein Tun nicht. Als sie die kalte Ladebucht Nummer zwei geleert hatten, setzte sie sich auf das Geländer der Rampe und sah zu, und er ließ das Ladungsverzeichnis von dem mahen Vorarbeiter abhaken und brachte es ihr. Chihin überprüfte es genau und warf Blicke auf die Container, die als letzte auf dem Lastwagen standen.

»In Ordnung«, räumte sie widerwillig ein und unterschrieb. Hallan brachte das Ladungsverzeichnis zu dem Chef der Dockarbeiter und dem Vertreter der Zollbehörde. Er war voller Aufregung, weil er etwas Richtiges und Nützliches tat und selbst mit den Mahendo'sat verhandelte, mit Außenseitern sprach und von ihnen angesprochen wurde. Es war eine sehr heikle, eine angsteinflößende Situation, wenn er glaubte, was man ihm zu Hause beigebracht hatte. Aber es war das, was er tun mußte, wenn er hoffen wollte, jemals einen Platz unter den Raumfahrerinnen zu finden, und die *Legat* gab ihm seine erste echte Chance.

»Du sein verdammt gar nicht schlecht«, räumte der Chef der Dockarbeiter ein. »Nicht verrückt.«

»Nein, Sir«, sagte er. »Ich bin lizensierter Raumfahrer.«

Sie wechselten ein paar Bemerkungen unter sich. Nicht alle von ihnen sprachen Pidgin. Aber sie lachten nicht über ihn, soweit er es feststellen konnte. Und er kam sich auf köstliche Weise verrucht vor, daß er von ihnen ernstgenommen wurde und einen strittigen Punkt klärte, während normalerweise eine Schwester vorgetreten wäre, um dies an seiner Stelle zu tun.

Er brachte Chihin das vervollständigte Formular und kehrte zurück und sagte ihnen, sie sollten das Signal für den nächsten Posten geben, die Fracht aus der kalten Ladebucht Nummer drei, bestimmt für – er konnte es lesen – Ebadi Umschlag. »Dann los«, meinte der Vorarbeiter ohne Widerrede und rief seinen Leuten zu. Hallan wanderte erneut zu Chihin, um ihr zu melden, was er gerade getan hatte. Sie knurrte ihn an, aber sie war nicht ärgerlich über das, was er getan hatte, das spürte er, nur über die unnötige Frage eines Anfängers.

»Du wirst hier noch einen Pfad austreten«, sagte sie. »Setz dich hin. Die Arbeiter machen es schon richtig. Sie haben verstanden, warum sie genau auf der Linie parken sollen.«

»Sprechen Sie ihre Sprache?«

»Ich verstehe sie.« Chihin zeigte auf die Stelle neben sich. »Setz dich. Bleib ihnen aus dem Weg.«

Er setzte sich. Chihin wirkte nicht ärgerlich, nur erschöpft. Sie sagte: »Es kommt noch Fracht für uns an. Wir werden nach Kefk weiterreisen. Weißt du über Kefk Bescheid?«

»Ich weiß nur, daß es auf der kifischen Seite liegt.«

»Es ist kein guter Ort. Ich bin noch nie dort gewesen. Ich habe auch nie den Wunsch gehabt hinzureisen.«

»Ich würde überallhin reisen.« Bewußt verfocht er bei ihr seine Sache. »Wenn die Gefahr besteht, daß ich niemals mehr zurückkomme – das wäre immer noch besser, als wenn ich nach Hause müßte.«

»Tatsächlich?« Offenbar fand Chihin das nicht.

»Ich bin kein Kämpfer. Wirklich nicht. Nicht für… für das, wofür ich kämpfen müßte, wenn ich auf Anuurn bliebe.«

»Ist das hier besser?« fragte Chihin. Es überraschte ihn, daß Chihin überhaupt ernsthaft mit ihm sprach. Aber sie würde sich auf keine lange Diskussion einlassen. Deshalb gab er ihr nur die kurze Antwort:

»Ich möchte hier sein.«

Darauf schwieg Chihin. Er glaubte, er habe ihre Geduld erschöpft und sie habe ihn satt. Er sollte jetzt aufstehen und sich irgendwie nützlich machen. Aber Chihin ergriff mit ihrer unversehrten Hand sein Handgelenk.

Er wußte nicht, was sie wollte. Er starrte Chihin an, und es kam ihm wie eine lange, unbehagliche Zeit vor. Dann sagte Chihin:

»Du hast den Kopf nicht verloren. Du hast deine Sache unter Beschuß gut gemacht.«

»Ich danke Ihnen, Ker Chihin.«

»Mir gefällt es nicht, daß du hier bist«, erklärte sie unumwunden.

»Das weiß ich.«

Sie ließ seine Hand los. Eine Weile sagte sie nichts mehr. Dann: »Was willst du? Was willst du wirklich?«

»Ich verstehe nicht.«

»Du willst hier draußen sein? Du willst dein ganzes Leben damit verbringen, von Hafen zu Hafen zu reisen, und die Schulden folgen dir auf den Fersen? Oder hast du geglaubt, du könntest reich und der Herr der Raumfahrtrouten werden?«

»Wenn ich wüßte, ich könnte Lord Meras werden, würde es mich nicht interessieren. Ich will das nicht, was da unten ist. Ich will hier sein.«

»Du bist ein Narr.«

»Das hat man mir schon oft gesagt. Aber ich will es.

Es ist mir gleichgültig, eine untergeordnete Stellung zu haben. Ich will einfach hier sein.«

»Das erzähle mir auf der anderen Seite von Kefk noch einmal.«

»Das werde ich. Ich verspreche es Ihnen, Ker Chihin. Nichts wird jemals meine Meinung ändern.«

»Junge – die Kapitänin will dich nicht an Bord haben.«

Das tat weh. Er hatte beinahe schon gehofft. Trotzdem behielt er einen höflichen Gesichtsausdruck bei.

»Die meisten Schiffe«, sagte Chihin, »werden dich nicht an Bord haben wollen.«

»Ich werde eins finden«, behauptete er.

»Du kannst nicht auf den Docks arbeiten. Die Stationen werden dich nicht wollen.«

Er zuckte die Achseln. Mit einem bleiernen Gefühl sagte er: »Ich werde einen Weg finden.«

»Vernünftig wäre es, nach Hause zurückzukehren.«

»Nein, das wäre es nicht. Ich will nicht zurück. Es ist nicht vernünftig, etwas zu tun, das man nicht tun will.«

»Auf den Schiffen herrschen eigene Sitten und Gebräuche. Für jeden Außenseiter ist es schwer genug, sich anzupassen. Die *Stolz*… stand unter Druck. Du mußt das verstehen. Wir werden auf unsere Posten gerufen, manchmal mitten in der Nacht, man hat keine Zeit, sich anzuziehen… ich meine, da sind tausend solche Dinge…«

»Mir machen sie nichts aus.«

»Ja – aber anderen. Die Leute reden. Und es müssen dafür Köpfe eingeschlagen werden. Ich meine, du bekommst keinen Respekt, wenn du es zuläßt, daß jemand eine Bemerkung macht. Du weißt, was ich meine.«

»Ja.«

»Ja. *Ja*, das ist das Problem! – Sieh dich nur an, deine Ohren sind flach.«

Mit einer bewußten Anstrengung brachte er sie in

die Höhe, wollte aufstehen, sich entschuldigen und wieder an die Arbeit gehen. Aber Chihin hielt seinen Arm fest.

»Hast du verstanden, was ich gesagt habe?«

»Ja, Ker Chihin.«

Chihins Ohren sanken nach unten und richteten sich wieder halb auf. Sie sah ihm ins Gesicht, und er starrte zurück.

»›*Ja, Chihin*‹,« sprach sie ihm vor.

»Ja, Chihin.«

Sie ließ ihn los, denn das war's gewesen. Er wollte ein zweitesmal aufstehen, und ein zweitesmal hielt sie ihn zurück.

»Junge. Ich weiß nicht, ob es dir ein bißchen nützen wird, aber ich werde mit der Kapitänin reden, ich werde ihr sagen, vielleicht sollten wir erst einmal abwarten. Mag sein, daß sie nicht auf mich hört. Aber bei mir hast du dir eine Chance verdient. Nicht, weil du mich herausgeholt hast. Sondern weil es vielleicht bei noch zweien von uns zu Fehlern gekommen wäre, wenn du es nicht getan hättest.«

Bei Chihin mußte man oft Geschehnisse von neuem durchgehen, um zu ergründen, ob sie zu einem günstigen Ergebnis führten. Und es sah ganz so aus. Hallan wußte nicht, was er denken sollte: Sie war schlau, und sie war scharf, und er hatte Angst vor ihren Witzen.

»Wahrscheinlich könntest du Lord Meras werden«, meinte sie. »Wenn du es wolltest.«

Er schüttelte den Kopf. »Ich nicht. Nein.«

»Ist dein Papa damit einverstanden, was du tust?«

Ein weiteres Kopfschütteln.

Sie klopfte ihm aufs Bein, was ihm unangenehm gewesen wäre, wenn er darin nicht so etwas wie eine Entlassung gesehen hätte: Geh, Junge. Benimm dich.

Er mochte Chihin dafür umsó besser leiden. Er stand auf und kehrte an die Arbeit zurück, spürte, daß sie ihn beobachtete, abschätzte, was er tat, es billigte oder miß-

billigte. Und, Götter, er wollte seine Sache nur ordentlich machen – Angeberei beeindruckte Chihin nicht. Das hatte sie ihm klargemacht, als sie von der Rettung sprach. Bei ihr galt die Vernunft. Man tat, was man sollte, und man tat es gut. Und das leuchtete ihm auf eine Weise ein wie noch bei niemand anderem im Universum, nicht bei Ker Hilfy, nicht bei Tiar, Fala und Tarras, auch nicht bei seiner Mutter und seinen Schwestern. Tu einfach deine Arbeit und tu sie gut.

Er glaubte, daß er das schaffen würde. Er hoffte es stark, wenn das das Ziel war, das er erreichen mußte.

* * *

Wenn es sich bei der die Ware empfangenden Partei nicht um die in Unterabschnitt 3, Abschnitt 1 bezeichnete Person handelt und sie einen gültigen Anspruch, wie in Unterabschnitt 36 des Abschnitts 25 dargelegt, besitzt, ist die den Vertrag akzeptierende Partei verpflichtet, sich zu vergewissern, ob die in Unterabschnitt 3 Abschnitt 1 bezeichnete Person als Subsequent oder als Konsequent oder als Postkonsequent existiert. Diese Klausel setzt jedoch in keiner Weise den Anspruch der in Unterabschnitt 3, Abschnitt 1 oder 2 beziehungsweise in einer der folgenden Klauseln bezeichneten Person außer Kraft, ausgenommen den Fall, daß die den Vertrag akzeptierende Partei eine Person oder einen Subsequenten oder Konsequenten ausfindig macht, wie er in den Bedingungen von Abschnitt 5 identifiziert und beschrieben wird …

Es las sich jetzt nicht besser als damals. Und Unterabschnitt 3, Abschnitt 1 und 2 und die folgenden Klauseln machten es überdeutlich: Die Kostbarkeit ging nach Kefk.

Und die Kapitänin ging auf das untere Deck hinunter, zu der Unterkunft von *Gtst* Exzellenz.

Sie gab ihre Anwesenheit an der Tür bekannt. Von drinnen kam kein Wort. Sie blieb stehen und wartete.

Es hatte genug Katastrophen gegeben. Hilfy öffnete die Tür, ob es dem Stsho passen würde oder nicht, und starrte zunächst einmal bestürzt auf die Draperie, die über den Schüsselsessel gebreitet war.

Der Sessel war entschieden besetzt. Es war entschieden nicht der geeignete Augenblick, eine Konferenz einzuberufen. Stsho waren für ihre Empfindlichkeit in Privatangelegenheiten berüchtigt.

Das *Gtst* Exzellenz und *gtst* Gefährte Dlimas-lyi nach Kefk weiterreisen würden, war eine Tatsache, die *Gtst* Exzellenz vielleicht gern erfahren hätte. Aber die Kapitänin dachte bei sich, *Gtst* Exzellenz könne das auch später noch herausfinden.

Vorsichtig schloß sie die Tür. Die Mission war nicht beendet, die Frage nicht gestellt worden.

Gibt es eine plausible Lüge, die ich Haisi Ana-kehnandian erzählen könnte?

Ana-kehnandian sollte ruhig warten, bis man ihm irgend etwas erzählte. Er hatte inzwischen Botschaft auf Botschaft geschickt, daß er sie persönlich sprechen müsse.

Die Kapitänin war mit anderen Dingen beschäftigt. Die Kapitänin mußte sie aus dem Hafen hinausbringen, bevor die gerichtliche Verfolgung begann, denn die Mahendo'sat waren prozeßsüchtig.

Daß sie Feuerwaffen benutzt hatten, kursierte bestimmt schon auf dem Gerüchtemarkt, und eine Lüge war eine unzuverlässige Waffe – *Gtst* Exzellenz' Waffe, wenn es *gtst* einfiel, sie zu benutzen, und ein sehr gefährliches Ding in den Händen einer Hani, die keine Ahnung hatte, was sie bedeutete.

Hilfy hätte nie gedacht, daß ihr Kefk einmal wie ein Zufluchtsort vorkommen würde.

Mit allem waren sie dem Zeitplan voraus. Der Lader hatte nicht blockiert, *Ker* Tiar bestand darauf, sie könne weitermachen, sie gewöhne sich allmählich an das Eis,

und sie könne in den geheizten Beobachtungsraum gehen und überprüfen, ob der Lader einwandfrei funktioniere. Die Container wanderten über die Drehscheibe, der Arm hob einen nach dem anderen hoch und setzte ihn auf das Laufband, das Laufband rollte weiter, ohne daß die Kette hakte, und lieferte sie dem Arm aus, der sie auf die wartenden Lastwagen setzte.

»Ich glaube, du hast diesen götterverdammten Lader in Ordnung gebracht«, sagte Tiar.

Darauf war Hallan sehr stolz. Ker Chihin würde mit der Kapitänin sprechen, Tiar hatte gesagt, daß er tatsächlich ein Problem gelöst, statt etwas kaputtgemacht hatte, und er war sich sicher, daß Fala für ihn stimmen werde. Und Tarras war halbwegs gewonnen. Er hatte echte Hoffnung, *echte* Hoffnung. Er betete nur, daß die Götter aller Glaubensrichtungen jetzt nichts mehr passieren ließen und ihm erlaubten, eine einzige Aufgabe zu Ende zu führen, ohne daß er irgendeinen Schaden verursachte.

Dann fuhr ein Ein-Container-Lastwagen am Liegeplatz der *Legat* vor und brachte seine Ladung zurück. Der mahe Fahrer stieg aus und sprach mit dem Vorarbeiter, sprach mit dem Zollbeamten. Die Mahenso'sat (man benutzte immer den Namen der Spezies, wenn man mit mehr als einem redete) schwenkten die Arme, doch Hallan verstand kein Wort von dem, was sie sagten. Ker Chihin stand auf, er war ihnen jedoch näher, und er hatte die Tafel, die die Geschichte erzählen mochte. Hallan meinte, ein richtiger Raumfahrer würde nicht erst lange auf seine Vorgesetzte warten, es war keine Männlich-weiblich-Angelegenheit, es ging um einen Container, der als beschädigt oder falsch adressiert oder vom Zoll nicht freigegeben oder so etwas zurückgebracht wurde, und er wollte nicht, daß Chihin ein Problem lösen mußte, daß er geschaffen hatte. Mit der Tafel und dem Ladungsverzeichnis ging er zu den herumbrüllenden Mahendo'sat.

»Verzeihung«, sagte er. »Ich habe Liste. In Ordnung, nicht in Ordnung, warum?«

Er war einigermaßen stolz auf diesen Satz.

Sie schwenkten die Arme und schrien ihn an. Er betrachtete den mit Rauhreif überzogenen Container, Nummer 96, Partie 3, und er sah auf seinem Ladungsverzeichnis nach. Inzwischen war Chihin herangekommen und fragte: »Was ist los? Was gibt es hier?«

Weiteres Gebrüll. Als die Mahendo'sat ihre Beherrschung des Pidgin zurückgewannen, kam etwas darüber zutage, der Container sei ein Irrtum, der Inhalt entspreche irgendwie nicht dem Ladungsverzeichnis, der Inhalt sei als Korn angegeben, der Käufer habe Trokkenfisch haben wollen, und da sei ein Fehler gemacht worden.

»Ladung falsch auf Kita!« sagte der Zollbeamte. Und der Lastwagenfahrer schimpfte: »Von meinem Wagen wegnehmen! Nicht meine Schuld, was haben bekommen!«

»Na Hallan«, sagte Chihin müde.

»Ker Chihin«, begann er, das Ladungsverzeichnis zückend. Aber der Mahe stieß einen Arm an ihm vorbei, zeigte auf Zahlen und versuchte, wie Hallan vermutete, klarzumachen, was er meinte, indem er ihm ins Ohr brüllte.

»Ruhig!« befahl er lauter, als er es beabsichtigt hatte. Aber sie wurden ruhig, alle miteinander.

»Gefährlich«, warnte der Zollbeamte und zog sich zurück.

»Er ist nicht gefährlich, götterverdammt noch mal!« rief Chihin. Hallan drückte die Tafel an die Brust und erklärte: »Es tut mir leid, Na Mahe, um der Götter willen!«

Daraufhin gab es wieder Gebrüll. Und der mahe Lastwagenfahrer sagte, er werde abladen, hier und jetzt, und alles andere gehe ihn nichts an.

»Langsam«, sagte Chihin, aber nun geriet alles durcheinander. Hallan begann: »Ker Chihin…«

Chihin beachtete ihn nicht. Der Fahrer stieg auf die Ladefläche und drohte, den Container hinunterzurollen und es den anderen zu überlassen, ihn aufzufangen, was nicht die richtige Art war, einen schweren Container zu behandeln. Die Dockarbeiter kreischten.

»Ker Chihin…« Niemand achtete auf ihn.

Hallan brüllte: *»Das ist nicht unser Container!«*

Und danach herrschte atemlose Stille.

»Nicht unser Container?« fragte Chihin.

Alle schrien von neuem durcheinander, aber Chihin sah nach, während Hallan versuchte, auf die Stelle im Ladungsverzeichnis zu zeigen, die ein ganz anderes lokales Gewicht angab.

»Machen Fehler beim Aufladen!« meinte der Vorarbeiter. »Wir hier haben keine Diebe.«

»Du öffnen Container«, verlangte der Zollbeamte.

»Nein«, weigerte sich Chihin. »Du nimmst ihn, du öffnest ihn. Es ist nicht unser Container. Du bringst ihn von unserem Dock weg!«

»Container sollen enthalten Trockenfisch«, sagte der Zollbeamte. »Wir öffnen. Herausfinden.«

»Wir haben schon einen götterverdammten Zwischenfall gehabt!« sagte Chihin. »Hallan, geh weg vom Dock. Sofort.«

»Aber…«

»Geh!« befahl Chihin und schwenkte ihren unversehrten Arm gegen die Dockarbeiter-Crew. »Bombe«, sagte sie. »Explodieren. *Peng!*«

Hallan war entgeistert. Ebenso die Mahendo'sat, die erst zweifelnd dreinblickten und dann in dichtgeschlossenem Trupp über das Dock davonliefen. Der Fahrer verließ seinen Lastwagen und rannte auf die andere Seite hinüber. Der Zollbeamte dagegen zögerte neben dem verdächtigen Container, der groß genug

war, um eine Aufzugkabine voller Leute oder eine entsetzliche Menge Sprengstoff zu enthalten.

Hallan wußte, daß er einem Befehl zu gehorchen hatte. Doch Chihin war immer noch da, sprach über Kom mit dem Schiff, und er rannte zu ihr zurück und kam bei ihr an, als sie sich gerade eilig in Richtung Schiff aufmachte. Sie versuchte, ihren verwundeten Arm zu schützen.

Hallan fragte nicht lange. Er faßte sie einfach um die Taille und schleppte sie die Rampe hinauf, während das Außentor und die Frachtschleuse der *Legat* sich zu schließen begannen.

»Götterverdammt!« keuchte Chihin.

Er lief die eine Kurve beschreibende gelbe Röhre hoch, und jetzt mußte er sie mitzerren. Er blieb stehen, um sie hochzuheben, und eilte, so schnell er konnte, auf die Luftschleuse zu, die immer noch für sie geöffnet war.

Dort setzte er sie ab. Chihin besaß die Geistesgegenwart, mit der Hand auf die ›Zu‹-Platte zu schlagen, und die Tür schloß sich sofort. Dann lehnte sie sich an die Wand, er tat es ihr nach, er keuchte von dem Spurt, und er wollte ihr helfen, damit sie nicht fiel.

Das bedeutete, daß er einen Arm um sie legen mußte und sie den Arm um ihn legte, und als sie versuchte, das Gleichgewicht zurückzugewinnen, den Arm noch fester um ihn legte. Er blieb so stehen, sie blieb so stehen, und da das Universum nicht aufhörte zu existieren, endete es damit, daß Chihin seine Schulter streichelte und er keine Luft mehr bekam, überhaupt keine Luft mehr bekam, und ihr ging es ebenso, und dann hielten sie sich beide umschlungen.

Es war nicht von vornherein Absicht gewesen, sie hielten sich nur aneinander fest, und die Bombe war immer noch nicht explodiert. Tarras fragte über Kom:

»Seid ihr in Ordnung? Chihin? Na Hallan?«

Es kam ihnen wichtiger vor, sich aneinander festzu-

halten, als eine vernünftige Antwort zu geben, und das Atmen war wichtiger als das Antworten, und Chihin war in Ordnung, das dachte er immerzu, Chihin war seine Vorgesetzte, sie konnte antworten, wenn sie wollte.

»Chihin? Na Hallan?«

Er hatte gar keine Luft mehr zum Antworten übrig.

»Sie sehen so aus, als ob sie in Ordnung wären«, hörte er Tarras sagen, nicht ins Mikrophon.

Und eine andere, eine jüngere, entrüstete Stimme: *»Die Götter sollen sie verdammen!«*

Nun wußte er, daß er in Schwierigkeiten war, er wollte Fala nicht erzürnen, aber er hatte keine Ahnung, wie er sich aus dieser Situation hinauswinden sollte, er versuchte es nicht einmal – er dachte nicht ganz klar und wußte es selbst.

»Ist es eine Bombe?« fragte die Stimme der Kapitänin im Hintergrund.

»Ich glaube, sie haben das Bombenentschärfungskommando gerufen. Der Zollbeamte ist gegangen.«

»Ich denke, wir reisen nach Kefk ab.«

»Jetzt?«

»Wir haben alle Container bis auf zwei ausgeladen. Wir rufen den Händler, sagen ihm, wir seien nicht imstande, diese beiden zu liefern, ziehen sie vom Preis ab und sehen zu, daß wir unsere Schwänze aus diesem Höllenloch ziehen, auf der Stelle. Benachrichtige Gtst *Exzellenz und* gtst *– was auch immer. – Kannst du diese beiden Idioten aus der Luftschleuse bekommen?«*

Die Kapitänin war da oben. Fala auch. Und Tarras. Alle. Auf dem Dock war eine Bombe, so groß wie ein Heuschober, und das Schiff wollte ablegen. Und ihm gelang es nicht, an etwas anderes zu denken als an das Gesicht, an das sehr reife Gesicht einer Frau, von der er nicht glauben konnte, daß sie sich von ihm angezogen fühlte.

»Wir müssen reingehen«, sagte Chihin. Und er fürch-

tete sich davor, daß das Schiff startete oder daß draußen der Container explodierte, aber lebhafter war der Gedanke, daß Chihin sich zu sehr von ihm unterschied und zu vernünftig war und zu erfüllt von der Raumfahrerinnen-Moral, als daß sie wahrnehmen würde, wieviel ihm an ihr lag, und ihm lag wirklich sehr viel an Chihin – die bei allen Vorurteilen, die sie hatte, sich ehrlich bemühte, ihn zu verstehen.

»Ihr götterverdammten Idioten, kommt nach oben, meldet euch sofort, hört ihr mich?«

Das war die Kapitänin. Chihin sagte ein Wort, das seine Schwestern niemals benutzt hatten, fuhr ihm mit einer Klaue durch die Mähne und flüsterte: »Wir melden uns besser, Junge. Sonst lassen sie uns zu Fuß nach Kefk gehen.«

15. Kapitel

Es war eine Möglichkeit, eine Station zu verlassen – die Verkehrskontrolle konnte ein Not-Entdocken von Rechts wegen nicht verbieten, die beiden letzten Verbindungen wurden von der Feuerwehr getrennt, und sie waren unterwegs.

Mit leeren Ladebuchten, ohne zusätzliche Masse. Hilfy war überzeugt, daß die *Ha'domaren* und das kifische Schiff immer noch im Dock festsaßen und versuchten, die Starterlaubnis zu bekommen; man konnte sich vorstellen, wie die Botschaften hin- und herflogen. Wenn sie keinen Stsho an Bord gehabt hätten, wenn es ihnen nicht aus anderen Gründen widerstrebt hätte, dem Universum zu zeigen, was die *Legat* ohne Fracht fertigbrachte, hätten sie nur so davonschießen können.

Wie die Dinge nun einmal lagen, gaben sie an Schub, was sie wagten, und hörten zu, wie Kshshti versuchte, seine Probleme zu lösen.

Kshshti hatte es mit nervösen Schiffen zu tun, die durchzugehen versuchten, die Türen dieses Dockabschnitts hatten geschlossen werden müssen, und für die ganze Bevölkerung von Kshshti war Verschluß-störung-Alarm gegeben worden... Die Stationspolizei suchte nach dem Fahrer, der verschwunden war. Der Lastwagen war für ein Lagerhaus zwei Abschnitte weiter zugelassen, mit dem niemand ein Geschäft abgeschlossen hatte, er war gestohlen, jedenfalls behauptete das der Direktor, und der Container, der nach der aufgemalten Nummer beinahe von jedem Schiff hätte stammen können, entsprach nach der eingelassenen Identifikation, die dazu bestimmt war, von einem

Lasergerät gelesen zu werden, überhaupt keinem Ladungsverzeichnis. Der Hersteller war Ma'naoshi auf Ijir. Ein Mahe. Aber Container verstreuten sich von ihrem Herstellungsort, weil sie nun einmal Fracht beförderten. Er konnte jedem gehören, und da er ein Container für Kaltlagerung war und nur von Robotern und Personal mit Handschuhen angefaßt wurde, stammten äußere biologische Kontakte vielleicht noch aus der Zeit der Herstellung oder von einem Lastwagenfahrer auf der Gaohn-Station vor drei Jahren.

»Wahrscheinlich war gefrorenes Gemüse darin«, sagte Tarras.

»Komisch, daß man noch niemanden von der Station hat starten lassen«, überlegte Tiar. »Ich wundere mich nur, daß sie uns die Erlaubnis gegeben haben.«

Die Station war gar nicht glücklich gewesen, als die *Legat* ihre Abreise angekündigt hatte. Die Station hatte sie mit gerichtlicher Verfolgung bedroht. Aber jetzt, wo die *Legat* in das vollkommen leere Verkehrsmuster eingetreten war und erklärt hatte, sie nehme Kurs auf Kefk, war die Station still.

»Wir bekommen die Verkehrsratschläge herein«, meldete Tiar.

»Vermutlich hat man sich entschlossen, uns nicht zu verklagen«, bemerkte Chihin.

Auf der Brücke herrschte eine merklich gedämpfte Atmosphäre – Na Hallan hatte noch überhaupt kein Wort gesagt, Chihin verhielt sich außergewöhnlich still, und Fala beschränkte sich auf sachliche Meldungen über den Komfluß.

Hilfy dachte bei sich, jetzt könnte sie sagen, sie habe diese Situation vorausgesehen, sie könnte Na Hallan von der Brücke schicken und ihn im Waschraum einsperren. Nur war es so, wenn irgendwer verdiente, im Waschraum eingesperrt zu werden, qualifizierte sich die ranghöchste Scan-Technikerin als erste.

»Sie sagen ...« – Falas Stimme klang plötzlich beun-

ruhigt – »sie sagen, der Container enthalte etwas Elektronisches. Sie nehmen das richtig ernst. Überlegen, ob sie ihn aus der nächsten Schleuse ausstoßen sollen.«

»Er könnte einen Druckauslöser haben«, sagte Tarras. »Das ist ein kalter Container. Vielleicht löst das Vakuum die Explosion aus, vielleicht ist es ein thermischer Zünder ...«

»Der thermische Zünder ist wahrscheinlicher«, fiel Tiar ein. »Er könnte durch die Umgebungssensoren angebracht worden sein. Ob sie gern einen Rat hören würden?«

»Daran werden sie auch schon gedacht haben«, murmelte Hilfy, »aber allein die Götter wissen ... Sende das, Fala. Wenn sie den Container tatsächlich ausstoßen, sollten sie das besser auf der Sonnenseite tun.«

»Soviel wir wissen, könnte das Ding thermonuklear sein«, sagte Chihin. »Irgend jemand hat seinen Verstand verloren. Die haben doch wohl nicht gedacht, wir würden es an Bord nehmen!«

»Es hätte schon gereicht, wenn es auf unserem Dock gestanden hätte und dort ...«

»... explodiert wäre. Ein einfacher götterverdammter Zeitzünder. Auf der Station sollten sie aufhören herumzuspielen und lieber den Container hinauswerfen.«

Fala sandte auch das, doch es war sinnlos. Kshshti kannte seine Möglichkeiten sicher, und das waren wohl ein paar mehr als die, an die die Crew der *Legat* dachte. Die Täter mußten sich auf der Station oder auf einem der noch im Dock liegenden Schiffe befinden.

»Ein Methan-Schiff tritt in das System ein.«

»Götter, das ist der eine Ziegelstein zuviel auf dieser Traglast.«

Man addiere die Verwirrung, die ein sich nähernder Methan-Atmer hervorrief, zu einer die Station bedrohenden Katastrophe, und niemand konnte mehr sagen, was geschehen würde.

»Sie werden den Container ausstoßen«, kam es von

Fala. Die Station antwortete nicht auf Anforderungen von Verkehrsnachrichten, sie bestätigte keine Anrufe – die internen Anrufe erreichten auf der Station wahrscheinlich Krisenproportionen. Was die *Legat* empfing, war nur der Ops-kanal, den man nervösen Schiffen im Dock zur Verfügung gestellt hatte.

»Die *Tiraskhti* will ablegen. Die Kif haben der Station fünf Minuten Zeit gegeben, die Leitungen abzuschalten. Das freut die Station gar nicht.«

»Ich wette zehn zu eins, daß die *Ha'domaren* das nächste Schiff ist.«

»Die Wette nehme ich nicht an«, sagte Tarras.

»Auch gut ... Götter ...«

Der Schirm Nummer zwei. Ein weißes Licht flammte an Kshshtis Flanke auf, flammte auf und starb.

Wie eine Menge unschuldiger Stationsarbeiter.

Auf der Brücke herrschte Schweigen. Der Ops-Kanal der Station war tot. Dann kam ein anderer Kanal durch, meldete eine größere Explosion und Druckabfall in Sektor 8. Den Bürgern Kshshtis wurde befohlen, sich ruhig zu verhalten und zu bleiben, wo sie gerade waren. Die Schiffe sollten die Situation nicht durch einen Start komplizieren.

»Diese Bastarde starten auf jeden Fall«, meinte Chihin. »Mögen die Götter sie verderben, da ist ...«

»Ein Methan-Atmer auf dem Weg systemauswärts«, sagte Fala. »Sie sprechen mit dem, der hereinkommt, ich kriege aus dem Translator nichts Vernünftiges heraus – klar sind nur *Zerstörung* und *Hani* und *Stsho, Kif* und *Mahendo'sat*.«

Eine Botschaft, bei der es einem kalt über den Rücken lief. Den Matrix-Output des Vielfachgehirns eines Methan-Atmers konnte man in allen Richtungen lesen, und es hieß immer das gleiche.

Chihin sagte: »Sie haben mehr bekommen, als sie bestellt haben, Na Hallan. Eine hübsche, ruhige Reise mit einem Handelsschiff ...«

»Laß ihn in Ruhe!« fauchte Fala.

»Sind wir aber empfindlich!«

»Hört auf damit«, fuhr Hilfy dazwischen. »Wenn ihr als Staubwolke enden wollt, fangt ihr am besten während des Starts einen Streit an.«

»Sie ...«, begann Fala.

»Interessiert mich nicht!« sagte Hilfy. »Es interessiert mich nicht, wer was getan hat. Haltet den Mund! Da hinten auf der Station sind Leute umgekommen. Konzentrieren wir uns auf das, was *wichtig* ist, ja? Diejenigen, die dafür verantwortlich sind, kümmert es, bei den Göttern, überhaupt nicht, wen sie sonst noch töten. Kann euer Gehirn diese Tatsache bewältigen?«

»Die *Tiraskhti* ist gestartet«, meldete Chihin. »Sie beschleunigt langsam. Hat keine richtige Eile. Die Tc'a sind weg. Alle beide. Ich suche nach Identifikationen auf unserer Stationskarte. Von der Station kommt kein guter Output, ich glaube, da herrscht ziemliche Verwirrung. Hallan, mach hier weiter, ich habe alle Hände voll zu tun.«

»Ich brauche diese götterverdammten Identifikationen«, sagte Hilfy. »Hallan! Bestätige, zur Hölle mit dir!«

»Ich passe auf, Käpt'n.«

»Die *Ha'domaren* hat der Station ein Ultimatum gestellt. Entweder werden die Verbindungen getrennt, oder sie werden vom Schiff aus gekappt...« Fala war wieder an der Arbeit. Mit ihrem ganzen Gehirn, so war es bei den Göttern zu hoffen.

Vektoren zeichneten sich ab. Die *Tiraskhti* ging nach Kefk, da gab es keinen Zweifel. Die *Ha'domaren* ... die *Ha'domaren* schlug einen Kurs schräg zu dem der *Tiraskhti* ein.

Sie will zum Treffpunkt, dachte Hilfy, beinahe gleichzeitig sprach Tiar es aus, und Tarras fluchte.

»Was hat er nur vor?«

»Ich weiß es nicht.« Sie *konnten* es schaffen, unbe-

laden, wie sie waren. Sie konnten Schub geben und in der anderen Richtung verschwinden, wie die *Ha'domaren* es tat. Sie konnten mit nicht erfülltem Vertrag auf dem Treffpunkt ankommen, sie würden das Geld, das sie zum Teil schon ausgegeben hatten, nicht erhalten, und No'shto-shti-stlen würde sie verklagen, Kshshti und Urtur übrigens auch. Oder sie konnten nach Kefk gehen, allein mit dem Kif.

»Fala, ich möchte mit diesem Bastard Haisi sprechen.«

»Aye«, sagte Fala. Und versuchte es. Das dauerte eine Weile. Die Leute von der *Ha'domaren* zeigten sich nicht kooperativ.

Dann sagte Fala: »Sie sagen, er stehe nicht zur Verfügung. Er schlafe.«

»Und ich bin die Persönlichkeit von Iji. Sag seiner Crew, ich hätte eine Botschaft für ihn, aber die stehe ebenfalls nicht zur Verfügung.«

Fala tat es. Natürlich erbot man sich, die Botschaft in Empfang zu nehmen.

»Sie …«, begann Fala.

»Nein. Ich will *ihn* sprechen.«

Es trat eine Verzögerung ein. Und sie waren immer noch nach Kefk unterwegs.

Dann kam Haisi laut und deutlich durch. *»Du sein verdammter Dummkopf, Hani. Welche Botschaft?«*

»Was ist los? Bist du unserer Gesellschaft müde?«

»Du nicht lernen Lektion? Gehen zu Kif? Viel Glück. Ich dir wünschen schönes Begräbnis. Welche Botschaft?«

»Welche Botschaft? Grüße von *Gtst* Exzellenz. Was wolltest du doch noch gleich wissen?«

»Du sein Chef Nummer eins Bastard, du wissen!«

»Bei den Göttern, und ob ich es weiß, Mahe! Ich weiß, daß du nicht ehrlich zu mir warst. Deshalb weiß ich es, und du weißt es nicht. Ebenfalls viel Glück.«

Was nun folgte, war maher Dialekt, und es war nichts Höfliches. Dann brach Haisi den Kontakt ab mit:

»Ich dir nicht sagen, du sollen gehen zur Hölle, Chanur. Du schon haben setzen Kurs.«

»Er ist nicht glücklich«, bemerkte Tiar.

Von Vikktakkhts Schiff, der *Tiraskhti*, kam kein Wort.

»Tc'a!« sagte Fala, und die Matrix-Kommunikation erschien auf dem Schirm Nummer 4.

Tc'a	Tc'a	Tc'a	Chi	Hani	Hani
Geburt	Chi	Rettung	Geburt	Gehen	Gehen
Gefahr	Gefahr	Gefahr	Gefahr	Gefahr	Gefahr
Sehen	Vereinigen	Machen	Teilen	Gefahr	Gefahr

»Was hat ›Geburt‹ zu bedeuten?« murmelte Tarras. »Das gefällt mir nicht.«

Wenn sie es recht bedachte, gefiel es auch Hilfy nicht. »Urtur«, sagte sie und meinte den Tc'a, dessen Kurs systemeinwärts verlief. »Dieser Sohn ist von Urtur.«

»Diese Mama«, berichtigte Tiar. »Nicht Sohn. Das ist *Mama*.«

Die Stunden verrannen, und der Tc'a sandte die gleiche Botschaft immer wieder und wieder, eine anklagende Präsenz auf dem Schirm Nummer vier, die ebenso beharrlich war wie die Präsenz auf dem Display des Scanners. Niemand bemerkte ein weiteres Wort dazu, und das war auch nicht nötig. Der Schirm war am Rand von Hallans Blickfeld, und das Display des Scanners zeigte, daß der Tc'a sich auf ihrem Kurs bewegte, zwar nicht schneller wurde, aber entschieden einem Rendezvous mit dem sich nähernden Schiff und den beiden eben von der Station gestarteten Schiffen zustrebte, und alle drei Tc'a-Fahrzeuge sandten die gleiche Botschaft immer wieder von neuem.

Es ist meine Schuld, dachte Hallan. Sie klagen uns an.

Er hatte gehört, wie die Methan-Atmer sich an ein Schiff zu hängen pflegten und daß sie während eines

Sprunges den Vektor ändern konnten, wofür die Physiker noch keine Erklärung gefunden hatten. Aber die Tc'a und die Knnn konnten es, und auch die Chi, die immer mit den Tc'a reisten, an Bord ihrer Schiffe, nur daß niemand wußte, ob sie Verbündete oder Schoßtiere waren …

Die Kapitänin hatte ihn gewarnt. Die Kapitänin hatte gesagt, er sei ein Idiot, und das Schiff könne in Gefahr geraten. Nun war es in Gefahr, wurde zu allem anderen auch noch von den Methan-Atmern bedroht, und vielleicht folgten die Tc'a ihnen in den Hyperraum, wo allein die Götter wußten, was passieren würde – wenn sie fähig waren, die Richtung zu wechseln, waren sie auch fähig, im Hyperraum etwas zu *tun*, und er wollte gar nicht erst darüber nachdenken, wie es sein würde, wenn sie das Schiff dort angriffen …

Außerdem war da noch die Station, die sie verlassen hatten, und sie hatte ein Loch, und Fala war böse auf ihn, das erkannte er an jeder ihrer Bewegungen … nicht etwa, daß er etwas getan oder versprochen hätte. Aber *sie* meinte, er habe sie beleidigt – was doch gar nicht seine Absicht gewesen war. Und die Crewfrauen stritten untereinander, und genau das, hieß es immer, passierte, wenn Männer an Bord waren.

Außerdem – Götter, er brauchte nur an Chihin zu denken, und es kehrte zurück, was er unten in der Luftschleuse empfunden hatte, und das war einfach *dumm,* er hatte nicht tun wollen, was er getan hatte, er wollte nicht fühlen, was er fühlte, er wollte seinen Verstand benutzen und die Sache wieder in Ordnung bringen … Wahrscheinlich war in Chihins Augen gar nichts verkehrt, ausgenommen die Sache mit Fala: Chihin mochte dem Vorfall keine größere Bedeutung zumessen, als es die Frauen auf der *Sonne* getan hatten. Aber Chihin war so wie sie und doch ganz anders, sie unterschied sich von ihnen dermaßen in der Art, wie sie die Dinge anfaßte, daß er erkannte, die Raumfahrerinnen,

von denen er früher geträumt hatte, die sowohl hart als auch freundlich waren, gab es wirklich …

Und vielleicht war es ihr gar nicht wichtig.

»Bereitmachen für den Sprung«, verkündete Ker Tiar.

Es war soweit. Dieser Teil machte ihm immer Angst. Und die Tc'a waren immer noch da. Das kifische Schiff *Tiraskhti* hielt mit ihnen Schritt. Die Toten auf der Station waren immer noch tot.

»… und los geht's!«

Fala sagte: »Warum war ich so unwichtig? Stimmt etwas nicht mit mir?«

Er wußte nicht, wie er das beantworten sollte. Aber Chihin tat es.

»Nichts als die Jugend«, sagte Chihin, »und das wird die Zeit heilen, wenn du keinen fatalen Fehler begehst.«

»Laß mich in Ruhe!« verlangte Fala.

Er träumte. Er wußte, daß er träumte, und er hatte die Macht, den Traum zu beenden. Er wollte nicht, daß Chihin und Fala miteinander stritten. Er wandte das Gesicht ab.

Aber er konnte das Schiff rings um sich sehen, als sei es aus Glas gemacht. Und der Schatten eines Schiffes schwebte dicht neben der Hülle.

Schlangenkörper wanden sich innerhalb jenes Schiffes, das so transparent war wie ihr eigenes. Er hörte einen Ton, der zu tief für einen Ton war. Er vibrierte durch Deckplatten und Knochen und stieg, bis er zu hoch war, um gehört zu werden.

Ein weiteres Schiff kam gefährlich nahe an sie heran, es unterschritt den vorgeschriebenen Sicherheitsabstand, jammerte. Hallan sprang auf, ging hinter Chihins erstarrtem Körper vorbei und faßte über ihre Schulter. Auf dieser Konsole war ein Alarmknopf, und er drückte ihn.

Rote Lichter flammten auf. Eine Sirene heulte.

Der Schatten wurde größer. Das Schiff griff sie an. »Geht weg!« rief er in seinem Traum. Er schwenkte töricht die Arme, um sie zu verscheuchen.

Aber das Schiff fegte durch sie hindurch. Die Lichter wurden trübe, ein Grollen war zu hören, ihn überkam ein Gefühl, das anders als jede Hitze oder Kälte war, an die er sich erinnerte.

Dann waren alle Schiffe an ihnen vorbei und zogen sich zurück, das Grollen wurde leiser, sie wurden zu einem dreifachen Schatten vor den Sternen, kleiner und kleiner und schwächer.

Hallan fiel auf sein Kissen, atemlos und wie betäubt. Er fuhr sich mit den Fingern durch die Mähne und rang nach Atem.

Leute hatten während des Sprungs Träume. Mehr steckte bestimmt nicht dahinter.

»…Willkommen auf dem sonnigen Kefk«, intonierte Chihin. »Ein freundlicher Natriumbrenner, kein Planet, aber schließlich kann man ja nicht jede Annehmlichkeit haben…«

»Paß auf!« fuhr die Kapitänin sie an. »Wo ist der Tc'a?«

»Da ist die *Tiraskhti*«, antwortete Chihin. Hallan sah sie auch und gab es murmelnd bekannt, aber als er mit dem Scanner nach den Tc'a-Schiffen suchte – zeigte sich nichts. Im Hyperraum war der Alarm ausgelöst worden. Eine von diesen Anomalien, nannte Chihin es. So etwas geschah manchmal.

Es war unangenehm, die Spur eines Haufens von Methan-Atmern zu verlieren, die ihnen bei Dreiviertel-Lichtgeschwindigkeit auf den Fersen waren. »Die götterverdammten Schlangen könnten genau auf uns knallen, wenn sie aus dem Hyperraum kommen«, brummte Hilfy, als das Scanner-Display hartnäckig nichts weiter als ihre Kif-Eskorte zeigte.

»Wenn wir viel Glück haben«, überlegte Tarras, »knallen sie auf die *Tiraskhti.*«

»Verlaß dich nicht darauf.« Tiar holte ein anderes Bild auf den Schirm, das der Masse selbst: Kefk in düsterem Apricot-Orange.

Hilfy sah wieder die Vergangenheit vor sich. Die bleiche Sonne rief diese Reflektion auf Stahlstangen hervor, dieses Spektrum warf dreifache Schatten auf den Boden eines kifischen Gefängnisses, beleuchtete ferne Gegenstände mit einer tödlichen Imitation von Sonnenlicht, holte das Klirren und Schmettern von Türen und das Arbeiten von Maschinen ins Gedächtnis zurück. Und über allem lag dieser Geruch ...

Das sonnige Kefk, hatte Chihin gespöttelt – am Rand des kifischen Territoriums gelegen, die erste Sonne eines Nestes von Sternen derselben Generation, denen die Kif den Vorzug gaben. Vor dem Friedensvertrag war dies Piraten-Gebiet gewesen, ein Raumabschnitt, den keine andere Spezies jemals zu sehen wünschte.

Es ist eben eine Erfahrung, die ich gemacht hatte, sagte Hilfy zu sich selbst. Das junge Mädchen, das mit Pyanfar in den Raum gegangen war, hatte sich nach dem Fremden und Gefährlichen gesehnt. Und es einmal gefunden. Und jetzt wieder.

Du Törin, sagte sie zu sich selbst – du bist eine Törin, Hilfy Chanur.

Es mußte in Ordnung sein, dachte Hallan. An den Schalttafeln war alles normal. Er tastete nach dem Päckchen mit den Nährlösungen. Seine Hände zitterten. Noch nie war er so dehydriert oder so wackelig auf den Beinen aus einem Sprung herausgekommen. Er war kaum imstande, sich das Päckchen zu holen, ohne Löcher hineinzustechen; seine Finger funktionierten nicht richtig.

Die Wahrheit war, er hatte Angst – weil es nichts gab, was er für sich selbst tun konnte, weil unter den nor-

malen und notwendigen Gesprächen, die die Crewfrauen miteinander führten, eine Grimmigkeit lag, die es nach dem vorigen Sprung nicht gegeben hatte. Es mochte sich damit erklären lassen, daß es sich um einen kifischen Hafen handelte und ihr Leben in unmittelbarer Gefahr war, und sie hatten die Tc'a-Schiffe aus den Augen verloren, und das alles waren gute Gründe, nervös zu sein.

Aber da war die Tatsache, daß Fala ihm beinahe unmerklich die Schulter zukehrte, und irgendwie vermied sie es, ihn oder Chihin jemals anzusehen. Alle benahmen sich gereizt gegen Chihin, und die Kapitänin war vor dem Sprung ärgerlich gewesen. Die Gemüter mochten sich auf dieser Seite des Sprungs etwas beruhigt haben – im Hyperraum verging Zeit, viel Zeit, und man kam nicht mit ebenso heftigen Empfindungen heraus, wie man hineingegangen war, auch wenn man das Gefühl hatte, es sei nur eine Stunde später. Es war sehr viel später als das, der Körper hatte Gelegenheit gehabt, sich abzukühlen, und Zorn und Furcht hatten Gelegenheit gehabt, sich abzukühlen und zu verflüchtigen, falls sie nicht nach dem Sprung aus irgendeinem Grund wieder angefacht wurden.

Aber er war sehr unangenehm aufgefallen, und sobald es nicht mehr soviel zu tun gab, würden sich alle daran erinnern, so wie es Fala jetzt schon tat.

Er hätte Fala gern etwas gesagt, er hätte gern etwas getan, um es in Ordnung zu bringen. Aber Chihin saß zwischen ihnen, und sein Gehirn war von dem Zuckermangel, der während eines Sprunges auftritt, immer noch benebelt. Doch dann befahl die Kapitänin ihm: Geh, hol das Frühstück, mach dich nützlich, und es gelang ihm recht gut, auf die Füße zu kommen. Seine Hose begann zu rutschen, und er konnte sie gerade noch mit einem Griff nach dem Gurtband festhalten.

Den Göttern sei Dank, daß Fala auf der Brücke beschäftigt war und die Kapitänin sie nicht ebenfalls

in die Kombüse schickte. Er wäre der Situation im Augenblick nicht gewachsen gewesen. Er konnte kaum gehen. Den Weg in die Kombüse, die aus guten Gründen neben der Brücke lag, mußte er sich ertasten. Schwindelig, mit weichen Knien suchte er die gefrorenen Mahlzeiten, blieb immer mit einer Hand in der Nähe der Sicherheitsgriffe. Denn ein Schiff, das vom Zenit eines System hereinkam, konnte auf ein anderes Schiff treffen, das ihm viel zu nahe aus dem Hyperraum fiel, auch jetzt noch, und dann mußte das Schiff ohne Vorwarnung manövrieren.

Aber man machte dafür keine Pläne. Und wahrscheinlich schaffte man es gar nicht, sich festzuhalten, wenn das passierte. Meistens begannen die Freiwachen jetzt, im Schiff umherzuwimmeln, nur hatte die *Legat* nicht viel Personal, und die Frauen machten in der Nähe der Brücke Pause, wo sie schnell zur Hand waren, wenn sie zurückgerufen wurden. Sie ruhten sich aus, wann es gerade möglich war, verrichteten notwendige Wartungsarbeiten auf der Brücke und da herum …

Und aßen, wenn sie das Essen unten behalten konnten. Hallan riß ein weiteres Nährlösungspäckchen auf, und überall blieben Haare von ihm hängen. Er wünschte so sehr, baden zu können, doch das war erst möglich, wenn sie die Grenze des inneren Systems erreichten: Er hatte darum gebeten, Arbeiten zugeteilt zu bekommen, und nun hatte er sie.

Die Crew war wach. Chihin kam durch die Kombüse und warf ihm einen Blick zu, dem er nicht zu begegnen wagte. Dann kam sie wieder zurück, ihr Gesicht war naß und ihr Schnurrbart tropfte.

Hallen stand Todesängste aus, daß sie ihn ansprechen würde. Aber das tat sie nicht. Er aß ein paar Chips, was das Kombüsen-Privileg war, um seinen Magen daran zu hindern, daß er sich umdrehte. Leider half es nicht viel. Er ließ kalten Tee aus dem Kühl-

schrank folgen. Und dann fürchtete er, ihm werde gleich hier in der Kombüse schlecht, ihm wurde kalt von dem Getränk, und er zitterte, und sein Magen versuchte, sich von innen nach außen zu kehren. Hallan stützte sich auf die Arbeitsfläche und rang nach Atem. Sollte er versuchen, die Toilette zu erreichen, oder war es ganz verkehrt, wenn er sich jetzt bewegte?

Eine Hand landete auf seiner Schulter. »Brauchst du Hilfe?« fragte Tarras, und als er sich aufrichtete: »Bist du in Ordnung?«

»Mir geht es gut«, brachte er hervor. Und betete darum, daß sein Magen sich still verhielt, während Tarras umherwanderte und in den Herd sah und einen Topf mit Gfi aufstellte … Der Geruch war beinahe mehr, als er ertragen konnte.

»Sieht aus, als hätte es dich schwer mitgenommen.« Tarras lehnte sich neben ihm an den Schrank. »Manchmal trifft es einen hart.«

»Ja«, sagte er.

»Möchtest du auf die Brücke zurückkehren und dich hinsetzen?«

»Nein«, antwortete er einsilbig, verzweifelt. Nein, das wollte er nicht.

Für einen Augenblick herrschte Schweigen. Dann: »Eine heikle Situation«, stellte Tarras fest, und Hallan spürte, wie der Knoten in seinem Magen sich ein bißchen fester zusammenzog. Er *hoffte,* sie werde jetzt über den Kif und das Schiff da draußen oder sonst irgend etwas anderes reden, aber …

»Läuft etwas zwischen Fala und dir?«

»Nein!« Er hielt seine Stimme leise, hoffte zu den Göttern, man konnte sie nicht durch das Geräusch der Ventilatoren hören. »Sie ist nett, das ist alles.«

»Sie ist ein gutes Mädchen«, sagte Tarras. »Du bist das Attraktivste, was sie in einem Jahr zu sehen bekommen hat. Das einzig Attraktive. Aber darum geht es nicht.«

»Ich habe nichts...« Er wollte nicht darüber sprechen. Aber er war in die Enge gerieben. Und Tarras mochte zwar auf Falas Seite stehen, doch es war leichter, mit ihr zu reden als mit Fala. »Ich wollte sie nicht verstimmen.«

»Chihin ist ein Vollzeit-Schmerz. Das ist ihr Lebensziel. Du bist nicht verpflichtet, es dir gefallen...«

Ihm gefiel es nicht, daß Tarras das sagte. Er wollte es nicht hören. Er tat einen Schritt, wollte zum Aufenthaltsraum schlurfen als dem einzigen Zufluchtsort, den er kannte. Tarras faßte seinen Arm, bohrte eine Klaue hinein. Das tat weh. Er ging trotzdem weiter.

Sie griff von neuem nach ihm. Die meisten anderen hätten das nicht getan. Auf diesem Schiff hatte es niemals jemand getan. Aber auf der *Sonne* hatte er gelernt, daß man ausgesetzt wurde, wenn man Befehlen nicht gehorchte. Deshalb blieb er stehen. Er brauchte sie nicht anzusehen.

»O Götter«, murmelte Tarras. *»Chihin?«*

Also machte Chihin sich einen Spaß. Er hatte es gewußt. Es änderte nichts an der Tatsache, daß er es in seinen Eingeweiden spürte, wenn sie an ihm vorbeiging. Es änderte nichts an der Tatsache, daß er sie mochte, und es änderte nichts an der Art, wie er empfunden hatte, und an der Art, wie er immer noch empfand.

Tarras stieß den angehaltenen Atem aus und lehnte sich an die Wand. »Junge, Chihin ist nicht gerade die Ernsthafteste in der Crew.«

»Das geht in Ordnung.« Er sah sie immer noch nicht an.

»Au«, sagte Tarras und, nach kurzem Schweigen: »Hör mal, Na Hallan. Sie ist *keine* schlechte Frau. – Götter, dümmer hätte ich es wohl nicht anfangen können, wie?«

Hallan wußte nicht, was er sagen sollte. Er war nicht böse auf Tarras. Er war auf niemanden böse. Vor allem

tobte sein Magen, und er wünschte, Fala sei nicht auf ihn böse. Zu seiner größten Erleichterung klingelte der Kurzzeitwecker am Herd, und er sagte: »Das Essen ist fertig.«

»Ich rufe die anderen.« Tarras schlüpfte hinaus, und er nahm die Portionen aus dem Herd.

Und verbrannte sich die Finger.

Etwas über Na Hallan und Chihin… Tiar bekam beim erstenmal nicht ganz mit, was Tarras ihr ins Ohr tuschelte.

Und dann glaubte sie es nicht. Aber Tarras behauptete: »Es ist ernst.«

Tiar löste den Sicherheitsgurt, stand auf, ging zur Kapitänin hinüber und flüsterte: »Der Junge und Chihin – wir haben ein Problem.«

Hilfy wandte den Kopf, sah sie Nase an Nase an und fragte in einem Ton, der nichts Gutes verhieß: »Ein Problem?«

Tiar warf einen Blick zurück zur Kombüse, einen zweiten zu Chihin und Fala hinüber, die nebeneinander arbeiteten. Es war eine unnatürlich stille Chihin.

»Sie hat kein Wort gesagt.«

Offenbar addierte die Kapitänin die gleiche Zahlenreihe. Chihin bewahrte tödliches Schweigen. Kein Witz. Keine unpassende Bemerkung über die Situation. In dieser letzten Stunde hatte sie sehr gute Arbeit geleistet, aber kaum ein Wort gesprochen, seit dem ersten.

Und Fala – Fala redete mit dem Kif, aber nicht mit Chihin.

»Ich will, daß das in Ordnung gebracht wird«, sagte Hilfy halblaut. »Gute Götter, wir sind nicht an einem Ort, wo wir uns so etwas leisten könnten! Können wir denn nicht *erwachsen* werden?«

»Ich glaube nicht, daß es Fala ist«, sagte Tiar so leise sie konnte und handelte sich einen zweiten wütenden Blick von Hilfy ein.

»Es *interessiert* mich nicht, was vor sich geht«, zischte Hilfy. »Dies ist tödlicher Ernst, Cousine. Die Kif treiben da draußen keine Liebesspiele. Frühstück an den Stationen, niemand macht Pause.«

Eine gute Idee, dachte Tiar bei sich selbst, ging und gab den Befehl laut weiter: »Bleibt auf euren Posten. Es braut sich etwas zusammen, da müssen wir wachsam sein. Wir können uns das Essen bringen lassen, aber wir werden keine Pausen machen, verstanden?«

Sollten sie denken, sie und die Kapitänin hätten sich über den Kif beraten. Dann hatten sie etwas anderes als die Vorgänge an Bord, über das sie sich Sorgen machen konnten. Tiar ging in die Kombüse. »Allgemeiner Alarm. Bring die Tabletts auf die Brücke, laß die Deckel drauf, keine offenen heißen Flüssigkeiten. Tarras, Waffentest.«

Tarras' Ohren kippten zurück, und in der kurzen Zeit, die sie vom Herd bis zu ihrem Posten auf der Brücke brauchte, war sie wieder die Sachlichkeit in Person geworden.

»Bring die Tabletts auf die Brücke«, sagte Tiar noch einmal zu dem jungen Herrn im Mittelpunkt des Sturms, und er wischte den finsteren Ausdruck vom Gesicht und fing mit dem Einsammeln an, ohne auf seine verbrannten Finger zu achten.

»So ist's recht«, lobte Tiar. »Alles auf die Plätze und anschnallen! Dies ist nicht das Anuurn-System.«

Sie nahm ihr eigenes Tablett, dazu ein Getränk, und kehrte auf ihren Posten zurück, während Tarras und Hallan Tabletts von dem Stapel und Getränke aus einer Kiste verteilten.

Die Kapitänin begann mit den Befehlen für die System-Checks. Die Kapitänin befahl Kondition drei für die Waffensysteme. Und das war das erstemal, daß die *Legat* jemals die Waffen voll hochgeschaltet hatte. Nachdem dieser Befehl gegeben war, herrschte auf der Brücke eine andere Art von Stille, und verschiedene

Stationen mußten einen Cross-Check mit der Zielerfassung durchführen.

Hilfy hoffte zu den Göttern, daß es bei einem Test blieb. Auch ihre Nerven waren gespannt, obwohl sie es als kalkulierte Ablenkung angeordnet hatte. Die Kriegserinnerungen wurden zusammen mit dieser so lange unbenutzten Schalttafel lebendig. Ihre Reflexe wanden sich auf wie eine Sprungfeder, und ihr Herz schlug ein bißchen schneller.

Denn jetzt, wo sie darüber nachdachte, waren die Waffencomputer auf der *Tiraskhti,* weil Kif nun einmal Kif waren, wahrscheinlich voll lebendig. Und waren es wahrscheinlich von dem Augenblick an gewesen, als der Kif zu dem Sprung in Richtung seiner eigenen Grenze ansetzte.

Dort gab es Schiffe für den Erzabbau. Dort gab es Schubfahrzeuge für Bauarbeiten. Abgesehen von den größeren kifischen Schiffen im Dock sahen sie ebenso normal aus wie in den Systemen des hani oder mahen Raums.

Warum auch nicht, dachte Hilfy. Wahrscheinlich waren sie gestohlen.

Aber die Schiffe im Dock von Kefk hatten nicht das Aussehen ehrlicher Händler. Gewaltige Maschinengehäuse. Kalttransporter, die mit dem Kippen eines Schalters ihre Fracht ausstoßen beziehungsweise ihre Masse reduzieren konnten: Jagdschiffe, die Container in Klammern festhielten wie vielbeinige Insekten, angebliche Tanker, deren Tanks wahrscheinlich falsche Masse waren.

»Käpt'n«, meldete Fala, »Vikktakkht.«

»Ich nehme den Anruf entgegen«, sagte sie, und eine klickende leise Stimme erklang:

»Chanur-Kapitänin. Sie legen als erste an, und wir nehmen dann den Liegeplatz neben Ihnen. So ist es am einfachsten.«

»Verstanden. Und können wir davon ausgehen, daß dieser Flug unsere Zeit wert ist?«

»Geben Sie mir Meras. Ich finde ihn amüsant.«

Ich will nicht mit dir reden, hieß das. »Später«, erwiderte Hilfy kurz und schaltete aus. »Tiar, ich möchte einen Kurs für den Treffpunkt sowie Kurse für Kshshti, Mkks, Harak, Lukkur und Tt'a'va'o berechnet haben.«

»Tt'a'va'o!«

»Wenn wir bei unserer Abreise von hier Kif auf den Fersen haben, ist das Methan-Volk *besser* als Lukkur. Aber wir nehmen jeden offenen Vektor und sehen ihn uns näher an, wenn wir dort ankommen.«

»Aye, Käpt'n.«

»Ihre Preise sind nicht schlecht«, berichtete Tarras.

»Götter, sollen wir nach dem, was auf Kshshti passiert ist, ihre Container an Bord nehmen?« fragte Tiar.

»Ich habe nur Spaß gemacht«, beruhigte Tarras sie. »Es war Spaß, Cousine.«

Die *Legat* konnte immer noch davonlaufen, dachte Hilfy. Sie konnten den Treffpunkt anvisieren und die *Legat* hier wegbringen.

Aber man rannte nicht vor Kif davon. Wenn man davonrannte, waren sie darauf verdrahtet, einen zu verfolgen. Manchmal taten sie das im wörtlichen Sinne, doch manchmal – und das war gefährlicher – betrachteten sie einen von da an als schwach und merkten einen für eine abstraktere Ausplünderung vor.

Eine Chanur würde – wenn sie davonrannte – den Chanur-Clan in den Augen aller Kif herabsetzen. Das würde Ehrgeiz provozieren. Es würde Aufruhr ermutigen. Attentate, gegen die Tante Pyanfar allzu verwundbar war.

So vernünftig alles auf der anderen Seite des Sprunges ausgesehen hatte – sie waren nicht nur das einzige Hani-Schiff im System, sie waren das einzige ausländische Schiff weit und breit. Kein Mahendo'sat, kein Stsho, kein Methan-Atmer zeigte sich bei den Um-

drehungen der Station. Nicht einmal ein Schiff, das ohne Zweifel ein Handelsschiff war.

»Das sind Jagdschiffe«, stellte Tiar fest. »Jedes einzelne dieser Schiffe ist ein Jagdschiff. Was braut sich hier zusammen?«

»Mir gefällt das nicht«, sagte Fala. »Mir gefällt das absolut nicht.«

»Keine Panik.« Hilfy sprach ganz ruhig. »Geratet bei ihnen nie in Panik. Panik bei Kif ist eine Garantie für Probleme.«

»*Chanur*«, klickte die kifische Stimme über ihren Kopfhörer, *»Sie können jetzt andocken.«*

»Ich danke Ihnen, *hakkikt.*«

Die schematische Darstellung leuchtete auf, Linien, die ihre Annäherung kanalisierten und ihnen die Geschwindigkeit vorschrieben.

Dabei konnte man es bei jeder kleinen Station mit der Angst zu tun kriegen. Hier wurden die Angaben noch dazu in kifischen Zahlen und Buchstaben gemacht, Basis 8.

»Sie bieten uns eine automatisierte Annäherung an.« Falas Stimme klang ein bißchen höher als sonst. »Sie sagen, sie hätten Übersetzungsprogramme.«

»Wir haben auch welche, und die Antwort ist Nein. Kein Input von ihnen in unsere Computer. Kommt nicht in Frage. Wir führen unsere eigenen Berechnungen durch.«

»›Unsere eigenen Berechnungen‹«, murmelte Chihin in verzweifeltem Ton. Das hieß, sie und Tiar und ihre Computer mußten in rasender Geschwindigkeit Crosscheck-Kalkulationen durchführen. Während sie mit hoher Geschwindigkeit auf die Kefk-Station zuschossen.

Aber die Zahlen, die auf den Schirmen erschienen, waren von ihren eigenen Instrumenten ermittelt, die Entfernung zum Dock, die Spin-Rate, der Augenblick des Kontaktes.

»Allerhöchste Genauigkeit«, sagte Hilfy. »Das bedeutet Abschalten der Waffensysteme, Tarras.«

»Bestätigung, Käpt'n. Abgeschaltet.«

Die kifische Station protestierte gegen ihre regelwidrige Annäherung. Das Kontrollzentrum von Kefk wünschte, nein, *verlangte* Computer-zu-Computer-Kontakt. Es befahl der *Legat,* zu bremsen und das Manöver abzubrechen. Es hatte Alarm gegeben. Und wenn es einen Zeitpunkt gab, zu dem die *Tiraskhti* absolut sicher sein konnte, daß die *Legat* ihre Waffensysteme abgeschaltet hatte, war es jetzt, während der Vorbereitung zum Andocken. Wenn es einen Zeitpunkt gab, zu dem die *Tiraskhti* einen Schuß abfeuern konnte, der möglicherweise die eigene Station verfehlte, war es in den nächsten paar Minuten.

»Genau nach dem BUCH«, sagte Hilfy ruhig und versagte es sich, die Klauen in das Polster ihres Sitzes zu schlagen. »Ein paar zusätzliche Dezimalstellen. Wir wollen doch an diesem Ort keine Reparatur-Rechnung bekommen.«

Die Station erhob immer noch Einwände. Von der *Tiraskhti,* die dicht hinter ihnen war, kam nichts als Stille, was, wie Hilfy hoffte, abwartenden Respekt bedeutete. Sicher wollten die Kif sehen, ob bei ihnen mehr als Prahlerei dahintergesteckt hatte, als sie die Hilfe der Stationskontrolle zurückwiesen. Der Respekt wuchs oder starb eines gefährlichen Todes je nach der Geschicklichkeit, mit der sie den Andock-Kegel berührten.

Die Station beeilte sich bestimmt nicht, sie zu warnen, wenn zu erkennen war, daß sie danebentreffen würden.

»Rotation abgestellt«, verkündete Tiar, und die nächste heikle Phase begann. Die *Legat* gab ihre eigene interne Schwerkraft auf, und der Ring drehte sich im Leerlauf. Sie näherten sich jetzt sehr langsam tangential zu dem furchterregend schnellen Spin der Station. Dies war der Punkt, wo Panik ausbrechen konnte, und ein

Punkt, wo der Pilot eines interplanetaren Raumschiffes entweder dazu lizensiert war oder sich an einen Schlepper hängte, der dazu lizensiert war, und sich festmachen ließ.

Oder man dockte wie die Erzfrachter bei null Ge am Mast an.

Ein interstellares Schiff konnte weder das eine noch das andere tun. Es hatte nichts als den beweglichen Kegel, der einem ein bißchen Führung und eine tangentiale Annäherung gab und einen früh genug aufnahm, daß man die Schotten nicht zerbrach, bevor der Greifer einen packte und man mit plötzlichen 1,2 Ge mit der Rotation der Station synchronisiert wurde.

Tiar vollführte eine Blitz-Annäherung: Die Backbord-Düsen schoben die *Legat* in die eine Richtung und bremsten diese Bewegung dann auf Null. Ein Wirbel von kleinen Justierungen richtete das Schiff auf das berechnete Erscheinen des Kegels aus. Man sah den Kegel erst im letzten Augenblick, wenn es schon zu spät war zum Bremsen, und die Stationscomputer sprachen nicht mit den Computern der *Legat*. Die Computer der *Legat* sprachen nur mit den eigenen Maschinen, seit sie das Manöver berechnet hatten.

Da war der Kegel. Die letzte Korrektur, um ihm die Sonde genau in den Hals zu stecken, und ein kurzer Schub von den Haupttriebwerken, der die *Legat* in die Führungszone brachte. Der Ruck vibrierte durch den Bug; der Kontakt bewegte den ganzen Passagier-Ring eine den Magen umdrehende Sekunde lang und drückte die Besatzung in ihre Sitze. Greifer klirrten, die Klammern faßten und schlugen dröhnend gegen die Hülle …

»Und wir sind *drin*«, stellte Tarras fest.

Drin. Auf einer kifischen Station. Solo. Wundervoll.

»Gute Arbeit«, sagte Hilfy in das nun folgende kollektive Aufatmen hinein. »Gute Arbeit. Dafür verdient die Crew ein besonderes Lob.«

Nach dem BUCH forderte Fala bereits Treibstoff an und stritt sich in der Handelssprache mit der Dockbehörde von Kefk herum.

Und nach dem BUCH, nach Tante Pys in dem BUCH zusammengestellten geheiligten Vorschriften gab es in diesem Punkt kein Nachgeben: Die *Legat* würde Treibstoff tanken und Abfall abladen, bevor sie eine Schleuse öffnete. So ging Tante Py an Orten vor, denen sie nicht traute, und Hilfy fand mittlerweile auch, daß es eine gute Idee war. Aber in der Zwischenzeit war ein kifischer *hakkikt* gezwungen, in aller Öffentlichkeit auf eine Anhörung zu warten, bis der Treibstoff in den Tanks war, und das war eine gefährliche Kränkung bei einem Spiel mit empfindlichen Egos: *Sfik,* kifische Eleganz, war Leben. Man beleidige es, und man erwarte einen Angriff, ebenso wie der andere unter umgekehrten Vorzeichen deinen Angriff erwartet hätte. Kif legten großen Wert auf Etikette – ihre eigene Etikette natürlich in einem verzwickten Waffen-Protokoll.

Ein Air von Kompetenz, von Hochmut, von der Bereitschaft zu extremen Maßnahmen – und mit der Feuerkraft, um sie durchzusetzen: Das waren positive Eigenschaften, während Großzügigkeit die Geste eines Vorgesetzten gegenüber einem Diener war. Freundlichkeit fiel in dieselbe Kategorie, und Loyalität dauerte solange, wie der *Sfik* des Führers intakt war.

Mut? Kühnheit in einem Kampf war ein Plus. Aber Hinterlist auch. Sich selbst zu erhalten, war die höchste Tugend, und den eigenen Hals zu riskieren, konnte der Selbsterhaltung dienen – wenn es potentiellen Rivalen arrogante Kompetenz demonstrierte.

Ein völlig anderes Universum, dachte Hilfy bei sich, ein ganz einzigartiges, dunkles und aggressives Universum. Man durfte alles tun, was man mit Stil durchführen konnte – oder zumindest mit genügender Feuerkraft hinter sich. Das zählte.

Kommen Sie nach Kefk, hatte Vikktakkht sie ge-

drängt. Er wußte bestimmt, daß sie einmal die Gefangene seiner Spezies gewesen war. Und vielleicht kannte er die Hani-Mentalität gut genug – denn viele Kif waren erstaunlich gebildet –, daß er wußte, Hani neigten zu Grübeleien darüber, was hätte gewesen sein können und was werden könnte, wenn … – obwohl diese Haltung seiner eigenen Art völlig fremd war. Aber Hani lösten sich unter Umständen von der Realität und wanderten in das Reich der Halluzinationen …

Vielleicht hoffte Vikktakkht darauf.

Es hatte seine Vorteile, Fremdsprachen fließend zu beherrschen. Hilfy konnte auf kifisch *denken,* Dinge aus der kifischen Perspektive sehen – und wenn sie es tat, spürte sie die Veränderung ihres Herzschlags, den Wechsel vom Jäger, der zweimal im Monat jagte, zu einem Wesen, das rund um die Uhr ein sprungbereites Raubtier war.

Wenn die Kif damit gerechnet hatte, sie würde davor zurückscheuen, nach Kefk zu kommen – dann hatten sie sich geirrt.

Und in dem Zustand, daß sie hier in Panik geriet, war sie noch lange nicht.

Hier bin ich, Na Kif. Was denke ich? Was werde ich tun? Kennen Sie mich so gut?

Ihr habt mich halb wahnsinnig gemacht. Wenn ich allein herkomme, muß ich schon eine sehr zähe Hani sein.

Und Sie wissen, daß ich Sie nicht besonders gut leiden kann. Also gehen *Sie* ein Risiko ein, Na Kif. Sehen Sie sich vor. Denn nach Ihren Regeln – wenn Sie mich reinlegen, kann ich einen Krieg nur auslösen, indem ich Sie *nicht* zusammenschieße.

»Der Treibstoff wird geliefert«, sagte Fala. »Sie fordern, die Bezahlung müsse in dem Augenblick überwiesen werden, wo sie mit dem Pumpen anfangen.«

»Das ist gut. Wir werden ihnen das Geld klecker-

weise schicken. Sobald sie ein Achtel des Speicherraums gefüllt haben, bekommen sie ein Achtel der Bezahlung. In internationalen Bankzertifikaten, und *sie* müssen einen Boten schicken und die Echtheit nachprüfen. *Keine* Computer-Verbindung zu ihrer Bank. Und wir sprechen nicht mit Vikktakkht oder sonst jemandem von seiner Sorte, solange die Tanks nicht voll sind.« Götter, wie sie dieses Vorgehen kannte! Im Schlaf hatte sie es durchgemacht, zusammen mit ihren Alpträumen. »Tarras, hole Angebote auf die gespeicherten Informationen ein. Wir sind immer noch Händler, des Handelns wegen sind wir hier, sie sollen bloß nicht auf andere Ideen kommen. Und alles muß bar bezahlt werden.«

Hallan sagte leise: »Am Kom blinkt immerzu irgendein Licht.«

»Das ist die eingehende Post«, klärte Chihin ihn auf. »Das geht automatisch. Eingehende Kommunikation wird in keinen Computer eingespeist, der mit irgend etwas verbunden ist. Sie wird von Viren befreit, bevor man sie lesen darf, und sie wird nicht gespeichert. Mach dir darüber keine Sorgen.«

Hilfy rief die Dateien-Liste ab und fragte sich, was für Botschaften denn bloß hier auf die *Legat* warten mochten.

Pyanfars Post.

Natürlich.

16. Kapitel

Die Schläuche wurden angekoppelt, die Pumpen setzten mit ihrem Herzschlag ein. Ist es ungefährlich, daß wir das tun? fragte sich Hallan nervös, denn er machte sich allmählich über jeden Kontakt mit dieser Station Sorgen. Aber die Crew war beschäftigt, wahrscheinlich waren Vorsichtsmaßnahmen getroffen, von denen er keine Ahnung hatte, und wenn das Schiff auftanken mußte, dann mußte es, damit sie jemals wieder aus diesem Hafen hinauskamen. Es hatte also keinen Sinn, zu diesem Thema dumme Fragen zu stellen.

Na Vikktakkht hatte ihn schon wieder namentlich angefordert und wollte durch *ihn* mit der Kapitänin sprechen, und er wußte nicht, weshalb. Vielleicht hatte es etwas mit dem Vorfall auf dem Treffpunkt zu tun. Vielleicht wollten die Kif ihn nur vom Schiff herunterholen, damit sie ihn verhaften konnten, und danach …? Er hatte ganz gräßliche Geschichten über kifische Gewohnheiten gehört.

Aber vielleicht fürchtete er sich davor nicht so sehr, wie er eigentlich sollte. Und vielleicht sollte er sich über das, was Tarras von Chihin gesagt hatte, nicht so aufregen. Sie gab ihm Erklärungen, wenn er etwas nicht wußte. Sie benahm sich, als sei alles in Ordnung. Fala ignorierte ihn immer noch, hatte jedoch zuviel zu tun, um eine Fehde zu führen, und er wußte nicht, ob sie eher auf ihn oder auf Chihin böse war. Während Chihin niemanden brauchte, von niemandem Gefälligkeiten erwartete. Sie tat einfach, was ihr in den Sinn kam, und sie war ehrlich, es spielte keine Rolle, daß er

für sie nicht das Wichtigste bedeutete, was ihr je widerfahren war, er hatte nur …

… seinen götterverdammten Verstand verloren, wenn er sich vorstellte, sie sei neben ihm, und er wußte nicht, warum und was für einen Sinn das haben sollte. Es war ja ganz klar, daß sie ohne ihn leben konnte, daran zweifelte er nicht im geringsten. Es war …

Es war so, daß Chihin nicht erwartete, irgend etwas zu haben, und wegen ihrer Witze kam man ihr nicht nahe, und wenn jemand zu ihr sagte, sie solle sich jetzt zurückziehen, würde sie es wahrscheinlich tun.

Und *wenn* sie sich zurückzog, würde er es nicht aushalten, sie jeden Tag zu sehen und sich mit Fala abzugeben, die … nett wäre, wenn es nicht gerade außerhalb seiner Reichweite Chihin gäbe.

Das Auftanken und das ganze Kommen und Gehen würde noch Stunden dauern, und er wollte niemanden wegen irgend etwas fragen, und er wollte nicht in Chihins Nähe sein, falls sie sich *doch* nur einen Spaß gemacht hatte und ihn noch viel dümmer dastehen lassen würde, bevor sie mit ihm fertig war – sie wußte nicht immer, wann sie aufhören mußte.

Hallan wünschte, sie würden sich beeilen und zu den Kif gehen, um mit ihnen zu sprechen, und er könnte mit ihnen gehen, und vielleicht – vielleicht ein ganz neues Paket Sorgen außer dieser einen bekommen. Es war möglich, daß der Kif ihn haben wollte. Wenn Chihin ihn nicht haben wollte, mochte das besser sein, als auf dem Schiff zu bleiben.

Vielleicht würde die Kapitänin nur sagen: Fein, in Ordnung, viel Glück. Und hoffen, daß er bei den Kif alles Mögliche anstellte und sie Geld kostete.

»Na Hallan«, sagte die Kapitänin, »Filter-Check, Lebenserhaltungssystem-Check, trödeln Sie nicht. Wir wissen nicht, wieviel Zeit uns bleibt. Wir können jede Minute gezwungen sein, den Hafen zu verlassen. Ohne Abkopplungsprozeduren.«

»Ohne Abkopplungsprozeduren« erregte seine Aufmerksamkeit. »Aye, Käpt'n!« Wie elektrisiert machte er sich an die Arbeit, irgendwie erleichtert, daß die Kapitänin etwas Nützliches für ihn zu tun gefunden hatte, außer sich die Pulsadern aufzuschneiden.

Er konnte wütend werden, wenn er richtig darüber nachdachte. Er konnte furchtbar wütend werden, und er wußte nicht einmal, gegen wen er seine Wut richten sollte, nicht gegen Tarras, nicht gegen Chihin, nicht gegen Fala. Nicht gegen die Kapitänin, die grob mit ihm sein mochte, ihm jedoch eine Chance nach der anderen gab, nachdem er Fehler begangen hatte, die man sich gar nicht hatte vorstellen können.

Bestimmt nicht gegen Tiar, die ihm nur Gutes erwiesen hatte.

Vielleicht war er nur wütend auf sich selbst, weil er nicht besser oder klüger oder fähiger war. Er hoffte, sich zu bessern. Er besserte sich. Er versuchte, sich die beste Frage auszudenken, die er dem Kif stellen konnte, denn der kifische Lord hatte gesagt, er werde ihm mindestens eine weitere Frage erlauben.

Aber er hatte keine Eingebung, ihm kam keine Idee, die ihm helfen würde. Und vielleicht ging es letzten Endes gar nicht darum. Vielleicht war es nie darum gegangen. Der Kif hatte sich aus Neugier an die Kapitänin herangemacht und ihn benutzt, und vielleicht war es nur wieder das gleiche Spiel. Der Kif hatte den Stsho in seiner Gewalt, oder der Stsho war tot, und sie befanden sich an einem Ort, wo sie von einer sehr gefährlichen Spezies umgeben waren.

Er war für niemanden eine große Hilfe gewesen.

»Euer Exzellenz?«

Stille.

»Euer Exzellenz?« Sie lebten noch da drinnen. Hilfy signalisierte heftig, daß sie die Kabine zu betreten

wünschte, wartete anstandshalber einen Augenblick lang und öffnete dann die Tür.

Die Schlafdecke lag noch über dem Schüsselsessel. Über dem ganzen Schüsselsessel. Darunter erhoben sich zwei Klumpen, und sie bewegten sich.

Sie waren nicht krank. Das Tee-Service neben der Vertiefung, während des Andockens nicht in Scherben gegangen, bewies, daß jemand aufgestanden und umhergegangen war, zweifellos Dlimas-lyi ... denn würde *Gtst* Exzellenz sich herablassen zu arbeiten? Dem widersprach ihre Erfahrung.

Hilfy räusperte sich. »Euer Exzellenz, ich habe die Ehre, Ihnen unsere sichere Ankunft auf Kefk zu melden. Brauchen Eure Exzellenz irgend etwas? Wir werden mit den Personen verhandeln, die möglicherweise die Person von Atli-lyen-tlas haben, sobald wir mit dem Auftanken fertig sind.«

Ein gedämpftes Quietschen unter der Decke. Ein weißer Kopf kam zum Vorschein, das Federbüschel verstrubbelt, die Augen aufgerissen. »Euer Gnaden sind sehr freundlich. *Gtst* Exzellenz werden warten.«

»Hat ...« Mochten die Götter die Kreatur *verderben!* »Hat *Gtst* Exzellenz in diesem Hafen irgendwelchen Einfluß? Irgendwelche Kenntnisse über Stsho-Personal in diesem Gebiet? Wir sind in einem Hafen, der uns fremd ist und für den wir weder Einführung noch Empfehlungsschreiben besitzen. Und ein Kif namens Vikktakkht an Nikkatu, der uns mit zweifelhaften Versprechungen hergelockt hat, wünscht nun, mit einem jungen männlichen Crewmitglied über *Gtst* Exzellen Atli-lyen-tlas zu sprechen.«

Ein zweiter Kopf tauchte auf, ebenso verwuschelt. »Mit einer *männlichen* Person? Einer jugendlichen männlichen Person? Könnte das möglicherweise die jugendliche männliche Person sein, die unsere Sensibilität im Korridor verletzte, der Träger des Abfalleimers, das labile und aggressive Individuum? Diese Person?«

»Dieser Vikktakkht wünscht, mit diesem Individuum zu sprechen. Ich mißbillige es. Ich fühle mich beleidigt. Doch werde ich nicht zulassen, daß diese List mich an der Erfüllung des Vertrages hindert. Ich werde gehen. Ich werde der jungen männlichen Person vorschreiben, wie sie auf diese unerhörte Provokation zu reagieren hat. Auf diese Weise werde ich erfahren, welchen Kurs ich in meinen Handlungen am besten einschlage.«

»Höchst entschlossen! Höchst verdient, was die andere Partei betrifft! Lassen Sie ihn mit dem jugendlichen Träger des Abfalleimers sprechen!«

Das war nicht gerade der Eindruck, den sie ihm von Na Hallan hatte vermitteln wollen, aber es erschien ihr heikel, eine Diskussion mit zwei in Bettlaken gewickelten Stsho zu führen. »Das Ziel ist, daß Atli-lyen-tlas sicher an Bord dieses Schiffes kommt, und dieses Ziel werde ich trotz aller Verdunkelungen und Irreführungen verfolgen. Aber ich möchte Euer Exzellenz warnen, daß jedes andere Schiff in diesem Hafen ein kifisches Schiff ist. Hier liegen keine ehrlichen Handelsfahrzeuge, und es besteht die entfernte, trotzdem aber nicht von der Hand zu weisende Möglichkeit, daß wir in aller Eile und so gut wie ohne Vorwarnung ablegen und mit hoher Geschwindigkeit starten müssen. Dabei könnte sich zum Beispiel dieses exquisite Tee-Service in einen Schwarm äußerst gefährlicher Projektile verwandeln. Sollte ein solcher Notfall eintreten, wird eine Alarmsirene ertönen. Es wird eine sehr laute und nicht zu verkennende Sirene sein. Dann verzichten Sie besser auf jede Etikette, werfen Sie alle losen Gegenstände in den nächsten Schrank. Ihre eigene Sicherheit hat Vorrang. Ich werde Ihnen eine große Zahl von unglücklicherweise nicht eleganten Kissen schicken, die Sie in Ihren Schüsselsessel packen können. Auch müssen Sie die Sicherheitsgurte anlegen.«

»Das sind furchterregende Vorsichtsmaßnahmen!«

»Weniger furchterregend als eine Abreise ohne hinreichenden Schutz. Wenn Zeit dazu bleibt, wird ein Mitglied meiner Crew Ihnen helfen. Aber wenn Euer Exzellenz meine Kühnheit entschuldigen wollen, die nur von meiner tiefsten Besorgnis um Ihre Sicherheit herrührt, möchte ich diese Kissen sofort in Ihre Kabine schaffen lassen. Ich möchte kein Risiko eingehen.«

Tlisi-tlas-tin winkte ungeduldig. »Sofort, sofort! Dlimas-lyi, hilf dem ehrenwerten Crewmitglied!«

»*Höchst* liebenswürdig!«

»Wie sehr entspricht es doch Ihrer Aufmerksamkeit und Gastfreundschaft, so extravagante Vorsichtsmaßnahmen zu treffen!«

Ein interessanter Anblick. Hilfy hatte noch nie einen Stsho ohne einen Faden Kleidung gesehen. Dlimas-lye krabbelte heraus und eilte zur Tür, sich dabei oft verbeugend. Hilfy versuchte, sich ihre Verblüffung nicht anders anmerken zu lassen, als daß sie die Verbeugungen erwiderte – einmal.

Jedes einzelne Kissen auf dem Schiff kam in die Kabine der Stsho. Ihre. Die der Crew. Jedes Kissen aus den Vorratsräumen, einschließlich der aus den demontierten Passagierkabinen. Mahendo'sat schliefen in Nestern aus Kissen, so daß nicht wenige in Reserve waren. Dazu kamen zwei aufblasbare Airbags für den Notfall.

»In den Aufzug«, sagte sie; sie sagte nicht: Würde es Euer Gnaden etwas ausmachen, sich anzuziehen? So sehr in Eile sind wir auch wieder nicht. Aber sie war sich nicht sicher, was schicklich war, und stellte nur die Tür auf Halt.

»Ich erinnere Euer Exzellenz daran, daß es bei jedem längeren Maschineneinsatz am sichersten ist, mit dem Gesicht nach oben zu liegen, damit die Atemwege nicht behindert werden.«

»Das ist eine gräßliche Überlegung!«

»Sehen Sie es als eine hoffnungsvolle Überlegung an,

da Euer Exzellenz zusammen mit *gtst* Gefährten im schlimmstmöglichen Fall in einem friedlichen und sicheren Nest ruhen werden.«

»Ihre Besorgnis und Voraussicht zum Wohl Ihrer Passagiere wird mit großer Dankbarkeit anerkannt! Sie sind weiß in meinen Augen!«

»Ich bin tief gerührt.« Das war Hilfy tatsächlich. Für Tlisi-tlas-tin war es ein großer Schritt. »Ich lege sehr viel Wert auf die Meinung Eurer Exzellenz.«

Kissen und Airbags trafen im Überfluß ein, eilends daherwackelnde Bündel auf zwei Beinpaaren in unterschiedlicher Farbe.

Die Filter waren bis auf einen in Ordnung. Hallan zog diesen einen heraus, um ihn in der Kombüse abzuwaschen. Er mußte es dort tun, weil das untere Deck für ihn verbotenes Stsho-Territorium war. Während er ihn sauberspülte, trat jemand ein, und er sah sich erschrocken um.

O Götter. Chihin. Er wollte sie nicht hier haben. Er dachte sogar an Flucht. Daran, sich in den Crew-Quartieren einzuschließen. Aber sein Gefühl für Würde ließ ihn weiterarbeiten. Er hoffte, sie werde sich nur ein Sandwich oder so etwas holen und nichts sagen.

An der Spüle stehenbleibend, trocknete er seine Sachen ab. Chihin faßte an ihm vorbei nach einem Beutel mit Chips aus dem Schrank über seinem Kopf, lehnte sich dabei an ihn, legte ihm die Hand auf die Schulter. Und nun glaubte er nicht mehr, daß es ihr um die Chips ging – aber er wußte nicht, ob es Zuneigung war, ein Witz auf seine Kosten oder ob sie ihn damit aufforderte, die Geste zu erwidern. Sie hatte die Chips. Sie öffnete den Beutel und ging, und Hallan wußte immer noch nicht, was er tun sollte oder hätte tun sollen. Sein Magen revoltierte. Er wollte den Sinn in den Geschehnissen begreifen und die Sache nicht noch schlimmer machen, und jetzt wußte er überhaupt nicht

mehr, was vor sich ging, nur daß es genügte, sie in seiner Nähe zu haben, daß seine Temperatur stieg und der Atem ihm knapp wurde, daß er keinen klaren Gedanken mehr fassen konnte. Und vielleicht hatte sie ihn gewollt, und vielleicht dachte sie jetzt, er habe versucht, sie zu ignorieren.

Und wenn *das* der Fall war, würde Chihin nicht wiederkommen, um nochmals zurückgewiesen zu werden. Er könnte ihre Gefühle verletzt haben – vorausgesetzt, er durfte hoffen, jemanden wie sie zu verstehen. Er war verwirrt. Er war vollkommen durcheinander.

Sie gaben ihre Daten an die Station weiter. Es wunderte Hilfy ein wenig, daß die Station für die überspielten Informationen wie ein zivilisierter Hafen bezahlte, einen relativ anständigen Preis, ebensoviel wie der gleichzeitig eingetroffenen *Tiraskhti.* Der Betrag wurde von der Treibstoffrechnung abgezogen, die gleichermaßen für einen Ort wie Kefk, der keine großen Vorräte besaß, nicht unverschämt hoch zu nennen war.

Wegen der Bank-Zertifikate gab es kein Theater. Die Kif schickten einen Vertreter an die Luftschleuse, der sie in Empfang nahm, und schickten ihn nach jeder größeren Teilladung von neuem – was mehr an Kooperation war, als man auf Urtur bekam. Tarras, die ihm die Zertifikate übergab, war bewaffnet; Der Kif war selbstverständlich bewaffnet. Hilfy beobachtete den gesamten Austausch auf dem Bildschirm in der Ops-Zentrale des unteren Decks, eine Pistole in der Hand, jederzeit bereit, die Schleuse von da aus zu schließen und einen Kif, der irgend etwas Böses vorhatte, darin zu fangen.

Es gab keine Spur von Ärger.

Und in Pyanfars gereinigter Post fehlten *hier,* unter Kif, die religiösen Fälle ganz, die Unternehmer waren nicht existent. Aber zahlreiche Individuen boten die Ermordung jedweden Feindes an, den sie ihnen be-

zeichnen wolle, einige davon auf Spekulation. Viele listeten ihre Referenzen auf, die sich in einer anderen Gesellschaft wie ein Polizeibericht gelesen hätten. Nach kifischem Gesetz wurde Mord nicht strafrechtlich verfolgt. Nach kifischem Gesetz wurde nichts strafrechtlich verfolgt, was sich zwischen Privatpersonen abspielte, sondern nur Verbrechen gegen notwendige Gemeinschaftseinrichtungen. Es war zum Beispiel gegen das Gesetz, wenn ein Kif oder eine Gruppe von Kif eine Bank überfiel und ausraubte oder im Alleingang gegen eine ausländische Regierung oder die kifische Regierung vorging oder eine Raumstation unter Verletzung der Würde des *mekt-hakkikt* angriff. Dieses Gesetz hatte Pyanfar wahrscheinlich selbst diktiert – weil es keine eigentliche kifische gesetzgebende Körperschaft gab, nur einen allgemeinen Konsens, einem bestimmten *hakkikt* solange zu folgen, wie es vorteilhaft aussah, und was der *hakkikt* sagte, *war* Gesetz so weit, wie der Einfluß des *hakkikt* reichte. Wer es verletzte, wurde dem beleidigten *hakkikt* ausgeliefert, der unter Umständen demonstrierte, daß sein *sfik* größer als das des Übeltäters war, indem er ihn zum Dinner verspeiste. Wörtlich.

Und bei all den Würden, die Tante Pyanfar besaß, ihre Autorität unter den Kif beruhte vor allem darauf, daß sie *mekt-hakkikt* blieb, auch wenn sie dazu Zwang anwenden mußte. Ohne das waren alle ihre Gesetze null und nichtig, und ohne sie auf diesem Posten gäbe es keinen Frieden.

Nicht wenige Hani auf Anuurn sprachen mit Kopfschütteln von Pyanfar Chanur. Es störte sie aber nur, daß sie ständig von Kif umgeben war. Von den Realitäten innerhalb des kifischen Raums hatten sie keine Ahnung, denn keine kam her, um sie kennenzulernen.

Ausgenommen Pyanfar Chanur.

Ob sie jemals eins dieser Angebote *angenommen* hatte? fragte Hilfy sich voller Unbehagen. Wenn man den uni-

versellen Frieden vor sich sah und jemand diesem Frieden im Weg stand, störend im Weg stand, und man so viele Angebote von einer Spezies erhielt, die in Mord ehrlich nichts Böses sah, ob einer der eigenen Art oder jemand anders umgebracht wurde – würde man dann anfangen, relative Übel gegeneinander abzuwägen?

O Götter, Tante, welche täglich zu treffenden Entscheidungen, was für ein schwieriges Nein, das von Zeit zu Zeit auszusprechen ist – oder heißt es immer Nein, wenn der Frieden auf dem Spiel steht – wenn der potentielle Übertreter Kif sein könnte?

Welch ein schmaler Grat, um darauf zu wandern, Tante. Warum hast du ihn je beschritten?

Nur daß niemand anders es zu jener Zeit hätte tun können …

Pyanfar, lautete eine Botschaft, *ich müssen mit Dir reden. Ich haben Frau ohne Verstand. A.J.*

A.J.? Wer war A.J.? Warum kein Absender? Kein Datum. Hilfy kannte keinen –

A.J.? Aja Jin?

Jik?

Das war eine Persönlichkeit unter den Mahendo'sat. Und *Aja Jin* war ein Jagdschiff. Frau ohne Verstand? Ehefrau ohne Verstand? Auf mahendi konnte es beides heißen.

Jik war nicht verheiratet, soviel sie wußte. Jik, der sich schlimmer schlängelte als ein Tc'a, war immer noch, wenn er loyal geblieben war, einer von Tante Pys Nummer-eins-Agenten, und die *Aja Jin* war eins von den Schiffen, die ihren Kurs bei keinem Handelsbüro angaben und keine Fracht mitnahmen. Die *Aja Jin* zeigte sich ebenso wie die *Stolz* mal hier und mal da, und wie weit sie mit einem Sprung kommen konnte und wo sie auftankte, das wußte Tante Py, aber wahrscheinlich sonst niemand.

Er hatte sich nicht einmal die Mühe gemacht, den Text zu codieren. Und hatte die Botschaft hier zurück-

gelassen, auf Kefk, jenseits einer Grenze, die nur Dummköpfe überquerten?

In was hatte sie sich da hineinmanövrieren lassen? Tante Pys private Mailbox? Ein Ort – wenn man darüber nachdachte –, wo ein Schiff wie die *Aja Jin* plötzlich auftauchen und eine Botschaft in einfacher maher Handelssprache abgeben konnte, ohne sich auch nur die Mühe zu machen, sie zu verschlüsseln, abgesehen davon, daß man erst wissen mußte, wer A.J. war... Denn die Kif hatten keinen Beweggrund, die Neuigkeit irgendwem als einem anderen Kif mitzuteilen. Kif, die hoch genug im Rang standen, um Nutzen daraus ziehen zu können, waren entweder gegenüber Tante Py loyal oder konspirierten gegen sie, doch in keinem Fall würden sie etwas weitergeben, das geeignet war, einem x-beliebigen Außenseiter zu Macht zu verhelfen. Es lag einfach nicht in ihrem Interesse, das zu tun.

Und etwas gegen die *mekt-hakkikt* zu unternehmen, da, wo sie ihre Post abholte? Man bedenke all diese Botschaften von hoffnungsvollen Subalternen, die sich verzweifelt um das Wohlwollen der höchsten Autorität im kifischen Raum bemühten.

Aber Vikktakkht wollte Hilfy Chanur *hier* haben?

Sie mußte sehr, sehr vorsichtig sein. Sie schmeicheln mir, hatte Vikktakkht gesagt, als sie ihn auf Kshshti als *hakkikt* angesprochen hatte. Hier dagegen hatte seine Botschaft, die er ihr kurz vor dem Andocken übermittelte, den Titel enthalten: Der *hakkikt* Vikktakkht an Nikkatu, daran ließ sich nicht deuteln.

Der *hakkikt* behauptete, hier würden sie Atli-lyen-tlas finden, und hier werde er ihnen helfen, und hier sei der Ort, wo alles geschehen müsse. Wenn Hilfy einmal blindlings drauflosriet, war es ein Ort, an den Pyanfar kam, und ein Ort, der gegenwärtig *voll* war von Jagdschiffen und nichts anderem, und es würde für die *Legat* sehr schwierig sein, diesen Ort gegen den Willen des *hakkikt* zu verlassen.

Einerseits war es möglich, daß ein Spinner von einem Mahe mit häuslichen Problemen eine alberne Bitte um Hilfe für Pyanfar dagelassen hatte.

Es waren bereits 248 Botschaften in Pyanfars Stapel, und weitere warteten noch auf die Computer-Version einer Bombenentdeckung. An diesem Ort waren die Erwartungen, Pyanfar Chanur zu sehen, nicht gering. Nicht wenige der besagten Botschaften stammten von Orten wie Mkks und Akkti und dem fernen Mimakkt, alle im kifischen Raum gelegen – und sie waren nach Kefk geschickt worden.

Andererseits mochte dies Pyanfars kifische Operationsbasis sein.

Andererseits war sie es vielleicht nicht. Und dieses ›Vielleicht nicht‹ enthielt die gräßlichsten Möglichkeiten.

Der Schirm leuchtete blau auf: Der Computer spie eine Botschaft mit einem Schlüsselwort aus.

Der hakkikt *Vikktakkht an Kapitänin Hilfy Chanur, im Dock auf Kefk: Setzen Sie sich mit mir in Verbindung.*

Die Botschaft, die sie vor dem Andocken erhalten hatte, war halbwegs herzlich gewesen. Diese, nach dem Andocken, war kurz und bündig, in gewisser Weise beleidigend, eine einfache und zurückhaltende Aufforderung, und eine bloße Kapitänin würde ihren ganzen Ehrgeiz darein setzen, sie zurückzuweisen.

Nach kifischen Begriffen war es eine sehr deutliche und durchaus vernünftige Warnung: Mit dem Auftanken waren sie *beinahe* fertig. Der *hakkikt* gab ihr eine Möglichkeit, ihr eigenes *sfik* zu wahren, indem er eine überlegene Macht so lange zurückgehalten hatte.

Es war angebracht, sich seinem Wunsch zu fügen, wenn sie ihm nicht geradeheraus den Kampf ansagen wollte.

Schritt für Schritt nach der kifischen Tagesordnung. Der Kif wollte sie, sie persönlich.

Sie gestattete sich nicht, ihre Gedanken dabei ver-

weilen zu lassen; sie wollte es an sich herankommen lassen. Auf ihrer Liste der sofort zu erledigenden Dinge stand es nicht.

Hilfy schwenkte ihren Sessel herum und schaltete die Kom-Funktion ein.

Das Hani-Schiff Chanurs Legat, *im Dock auf Kefk, von Kapitänin Hilfy Chanur, Oberhaupt des Chanur-Clans, an den* hakkikt *Vikktakkht an Nikkatu an Bord des Kif-Jagdschiffes* Tiraskhti, *im Dock auf Kefk: Es ist uns eine Freude, mit der Kommunikation zu beginnen.*

Einen Augenblick lang kam nichts, dann:

Der hakkikt *Vikktakkht an Nikkatu an Kapitänin Hilfy Chanur im Dock auf Kefk: Ich habe die Person, die Sie suchen. Bringen Sie mir Meras.*

Es gefiel ihr gar nicht, wie er diese beiden Sätze nebeneinandergestellt hatte. Und jede Sekunde der Verzögerung konnte die Sache zum Platzen bringen, konnte einen Verlust von *sfik* bedeuten, den Kif, ohne daß sie es wollte, vor den Kopf stoßen… Sehr schnell würde eine Vielzahl von indirekten Folgen eintreten.

Das Hani-Schiff Chanurs Legat *im Dock auf Kefk, von Kapitänin Hilfy Chanur, Oberhaupt des Chanur-Clans, an den* hakkikt *Vikktakkht an Nikkatu an Bord des Kif-Jagdschiffes* Tiraskhti *im Dock von Kefk: Wann?*

Die Hand, mit der sie ausschaltete, zitterte. Den Göttern sei Dank, daß der Kif das nicht sehen konnte. An Bord der *Tiraskhti* durfte sie nicht mit der Wimper zucken. Nicht, wenn sie lebendig wieder herauskommen wollte.

Der hakkikt *Vikktakkht an Nikkatu an Kapitänin Hilfy Chanur im Dock auf Kefk: In diesem Augenblick ist eine Eskorte zu Ihrer Luftschleuse unterwegs.*

Die Götter sollten den Bastard verderben! Darauf war sie nicht vorbereitet. Es war ein Ultimatum. Sie konnte es zurückweisen. Doch ob sie sich so oder so entschloß, sie hatte auf ihren nächsten Schritt alles gesetzt, was sie hatte. Indem sie herkam, hatte sie sich

mit dem Kif auf ein Würfelspiel eingelassen. Nun machte der *hakkikt* seinen Wurf, und es war entweder ein Test oder eine regelrechte Entführung.

Das Hani-Schiff Chanurs Legat *im Dock auf Kefk, von Kapitänin Hilfy Chanur, Oberhaupt des Chanur-Clans, an den* hakkikt *Vikktakkht an Nikkatu an Bord des Kif-Jagdschiffes* Tiraskhti *im Dock auf Kefk: Ich freue mich auf das Treffen.*

Sollte er sich den Kopf zerbrechen, ob sie ihn auf der Stelle niederschießen würde – denn um zu verlangen, daß sie unbewaffnet kam, hätte er den Grad der Bedrohung steigern müssen.

Hilfy trug jetzt Ausgehkleidung. Die Minipistole steckte in ihrem Gürtel. Eine normale Pistole lag mitsamt dem Halfter im Schrank. Hilfy schaltete den Bordlautsprecher ein und erhob sich gleichzeitig aus ihrem Sessel. »Hallan Meras, Fala Anify, meldet euch sofort in der unteren Ops-Zentrale. Fala, Ausgehkleidung, Code rot. Hallan, du wäschst dich nur und ziehst saubere Sachen an.«

»Bin schon unterwegs«, antwortete Fala von irgendwoher.

»Hallan, melde dich, götterverdammt noch mal!«

»Jawohl, Käpt'n! Ich komme.«

Tarras stürmte herein, voll von Protesten. »Du willst zu dem Kif? Mit diesen beiden Kindern?«

»Die REGELN, Tarras. Die REGELN. Ich will, daß die Geschützoffizierin, die Pilotin und die Scan-Offizierin auf der Brücke bleiben. Ich kann nicht allein zu dem Kif gehen, ich brauche Begleitung. Der Kif will mit mir durch Meras sprechen, und Fala ist als einzige abkömmlich. So ist es nun einmal, Tarras. Tut mir leid, Cousine. Wie bei einer Rechenaufgabe.«

Tarras stand schweigend da und atmete schwer. Dann: »Sag dem Kif, die Geschützoffizierin sei labil und rege sich über diese Sache schrecklich auf.«

»Ich werde ihm sagen, daß wir Atli-lyen-tlas wollen.

Oder eine gute Entschuldigung. Achte darauf, daß Chihin an Bord bleibt. Lies ihr die REGELN vor, bis sie kapiert.«

»Aye«, sagte Tarras. Den Göttern sei Dank für Tarras' elementare Intelligenz. Tarras ging, grimmig und aufgeregt, und stieß mit Tiar zusammen, die hereinkam.

»Käpt'n ...«

»Diesmal funktioniert es nicht, Tiar. Die Crew besetzt die Stationen, wie es im BUCH steht. Du kannst mir vertrauen, daß ich weiß, was ich tue.«

»Du riskierst deinen Hals, Käpt'n!«

»Das ist nicht so schlimm. Weder Fala noch ich sind Navigatorinnen. Ihr nehmt Kurs zum Treffpunkt über Lukkur oder Tt'a'va'ao, wenn das die einzige offene Route ist – sollte ich in Schwierigkeiten geraten, haut ihr ab und sorgt dafür, daß jemand außer den Kif davon erfährt. Leuchtet dir das ein?«

Tiar gefiel das nicht. Nicht im geringsten, aber sie ging mit Tarras, und beide würden sie mit Chihin alle Hände voll zu tun haben, darauf konnte man wetten. Zum erstenmal mußte diese Crew, bei den ewigen Göttern, den harten Weg gehen und tun, was man ihr befohlen hatte. Hilfy tat es schrecklich leid, daß sie die beiden jungen Leute bei einer so gefährlichen Sache mitnehmen mußte, aber es war genauso, wie sie gesagt hatte: Ihr blieb keine Wahl.

Sie hörte den Lift. Das waren entweder Tarras und Tiar auf dem Weg nach oben – oder ...

Geschrei erklang. Das war Chihin. Wie sich denken ließ, protestierte sie, sie habe alle möglichen Kurse bereits berechnet, und deshalb werde sie mitgehen. Hilfy konnte die Worte nicht verstehen, daß es ein Streit war, ging jedoch aus dem Rhythmus hervor. Dann verstummten die Stimmen – vielleicht dämpften die Türen sie; der Aufzug fuhr nach oben. Aber irgend jemand kam den Korridor herunter; sie hörte die sich nähernden, eiligen Schritte.

»Käpt'n«, keuchte Fala, noch feucht von der Dusche. Kein Zweifel, sie hatte Angst.

»Jetzt wird sich zeigen, ob du fähig bist, einen kühlen Kopf zu bewahren, Ker Anify. Tut mir leid, daß ich keine von den Älteren mitnehmen kann – du mußt es sein. Denk an alles – an *alles,* was du in dem BUCH gelesen hast, und wenn du vor Angst den Verstand verlierst, laß es die Kif nicht merken. Im Schrank da liegt eine Pistole. Nimm sie dir.«

»Aye, Käpt'n.« Fala holte Pistole und Halfter aus dem Schrank und legte sie an. Ihre Hände zitterten: Die Nervosität der Anfängerin angesichts des Unbekannten, des Nie-Erfahrenen. Das ging in Ordnung. Hilfys Nerven flatterten auch ein bißchen.

»Sie werden versuchen, dich zu erschrecken. Wenn du die Hände auf deine Waffe legst, werden sie dasselbe tun, also eskaliere um der Götter willen eine Geste nicht zu einem Feuergefecht. Merk dir das!«

Der Aufzug kam wieder herunter. Ein anderer Läufer rannte durch den Korridor. Er war schwerer – und außer Atem, als er die Tür erreichte.

»Verzeihung, ich bin ...«

»Ihr beiden«, sagte Hilfy, »hört mir ganz genau zu. Ich weiß nicht, was privat zwischen euch läuft, und es interessiert mich auch nicht. Entweder schüttelt ihr die Dummheit aus euren Köpfen, oder ihr und ich, wir werden den Frieden in Stücke reißen, habt ihr verstanden? Es handelt sich hier nicht nur um zwei junge Idioten, die sterben werden, wenn sie nicht jemand zur Vernunft bringt. Der Krieg könnte von neuem ausbrechen, und mehrere Milliarden Leute könnten getötet werden. Ist das wichtiger als eure persönlichen Angelegenheiten?«

»Ja, Käpt'n«, antwortete Hallan schwach.

»Ja«, sagte Fala verängstigt. Sie hielt die Ohren aufgerichtet und sah Na Hallan nicht an. »*Ja,* Käpt'n.«

»Das ist gut. Das ist gerade ausreichend. Können wir

uns zu makelloser Tüchtigkeit aufschwingen?« Von der Schalttafel her meldete sich der Bewegungssensor an der geschlossenen Tür der Luftschleuse mit einem Warnton. Der Bildschirm zeigte zwei schwarzgewandete Schatten, die über den Zugang auf die Tür zukamen, zwei zweifellos bewaffnete Kif. »Unsere Eskorte ist da. Na Hallan, die Frage, sollten Sie die Chance bekommen …«

»Ja, Käpt'n.«

»Schmeicheln Sie dem Bastard. Setzen Sie ihn ja nicht vor seinen Leuten in Verlegenheit. Und finden Sie heraus, was er über Atli-lyen-tlas weiß.«

»Ist das die Frage, Käpt'n?«

»Das ist die Frage. Was er weiß, nicht wo der Stsho ist. Falls er uns eine zweite Frage zugesteht – es gibt keine. Es gibt nichts, was nicht gefährlich wäre. Vermeiden Sie die Ausdrücke ›haben wollen‹ und ›brauchen‹. Ein kifischer *hakkikt braucht* nichts. Und drängen Sie ihn nicht. Er hat alle Vorteile auf seiner Seite. Zwingen Sie ihn nicht, das zu demonstrieren.« Sie trieb ihn aus der Tür und steckte die Pistole im Gürtel fest – kein Gefühl im Universum kommt dem gleich, wenn man mit einem schnellen Satz in Deckung geht und seine Waffe über den Boden davonschlittern sieht. »Fala, du ziehst nicht, bevor ich es tue, und dann verschwende keine Kugeln auf die angeheuerten Hilfskräfte. Such dir den Kif mit dem höchsten Rang aus, den du treffen kannst, und renne dann zur Tür. Du *rennst zur Tür,* du bleibst nicht stehen und betrachtest den Schauplatz. Das ist alles an Instruktionen, was ich dir geben kann. Drohung um Drohung, laß sie den ersten Schritt tun.«

»Aye, Käpt'n.«

»Das ist götterverdammt richtig, ‹Aye, Käpt'n.‹ *Halte dich an die Befehle.*«

17. Kapitel

Auf Kefk waren die Docks nur von Natriumlampen an der Decke beleuchtet und zeigten nichts als Grautöne. Kif sehen keine Farben, jedenfalls nicht so, wie Hani es tun; sie sehen das Gelb von Warnzeichen nicht, nur das Hell-Dunkel-Schema. Deshalb waren die Leitungen auf Kefk durch Muster gekennzeichnet, und Muster sagten einem, geh hier und nicht da. In diesem ganz grau und schwarzen Universum wurden die Farben der Hani von dem aprikosenfarbenen Licht seltsam verwandelt: Hilfys Hose wurde zu einem eigentümlich gedämpften Rot, Raumfahrer-Blau wurde zu Blaugrau, und das Metall der Gewehrläufe und Waffengürtel ihrer Fünf-Mann-Eskorte bekam aprikosenfarbene Glanzlichter, während das matte Graphit-Grau kifischer Hände und kifischer Schnauzen – das war alles, was die Gewänder freiließen – tatsächlich einen lebhafteren Ton annahm.

Das mußte man den beiden jungen Leuten lassen, dachte Hilfy, sie ließen sich keine Angst vor ihrer Eskorte anmerken, sie erlaubten ihren Blicken nicht, neugierig umherzuschweifen, und sie rümpften nicht angewidert die Nase über den Ammoniakgeruch in der Luft, die so eisig war, daß der Atem gefror. Sie achteten auf ihre Umgebung, und Hilfy achtete auf alles, was sich vor ihr und am Rand ihres Gesichtsfeldes abspielte, wo die Neonzeichen einer Ladenstraße genau wie auf jeder anderen Station Kunden anzulocken versuchten. Nur waren die Wörter kifisch, und man fragte besser nicht, welche Delikatessen diese Etablissements anboten und für welche Unterhaltungen sie warben.

Die Leuchtschilder waren weiß, oder sie hatten die kränkliche Farbe kifischen Tageslichts, oder sie waren neonrot: Wer konnte wissen, wie kifische Augen *das* sahen.

Auf dem ganzen Weg kamen sie an schwarzgewandeten, waffenstarrenden Kif vorbei, die in kleinen Gruppen beisammenstanden, sie beobachteten, miteinander sprachen – hinter der hohlen Hand oder indem sie ihnen eine Schulter zukehrten.

Seht euch diese Trottel an, sagten sie vielleicht.

Hilfy und die beiden jungen Leute kamen an zwei Liegeplätzen vorbei, wo sich absolut nichts rührte. Die Schiffe mochten im Countdown sein oder, dachte Hilfy, sich darauf vorbereitet haben, innerhalb einer Sekunde zu starten. An einem dritten Liegeplatz wurden Container eingeladen, alle von der Art, die Versorgungsgüter für das Schiff selbst enthielten und mit Anschlüssen für Schläuche und Spendern versehen waren. Gerade fuhr ein Lastwagen voller Käfige mit lebenden Tieren vor, von denen ein tausendfaches wütendes Protestgequietsche aufstieg, als sie einen Ruck von einem Ladearm bekamen. Wie ein Strom schwarzer Tinte flossen sie an den Seiten des feinen Maschendrahts hoch.

Akkhtisches Leben, hatte ein Kif einmal gesagt: Eine Spezies, die so gefräßig und niederträchtig war und sich so schnell fortpflanzte, wie es sein mußte, um auf der kifischen Heimatwelt am Leben zu bleiben – die einzige Spezies im Universum, die es in Hilfys Augen verdiente, von den Kif verspeist zu werden.

»Hier entlang«, sagte der Kif-Offizier. Er schwenkte die Hand innerhalb des Ärmels und wies sie zu einem Eingangstor, neben dem eine Tafel in kifischen Leuchtbuchstaben *Tiraskhti* verkündete.

Jetzt wird es ernst, dachte Hilfy und stieg als erste die Rampe hinauf, womit sie zwei junge Leute in eine Situation führte, die sich als sehr, sehr übel erweisen konnte. Die Kinder würden den Druckpunkt abgeben,

sollte etwas schiefgehen. Die Kif verstanden, von Geiseln auf eine verwickelte Weise Gebrauch zu machen, die nichts mit Gefühlen zu tun hatte, vielleicht aber eine Menge damit, daß dem Gegner ein wertvoller Gegenstand weggenommen und dadurch sein *sfik* geschmälert wurde.

Vor ihnen öffnete sich die trübe beleuchtete Luftschleuse. Drinnen war der Ammoniakgestank viel stärker. Aber es war nicht unwahrscheinlich, daß Kif den Geruch von Hani als ebenso unangenehm empfanden. Was die Beleuchtung anging, haßten sie das Licht gelber Sonnen, und sie mochten nicht einmal die mittägliche Strahlung ihrer eigenen. Das behaupteten wenigstens die Theoretiker.

Sie standen in der kleinen Kammer, eine dicht zusammengedrängte, sich unbehaglich fühlende Gesellschaft, außer den beiden Kif, die draußen Posten bezogen hatten. Sie wurden in einen Korridor durchgeschleust – und dort empfing sie mehr Personal, als ein Hani-Schiff brauchte.

»Kkkt«, sagten sie. Dieser eigentümliche Laut bekundete Interesse. Oder die Einleitung zu einem Angriff. Ruhig, befahl Hilfy sich selbst. Wenn sie die beiden jungen Leute ohne Unfall durch diesen Korridor brachte, würden sie in größeren Räumen, außer Reichweite einer neugierigen kifischen Klaue sicherer sein. Ihre Eskorte bahnte ihnen einen Weg durch die Menge, und das ›Kkkt‹ lief wie eine Welle vor ihnen und neben ihnen her, bis zu dem Raum, wo ein kifischer Würdenträger Gäste empfing und Hof hielt und was für Geschäfte der *hakkikt* sonst noch zu erledigen hatte.

Diesen Saal betraten sie jetzt. Ringsumher an den Wänden standen bewaffnete Kif – Hilfy *kannte* diesen Ort oder sein genaues Gegenstück, und die Zeiten verwirrten sich ihr, als lägen keine Jahre zwischen dem Damals und dem Heute. Da war der kifische Fürst in silbergesäumtem Schwarz, da war der niedrige Tisch

mit den beiden Sesseln, da war der unvermeidliche Ring von Zeugen, und das alles lag in einem so trüben Licht, daß ein Hani-Auge die Konturen nicht erkennen konnte.

»Ihr setzt euch nicht hin«, murmelte sie Fala und Na Hallan zu und schritt bis zu dem Tisch vor. Sie war *hier*, das war keine Erinnerung an ein anderes Schiff, einen anderen Ort. Es war nicht der geeignete Ort, um die Nerven zu verlieren, sagte sie zu sich selbst. Sie mußte zwei junge Leute lebendig wieder hinausschaffen. Der *hakkikt* mußte Punkte sammeln, er war dazu gezwungen, nachdem sie diesen Weg bis zum Tisch mit soviel Selbstbewußtsein zurückgelegt hatte. Aber ohne ihre Mithilfe konnte er nicht alles bekommen, denn sonst hätte er sie gar nicht erst hergerufen.

Hilfy zog einen Sessel zurück, setzte sich Vikktakkht an dem runden Tisch gegenüber und lehnte sich in bewußter Unbekümmertkeit zurück. Fala und Hallan stellten sich hinter sie.

Vikktakkht ließ den einen dünnen Arm über die niedrige Rückenlehne seines Sessels hängen. Sein Gesicht wurde von der silbergesäumten Kapuze beschattet, ausgenommen die Schnauze – ausgenommen die feine Modellierung von Adern und Muskeln, nach der man sich vorstellen konnte, daß dies ein sehr gutaussehendes, sehr furchterregendes Exemplar seiner Spezies war.

»Kkkt. Kapitänin. Und Meras. Meras möge sich zu uns setzen.«

»Na Hallan«, sagte Hilfy, ohne hinzusehen, und der Junge bugsierte seinen großen Körper vorsichtig in den zweiten, noch leeren Sessel.

»Meras«, sagte Vikktakkht. »Stellen Sie Ihre nächste Frage.«

»Sir«, begann Hallan in ruhigem, respektvollem Ton und stockte.

Um der Götter willen, Junge, dachte Hilfy, *vergiß die Frage nicht.*

»Was wissen Sie«, fragte Hallan, »über Atli-lyentlas?«

Kkkt, lief das Gemurmel rund um den Saal. Hallan, das mußte man ihm lassen, zuckte nicht mit der Wimper.

»Eine umfassende Frage.« Der *hakkikt* hob den Arm zu einer weit ausholenden Geste. Ein silbernes Armband zeigte sich dabei an seinem bloßen dunklen Handgelenk. »Ich stelle die Antwort für einen Augenblick zurück – und gewähre Ihnen eine weitere Frage.«

Improvisiere bloß nicht, Junge, dachte Hilfy. Versuch es gar nicht erst.

»Darf ich Sie um einen Gefallen bitten, Sir?«

Diese Wendung hatte Hilfy nicht erwartet. Sie übersetzte die Frage ins Kifische und suchte verzweifelt nach Mehrdeutigkeiten. Der Saal knisterte vor Verblüffung, schien den Atem anzuhalten, und ein paar Kif murmelten »k-k-k-kkkt« in einem finsteren Ton. *Sie* hätten das nicht gewagt. Hilfys Herz schlug plötzlich doppelt so schnell, ihr Gehirn versuchte, sich etwas einfallen zu lassen, das sie sagen konnte.

Aber Vikktakkht bewegte nur lässig die Hand. »Kühn. Richten Sie eine Bitte an mich. Wenn Sie mich amüsieren, erfülle ich sie vielleicht.«

Hilfy hörte auf zu atmen. Sie dachte: *Vorsichtig,* Na Hallan. *Denk nach,* Junge.

Die Kif schoben sich näher an sie heran, lauschten, forderten sich gegenseitig zischend auf, Platz zu machen und still zu sein. Hilfy war sich Falas Anwesenheit hinter der Rückenlehne ihres Sessels stark bewußt – wagte nicht, sie zu warnen, *hoffte,* das Mädchen werde keinen Schritt zurückweichen.

»Ich möchte gern, daß Sie mich recht verstehen, Sir. Ich gehöre nicht zu den Chanur. Sie waren nicht einmal auf dem Treffpunkt, als ich festgenommen wurde. Sie

versuchten, mich zu meiner Crew zurückzubringen, das ist alles. Deshalb ist nichts, was ich getan habe, ihre Schuld.«

»*Kkkt*«, kam es von hundert Kehlen und erstarb in Zischlauten. Hilfy übersetzte auch das ins Kifische und suchte es über einen Logikpfad nach dem anderen ab. ›Beleidigt‹ hatte zu viele Verästelungen, um ihnen allen nachzugehen.

»Kkkt«, machte Vikktakkht leise. »Wie, Meras, darum bitten Sie? Um mein Verständnis?«

Während Hilfy dachte: ›Verstehen‹ heißt nicht ›Verzeihen‹. Junge, gib es auf. Mach jetzt nicht weiter.

»Wenn Sie Pyanfar Chanurs Freund sind – die Chanur brauchen – sie ...«

Götter, Junge, teile ihm nicht vor seinen Gefolgsleuten eine Arbeit zu ... »*Hakkikt*«, setzte sie an, doch Vikktakkht winkte ab.

»Meras?«

Schweigen. Dann: »Sie denken, Sie können den Stsho finden«, sagte Hallan.

»Ist das Ihre Bitte?«

Ja! dachte Hilfy. Götter, steig aus, Junge!

»Ja, Sir.«

»Sind das nicht eigentlich zwei Bitten?«

»Dann die zweite, Sir. Ich wollte das nur zuerst klären, falls Sie es nicht in Ihren Aufzeichnungen haben.«

»Kkkt.« Er streckte die Hand aus. Ein Diener beeilte sich, einen Becher hineinzudrücken. Vikktakkht trank nicht. Statt dessen machte er mit dem Becher eine Bewegung, die in Hilfys Richtung endete. »Welche Motive stecken hinter diesem Durst nach Verantwortung? Ist dies eine Herausforderung? Ist das das richtige Wort?«

»Nein, Sir. Es ist das richtige Wort, aber ich fordere Sie nicht heraus. In keiner Weise, Sir. Ich bin Chanur gegenüber dazu verpflichtet, klarzustellen, daß ...«

»Er meint …«, begann Hilfy verzweifelt. Die Hand des *hakkikt* unterbrach sie scharf, machte dann eine zweite Geste.

»Übersetzen Sie, Chanur. Ich weiß, Sie beherrschen die Sprache.«

»Nakkot ahigekk. Sh'sstikakkt Chanur.«

»Jetzt folgt er Chanur, meinen Sie.«

»Ja.«

»Und was will Chanur?«

»Nakkot shatik nik'ka Atli-lyen-tlas.«

»Ah. Und was hindert Sie daran? Welche Vermutungen haben Sie?«

»Paehisna-ma-to.«

Der lange Kiefer hob sich. Der *hakkikt* sah sie über eine lange, gefährliche Nase an.

»Kkkt. Aber die Mahendo'sat *unterstützen* die *mekt-hakkikt*.«

Sie konnte sich nicht irren. Sie konnte sich *nicht* irren und dem falschen Schiff gefolgt sein. »Tatsächlich?«

»Was meint Hilfy Chanur?«

»Ich bin nicht hergekommen, weil ich Ana-kehnandian geglaubt habe.«

»Kkkt. Sie sind hergekommen, weil wir Atli-lyen-tlas haben.«

»Sie haben ihn?«

»Kkkt. Kkkt. Die flachzähnigen Stsho drehen sich nach jedem Wind. Sie versuchen, Chanur zu gefallen. Sie tun Schritte in diese Richtung, in jene Richtung. Sie sind *gakkak*.«

»Herdengeschöpfe.«

»Herdentaktik. Genau. Sie tun einen Schritt auf Chanur zu. Sie tun einen Schritt auf Mahendo'sat von Rang zu. Aber die Mahendo'sat sind nicht *gakkak*. Sie gehen in alle Richtungen. Wenn du einen jagst, entkommen andere und einer schließt sich dir vielleicht an. So ist Paehisna-ma-to zu verstehen.«

»Keine Freundin Chanurs.«

»Den Kif nicht wohlgesonnen. Manche sagen, Hilfy Chanur sei den Kif nicht wohlgesonnen. Manche sagen – Hilfy Chanur sei die logische Verbündete von Paehisna-ma-to. Die logische Nachfolgerin von Pyanfar Chanur.«

Hilfy sog langsam die nach Ammoniak stinkende Luft ein. »Wo *ist* die *mekt-hakkikt?*«

Eine vage Handbewegung. »Wo es der *mekt-hakkikt* gefällt. Vor kurzem war sie auf dem Treffpunkt. Wie Sie wissen.«

Waren Attentäter hinter Tante Py her? *Mahe* Attentäter?

»Wer ist verantwortlich für die Explosion auf den Kshshti-Docks? Wer hat auf uns geschossen?«

»Was denken Sie?«

»Auf Kshshti gibt es keine kifischen Dockarbeiter.«

»Nein.«

»Es ist schwierig für einen Kif, in ein Lagerhaus zu gehen und einen Container zu stehlen.«

»Nicht unmöglich.«

»Aber warum sollten Sie den Wunsch haben, mich aufzuhalten? Ich hatte schon zugestimmt, nach Kefk zu gehen.«

»Hani haben nicht immer getan, was sie versprochen hatten.«

»Die Bombe hätte das Schiff schwer beschädigt, ohne es zu zerstören. Und der Heckenschütze hatte nicht Ihre Klasse. Dazu verweigerte Kshshti einem mahen Jagdschiff die Starterlaubnis. Jagdschiffe haben in jeder Situation Priorität. Sollte man nicht glauben, es hätte starten dürfen, wenn *wir* es doch durften?«

»Aber wir sind historische Feinde.«

»Kshshti hat einem Jagdschiff bürokratische Hindernisse in den Weg gelegt. Der Station war Ana-kehnandian mehr als bloß verdächtig. Ich hatte von dieser Paehisna-ma-to noch nie etwas gehört. Also ist sie neu. Eine aufstrebende Macht. Urtur – verhielt sich vorsich-

tig gegenüber Ana-kehnandian. Kshshti war *auf tapfere Weise* vorsichtig – *nakkti skskiti.*«

»Kkkt.« Diesmal war es ein Lachen, das Vikktakkht schüttelte und um den ganzen Raum lief. »*Nakkti skskiti.* Ja, so ist Kshshti. Ein Banner für alle Winde.«

»Ich bin nicht so. Und ich bin nicht so dumm, daß ich meine, Kif dächten wie Hani. Oder daß ein *hakkikt* Ihres Formats, der mit uns Verbindung aufzunehmen wünschte, zwei Versuche machen würde, uns Angst einzujagen, ohne uns zu töten.«

»Kkkt.« Ein Winken. »Sie glauben, uns fehle es an Subtilität?«

»Haben Sie die Explosion auf Kshshti nicht veranlaßt?«

Wieder ein Lachen, das sich klickend und zischend im Saal fortpflanzte.

»Grüße«, sagte Vikktakkht, »von der *mekt-hakkikt*. Die mir versicherte, ihrer Rivalin werde es nicht gelingen, Sie an sich zu ziehen.«

Damit meinte er Paehisna-ma-to, und das bedeutete, daß Pyanfar sich auf die Kif verließ, auf *kifische* Unterstützung! Die Kif würden sich solange loyal verhalten, wie sie die Unterlinge fürchteten, die *Pyanfar* fürchteten...

Bei dieser Wahrheit angelangt, wurde es Hilfy ganz flau im Magen. Sie hatte sich die Sache von allen Seiten angesehen und war zu dem Schluß gekommen, dies sei *tatsächlich* ein Ort, an den Pyanfar ihre Post liefern ließ – so dunkel die Wege sein mochten, auf denen sie in diesen Tagen reiste.

Vielleicht hatte auch Paehisna-ma-to gute Gründe, flatterte ein Gedanke an die Oberfläche.

Und ging wieder unter. Wer Chihin angeschossen hatte, war nicht ihre Freundin. Wer unschuldige Stsho und mahe Sicherheitsleute getötet hatte, war nicht ihre Freundin.

»Und No'shto'shti-stlen?« fragte sie.

»Ein Verbündeter mit Feinden in Llyene. Daher strebte *gtst* eine Allianz mit dem Botschafter auf Urtur an, eine Allianz, deren Natur Sie zweifellos kennen und Ana-kehnandian nicht kennt.«

»Ich kenne sie nicht.«

»Sie haben den Gegenstand nicht gesehen.«

Die Vorsicht hielt ihre Zunge im Zaum. Auch bei diesem sogenannten Verbündeten Pyanfars. »Was würde es mir verraten, wenn ich ihn sehen könnte?«

»Die Natur der Allianz. No'shto-shti-stlens Position darin, welche von den dreien.«

»Sie meinen das Geschlecht?«

»Ein Emblem des vorgeschlagenen Geschlechts.«

Hilfy hoffte, es gelang ihr, den Mund zu halten. Glücklicherweise kannten die Kif in diesen Dingen keine Verlegenheit.

»Sie sind hergekommen, um Atli-lyen-tlas diesen Gegenstand zu bringen. Ist das nicht so?«

»Es ist so, *hakkikt.*«

»Wir haben dem Botschafter, soweit es uns möglich war, alle Bequemlichkeiten zur Verfügung gestellt. Ich glaube allerdings, der Botschafter würde sich auf Ihrem Schiff sehr viel wohler fühlen.«

»Durchaus möglich, *hakkikt.*«

»Sagikkt aku gtst!«

Bringt den Stsho! hatte der *hakkikt* gesagt, und ohne die geringste Verzögerung öffnete sich eine Tür und ließ das blendende Spektrum einer helleren Sonne ein. Dahinter gab es einige Unruhe. Hilfy drehte vorsichtig den Kopf und sah über Hallans Schulter hinweg Kif, die sich in diesem Licht bewegten. Ein Schwall parfümierter Luft kam heraus, und die Kif gaben leise angewiderte Laute von sich.

Dann kam der dürre Umriß eines Stsho-Körpers. Das helle Licht, das Hilfy die Tränen in die Augen trieb, schien durch *gtst* Spinnweb-Gewänder. Auch der Stsho bewegte sich so zögernd, als sei *gtst* blind, und den Kif

ging es nicht anders. Vielleicht, dachte Hilfy, sagte das eine Menge über die Zustände innerhalb des Paktes aus.

Das Wesen fand jedoch auch im Dunkeln das Gleichgewicht nicht wieder und mußte von *gtst* kifischen Begleitern geführt werden. Da stimmt etwas nicht, dachte Hilfy und erhob sich von ihrem Sessel. Mit diesem Stsho stimmt etwas ganz und gar nicht.

»Vielleicht«, sagte Vikktakkht, »wird Ihre Pflege *gtst* wiederherstellen. Die medizinische Wissenschaft hat bei unserer Spezies keine Priorität. Es wird darüber diskutiert. Doch es handelt sich immer noch um etwas streng Privates, das man an sich selbst ausübt. Auf dieser ganzen Station gibt es keine medizinischen Einrichtungen, nur ein paar Vorräte.«

»Ich würde als erstes vorschlagen«, sagte Hilfy, wie sie dachte, höflich, »daß man von *gtst* nicht verlangt zu gehen.«

Es kam nicht mehr rechtzeitig. *Gtst* brach zusammen. Fala machte eine instinktive Bewegung, um *gtst* zu helfen, und überall im Raum wurden die Sicherungsflügel der Waffen zurückgeschoben. Fala erstarrte. Hallan sprang auf die Füße.

»*Hakkt!*« sagte Vikktakkht scharf, dieses nicht zu übersetzende Wort, das in etwa ›Waffen weg!‹ bedeutet. Die Waffen wurden wieder gesichert, diesmal mit einem stotternden Klicken.

»Und wenn Sie Ihrer Crew befehlen würden, die Anschlüsse zur Station wiederherzustellen«, sagte Vikktakkht, »hätte es die Zentralkontrolle der Station viel leichter.«

»Sie kommen zurück!« keuchte Tiar, und erst dann wurde ihr bewußt, in welcher Nervenanspannung sie sich befunden hatte. Die Nachricht von der *Tiraskhti* kam nur über die akustische Verbindung.

»Das glaube ich erst, wenn wir sie in der Luftschleuse

haben«, sagte ihr Chihin über den Ops-Kom ins Ohr, und Tarras meldete: *»Sie geben durch, sie hätten* Gtst *Exzellenz!«*

»Das muß ich erst sehen«, wehrte Tiar ab. Und entschloß sich, damit anzufangen, es zu glauben, wenn sie es über den Taschenkom der Kapitänin hörte und wenn ihre Mitteilung keins der Code-Wörter des BUCHES enthielt, die auf Zwang hindeuteten. Sie saß da und nagte ihren Schnurrbart in traurige Fransen, und dann erhielt sie die dürftige, von Statik unterbrochene Botschaft:

»Hier ist Legat Eins. Ihr werdet einen Omnibus vorfahren sehen. Es ist der einzige Omnibus, den es auf dieser Station gibt. Uns geht es gut, wir kommen nach Hause, wir haben unseren Adressaten, stellt einen Topf Gfi auf, wir könnten ihn brauchen.«

»Das bedeutet, es ist wirklich alles in Ordnung!« In Tarras' Stimme klang die Aufregung immer stärker mit. Und das BUCH war auf der Brücke: Sie hatten jedes Codewort, das vielleicht durchkommen würde, in die Kom-Stimm-Analyse eingespeist. Wenn Tarras erklärte, die Botschaft sei eindeutig, dann war sie eindeutig, und nun kam der nächste Schritt.

»Chihin, geh zur Schleuse hinunter, bewaffnet, öffne erst, wenn sie davorstehen, wir trauen dem Frieden nicht.«

»Bin schon weg.« Chihin schaltete ihre Station zu Tarras um.

Alles war in Ordnung. Tiars Hand, die sich nach der Schalttafel ausstreckte, zitterte ein bißchen.

Alle waren in Ordnung. Sie hatten den Stsho, Ker Hilfy hatte es irgendwie fertiggebracht, und sie konnten mit intakter Chanur-Ehre zum Treffpunkt reisen.

Bitte, Götter, laßt jetzt nichts mehr passieren.

Tiar hielt es jedoch für besser, *Gtst* Exzellenz noch nicht zu informieren, da Stsho nun einmal so leicht aus der Fassung gerieten. Auch gute Nachrichten sollte

man ihnen erst dann mitteilen, wenn es feststand, daß die Sache keinen Haken hatte.

Und auch wenn die Kapitänin und die beiden anderen schon sicher in der Schleuse waren, durfte sie ihre Station noch nicht verlassen. Nach dem BUCH, das sie bis hierher gebracht hatte, setzte sich die Erste Offizierin an die Station Nummer eins, ließ alle Systeme eingeschaltet, achtete auf alle Sendungen ringsumher, ob sie sie entschlüsseln konnte oder nicht, verglich die Zahl der codierten Sendungen mit der der nicht-codierten, und wenn sich aus den gesetzten Parametern etwas ergab …

Dann war es der Ersten Offizierin erlaubt, in Panik zu geraten.

Gtst Exzellenz Atli-lyen-tlas war alles andere als in guter Form – in Hilfys Augen war er halb tot, und als der Fahrer vor dem Liegeplatz der *Legat* anhielt (sie hatte eisern darauf bestanden, daß weder Hallan noch Fala fuhren), befahl sie Na Hallan, hinauszuspringen und sich bereitzuhalten, *Gtst* Exzellenz an Bord zu tragen.

»Sie ist eine sehr große Hani«, murmelte *Gtst* Exzellenz. »Sie wird uns nicht fallenlassen.«

»Nein, das wird sie nicht«, antwortete Hilfy, und Na Hallan hielt den Mund und streckte die Arme aus. »Sie ist eine sehr kompetente Person.« Daraufhin sah Na Hallan sie verblüfft an, als wolle er fragen, ob das tatsächlich ihr Ernst sei.

Aber Hilfy hatte die Hände im Augenblick voll von einem zerbrechlichen Stsho. Mit Falas Hilfe senkte sie Atli-lyen-tlas in Hallans Arme.

»Ich habe Euer Gnaden«, versicherte Hallan *gtst*.

Hilfy schlug Fala auf die Schulter, und sie eilten beide hinunter. Ein ganzer Trupp Kif mit offen zur Schau getragenen Gewehren war aufgetaucht, und das gab zu Sorgen Anlaß. Aber der Fahrer stieg aus und

schwenkte einen in einem schwarzen Ärmel steckenden Arm in Richtung der Rampe und der wartenden Kif.

»Essskorrte«, zischte der Fahrer. »Vom *hakkikt*. Ssicher.«

Es war nicht Hilfys Definition von ›sicher‹, aber sie gingen weiter, und die Kif bedrohten sie nicht und rührten sich nicht. Deshalb nahm sie an, der *hakkikt* habe nicht befohlen, die Luftschleuse zu stürmen. »Paß auf ihre Hände auf«, riet sie Fala. »Die Regel der abgewogenen Drohung. Ihr habt eure Sache da drin gut gemacht. Gehen wir nach Hause.«

Fala erwiderte nichts als »Aye, Käpt'n«. Die Kinder gaben sich Mühe, sich richtig zu verhalten. Sie gingen mit dem halb ohnmächtigen Stsho an den Kif vorbei und stiegen die Rampe hoch. Das Zugangstor öffnete sich für sie, was bewies, daß jemand von der Crew sie im Auge behielt. Dann schloß sich das Tor wieder, und so zerbrechlich die Röhre sein mochte, die sie mit ihrem Schiff verband, sie waren hinter dem geschlossenen Tor allein und hofften jetzt nur noch, daß kein kifischer Wachposten vor ihrer Luftschleuse stand.

»Es ist niemand hinter uns«, sagte Fala, die tatsächlich einen Blick zurückgeworfen hatte.

»Bravo, Mädchen, du lernst es.« Hilfy schaltete den Taschenkom ein. »Tiar, Chihin, Tarras?«

»Wir sind da, Käpt'n, die Schleuse öffnet sich gleich.«

Das tat sie denn auch, und sie traten in helles, einladendes Licht.

Alles geschah nach Plan, alles wurde überprüft, und wenn die Crew es mit dem BUCH in der einen Hand tun und von Seite zu Seite umblättern mußte. Hilfy merkte, wie ihre Ängste sich langsam lösten, als entspanne sich eine Feder – das Gefühl, sie brauche nichts zu kontrollieren, sie brauche sich keine Sorgen zu machen, war etwas noch nie Dagewesenes für sie. Und als sich die Schleuse hinter ihnen schloß und die Luft einströmte,

war Hilfy sicher, daß jemand die Situation draußen am Monitor überwachte, ohne daß sie an alles auf einmal denken und die Befehle geben mußte.

Und, bei den Göttern, sie ärgerte sich darüber. Damit hatte Py einen Punkt gewonnen. Hilfy machte doch tatsächlich ein finsteres Gesicht, als die Schleusentür sich öffnete. Chihin stand im Korridor und sah sich Fala und Hallan, der beide Arme voll Stsho hatte, gegenüber.

»Hol die Trage her«, ordnete Hilfy kurz an. »*Gtst* Exzellenz muß in die Krankenstation gebracht werden, und wir brauchen Medizin, wahrscheinlich Vitamine und Mineralstoffe.«

»Ein Bad«, ächzte *gtst*, »oh, Verehrte, ein Bad, als allererstes, reines Licht, wai, die Verzweiflung und die Qualen, die ich erduldet habe …«

»*Gtst* geht es offenbar schon wieder besser«, stellte Hilfy trocken fest. »Na Hallan, vergessen Sie die Trage, tragen Sie *Gtst*.«

»Aye, Käpt'n.« Hallan ging weiter.

»Tarras soll ins Labor kommen«, befahl Hilfy.

»Sie ist schon dort unten und trifft die Vorbereitungen«, antwortete Chihin.

Gute Götter, Initiative. Richtige Entscheidungen.

Die Crew wußte, was vor sich ging, die Crew hatte plötzlich erkannt, daß es ihre Sache war, Befehlen vorauszueilen. Sicher, es war auch früher nicht so gewesen, daß sie nicht gewußt hätten, was sie zu tun hatten. Drei von ihnen hatten Erfahrung mitgebracht.

Die Kapitänin nicht. Und die alten Frauen hatten recht, Rhean hatte recht: Sie hatte die notwendige Erfahrung *nicht* gehabt.

Ein weiterer Punkt für Tante Pyanfar. Die Crew war nicht unglücklich, die Crew hatte plötzlich die Freiheit, zu tun, was sie vernünftigerweise dachte, tun zu müssen, die Crew mochte im Augenblick ein bißchen Angst haben, aber, bei den ewig lebenden Göttern, sie

funktionierte zum erstenmal, seit sie sich erinnern konnte, im voraus.

»Ich möchte, daß …« Sie hatte sagen wollen: … ein gründlicher Check auf Stsho-Parameter durchgeführt wird, aber da sah sie Tarras im Labor, und Tarras wandte sich an Hallan: »Lege *Gtst* Exzellenz hierher, ich habe die Tests vorbereitet.«

Hilfy hätte sich einerseits überflüssig vorkommen können. Andererseits hatte sie genug zu tun – zum Beispiel, das ganze Gespräch festzuhalten, solange es noch frisch in ihrer Erinnerung war, es durch das kifische Übersetzungsprogramm laufen zu lassen, nach Bedeutungen und Auslassungen zu suchen.

Die Kapitänin war, genau genommen, auf diesem Schiff keine Flugoffizierin, aber die Kapitänin konnte, wenn sie einen klaren Kopf hatte, wohlüberlegte Anrufe durchführen, die sonst die Protokoll-Offizierin gemacht hätte – und wenn es einen geeigneten Zeitpunkt gab, sie zu machen, so war er jetzt.

Sollte sie *Gtst* Exzellenz Tlisi-tlas-tin mitteilen, daß *Gtst* Exzellenz Atli-lyen-tlas würdelos in der Krankenstation lag? Noch nicht. Erst wenn sie wußten, ob *Gtst* Exzellenz leben oder sterben würde – und ob *Gtst* Exzellenz immer noch Atli-lyen-tlas war.

18. Kapitel

Es gab Zeiten, da war man überflüssig, und Hallan hatte gelernt, es zu erkennen. Er drückte sich in der Nähe der Tür herum, und Tarras gab Fala Befehle, und Fala warf ihm Blicke zu, während sie dies und das holte und wegtrug.

»Ich mag dich doch«, konnte er einmal anbringen, als Falas Botengänge sie in seiner Nähe haltmachen ließen. »Wirklich, Fala. Es ist nur so, daß …«

Fala nahm den Kasten, den sie holen sollte, und ging durch den Operationsraum bis dahin, wo Tarras sich mit kleinen und feinen Nadeln um *Gtst* Exzellenz bemühte, ermutigende Worte murmelte und *gtst* versicherte, es sei genau das, was der Computer für richtig gehalten habe.

Fala wollte nicht mit Hallan reden. Das konnte er ihr eigentlich nicht verübeln. Er fühlte sich hier nicht willkommen, wo Leute, die sich auskannten, versuchten, das Leben des Gentleman – oder der Lady – zu retten…

Deshalb schob er sich auf die Tür zu, und als keiner hinsah, zur Tür hinaus und in den unteren Hauptkorridor.

Aber hier unten war die Ops-Zentrale, und Chihin arbeitete da, und er wollte nicht hineingehen, und trotzdem wünschte er sich sehnlichst, hineinzugehen…

Nur war es eine so verzweifelte und gefährliche Situation, daß er niemandem mehr Schwierigkeiten bereiten wollte, als er selbst hatte.

Er wollte sich bei Fala entschuldigen, und ehrlich, er wollte es wiedergutmachen. Ja, er fühlte sich von Fala

angezogen, zumindest war sie hübsch, und sie war klug, und sie war eine Frau, von der er sich sehr wünschte, daß sie ihn gern hätte. Nur war das in nichts mit dem Gefühl zu vergleichen, das ihn überkam, wenn er an Chihin auch nur dachte.

Daraus folgte, daß die Ops-Zentrale der letzte Ort im Universum war, an dem er sich aufhalten sollte, wenn es zu einer Krise kam und Chihin an ihrem Posten volle Leistung bringen mußte und es zwischen ihnen ein Problem gab.

So etwas durfte es auf einem Schiff nicht geben, hatte die Kapitänin gesagt, und er hatte keine Lust, zu beweisen, wie recht sie hatte, indem er ein weiteres Problem für die Kapitänin schuf. Den Aufenthaltsraum hatte sie ihm zugewiesen, als sie ihn aus dem Weg und aus den Augen haben wollte, und deshalb schlich er sich jetzt durch den Korridor, als liege er unter Beschuß. Chihin sah ihn nicht, er traf auch nicht zufällig mit dem Stsho zusammen, und so gelangte er bis zum Aufzug und fuhr nach oben.

Dort atmete er auf. Dort hatte er nicht mehr das Gefühl, im Weg zu stehen. Auf leisen Sohlen schaffte er es bis zu dem Korridor, der zum Aufenthaltsraum führte.

Aber der Korridor führte ebenso zur Kombüse und zur Brücke, und es war ihm nicht verboten worden, sich dort aufzuhalten. Er konnte sogar etwas Nützliches tun, und Tiar war dort. Sie hatte von irgendwo immer wieder mit ihnen allen geredet, er glaubte aber nicht, daß es von einer Station auf dem unteren Deck aus gewesen war.

Tiar stand auf seiner Seite, sie war immer freundlich zu ihm gewesen, sie hatte ihm das Leben nicht schwer gemacht – Tiar verstand, was vor sich ging.

Vorsichtig ging er weiter in Richtung Brücke. Die Kapitänin war in ihrem Büro. Die Tür war zu, und das Licht auf der Verschlußplatte war an, was bedeutete, sie war drinnen und die Tür war nicht verschlossen,

falls jemand seinen Hals riskieren wollte. Hallan wollte es nicht. Leise glitt er an der Tür vorbei und durch die Kombüse und auf die Brücke, wo, wie er es sich gedacht hatte, Tiar an den Schalttafeln Wache hielt. Die meisten waren in Betrieb, und die Schirme zeigten die Docks draußen und den Scanner-Input der Station und das Dock-Schema der Station und Inputs, die er nicht erkannte. Er hielt sie für analytisch, wahrscheinlich liefen System-Checks für die Maschinen oder etwas, womit er nicht vertraut war.

Ganz still setzte er sich auf Falas üblichen Platz, rechts von Tiar. Links war der Platz der Kapitänin, den er sich nicht einmal angeeignet hätte, wenn er damit sein Leben hätte retten können.

Tiar streifte ihn mit einem Blick und sah wieder auf die Schalttafeln. Eine Weile herrschte Schweigen.

»Kann ich helfen?« fragte er leise, um sie nicht in ihrer Konzentration zu stören.

»In einem Schaltkreis wird es ein bißchen warm, wenn es auch noch nicht ops-kritisch ist. Das ist symptomatisch für eine lange Fahrt mit sehr wenig Zeit im Hafen.«

»Gefährlich?« Im Hyperraum verlorenzugehen, war etwas, worüber er gar nicht erst nachdenken wollte.

»Nein.«

Trotzdem machte es ihm Angst. Er fürchtete sich plötzlich ganz allgemein. Oder war es leichter, sich wegen der entfernten Möglichkeit einer Panne im Hyperraum Sorgen zu machen als über Dinge, die auf jeden Fall verkehrt waren? Er erkannte diese mentale Ablenkung als das, was sie war. Er hatte seinen ganzen Mut zusammengenommen, um hier einzutreten, jetzt wollte Tiar über technische Dinge reden und hatte ihm damit seine Einleitung weggenommen, die ungefähr so gelautet hätte …

»Wie geht es dem Stsho?« erkundigte Tiar sich.

»*Gtst* ist ziemlich schwach. Aufgeregt, daß *gtst* hier

ist. Froh, saubere Luft atmen zu können. Das kann ich *gtst* nachfühlen.«

Tiar rümpfte die Nase. »Der Gestank hängt immer noch an dir.«

Er hatte sich nicht gewaschen. Niemand hatte unten Zeit dazu gehabt. Es war ihm peinlich. »Verzeihung. Ich hatte nicht gemerkt, daß es so schlimm ist.«

»Schlimm ist es nicht. Bleib. Ich möchte sowieso mit dir reden.«

O Götter. Alles war aus den Fugen.

»Was habe ich getan?« fragte er.

Tiars Ohren zuckten, und die Ringe klirrten eindrucksvoll. »Es geht nicht um etwas, das du getan hast.«

»Oh.«

»Was ist los mit dir und Fala und Chihin?«

Alles Blut versammelte sich in seinen Füßen. Sein Gehirn folgte ihm. Hallan saß da und versuchte sich einen Weg einfallen zu lassen, wie er niemanden beleidigte und sich nicht selbst als vollkommenen Trottel hinstellte.

»Glaubst du, Chihin mag mich?«

Tiar gab sich große Mühe, das Gesicht nicht zu verziehen. Es zuckte kurz, und dann bekam sie es unter Kontrolle und hielt es völlig ausdruckslos. »Ich würde sagen, auf Kshshti sah es ganz so aus. Stellt sie ein Problem dar? Ist es das?«

»Ich ...« Alle wollten sie Chihin die Schuld geben. Alle glaubten, sie spiele mit ihm. Was ihm vielleicht sagen sollte, daß es wirklich der Fall war.

Nur daß er das nicht von ihr empfing. Auch vorhin nicht, unten. Er hatte sich nur rar gemacht, weil er dachte, das sei allen am liebsten, sie hatten alle Hände voll zu tun, mußten daran denken, wie sie ihr Leben retten konnten, und den Befehlen der Kapitänin folgen.

»Sag ihr, sie soll dich in Ruhe lassen«, schlug Tiar vor. »Auf dieser Basis gibt es keine Möglichkeit, daß sie

für oder gegen dein Verbleiben auf dem Schiff stimmt. Sie ist ein Bastard, aber ein ehrenhafter Bastard – sie spielt nur nach ihren eigenen Regeln. Sie hat Fala verärgert. Nun, das ist früher auch schon passiert. Meistens ist Fala über Chihins Spielchen böse.«

»Das denkst du.«

»He! Du bist nicht gerade ein abstoßender Anblick. Wenn Fala verknallt ist, heißt das nicht, daß sie Besitzrechte hat. Sag *ihr,* sie soll dich in Ruhe lassen, wenn das deinen Gefühlen entspricht. Damit erreichst du, daß beide, sie *und* Chihin, mindestens eine Woche lang sauer auf dich sind. Sie werden es überleben.«

Das hörte sich nach einem guten Rat an. Nur daß es ihm das Herz abdrückte wie Blei, wenn die Rede auf Chihin kam. Er war es nicht gewöhnt, zu widersprechen, nicht zu Hause, nicht auf der *Sonne.* Die Kunst, nein zu sagen, beherrschte er einfach noch nicht.

Als er von zu Hause wegging, war er noch nicht erwachsen gewesen. Und vielleicht war er immer noch nicht erwachsen, dachte er. Auch wenn er sich an Bord den Kopf in Eingängen anstieß und mehr von ihm vorhanden war, als der Sessel, in dem er saß, seiner Konstruktion nach aufnehmen konnte.

Er kam sich so tölpelhaft vor. Bei allem. Und er wußte nicht, ob er Chihin das sagen konnte. Oder auch nur Fala. In welchem Fall die Situation nur noch schlimmer werden würde.

»Dieser Rat gefällt dir nicht«, stellte Tiar fest.

Hallan wußte nicht, was er sagen sollte. Er zuckte die Achseln. Ihm war klar, daß er sich nicht nach Tiars Rat richten würde, was dumm war und vielleicht dazu führte, daß er seinen Platz an Bord verlor. Aber er konnte es nicht tun.

»Ich bin nicht gut darin, zu Leuten nein zu sagen«, gestand er.

»Willst du, daß ich es ihnen sage?«

Das wäre feige gewesen. Und es würde Chihins Ge-

fühle verletzen, sehr sogar. Wenn alle anderen ihm erzählten, Chihin mache sich nur über ihn lustig, glaubte er höchstens so lange daran, bis er sich das nächste Mal mit ihr im gleichen Abschnitt des Schiffes befand.

»Ich mag Chihin«, erklärte er. »Und ich denke nicht, daß sie sich einen Spaß macht.«

Tiar war nicht dumm, und jetzt ging ihr ein Licht auf. »Du *liebst* sie.«

Er nickte.

Tiar fuhr sich mit der Hand durch die Mähne, richtete sich auf und starrte die Schalttafeln eine Sekunde lang an, als habe es ihr die Sprache verschlagen.

»Ich glaube nicht«, erklärte er auf die Möglichkeit hin, daß Tiar ihn eben *nicht* entlassen hatte, »ich glaube nicht, daß sie so ist, wie alle sagen. Ich glaube es einfach nicht.«

Tiar sah in seine Richtung und drehte langsam ihren Sessel herum. »Ich kenne sie schon lange. Ich kenne sie besser, als Tarras und Fala sie kennen. Und wenn es das ist, was du empfängst – die nächste ernste Frage: Willst du gerettet werden?«

Hallan schüttelte den Kopf. Tiar blickte seltsam drein, irgendwie befriedigt.

»Du bist dir sicher.«

Er nickte. Tiar runzelte die Stirn, als habe sie Gedanken, die sie nicht aussprach.

Schließlich sagte sie: »Du bist götterverdammt jung. Du wirst sie nicht immer verstehen. Aber wenn du bei ihr landen kannst – viel Glück, du wirst es brauchen, und ich würde es gern miterleben. Laß dich nur nicht von ihr überfahren. Hin und wieder muß man sie bremsen. Das hält sie ehrlich.«

Hallan versuchte eine Weile, sich das zurechtzulegen, und kam zu dem Schluß, Tiar habe damit gesagt, er sei nicht verrückt und es sei so, wie er meine, und es könne so werden, wie er hoffe …

»Aber Fala …«, begann er.

»Aber Fala«, wiederholte Tiar. »Ich werde mit ihr reden.«

»Nein!«

»Sie wird es überleben. Es ist doch nicht so, daß du sie nicht magst.«

»Ich *mag* sie schon, nur …«

»Das müssen die Leute respektieren, in Clans, auf Schiffen, ganz gleich, wo: Es gibt Sympathie, und es gibt Liebe, und Fala wird mir verzeihen, wenn ich ihr sage, daß ihre Gefühle nicht im gleichen Maß erwidert werden. So denke ich jedenfalls. Ich habe mich schon manchmal geirrt, aber ich glaube nicht, daß ich mich hier irre. Und wenn du noch einen Rat von mir hören willst: Ich denke, Fala ist hauptsächlich daran interessiert, sich zu beweisen, daß sie für junge Männer nicht unattraktiv ist.«

»Fala? Sie ist *schön!*«

»Auf Schönheit kommt es nicht an. Sie möchte attraktiv sein. Möchte das nicht jeder?«

»Ich verstehe.«

»Du weißt also recht gut, wie du mit der Situation fertig werden kannst, nicht wahr?«

Er war nicht daran gewöhnt, daß etwas gutging. Etwas in ihm verkrampfte sich immer noch und erwartete eine Katastrophe, zum Beispiel, das Schiff werde gerade dann, wenn sich eine Lösung abzeichnete, im Hyperraum auseinanderfallen. Die Götter konnten nicht vorhaben, ihm alles zu geben, was er wollte. Die Kapitänin würde ihn vom Schiff werfen. Chihin würde zu dem Schluß kommen, daß sie ihn nicht mochte.

Die Kif würden sie doch noch angreifen, und alle Schiffe ringsumher würden mitmachen.

»Ich hoffe, du hast recht«, sagte er.

»Junge, folge du deinen Instinkten – aber präsentiere in deiner Person keine zu große Versuchung für alle Welt, bis wir das Schiff heil aus diesem götterverlassenen Hafen hinausbringen.«

»Ja, Ker Tiar.«

Nun waren aber da unten die Stsho. Deshalb konnte er nicht in die Ops-Zentrale auf dem unteren Deck gehen. Am besten säuberte er sich erst einmal, und als er geduscht hatte, hatte er Hunger. Plötzlich überkam ihn ein Heißhunger, während er doch seit einer Zeit, die noch vor seiner Festnahme auf dem Treffpunkt lag, auf nichts rechten Appetit gehabt hatte.

Sogar Kefk kam ihm mit einemmal wunderbar vor. Er war Vikktakkht dankbar. Er fand den Stsho-Gentleman sympathisch. Er hoffte, er würde wieder gesund und sie alle könnten glücklich sein. Er liebte alles un jeden, und er schrubbte die Kombüse und bereitete d Mahlzeiten für das Ablegen vor und tat überha alles, was er sich nur denken konnte, genau wie jede andere Person an Bord um jede Einzelheit merte …

Hallan war restlos glücklich. Und das in diesem Hafen, von Kif umgeben und mit einem Schiff, auf dem sich die vielen schnellen Wendemanöver bemerkbar machten. Und wenn Chihin nach oben kam und dienstfrei hatte, wollte er mit ihr reden.

Über diese Aussicht hinaus war es ihm nicht möglich, seine Gedanken zusammenzuhalten.

Gtst war sauber. *Gtst* wirkte sehr schwach.

Gtst möchte mit dir reden, hatte Tarras gesagt, obwohl für Atli-lyen-tlas nach Hilfys Meinung ein paar Stunden Schlaf und ein Minimum an Aufregung gut gewesen wären, bevor sie eine Konferenz abhielten, die ungeheuer anstrengend werden konnte.

»Euer Exzellenz«, sagte Hilfy, »ich gebe mir die Ehre, mich selbst vorzustellen: Hilfy Chanur, Kapitänin der *Chanurs Legat*. Was kann ich tun, damit Euer Exzellenz sich an Bord wohlfühlen? Ich entschuldige mich für die rein zweckmäßige Natur Ihrer augenblicklichen Unterbringung …«

»Höchst, höchst anmutig.« Die Stimme klang sehr schwach. »Sie sprechen fließender als jede Hani, die ich je kennengelernt habe.«

»Ich war Protokoll- und Kommunikationsoffizierin auf der *Stolz*. Bitte, sagen Sie es uns, wenn wir irgend etwas für Ihre Bequemlichkeit tun können. Wenn Sie Fragen haben, werde ich sie zu Ihrer Zufriedenheit beantworten und selbst nur eine einzige Frage stellen, um Euer Exzellenz' Kräfte in diesem Augenblick nicht zu erschöpfen. Bitte, seien Sie überzeugt, daß Sie in Ihrer Antwort sehr kurz und direkt sein können, da wir wissen, Ihre Energie ist begrenzt. Sind Sie mit den Kif vor uns geflohen? Bitte, seien Sie versichert, daß wir Euer Exzellenz nur helfen wollen.«

»Wissen Sie von Paehisna-ma-to?«

»Ich habe einen ihrer Agenten kennengelernt.«

»Diese schändliche Person ...« Eine Pause, um Atem zu schöpfen. »Dieses geschmacklose Individuum hat Gewalt gegen meinen Stab auf Urtur ausgeübt.«

»Einige Mitglieder Ihres Stabes sind an Bord eines mahen Schiffes abgereist.«

»Sie wagten sich nicht ... wagten sich nicht in die Dunkelheit eines kifischen Fahrzeugs. Ich hege die größte Besorgnis um ihr Leben und ihre Personen. Die Mahendo'sat fürchten das Momentum.«

Numa'sho: In der mahen Psyche lag es begründet, daß eine neue Kraft, die keine Rückschläge erlitt, etwas – Mystisches an sich hatte. Es widerstrebte ihnen, gegen etwas zu kämpfen, das nie geschlagen worden war.

Hilfy erläuterte: »Paehisna-ma-to mußte Niederlagen hinnehmen. Ihre Agenten haben zu extremen Maßnahmen gegriffen, die bei manchen Regierungen Furcht erwecken mögen, doch bei den Persönlichkeiten von Urtur und Kshshti auf tapferen Widerstand gestoßen sind. Und wir haben uns ihren Bemühungen, uns abzulenken, entzogen.«

»Das sind ausgezeichnete Neuigkeiten«, hauchte *gtst*. »Höchst ausgezeichnete Neuigkeiten, da mein Stab sich bei der Auswahl von Transportmöglichkeiten auf diese Individuen verließ. Darf ich Ihnen meine tiefste Dankbarkeit dafür ausdrücken, daß Sie mir an einen Ort gefolgt sind, an den sich wenige Hani wagen. Die Kif haben kaum Anstrengungen gemacht, sich gastlich zu zeigen, und sie hatten wohl die Absicht, mich zum Treffpunkt zu bringen, doch ich wäre unterwegs gestorben. Der lange, lange Flug ... das Essen ... ich kann es nicht beschreiben ...«

»Wir werden Euer Exzellenz in eine geschmackvolle Umgebung bringen und in diesem Hafen bleiben, bis Euer Exzellenz fähig ist zu reisen.«

»Hat No'shto-shti-stlen Sie geschickt? Ist Ihr Schiff der Träger de *oji?*«

»Ja. Ich hoffe, dies ist ein glückliches Ereignis für Euer Exzellenz. Bitte, klären Sie mich auf, wenn es anders ist.«

Eine schwache Hand flatterte und fiel nieder. »*Ich* bin anders. Ich werde mir alle Mühe geben, des *oji* in Empfang zu nehmen. Aber ich fürchte, ich bin zu weit geflohen und habe zuviel verloren.«

»Euer Exzellenz werden sich erholen!«

»Es ist unfein, was ich Ihnen jetzt sagen werde. Verzeihen Sie mir. Personen in meinem Stadium haben in dieser Beziehung jede Energie verloren. Ich bin *gtsta*.«

Ein Neutrum?

Vielleicht ließ Hilfy sich ihre Bestürzung anmerken. No'sho-shti-stlen hatte ein – was auch immer es sein mochte – auf die Reise geschickt, und der Gegenstand seines Antrags war ...

»*Gtsta*«, wiederholte Atli-lyen-tlas müde. »Ich bin unfähig, die unschätzbare Auszeichnung anzunehmen, die *Gtst* Exzellenz vom Treffpunkt mir zukommen lassen wollte. Dies ... iiii ... ändert sich selten.«

»Ich dürfte Euer Exzellenz nicht länger quälen. Bitte,

klären Sie mich auf, wo eine Hani unwissend sein mag, aber seien Sie versichert, daß ich dies als eine persönliche Angelegenheit von alleräußerster Delikatesse ansehe und nur wegen des Wohlergehens Eurer Exzellenz frage: Gibt es eine ärztliche Behandlung, die Erfolg verspricht?«

»Höchst ausgezeichnete Hani, es ist das Alter. Der Versuch, die Energien aufrechtzuerhalten, wird mich Jahre meines Lebens kosten, doch ich bin motiviert, ihn zu tun unternehmen. Paehisna-ma-to hat eine Verschwörung angezettelt, innerhalb des Stsho-Raums Abneigungen und Verzögerungen zu schaffen, und dies bedrohte *Gtst* Exzellenz vom Treffpunkt, den ich glühend bewundert habe. Ich überschätzte meine Standhaftigkeit. Ich unterschätzte die Hartnäckigkeit der Agenten Paehisna-ma-tos. Ich kann nur hoffen, die Kraft zu finden.«

»Euer Exzellenz, *Gtst* Exzellenz vom Treffpunkt hat uns in seiner Vertretung einen gewissen Tlisi-tlas-tin als Bewahrer der Kostbarkeit und als Schiedsrichter der Schicklichkeit mitgegeben. Die Kostbarkeit befindet sich in *gtst* Kabine und in einer so geschmackvollen Umgebung, wie wir sie unter Einsatz aller Mittel schaffen konnten.«

»Bringen Sie mich hin! Ich muß die Kostbarkeit sehen. Bitte, helfen Sie mir!«

Hilfy zögerte. Vor ihrem geistigen Auge sah sie schon zarte Knochen bei dem bloßen Versuch zu gehen brechen, ein Stsho-Kreislaufsystem versagen.

Aber der Wille zum Leben war auch wichtig. Sie sah Tarras an, die sich nebenan im Operationsraum aufhielt und so tat, als mache sie Inventur, aber die Vorgänge hier verfolgte. Tarras kam zu der kleinen abgeschirmten Ecke, und Fala schloß sich ihr an.

»*Gtst* Exzellenz möchte zu Tlisi-tlas-tin gehen«, sagte sie. »Ich glaube, es ist wichtig. Kann *gtst* das schaffen?«

»Ich weiß nicht«, meinte Tarras. »Ich … weiß es einfach nicht. Wir werden sehen.«

»Versucht es«, sagte Hilfy, und Tarras und Fala kamen herein und halfen *gtst* auf die Füße, sehr behutsam, sehr vorsichtig. Es gab kein anderes Transportmittel als eine Trage, die für *gtst* in seiner Würde zweifellos eine Beleidigung darstellte. Und Na Hallan herunterzurufen … *Gtst* Exzellenz Tlisi-tlas-tin würde Atliyen-tlas bestimmt aufklären, daß Na Hallan keine ungewöhnlich große Crewfrau war.

Was für *gtst* Herz oder das System, das bei ihm die Stelle des Herzens vertrat, zuviel sein mochte.

Die von unten heraufkommende Aufzugkabine hielt an. Und es mochte die Kapitänin sein, die wieder nach oben kam, es mochte Tarras oder Fala sein. Aber Hallan, der die Chromalik-Teile der Kombüse auf Hochglanz polierte, paßte mit Herz und Verstand und Hoffnung auf, ob es nicht doch Chihin war.

Und vielleicht lag es daran, wie am heutigen Tag alles verlaufen war – sie war es. Ker Chihin schlenderte über den äußeren Korridor zur Brücke, um Tiar etwas über eine Ruhepause zu sagen und ob sie in der Ops-Zentrale unten Wache halten könne. Tiar antwortete – er lauschte schamlos -, das gehe in Ordnung, alles sei ruhig, es sei nicht nötig, daß sie hinuntergehe, und Chihin solle sich doch ein Sandwich oder so etwas holen und Pause machen und sie dann ablösen.

Ker Tiar wußte, daß er verliebt war, Ker wußte, daß er hier war, o Götter, er war noch nicht ganz so weit, daß er denken und reden konnte …

Aber Chihin kam herein, zuckte anstelle eines Grußes kurz mit den Ohren, wie es ihre Art war, und sah in den Kühlschrank.

»Kann ich dir etwas herrichten?« fragte Hallan mit dünner Stimme.

»Ich dachte, du redest nicht.«

»Es ist … es war … nicht meine Absicht, diesen Eindruck auf dich zu machen.«

»So?« fragte Chihin.

Er war völlig verzweifelt. »Ker Chihin, haben Sie sich einen Spaß gemacht oder nicht?«

»Nein«, antwortete sie geradeheraus. »Eigentlich nicht.«

»Ich auch nicht«, sagte er.

Chihins Ohren bewegten sich zurück und wieder vor und wußten schließlich nicht, wo sie bleiben sollten.

Seine auch nicht.

»Ich mag dich wirklich«, erklärte er tollkühn. »Ehrlich.«

Lieber wäre er seinem Vater mit einer solchen Intimität gekommen. Und der war der gefährlichste Hani, den er persönlich kannte.

Hilfy drückte den Knopf, gab ihre Anwesenheit bekannt und sagte ins Interkom: »Euer Exzellenz, ich habe die Ehre, Ihnen *Gtst* Exzellenz Atli-lyen-tlas von Urtur vorzustellen. Würden Sie freundlicherweise die Tür veranlassen, sich zu öffnen?«

Die Antwort war Schweigen.

»Euer Exzellenz?«

Die Götter sollten den Bastard verderben!

Hilfy drückte den Knopf.

Die Tür öffnete sich auf ein Nest voller Kissen, mit einem Laken bedeckt, das zeigte …

Sie zog es vor, nicht weiterzudenken.

»Was ist denn *das?*« fragte Atli-lyen-tlas.

Unter dem Laken bewegte sich etwas. Hilfy war sicher, sie habe ihnen genug Zeit gelassen, das, womit sie beschäftigt waren, zu beenden.

Dlimas-lyis Kopf tauchte auf. *Gtsto* riß die Augen auf. Neben *gtsto* erschien *gtst* Kopf in einer Eruption von Kissen.

Atli-lyen-tlas seinerseits fiel in Tarras' Arme zurück

und murmelte: »Oh, die Schönheit, wai, die Eleganz dieser Erscheinung ...«

Hilfy entdeckte keine Eleganz. Aber *gtsta* hauchte: »Dies ist mein Nachkomme. Dies ist mein Nachkomme. Ich brauche nichts weiter zu sehen, ich brauche nichts weiter zu wissen. Wai, was hast du für einen Ehrgeiz! Wai, die Großartigkeit des Nestes, das du gebaut hast!«

Dlimas-lyi und Tlisi-tlas-tin krabbelten während dessen aus dem Schüsselsessel, rafften das Laken um sich und stolperten über die Kissen.

»Atli-lyen-tlas!« sagte *gtst,* und *gtsto* verbeugte sich tief immer wieder und wieder. Hilfy hielt sich bereit, Atli-lyen-tlas aufzufangen, sollte *gtsta* fallen. Aber *Gtst* Exzellenz von Urtur gewann anscheinend Kraft aus der Begegnung.

»Lassen Sie sich durch meine Anwesenheit nicht stören«, bat Atli-lyen-tlas. »Wie wird mein Nachkomme jetzt genannt?«

»Dlimas-lyi«, flüsterte *gtsto.* »Möge es den Ruhm Eurer Exzellenz mehren.«

»Ich habe mein Amt auf Urtur niedergelegt«, informierte Atli-lyen-tlas sie. »Und ich habe keine Verbindung mehr zu dieser Zeit.«

»Sie sind *gtsta!*«

»So ist es. Nichts, was sich außerhalb meiner Reichweite befindet, kann mich in meiner Seelenruhe stören. Das *oji* ist nicht mehr für mich. Diese Person Dlimas-lyi ist nicht für mich. Ich bin frei.«

»Euer Heiligkeit«, flüsterte Tlisi-tlas-tin. »Bitte, versichern Sie uns Ihres Wohlwollens in unserer Kondition.«

»Das tue ich.« Atli-lyen-tlas streckte Hilfy eine zitternde Hand entgegen. »Bitte, geleiten Sie mich an einen Ort, wo ich ausruhen kann. Mein Weg liegt jetzt klar vor mir. Ich habe keine Verpflichtung irgendeiner geschmackvollen Art mehr und strebe nicht danach, mehr zu erreichen. Ich bin vollendet.«

Man versuche einmal, *das* durch das Übersetzungsprogramm zu schicken, dachte Hilfy verzweifelt. Es gibt Dinge, nach denen man einen Stsho nicht fragt. Sex gehörte in die gleiche Klasse wie das Phasieren. *Gtst* Exzellenz und Dlimas-lyi standen nackt da wie am Tag ihrer Geburt, und sie, Hilfy, hatte jetzt eine Heiligkeit auf dem Hals, einen alten Stsho, von seinem Amt zurückgetreten, nicht mehr zu verheiraten, geschlechtslos – und daher kam er als Empfänger der Kostbarkeit nicht mehr in Frage.

Die Götter mochten sie alle schützen.

»Wir werden für Euer Heiligkeit ein passendes und geschmackvolles Quartier gleich nebenan einrichten. Das wird einige Zeit kosten. Können Sie das akzeptieren?«

»Wir wären sehr geehrt«, erklärte Tlisi-tlas-tin.

»Von ganzem Herzen«, setzte Dlimas-lyi hinzu, »bitten wir Euer Heiligkeit, das Quartier zu beziehen.«

Ein Flattern der Finger. »Ich bin über alle Bedürfnisse hinaus. Aber ja, das wäre angenehm. Ich habe keine Sorgen. Frei. Ganz frei.«

Woraufhin *gtsta* seine Absicht erkennen ließ, in die Richtung zurückzugehen, aus der *gtsta* gekommen war. Tarras und Fala boten zurückhaltend ihre Hilfe an, aber *gtsta* wehrte ab:

»Ich bin frei von allen Bedürfnissen.«

Gleich wird er auf seinen heiligen Arsch fallen, dachte Hilfy verstört. Doch die Kraftreserven, die Atlilyen-tlas gefunden hatte, hielten noch vor. *Gtsta* Finger waren brennend heiß gewesen, als sie die ihren berührt hatten. Mit seinem Metabolismus ging irgend etwas vor, ob das nun gesund war oder nicht – darüber mußte das medizinische Diagnose-Programm für Stsho sie aufklären.

Gtsta ging ihnen voraus, nahm sich die Zeit, die Textur der Wände des Korridors zu prüfen, ebenso den Wand-Kom an der Ecke. *Gtsta* befingerte Wählscheiben

und Anschlüsse, die *gtsta* nicht bedienen konnte, weil ihm die Klauen fehlten. Sonst hätte es Lautsprechergebrüll im ganzen Schiff gegeben, eine höchst unwillkommene und geschmacklose Überraschung für *gtsta*.

Heiligkeit hatte anscheinend eine direkte und negative Wirkung auf das Gehirn, dachte Hilfy. Und rief die Neigung hervor, Knöpfe zu drücken und Spaziergänge zu machen, und die Tür von *Gtsta* Heiligkeit würde, sobald sie *gtsta* drinnen hatten, *abgeschlossen* werden.

»Paßt auf *Gtsta* auf«, murmelte sie Tarras und Fala zu. »Haltet *gtsta* von Knöpfen und scharfen Gegenständen fern.«

»Was tun wir, wenn *gtsta* etwas wünscht?« fragte Tarras. »Was stimmt nicht mit *gtsta?* Was geht vor sich?«

Tarras und Fala hatten vorhin kein Wort verstanden. Das hatte Hilfy vergessen.

»Das ist eine Heiligkeit«, klärte sie sie auf. »Fragt mich nicht, ob *gtsta* in die Phase eintritt oder so etwas. Ich weiß es nicht. Und ich habe jedes einzelne götterverdammte Buch über die Spezies gelesen.«

»Niemand weiß das?« fragte Fala.

»Niemand außer den Stsho«, antwortete Hilfy. »Und sie weigern sich, darüber zu sprechen.«

»Ich … du weißt.« Hallan hatte nicht das Gefühl, seine Sache gut zu machen. Chihin sah ihn nur unverwandt an. Sie standen beide in der Kombüse, Chihin lehnte sich an den Schrank, und er selbst hatte nichts, wo er vernünftigerweise seine Hände hätte lassen können. »Ich wußte nur nicht … nun, was du dachtest.« Er wollte nicht sagen, daß Chihins eigene beste Freundinnen ihn vor ihr gewarnt hatten: Das wäre unfreundlich gewesen. »Ich war nur nicht sicher, ob du wirklich meintest, was ich dachte, das du meintest, deshalb wollte ich nicht mit dir reden, bis ich mir sozusagen Klarheit verschafft hatte …«

»Mir ist es ebenso gegangen«, sagte Chihin. »Willst du in die Unterkunft mitkommen? Dir an einem Ort Klarheit verschaffen, wo wir nicht gezwungen sind, uns schicklich zu verhalten?«

»Ich ...« Gleich würde er anfangen zu röcheln. Er wollte die Einladung annehmen, und er hatte gleichzeitig Angst davor, denn es würde Veränderungen hervorrufen, zu plötzliche und zu schnelle Veränderungen. »Ich ...«

»Du traust mir nicht?«

Er dachte an das, was Tiar gesagt hatte. Daß er sie nicht immer verstehen werde. Aber: Möchtest du gerettet werden? hatte Tiar gefragt, und er hatte nein geantwortet.

Er öffnete den Mund.

»Chihin, melde dich unten. Hol die weißen Wandplatten aus dem Lager – mach schnell, wir sind knapp mit der Zeit dran.«

Chihins Gesicht verfinsterte sich. Sie stieß ein Wort aus.

»Ich wollte sagen: Ja, gern«, beteuerte Hallan verzweifelt.

Aber die Kapitänin befahl Beeilung, und Chihin ging.

»Hallan. Melde dich unten. Wir müssen Geräte umstellen. Sei ganz besonders leise. Denke an die Passagiere.«

Wenn er rannte, holte er sie vielleicht noch am Aufzug ein.

Der hakkikt *Vikktakkht an Nikkatu an Hilfy Chanur, Kapitänin des Hani-Handelsschiffes* Chanurs Legat, *im Dock auf Kefk, durch Boten. Hat der Stsho auf irgendeine nützliche Weise überlebt? Vom Treffpunkt ankommende Schiffe berichten, daß die Stsho auf Llyene zur Abspaltung aufhetzen. Wir müssen die Anführer dieser Bewegung bald bluten lassen. Geben Sie uns ihre geschätzte Abreisezeit bekannt.*

Das Hani-Schiff Chanurs Legat *an den* hakkikt *Vikktakkht an Nikkatu an Bord der* Tiraskhti *im Dock auf Kefk: Wir führen Umbauten durch, die für den Transport dieser Person notwendig sind. Die Person erholt sich schneller, als wir gedacht hatten. Was ist eine Heiligkeit? Uns fehlen Unterlagen.*

Der hakkikt *Vikktakkht an Nikkatu durch Boten an Hilfy Chanur, Kapitänin des Hani-Handelsschiffes* Chanurs Legat, *im Dock auf Kefk: Ein Stsho, der zu dem reproduktiven Akt unfähig ist. Eine Heiligkeit ist nicht imstande, die Verbindung einzugehen, auf die unser beiderseitiger Verbündeter alle* gtst *Erwartungen gesetzt hat. Die Agenten der rivalisierenden Persönlichkeit werden sofort ihren Vorteil daraus ziehen, und nach uns vor kurzem zugegangenen Informationen rücken sie bereits gegen die* mekt-hakkikt *ins Feld. Geben Sie uns die Zeit Ihrer Abreise bekannt, und es wird uns eine Freude sein, Sie zu begleiten. Frieden ist vorteilhaft. Wir werden die Herzen und Augen der Feinde essen.*

…dann ist die den Vertrag akzeptierende Partei verpflichtet, sich zu vergewissern, ob die in Unterabschnitt 3 Abschnitt 1 genannte Person als Subsequent oder als Konsequent oder als Postkonsequent existiert. Jedoch setzt diese Klausel auf keinen Fall den Anspruch der Person außer Kraft, die in Unterabschnitt 3, Abschnitt 1 oder 2 oder in anderen darunter angefügten Klauseln genannt wird, ausgenommen, wenn die den Vertrag akzeptierende Partei sich entschließt, sich an eine Person oder einen Subsequenten oder Konsequenten zu wenden, der durch die Bestimmungen von Abschnitt 5 identifiziert und beschrieben wird…

Hilfy klopfte mit einer Klaue auf die Schreibtischplatte, sah den Monitor finster an und fragte die Bibliothek: *Atli-lyen-tlas, der Adressat, ist eine Heiligkeit geworden. Was bedeutet das in bezug auf die Bedingungen des Vertrages?*

Der Computer brauchte solange, die Frage durch Übersetzungen, Permutationen, juristische Definitionen, Pakt-Gesetze, Stsho-Bräuche und die verfluchten Unterklauseln laufen zu lassen, daß Hilfy derweilen einen ganzen Becher Gfi trinken konnte.

Dann verlangte er zu wissen: *Antwort als Ausdruck? Als Datei? Beides?*

Datei, antwortete sie, da sie ihre Lektion gelernt hatte.

Die auf dem Schirm erscheinende Antwort lautete kurz: *Die den Vertrag akzeptierende Partei muß als zweiten Empfänger die Person benennen, die einem Konsequenten des ersten bezeichneten Empfängers am nächsten kommt. Wenn jedoch die den Vertrag ausstellende Partei mit diesem Empfänger nicht einverstanden ist, verpflichtet das die den Vertrag akzeptierende Partei, den doppelten Schadensersatz zu zahlen und die Fracht zurückzugeben.*

Hilfy starrte den Text an und starrte ihn an. Dann stand sie auf und marschierte auf direktem Weg zu *Gtst* Exzellenz weißem, teurem Nest, signalisierte ihre Anwesenheit und öffnete die Tür, ohne zu warten – es gab schließlich wenig von Tlisi-tlas-tin und Dlimas-lyi, was sie noch nicht gesehen hatte.

»Euer Exzellenz, verzeihen Sie eine in großer Hast abgegebene, aber notwendige Erklärung! Sie müssen der Adressat werden!«

Ein verstrubbeltes Kopfbüschel und große Mondstein-Augen tauchten unter der Bettdecke auf.

»Natürlich«, sagte Tlisi-tlas-tin. »Natürlich. War das nicht klar?«

Der Raum war weiß. Er war sauber. Ein Teppich lag über den Bodenplatten, und sie hatten einen Plastikrahmen und ein paar gebogene Streben aufgetrieben, um ein Stsho-Bett zu improvisieren. Sie hatten eine Matratze aus Plastikmaterial *hergestellt,* und Chihin sagte, sie hoffe zu den Göttern, sie werde nicht reißen.

Aber sie erwies sich als luft- und wasserdicht, und nachdem sie sie mit weißen Draperien umhüllt hatten, würde sie den alten Stsho wenigstens schützen. Hallan war davon überzeugt. Er kroch rückwärts aus der Vertiefung und nahm sich sehr in acht, daß er keine Klaue ausstreckte und eine Katastrophe hervorrief.

Chihin reichte ihm die Hand und half ihm. Sie saß auf dem Boden, einen Klecks getrockneter weißer Farbe auf ihrem verletzten Arm und Verputzbröckchen in der Mähne. Sie lehnte sich an ihn, er lehnte sich an sie, sie waren von Kopf bis Fuß bekleckert, und die Art, wie sie ihn ansah, Stirn an Stirn und ein bißchen schielend, verriet, daß sie ebenso müde und kaputt war wie er.

In diesem Augenblick hatten sie beide einen einzigen Gedanken, und es war kein Kunststück, ihn zu erkennen.

Chihin sagte: »Da ist der Duschraum hier unten. Wir können uns säubern, uns einen Imbiß holen …«

Sie war nicht mehr jung, und sie übereilte nichts. Soviel hatte er inzwischen begriffen, es waren keine ständigen An- und Wieder-Aus-Signale, es war nur eine vernünftige Betrachtung der Realität. Er wußte nicht, wohin sie gehen könnten, um sich die restliche Klarheit zu verschaffen, aber er versuchte, seine atemlose Eile zu dämpfen und seinen Verstand so zu benutzen, wie Chihin es tat. Er sagte sich, wenn sie in *diesem* Raum etwas miteinander anfingen und sich nicht meldeten, würde die Kapitänin sie den Kif zuschicken …

»Möchte doch wissen, ob die Matratze funktioniert«, sagte Chihin. Aber er glaubte, jetzt unterscheiden zu können, wann sie es ernst meinte und wann sie dumme Witze machte.

»Ich möchte nicht von Kefk aus zu Fuß gehen müssen«, erklärte er, und er mußte richtig geraten haben, denn sie legte ihm die Arme auf die Schultern, lachte und stand auf.

»Dusche«, befahl sie, und ihm blieb das brennende Verlangen, sich als Dummkopf zu erweisen, das Gefühl, es könne immer noch schiefgehen, sie bekämen vielleicht nie wieder eine Chance … Chihin konnte zur Vernunft kommen und es sich anders überlegen, oder sie konnten sterben, und dann war alles aus.

»Tiar«, sprach Chihin ins Interkom. »Tiar, wir sind so gut wie fertig. Gib uns Gelegenheit, unsere anstößigen Personen aus dem Passagier-Korridor zu entfernen, und dann kannst du den alten Burschen reinbringen …«

»Den Göttern sei Dank. Käpt'n sagt, ihr sollt hochkommen, wir sind im Countdown, gleich werden die Leitungen entfernt.«

Chihins Ohren legten sich flach. »Im *Countdown!* Götterverdammt, was verlangt sie noch von uns? Wir haben einen sterbenden Stsho, wir haben uns so abgerackert, daß wir nicht mehr geradeaussehen können … Was in einer mahen Hölle soll der *götterverdammte Countdown* …?«

Mit einem Bums und einem Klappern löste sich das Leitungsbündel von der Hülle. Chihin war nicht nur wütend, sie war bestürzt. Sie hörte auf zu schimpfen, schaltete den Kom aus und sah ihn an, und er wußte nicht, wie er ihr helfen sollte. Aber weil Chihin sich Sorgen wegen dieses vorverlegten Starts machte, geriet auch er in Unruhe.

»Laufen wir vor den Kif davon?« fragte er.

»Aus dem Stand?« Sie umarmte ihn kurz. Dumme Frage, dachte er. Ganz dumme Frage, aber er hatte gedacht, die Situation könne komplizierter sein als das. Vielleicht war sie das auch, und Chihin wußte es und wollte es ihm nicht sagen, ihm sagte ja keiner etwas … Das geht dich nichts an, Junge, wir kümmern uns schon darum, mach du dir keine Sorgen …

Diesmal hatte er Angst vor dem Sprung. Richtige Angst. »Da waren Tc'a«, gestand er ihr. »Im Sprung.

Als der Alarm losging. Ich habe sie durch das Schiff hindurchgehen sehen, und niemand rührte sich, und ich drückte auf den Alarmknopf. In meinem Traum, meine ich. Und dann kamen wir aus dem Sprung, und die Alarmsirene heulte. Ich weiß, es ist dumm«, entschuldigte er sich, denn Chihin war einen Schritt zurückgetreten und sah ihn besorgt an. Es war umso beunruhigender, weil sie nicht lachte, nicht die sonst immer sofort erfolgende Bemerkung parat hatte: Du hast geträumt, dummer Junge.

»Niemand rührte sich«, wiederholte sie.

»In meinem Traum.«

»Chur hat solche Träume.«

Chur Anify. Auf der *Stolz*. Chur die Kartenmacherin. Chur, von der es hieß, sie könne durch den Hyperraum wandern und das sehen, was die Kif sahen und vielleicht die Knnn und die Tc'a …

Hallan glaubte das nicht. Die Leute übertreiben, besonders die planetengebundenen, die die Beschränkungen nicht kennen. Von Chihin hätte er eine solche Bemerkung nicht erwartet. Allerdings war sie Churs Cousine.

»Was hast du gemacht?«

»Ich bin einfach aufgestanden und habe den Alarmknopf gedrückt. Aber vielleicht ist der Alarm von selbst losgegangen, und ich habe das nur geträumt …«

Chihin sah ihn ganz ernst an. Vielleicht dachte sie, mit jemandem, der so verrückt war, wolle sie keine Beziehung eingehen.

»Es war meine Schuld, das mit dem Tc'a«, sagte er. »Vielleicht habe ich es aus diesem Grund geträumt.«

»Junge, bei den Göttern, wenn du noch einmal irgendwelche Knöpfe auf meiner Schalttafel drückst, überlege es dir gut.«

»Durchaus angemessen«, erklärte *gtsta* und ging mit seltsamen bloßen Füßen über den Teppich, den sie für

die Dekoration der Kabine nebenan nicht gebraucht hatten. *Angemessen* war götterverdammt richtig, dachte Hilfy, während die Sekunden des Countdowns weitertickten und nackte Stsho-Zehen sich in dem weißen Flausch krümmten. »Höchst merkwürdig, das Gefühl.«

»Wir versichern Ihnen, *Gtst* Exzellenz und *gtst* Gefährte befinden sich im benachbarten Raum«, sagte Hilfy. Fala und Tarras hielten sich in der Nähe, um einen Sturz zu verhindern. »Ich muß Euer Heiligkeit bitten, vorsichtig zu sein, wenn Sie an…«

… den Rand kommen, hatte sie sagen wollen, doch *gtsta* setzte schon den Fuß auf den Rand des improvisierten Schüsselsessels und geriet ins Rutschen. Tarras griff noch vergeblich nach *gtsta*. Plumps! machte es, und die Folge mußten vielfältige Frakturen sein.

Gtsta breitete die Arme aus, prallte in einem Durcheinander von Beinen und Spinnwebgewändern ab. *Gtsta* trillerte einen Laut, der sich nicht nach einem Schmerzensschrei anhörte, und machte mit rudernden Armen einen weiteren Hopser, der die ganze Matratze erbeben ließ.

Und einen dritten, während drei unter starkem Zeitdruck stehende Hani am Rand standen und versuchten, den Schaden abzuschätzen.

Noch ein Hopser, und die Matratze bibberte wie Gelee. Ist *gtsta* imstande aufzustehen? fragte Hilfy sich. Aber *gtsta* fehlte offenbar gar nichts. Ein irrer Gedanke, dachte sie, ein Beutel voll Wasser. Wenn er jedoch nicht platzte und den alten Bastard während der Beschleunigung ertränkte, hatte *gtsta* eine Chance. Ein wassergefüllter Schüsselsessel… und alle wesentlichen Nährstoffe, die sie in *gtsta* morsche Adern hatten hineinpumpen können.

»Zieht das Netz darüber«, befahl sie. *Gtsta* hatte die Medikamente bereits bekommen, dafür hatte Tarras gesorgt, und anscheinend wirkten sie schon. *Gtsta* lag flach auf den Kräuselungen und Dellen, schwenkte

matt einen Arm, schürzte den Mund und schloß halb die Augen. Tarras und Fala zogen das Sicherheitsnetz über die Vertiefung und befestigten es mit Stricken.

»Meinen Segen«, sagte *Gtsta* Heiligkeit. »Gute Wünsche. Ich sehe die Gezeiten vieler Sonnen. Ich sehe ihre Einheit. Ich werde Ihnen ihre Namen nennen ...«

Offensichtlich stand er schon unter dem Einfluß des Beruhigungsmittels. Und Hilfy verließ sich doch lieber auf den Navigationscomputer.

Chihin hatte gemeint, Meras könne Schlafwandler sein, der wunderliche Junge habe Tc'a gesehen, und deshalb habe die Alarmsirene geheult, als sie ins System eintraten. Sie hatten Starterlaubnis von den Kif, und sie hatten dem ihnen übermittelten Flugplan zugestimmt, denn sie befanden sich in einem Sternensystem, an dessen Schutz den Kif natürlich sehr gelegen war. Und, die Götter mochten ihnen beistehen, sie hatten eine Kostbarkeit an Bord und eine Handvoll Stsho, die sie lebendig zum Treffpunkt schaffen mußten, um No'shto-shti-stlen gegen die Verbündeten von Paehisna-ma-to beizustehen – *falls* der alte Bastard die Reise überlebte.

Sie mußten die Bestätigung bekommen, daß sie ihren Vertrag erfüllt hatten, und diese Situation lebend und zahlungsfähig überstehen – denn sie waren nach der Zeitberechnung der Stationsbewohner beinahe ein Jahr fort gewesen, und Tahaisimandi Ana-kehnandian war von Kshshti aus geradewegs zum Treffpunkt geflogen. Das war drei Monate her – nach der Zeitberechnung des Treffpunktes.

»*Gtsta* hat die Nährlösungspäckchen, *gtsta* ist bequem untergebracht ...«, begann Hilfy, und *gtsta* murmelte: »Das Einssein von allem. Die unsägliche Zufriedenheit nach der Dunkelheit meiner Reise. Das Licht, geht zu dem freundlichen Licht, um des Friedens willen ...«

Götterverdammt weggetreten, dachte Hilfy, hockte

sich hin und spähte durch die Maschen des Netzes, um sich zu vergewissern, daß das Päckchen mit den Nährlösungen noch an *gtsta* dünnem Arm befestigt war. Denn bei Kranken und Schwachen verließ man sich nicht darauf, daß sie die Kraft hatten, nach dem Päckchen zu greifen. Die Nährlösungen würden *gtsta* ständig zugeführt werden beziehungsweise so ständig, wie sich alles im Hyperraum abspielte.

Frag den Jungen, hatte Chihin ihr geraten und hatte selbst einen ganz wunderlichen Eindruck gemacht. In ihrer Familie war schon so eine. Und Hilfy hatte miterlebt, wie Chur dünn und seltsam und manchmal so empfindlich wie *gtsta* wurde, wenn sie irgend etwas auf der Spur war. Was siehst du? war die logische Frage.

Und die Götter mochten sie schützen, erinnerte sie sich, wobei es ihr kalt den Rücken hinunterlief, auch Chur hatte über das Licht und die Gezeiten gesprochen...

Sie waren so schnell gestartet und systemauswärts unterwegs, daß keine Zeit geblieben war, den Staub abzuwischen. Chihin saß neben ihm auf ihrem Platz, grinste ihm zu und zuckte mit einem weißverschmierten Ohr.

»Ich sollte es wohl der Kapitänin erzählen«, meinte Hallan unglücklich.

»Ich habe es ihr erzählt«, beruhigte ihn Chihin. »Alles in Ordnung. Alles in Ordnung...«

»Da ist die *Tiraskhti*«, meldete Fala. »Sie ist gestartet.«

»Grüße an den *hakkikt*«, befahl die Kapitänin. »Sende sie.«

Fala tat es. Hallan hörte das kifische Lispeln. »Der *hakkikt* sagt«, gab Fala weiter, »›*haltet euren Kurs genau ein.*‹ ›*Ssakkukkta sa khutturkht.*‹ Ist das richtig?«

»Der Bastard hat vor, zusammen mit uns zu springen, ich wußte es doch. Sag ihm, wir hätten verstan-

den. Eine götterverdammte Bezahlung für unseren Besuch auf Kefk.«

Bestimmt nicht dafür, dachte Hallan. Es war gefährlich. Sogar den Kif lag an der Erhaltung ihres eigenen Lebens.

»Tarras, Tarras, hast du verstanden?« Das war Tiar, die mit Tarras sprach. Tarras war unten und erledigte etwas, womit die Kapitänin sie beauftragt hatte. »Du kannst jetzt raufkommen.«

»*Aye*«, antwortete sie, und kurz darauf fuhr die Aufzugkabine nach oben und öffnete sich. Tarras zog eine Handleine hinter sich her und befestigte sie an den eingelassenen Ringen entlang den Wänden. Nun konnten sie sich auch bei null Ge oder gegen die Beschleunigung bewegen, dachte Hallan. So etwas hatte es auf der *Sonne* nicht gegeben. Es knüpften sich beängstigende Überlegungen daran. Und als Tarras an ihrer Station Platz genommen hatte, befahl die Kapitänin, die Waffen-Schalttafeln einzuschalten.

»Na Hallan?« sprach die Kapitänin ihn zu seinem Schreck an, und er wappnete sich schon für das übliche ›Sei vorsichtig!‹ und ›Faß nichts an!‹. »Na Hallan, übernehmen Sie den Scanner. Chihin, du machst Pause und nimmst ein Schlafmittel. Ich möchte dich fit haben, wenn wir aus dem Sprung kommen.«

»Aye, Käpt'n«, sagte Chihin, und Hallan drückte die entsprechenden Knöpfe, um die Hilfsschalttafel auf den Scanner einzustellen. Seine Hände wollten auf peinliche Weise zittern.

»Gute Nacht«, sagte Chihin zu ihm. »Viel Glück.«

Panik beschleunigte seine Atmung. Nein, keine Panik, ein gesunder Respekt vor seiner Verantwortung. Nur ein Punkte-Überwachungs-Problem. Aber Chihin würde nicht da sein, wenn irgend etwas schiefging.

»Ich bin hier«, sagte Tarras auf seiner anderen Seite. »Immer mit der Ruhe, tu einfach deine Arbeit, Junge.

Es ist unwahrscheinlich, daß du irgendwelchen Input bekommst, den der Computer nicht erkennt.«

Und eine Minute später sprang ein Punkt auf seinen Schirm, am Rand der Kefk-Station. Sein Herz machte einen Satz. Chihin fluchte – aber sie hatte gerade das Medikament genommen. »Das ist Liegeplatz Nummer 10«, las Hallan von seinem Schirm ab und versuchte, ruhig zu bleiben. »Die *Mu – Mukjukt*, Käpt'n.«

»Verbündet mit dem *hakkikt* oder was?« überlegte Fala laut.

»Frag den *hakkikt*«, empfahl ihr die Kapitänin. Fala tat es und berichtete: »Er sagt, ich zitiere, er wisse ...«

Inzwischen verließ ein weiterer Kif die Station. Hallan meldete es und drückte keine Knöpfe.

»Götterverdammte Kif-Angeberei«, murmelte die Kapitänin. »Sie müssen alles sehen, sie müssen überall dabei sein, sie werden Vikktakkht den Hals abschneiden, wenn dies schiefgeht. Ihm und uns.«

Soll das heißen, daß sie keine Befehle entgegennehmen? fragte Hallan sich im stillen. So etwas war nicht Hani-Art.

»Beschleunigung«, befahl die Kapitänin. »Geben wir ein bißchen mehr Schub. Unten haben sie die Kissen.« Sie hatten keine Fracht geladen. Dazu war keine Zeit gewesen. Oder sie hatten dem Frieden nicht getraut.

Sie folgten ihrem Kurs, und Chihin murmelte schläfrig: »Weck mich auf, wenn du irgendwelche hübschen Lichter siehst, Junge. Ansonsten sehen wir uns auf der anderen Seite.«

Noch ein Schiff und noch ein Schiff. Fala erklärte: »Na Hallan, ich verzeihe Ihnen.«

»Was habe ich denn getan?« fragte er überrascht, aus der Konzentration gerissen, zwischen zwei Meldungen. Die Linien näherten sich einander. Gleich kam der Sprung, Götter ...

»Achtung«, sagte Tiar scharf. »Dies ist nicht die Stan-

dard-Prozedur, Cousinen. Wir dürfen nicht den kleinsten Fehler machen ...«

...»Sieh an, sieh an«, sagte Tante Pyanfar mit vor der Brust gekreuzten Armen und nebeneinandergestellten Füßen, das genaue Abbild ihrer selbst. »Du hast dich also den Kif verpflichtet?«

Hilfy wunderte sich nicht über die Erscheinung. Sie wunderte sich über sich selbst, weil ihr Fragen in den Sinn kamen wie: Habe ich das Richtige getan? Bin ich eine Vollidiotin, Tante Py? ... nicht böse, nicht aufgebracht, nichts von alledem, nur von dem Wunsch erfüllt, wirklich über Raum und gekrümmte Zeit hinweg sprechen zu können ... die echte Pyanfar fragen zu können, nicht diejenige, die in ihren Träumen kam und ging ...

Zum Beispiel: Was ist los auf Kefk, daß Kif deine Unternehmungen abschirmen? Und offenbar geht es dabei um eine ganze unerwartete Macht, nicht einfach um die *Stolz*, nicht einfach um ein einzelnes Schiff und eine angesehene Hani, die innerhalb des Pakt-Raumes bei Streitfragen über den Handels- und den Friedensvertrag vermittelt ...

Zum Beispiel: Tante Pyanfar, auf was hast du dich da eingelassen? Wer *bist* du, seit du mich verstoßen und auf den Planeten hinuntergeschickt hast?

Die *mekt-hakkikt*, die Führerin, ein Machtfaktor, der die Kif vereinigte und den die Kif niemals hatten finden können, die Persönlichkeit der Mahendo'sat, welcher religiöse Auftrag damit auch verbunden sein mochte – bis eine Rivalin wie Paehisna-ma-to daherkam; die Präsidentin der Amphiktionie von Anuurn, keine graunasige, schlotterige Großmutter, die auf ein zweitausend Jahre altes Privileg oder ein zeremonielles Erbe pochte. Das alles war Pyanfar, aber darum ging es auf Kefk nicht.

Hilfy hatte sich festgelegt. Sie konnte nicht mehr um-

kehren, und auf dem Weg vorwärts mochte immer noch eine Katastrophe auf sie lauern.

»Viel Glück«, wünschte ihr Tully aus weiter Ferne. Und sie hatte zuviel im Kopf, zuviel Arbeit, um dieses Spiel mitzumachen, bei dem man so tat, als ob. Tully hatte recht daran getan, wegzugehen. Er war nicht das Eigentum eines jungen Mädchens. Tully war nicht verpflichtet, ihr Leben in Ordnung zu bringen oder sie zu einer seltsamen Halbkreatur zu machen statt einer Hani. Kümmere dich um Chanur, hatte Pyanfar gesagt, sie aus dem Kreis ihrer Crew geschoben und Zeit und schwarzen Raum um sich selbst gewickelt.

Wer *bist* du, Tante Pyanfar?

Und was tust du im tiefen Raum, wohin die Methan-Atmer gehen?

Die Menschen leben in dieser Richtung. Sie kommen nicht her, um Handel zu treiben. Vielleicht wären sie gekommen, aber sie bestanden darauf, daß wir in ihrem Krieg Partei ergriffen – danke, nein, wir haben genug eigene Probleme, hatte Tante Pyanfar gemeint und einen energischen Schlußstrich gezogen, zumindest verbal.

Aber vielleicht war das eine wichtigere und größere Sache, als Hilfy gedacht hatte, und vielleicht mußte dafür ...

... Waffengewalt eingesetzt werden? Die Jagdschiffe auf Kefk? Wurden Spione und Attentäter auf hilflose Stsho losgelassen und Bomben auf einem Kshshti-Dock gezündet?

»... kommen herunter«, hörte sie Tiar sagen.

Sie waren also da. Die Grenzlinie war überschritten. Sie saßen bis zu den Ohren drin.

Das Lied schwankte, es war da und nicht da und wieder da. Ihm war, als höre er es sehr lange Zeit, und er hatte beim Eintritt in den Sprung Angst gehabt, aber das war nur der Traum eines schlechten Gewissens ...

Jetzt hörte er es wieder. Und es war kein drohendes Lied, nur ganz anders.

Er versuchte, etwas auf den Schirmen zu erkennen, doch sie zeigten nur ein Durcheinander. Das Schiff ritt auf dem Gewebe der Raumzeit, rutschte entlang der Schnittstelle, um in das nächste Loch zu fallen, das nur eine stellare Masse erzeugen konnte, und er sah, daß diese Schnittstelle sich immer weiter und weiter fortsetzte und Antimaterie um die Störung legte, die sie darstellten.

Vielleicht war es doch nur ein Traum …

»… kommen herunter«, hörte er Tiar sagen …

Er versuchte, es festzuhalten. Den Augenblick des Herausfallens aus der Schnittstelle. Aber eine heftige Störung wickelte sich um sie, und er hörte Tc'a-Stimmen oder das, was die Tc'a anstelle von Stimmen hatten …

– Hörte eine Maschinenstimme sagen: »Nähenalarm, Nähenalarm.«

»Um uns!« versuchte er zu rufen, die Augen voll von Halluzinationen und Dunkelheit. Chihin sagte ruhig: »Ich übernehme den Scanner wieder. Tiar, die System-Boje spielt verrückt, und wir haben einen gewaltigen Überschuß an Jagdschiffen hier draußen …«

»Ich habe Schiffe gesehen«, fiel er ein, »zehn, zwanzig – dahinten im Dunkeln …«

»Wo im Dunkeln?« fuhr die Kapitänin ihn an. »Auf dieser Seite, auf jener Seite, wo?«

»Auf der anderen Seite«, antwortete er, aber er wußte, das stimmte nicht. Die Schiffe waren hier, rings um sie, und sie kamen eins nach dem anderen an.

19. Kapitel

Zwanzig schlanke kifische Jäger, und plötzlich fiel noch einer aus dem Sprung … Unter diesen Umständen konnte man einfach nicht glauben, was das Schema der System-Boje zeigte, dachte Hilfy, als sie sah, was sich auf ihren Flanken entwickelte. Die *Legat* nahm eine Position ein, die das letzte war, was sie sich gewünscht hätte – sie war im Mittelpunkt einer Kif-Flotte, die auf den Treffpunkt zuschoß – wo es, wie die Boje zeigte, von Schiffen wimmelte: Hani-Schiffen, Stsho-Schiffen, mahen Händlern, Kif und Tc'a und Chi, so normal, wie sie es sonst auch gesehen hatte, und dabei, was die Emissionen betraf, so tot, wie sie es noch nie gehört hatte.

»Fala«, sagte sie, »alle Kanäle auf Empfang. Statistiken. Prozentsätze. Wer ist wer. Für das, was wir sehen, ist es zu ruhig.«

»Aye«, sagte Fala. Die Statistiken sollten gefiedert sein, die Zahl der Kontakte, die durch den Kom flackerten, verrieten ihr, das sie keine Daten zusammenbekommen würde. Und das lag nicht an der Anwesenheit der Kif: Sie waren noch eine Lichtstunde von der Station entfernt. Die Station mußte noch eine Stunde warten, bevor der Treffpunkt erfuhr, daß die Kif da waren und wen sie mitgebracht hatten und welche Manöver sie durchführten. Eine Stunde, bis die Station reagieren konnte. Aber vorher mochte etwas reagieren, das sich still verhielt und näher war.

»Waffen feuerbereit«, sagte Hilfy zu Tarras, hörte die Bestätigung, sah einen anderen Satz Lichter auf ihrer Schalttafel aufleuchten. Jetzt brachen sie das Gesetz.

Mehrere Gesetze. Nichtbeachtung der Schiffahrtsrouten, Verletzung der Sicherheitsbestimmungen, Bruch des Abrüstungsvertrages, gegen den Akt, der Stationen Immunität zusichert ...

»Käpt'n«, bat Na Hallan schwach. »Wenn Sie einen Augenblick Zeit haben ...«

»Fragen Sie, Hilfsstation eins.«

»Ich habe hier etwas. Ich habe es aufgezeichnet – ich glaube, daß ich es aufgezeichnet habe ...«

Verängstigter Neuling. Er hatte keine Ahnung, wie man eine Meldung macht oder die Anzeige eines Bildschirms weiterschaltet. Tiar hatte alle Hände voll zu tun. »Fala«, sagte Hilfy, »informiere die Station, daß wir anlegen wollen, und nimm Hallan den Input ab.«

Es kam von Falas Schirm Nummer eins zu ihr herüber: Matrix-Kommunikation, Roh-Transkript.

Chanur	warnen	Paehisna-ma-to	Fehler	No'shto-shti-stlen
Hilfy	du	töten	gewalttätig	richtig
alles	falsch	Nicht-Gesetz	bringen	Entscheidung
Stationen	Tod	Botschafter	jetzt	Veränderung
zuhören	Kif	Stsho	auf	Treffpunkt
Kif	jetzt	ist	alles	Direktor
Tc'a	wissen	schuldig	Partei	...

Chanur warnt, Paehisna-ma-to irre sich (sei im Unrecht wegen?) No'shto-shti-stlen. Hilfy, die eine gewalttätige (Person?) tötet, wird im Recht sein. Alle ungesetzlichen falschen (Taten) bringen Veränderung. Stationen verändern sich jetzt (wegen des Todes des Botschafters). Kif, hört auf die Stsho auf dem Treffpunkt. Kif, der Direktor stürzt jetzt. Die Tc'a kennen die schuldige Partei (unvollständige Aussage).

Es wird richtig sein, eine gewalttätige Person zu töten? Tante Pyanfar?

»Was heißt das?« fragte Tiar. »Worüber redet sie?«

»Die verdammte Sendung ist jetzt auch in den kifi-

schen Aufzeichnungen. Sie schlafwandeln, die meisten von ihnen. – Gib mir den *hakkikt*.«

»Aye«, sagte Fala, und das Klicken und Zischen kifischer Kommunikationen erklang sehr laut in ihrem Kopfhörer.

»Nakgoth na sti!« sagte sie. »Hilfy Chanur nak, nakgoth na sti, hakkikt-tak skkhta.«

»Es ist sehr schwierig, die Tc'a dazu zu überreden, daß sie lügen«, erwiderte eine kultivierte, fließend hani sprechende Stimme. *»Tatsächlich sind sie gar nicht fähig dazu.«*

»*Hakkikt*, mit größter Hochachtung vor Ihrer Weisheit, dies ist nicht Pyanfar. Es ist nicht richtig.«

»Richtig?« fragte Vikktakkht. *»Was ist ›richtig‹? Erklären Sie uns ›richtig‹, Chanur-Kapitänin. Wir sind Pyanfars Verbündete. Hätte sie einen Grund, hierbei die Seite zu wechseln?«*

Kif würden die Seite wechseln. Beim leisesten Windhauch aus der entgegengesetzten Richtung. Verstandesmäßig wußte Vikktakkht, daß Hani anders waren. Gefühlsmäßig, in einer riskanten Situation, wußte er es vielleicht nicht. »Lassen Sie mir einen Augenblick Zeit.« Hilfy betrachtete verzweifelt den Schirm. Sie löste den Sicherheitsgurt, so benommen, wie sie war, griff nach dem Päckchen mit den Nährlösungen neben ihrem Sessel, biß ein Loch hinein und brachte einen Schluck hinunter, während sie aufstand.

»Käpt'n?« sagte Fala. »Wir haben eine Stsho-Botschaft bekommen.«

»Das kann keine Botschaft von der Station sein. Wir sind zeitlich verzögert.« Noch ein Schluck.

»Sie lautet ...«

»Das ist ein götterverdammter Hinterhalt. Von der Boje aus an unsere Rufnummer gesendet. Sie wissen, wer wir sind. Sie haben die Boje mit einem falschen System-Schema präpariert. Was sagen sie?«

»Sie …« Fala drehte sich halb um und zog sich Hand über Hand zu Tiars Station, wo die Hauptanschlüsse für den Translator waren. »Sie sagen … im Namen der Stsho-Regierung …«

… und im Namen des Han *fordern wir Sie auf, sofort anzudocken und Ihr Schiff zu einer Inspektion zu öffnen. Sie brechen den Friedensvertrag des Paktes und werden mit strengen Strafen belegt, wenn Sie den Anweisungen nicht gehorchen. Wir akzeptieren nur ein einzelnes Schiff, das sich mit deaktivierten Waffen annähert.*

Das Schiff Chanurs Legat *hat die Erlaubnis, auf Liegeplatz 1280 anzudocken. Bestätigen Sie.*

»Wir bekommen Daten über das System«, sagte Tiar. »Was nun, Käpt'n?«

»Wir bekommen ihre Aussage darüber, was sich angeblich in diesem System befindet, das bekommen wir. Chihin, paß auf, Hallan, wir glauben nur, was unsere eigenen Instrumente sagen, verlaß dich bloß nicht auf das, was die Station dir erzählt. Fala, gib mir das unbearbeitete Material über die Tc'a.«

»Es paßt zu …«

»Mir ist es gleich, wozu es paßt, ich will es sehen, und zwar sofort!«

Der Junge war erschrocken. Sie hätte nicht schreien sollen. Fala gab zuerst einen falschen Befehl ein, machte einen zweiten Versuch und erhielt:

Chanur	998	Paehisna-ma-to	86-786	No'shto-shti-stlen
586	8	798-897-22	46	567
6	57	868-897-22	1872	98
9-9	786	7	6-75	299-786t
96	76	10-69	7657	40y8
786	8 = 999	8/659	6-976	6-7/0
5/8	98	768-./768/865	6868/5	...

»Das ist nicht Tc'a.«

»Wie kann das nicht Tc'a sein?« protestierte Fala.

Hilfy faßte an ihr vorbei und holte die Rohübersetzung noch einmal auf den Schirm.

»Das ist nicht Tc'a. Ich habe zu viele Tc'a-Kommunikationen gesehen. Man bekommt im Transkript nicht so viele Unbekannte. Das Ding treibt den Translator in den Wahnsinn. – Tiar, Kursänderung auf die angegebene Route, sende, daß wir den Anweisungen Folge leisten.«

»Käpt'n …«, setzte Tarras an, und Chihin erhob beinahe gleichzeitig Einspruch.

»Ich weiß. Habe ich gesagt, wir würden es tun? – Woher ist dieses götterverdammte Ding gekommen? Na Hallan? Haben Sie diese Sendung empfangen?«

»Ich … habe sie gehört. Ich glaube, es ist das, was ich gehört habe. Sie waren bei uns … ich konnte sie hören. Aber ich konnte sie nicht sehen, Käpt'n.«

»Sie konnten sie nicht sehen! ›Konnte sie nicht sehen‹ erklärt diesen Output nicht! Damit geht etwas Merkwürdiges vor. Man bekommt keine so klare Sendung aus dem Hyperraum.«

»Mechanisch?« fragte Fala. »Könnte es zusammengestoppelt sein? Etwas, das die Boje uns sendet?«

Das Mädchen benutzte wieder einmal seinen Kopf. Ja, jemand hätte mit einer komplizierten Ausrüstung die Botschaft aus anderen Tc'a-Sendungen zusammensetzen und die Boje so programmieren können, daß sie sie abschickte, sobald ein Schiff mit einer bestimmten Identifikation ins System eintrat. Trotzdem war Hilfy sich nicht sicher, ob das die Lösung war. Die *Legat* gab ein bißchen Schub, und Hilfy hielt sich an der Rückenlehne ihres Sessels und der Handleine fest. »Paßt genau auf, alle Stationen. Glotzt nicht. Man hat uns eine Route zugewiesen, an deren Ende sie im Hinterhalt liegen werden. Mädchen, darauf fallen wir nicht herein. Tarras, Raketen feuerbereit.«

»Aye«, kam die tonlose Bestätigung.

»Fala, die vertikale Lesart, Lies es vor.«

Chanur	Hilfy	alles	Stationen	zuhören	Kif	Tc'a
warnen	du	falsch	Tod	Kif	jetzt	wissen
Paehisna-ma-to	töten	Nicht-Gesetz	Botschafter	Stsho	ist	schuldig
Fehler	gewalttätig	bringen	jetzt	auf	alles	Partei
No'shto-shti stlen	richtig scheidung	Entrung	Verändepunkt	Trefftor	Direk-	...

Chanur an alle Stationen: Hören Sie auf die Kif und die Tc'a. (Ich?) informiere Sie über den ungerechten Tod (weil) Kif jetzt wissen, daß Paehisna-ma-to des Mordes an dem Stsho-Botschafter schuldig ist. Wenn jetzt ein Fehler gemacht wird, kommt es zu Gewalttätigkeiten bei allen Parteien. No'shto-shti-stlen trifft die richtige Entscheidung, wenn er den Direktor (auf dem) Treffpunkt wechselt …

»Dritte Variation. Diagonale links.«
Diese götterverdammten Matrix-Gehirne!

No'shto-ashti-stlen: Fehler richtig. Paehisna-ma-to gewalttätige Entscheidung. Raten töten bringt Veränderung. Chanur du Nicht-Gesetz jetzt Treffpunkt. Alles Tod Botschafter auf Direktor. Station Kif Stsho alles? zuhören jetzt ist Partei …

»Kauderwelsch. Das ist nicht Tc'a. *Hani*-Translator, idiomatisch, vertikal.«
»Käpt'n.« Das kam von Hallan, leise.
»Befehlskette. Befehlskette, Meras.«

Chanur an alle Stationen: Hören Sie auf die Kif und die Tc'a. Sie werden Ihnen sagen, daß der Tod ein Mord war. Die Kif haben jetzt Beweise, daß Paehisna-ma-to des Mordes an dem Personal der Stsho-Botschaft schuldig ist. Ein falscher Schritt in diesem Augenblick wird gewalttätiges Verhalten an allen Fronten hervorrufen. No'shto-shti-stlen traf die

richtige Entscheidung, als er veranlaßte, daß ein neuer Direktor hergebracht wird.

»Es ist *doch* Tante Py. Die Götter sollen sie verderben, warum in einer mahen Hölle hat sie eine so chaotische Botschaft abgesandt? Versuche einer mal, *diese* Übersetzung den Kif zu geben. Die Ausstrahlung ist systemweit. Und wartet's ab! Das wird bestimmte Personen gar nicht freuen.« Sie waren jetzt auf dem Weg zum Liegeplatz 1280, wo ihnen zweifellos irgendein Hinterhalt gelegt war. Und Na Hallan saß da und platzte fast, weil er etwas sagen wollte, das anzuhören sie im Augenblick keine Zeit hatte. »Fala, gib mir noch einmal den *hakkikt*. Und stelle fest, ob unsere Passagiere noch heil sind.«

Sie schlängelte sich wieder in ihren Sessel, fiel hinein, als der Kopfhörer Kifisch sprudelte.

»*Nak.*«

»Chanur nak. Pakkaktu hastakkht. 1280 lakau.«

Leises kifisches Gelächter. »Tc'a? Mau lkkto mekthakkikta.«

Zuzutrauen war ihr alles.

Hilfy unterbrach die Verbindung für eine Sekunde. »Fala, leben die Stsho da unten noch?«

»Glücklich sind sie nicht«, berichtete Fala. »Lebendig ja. Verängstigt. Jedenfalls die beiden in Kabine 2. Ich versuche, die Heiligkeit zu wecken. Ich empfange Geräusche, doch sonst könnte ich nichts beschwören.«

Hilfy schaltete die Verbindung zur *Tiraskhti* wieder ein. »Wir nähern uns an«, erklärte sie in der Handelssprache. »Ich rufe die Stationsleute an, sage ihnen, daß wir ohne Hilfe andocken werden. Die jagen uns keine Angst ein.« Das taten sie wohl, aber das gestand man einem kifischen Verbündeten nicht. Man wartete nicht draußen und tauschte in der Hoffnung, Eskalationen zu vermeiden, Ultimaten mit reizbaren Kif und Mahendo'sat aus.

Doch wo die Falle auch aufgebaut sein mochte, ihre Untersuchungen hatten noch nichts entdeckt. Und die Kif hatten nichts gesehen, oder sie sprachen nicht über das, was sie gesehen hatten.

»Käpt'n«, sagte Chihin, »Na Hallan denkt, daß da draußen noch mehr Schiffe sind.«

»Wo? Vektor, Hallan.«

»Oben«, kam die schwache Antwort. »Sie waren *da*, Käpt'n.«

»Tc'a?«

»Ich habe sie gehört. Ich konnte sie über den Kom hören. Ich habe *etwas* gehört.«

Götterverdammte Geisterseherei. Cousine Chur reichte ihr eigentlich. Wenn ein Anfänger während des Sprungs umherwanderte, wußten die Götter allein, was er danach zu berichten hatte. Mehr Schiffe? Botschaften der Boje?

Die Boje war der Kreuzungspunkt, der Ort, wo Schiffe begannen, auf die lokale Sonne zuzufallen. Die Boje zeichnete auf, wer sie passierte, und sie hatte nichts als sie und die Kif aufgezeichnet.

Nichts, hieß das, was sie ihrem Programm nach der *Legat* und ihren kifischen Gefährten gestehen sollte.

Aber würde Tante Py eine so mehrdeutige Botschaft verfassen?

»Noch mehr von ihrer götterverdammten Post«, murmelte Hilfy. »Durch ein Tc'a-Gehirn gefiltert. Sie sind heruntergekommen wie springende Fische. Sie sind da *oben*.«

»Sie *schweben* im Hyperraum?« wunderte sich Tiar.

»Das geht nicht«, sagte Hilfy. »Und den Vektor im Hyperraum ändern, das geht auch nicht.«

Aber Knnn taten es.

»Ich möchte ihre Treibstoffrechnung nicht bezahlen müssen«, meinte Tarras.

Tc'a tankten Treibstoff, im Realraum. Tc'a bezahlten Rechnungen wie alle anderen. Es gab bestimmt physi-

sche Beschränkungen für das, was sie im Hyperraum taten. Aber man durfte nicht vergessen, daß Schiffe nicht in den Hyperraum *eintraten*. Sie verließen die Schnittstelle nicht, bitte, Götter, sie verließen sie nicht ...

»Botschaft an die Station«, befahl Hilfy. »Wir haben Tc'a-Schiffe in der Nachbarschaft. Geben Sie eine Warnung vor der Gefährdung heraus.«

Sollten sich doch die Mahendo'sat-Jagdschiffe Sorgen darüber machen. Tc'a ließen sich nicht auf Routen beschränken. Nicht auf den Docks von Kshshti. Nicht in dem geregelten Raum rund um eine Station.

Und die Götter wußten es, man schoß nicht auf einen Tc'a. Schieße niemals auf etwas, pflegte Tante Py zu sagen, mit dem du nicht reden kannst.

»Ein bißchen mehr Geschwindigkeit. Tiar, bleib bei einem vollen Ge.«

Ein anhaltender Schub von einem Ge, und die Kapitänin konnte nur hoffen, die Stsho an Bord hatten ihren Rat befolgt und waren in ihren Betten geblieben. Unter diesen Umständen neigten die Dinge dazu, sich rasend schnell auf das hintere Schott zuzubewegen.

»Kkkt«, kam es über Hilfys Kopfhörer. *»Das ist amüsant. Wir kommen mit Ihnen, Chanur.«*

Man sagte einem kifischen *hakkikt* nicht, er solle sich um seine eigenen Angelegenheiten kümmern. Den Göttern sei Dank, daß sich nur die *Tiraskhti* in Bewegung setzte. Hilfy hätte nie geglaubt, daß sie so etwas einmal sagen würde, aber der schlanke Jäger neben ihnen war ihr ein willkommener Anblick.

Und all diese Kif da draußen ... Wenn dem *hakkikt* etwas zustieß, würde auf zwanzig verschiedenen Wegen um den Platz des Anführers dieser Flotte gekämpft werden. Das wußte die Station sicher. Die Station wußte sicher auch, daß es sehr gefährlich sein würde, die Kif eines Führers zu berauben, wenn sie kein Feuergefecht in ihrem Territorium haben wollte.

Aber man mußte sich fragen, warum die Station stumm blieb – abgesehen von der Tatsache, daß sie nicht wußte, und noch für einige Minuten nicht wissen würde, daß ein Kif auf sie zukam.

Hilfy schaltete den Interkom ein. »Wie geht es Ihnen beiden, Exzellenz?«

»Wai«, kam die atemlose Antwort. *»Wai, wie schrecklich sind doch Schiffe! Wir haben es äußerst unbequem! Ich fürchte um die Heiligkeit! Ich fürchte um die Kostbarkeit! Ich fürchte um unser Leben!«*

»Wir werden in wenigen Augenblicken mit dem Beschleunigen aufhören, Euer Exzellenz. – Tiar, nimm Kontakt mit dem Piloten der *Tiraskhti* auf, wir wollen sie nicht überraschen, bleib einfach in Verbindung. – Fala, ich nehme deine Schalttafel, geh du nach unten, sieh nach, ob man sich um *gtsta* kümmern muß. – Geh auf Trägheit über, Tiar, nach deinem Ermessen.«

»Achtung!«

Das Gewicht, das sie schräg in ihre Kissen gedrückt hatte, wurde normal, man konnte sich wieder nach oben und unten orientieren. »Ich gehe«, sagte Fala, und Hilfy schaltete die grundlegenden Kom-Funktionen auf ihren eigenen Platz um. »Station, dies ist die *Chanurs Legat* in der Annäherung nach ihren Instruktionen. Informieren Sie *Gtst* Exzellenz No'shto-shtistlen, daß wir hocherfreut über unseren Erfolg bei der Erfüllung von *gtst* Auftrag zurückkehren.«

Das war stshoshi. Soviel für die Vertreterinnen des *Han,* die sich nicht die Mühe machten, die Sprache ihrer Handelspartner zu lernen.

Aber nach der Zeitverzögerung für den Weg hin und zurück kam die Antwort auf mahendi: *»Du bleiben auf Route, Chanur-Schiff. Dasselbe gelten für Kif-Schiff* Tiraskhti. *Bleiben auf Route. Rechtssache hier. Keine Waffen.«*

Ein Knattern auf kifisch folgte, ohne Zeitverzögerung: Die *Tiraskhti. »Im Namen der* mekt-hakkikt, *wir halten uns an den Friedensvertrag, und wir werden die Ein-*

haltung des Friedensvertrages mit Gewalt durchsetzen. Parau'a mekt-hakkikta rassurrn na uunfaura, uunfaura sassurrn ma …«

Das war hani, bei den Göttern.

Und von dem unteren Deck: »*Käpt'n,* gtsta *sagt etwas über Tc'a und die Sonne und Ker Pyanfar. Die Sterne sprächen mit einer einzigen Stimme oder so …*« Hilfy konnte das Gemurmel von anderswo hören, sie verstand ›Sternenantriebe‹ und ›Resonanzen‹ und ›mit den Feldern sprechen‹ … »*Ansonsten macht* gtsta *den Eindruck, ganz in Ordnung zu sein. Soll ich das Netz lösen?*«

»Nein!« Mit leiserer Stimme verbesserte sie die Antwort. »Informiere *gtsta,* wo wir sind, erkläre *gtsta* die Situation, sage *gtsta,* daß es sich um eine Sicherheitsmaßnahme handelt, und schwinge deine flinken jungen Knochen so schnell wieder nach oben, wie du kannst.«

Es gab immer noch keine Garantie, daß es nicht zu einer Schießerei kommen würde, aber dann müßte die Opposition noch verrückter sein als die Heiligkeit. Die Opposition besaß den Treffpunkt. Die Opposition hatte den Friedensvertrag und den Pakt selbst als Geiseln – denn wenn die Opposition nicht anfing zu schießen, behielt die Opposition den Treffpunkt, und das Momentum blieb auf der Seite von Paehisna-mato. Wenn *sie* dagegen anfingen zu schießen, hätte die Partei der *mekt-hakkikt* den Friedensvertrag gebrochen. Nicht viel anders wären die Folgen, wenn sie die Macht hätten, den Treffpunkt zu erobern, ohne ihn zu beschädigen, und angesichts der mahen Flotte, die sich da draußen versteckte, hatten sie diese Macht sowieso nicht.

Keine angenehme Situation, sagte sich Hilfy. Gar keine angenehme Situation, Hilfy Chanur. *Warum* hast du den götterverdammten Vertrag unterschrieben?

»*Liegeplatz* 22, Legat«, ließ sich die Station herab, ihnen mitzuteilen.

»Werden wir ihren Computer-Input übernehmen?« erkundigte sich Tiar.

»Nein«, antwortete Hilfy. »Was ist schon ein weiteres gebrochenes Gesetz? Du und Chihin, ihr bringt uns hinein. Wir nehmen ihren Liegeplatz 22. Wahrscheinlich sind Wachen da. Massenhaft Wachen.«

»Kif?« fragte Tarras.

»Ich wette mit dir, keine Kif. Ich wette, es hat ein Grund vorgelegen, warum der alte No'shto-shti-stlen sich bis an die Nase in Kif vergraben hatte. Und ich wette, es hat Tote gegeben. Andererseits …«

»Was ist andererseits?«

»Andererseits legen Stsho sich nicht gern fest, solange etwas nicht hundertprozentig sicher ist. Also streiche die letzte Wette. Vielleicht hat es auch keine Toten gegeben. Vielleicht ist hier kein einziger Schuß abgefeuert worden. Das ist nicht der Stil des *Han*. Auch nicht der Stil Llyenes. Überlasse das Paehisna-ma-to. – Was ist denn das?«

Sie spielte mit den Optiken herum. Der Scanner zeigte den Hinterhalt nicht, was im dünn besetzten System des Treffpunktes nicht viele Möglichkeiten der Deckung ließ. Zum Beispiel konnten ihre Gegner die Station zwischen sich und der *Legat* halten – daher die Zuweisung einer Route -, oder ein paar lagen am Rand des Systems auf der Lauer, vielleicht zwischen ihren Schiffen und dem System-Ausgang, zum Nadir des Sterns hin.

Aber die im Dock liegenden Schiffe fingen das schwache Sonnenlicht sehr hübsch ein, und dazu kamen Reflektionen all der Arbeitslampen und Warnlichter, die draußen arbeitende Schubfahrzeuge und Tender daran hinderten, in einen strukturellen Teil der Station oder ein angedocktes Schiff zu knallen. Die optischen Geräte waren eine der wichtigsten Funktionen auf Hilfys Schalttafel, und sie hatte bereits Bilder eingefangen.

»Ah – da ist die *Ha'domaren* … Unser Haisi ist nicht da draußen, wo ihm etwas passieren könnte.«

»Daß die Götter ihn verderben!« sagte Tiar.

»Zwei Kif, die wir nicht kennen. Ein Tc'a-Schiff taucht auf, das wir auf Urtur schon gesehen haben.«

»Mein Herz wird die Überraschung nicht aushalten«, meinte Tiar.

»Oh, und da – ist die *Ehrrans Ehre*.«

»Ehrran!«

»Der *Han* ist hier ja in großer Stärke vertreten, Mädchen. Können wir davon ausgehen, daß es die Faktion ist, die uns mit Inbrunst haßt? Wir haben Paehisna-ma-tos Lieblings-Jagdkapitän. Wir haben ein Sortiment von Mahendo'sat, wir haben – die *Padurs Sieg*.«

»Die Götter sollen sie verderben, wenn sie daran beteiligt sind!«

»Könnte Zufall sein. Sie ist eben hier vorbeigekommen, aus wahrscheinlich ehrenwerten Gründen. Aber ich möchte zu gern wissen, wer auf Hoas war, während wir auf Urtur waren.«

»Was ist mit der *Sonne?*« fragte Hallan.

»Ich wünschte, ich könnte dir sagen, sie sei nicht da.« Aber sie war da, *Saherns aufgehende Sonne,* deutlich zu sehen zwischen zwei anderen Hani-Schiffen, der *Nais Pracht* und der *Dorans Hoffnung*. »*Lslil-lyest,* ein ganzer Haufen von Stsho-Schiffen, von denen ich keins kenne, von denen die Bibliothek keins kennt, was bedeutet, daß es keine Händler sind, sie kommen von ganz innen aus dem Stsho-Raum – vermute ich jedenfalls, aus der Hauptstadt auf Llyene, wenn sie No'shtoshti-stlen abgesetzt haben.«

»Politik«, Tiar rümpfte die Nase. »Götter, das riecht nach etwas, das schon drei Tage tot ist.«

»Wir könnten hier verschwinden«, sagte Chihin. »Wir könnten den Kif mitteilen, wir hätten gesehen, was wir wollten, lebt wohl und viel Glück.«

»Man würde uns zu Gesetzlosen erklären. Man hätte Beweise, eine nicht abgelieferte Fracht, ein geradezu klassischer Grund. Chanur würde dieses Schiff ver-

lieren, Chanur würde bei den Mahendo'sat Momentum verlieren.«

»Besser gesetzlos als im Dock überwältigt zu werden.«

»Das sagt sich leicht, Cousine.«

»Wir geben nicht auf!«

»O nein, nein, nein, Chihin.«

»Was werden wir tun?« fragte Tiar.

»Das weiß ich nicht genau. Die Leute auf der Station wissen es auch nicht. Sie können es mit gerichtlichen Verfügungen und Papieren versuchen. Das macht keine Löcher in die Hülle. Und sie werden mit uns reden. Sie sind hier, um zu reden. Sie sind hier, um zu beweisen, daß wir etwas verbrochen haben.«

»Es ist eine Falle«, behauptete Hallan. »Wenn die *Sonne* mitmacht, ist es eine Falle – die Sahern werden irgendeine Klage einreichen.«

»Gut gedacht, Junge. Und ob sie das tun werden!«

»Ich möchte Sie nicht in Schwierigkeiten bringen.«

Hilfy mußte lachen. Für Hallan Meras war es wohl gar nicht komisch.

»Sie bekommen ihn nicht zurück«, sagte Chihin.

»Kümmere du dich um deine Berechnungen«, ermahnte Hilfy sie. »Das Wichtigste ist, daß wir die Station nicht rammen. Dann werden wir uns Sorgen über die Sahern machen. Sie stellen ein geringfügiges Problem dar.«

»Das ist kein geringfügiges Problem«, protestierte Chihin.

»Er wird nicht zu den Sahern gehen«, erklärte Hilfy. »Wenn *ich* ihn hinauswerfe, ist das eine Sache, aber die götterverdammten Sahern werden ihn nicht bekommen. Zwei und zwei, Cousine, laß mich die juristischen Fragen erledigen, du hast alle Hände voll zu tun, und ich will hier keinen Fehler machen. Fala, möchtest du noch einmal unter Deck gehen?«

»Aye, Käpt'n, gern.«

»Ich würde sagen, uns bleibt eine halbe Stunde. Geh nach unten, da ist noch etwas umzulagern. Es kann passieren, daß du dich plötzlich sichern mußt. Paß also auf.«

»Aye, Käpt'n.«

Ein mutiges Mädchen. Es war gefährlich, während einer Annäherung herumzulaufen. Da konnte allerhand passieren. Aber der Frachtschlepper, der der *Legat* zufällig in den Weg geriet, hätte eben Pech gehabt.

»Käpt'n«, sagte Tarras, »ich halte diese Rakete immer noch in Feuerbereitschaft.«

»Da sollst du sie auch halten.«

»Ich wollte es nur bestätigen«, sagte Tarras. »Danke.«

Die Berechnungen nahmen Gestalt an. Fala bat von unten um Anweisungen. Die Station rief sie und protestierte, sie seien aus der Kalibrierung und sie sollten ihre Computer überprüfen.

»Oh, wir benutzen Ihre Daten nicht.« Es machte Hilfy richtig Freude, diese Erklärung abzugeben. »Weil Sie nämlich nicht beweisen können, daß Sie die Befugnis haben. Wir werden unseren Weg ins Dock einfach erraten.«

»Sie verdammte Idiotin!« kreischte die Treffpunkt-Kontrolle.

»Wie steht es, Tiar?«

»Oh, vielleicht fünf, zehn Prozent hierhin oder dahin. Wer weiß?«

»Sie verlieren Ihre Lizenz!«

»Hoffen Sie, daß wir gut sind, Treffpunkt. Oder geben Sie uns No'shto-shti-stlen.«

»Wir nicht können! Wir nicht können! Du sollen bremsen!«

»Haben Paehisna-ma-tos Anhänger so schwache Nerven?« schaltete sich Vikktakkht über Kom ein. *»Übrigens, wir bremsen. Und unsere Waffen bleiben feuerbereit.«*

Das mußte man dem *hakkikt* lassen, er hatte kein

Wort über die feuerbereite Rakete der *Legat* verloren, obwohl er bei seinen Systemen wahrscheinlich davon wußte.

»Ich danke Ihnen, *hakkikt.*«

»Du bremsen, du bremsen, ich holen Vorgesetzten!«

»Wollen Sie uns vielleicht mit No'shto-shti-stlen sprechen lassen?«

»Du bremsen, ich versuchen!«

»Stimmen unsere Berechnungen, Tiar?«

»Ganz genau.«

»Tut mir leid, Treffpunkt. Im Augenblick bin ich nicht in der Stimmung dazu. Vielleicht schießen wir die Rakete an euch vorbei. Vielleicht auch nicht.«

»Du bluffen!«

»O ja, manchmal. Nicht immer.« Hilfy unterbrach die Kom-Verbindung. »Schalte ab, Tarras.«

»Graue Haare«, murmelte Chihin. »Gleich vierzig graue Haare.«

»Sorge du nur für ein weiches Andocken«, sagte Hilfy.

Hallans Mund bewegte sich. Entweder las er Zahlen ab, oder er empfahl sich den Göttern, dachte Hilfy. Und gab die Sicherungswarnung ein.

»Du verdammte Idiotin haben brechen fünfhundert Gesetze!«

»Er ist hysterisch.« Hilfy sprach rein zufällig in ein eingeschaltetes Mikrophon. »Berücksichtige das, Tiar.« Sie trennte die Verbindung. »Euer Exzellenz, ich melde Ihnen, daß wir sicher angedockt haben. Sie können sich jetzt in Ihrer Kabine bewegen. Meine Glückwünsche zur Rückkehr Eurer Exzellenz auf den Treffpunkt. Wir versuchen gerade, Kontakt zu *Gtst* Exzellenz, dem Direktor, herzustellen, aber die Büros der Station sind von Mahendo'sat besetzt.«

»Wai!«

»Aus der Anzahl der Stsho-Schiffe, die hier im Dock

liegen und keine Händler sind, schließen wir, daß irgendein Verrat begangen wurde. Hier sind *Han*-Funktionärinnen, die eine historische Antipathie gegen Chanur hegen, hier sind Mahendo'sat, darunter Anakehnandian. Aber das Schiff Seiner Exzellenz des *hakkikt* Vikktakkht hält eine Position in einiger Entfernung von der Station, und es droht mit seinen Waffen und mit der Unzufriedenheit der *mekt-hakkikt*. Was *Gtst* Exzellenz No'shto-shti-stlen betrifft, so verhindern diese schändlichen Personen den Kontakt mit *gtst*. Wir fürchten in diesem Augenblick um *gtst* Sicherheit und fragen uns, ob Euer Exzellenz vielleicht ein Wort mit diesen Individuen sprechen wollen.«

»Ich werde sie verfluchen.«

»Bitte, halten Sie sich bereit, das zu tun. Ich schalte Ihren Interkom auf direkten Funkkontakt mit der Treffpunkt-Kommunikation. Aus offensichtlichen Gründen lassen wir keine Leitungen anschließen, vor allem nicht die Kom-Leitungen.«

»Wir sind bereit.«

»Sie sind in Kontakt«, informierte Hilfy *gtst*, drückte den Knopf und lauschte, das Kinn auf die Faust gestützt.

»Frevelhaftes und schamloses Benehmen!« Die Eröffnung hatte eine Tonhöhe, daß die Anzeigen Spitzen zeigten. Währenddessen kam über eine Wellenlänge, die für amtliche Hani-Angelegenheiten reserviert war, die Aufforderung: »Chanurs Legat, *verbinden Sie mich mit Hilfy Chanur.*«

»Sie sind schon verbunden«, antwortete Hilfy. »Guten Tag. Ist dort der Ehrran-Clan?«

»Unverschämtheit wird Ihre Sache vor dem Han *nicht verbessern! Sie sind persönlich und als Crew der Piraterie, der Entführung, der Vergewaltigung und des Mordes angeklagt, Sie in Ihrer Eigenschaft als Clan-Oberhaupt zudem des Verrates, der Volksverhetzung, der Verletzung des Friedensvertrages ...«*

»Sie haben die überhöhte Geschwindigkeit vergessen und das unvorschriftsmäßige Andocken, Ehrran. Dies ist eine politische Show, das wissen wir beide. Götter, gibt es ein schmutziges Geschäft auf dieser Seite von Ajir, in dem Sie die Finger nicht haben?«

»Ich verlange, mit Hallan Meras zu sprechen. Im Namen des Meras- und des Sahern-Clans.«

Das mußte ja kommen. Hallan warf ihr einen verzweifelten Blick zu, Chihins Gesicht war finster wie ein Unwetter.

Hilfy drückte von neuem den Sendeknopf. »Verlangen Sie, was Sie wollen, Ehrran. Chanur erlaubt es nicht.«

Käpt'n, sagte Hallan tonlos. Sie schüttelte den Kopf.

»Kann ich das aufzeichnen, Chanur?«

»Selbstverständlich, Ehrran.«

»Käpt'n!« Hallan war ganz außer sich.

»Du bist verheiratet. Halt den Mund!«

»Ich bin ...« – verheiratet, sagte sein Unterkiefer.

»Seit ungefähr einer halben Stunde. Unterschrieben von einem Stsho-Beamten, einer Stsho-Heiligkeit, einem unparteiischen Zeugen und mir als Kapitänin dieses Schiffes. Meine Glückwünsche, und mach uns keine Schande.«

»Mit ... wem ...?« Hallan verstummte wieder. Die Sprecherin des *Han* verlas weitere Anschuldigungen über Kom.

»Es wäre gut, wenn ich es wäre«, bemerkte Chihin dunkel.

»Du bist als erste angeführt«, erklärte Hilfy. »Entschuldige, wenn wir nicht gefragt haben, wie du es gern hättest. Du warst gerade dabei, die Annäherung zu berechnen, und ich konnte mir denken, daß Ehrran so etwas loslassen würde.«

»Aber ...«, begann Hallan. Chihin brachte ihn wieder zum Schweigen. Ehrran wiederholte eine Frage. Hilfy sandte ihr einfach das Dokument in Faksimile zu. Und

das Schriftstück, in dem Sahern der Aussetzung eines Crewmitglieds, der öffentlichen Beleidigung, des öffentlichen Ärgernisses, der böswilligen Strafverfolgung und neun verschiedener Verletzungen des Gewohnheitsrechtes im Pakt-Raum beschuldigt wurde.

»Und ich beschuldige die Kapitänin und die Crew der *Saherns aufgehende Sonne* außerdem der Verschwörung und der Verleumdung nach dem Gesetz der Amphiktionie sowie der Verschwörung mit dem Ziel, den Friedensvertrag zu brechen, Ehrran. Wenn Sahern vor Gericht zu gehen wünscht, bei den Göttern, ich habe Namen und Daten im Log.«

Die Stille, die jetzt folgte, war seltsam. Der Kontakt brach ab. Irgendwer besprach sich mit irgendwem.

Hilfy schaltete sich in das Gespräch auf dem anderen Kanal ein. Die Indikatoren erreichten immer noch hohe Werte.

Sollen sie machen, was sie wollen, dachte Hilfy und stand auf, um sich kurz die Beine zu vertreten. »Ich denke, wir machen eine Weile Pause. Stell den Computer auf Alarm ein. Laß die Aufzeichnung weiterlaufen. Geht euch duschen – oder was ihr sonst möchtet. Viel Glück, Na Hallan, ich gratuliere, willkommen im Clan. Die offizielle Feier veranstalten wir, wenn wir das hier hinter uns gebracht haben.«

Alle verdrückten sich. Hilfy fragte nicht, wohin. Sie setzte sich wieder und ließ noch einmal die Botschaften ablaufen, die sie nicht zugaben empfangen zu haben.

Es waren doch nicht alle gegangen. Hilfy sah den Schatten in einem toten Schirm, blickte über die Schulter zurück und entdeckte Tiar.

»Brauchst du Hilfe?«

»Kann schon sein.«

»Der *Han* ist noch nicht fertig mit uns.«

»Der *Han* ist noch nicht fertig mit uns, und Paehisnama-to hat noch nicht einmal angefangen.«

»Die Bestechungsgelder müssen nur so herumgeflogen sein. Von Paehisna-ma-to an die Stsho, an die Kif außerhalb der Station, an die Kif auf der Station...«

»Der *hakkikt* hat sich lange Zeit gegenüber Tante Py loyal verhalten.«

»Einige von ihnen könnten aufsässig werden. Einschließlich des *hakkikt*.«

»Der Gedanke ist mir auch schon gekommen.«

»Es heißt, auf dem Treffpunkt könne man alles kaufen.«

»Bestimmte Dinge ausgenommen. Ich würde sagen, die Kostbarkeit ist nicht auf dem offenen Markt. Vielleicht ist es auch eine Heiligkeit nicht. Die Stsho sind zerbrechliche Wesen. Sie würden nie ein Risiko eingehen, wenn sie nicht dazu gezwungen werden. Ich möchte wetten, zur Zeit halten sie sich im Hintergrund und versuchen herauszubekommen, wo für sie der Vorteil liegt.«

»Politiker.«

»Es ist gar nicht so schlecht, ein Politiker zu sein. Die Stsho sind gute. Sie wären schon längst von jemandem gefressen worden, wenn sie es nicht wären. Und wenn sie nicht eine erstklassige Quelle für Handelsartikel wären und wenn sie keine Verbindungen mit dem Methan-Volk hätten.«

»Die Tc'a-Botschaft? Das war außerordentlich merkwürdig.«

»Mehr als das. Py faßte sie in Symbolen ab. Der Tc'a, der sie empfang, las sie nicht auf die normale Weise. Er glaubte, die Sätze stammten von einem Vielfach-Gehirn. Er interpretierte sie in diesem Sinne und hätte uns alle beinahe in Schwierigkeiten gebracht.«

»Du glaubst, sie ist in der Nähe?«

Hilfy überlegte sich ihre Antwort lange. Dann: »Nein. Das glaube ich nicht. Sie weiß bestimmt, was sich abspielt, aber sie kann nicht mehr rechtzeitig hier sein.«

»Im Hyperraum kann man nicht senden!«

»Man kann den Vektor nicht ändern, und man kann nicht senden. Berichtigung. *Wir* können es nicht.«

Tiar erzeugte einen grollenden Laut in der Kehle und schüttelte den Kopf. »Wenn man es könnte ...«

»... dann wäre Schluß mit den Termingeschäften, mit der ganzen Art, wie wir Handel treiben? Das stimmt. Tante Py ist ein großes Risiko eingegangen, um diese Botschaft herzubefördern. Möglicherweise kennt Vikktakkht sie. Möglicherweise hat sie ihn überrascht. Möglicherweise wird er nicht zu der nächsten Versammlung von Kif eilen und ihnen erzählen, was er eben erfahren hat. Ich habe das Gefühl, es hat ihm einen höllischen Schrecken eingejagt.«

»Wirklich?«

»Bestimmt hat es ihn erschüttert. Bestimmt hat es ihn dazu gebracht, nachzudenken. Bestimmt haben wir da draußen einen Verbündeten, der etwas Neues zum Nachdenken bekommen hat. Darum bin ich geneigt, zu wetten, daß wir bei Vikktakkht ein bißchen Spielraum haben. Und wenn es *Gtst* Exzellenz nicht bald gelingt, *Gtst* Exzellenz zu finden, tue ich vielleicht etwas, das ich sonst nicht wagen würde.«

»Und das wäre?«

»Ich werde unsere Stsho-Passagiere ausliefern.«

»Es sind verwerfliche Individuen!« rief *Gtst* Exzellenz und schwenkte die Arme. »Sie sind mit Schande und Verrat bedeckt!«

»Euer Exzellenz konnten den Aufenthaltsort von No'shto-shti-stlen also nicht feststellen? Verträgt es sich mit den Regeln des guten Geschmacks, wenn ich frage ...?«

»Euer Ehren hat jedes Attribut von Geschmack! Euer Ehren ist die einzige weiße Person in tausend Welten. Wai! Der Verrat, wai! das rücksichtslose und schamlose

Verhalten von Individuen, die mit einem größeren Vorteil geboren wurden!«

»In welchem Zustand befindet sich No'shto-shtistlen?«

»In einem schrecklichen. *Gtst* harrt tapfer auf *gtst* Posten aus. Aber *gtst* gesteht mir, daß *gtst* verzweifelt. Der Einfluß von Paehisna-ma-to reicht inzwischen bis nach Llyene, und die Hauptstadt hat das Vertrauen in *Gtst* Exzellenz verloren, die Hauptstadt hat, um *gtst* zu ersetzen, andere Personen geschickt, die Paehisna-ma-to wohlgefälliger sein mögen.«

»Aber der *mekt-hakkikt* nicht?«

»Man kann kaum beiden wohlgefällig sein, wie *Gtst* Exzellenz vorhergesehen haben. Ich muß die Kostbarkeit nehmen, ich muß die Station betreten, ich muß diesen Sendlingen zeigen, daß ich sie und ihre plumpe Zurschaustellung fremder Macht verachte, diese ...«

Gtst ging der Atem aus. Er ließ sich in die Kissen sinken, während Dlimas-lyi mit sanften Berührungen versuchte, *gtst* zu beruhigen.

»Ich werde mit ihm gehen«, erklärte Dlimas-lyi, zu Hilfy aufblickend. »Ich werde es nicht zulassen, daß *gtst* sich allein unter Fremde wagt.«

»Euer Exzellenz«, sagte Hilfy ehrlich, »Ich bewundere Sie ganz außerordentlich wegen Ihres Geschmacks und Ihrer guten Eigenschaften. Sie sind der ausgezeichnetste aller Stsho.«

»Ebenso sind Sie die ausgezeichnetste aller Hani.« Tlisi-tlas-tin reichte ihr eine dünne weiße Hand hoch. »Ich bin stolz auf Ihre Wertschätzung.«

War es möglich, daß eine Hani *Gtst* Exzellenz liebgewinnen konnte? Hilfy glaubte schon. Sie hatte *gtst* und *gtst* Nestgefährten von Herzen gern.

Sie kniete sich hin, damit sie Auge in Auge mit *Gtst* Exzellenz sprechen konnte. *Gtst* sah sie an, ohne die Wimpern zu senken oder das Gesicht abzuwenden.

»Euer Exzellenz, darf ich Sie um das alleräußerste

Vertrauen bitten? Das bedenkenloseste Vertrauen? Und vielleicht etwas von großer Delikatesse?«

»Fragen Sie.«

»Darf ich ... hm ... die Kostbarkeit für vielleicht eine oder zwei Stunden an einen anderen Ort bringen? Darf ich in Ihrem Namen Dinge tun, bei denen ich mich bemühen werde, die Regeln des guten Geschmacks zu befolgen? Gelingt es mir nicht, wird mein Versagen nur mir und meiner Unwissenheit zugeschrieben werden. In keiner Weise würde ich Ehre und Ruf Eurer Exzellenz aufs Spiel setzen.«

Augen wurden niedergeschlagen, Hände flatterten. »Das ist eine ungeheuerliche Bitte.«

»Ich bin mir – der Natur der Kostbarkeit bewußt, und ich werde mit der Kostbarkeit umgehen, als stehe meine eigene Ehre auf dem Spiel.«

Es sah aus, als werde *Gtst* Exzellenz in Ohnmacht fallen oder in die Phase eintreten, so groß war *gtst* Erregung. Dann ergriff *gtst* Hilfys Hand mit *gtst* ganzer geringer Kraft.

»*Gtsta* möge die Kostbarkeit verwahren! Auf diese Weise bliebe unsere Ehre unangetastet!«

»Einfallsreichster aller Stsho!« Hilfy sprang auf sehr geschmacklose Weise auf und war schon fast an der Tür, bevor sie sich erinnerte und eine höfliche Verbeugung machte.

»Wai, gehen Sie!« rief *Gtst* Exzellenz und winkte mit dem Spinnweb-Ärmel. »Gehen Sie mit aller notwendigen Eile, liebe Hani, und stürzen Sie unsere Feinde in die notwendige Verwirrung!«

20. Kapitel

Für eine Weile gab es kein Denken, nicht einmal über die Gefahren, von denen sie umringt waren. Es half, daß Chihin überwältigt war von allem, was geschehen war, ebenso überwältigt wie er, und es half, daß seine anderen vier Ehefrauen nicht auf ihren ehelichen Rechten bestanden …

Aber für eine Weile setzte sein Gehirn einfach aus, und dann wollte es nicht arbeiten, und als sein Verstand endlich zurückkehrte, fand gleichzeitig auch Chihin den ihren wieder.

»Ich glaube …«, versuchte Hallan etwas zu sagen.

»Ja«, flüsterte Chihin.

»Ich glaube, wir sollten besser wieder auf die Brücke gehen …«

»Das glaube ich auch.« Chihin stand auf, und deshalb stand er auch auf. Er dachte: Wir können getötet werden. Wir können alle verhaftet werden. Was für eine Art von Narren sind wir, daß wir das tun?

Doch Chihin sah ihn an, und sofort verlor er den Verstand von neuem, bis sie das Gesicht verzog und fluchte und ihn aus der Tür schob, wo die Luft kälter und klarer war und die Schiffsgeräusche im Korridor jeden, der ein Gehirn besaß, daran erinnerten, welche dringenden Operationen im Gange waren.

Auf der Brücke angelangt, trafen sie nur Tiar an. Tiar kippte ein Ohr zurück und betrachtete sie. Chihin nahm schleunigst ihren Platz ein und drückte Knöpfe – Hallan setzte sich vorsichtiger auf seinen Sessel und unterließ es, Knöpfe zu drücken.

»Was gibt es?« erkundigte Chihin sich bei Tiar.

»Die Kapitänin ist draußen und redet mit den Mahendo'sat.«

»Was, sie redet mit den Mahenso'sat? Was haben wir den Mahendo'sat zu sagen? Wir können ihnen höchstens unsere Meinung ...«

»Genau das tut die Kapitänin«, beruhigte Tiar sie. »Tarras ist bei ihr, Fala hat die Ops-Zentrale unten übernommen, und wo ihr beiden wart, nun, das wissen wir ja.«

»Komm mir bloß nicht so! Was in einer mahen Hölle ist denn los?«

»Ops-Hauptkanal«, sagte Tiar.

»Gut, gut, jetzt wir müssen machen Geschäft.« Haisi stand mit vor der Brust gekreuzten Armen unten auf dem Dock, am Fuß der Rampe, die zu der *Legat* hinaufführte, und blies Rauch in die frostige Luft. »Du geben *oji*, wir dir geben Starterlaubnis, du gehen heim, sicher, kein Ärger ... kleines Problem mit Kif, das wir lösen.«

»Ebenso wie ihr die Probleme auf Kshshti gelöst habt.«

»Das nicht waren wir, Hani, du haben falsche Information. Du haben ganz genaue Kenntnisse über Kif. Du haben vergessen?«

»Nein. Aber das ist jetzt unwichtig.«

»Was sein wichtig?« Er paffte eine neue Rauchwolke aus, grün und blau vor dem Neonzeichen eines Ladens bei den Ständen. »Was machen wichtig? Du stecken in verdammter Scheiße, Hani. Du stehen schlecht da, Pyanfar Chanur stehen schlecht da. Du müssen finden Ausweg – denn wenn dieser Kif da draußen angreifen diese Station, wer haben diesen Kif herbringen? Wenn du anfangen schießen, wer bekommen Ärger? Du.«

»Das sagst du. Mir sieht es ganz so aus, als seien wir beide hier.«

»Falsch.« Eine Hand legte sich auf die breite, dunkel

bepelzte Brust. »Wir sein hier auf Einladung von Stsho-Regierung. Wir haben erhalten Nachricht, vielleicht Kif-Problem. Stsho von Llyene bitten uns herkommen, Kif-Wachen hinauswerfen, weil No'shto-shti-stlen machen Fehler, als wollen heiraten Atli-lyen-tlas. Atli-lyen-tlas haben zu viele Verbindungen mit Kif. Llyene-Regierung nicht sein einverstanden mit No'shto-shti-stlen, Beamter kommen her, prüfen Aufzeichnungen, treffen Vorbereitungen für ersetzen No'shto-shti-stlen, vielleicht erheben schwere Anschuldigungen. Inzwischen Kif kommen. Wollen alten Job zurück. Wollen ein bißchen spielen Piraten, ah? Du sein auf ganzer Linie hereingelegt, Hani.«

Hilfy legte die Ohren zurück. »Wenn du mit den Stsho so dick befreundet bist, warum mußt du dann mich wegen des *oji* fragen? Warum mich? Ah?«

»Du kennen Stsho. Drei Geschlechter. *Gtst* machen Politik, *gtste* und *gtsto* sehr privat, machen Sex, nicht lassen sehen in Öffentlichkeit. No'shto-shti-stlen und Atli-lyen-tlas beide *gtst*. Deshalb einer sich müssen zurückziehen von Politik. Stsho auf Llyene nicht mögen Atli-lyen-tlas, lange Zeit wollen, daß *gtst* kommen zurück in Stsho-Raum, lange Zeit No'stho-shti-stlen denselben beschützen, jetzt wollen *gtst* heiraten. Also welches Geschlecht sein No'shto-shti-stlen? *Gtst* machen Vorschlag mit *oji*. Vielleicht wenn No'shto-shti-stlen bleiben *gtst*, die Stsho auf Llyene nicht so wütend, daß kommen her und machen neue Regierung. Aber dumme Hani nicht wollen beantworten Frage, deshalb sie kommen. Stsho sagen, du ihnen geben das *oji*, und alles sein gut.«

»Und wo sind sie?«

»Sie abwarten. Ich ihnen haben versprechen, mit dir reden. Du nicht machen dir Sorgen.«

»Wo ist No'shto-shti-stlen?«

»Bei den Stsho. Wir ihn nicht anrühren. Ich dir sagen, du geben *oji*, alle weggehen glücklich. Vielleicht mit

Ausnahme Kif. Du nicht machen dir Sorgen. Wir erledigen Kif.«

»Vikktakkht ist ein Freund meiner Tante.«

Ein Lachen. Ein langer Zug an dem Rauchstäbchen und ein langes Exhalieren. »Vikktakkht sein Kif. Freund von niemandem. Kif nicht haben Wort ›Freund‹. Nur ›Vorteil‹. Sie dir stechen Messer in Rücken, sobald sie nicht mehr haben Angst vor dir. Warum er nicht kommen auf Station, ah? Er warten. Er lassen dumme Hani streiten mit Mahe. Ich dir sagen, du geben *oji*, Stsho auf Llyene glücklich, wir glücklich, kein Problem.«

»Ich gebe *überhaupt nichts* weg, Mahe. Ich bin kein Wohltätigkeitsinstitut. Ich habe es, ich behalte es. Vielleicht bringe ich es meiner Tante.«

»Dann du machen großes Durcheinander. Vorher du müssen da hinaus, du müssen sagen zu Kif, Entschuldigung, haben machen Fehler. Du stehen sehr dumm da, Hani. Du sehen aus wie Nachspeise. Vielleicht wie Geisel, ah? Kif werden machen Geschäft mit Pyanfar, he, du wollen? Du bezahlen. Du haben Erfahrung in diesem Spiel.«

Er wollte sie nervös machen, das war seine Absicht. Hilfy krauste die Nase, was keine freundliche Geste war. Auch keine geduldige. »Vielleicht komme ich sehr gut mit den Kif aus.«

»Dann du sein zweifacher Dummkopf. Hier du haben Chance für großen Gewinn. Pyanfar sich haben einlassen zu weit mit No'shto-shti-stlen. Du machen neues Geschäft, du werden Freundin von neuer Regierung, alles fein, möglich, daß neue Regierung werden Freund von Pyanfar. Du sein sehr wichtig. Sehr gutes Geschäft für dich.«

Hilfy starrte ihn an, dachte an die Richtungen, in denen die Machtbestrebungen im Pakt laufen würden, fragte sich, was Paehisna-ma-to dabei zu gewinnen hoffte, und die Antwort war: »Doppeltes Spiel.« Paehisna-ma-to würde dadurch nicht mit einem Streich

an die Spitze gelangen, aber es würde keine gerichtliche Verfolgung der Explosion auf Kshshti geben, das konnte man den Kif anlasten. Es kam kein absoluter Machtgewinn für Paehisna-ma-to dabei heraus, aber andererseits wurde ihr Momentum auch nicht aufgehalten. Nettogewinn: Kein Verlust, No'shto-shti-stlen aus dem Weg geschafft, der Treffpunkt in den Händen einer Person, die besser als der vorige Direktor auf andere Stimmen hörte.

Götter, wie sie die Politik haßte! Und noch mehr haßte sie es, für dumm verkauft zu werden.

Aber wenn Haisi eine kifische Streitmacht von zwanzig Jagdschiffen als ›Wir erledigen Kif‹ abtat, mußte Haisi eine gewaltige Feuerkraft im System versteckt halten ...

»Nun?« fragte Haisi sie. »Du wollen sein logisch? *Oji* dir nichts nützen, haben keinen Wert außer für Stsho. Chanur nicht wollen verlieren Gesicht. Wir nicht wollen verlieren Gesicht. Vor allem Vikktakkht nicht wollen verlieren Gesicht: Was du tun müssen, lassen ihn gut dastehen, werden ihn machen weggehen.«

Vielleicht gab es doch keine große mahe Streitmacht. Und Haisi war dafür ein besonders gerissener Unterhändler.

»Du wollen, ich ihnen sagen, sie sollen weggehen, hä? Du sein in Sorge?«

Ein schnelles Stirnrunzeln. Haisi nahm das Rauchstäbchen aus dem Mund und stach damit in ihre Richtung. »Du wollen Frieden? Du nicht wollen? Das sein die ganze Frage. Du nicht nur sein dumme Hani-Kapitänin, du sein *Chanur*. Du dich haben einmischen in Politik, und ja, du spielen gut. Aber jetzt du sein die verdammt einzige Person, die kann machen Kif gehen weg. Du sein einzige Person, die können retten Vikktakkhts *sfik*, damit eigene Gefolgsleute ihm nicht schneiden Hals ab. Kif verdammt unzuverlässig, immer verdammt unzuverlässig. Du ihn retten, oder

wir müssen kämpfen. Ich lieber wollen *nicht* kämpfen. Ich lieber wollen nicht haben sitzen diesen Kif mit seinen Waffen vor dem Treffpunkt. Hier sein viele nervöse Leute.«

Vielleicht traf das auch auf Haisi zu – er saß ganz eklig in der Klemme und suchte einen Ausweg.

Also hatte sie ihm Schaden zugefügt.

»Ich muß Vikktakkht etwas geben«, sagte Hilfy. »Ich muß ihn zu den Verhandlungen hinzuziehen. Ich muß dort sein. Bei dieser Sache muß es allen ermöglicht werden, das Gesicht zu wahren. Du verstehst mich?«

Haisi blickte erleichtert drein. »Nummer-eins-gut. Du machen Million-Credit-Geschäft. Du hier weggehen ohne Sorgen. Was du wollen mehr?«

»Nein, nein, nein, so funktioniert das nicht. Wir müssen mit den Stsho reden. Wir müssen ein Stück vom Kuchen abbekommen, ebenso Vikktakkht.«

»Was du wollen? Du sein dumme Hani-Kapitänin, nicht machen Regierung.«

»Ich bin Chanur, Mahe. Das hast du benutzt, das ist dein Spiel, und ich verlange einen Anteil, der den Kif da draußen zufriedenstellen wird, der unsere Ehre zufriedenstellen wird. Alle Schwierigkeiten mit unseren Papieren, unserer Fracht oder den Angelegenheiten der Persönlichkeit müssen beseitigt werden. Ich habe eine Verpflichtung gegenüber ihren Freunden. Ich bin No'shto-shti-stlen durch einen Vertrag verpflichtet. Das *oji* ist *gtst* Eigentum. Ich kann es nicht einfach aushändigen. Übrigens habe ich auch eine Verpflichtung gegenüber dem Kif da draußen, der sich einigermaßen anständig gegen mich verhalten hat. Du hast also hier bekommen, was du wolltest, aber du hast nicht das, was ich habe, und du wirst nicht sicher sein, bis du es bekommen hast, und du tätest verdammt gut daran, einen Weg zu finden, der unserer Ehre und unseren Ansprüchen und unseren – Verzeihung – Finanzen gerecht wird, weil alles andere für die Stsho und für diese

Station sehr teuer werden wird. Und dann werden die Stsho sich gar nicht über dich freuen, oder?«

»Also, was du wollen haben?«

»Du willst handeln? Zunächst einmal will ich diesen Stsho-Vertrag nicht mehr wie ein Schwert über meinem Kopf hängen haben. Ich muß Handelsvereinbarungen mit der neuen Regierung treffen, einschließlich der Handelsvereinbarungen in Vikktakkhts Interesse. Ich will, daß Chanurs Freunde den Treffpunkt unbehindert verlassen können; wir werden in niemandes Händen Geiseln zurücklassen.«

»Von welchen Freunden du sprechen?«

»Von No'shto-shti-stlen.«

»Nein, nein, kein gutes Geschäft.«

»Warum nicht? Welche Bedrohung stellt *gtst* für irgend jemanden dar, wenn er nicht mehr der Direktor ist?«

Haisi paffte ein paarmal schnell an seinem Rauchstäbchen. Auf den Docks war es unnatürlich still. »Du geben *oji,* ich schlagen den Stsho das Geschäft vor.«

»Nein. Du gibt mir No'shto-shti-stlen, sonst bekommst du das *oji* nicht.«

»Du sein verdammt nicht in der Position, daß du können bluffen, Hani. Du wollen sehen, wie Chanur nehmen schlimmen Schaden, du machen nur so weiter. Treffpunkt-Dock werden zerstört, alles deine Schuld, weil du bringen Kif her. Sehen verdammt übel aus. Wir werfen Kif-Wachen für Stsho hinaus, du bringen Kif zurück, zerschießen Dock ...«

»Ich könnte das *oji* zerstören. Dann bekäme es niemand mehr.«

Augenbrauen wanderten in die Höhe. »Nicht gut. Heilige Antiquität. Gehören großer Stsho-Familie.«

»Also wird sich irgendwer furchtbar aufregen, wenn mit diesem *oji* etwas passiert, wie?«

»Du aufhören treiben Spiele! Wir reden über deine Handelsvereinbarung. Verdammte Kif müssen dieses System verlassen!«

»Auch mit den Kif müssen Handelsvereinbarungen getroffen werden.«

»Wir reden.«

»Wenn du die Kif hier weg haben willst, rede aufrichtig. Ohne Hinterlist.«

»Zuerst du geben *oji.*«

»Zuerst gibst du mir No'shto-shti-stlen.«

»Gleichzeitig.«

»Gut. Du bringst No'shto-shti-stlen, ich bringe das *oji.*«

»Vielleicht so du haben bekommen Atli-lyen-tlas. Vielleicht du haben Trick. Ich dir sagen, wir sehen Stsho, dieser Stsho tot, bevor Fuß berühren dieses Deck. Ebenso Hani.«

Jetzt waren die Masken gefallen. Jetzt kannte Hilfy die Spieler. Sie sah dem Mahe so gerade ins Auge, wie es einer Hani bei einer Spezies, die sie um Kopf und Schultern überragte, möglich war. »Ich habe gesagt, was wir haben müssen. Gleichzeitige Übergabe. Dann beginnen wir, miteinander zu reden – und aufrichtig zu reden, Mahe, auch von deiner Seite ohne Tricks.«

»Du haben Taschenkom? Deine Crew dieses alles verfolgen?«

Was hat er denn jetzt vor? fragte Hilfy sich. Laut sagte sie: »Meine Crew hört mit, das ist verdammt richtig.«

»Meine auch. Die Stsho auch. Wir stehen hier, deine Crew bringen *oji,* Stsho bringen No'shto-shti-stlen. Alles gut.«

»Gut.« Hilfy kreuzte die Arme. »Tiar?«

»Aye, Käpt'n«, kam die Antwort.

»Wenn ich No'shto-shti-stlen auf dem Dock sehe, sage ich dir Bescheid. Vorher verläßt nichts das Schiff.«

»Aye, Käpt'n.«

»Benachrichtige den *hakkikt,* daß wir in Verhandlungen stehen und ihn auf dem laufenden halten.«

»Wird erledigt, Käpt'n.«

Hilfy schwenkte die Hand. »Du bist an der Reihe.«

Haisi paffte lässig eine Rauchwolke aus. Er ratterte Anweisungen auf mahendi herunter, denen sie nicht ganz folgen konnte. Aber sie enthielten Wörter wie No'shto-shti-stlen, *gtst*, und Stsho.

Er stieß auf Widerspruch.

»Stsho wollen Garantie, daß keine Waffen«, sagte er.

»Keine Waffen.« Hilfy ging auf stshoshi über, darauf vertrauend, daß Haisis Mikrophon aufnahm, was sie sagte. »Ich wünsche, freundschaftliche Beziehungen mit den höchst ausgezeichneten Vertretern von Llyene aufzunehmen. Ich möchte in keiner Weise einen geschmacklosen Akt der Gewalt vollführen oder sie in irgendeiner Weise gefährden.«

Diesmal verstand Haisi nicht alles. Es war nicht die Handelssprache.

Haisi fühlte sich offenbar nicht recht wohl in seiner Haut. Also waren die Stsho keine Gefangenen. Und, da sie Stsho waren, behandelten sie No'shto-shti-stlen wahrscheinlich einigermaßen gut, solange die Ereignisse in der Schwebe blieben, solange auch nur die geringste Möglichkeit bestand, daß die Entwicklung im Widerspruch zu ihren Plänen verlief.

Wahrscheinlich war auch, daß No'shto-shti-stlen, der listige alte Bursche, die Hoffnung solange bewahrte, wie ihm noch ein Wurf übrigblieb. Haisi hatte *gtst* gesagt, und vielleicht war das der allgemeine, sichere Ausdruck, und vielleicht war es etwas anderes. Manch ein Stsho mochte unter solcher Belastung in die Phase eintreten. Aber Hilfy vertraute fest darauf, daß sie *gtst* im Besitz von *gtst* Namen, *gtst* Würde und *gtst* Anspruch auf das *oji* wiedersehen werde.

Und die Stsho würden vor *gtst* nicht sicher sein, bis sie das *oji* hatten. Das ließ sich aus der Hartnäckigkeit schließen, mit der Haisi es in die Finger bekommen wollte.

Wenn das *oji,* das Emblem eines der Stsho-Ge-

schlechter, in feindliche Hände fiel, bedeutete No'shtoshti-stlen offenbar keine Gefahr mehr. Hilfy wünschte sehr, sie wüßte, ob das, was sie tat, das Richtige war.

Aber es verging Zeit und noch mehr Zeit hier auf dem kalten Dock, wo, davon war sie überzeugt, viele Augen jeden ihrer Atemzüge überwachten. Haisi qualmte das eine Rauchstäbchen bis zu einem Stummel herunter, drückte den Stummel mit den Fingern aus und steckte ihn in die Tasche seines Kilts, aus der er ein neues nahm, das er mit großer Umständlichkeit anzündete.

»Das *kann* doch nicht gut für dich sein«, bemerkte Hilfy. Haisi stieß den Rauch aus, den er beim Anzünden inhaliert hatte, steckte das Feuerzeug weg und lachte.

»Nicht gut«, räumte er ein. »Immerzu wollen aufhören. Und du? Du haben keine schlechte Gewohnheit?«

»Ehemänner«, sagte Hilfy. »Ich habe gerade den zweiten genommen.«

Ein weiteres Lachen. »Du heiraten! Schon hören. Vielleicht du wollen betrügen Ehemann, wir kommen zusammen nächsten Hafen.«

»Mit *dir?* Nein, danke. Ein bißchen Geschmack habe ich schließlich.«

Haisi grinste breit. »Ich wetten, du sein gut.«

»Nummer eins richtig, daß ich gut bin. Frag mich noch einmal, oh, in drei, vier Jahren. Dann bin ich vielleicht in der Stimmung für einen Piraten.«

»Ich sein ehrlicher Bürger. Ich dir sagen, Hilfy Chanur, du müssen lernen Unterschied, du aufhören schlafen mit Kif.«

Hilfy hatte so ungefähr jede dreckige Bemerkung zu diesem Thema gehört, die es gab. Sie zeigte ein perfektes Lächeln. »Was ist denn der Unterschied? Ha?«

»Süße Hani. Schöne Nase. Schöne Augen.«

»Du bist ein Bastard, Haisi. Ein charmanter Bastard.

Aber trotzdem ein Bastard.« Gerade eben hatte es auf der anderen Seite, in der Ladenstraße, Bewegung gegeben. Eine Gestalt in einer hellen Robe tauchte auf, jetzt noch eine. »Sieht nach Stsho aus.«

Haisi drehte nicht etwa den Kopf. Er verrenkte seinen ganzen Körper, um sie und Tarras oben am Tor im Auge zu behalten und zu sehen, was geschah.

»Sie bringen No'shto-shti-stlen. Wo sein *oji?*«

»Wie führen wir es durch? Treffen wir uns auf halbem Weg?«

Haisi wies mit dem Arm nach links. »Bis Mitte da, du bringen *oji.*« Und nach rechts: »Ebenso bis Mitte da, No'shto-shti-stlen. Wir nehmen, du nehmen, alles gut.«

»Eine faire Abmachung«, räumte Hilfy ein und berührte den Taschenkom. »Tiar, sie kommen. Bist du dem Gespräch gefolgt? Wir sollen das *oji* hinausbringen und es zum gleichen Zeitpunkt absetzen, wie sie No'shto-shti-stlen an eine ein Stück weiter entfernte Stelle bringen. Du kannst jetzt mit dem *oji* bis ans Tor gehen.«

Haisi sprach zu seiner eigenen Crew, dann offenbar zu den Stsho und teilte ihnen ungefähr das gleiche mit.

Es war nicht ausgeschlossen, daß sie jemand anders als No'shto-shti-stlen brachten. Aber jetzt war nicht der geeignete Zeitpunkt für eine Diskussion. Auch hielt Hilfy es für höchst unwahrscheinlich, daß ein Stsho sich in Gefahr bringen würde, indem er einen anderen Stsho spielte, und ebenso unwahrscheinlich war es, daß die Stsho, die *gtst* begleiteten, ihr Leben aufs Spiel setzten, indem sie an einem solchen Täuschungsmanöver teilnahmen. Und wenn sie den Vorgang verlangsamte, würde Haisi genau das gleiche tun, und dann geriet alles durcheinander. Leute könnten erschossen werden. Auch No'shto-shti-stlen.

Was immer noch eine Möglichkeit darstellte, sobald Haisi das *oji* hatte. Auch aus diesem Grund stand Tarras da oben, ziemlich hoch über der Dock-Ebene.

Auf eines hätte Hilfy gewettet: Niemand im *Han* war fähig, Stsho-Unterschriften zu lesen. Sie konnte es auch nicht sehr gut. Sie hatten immerhin damit zu rechnen, daß sie den Stsho, das heißt, *Haisis* Stsho, die Heiratsurkunde zur Nachprüfung vorlegen mußten ... Dann würden die Llyene-Stsho sehen, daß Atli-lyen-tlas eine Heiligkeit war: Aus der Unterschrift gingen unter anderen wesentlichen Ereignissen des Lebens der Modus, die Phase und das Geschlecht hervor. Die Llyene-Stsho würden die Identitäten von Tlisi-tlas-tin und Dlimaslyi *und* ihre Beziehung zueinander feststellen. Und die Verhandlungen waren wie zuvor weitergegangen, was fast darauf schließen ließ, daß die Stsho Ana-kehnandian nicht alles erzählt hatten, was sie wußten ... Nach allem, was Hilfy über Stsho gelernt hatte, hielten sie Tahaisimandi Ana-kehnandian nicht für vertrauenswürdig. Auch glaubten sie von ihm sicher nicht, er habe die Situation völlig unter Kontrolle, und schon deshalb würden sie vorsichtig sein. Das wäre eine logische Stsho-Überlegung, denn für einen Stsho waren die Selbsterhaltung und der gute Geschmack wichtiger als alles andere.

Hilfy wußte gerade genug, daß ihr klar war, wieviel sie nicht wußte. Bloß hatte sie absolut keine Wahl. Sie hatte mit den Waren, die sie besaß, den bestmöglichen Handel abgeschlossen. Sie glaubte, so gut weggekommen zu sein, wie es nur möglich war – aber sie dachte nicht im Traum daran, Ana-kehnandian werde sich an die Regeln des Fairplay halten.

Bei den Göttern, das war unwahrscheinlich, Haisi.

Haisi nickte ihr zu und ging bis zu der bezeichneten Stelle, wo er das *oji* in Empfang nehmen wollte. Dort zeigten sich jetzt andere seiner Crew, bewaffnet – natürlich: Sie ersetzten die Kif als Stationspolizei.

Hilfy ihrerseits ging auf die Stsho zu, um No'shoshti-stlen in Empfang zu nehmen. Und sie sagte in den Kom: »Ist es zur Hand?« Zweifellos wurde das auf der

Ha'domaren mittels Elektroniken, die ringsumher zu installieren die Mahendo'sat Zeit gehabt hatten, abgehört.

»*Aye, Käpt'n*«, antwortete Tiar.

»Alles läuft nach Plan. Komme damit heraus, aufs Dock hinunter. Sie setzen sich in Marsch, wir setzen uns in Marsch, so funktioniert das. Ich nähere mich weiter den Stsho. Du gehst in dem gleichen Tempo auf Ana-kehnandian und seine Crew zu, wie du No'shto-shti-stlen auf mich zukommen siehst. Wenn *gtst* mich erreicht, setzt du den Kasten ab und kehrst zur Schleuse zurück.«

»*Verstanden*«, sagte Tiar. Die Instruktionen waren für Fala. *»Sie kommt jetzt heraus. Du solltest dafür sorgen, daß sie sich bewegen, Käpt'n.«*

Hilfy drehte sich nicht um. Sie teilte ihre Aufmerksamkeit zwischen den Stsho, die tatsächlich zögernd begannen, sich vorwärtszubewegen, und Haisi mitsamt seinem Haufen und der Möglichkeit, daß sich irgendwo auf dem Dock – und das war ein schrecklich großes Gebiet, um es im Auge zu behalten – Heckenschützen versteckten. Von einem bestimmten Punkt an hoffte man nur noch auf den Segen der Götter.

»Sie kommen«, sagte sie.

Stsho pflegten nicht in eine mögliche Gefahr hineinzustürmen. Es war ein nervöses, immer wieder stockendes Vorrücken. Hilfy konnte Fala jetzt sehen. Sie tat beinahe Schritt für Schritt das gleiche wie die Stsho und hielt den schwarzen Kasten in den Armen. Und Hilfy konnte unter den schimmernden Spinnweb-Gewändern der anderen einen Stsho ausmachen, den sie für No'shto-shti-stlen hielt, nicht weniger reich gekleidet, nicht weniger geschmückt und bemalt, aber weniger an der Umgebung interessiert als daran, ihr entgegenzublicken, als sei sie das Ziel aller Hoffnung.

Näher und näher.

»Euer Exzellenz?« fragte Hilfy. »No'shto-shti-stlen?«

Es gab Verbeugungen, eine tiefe von diesem einen Stsho, nervöse von den anderen.

»Wai, höchst wohlwollende Hani«, sagte der eine auf stshoshi – vielleicht wußten die anderen nicht, daß sie stshoshi verstand. Es war der einzige Beweis, den sie bekommen konnte – *gtst* sah richtig aus. *Gtst* hörte sich richtig an.

»Bitte, begleiten Sie mich mit aller geschmackvollen Geschwindigkeit«, bat sie und fügte für die anderen hinzu: »Bitte, verlassen Sie diesen exponierten Ort. Es besteht Gefahr.«

No'shto-shti-stlen war bereit. Hilfy marschierte flott auf den Liegeplatz der *Legat* zu, die anderen zögerten erst, und dann rannten ganz plötzlich *alle* Stsho mit ihr.

Herdenverstand, hatte Vikktakkht gesagt. Meine Götter! Hilfy wußte nicht, was sie tun sollte, außer zu rennen, alle Stsho rannten, und Fala sprintete auf die Rampe zu. Aber es fielen keine Schüsse. An der Rampe blieb Hilfy kurz stehen, umgeben von einem Haufen Stsho, die vermutlich wünschten, in die genau entgegengesetzte Richtung losgerast zu sein. »Bring *gtst* ins Schiff!« befahl sie Fala. »Euer Exzellenz, gehen Sie mit ihr!«

Haisi hatte den Kasten ergriffen. Die Stsho, die No-shto-shti-stlen begleitet hatten, wandten sich unsicher in jene Richtung. Aber Haisi mußte unbedingt die Ware prüfen – mußte sich vergewissern.

Haisi öffnete den Kasten. Ein silbernes Sphäroid rollte heraus – ein kleines. Und wenn die Schaltung funktionierte …

Haisi hechtete in die Deckung eines Trägers, gleich hinter seinen Männern. Die Stsho kreischten wie mit einer Stimme und zogen sich in die einzige Richtung zurück, die ihnen offenstand, nämlich zur *Legat* hin. Einen Augenblick später explodierte die silberne Kugel mit einer furchterregenden Erschütterung. Eine Feuersäule und eine riesige Rauchwolke stiegen auf.

Die Stsho verstummten, Haisi lag, nicht ganz in Deckung, flach auf dem Boden, und erst jetzt merkte er offensichtlich, daß die hinter ihm erfolgte Explosion keinen größeren Schaden angerichtet hatte.

Dank sei den Göttern des Raums.

Haisi stand auf, reimte sich die Sache allmählich zusammen und warf Hilfy finstere Blicke zu. Sie lachte und lachte noch lauter, trotz der eventuellen Heckenschützen. Der Rauch verzog sich, und eine Form kam zum Vorschein, eine helle, gewundene Struktur, doppelt so hoch wie Haisi, doppelt so breit, einem Spitzengewebe ähnlich, weiß mit subtilen Ocker-Tönen.

»Explodierende Steine«, erklärte Hilfy und konnte es sich nicht verkneifen, das zu ihm hinüberzubrüllen: *»Explodierende Steine, Haisi, du Sohn einer ohrenlosen Mutter!«*

Sie trieb die Stsho auf die Rampe der *Legat* zu, wo sie ein bißchen Schutz vor Heckenschützen und vor einem direkten Schuß von Haisi hatten. Haisi stand einfach da, wahrscheinlich war sein Gehirn von der Schockwelle durchgeschüttelt, und vielleicht kam er zu dem Schluß, daß das nicht das *oji* war und daß das *oji* sich immer noch auf der *Legat* befand und daß sie No'shtoshti-stlen hatte (Hilfy hoffte, daß er es war) und daß sie die Llyene-Funktionäre hatte, die aufgrund ihrer Stsho-Instinkte verunsichert Zuflucht im Schatten des Zugangs zur *Legat* suchten.

Und außerdem hatte sie da draußen eine Menge Kif-Verbündete.

»Bitte, gehen Sie hinein«, forderte sie die Stsho auf, »dort drinnen werden Eure Exzellenzen mehr Sicherheit finden. Dieser Mahe ist wechselnden Stimmungen unterworfen und könnte ein geschmacklos gewalttätiges Benehmen zeigen.«

»Was *ist* dieser Gegenstand?« erkundigte sich ein Stsho.

Hilfy hatte sich noch nicht ganz entschieden, wie sie

ihn nennen sollte. Jetzt warf sie noch einmal einen Blick darauf, wie er umwallt von dem Rauch seiner Geburt dastand, und erklärte umsichtig: »Ein – Kunstwerk im Grunde, höchst Ausgezeichneter, und es hat nie eine Bedrohung der Station dargestellt.«

»Ein Kunstwerk«, wiederholte einer der Stsho und dazu etwas, das Hilfy nicht mitbekam. »Ein Kunstwerk«, sagte ein anderer – oder eine Variante davon. Sie gaben ein Geräusch von sich, das Hilfy von dieser Spezies noch nie gehört hatte, und dazu schwenkten sie die Hände und nickten mit dem Kopf und wogten durcheinander.

Dann stieg ein gemeinsames ›Iiiii‹ der Unsicherheit auf, aber dem folgte nichts mehr. Hilfy und Fala drängten die Stsho in die Kälte der Röhre hinein, weg von Heckenschützen und, bitte, Götter, weg von einem sofortigen Angriff.

»Gehen Sie weiter zur Luftschleuse«, rief Hilfy ihnen durch ihr Gemurmel und Zögern zu. »Alles wird gut werden.« Das hoffte sie jedenfalls.

Tarras hatte die Pistole hinter dem Tor diskret außer Sicht gebracht. »Tiar«, sprach Hilfy in den Taschenkom, sobald sie das Tor passiert hatten, während Tarras weiter ein wachsames Auge auf die Docks hielt, »Tiar, schließ das Tor und öffne die Luftschleuse, wir sind drinnen, wir sind alle drinnen, wir haben es geschafft.«

Atemlos vor Freude sah sie das Tor zugleiten. Es gab keine Möglichkeit, es gegen jemanden zu verschließen, der von draußen mittels eines Schlüssel oder der Hauptkontrolle hereinwollte, aber sie hörte, daß sich die Luftschleuse, die hinter der Krümmung der Röhre außer Sicht war, öffnete. Sicherheit und ihr eigenes Deck waren ihnen ganz nahe, und wenn niemand einen interstellaren Krieg anfing, solange sie sich noch in dieser sehr zerbrechlichen Röhre befanden, wollte sie, das schwor sie, religiös werden.

Die vordersten der Stsho-Herde umrundeten die Kurve, da blieben sie wie angewurzelt stehen, stießen Rufe der Verblüffung aus und wollten nicht weichen, als die hinteren Reihen gegen sie andrängten.

Ein völlig nackter Stsho schritt die Röhre herunter, trug die Kostbarkeit in *gtsta* Händen und zeigte einen Gesichtsausdruck so alberner Glückseligkeit, wie Hilfy es noch nie bei einem Stsho gesehen hatte.

»No'shti-shto-stlen!« rief *gtsta* entzückt. »Gesegnet sei der Empfänger der Gabe, gesegnet sei der Träger des Schatzes, gesegnet seiest du, o höchst Ausgezeichneter von allen Ausgezeichneten!«

No'shto-shti-stlen (*gtst* war es) kam, nahm die Kostbarkeit in die Arme, verbeugte und verbeugte sich. Die Kapitänin, die durch eine Phalanx von murmelnden und nickenden Stsho von ihnen getrennt war, konnte nichts tun, um dem Einhalt zu gebieten.

Dann schritt *gtsta*, nackt wie an dem Tag, als *gtsta* geboren worden war, durch die zur Seite weichenden Stsho und an ihnen vorbei ... Da die Stsho *gtsta* nicht aufhielten, war es für eine Hani-Kapitänin bestimmt nicht ungefährlich, das zu tun. Hilfy hielt Fala mit der Hand zurück, und *gtsta* ging unbekümmert weiter und die gelbgerippte Rampe hinunter.

»Wir öffnen das äußere Tor besser wieder«, sagte Hilfy zu Tiar. »*Gtsta* will hinaus, und wir haben nicht das Recht, es *gtsta* zu verbieten.«

»Aber ...«, rief No'shto-shti-stlen, der auf der anderen Seite der in zwei Gruppen auseinandergetretenen Stsho stand, »aber, Heiligkeit, wen habe ich geheiratet?«

Gtsta drehte sich um, ging rückwärts weiter und winkte mit den dünnen Armen. »Tlisi-tlas-tin und Dlimas-lyi, mein Ei Dlima-lyen-lyi, mein Schönstes, mein Liebstes, mein Gesegnetstes ...«

Gtsta kam außer Sicht, trällerte etwas vor sich hin, und die Stsho ringsumher gratulierten No'shto-shti-

stlen, der sich immer wieder verbeugte und die Kostbarkeit festhielt.

Es war Zeit, die ganze Gesellschaft aus der Röhre hinauszubringen, sagte sich Hilfy, sie an irgendeinen sicheren Ort zu führen, zum Beispiel in die Passagier-Unterkünfte, falls das geschmackvoll war ... An diesem Punkt konnte eine Hani sich nicht mehr auf ihre eigenen gesellschaftlichen Vorstellungen verlassen, nur noch auf ihr Glück, daß sie richtig riet.

Sie bahnte sich mit vielen Verbeugungen und Entschuldigungen wegen einer geschmackloserweise notwendigen Pflicht einen Weg durch die Menge – »wozu auch die persönliche Sicherheit Eurer Exzellenzen gehört. Bitte, begeben Sie sich ins Schiff, bitte, beeilen Sie sich so sehr, wie es schicklicherweise möglich ist. Draußen befinden sich unglückliche Personen, und das Tor steht offen.«

Tarras und Fala hatten, den Göttern sei Dank, die Nachhut übernommen, und eine von ihnen war verschwunden, wahrscheinlich, um nachzusehen, ob *gtsta* das Tor hinter sich gelassen hatte.

Das war offenbar der Fall. Hilfy hörte, wie das Tor sich schloß.

»Alle Luken sind dicht.« Tiar stieß einen Seufzer aus und sah sich im Kreis ihrer Kameradinnen um. Die sich gegenseitig gratulierten und wahrscheinlich gar nicht zuhörten.

Tiar wandte ihre Aufmerksamkeit wieder dem Schirm zu, der die Außenansicht zeigte. Die Kameras draußen auf den Docks funktionierten plötzlich wieder; die Stsho-Funktionäre mußten beschlossen haben, sie von neuem in Betrieb zu nehmen. Es ging eigentlich nicht viel vor sich, abgesehen davon, daß ein vollkommen nackter Stsho immerfort um das Objekt wanderte, das sich, auf den Sauerstoff der Station reagierend, in eine Säule aus Spitze verwandelt hatte.

Anscheinend war *gtsta* entzückt davon. *Gtsta* ließ die Finger darübergleiten, *gtsta* untersuchte es oben und unten und aus jedem Gesichtswinkel. Schließlich tauchten zwei weitere Stsho auf, ganz angezogen, verbeugten sich mehrmals und bewunderten den Gegenstand gleicherweise.

Keine Spur von Haisi und seiner Crew. Keine Sendung von der *Ha'domaren,* die fest versiegelt im Dock lag.

Doch plötzlich erhielten sie echte Stationsinformationen, echte Systeminformationen. Hilfy nahm Verbindung zu ihrem Gegenstück an Bord der *Tiraskhti* auf und fand sich in direkter Kommunikation mit Vikktakkht.

»Im Augenblick ist alles ruhig, *hakkikt*«, berichtete sie.

»Wir haben das *oji,* wir haben No'shto-shti-stlen, die Llyene-Stsho sind anscheinend an Bord, und ich habe zwar noch nichts von meiner Kapitänin gehört, aber ich nehme an, sie bemüht sich um eine Art von Kontakt mit den Stsho, die wir an Bord haben.«

»Wir empfangen Stationsoutput. Sind die Daten zuverlässig?«

»Ich glaube, ja, *hakkikt.* Ich habe jedoch keine Möglichkeit, mich zu vergewissern, wir stehen nicht in direkter Kommunikation mit den Stationsbehörden.«

»Höchstwahrscheinlich haben Sie sie an Bord.«

»Ja, *hakkikt.*«

»Kkkt. Amüsant. Ich wüßte zu gern, ob Ana-kehnandian vorhat, seine Streitmacht zu rufen – und was diese Schiffe da draußen tun werden, sobald die Wellenfront sie erreicht. Ich werde ihm sicheres Geleit anbieten – für die nächsten paar Stunden. Sagen Sie Ihrer Kapitänin, daß auch sie sich daran halten soll.«

»Ja, *hakkikt,* ich werde es ihr ausrichten.« Arroganter Bastard. Aber, den Göttern sei Dank, sie sprachen jetzt über sichere Rückzugsmöglichkeiten. Tiar nahm an,

daß die Mahenso'sat auf der *Ha'domaren* überlegten, was sie tun sollten und was ihnen geblieben sei und ob ein Kampf bis zum Tod in Paehisna-ma-tos Interesse liege.

Oder ob es einen Weg gebe, die Initiative wieder an sich zu reißen.

Tiar sah keinen. Es hatte von dem Augenblick an keinen mehr gegeben, als Haisi aufgegangen war, daß er No'shto-shti-stlen und die Kostbarkeit hatte zusammenkommen lassen.

Tiar belauschte die Vorgänge in der Passagierkabine, wo es eine Menge Stsho-Getriller zu hören gab. Dort mußten sich zahlreiche Personen befinden.

»Was haben sie vor?« erkundigte sich Chihin.

»Überall brechen Hochzeiten aus«, antwortete Tiar und konnte sich des Gedankens nicht erwehren, daß der *Han,* bei den Göttern, kein Wort dabei zu sagen hatte. Und der Meras-Clan, weit entfernt und ländlich und wahrscheinlich dazu altmodisch, würde sich in einer Allianz mit den mächtigen, jetzt zahlungsfähigen Chanur wiederfinden.

Und alles hatte mit einem Container voll von dem, was da draußen allmählich eine neugierige Menge anzog, und einem Alleinverkaufsrecht begonnen.

Bei den Göttern, die Sahern würden kein Wort mehr über die Meras-Geschichte verlieren, es sei denn, sie wollten die Fehde mit Chanur wiederaufleben lassen. Das konnte im Augenblick niemand für eine kluge Entscheidung halten.

Also dauerte es jetzt ein paar Jahre, bis die Feinde sich wieder gesammelt hatten. Aber das hieß nicht, daß Chanur inzwischen stillsitzen würde.

Tiar ließ in ihrer Wachsamkeit nicht nach, betrachtete weiter aufmerksam die Schirme. Chihin und Hallan übernahmen den Scanner und meldeten schließlich, die mahen Schiffe, die jetzt deutlich zu identifizieren waren, bewegten sich systemauswärts.

»Sie lassen ihn im Stich.« Die Neuigkeit war einen Anruf unten wert. »Käpt'n.«

»Probleme?«

»Die Mahendo'sat verlassen anscheinend das System, und zwar ungeordnet. *Gtsta* Heiligkeit hat eine Menge angezogen, die sich um den Stein schart. Von Unruhe ist auf den Docks nichts zu sehen. Ich glaube, der *hakkikt* wird bleiben, wo er ist, bis er genau weiß, was die *Ha'domaren* vorhat, aber er hat Haisi sicheres Geleit angeboten. Das soll ich dir ausrichten.«

»Hat Haisi es angenommen?«

»Er hat sich bisher nicht gerührt. – Nein, warte.« Auf dem Stationsschema gab es eine Veränderung. »Die *Ha'domaren* erscheint gerade als im Countdown zum Start. Er reist ab.«

»Ha!« sagte die Kapitänin. *»Wir haben es ihm gezeigt.«*

21. Kapitel

Es kam hoch wie ein Taucher in einem auf den Kopf gestellten Ozean, durchbrach die Wellen in der Nähe der System-Boje und verschwand wieder – nach oben – in die Schnittstelle und vielleicht tiefer hinein in den Hyperraum. Es war lange genug da, um eine Systemkarte einzusammeln, den Bojen-Output Eins, und mit seinen harmonischen Stimmen eine eigene Botschaft zu singen. Sie war diesmal einfach.

Tc'a	Stsho	Kif	Mahendo'sat	Hani
Hani	Hani	Hani	Hani	Hani
Frieden	Frieden	Frieden	Frieden	Frieden
Chanur	Chanur	Chanur	Chanur	Chanur
Meras	Meras	Meras	Meras	Chanur
Frieden	Frieden	Frieden	Frieden	Frieden

»Nun sieh sich einer das an«, sagte Tiar.

»Woher weiß der Tc'a meinen Namen?« fragte Hallan.

»Du bist berühmt, vermute ich«, murmelte Chihin. »Die Kif kennen dich schon mal bestimmt. Sie haben dir zu einem guten Start verholfen. Und langsam frage ich mich, ob nicht auch die Tc'a etwas für dich getan haben.«

»Ich möchte doch wissen, wohin dieses Schiff unterwegs ist.«

»Dahin, wo die *Stolz* ist«, meinte Chihin.

»Vielleicht brauchen sie gar nicht hinzufliegen«, überlegte Tiar. »Ich möchte beinahe mit dir wetten, daß

Cousine Pyanfar *weiß*, was eben passiert ist und daß der Tc'a nur ihre Botschaft weitergegeben hat.«

Chihin schüttelte den Kopf. »Wenn wir anfangen, durch die Tc'a miteinander zu reden, mögen die Götter uns schützen. So betreibt man doch kein Handelsgeschäft.«

»Zurück zum Handelsgeschäft, und den Göttern sei Dank«, erklärte Tiar. »Genug von der Politik. Wir haben die Hochzeitsgesellschaft von Bord, dazu die Kostbarkeit und alles, Tlisi-tlas-tin ist Direktor, No'shto-shti-stlen ist eine glückliche Frischvermählte, und wir haben einen Container mit explodierenden Steinen zu verkaufen.«

»Wir müssen wohl noch einmal nach Kita, um dieses Alleinverkaufsrecht abzusichern«, murmelte Chihin. »Die Stsho sind begeistert von den Dingern. Ich glaube, daß wir sie auch an die Mahendo'sat verkaufen können…«

»Vielleicht sind die Kif ebenfalls interessiert. Jede Spezies kann ihren eigenen Gebrauch davon machen.«

Die *Tiraskhti* war im Dock. Der Rest der kifischen Schiffe wartete draußen – man konnte darauf vertrauen, fest unter dem Befehl des *hakkikt*, weil die Operation ein Erfolg war. Stsho hohen Ranges kamen, um den *hakkikt* willkommen zu heißen, ihn zusammen mit Chanur in die inneren Büros zu bitten. Das war vielleicht ein ungewöhnlicher Empfang, Kif und Hani gleichzeitig. Möglicherweise war so etwas noch nie dagewesen.

»Ehre sei Ihnen«, sagte Hilfy, als sie sich, begleitet von Tarras und Fala mit Vikktakkht und seiner dunkelgewandeten Crew am Lift traf.

»Tod unseren Feinden«, entgegnete Vikktakkht höflich, und als die Kabine kam: »Wir werden *teilen*.«

Faktkht. Es bedeutete: Die Beute teilen, aber Vikktakkht setzte *sotk* hinzu, was Territorium hieß. Soviel

Hilfy wußte, war das bei den Kif ein ganz neuer Gedanke.

Und es löste die Frage des Vorrangs, in Gesellschaft eines Kif zu sein, der über einer bloßen Kapitänin stand. Immer höflich.

»Sie zuerst«, sagte Hilfy. Was von einer Spezies, die es nicht liebte, wenn ihr jemand folgte, Vertrauen verlangte.

»Kkkkt«, sagten die Wachen nervös. Also trafen sie die Anordnung – mit einem kifischen Daumen auf dem Halteknopf -, daß zuerst Vikktakkht einstieg, dann sie, dann seine Eskorte, dann ihre.

Sie standen an entgegengesetzten Seiten der Kabine. Wahrscheinlich hatten die Kif Waffen unter ihren Roben. Die Hani hatten ihre Waffen in den Gürteln ihrer Ausgeh-Uniformen stecken.

Die Kabine fuhr nach oben.

»Profitabel«, meinte Vikktakkht, »dieser *Frieden*, dieses *Teilen*. Wir werden die Herzen derjenigen essen, die sich dem entgegenstellen. Ana-kehnandian wird nach diesem Versagen nicht zu seiner Persönlichkeit zurückkehren. Er muß einen neuen Dienst finden. Ich ziehe in Erwägung, ihn selbst zu nehmen.«

»Er hat Fehler gemacht«, gab Hilfy zu bedenken. Kif tolerierten Fehler nicht. Sie wunderte sich, daß Vikktakkt sich sicher genug fühlte, um so etwas vorzuschlagen. Die meisten Kif würden es nicht tun. Die meisten Kif würden es nicht wagen.

»Er war schlecht informiert«, sagte Vikktakkht. »Und er kennt Paehisna-ma-to und ihre Agenten. Keine ungünstige Akquisition. Vielleicht nimmt er Instruktionen an. Vielleicht nicht. Wenn nicht, ist es sein Verlust. Ich werde die Daten haben, Ehre sei der *mekt-hakkikt*. Er hat nicht viele Zufluchtsorte. Ich werde ihm ein Angebot machen.«

»Großzügig von Ihnen.«

»Außerordentlich. Und er wird es wissen. Unsere

Wachen nehmen hier den Dienst wieder auf – wir haben bessere Abmachungen getroffen. Paehisna-ma-to ist jetzt bestenfalls ein ungewisser Einfluß. Das Momentum hat sich umgekehrt. Er hätte bei ihr keine Zukunft.«

Die Kabine hielt und öffnete die Türen auf den weißen, perlmutterfarben dekorierten Empfangssaal des Direktors. Und kifische Wachen waren anwesend, die sich verbeugten und alle Ehrerbietung zeigten – wenn nicht einer Hani-Kapitänin, dann doch dem *hakkikt*.

Vikktakkht wies sie mit einem Schwenken seines Ärmels zur Seite. »Unsere Eskorte wird hierbleiben«, ordnete er in der Handelssprache an. »Die Wachen werden hierbleiben.«

Ein schnelles Verbeugen von den Wachen. Soviel für die bezahlten Sicherheitskräfte der Stsho. »Wartet hier«, sagte Hilfy. Was mochte der Kif vorhaben? Sie war doch froh, daß sie die Pistole im Gürtel hatte. Denn vielleicht führten die Kif irgend etwas gegen den Direktor im Schilde, und wenn nicht, konnten sie doch auf Verrat sinnen.

Aber sie spielte mit. Sie schritt neben Vikktakkht so unschuldig her, als machten sie einen Spaziergang auf dem Lande, unter den Eingangsbogen durch, an den abstrakten weißen Statuen und den wehenden Draperien vorbei.

»Wir kennen uns«, bemerkte Vikktakkht auf diesem Weg, und bevor Hilfy zu der unerfreulichen und feindseligen Schlußfolgerung gelangen konnte, daß er auf ihre Gefangenschaft bei den Kif anspielte, setzte er hinzu: »Wir gehörten zur Crew desselben Schiffes.«

O Götter, dachte Hilfy. Skkukuk, der kifische Sklave. An Bord der *Stolz*.

Aber das war hier gar nicht der geeignete Ort, sich diesen Namen ins Gedächtnis zurückzurufen.

»Warum haben Sie nicht einfach gesagt…«, begann sie. »Nein. Natürlich nicht. Dumme Frage.«

»In der Tat«, bestätigte Vikktakkht. »Es hätte Paehisna-ma-to den besten Eröffnungszug ermöglicht. Hätte ich mich auf unsere alte Bekanntschaft berufen, dann hätten Sie sofort an mir gezweifelt. Sie hätten eilends ein Bündnis mit Ana-kehnandian geschlossen.«

Ein Crew-Mitglied der *Stolz*. Erstaunlich.

»Nicht eilends«, wehrte Hilfy ab und fragte sich immer noch, ob dieser Kif Pyanfar gegenüber loyal war. Es *sah so aus*, als habe er in Pyanfars Interesse gehandelt. »Aber ich hätte an Ihren Absichten gezweifelt.«

»Kkkkt. So, wie Sie es jetzt tun?«

Lasse dich nie auf eine Haarspalterei mit einem *hakkikt* ein. »Ich respektiere Ihre offensichtliche Macht.«

»Bewundernswerter Takt. Aber wenn ich danach strebte, *mekt-hakkikt* zu werden, wäre es vorbei mit dem Frieden. Und ich finde den Frieden, wie ich schon sagte, profitabel. Ich bin *hakkikt hakkiktun*. Im Namen der *mekt-hakkikt* nehme ich den ersten Platz unter den Kif ein. Mehr kann ein Kif nicht erreichen.«

»Tatsächlich«, erwiderte Hilfy zurückhaltend. »Wie bei den Chanur. Ich ziehe es da vor, wo ich bin.«

Sie passierten den letzten Bogen und standen vor sich verbeugenden Stsho.

»Kkkt. Profitabel. Profitabel für beide, Chanur.«

Von

Caroline Janice CHERRYH

erschien in der Reihe

HEYNE SCIENCE FICTION & FANTASY:

Brüder der Erde · 0603648
  auch in Chroniken der Zukunft,
  hrsg. von Wolfgang Jeschke, Band 1 · 0601001
Weltenjäger · 0603772
Der Biß der Schlange · 0604081
Die letzten Städte der Erde · 0604174
Das Kuckucksei · 0604496
Der Engel mit dem Schwert · 0604526
Der Paladin · 0605169

DIE MORGAINE-TRILOGIE:
Das Tor von Ivrel · 0603629
Der Quell von Shiuan · 0603732
Die Feuer von Azeroth · 0603921
Alle drei Romane in einem Band als illustrierte Sonderausgabe:
Tore ins Chaos · 0604204

DER EALD-ZYKLUS:
Stein der Träume · 0604231
Der Baum der Schwerter und Juwelen · 0604514

DIE DUNCAN-TRILOGIE
(auch ZYKLUS DER STERBENDEN SONNEN):
Kesrith – die sterbende Sonne · 0603857
Shon'jir – die sterbende Sonne · 0603936
Kutath – die sterbende Sonne · 0603948

Alle drei Romane in einem Band als illustrierte Sonderausgabe:
Sterbende Sonnen · 0604763

ZYKLUS DIE COMPANY-KRIEGE
(auch DER PELL-ZYKLUS):
Pells Stern · 0604038
Kauffahrers Glück · 0604040
40 000 in Gehenna · 0604263
Yeager · 0604824
Schwerkraftzeit · 0605017
Höllenfeuer · 0605062

DIE CYTEEN-TRILOGIE
(gehört zu Zyklus DIE COMPANY-KRIEGE):
Der Verrat · 0604710
Die Wiedergeburt · 0604711
Die Rechtfertigung · 0604712

DER FRÜHE CHANUR-ZYKLUS:
Der Stolz der Chanur · 0604039
Das Unternehmen der Chanur · 0604264
Die Kif schlagen zurück · 0604401
Die Heimkehr der Chanur · 0604402

DER SPÄTE CHANUR-ZYKLUS:
Chanurs Legat · 0605126

HEYNE BÜCHER